大卫·科波菲尔 上

［英］查尔斯·狄更斯 著

刘 华 译

四川文艺出版社

图书在版编目（CIP）数据

大卫·科波菲尔/（英）查尔斯·狄更斯著；刘华译. — 3版. —成都：四川文艺出版社，2019.9
ISBN 978-7-5411-5491-1

Ⅰ.①大… Ⅱ.①查…②刘… Ⅲ.①长篇小说—英国—近代 Ⅳ.①I561.44

中国版本图书馆CIP数据核字（2019）第175844号

DAWEIKEBOFEIER

大卫·科波菲尔（上）

［英］查尔斯·狄更斯 著

刘 华 译

责任编辑	程 川 周 轶
封面设计	赵海月
校 对	汪 平
内文设计	史小燕
责任印制	唐 茵

出版发行　四川文艺出版社（成都市槐树街2号）
网　　址　www.scwys.com
电　　话　028-86259287（发行部）　028-86259303（编辑部）
传　　真　028-86259306

邮购地址	成都市槐树街2号四川文艺出版社邮购部　610031
排　版	四川胜翔数码印务设计有限公司
印　刷	四川五洲彩印有限责任公司

成品尺寸	146mm×210mm	开　本	32开
印　张	33.75	字　数	880千
版　次	2019年9月第三版	印　次	2019年9月第一次印刷
书　号	ISBN 978-7-5411-5491-1		
定　价	68.00元（上、下册）		

大卫·科波菲尔（上）

译者序

悲哀并不代表我很软弱，而恰恰相反，它将化为源源不断的动力，驱使着我不断前进。既然我童年经历了那么多磨难，最终挺了过来，成就了现在的我，那么，眼下的磨难，也一定会激励着我继续前行，更进一步。

——狄更斯

查尔斯·狄更斯（1812—1870），作为19世纪英国高产的批判现实主义的作家，著有《皮克威克外传》《雾都孤儿》《董贝父子》《大卫·科波菲尔》《荒凉山庄》《远大前程》《双城记》等十几部脍炙人口的经典著作，历经百年，经久不衰，成为世界经典文库的璀璨明珠。2003年，BBC的一个读书节目做了"百部英国人最喜爱的作品"调查，狄更斯有五部作品入选，成为得票最高的作家，超过凭借《哈利·波特》而大红大紫的J. K. 罗琳。

创作于1849至1850年间的《大卫·科波菲尔》（*David Copperfield*），是狄更斯的第八部著作，是他呕心沥血的作品，他毫不掩饰地宣称："我对于从我的想象中出生的子女，无一不爱……不过，就像许多偏爱的父母一样，在我的内心深处，有一个最宠爱的孩子，他的名字就叫《大卫·科波菲尔》。"小说一问世，就好评如潮，并在历史长河中赞誉不绝，托尔斯泰、毛姆、陀思妥耶夫斯基、马克思等大师都对其推崇备至。而早在清朝末年，翻译家林纾（1852—1924）就将其引入中国，名为《块肉余生记》。

《大卫·科波菲尔》采用第一人称的表述，以"我"的视角展开这个宏大的叙事。小说讲述了大卫·科波菲尔的出生、童年及长大成人的种种经历。小说之所以如此脍炙人口，是因为每个情节和每个人物都能让人动容，大卫幼年遭遇的继父折磨；萨伦学校的严酷和羞辱；辟果提热烈而真挚的呵护；母亲去世后的童工生涯；大卫与艾妮丝的真挚情谊；渔夫辟果提先生的豪迈与挚爱；朵拉单纯如花的情感；法庭与议会的恶劣行径；斯蒂夫的聪明与虚伪；辟果提先生的执着追寻；米考博先生的艰难生活与高谈阔论；尤利亚的阴险狡诈；汉姆的慈厚质朴……将友情的真挚与变幻、亲情的炽热与伤痛、爱情的甜美与冲动，再把各个阶层、各具特色的众多人物，全部融进大卫的成长河流中，把十九世纪的英国巨幅社会场景展现无遗。尽管时空转换，在一百六十多年后的中国，我们仍然能够感受到这些人物的鲜活，也能看到他们在当今世人身上的影子。我们不得不说，如此抵达人物深处的刻画，今天依然令人高山仰止。

根据众多文学评论家对狄更斯生平的研究，发现《大卫·科波菲尔》主人公的经历，原本就来自狄更斯的亲身感受。所以在这部原本要写成自传的小说里，狄更斯融入了太多的强烈情感，所以也是最能打动人的。狄更斯也曾经历过管理严苛的学校，这对生性敏感的他来说是一个糟糕的成长经历。他父亲由于添丁进口，债台高筑，而且爱慕虚荣，入不敷出，最后无力还债而被关进监狱。为了缓解困窘的家庭经济，他不得不在皮鞋油作坊当童工，整天与一些粗野的孩子为伍，这种屈辱成为他童年的一个重要情感。但就像笔下的大卫一样，狄更斯一直保持着奋进的状态，到律师事务所当学徒，自学速记，当记者，写小说，从不轻言放弃，积极乐观，敢于拼搏，而且透着幽默与豁达。通过小说，狄更斯宣泄了痛苦，疗愈创伤，肯定自我，获得新的人生状态。正因为如此，狄更斯才如此眷爱他的这个"孩子"。

为大师的名著做翻译，也是译者的心理成长。感受着原文精彩的笔墨，体察着书中人物复杂而微妙的情感，无法抗拒的被吸引，感受着世事变幻和情感纠葛，常常令人沉浸其中，流连忘返。同时也倍感压力，担忧不能准确呈现原义，如有遗憾，敬请读者谅解。

真心期望，《大卫·科波菲尔》带给读者的，不仅仅是文笔的精彩，而更应该是一场心灵震撼，直抵每一颗心！

刘华

CONTENTS
目录

上

下

第1章　呱呱坠地

我这本书的主人公，到底是由我本人担当呢，还是让其他人得到这个位置，在随后的篇章中自会见分晓。我的这一生，将从呱呱坠地开始说起。我出生在一个星期五的半夜十二点整。据说，伴随着凌晨钟声的敲响，一个婴儿的啼哭划破了夜空。对此，我深信不疑。

有关我的生辰，我的保姆和一些颇有见识的邻居，早在我出生前的几个月，就开始议论纷纷。他们说，我呢，首先，这一辈子准多灾多难，命运不好；其次呢，我拥有看鬼魂的特异功能。她们坚信：凡是星期五半夜出生的婴儿，不管是男孩还是女孩，生来都是不幸的，同时也都拥有看鬼魂的本领。

关于第一点，我想不用多说，我的亲身经历足以证明那预言是真是假。关于第二点，我不得不说，迄今为止还没体验到，或许当我还是个小毛孩的时候，就把这份特异功能挥霍殆尽了。不过，即使没有这份特异功能，我也不想抱怨。如果别人拥有这份特异功能，那我真诚地祝福他们好好享用吧。

我出生时带了一层胎膜①。这胎膜在报纸上还登了一则广告，准备以十五几尼②的低价出售。不知是当时航海人囊中羞涩，还是人们不大相信这胎膜真有这种奇效，他们宁愿买软木质救生衣，也不愿掏这笔钱。最后，只有一个人有意购买。这个人是个律师，和证券经纪

---

① 胎膜：英国人认为带胎膜出生者大吉，可保佑人不会溺水身亡。

② 几尼：英格兰王国以及后来的大英帝国及联合王国在1663年至1813年所发行的货币。它是英国首款以机器铸造的金币，原先等值1英镑，也等于20先令，金价上涨使几尼价值上升，在1717年至1816年期间价值等于21先令。

人经常打交道，他只肯出两镑现金，其余的用雪莉酒①作抵偿。尽管再三向他保证这胎膜能保佑他不会溺水身亡，他也不愿意多加一个子儿。最后，只好撤回广告，白白浪费了一笔费用。说到雪莉酒，我那可怜的亲爱的母亲自己也拿到市场上去卖过呢。然而十年后，这个胎膜再次出售，由我们当地的五十个人参加，他们以抽彩的方式来决定谁是买家。每个人先出半克朗②，中彩的人最后需出五先令买走胎膜。当时我也在现场，看到自己身体的一个部分竟以这种方式出售，心中可谓五味杂陈、窘迫不安。我还记得中彩的是一位老太婆，她挎着一只篮子，极不情愿地从篮子里一枚一枚地掏出硬币，那些硬币全是半便士③，掏了半天最后还差两便士半，尽管人们一枚一枚地数给她看，又费尽口舌给她解释说钱还没凑够，可是依然无济于事。后来倒是应验了，那个老太婆真的没有被淹死，而是活到九十二岁高龄，寿终正寝，心满意足。这在我们这一带传为佳话，妇孺皆知。据说这个老太婆平常爱吹嘘，说她一辈子只走过一座桥，除此之外，还不曾在水边走过。她喜欢喝茶，在喝茶时，总是对航海水手和其他干这一行的人表露出愤恨，指责这种"瞎跑"的行为简直就是亵渎上帝。即使你告诉她，她的一些日常用品，比如说茶，正是这些人"瞎跑"得来的，那也是白搭，她依然会义正词严地说："反正我们绝不能'瞎跑'。"

好了，我现在也不瞎说啦，言归正传，说说我的出生吧。

我出生在萨福克郡④的布兰德斯屯，苏格兰人常说的"在那儿"。我是一个遗腹子。父亲闭上眼六个月后我睁开了眼。即使是

---

① 雪莉酒：一种发源于西班牙的烈性白葡萄酒。

② 克朗：英国货币，1克朗等于5先令。

③ 便士：英国货币辅币，在1970年以前使用的是旧制便士，1先令等于12便士。半便士是最小面值。

④ 萨福克郡：英国英格兰东部的郡，东临北海，南为埃塞克斯郡，西为剑桥郡，北为诺福克郡。

现在，每当想起我的父亲竟然从未见过我的模样，仍然有一种怪怪的感觉。自从我记事儿以来，他在我幼小的心灵里所留下的，就是那块灰白色的墓石，一直挥之不去。我们的小客厅里，炉火融融，烛光摇曳，而我的父亲，却躺在无边无际的黑暗里，我们门窗紧闭，把他拒之门外，想起这一情景，我觉得实在是太残忍了，同情之心油然而生。

我父亲的姨妈，也就是我的姨奶奶，在我们家可是个举足轻重的人物，后面我会详细介绍她。她叫特洛伍德小姐，或称贝斯小姐，迫于她的威严，我那可怜的母亲常常总用后面这个称呼，不过，这种情形也不多见。我的这位姨奶奶曾经嫁给一个比她还小的丈夫，他年轻英俊，可俗话说得好："行为美才是真正美。"他在这方面可做得不够美，因为他涉嫌家庭暴力，甚至有一次，他们为日常生活问题发生争吵，他一气之下差点把贝斯小姐从三楼窗口扔出去。他的种种劣迹，使贝斯小姐忍无可忍，最终她给了他一笔钱，两人从此分道扬镳。他带着这笔钱去了印度。在我们家流传着一个荒诞的说法：人们曾在印度看见他骑在一头大象上，旁边还坐着一个大狒狒。可我总觉得，旁边坐着的，不是大狒狒，而是贵妃或贵妃的女儿。无论如何，十年后，从印度传来他的死讯，我姨奶奶听到这消息做何感想，无人可知。和他分手后，姨奶奶就恢复了原来的姓，在遥远的海边小村，购置了一座小房子，带着一个女仆在那儿独自生活。大家认为，她一定是想逃离滚滚红尘，避开世俗烦恼。

我相信，她有一段时间一定很疼爱我的父亲，可父亲的婚事让她伤透了心，因为在她的眼里，我的母亲只不过就是一个蜡娃娃①，尽管她压根儿就没见过我母亲，却早已获悉我母亲还不到二十岁。贝

---

① 蜡娃娃：也译为"蜡美人"，英国俗语，指空有一副美丽外表，头脑却极其简单的女孩子。

斯小姐和我父亲为此事闹得不欢而散，从此再没见过面。父亲和母亲结婚时，父亲比母亲年长一倍，身子骨也不大好，一年以后便撒手人寰，正好前面所说，他去世后六个月，我来到人间。

原谅我必须说明，在那个星期五的下午，发生了一件很特别的事儿，不过，在我的记忆里，那事究竟是怎么发生的，却未曾留下任何印象。

那时，我母亲正坐在壁炉旁，她身子虚弱，精神不振，眼泪汪汪，盯着炉火发呆。她想着自己，想着腹中的胎儿一出生就没有了父亲，忍不住悲从中来。在楼上的抽屉里，尽管早已放好了许多吉祥如意的别针①，迎接新生婴儿的到来，可是这个世界对他的到来并无兴趣。正如我刚才所说，那是一个阳春三月的下午，天气晴朗，春风拂面，母亲坐在壁炉旁，心神不定，焦虑不安，生活堪忧，何以为继？她抬起头，抹了抹眼泪。突然，她透过窗户，看见一个陌生的女人向花园走来。

我母亲仔细打量了一下这位陌生女人，凭直觉，我母亲认定她一定就是贝斯小姐。在落日余晖的掩映下，那女人趾高气扬地穿过篱笆走了进来，脸上的表情泰然自若。

她走到屋子前面的举动是那么独特，再次证明她的身份。我的父亲常说，她的行为举止，根本就不像虔诚的基督教徒。她并没有去拉门铃，而是径直走到我母亲面前的那扇窗户跟前，鼻尖紧紧贴在玻璃上，朝屋子里东张西望。我的可怜母亲后来说，她的鼻子贴得实在是太紧了，鼻尖半天都不见血色。

她的突然造访，使得我母亲惊慌失措，所以我一心认为，我能在星期五那天出生，贝斯小姐功不可没。

我母亲局促不安，站起身来，挪到椅子后面的墙角。贝斯小姐站

---

① 别针：用来给婴儿别尿布用。

在那儿，气定神闲，不紧不慢地扫视着屋子里的一切，那神情，恍若荷兰钟摆上的撒拉逊人①。终于，她的目光落在我母亲身上，她皱了皱眉头，朝我母亲打了个手势，就像指使奴仆那样，示意我母亲去开门。我母亲只好走过去开门。

"我想，你就是大卫·科波菲尔太太吧？"贝斯小姐加重了语气，她大概从我母亲身上穿的孝服和眼下这窘迫样儿猜测到的。

"是的。"我母亲的声音在颤抖。

"特洛伍德小姐，"她说道，"你应当久闻她的大名了，我敢保证。"

我母亲表示她非常有幸，的确听说过这个名字。但是，她的心里并不愉快，脸上的表情也就有些挂不住。

"现在，她本人就在你眼前。"贝斯小姐说。听闻此言，我母亲便低着头请她进屋来。

她们走进我母亲刚才待过的那间小客厅。走廊对面那间最好的房间还没有生火，其实，自从我父亲离开人世后，那间屋子就再没生过火。她们刚一坐下，我的母亲就忍不住失声大哭起来。

"好了，好了，好了！"贝斯小姐忙说，"不要那样！不要那样！行了，行了！"

可是我母亲没法控制自己，一直等到哭够了才停下来。

"孩子，把你的帽子摘掉，"贝斯小姐说，"让我瞧瞧。"

这个要求实在有点过分，可是我的母亲太过怯懦，虽然有千万个不情愿，也不敢违抗。她只好摘下帽子，由于太过紧张，她的手哆嗦不停，一头浓密秀美的头发，披散开来。

"天啊！"贝斯小姐惊叹道，"你还是个毛头娃娃！"

---

① 撒拉逊人：从今天的叙利亚到沙特阿拉伯之间的沙漠牧民，广义上则指中古时代所有的阿拉伯人。

毫无疑问，我母亲看上去非常年轻，甚至比她的实际年龄还小。她低下头，就像做错了什么。一副可怜兮兮的模样。她哽咽着说，自己虽说长得像个娃娃，可已经是个寡妇，如果还能活下去，可能还会成一个孩子气的母亲。大家沉默了一会儿，母亲隐隐觉得贝斯小姐还在抚摸她的头发，她的动作有点儿温柔。她怯生生地看着贝斯小姐，只见贝斯小姐卷起长裙的下摆，面对着炉火坐在那儿，双眉紧锁，双脚踏在壁炉沿上，双手叠放在膝盖上。

"看在上帝分上，我弄不懂，"贝斯小姐突然问，"为什么要叫'鸦巢'？"

"您是指这座房屋吗，姨妈？"我母亲问。

"为什么要管它叫'鸦巢'呢？"贝斯小姐大为不解，"索性叫它厨房还实用点，如果你们有一丁点生活常识的话。"①

"这名字是科波菲尔先生取的，"我母亲说，"他当时买这房子时，以为周围聚居着一群乌鸦，所以打心眼儿喜欢上了这儿。"

黄昏时分，突然狂风大作，花园那边几棵高大的老榆树发出沙沙的声响，我母亲和贝斯小姐不由自主地朝那边望去，只见老榆树被吹弯了腰，勾肩搭背紧紧凑在一起，窃窃私语。眨眼间，它们向着四面八方疯狂地挥舞着胳膊。或许他们意识到刚才的密语极不道德，开始隐隐自责。挂在枝上的鸦巢，经过风吹雨淋，早已千疮百孔，就像在狂风暴雨的海上遇险的小船，在空中摇摇欲坠。

"现在乌鸦跑哪儿去了？"贝斯小姐问道。

"您的意思是……"母亲刚才走神了。

"那些乌鸦……现在到哪儿去了？"贝斯小姐问道。

"自从搬到这儿来，就再也没见过。"我母亲说，"我们以为……噢，科波菲尔先生以为这里的确有一群乌鸦。那些鸟窝都是多

---

① rookery（鸦巢）和cookery（厨房）二者词形相近，贝斯小姐发生了误读。

年前的，乌鸦早就飞走了。"

"这就是大卫·科波菲尔！"贝斯小姐大声嚷嚷，"不折不扣的大卫·科波菲尔！连一只乌鸦影子都没看见，偏偏把这房子叫鸦巢。看见有个乌鸦窝，就以为有一群乌鸦。"

"科波菲尔先生尸骨未寒，"我母亲回敬道，"如果您非要当着活人的面说死人的不是……"

我想，我那可怜的亲爱的母亲，恨不得揍我姨奶奶一顿。不过，话说回来，就算我母亲受过专业训练大打出手，对于姨奶奶来说，也不值一哂，她只需用一只手就可以轻而易举把我母亲制服。不过，这场争论很快结束了。母亲刚从椅子上站起来，只觉得头昏目眩，重新瘫坐在椅子上。

一会儿，她醒了过来，或者是贝斯小姐把她弄醒了，她看见贝斯小姐站在窗户前。暮色渐浓，他们已经看不清对方，壁炉发出微弱的光，她们隐约看见对方的轮廓。

"喂，"贝斯小姐重新回到座位上，好像刚才只是随意站在窗边看看风景，"你估计什么时候……"

"我浑身哆嗦，"我母亲疼痛难忍地说，"这到底是怎么回事，我是不是快要死了，我快要死了！"

"不，不，不，"贝斯小姐说，"喝点茶吧。"

"啊，啊，您认为喝茶真的管用吗？"母亲无助地问道，一副楚楚可怜的模样儿。

"当然有用，"贝斯小姐说，"你不舒服只是一种幻觉。那个女孩叫什么名字来着？"

"我还不知道是男孩还是女孩呢，小姐。"母亲天真地说。

"愿上帝保佑这孩子！"贝斯小姐忍不住引用楼上抽屉里那些别针上的第二句祝福语，不过这句祝福语并不是送给母亲腹中的胎儿，而是说给我母亲听的，"我说的不是那个孩子，我说的是你的女佣。"

"辟果提？"我母亲说。

"辟果提！"贝斯小姐气急败坏地叫嚷起来，"孩子，你的意思是说，竟然有一个神志清醒的人，会跑到教堂去，给自己取个'辟果提'这样的名字？"

"'辟果提'是她的姓，"我母亲有气无力地解释道，"因为她的名字和我一样，科波菲尔先生只好用姓来代替她的名字。"

"喂，辟果提，"贝斯小姐打开客厅的门，颐指气使地说，"快去端茶水来，太太不舒服，快去，别晃来晃去！"

贝斯小姐一到这里就开始发号施令，俨然是一家之主。突如其来的命令把辟果提吓了一跳，她端着蜡烛从走廊走过来。见辟果提听从了使唤，贝斯小姐重新把门关上，又像刚才那样坐下来，卷起长裙的下摆，双眉紧锁，双脚踏在壁炉沿上，双手叠放在膝盖上。

"你刚才提到你要生一个女孩，"贝斯小姐说，"毫无疑问，绝对是个女孩，我早就有预料到了，你会生个女孩。好了，孩子，这个女孩一出生……"

"或许是个男孩呢。"母亲壮着胆子插了一句。

"我告诉你，我早有预感，准是女孩，"贝斯小姐说，"别跟我顶嘴。这个女孩一出生，我要和她做朋友。我想当她的教母，我想让你答应，为她取名为贝斯·特洛伍德·科波菲尔。这个贝斯·特洛伍德绝不允许犯任何错误，绝不允许随意糟蹋爱情。可怜的孩子，她应当受到良好的教育，应当得到很好的监护。只有这样，她才不会稀里糊涂，轻信他人。这是我义不容辞的职责。"

贝斯小姐每说完一句话，她的头便随之痉挛似的晃动一下。往事不堪回首，仿佛她仍深受折磨，正在拼命克制不要流露出来。至少，借着微弱的火光，我母亲这样揣测着。当时，我母亲十分畏惧贝斯小姐，再加上身子极不舒服，她显得惶恐不安，手足无措，无法仔细留意这一切，也不知该如何回答才好。

"那时大卫对你好吗，孩子？"沉默了一会儿后，贝斯小姐又开口道，此时她的头不再晃动了，"你们一起过得开心吗？"

"我很开心，"我母亲说，"科波菲尔先生对我关爱有加。"

"嗯，我想，他一定把你给宠坏了吧？"贝斯小姐继续发难。

"我现在举目无亲，孤身一人，举步维艰，以后凡事都得靠我自己，从这个方面来说，我想他是把我宠坏了。"我母亲哽咽着说。

"行啦，行啦！不要再哭了！"贝斯小姐说，"你们俩一点儿都不般配，孩子，没有一对夫妻是般配的，正因为这样，我才问你这个问题。你是一个孤儿，对不对？"

"是的。"

"你曾经当过家庭教师？"

"我曾在一户人家做保姆，同时还兼任家庭教师，科波菲尔先生去拜访那家时认识了我，他待我和蔼可亲，无微不至地关心我，照顾我，最后他向我求婚，我便答应了他。很快，我们就结婚了。"我母亲认真地追忆着点点滴滴。

"哎！可怜的小娃娃！"贝斯小姐陷入了沉思，直直地盯着炉火，双眉紧锁，"你又知道些什么？"

"我不明白您说的什么，姨妈。"我母亲怯怯地说。

"比方说料理家务，你知道些什么？"贝斯小姐问。

"我虽然很想多懂一些，"我母亲老老实实地回答，"事实上我的确懂得不多，不过科波菲尔先生曾经教过我——"

"他自己又知道多少！"贝斯小姐插言道。

"——我想我已经取得很大进步，我当时迫切想学习些东西，他耐心地教导我，要不是他抛下我就走了——"说到这里，我母亲再也控制不住，伤心地哭了起来。

"行啦，行啦！"贝斯小姐又说，"不要再哭哭啼啼的了。"

"——我敢说，除了我在写'3'和'5'时把这两个数字弄混淆了，在写'7'和'9'时加上一条弯弯曲曲的尾巴，科波菲尔先生有点不满之外，我们俩还从未闹过别扭。"母亲说到这，悲痛再次袭来，再也无法说下去了。

"你再这样哭下去，非把自己弄病倒不可，"贝斯小姐劝慰说，"你知道这无论是对你还是对我那教女来说都于事无补。不要再哭了，想开点吧！"

虽然母亲明显感到身子越来越不舒服，不过，这番话似乎起了一丁点镇静作用。接下来两人便缄默不语，贝斯小姐把脚搭在壁炉上，一动不动地坐在那儿，时不时发出一阵干咳。

"我知道，大卫用他的钱买了一笔年金，"过了一阵，贝斯小姐又说，"他分了多少给你？"

"科波菲尔先生，"我母亲颇为费劲地回答说，"处处为我考虑，想得十分周全，他把一部分年金给了我。"

"多少？"贝斯小姐问。

"每年一百零五英镑。"我母亲说。

"他本可以做得更糟一些。"我姨奶奶说。

这话不合时宜。我母亲的情形比刚才更糟。辟果提托着茶皿和蜡烛走进来时，一眼就看出母亲的不对劲。要是屋里光线明亮一点，或许贝斯小姐也会觉察出来。辟果提急忙把母亲扶上楼，又马上吩咐她的侄儿汉姆·辟果提去请护士和医生来。这些天，汉姆一直悄悄住在我家，一旦出现紧急情况，可以派他出去请人来帮忙，只不过我母亲还不知道这事。

这支浩浩荡荡的医疗队伍来到这里，立马被眼前的情形惊呆了，他们谁也没料想到，壁炉边坐着一个陌生女人，表情怪怪的，举止也怪怪的，一顶帽子挂在左胳膊上，正一个劲儿地往耳朵里塞棉球。辟果提从没听说过我姨奶奶这人，而我母亲也从未提起过她。她坐在客厅里，显得格外神秘，口袋里似乎装满了珠宝商人用的棉球①，一刻也不停地往耳朵里塞，虽然举止不雅，但威严不减。

医生上楼一会儿又下来了，注意到对面这位陌生奇怪的女人。他想，他可能会和她一起待上几个小时，于是特别注意自己的仪表仪态，显得彬彬有礼，温文尔雅，当然这只是我的猜测。他可以算得上男人中最谦卑有礼的，小人物中最温顺随和的。在屋子里进进出出，他总是侧身而行，生怕多占一寸地方。他迈着轻柔的脚步，缓慢挪动，就像《哈姆雷特》中的幽灵悄然而行。他的脑袋总是歪向一侧，他总是谦卑地贬低自己，谦卑地讨好别人。哪怕是遇上一条狗，他也会对它以礼相待，即使是一条疯狗，他也不会发脾气，他会和颜悦色对它说上三言两语，或零星几个词。他说起话来，慢条斯理，字斟句酌。不管何时何地，他都不会对一条狗吆五喝六，粗暴无礼。

齐力浦先生毕恭毕敬地看着我的姨奶奶，侧着头微微向她鞠躬致意，然后轻轻地摸了摸自己的左耳，针对她耳朵里塞的那些棉球问：

"太太，有局部炎症吗？"

"什么？"我姨奶奶像拔木塞似的把棉球猛地拔了出来。

齐力浦先生被她这种粗暴举动惊呆了。后来，他告诉我母亲，他当时手足无措，无所适从。可是他仍然谦逊有礼地问：

"太太，有局部炎症吗？"

"瞎扯淡！"姨奶奶说罢又把耳朵塞上了。

齐力浦先生一筹莫展，只好无可奈何地坐在那儿看着老太太，而她却若无其事地坐在那儿，双眼直视壁炉。他们就这样坐着，默不作声，一直到大家来请医生去楼上看看。过了一刻钟，医生又下楼来了。

"怎么样？"我姨奶奶问，随手把靠近医生那一侧耳朵里的棉花

---

① 当时珠宝商用特制的棉花来垫珠宝，以防压损。

拔出来。

"嗯，太太，"齐力浦先生回答说，"还在——正在慢慢生呢，太太。"

"哼——！"我姨奶奶满是鄙夷，又捡起棉球塞进耳朵。

齐力浦先生后来告诉我母亲，他当时的确被吓坏了，虽然是个医生，他也吓得着实不轻。可是他依然强打精神坐在那儿，强撑着，看着姨奶奶；而她呢，坐在那儿，看着炉火。就这样，他们又坐了近两个小时，直到医生再一次被请上楼去。不一会儿，医生又下楼来了。

"怎么样？"我姨奶奶再次把那侧耳朵的棉花拔出来，问道。

"嗯，太太，"齐力浦先生回答说，"还在——慢慢地生呢，太太。"

"哼——！"我姨奶奶嗤之以鼻。我姨奶奶的这副腔调着实让人不堪忍受。后来齐力浦先生提起这事儿，说他的情绪受到了很大影响。他宁愿坐在楼梯间，也不愿再回客厅，虽然那儿又黑又冷。

汉姆·辟果提上了公立小学，在学习《教义回答》时十分认真，是个笃信教义的人，因此可以算得上是一个值得信赖的人。第二天，他谈起头天晚上之后一个小时发生的事。他说，他碰巧在客厅门口往客厅里瞅了一眼，只见贝斯小姐烦躁不安，在屋里来回走动，突然一下子发现他，一把上去逮住了他，这下，他无路可逃。他说，楼上不时传来脚步声和喊叫声，声音变得越来越大，那女人猛地揪住他，把他当着出气筒，用来宣泄焦虑。看来，那些棉球根本无法阻挡楼上的声音。他还说，那女人就像喝多了鸦片酊似的，揪住他的衣领，拽着他的头发，堵住他的耳朵，把他推来搡去，任意发泄。他的姑妈也证实这一切，说在十二点半左右，汉姆刚刚脱身那会儿，他的脸涨得通红，跟我刚出生时的脸色一样呢。

即使性情温顺的齐力浦先生对我姨奶奶心存不满，在这种喜庆的场合，他也不会表现出来。他刚一忙完，便侧身走进客厅，恭敬谦卑地对我姨奶奶说:"嗯,太太,我由衷地向您表示祝贺。"

"祝贺什么呀?"姨奶奶恶狠狠地问。

我姨奶奶这副凶神恶煞的样子把齐力浦先生吓得六神无主。于是,他向她微微鞠了一躬,又报以微微一笑,以打消她的怒气。

"噢,天啊,他在干什么?"姨奶奶极不耐烦地嚷嚷,"难道他不会说话吗?"

"不用着急,我尊敬的太太,"齐力浦先生无限温柔地说,"现在,已经没有什么可以担心的了。太太,真的不用着急了。"

姨奶奶居然没有使劲去摇晃他,没有使出浑身的力气把他的话从他嘴里摇出来,相反,她只是使劲摇了摇自己的脑袋,不过即便这样,她的这一举动已经把他吓出一身冷汗。后来,人们每次谈起这事,都觉得不可思议。

"噢,太太,"齐力浦先生鼓足勇气继续说道:"由衷地祝贺您,现在一切都结束了,一切都很平安,一切都很圆满。"

齐力浦先生字斟句酌、热情洋溢地发表了一番演说,说完这番话大约花了五分钟。姨奶奶一直在旁边冷眼旁观。

"她到底怎么样?"姨奶奶双臂交叉抱着,其中一只胳膊上还挂着她的帽子。

"哦,太太,我想她很快就会没事了,"齐力浦先生说,"在这种并不大理想的家庭环境里,一个年轻的母亲能有现在这个样子已经相当不错了。太太,如果您现在想去看她,就请您去吧,说不定这对她还有好处呢。"

"我是说她,她到底怎么样了?"姨奶奶怒气冲冲地问道。

齐力浦先生的脑袋歪向一侧,他直愣愣地看着我姨奶奶,就像一只温顺的小鸟。

"那个女婴,"姨奶奶说,"她好吗?"

"太太,"齐力浦先生答,"我还以为您早知道了呢。是个少爷。"

听到这话，姨奶奶二话没说，抓起帽带，提起帽子，就像投石器一般瞄准齐力浦先生的脑袋，猛地打了个正着，然后歪扣着打瘪了的帽子，头也不回地走了。她像一个梦想被现实击灭的仙女，消失得了无踪迹，或者，像大家都认为我可以看见的鬼魂一样，悄无声息地消失了，再也没有回来。

真的，她再也没有回来。我躺在我的摇篮里，母亲躺在她的床上，而贝斯·特洛伍德·科波菲尔则永远游荡在那个梦幻世界里，游荡在我不久前游历过的广袤大地。屋子里的光亮映照着窗口，照着芸芸众生的安宁之所，照着赐予我生命的那个人的一抔黄土。

第2章　回望童年

当我回忆起儿时的情景，首先映入我眼帘的，便是我的母亲和辟果提。我的母亲一头秀发，身材苗条；而辟果提，身材一般，一双乌黑的眼睛，把眼睛周围的皮肤都衬得越发黝黑。她的双颊和双臂圆溜溜的，红通通的，因而我时常纳闷儿，为什么鸟儿不去啄她，而偏去啄苹果呢？

我想我是记得她们的，她们俩相隔不远，或蹲着身子，或跪在地上，在我看来，她们俩就像小矮人似的，我在她们中间跟跟跄跄地走着，从一个人身边走到另一个人身边。我还记得，不过我也说不清这到底是记忆呢还是想象呢，辟果提常常伸出食指让我去抓，那食指，因为做针线活的缘故，显得十分粗糙，就像磨小豆蔻的擦子一样有些硌手。

或许，这些都是我的想象。不过，我仍然认为，我们大部分人对于儿时的记忆要比平常人们所认为的更早一些。我还认为，一些小孩子所具有的观察力，在精密度和准确性方面十分惊人。有许多成年人在这些方面表现非凡，与其说他们获得了这种能力，不如说他们还没有丧失这种能力。当我看到这些成年人朝气蓬勃、和蔼可亲、知足常乐，我更觉得如此，这正是他们从儿时保留下来的优良传统啊。

不说正事，却说这些，会有东拉西扯之嫌，因此我必须借此机会说明：我的这些结论，在一定程度上是建立在我的亲身经历基础上的。如果在这部传记里，叙述的内容能表明我是一个观察敏锐的孩子，一个对童年记忆犹新的孩子，我会深以为然。

幼年时期的记忆，我大脑一片混沌。我首先记起的是我的母亲和辟果提。让我再想想，我还能记得些什么呢?

　　朦朦胧胧中，出现的是我的房子，这房子对我来说并不陌生，而且是非常熟悉，与早期记忆中的一模一样。楼下是厨房，那是辟果提做饭的地方，厨房门通向后院。后院正中有一根直立的柱子，柱子上安着一间鸽子屋，不过却不见一只鸽子。院子的角落里有一个狗窝，也不见一只狗来歇脚。一大群家禽，个子高大威猛，趾高气扬，气势汹汹，在院子里昂首阔步。一只公鸡飞到柱子顶上，喔喔直叫。当我从厨房窗子往外看它时，它也目不转睛地看着我，它面目可憎，吓得我瑟瑟发抖。院门旁边还有一群鹅，它们一看见我，便伸出长长的脖子，摇摇摆摆地追着我，嘎嘎直叫，以至我晚上经常梦见它们，就像被狮兽围困，噩梦挥之不去。

　　房子里有一条走廊，昏暗幽深，一直从辟果提的厨房通往屋子的正门。走廊的对面，是一间黑黢黢的储藏室。到了晚上，我要是从那儿路过，会飞快跑过去，不敢多作停留。要是在那点上蜡烛，在昏暗的光线里，那股散发着霉味的潮湿气味，连同肥皂味、泡菜味、胡椒味、蜡烛味、咖啡味混杂在一起，飘散出来，钻进你的鼻孔，你会暗自纳闷儿：那些瓶瓶罐罐，旧茶叶盒子里究竟藏着些什么东西呢。再往前走就是那两间小客厅，其中一间是我们晚上坐着休息的地方，我母亲和我，还有辟果提，她忙了一天的活儿，身边也没别的人，便来陪我们坐坐。另一间客厅是最好的，屋子里相当气派，只有礼拜天的时候，我们才到那儿坐坐，感觉总不是那么舒服，总觉得屋子里冷冷清清凄凄惨惨。因为不知是什么时候，反正是很久以前，辟果提对我说起父亲的丧事，说起那些送殡的在这儿穿上了黑外套。有一个礼拜天晚上，母亲给我和辟果提读拉撒路起死复生的故事[①]，我吓得面

────────────

　　① 见《圣经·新约·约翰福音》第11章，讲述的是拉撒路死去后，耶稣让拉撒路死而复生。

色惨白，她们不得不把我从床上抱起来，透过卧室的窗户，让我看看那一片宁静的教堂墓地，在肃穆的月光下，那些死人都安安静静地躺在坟墓里呢。

我不管在其他哪儿都不曾见过这样的教堂墓地：芳草萋萋，清幽寂静。清晨，我跪在母亲卧室里那个小套间的小床上，透过窗户，便可以看见羊儿在那儿啃草，初升的晨曦照在日晷上。我忍不住心想：日晷又要开始报时了，它是不是感到特别开心呢？

教堂里有我们家的专用座位。那靠背实在是太高了。旁边有扇窗户，透过窗户，可以看见我们家的房子。早上做礼拜时，辟果提总是忍不住朝家里张望，她时刻警惕着，担心我们家的房子是不是遭抢劫了，是不是被大火烧了。她可以东张西望，我绝不可以。如果我往外面瞟一眼，她就会非常生气，皱起眉头，示意我站在位子上，眼睛要直盯着牧师。可是我不能老看牧师呀！他就是不穿那件白衣服，我也能一眼认出他来。我老这样直勾勾地看着他，我还担心他会觉得极不自在，说着说着就会停下来，跑到我身边来问我，果真如此，那我该如何是好？总打呵欠也不行，我得干点什么打发时间啊。

我看了看母亲，她却装作没看见我。我看了看过道里的一个小男孩，他对我扮了个鬼脸。于是，我又看了看从门口照射进来的缕缕阳光，竟然看见一只迷途的羔羊——我不是说罪人[①]，而是一只真的可以宰来吃肉的羊——它有点儿犹豫不决：要不要闯进教堂来呢。我想，如果我再多看它一眼，肯定会忍不住大声尖叫的，那我该怎么收场。我只好抬头看看墙上的灵牌，努力强迫自己去想我们这个教区早已过世的包杰斯先生。他当时深受病痛折磨，医生却束手无策，不知她的太太心里是怎么想的，也不知他们当时去请齐力浦医生没有，他是否回天乏术，如果真是这样，人们每次礼拜提起这事，他会做

---

① 基督教用迷途的羔羊来指误入歧途的罪人。

何感想？我看看了齐力浦，他系着礼拜天才系的领带。我又看了看讲坛，忽然觉得这可是一个不错的地方，一座绝好的城堡，男孩子顺着楼梯爬上来攻城，城堡里的人可以扔下那些带穗子的天鹅绒靠垫，砸在他们头上。渐渐地，困意袭来，我合上了眼，隐隐约约听到牧师在唱着一支圣歌，好似催眠曲。接着，便什么也听不见了。突然，"扑通"一声，我从座位上栽下来，摔了个大跟头，摔得我眼冒金花，辟果提这才把我抱回家。

现在，映入眼帘的是我们家房子外面的景致。卧室的窗户开着，清新的空气扑面而来。那些破旧的鸦巢，在花园尽头处的老榆树上摇来晃去。我来到后花园，这里有空鸽房，狗窝，还有蝴蝶保护区，我记得有一道高高的篱笆，一道大门，上面挂着一把大锁。树上挂着累累果实，全都熟透了，这派景象在其他果园绝无仅有。母亲采摘一些果实放在篮子里，我站在一旁，趁母亲不注意，神不知鬼不觉地把醋栗塞进嘴里，猛地吞了下去，还拼命装出一副若无其事的样子。一阵大风刮起，夏天眨眼间就过去了，冬天来了。黄昏时分，我们玩游戏，在客厅里跳舞。母亲跳累了，气喘吁吁，便坐在扶手椅上歇息。她的手指滑过浓密的秀发，把上身的衣服拽了拽。我比谁都了解她，她非常爱美，并为自己的漂亮感到十分骄傲。

这些都是我儿时记忆中的一部分。除此之外，我觉得我和母亲都有点怕辟果提，家中大小事情都听她安排，这也是我最早的看法，如果这算是看法的话，我可是亲眼看见了许多事后才产生了这一看法。

一天晚上，家里只有我和辟果提，我们一起坐在客厅的壁炉边。我给辟果提朗读一个有关鳄鱼的故事。要么是我读得太投入了，要么是她听得太专注了，听完之后，她竟然隐隐约约觉得鳄鱼是一种蔬菜。我读累了，困极了，可是既然得到了母亲的许可，允许我晚些睡，可以一直等她从邻居家回来，这对我来说，真是千载难逢的机会，我哪怕困得要死也绝不会去睡觉。于是，我强撑着，可实在是太困了，辟果提在我的眼里变得越来越大，越来越大。我只好用两根食指把眼皮撑着，强打着精神盯着她不停忙碌着。又盯着她面前放着一块蜡烛头，那是给线打蜡用的，那玩意儿看上去像个古董，上面沟壑纵横。又盯着那个放着量衣尺的小茅草屋。又盯着那个针线盒，盖子上绘着圣保罗教堂①，圆屋顶是粉红色的。又盯她手指上的铜顶针。又盯着她，她在我眼里十分可爱。那个时候，我已经困得睁不开眼皮，如果不强迫自己看点什么，很快就会呼呼大睡起来。

"辟果提，"我突然问，"你结过婚吗？"

"天啊，大卫少爷，"辟果提惊讶地回答，"你怎么突然问起结婚这事啊？"

她看上去一副惊慌失措的样子，一下子让我清醒不少。她使劲扯着针线，扯到不能再扯为止，然后停下手中的活，目不转睛地看着我。

"你到底结过婚没有呢，辟果提？"我说，"你是个非常漂亮的女人，对不对？"

的确，我认为她和我母亲是不同类型的，在我看来，她身上有着另一种不同韵味的美。在我家最好的那间客厅里，有一张红绒面的脚凳，母亲在上面绣了一束花。在我眼里，脚凳的底色和辟果提的肤色一模一样，只不过脚凳要光滑点，辟果提的皮肤要粗糙点，但这并没关系。

"你说我漂亮，大卫？"辟果提说，"哎呀，不对，我的宝贝！你怎么会问我结婚没有呢？"

"我也不知道！——一个女人不能同时嫁给两个男人，是不是，辟果提？"

---

① 圣保罗教堂：伦敦最大的教堂。公元四世纪，君士坦丁大帝在据说是传教者圣保罗为主殉道的墓上筑起了这座教堂，这里集中了珍贵的镶嵌画、壁画与浮雕，享有艺术宝库的美名。

"当然是。"辟果提斩钉截铁地回答说。

"可是如果你和一个男人结婚了，后来那个男人死了，那你就可以和另外一个男人结婚了，是不是，辟果提？"

"那倒是可以，"辟果提说，"如果你愿意的话，当然没问题。我的宝贝，这就要看你是怎么想的。"

"那你是怎么想的呢，辟果提？"我问。

我一边问她，一边好奇地打量着她，她同样十分好奇地看着我。

"我的想法是，"她想了想，目光从我的身上移开，继续做着手中的针线活，然后说，"我从来没有想过结婚，也决不打算结婚，大卫少爷，这就是我的想法。"

"是不是惹你生气了，辟果提？"我沉默了一会儿，又忍不住问道。

她对我爱理不理的，我还真以为她生气了。不过，看来是我误会了。只见她放下正在缝补的长筒袜，张开双臂，一下子把我满是鬈发的小脑袋紧紧地搂在怀里。她长得胖乎乎的，每次穿上衣服，只要稍微用点力，长裙背后的扣子就会飞出去。我记得这次她搂着我的时候，就有两颗扣子蹦到客厅的另一边去了。

"好啦，让我们现在再来听听'饿芋'的故事吧，"辟果提说，鳄鱼的名字她还说不大准确，"我还没听到一半呢。"

我当时搞不懂为什么辟果提的举动看上去那么怪异，也没弄明白为什么她突然又提起鳄鱼。一提起这些怪物，我的精神又来了。我们把鳄鱼蛋埋在沙子里，让它们在阳光下孵化出来，我们在它们面前蹦来蹦去，惹怒了它们，可它们生得笨重，半天也转不过身来，只好任由我们捉弄。我们像当地人一样，跳进水里去追逐它们，拿着削得尖尖的木棒戳它们的喉咙，总之，我们千方百计的和鳄鱼大干了一场。至少我是这么想的，至于辟果提，我不敢保证，因为她看上去一副心事重重的样子，显得有些心神不宁，还时不时用针尖戳一下她的脸或胳膊。

讲完鳄鱼的故事，我们又开始讲美洲鳄鱼。忽然，花园的门铃响了起来。我们急忙赶到门口。我母亲站在那里，她看上去比平常显得更加楚楚动人，她的身边还站着一位先生，有着漂亮的黑发黑胡须。上个礼拜天，他还陪着我们一起从教堂走回家。

母亲站在门边，弯下腰，把我抱起来，温柔地吻了吻我。此时，那位先生说我这个小家伙比君主享受的特权还多，诸如此类的话，只是我当时并不明白其中的含义，直到后来懂事了才明白。

"你这话是什么意思？"我趴在母亲肩头，好奇地问道。

他轻轻地抚摸着我的脑袋，可不知为什么，我并不喜欢他，也不喜欢他低沉的声音。他抚摸我的时候，我十分担心他会顺势碰触我妈妈的手，这让我十分嫉妒。可是他还真触碰了妈妈的手，我不由分说地一下子把他的手给推开了。

"哦，大卫！"母亲轻轻地责备道。

"可爱的孩子！"那位先生说，"他深爱着你，我很能理解。"

我从未见过母亲如此妩媚动人。母亲极其温柔地责备着我不该那么粗鲁，随即又紧紧地搂着我，让我趴在她的肩上。她转过身，向那位先生致谢，感谢他不辞劳苦送她回家。她一边说着，一边伸出手来。那位先生也伸出手来，想握住她的手。就在这时，我觉得母亲看了我一眼。

"咱们得说'再见'了，我的好孩子。"那位先生说，我看见他低着头，贴在我母亲的小小手套上。

"再见！"我说。

"好的！让我们成为世界上最好的朋友吧！"那先生笑着说，"咱们握握手！"

我的右手正握在我母亲的左手里，我只好朝他伸出左手。

"噢，不是这只手，大卫！"那位先生笑着说。

母亲拉出我的右手，想递给他，可是我由于上述原因，拿定主意决不伸右手，只伸左手，他十分亲热地握住我的左手，还夸我是个有胆量的小家伙。然后便离开了。

我目送着他远去的身影，看见他在花园里转过身来，他那双不安好心的黑眼睛，又看了我们一眼，便关上了门。

这期间，辟果提一动不动，一言不发，现在她急忙插上门闩，和我们一起走进客厅。母亲平日总是坐在炉火旁边的扶手椅子上。今天一反常态，径直坐在客厅的另一角，愉快地哼起了小曲儿。

"今天晚上过得很开心吧，太太。"辟果提说着，她手里举着蜡烛，就像一只大木桶一般，直挺挺地站在屋中间。

"谢谢你，辟果提，"母亲语气欢快，"今晚过得很开心。"

"见见朋友，换换环境，能让你开心起来，是吗？"辟果提的话里隐隐暗示着什么。

"是啊，换换环境，换换心情。"母亲回答说。

辟果提依然一动不动地站在屋子正中央。母亲继续哼唱着小曲。我睡着了。但我睡得并不沉，还能听见声音，只是听不清楚她们到底说了些什么。这种状态极不舒服，后来，我醒了，依旧睡眼蒙眬，迷迷糊糊，只见辟果提和母亲在说着话，脸上都挂着眼泪。

"不要和这个人在一起，科波菲尔先生要是活着，也不会同意的，"辟果提说，"我敢发誓，我的看法绝不改变！"

"哦！天哪！"母亲叫道，"你非得把我逼疯不可！谁家的姑娘有我这么可怜，受自己的仆人管制？为什么你要叫我姑娘，这不公平，难道我没结过婚吗，辟果提？"

"上帝知道你是结过婚的，太太！"辟果提回答说。

"那你竟敢，"母亲说，"你知道，我的意思并不是说你怎么敢，辟果提，而是你怎么忍心让我这么难过，对我说出如此残酷的话，难道你不明白，出了这个门，我在外面连一个可以依靠的朋友也没有？"

"正因为这样，"辟果提说，"就更不可以。不行，就是不行！说不行就不行！"辟果提态度坚决，语气严厉，一边说着一边使劲摇晃着烛台，我还以为她一怒之下会把烛台扔出去。

"你怎么得寸进尺？"母亲说着，泪如泉涌，"你这样说真是越发不讲道理了，你怎么总以为这事是早已安排的，并已成定局了呢，辟果提？我不是曾多次告诉过你，这些只不过是普通的交际应酬，你这个狠心的人！你说他喜欢我，那我又能怎么办？要是有人犯傻，产生了爱慕之情，我又能做些什么？难道这是我的错吗，我问你？你难道希望我把头发剃光，把脸抹黑，把自己烫伤烧伤，毁掉自己的容颜，变成一个丑八怪？我敢说，你就是希望我这样做，辟果提，你巴不得我早点毁了自己。"

我想，这番话着实冤枉了辟果提，辟果提听了伤心极了。

"我亲爱的宝贝，"母亲说着，走到我坐着的扶手椅边，一把搂着我，"我的小心肝，亲爱的卫儿呀！你是不是想拐弯抹角地骂我，骂我不疼爱不关心我的小宝贝吗？"

"我压根儿没这意思。"辟果提说。

"你就是这个意思，辟果提！"母亲回答说，"你就是这个意思，你心里应该很清楚。你说的那些话不是这个意思，那还有什么其他意思呢？你这个刻薄的家伙，你心里和我一样清楚，我的那把旧绿伞用了好长时间，伞面已经破了，边儿也都磨坏了，尽管这样，上一季我仍然舍不得买一把新的，我这样做全是为了他。我亲爱的卫儿呀，辟果提，这些你都清楚，你不得不承认。"她说着激动地转过身来，把她的脸紧紧地贴在我的脸蛋上。

"你觉得我是个坏妈妈，对不对？我是一个讨厌的，狠心的，自私的坏妈妈，对不对？说我是，我的孩子，说'是'呀，亲爱的孩子，只有辟果提爱你，辟果提的爱比我的爱更伟大，卫儿，妈妈一点儿也不爱你，是不是？"

这时，我们仨都放声大哭起来，哭得声嘶力竭。我想我是三个人中哭声最响亮的，我感到羞愧极了，因为在妈妈和辟果提争吵时，我站在妈妈一边，对辟果提出言不逊，骂她是"禽兽"。这个忠厚老实的人儿，见我这样骂她，伤心欲绝，衣服上的扣子又飞走了一些。当她和母亲言归于好后，她便跪在扶手椅旁，跟我和好，于是那些所剩无几的纽扣就像排枪似的，纷纷射走。

我们都上床睡觉去了，大家心里都很不是滋味。好半天，我都抽抽搭搭的，睡不安稳。有一阵，我抽搭得特别厉害，不得不翻身坐起来，这时候，我看见母亲坐在床沿边，俯身看着我。我依偎在母亲怀里，沉沉睡去。

究竟是紧接着的那个星期，还是又隔了很长时间才看见那位先生，我已记不清了。我不擅长记具体日期。他去了教堂，然后又送我们回家。他还进屋来了，观赏着那盆摆放在客厅窗口的天竺葵，这盆花在我们家颇为珍贵。可我觉得他观赏时心不在焉。临走时，他请求母亲送他一朵花。母亲让他自己挑选，可他偏偏不愿意，我当时搞不懂他用心何在，只见我母亲只好摘了一朵，送至他手中。他说他要永远珍藏着这朵花，和这朵花永不分离。我想，过不了一两天，这花就枯萎凋谢了，他连这么简单的道理都不懂，真是个大傻瓜啊。

晚上，辟果提和我们待在一起的时间比往常少了。我母亲越来越对她言听计从。我们三个人的关系仍然非常好。不过，我们和过去还是有所不同，我们不再像以前那样亲密无间了。有时候，我想辟果提大概是反对我母亲穿衣柜里那些漂亮衣服，或者是反对她经常去邻居家串门，不过，究竟是什么原因，我也没弄明白。

渐渐地，我对那位黑胡子先生也就习以为常了。不过，我对他并没有产生任何好感，相反，依然对他充满忌妒，而且还隐隐不安。我对他的憎恶，仅仅出于一个孩子的本能，而且我还认为，母亲有我和辟果提足够了，不再需要其他人来帮忙。此外，如果还有其他什么原因，那也绝不是我再年长点就能明白的原因。那些原因，我从来都没有想过。比如说，我能零零星星看到一些东西，但是要把这些零星的东西拼凑在一起，织成一个网状，网罗其中的人和事，那还不是我力所能及的。

在一个秋日的清晨，我和母亲正在前面的花园里玩，这时谋德斯通先生骑着马来了。我已经知道他的名字。他停下来，向我母亲问好，并说他准备去洛斯托夫特①，拜访几个在那里玩游艇的朋友。他还兴味盎然地向我母亲提议，如果我想骑马的话，我可以坐在他前面，他带着我去遛一遛。

空气沁人心脾，那马儿似乎也很乐意让人骑，站在花园外面，不停地打着响鼻，蹬着蹄子。我的心里痒痒的，真想过把瘾。于是，母亲让我上楼去找辟果提，让她给我打扮打扮。这时，谋德斯通先生下了马，把缰绳挽在胳膊上，沿着花园外的蔷薇篱笆闲情移步，母亲则在篱笆里陪着他溜达。我记得，辟果提和我从我房间里的小窗子偷偷地看着他们。他们一边慢慢地踱着步子，一边观赏着隔在他们中间的那些蔷薇。我还记得，一向温柔的辟果提像变了个人似的，动作粗暴，气呼呼地倒梳着我的头发。

不一会儿，谋德斯通先生和我就上路了。马儿沿着大路旁的青草地一溜烟儿跑起来。他用一只胳膊搂住我，极其轻松自然，我觉得我平时并不是一个坐不住的孩子，可是这会儿坐在他面前，却总是忍不住想转过身去，看看他的那张脸。我还找不出一个合适的词语来形容他的那双眼睛，他有一双浅浅的黑眼睛，眼神并不深邃，当他注意力集中时，由于光线的原因，变成了斜眼，好似整个脸庞都扭曲变形了。有几次，我看着他这副模样，心里充满了畏惧，同时还有些

① 洛斯托夫特：在英格兰北海岸外，属于萨福克郡的一个镇。

纳闷儿,他究竟在凝神思考些什么问题呢。他的头发和胡子,现在距离我这么近,显得更加浓密乌黑。他的下巴方方正正,他的胡子每天都刮得光光的,留下又粗又硬的短碴儿,这不禁让我想起约半年前到我们附近来展览的蜡像。再加上他两道整齐的眉毛,一个混杂着白色、黑色、棕色的脸膛儿——他那该死的脸膛,一想起他来,就忍不住骂他该死的!——尽管我对他心存不满,但我不得不承认,他还是长得挺英俊。我相信,我那可怜又可爱的母亲也是这样认为的。

我们来到海滨的一家旅馆。在一个房间里,有两位先生正抽着雪茄,他们俩都躺在椅子上,每人至少占了四张椅子,穿着宽松的粗呢短大衣。角落里堆着一些外套、船上用的斗篷,还有一面旗子,这些东西都捆在一起。

看见我们进去,他们俩便懒洋洋地从椅子上爬起来,接着便说:"喂,谋德斯通!我们还以为你死了呢!"

"还活着呢。"谋德斯通先生说。

"这个小家伙是谁?"其中一位先生把我一下子拉过去问道。

"是大卫。"谋德斯通先生回答说。

"谁家的大卫?"那个先生又问,"琼斯家的?"

"科波菲尔家的。"谋德斯通先生说。

"什么!就是那个迷人的科波菲尔太太的小崽子?"那个先生喊道,"那个漂亮的小寡妇?"

"奎宁,"谋德斯通先生说,"你说话可得悠着点。有的人可精哟。"

"谁呀?"那位先生笑着问。

我急忙抬起头,想知道他说的那个人是谁。

"我说的是谢菲尔德的布鲁克斯①。"谋德斯通先生说。

听说是谢菲尔德的布鲁克斯，我便放下心来。起初我还以为他是说我呢。

谢菲尔德的布鲁克斯这个人，似乎有些滑稽。因为他们一提起他，那两位先生便纵声大笑起来，谋德斯通先生也非常开心。笑了一阵后，那位叫作奎宁的先生问：

"对于眼下这笔买卖，谢菲尔德的布鲁克斯有什么意见呢？"

"噢，我想布鲁克斯现在对这件事还了解得不多，"谋德斯通先生回答说，"不过，总的来说，我认为，他是不大赞成的。"

听到这话，大家又哄堂大笑起来。奎宁先生说，他要拉铃叫些雪莉酒，准备为布鲁克斯干上一杯。他果真要酒了。酒送来后，他硬让我喝一点，就着吃块饼干。我正准备喝，他非要我站起来说："打倒谢菲尔德的布鲁克斯！"这番祝酒词引得一阵喝彩，大家笑得前仰后合，弄得我也跟着哈哈大笑起来。我这一笑，逗惹得他们笑得更是肆无忌惮。总之，大家都快活极了。

接着我们便在海滨的悬崖上散步，在草地闲坐，用望远镜看远处的风景。尽管我透过望远镜什么也看不见，可我装作能看见。随后我们又回到旅馆，提早享用我们的午餐。我们在外面散步时，那两个先生一支接一支地抽着烟。他们穿着的粗呢短大衣，散发着浓烈刺鼻的烟味，从这烟味判断，恐怕他们把衣服从裁缝那儿取回家，这烟就不离手了。我还记起，那天我们乘坐了游艇，在游艇上，他们三个都走进船舱，开始整理一沓文件。天窗是开着的，我往下面看了看，他们干得十分认真。这期间，他们托另外一个人照看我。这个人和蔼可亲，大大的脑袋瓜子，满头红发，戴着一顶小小的帽子，帽子闪闪发

---

① 谢菲尔德的布鲁克斯：谢菲尔德是英国冶铁中心，以五金制造业著名。布鲁克斯据说是当地著名的刀剑制造商。这里暗指大卫精明如刀剑。

亮。他穿着一件大格子衬衣，大写字母拼成"云雀"两个大字，印在胸前。我想这大概就是他的名字，因为他住在船上，没有临街的门牌来挂姓名牌，只好把名字写在衣服上了。可是当我叫他云雀先生时，他却说，这是这条游艇的名字。

我观察了一整天，和那两位先生相比，谋德斯通先生不苟言笑，严肃沉稳。那两位先生乐呵呵的，无忧无虑，常拿对方开玩笑，但几乎不怎么和谋德斯通先生开玩笑。看起来，他比那两位先生更精明，更冷静，他们看他的眼神，正如我看他一样充满畏惧。我还注意到，有一两次奎宁先生一边说话一边拿眼角余光瞟他，生怕惹恼了他。还有一次，另外一个先生，帕斯尼治，高兴得有点儿得意忘形，奎宁冷不丁踢了他两脚，还瞪着眼睛警告他，不要忘了坐在旁边一声不吭的谋德斯通先生。那天谋德斯通先生除了讲谢菲尔德的笑话笑了笑以外，我实在想不起他还笑过几次。而且从根本上说，那个笑话还出自他之口呢。

傍晚时分，我们回到家。那天晚上，空气清新宜人。母亲打发我去屋子吃茶点，随后她和谋德斯通先生又沿着蔷薇篱笆散步。待他走后，母亲便向我打听这一天是怎么过的，他们说了些什么，做了些什么。我便一五一十地说给母亲听，母亲笑了，还说这些人没有教养，净胡说八道。不过，她虽然嘴上这么说，心里却像吃了蜜糖似的。对于这一点，我心如明镜。我借机问她认不认识谢菲尔德的布鲁克斯先生，她说她不认识，她猜那个家伙是制作刀子剪子的。

我和母亲聊天结束后，就上床睡觉了，她进来看了看我，给我道晚安。我现在原原本本记述接下来发生的事情。她跪在我床边，双手托着下巴，打趣似的说：

"大卫，他们当时都说了些什么？你给我讲讲嘛。我可不信。"

"'那个迷人的——'"我开始说。

母亲一下用双手捂住了我的嘴巴，阻止我继续说下去。

"绝对没说'迷人的'，"她笑了起来，"绝对没说'迷人的'，卫儿。我知道，他们绝没有这样说！"

"是的，他们就是这样说的。'迷人的科波菲尔太太'，"我理直气壮地说，"他们还说了'漂亮'。"

"不，不，他们肯定没有说'漂亮'，不是'漂亮'。"母亲又捂住了我的嘴。

"是的，他们就是这么说的。'那个漂亮的小寡妇'。"

"瞧这些家伙多不要脸，没羞没臊的！"母亲笑着，不好意思用双手捂住脸，"这些人实在是太可笑了！是不是？亲爱的卫儿。"

"嗯，妈妈。"

"千万不要告诉辟果提，她会生他们气的，当然，我自己也很气他们，我也不愿意让辟果提知道。"

我满口答应。然后我们母子俩相互又亲了亲，过了一会儿，我就进入了梦乡。

事隔多年，在我的记忆里，恍如发生在第二天，可事实上，是两个月以后，辟果提提出了一个惊人的、大胆的建议。

有一天晚上，我们仍像平常那样坐着，陪着我们的，有袜子、量衣尺、蜡烛头、盖子上绘有圣保罗教堂的针线盒以及那本鳄鱼故事书。母亲又到邻居家串门去了。辟果提目不转睛地看着我，张大嘴巴，欲言又止，我还以为她不过是打哈欠，否则我一定会吓一跳的。最后，她鼓足勇气说：

"大卫少爷，跟我去雅茅斯①我哥哥家住上两个星期，好不好？那一定会很有趣的！"

"你哥哥是个大好人吗，辟果提？"我连忙问。

"哎呀，他人可好啦！"辟果提大声说，两手高举起来，"那儿

———————
① 雅茅斯：常称为"大雅茅斯"，大英北海岸诺福克的一个渔港。

有大海，有小船、有大轮船，有渔夫，有海滩，还有阿姆陪你一起玩——"

辟果提说的阿姆是她的侄儿，我在第一章已经提及过他，他的名字应该是汉姆，辟果提把汉姆说成了阿姆。

我一听这么有趣，兴奋极了，拍手叫好。不过，我母亲会不会同意呢？

"嗨，我敢拿一个几尼给你打赌，"辟果提仔细看着我的脸说，"她一定会同意的。她要是不同意，等她一回来我就去问她，好不好？"

"可我们走了她又怎么办呢？"我一边说着，一边把我的小胳膊肘支在桌上，想和她探讨个究竟，"她不能一个人生活呀。"

辟果提忽然在那只袜子的后跟上翻找起来，想找出一个破洞来缝补，最后她总算找到了一个破洞，小得不能再小了，根本不值得缝补。

"你听我说呀，辟果提！我们走了，她不能一个人生活呀，这你是明白的。"

"哦，天哪！"辟果提终于抬起头来，看着我，又开口说话了，"你难道不明白？她要和葛雷普太太一起住两个星期，葛雷普太太要招待好多客人呢。"

哦，原来如此！这下我就放心了。我坐立不安，迫切地等待着母亲从葛雷普太太家回来，也就是她今晚去串门的那户人家。她一回到家，我便迫不及待地问她，是否同意我们的计划。母亲极其痛快地答应我的请求，真是出乎我的意料。当晚，一切安排妥当。我在那儿的食宿费用，由我们家支付。

转眼间，出发的日子就到了，当这一天真正来临时，我还是觉得有点儿快，心里甚至隐隐不安，生怕发生地震、火山爆发，或其他什么自然灾害，那样一来，我们的出行计划就泡汤了。我们吃过早餐，乘坐一辆公共马车出发了。要是允许我头天晚上戴着帽子穿着靴子，和衣而睡，让我付多少钱我都乐意。

虽然我现在可以轻松自如地谈起这事，可每当想起我迫不及待地离开我那幸福的家，我的心里宛如刀割，因为，这一别，从此，我那幸福的家就再也找不回来了。

至今我还记得，马车停在门前，母亲站在家门前，吻了吻我。我从未离开过家乡，心中的感激之情、留恋之情油然而生，禁不住放声大哭起来。我知道我的母亲也哭了，她的心紧紧地贴着我的心，多么温暖，多么幸福。

至今我还记得，车夫赶动马车时，母亲突然跑出大门，叫他停下来，她仰起头，又猛地亲吻了我一阵。她的脸紧紧地贴着我的脸，无比亲热，无限疼爱。

我们走后，留下她一个人站在那儿。谋德斯通先生走到她身边，似乎是在安慰她不要太伤心。我从车篷的一侧转身往后看，心里嘀咕，这和他有什么关系。辟果提也从另一侧向后张望，她好像很不高兴，她的不高兴在脸上写得清清楚楚呢。

我坐在那儿，看着辟果提，忍不住浮想联翩：要是她如童话中所讲的那样，奉命把我遗弃，不知我能不能顺着她掉落的纽扣找到回家的路呢？

第3章　生活变幻

　　我想，车夫的这匹马，一定是世界上最懒惰的马。它耷拉着头，磨磨蹭蹭地往前走，好似故意让那些领取包裹的人多等一会儿。我甚至产生了幻觉，仿佛听到它因为冒出的这个念头，不由自主地笑出了声，但是车夫却说，它只是有点儿咳嗽。

　　车夫也就像他的马一样，耷拉着头，两只胳膊分别搭在两只膝盖上，一边赶车一边打盹，虽说他在赶车，实际上这一切全都由马代劳了，即使没有他，这车依然会到达雅茅斯。至于聊天，他才不想多说半句呢。他只会吹吹口哨。

　　辟果提带了一篮子点心，放在她的膝盖上。即使要坐着这车去伦敦，这点心也足够啦。一路上，我们吃了睡，睡了吃。辟果提的下巴支在篮子把上，很快就鼾声四起。尽管睡着了，她也一直紧紧地攥着篮子。若不是亲耳听见她打鼾，我是如何也不肯相信，一个女人竟然能鼾声如雷。

　　我们一路上绕来绕去，走走停停。停在一家小酒店门前，从车上搬下床架子，浪费了很长时间。然后又去了另外几个地方，弄得我筋疲力尽。直到我看见雅茅斯时才眉开眼笑。我抬头朝河对面望去，看见一大片荒滩，单调，了无生机。我觉得这地方看起来十分潮湿，松软。我有些迷惑不解，如果世界真如地理课本上所说的那样是圆形的，那为什么这个地方这么平坦呢？转而我又一想，或许雅茅斯坐落在两极中的一核极，所以才这么平吧。

　　我们离雅茅斯越走越近，四周的景致好像一条向前延伸的直线。我告诉辟果提，要是这里有一座山什么的就再好不过了。如果镇子离海更远点，潮水不把陆地分割成零星几块，不要像面包泡在水里似的，这儿就更美了。辟果提语气坚决地说，咱们看到的东西，是什么样就是什么样，不要挑三拣四，嫌这嫌那的。至于她自己，被人称作"雅茅斯熏鲱鱼"[①]，她还觉得很满意呢。

我们来到了镇上。这儿对我来说，非常陌生。鱼腥味、泥土味、麻絮味、沥青味，全都混合在一起，扑鼻而来。只见水手们走来走去，叮当作响的车子在石子铺成的路上来来往往。好一派热闹景象！看来，我是低估这儿啦。我把这一想法告诉辟果提，她听了十分得意，愉快地告诉我说，天底下的人——我想这里主要指那些有幸生为雅茅斯熏鲱鱼的人吧——都知道，世界上最好的地方莫过于雅茅斯。

"瞧，俺家的阿姆在这儿呢！"辟果提扯大嗓门儿说，"都长这么大了，差点认不出了！"

没错，汉姆正在一家酒店门前等着我们。一见面，他就像见了老朋友似的，问我这一路上怎么样。一开始，我还觉得他有些生分，因为自从那天晚上我出生以后，他就再也没有到我家来过，自然，他认识我，我不认识他。他让我趴在他背上，他背着我回家，这样一来，我们一下子变得亲近了。他身高有六英尺[②]，身材魁梧，膀阔腰圆，虎背熊腰，一头浅色鬈发，看上去仍显稚气，特别腼腆，憨憨地笑着。他穿着一件帆布短上衣，一条帆布裤子，这条裤子硬邦邦的，即使没有腿在里面，它依然可以直挺挺地立着。头上戴着一顶所谓的帽子，与其说是帽子，不如说像一座破旧的房子上面盖着漆黑的屋顶。

汉姆背着我，胳膊上还夹着我们的一只小箱子，辟果提则提着另一只箱子。

我们穿过了几条随处可见的碎木屑和堆有沙堆的小巷，经过了煤

[①] 雅茅斯的特产以熏鲱鱼而出名，人们给雅茅斯人起的绰号就是"雅茅斯熏鲱鱼"。

[②] 六英尺，约合183厘米。

气厂、绳索厂、小船厂、大船厂、拆船厂、修船厂、船具配件厂、铁器厂等大大小小的工厂，终于来到我从远处看到的那些了无生机的荒滩。这时，汉姆说：

"那儿就是我们的房子，大卫少爷！"

放眼开去，荒滩，大海，河流，一一尽收眼底，怎么也不见有什么房子。不远处，有一条黑乎乎的驳船，或者是别的什么旧船，扣在地势稍高的陆地上，上面伸着一个铁漏斗似的东西，大概是烟囱吧，升起袅袅炊烟。除此之外，我真看不出有任何可以让人居住的地方。

"不会是那个吧？"我说，"像船一样的那个玩意儿？"

"就是它，大卫少爷。"汉姆答道。

住在这里，简直妙不可言。即使是阿拉丁的宫殿①还是大鹏鸟的蛋②，也不会让我如此心驰神往。侧面开了一道门，非常有趣，还开了几扇小窗户，船上还安了个屋顶。真正让人着迷的是，这是一条真正的船，它一定在水面航行过无数次，谁也没想到，有人会把它搬到陆地上来当作房子。要是它本来就是让人居住的，我可能会嫌它太小，不方便，太孤单。可是设计它的初衷并不在此，如今经过一番改良成为一座房子，真是天然偶成，别具一格。

里面干干净净，收拾得井井有条。一张桌子，一只荷兰钟，一个五斗橱，上面放着一只茶盘，盘里绘着一个女人，打着一把遮阳伞，悠闲地散着步。身边跟着一个小男孩，那男孩就像一个小军人似的，正在滚铁环。那只茶盘全靠一本《圣经》支撑着，以防茶盘摔下来，砸坏了放在周围的杯子、碟子、茶壶。墙上挂着几幅常见的《圣经》故事彩色画，这些画镶嵌在玻璃框里。从那以后，每当看见小贩兜售这些彩色画时，我总是情不自禁想起辟果提哥哥家来。这些画中，最

---

① 在《一千零一夜》中《神灯》的故事里，指神造的宫殿。
② 在《一千零一夜》中《辛巴德航海历险记》中，提到酷似建筑屋的神鹰蛋。

为出名的有两幅，一幅是穿红色衣服的亚伯拉罕把穿蓝色衣服的以撒当作祭品贡献出来①，另一幅是穿黄衣的但以理被投进绿色的狮子坑里②。在那个小小的壁炉上方，还挂着另一幅画，画的是在森德兰③建造的一艘斜桁横帆小船，名叫"莎拉·吉恩"号，船尾是用一小块木头镶上去的，这可是集美术与工艺于一体的艺术品，一件令人叹为观止的佳作。房梁上还钉着一些挂钩，我也不知它的用途。屋子还有几个箱子、柜子之类的东西，可以用来当凳子。

我以孩子的视角来观察着这一切，一进门就把这些仔细打量了个遍。辟果提推开另一道门，让我参观我的卧室。我从来没有见过这么讨人喜欢的卧室。它就在船尾，在放舵的地方开了一扇小小的窗户。墙上挂着一面小镜子，镜框是用贝壳镶的，与我的个子齐高。一张小床不大不小，正好容下我，桌上有一只蓝搪瓷杯，里面插着一束海草。墙壁刷得雪白，像牛奶一般。碎花布缝成的床单五颜六色，刺得我的眼睛生疼。这间小巧可爱的小卧室里，弥漫着鱼虾的腥味儿。我掏出口袋里的手绢擦鼻子时，连手绢也散发出一股浓烈的腥味，就像刚用它包过鱼虾似的。我把这一发现悄悄告诉了辟果提，她告诉我说，她哥哥就卖大海虾、螃蟹和龙虾。后来我才发现，这些小东西堆放在外面一间放锅碗瓢盆的小屋子里，它们互相紧紧地挤在一起，一旦夹住什么，死也不松开。

当我们还没抵达那里时，便有一个系着白围裙的女人站在门前，十分客气地迎接我们。我在汉姆背上，离那里还有大约四分之一英里路时，我便看见她在门口行屈膝礼。迎接我们的还有一个非常漂亮

---

① 见《圣经·旧约·创世记》第22章，神要试探亚伯拉罕，让他把自己的儿子以撒献为燔祭，亚伯拉罕照着做，神于是指示他用公羊替代以撒。

② 见《圣经·旧约·但以理书》第6章，大流士王把但以理投入狮子坑中，得神的庇佑而不死。

③ 森德兰：英格兰东北部海港城市，为英国主要造船中心。

的小女孩，或者说她在我眼中漂亮极了，她脖子上戴着一串蓝珠子项链，我特别想亲亲她，可她不肯，跑到一边躲了起来。随后，我们兴致勃勃地吃着丰盛的晚餐，有清蒸比目鱼、黄油酱、土豆，我的盘里还多了一块排骨。过了一会儿，一个头发浓密、一团和气的汉子回来了。他管辟果提叫"小妞"，又俯下身来在她脸上使劲亲了亲，从他对辟果提的举动来看，我便能断定这人就是辟果提的哥哥。果然不错，辟果提给我介绍说，他就是辟果提先生，这里的一家之主。

"很高兴见到你，少爷，"辟果提先生说，"你会发现我们都是些粗人，不过也是热心人。"

我向他表示感谢，还说在这个地方，我一定会过得十分开心。

"你母亲还好吗，少爷？"辟果提先生问，"你们走时，她高兴吗？"

我对辟果提说，我觉得她应该还是挺高兴的，并说一定要我代她向辟果提先生问好，当然这句客套话是我瞎编出来的。

"真心谢谢她的关心，"辟果提先生回答说，"噢，少爷，如果你能和她，"他朝他妹妹点点头，"汉姆，还有小艾米丽，你们几个能在这儿多住上两星期，我会感到不胜荣幸。"

辟果提先生说完这番欢迎词后，便提着一壶热水出去了。他要出去洗个澡，还说，冷水洗不干净呢。一会儿，他就进屋来了，比刚才好看多了，脸上红通通的。我忍不住想，他的脸和那些海虾、螃蟹、龙虾多么相似啊——先前还黑乎乎的，一沾上热水，立马就变成红通通的。

夜幕降临，雾气弥漫，有点儿冷。我们吃过茶点，关上门，屋子里暖融融的。在我的想象中，这里是最美的隐居处。听听海面上吹过来的阵阵风儿，想想浓雾悄悄越过荒凉的沙滩，看看摇曳的炉火，再想一想这附近只有这样一户人家，而这户人家竟然居住在船上，这一切实在是太梦幻了。小艾米丽已经不再害羞，和我并排坐在小箱子上，这柜子放在壁炉边上，正好容我们俩坐下。辟果提系着白围裙，坐在壁炉对面，正在织什么东西。辟果提做着针线活儿，动作娴熟，身旁放着绘有圣保罗教堂的针线盒，以及那块蜡烛头，好像她随时都把这几件宝贝携带在身边。汉姆先教我玩扑克牌，接着又教我用这副脏牌来玩算命游戏，他的手上有股浓浓的鱼腥味，每翻动一张扑克牌，那股鱼腥味就弥漫开来。辟果提先生安安静静地坐在那儿抽着烟斗，我觉得可以趁机和他聊聊知心话。

"辟果提先生！"我说。

"啊，少爷。"他回应道。

"你给你儿子取名汉姆，是不是因为你们住在诺亚方舟上①？"这个问题看似有点儿深奥，辟果提先生有点儿不明白，不过他仍然回答说：

"不是的，少爷。我没给他取过名字。"

"那么，他的名字是谁取的呢？"我又好奇地问，这个问题是《教义问答》中第二个问题②。

"哦，少爷，他父亲给他取的呀。"辟果提先生说。

"我一直以为你就是他的父亲呢！"

"我那可怜的兄弟才是他的父亲。"辟果提先生说。

"他去世了吗，辟果提先生？"我沉默了一会儿，以试探的语气满怀敬意地问道。

"淹死了。"辟果提先生说。

辟果提先生竟然不是汉姆的父亲，我感到十分诧异。我有些怀疑是不是把这儿其他人的关系也弄错了。我想弄个明白，于是打定主意直截了当问问辟果提先生。

---

① 见《圣经·旧约·创世记》第6章，制造方舟的诺亚有三个儿子，二儿子便叫汉姆。

② 《教义问答》：通过问答方式宣传宗教教义的手册。手册中的第一个问题是：你叫什么名字？第二个问题是：你的名字是谁取的？

"小艾米丽，"我打量着她，问道，"肯定是你的女儿，是吗，辟果提先生？"

"不是的，少爷。她的父亲是我的妹夫汤姆。"

我心头一惊，沉默了一会儿，"是不是也死了，辟果提先生？"我心里不由得紧张起来。

"淹死了。"辟果提先生说。

我觉得再这样谈论下去，实在有些艰难。可是我还是想打破砂锅问到底，弄清事情的来龙去脉。

"你没有什么孩子吗，辟果提先生？"

"没有啊，少爷，"他笑了笑说，"我还是一个光棍儿呢。"

"一个光棍儿！"我大吃一惊，"哦，那位是谁呢，辟果提先生？"我指着系着白围裙正在织东西的人问。

"那位是格米治太太。"辟果提先生说。

"格米治，辟果提先生？"

然而就在这紧要关头，辟果提——我说的是照顾我的那位辟果提——一个劲儿地朝我做手势，示意我不要再问了。我只好乖乖地坐在那儿，一声不吭。就这样到了上床睡觉的时间。等我回到我的那间小小的卧室，辟果提才悄悄告诉我说，汉姆和艾米丽是辟果提的侄子和外甥女，他们的父母过早离开了人世，他们都是孤儿，孤零零的，生活没有着落，辟果提先生便收养了他们。格米治太太是个寡妇，她丈夫和辟果提曾在一条船上干过活，他们家太穷了，他是穷死的。辟果提先生也是个穷光蛋。辟果提说，不过，他像金子般珍贵，像钢铁般直率——她这么比喻说。她告诉我，辟果提先生从不发火，但是一旦有人谈起他的这些慷慨仗义，他就会火冒三丈，甚至会破口大骂。谁要提起他助人为乐的事，他就会暴跳如雷，用右手狠狠捶打桌子，有一次，竟然把一张桌子劈成了两半，他还恶狠狠地威胁大家说，如果谁再提起这些破事儿，他就一走了之；他如果说话不算数，将遭

"天打雷劈"。后来我好奇地问他们，"天打雷劈"是什么意思，他们似乎都不知道，但都认为这一定是最可怕的咒语。

主人的善良仁慈深深地感动了我。我听到女人们到船的另一头去睡觉了，那里有一间和我这间一模一样的小卧室。辟果提先生和汉姆在我先前看到的房梁钩子上挂起了两张吊床。这一切让我感到惬意极了。睡意渐渐袭来，不知不觉便进入了梦乡。睡意蒙眬中，我听到了海风怒号，气势汹汹地掠过海滩，我的心中隐隐地不安，大概是夜里要涨潮了。随即我又安慰自己说，不管怎么说，我是住在船里的啊，就算发生了什么，还有辟果提先生顶着呢。

一觉醒来，相安无事。晨光洒进屋子来，落在用贝壳镶嵌的镜框上，我翻身爬了起来，和小艾米丽一道出门，去海边捡石子。

"我想，你对出海一定很在行吧？"我对艾米丽说。其实，我并没有这样的想法，不过，我觉得出于对她的尊重，我应该对她说点什么。而且那时正好附近有一只帆船，那鲜艳的船帆在她清澈见底的眸子里照出一个小影子，我不假思索就说出了这样一句话。

"不，"艾米丽摇摇头回答说，"我怕大海。"

"怕？"我看着大海，显出一副无所畏惧的样子，神气十足地说，"我就不怕。"

"哦！不过大海太残酷了，"艾米丽说，"我亲眼见过它对待我们身边的一些人是多么残酷。我看见大海把一条好好的船撕成碎片，那船有咱们的房子那么大呢。"

"我希望不会是那只船……"

"不会是淹死我父亲的那只船？"艾米丽说，"不。不是那只。我没见过那只船。"

"你也没见过他吗？"我问道。

小艾米丽摇了摇头说："记不起来了。"

真是太巧了！我马上把我的情况实话告诉了她，我也从来没有见过我的父亲；我告诉她，我和母亲生活在一起，我们俩相依为命，日子很快活，我希望生活永远这样快活；我还告诉她，我父亲就埋在我们家附近的教堂墓地里，旁边有一棵大树遮挡着阳光，清晨，我常常来到树下，听鸟儿歌唱。只是有一点和艾米丽不同。她是先失去母亲后，再失去父亲。谁也不知道她父亲的坟墓在哪儿，只知道葬身在茫茫大海里。

"还有一点儿不同，"艾米丽一边找寻着贝壳和石子一边说，"你父亲是一位绅士，你母亲是位贵夫人，而我的父亲是个渔夫，我母亲是个打鱼女，我的舅舅丹尼尔也是个渔夫。"

"丹尼尔指的就是辟果提先生吗？"我说。

"是的，就是丹尼尔舅舅，他在那里，"艾米丽指了指那座船改成的房子，点了点头说。

"我说的也是他。我想，他一定非常好，是吗？"

"好极了，"艾米丽说，"要是有一天我能成为贵夫人，我发誓一定要为他买一件带着钻石纽扣的天蓝色上衣，一条白布长裤，一件红色天鹅绒背心，一顶卷着边儿的帽子，一块大金表，一管银质烟斗，还要送给他一大箱钱。"

我说，把这些好东西送给辟果提先生，他一定当之无愧。不过，我不得不承认，我实在难以想象，辟果提先生要是真的穿上他这好心的小外甥女为他准备的这身装束，他是否会感到特别舒服，尤其是那顶卷边帽对他来说是否适宜。虽然我这么想，可还是没说出口。

小艾米丽不再说话。她仰头望着天空，想象着她的礼物，仿佛在憧憬梦想早日成真。接着，我们又继续往前走，一边走着一边捡着贝壳和石子。

"你想当一个贵夫人？"我问。

艾米丽看着我笑了，点点头，表示同意。

"我好想当个贵夫人。到时候，我们——我，舅舅，汉姆，还有格米治太太——就成为上等人了。狂风暴雨来了，我们再也不用担心，我是说不用担心我们的家人了，当然，我们还是会担心那些可怜的渔夫，要是他们遇上什么不幸，我们便可以捐钱帮助他们。"

她的这一说法正合我意，而且看起来并不是遥不可及。我对她的这一想法大加赞赏，受到我的鼓励，小艾米丽略带羞涩地说：

"现在你还害怕海吗？"

现在，海面风平浪静，我的心也安稳了。可我相信，海浪涌来，那些淹死的亲属立马会浮现在我眼前，我会吓得魂不附体，撒腿就跑。但我仍坚持说自己不害怕，接着又补充道："虽然你嘴上也说害怕，可实际上你并不害怕。"此时，我们在旧码头或木跳板上走来走去，她总是紧挨着海边走，一点儿也不紧张，我在旁边都替她捏一把汗，生怕她掉进海里。

"这时候我一点儿也不害怕，"小艾米丽说，"晚上起风的时候，我会从睡梦中惊醒，吓得直哆嗦，我会想到我的丹尼尔舅舅和汉姆，我坚信听到了他们的呼救声。所以，我好想当一个贵夫人。这个时候我倒一点儿也不怕，你瞧，一点儿也不怕！"

她从我身边跑开，跑到离我们不远的一块极不规则的大木头边，停下来并站了上去。那块木头的一端，高高地悬在深水上面，周围一点儿遮挡也没有。此情此景，定格在我心中。如果我会绘画的话，我一定会栩栩如生地描绘出来，分毫不差。莫名其妙地，我竟然产生一种幻觉，似乎看到小艾米丽朝着浩瀚无边的大海，朝着她的死亡之地奔去，她脸上的表情让我终生难忘。

这个勇敢胆大、机敏伶俐的小人儿，若无其事地回到我身边，我马上就有点儿自惭形秽，觉得自己真是一个胆小鬼，刚才看到这惊人的一幕，吓得大呼小叫。当时附近连一个人影也没有，仔细想想，我再怎么大声叫嚷也无济于事啊。可是从那以后，直到我长大成人，我一直在反复思考这个问题：不可知的事物中皆含有各种可能性，这个孩子那天的举动是那么莽撞，遥望远方的眼神是那么深情，是不是有一股魔力，是不是冥冥之中她听到父亲的召唤，于是，她义无反顾地走向大海，走向她的父亲。在后来很长一段时间，我一直在猜想，如果她的未来能在那一瞬间提前预演，如果我这个小孩当时能够看明白，如果我能伸出援助之手让她化险为夷，那我是不是该帮她一把？有那么一段时间，我并不是说这段时间很长，可的确有那么一段时间，我多次扪心自问：假如那天清晨，艾米丽淹死在我面前，会不会更好一点？我自问自答：一定会更好一点，真的会更好一点。也许，现在说这话还不是时候，还有些为时过早。不过，既然说了，就由它去吧。

我们不紧不慢地走着，走了很长一段路，捡了满满一兜觉得稀罕的珍贵宝贝，拾起被海浪推上海滩的海星，轻轻地放回水里，直到现在我还没弄明白，它们究竟是该感谢我呢，还是会抱怨我呢？接着我们就朝回家的路走去。来到那个堆满鱼虾的屋檐下，我们天真地相互亲吻着，然后心满意足地进屋吃早餐了。

"活脱脱一对小眉鸟。"辟果提先生说。我听懂了他的意思，在我们乡下的方言里，其意思是"一对小画眉儿"，我愉快地接受了他的赞誉之词。

我确实爱上了小艾米丽。我深信，当时我对这个小女孩的爱，与我成人后遇上的爱情相比，一样真挚，强烈，甚至显得更为纯真。我的爱肯定在那个蓝眼睛的小女孩身上产生了奇效，渐渐地，她在我心目中变成了一个小天使。即便在一个风和日丽的早晨，她扑打着一对稚嫩的翅膀，从我眼前飞过，我也不会大惊小怪。

在雅茅斯这片雾蒙蒙的古老海滩上，我和艾米丽常常一个小时接一个小时地散着步，我们心心相印，相亲相爱。日子就这样悄无声息地溜走了，时光就像一个永远也长不大的孩子尽情嬉戏。我向艾米丽表白，我深深地爱着她。如果她不亲口告诉我，她也深深地爱着我，我就只好拿把刀杀死自己。她说她也深深地爱着我，我相信她说的是真心话。

　　什么门当户对，什么年少懵懂，各种说辞，各种困难，我们压根儿没有考虑，也不会为此自寻烦恼，因为我们不考虑将来。我们根本不去想象将来会怎样，也不会想象要是我们再年幼一点又会怎样。晚上，我们肩并肩坐在小箱子上，亲密无间，格米治太太和辟果提赞不绝口，她们不由自主地啧啧称赞："天啊，真是天生的一对啊。"辟果提先生抽着烟斗，冲着我们微笑。整个晚上，汉姆呆呆地坐在那儿，咧着嘴傻呵呵地笑着。我想，他们乐呵呵地看着我们，神情是那么愉悦，就像在欣赏一个漂亮的玩具或者是袖珍的罗马剧场模型一样。

　　不久，我便发现格米治太太虽然和辟果提住在一起，并不像最初想象的那样容易相处。格米治太太的性子有点儿倔强，在这狭小的空间里，她常坐在那儿哭哭啼啼，以泪洗面，弄得大家都极不舒服。我想，要是格米治太太有一间属于自己的私人空间那该多好，她就可以单独在那儿待上一会儿，直到心情舒畅了再出来，这对大家来说都轻松多了。

　　辟果提先生偶尔去一家小酒店坐坐，那家小酒店名叫"快活林"，我们到后的第二天晚上还是第三天晚上，他没有回家，格米治太太抬头看了看那个荷兰钟，此时八点过还未到九点，她便推测他一定是去那里了。她还信心满满地说，她老早就料到他今晚要去那儿。我也因此知道去酒店的事。

　　格米治太太整天闷闷不乐。经常早上一起床，壁炉生火时，一个劲儿地冒烟，她就开始抽抽搭搭哭起来。稍微遇到一丁点儿不顺心的，她就会怨天尤人："我这个苦命的老太婆，什么事情都和我作对。"

　　"啊，没关系，一会儿烟就散去了。"辟果提劝慰她说，我指的是照顾我的辟果提，"这烟也不是专冲着你来的，我们都觉得极不舒服。"

"我觉得它就是冲着我来的。"格米治太太执意说。

那一天，天气阴冷，寒风刺骨。在我看来，格米治太太坐在壁炉前的那把椅子，理应是最温暖最舒服的，这可是她的专座啊。可是那一天，她偏偏觉得诸事不顺。她一个劲儿地抱怨，这鬼天气实在是太冷了，一阵阵寒气悄悄钻进她的背，就像在背上猛地爬过，她说着说着就哭了，说自己是一个孤苦伶仃的老婆子，什么事情都和她过不去。

"确实很冷，"辟果提说，"我们大家都觉得冷。"

"可我感觉都快冻死了。"格米治太太说。

吃饭时，格米治太太也是满腹牢骚。在这儿，我被当作贵客招待，因此，他们总是先给我上菜，紧接着就是给格米治太太上菜。那天的鱼有点小，刺也比较多，土豆还烧糊了。我们对晚餐有点儿失望。但是格米治太太说她更是绝望透顶。她说着说着又哭了，一把鼻涕一把泪地重复着刚才的那番话。

到了九点钟左右，辟果提先生回来时，这位事事不顺心的格米治太太正坐在自己的角落里织毛线，一副痛不欲生的样儿。辟果提则高高兴兴地做着手工活。汉姆正在缝补一双下水穿的大靴子。我呢，则和小艾米丽坐在一起，念书给她听。格米治太太一声不吭，不时一阵长吁短叹，就连吃茶点的时候，她也是埋着头，沉默不语。

"嗨！朋友们，"辟果提先生坐在自己的位子上，给大家招呼道，"你们大家都好啊？"

我们都说了点什么回应他，或是做出欢迎他回家的表情。只有格米治太太对着她的毛线活，伤心地摇了摇头。

"又不高兴啦？"辟果提先生拍了拍手说，"高兴一点儿，我的好嫂子！"

格米治太太依旧没精打采。她掏出一块破旧的黑手帕，抹了抹眼泪，并没有把它放回衣兜里，而是放在手边，紧接着，她又抹了抹眼泪，又把手帕放在手边，准备随时再用。

"怎么啦，嫂子？"辟果提先生说。

"没什么，"格米治太太回答说，"你又去快活林了，丹尼尔？"

"是啊，我今晚在快活林里坐了一会儿。"辟果提先生说。

"真对不起啊！是我把你逼到那里去了。"格米治太太说。

"逼我？我可不是被逼着去的，"辟果提先生诚心诚意地笑着说，"我巴不得去那儿呢。"

"巴不得，"格米治太太直摇头，又抹了抹眼泪，"是呀，是呀，巴不得。真对不起啊！这全是因为我，是我使你巴不得去那儿的。"

"因为你？这和你没关系！"辟果提先生说，"你可千万别这么说啊！"

"是的，是的，就是因为我，"格米治太太哭嚷着说，"我知道我是什么人。我是个苦命的老太婆，无依无靠，什么事都和我过不去，我和所有的人也过不去。我就是这样的，别人受得了，我偏偏受不了，而且还表现得格外明显。我就是个苦命人。"

我坐在那儿看到眼前发生的这一切，不知不觉便想到，格米治太太的苦命已经殃及到家里的每个成员身上。但是辟果提先生并没有顶撞她，他只是再次恳请她一定要高兴起来。

"我也不想我是这个样儿，可是我就是做不到，"格米治太太说，"我控制不了我自己。我知道这是怎么回事。那些烦心事把我堵得慌，我总觉得事事都在和我作对。我想把这些烦心事抛到一边，可是办不到。我想对这些烦心事不闻不问，可是也办不到。我把这一家人闹得都不得安宁，这我也知道。我让你的妹妹一整天都高兴不起来，还闹得大卫少爷也高兴不起来。"

听到这里，我的心一下子软了，大声说道："不，你没有闹得我不高兴，格米治太太。"我的心里内疚极了。

"我自己也知道，我这样做是不对的，"格米治太太说，"我不该这样来对待你们。我最好还是去救济院死了算了。我这个孤零零的苦命老太婆，最好别在这里烦你们了。如果事事都和我作对，我又和自己过不去，那还是让我回到原来的地方去吧，丹尼尔，最好还是让我去救济院，一死了之，免得在这里拖累你们。"

格米治太太说完这番话，起身就去睡觉了。这期间，辟果提先生一声不吭，对她充满深深的同情。待她走后，辟果提先生看了看我们，仍然满带同情地小声说："她又在想她家的老头子了。"

我当时还不太明白，辟果提先生所说的"她的老头子"是谁，直到辟果提送我去睡觉时，她才告诉我，那是已过世的格米治先生。她还说，每当遇到这种情形，她哥哥总是带着深切的同情，给出这样一个理由。那天夜里，他爬上吊床后，我还亲耳听到他反复在对汉姆说："可怜的人！她又在想她家的老头子了！"在我们住在那儿的最后一段日子里，又出现过好几次类似的情况，只要格米治太太情绪低落怨声载道，他就是拿这句话来为她开脱，而且还总是带着深深的怜悯之情。

就这样，两个星期匆匆而过。在这段时间里，仅有的一点变化是由潮汐引起，潮涨潮落，改变了辟果提先生进进出出的次数，也改变了汉姆的工作时间。没什么活儿时，汉姆就和我们一起去散散步，带着我们去看大大小小的船只，还带我们去划过一两次船呢。我不知道，为什么人们对某个地方的印象会比别的地方要深刻一些，不过我相信大部分人都是这样，尤其是童年时的记忆尤其如此。只要一听见或看见雅茅斯这几个字，我的脑海里立马就会浮现出这样一幅画面：一个礼拜天的清晨，教堂的钟声响起，召唤着人们去做礼拜，我们坐在海滩上，小艾米丽倚靠在我的肩头，汉姆悠闲地往水里扔着石头，一轮朝阳从雾气氤氲的海面缓缓升起，远处的船只影影绰绰，依稀可见。

回家的日子终于到了。与辟果提先生和格米治太太告别，我还可以忍受，可是要与小艾米丽说再见，简直让我肝肠寸断。我们手牵着手，一起走到车夫落脚的酒店，在路上，我许诺一定会给她写信，后来我信守承诺，果真给她写了信，那字写得比招租广告上的字还要大。临别时，我们难舍难分。如果说我这一生中，有什么空虚失落的话，那一天就算一次。

在我出来玩的这两个星期里，我几乎背弃了我们的家，我很少想到它，甚至根本就没有想过它。可是一旦踏上回家的路，我那幼小的心灵便开始自责起来，仿佛用手指在坚定地指着回家的方向。每当情绪低落时，我更加觉得家才是我温暖的窝儿，我母亲是我至爱的亲人，最贴心的朋友。

我们一路前行，我的这种感觉也越来越强烈。离家越来越近，路上的景致也越来越熟悉，回到家的愿望也越来越迫切。不过，辟果提不但不像我这样激动，反而还努力克制着，她虽然态度极为温和，可是却一副心神不宁，惴惴不安的表情。

然而，不管她怎么样，只要车夫的马朝前走，我们终归会回到布兰德斯屯的鸦巢。果然到家喽。当时的情景我还记得清清楚楚，那天下午冷风刺骨，天空阴云密布，一场大雨即将来临。

门开了。我心儿噗噗直跳，又高兴，又激动，又想哭，又想笑，马上就要看到我的母亲啦。可是，迎接我的，不是我的母亲，而是一个素不相识的仆人。

"怎么了，辟果提！"我伤心地说，"我妈妈没回家吗？"

"不，不，大卫少爷，"辟果提说，"她已经回家。等一会儿，大卫少爷，我有——有些事要告诉你。"

辟果提神色慌张，下车的时候又显得笨手笨脚，就像一个滚动的大彩球。不过，我当时觉得有点儿扫兴，而且还觉得事情蹊跷，也没心思把这个想法告诉她。她下车后，赶紧拉着我的手，把满腹狐疑的我带进厨房，立马转身关上门。

"辟果提！"我惶恐不安地问，"出什么事了？"

"没出什么事，上帝保佑你，亲爱的大卫少爷！"她故作轻松地说。

"一定出什么事了，我敢肯定。妈妈在哪儿呀？"

"妈妈在哪儿呀，大卫少爷？"辟果提也跟着重复问道。

"是呀。妈妈呢？她为什么不出大门来迎接我？我们到这儿来干什么？哦，辟果提！"我眼泪汪汪，我觉得我就快晕倒在地了。

"上帝保佑这心肝宝贝吧！"辟果提叫了起来，紧紧地搂着我，"这是怎么了？说话呀，我的宝贝！"

"不会是她也死了吧！哦，她是不是死了，辟果提？"

辟果提扯开嗓门大声地说："没有。"随后就一屁股跌坐下来，开始大口大口地喘着粗气，还说吓了她一大跳。

我紧紧地抱着她，给她压了压惊，或者说让她恢复正常，然后又站在她面前，万般焦急地看着她。

"你知道，亲爱的，我本来早就该告诉你，"辟果提说，"可是一直没有合适的机会。也许我应该努力找一个机会，不过我实着——"——在辟果提的词汇中，"实着"表示"实在"——"难以开口"。

"说出来吧，辟果提。"我催促道，心里更加焦灼不安了。

"大卫少爷，"辟果提说，一只手哆哆嗦嗦地解开她的帽带，气喘吁吁地说，"你猜是怎么回事？你有一个新爸爸了。"

顿时我全身颤抖，脸色煞白。一种东西——我不知道是什么，或者是怎么回事——一种与教堂墓地与死人复活相关的东西，如一阵有毒的风，朝我阵阵袭来。

"一个新爸爸。"辟果提说。

"一个新爸爸？"我重复说。

辟果提吃力地喘了一口气，如鲠在喉，然后伸出双手说："来吧，去见他。"

"我不想见他。"

"还有你的妈妈呢。"辟果提说。

一听这话，我不再退缩。我们马上来到最好的那间客厅，辟果提转身就离开了。我的母亲坐在壁炉的一边，另一边则坐着谋德斯通先生。我母亲放下手里的针线活，急忙站了起来，不过我觉得她有些紧张。

"啊，克拉拉，我亲爱的，"谋德斯通先生说，"镇静一点！要随时克制自己，要坚定些！大卫小子，你好吗？"

我过去握了握他的手，犹豫了片刻，我接着走过去亲吻我的母亲。她也亲了亲我，还轻轻拍了拍我的肩膀，随后就坐下，继续做起针线活。我不想看她，我也不想看他，我心里很清楚，他正看着我们母子俩。

我转身走到窗前，看着窗外，只见那儿有几丛矮灌木，在寒风中耷拉着头。

刚一意识到我可以溜走了，我便马上悄悄地溜到楼上。可是我发现，我那间心爱的卧室已经变了模样，我被安置到了一个离这儿有点远的地方睡觉。于是，我又溜达着来到楼下，想看看还有什么保持了原貌，可这一切都似乎变了样。我又闷闷不乐地走到院子里，可是很快就退了回来。以前那狗窝是空的，现在有一条大狗占据了那儿——它声音低沉，皮毛漆黑油亮，长得跟他一样——它一看见我，立马咆哮起来，朝我猛扑过来。

第4章　蒙受屈辱

我的床挪进的这间卧室，要是这间卧室有知觉的话，我可以请它做证，证明我那天进去的时候，心情是何等沉重。现在，我也不知是谁睡在里面了，天知道呢。我转身上楼，一路上听见身后那只黑狗气势汹汹地冲着我狂吠。走进这间屋子，我茫然地环顾着四周，空荡荡的，好不陌生。屋子也茫然地看着我，是那么生分。我徒然地坐下，两只小手交叉着，胡思乱想起来。

浮现在我脑海的，都是些稀奇古怪的事儿。这屋子的形状，天花板上的裂缝，糊在墙上的纸，透过窗户玻璃上那些裂纹看外面的景致，就像波浪和旋涡一般。那个只有三条腿的脸盆架子，歪歪倒倒地靠在墙角边，看上去极为不满，使我联想到格米治太太思念老伴的情景。我一直哭啊，哭啊，莫名其妙，不明就里，只是觉得身上发冷，心情沮丧。直到最后，我哭累了才恍然大悟，我是多么爱小艾米丽，可是却被活活地拆散了。回到这里，他们都远不及小艾米丽那样需要我，关心我。想到这儿，我更是心如刀绞，卷进被子的一角，哭着哭着便睡了。

迷糊中，我听到有人说，"他在这儿呢！"同时觉得捂着脑袋的热乎乎的被子也被掀开了，我一下惊醒了。原来是我母亲和辟果提来看我来了，把我弄醒的就是她们其中的一个。

"卫儿，"母亲说，"出什么事啦？"

我觉得她居然这么问我真是太奇怪了，于是就随口说道："没什么。"说完，我立马转过身去，埋着头，我记得我当时的嘴唇哆嗦不停，我害怕她看出端倪。

"卫儿，"母亲说，"卫儿，我的孩子。"

听到"我的孩子"，我的心融化了，眼泪夺眶而出，滚落在被子上。我敢说，哪怕母亲当时说上千言万语，也远远不及这句话打动我的心。母亲想把我抱起来，我却使劲用手推开了她。

"这准是你干的，辟果提，你这狠心的家伙！"母亲说，"肯定是你干的。你教唆我的亲生孩子和我作对，和我的亲人作对，我真纳闷儿你的良心去哪儿了？你这样做到底居心何在，辟果提？"

可怜的辟果提，高高地举起双手，抬了抬头，只用了我在饭后常用的一句祷告来回答："愿上帝饶恕你，科波菲尔太太。但愿你今后不要后悔你刚才说的这番话！"

"把我活活给气死了，"母亲叫道，"我还在度蜜月呢。哪怕你和我有不共戴天之仇，看在这个分上，也会发发慈悲，让我过上几天安宁幸福的日子。大卫啊，你这个淘气的孩子！辟果提，你这个残酷的家伙！哦，天啊！"母亲一会儿冲着我嚷嚷，一会儿又冲着辟果提嚷嚷，歇斯底里地发泄着不满，"这是个什么世道啊！想高高兴兴地过上几天好日子，可生活却偏偏不尽人意！"

突然，我感觉一只手搭在我身上，我知道这手既不是妈妈的手，也不是辟果提的。我急忙一躲闪，溜到了床边。这是谋德斯通先生的手，他一边抓住我的胳膊，一边说：

"怎么回事儿？克拉拉，我的宝贝，难道你忘了？要坚定，亲爱的。"

"我十分惭愧，爱德华，"母亲说，"本来我想坚定，可是我实在办不到，这太难受了。"

"真是的！"他答道，"这么快就说出这种话，真是令人丧气，克拉拉。"

"现在就要把我变成这个样子，实在是太困难了，"母亲嘬着嘴说，"实在是——太困难了——是吧？"

他把她一把拉到身边，在她耳边小声地说了点什么，然后又吻了吻她。只见母亲的头依偎在他的怀里，胳膊紧搂着他的脖子，我当时就知道，母亲的性格这么柔弱，他完全可以随心所欲，不达目的决不罢休，现在看来，他还真做到了这一点儿。

"下楼去吧，我的宝贝，"谋德斯通先生说，"我和大卫过一会儿也会下楼去。"他朝母亲点点头微微一笑，待母亲转身离去，他的脸色立马就阴沉下来，冷冷地质问辟果提，"你知道怎么称呼你家的太太吗？"

"我伺候太太已经很长时间了，先生，"辟果提回答说，"我当然知道。"

"既然这样，"他说，"可是刚才上楼来，我好像听见你称呼她时，并没有用她的姓，你要知道，她现在已经随我的姓了。这点你记住了吗？"

辟果提惴惴不安地看了看我，然后行了个屈膝礼，默默无言地退出房间。我猜想，她一定看出谋德斯通要她离开，而她也没有任何理由继续待在这儿。屋里，就只剩下我们两个，他走过去关上门，在一把椅子上坐下来，把我拉到他的跟前站着，他死死地盯着我的眼睛，我觉得，我也不由自主地，死死地盯着他的眼睛。我们就这样，四目相对，僵持不动，至今回忆起来，我的心儿仍然怦怦乱跳。

"大卫，"他说，双唇紧紧一闭，嘴唇顿时显得薄了，"如果我有一匹马，或者一条狗，非常不听话，你知道我会怎么收拾它吗？"

"我不知道。"

"我要狠狠揍它一顿。"

我几乎什么也说不出声来，只觉得胸闷气短，呼吸急促。

"我要揍得它皮开肉裂，直到乖乖听话为止。我告诉自己：'一定要制服这个家伙。'哪怕会要了它的小命儿，我也决不手软。你脸上是什么？"

"泥巴。"我说。

他分明和我一样清楚,那是泪痕。可就算他拿这句话问我二十遍,每问一遍打我二十下,哪怕把我打得遍体鳞伤,我也绝不会对他讲实话。

"你这个家伙,人小鬼大,"他的脸上挂着一副他特有的皮笑肉不笑的表情,"看得出来,你还是很了解我的。去洗把脸,少爷,然后和我一道下楼去。"

他指了指那个令我想起格米治太太的脸盆架,盯着我,让我立马照着他的话去做。当时我就毫不怀疑,如果我稍有片刻犹豫,他会肆无忌惮地把我揍倒在地。

"克拉拉,我的宝贝,"我遵照他的指示洗完脸,紧接着他就拽着我的胳膊,把我押进客厅,对我母亲说,"克拉拉,你再也不会感到难受了。我相信过不了多久这个年轻人的脾气就会改过来。"

老天爷!要是在这个节骨眼上,有谁能和我好好说说话,或许我真的就会改一改,脱胎换骨,我这一生也许就会活得更好一点儿。要是有谁在这时给我一点鼓励,给我解释解释,抚慰一下我年幼无知的心灵,对于我的归来表示一下欢迎,告诉我说,这里的家还是我的家,我就会打心眼儿里服从他,而不是表面上假装驯服。我就会发自内心地尊敬他,而不是在心里记恨着他。我想,我这样怯生生地站着,一副缩手缩脚的样子,母亲看了一定很难受。于是,我站了一会儿,就溜到一张椅子前坐下,她的目光更加忧伤,一直追随着我,大概是她看我走起路来,已经没有了往日无拘无束的天真烂漫。但是她当时什么也没有说,以后再也没有机会说这话了。

这天晚上,就我们三个人一起吃晚饭。谋德斯通似乎很爱我的母亲,即使这样,我也不会因此而更喜欢他点儿,我母亲也很爱他。从他们聊天中,我得知他有一个姐姐要来和我们同住,而且当天晚上就要抵达。他并没有从事什么实质性的工作,只是在伦敦一家卖酒的酒行那里入了些股份，每年分点儿红利，因为他家自从他曾祖父起，就和那家酒行有联系，因此他姐姐也占了点股份。对于这件事，我拿不准是当时知道的，还是后来才了解到的。不过，我在这儿先提一下，管它是真是假。

吃过晚饭，我们在壁炉边坐着，我便一直在琢磨，找个什么借口，溜到辟果提那儿去，免得冒犯这一家之主。就在这时，一辆马车停在花园门口，他起身去迎接客人，母亲紧随其后，我战战兢兢地跟在妈妈身后。母亲走在客厅门前，突然转过身，在昏暗的灯光中，她像往常一样一把搂住我，悄悄地叮嘱我说，一定要爱这个新爸爸，一定要听他的话。她匆匆忙忙，神色慌张，好像做错了什么，不过，她仍然不失往日的温柔。她把手伸到背后，紧紧地将我的小手攥在她的手心里，直到走到花园中，离他很近的地方，她才松开我的手，去挽他的胳膊。

来客正是谋德斯通小姐，她脸色阴沉。和他弟弟一样，皮肤黝黑，声音也和他弟弟极像。她长着两道浓眉，盘踞在大鼻子上方，仿佛是因为生错了性别，用眉毛来代替胡须。她带来了两只沉甸甸的黑箱子，箱子盖上有她的姓名的缩写字母，用铜钉钉了出来。我看见她从一只硬邦邦的钢制钱包里掏出钱来，然后把钱包狠狠地塞进她的手提包里，然后使劲关上提包，用一根粗大的链条把这个提包系在胳膊上。在这之前，我还从来没见过一个像谋德斯通小姐这样的钢铁女人。

在一阵欢呼声中，她被迎进了客厅。到了客厅，她正式承认我母亲的身份，认定我母亲是她的新亲戚。随后，她瞟了我一眼。

"这就是你的儿子，弟妹？"

我母亲说是的。

"总的来说，"谋德斯通小姐说，"我不喜欢男孩。你好哇，男孩？"

在她的鼓励下，我回答说，我很好，希望她也很好。不过，我说话的态度并不是十分恭敬，谋德斯通小姐冷冷地说出四个字：

"缺乏家教。"

她一字一顿地说罢这话后，便要求带她去她的房间。从那以后，在我的眼里，那间房子变成了阴森恐怖的地方。那两只黑箱子也放在那屋子里，上了一道沉重的锁，从未见她打开过。有一两次，趁她不在的时候，我偷偷朝屋里看了看，竟然有无数的钢制小镣铐和铆钉①，一溜烟儿挂在镜子上方，吓得我胆战心惊，可谋德斯通小姐平常偏偏喜欢用这些玩意儿来打扮自己呢。

照我看来，她是打算永远住下去，没有再走的念头了。第二天一大早，她就开始着手"帮助"我母亲。一整天，她在储藏室进进出出，把所有的东西搬来挪去，挪到她自以为是的位置，结果把房间弄得乱七八糟。尤为值得一提的是，谋德斯通小姐总是怀疑仆人们藏了一个男人，就藏在这座房子的什么地方。在这种幻觉的驱使下，她总是不合时宜地冲进放煤的地下室，"嘎吱"一声打开黑洞洞的壁橱门，然后"砰"的一声关上门，自认为抓住了那个躲藏起来的男人。

虽然谋德斯通小姐没有腾空而跃的本领，可单就起床这一事上，她身子倒是十分灵巧，可以和一只云雀相媲美。全家还在酣睡中，她便翻身起床，开始四处活动，不过至今我还相信，她这么早起床，一定是为了逮住那个男人。辟果提发表了自己的看法，她说谋德斯通小姐睡觉的时候有一只眼睛是睁着的。对于这一观点我不敢苟同，因为我听了这话亲自试验过，结果发现这根本就不可能办到。

谋德斯通在她来的第二天清晨，鸡一叫，她就起床拉响了铃。我母亲便只好下楼来准备沏茶吃早餐。谋德斯通小姐在我母亲脸上轻轻啄了一下，这就算是亲吻她了。

---

① 指手镯、耳环等女士装饰用品。

"哦，克拉拉，我亲爱的，你知道，我来这儿就是要尽我所能减轻你的负担，让你少遭点罪。你长得很漂亮，不过，也没有头脑——"我母亲的脸"刷"的一下红了，但依旧笑着，好像并没有和她斤斤计较。"凡是我可以管的事，我决不强加到你的头上。如果你愿意的话，你就把家里的钥匙交给我，以后家里的一切由我打理好了。"

从此，这些钥匙白天就被谋德斯通小姐装进那个牢笼似的提包里，晚上就被藏在枕底下，我母亲和我一样，再也没有机会碰过它们。

眼瞅着自己的主权被剥夺，我的母亲却毫无怨言。一天晚上，谋德斯通小姐提出一些理家的计划，她兄弟表示完全赞成。突然，我的母亲开始抽泣起来，她说，她原以为他们会征询一下她的意见呢。

"克拉拉！"谋德斯通先生厉声说，"克拉拉！我真搞不懂你。"

"哦，没错，你说你搞不懂我，爱德华！"母亲大声说，"你对我大谈特谈坚定，没错，可这事要是搁在你身上，你也没法坚定。"

坚定可以说是谋德斯通姐弟俩引人为傲的高尚品格。如果当时有人让我谈谈对这个词的理解，如果我有机会发表我的见解，那我要说，它只不过是专横的代名词，是这姐弟俩身上所具备的那种如恶魔般阴冷孤傲的品性。我现在仍然可以说，这就是他们的人生信条。谋德斯通先生是坚定的，在他的世界里，没有谁比他更坚定；在他的世界里，任何人都不应该是坚定的，因为人人都得屈服于他的坚定。谋德斯通小姐是个例外。她也可以坚定，但因为她是亲戚，她的坚定则是次要的，处于从属地位。我母亲也是一个例外。她也可以坚定，而且必须坚定，但仅限于忍受他们的坚定，同时她得坚定地相信这世界上除此之外再也没有其他的坚定可言。

"这真是太难受了，"我母亲说，"就在我自己的家里……"

"我自己的家？"谋德斯通加重语气重复道，"克拉拉！"

"我的意思是说在我们自己的家里，"我母亲慌里慌张地解释说，她显然是吓坏了，"我希望你能明白我说的是什么意思，爱德华，我竟然不能在我们自己的家里，过问一下咱们的家务事。我敢说，在我们结婚前，我照样把家料理得井井有条，这是有据可查的，"我妈妈哽咽着，"不信，你去问问辟果提，过去没人帮助，我做得也挺好的。"

"爱德华，"谋德斯通小姐说，"这件事到此为止。我明天走人。"

"简·谋德斯通，"她弟弟立马制止说，"住口！听你这么说，你好像还不了解我的脾气，你怎么敢说出这样的话？"

"我的意思很清楚，"我那可怜的母亲满腹委屈，泪流满面地说，"我并不是希望谁走。如果有谁要走，我一定会非常伤心，非常痛苦。我并没有提过多要求，也并非蛮不讲理，我只是希望有什么事情和我商量一下。我对帮助我的人都心存感激，我只要求有什么事和我商量一下，哪怕仅仅是一种形式。我还记得以前我处事缺乏经验，有点儿孩子气，你还说你为此还特别喜欢我，爱德华——我敢肯定，你的确那么说过——可是现在，你好像因为这而特别讨厌我，瞧你对我多么严厉。"

"爱德华，"谋德斯通小姐又说，"这件事到此为止。我明天走人。"

"简·谋德斯通，"谋德斯通先生几乎咆哮道，"你给我住嘴行不行？你怎么敢这样？"

谋德斯通小姐像从监狱里拧出犯人一样，拧出口袋里的手帕，捂在眼睛上。

"克拉拉，"谋德斯通冲着我母亲继续说，"你真让我吃惊不小！你真让我诧异万分！不错，我本来想，娶一个毫无心计、不谙世事的女人，好好地重塑她的人格，给她注入一些必需的坚定和果断，这可是一件大有作为的事。可是，当简·谋德斯通好心好意前来帮助我实现这一目标，看在我的分上，她甘愿承担起管家的重任，把活儿都往自己身上揽，结果万万没想到，竟有人忘恩负义，不领她的这份情……"

"哦，求求你，求求你，爱德华，"我母亲哭喊着，苦苦哀求说，"不要骂我忘恩负义，我不是忘恩负义的人，从来没有人这样说过我。虽然我有很多缺点，但我绝不是那种人。哦，请别这样说，我亲爱的！"

"我告诉你，"等我母亲不再吭声了，他又继续说道，"有人对简·谋德斯通忘恩负义，我的心都彻底寒了，我想我得改变自己的想法了。"

"请你不要这么说，亲爱的！"我母亲低声下气地恳求道，"哦，不要这么说，亲爱的爱德华！听你这样一说，我的心都碎了。不管怎么样，我是一个重情重义之人。我知道我非常重情重义，这一点我敢向你保证，如果你不信的话，你可以向辟果提打听打听，她准会告诉你，我是一个重情重义的人。"

"你想用你脆弱的感情来打动我，克拉拉，"谋德斯通先生说，"没门儿！你这是在白费力气！"

"求求你，让我们和好吧，"我母亲苦苦相求，"我不能生活在冷漠和残酷中。我很抱歉，我知道我有许多缺点，爱德华，幸亏你对我那么好，用你坚定的意志努力地来改正我的缺点。简，我以后一切听你指挥。如果要离开这儿，我一定会难过的——"我母亲再也说不下去了。

"简·谋德斯通，"谋德斯通先生对他姐姐说，"我们今晚彼此都说了一些伤和气的话，但愿今后不要再发生这种事。今晚出现这种不寻常的事，这不是我的错，是别人连累了我。这也不是你的错，是别人拖累了你。让我们俩都把这事忘得一干二净，抛到九霄云外，"

他一番慷慨陈词之后，又补充说，"再说，这种场合，对孩子也不大适宜——大卫，你去睡吧。"

我满眼是泪，几乎连门都找不到了。我为母亲所遭受的痛苦深深难过。我摸索着走出客厅，摸黑磕磕碰碰回到我的卧室，连向辟果提道一声晚安，或向她要一支蜡烛的心情也全无了。大约过了一个小时，她上楼来看我，叫醒我说，我母亲因身体不舒服已经去睡了，谋德斯通和小姐还坐在客厅里。

第二天早晨，我下楼要比平常早点儿。在客厅外面，我听到母亲的说话声，立即停住脚步。她语气谦卑，态度诚恳，请求谋德斯通小姐原谅她。那女士接受了她的道歉，于是她们俩又和好了。从那以后，未经谋德斯通小姐的许可，或者尚未征询谋德斯通小姐的意见之前，我再也不见母亲发表过什么意见。谋德斯通小姐常常会莫名其妙发脾气，每当看见她大发雷霆，手向手提袋里一伸，像是要掏出钥匙交还给我母亲时，我就看到我的母亲吓得魂飞魄散。

谋德斯通家族的血液里流淌着阴郁的特质，他们家族的宗教活动也蒙上了阴森恐怖的色彩。我一直在想，他们的宗教带有这种色彩，其原因是谋德斯通先生的坚定品性所导致的，因为他的坚定态度导致他决不轻易放过任何人，只要能找到借口，他就会施以最为严酷的处罚。正因为如此，我们上教堂时的那种阵势，那种氛围，我至今还记得一清二楚。如今回想起来，仿佛那个可怕的礼拜天又来了。我像是一个被押着去服苦役的囚犯，被塞进那个专属我的位子，紧跟在我身后的是谋德斯通小姐，她穿着那件黑色丝绒长袍，那长袍看上去像是用盖棺材的布料改缝的，随后就是我母亲，最后是她丈夫。和以往不同的是，现在辟果提不参加了。我的耳边又回荡着谋德斯通小姐叽叽咕咕地应和着牧师的话，一字一顿把每个可怕的字眼吐得掷地有声。说到"苦难的罪人"时，我看见她的黑眼睛在教堂里四处张望，仿佛在诅咒教堂里所有的人。我好不容易又偷偷瞅了母亲几眼，她正被那两人挟裹在中间，双唇怯怯地翕动着，他们两人各占一侧，对着她的耳朵咕哝，对她来说犹如闷闷雷声。我突然满怀恐惧，疑虑重重，莫非那位善良的老牧师搞错了，只有谋德斯通先生和小姐才是对的？天堂里的天使是不是都是摧毁一切的恶魔？只要我稍微活动一下手指头，放松一下面部肌肉，谋德斯通小姐就拿着那本《圣经》捅我，捅得我肋骨刺痛难忍。

我们从教堂回家时，我注意到一些邻居好奇地打量着我们母子俩，还交头接耳悄悄议论着什么。有时他们三人手挽手并肩前行，我一个人跟在身后慢慢走着，不由自主地观察着他们，母亲的脚步是否真不如从前那么轻盈，她的美丽容颜是否真的销蚀殆尽。我又猜想，也许邻居们和我一样，还记得以前我们——我和她一起回家的情形。在那些可怕的日子里，我一整天就傻乎乎地想着这些。

谋德斯通先生和小姐有几次提出要送我去上寄宿学校，我母亲当然表示同意。不过，这事儿最终还没有定下来，我只好先在家里学习。

那些功课，我又怎能忘记？名义上说是由我母亲来督促我学习，实际上全由谋德斯通先生和他的姐姐一手操控。他们控制着一切，在我学习功课的时候，他们总是不失时机地教训母亲学习那混账的坚定信条。那混账的坚定犹如一剂毒药，渐渐地吞噬着我们母子俩的生命。我坚信，他们正是为了达到这个目的，我才被留在家里。每当我身边只有我母亲一个人时，我学习起来十分轻松愉快。我还依稀记得我趴在她膝盖上学认字母的情形。直到今天，我看见初级读本上那些胖乎乎的黑体字母时，那副让人猜不透的奇怪模样，那些让人亲切的O，Q，和S时，往日的情景又历历在目。那时候，我没有半点厌学和勉强情绪，在母亲温柔的陪伴下，在母亲温和的鼓励下，我对学习心驰神往，就像在开满鲜花的小路上散步，十分愉悦地走到那本关于鳄鱼的故事书前。可现在我面对的功课，我不得不说，它们摧毁了我的宁静生活，成了我每日必须忍受的劳役，成为一种逃脱不了的灾难。这些功课枯燥乏味、沉闷死板、晦涩难懂，其中好多东西我根本无法理解，我被这些功课弄得焦头烂额，我相信，我母亲也和我一样。

现在，让我来追忆一下当时的情景，重现一下一天早晨的情形好了。

吃过早餐后，我带着课本、练习本和一块石板，来到小客厅。我母亲已经坐在书桌边等着我了。谋德斯通先生坐在靠近窗户的扶手椅上，手里拿着一本书装模作样地看着，似乎显得有些不耐烦。谋德斯通小姐坐在我母亲旁边，正在串着钢珠。他们都等着我呢。一见到这两人，我费了那么大的劲装进脑子的单词，一下子全都吓跑了。天知道它们跑到哪儿去了。

我把第一本书交给我母亲。那本书要么是语法，要么是历史，要么是地理。当我把书递给她手里的那一刹那，我拼命朝那一页看了几眼，我趁热打铁，现炒现卖，赶紧趁我还记得那些词的时候，用赛跑一般的速度大声背出来。我背错了一个词，谋德斯通先生便抬起眼皮瞪我一眼。我又背错了一个词，谋德斯通小姐便抬起眼皮瞪我一眼。我急得面红耳赤，结果背错了六个词，终于结结巴巴背完了。我想，我母亲要是敢的话，她一定会把书给我看看，可是她不敢这么做。她只是温柔地说：

"哦，卫儿，卫儿！"

"嗨，克拉拉，"谋德斯通先生说，"你必须对这个孩子态度坚定些，不要老说'哦，卫儿，卫儿，'他不是婴儿。他的功课，要么就是学会了，要么就是没学会。"

"他就是没有学会。"谋德斯通小姐恶狠狠地插言道。

"我想他还真没学会。"母亲说。

"那么，你知道的，克拉拉，"谋德斯通小姐说，"你应该把书还给他，要他学会。"

"是的，是该这样，"我母亲说，"我正打算这样做呢，我亲爱的简。哦，卫儿，咱们再试一次，这次你不要糊涂哦。"

我遵照训谕的第一部分，努力试了一遍，可是对它的第二部分，却不怎么成功，因为我又犯糊涂了。这一次，还没背到我先前背过的地方，我就背错了，我只好停下来，搜肠刮肚，思前想后，可我怎么想也想不起来，偏偏在头脑里打转的是，谋德斯通小姐帽里的兜纱有多少码，谋德斯通先生的睡衣值多少钱，许许多多与功课毫不相干的荒诞不经的东西。谋德斯通先生极不耐烦地动了动身子，我早就预料到他会这样做。谋德斯通小姐也同样动了动身子。于是，我母亲胆怯地看了他们一眼，把书合上放在一边，待我把其他功课完成后，再来清算这笔账。

很快，这笔欠账就像滚雪球一般越积越多。欠账越多，我越糊涂。事情到了毫无转机的地步，我感觉自己已经深深陷入一个荒谬的泥潭，再无重见天日的可能，我只好听之任之，任由命运摆布。我结结巴巴，错误百出，母亲和我胆战心惊，面面相觑，此情此景，令人伤悲。但是在这些备受煎熬的功课中，最让人难以忍受的是，我母亲以为没人会注意她，她努努嘴想给我提示，突然，一直在旁边专心致志捕捉机会的谋德斯通小姐以低沉的声音警告道：

"克拉拉！"

母亲一惊，面如土色，惊恐不安，勉强笑了笑。谋德斯通先生从椅子上猛地站起来，拿起书就朝我掷过来，或者抡着书狠狠扇我几耳光，拎着我的肩膀把我揪出去。

即便我的功课全都做完了，还有更可怕的在后面等着我呢。他们专门为我设计了算术题，由谋德斯通先生口头出题："要是我走进一家干酪店，买了五千块双料的格罗斯特奶酪，一块奶酪售价为四个半便士，那么我应该付多少钱？"我知道谋德斯通小姐正暗自得意。这些奶酪一直纠缠着我，我绞尽脑汁，冥思苦想，在石板上涂涂画画，直到吃晚饭，也没算出个结果来。石板上的灰尘掉在我的身上，弄得我灰头土脸，狼狈不堪。幸好那天晚上我得到了一片薄面包，帮助我摆脱了那五千块奶酪。整个晚上，我都觉得倍感屈辱，脸面无光。

时至今日，回忆起来，这些让我备受折磨的功课大致如此。要是没有谋德斯通姐弟在场，我本可以学得很好，但是他们俩对我产生的影响，就像两条毒蛇吓乱了一只可怜的幼鸟，使得它无处可逃。就算我完成了功课，成绩也还不错，除了让我吃一顿饭外，别的什么优待想也别想。一旦看见我空闲下来，谋德斯通小姐绝对无法容忍，她会说这样的话来提醒她的兄弟注意我："克拉拉，干什么也比不上学习更重要，让这孩子再做点练习吧。"这么一来，我立马又套上枷锁，开始做起练习来。至于我想和年龄相仿的小孩子一起玩儿，那简直比登天还难。因为在谋德斯通姐弟的阴沉神学观念看来，所有的小孩都不过是一群小毒蛇（尽管有一个小孩子曾来到圣徒中间[①]），并坚信他们会相互传播毒素。

他们对我严加管制，这种情形，持续了半年或半年多，我变得郁郁寡欢，性情孤僻，反应迟钝，而且这也使得我和母亲日渐疏远。要不是发生了这样的事，我想我一定会变成一个彻头彻尾的大傻瓜。

事情是这样的。我父亲在楼上的一间小房间里，留下来为数不多的一批藏书，家里从来没人去过问它。那间小房间与我的卧室相连，因此，我可以自由出入。在这间无人问津的小房间里，迎来了一批赫赫有名的大人物：罗德里克·蓝登、佩里格林·皮克尔、汉费里·克林克、汤姆·琼斯、威克费尔德的牧师、堂吉诃德、吉尔·布拉斯和

————

① 见《圣经·新约·马可福音》第9章，耶稣的门徒们争论天国里谁最大，于是耶稣领过一个小孩子来，叫他站在门徒中间，又抱起他来，对门徒们说："凡为我名接待一个像这个小孩子的，就是接待我。"

鲁滨孙·克鲁索[①]，他们陪着我，和我做伴。是他们，让我对生活充满梦想，让我超越现实处境，重新点燃新的希望——这些书，还有《一千零一夜》和《神仙故事集》——让我受益终生。至今回想起来，当时我的学业那么繁重，在学习上投入了那么多时间和精力，竟然还能挤出时间看这些课外书，连我都感到十分惊讶。还让我感到惊讶的是，当时处在那些小小苦难中（当时我觉得那简直是巨大的灾难），我竟然把自己想象成我所喜欢的人物，把谋德斯通先生和小姐想象成十恶不赦的坏蛋，以此来安慰自己。在整整一个星期里，我都觉得自己是汤姆·琼斯，一个心地善良的孩子；在整整一个月里，我把自己幻化为罗德里克·蓝登。我如饥似渴地阅读着书架上那些有关航海和旅游的书籍，有些书名现在已经记不起来了。我还清楚地记得，一连多少天，我拿着一只旧鞋楦当武器，在我们家我的地盘上威风凛凛地走来走去，俨然是一名英国皇家海军的舰长，在被敌人包围时，大义凛然，宁死不屈，英勇献身。那位舰长从来不会因为不懂拉丁语法而被掴耳光，他从来不会遭受这样的奇耻大辱，可我并没有如此幸运。舰长就是舰长，他是一个英雄，管他这世界上有多少语言有多少语法，管他这些语言是死是活。

这是我唯一的安慰，也是我经常得以慰藉的办法。现在回想起来，我的脑子里总是浮现出这样一幅画面：炎炎夏日，孩子们都跑到教堂里去嬉戏玩耍，而我却坐在床上，贪婪地看着书。在我心底，这

----

① 这些人名都是小说人物：罗德里克·蓝登、佩里格林·皮克尔、汉费里·克林克都是苏格兰小说家斯摩莱特（1721—1771）的小说人物，分别出自《罗德里克·蓝登》、《佩里格林·皮克尔》和《汉费里·克林克》；汤姆·琼斯是英国小说家菲尔丁（1707—1754）所著《汤姆·琼斯》中的人物；威克费尔德的牧师是英国小说家哥尔德斯密斯（1730—1774）所著《威克费尔德的牧师》中的人物；堂吉诃德是西班牙小说家塞万提斯（1547—1616）所著《堂吉诃德》中的人物；吉尔·布拉斯是法国小说家勒萨日（1668—1747）所著《吉尔·布拉斯》中的人物；鲁滨孙·克鲁索是英国小说家笛福（1660—1731）所著《鲁滨孙漂流记》中的人物。

附近的每一座谷仓，教堂里的每一块石头，墓地里每一寸土地，都和这些书发生千丝万缕的联系，都和书中某个有名的地方遥相呼应。我曾看见汤姆·派普斯爬到高高的教堂尖塔，我曾看见斯特莱普背着行囊，倚靠在侧门歇息；我还知道特伦尼恩舰长和皮克尔①正坐在我们村子的小酒馆里交谈。

现在，读者应该和我一样明白，我小时候是怎么样一个人了。

一天早上，当我拿着那些书来到客厅时，我发现母亲满面愁容，谋德斯通小姐沉着坚定，谋德斯通先生正在往藤条的一端扎什么东西——那是一根很柔软富有弹性的藤条。我一进屋，他就不再捆扎了，而是扬起那藤条，在空中使劲挥舞了几下。

"我告诉你，克拉拉，"谋德斯通先生说，"我以前经常挨鞭子抽。"

"的确有这么一回事。"谋德斯通小姐说。

"你说得对，亲爱的简，"我母亲张口结舌，低声下气地问，"不过——不过，你认为这样做对爱德华有益吗？"

"你难道认为这对爱德华有害吗，克拉拉？"谋德斯通先生阴沉着脸质问道。

"这话说到点子上了！"他的姐姐说道。

母亲唯唯诺诺地说："是的，亲爱的简。"便一声不吭了。

我隐约觉得他们的谈话和我有关，于是便偷偷地看了看他，没想到，他也在看我，我们的目光不期而遇。

"嘿，大卫，"他说——我看见他说话时眼睛又变成斜眼了——"今天，你可得小心点。"他说完，又扬起那根藤条，在空中抽打了一下。一切准备停当后，他把那藤条放在他身边，脸上的表情意味深

① 汤姆·派普斯、斯特莱普是斯摩莱特所著《佩里格林·皮克尔》中的人物；特伦尼恩舰长、皮克尔是斯摩莱特所著《罗德里克·蓝登》中的人物。

长，又煞有介事地拿起他的书本。

这倒是一剂猛药。我原本镇定自若，见此情景，立马头昏脑涨，课本中那些字啊、词啊全都溜光了，不是一个一个地溜，也不是一行一行地溜，而是整页整页地溜走了。我极力想拦住它们，如果我打个比方的话，它们好像穿上了溜冰鞋，一溜烟全都跑了，我想拦也拦不住。

一开始，我就觉得大事不妙，接下来情况更糟。我满以为这次准备得很充分，本想好好表现一番，但事实证明我简直有些异想天开。检查不达标的课本一本接一本摞得越来越高。这期间，谋德斯通小姐神情坚定地盯着我们。最后又轮到演算那五千块奶酪了，我清楚地记得那天谋德斯通把五千块奶酪换成个五千根藤条，我的母亲终于克制不住自己，哭了起来。

"克拉拉！"谋德斯通小姐以警告的语气说道。

"我想我有些不大舒服，我亲爱的简。"我母亲说。

他板着面孔，对他姐姐使了个眼色，拿起那根藤条，起身站起来说：

"哎，简，今天大卫给他母亲造成了这么大的烦恼和痛苦，我们不能指望克拉拉完全坚定地忍受下来，这样也太难为她了。克拉拉比以前要坚强多了，而且已经取得了很大进步，但是我们不能对她要求太高。大卫，跟我一起上楼去，孩子。"

他拽着我走到门口时，我母亲朝我们跑了过来。谋德斯通小姐阻拦道："克拉拉！你就这样愚蠢吗？"我看见我母亲捂住了耳朵，听到她痛哭起来。

他阴沉着脸，一本正经地不紧不慢地朝我卧室走去——我敢肯定这种郑重其事的执法仪式让他感到其乐无穷——刚一走进房间，他便出其不意，一把拧住我的脑袋，用他的胳臂紧紧夹住。

"谋德斯通先生！先生！"我对他喊道，"别这样！求求你，别打我！我是想努力学习，可是只要你和谋德斯通小姐在旁边，我就学不好。我真的学不好！"

"你真的学不好，大卫？"他说，"那让我们试试。"

他的胳膊像老虎钳一样死死地夹住我的脑袋，我想方设法拼命缠着他，曾有那么一会儿他动弹不得，我苦苦哀求着，求他不要打我。然而，我只拦住了他那么一会儿，紧接着藤条如雨点儿一般重重地落在我身上。就在这时，我抓住了他夹住我的那只手，上下牙一使劲，狠狠地咬了一口，把它给咬破了。直到现在，想起这事，我还恨得牙痒痒。

紧跟着，便是劈头盖脸一顿毒打，非把我打死不可。在一片吵闹声中，我听到有人哭着喊着跑上楼来。我听见母亲的哭喊声，我还听到辟果提的哭喊声。紧接着，他就出去了，门也反锁上了，我满腹委屈，一腔怒火无处发泄，气得在地上直打滚儿，浑身滚烫，伤口疼痛，就像被撕裂似的。

我清晰地记得，当我渐渐安静下来时，整座房子被一种异样的沉寂笼罩着。我还清晰地记得，当疼痛渐渐缓解，气也渐渐消退时，我开始觉得，我这样做实在是太不应该了。

我从地板上坐了起来，仔细聆听了许久，也没有听见任何声音。我爬起来，对着镜子看了看，我的脸红肿，丑陋，连我自己都吓了一大跳。只要稍微动一动，挨打的地方就揪心般地疼起来，我忍不住又哭了。可这疼痛和我的负罪感相比，实在算不了什么。此时，沉重的负罪感强压在我身上，压得我喘不过气来，我觉得我简直就是一个十恶不赦的罪人。

天色渐渐暗了下来，我关上了窗户。在此之前，我大部分时间都倚靠在窗台上，哭上一会儿，睡一会儿，或者漫无目的地看着窗外发发呆。这时，我听到钥匙转动的声音，谋德斯通小姐走了进来，把一点面包、肉和牛奶放在桌子上，用她特有的坚定神情看了看，然后转身就出去了，房门又被锁上了。

四周全都暗了下来。我坐在那儿，心里一直想着会不会有人来，直到很晚很晚，我觉得再也不会有人来了，我便脱了衣服上床了。躺在床上，我惊恐不安地猜测着他们今后会怎么收拾我？我的所作所为是不是犯了弥天大罪？我会不会被抓起来关进监牢？我会不会被活活绞死？

我永远忘不了第二天清晨醒来时的情景：刚睁开眼睛，感到既兴奋又新鲜，可紧接着，昨天发生的事儿纷至沓来，心情陡转，情绪低落到了极点。我还没起床，谋德斯通小姐便来了。她告诉我说，我可以在花园散步半小时，但是不能超过半个小时。她说完转身就走了，门也没关，以便我去享受那份恩典。

我只好遵照执行。在长达五天的囚禁中，每天早晨我被恩准去散步半小时。要是我能单独见到我的母亲，我一定会跪在她面前，请求她饶恕我。可是在那几天里，除了谋德斯通小姐，我没有看见任何人。只有做晚祷时，我才能看见他们。等他们各就其位了，谋德斯通小姐就上楼来把我押到客厅。我像个小罪犯似的，单独被安置在靠近门口的地方；而晚餐后，还没等他们虔诚地做完祷告起身站起来，我便被看守押回房间。我只看到我的母亲离我远远的，而且老把脸背对着我，我压根儿就看不清她的脸。我还看见谋德斯通的一只手，用绷带包扎着。

这五天，漫漫无期，暗无天日，度日如年。多少年来，这五天，在我记忆里依旧是如此鲜活，历久弥新。我全神贯注地捕捉着家里的一切动静——门铃声，开门关门声，嗡嗡的说话声，上下楼梯的脚步声；我还听到外面的笑声，口哨声和歌声，在我倍感孤独和屈辱中，这些声音深深地折磨着，让我更加痛苦难当。时间是最捉摸不定的，尤其是夜间，我常常一觉醒来，以为是第二天清晨，结果却发现家里的人还没有上床睡觉，漫漫长夜才刚刚开始；我做的梦无比压抑，阴森恐怖。

一个个上午、中午、下午、黄昏，男孩子们在教堂墓地里嬉戏打闹，我却只能躲在屋子里远远地看着他们，不敢趴在窗口露脸，生怕他们知道我被关押在屋里；我总是听不见自己的说话声，这让我产生一种奇异的感觉；有时见了吃的、喝的，有过短暂的兴奋劲儿，但这种兴奋转瞬消逝，来去无踪。有一天傍晚时分，下起雨来，空气中弥漫着清新的气息。雨越下越大，天色越来越暗，倾盆如注，夜色无边，吞没了远处的教堂，吞没了房间里的我，把我淹没在了无边的恐惧和悔恨中。所有这一切，不是日复一日，而是年复一年，周而复始地浮现在我眼前，它是如此清晰，如此鲜活，如此强烈。

就在囚禁的最后一个晚上，我听到有人轻轻呼唤着我的名字，把我一下子惊醒了。我猛地从床上坐了起来，在黑暗里伸出胳臂，说道：

"是你吗，辟果提？"

没人马上回答。紧接着我又听见有人在轻声喊着我的名字，那声音听起来既神秘又可怕，我吓得毛骨悚然。幸好我突然想起这声音准是从锁眼儿那里传来的。

我摸索着来到门前，把嘴唇凑到锁眼儿前，压低声音问道：

"是你吗，亲爱的辟果提？"

"是我，我的宝贝，我的大卫，"她答道，"轻点儿，像小耗子一样，要不然会被老猫听见的。"

我明白她指的是谋德斯通小姐，我也意识到眼下的处境十分危险，因为她的房间离我很近。

"我的妈妈好吗，亲爱的辟果提？她是不是很生我的气？"

我听到辟果提在锁眼那边小声地抽泣着，我在这边儿也伤心地哭着。我听到她回答说："不，她没怎么生气。"

"他们打算怎么处置我，亲爱的辟果提？你知道吗？"

"送你去学校，在伦敦附近。"辟果提回答道。匆忙之间，我忘了从锁眼儿处挪开我的嘴，换上我的耳朵，她说的话，全都顺着我的喉间滑下去了，结果耳根子没听清楚。我不得不请她再说一遍。

"什么时候走，辟果提？"

"明天。"

"就是因为这个，谋德斯通小姐才把我的衣服从柜子里全拿了出来？"她拿衣服这件事，我之前忘了提及。

"是的，"辟果提说，"还有箱子。"

"我能见到我妈妈吗？"

"能，"辟果提说，"明天早晨。"

随后，辟果提的嘴紧贴在锁眼儿处，说出一番感人肺腑的话。我敢说，这是锁眼儿作为传话媒介以来，传递过的最为真诚、打动人心的话。每一句话，都是从那儿断断续续地迸出来的，同时都伴随着轻轻地抽泣。

"大卫，我的宝贝。最近这几天，我不像过去那样疼你，那并不是因为我不爱你。我亲爱的宝贝，我还是和过去一样爱你，甚至比过去更爱你。我这样做，是因为我觉得，这样对你更好，对另一个人也更好。大卫，我亲爱的宝贝，你在听吗？你听得见我说话吗？"

"听……听……听得见，辟果提！"我哭着道。

"我的心肝儿！"辟果提情深意切地说，"我想对你说，你千万不要忘了我。我也永远不会忘记你。我一定会尽心尽力照顾好你妈妈，大卫。就像我照顾你那样。我决不会离开她。总有一天，她会心甘情愿地把她那可怜的头，倚靠在她那愚蠢倔强的辟果提怀里。我的宝贝，我要给你写信。虽然我没有文化。我要……我要……"辟果提开始一个劲儿地亲吻着锁眼儿，就像亲吻我一般。

"谢谢你，我亲爱的辟果提！"我说，"哦，谢谢你！谢谢你！你能答应我一件事吗，辟果提？你能不能写信给辟果提先生、小艾米丽、格米治太太和汉姆，告诉他们，我并没有别人想象中的那么坏，并代我向他们一一问好——尤其是给小艾米丽，好吗？你肯这样做吗，辟果提？"

这位好心人答应下来，于是我们都满怀深情地吻起锁眼儿，我记得我还用手轻轻地抚摸着那锁眼儿，就像轻轻地抚摸着辟果提那张一往情深的脸，然后才依依而别。自从那天晚上开始，我对辟果提产生了一种难以言说的感情。她并没有取代母亲在我心中的位置，那个位置无人可以取代，可是，她却走进了我的心灵深处，填补了我内心的空白，从此，我的心里有这么一块地方为她驻留。我对她的这份情感，与众不同，有点儿特别。要是她死了，我真不知道我该如何是好，我也不知道我该如何应对将来的人生。

第二天早上，谋德斯通小姐和往常一样出现在我房间。她告诉我说，我要去上学了，不过，这消息已经不像她所想象中的那样令人震惊了。她还命令我，穿好衣服下楼去，到客厅吃早餐。我在客厅见到了我母亲，她面色苍白，两眼通红，我一下子扑到她的怀里，满怀愧疚之情，请求她原谅我。

"哦，卫儿！"她说，"你怎么能够伤害我所爱的人！你得学好啊，千万要学好！我答应原谅你。不过，你竟然多了些坏心眼儿，这真是叫人伤心啊。"

他们已经改变了她的看法，连她也相信我是一个坏家伙。对于她来说，这比我的离开更让她伤心，我自己也难过至极。我努力地吞咽着这顿离别的早餐，两行眼泪滚落下来，掉在我的面包和黄油上，滴进我的茶水里，实在是难以下咽。我看见母亲时不时地看看我，又时不时地看看在旁边密切监视我们的谋德斯通小姐，然后低下头，或扭头朝别处看。

"科波菲尔少爷的箱子在那儿！"当门前响起车轮声时，谋德斯通小姐说。

我四处找寻着辟果提，可是却不见她的身影；她和谋德斯通先生都没到场。来到大门前接我的，竟然是上次那个车夫。他把我的箱子拿出来，放进了他的车里。

　　"克拉拉！"谋德斯通小姐用警告的口吻说。

　　"好了，我亲爱的简，"我母亲回答道，"再见了，大卫。这次出去，是为了你好。再见了，我的孩子。学校一放假，你就可以回家，到时候你就变成一个好孩子了。"

　　"克拉拉！"谋德斯通小姐再次警告道。

　　"马上就好，我亲爱的简，"母亲仍然搂着我，恋恋不舍地说，"我原谅你，我的宝贝孩子。愿上帝保佑你！"

　　"克拉拉！"谋德斯通小姐再一次吼叫道。

　　承蒙谋德斯通小姐的好意，她把我送到车子跟前，一边走还一边交代，她希望我能痛改前非，别弄得以后身败名裂。随后我就上了车，那匹马懒洋洋地拉着车上路了。

第5章 遣送离家

我们走了大约半英里路，我的小手帕湿透了，那车夫突然把车停下来。

我探出头来想看个究竟。突然，我惊喜地发现辟果提从一道围篱后面冒了出来，并爬上了车。她伸出双臂抱着我，紧紧搂着我，使劲地把我贴在她的胸口处，我的鼻子都被压扁了。不过，我当时并没有感觉到鼻子疼，直到后来才意识到了这一点。辟果提什么话也没说。她腾出一只胳膊，伸进衣服口袋，从里面掏出几袋用纸包好的糕点，使劲塞进我的口袋里。她又掏出一个钱包，塞进我的手里。她依然一句话也没说。最后她用两只胳膊紧紧地搂抱着我，然后便下车，跑开了。我现在相信，而且也一直相信，当时她的那件长袍上连一颗扣子也不剩了。车上，纽扣四处滚动，我俯身拾起一颗，作为纪念品珍藏起来，保留了很长时间。

车夫回头看了看我，那神情好像是问我她还回不回来。我摇了摇头，说我想她不会回来了。"那我们就上路吧。"车夫对懒洋洋的马说了一声，那马儿便应声走了起来。

这时候，我已经哭累了，而且也意识到再哭也无用，尤其是当我一想到罗德里克·蓝登和英国皇家海军的舰长在那么艰难困苦的环境中，也不曾流过一滴泪，我便不再哭哭啼啼。车夫见我不再抹眼泪，便建议说，把小手帕放在马背上摊开晾干。我对他表示谢谢，并采纳了他的建议，那手帕显得特别小。

现在，我终于有空闲来看看这个钱包了。这是一个硬皮钱包，安着一个碰扣儿，里面装着三枚先令，闪闪发亮，很显然辟果提为了讨我高兴，用白灰仔细擦拭过。但是钱包里更为珍贵的东西是一对半克朗的硬币，这硬币用纸包着，我母亲在纸上亲笔写道："我永远爱你，致卫儿。"我心如刀割，热泪盈眶，只好请求车夫把我的小手帕递给我。可是他建议我最好不用，我也觉得这话有道理，于是，只好用袖子抹了抹眼泪，克制住了自己。

　　我再也不哭了。不过，由于刚才太过伤心，情之所至，有时还禁不住要剧烈地抽泣几下。车子晃晃悠悠地前行着，过了一会儿，我忍不住问车夫，是不是一直要把我送到那儿。

　　"一直送到哪儿？"车夫问。

　　"那儿。"我说。

　　"那儿是哪？"车夫问。

　　"就是伦敦附近啊。"我说。

　　"哎呀，就这匹马啊！"那车夫抖了抖缰绳，指了指这匹马说，"恐怕走不到一半的路就没气了。"

　　"这么说来，你只是把我送到雅茅斯吗？"我问。

　　"差不多吧，"车夫说，"到了雅茅斯，我便把你送上长途马车，再由长途马车把你送到……送到你想去的地方。"

　　这位车夫名叫巴克斯，今天他说了这么多话真是让人吃惊。正如我在前面说过，他一向沉默寡言，几乎不和人交谈。为了表示感谢，我送给他一块蛋糕。他大口大口地吞咽着，一副狼吞虎咽的样儿，活像一头大象。

　　"是她做的吗？"巴克斯先生说，他总喜欢坐在前脚踏板上，两只胳膊肘支在膝盖上，身子微微前倾，一副萎靡不振的样子。

　　"您是指的辟果提吗，先生？"

　　"嗯。"巴克斯先生说，"就是她。"

　　"是的，我们家的点心都是由她做的，饭也是由她做的。"

　　"是吗？"巴克斯先生说。

他努了努嘴，好像要吹口哨似的，但没吹。他坐在那儿，盯着马耳朵出神，好像发现了什么新奇玩意儿。就这样，他呆呆地坐着，坐了很长一段时间。后来他慢条斯理地问道：

　　"没有心上人吧，我猜？"

　　"你是说杏仁儿，巴克斯先生？"我以为他还想吃一点儿杏仁儿点心。

　　"心上人，"巴克斯先生说，"我说的是心上人，没有和她相好的吧？"

　　"和辟果提？"

　　"嗯！"他说，"是啊。"

　　"哦，没有，她从来没有心上人儿。"

　　"真的？"

　　巴克斯先生又努了努嘴，好像要吹口哨，但还是没吹，仍呆呆地坐着，盯着马耳朵出神。

　　巴克斯先生琢磨了半天，之后又说道："你的意思是说，她会做苹果点心，也会做饭菜？是吗？"

　　我回答说千真万确。

　　"嗨，我想问问你，"巴克斯先生说，"你会不会给她写信呢？"

　　"当然，我当然要给她写信。"我回答道。

　　"啊！"他的目光慢慢转向我说，"真好！如果你给她写信，请你记得写：巴克斯愿意，好吗？"

　　"巴克斯愿意，"我丈二和尚摸不着头脑，不解地问道，"是这句话？"

　　"是……是的。"他一边努力地思考，一边说，"是……是的。巴克斯愿意。"

　　"可是你明天就要回到布兰德斯屯，巴克斯先生。你可以亲口告诉她呀。"一想到我明天已经远在他乡，我便有点儿不情愿。

他摇了摇头，表示反对。他再次郑重其事地重申道，"巴克斯愿意。这就是我要说的。"我便十分痛快地答应下来。那天下午，我们抵达雅茅斯的一家旅馆，趁着等马车这一空闲时间，我找来一张纸和一瓶墨水，给辟果提写了封短信。我这样写道："我亲爱的辟果提，我已经平安到达这里。巴克斯愿意。请代我向妈妈问好。你的亲爱的大卫。又及：他请我一定要告诉你——巴克斯愿意。"

我已经承诺为巴克斯先生转达这个信息，他便又陷入了沉默。最近发生了这么多事，弄得我也疲惫不堪，我顺势躺在车厢里的一只袋子上便睡着了。我睡得特别沉，一直到了雅茅斯才醒过来。我们的马车驶进一家旅馆的院子里，周围的一切是那么新奇、陌生，我马上打消了可能和辟果提先生家人见面的念头，和小艾米丽见见面的念头也消失殆尽。

长途马车停在院子里，虽然还没套上马，车身已经被打扫得干干净净，看上去一点也不像要去伦敦的样子。我在琢磨，这箱子最后到底怎么办呢。巴克斯把车子赶到院子里来了，顺便把我的箱子卸下来放进靠柱子的过道上。我又怎么办呢。突然，一个女士从一个半圆窗口探出头来，窗户上还挂着些禽肉和大块腌肉。只听见那女人说：

"那就是从布兰德斯屯来的小少爷吗？"

"是的，太太。"我说。

"你姓什么呀？"那女士问道。

"科波菲尔，太太。"我说。

"不对，"那女士回答道。"没有人用这个姓在这里预订饭菜。"

"那是谋德斯通吗，太太？"我问。

"你就是谋德斯通少爷？"那女士说，"那为什么刚才要对我说另一个姓呢？"

我向那女士解释了其中原因，她便摇铃并喊道："威廉！带少爷去餐厅！"话音未落，一位侍者就从院子对面的厨房里跑出来，当他发现要伺候的人竟是我时，他显得异常惊讶。

这间餐厅很大，里面还挂着几幅大地图。如果真把我遗弃在地图上的这些国家，我想，那种身处异乡的感觉也没有现在这般强烈和凄凉。我把帽子拿在手里，坐在靠近门边的一个角落里，就这样，我还是感到特别拘束。那个侍者特意为我铺了一张桌布，又摆放了各种调味品，我想我一定拘谨极了，羞得满脸通红。

他给我端上来一些排骨和蔬菜，揭盖子的时候动作十分粗鲁，我还以为什么地方惹恼了他呢。不过，他又搬来一把椅子放在餐桌跟前，还十分殷勤地说："嗨，六尺大汉！过来吧！"这样一来，我悬着的心终于落了地。

我说了声谢谢，在餐桌旁坐下。可是他站在我的对面，目不转睛地看着我，弄得我极其不自然，使用刀叉时，手变得越发笨拙，差点儿把肉汤溅在身上。每次我们目光相遇时，我的脸就滚烫。他看见我吃第二块排骨时，他开口说：

"还为你准备了半瓶啤酒呢。现在你想喝吗？"

我说了声谢谢，并说想喝。于是，他便从一只大罐里倒了一大杯出来，举起杯子对着亮光瞧了瞧，这酒看起来更诱人了。

"哦，看哪！"他说，"好像不少呢，是吧？"

"看起来的确不少，"我笑着回答说。他十分热情，我也变得开朗起来。他的眼睛眨个不停，满脸的疙瘩，头发竖立着。他站在那儿，一只手叉着腰，另一只手对着亮光举着玻璃杯，看上去挺友好的。

"昨天，这儿有一个先生，"他说，"一个长得挺结实的先生，姓托普索——也许你认识他吧？"

"不，"我说，"恐怕不……"

"他穿着短裤，绑着护腿，头上戴着顶宽边帽，穿着件灰外套，脖子上系着条花围脖。"那侍者说。

"不认识，"我极其不好意思地说，"我没有那么荣幸……"

"他走进来，"那侍者盯着从杯里透过的光亮说，"要了一杯这样的啤酒——我劝他别喝——他非喝不可——结果他喝下去，倒在地上就死了。对他来说，这酒是陈年老窖，存了很多年。这酒本不该拿出来。情况就是这样的。"

这个悲惨的故事，让我深感恐怖；于是，我说，还是喝点水比较好。

"哦，你瞧，"那侍者眯缝着一只眼睛，透过酒杯的亮光，说："我们这儿十分讨厌顾客点了什么又不要，这样会让我们的老板很生气。不过，如果你愿意的话，我可以帮你一口气干掉它。我已经对它习以为常，既然习惯了就什么也不怕了，我一仰脖子一口气喝掉，它也不会伤害我。我可以喝吗？"

我回答说，如果喝酒不会伤害他的身体，那就请喝吧，我会感激不尽。要是不能喝，就千万不要逞强。当他仰起脖子"咕咚咕咚"一饮而尽时，我在旁边看得胆战心惊，我生怕他像可怜的托普索一样遭遇不幸，倒地身亡，再也爬不起来。但是他若无其事，反而显得更加精神抖擞。

"您吃的什么菜呀？"他拿着叉子在我的盘子里扒了扒说，"这不是排骨吧？"

"是排骨。"我说。

"天哪，"他惊呼起来，"我还真不知道这是排骨呢。你知道吗，吃点排骨，正好可以解除啤酒的毒性，这不是运气吗？"

说着，他随手拿起一块排骨放进嘴里，另一只手又抓起块土豆，痛快淋漓地大吃一通，看到他狼吞虎咽的样儿，我快活极了。他伸手去抓了一块排骨和土豆，紧接着又拿了一块排骨和土豆。饭菜一扫而光，他又端来一个布丁，放在我面前，他眼巴巴地看着它出神。

"这个饼怎么样？"他突然像是从梦中惊醒似的问。

"这不是饼，是布丁。"我回答说。

"是布丁！"他嚷嚷道，"天哪，真的是布丁呢！"他的身子使劲向前倾了倾，"你没有说这是奶油鸡蛋布丁吧？"

"嗯，它就是奶油鸡蛋布丁。"

"哦，还真的是奶油鸡蛋布丁呢。"他说着拿起一把大勺，喜出望外，"这是我最爱吃的布丁！这不是运气吗？快吃，小伙计，咱们比赛看谁吃得多。"

当然我比不过侍者。他接二连三地给我加油，但他用的大勺子，我用的小勺子；他的饭量大，我的饭量小，从第一口开始，我便远远地落在后面，压根儿就没机会追上他。我想我还从未见过像他这样吃布丁的，真是大快朵颐，酣畅淋漓。吃完布丁后，他哈哈大笑起来，仿佛还意犹未尽，仍在细细品味。

看到他是如此亲切友善，我便开口向他要纸、笔和墨水，打算给辟果提写封信。他立马帮我拿来这些东西，还站在我身后，好奇地看着我。等我写完信后，他便问我去哪儿上学。

我告诉他说就在伦敦附近。因为我也仅仅知道这一点儿消息。

"哦，天哪！"他显得十分沮丧，"你这么一说，让我很伤心。"

"为什么？"我不解地问道。

"哦，天哪！"他的头使劲摇晃说，"那个学校把小孩子的肋骨弄掉了两根，他还只是一个小男孩呢。让我瞧瞧，你大概几岁了？"

我告诉他我就八九岁。

"就像你这么大，"他说，"他八岁零六个月时，他的第一根肋骨弄断了，八岁零八个月时，他的第二根肋骨又弄断了，他的小命就完蛋了。"

听了这儿，我难受极了，心里无比恐慌，迫切想知道事情的真相，便继续追问，这事是怎么发生的。可是，他只简短地说出三个可怕的字眼："打断的"，这三个字并没给我任何安慰。

就在这时，院子里传来长途马车嘹亮的号角声，我赶紧站起身来，半是羞怯半是炫耀，我掏出钱包，吞吞吐吐地问："我需要付钱吗？"

"一张信纸，"他回答说，"你买了一张信纸吧？"

我记得我并没有买过。

"信纸很贵，"他说，"三个便士一张，因为还要纳税。在这个国家，什么都得交税。至于给侍者小费这些，就免了吧。墨水就算了，我倒贴吧。"

"你该……我该……我该给多少……在你看来，我该给侍者多少呢？"我面红耳赤，张皇失措。

"如果我没有家，我的家人没有染上天花，我不会向你索要六便士。"那侍者说，"如果我不用供养年迈的双亲和一个可爱的妹妹，"说到这里，那侍者显得更加动容——"我不会向你要一分钱。如果我有一个好房子，有人对我好一点儿，我不但不会向你伸手讨要，我反而要给你提供帮助。可是，我吃的是剩饭剩菜，睡的是煤堆……"说到这儿，侍者一下哭了起来。

听了他的不幸遭遇，我越发同情他，觉得无论如何给他的钱不能少于九便士，否则我就是残酷无情的家伙。我从那三枚亮晶晶的先令中拿出一枚送给他。他毕恭毕敬地接了过去，并立即用拇指捻了捻，以检验真伪。

有人把我举起来，放到长途马车的后面，这让我感到有点难为情，因为大家都认为是我一个人把盘子里的饭菜吃了个精光呢。我产生这种感觉，是因为我无意间听到半圆窗口里那位太太对押车的人说："乔治，那个小孩，你可要留心点，我真担心他的肚子会裂开。"我还看到旅馆里那些女仆们都跑出来观看我，冲着我笑，仿佛我是一个怪物似的。那个侍者——我那个命运多舛的朋友——现在又恢复了精气神儿，脸上没有丝毫愧色，他反而加入到他们阵营中来合伙取笑我。他的种种行为，让我顿生疑虑，不过，总的来说，我对他并没有失去信任。孩子嘛，比较单纯，容易相信别人，尤其是比自己年长的，更是值得信赖。如果一个小孩子过早地失去这一天性，而变得精明世故，我会深感愕惜。

我莫名其妙地成了马车夫和押车人的嘲笑对象，让我感到十分委屈。他们抱怨说车后面太重，是因为我坐在那儿的缘故，他们甚至嘲讽，让我不如改坐四轮马车更威风。关于我是一个大肚皮的故事，迅速传至坐在车子外面的乘客耳朵里。他们把我当作开心果，问我到学校是不是要交两三个人的饭钱，是不是有专人来承包我的伙食，还有其他一些可笑的问题。不过最糟糕的是，原本中午就吃得很少，如果再有机会吃东西，我肯定不好意思再吃，只好挨一整夜的饿——因为我走得有些匆忙，竟然把我的点心丢在那家旅馆了。果不出所料，我们停下来吃晚饭时，虽然我已经饥肠辘辘，但是却无法鼓足勇气，只好呆呆地坐在炉火旁对他们说，我一点儿也不饿。即使这样，我还是招来了冷嘲热讽。一个声音沙哑、满脸横肉的男人，从盒子里拿出三明治一路上吃个不停，并时不时喝上几口啤酒。他却说我像一条大蟒，一顿吃饱了可以管几顿，说完这句话，他又风卷残云一般吞食了一份炖牛肉，结果闹了一身红疙瘩。

我们下午三点从雅茅斯动身，预定明天上午八点左右抵达伦敦。时值仲夏，又正好是傍晚时分，此时凉风习习，清凉宜人。我们经过一个小村庄，我便沉浸在想象世界里。那些房子是什么模样的，里面的人又在做些什么呢。我们的马车后面，几个男子追逐着，还攀在车后面，吊了一会儿，我就想，他们的父亲是不是还活着呢，他们家是不是过得很快乐。我又禁不住想起我即将要去的那个地方，想起那个地方，我感到有些害怕，除此之外，我的头脑里还浮现出各种东西。我现在还记得，有时候，我任由思绪飞翔，飞回我的家，飞到辟果提身边。我还努力回忆在咬谋德斯通先生的时候，我究竟是怎么想的，我之前是一个什么样的孩子。可是，我费了很大劲儿也回想不起来，好像咬他这事，似乎是上个辈子的事儿。

天气转凉了，夜里不像傍晚那么舒服。他们怕我从车上掉下去，把我安置在两个男人中间，夹在那位满脸横肉的先生和另一位先生之间。他们俩都睡着了，把我挤得气都透不过来。有时候，我实在是不堪忍受，忍不住大喊一声："哎，你们别挤啦！"他们被吵醒了，气呼呼地可烦我了。坐在我对面的是一位老太太，她穿着一件毛皮大衣，浑身裹得严严实实，黑暗中看上去就像一垛干草堆。这位老太太提着一只篮子，老半天不知放在哪儿才好，后来她发现我的腿短，灵机一动，就把篮子塞在我脚下，结果弄得我两只腿根本动弹不得，还时不时被扎一下，疼得我只好咬紧牙关。只要稍微一动身子，那篮子里的一只大玻璃杯子就咣啷作响，她立马会狠狠踹我两脚，嘴上还振振有词："小心点，别乱动。我敢肯定，你的骨头还嫩着呢！"

终于，太阳升起来了，和我同车的乘客们睡得也安稳舒服些了。夜间，他们的鼾声、喘气声此起彼伏，一副痛不欲生的样子。太阳越升越高，他们的睡眠也越来越浅。渐渐地，他们一个接一个睁开惺忪的眼睛，从睡梦中醒来。他们都说，自己一夜未曾合眼。谁要是说他睡着了，他会气急败坏地立马加以否认。我记得，这事让我十分诧异。直到今天，我仍然感到十分困惑。因为我观察发现，在人类所有的弱点中，最大的一个弱点就是人们不愿意承认自己在车上睡着了，这个现象普遍存在，我实在弄不明白这其中的原因。

伦敦渐渐出现在我的视野中。我顿时激动万分。我深信自己喜欢的那些英雄人物将在这儿重新登场。我还依稀觉得这座城市是全世界最神奇和最邪恶的地方。在这里，我就不用一一赘述。我们离它越来越近，而且我们准时抵达了预订的那家旅馆，那家旅馆坐落在白教堂区，我已经想不起那旅馆的名字，是叫蓝牛呢，还是蓝猪，反正叫蓝什么来着，那东西的模样儿还画在马车的后面。

下车的时候，押车人看了我一眼，然后站在票房门口对我们说：

"这儿有个小家伙，是从萨福克郡的布兰德斯屯来的，一位姓谋德斯通的先生为他订的票，有人来接这小家伙吗？"

没人回答。

"请你再试试科波菲尔这个姓吧，先生。"我无可奈何地低下头说。

"有个小家伙从布兰德斯屯来，一位姓谋德斯通的先生为他订的票，但他说他姓科波菲尔，正在这儿等着人来接，有人来接这个小家伙吗？"押车的人有点儿不耐烦了，"快点！到底有没有人来接啊？"

没人回答。没人回答。我焦虑不安地朝四周看了看，无人理睬。这个时候，那个绑着裹腿的独眼男子建议说，最好在我脖子上套个铜圈，把我牵到马厩里去。

梯子拿来后，我紧跟在那个像干草垛一样的老太婆后面，下了车。直到她把篮子从我脚下拿走，我这才可以挪动一下我僵硬发直的身子。那时候，车子的乘客全都走了，行李也全都搬走了，马在卸行李之前就被牵走了，旅馆中的几个马夫，把马车也推到不挡路的地方去了。可是仍然没人前来认领这个从萨福克郡的布兰德斯屯风尘仆仆赶来的小孩子。

那时候，我比鲁滨孙·克鲁索还要孤独百倍，至少当时鲁滨孙还没人看着他，也没有人知道他的孤独。这时，值班的售票员邀请我进去坐坐，我才走进售票房，走到柜台后面，在他们称行李的磅秤上坐了下来。坐在那儿，我打量着大大小小的包裹，闻到从马厩传来的气味，从此以后，那气味就永远和那个上午的回忆联系在一起。我感到无比的恐慌和焦虑，要是没人来接我，他们会让我在这儿待多久呢？

他们是不是要把我一直留在这里，直到花光我的七个先令为止？

晚上我是不是得蜷缩在那个装行李的大木箱里睡觉，早上起床要在院子里的那个水龙头上洗脸？每天晚上他们会不会把我赶到外面去，等第二天售票处开门了再让我进去，等待接我的人？如果这一切是由谋德斯通先生一手谋划的，要故意来陷害我，我又该怎么办呢？要是他们把我留在这儿，等我身上的七先令用光后，他们会不会把我赶走？因为我待在这儿，只有活活饿死，这样一来，这个叫蓝什么的旅馆不仅要支付我的丧葬费，还会给顾客添麻烦和带来不快呢。如果我马上起身回家，那我又怎么找到回家的路呢？这么远的路，我又怎么回去呢？就算我回到家，除了辟果提，谁又值得信任呢？就算我在附近找到当局，主动要求去参军或当一名水手，可我年纪这么小，他们绝不会收下我的。种种猜测，各种可能，弄得我焦头烂额，心急如焚。正当我感到万念俱灰的时候，突然，闪进一个人来，他悄悄向售票员说了点什么，售票员把我从磅秤上拉了下来，好像我是已经称完重的货物，付清款额，于是，交易成功。

这个人拉着我的手走出售票处，我偷偷地看了他一眼。这是一个年轻人，身材瘦削，面色枯槁，双颊深陷，他的下颏黑黢黢的，和谋德斯通先生相差无几。不过，他们也仅有这一点相似，因为他刮光了胡子，他的头发黯淡枯燥，身上那套黑色衣服皱巴巴的，已褪了色，衣袖和裤腿短了大半截。脖子上系了一条领巾，也不太干净。这条领巾是他身上唯一的一块亚麻布，不过露出来的，能让人看到的，也仅仅只有这一样东西了[①]。

"你就是新来的学生吧？"他说。

"是的，先生。"我回答。

我以为我是的，其实我并不知道。

---

① 在这里，linen一词既有"亚麻布"的意思，也有"衬衣"的意思，因当时的衬衣的面料一般是亚麻布，此处暗指此人未穿衬衣。

"我是萨伦学校的教师。"他说。

敬畏之情油然而生，我深深地朝他鞠了一躬。他是萨伦学校的学者，又是一名老师，如果让他帮我提箱子，我实在是难以启齿。等我们出了院子又走了一段路程后，我终于鼓足勇气提起这事。我低声下气含糊其词地说，兴许这箱子我以后还用得着。于是，我们又转身往回走，回到售票处。他告诉值班的人说，我的箱子中午派车夫来取。

"请问先生，"我说，这时候我们又走到刚才折返回去的地方，"学校离这儿还有多远呢？"

"在布莱克希斯附近。"他回答说。

"那儿远不远呢，先生？"我小心翼翼地问道。

"还远着呢，"他说，"离这儿还有六英里呢，我们得坐马车去。"

我已经筋疲力尽，一听说还有六英里，我觉得实在是受不了。于是，我大着胆子告诉他说，我已经整整一夜没吃东西了，如果他允许我买一点吃的，我将对他感激不尽。听我这样一说，他感到诧异极了，他停下来注视着我，他看我的眼神至今我还记忆犹新。他斟酌了一会儿，说他要去看望住在这附近的一位老人，我最好买点面包，或者买点对身体有益的食品，带到老人家去吃，在那儿还可以喝到一些牛奶呢。

商量好后，我们来到一家面包店，在橱窗前打量了一会儿。我反复强调，我想买店里这些易消化的食品，可他一一加以否决，最后我们买了一小块黑面包，花了三便士。然后，在一家小杂货铺里，我们又买了一枚鸡蛋和一片咸肉，我用第二个亮闪闪的先令付钱，找回了不少零钱，我暗自想到，伦敦的物价还真便宜呢。我们带着这些东西，穿过喧嚣的市区，我昏昏沉沉，头痛欲裂。我们经过了一座桥，那肯定就是伦敦桥，我想他是这样告诉我的，不过，我当时迷迷糊糊，好不容易我们来到了那位老太太的住所。老太太住在贫民区，从这些房子的外形和大门上方的石刻一眼便知，这里就是某个救济院的一部分。石刻上面写着：这里是为收容二十五名贫苦妇女而建造。

贫民区里都是清一色的小黑门，门的上方安着一块小小的菱形玻璃，每一扇门的旁边开着一扇小小的菱形玻璃窗。萨伦学校的老师走到一家门前，拨开门闩，走了进去。屋子里面有一位老妇人，跪在地上费劲地拉着手边的风箱，好让小汤锅上的水烧开。一看见老师进去，她停下手中的活儿，对着他说了点什么，听起来像是在呼唤"我的查理！"她看见我也紧跟着进了屋，便站了起来，搓了搓手，慌慌张张地行了一个礼。

"麻烦你为这位年轻的先生热一下早餐，好不好？"萨伦学校的老师说。

"好不好？"那老妇人说，"当然没问题！"

"费比茨恩太太今天情况怎么样？"老师看着另一位老太太问道。那位老太太坐在壁炉旁边的一张大椅子上，看上去就像一堆衣服堆在那儿，我当时差点儿就坐在上面去了，幸好及时发现，直到现在我还感到特别幸运。

"啊，她很难受。"老妇人回答说，"今天她特别难受。这炉子里的火要是碰巧熄灭了，我敢肯定，她的生命也就熄灭了，而且再也不会回来了。"

他和老妇人都看着她，我也打量着她。那天天气十分暖和，可是她看上去除了需要炉火的温暖外，其他什么也不需要。我觉得她甚至有些嫉妒壁炉上的汤锅，尤其是炉子上还要煮鸡蛋、烤肉这些事儿，她感到愤愤不平。我这样说是有充分的依据，因为在做饭的时候，我虽然困得连眼皮都睁不开了，但是我却亲眼看见她朝我挥了挥拳头，这一切没人注意到。阳光透过小窗户照进来，可是她却背对着阳光，那人椅子的靠背也背着阳光，把整个壁炉挡在她身前，好像是她在竭尽全力地让炉火温暖，而不是炉火给她温暖，她的两只眼睛死死地盯着那壁炉，时刻高度警惕，严加看守。我的早餐做好了，炉子腾空了，她竟高兴得哈哈大笑起来——我不得不说，那笑声听起来无比刺耳。

我坐下来，就着一小碗牛奶吃着我的黑面包、鸡蛋和咸肉，这真是一顿丰盛美味的早餐。我正津津有味地吃着时，突然听到那位老妇人对老师说：

"你把笛子带来了吗？"

"带来了。"他回答说。

"吹吹吧，"那老妇人极力劝说道，"一定要吹一吹。"

于是，教师把手伸到衣服下摆里，掏出他的笛子。那只笛子分成了三截，他把这三截拧在一起，便吹了起来。经过我多年反复思考，我不得不说，世界上再也没有比这更难听的笛声了。我听过各种声音，无论是天籁之音，还是各种人为制造出来的声音，只有他那天吹的笛声让人感到凄惶伤悲。我不知道他吹的是什么曲调，我甚至怀疑他的吹奏中有没有曲调，但那曲调却深深地影响了我，我不由自主地想起我的种种遭遇，忍不住泪流满面，再无任何食欲。渐渐地，困了，乏了，眼皮沉重，合上了双眼，进入了梦乡，往事纷至沓来。那间小房子，房间里那只敞开的三角柜，那把方背的靠椅，那通向楼上的小楼梯，那放在壁炉架上的三根孔雀羽毛，我至今仍记得，我一进门就在寻思，要是孔雀知道它那美丽的羽毛落得如此下场，它会作何感想呢。转眼间，这些东西烟消云散，无影无踪，我沉入了梦乡。笛声不见了，车轮声在耳边回响，我又上路了。突然，马车猛地颠簸了一下，我从梦中惊醒过来，笛声又来了。萨伦学校的老师架着腿儿坐在那儿，吹得如泣如诉，那位老妇人听得如痴如醉。渐渐地，老妇人消失了，老师也跟着消失了，一切都消失得无影无踪。没有了笛声，没有了教师，没有了萨伦学校，没有了大卫·科波菲尔，这一切都不复存在，只有酣畅淋漓的睡眠，渐渐沉入了无声的世界。

在梦中，我梦见他的笛声哀婉悲凄，那老妇人却听得满心欢喜，赞叹不已，她情不自禁地走到他身边，站在椅子背后，一把搂住他的脖子，狠狠地亲吻着。她的动作来得太猛，惊扰了他，他的吹奏不得不停下来。不知道就在此时，还是在这之后，我便一直处于半睡半醒中。笛声再次响起来，看来，他的吹奏的确中断过，我不但亲眼所见，还亲耳所闻，那位老妇人问费比茨恩太太，这笛声听起来是不是悦耳动听，费比茨恩太太咕哝道："嗯，嗯，啊！"朝着壁炉频频点头，好似这笛声的悦耳敌不过这炉火的温暖。

我仿佛睡了长长的一觉，终于，萨伦学校的老师把长笛拆成三节收起来，然后便带着我离开了。在附近，我们看见一辆马车，便爬上了车顶。我实在是太疲倦了，走到中途，有人上车时，他们便把我弄到车厢里，那儿一个乘客也没有，我舒舒服服地睡了一大觉。马车爬到一面陡峭的小山坡，那儿绿树成荫，车子慢腾腾地向前走着。又过了一会儿，车子停了下来，目的地到达了。

我们——我指的我和那位老师，穿过一条小径，走进了萨伦学校。

一堵高高的砖墙围住了四周，看上去显得死气沉沉。围墙上开了一道门，门上面挂着一道匾，上面写着"萨伦学校"四个字。我们拉响了门铃，一张阴沉的脸从门后边探出来，上下打量着我们，开门才发现这原来是个大胖子，脖子又粗又短，两鬓突出，是个瘸子，装了条木制的假腿，留着一头短发。

"这就是那个新生。"老师说。

那个装着假木腿的人把我从头到脚仔细打量了一番，因为我的块头并不大，因此并不会花费太多时间。然后，他转身把大门锁上，拔出钥匙。我们便向那绿荫掩映中的房子走去，突然，我听到他在我身后喊道：

"喂！"

我们都转过头去，看见他站在自己的小屋门前，手里提着一双靴子。

"哦! 鞋匠来过了，"他说，"麦尔先生，那时你出门去了，他说他已经没办法修补这双靴子了。他甚至觉得有些奇怪，这双靴子完全走样了，你为什么还要修呢。"

他说完，便把靴子朝这边扔过来，麦尔先生往回走了几步，弯腰捡起那双靴子。我们又继续往前走，我估摸他看着那靴子一定很伤心。的确，这双靴子已经破烂不堪，根本没法穿了。他的长袜破了一个洞，就像一朵含苞欲放的花骨朵。

萨伦学校是方形砖结构建筑，两侧都带有厢房，屋里没什么摆设，空荡荡的，四周寂静无声。于是，我便问麦尔先生，是不是学生都出去了。麦尔先生听闻此言，大为惊讶，说学校已经放假了，所有的学生都回家去了。校长克里克尔先生带着克里克尔太太和小姐也去海滨度假了，我之所以现在被送来，是因为我犯了不可饶恕的错误，他们想借机好好地惩戒我一番。他一边走着，一边这样说着。

他带着我来到教室，我环顾四周，心彻底凉了，再也没有见过比这地方更冷清更荒凉的地方了。直到现在，这情景还历历在目。这个教室呈长条形，里面摆放着三排课桌，六排长凳，墙上钉着一排排钉子，用来挂帽子和石板。一些旧的笔记本和练习册随地可见，一些用旧练习本做的蚕房，乱七八糟地摆放在课桌上。一只用硬纸壳和铁丝制作的笼子，散发着一股浓浓的霉味，两只没人看管的小白鼠在里面上蹿下跳，瞪着两只通红的小眼睛，四处打探，想弄点吃的来填肚子。一只小鸟关在一只和自己体形差不多大小的笼子里，不时跳上那约二英寸①高的小横木，然后又跌落下来，不停地拍打着翅膀，发出扑棱棱让人揪心的声音，既不唱歌，也不鸣叫。整间屋子里弥漫着一种

---

① 二英寸约5厘米。

奇怪的气味，就像是厚灯芯绒裤发霉的味道，也像甜苹果搁着不通风的味道，或者书籍腐烂的味道。整个屋子里到处沾染着墨汁，一大团一大团地随处可见。就算这间屋子没有屋顶，就算一年四季都下着墨水雨，飘起墨水雪，降起墨水冰雹，吹着墨水风，屋子也不会有这么多墨水。

麦尔先生扔下我，提着那双破旧的靴子上楼去了。我蹑手蹑脚地走到屋子的另一边，并仔细留意着屋子里的一切。突然，一张课桌上放着的一张纸板告示牌映入我的眼帘，那上面端端正正地写着："小心！他咬人！"

我吓了一跳，一骨碌爬到课桌上，生怕桌子下面蹿出一条凶恶的大狗。我惊慌失措，四处张望，正在这时，麦尔先生进来了。他问我爬到桌子上去干什么呢。

"请您原谅，先生，"我说，"对不起，我在四处寻找那条狗。"

"狗？"他不解地问道，"什么狗？"

"这不是狗吗，先生？"

"什么狗？"

"那上面不是写着，他咬人吗？那不是狗吗？"

"不，科波菲尔，"他神色严肃地说，"那不是狗，那是个学生。他们命令我把这告示牌挂在你背上。一开始就要这样对待你，我很抱歉，但我只能奉命行事。"

他说着把我抱下来，给我挂上特意为我制作的告示牌。我背着它，就像背着一个书包，从此，无论我走到哪儿，我都得随身背着。

这个告示牌带给我的无尽折磨，简直难以想象。无论有没有人注意，我总觉得有人在盯着它看。无论我身后有没有人，我总是习惯性地转过身去看看，哪怕没人注意，我也会十分紧张，因为无论我背朝哪里，我总觉得身后有一大群人对我指手画脚。那个木腿瘸子心眼儿更坏，仗着一点儿权势，根本不放过我。只要我倚靠着一根树，或是溜着墙角走，或是紧贴着房子站着，他就颐指气使，大声呵斥："喂！你这个小子，你这个科波菲尔！把那块告示牌亮出来，小心我去告发你！"教室后面有一个院子，是学生的运动场，地上铺着沙砾，四周光秃秃的，运动场正对着厨房、库房等。每天早晨，我奉命在这儿散步，我知道每天勤杂人员会看见它，肉铺伙计会看见它，送面包的也会看见它。凡是在这个时候进进出出的人，都会看见这块牌子，都会对我格外警惕，生怕我一口咬住他们。我记得，当时连我自己也害怕自己变成一个名副其实胡乱咬人的野孩子。

运动场旁边有一道旧门，学生们在门上大大小小地刻着自己的名字，全都刻满了。一边看着他们的名字，一边想象着他们会用什么腔调来念着"小心！他咬人"，我会多么无地自容，我多么害怕他们开学返校啊。有个学生，名叫詹·斯蒂夫，他的名字刻得那么深，而且反复刻了几遍，我猜想他念那牌子的声音一定会震耳欲聋，念完后还会狠狠揪一把我的头发。还有一个学生，名叫汤姆·特拉德尔，我估计他会以此来取笑我，假装着一副很怕我的模样。还有一个学生，名叫乔治·丹普尔，我料想他会给这牌子的内容配上曲子，引吭高歌。我像一只惊魂未定的小动物，提心吊胆地看着那道门，仿佛看见这些名字的主人——麦尔先生告诉我，那时学校里有四十五个学生——他们一个个对我冷眼旁观，嘴上却声嘶力竭地大声嚷嚷："小心！他咬人！"

这种场面挥之不去。面对着课桌和长凳，这种想法浮上心头。爬上床，看着其余的空荡荡的床铺，这种想法又接踵而至。我每天晚上都会做梦，梦见和母亲在一起，她还是以前那个样子；梦见去辟果提先生家玩耍；梦见坐在马车顶上旅行；梦见又和那个倒霉的侍者朋友一起吃饭。无论在哪儿，我都会引来一群人围观，引来一阵尖叫，因为他们发现我只穿了一件小睡衣，背上还挂着一块告示牌。

我一方面觉得生活枯燥乏味，又一方面又极其害怕开学，这种痛苦煎熬真是难以忍受！每天，我得和麦尔先生一起做着大量功课，不过，由于没有谋德斯通先生和小姐在一旁监视，我都能顺利完成，而且还做得不错。在做功课前后这段时间，我可以四处走走——不过，正如前面所说，那个木腿瘸子总是在暗中监视着我的一切行踪。学校里的潮湿味道，运动场上那布满青苔的裂开的石板儿，一只漏水的旧桶，还有几棵面目狰狞的老树，树干已历尽沧桑，雨天里嘀嗒滴水，晴天里密不透风。所有这一切，我都记忆犹新。中午一点钟，我和麦尔先生，我们俩坐在一间空荡荡的长餐厅的尽头吃饭，餐厅里摆满了松木桌，一股油腥味在屋子里飘荡。吃完饭，我们又开始做功课，一直做到喝茶的时候才休息。麦尔先生用蓝茶杯喝茶，我则用一只锡盅。教室里摆放着一张麦尔先生专用的书桌，一整天，麦尔先生都伏在那张书桌旁，不知疲倦地工作着，一刻不停地跟笔、墨水、尺子、账本和写字纸打交道，盘点上半年学校的账目，一笔一笔地进行核算，这一点是我观察发现的。他一直要工作到晚上七、八点钟，等他收拾那些东西后，便拿出笛子来呜呜地吹着，一直要吹到我有这样一种感觉，仿佛他通过笛子最上面的那个孔把自己一点点地吹进去，最后，通过最下面的那个孔，一点点地飘散出来。

　　我仿佛又看见，幼小的我坐在那幽暗的教室里，托着下腮，一边听着麦尔先生的演奏，一边预习着第二天的功课；我仿佛又看见我合上书本，继续听着麦尔先生那悲怆的笛声，从笛声中听到往日家里熟悉的声音，听到雅茅斯海滩上的风呼呼吹过，莫名的孤独和感伤涌上心头；我又仿佛看到自己起身走进那空无一人的房间去就寝，我坐在床沿儿，多么渴望听到辟果提一两句安慰我的话语；我仿佛又看见我清晨走下楼时，独自站在楼梯旁的窗户前，透过窗户上的一道可怕的大裂缝，看见悬挂在外屋顶上的那口校钟，那上面还有一个风向标，我多么害怕那校钟突然一响，召唤詹·斯蒂夫和一大群学生返校上课。不过，最让人恐惧的时刻，莫过于那木腿瘸子打开生锈的大门，将克里克尔先生迎进门来。在上述种种场合，我很难想象自己是一个非常危险的人，然而，可悲的是，在所有场合，我都得背着那块告示牌。

麦尔先生平时不怎么和我说话，但对我并不苛刻粗暴。我感觉我们已经是惺惺相惜的朋友。有一点，我忘了说，他有时会自言自语，咧嘴大笑，捏紧拳头，咬紧牙关，抓扯头发，有些歇斯底里。起初，我看到他的这一异常举动，胆战心惊，渐渐地，也就习以为常了。

第6章 结交新友

　　这样的生活持续了大约一个月，有一天，我突然看见那个木腿瘸子拿着一个拖把，提着一桶水，咚咚地走来走去，我一看便知道，他在打扫校园的清洁卫生，以迎接克里克尔先生和那些学生返校呢。果不出所料，没过多久，拖把就伸进教室，我和麦尔先生被赶了出来。一连好几天，我们俩都是随遇而安，哪儿能待就在哪儿待，只要能勉强应付过去就行。有两三个未曾谋面的年轻女人也来干活儿，她们总是嫌我们碍手碍脚。尘土满天飞扬，萨伦学校变成了一个巨大的鼻烟壶，呛得我不断打喷嚏。

　　一天，麦尔先生告诉我说，克里克尔先生当晚就要回来了。那天晚上吃过茶点，我便听到消息说他已经到了。临睡前，我被木腿瘸子带去见他。

　　克里克尔先生住的房子要比我们住的舒适多啦。房子外面还带有一个小花园，和尘土飞扬的运动场相比，这儿让人惬意自在。那个运动场简直就是一个小型沙漠，我想除了双峰骆驼或单峰骆驼外，谁也不会喜欢待在那儿。这里的过道看起来也让人赏心悦目，我去见克里克尔先生时，浑身直哆嗦，竟然还有心思去留意这些，我觉得我真是胆大包天。我被带到克里克尔先生面前，由于极度恐慌，几乎没注意到在场的克里克尔太太和克里克尔小姐，她们母女俩也坐在客厅里。我的眼里除了克里克尔先生，其他什么也看不见。他身材肥胖，胸前挂着一条表链和纹章，坐在一把扶手椅子上，旁边摆放着一个酒瓶和一只玻璃杯。

　　"哦！"克里克尔先生说，"这就是那个需要锉锉牙齿的小家伙啊！让他把身子转过去。"

那木腿瘸子拽着我转过身子，让克里克尔先生能清楚地看到我背上的告示牌，等他看够了，又把我的身子拽了过来，让我面对着克里克尔先生站着，而他就退到克里克尔先生旁边去了。克里克尔先生红脸膛，小眼睛，眼窝深陷，额头上青筋暴露，小鼻子，大下巴。头顶和后脑勺都光秃秃的，只剩下稀稀拉拉几根头发，花白的头发湿乎乎的，从两鬓往中间梳理，在脑门儿会合。不过，他给我留下极其深刻的印象，他的嗓音沙哑，说话如同蚊子嗡嗡。不知是由于说话过于吃力的缘故，还是由于情绪过于激动，他那额上的一道道青筋暴鼓，原本怒容满面的脸显得更加凶神恶煞。现在回忆起来，难怪我把这当作他的主要特点。

"嗯，"克里克尔先生说，"关于这个小子，有什么情况向我报告吗？"

"我暂时还没发现他的问题，"木腿瘸子回答道，"还没有机会呢。"

我感觉克里克尔先生听了这话颇为失望。但是我觉得克里克尔太太和小姐并没有流露出失望之情。这会儿我才偷偷看了她们一眼，她们都很瘦，静静地坐在那儿。

"过来，小子！"克里克尔先生向我招手道。

"快过来！"木腿瘸子打着手势附和道。

"我有幸认识你的继父，"克里克尔先生揪住我的耳朵，沙哑着嗓子说，"他是一个了不起的人，意志十分坚定。他了解我，我也了解他。你了解我吗？嘿？"克里克尔先生说着，又恶作剧似的狠狠揪了我耳朵一把。

"还不了解呢，先生。"我疼得直打趔趄。

"还不了解呢？嘿！"克里克尔先生重复道，"你很快就会了解的。嘿！"

"你很快就会了解的。嘿！"木腿瘸子又鹦鹉学舌起来。后来，我才明白，他的嗓门儿大，克里克尔先生训斥学生时，他就在旁边当他的传声筒。

我吓得魂飞魄散，只好说，对不起，我也希望如此。他一刻也不放过我的耳朵，我的耳朵火辣辣的，疼得直钻心。

"我得让你知道我是个什么人，"克里克尔先生嗡嗡地说，说完又使劲揪了我的耳朵一把，终于，他松开了手，我的眼泪哗哗流了出来，"我是一个鞑靼①。"

"一个鞑靼。"木腿瘸子强调说。

"我要做一件事，就一定要做成，"克里克尔先生说道，"我叫谁做什么，谁就得做什么。"

"——我叫谁做什么，谁就得做什么。"木腿瘸子又复述道。

"我这个人，意志坚定，"克里克尔先生说，"没错，我就是这种人。我履行我的职责。我做我该做的事。就算是我的亲骨肉——"他说到这儿看了一眼克里克尔太太，"如果敢冒犯我，那就不是我的亲骨肉，我就让他滚蛋。"说着，他又对木腿瘸子问道，"那家伙又来过没有？"

"没有。"木腿瘸子回答道。

"没有，"克里克尔先生说，"他学聪明点了，对我有些了解了。让他滚得远远的。我看，就得让他滚得远远的，"克里克尔先生说着，一边拍着桌子，一边瞪着克里克尔太太，"他已经了解我了……小家伙，你现在也开始了解我了，你可以离开这儿了——把他带走。"

他吩咐木腿瘸子把我带走，我暗自舒了一口气。克里克尔太太和小姐都在那儿偷偷抹眼泪，我替自己难过，也替她们母女俩难过。可

---

① 鞑靼：古时对中亚北部各游牧民族的统称，此处意指性子烈，脾性暴。

是，我心里还有一个请求，对我来说至关重要，我也不知从哪儿来的那么大的勇气，竟然开口道：

"对不起，先生——"

克里克尔先生瓮声瓮气地问道："啊！什么事儿？"他目不转睛地盯着我，好像要放出火舌把我烧成灰烬。

"对不起，先生，"我结结巴巴地说，"我过去做的那件事，我的确感到非常后悔，我可不可以在学生回校之前，把背上的这块牌子取下来——"

克里克尔先生听了这话，猛地从椅子上跳起来，他究竟是想对我动手呢，还是只想吓唬吓唬我，我无从得知。我如惊弓之鸟，吓得连连后退，不等木腿瘸子押送我，我就仓皇而逃，一口气逃回我的寝室。回到寝室，我惊魂未定，悄悄瞧了瞧后面是否有人追上来，紧接着我便上了床，因为就寝时间已经到了。我躺在床上直哆嗦，整整哆嗦了两个多小时。

第二天早上，夏浦先生回来了。夏浦先生是高级教师，比麦尔先生的地位高。麦尔先生和学生们一起就餐，而夏浦先生则和克里克尔先生共进午餐和晚餐。在我看来，他身体孱弱，一副有气无力的样儿；他有一只大鼻子，头总是偏向一边，仿佛头太重了，有点儿扛不住的样子。他的头发光滑卷曲，不过，后来第一个返校的学生告诉我说，那是假发（据说还是买的二手货），而且夏浦先生每星期六下午都要出去卷烫一次。

告诉我此事的不是别人，正是汤姆·特拉德尔，他是开学第一个来报到的。他对我自我介绍道，他的名字在那道大门的右上角的那个门闩那儿，我可以去找找看。我一听这话，便好奇地问："特拉德尔？"他回答说："没错。"然后他就打听我自己和家庭的详细情况。

特拉德尔第一个回校，对我来说，真是幸运。他对我那块告示牌产生了浓厚的兴趣，每当有学生返校，无论他们年纪大小，他一律这样介绍说："瞧这儿！这玩意儿真有趣！"这样一来，避免了我的尴尬和难堪。不过，幸好返校的大部分同学看上去都一副没精打采的样子，并不像我想象中的那样拿我寻开心。的确有几个学生，他们像印第安野人那样，围着我嬉皮笑脸，手舞足蹈。大多数人都忍不住把我当作一条狗，拍拍我，摸摸我，试探试探我，会不会真的咬他们，他们还开玩笑说："趴下！兄弟！"还管我叫"大虎"[①]。有那么多人围观，自然让我十分难堪，窘得我流了些眼泪。不过，总的来说，比我预料中的好多了。

不过，直到詹·斯蒂夫回来，我才算真正被学校接纳。他德高望重，学识渊博，英俊帅气，至少比我长六岁。我就像面对一位大法官似的，毕恭毕敬站在他面前。在运动场的一间小屋子里，他详细询问了我的遭遇后，随后他发表了意见——"简直是奇耻大辱！"从此以后，我便死心塌地跟随他左右。

"你带有多少钱，科波菲尔？"他发表完他的意见后，和我一边走着，一边问道。

我告诉他我有七先令。

"你最好交给我，让我替你保管。"他说，"你要是愿意，就交出来。要是不愿意，就当我没说。"

我连忙接受了他的好意，打开辟果提给我的钱包，把钱一股脑儿倒在他的手里。

"你现在想买点东西吗？"他问道。

"不用，谢谢你。"我回答说。

"如果你想买东西，是可以买的，"斯蒂夫道，"你尽管开口。"

"不用，谢谢你，先生。"我又说了一遍。

"也许，等会儿你想花两个先令去买瓶葡萄酒，带回寝室吧？"

---

① 通常用这个名字称呼威猛凶悍的狗。

斯蒂夫说，"我知道你和我同住一间寝室。"

我从未有个这种念头，但我嘴上却说，好吧，我想买。

"很好，"斯蒂夫说，"我敢肯定，你也很乐意再花一个先令去买些果脯吧。"

我说是啊，我也想买。

"再用一个先令买点饼干，再用一个买些水果，怎么样？"斯蒂夫说，"我说，小科波菲尔，这样一来，你的钱可就花光了。"

他笑了，我也跟着笑了，可我的心里却很不是滋味。

"好吧！"斯蒂夫说，"我们要尽量用好这一笔钱，就这样吧。我会尽我所能照顾你。我想出去就可以出去，我还会把吃的东西偷偷弄进来。"他说完，就把钱塞进他的口袋里，还十分友好地安慰我，让我只管放心，他做事相当谨慎，绝对不会出错。

他果然说到做到，没出什么差错。不过，我暗地还是有些担心，担心他把母亲给我的那两个半克朗胡乱挥霍。不过我把那包硬币的纸视为无价之宝，好好珍藏了起来。我们上楼睡觉时，他拿出用七先令买回来的那些东西，摆放在月光洒进来的床上，并说道：

"你看，小科波菲尔，你可以举办一场盛宴了！"

我年纪这么小，又有他在旁边，现在让我来主持，我简直不敢想象；一想到这，我就紧张得浑身直打战，我请求他帮助。寝室里的其他同学也都极力推荐他，于是他就答应下来，坐在我的枕头上，开始给大伙儿分发食物——我得说，他分得非常公平——他把葡萄酒倒进一只没有脚的小玻璃杯里，那酒杯是他自己的，大家挨个儿喝。我呢，坐在他的左边，其余的同学都围在我们身边，有的坐在旁边的床上，有的坐在地板上。

我们坐在那儿促膝长谈，更准确地说，是他们在窃窃私语，我则是洗耳恭听。这情形，我记得多么清楚！月光透过窗子倾泻进来，洒在地板上，画出一扇小小的窗子。我们大多数都坐在阴影里，只有斯蒂夫要在桌上找什么东西时，他把火柴往磷粉盒里蘸了蘸①，才有一道青光掠过我们眼前，转瞬间又消逝。黑夜，秘密的聚会，窃窃私语，这一切，显得如此神秘，我的心里升起一种朦朦胧胧的庄严感和敬畏之情，他们说什么，我都虔诚地听着。我为自己如此靠近他们而感到由衷地开心。当特拉德尔假装说，他看见墙角有个鬼，我立马吓得毛骨悚然，不过，我却装出一副若无其事的样子，哈哈大笑起来。

　　我听到有关这所学校的五花八门的消息。我听说，克里克尔先生自称鞑靼是有原因的；在所有的教师中，他是最严厉最残暴的老师。他每天挥舞着手中的鞭子，就像一个骑兵似的，在学生堆里横冲直撞，大打出手，乱抽一通。他除了用鞭子抽打学生外，其他的一窍不通；詹·斯蒂夫说，他愚昧无知，比学校里最蠢的学生还不如。多年前，他是一个小商贩，在巴洛区贩卖啤酒，后来破产了，把克里克尔太太的钱挥霍一空，这才改行办学校；我还听到一大堆诸如此类的事，我也不知道他们是从哪儿打听来的。

　　我还听说那个木腿瘸子，他名叫屯盖，脾气倔强，行为粗野，他曾帮着克里克尔先生做过啤酒生意，据同学们猜测，大概他是替克里克尔先生干活时摔断了条腿，又替他干了一些见不得人的事儿，对他知根知底，所以就随克里克尔先生一起办学校。听同学们说，除了克里克尔先生外，他把学校的所有人，不管是教师，还是学生，都视为眼中钉、肉中刺。他生活的唯一乐趣便是整人害人。听说克里克尔先生有一个儿子，也在学校帮忙做些事，与屯盖关系很僵。有一次，他规劝他父亲对待学生不要太过苛刻，此外，据说他还十分不满他父亲对她母亲的粗暴言行。由于种种原因，他被克里克尔先生赶出了家门。从此，克里克尔太太和小姐变得郁郁寡欢。

　　在我听到的有关克里克尔先生的种种传闻中，最让人诧异的是，

---

①　当时的火柴杆上涂有硫黄，要蘸上磷粉，才能点燃。

学校里的一个学生，他绝不敢碰他一个手指头，这个学生就是詹·斯蒂夫。斯蒂夫本人也证实了这一点。他还说，他倒巴不得亲自领教一番。有一个温柔敦厚的同学（不是我）问他，如果克里克尔真要对他大打出手，他会怎么办。斯蒂夫随手拿出一支火柴扔进磷粉盒里，一道亮光映衬着他的面庞，他说，他会拿起壁炉架上的那个价值七个半先令的墨水瓶，砸在他的脑袋上，把他打翻在地。我们听了，在黑影里呆坐了好长时间，连大气都不敢出。

听说夏浦先生和麦尔先生的薪水少得可怜。夏浦先生和克里克尔先生同桌吃饭时，桌上往往摆着冷菜和热菜，夏浦先生总是很识趣地说他很喜欢吃冷菜。詹·斯蒂夫可以证实这一点，他享有与克里克尔先生共同进餐这一殊荣，全校师生就只有他有这个待遇呢。我还听说，夏浦先生的假发戴着并不合适，他大可不必那样"臭美"，也有人说大可不必那样"自鸣得意"——因为他自己的红头发露出来了，从背后看得清清楚楚。

听说还有一个学生，父亲是卖煤的，每次交学费就用煤炭来抵账，因此大家都把他叫作"交换品"或者是"交易物"，这些说法都是从算术课本里挑选出来的。至于克里克尔先生喝的啤酒，听说是向家长强行索取的，吃的布丁，也是从别人那儿敲诈来的。据说，全校都认为克里克尔小姐爱上了斯蒂夫；当我坐在黑暗中，想起斯蒂夫那动听的声音，那英俊的模样，那潇洒的仪态，还有那卷曲的头发，我相信，这事十有八九是真的。我还听说麦尔先生这个人心眼儿并不坏，只是他穷得叮当响，身无分文。他的母亲麦尔太太，穷得跟约伯①似的。这时，我不由自主地想起了那顿早餐，还有那句听起来像是"我的查理"的呼唤声，不过，我对这件事一直守口如瓶。

---

① 约伯：《圣经·旧约·约伯记》第1章，约伯原本是富人，耶和华准备试他是否虔诚，便让他遭受各种灾难，变得一贫如洗，他仍然对耶和华很虔诚。

他们就这样海阔天空地议论着，我一直好奇地听着。一些同学吃喝完了便去睡了，只有我们几个人，衣服脱了一半儿，还继续坐在那儿小声地聊了好一会儿，最后也爬上床睡觉了。

　　"晚安，小科波菲尔，"斯蒂夫说，"我会好好照顾你的。"

　　"你真好，"我心存感激地回答道，"我真心地谢谢你。"

　　"你没有姐姐吗？"斯蒂夫打了个呵欠说。

　　"没有。"我回答道。

　　"太可惜了，"斯蒂夫说，"要是你有一个姐姐，我想她准是个非常漂亮的姑娘。羞答答的样儿，娇滴滴的声音，水汪汪的大眼睛。我一定要认识她。晚安，小科波菲尔。"

　　"晚安，老兄。"

　　上床以后，我心里老是惦记着他。我记得，我还支起身子看了看他。他躺在月光中，胳膊肘儿潇洒地枕在脑后，英俊的面庞向上仰着。在我眼中，他无所不能，正因如此，我才对他终生难忘。在月光中，丝毫也看不出他黯淡的将来。睡梦中，我一直在花园里踟蹰前行，却始终不见他的身影。

第7章　第一学期

第二天，学校正式开学了。我清楚地记得，克里克尔先生吃过早餐，来到教室，原本闹哄哄的教室瞬间变得鸦雀无声。他站在门口，恶狠狠地扫视着我们，那眼神就像故事里的巨人在审察俘虏似的。

屯盖站在克里克尔先生身旁。在我看来，再恶狠狠地嚷嚷"安静"已是多余，因为所有的学生都吓得一动不动，呆若木鸡。

学生看着克里克尔先生的嘴唇在翕动，听到的是屯盖吆五喝六的声音。

"听着，同学们，新学期正式开始。在这个学期里，你们都得给我格外小心。一开始就要给我好好念书，因为我一开始就绝不会对你们心慈手软。我决不会手下留情。你们擦来擦去也没有用，随你们怎么擦，也擦不掉我在你们身上留下的痕迹。好啦，全体同学都给我上课去！"

这场可怕的开场典礼一结束，屯盖就一瘸一拐地出去了，而克里克尔先生却径直走到我的面前，警告我说，如果我喜欢咬人，他也喜欢咬人。他拿着手中的手杖在我眼前晃了晃，问我，这手杖比起牙齿来怎么样？它是不是也算很锋利的牙齿，嘿？这是不是抵得上一排牙，嘿？这牙是不是抵得上獠牙，嘿？这牙咬不咬人，嘿？咬不咬人？他每问一句，就狠狠用手杖抽打我一番，疼得我龇牙咧嘴，身子忍不住扭来扭去。于是，我很快就亲身体验了萨伦学校对我的恩宠（正如斯蒂夫所言），并忍不住放声痛哭起来。

享有这份恩宠的，并不是只有我一个人。恰恰相反，大多数学生，尤其是年龄小的那些孩子，当克里克尔先生在教室里来回巡视时，都享受到了同样的照顾。这一天的功课还没有开始，就有一半的学生挨揍，他们小小的身子抽得扭来扭去，教室里哭声一片。至于这一天的课程结束，全校又有多少学生挨揍，又有多少学生号啕大哭，我实在没有勇气去回忆，因为我担心有人说我言过其实。

我想说，再也没有人像克里克尔先生这么热爱他的本职工作。他抽打起学生那副陶醉的样儿，就像一个贪得无厌的家伙终于得到了他想要的一切。我深信，他一见到胖乎乎的学生，就像着了魔似的，心也痒痒，手也痒痒，一天里要是不收拾收拾这些学生，他便焦躁不安。我自己长得胖乎乎的，也身受其害。我敢说，直到今天，我一想起那家伙，我还会怒火万丈，义愤填膺。即使我未遭受他的虐待，只要我知道他这般作恶多端，我也会愤然而起。这个家伙别的本事没有，只会祸害他人，伤及无辜，他根本就不配担任这么重要的职务，正如他不配当海军元帅，也不配去当陆军总司令。也许，他要真担任这其中的某一职务，说不定不会像现在这样胆大包天、肆意妄为。

我们这群可怜虫，眼巴巴地去讨好一个毫无慈悲之心的魔鬼，显得我们是多么卑贱低微。对这样一个心狠手辣的家伙，我却要卑躬屈膝、低声下气，现在回想起来，这是一种什么样的人生开端啊。

现在，我又仿佛坐在课桌前，正密切关注他的眼神——小心翼翼地看着他。他正拿着一把戒尺给一个受难者指出算术作业的错误，这个学生十分倒霉，双手刚挨过这把戒尺抽打，此时正拿着一块小手帕擦着，以为擦擦能缓解疼痛。我并不是无所事事才去注意他的眼神。我有很多功课要做。可是我总是被他的眼神所吸引，无法控制自己，我一边留意，一边心惊胆战地琢磨着他下一步会干些什么，是该轮着我挨揍呢，还是会轮着别的学生。坐在我前面的一排小学生，也以同样的心情，关注着他的眼神。这情况，尽管他佯装不知，我想他一定了如指掌。他拿着戒尺给学生指出算术作业上的错误时，面目狰狞。突然，他斜眼往我们这边一扫，我们赶紧低下头，看起书来，浑身直哆嗦。过了一会儿，我们又抬起头来看着他。有个学生作业做得不好，犯下大错，被他逮了个正着，押到跟前审问。小罪犯语无伦次地连声求饶，并保证明天一定要做好。克里克尔先生心如铁石，不为所动。揍他之前还讲了个笑话，我们都笑了——其实，我们这群可怜的小狗虽然笑了，可一个个吓得面如土色，魂飞魄散。

现在，我又仿佛坐在课桌前。这是一个夏日午后，天气炎热，令人昏昏欲睡。我的周围一片嗡嗡声，仿佛同学们变成了一只只绿头苍蝇。我们一两个小时前刚吃过午饭，那半温不热的肥肉让人腻得慌，我的脑袋昏沉沉的，就像灌了铅似的。我宁愿牺牲一切换回一顿饱睡。我坐在那儿，像一只小猫头鹰，对着克里克尔先生直眨眼睛；有那么一阵，困意袭来，迷迷糊糊中，我依稀看见他拿着戒尺指出算术本上的那些错误。后来，他悄无声息地走到我身后，狠狠地在我背上抽出一道道红印子，把我从睡梦中唤醒，这样，我就能更加清楚地看到他。

我好像又来到运动场上，虽然我看不见他，但我的目光依然被他吸引。我看着那扇窗子，因为我知道他就在离窗子不远的地方吃饭，那窗子成了他的象征。如果他就在窗边露了露脸，我马上会露出一副可怜巴巴恭敬顺从的表情。如果他透过窗口朝外张望，就连最大胆的学生（斯蒂夫除外）也会停下来，紧抿嘴唇，改作沉思默想样儿。有一天，特拉德尔，这个世界上最倒霉的学生，一不小心把球砸到那扇窗子上，结果把窗户打碎了。至今，回忆起当时的场景还心有余悸，仿佛那球不是砸在玻璃上，而是砸在克里克尔先生那颗神圣的脑袋上。

可怜的特拉德尔！他那天穿着紧巴巴的天蓝色衣服，把他的胳膊和大腿裹得紧紧的，就像是德国腊肠或卷筒布丁。他是所有学生中最快活的一个，也是最悲惨的一个。他老是挨揍。我记得，在那半年里，他天天都挨手杖抽打，只有一个星期一，遇上放假，他逃过了手杖，却没躲过戒尺，两只手心被尺子狠狠地抽了一顿。他说他要将挨打的事写信告诉叔叔，可是却迟迟未提笔。挨了打后，他把脑袋倚靠在课桌上，一会儿的工夫，他又变得神采奕奕，脸上还挂着泪痕，石板上已经画满了骷髅。一开始，我总是不解：难道他画这些骷髅是想从中得到安慰吗？有一段时间，我把他看成是个修道士，心想他是在用象征死亡的符号来宽慰自己。挨揍不可能没有尽头。不过，我现在明白，他之所以老画骷髅，只是因为画起来比较容易，不需要任何面部表情。

特拉德尔特别正直仗义。在他看来，同学之间应该互助互爱，这是义不容辞的责任，他为此吃了不少苦头。尤其是有一次，在教堂做礼拜，斯蒂夫笑出了声，教堂执事误以为是特拉德尔，就把他揪了出来。我现在又仿佛看见他在众目睽睽下被押解出去，教友们对他嗤之以鼻。第二天，他挨了一顿毒打，还被禁闭了很长时间，放出来的时候，他的那本拉丁文词典画满了骷髅，可自始至终，他都没有说出谁才是真正的捣乱者。他的行为得到了应有的回报。斯蒂夫称赞特拉德尔思想纯正，我们都认为这是至高无上的奖励。至于我，虽然我没有特拉德尔那么勇敢，也没有他那么稳重，但是如果能得到这样的夸赞，我甘愿赴汤蹈火，在所不辞。

我还看见，斯蒂夫和克里克尔小姐肩并肩，手挽手，从我们面前经过径直去教堂，这可以说是我生平见到的一件奇事。我觉得论容貌，克里克尔小姐比不上艾米丽美丽，我不会爱上她，也不敢爱她，可我相信，她的身上具有非同一般的魅力，举止端庄，无与伦比。我看见斯蒂夫穿着白色长裤，为她打着阳伞，我为认识他这样的朋友而倍感自豪；我深信她会全心全意地爱着他。在我眼里，夏浦先生和麦尔先生都是了不起的大人物，可他们和斯蒂夫相比，就如同两颗星星和一个太阳相比，他们是那么微不足道。

斯蒂夫一直保护我，结交这么一个朋友很管用，因为没人敢冒犯他所喜欢的人。但是他却无法——或者说不管怎么样他都没有办法——保护我不受克里克尔先生的虐待，克里克尔先生总是变本加厉地收拾我。每当我遭遇更加残暴的凌辱，事后，斯蒂夫总是指责我缺乏他那样的勇气，换作他，绝对不会忍气吞声。我相信他说这话是出于一片善心，是想给我安慰。克里克尔先生对我的侮辱倒是有一个好处，这是我所知道的唯一好处，那便是当他在背后巡视，想顺手揍我几下时，他发现我背后的那块牌子妨碍了他，因此没过多久，那块告示牌就给取下了，从此，我再也没见过它。

　　我和斯蒂夫之间，发生了一件颇为意外的事，这事加深我们的友谊，让我感到十分得意和自豪，虽说有时会引起一些不便。事情是这样的。有一天，他在运动场上和我亲切地聊天，我信口说起什么人和什么事——现在我已经记不得了——好像是《佩里格林·皮克尔》里的某个人和某件事。他当时没说什么，可到了晚上睡觉的时候，他问我是不是有那本书。

　　我便告诉他我没有，并向他解释我是怎么读到那本书的，顺便还提到其他一些书。

　　“你还记得书里的内容吗？”斯蒂夫问。

　　“哦，当然记得。”我颇为自豪地回答道。我记性很好，我相信自己把它们记得一清二楚。

　　“那么，我告诉你，小科波菲尔，”斯蒂夫说，“你给我讲讲书里的故事吧。晚上睡得早，总睡不着，结果每天一大早就醒了。我们可以一本一本地讲，把这当作我们的‘一千零一夜’。”

　　这个安排让我受宠若惊，当天晚上我们就付诸行动了。在讲述的过程中，我到底给我喜爱的作者带来了什么影响，这个我也不清楚，我也不愿意去打听。我只知道，我对他们满怀敬意，我真诚地、朴实地讲述着书中的一切，这种质朴的热忱一直持续了很长时间。

　　但是我最大的毛病就是一到夜里就想睡觉，根本提不起精神，没心思继续讲下去。这样，讲故事变成一件苦差事。但是，为了不惹斯蒂夫失望或不高兴，我还得非讲不可。每天清晨，我头昏脑涨，呵欠连天，好想再睡上一个小时，可是这由不得我，我被他叫醒，不得不在起床拉铃之前，像希拉佐德王后①一样，讲上一个长长的故事，这真是让人苦不堪言。但是斯蒂夫非要我这样做。而且，作为回报，他给我讲解算术和练习，以及对我来说其他困难的功课，所以，这笔交易我并不吃亏。不过，说句公道话，我给他讲故事，并不是出于私心，也不是因为畏惧他。而是因为我崇拜他，爱他，能得到他的赞许，就是最好的回报。当时，我把这些赞许看得如此珍贵，现在回忆起这些，心里还在隐隐作痛。

斯蒂夫待我十分体贴，甚至在一些特殊的场合，他也毫无顾忌地表现出这种体贴，我甚至怀疑特拉德尔和其他人会因此而不满呢。辟果提曾答应要给我写信，开学几个星期后，我果真收到她的来信，这是多么叫人开心的信啊！她还随信寄来了一堆橘子，橘子堆里还包着一个蛋糕和两瓶樱草酒。这些宝贝，我老老实实交给斯蒂夫面前，由他来分配。

"好吧，我说，咱们这么办，小科波菲尔，"他说，"这酒你就留着，给你讲故事时润润嗓子。"

一听到他的建议，我的脸"刷"的一下红了，我谦虚地请求他不要这么做。可他说，他已经注意到我的嗓子有些嘶哑——用他的话说，就是"带点儿沙沙声"——所以这酒的点点滴滴，都要用在他所说的用途上。就这样，他把两瓶酒锁进他的箱子里，每次他认为我的嗓子有些不舒服时，他便把酒倒进一只玻璃瓶里，一只软木塞上插进一根细吸管，让我吸上一口。有时，为了发挥更大功效，他考虑得十

————————

① 希拉佐德王后：《一千零一夜》的主人公，她每晚给国王讲一个故事，以免遭杀害之祸。

分周到，亲自朝里面挤上一些橘子汁，或掺一点儿姜汁，甚至滴上几滴薄荷油；虽说我不敢断言，这样调制会让这酒的味道更好，或者说喝了这个可以健脾胃，不过，我每天早晨第一件事和每天晚上最后一件事情，便是满怀感激之情地喝下它，并深深感受到他的悉心照顾。

我记得，我们把佩里格林故事一连讲了几个月，又讲了几个月别的故事。我敢保证，我们这一帮人，从来没有因为无故事可讲而扫兴过，那两瓶酒，伴随着我们的故事会，持续到了尾声。可怜的特拉德尔——只要一想到他，我就会产生一种很特殊的感情，既想笑又想哭——他总爱插科打诨，一听到兴奋之处，他就假装笑得前仰后合；一遇上惊险情节，他就吓得目瞪口呆。这样一来，我不得不暂停一会儿。最有趣的是，每次讲到吉尔·布拉斯历险途中遇到西班牙警官，他就装出一副瑟瑟发抖的样子，上下牙齿磕得咯咯响；我还记得，讲到吉尔·布拉斯在马德里遇上强盗头目时，这个倒霉的家伙装出一副惊慌失措的样子，结果让正在走廊上巡视的克里克尔先生听到了动静，于是他背上扰乱寝室秩序的罪名，被狠狠地揍了一顿。

我本来就有点儿爱幻想，喜欢传奇，在黑暗中讲了这么多故事，进一步助长我的这一嗜好，从这一点来看，讲故事对我并没有多大益处。可是我已经成了寝室里的开心果，而且我讲故事的本领已经在学生中广为流传，尽管我年纪最小，却引起了大家的关注，所以我只有更加卖力地学习。在这种暴力专政的学校里，不管办学的人是不是个草包，学生都是不可能学到什么东西的。我深信，我们的同学也像当时所有的学生一样，通常都没有学到多少知识。他们遭受了那么多的打骂和责难，怎么还有心思去好好学习呢。就像一个人，整天生活在不幸、痛苦和恐惧中，根本无心做事一样，他们也不会认真学习。那时的我，因为自己那小小的虚荣心，还有斯蒂夫的照顾，不知怎的，竟然激励我不断进步。虽然我也饱受凌辱，但是在所有的同学当中，我竟然成了一个例外——我还学到了一些零零星星的知识。

在这方面，麦尔先生给了我极大的帮助。他很喜欢我，我一想到这就非常感激。当时斯蒂夫总是故意伤害他，从不放过任何一个机会来伤他的心，而且他还总是不失时机地怂恿别人去伤害他。我看到这些，心里痛苦极了。在很长一段日子里，我都惴惴不安，因为我把麦尔先生带我去见那两个老妇人的事告诉了斯蒂夫。我觉得我无法向斯蒂夫隐藏这样一个秘密，就像我有了糕点或别的什么东西，不能向他隐瞒一样，可是我心里害怕极了，生怕斯蒂夫把这事给捅出去，借以嘲讽麦尔先生。

提起我刚抵达伦敦的那个早晨，我在那个老妇人家吃完早餐，并在孔雀羽毛的影子下枕着笛声酣然入梦时，我想，谁也不会料到，把我这样一个无关紧要的小孩子带到贫民区会产生什么后果。可是，这次拜访却真的产生了不可预料的后果，而且后果非常严重。

克里克尔先生身体不舒服，没有到学校来，全校上下洋溢在欢乐的海洋中。早晨上课时，教室里吵吵嚷嚷，好不热闹。学生们一个个欢呼雀跃，庆祝这难得的自由解放，致使场面难以控制。尽管有两三次，那个凶暴的屯盖拖着条木腿一瘸一拐地闯进教室，还登记了捣蛋鬼头目的名字，可依然无济于事，因为大家都知道，明天反正都会大祸临头，既然难逃一劫，还不如趁此机会及时行乐，放纵自己。

准确地说，那天是星期六，只上了半天课。那天下午，因为担心大家去运动场，吵闹声会惊扰克里克尔先生，再加上天气也不好，不适宜外出，所以我们就奉命待在教室，做一些专为这种情况设置的功课，这种功课做起来比较轻松。那天正好是夏浦先生出去卷假发的日子，所以，一向兢兢业业埋头苦干的麦尔先生便担负起了管理学校的重任。

麦尔先生性情温顺，如果把他比喻成一头牛或一头熊的话，那天下午，当人声鼎沸，乱成一片时，他就像一头被千条狗围攻的牛，或者像是一头被困其中的熊，焦头烂额，束手无策。我现在还记得，他那两只瘦骨嶙峋的手托着他那颗疼痛难当的脑袋，伏在书桌上，竭尽全力地想继续他那烦心的工作，可是这儿实在是太吵了，即使是下议院的议长也会被弄得头昏脑涨①。几个同学从座位上跳上跳下，和别的同学一起玩"抢座位"的游戏。有的在哈哈大笑，有的在引吭高歌，有的在高谈阔论，有的在蹦来蹦去，有的吼声震天，有的手舞足蹈。还有的围着他转来转去，龇牙咧嘴，扮着鬼脸，有的躲在他背后，有的站在他跟前嘲笑他，他的穷酸样儿，他的靴子，他的外套，他的母亲，凡是他们应该深表同情的地方，此时都无一例外地成了他们奚落的对象。

"请安静！"麦尔先生猛地站了起来，用书敲着桌子说，"这是什么意思？真让人受不了。简直把人给整疯了。你们怎么能这样对待我，同学们？"

他用来敲桌子的书是我的，我这时正站在他的身边背书。顺着他的目光，我环顾四周，只见同学们全都默不作声，有的突然受了惊吓，有的则有点儿害怕，还有的感到一些内疚。

斯蒂夫的座位在教室的最后面，在那长长的房间的尽头。他倚墙而立，手插进口袋里，若无其事地笑了笑。当麦尔先生盯着他时，他噘着嘴唇，好像在吹口哨。

"请安静，斯蒂夫先生！"麦尔先生说。

"你自己安静下来吧，"斯蒂夫说着，脸一下变红了，"你这是在给谁说话？"

"坐下。"麦尔先生说。

"你自己坐下，"斯蒂夫说，"管好自己的事吧。"

教室里响起一阵窃笑，还有几声喝彩，可是一看见麦尔先生的脸变得苍白无色，大家立刻安静下来。一个学生原本打算蹦到他身后，

---

① 英国下议会开会时常常会闹得不可开交，此处暗指教室里的吵闹声比之更甚。

去模仿他的母亲，突然临时改变主意，假装修起笔来。

"斯蒂夫，"麦尔先生说，"如果你以为我不知道你在这儿称王称霸，"——说到这儿，他不自觉地（这是我的猜想）把一只手放在我的头上——"或者，你以为我没看见你刚才教唆那些年纪小的学生变着法儿来侮辱我，那你就大错特错了。"

"我才不会为你费这么多神，"斯蒂夫冷若冰霜地说，"所以事实上，我并没有做错什么。"

"先生，你仗着你在这儿得宠的地位，"麦尔先生继续说着，他的嘴唇一个劲儿地哆嗦，"来侮辱一位绅士——"

"一位什么？……他在哪儿呀？"斯蒂夫说。

这时，突然有人喊道："真不要脸，詹·斯蒂夫！目中无人的混账家伙！"这是特拉德尔。麦尔先生急忙拦住了他，让他不要再说。

"你这么侮辱一个苦命的人，先生，他可从来没有得罪过你呀，你这么大了，又这么聪明，你应该明白，侮辱这样的人毫无道理可言。"麦尔先生说着，他的嘴唇抖得更厉害了，"所以你这种行为，卑鄙，无耻。坐下，还是站着，随你的便，先生。科波菲尔，继续背下去。"

"小科波菲尔，等一等，"斯蒂夫说着，从教室后面走上前来，"我实话告诉你吧，麦尔先生。你居然胆敢说我卑鄙，无耻什么的，你自己就是一个厚颜无耻的乞丐。你本来就是个乞丐，你心里清楚；可你今天这么一说，那你更是一个恬不知耻的乞丐。"

我至今也没弄明白，当时是他想动手揍麦尔先生呢，还是麦尔先生先想揍他，还是双方都有这样的想法。所有的人都呆若木鸡。我突然发现克里克尔先生闯了进来，屯盖紧随其后。克里克尔太太和小姐站在门口，战战兢兢地朝教室里张望。麦尔先生坐在那儿一动不动，两只胳膊肘儿支在桌上，双手捂住了脸。

"麦尔先生，"克里克尔先生摇了摇麦尔先生的胳膊说，"我想你不会忘记你的身份吧？"克里克尔先生的低语声，这一次清晰地传进我们的耳朵里，屯盖也很识趣，不再传话。

"不会忘记，先生，不会，"那位老师露出自己的脸说，他晃了晃脑袋，一个劲儿地搓着双手，显得局促不安，"先生，我不会忘记的，不会。我记得我的身份，我……不会忘记，克里克尔先生，我不会忘记我的身份，我……我一直记得我的身份，先生……我……希望您早一点记起我的身份，克里克尔先生。那……那……就会更加仁慈一点，先生，更加公正一点，先生。那样，也可以省去我的一些麻烦。先生。"

克里克尔先生怒目而视，用手扶住屯盖的肩膀，踩着近旁的一条凳子，坐在书桌上，仍然怒气冲冲地瞪着麦尔。此时的麦尔仍摇晃着头，搓着双手，忐忑不安。然后，克里克尔先生转身对斯蒂夫说：

"喂，先生，既然他不屑告诉我到底是怎么回事，那你来说说？"

斯蒂夫对这一问题避而不答，缄口不言，只是轻蔑地看着他的对手，眼神里充满了愤怒。我记得，即使在那样的情形下，我也不由自主地想，瞧他的外表多么高贵，和他相比，麦尔先生显得多么平庸啊。

"那么，他说我得宠是什么意思？"斯蒂夫终于开口说话了。

"得宠？"克里克尔重复道，他额上的青筋一下子暴了起来，"谁说的得宠？"

"他说的。"斯蒂夫说。

"请问，你说那话是什么意思，先生？"克里克尔先生气势汹汹地转向他的助理教师。

"我的意思是，克里克尔先生，"他低声回答道，"像我说的那样，没有谁可以利用他得宠的地位来侮辱我。"

"侮辱你？"克里克尔先生说，"哎呀呀，请允许我问你一下，你这位姓什么来着的先生，"说到这时，克里克尔先生把胳膊连同手杖紧紧地抱到胸前，眉头紧皱，拧成一个结，连那双小眼睛几乎都看不见了，"当你大谈'得宠'时，你是否应该考虑对我个人的尊重呢？先生，对我的尊重，"说着，克里克尔先生把头突然往前一伸，立马又缩了回来，"我是这儿的校长，也是你的老板。"

"先生，我打心眼儿承认，我说那话并不合适，"麦尔先生说，"如果我当时头脑冷静些，便不会那么说了。"

这时，斯蒂夫插嘴了。

"他当时还骂我卑鄙，骂我无耻，所以我就叫他是乞丐。如果我当时头脑冷静些，我也不会叫他是乞丐。可话既然说出去了，我愿意承担一切后果。"

当时，我也许压根儿就没考虑到有什么后果要承担，我只是觉得斯蒂夫说这番话太有气势了，我感到异常激动，同学们也深受影响，教室里出现一阵轻微的骚动，尽管谁也没有开口说话。

"我感到特别吃惊，斯蒂夫——尽管你的坦率让你很有面子，"克里克尔先生说，"让你很有面子——斯蒂夫，我必须说，我感到特别吃惊，你竟然给萨伦学校花钱雇来的老师取这样一个绰号，先生。"

斯蒂夫笑了笑。

"你并没有回答我刚才的问话，"克里克尔先生说，"我在等着你给我更多的解释，斯蒂夫。"

在我眼里，和眼前这位英俊的学生相比，如果说麦尔先生显得平庸，那么克里克尔先生简直就是猥琐了。

"让他来否认吧。"斯蒂夫说。

"否认他是个乞丐吗，斯蒂夫？"克里克尔大声地说，"那么，他在哪儿乞讨过？"

"即使他本人不是，他的亲属肯定也是个乞丐，"斯蒂夫说，"那也一样。"

他朝我瞥了一眼,麦尔先生也轻轻拍了拍我的肩。我抬起头来,脸上火辣辣的,心里懊悔极了,麦尔先生的眼睛却只盯着斯蒂夫。他继续轻轻地拍着我的肩,眼睛依然盯着他。

"既然你等着我解释,克里克尔先生,"斯蒂夫说,"那我就实话告诉你吧。我得说,他的母亲住在贫民区里,靠救济度日。"

麦尔先生仍然盯着他,依旧轻轻地拍着我的肩。要是我没听错的话,我听见他轻轻地自言自语低声道:"是的,我想是这样的。"

克里克尔先生向助教转过身去,眉头紧皱,神情严肃,努力装出一副彬彬有礼的样子。

"喂,你听到这位先生说的话了吧,麦尔先生。请你无论如何,也得当着全校学生的面,对他的话作个更正。"

"他说得没错,先生,用不着更正,"麦尔先生在一片死寂中回答说,"他所说的情况完全属实。"

"那么,请你当众宣布,"克里克尔先生把头歪向一边,目光扫视了全体学生一眼,说,"在这之前,我对此事毫不知情。"

"我想,你并不是直接知道的。"他回答说。

"这么说,你的意思是说我并不知道,"克里克尔说,"是不是,你说?"

"我想,你从来也没有认为我的家境很好,"他的助手答道,"我在这里的地位,现在如何,过去如何,你是一清二楚。"

"如果你这样说,"克里克尔先生说道,他额头上的青筋暴凸得更加厉害,"我可以肯定地说,你完全不适合在这儿的位置,你错把这儿当成一个慈善学校。好了,麦尔先生,咱们到此分手,请你走吧,越快越好。"

"现在就走。"麦尔先生站了起来,回答说。

"那就悉听尊便!先生。"克里克尔先生说。

"我向你告辞了,克里克尔先生,还有你们全体同学,"麦尔先生环顾教室四周，亲切地拍了拍我的肩，"詹·斯蒂夫，我对你最大的希望是，将来有一天你会为你今天的行为感到羞愧。眼下，我决不愿意把你当成我的朋友，也不愿意把你当成我所关心的任何人的朋友。"

他再次轻轻地拍了拍我的肩，接着从书桌里拿出笛子和几本书，把钥匙放在桌上，留给后来者，把他那可怜的财产夹在腋下，走出了教室。紧接着，克里克尔先生通过屯盖发表了一篇演说，演说中他对斯蒂夫表示感谢，感谢他维护了萨伦学校的独立和尊严，也许这说法有点儿夸大其词；演讲结束，他和斯蒂夫握了握手，我们则接连欢呼了三声——为什么要欢呼呢，我也不清楚，我想，大概是为了斯蒂夫吧，所以我也跟着他们高呼，尽管我的心里难过极了。然而，麦尔先生离开，特拉德尔不但没有喝彩，反而流下了伤心的眼泪。克里克尔先生发现后，立马狠狠地把他揍了一顿。然后，克里克尔先生便回到他原来待的地方去了，是坐在沙发上，或是躺在床上，我也不清楚，反正是从哪儿来，就回哪儿去了。

现在，教室里只剩下我们这一大帮学生了。我记得，我们面面相觑，茫然不知所措。至于我自己，因为刚刚发生的事情与我有关，我追悔莫及，斯蒂夫不时看看我，要不是怕他说我不够朋友，不讲交情，要不是我担心我比他年幼，既畏惧他，又崇拜他，我真的会失声痛哭起来。可是一旦我哭了，我想，他肯定会不高兴的。我只好拼命控制住自己。特拉德尔哭了，斯蒂夫大为恼火，说他活该挨揍。

可怜的特拉德尔已不再把头趴在桌上，现在他坐直身子，像往常那样，画了一大堆骷髅，来发泄他的不满。他说，麦尔先生受到不公正的对待，他替麦尔先生鸣不平。至于他自己挨打这事，他才满不在乎呢。

"谁不公正地对待他了，你这个小妞？"斯蒂夫说。

"当然是你。"特拉德尔回答。

“我做了什么？”斯蒂夫说。

“你做了什么？”特拉德尔反问道，“你伤了他的心，害得他失去了工作。”

“他的心！”斯蒂夫轻蔑地重复道，“我敢保证，用不了多久他的心就会好起来。他的心可不像你的心，特拉德尔小姐。至于他的工作——对他来说是很重要，是不是？——你以为我不会写信给家里，让他们给他拿点钱，我的小妞？”

我们都觉得，斯蒂夫考虑得如此周到，他真的是太伟大了。他的母亲是个寡妇，家境富裕，据说无论他向她提什么要求，她都会答应。眼看特拉德尔败下阵来，我们都异常兴奋，把斯蒂夫捧上了天。尤其是他推心置腹地告诉我们，他这样做并没有个人打算，纯粹是为了我们前途着想，为了我们大家好。他如此大公无私，我们每个人都对他心存感激。

但是，我必须说，那天晚上，我像往常那样在黑暗中讲着故事，我的耳畔却反复回荡着麦尔先生那凄凉的笛声；最后，斯蒂夫终于困了，我也躺在了床上。我仿佛又听到了笛声从那儿响起，声音凄切哀怨，我的心宛如刀割。

没过多久，我便忘记了麦尔先生，迷恋上了斯蒂夫。新的助理老师还没来，斯蒂夫便担任临时代课老师，他上起课来轻松自如，甚至连课本也不用，好像他什么都记得。新教师来自文法学校，在就职的前一天，他在餐厅吃饭时，被介绍与斯蒂夫相识。斯蒂夫对他赞誉有加，告诉我们他是个了不起的人物。我也不清楚一个了不起的人物究竟有多大学问，但我还是非常尊敬他，对他的渊博学识也没有丝毫怀疑，尽管他从来不像麦尔先生那样关心我——我并不是说我有多么了不起。

在那半年的学校生活里，还有一件事让我无法忘怀，种种原因，铭心刻骨。

一天下午，我们早已被折磨得晕头转向，克里克尔先生仍然斗志昂扬地胡乱抽打。就在这时，屯盖进来了，用他一贯的大嗓门儿叫道："科波菲尔，有人找！"

他向克里克尔先生汇报了来访者是谁，将他们安排到什么地方等情况。而我，早在他叫到我名字的时候，我就已经战战兢兢地站了起来。我奉命从后面的楼梯出去，换件整洁的衣服，再去餐厅见客人。我一一地按着规定执行着，心里却从未有过的紧张。我一直在想，可能是谋德斯通先生和小姐来了，可走到客厅门口时，我突然想到也许是母亲来了，我刚想去推开门，急忙又把手缩了回来，站在门前小声地抽泣了一会儿，才鼓足勇气走了进去。

一开始，我并没有看见任何人，只觉得门后面有人顶着似的。我往门后一看，哇，竟然是辟果提先生和汉姆，这真是让人喜出望外。只见他们紧紧贴着墙角站着，脱下帽来向我鞠躬。我禁不住开怀大笑起来，并不是因为他们那滑稽的动作有点儿搞笑，而是因为我见到他们心里乐开了花。我们亲热地握着手，我忍不住笑啊，笑啊，笑得眼泪都流出来了，只好掏出手帕来抹眼泪。

辟果提先生（我记得，在这次会面过程中，他的嘴一直咧着，从未合拢过）一看我这个样子，有些心疼，他用胳膊肘推了推汉姆，想让他说点什么。

"开心一些，大卫少爷！"汉姆傻乎乎地安慰道，"天哪，你又长大了！"

"我长高了吗？"我擦着眼泪问道。我不知道我究竟为什么哭，一看见老朋友，我就忍不住掉眼泪。

"不是吗，大卫少爷？他可不是长高了吗！"汉姆说。

"真是长高了！"辟果提先生也这样说。

他们俩相视而笑，引得我也破涕而笑。于是，我们一起哈哈大笑，笑着笑着，我又差点儿哭起来。

"辟果提先生，您知道我妈妈还好吗？"我急切地问道，"还有我那亲爱的辟果提还好吗？"

"都很好。"辟果提先生说。

"小艾米丽好吗？还有格米治太太呢？"

"全都——好着呢。"辟果提先生说。

这时，大家沉默下来。为了打破沉默，辟果提先生从布袋里掏出两只极大的龙虾，一只大螃蟹，一大帆布口袋小虾，堆放在汉姆的怀里。

"你看，"辟果提先生说，"你在我们那儿玩的时候，我就知道你喜欢吃点海鲜，我就自作主张地把这些带来了，这都是那个老嫂子做的，是她做的，没错，就是格米治太太做的。是的。"辟果提先生慢吞吞地说着，一遍又一遍地重复着，我想，他大概有点儿紧张，还不知道说点啥好，"是格米治太太，我可以向你保证，这些都是她做的呢。"

我向他表示深深地谢意。于是，辟果提先生看了一眼汉姆，只见他抱着一包虾站在那儿憨笑着，一点儿也没有帮他说话的意思，于是辟果提先生只好又说：

"你知道，我们是乘坐一只帆船来的，这帆船从雅茅斯开往格雷夫森德，一路上，顺风顺水。我妹妹写信把你的地址告诉了我，还嘱咐我说，要是去格雷夫森德的话，一定要来看看你。要替她向你问好，要转告你一家人都很好。你知道，我一回去，就让小艾米丽写信告诉我妹妹，告诉她，我们见到你了，你也很好，一切都很好。我们就这样玩着兜圈子的游戏。"

我仔细琢磨了一会儿才明白他的意思，他是说我们把消息绕了圈儿传递着。我衷心地感谢他。我还鼓足勇气问道，小艾米丽和我们当时在海滩上拾贝壳石子时相比，我想她也变了样儿吧。我说这话时，我感觉我的脸滚烫。

"她都快变成一个大姑娘了，就要成为一个大姑娘了，"辟果提先生说，"不信你问问他。"

他指的是汉姆。汉姆抱着一大袋虾，傻乎乎地笑着，点了点头。

"她可漂亮啦！"辟果提先生说着，他显得容光焕发。

"她可有学问啦！"汉姆称赞道。

"她的字写得可好啦！"辟果提先生说，"哎哟，她的那些字啊，写得又黑，又大，又清楚，放在哪儿都看得见呢。"

辟果提先生一提起他的掌上明珠，立马变得神采飞扬，手舞足蹈，喜不自禁。他的这模样，见了让人特别开心。现在，他似乎又站在我的面前：他那长满胡须的大脸，洋溢着快乐和自豪，神采奕奕，精神焕发，叫我无法用语言来形容。他那双真诚的眼睛炯炯有神，闪闪发光，仿佛眼睛深处燃烧着一团热情的火焰。他那宽广的胸膛急促地起伏着，心中的喜悦在涌动。他那双强劲有力的大手，紧紧地攥着，说到激动处，便忍不住挥动着他的右臂，在我眼里，就像挥动着一把大铁锤。

汉姆的热忱丝毫也不逊色。要不是斯蒂夫哼着歌儿突然闯进屋来，弄得他们不好意思，我敢说，关于小艾米丽的消息，他们一定还会告诉我很多。看见我站在墙角和两个陌生人说话，斯蒂夫停止了唱歌，并抱歉地说道："我不知道你们在这儿，小科波菲尔。"（因为这间屋子并不是会客室）他说完，便从我们身旁经过，准备往外面走。

我不能确定，当时，是因为有斯蒂夫这样一位朋友感到自豪呢，还是因为迫切地向他解释我是怎么认识辟果提先生这样的好朋友，反正在他往外走时我叫住了他。天哪，过了这么长时间，我竟然还记得如此清楚！

"对不起，斯蒂夫，请你留步，这两位是我保姆的家人，他们是雅茅斯的渔夫，非常善良和气，特意从格雷夫森德来看看我。"

"哦，哦！"斯蒂夫转过身说，"非常高兴见到他们。你们二位好。"

他举止潇洒，轻松自如，丝毫也没有一点儿架子。直到现在，我还认为他的举手投足间有一种特别的魅力。他面容俊朗，声音悦耳，气宇轩昂，风度翩翩，充满朝气，魅力十足，在我看来，具有这般魅力的人并不多见，使得人们不由自主地向他屈服，没有人能抵挡这股魅力。我一看就知道，他俩见了他是多么高兴，只一会儿工夫就对他推心置腹了。

"辟果提先生，您写信时，烦请一定要告诉我的家人，"我说，"斯蒂夫先生待我太好了，如果没有他的照顾，我真不知道在这儿怎么办呢。"

"瞎说！"斯蒂夫笑着说，"千万别给他们提这事儿。"

"要是斯蒂夫先生去诺福克①或萨福克的话，辟果提先生，"我说，"碰巧我也在那儿，你放心好了，只要他愿意，我一定要带他去雅茅斯，去看看你的那座房子。斯蒂夫，你肯定从没见过那么好玩的房子。那是用一条船做成的！"

"真是用一条船做的吗？"斯蒂夫说，"对于一个真正的渔夫来说，那真是再好不过的房子了。"

"是这样，先生，是这样，先生，"汉姆咧嘴笑着说，"你说对了，年轻的先生。哦，大卫少爷，先生说得对，真正的渔夫！一点儿也没错！"

辟果提先生的高兴劲儿，可以与他的侄子平分秋色。只不过，他有些含蓄，不像汉姆那样大叫大嚷表示出来罢了。

"啊，先生，"他向斯蒂夫鞠了一躬，一边笑着，一边把领巾塞进胸前的衣服说，"谢谢你，先生。谢谢你！在我们那一行，我干活

---

① 诺福克：英格兰东部的郡名，与萨福克相邻。

是很卖力的，先生。"

"没有比你更出色的了，辟果提先生。"斯蒂夫说。他已经知道辟果提先生的名字了。

"我敢说，你也是这样的人，先生，"辟果提先生摇晃着脑袋说，"你一定干得很出色——很出色！谢谢你，先生。多谢你对我这么热情，先生，我十分感谢你。我是个粗人，先生，不过，你知道的，我也是一个热心人——至少我希望我是个热心人。我那破房子并没有什么值得好看的，先生，不过，你要是肯赏光，和大卫少爷一起来看看，我们一定会热情欢迎你们。瞧，我真像一只蜗牛，真的，"辟果提先生想说自己是蜗牛，意思是说他迟迟挪不开步子，他每说完一句话就打算走，可是不知怎么地，又回来了，"我真心地祝你们两个人都好，两个人都过得快快乐乐！"

汉姆也表达了同样的祝愿，随后我们便依依不舍地分别了。那天晚上，我几乎忍不住要向斯蒂夫谈起漂亮的小艾米丽，可是我不好意思提到她的名字，生怕他取笑我。我记得，关于辟果提先生所说的艾米丽都快变成一个大姑娘了，我反复揣摩和玩味这句话，心里七上八下，不过，最后，我断定，那话里并没有其他含义。

我们把那些虾蟹，也就是辟果提先生兼称的"海味"悄悄地挪到寝室，那天晚上，我们美美地吃了一顿。可是特拉德尔没福气消受，他太不幸了，连吃点海鲜也惹来麻烦。当天夜里，他就病倒了，都是吃螃蟹惹的祸。他的体质太虚弱了。于是，他不得不服下黑药水和蓝药丸。我们的一个同学名叫丹普尔，他的父亲是一位医生，据丹普尔说，这些药吃下去，就连马也会受不了。事后，被查问起生病的原因，他拒不招供，结果又挨了一顿揍，还被罚念六章希腊文的《圣经·新约》。

那半年的其余日子，在我记忆里一片模糊：只记得我们每天都在苦苦挣扎；夏天过去，季节变换；寒气逼人的清晨，铃声把我们一个个唤起床；寒冷刺骨的夜晚，铃声催促着赶快就寝。晚间教室里灯光昏暗，炉火微弱，早晨教室里则像一个叫人不停哆嗦的大机器；吃的永远是那几样，不是煮牛肉，就是烤牛肉，不是煮羊肉，就是烤羊肉；一块块黄油面包，一本本卷了边儿的课本，一块块裂了缝的石板，一本本泪迹斑斑的作业本，挨棍子，挨戒尺，剪头发，下雨的礼拜天，羊肉布丁，以及那随处可见的大团大团的墨汁。

不过我记得很清楚，开学时，一想到假期，觉得它是多么遥不可及，日子一天天过去，它就像一个固定不变的小黑点，后来，它慢慢地向我们走近，变得越来越大。我们开始按月份计算，接着按星期计算，后来就一天天地数着日子了。我甚至有点儿担心，生怕家里人不让我回去。当斯蒂夫告诉我说，家里已经通知我可以回家时，我又隐隐不安，生怕回家前把腿摔断了。放假的日子越来越近，很快就由下下个星期变成了下星期，变成后天，明天，今天，今天晚上。就在那天晚上，我登上了回雅茅斯的邮车，终于回家了。

我在车上迷迷糊糊，时睡时醒，断断续续地做了许多梦，梦到学校里那些乱七八糟的事儿。不过，每次醒来时，眼前所见的，已经不是萨伦学校的运动场，耳边所响起的，已不是克里克尔先生抽打特拉德尔的声音，而是车夫扬起鞭子轻轻地抽马赶路的吆喝声。

第8章　我的假期

天还没亮，我们来到了一家邮车停歇的小旅馆，这可不是我那个侍者朋友干活儿的地方。我被带进一间小小的房间，房门上用油漆赫然写着"海豚"二字。我现在都记得，虽然我在楼下壁炉前喝了一杯热茶，可依然感到浑身冰冷，后来，我就爬上"海豚"床，用"海豚"毯子把自己捂得严严实实，不一会儿，就沉入了梦乡。

那个车夫巴克斯先生说好早上九点来接我，我八点钟便起床了，一切收拾妥当后，还没到约定时间，我便等着他的到来。由于夜里没睡好，我感到昏沉沉的。见到车夫巴克斯先生，他的模样儿没什么变化，仿佛我们分手不到五分钟，好像我只是去旅馆兑换了点零钱或干了点别的事儿。

我跟我的箱子上了车，车夫也跟着坐了上来，那匹懒洋洋的马，迈着它一贯的步伐，不紧不慢地上路了。

"你气色不错，巴克斯先生。"我极力恭维道，满以为他听了会很高兴。

可是，巴克斯先生却沉默不语。他只是用袖子抹了抹脸，又看了看袖子，好像这样就能看出他脸上的好气色。

"我已经转告了你的话，巴克斯先生，"我说，"给辟果提写了信。"

"嗯！"巴克斯先生哼了一声。

巴克斯先生语气极其冷淡，好像并不怎么高兴。

"是我写得不对吗，巴克斯先生？"我犹豫了一小会儿后问道。

"嗯，不对。"巴克斯先生回答。

"话传错了？"

"也许话是传对了，"巴克斯先生说，"可传完也就完了。"

我丈二和尚摸不着头脑，好奇地重复着他的话问："传完也就完了，巴克斯先生，是什么意思？"

"没了音信呀，"他斜眼瞧着我，向我解释说，"她没有给我回话啊。"

"你在等她给你回话吗，巴克斯先生？"我睁大了眼睛，极为惊讶地问道。这对我说，可是一件新鲜事。

"当一个人说他愿意时，"巴克斯先生又缓缓地把目光转向我说，"那就等于说，他在一直等着回话啊。"

"是吗，巴克斯先生？"

"是啊，"巴克斯先生说着，目光又转移到马耳朵上了，"从那时起，那人就一直在眼巴巴地等着她的回话呢。"

"你把这个意思告诉她了吗，巴克斯先生？"

"没——有，"巴克斯先生想了想说，"我没法去跟她说啊。我和她说的话，加起来还不超过六句呢。我是真没法向她开口啊。"

"你想让我去告诉她吗，巴克斯先生？"我迟疑地问道。

"如果你愿意，你就对她说，"巴克斯先生说着，又瞥了我一眼，"巴克斯一直在等着回信呢。你就说，那个，什么？"

"她的名字？"

"嗯！"巴克斯先生点点头说。

"辟果提。"

"这是她的姓呢，还是她的名字？"巴克斯先生问。

"哦，这不是她的名字。她的名字叫克拉拉。"

"是吗？"巴克斯先生说。

这番话里似乎蕴含了一些道理，他听后暗自思忖起来，过了好一阵子，他轻轻地吹起了口哨。

"嘿！"他终于开口说道，"你就说，'辟果提呀！巴克斯还在等你的回信呢！'她也许会问：'什么回信呀？'你就说，'他给你说的那句话，你还没有回信呀。'要是她还要问：'他给我说的什么话呀？'你就再告诉她说，'巴克斯愿意呀'。"

他颇为用心地向我面授机宜，还用胳膊肘重重地在我腰间捅了一下。交代完毕，他又俯下身子，深深地埋着头，默默地前行着。

约莫过了半个小时，他从口袋里掏出一截粉笔，在车篷里写上"克拉拉·辟果提"几个字，很显然，他想用这几个字来提醒自己。

哎，你有过这种滋味吗？风尘仆仆地赶回家，可是家已经变了样。一路上，看着沿途熟悉的景致，昔日的欢乐又重新浮现在眼前，那时，我和母亲，辟果提，我们仨，相亲相爱，亲密无间，没有谁来搅扰我们，那时的时光是多么美好，多么难忘，如今，这一切已经一去不复返，回忆起来，怎不叫人黯然神伤！是该为回到家感到兴奋，还是宁愿选择漂泊在外，与斯蒂夫做伴，从而将家渐渐淡忘，我一时半会儿也说不清。可是无论如何，我还是回来了，很快就到了家门前。只见那几棵光秃秃的老榆树，在凛冽的寒风中，挥舞着手臂，那些旧鸦巢支离破碎，随风飘零。

车夫把我的箱子放在花园门口就走了。我沿着小径朝屋子走去，眼睛却不由自主地朝那些窗子打量，每走一步都生怕谋德斯通先生或谋德斯通小姐从窗子里探出头来。幸好，他们俩都没有出现。来到屋子门前，我还记得天黑之前怎么开门，于是，我没有敲门，直接就蹑手蹑脚地走了进去。

刚走进门廊，我便听见从旧客厅里传来我母亲的歌声，她的歌声，一时唤起了我多少儿时的记忆，只有上帝才知道。她正轻轻地哼着歌曲。我想，在我小的时候，也一定躺在她温柔的怀抱里，听她这样轻轻哼唱过。现在这首曲子，我感到既有点儿陌生，又有些熟悉，我的心情激荡，就像一位久别重逢的朋友。

母亲低声哼唱着，似乎有着无以言说的孤寂，似乎有着无尽的思量，我想，她大概是一个人在里面待着。于是，我悄无声息地走进了客厅。果然，她正坐在壁炉前，给一个婴儿喂奶，还拿着婴儿的小手抓她的脖子。她俯身端详着婴儿的小脸蛋，轻轻地哼唱着歌曲。没错，只有母亲一个人。

我刚一开口，立马把母亲吓了一跳，她差点儿惊叫起来。她愣了愣神，一看是我，喜不自禁地连声叫喊着，亲爱的卫儿，亲爱的心肝宝贝！她小跑着穿过客厅，朝我迎上来，猛地跪在我跟前，一刻也不停地吻着我，把我的头紧紧地搂在怀里，与小婴儿的脑袋依偎在一起，还把他的小手送到我的唇边。

我感到一阵阵眩晕，幸福极了，恨不得闭上眼睛，与这个世界告别！永远留住这一幸福的时刻，永远沉浸其中！我觉得，在那一刻去天堂，比以后任何时候都理所应当。

"这是你的小弟弟，"母亲温柔地抚摸着我说，"卫儿，我的乖宝贝儿！我可怜的孩子！"说着，她又搂着我的脖子，一遍又一遍地亲吻我。正在这时，辟果提闻声飞奔而来，一下子扑在我们跟前，笑啊，闹啊，疯啊，差不多持续了十五分钟。

他们似乎都没料到我会这么早就到家，车夫比平常的到达时间提前了许多。谋德斯通先生和小姐好像出门去拜访朋友去了，要到晚上才回来。我几乎从来都不敢奢望，我们三个人还可以这样无拘无束地坐在一起，不受任何干扰。我们仿佛又回到了过去的时光。

我们围坐在壁炉边，吃着晚餐。一开始，辟果提想按规矩伺候我们，可母亲说什么也不肯，非要她坐下和我们一起用餐。我用的还是以前那只暗红色盘子，上面绘着一艘即将扬帆起航的军舰，我不在家时，辟果提一直把它保藏着，她说，哪怕给她一百英镑，她也绝不会打碎它。我端着的杯子也是我自己的，上面写着"大卫"，还有我用过的小刀小叉，它们都比较钝，不会割伤手。

吃饭时，我想这可是一个说话的绝好机会。于是，我决定把巴克斯先生的话告诉辟果提。可是，还没等我说完，她就忍不住大笑起来，并用围裙蒙住了脸。

　　"辟果提！"母亲说，"你这是怎么了？"

　　辟果提笑得更厉害了。我母亲试着去拉开她的围裙，没想到她反而捂得更加严实，就像头上套了一个口袋似的。

　　"你这是干吗呀，你这个大傻瓜？"母亲笑着问。

　　"哦，那该死的家伙！"辟果提都快缓不过气来，大声叫嚷说，"他想娶我呢。"

　　"你和他很般配呢，你不觉得吗？"母亲说。

　　"哦！我不知道，"辟果提说，"别问我了。他纵有千般好，我也不会嫁给他。我谁也不嫁。"

　　"那你为什么不直接告诉他，你这个大傻瓜？"母亲说。

　　"直接告诉他？"辟果提从围裙缝里露出脸来，"这事儿，他从来没有给我提起啊。幸好他还算识趣。要是他胆敢给我提起，我立马掴他一巴掌。"

　　她满脸通红，就像火烧云一般，我从未见过她的脸那么红，也从未见过谁的脸有那么红。每次她放声大笑一阵后，立马又用围裙捂住了脸。这样笑过两三次后，她才恢复了常态，继续吃起饭来。

　　我注意到，虽然辟果提看着我母亲的时候，我母亲就冲着她微微一笑，可是她脸上的表情却变得有些严肃，一副心绪不宁的样子。我从一开始就察觉到了母亲的变化。她的脸庞依然那么美丽，可是却面带忧伤，显得有些憔悴。她的手瘦得皮包骨头，苍白得几近透明。其实，她的变化还不止这些，她的神态也变了，变得忧心忡忡，魂不守舍。后来，她伸出手来，亲热地把手搭在她的老仆人手上，她说：

　　"亲爱的辟果提，你不会结婚吧？"

　　"我，太太？"辟果提瞪圆了眼睛回答说，"我的天啊，我不会。"

"眼下还不会结婚吧?"母亲温柔地问道。

"永远不会!"辟果提大声说道。

母亲紧紧抓住她的手说:

"别离开我,辟果提。留在我身边吧。恐怕不会有多久了。你要是不在,我可怎么办呀?"

"我离开你?我的宝贝!"辟果提不由自主地叫了起来,"无论如何我也不会离开你啊!你是怎么了,你的小脑袋瓜子里尽胡想些什么呀?"辟果提说话的语气,就像一位母亲对待自己的小孩子,充满了无限怜爱。

母亲除了表示感谢外,没再说什么。辟果提忍不住信誓旦旦地继续说起来。

"我离开你?我是一个什么样的人,我对自己知根知底呢。让辟果提离开你?我倒想看看她是怎么离开的!不,不会的,不会的!"辟果提抱着胳膊,使劲摇头说,"亲爱的,她绝不是那种人。可能有些人面兽心的家伙,巴不得她离开呢,可是他们就别做梦了,辟果提是不会让他们的阴谋得逞的。我要待在你身边,一直陪着你,直到我变成一个脾气古怪的老太婆。等到我耳朵聋了,眼睛瞎了,牙齿掉光了,话也说不清了,变得一无是处,废物一个,别人都懒得打量我一眼,那时,我就去找我的大卫少爷,求他收留我。"

"那时候,辟果提,"我说,"我一定要热情地欢迎你,像迎接女王一样迎接你。"

"谢谢你的好心肠!"辟果提叫了起来,"我就知道你会那样做!"她说着亲了亲我,对我的善意提前表示感谢。紧接着,她又用围裙蒙住脸,尽情地取笑了巴克斯一番。然后,她从摇篮里抱起婴儿,哄了一会儿,便去收拾饭桌。忙完了这一切,她换了一顶帽子,回到小客厅,拿着她的针线盒、量衣尺,还有那块蜡烛头,坐在那儿，和过去一模一样。

我们围坐在壁炉边，愉快地聊着天。我告诉她们，克里克尔先生对我们是多么凶狠，她们听了都极其同情我。我还给她们讲起斯蒂夫，他对我关爱备至，无微不至地照顾我，辟果提说，她要去感谢他，哪怕走上几十英里。突然，婴儿醒来了，我把他抱起来，亲热地逗着他。不一会儿，他又睡着了。我轻轻地把他放回摇篮里，悄悄地溜到母亲身边，忍不住又习惯性地伸出双手，搂着她的腰，坐在那儿，小脸蛋红扑扑的，紧紧地依偎在她的肩头，母亲一头秀发垂在我身上——我记得，我常把她的秀发想象成天使的翅膀——我实在是太幸福了。

我坐在那儿，呆呆地看着炉火，透过烧得红里透亮的煤块，眼前呈现出一幅幅画面。我几乎相信，我从来不曾离开过家；我几乎相信，谋德斯通先生和谋德斯通小姐都是幻影，火光一灭，他们也就烟消云散；我几乎相信，除了母亲、辟果提和我以外，我记忆中的一切都虚无缥缈，不复存在。

火光还没暗下来，辟果提正赶紧补着袜子。现在，她又坐在那儿，把那袜子当手套似的，套在左手上，右手拿着针，时刻准备着，火光一闪，她立马就缝上一针。我一直纳闷儿，她这些源源不断的袜子，究竟是从哪儿翻出来。打我从婴儿时期开始，她好像就一直在缝补这些袜子，再没做过其他针线活儿。

"噢，不知道，"辟果提突然开口说道，她有时会心血来潮，说起一些不着边际的话题，"大卫的姨奶奶近来过得怎么样。"

"哦，辟果提！"我母亲从沉思中回过神来，"你在胡说些什么呀！"

"哦，我没有胡说呢，我真的想知道，太太。"辟果提说。

"你怎么想起她来了？"母亲问道，"这世上就没别的人好想了吗？"

"鬼才知道是怎么一回事，"辟果提说，"大概是我脑子笨，从来不会挑选人，他们莫名其妙闯了进来，又莫名其妙地飘走了，这完全由不得我自己。不知道她现在怎么样了。"

"你真荒唐，辟果提，"母亲说，"人家还以为你盼着她再来看看我们呢。"

"天哪，千万不要！"辟果提叫道。

"好吧，那就别提这事了，弄得大家都很扫兴，我的好心人，"母亲说，"不用说，贝斯小姐准是把自己关在那座海边小房子里，过着与世隔绝的生活，打算就这样过一辈子呢。不管怎么说，她大概不会再来打扰我们了。"

"是啊！"辟果提若有所思地说，"我想，她的确不会再来打扰我们了。可我一直在想，如果她死了，会不会给大卫留下点什么呢？"

"我的天哪，辟果提，"母亲答道，"你可真是个糊涂虫啊。难道你不知道，这可怜的孩子一出生，就把她给气跑了吗？"

"我想，说不定她现在已经原谅他了呢。"辟果提旁敲侧击。

"为什么她现在就会原谅他？"母亲直截了当地反问道。

"我的意思是说，他现在已经有个弟弟了呀。"辟果提说。

我母亲听了立刻哭了起来，她哭着说，她不明白，为什么辟果提竟敢说这种话。

"你这样说，难不成摇篮里这个无辜的小家伙干了什么坏事，伤害了你和别人。你这个人嫉妒心怎么这么强！"她气急败坏地说，"你趁早去嫁给那个车夫巴克斯好啦。你怎么不去呢？"

"如果我去了，谋德斯通小姐肯定开心死了。"辟果提说。

"瞧你的心眼儿多坏呀，辟果提！"母亲说道，"你这么嫉妒谋德斯通小姐，简直到了十分可笑的地步。你想把钥匙收来由你保管，由你来发放一切东西，是不是？你这么想，我一点也不会感到惊讶。

你明明知道，她这样做，是出于一片好心。你明明知道她是这样的，辟果提，你一清二楚啊。"

辟果提嘟囔了一句什么，好像是说"让她的好心见鬼去吧！"接着又嘟囔了一句，大意是这样的好心也未免太过分了吧。

"我知道你的意思，你这个使坏的家伙，"母亲说，"我非常了解你，辟果提，完全了解你。这个你是知道的，我就弄不明白，这时候你的脸为什么不红呢。现在，咱们就把这些拿出来一件一件地说吧。我们先说说谋德斯通小姐，辟果提，你想躲是躲不掉的。你不是经常听她说起，说我没有头脑，而且……呃……呃……"

"而且漂亮。"辟果提提醒道。

"是啊，"母亲不易察觉地笑了一下，说，"她糊涂得连这种话都说出来了，这能怪我吗？"

"没人怪你。"辟果提说。

"没人怪我，我倒希望没人怪我！"母亲回答说，"你难道没有听她一遍又一遍地说过吗？她就是因为刚才的那些理由，才来帮我减轻我的负担。在她看来，我根本不适合做这些琐事，这太费心劳神了，我自己也清楚，我并不适合做这些。你看她不也是起早贪黑，整天忙忙碌碌吗？她不也是丢下这样忙那样，半刻不得闲，到处跑来跑去吗，什么放煤的地下室呀，储藏室呀，还有些地方，我连名字都叫不上来，反正那些旮旯角落，肯定让人不舒服。你刚才拐弯抹角，难道能否认她的一片赤诚之心？"

"我根本没有拐弯抹角。"辟果提说。

"可你那样做了，辟果提，"母亲说道，"除了干活，你就喜欢拐弯抹角瞎说一通，并以此为乐。你谈到谋德斯通先生的好心时——"

"我从来没谈过。"辟果提说。

"你的确没谈过，辟果提，"母亲说道，"不过，你拐弯抹角地谈起过。你知道吗，你最大的毛病就是这个。你总喜欢拐弯抹角地胡说。我刚才就说，我了解你，你也知道我了解你。你在谈到谋德斯通先生的好心时，总是装出一副看不起的样子，我这样说，是因为我打心眼儿里认为你并不是这样想的。其实，你和我一样相信他，相信他心地善良，相信他所做的一切是出于一片好心。要是他过去对某个人严厉了点，辟果提——你明白，我相信大卫也明白，我并不是指的在座的任何人——那也是因为，他认为这样做对这个人有益无害。由于我的关系，他自然而然很爱这个人。他的所作所为都是为了这个人好。在这方面，他比我更有魄力。我知道我自己，优柔寡断、浅薄无知，缺乏主见，而他呢，意志坚定，见多识广，沉着老练。而且，他还……"说到这儿，她激动得流下了眼泪，"他还费了好大劲来帮助我，我应当感激他，打心眼儿里服从他，如果我办不到，辟果提，我就感到特别难过，我就会责备自己，怀疑自己，不知如何是好。"

辟果提坐在那里，下巴贴在袜底上，看着炉火，一声不吭。

"好啦，辟果提，"母亲说着，她的语气变得温情脉脉，"咱们就不要闹别扭了，我受不了这个。我知道，如果我在这世上还有什么朋友的话，那这个朋友非你莫属。其实，辟果提，说你笨也好，叫你糊涂虫也罢，骂你心眼儿坏的家伙也好，或是诸如此类难听的话，其实，我只想说，你是我真正的朋友。自从那天晚上，科波菲尔先生第一次把我带到这儿，你跑到大门前来迎接我，我就在心里把你当作最好的朋友。"

辟果提反应可真够快，她一听这话，立马把我紧紧地搂抱在怀里，像是心悦诚服地接受了这一友好协议，两人停止战斗。而在一旁静观其变的我，对他们拐弯抹角的谈话，似乎也领悟到一些。我相信，到现在更加确信，这场谈话自始至终，都是那个好心人在把握方向，她提出这个话题，又参与其中，有意激惹母亲，好让母亲理一理混乱的思绪，说出自相矛盾的话，从而让母亲的心情变得舒坦一些。

辟果提真是用心良苦啊。这一招还真奏效，接下来的时间里，母亲变得格外开心，辟果提也不怎么顶撞她了。

我们吃过茶点，拨过炉灰，剪过烛花，辟果提从衣兜里掏出那本鳄鱼故事书，天知道她是不是一直携身带着，我从里面选了一段，读给辟果提听，仿佛又重回到了昔日的美好时光。后来，我们又谈起了萨伦学校，我情不自禁地又谈起了斯蒂夫，他一直让我引以为傲。我们都快活极了。那个夜晚，是我度过的最为愉快的夜晚，从此，我生活中的那一章注定永远结束。然而，它却永驻我心。

快十点钟时，传来了滚滚车轮声。我们都不约而同地站了起来。母亲神色慌张，她说，时候已经不早了，谋德斯通先生和谋德斯通小姐都主张小孩子应该早睡早起，因此，她催促我赶快上床睡觉。我吻了吻母亲，趁他们还没走进屋来，便赶紧举着蜡烛上楼了。我一步步地走向那间曾经禁闭过我的卧室，我小小的心灵一阵阵发紧，只觉得他们挟裹着一股冷风扑面而来，把昔日的温暖吹得荡然无存。

第二天清晨，下楼吃早餐时，我惴惴不安，因为自从那次我犯下不可饶恕的罪行后，我还一直未见过谋德斯通先生。但我知道，躲得了初一躲不过十五，我横竖是要见他的。不过，我刚走了几步，又踮着脚尖跑回卧室。这样来来回回跑了两三次，最终才鼓足勇气下了楼，一步一步地挪进客厅。

他站在壁炉前，背对着炉火，谋德斯通小姐正在泡茶。他目不转睛地盯着我进来，却没有任何反应。

我惶恐不安，强作镇定后，我走到他跟前，对他说："先生，请你原谅，我对我过去做的事追悔莫及，希望你能原谅我。"

"听到你主动认错，我很高兴，大卫。"他说。

他向我伸出一只手来，正好是我咬伤的那只。我忍不住看了看那道红色的疤痕；看见他那阴沉着的脸，我想，我的脸一定比那道疤痕还要红。

"你好，小姐。"我对谋德斯通小姐打招呼说。

"哦，天哪！"谋德斯通小姐惊呼道，向我伸过来的不是她的手，而是用一把茶匙来替代，"你的假期是多长时间呢？"

"一个月，小姐。"

"从什么时候算起？"

"今天，小姐。"

"哦！"谋德斯通小姐说道，"那今天就可以划掉了。"

她就这样计算着我的假期。每天清晨，她便阴沉着脸，把这一天划掉。一开始，她的脸上乌云密布，十天过后，数字变成两位数，她似乎看到了一丝希望。日子一天一天向前推移，她的精神变得越来越好，后来，简直是喜形于色了。

就在这一天，我不幸吓着她了，虽然她的胆子并不小。事情的起因是这样的：我走进屋时，看见母亲和她都坐在那儿，母亲的腿上正放着那个婴儿，他出生才几个星期呢，我小心翼翼地把婴儿抱起来。突然，谋德斯通小姐一声惊叫，吓得我差点把孩子扔在地上。

"我亲爱的简！"母亲叫道。

"天哪，克拉拉，你看到了吗？"谋德斯通小姐喊道。

"看什么呀，我亲爱的简？"母亲说，"在哪儿呀？"

"他把宝贝提起来了！"谋德斯通小姐大叫，"那毛孩子把宝贝提起来了！"

她吓得腿都软了，但还是使劲一挺，一下子扑到我面前，从我怀里猛地夺走婴儿。然后，她昏厥过去，不省人事，大家只好给她灌下些樱桃白兰地。待她清醒过来，她郑重其事地宣布，禁止我以任何借口触碰那婴儿一下。一向唯命是从的母亲，我看得出，她虽然极不情愿，最终还是可怜巴巴地接受了这条禁令，嘴上赞同说："一点儿也没错，你是对的，我亲爱的简。"

还有一次，碰巧还是我们三个在一起，还是因为这个可爱的婴儿的缘故，我再次惹恼了她。因为这个婴儿也是我母亲生的，我自然十分喜欢他。母亲把婴儿放在膝盖上，仔细看了看他的眼睛，然后说："大卫，过来！"我走到她跟前，她又认真地打量起我的眼睛来。

这时，我看见谋德斯通小姐放下正在串的珠子。

"我敢说，"我母亲轻柔地说，"这兄弟俩长得一模一样。我想，他们随我。他们眼睛的颜色，跟我的也完全一样。他们俩真是像极了。"

"你在说些什么，克拉拉？"谋德斯通小姐声色俱厉地问道。

"我亲爱的简，"母亲经她这样一问，突然有些紧张，支支吾吾地说，"我发现娃娃的眼睛和大卫的一模一样。"

"克拉拉！"谋德斯通小姐怒不可遏，霍地一下站了起来，"你这个彻头彻尾的大笨蛋！"

"我亲爱的简。"母亲有点儿不满。

"一个彻头彻尾的大笨蛋，"谋德斯通小姐说，"除了你，谁还会把我弟弟的儿子和你的孩子作比较？他们一点也不像。他们完全不像。无论在哪一方面，他们都没有任何相似之处。我希望他们永远都这样，谁也不像谁。我可不愿坐在这儿，听你这样比来比去。"她说完，威风凛凛地走出房间，门在身后"砰"的一声关上了。

总而言之，在谋德斯通小姐眼里，我是一个讨人嫌的孩子。

在这儿，每一个人都很厌烦我，甚至连我自己也很厌烦自己。喜欢我的人不敢流露出来，讨厌我的人却明目张胆肆意妄为，时间一长，我就发觉自己总是那么畏畏缩缩、瞻前顾后、笨手笨脚。

我觉得，只要我们在一起，我们彼此都觉得碍眼，不舒服。如果他们在屋里聊天，我母亲的神情也很快活，可只要我一进去，她的脸上就会悄悄蒙上一层愁云。要是谋德斯通先生正兴致盎然地谈天说地，我一进去，立马就会很败兴。要是谋德斯通小姐心情不好，我一进去，无疑是火上浇油雪上添霜。我看得出来，我的母亲备受煎熬。她不敢和我说话，也不敢对我好，生怕这样做会惹恼他们，招来一顿呵斥。她惶惶不可终日，不但自己处处小心，而且还对我严加管束，只要我微微一动，她便惊恐万状地去察看他们的眼色。于是，我打定主意，还是识趣地躲开为妙。在那寒冷的冬天里，我常常待在那间阴冷的卧室里，裹着那件小大衣，专心致志地看着书，倾听着教堂的钟声敲响。

晚上，我有时去厨房，陪辟果提坐一会儿。在那儿，我感到极其惬意自在，想干什么就干什么。可是，在客厅里待着的这些人连厨房也不允许我去。客厅里，那种氛围压抑得让人窒息。他们认为，为了训练我那可怜的母亲，我这个工具是必不可少的，为了磨练她的坚强意志，我是决不允许缺席的。

"大卫，"一天晚上，吃过晚饭，我正准备像往常那样离开小客厅，谋德斯通先生突然叫住我，"大卫，我看见你这么孤僻不合群，心里真不是滋味。"

"呆头呆脑像只熊！"谋德斯通小姐说。

我站住了，低下了头，大气不敢出。

"大卫，你知道吗？"谋德斯通先生说，"没有人喜欢性格孤僻不合群的孩子。"

"我从没见过哪个孩子有他这么孤僻这么不合群的，"他姐姐说，"我想，亲爱的克拉拉，你也一定看出来了吧？"

"请你原谅，我亲爱的简，"母亲说，"我想，我这样说，你一定不会责怪我吧，我亲爱的简，你了解大卫吗？"

"我要是连这孩子，或者别的孩子都不了解，克拉拉，"谋德斯通小姐回答道，"我可真是白活了。我虽不敢说阅人无数，但基本常识还是有的。"

"我亲爱的简，"母亲答道，"我一点儿也不怀疑，你了解别人的能力很强。"

"哦，不！千万不要这么说，克拉拉。"谋德斯通小姐气呼呼地打断了母亲的话。

"不过，我敢保证，情况就是这样，"母亲继续说，"这是大家有目共睹的。而且，你这种能力让我受益匪浅呢。至少，我应该从中受益。我比谁都相信你拥有这种能力，我说这番话发自肺腑，我亲爱的简，我向你保证。"

"你们可以说，我不理解那个孩子，克拉拉，"谋德斯通小姐一边说着，一边摆弄着她手腕上那副镣铐，"我也姑且同意你们的说法，我根本不理解那孩子。他鬼鬼祟祟的，我理解不了。不过，我弟弟的眼力不错，能一眼洞穿他的性格呢。我相信，他刚才正准备谈这个话题，只是我们不合时宜地打断了他，这可不大礼貌。"

"我想，克拉拉，"谋德斯通以低沉而严肃的声音说，"如何看待这个问题，或许有人比你更公正、更高明。"

"爱德华，"母亲战战兢兢地回答道，"无论遇到什么问题，我都不行，我都不会。我相信，你比我高明得多，你和简都比我高明。我刚才只是说——"

"你刚才只是信口开河说了一些不着边际的话，"他说，"我亲爱的克拉拉，以后千万别这样了，你要时时留心你自己呀。"

母亲的嘴唇微微翕动，仿佛是说"我知道了，我亲爱的爱德华"，可她并没发出半点声响。

"大卫，我刚才说过，看见你这么孤僻不合群，我很不是滋味，"谋德斯通先生眼睛直直地看着我说，"我绝不能纵容你这种臭脾气在我眼皮子底下大行其道。一定要想办法改正。你自己也要努力，我们也要齐心协力帮你改。"

"请原谅，先生，"我结结巴巴地说，"其实我这次回家并不想不合群。"

"不要撒谎，不要替自己辩解，少爷！"他凶巴巴地说，我的母亲吓得直发抖，不由自主伸出手来，好像要把我和他隔开，"你就是不愿意与人交往，天天蜷缩在你那间破卧室里。你原本应该和我们待在一起，可你却偏偏躲到楼上不下来。现在，你应该很清楚，我最后一次警告你，你应该待在这里，而不是躲到别处去。你既然在这儿，就得乖乖地听我的话。大卫，你是了解我的。我可是说一不二的人。"

谋德斯通小姐干笑了一声。

"我要求你对我毕恭毕敬，绝对服从，打心眼儿服从，"他继续说道，"对待简·谋德斯通，对待你母亲，同样如此。我绝不允许你由着性子东躲西藏，对这间屋子避之不及，这里没有瘟疫，你给我乖乖坐好！"

瞧他说话的语气，就像是在呵斥一条狗，而我，好像一条狗一样乖乖地服从。

"还有一点，"他说，"我发现你结交的都是一帮狐朋狗友。以后不准你和仆人来往。你有许多方面亟待改正，老往厨房钻是不管用的。关于那个教唆你的女人，我什么也不说了。因为你，克拉拉，"他压低声音对我母亲说，"和她相处多年，对她过于偏爱，盲目尊重，直到现在你还没有改正呢。"

"真是愚蠢至极！"谋德斯通小姐嚷嚷道。

"我只是说，"他接着继续说道，"我绝不允许你和那个叫辟果提的女仆厮混在一起，你必须改正这个臭毛病。你听着，大卫，你是了解我的，你知道，如果不乖乖地听我的，会有什么后果。"

我当然知道会有什么后果——为了我那可怜的母亲，我知道的比他所想象的要多得多——我变得乖巧顺从，不再躲进我的房间，也不再去辟果提那儿。我无精打采地坐在客厅里，眼巴巴地盼着天黑，眼巴巴地盼着上床睡觉。

白天，我像木头人一样，呆呆地坐在客厅里，一连坐上几个小时，虽然如坐针毡，却丝毫不敢挪一挪身子，生怕这样一来，会惹恼谋德斯通小姐。她一直虎视眈眈地瞅着我，不放过任何一个机会。我连眼皮也不敢抬一抬，生怕她伺机说我不高兴啊，注意力不专注啊，会莫名其妙又招来一顿呵斥。我坐在那儿，听着时钟嘀嗒响，看着谋德斯通小姐穿着钢珠，寻思着她是否会嫁人，要是她要嫁人，不知哪个倒霉蛋会娶她。我仔细数着壁炉架上刻着的几道凹槽；转而又看了看天花板，再看看壁纸上的花纹。真可谓百无聊赖，度日如年！

　　那个冬天，天气恶劣，我沿着泥泞的小巷漫无目地走着。不管走到哪儿，那个客厅，那客厅里的谋德斯通先生和他的姐姐，如影随形，无处不在。他们就像一座沉重的大山，压得我喘不过气来；他们就像一场噩梦，我永远也逃脱不了。如此一来，我被折磨得心力交瘁，呆头呆脑！

　　餐桌前，我一声不吭地吃着饭，心里感到惶恐不安，总觉得多出了一副刀叉，多的就是我的；总觉得多了一只盘子和一把椅子，多的就是我的；总觉得多了一个人，多余的那个人就是我！

　　晚上，点燃了蜡烛，就得要我做点正事儿。那些有趣的消遣书，我连碰也不敢碰一下，只好去抠一些枯燥乏味的算术题。可那些度量衡表不老实，看着看着，就变成了一些曲谱，就像歌曲《统治吧，不列颠》①呀，什么情歌《莫忧伤》②呀，在我眼前晃来晃去，晃得我眼花缭乱，头昏目眩，就像是给老奶奶穿针眼儿一样穿过我那可怜的脑袋瓜子，从这只耳朵进去，从那只耳朵出来。这样的夜晚是多么让人痛苦不堪啊！

　　尽管我拼命克制自己，可还是忍不住呵欠连天，打起盹儿来。当

---

① 英国作曲家托马斯·爱恩（1710—1778）的著名歌曲。
② 英国当时流行的一首歌曲。

我猛地一下惊醒过来，我是多么的惊恐不安啊。我偶尔说上一句话，也没有人搭理。我就像在一间空荡荡的屋子里，人人都视若无睹，人人又嫌我碍事。晚上九点，时钟刚刚敲响，谋德斯通小姐便开口命令我去睡觉，在那一刻，我感觉如释重负。

就这样，我的假期一天一天地熬过去了。一天早晨，谋德斯通小姐说："最后一天过去了！"随手递给我假期里的最后一杯茶。

又要离开了，我却丝毫不感到难过。我已经变得麻木不仁，不过，现在又开始慢慢恢复，盼着和斯蒂夫见面，虽然他身后还有克里克尔先生这个恐怖家伙。巴克斯先生又来到了大门口，母亲俯身和我吻别时，谋德斯通小姐又发出特有的警告："克拉拉！"

我吻了吻母亲，吻了吻小弟弟，心里莫名地涌起一阵伤感，但并不是因为分离，因为即使是在家里，在我们之间，无时无刻都横亘着一条鸿沟，把我们活生生地分离开来。虽然母亲以她所有的热情拥抱了我，可永远定格在我心间的，却不是她的拥抱，而是拥抱后的那幅画面。

我坐进了马车，突然听到母亲在呼唤我。我循声望去，只见她独自一人站在花园栅栏边，双手高高地举起婴儿让我看。天气阴冷，寂静无风，她手托婴儿，含情脉脉地看着我，静若雕塑，她的秀发纹丝不动，她的衣衫服服帖帖。

我就这样永远离开了母亲。后来，在学校的睡梦里，我又见到她——她默默地站在我床边，两手托着那个婴儿，满目含情地看着我。

第9章　难忘生日

　　眼看三月份来了，我的生日也到了。在这之前学校发生的事，我就不一一赘述了。记忆中，除了记得斯蒂夫变得更加魅力十足外，其他的我都记不住了。他最多待至这个学期结束，就要离开学校了。在我眼里，他变得更加风度翩翩，潇洒自如，光彩照人，因此，更让人深深着迷。除此之外，我记忆里一片空白。在那段时间里，留在记忆中最深的非他莫属，其他一切，都无声无息地泯灭了。

　　从我回到萨伦学校，到我生日来临，已经足足过了两个月，这真叫人难以置信。不过，我只能认为事实的确如此，要不然，我真会相信这两件事紧紧相连，中间并无间隔。

　　那一天发生的事，历历在目。我现在还能嗅到弥漫四周的雾气，透过雾气，还依稀可见那洁白的霜花儿，我还能觉察到被霜打湿的头发黏糊糊地贴在我的脸颊上。我还记得穿过雾霭沉沉的清晨，几只蜡烛星星点点，照着昏暗的教室，同学们冻得瑟瑟发抖，一个个往手里哈着气，使劲跺着脚，他们呼出的热气，在清冷的空气里，顿时化作阵阵白雾。

　　吃过早餐，我们在运动场上玩了一会儿，就被吆喝进了教室。我刚刚坐下，夏浦先生就朝我走了过来，他说：

　　"大卫·科波菲尔，到客厅去一趟。"

　　我心里想，准是辟果提又捎来一大袋好吃的了，所以我一听这话便心花怒放，赶紧站起来，离开座位，身旁的几个同学还请我有好吃的千万不要忘了他们。

　　"不要着急，大卫，"夏浦先生说，"有的是时间，我的孩子，千万不要着急。"

他说话的语气怪怪的，要是我当时留意的话，我一定会觉察出哪儿不对劲。我匆匆忙忙赶到客厅，只见克里克尔先生正坐在那儿吃早餐，面前放着一份报纸和那根手杖，克里克尔太太手里拿着一封打开的信。那儿，并不见有一大袋好吃的。

"大卫·科波菲尔，"克里克尔太太把我带到一张沙发前，在我旁边坐下，对我说，"我特意把你喊来，是想好好和你谈谈。有一件事我要告诉你，我的孩子。"

我一直注视着克里克尔先生，他并没有看我，而是摇了摇头，本想叹一口气，谁知却被一大片黄油烤面包给噎住了。

"你还年幼无知，不知道世事变幻莫测，"克里克尔太太说，"也不知道人生苦短，生命无常。可是这种事，我们都得经历，大卫。有的人，年轻时就经历了。有的人，上了年纪才经历，而有的人，一生都在经历。"

我目不转睛地看着她，等着她继续讲下去。

"假期结束，你返校的时候，"克里克尔太太不知说什么好，想了想，停了一会儿又说，"你的家人都好吗？"说着，她又停一会儿，才继续问道，"你的妈妈好吗？"

不知怎的，我竟然全身颤抖起来，我仍然直直地看着她，没有出声。

"因为，"她说，"我很难过，今天早上我得到消息，听说你妈妈病得很严重。"

一层薄雾突然在克里克尔太太和我之间升起，她的身影似乎在迷雾里晃动了一下。接着，我感到两行滚烫的热泪顺着脸颊直流而下，她的身影也定格在原来的位置。

"她病得很严重。"她又说。

现在，我全都明白了。

"她死了。"

何必这样直接。我顿时失声痛哭起来，我至亲至爱的人，她竟然抛下我走了。偌大一个世界，我竟成了一个孤儿。

克里克尔太太极其仁慈地照顾我。她好心地挽留我在那儿待了一整天，有时候就让我独自一人待着。我哭得撕心裂肺，哭累了，睡着了，醒过来，又忍不住放声痛哭。直到后来，眼泪已干，声音嘶哑，我才停下来开始想一些事情。此时，我的胸闷极了，心里难受极了，就像刀割一般。

这突如其来的噩耗传来，让我根本无法静下来去好好地想一想。

我的思绪纷乱，漫天飞舞。我想起了我们家的房子，门窗紧闭，死一般地沉寂。我想起了那个婴儿，克里克尔太太说，他也病得很严重，他们说他也快不行了。我想起了我的父亲，静静地躺在我们房子附近的教堂墓地里。我想起了我的母亲，静静地躺在那棵树下，那棵树，对我来说，是多么熟悉啊。我独自一人待着的时候，我忍不住站在一张椅子上，照了照镜子，看看我的眼睛有多么红，我的脸有多么悲痛。

过了几个小时，我发觉我的泪水真的流不出来了。我要是真流不出眼泪，那么在我回家送葬时，我是不是还得想想母亲生前对我的种种好处，才能把自己感动得泪流满面呢。不过，我记得在当时我除了承受这巨大的丧亲之痛，还获得了极大的尊严感。由于我的不幸，我成了一个重要人物。

要说哪个孩子真正有过丧母之痛，那非我莫属。记得那天下午，别的同学都乖乖地待在教室里上课，而我却独自一人在运动场散步，甚至感到有些莫名其妙的得意。他们上课时，我看见他们一个个透过窗户看着我，我越发感觉到自己的与众不同，我的表情变得更加凝重哀伤，步子变得更加沉重缓慢。下课后，他们走出教室，众星捧月一般围着我问长问短，那时的感觉好极了。我像平常一样对待他们，竟然没有流露出一点儿骄傲的情绪。

　　我要等到第二天夜里才动身回家，不过坐的不是邮车，而是笨重的夜班马车，这种车叫作"农夫号"，主要供乡下人短途旅行时乘坐。那天晚上，我们没有讲故事，特拉德尔非把他的枕头借给我用。我至今也不明白他为什么硬要塞给我一只枕头，因为我自己也有一只。不过，这个可怜的人也只有这件东西了，除此之外，就是那张画满骷髅的信纸。我们分别的时候，他连那张信纸也送给了我，好让我节哀顺变，抚平悲伤。

　　第二天下午，我离开了萨伦学校，没想到这一别竟然再也不回来了。车走得很慢，整整走了一夜，直到第二天早上九点多钟，我们才到达雅茅斯。我朝窗外张望，极力寻找着巴克斯的身影，可是却没发现。倒是看见一个胖乎乎的小老头儿，身穿着黑色衣服，膝盖下面系着一束褪色的缎带，脚上穿着黑色长袜，头上戴着顶宽边礼帽。他满脸堆笑地跑过来，喘着粗气，凑到车窗前问道：

　　"您是科波菲尔少爷吗？"

　　"是的，先生。"

　　"请跟我走吧，少爷，"他一边拉开车门，一边说，"我倍感荣幸，由我送你回家。"

　　我把手放进他的手里，心里犯嘀咕，不知他是谁。我们穿过一条狭窄的街道，来到一家店铺面前，店门上写着"欧默：零售布料，服装，服饰用品，兼营服装加工，丧事用品等"。这家店铺逼仄，令人透不过气来，里面摆放着做好和没做好的衣服，还有一个橱窗，里面放满了大礼帽和女式小帽。我们来到店铺后面的一间小屋子，看见三个年轻姑娘正埋头干着活。她们的桌子面前摊着一些黑色布料，剪下来的布头满地都是。一股呛人的气味扑鼻而来，原来是黑纱布烘热后散出来的味儿，只见屋子中间摆放着一只火势正旺的大火炉。当时我不知道这是一股什么味儿，不过现在明白了。

这三个年轻姑娘，她们抬起头来看了我一眼，接着又埋头干活了。一针又一针，一针又一针，穿针引线，动作利索，轻松自如。同时，从窗外小院那边的一个作坊里，传来了"砰——嗒嗒，砰——嗒嗒，砰——嗒嗒"的声音，像是锤子在敲打什么，听起来极有韵律。

"嘿！"带我的那个老头儿对其中的一位年轻女人说，"你们做得怎么样了，明妮？"

"试衣的时候，准能做好，"她头也不抬，轻松地回答道，"不用担心，父亲。"

欧默先生摘下宽边礼帽，气喘吁吁地坐了下来。他太胖了，不得不喘上一阵子，才能开口说：

"不错。"

"父亲！"明妮开玩笑说，"你胖得像只海豚了！"

"嘿！我也不知道这是怎么回事，我亲爱的，"他一边说着，还一边在思考，"我的确太胖了。"

"心宽才能体胖，你知道，"明妮说，"看你整天乐呵呵的，什么事也不往心里去。"

"不乐呵呵的，又能怎样呢，我亲爱的。"欧默先生说。

"这也倒是真的，"他的女儿回答道，"谢天谢地，我们都是一副乐天派。你说是吗，父亲？"

"但愿如此，我亲爱的，"欧默先生说，"这会儿我气喘过来了，我得给这位年轻学子量尺寸了。请到店堂里面去吧，科波菲尔少爷。"

我按照欧默先生的要求，走在他前面。他拿出一卷衣料，给我看了看。还说这绝对是上等料，只有死了父母，才用这么好的料子做丧服。然后他量了我的尺寸，并登记在一个本子上。他一边记尺寸，一边让我看他店里的存货，有些款式，他说是"刚流行"，有的款式，他说是"刚下市"。

"因为这个，我们经常会赔些钱呢，"欧默先生说，"不过款式和人一样啊，没有人知道它们什么时候流行，为什么流行，怎样流行；也没有人知道它们什么时候下市，为什么下市，怎么下市的。在我看来，如果你用这样的观点来看待世界，这不就是我们的人生吗？"

　　我正沉浸在巨大的悲痛中，没有心思和他探讨这个问题。我想，这个话题太过深奥，即使换个时间换个场合，我恐怕也无能为力。

　　欧默先生又开始大口大口地喘着粗气，把我带回后面的小屋子。

　　接着，他朝门后面大声吩咐："把茶和黄油面包拿上来！"那门的后面有一道十分陡的台阶。我一边等着食物，一边环顾着四周，屋里的穿针引线声和院子那边传来的敲打声一直在我的耳边回响。不一会儿，早餐送上来了，摆放在一只盘子里，有茶和黄油面包，看来是特意为我准备的。

　　我却没有一点儿食欲，屋里那些黑色的东西早已败坏了我的胃口。欧默先生打量了我一会儿说："我早就认识你了，我年轻的朋友。"

　　"是吗，先生？"

　　"打你出生起，"欧默先生说，"甚至早在你出生前。在认识你之前，我就认识你的父亲。他身高五英尺九英寸半，他的那块坟地长二十英尺，宽五英尺①。"

　　"砰——嗒嗒，砰——嗒嗒，砰——嗒嗒……"院子那边又传来这一单调的敲打声。

　　"他的坟地长二十英尺，宽五英尺，虽说他占用了其中很小的一块，"欧默先生兴致盎然地说，"这占地面积是你父亲临终前决定的呢，还是你母亲特意安排的，这些我已经记不住了。"

---

　　①　五英尺九英寸半约合176.5厘米，二十英尺约合610厘米，五英尺约合152厘米。

"你知道我的小弟弟怎么样了吗，先生？"我问道。

欧默先生摇了摇头。

"砰——嗒嗒，砰——嗒嗒，砰——嗒嗒……"

"他躺在他母亲的怀抱里。"他说。

"哦，可怜的小家伙！他死了？"

"你左右不了的事，就别瞎操心了，"欧默先生说，"是呀，那婴儿也死了。"

这消息如雪上加霜，我心如刀绞。我丢下我几乎没吃过的早餐，走到那小房屋的一角，趴在一张桌子上。明妮见状，急忙把桌子上的东西收拾好，生怕我的眼泪打湿了放在上面的丧服。明妮看起来很温柔，长得也很俊俏，看见头发遮挡住了我的眼睛，温柔地帮我捋开。

眼看手中的活儿快干完了，时间还绰绰有余，所以她看上去快活极了，和我的状态截然相反。

不一会儿，锤子的敲打声戛然而止。一个英俊的小伙子从院子那边走进屋来。他手里拿着一把锤子，满嘴衔着好些小钉子。他得先把这些小钉子吐出来才能开口说话。

"嘿，约拉！"欧默先生说，"你的活儿干得怎么样了？"

"好了，"约拉说，"干完了，先生。"

明妮的脸上微微泛起一阵红晕。另外两个姑娘相视一笑。

"什么！这么说来，昨晚我去俱乐部那会儿，你点上蜡烛加班加点了？"欧默先生说着，闭上了一只眼睛。

"是的，"约拉道，"因为你许诺过，说干完了这活儿，就可以出去玩一趟，明妮和我——当然还有你。"

"噢！我还以为你们要抛下我不管呢。"欧默先生说着又开心大笑起来，笑得都咳嗽起来了。

"多谢你的一片好心，许下这么好的诺言，"那小伙子接着说，"我当然会拼命干。你要不要去看看，看看我的水平到底如何。"

"好的，"欧默先生说着站了起来，正准备走，突然想起了什么，又转过身，对着我说，"你要不要跟我去看看你……"

"不，父亲。"明妮急忙阻拦道。

"我觉得让他去看看也没什么。我亲爱的，"欧默先生道，"既然这样，就听你的吧。"

他们去看的是我至亲至爱的母亲的棺材，当时，我就知道了这事，我也说不上来我是怎么知道的。我听说过棺材，但从来没有见过，更别说见人动手做过。可是听到那"砰——嗒嗒"的敲打声，我就料想到是在做那个东西。看见那个小伙子走进来，我就更加确信无疑。

活儿干完了，那两个年轻女子叫什么名字，我还不曾听说，只见她们扑打着身上沾着的线头儿，然后就去前面的店铺，准备接待顾客了。明妮留在这间屋子里，把她们做好的衣服折叠好，放在两只篮子里。她跪在那儿，忙着手中的活儿，嘴上还哼着轻快的小曲。这时候，约拉悄悄走了进来，我敢肯定，他就是明妮的心上人，他趁明妮不注意的时候，吻了她一下，好像根本不把坐在一旁的我当一回事儿。约拉告诉明妮，她父亲已经套马车去了，他得赶紧去做准备。他说完就走。随后她把顶针和剪刀放进口袋里，把一枚穿着黑线的缝针小心翼翼地别在衣襟前面，又对着门后的小镜子，极其麻利地穿上外套。从镜子里，我看到那张喜气洋洋的脸。

我坐在角落里，手托着脑袋，看着这一切，想着各种各样的心事。马车很快来到店门前，两只篮子先放上车，接着是我，再就是他们三人。我记得那是辆客货两用的马车，车身漆成灰色，由一匹长尾巴的黑马拉着。车子十分宽敞，我们这几个都坐在车厢里，显得空荡荡的。

跟他们坐在一起，那种奇怪的感觉，这恐怕是我一生从未遇见过。不过，也许是我长大了，很多事情见怪不怪，见惯不惊。他们有说有笑，是那样高兴那么快乐，可他们刚刚才做完丧服啊。与其说我对他们有点儿反感，还不如说是极度畏惧，他们是如此陌生，让我感到莫名的恐惧。他们都无比快活。那个老头坐在前面驾车，那一对年轻人则坐他身后。老头儿一开口说话，那一对年轻人便探着身子凑过去，一个贴在他左边的面颊，一个贴在他右边的面颊，专心致志地倾听着，对他俯首帖耳。他们也想和我聊天，可是我极不情愿，哭丧着脸，缩在角落里，他们打情骂俏，嘻嘻哈哈，虽没有大喊大叫的，可我还是被吓坏了。我心里一直纳闷儿，他们这样铁石心肠，为什么就没有遭报应呢。

中途，他们停下来喂马，吃吃喝喝和逗乐闹腾时，我不想和他们同流合污，坚持禁食斋戒。我们一到家，我就赶紧从后面跳下马车，避免跟他们混在一起从窗前经过。那些庄严肃穆的窗子，曾几何时，它们是那般的晶莹闪亮，现在却像瞎了眼似的黯淡无光。哦，看到母亲房间的那道窗户，以及在母亲隔壁我住的那间卧室的窗户，我回忆起那些美好的日子，眼泪就哗哗地流下来。哪里还用得着想些伤心事，促使我流泪啊！

我还没走进屋，就一下扑倒在辟果提的怀里。她把我领进屋里。她刚一看见我，就忍不住流泪了，但很快就克制住了自己。她悄无声息地走路，轻轻地和我说着话，生怕惊扰了亡灵。我看得出来，她已经很长时间没有睡觉了。夜里，她依旧不睡，在一旁静静地守候着。她说，只要她这个可怜又可爱的美人还留在这房间一天，她就陪着她一天，决不离开她。

谋德斯通先生坐在客厅里，我走进去时，他并没有理睬我。他坐在壁炉前的扶手椅上，默默地流着泪，默默地想着心事。谋德斯通小姐坐着书桌旁正忙活着，面前摊着一些信件和单据。她朝我伸过冷冰冰的手，握了握，然后用低沉的声音严厉地问我，量过丧服的尺寸没有。

我回答说："量过了。"

"还有你的衬衣呢？"谋德斯通小姐问，"都带回来了吗？"

"是的，小姐。我把我的衣服全都带回来了。"

这就是她用她所谓的坚强给我的全部安慰。我深信，在这样一个特殊的场合里，她暗地里是多么得意啊，因为终于可以大显身手，来展示她的意志力是多么坚强，她的自制力是多么顽强，她的脑子是多么灵活，她的常识是多么丰富，她对人情世故是多么的练达与通透！最让她引人为傲的是她的办事才能。现在，她正装作一副无动于衷的样子，把一切都付诸于笔墨，以此来展示自己的才华。在那一天余下的时间里，以及后来的几天里，她一大清早便坐在那张书桌前，拿着一支硬笔神态自若地写个不停，一直要忙到晚上才善罢甘休。遇上有人跟她说话，她便低沉地回答着，泰然自若，脸上的表情僵硬，连全身上下的服饰都板着个面孔，硬邦邦地一丝不乱。

她的弟弟有时拿起一本书，可我从来没见他认真读过。他打开书，目光停留在那儿，像是在看书，可是过了一个小时，他的目光还是落在那一页上。然后，他放下书，在屋里踱来踱去。我呢，常常合着双手坐在那儿，看着他走来走去，数着他的步子，就这样度过一个小时又一个小时。他很少和他姐姐说话，对我更是不加理会。在那座死寂的房子里，除了时钟以外，好像只有他还有点生机，可以自由活动。

出殡前的那些天里，我很少看到辟果提。她一直守候在停放母亲和那个婴儿的房间里，我只有在上下楼时，才能看见她。除此之外，每天晚上临睡之前，她要溜到我的房间来，在我的枕边坐上一会儿。在出殡的前一两天——我想应该是前一两天，因为在那段悲痛的日子里，我脑子里一片混乱，根本不知道时间是怎么过的——她带着我走进那个房间。我只记得，床上蒙着一块洁白的布，床周围一片圣洁、一片宁静、一片清新。我感到那白布罩着的，是这座房子庄严肃穆的化身。辟果提想轻轻把白布拉开，我急忙抓住她的手，说道："哦，不要！哦，不要！"

出殡那天的情景，给我留下了难以磨灭的记忆。当我跨进那间最好的客厅里时，便能感受到客厅里弥漫着的味道，那壁炉里燃着熊熊的火焰，酒瓶里的酒在闪闪发亮，各色各样的杯盘，那糕饼发出微微甜香，谋德斯通小姐衣服的气味，还有我们穿的黑衣服。齐力浦先生也在这里，他走过来和我打招呼。

"大卫少爷，你好吗？"他和蔼可亲地问。

我无法对他说我很好，只好伸出手，他握住了。

"天哪！"齐力浦先生亲切地微笑着说，眼睛里好像有什么东西在闪光，"不知不觉，我们的小朋友都变成小伙子了，我差点儿都认不出来了。不是吗，小姐？"

他向谋德斯通小姐寒暄几句，可是谋德斯通小姐并没有搭理他。

"这儿可比从前好多了，对吧，小姐？"齐力浦先生问道。

谋德斯通小姐皱了皱眉头，微微点了点头，算是回答。齐力浦先生吃了个闭门羹，只好拉着我的手，走到一个角落里，再也没有开口说话。

我把这些原原本本说出来，并不是因为我只关心我自己，或者说回家后我的眼里就只有我自己，而是因为这些事让我记忆犹新。现在，钟声响起，欧默先生和另一个人走了进来，让我们做好准备。我记得辟果提曾经给我说过，当年给我父亲送葬的那些人，也是在这一个房间里等候的。

参加送葬的有谋德斯通先生，我们的邻居葛雷普先生，齐力浦先生，还有我。我们走到门口时，就看见几个人抬着棺材走进院子了，我们跟着他们顺着小路，穿过那几棵榆树，走出大门，来到了教堂的墓地里。我想起在以往那些夏日的清晨，我常常跑到这里来听鸟儿欢唱。

我们围着墓穴站着。我觉得这一天是那么不寻常，连阳光的颜色也变得格外惨淡。这时候，墓地一片肃穆寂静，这氛围像是我们和即将入土安息的人从家里带来的。我们脱下帽站在那儿，这时候，神父的声音似乎破空而来，感觉十分遥远，但却字字清朗。他说："主说，我即是复活，我即是生命！"接着我就听见有人在哭泣。我看到离我不远处的地方，那位善良忠诚的仆人正在抹眼泪。在这大千世界，芸芸众生，她是我最亲近的人；在我幼小的心灵里，我始终深信，总有一天贤明的主会夸赞她说："你干得很出色。"

在那一小群人中，有许多似曾相识的面孔。其中有的是我在教堂里东张西望时见过的，有的是在我母亲年轻漂亮的时候，刚来到这个村子就见过她的。这些人，我虽然都看在眼里，可是我并没有心思去留意他们，除了我的悲痛，我什么也不在意，我甚至还看见了人群后面的明妮，她朝这边张望着，还时不时朝离我不远的她那心上人暗送秋波。

葬礼结束了，土也填好了，我们转身往回走。我们家的房子出现在我眼前，它依旧那么漂亮，一点儿变化也没有。可是，在我稚嫩的心灵里，这座房子承载了太多记忆，一想起它，就会想起我已经失去而且永远失去的那一切，无以言说的悲痛挟裹而来。他们扶着我继续往前走。齐力浦先生一路上还陪着我说话。回到家时，他给我倒了一杯水递到我嘴边。我想回自己的房间待一会儿，起身向他告辞，他像女人一样温柔地与我告别。

这一切，宛如发生在昨天。至于后来的许多事，全都离我而去，飘向大洋彼岸，只有这一幕幕情景，始终如一块高大的礁石，巍然屹立在大洋之中。

我知道辟果提一定会到我的房间来。当时就像安息日一样宁静，对我们俩都很适宜。那一天很可能是礼拜天！只不过我已经记不起来了。她坐在我的枕边，紧挨着我，握着我的手，时而把我的手放在她唇边，时而又轻轻地抚摸着，好像是在照看我那小弟弟。就这样，她用她自己的方式，给我讲述着她所知道的一切。

"她一直觉得不舒服，"辟果提说，"有很长一段时间都这样。她总是心神不定，闷闷不乐。那个小家伙生下来时，我还以为她会好起来，没想到她身子骨更加虚弱，情况一天比一天糟糕。没有小家伙的时候，她总喜欢一个人待着，莫名其妙地抹眼泪；有了小家伙，她就喜欢给他哼歌，那声音好轻好轻，有一次，我听到她的歌声，竟然以为是从天边飘来的，转眼间，又飘走了。

"近来，我发现她越来越胆小怕事了，她整天提心吊胆，惶恐不安。谁要是说话语气重一点儿，她就像是当场挨了一拳。不过，她对我还是老样子。对她这个傻乎乎的辟果提，她永远也不会变，我那可爱的宝贝姑娘是不会变的。"

说到这儿，辟果提停了下来，她轻轻地拍了拍我的手。

"我最后一次看到她原来的样子，是在你放假回来的那天晚上，我亲爱的。你回学校的那天，她对我说：'我再也见不到我亲爱的宝贝了。以后再也见不到了。我知道，这是我最后一次。'

"打那以后，她努力想打起精神来，可是，有好几次，他们说她做事不动脑子，从来不肯关心家里的事，那时候，她的努力已经没用了。她对我说过的那话，她从来不敢对她丈夫说，除了我，她谁也不敢说。直到有一天晚上，也就是出事前的一个多星期，她才告诉她的丈夫：'亲爱的，我想我快不行了。'

"'现在我的心愿总算了结了，辟果提，'那天夜里我扶她上床时，她对我说，'他越来越相信我说的话，这个可怜的人儿，而且会一天比一天更相信，几天过后，一切就过去了。我累极了。如果这像是在睡觉，那么，在我临睡的时候，就请你陪在我身边，别离开我。愿上帝保佑我的两个孩子！愿上帝多多保佑我那个从小没有爹的孩子！'

"从那以后，我就再也没有离开过她，"辟果提说，"她时不时和楼下的那两位说话——因为她爱他们；她无法不爱身边的每一个人——不过，当他们从她床边走开后，她就转过身来面对着我，似乎只有辟果提，她才能安心入睡。

　　"在最后的那天晚上，她吻了吻我，对我说：'如果我的婴儿也死了，辟果提，请你拜托他们把他放在我怀里，把我们埋在一起吧。'他们果真照办了，因为那可怜的小宝贝在母亲去世的第二天就死了。她还对我说，'你还要告诉我那最最亲爱的宝贝，让他送我们去我们的安息地吧，你要对他说，他的母亲躺在这里，曾经为他祝福，不是一次，而是千万次。'"

　　说到这儿，辟果提又陷入了沉默，用手轻轻地拍了拍我的手。

　　"那时候，夜已经很深了，"辟果提又说，"她向我要水喝。喝完了水，那可爱的人儿呀，朝我微微一笑，笑得好美啊！

　　"后来天亮，太阳慢慢升起来了，这时她对我说，科波菲尔先生是多么关心她，多么体贴她，多么宽容她啊，每当她缺乏自信时，他就鼓励她说，拥有一颗爱心比智慧更珍贵，更有力量。正因为她有一颗爱心，所以他感到是多么幸福啊。'辟果提，我亲爱的，'接着她又说，'让我跟你挨得更近一点吧，'因为她那时已经相当虚弱了，'把你的胳膊放在我脖子底下吧，'她说，'转一转我的身子，让我面对着你，你的脸离我越来越远了，我要挨着你的脸。'我按照她的吩咐做了。哦，大卫！我第一次和你分别时说的话，果真应验了——她会心甘情愿把她那可怜的头，倚靠在她那愚蠢倔强的辟果提怀里——就这样，她死了，就像一个熟睡的孩子。"

　　辟果提讲到这儿就结束了。自从我得知母亲死讯那一刻起，她一生的最后那段时光，便从我的心中彻底消失了。我所能记起的，永远是当年那个年轻的母亲，那个老爱把闪亮的秀发缠绕在手指间的母亲，那个在黄昏时分和我在客厅翩翩起舞的母亲。辟果提的诉说，不但没能把我带回她一生的最后那段日子，反而使她早期的印象越发清晰。这也许有点儿奇怪，但事实确实如此。她这一死，就又飞回她那安宁祥和、无忧无虑的青春岁月，而其余的一切全都灰飞烟灭。

躺在坟墓中的母亲，是我孩提时期的母亲；在她怀里的那个婴儿，就是我自己，像我小时候曾躺在她的怀里那样，永远长眠在她的胸前。

第10章　遭人遗弃

　　黑色的丧事办完了，阳光又照进屋子里来。谋德斯通着手处理的第一件事就是通知辟果提一个月后走人。尽管辟果提不喜欢这份苦差事，可我相信，为了我，她宁愿放弃世界上最好的工作，继续留在这里。现在事已至此，她告诉我说，我们不得不分开，她还向我解释了其中的原因。我们真诚地互相安慰着。

　　至于我和我的将来，他们从来没有提及，也不见有任何行动。我敢说，他们恨不得也像对待辟果提那样对待我，把我一个月后打发走。有一次，我鼓足勇气问了谋德斯通小姐，我什么时候回学校，她极其淡漠地说，她觉得我根本就不用回学校了。除此之外，她一句话也肯多说。我心急如焚，迫切想知道他们到底打算如何处置我，辟果提也急于想知道答案，可是我们却得不到半点消息。

　　我的处境有了变化，这使得我眼前的日子比原来自在多了，不过认真想一想，这种变化让我忧心忡忡。这变化是这样的——他们以往对我的各种约束通通取消了。他们不再强迫我一动不动地坐在客厅里，甚至我有几次偶尔在那儿坐一会儿，谋德斯通小姐便皱着眉头，显得很不高兴，让我滚开；他们也不再限制我和辟果提在一起。要是我不在谋德斯通先生面前，他们也绝不会来找我，盘问我的去向。一开始时，我还担惊受怕，生怕谋德斯通先生亲自出面来教育我，或者谋德斯通小姐亲自负责这事，可是不久我就发现，我的担心毫无根据，我应该有所预料，我已经成了一个无人看管，备受冷落的弃儿。

　　我虽然意识到这一点儿，可我觉得我并不是特别痛苦。我仍沉浸在丧母带来的巨大悲痛中，没有心思去关心其他的事儿。我记得，我当时也曾偶尔想过，也许再也没有机会接受教育了，也许再也没有人照看我了，我会变成一个穷困潦倒，郁郁寡欢的人，在乡下碌碌无为，虚度一生；或许我会摆脱这种困境，像故事里的英雄那样，远走高飞，闯荡江湖，飞黄腾达。不过，这种想法一闪而过，稍瞬即逝，就像睁眼做的白日梦，它们隐隐约约映在我卧室的墙壁上，转眼间就消失了，留下了一片空白。

"辟果提，"一天夜里，我在厨房的火炉前烤火时，闷闷不乐地说，"谋德斯通先生越来越不喜欢我了。他一直都不喜欢我，辟果提，不过现在情况更糟，他要是可能的话，连看都不想看我一眼了。"

"也许他还在为那事伤心呢。"辟果提抚摸着我的头发说。

"我敢说，辟果提，我也很伤心啊。如果真像你所说的那样，他是为那事伤心而不想见我，我才不会介意呢。可根本不是那么一回事啊。哦，不，不是那么一回事。"

"你怎么知道不是那么回事呢？"辟果提沉默了一会儿后说。

"他的伤心完全是另一回事，跟这个完全不同。他和谋德斯通小姐坐在壁炉旁边时，他一副伤心欲绝的样子，一看见我进去，辟果提，他的表情马上就变了。"

"什么表情呢？"

"很不高兴，"我回答道，还不由自主地学着他拉长脸紧皱眉头的样了，"如果他只是伤心，他就不会用那种眼神看我了。我也伤心啊，可我伤心的时候心肠变得更软了。"

我在一旁烤着手。有好一会儿，我和辟果提都陷入了沉默。

"大卫。"她终于开口说道。

"什么事，辟果提？"

"我亲爱的，我一直在想各种办法，几乎所有的办法都想过了，可行的，不可行的，全都想过了，在布兰德斯屯找一个合适的活计自谋生路，可就是找不到。"

"那你想做什么呢，辟果提？"我沉思着说，"你不想到别的地方去试试吗？"

　　"我想我只有去雅茅斯了，"辟果提回答道，"暂时在那儿住一段时间再说。"

　　我听了她的回答，心情变得舒畅了些，说道："我还以为你要去更远的地方呢，那样，我就再也看不到你了。亲爱的辟果提，我一定要抽时间去雅茅斯看你。你不会跑到天涯海角去吧，对不对？"

　　"不会的，上帝保佑！"辟果提异常激动地说，"只要你还留在这儿，我的宝贝，只要我还活着，我就一定会每个星期来看你一次。每个星期来看你一次，我一定说话算话，只要我还活着！"

　　听到她的许诺，我觉得心里的一块石头落了地。这时，辟果提又说：

　　"大卫，我们就要分别了，你知道，我先到我哥哥家，暂时住上两个星期，好好休息休息，缓过劲来，也好好考虑考虑，接下来该怎么办。我一直在想，既然眼下他们不想看见你，也许会同意你跟我一起去趟雅茅斯呢。"

　　当时，我最渴望的就是与周围人改善关系，当然与辟果提的关系不用考虑。辟果提这一提议，让我喜上心头。我又可以见到那些热情好客、淳朴善良的面孔，又可以享受礼拜天早晨的恬美宁静，远处的钟声悠扬响起，影影绰绰的船只穿过重重迷雾缓缓驶来，随意扔进一块小石头，击起一阵浪花，又可以和小艾米丽一起漫步海滩，向她倾诉我的烦恼，精心挑拣几枚贝壳和小石子，忘掉这人世间的烦忧。想起这美好的一切，我心驰神往。但不一会儿，我又开始担心谋德斯通小姐不会放行，平添无限烦恼。不过，我的烦恼很快就消除了。正当我们还在聊天时，谋德斯通小姐突然闯入储藏室来搜查什么，没想到辟果提直接给她说了这事儿，她的这番勇气令我钦佩不已。

　　"他就是去了那儿也会整日里游手好闲，"谋德斯通小姐仔细审查着一只泡菜坛，说道，"游手好闲是万恶之源。不过，依我看来，不管他是待在这里，还是待在哪儿，他都是个游手好闲的家伙，这是改不了的。"

辟果提听了这话愤愤不平，可是为了我，她强忍心中怒火，咬紧了牙关，保持缄默。

"哼！"谋德斯通小姐仍盯着泡菜坛说，"对我来说，当务之急，头等大事，是保证我弟弟不受干扰，别见着这些烦心事。算了吧，你们爱干嘛就干嘛。"

我的内心一阵狂喜，我极力克制着，不动声色地对她说了声谢谢，生怕她临时变卦。我的担心并非空穴来风。当她把目光从泡菜坛转向我时，我看到她的眼神就像在泡菜坛子里浸泡过似的，酸溜溜的，无比辛辣。不过，总算她没有收回她的话。一个月后，辟果提和我便做好了出发的准备。

巴克斯先生走进屋来，帮助辟果提提箱子。他以前一直是待在花园的门口那儿，这是他第一次走进来。他将沉甸甸的箱子扛在肩上，临出门时，看了我一眼。如果巴克斯先生的眼神可以表情达意的话，那这一眼有些意味深长。

这么多年，辟果提早已把这儿当成她的家，她和她生命中两位至亲至爱的人——母亲和我，朝夕相处，相依为伴。如今，就要离开这个地方，她的心中充满了无限悲伤。她一大早就去了墓地，在那儿徘徊良久，难舍难分。她抹着眼泪，上车后，用手帕捂住了双眼。

辟果提还在伤心地哭着，一声不吭。巴克斯先生仍旧呆呆地坐着。像往常一样，坐在自己的老位子上，一样的坐姿，一样的神态，呆若木鸡，活脱脱一个木偶人。过了一会儿，辟果提停止了哭泣，放下手帕，一边打量着四周，一边和我说着话。只见他不时点点头，咧着嘴笑笑，他的这副表情让我感到莫名其妙，他是为谁这么做的呢，这样做的目的又是什么呢。

"今天天气不错啊，巴克斯先生！"我出于礼貌这么说道。

"嗯，还行。"巴克斯先生说道。他说话向来小心谨慎，他的心思几乎让人捉摸不透。

"辟果提现在高兴些了，巴克斯先生。"为了讨他的欢心，我有意这样说道。

"是吗？"巴克斯先生说。

巴克斯先生想了想，小心地看了看辟果提，温柔地问道：

"你真的高兴了？"

辟果提笑着说是的。

"真的吗？千真万确？"巴克斯先生朝辟果提身边挪了挪身子，并用胳膊肘碰碰她，"真的吗？真的高兴了？真的？真的？"他每问一句，就朝她的身边挪一挪，然后用胳膊肘儿碰她一下，最后，我们被挤到车厢最左边的角落里，我被挤得险些摔倒在地。

辟果提告诉他，我快掉到地上去了，巴克斯先生立刻一点点地往回挪，给我腾出一点儿空间。不过，值得一提的是，他似乎觉得自己找了一条绝妙的办法，可以直截了当把他的心思表达出来，免去了搜肠刮肚绞尽脑汁找话说。他正为自己这一妙计暗自窃喜呢。过了一会儿，他又开始一个劲儿地问道："你真的高兴了吗？"他一边问着，一边一点点往辟果提身边挪，我再次被挤得透不过气来，他这才退了回去。就这样，他一遍遍地使用着他的"妙计"，结果总是我遭殃。后来，一旦发现他朝这边挤过来，我便赶紧站起来，站在踏板上，故作欣赏风景状，这样才舒服一点。

他待我们极为客气，特意将车停在一家饭馆门前，请我们吃烤羊肉、喝啤酒。趁辟果提喝啤酒的时候，他的那套把戏又来了，结果差点把辟果提呛坏了。不过，快抵达终点的时候，他的事儿多了，就没那么多时间来逗辟果提开心。到了雅茅斯的石子路上，车子颠簸得太厉害，他已经没有闲情逸致来做任何别的事了。

辟果提先生和汉姆在老地方等着我们。他们十分热情地接待了我和辟果提，还和巴克斯先生握了手。巴克斯先生，帽子挂在后脑勺上，看上去浑身极不自在，忸怩不安，一副傻乎乎的样子。辟果提先生和汉姆，分别拎起辟果提的一只箱子，准备回家去。正当要离开时，突然巴克斯先生煞有介事地给我打了个手势，把我叫到小圆门那儿。

"我看，进展顺利。"巴克斯先生说。

我抬起头来看了看他的脸，故作深沉的样子说："哦！"

"还没结果呢，"巴克斯先生点点头说道，"事情进展还算顺利。"

我又应了一声。

"你知道谁愿意吗？"我的朋友说，"是巴克斯愿意。只有巴克斯愿意呀。"

我点了点头，表示赞同。

"事情还算顺利，"巴克斯握着我的手说，"你真够朋友，是你让事情变得很顺利。一切都很顺利。"

巴克斯先生本打算把事情说清楚，没想到却越说越糊涂，让人有点儿摸不着头脑。要不是辟果提喊我走，我没准儿会站上一个小时，好好研究一番他脸上的表情，看看能不能读出什么信息。不过，他脸上的表情平淡无奇，就像一只停走的钟表表面，看了半天也一无所获。我们一块儿回家时，辟果提问我巴克斯先生说了些什么，我告诉她说，他说事情还算顺利。

"他的脸皮实在是太厚了，"辟果提说，"不过，我不在意。大卫，如果我打算结婚，你会怎么看呢，亲爱的？"

"哦——我想，到那时你就不会像现在这样爱我了吧，辟果提？"我思忖了一会儿回答道。

一听这话，这位心地善良的人立马停下脚步，把我紧紧搂在怀里，信誓旦旦地说，她要永远爱我，永远疼我，她的这番举动，让街上的行人和走在前面的她的亲戚都深感震惊。

"告诉我，你会怎么看呢，亲爱的？"她放开我，我们又一起往前走，她继续问道。

"关于你打算结婚——嫁给巴克斯先生这事，你想听听我的意见吗，辟果提？"

"是的。"辟果提说。

"我认为这是一件喜事啊。你知道，这样一来，辟果提，你就随时可以坐着马车来看我啦，而且不用花一分钱，想什么时候来就什么时候来。"

"瞧我的宝贝多么聪明！"辟果提大声说，"我这一个月也正是这样想的。没错，我的宝贝，我想，结了婚，就不用依靠别人来养活自己了，是不是？在自己家做事肯定比给别人家帮工要自由一些。现在要我再去伺候一个生人，我还真不适应呢。再说，和他结了婚，我就可以住在那儿，那儿离我心肝宝贝的坟墓也很近呢，"辟果提若有所思地说，"我想什么时候去看她就什么时候去看。等到哪一天我不行了，我就埋在她的附近，我要永远陪着她。"

我们俩都沉默了一会儿，什么也没说。

"不过，如果我的大卫反对，"辟果提高兴地说，"那我就再也不会考虑这事。就算这个人在神父面前问我千遍万遍，就算我的订婚戒指在口袋里磨得发白，我也绝不会答应他。"

"你看看我，辟果提，"我十分认真地说，"你看看我是不是打心眼儿喜欢，打心眼儿为你高兴？"对于她结婚这事，我真的是拍手称快啊。

"好吧，我的心肝，"辟果提紧紧搂着我说，"我白天想，晚上也在想，反反复复把这件事想了好多遍，但愿我的决定没错。不过，我还要再仔细想想，我还要和我哥哥商量商量，我们暂时先不要告诉别人，大卫，这件事就你知我知。巴克斯倒是个忠厚老实的人。"辟果提说，"只要我对他尽我的本分，我就一定会高兴的。要是我不——要是我不高兴，我想那肯定是我的不是。"辟果提说着开怀大笑起来。

巴克斯先生嘴上那句"你真的高兴了？"被引用得如此精妙，把我们两个都逗乐了，我们笑啊，笑啊，笑得都喘不过气来，直到远远地看见辟果提先生的小屋子，我们才止住了笑声。

小屋一切依旧，只是似乎比我记忆中的变小了一点。格米治太太一如既往地站在门前，迎接着我们的到来，那神态宛若上次分手后，她就一直站在那儿一动不动。屋里的一切也和从前的一模一样，就连我卧室里那只蓝搪瓷杯里的海草都和上次的一样。我走进外面的那间屋子，朝四周看了看，还是在那同一个角落里，堆着龙虾，螃蟹和大海虾，它们仍旧是碰着什么夹什么，互相缠绕在一起。

只是我打量了每一个地方，都没有看见小艾米丽的身影。我好奇地问辟果提先生，她去哪儿了。

"她上学去了，少爷，"辟果提先生刚才拎辟果提的箱子累着了，额上沁出密密一层汗珠，他一边擦着汗，一边说，"还有二十分钟或半个小时她就要回来了，"他说着瞟了一眼那荷兰钟说，"我们大家都盼着她早点回来呢！"

格米治太太叹了一口气。

"打起精神来，老嫂子！"辟果提先生强调道。

"我比谁都盼着她早点回来，"格米治太太说，"我是个孤苦伶仃的苦命老婆子，没人管没人问，恐怕只有她心里还挂念着我呢。"

格米治太太说着，又啜泣起来，摇了摇头，小心地吹着火。她这样做时，辟果提先生转身看着我们，用手虚掩着嘴小声地说："她又在想她家的老头子了！"于是，我可以肯定地说，自从我上次走后，格米治太太的心情并不见好转。

这个地方，依旧和上次一样可爱，或者说一向都很讨人喜欢，可是，它给我感觉却不同了，总感到有点儿失落。也许是因为小艾米丽不在家吧。我知道她回家的路，于是，我立刻沿着路去迎接她的归来。

不一会儿，远处就出现了一个身影，我一眼就认出，那正是小艾米丽。虽说她又长大了一些，可个子还是小小的。待她走近时，我发现她的蓝眼睛似乎更蓝了，脸蛋更加漂亮了，小酒窝变得更加迷人，浑身上下更加光彩照人。这时候，我突然鬼使神差地冒出一个奇怪的念头，假装不认识她，像是在看远处的风景似的，自顾自地从她身旁走过去了。我记得，我后来也干过这样的傻事。

小艾米丽装作一副若无其事的样子，分明看见了我，可她不但不回过头来喊我，反而笑着跑开了。这样一来，我只好飞快地跑着去追她，她跑得可真快，直到快到小屋时，我才追上她。

"哦，原来是你呀？"小艾米丽说。

"你以为是谁呢，艾米丽。"我说。

"你以为呢？"艾米丽说。我正要去吻她，她却捂住她那娇艳欲滴的嘴唇，还说她已经不是小孩子了，说完便开心地笑着跑进屋子里去了。

她好像喜欢捉弄我，这让我有点儿无所适从，她以前可不这样啊。原来，我们总是肩并肩坐在小箱子上，亲密无间，可这回，茶桌已经摆好了，小箱子也摆放在了老地方，可她却跑到那个老是怨声载道的格米治太太身边去了，把我晾在了一旁。辟果提先生问她为什么这样做，她却故意把乱头发，遮住面庞，一个劲儿地笑着，不作回答。

"一只小猫咪！"辟果提先生用他那粗大的手拍了拍艾米丽说。

"哦，真像一只小猫咪！真像！"汉姆大声嚷道，"大卫少爷，她真的像一只小猫咪！"他坐在那儿，满心欢喜，对着她笑了一阵，满脸涨得通红。

显然，艾米丽被大家宠坏了，尤其是辟果提先生，更是视她如心肝宝贝。只要她跑到跟前，用小脸蹭蹭他那乱糟糟的络腮胡子，让他干什么，他就干什么。至少我看到那幅情景时，就产生了这个想法，我觉得辟果提先生这样做是理所应当的。她那么热情，那么温柔，言行举止，既俏皮，又有点儿腼腆，让我越发喜欢她了。

她心地多么善良。那天晚上，我们喝完茶，围坐在壁炉边聊天，辟果提先生吸着烟，说起我遭遇的不幸，她的眼里顿时噙满泪水，她坐在对面，泪眼婆娑，温情脉脉地看着我，让我觉得好感动。

"哦！"辟果提先生说，他拨弄着她那卷曲的头发，那头发从指间滑落，宛若一道清泉，"你看，少爷，这也是个孤儿。还有这一个，"辟果提先生说着，他用手背拍拍汉姆的胸膛说，"也是个孤儿，虽然他看上去一点也不像。"

"要是有你做我的监护人，辟果提先生，"我说着摇摇头，"那我也不会觉得自己是个孤儿。"

"说得好，大卫少爷！"汉姆快活极了，开心地说，"哇，说得太好了！你也不会觉得自己是个孤儿了！哈哈！"说到这里，他也用手背拍了拍辟果提先生的胸膛，小艾米丽站起来亲了亲辟果提先生。

"你的那个朋友好吗，少爷？"辟果提先生问。

"斯蒂夫吗？"我说道。

"正是这个名字！"辟果提先生兴奋地说道，转身对汉姆说，"我记得这个名字和我们干的这一行有关呢。"

"你原先喊他是拉舵夫。"汉姆哈哈地笑着说。

"我这样喊过？"辟果提先生不以为然地说道，"行船靠舵，船和舵，差不了多少呢①。他现在好吗，少爷？"

"我离开学校时，他很好，辟果提先生。"

"那才是朋友！"辟果提先生伸出烟斗说，"要说朋友的话，他可算得上是真正意义上的朋友。哦！上帝呀，看他一眼，真的是大饱眼福啊！"

"他长得很英俊，是吗？"我说，听到辟果提先生这样夸赞他，我心里高兴极了。

"英俊！"辟果提先生叫道，"他站在你面前，就像——就像——哦，反正你把他看成什么，他就是什么。他可真勇敢啊！"

"是啊！他就是这种性格，"我说，"他就像雄狮一样勇猛。而且，辟果提先生，你不知道他有多么坦率。"

"哦，我也这样认为呢，"辟果提先生透过烟斗里冒出的烟雾看着我说，"说到他的学问，那可是无人能比啊。"

"是啊，"我兴致勃勃地说，"他什么都知道，简直就是个天才。"

"这才是真正的朋友！"辟果提先生摆了摆脑袋，低声说道，神情十分严肃。

"似乎没什么可以难倒他，"我说，"无论什么事，他一眼就看得明明白白。他板球打得棒极了。下棋时，无论让你多少子儿，最后还是不费吹灰之力就赢了你。"

辟果提先生又把头一扬，好像在说："你说得对极了。"

"他是超级演说家，"我继续称赞说，"可以征服所有听众，让他们心悦诚服。如果你听到他唱歌，我真不知该怎么形容呢，辟果提先生。"

---

① 斯蒂夫，英文名为Steerforth，其中steer，意为驾驶，掌舵，行驶的意思。拉舵夫，英文名为Rudderforth，其中rudder，意为船舵。

辟果提先生又把头一扬，似乎说："我完全相信。"

"而且他是那么慷慨大方，那么高尚无私，"我说，提起这个我所喜欢的人，我的话匣子一下打开了，收不住了口，"反正他有那么多优点，我说三天三夜也说不完。在学校的时候，我比他小，年级也比他低，他是那么仗义，那么义气，对我关爱备至，鼎力相助，我真不知道该如何来感谢他。"

我一边滔滔不绝地说着，一边注意着小艾米丽。她低着头，俯在桌子上，屏住呼吸，全神贯注地听着。她的蓝眼睛像宝石一样闪闪发亮，双颊泛起了两朵红晕。她是那么纯真，那么美丽，惊得我瞠目结舌。我一停下来，大家的目光都齐刷刷地转向了她，她把大家逗得乐呵呵的。

"艾米丽和我一样，"辟果提先生说，"也想见见他呢。"

在大家的注视下，艾米丽变得不知所措，脸"刷"的一下红了，极其害羞地低下了头。她透过披散的几缕头发，偷偷地看了我们一眼，发现大家依然看着她，我敢说，她真是百看不厌啊，我可以目不转睛一连看她几个小时。她一见这情景，一溜烟儿就跑开了，直到睡觉的时候也不见她的身影。

我还是睡在老地方，船尾的那张小床上，海风呼呼地吹着，掠过海滩，发出一声声叹息，像是在为那些死者鸣咽。我不再担心自己睡着的时候，海水涌来，淹没了这座小屋，我所想的是，自从上次听到海风的怒号以后，海水汹涌澎湃而来，淹没了我幸福的家。渐渐地，风浪声渐渐减弱，我听见自己在祈祷即将结束的时候说道，愿上帝赐我以艾米丽，将来为我妻。然后，我内心洋溢着满满的幸福，进入了甜蜜的梦乡。

日子就像从前一样，一天一天地溜走了，只是有一点不同——不过这是个特别明显的不同——艾米丽很少和我去海滩嬉戏游玩了。她要做功课，还要做针线活，而且每天有一大部分时间都不在家。不过，就算她有空闲，她也不会像从前那样和我一起玩了。尽管艾米丽还是那么无拘无束，还是那么爱天马行空自由想象，可是我总觉得艾米丽成熟多了。在这一年多来，她似乎和我变得生疏了。她还是那么喜欢我，不过她又时常取笑我，让我极其苦恼。她放学回家，我去路口接她，她却偷偷抄小路溜回来，等我失望而归时，她却站在门口笑得前仰后合。我们俩最美好的时光莫过于她安安静静地坐在门前做作业，我则坐在她脚边的木头台阶上，给她念故事。那人间四月天里午后明媚的阳光，那个旧船屋门前坐着的美丽姑娘，那清澈明净的天空，那湛蓝的海水，那驶进金色海湾的美丽航船，这一切，让我没齿难忘，一生中再难遇上如此美好的时光。

就在我们到达的那天晚上，巴克斯先生就登门拜访了，他呆头呆脑，笨手笨脚，提着一兜橘子，用手帕包着。由于他只字未提，待他离开时，大家都以为是他忘记带走了，害得汉姆提着橘子一路追去，直到汉姆再气喘吁吁地提着橘子跑回来，大家才明白这是专门送给辟果提的。从那以后，他每晚都在同一时刻准时出现，总是提着一包礼物，照样一声不吭，悄悄地把它放在门后面。这些礼物相当于定情物，稀奇古怪，各种玩意儿都有。我记得，其中有两对猪蹄，一只特大的针插，约莫半蒲式耳①苹果，一对黑玉耳环，一些西班牙洋葱，一副骨牌，一只金丝雀和一只鸟笼，还有一只腌猪腿。

我记得，巴克斯先生的求婚方式也是前所未有的。他几乎不说话，只是呆呆地坐在壁炉前，呆呆地看着对面的辟果提，坐姿和赶马车时一模一样。一天晚上，我想他大概是被爱情冲昏了头脑，竟猛地抢过她用来润滑线的那块蜡烛头儿，塞进自己的衣服口袋里，仓皇逃走。从此，每当辟果提需要这玩意时，他就把那块蜡烛头摸出来——

---

① 蒲式耳是英制的容量及重量单位，英国、美国通用，主要用于量度干货，尤其是农产品的重量。通常1蒲式耳等于8加仑（约36.37升）。

那蜡烛头与口袋黏在一起，差不多快融化了——待她用过后，他又把它放回口袋里。他以此为乐，沉醉其中，似乎觉得没有必要再说什么。我敢肯定，即便他带着辟果提去海滩散步，他也不会因为没有话说而感到不自在，他顶多问问她是不是真的高兴了，他就心满意足了。我记得，有几次，待他走后，辟果提用围裙蒙住脸，要哈哈大笑上半个小时。我们大家都觉得这很有趣，只有可怜的格米治太太除外。她当年的爱情故事，大概和这完全一样，如今这一切在她眼前重演，她怎能不睹景思人，黯然神伤呢。

我做客的日子即将结束了，他们终于宣布说，辟果提和巴克斯先生要一起去度假，让我和小艾米丽陪着一起去。这天晚上，想着明天可以一整天和艾米丽待在一起，我兴奋极了，久久难以入睡。第二天，我们早早就起床了，当我们还在吃早餐时，远远地就看见巴克斯先生驾着他的马车朝他的心上人驶来。

辟果提和平常一样，穿着那身整洁朴素的丧服，巴克斯先生则焕然一新。他上身穿着一件崭新的蓝色外套，裁缝尽量把尺寸做得大一些，袖口长长地，罩住了整个手背，即使是大冬天里也不需戴上手套。衣领高高地竖了起来，把他的头发都挤得竖了起来。他最大号的纽扣闪闪发亮，还有那褐色裤子和黄色背心，巴克斯先生这身装扮，看上去就像是一个体面的大人物。

我们正忙着收拾东西时，辟果提先生拎了一只旧鞋，准备在我们动身出发时，扔在我们身后，图个吉利，他把这只鞋交给格米治太太，让她来扔①。

"不，最好让别人来扔吧，丹尼尔，"格米治太太说，"我是个苦命的孤老婆子，看着人家命运这么好，心情这么好，我就很难过。"

---

① 在西方的习俗中，当新婚夫妇乘车出发度蜜月时，参加婚礼的宾客向新人身上扔鞋子，认为如果鞋子击中了新人乘坐的车子，那么就会带来好运。

"来，来，老嫂子！"辟果提先生叫道，"拿起它，扔出去！"

"不，丹尼尔，"格米治太太摇着头，咕哝道，"要是我不这么难过，我可以多干些活。你和我不一样，丹尼尔，没什么和你过不去的，你也不和谁过不去，最好还是由你来扔吧。"

这时，辟果提慌慌张张地逐个儿亲了亲大家，然后就上了车，艾米丽和我并排坐在两把小椅子上，辟果提大声喊着，让格米治太太一定要扔那只鞋子。格米治太太只好照办了。不过，让我们这次旅行美中不足的是，格米治太太那鞋子一出手，立马就扑在汉姆怀里号啕大哭起来，一边哭一边嘟囔，她说自己是个累赘，最好把她送到救济院去。我当时觉得，这倒是一个不错的办法，汉姆应该马上照办。

不过，我们还是出发啦。我们的第一站是一座教堂，巴克斯先生把马拴在栏杆上，就和辟果提朝教堂走去，留下我和小艾米丽在车上。我趁机搂住小艾米丽的腰，提议道，我马上就要离开了，我们应该快快乐乐、甜甜蜜蜜地度过这一整天。小艾米丽表示赞成，还让我吻了吻她，我陶醉了，我发誓说，我这一生只爱她一个人，而且，谁要是胆敢爱她，我就要了他的命。

小艾米丽听了我的话，乐不可支。这个小精灵竟然说我"真是个傻孩子"，俨然一副成熟老练的样儿，语气流露出骄傲，接着她就开怀大笑起来，她笑得那么灿烂，让我深深为之着迷，竟然忘了她刚才的那番话给我带来的羞愧。

过了好一阵子，巴克斯先生和辟果提终于从教堂出来了，于是，我们赶着车准备去乡下。正走着，突然巴克斯先生扭头对我使了个眼色——顺便说说，在这之前我可从没料到他还会使眼色呢——他说道：

"我以前在车上写着什么来着？"

"克拉拉·辟果提。"我回答道。

"如果这儿有个车篷，现在我该写什么呢？"

"还是克拉拉·辟果提?"我试探性地问道。

"克拉拉·辟果提·巴克斯!"他回答道,接着就放声大笑起来,笑得车身直摇晃。

总而言之,他们结婚了。他们去教堂正是为了这事。辟果提决定悄悄地举办婚礼,所以没有通知任何人,只有一个牧师主持整个仪式。巴克斯先生突然宣布这一惊人之举,让辟果提有点儿措手不及,她使劲地搂着我,似乎在向我保证,她结了婚仍然会一如既往地爱我。不一会儿,她就渐渐地平息下来,说事情终于尘埃落定,她很高兴。

我们驾着车来到一条偏僻的小路旁,那儿有一家小旅馆,我们已经提前订好了午餐。我们美美地吃了一顿,开开心心地度过了这一天。就算辟果提在过去十年里天天都是大喜日子,她也不可能像现在这样,对结婚这件事看得非常平淡。结婚并没有给她带来任何改变。她依旧如过去一样。吃茶点之前,她带着小艾米丽和我去外面散步,巴克斯先生则在店里怡然自得地抽起烟斗,沉浸在新婚燕尔的幸福遐想中。如果我没猜错的话,这让他食欲大增,我明明记得,他午饭吃了好多猪肉和青菜,还把一只鸡啃得干干净净,可到用茶点时,他又兴致勃勃地吃了不少煮咸肉,居然还表现出一副津津有味的样儿。

从那以后,我常常想起这场婚礼,觉得它多么奇特、简朴,又多么不同寻常!夜色渐渐袭来,我们又驾着车上路了,一路上我们仰起头看着星星,讲着关于星星的故事,是多么的惬意自在啊!我成了讲故事的高手,让巴克斯先生大开眼界。我把我所知道的每一个故事都讲给他听,他对我佩服得五体投地,当着他太太的面称赞我是"小洛休乌斯①"——我想,他的意思是说我是个超级神童吧。

我们谈完了星星的有关话题,或者说,巴克斯先生的全部理解力

---

① 洛休乌斯(公元前126—公元前62),罗马著名喜剧演员。

被耗光时，我就和小艾米丽用一件旧大衣当披风，包裹在身上，一直坐回家。哦，我多么爱她！有一天她成为我的新娘，我们就在树林里或田野中安顿下来，我们手牵着手漫步在阳光下，在花丛中，在草地上，晚上就枕在青苔上，美美地睡去，内心宁静、环境优美，等我们老了，就由鸟儿来把我们埋葬，我们永远那么纯真，永远那么不谙世事，那该是多么幸福美好的事情啊。一路上，我的心中一直描绘着这幅图景，它并不是那么现实，却闪烁着我们天真的光芒，就像远处的星星一般扑朔迷离。至今想起，在辟果提新婚当天，有我和小艾米丽两颗纯真的心灵相伴，我感到无比地欣慰；想到爱神和美神相伴，出席他们简朴却不失欢乐的婚礼，我感到欣喜万分。

就这样，我们早早地就回到了我们住的那只旧船，巴克斯先生和太太向我们道别后，就愉快地驾着车回自己家去了。这时，我第一次真真切切地感觉到，辟果提不再属于我。要不是小艾米丽也住在这儿，我一定会心如刀割，久久难以入眠。

辟果提先生和汉姆似乎一眼就看穿了我的心思，他们拿出准备好的晚餐，热情地款待我，努力想驱逐我的痛苦。小艾米丽特意走过来，紧挨着我坐在小箱子上，她终于肯坐在我身边，这还是我做客期间唯一的一次。这真是一个奇妙日子的奇妙结束。

海水在夜里涨潮了。我们上床不久，辟果提先生和汉姆就去捕鱼了。于是，在这座空旷的房子里，我是唯一的男子汉，担负起了保护艾米丽和格米治太太的重担，我信心十足，勇敢无畏，恨不得突然有一头猛狮闯来，一条巨蟒袭来，一个凶残歹毒的怪兽困住我们，我就可以一举消灭他们，获得无比的荣耀。可是那天晚上，那些可恶的家伙一个也没有出现，我只好信马由缰地想象着，整夜都做着有关毒龙的梦，一直到天亮，都还在和毒龙进行殊死搏斗。

晨曦升起，辟果提出现了，她还像以前那样，在窗户底下喊我快快起床，那赶车的巴克斯先生，自始至终都恍若一场梦。吃过早餐，她把我接到她自己的家。房子不大，但很整洁漂亮。在所有的家具中，最吸引我的是，小客厅里的那张黑色的旧写字台，它是木头做成的，写字台桌面可以收起来，打开后放下来，就变成一张书桌。我看见里面摆着一部福克斯写的《殉道者传》①，有四开那么大。这本书，我到现在一个字也想不起来了。不过，当时，我就像发现了一件宝贝似的，马上就如饥似渴地读起来。后来，我每次到她家，总会跪到一张椅子上，打开写字台，取出宝书，把胳膊放在书桌上，津津有味地读着。这本书，恐怕最引人入胜的地方，是书中那些可怕的插图，让人看了心惊胆战。不过，从那以后，直到现在，殉道者和辟果提的房子就永远紧密地联系在一起，永驻我心间。

就在这一天，我告别了辟果提先生、汉姆、格米治太太和小艾米丽，在辟果提的一间小屋里住了一宿。那间小屋的床头架上，摆放着那本鳄鱼的故事书，辟果提说，那间小屋永远为我留着，永远为我保持原样，直到我再来。

"无论我多大年纪，亲爱的大卫，只要我还活着，只要我还住在这儿，"辟果提说，"你会发现，我随时都做好了准备，欢迎你的到来。我会每天打扫房间，就像过去整理你的那个房间那样，我亲爱的，哪怕你只身去了国外，你也可以完全放心，这间屋子永远收拾得井井有条，永远在等着你这个小主人回来呢。"

这位老保姆的忠心耿耿、真心诚意，让我感激不已。人生自古伤离别。那天早晨，她搂着我的脖子说了上面这番话；那天早晨，我就要回到自己的家；那天早晨，她和巴克斯先生赶着马车把我送到家门前；那天早晨，我们难舍难分，依依不舍；那天早晨，巴克斯先生载着辟果提远去了，天地间，只留下我一个人，孤零零地站在大榆树

---

① 约翰·福克斯（1516—1587）：英国圣公会牧师，《殉道者传》记叙了新教徒从十四世纪到玛丽一世在位期间所受的磨难，该书流传甚广。

下，呆呆地看着那座房子，如今，在这座房子里，再也没有人疼爱、爱我、关心我，我的内心一片凄凉。

我孤身一人，无人理睬，那种境地至今回忆起来让人心酸。我一回到家，巨大的孤独与刻骨的冷落包裹着我，没有人嘘寒问暖，没有伙伴陪伴玩耍，我整天没精打采，胡思乱想，即使是此刻，写在这儿，我仍然觉得痛苦不堪。

我宁愿他们把我送进史上最严厉最苛刻的学校！——不论在哪，不论怎样，我至少还可以学到一点儿东西。可这简直是痴心妄想，根本就不可能。他们是那么讨厌我，他们对我冷若冰霜，我彻底心灰意冷。我想，或许谋德斯通先生的手头有些拮据吧，这可并不是最紧要的。最紧要的是，他眼里根本就容不下我。我敢肯定，他是一心想把我赶出家门，以此推卸掉他对我应承担的责任——他的阴谋总算得逞了！

他们表面上并没有虐待我，我既没有挨打，也没有挨饿，但我所受的伤害丝毫没有减轻。他们对我不理不睬，冷若冰霜。一天又一天，一星期又一星期，一个月又一个月，我备受冷落，遭人嫌弃。有时我想，如果我生病了，不知他们会怎么待我，是仍旧躺在那清清冷冷的小屋子里，日渐憔悴，体力不支，慢慢死去，还是会有什么人来拯救我吗？

谋德斯通先生和小姐在家时，我和他们一起吃饭，他们不在家时，我就随便吃点什么填肚子。如今，我可以随意在住宅附近溜达，只是他们不允许我交任何朋友。也许他们认为，我准会向朋友大倒苦水。正是因为这个原因，尽管齐力浦先生常常邀请我去他那儿做客，我却很少有机会去。齐力浦先生孤身一人，他的太太身材娇小，头发浅色，几年前就去世了。我一想起他的太太，总是想起一只灰白色的小猫。其实，我巴不得去他那外科诊室里待上一个下午，读读那些不曾读过的飘荡着药香的书籍，或者在他亲切的指导下，在一只小药钵里捣制某种药，那是多么快乐的事呀。

出于同样的原因，再加上他们一向讨厌辟果提，所以他们很少让我和辟果提见面。辟果提则信守自己的诺言，每星期总是要来看我一次，有时是来家里，有时是在家附近的某个地方，而且她总会捎点东西给我。尽管这样，我还是想去她家里坐坐，可是他们坚决不同意，我的心里怅然若失。日子长了，他们偶尔也会放我一马。这时我才知道巴克斯先生有些吝啬，或者用辟果提的话说，是个"守财奴"。他把钱藏在他床下的一只箱子里，却佯称里面装的只有衣服裤子。这个小金库，他严守秘密，严加看管，要想从那儿弄一分钱出来，颇要费上一番周折。

因此，为了每个星期六的花费，辟果提就像要策划一场火药阴谋案①那样，事先得经过一番周密的安排。

在这些日子里，我无时无刻不感到深深的失望，前途渺茫，备受冷落。要是没有那几本旧书，我恐怕更是苦不堪言。那些书是我唯一的安慰。它们对我忠心耿耿，我待它们也忠贞不渝，我一遍又一遍地读着它们，求得心灵的慰藉。

这时，我生命中的又一阶段正一步一步地向我逼近，只要我还能记事，我就不会忘记这个阶段，它就像鬼魂般阴魂不散，时不时闯进我的脑海，把我原本快乐的生活搅得不得安宁。

这种生活，让我变得无精打采、心神不宁。那天，我在外面游荡。快到我们家附近的一个巷口拐角处时，迎面遇上谋德斯通先生和另一个先生。我惊慌失措，正要从他们身边溜走时，那先生叫道：

"哟！布鲁克斯！"

"不，先生，我是大卫·科波菲尔。"我纠正道。

---

① 1605年，英国天主教徒弗克斯等人为报复当时英国政府对天主教的迫害，密谋炸毁国会，并炸死了国王詹姆斯一世。

"我才不管你叫什么。你就是布鲁克斯，"那人说道，"你就是谢菲尔德的布鲁克斯。这才是你的名字。"

听到这话，我更加仔细地打量起这个人来。我突然记起他的笑声，原来他就是奎宁先生，以前——我记不清楚也没必要记清楚是什么时候——我曾和谋德斯通先生去洛斯托夫特看望过他。

"你过得怎么样，在哪儿上学，布鲁克斯？"奎宁先生问。

他扳过我的肩膀，让我转过身来，和他们一起走。我不知道怎么回答才好，惶恐不安地看着谋德斯通先生。

"他呀，在家里闲着呢，"谋德斯通先生说，"哪儿也没去。我真不知道拿他如何是好。真是个麻烦。"

他看着我，眼神又像以前那样阴森恐怖，令人战栗，接着他皱了皱眉，眼神突然暗下来，极其憎恶地看着别处。

"嗯！"奎宁先生说着，我觉得他扫视了我们一眼，然后说，"今天天气不错呀！"

大家都陷入了沉默。我正琢磨着，怎样才能把我的肩膀从他手里挣脱开来，我好赶紧溜走，突然他说：

"我想你还是那样精吧？嗯，布鲁克斯？"

"哼！他可不是一般的精，"谋德斯通先生极不耐烦地说，"你最好让他走，不然他会记恨你的。"

听了这话，奎宁先生立马放了我，于是我急匆匆地往家走。走到大门的栅栏门前，我回头一看，只见谋德斯通先生头靠在墓场的柱门上，奎宁先生正在和他聊着什么。他俩都朝我这边看着，我知道，他们正在谈论我。

那天晚上，奎宁先生住在我们家。第二天早上，吃过早餐，我推开椅子正准备离开，谋德斯通先生叫住了我。随后，他神情严肃地走到另一张桌子前，他的姐姐正在那儿忙着写东西。奎宁先生两手插在口袋里，站在那儿看着窗外。我则站在那儿看着他们。

"大卫，"谋德斯通先生说，"对年轻人来说，这是一个立身创业的世界，而不是一个游手好闲的世界。"

"就像你这样。"他姐姐插嘴道。

"简·谋德斯通，请不要打断我的话。我说，大卫，对年轻人来说，这是一个立身创业的世界，而不是一个游手好闲的世界。特别是对一个像你这种性格的人来说，更应如此。你的性格亟待改变。对你这种性格的人来说，除了强迫你遵守这个立身创业时代所立下的各种规矩，洗心革面，彻底摧毁外，再也没有其他任何捷径。"

"性格倔强是行不通的，"他姐姐说，"它需要摧毁，一定要摧毁，也一定能摧毁！"

他看了她一眼，一半像是让她不要插嘴，一半又像是极力赞成她的观点，然后他接着说：

"我想你是知道的，大卫，我手头并不宽裕。不管怎么说，你现在该知道了。你已经接受了相当多的教育。教育是很花钱的，就算它不花钱，就算我供得起你，我仍然坚持这一看法，留在学校对你毫无益处。你需要到社会浪潮中去摸爬滚打，去大胆闯荡，越早越好。"

其实，我已经在这个社会摸爬滚打了，不管当时是怎么想的，反正我现在是这样认为的。

"你听说过'货行'吧？"谋德斯通先生说。

"货行，先生？"我不解地问道。

"谋德斯通—格林伯货行，专门做酒生意的。"他答道。

我满脸疑惑，他马上解释说："你肯定听说过货行，或者听过酒行、酒窖、码头，或者诸如此类的一些买卖事情。"

"我想是的，我大概听说过，先生，"我说，我以前隐约听说过他和他姐姐在外面经营酒生意，"不过，我想不起是什么时候了。"

"什么时候不要紧，"他回答说，"这个生意，现在由奎宁先生在具体负责。"

我满怀敬意看了一眼奎宁先生，他此刻还在看着窗外。

　　"奎宁先生建议说，既然他可以雇佣别的孩子，当然他可以以同等的条件，把这个工作机会让给你。"

　　"他，"奎宁先生转过身子，"还能有别的出路吗，谋德斯通？"

　　谋德斯通并没有搭理他的话，只是不耐烦地做了个手势，有点儿气愤的样子，继续说道："你在那儿帮工，我开出的条件是，你的伙食费和日常开销由你自己挣，你的住处我已经安排好了，由我来支付，你的洗衣费——"

　　"千万别超支。"他姐姐提醒道。

　　"以及你的穿着费用由我提供，"谋德斯通先生说，"因为你一时半会儿还没法完全养活你自己。所以，大卫，你现在就跟随奎宁先生去伦敦，去开始闯荡世界。"

　　"一句话，我们已经尽了职责，"他姐姐说，"你自己也要对自己负责。"

　　虽说我当时很清楚，他们这番苦心安排，是为了将我驱逐出门。可我已经记不清，我听到这个消息，是高兴呢还是悲伤。我忽喜忽悲，在这两种感情之间飘移，却又两头不沾边。我还没来得及整理自己的思路，第二天就跟随着奎宁先生动身了。

　　第二天出门，瞧瞧我的这副模样吧：头上戴着顶破旧的小白帽，为了纪念我的母亲，帽子上还缠着一条黑纱；身上穿着件黑色的短外套，硬邦邦的黑棉布厚裤子，谋德斯通小姐认为这裤子能保护我在闯荡江湖时双腿不受伤。我的身旁有一只小箱子，所有的财产全都装在里面。我心想，要是格米治太太见我这个样儿，准会说，瞧，这个孤苦伶仃的孩子。我和奎宁先生坐着邮车去雅茅斯，再换车子前往伦敦。我们的房子和教堂渐渐从眼前消失，那些坟地已经被树遮挡住了，昔日玩耍的场地上那高耸的塔尖也消失不见了，天上空荡荡的了！

第11章　孤独谋生

时至今日，我已经变得相当老练世故，几乎对任何事情都见惯不惊；不过，现在回想起来，我小小年纪，就被他们无情地驱赶出家门，真让人颇感意外。一个才能出众的孩子，一个观察力敏锐的孩子，一个热情机灵的孩子，一个身心脆弱、极易受伤的孩子，当时却没有一个人站出来为我说话，于是，我刚满十岁，就成了谋德斯通—格林伯货行的一名小童工，至今想来，还觉得匪夷所思。

谋德斯通—格林伯货行位于布莱克福莱①区，旁边有一条小河缓缓经过。现在那地方经过一番改建，已经不再是当初的模样。当年那儿是一条狭窄的街道，那个货行就在街道尽头，尽头处还有几级台阶，供人们上下船用。货行的房子破旧不堪，有个自用的码头，涨潮时是一片汪洋，退潮时一片烂泥。房子里老鼠横行霸道。房间里虽然镶有护墙板，但是，我敢说，经过上百年的尘污烟熏，早已混沌不堪，分辨不出色彩；它的地板和楼梯早已腐朽；地下室里，成群结队的灰色大老鼠嬉戏打闹，吱吱乱叫。整个房子显得千疮百孔、腐朽发霉；这一切，让人刻骨铭心，恍如奎宁先生牵着我颤抖的手，第一次置身其中。

谋德斯通—格林伯货行跟各种各样的人都有来往，不过最主要的还是给一些邮船提供葡萄酒和烈性酒。我现在已经记不清这些船要开往哪儿，不过，我估计有些是开往东印度群岛和西印度群岛的。我现在还记得，生意往来的结果之一就是运回了不计其数的空酒瓶。于

---

①　布莱克福莱区：又译为黑衣修士区（Blackfriars），泰晤士河南岸，在圣保罗教堂对岸，河上便是布莱克福莱桥（或黑衣修士桥）。

是，他们雇来了一些大人和小孩，让他们就着亮光检查这些酒瓶，发现有裂缝的就扔掉，完好无损的就留下来擦洗干净。收拾好这些，就往装满酒的瓶子上贴标签，塞上软木瓶塞，在软木瓶塞上封上火漆，盖印，最后把这些完工的瓶子装进箱子里。这一切，我都得干，我就是被雇来干这些活儿的孩子中的一个。

连我在内，我们一共是三四个人。我干活儿的地方就在货行的一个角落里，奎宁先生什么时候想从办公室打探一下我，就直接站在旁边那个凳子脚上的横木上，透过桌子旁边的窗口，一眼就可以看清我的一举一动。在我独立谋生的第一天，他们就指派这里面年纪最大的一名童工来教我怎样干活。他名叫米克·沃克，系着一条破烂的围裙，戴着一顶纸糊的帽子。他告诉我说，他的父亲是个渔夫，曾经戴着黑天鹅绒头巾，参加过伦敦市长的就职大游行[①]。他还跟我说，我们这儿的小头目，是另外一个男孩，他的名字叫作白面·土豆，我觉得特别奇怪。后来才知道，这并不是他的真实姓名，而是货行里的伙伴给他取的绰号，他的皮肤白白嫩嫩，就像白面一样。白面的父亲是个船员，而且还是个兼职消防员，在一家大剧院里帮工。白面家里还有一个兄弟或姐妹——我猜想大概是他的妹妹——在那家大剧院扮演哑剧的丑角儿。

想不到，我竟然沦落到如此地步，与这样一群人为伍，从此以后将与他们朝夕相处，我内心的痛苦真是无以言表。我不由自主地将这群人和我快乐的童年时代的那些小伙伴相比——更不要说和斯蒂夫、特拉德尔那些同学相比较了——我发现，我长大以后想成为一个学识渊博、优秀卓越的人，这个梦想已经彻底破灭。我感到绝望极了，为自己不堪的处境感到深深的耻辱，想到我学过的知识，思考的问题，喜欢的事物，梦寐以求的理想，苦苦追求的人生，正一天天、一点点

---

① 每年11月9日是新选市长的就职日，当他去法院宣誓就职时，前面有仪仗队。

地离我远去，我那幼小的心灵所承受的挣扎和痛苦，刻骨铭心，肝肠寸断。那天上午，当米克·沃克不在我身边时，我的眼泪就哗哗地流下来，流进洗瓶子的水里，我哽咽着，好像胸前裂开了一道口子，随时都将爆炸。

办公室的钟指向十二点半，大家都准备去吃午饭了。这时，奎宁先生敲了敲办公室的窗子，示意让我进去。我走了进去，看见一个胖乎乎的中年人，他穿着一件棕色大衣，黑色马裤，黑色皮鞋，脑袋又大又亮，没有头发，光秃秃的就像一枚鸡蛋，脸膛宽宽的，他见我进来，便转过脸来看着我。他的衣衫虽然寒酸，但却扎了条硬邦邦的假领子，十分抢眼。他手里拿着一根手杖，上面有一对早已褪色的大穗子，看上去派头十足。他的大衣外套上挂着一副单片眼镜——我后来才发现，这仅仅是一个装饰物，因为他从不用它看什么东西，就算他用来看了，也看不见什么。

"这就是他。"奎宁先生指着我说。

"这位，"那位陌生人说，他的语气中有几分屈尊纡贵的口气，还有几分难以言状的温文尔雅，给我留下了极其难忘的印象，"就是科波菲尔少爷。愿你一切安好，少爷。"

我回答说我很好，也向他问了好。只有老天知道，我的处境好不好。可在当时，我极不愿意诉苦，所以我只能说我很好，并祝愿他一切也好。

"谢天谢地，"那陌生人说，"我呀，很好。我收到谋德斯通先生的一封信，他在信中说，让我把我家后面那间空着的屋子——简而言之，出租——简而言之，"那陌生人笑了笑，显出一副十分亲切的样儿，"当作卧室——出租给你，给我此刻有幸结识的年轻创业者……"那陌生人挥了挥手，把下巴缩进了那硬硬的假领子里。

"这位是米考博先生。"奎宁先生对我说。

"哦，没错！"陌生人说，"这是我的姓。"

"米考博先生，"奎宁先生说，"和谋德斯通先生是老相识。他给我们拉客户，只要他拉到一笔生意，我们就付他一笔佣金。谋德斯通先生给他写了一封信，让他出租一间屋子，作为你的住处，现在，他很乐意你成为他的房客。"

　　"我的住址是，"米考博先生说，"都会路，温泽巷。我——简而言之，"米考博先生又带着先前那种温文尔雅的气质，同时又流露出亲密无间的样子，"我就住在那儿。"

　　我朝他鞠了一躬。

　　"依我之见，"米考博先生说，"你在这大都市游历过的地方还不多，要想穿过这现代巴比伦的迷宫找到都会路，可能会迷路。简而言之——"米考博先生显得和蔼可亲，"我很乐意今晚给你当导游，为你提供一条最方便快捷的路，直达目的地。"

　　我真心诚意地向他表示感谢。他真是太热心了，竟然不辞辛劳前来接我。

　　"我几点钟，"米考博先生说，"来……"

　　"八点左右。"奎宁先生说。

　　"八点左右，"米考博先生说，"那我现在就不打扰你了，奎宁先生，我告辞啦。"

　　于是，他戴上帽子，夹着手杖，挺着胸脯，哼着小曲儿离开了办公室。

　　就这样，我正式成为谋德斯通·格林伯货行的一名童工，成为奎宁先生手下的一名雇工。他们让我尽可能多地为货行干活儿。至于工资，好像是每星期六先令。究竟是六先令还是七先令，我记不清了。我更倾向于最初是六先令，逐渐涨到七先令的。他当时就提前支付了我一星期的工钱，我敢说这笔钱是他自掏腰包的，我又从中拿出六便士给白面，拜托他晚上帮我把箱子扛到温泽巷，虽然那只箱子不重，可是我仍然扛不动。吃午饭时，我又花了六便士，吃了一个肉馅饼，然后就着路边的水龙头喝了一些水，在街上随意溜达了一会儿，规定的一个小时的午饭时间就这样被打发掉了。

晚上，到了约定时间，米考博先生又来了。为了与他的文雅气质相称，我特意洗了脸和手，随后我们一起往我们的家走——我想我可以称之为我们的家了。一路上，米考博先生把街名、路口上的房屋式样一一告诉我，并让我牢记在心，这样，第二天早上，我就可以毫不费劲地去上班了。

来到温泽巷他的家里，我这才发现，这房屋和他一样，也显得极其寒酸，但同时也和他一样，尽可能地装得一副很体面的样子。他把我介绍给了米考博太太。米考博太太身子瘦削，面容憔悴，看上去一副历尽沧桑的样子，已不再显得年轻。她正坐在客厅里给一个婴儿喂奶。屋子里空荡荡的，没有任何家具摆设，百叶窗总是关着，大概是怕邻居看见吧。他们家有一对双胞胎，这婴儿只是其中的一个。我顺便说一下，我在这儿居住的这段日子里，我从来不曾见过那对双胞胎同时离开过米考博太太的怀里，其中总有一个在吃奶。

他们家还有两个小孩：米考博少爷，大约四岁；米考博小姐，大约三岁。另外，还有一个年轻女仆，皮肤黝黑，鼻子里总是发出哼哼唧唧的声音。不过，不到半个小时，她就告诉我说，她是一个孤儿，从附近的圣路加救济院来的。这就是他家的所有成员。我的房间就在后面的顶楼上，屋子里有些闷，墙壁上贴着带花纹的墙纸，这种花纹总让我想起蓝色的松饼。屋子里，家具寥寥无几。

米考博太太带着双胞胎，领着我上楼看房子，她气喘吁吁地坐下来，对我说："我还没结婚的时候，我和爸爸妈妈住在一起，我可从来没想过，有朝一日，我走投无路，把自己的房子出租出去。但是，既然米考博先生遇到了困难，我也不会在意这些了，个人的感受靠边站吧。"

我说："你说得对，太太。"

"现在，米考博先生遇到了困难，几乎把他压垮了，"米考博太太说，"我也不知道他能不能挺过这个难关，我还没结婚那时，我和爸爸妈妈住在一起，我的字典里可从来没有困难这个词，我甚至压根儿就不明白这是什么意思。不过，见识多了，经历得多了，自然也就明白了，我的爸爸经常这样说。"

　　米考博先生当过海军军官，这究竟是米考博太太告诉我的，还是我自己猜测的，我现在也记不清了。我只知道，而且至今还深信不疑，他确实当过海军。

　　我也不知道为什么我会有这个想法。现在，他的职业是给各行各业的商家拉客户，不过听说赚不了多少钱，甚至根本就不赚钱。

　　"如果米考博先生的债主不肯为他延长期限，"米考博太太说，"那他们就只有自讨苦吃了。这事越快地结越好。石头里榨不出血来，米考博先生身上也榨不出钱来，更不要说让他付诉讼费了。"

　　我一直没闹明白，究竟是因为我过早地自谋生路，使得米考博太太没有弄清我的年龄，还是因为她压抑得太久，迫切需要找个人一吐为快，反正从那以后，她一见我的面就开始唠叨，没完没了。我猜想，要是没人听她述说，她肯定会滔滔不绝地向双胞胎倾诉。

　　可怜的米考博太太！她说她已经尽了最大努力，想尽各种办法，我对此深信不疑。临街的大门上，正中间有一块巨大的铜牌，上面刻着"米考博太太青年女子寄宿学堂"，可是我从来没见过哪个青年女子来报到，也从未见过哪个青年女子来这儿住宿，更没有见过他们做些什么准备来迎接哪位青年女子。我所见到的或我所听到的，上门来的全是些讨债的。他们想什么时候来，就什么时候来，其中有几个人面目狰狞。有一个人，满脸污垢，我猜他是个鞋匠，每天早上七点准时赶到，站在门外的屋檐下，朝楼上的米考博先生一个劲儿地直嚷嚷："给我下来！我知道你还躲在屋里。赶快还钱，听见没有？别整天东躲西藏，你知道，这样做太卑鄙无耻了，我要是你，就不会这样卑鄙无耻。赶快还钱，听见没有？趁早还是还了，你听见没有？快点给我下来！"他见这般嚷嚷仍没人回应，气得七窍生烟，连骂米考博先生是"骗子""强盗"，依然无人理睬，他索性就跑到街对面，冲着二楼窗户大骂一通，他知道米考博先生就在那里。在这个时候，米考博先生羞愧难当，伤心欲绝，以致他差点用刮胡刀结束自己的生命，幸好他妻子及时发现，大声尖叫，这才引起了我的注意。可是不到半个小时，他就精心地把皮鞋擦得锃亮，哼着小曲出门去了，看上去神气十足，气宇轩昂。米考博太太同样能屈能伸。三点钟，我还亲眼看见她为要缴纳的税款和一大笔账单急得焦头烂额，可是到了四点钟，她就吃起裹着面粉炸的羊肉排骨，喝着一大杯热麦酒，可这些吃的，竟是典当了两把茶匙买回来的。有一次，她家刚被法院强制执行，没收了财产。正好那天我回来得早，六点钟就到家了。我看见她怀里抱着一个婴儿，躺在壁炉前，披头散发，穷困潦倒。可是就在当天晚上，她竟然一边在厨房的炉火前炸着牛排，一边给我讲她爸爸妈妈的故事，讲起和她经常来往的朋友的故事，她讲得眉飞色舞，兴致勃勃。

我就在这座房子里，和这一家人在一起，度过我的业余时间。每天早上，我供给自己的早餐是一便士的面包和一便士的牛奶。另外，再买一小片面包和一小块干酪，放在一个特定的食品柜里的特定一格里，作为晚餐。这两餐的开销，对于八七先令的工资来说，已经是一笔巨大的支出。我心里清楚着呢。整整一星期，我得在那个货行里拼命干活儿，整整一个星期的生活，全靠那笔可怜的薪水来养活自己。从星期一的早晨到星期六的夜晚，从来没有人给我任何忠告、建议、鼓励、安慰、帮助或支持，这一点，我记得一清二楚，就如渴望上天堂一样清楚明了。

我当时年幼无知，不谙世事，根本不善于打理自己的日常生活，我也不知道怎样才能改变这种现状。因此，第二天早晨去谋德斯通—格林伯货行的路上，看到点心铺门前摆着半价出售的不新鲜的糕点，我总是控制不住自己，把原本打算买午饭的钱用来买这些糕点，这样一来，我就只好不吃午饭，要不只好买一个蛋卷或一小片布丁凑合。我记得有两家卖布丁的店铺，至于选择哪一家呢，我常常根据口袋里剩的钱多少而定。其中一家位于圣马丁教堂后面的一个广场上，现在已经被拆掉了。这家店铺里的布丁是用小葡萄干做的，口味极其特别，价格不菲，花两便士买一块，分量还没有一便士的普通布丁足。要买普通的布丁，最好的一家店铺在斯特兰大街，后来又重新改建了一番。这家卖的布丁，块头很大，分量很足，颜色发白，松软可口，里面稀稀落落撒着几颗大葡萄干。每天中午下班，我正好赶上新鲜的布丁出炉，热气腾腾，我就拿它当午饭。要想正儿八经吃点好吃的，我就买一根五香腊肠，再来一便士的面包，或者花四便士去小饭馆儿买一盘半生不熟的牛肉；或者去我们货行对面那家破烂的馆子里，叫一盘面包加干酪，外加一杯啤酒。至于那家馆子，叫狮子还是狮子什么的来着，我已经记不得了。我记得，有一天早晨，我出门时，用一张纸包了一小块面包，就像一本书一样夹在腋窝里，然后来到德鲁里街①一家赫赫有名的牛肉店，叫了一小碟佳肴，配着面包美美地吃了一顿。当时，我这个独来独往的小家伙，竟然壮着胆子跑进去吃牛肉，那店里的伙计见了会做何感想，我不知道。不过至今，他的表情依旧十分鲜活，我在吃饭的时候，他一直目不转睛地瞪着我，并且还叫来了另外一个伙计共同观赏。临走时，我给了他半个便士小费，心里还美滋滋地幻想着他要是不收就好了。

　　记得那时，我们有半个小时吃茶点的时间。要是我手头还有点儿

---

① 德鲁里街：伦敦西区的街道，曾有着大量剧院，是消费不低的地方。

钱，我就去买半品脱①煮好的咖啡和一片奶油面包。要是身无分文，我就去弗利特街一家野味店里逛逛，或者去考文特加登市场，去看看菠萝。我特别喜欢在阿德尔菲街一带闲逛，因为那儿有许多阴森森的拱门，看上去极其神秘②。我记得，有一天晚上，我从一个拱门走出去，来到一家临河的小酒馆，酒馆门前有一片空地，一些搬煤工正在那儿载歌载舞，我于是就坐在一张长凳上，饶有兴致地欣赏着他们，也不知道他们是如何看待我的。

我还是一个小孩，个子也不高，每当我带着自备的午饭，走进一家陌生的小酒馆叫上一杯麦酒或黑啤酒，他们往往不敢卖给我。我记得，有一天晚上，天气炎热，我走进一家小酒馆，对着店老板说：

"你们这儿最好的——最最高档的——大麦酒，多少钱一杯？"因为那天是一个特别的日子。我忘了是什么日子，也许是我的生日吧。

"两便士半，"老板说，"就可以买一杯正宗的斯丹宁牌麦酒。"

"好吧，"我掏出了钱说，"那就来杯正宗的斯丹宁吧，泡沫要多点哟。"

老板的脸上露出一副似笑非笑的表情，站在柜台那儿把我从头到脚仔细打量了一番。他并没有去倒酒，反而扭过头去，朝屏风看了看，对他妻子嘀咕了几句。紧接着，他太太从屏风后走出来，手里还拿着针线活，和他一起端详起我来。

此时此刻，我眼前又栩栩如生地浮现出当时我们三人的模样。老板穿着件衬衣，倚靠着柜台站着；他的太太隔着柜台的小半截门看

---

① 品脱：容量单位，英制品脱与美制品脱不一样，1英制品脱等于1/8英制加仑，或约0.57升。

② 这三个地方都是伦敦比较繁华的地方，弗利特街以报馆集中而著称，常用来比喻英国新闻界；考文特加登是伦敦主要的花卉、水果、蔬菜市场；阿德尔菲街素有地下城之称，毗邻泰晤士河。

着我，而我呢，则站在柜台外面，一脸困惑地仰望着他们俩。他们问了我一连串问题，我叫什么名字呀，多大了呀，住在哪儿的呀，做什么的呀，怎么跑这儿来了呀。为了不牵连别人，我只好瞎说一通，胡乱应答。最后，他们给我倒了杯酒，不过我怀疑那并不是正宗的斯丹宁。那老板娘推开柜台的半截门，俯下身来，把钱如数退还给我，还亲吻了我一下，这一半是出于称赞，一半是出于同情，不过我相信，这全是出于女性的慈爱之心和善解人意。

我知道，对于我经济上的匮乏和生活上的困难，我并非有意夸大其词。我敢肯定，如果奎宁先生给我一先令，无论何时，我都会把它花到一顿饭或一顿点心上。我记得，那时的我，衣衫褴褛，天天跟普通的成年人和少年们混在一起埋头干活，从早忙到晚。我记得，我整天饿着肚子，像个孤魂野鬼，在街上闲逛。

我知道，要不是上帝眷顾我，单凭我受的那点儿照顾，我很容易就沦落为一个街头小流氓或一个小盗贼了。

不过，我在谋德斯通—格林伯货行还是有一点儿地位。奎宁先生大大咧咧，天天忙于生意，所以也顾不上照看我。我从来也不向任何人，不管是大人还是小孩，提起我的身世，我也从不愿意倾诉我的满腹委屈和内心苦楚。我宁愿咬紧牙关，默默地忍受着这一切。我当时究竟承受了多大的痛苦，我想，一切语言都显得苍白无力。我把这一切埋在心底，埋头苦干。因为，我从一开始便知道，如果我干活比其他人落后，必然会遭到他们的耻笑和侮辱。没过多久，我干起活来就相当麻利，与那两个少年相比，也毫不逊色。我虽然早和他们混熟了，可是我的行为举止，与他们还是有些差异，我总是跟他们保持着一定的距离。他们和那些成年人提起我，总喊我是"小先生"或"小萨福克人"。其中有一个叫格雷高利的人，是一个装箱工头儿，还有一个车夫，名叫提浦，经常穿着件红短褂，他们俩有时候叫我"大卫"，不过我记得这大都是在我们说知心话的时候，或者是在干活时，我给他们讲我看过的那些书里的故事，逗他们开心的时候。那些故事我差不多都快忘光了。我受到这种礼遇，白面·土豆显得特别不服气，有一次，他表示抗议，但很快就被米克·沃克制服了。

要想摆脱眼下这种处境，我想，我是毫无希望了，因此，也就彻底死心了。不过，我可从来没有屈服于这种生活，从来没有为这种生活感到一丝快乐，但我强忍着这一切。我和辟果提经常通信，可即使这样，我在书信里对此也只字未提，这样做一来是因为爱她，不想让她伤心，二来是因为虚荣心作祟，我羞于说出口。

米考博先生处境艰难，更让我愁肠百结。那时，我孤苦伶仃，无人疼爱，对这家人产生了深厚的感情，因此，我心里时刻惦记着米考博太太各种筹款法子，米考博先生的债务负担就像一座大山一样压在我胸口。星期六的晚上，是我最开心的时候，一来是因为我领了工资，口袋里有六七个先令，可以在那些店铺前东瞧瞧，西看看，心里盘算着这笔钱可以买什么，这可是一件极其惬意的事；二来是这一天可以早一点到家。可是也就是在这一天，米考博太太往往会对我倾诉她的痛苦，让人听了心如刀割。礼拜天早上也是如此，当我把前一天晚上买好的茶或咖啡拿出来，放进洗漱用的小杯里搅拌均匀，坐下来开始吃早餐时，米考博太太便又开始向我大倒苦水。有一次，也是星期六的晚上，米考博先生说着说着，就忍不住放声痛哭起来，可临到结束时，他竟然兴高采烈地唱起了"杰克爱着那可爱的南"。我曾看见他回家吃晚饭，念念叨叨，声泪俱下，他说，他已经走投无路，只有去坐大牢了。可是到了睡觉的时候，他竟然琢磨着"时来运转"时（这是他的口头禅），就给房子装上拱形的窗户。米考博太太跟他丈夫简直是一模一样。

或许是我们同病相怜，虽然我们之间年龄相差甚远，但是，我却和这对夫妇之间结下了特别的情谊，我们之间地位完全平等。但是，我说什么也不愿意接受他们的邀请，白吃白喝他们的东西，因为我知道他们和卖肉的、卖面包的关系很僵，他们自己通常都食不果腹呢。这天晚上，米考博太太完全把我当作她的知心朋友，我才不再推辞。

"科波菲尔少爷，"米考博太太说，"我真的把你当成自己人，所以才据实告诉你，米考博先生马上就要大难临头啦。"

我一听这话，顿时心如刀绞，看着米考博太太通红的双眼，生起无限同情。

"就只剩下一块荷兰干酪了，家里孩子多，根本就不够分啊，"米考博太太说，"除了这个，食品间里什么也没有了。我过去和爸爸妈妈住在一起时，总习惯说'食品间'，不知怎的，这个词又不由自主从嘴里冒出来了，其实，我只是想说，家里什么吃的也没有了。"

"天哪！那可怎么办啊？"我极为关切地问道。

我口袋里，那个星期的薪水，还剩下两三个先令，由此我猜测，我们的谈话大约是在星期三的晚上。我急忙掏出钱来，真心诚意地恳求米考博太太把钱收下，就算是我借给她用的。可是她亲吻了我一下，坚决让我把钱放回口袋里，还说她从来就没有这么想过。

"不能这样做，亲爱的，科波菲尔少爷，"她说，"我压根儿就没有这个念头。不过，虽然你还小，却很懂事。如果你愿意，我想请你帮我另外一个忙，这个忙你一定接受，并且还感激不尽呢。"

我请米考博太太直接开口好了。

"我已经把一些餐具拿去当掉了，"米考博太太说，"有六把茶匙，两把盐匙，一对糖匙，我是分几次拿去当铺，偷偷当成钱的。想起我的爸妈，我就为自己做的这些事儿痛心啊。眼下，这对双胞胎缠着我，我根本脱不了身。我们还有几个小物件可以拿出去。可米考博先生很容易动感情，你是知道的，打死他，他也不会去处置这些东西，而克莉克特呢，"——就是从救济院来的那个女佣——"是个粗人，把这些事儿交给她去办，她要是胡作非为，反而让我们十分难堪。科波菲尔少爷，能不能请你——"

这时，我已经明白了米考博太太的意思，便请她尽管吩咐，做什么都行。那天晚上，我便把一些小东西拿出去典当了；以后每天早晨，在我去谋德斯通—格林伯货行之前，都要拿点东西出门去交易一次。

　　米考博先生有几本书，放在一个小箱子里，他把这称作藏书室。我最先处理的就是这几本书。我一本接一本地取走，带到都会路的一家旧书摊儿上，不管卖多少钱，见钱就卖。当时，那条街就在我们住处附近，全是卖书的和卖鸟儿的。

　　这家书摊的老板就住在书摊后面的小房子里，每天晚上喝得酩酊大醉，早晨起来总要挨老婆一顿臭骂。有好几次，我早晨去那儿，他就在一张折叠床上接见我，不是额上伤痕累累，就是眼睛青肿，看来他昨晚又喝得酩酊大醉，我估计他一喝多了就喜欢和人吵架斗殴，要不他的脸上怎么总是青一块紫一块的呢。他捡起扔在地板上的衣服，双手颤抖不已，在那些衣服口袋里胡乱摸着，摸索着他需要的先令。他的太太抱着一个小孩，趿着一双破鞋，对他破口大骂，没完没了。有时候，他的钱找不着，就让我下次再来。可是他的太太总能拿出钱来，估计是趁他喝醉了的时候，从他身上没收来的，于是，我下楼时，她的太太也跟着下楼来，然后就悄悄拿出钱来，买走我手中的书。

　　渐渐地，我在当铺里混熟了。那个坐在柜台后面的掌柜，对我特别留意。我记得，他在跟我做生意时，常常请我把一个拉丁文的名词或形容词的变格悄悄说给他听，有时候他还要让我变化某个拉丁文的动词。每次我完成交易后，米考博太太就会小小地庆祝一下，通常是吃一顿晚餐。这饭吃起来别有一番滋味，至今还让人回味无穷。

　　米考博先生终于被逼上梁山。那天清晨，他被捕了，被关进了巴洛区的国王法院监狱。临走的时候，他对我说，他这下真的完蛋了——我听了这话，真的以为他崩溃了，我也跟着崩溃。可是我后来听说，还不到中午时间，他就高高兴兴地玩起了九柱戏①。

在他入狱后的第一个礼拜天，我决定去看望他，和他一起吃午饭。我打听了怎么去那儿。他们告诉我说，得先到一个地方，快到的时候就会看见跟它一样的另外一个地方，在那个地方的附近，有一个院子，沿着院子一直走下去，就会看见一个看守。我一步一步地照着做了，果真看见一个看守站在那儿。瞧我，一路上多么可怜。我不由自主地想到了罗德里克·蓝登被关押在负债人监狱里时的情景，那时，和他同一牢房的一个狱友，身上裹着块破毯子，除此之外，一无所有，想到这里，我潸然泪下，心里怦怦直跳，那个看守在我眼前一片模糊。

米考博先生正在铁门里面等我。他的牢房在倒数第二层，我们刚一走进去，就抱头痛哭了一场。我记得，他苦口婆心地告诫我说，一定要引以为戒，不要重蹈覆辙。他还郑重其事地说，如果一个人年收入为二十镑，他花去十九镑十九先令又六便士，那他会过得十分快活；但如果他花了二十英镑一先令，那他就会惶惶不可终日。然后，他向我借了一先令给看守，并给我开了一张借条，让我回去找米考博太太要回来，随后，他收起手帕，情绪又变得高涨起来。

我们坐在一个小火炉前。生了锈的炉栅上，两侧各放了一块砖头，免得烧煤过多。过了一会儿，和米考博先生同一牢房的另一个人进来了，他刚去面包店了，还带回了一份羊肚儿，这就是我们三人的午餐。接着，米考博先生派我去顶楼找"霍普金斯船长"，代他向船长问好，并向他说明我就是米考博先生结交的那位小朋友，问他是否

---

① 九柱戏：被认为是现代保龄球运动的前身。起源于公元三、四世纪德国，也称"撞柱戏"，是当时欧洲贵族间一种颇为盛行的高雅游戏。最早来自教会宗教仪式的活动，人们在教堂的走廊里放置九根柱子，象征着叛教徒与邪恶，然后用球滚地击打它们，叫作打击"魔鬼"。他们认为击倒木柱可以为自己消灾、赎罪，击不中就应该更加虔诚地信仰天主。这项活动逐渐演变为游戏，马丁·路德将其改造并规范为九瓶式保龄球。

愿意借一副刀叉给我。

霍普金斯船长拿给我一副刀叉，并让我代他向米考博先生问好。他的房间逼仄，里面有一个女人，蓬头垢面，十分邋遢，还有两个女孩，面无血色，头发又脏又乱，是他的女儿。我暗自庆幸，幸好是借霍普金斯船长的刀叉，而不是借他的梳子。至于船长，他留着一脸络腮胡子，身上只套了一件破旧的褐色外套，里面什么也没有穿，衣衫褴褛，肮脏无比。我看到他的铺盖卷儿堆在一个角落里，锅碗瓢盆放在一个架子上，我敢说（上帝才知道我凭什么这样说），那两个头发乱蓬蓬的女孩是他的女儿，可那个邋遢的女人却不是他的妻子。我生生地站在他的门前，约莫有两分钟的光景，可是等我下楼的时候，我可以蛮有把握地描述这一切，就像我蛮有把握地拿着借来的刀叉。

那顿午饭，带着些吉卜赛人的风味，让人心满意足。午饭结束，我把刀叉还给了霍普金斯船长，然后就回家了，准备将探监情况一五一十地报告给米考博太太，好让她放心。她一看见我回来，立马晕了过去。后来，她苏醒过来，特意去做了一小壶鸡蛋甜酒，我们一边聊着天，一边享用着甜酒。

我并不知道，这家人为了维持家庭生活，是如何变卖那些家具的，又是谁帮他们卖掉的，我只知道，反正不是我。最终，家具被一辆大货车运走了，只剩下床和几把椅子，以及一张厨房用的桌子等零星几件物品，屋子里一下子变得空荡荡的，我们——米考博太太，孩子们，那个孤儿女佣，还有我，就像露营一般，待在温泽巷那所空房子里，度过了无数个日日夜夜。记忆中，我感觉在那儿住了很长一段时间。后来，米考博先生在监狱里有了一个单间，米考博太太最终决定搬进监狱去住。于是，我把钥匙还给房东，房东拿到钥匙开心极了。他们把家里的床都搬到国王法院监狱，只留下了我的床。我把床搬到了另外租的一个小房间，离监狱大墙外不远，我对这种安排极为满意。在这举步维艰的日子里，我和米考博一家人同舟共济，惺惺相

· 194 ·

惜，我们之间密不可分。他们给那个孤儿也在附近租了一间廉价的房间。我的住所在一个斜屋顶的顶层阁楼上，窗外，是一大片贮木场，风景优美如画。住在这间小屋子，想到米考博先生生活在水深火热中，我觉得太幸福了，恍若置身天堂。

在那些日子，我仍然和那群人在一起，一如既往地在谋德斯通—格林伯货行里，忍辱负重，埋头苦干。尽管我每天去货行，每天从货行回家，还趁吃饭的时候在街上四处游荡，但是我并没有和谁交往，这可以说是一件好事。我还是和从前一样，闷闷不乐，每天独来独往，自力更生。我记得的变化有两点，一是我手头更加拮据了，二是我不再那么担忧米考博夫妇了，因为有一些亲戚朋友出面帮助他们渡过了难关，这让他们在狱中的生活反而比在监狱外更加舒心。凭着某种安排，具体是什么安排我已记不住了，我每天可以和他们一起吃早餐。早晨监狱什么时候开门，放我进去，我已经忘掉了。不过，我记得我常常六点起床，闲着的时候常常去伦敦的旧桥那儿溜达溜达，坐在一个石桥凹进去的地方，看着人来人往，或者凭栏远眺，看着红火的太阳映照在水面，波光粼粼，照射在伦敦大火纪念碑①顶上的金色的火焰，闪耀夺目。有时，我在桥头会遇到那个孤儿，我就给她讲一些关于码头和伦敦大火纪念碑的传奇故事，其实，我倒真希望我讲的那些故事是真实的。晚上，我常常去监狱，陪米考博先生在院子里散散步，要不就陪米考博太太玩玩纸牌，听她讲她爸爸妈妈那些故事。至于谋德斯通先生是否知道我住在哪儿的，我也不清楚。不过，在谋德斯通—格林伯货行，我从不会把自己的行踪告诉他们。

米考博先生虽说已度过了紧要关头，可又卷入了某个契据的纠纷中。关于这个契据，我常听米考博先生提起，在我现在看来，那

---

① 伦敦大火纪念碑：伦敦曾于1666年发生史上最严重的火灾，连续烧了4天，全城几乎化为焦土，包括圣保罗大教堂也被毁坏。但大火消除了自1665年以来伦敦的鼠疫问题。后来，伦敦在起火点普丁巷附近立了一个纪念碑。

应该是他先写给债主的什么凭据，不过，我当时怎么也闹不明白，总是把它和曾经一度在德国广为流传的魔鬼契据①混为一谈。又过了些日子，不知怎么回事，这契据被证实无效，不再影响米考博先生。于是，米考博太太告诉我，"她娘家人"已打定主意要求释放米考博先生，因为破产债务人法上面明文规定着呢。她说，再过六个星期，他就可以获得自由了。

"到那时，"当时也在场的米考博先生说，"我真的就是无债一身轻啦，谢天谢地，我一定要过上一种崭新的生活，要是——简而言之，要是时来运转的话。"

为了尽可能地记录所发生的事情，我记得，在这时候，米考博先生还向下议院递交了一份请愿书，要求修改因债务坐牢的相关法律条款。我之所以如实把这件事情写出来，是因为我想以此来证明我的创作方法，就是在我的叙述中，尽量再现我的所见所闻和身边男男女女的故事，同时还将继续沿用我以前看过的那些书的叙述风格，尽管我现在的生活与原来相比发生了很大改变。再者，这样写，也可以让我清晰地看到，我的性格是怎样一步一步地形成的。

监狱里有个俱乐部，由于米考博先生是个绅士，所以他的威望很高。米考博先生当着大伙的面，宣布他将写一份请愿书，立刻得到了大家的一致拥护。米考博先生可是实实在在的大好人，除了自己的事，别的事，比谁都热心，哪怕这事不会给他带来半点好处，他也乐此不疲地参与其中。于是，他立刻动手写起请愿书来。打完草稿，他又把它工工整整地誊写在一张大纸上，然后铺在一张桌子上，还规定了一个时间，让俱乐部全体成员到他的房间来签字，所有监狱里的人只要愿意，都可以来签字。

---

① 出自长篇不朽诗剧《浮士德》中的故事情节。诗篇中的主人公浮士德为了寻求新生活，和魔鬼墨菲斯托立下契据，把自己的灵魂抵押给魔鬼，而魔鬼将满足浮士德的一切要求。

听说要举行签字仪式，我的内心别提有多么激动了，虽然他们中间的大多数人我已经认识，他们也认识我，可我还是忍不住想看看他们一个接一个进屋来签字的壮观场面，于是，我特意向谋德斯通—格林伯货行请了一个小时的假。为了看个明白，我特意待在一个墙角。只见俱乐部的主要成员全都拥了进来，米考博先生被簇拥在请愿书的最前面。而我的老朋友霍普金斯船长，沐浴更衣，以示尊重，他站在请愿书前，神情庄严，对那些不清楚请愿书的人大声宣读着内容。随后，房门大开，狱友们排成长队鱼贯而入，签完名，然后自觉离开。每进来一个人，霍普金斯船长便会关切地问："你看过请愿书吗？"——"还没有。"——"你想听听请愿书的内容吗？"要是那人稍微流露出一点儿想听听看的意思，霍普金斯船长就会一字一句、字正腔圆地念给他听。哪怕有两万个人想听他读，这位船长也会心甘情愿读上两万遍。我现在还记得，每当他读到"为人民谋福祉之国会议员诸公""为此请愿者谨向贵院请求""仁慈陛下之不幸子民"这类话时，他总要摇头晃脑，陶醉其中，好像这些话在他嘴里变成了美味佳肴；这时，米考博先生侧耳倾听着，目光落在对面墙壁的铁钉上，不过却并没有专心致志去看，他的脸上流露出一副骄傲的表情。

每天，我奔走于萨瑟克①和布莱克福莱区之间，午饭时间，我总是在一些偏僻的巷子里转悠。我想，或许那些石子路已经被我童年的鞋底磨得光滑发亮。不知道，当年聆听霍普金斯船长那铿锵有力的声音，接受我目光检阅的那些人中，有多少还活在人间！现在，回首往事，我的心里还隐隐作痛，在那备受煎熬的痛苦岁月里，我也不知道，在我编造的这些故事中，有多少像雾一样虚无缥

---

① 萨瑟克：萨瑟克区在伦敦市和泰晤士河正南方，从中世纪至十八世纪一直是颇受欢迎的娱乐区。

纱，又有多少真实存在。每当我重新走在这些路上，我又依稀看见一个天真烂漫的少年向我走来，他的经历是那么传奇，他的境况是那么堪忧，可是他却不屈不挠，创造了一个属于自己的想象世界，我对他报以深深地同情。

第12章　决心出走

又过了一段时间，米考博先生的诉状终于得到受理。根据相应的法律条款规定，米考博先生获准释放。得知这个消息，我高兴极了。原来，他的那些债主并非有意与他对着干，米考博太太告诉我说，就连那个可恶的鞋匠也开诚布公地说，他并非对米考博先生怀恨在心，他只是想要回他的欠款。欠账还钱，他觉得天经地义。

米考博先生的案件办理好后，还得去一趟国王法院监狱，他得去结清一些费用，办理相关手续，最终才能被释放出来。俱乐部的人见他回来了，个个欢欣鼓舞，还特意举办了一个联欢会。等小孩子熟睡了，米考博太太和我则坐在他们身边，悄悄地享用着羊杂碎。

"科波菲尔少爷，让我再给你斟点酒吧，"米考博太太说，因为我们已经喝了一些，"为了纪念我的爸爸妈妈。"

"他们都去世了，太太？"我一口气喝光杯里的酒，不解地问道。

"我妈妈去世时，"米考博太太说，"米考博先生还没有走到这个地步，或者说，情形还没有如此糟糕。我爸爸活着的时候，也千方百计保释过米考博先生，现在，他去世了，很多人都为之惋惜呢。"

米考博太太一边说着，一边摇着头，一提起父母，她忍不住悲从中来，泪如泉涌，一滴豆大的眼泪滴落下来，正好掉在她怀里的一个双胞胎身上。

这时候，我觉得正好是个千载难逢的好机会，可以问问我一直最关心的话题。于是，我迫不及待地问道：

"太太，能问你一个问题吗？现在米考博先生已经摆脱了困境，重获自由，你们下一步打算怎么办呢？你们都安排好了吗？"

"我娘家，"米考博太太说，每次说起"我娘家"这几个字的时候，她总是显得神气十足，可是我并不知道她娘家有些什么人，"我娘家的人说，米考博先生应该离开伦敦，到乡下去施展他的才能。科波菲尔少爷，米考博先生可是个非常能干的人。"

我点点头，表示十分认同。

"非常能干，"米考博太太强调道，"我娘家的人说，像他这么能干的人，只要稍微扶持一把，就肯定能在海关上大有作为。可是，我娘家仅在当地有一定的势力，所以他们希望米考博先生到普利茅斯①。他们让他马上动身去那儿。"

"他马上就要动身去那儿了吗？"我问道。

"是的，"米考博太太回答说，"如果那儿有机会，他马上就动身。"

"你也跟着去吗，太太？"

由于那天我们喝了很多酒，想着经历的这些风雨坎坷，看着怀里的这对双胞胎，米考博太太变得异常激动，泪如雨下。

"无论如何，我永远也不会抛弃米考博先生。哪怕最初他向我隐瞒了他的实际困难，可他是那么豁达乐观，我相信，他一定会战胜这些困难。我妈妈送给我的那串珍珠项链和手镯，我以不及原价的一半就典当了；我结婚时爸爸送给我的珊瑚饰品，我也低价出售了，尽管如此，我还是不会抛弃米考博先生。决不！"米考博太太坚定地大声说，情绪比先前更加激动，"我决不会离开他！打死我也不会离开他！"

米考博太太激动万分，好像我要拆散他们似的，这让我心惊胆战，坐立不安，不知所措地看着她。

_____

① 普利茅斯：位于英国英格兰西南区域德文郡，是一座拥有丰富航海史的城市，曾经是英国皇家海军的造船厂，也是十六至十九世纪英国人出海的港口。

"我承认，米考博先生也有缺点，他不会过日子，他的收入和债务也没有如实告诉我，"她看着墙壁继续说道，"但是不管发生了什么，我决不会抛弃米考博先生！"

米考博太太的嗓门儿陡地一下高了八度，她声嘶力竭地大声叫喊着，吓得我惊慌失措，赶忙跑到俱乐部，只见米考博先生坐在一张长桌前，领着大家正在引吭高歌：

　　跑呀跑呀，道宾，
　　跑呀跑呀，道宾，
　　跑呀跑呀，道宾，
　　跑呀，跑呀！快——快！①

我把米考博太太的异常举动告诉了他，他一听立马哭了起来，匆匆忙忙和我一起走出门，背心上粘满了他刚才吃剩的虾头虾尾。

"艾玛，我的小心肝！"米考博先生一边喊着，一边朝屋里跑，"出什么事了？"

"我决不会离开你，米考博！"她信誓旦旦地喊道。

"我的宝贝！"米考博先生一把把她搂到怀里，"我知道你的心意。"

"他是我孩子的父亲！他是我这对双胞胎的父亲！他是我心爱的丈夫！"米考博太太一边挣扎，一边嚷道，"我决——不——离开米考博先生！"

米考博太太对他一往情深，他被她深深地感动了。我亲眼看见了这一幕，被他们感动得泪流满面。他紧紧搂抱着她，深情地看着她，请她安静下来。可是，他越是让她安静，她越发激动。后来，米考博

---

① 出自歌曲《有一天我正赶着马车》，"道宾"是一匹马。

先生也忍不住伤心起来，默默地流着泪。于是，他让我先搬一把椅子去楼梯边坐坐，他只好让她先去歇息。我本来想起身告辞，但他非要等到送客铃摇响才让我走。于是，我只好坐在窗边的楼梯间等着他，后来他搬来一把椅子，和我并排坐在一起。

"米考博太太现在好些了吗，先生？"我说。

"她伤心极了，"米考博先生摇摇头说，"她太难过了。啊，这一天实在是太恐怖了！我们现在完全孤立无助——一切都没有了！"

米考博先生紧握住我的手，一个劲儿地唠叨，眼泪哗哗地流下来。我十分感动，同时又有几分失望，我原本以为，好不容易盼来了米考博先生解放这一天，大家应该举杯同庆啊。后来，我转而又想，大概是米考博先生和太太早已习惯于这种苦日子，现在要让他们重新去面对新的生活，他们反而会感到无所适从，他们对新环境已经不大适应了。我从来没见过他们如此萎靡不振。所以，送客铃声响后，米考博先生送我到大门前，并和我道晚安，我是那么不忍心将他一个人留在那儿，他是那么忧伤，那么痛苦。

我们没精打采，垂头丧气，这一点让我始料未及，然而，我心里十分清楚，米考博先生一家即将动身离开伦敦，我们即将分手。那天晚上，在我回家的路上，以及后来躺在床上辗转反侧的时候，这个念头一下就浮现在了脑海里——虽然我并不知道这个念头是怎么钻进我脑袋里的——但这个念头很快变成了一个坚定不移的信念。

我和米考博一家朝夕相处，已经成了患难之交。要是和他们分离，我又会孤身一人。一想到我又得重新去找住处，又得和陌生人一起生活，昔日的种种经历又会重新上演，我那曾经受伤的脆弱情感更加痛苦难当，我所受过的羞辱和苦楚更加不堪回首。我觉得我再也无法忍受这种生活了。

我知道，除非我自己想方设法逃跑，否则我是无法逃避这种生活的。谋德斯通小姐很少给我写信，而谋德斯通先生更是只字不提。他们只是给我捎来了两三包衣服，有新做的，也有缝补过的，这些衣服由奎宁先生转交给我，每包衣服里有一张纸条，大意是：简·谋德斯通希望大卫·科波菲尔尽心竭力，努力工作。我除了老老实实干这些苦力活外，是否还可以干点别的，他们从未提及。

第二天，我正在为自己的想法感到茫然不知所措时，就有事实向我证明，米考博太太所说的即将动身并非空穴来风。他们在我住的地方租了一间屋子，只住一个星期，租期一到，他们就动身去普利茅斯。米考博先生下午亲自去货行的办公室，告诉奎宁先生说，他要离开这儿了，他不得不与我分别，他还对我大大地称赞了一番，我想，对于这些赞扬，我是受之无愧的。于是，奎宁先生就把车夫提浦叫了进来，提浦已经结婚了，正好有一间房屋出租，他就让我以后跟着他住。他有充分的理由相信，我是完全同意这一安排的，因为我什么话也没说，虽然我此时已经下定了决心。

在和米考博一家同住一座房子的最后那些天里，我每晚都和他们待在一起。我觉得，我们变得更加亲密无间。在他们临走的那个礼拜天，他们邀请我吃午饭，我们吃了猪里脊和苹果酱，还有一个大大的布丁。在头天晚上，我买了一只带斑点的木马，送给他们家的小男孩威尔金斯·米考博，还买了个布娃娃，送给小艾玛。我还给了那个孤儿一先令，她马上就要被辞退了。

虽然离别在即，我们都有些伤感，但那一天，我们过得还是挺开心的。

"科波菲尔先生，"米考博太太说，"我一想到米考博先生所经历的这段苦难日子，就会情不自禁地想到你。你永远是那么乐于助人，那么善解人意，你绝不是一个房客，你是我们真正的朋友。"

"我亲爱的科波菲尔，"米考博先生说，他近来总是习惯性地这样称呼我，"这孩子富有同情之心，当别人遇到困难，需要帮助的时候，他总是能感同身受。而且他头脑灵活，善于思考，他的手——简而言之，特别灵巧，能把一些没用的东西妥善处理掉。”

对于他的这番称赞，我表示感谢。我还说，眼看马上就要分别了，我的心里难过极了。

“我亲爱的年轻朋友，”米考博先生说，“我比你年长一些，也懂得一些涉世经验，而且——简而言之，在应对困难方面，也算有点儿经验，总的说来就是这样。我一直在等着我时来运转，眼前，在我还没有时来运转之前，我没有什么可赠送的，唯有赠送几句金玉良言。不过，我的金玉良言会让你受益一生。我自己——简而言之，我自己从未去践行这些金玉良言，才变成，”——米考博先生本来是眉飞色舞，兴致勃勃，可说到这儿，一下子变得眉头紧皱，满面愁容——“今天这副狼狈不堪的样儿。”

“我亲爱的米考博！”他太太恳请他不要这样说。

“我说，”米考博先生转眼间又忘了自己的遭遇，笑容满面地说道，“你看到了我现在这副狼狈不堪的样儿。我的金玉良言是：当日事当日毕。拖延乃时间之窃贼[①]。切记，要抓住它啊！”

“这是我那可怜的爸爸的人生格言。”

“我亲爱的，”米考博先生说道，“你爸爸，单就他的生活作风来看，他真的是好得无可挑剔。我若说他半个不字，真是天理难容。我们恐怕——简而言之，再也碰不到像他那样的人了。那么大把年纪，还打着那样的绑腿，不戴老花镜看那么小的字，居然还看得一清二楚。不过，他把他的人生格言用在我们的婚事上，我亲爱的，我们的婚事办得实在是太早了，结果，弄得我花了一大笔钱，到现在还没缓过劲来。”

米考博先生扭头看了一眼米考博太太，接着又补充说：“我并不是为我们的结合后悔，恰恰相反，我高兴着呢，我的爱人。”说完，

---

① 此句引自十八世纪英国诗人爱德华·扬所著长篇讽喻《夜思录》。

他的脸上变得十分严肃，大约持续了一两分钟。

"我还有一条金玉良言，科波菲尔，"米考博先生说，"你是知道的。年收入二十英镑，如果每年花销十九英镑十九先令六便士，结果是幸福。年收入二十英镑，如果每年花销二十英镑六便士，结果是痛苦。花凋零，叶枯萎，太阳西沉，日子惨淡，还有——还有——简而言之，你就完蛋了。就像我今天这样！"

为让他的反面形象更加栩栩如生，米考博先生得意扬扬地喝了一杯潘趣酒①，神灵活现地吹起了口哨，那曲调是《学院角笛舞曲》②。

我向他们保证，我一定会将他的金玉良言铭记于心，其实我用不着这样说，因为他的话已经深深打动了我。第二天早晨，我去公共马车站别他们，他们黯然神伤，默默坐在车后边。

"科波菲尔先生，"米考博太太说，"愿上帝保佑你！你知道，我永远不会忘记那一切，就算我能忘，我也绝不会忘记的。"

"科波菲尔，"米考博先生说，"再见啦！愿你一切顺利，美满幸福！如果在未来的人生旅途中，我的不幸遭遇能让你引以为戒，那我也不会觉得是白白地占了别人的位置，不枉活这一辈子。如果我将来有一天时来运转，我坚信会有这一天，我有能力帮你一把，我一定会非常乐意，非常开心。"

记得当时，米考博太太带着孩子坐在马车后面，我站在路上恋恋不舍地看着他们，突然，她的眼前一亮，她发现我其实还只是一个小孩子。我之所以这么想，是因为我看见她的脸上出现了一种前所未有的表情，那是慈母般怜爱的眼神，她向我招手，让我爬上车去，她用双手搂着我的脖子，温柔地亲吻着，就像吻着自己的亲生儿子。我刚

---

① 潘趣酒：是一种特色混合性饮料，软性饮料或微酒精饮料，由五种不同成分做成，亚力酒、糖、柠檬、水和茶。由英国东印度公司的水手带回英国和介绍到其他欧洲国家。

② 《学院角笛舞曲》：由英国作曲家迪布尔所作，角笛舞曲是流行于水手中的一种单人舞。

下车，车子就开动了。他们朝我挥舞着手帕，弄得我几乎看不见他们一家人。不一会儿，马车就消失不见了。我和孤儿站在路中央，我们茫然相顾，随后握手道别。我猜想，她又回到圣路加救济院去了，而我，只好回到谋德斯通—格林伯货行，开始厌倦乏味的一天。

不过，我决心不再过这种厌倦乏味的日子了。决不。我已经打定主意逃离这种生活——想方设法跑到乡下去，去找姨奶奶贝斯小姐，把我的一切遭遇告诉她，她是我世上唯一的亲人了。

我已经说过，我也不知道这个胆大妄为的念头，怎么会突然钻进我的脑袋里来。不过，一旦这个念头产生，它就深深地扎了根，形成了一个坚定不移的信念，无可撼动。这个想法到底能不能实现，我一点儿也没有把握，不过，既然我已经下定决心，一定要付诸行动。

自从那天晚上有了那个念头，我就失眠了。我一遍又一遍地重温着我那可怜的母亲从前给我讲过有关我出生的故事，过去听母亲讲这个故事，我总是无比快活，早已把它熟记于心了。故事里，我的姨奶奶盛气凌人地登场，气急败坏地离开。她是个令人望而生畏的人物。但是她的言行举止中，有一点，我始终不能忘记，也正是这一点，带给我一线希望。我忘不了，母亲曾经告诉我说，姨奶奶曾经抚摸过她的一头秀发，那动作竟然有些温柔。虽然这可能是我母亲的幻想，毫无事实根据，可是我感到一丝温暖，在脑海里勾勒出一幅小小的图画：我的母亲花容月貌，我那可怕的姨奶奶，也被她的美貌深深打动了，变得仁慈起来，于是，整个故事变得特别温馨。这幅画面渐渐定格在我的脑海里，驱使着我下定决心。

可是，我连贝斯小姐住在哪儿也不知道。于是，我就给辟果提写了封长信，假装不经意地问她，她是不是还记得贝斯小姐的住址。我借故说，我听说一位女士，也叫这个名字，住在某个地方，那个地方是我随便编的，我很想知道她们是不是同一个人。在信里，我还告诉辟果提，我要办点儿事，急需半个几尼，如果她能借给我，我将感激不尽，到时候一定如数偿还，并会告诉她这笔钱的用途。

　　不久，我就收到了辟果提的回信。和往常一样，她的信中充满了无限关爱。她随信寄来了半个几尼。我想，这笔钱，她一定几经周折才从巴克斯的箱子里弄出来。她告诉我说，贝斯小姐就住在多佛①附近，至于是在多佛本地呢，还是在海斯，沙门，或者弗克斯通，她也说不清楚。不过，我向货行里的伙计打听了一下这些地方，其中一个伙计告诉我说，这些地方都相隔不远。我觉得为了到达我的目的地，了解这些信息已经足够了，于是决计周末动身。

　　我是个诚实的孩子，不愿意离开谋德斯通—格林伯货行后，给他们留下一个坏名声，所以我决定必须等到星期六晚上才能走；而且，我刚来时，预支了一个星期的薪水，所以这个星期发工资的时候，我就不能再去办公室领钱了。由于这个原因，所以我借了半几尼，作为路上的盘缠，到了星期六的傍晚，大家都等候在办公室门前领工资，车夫提浦第一个抢先进去领钱，我于是趁机握住米克·沃克的手，请他进去领钱的时候，告诉奎宁先生，就说我去把箱子搬到提浦家了。我向白面·土豆说了声再见，便一溜烟跑开了。

　　我的箱子还放在河对面的住处。我从货行里拿了一张钉在酒桶上的地址卡片，在背面写上一行字："大卫少爷的箱子，暂存在多佛驿站，待取。"我把卡片放在口袋里，准备把箱子从住处取出来，然后把它系上去。我一边往住处走，一边四处张望，想找一个人，帮我把箱子搬到驿站。

　　有一个年轻人，腿特别长，身旁停着一辆空着的小驴车，他站在布莱克福莱区，倚着方尖塔站着。我从他身旁走过时，目光正好和他相遇，他便骂骂咧咧，骂我是个"只值六便士的小痦子"，想"看清了好做证"，这是在找死哪——无疑，我刚才看了他一眼，冒犯了

---

　　① 多佛：位于英国东南部多佛港和法国加来以西的格里内角之间。

他。我停下来向他解释，我并非有意这样，我只不过是想找个人，帮着干一件活儿。

"啥活儿？"那长腿青年问道。

"搬一只箱子。"我回答道。

"啥箱子？"那长腿青年又问。

我告诉他，我有一只箱子，放在那边那条街上，想请他帮忙运到多佛驿站，我愿意付六便士。

"六便士，我帮你搬！"那长腿青年说完便跨上车。那驴车只不过是在轮子上安了个大木盘，咕隆咕隆跑得飞快，我拼命地追赶着，好不容易才追上那头驴子。

这年轻人傲慢无礼，一边嚼着草根，一边跟我说着话，让我极其反感。可是既然价钱已讲好，我只好把他带上楼，来到我要搬离的房间。我们把箱子一起搬了下来，放在车上。此刻，我还不打算把那张卡片系在箱子上，因为我害怕房东看穿我的心思，把我扣留下来。所以，我告诉那长腿青年，到了国王法院监狱的高墙外时，请他停一分钟。我的话音刚落，他的驴车就咕隆咕隆地飞驰而过，仿佛那青年、我的箱子、那头驴子全都疯了似的。我在后面追啊，跑啊，喊啊，等到我在约定的地点追上他时，我已经累得上气不接下气。

由于过于紧张、激动，我在掏卡片的时候，不小心把那半几尼也从口袋里带了出来。我生怕把它弄掉，于是只好把它塞进嘴里。我的手直哆嗦，不过，让人欣慰的是，我最终还是把卡片系在了箱子上。可就在这个时候，我只觉得那长腿青年朝我下巴狠狠地拍了一下，于是，我眼睁睁地看见那半几尼从我嘴里飞出来，稳稳地落在了他的手中。

"好哇！"那青年一边说着，一边抓住我的衣领，龇牙咧嘴，露出狰狞的笑，"是犯了事吧，是不是？想溜走，是不是？上警察局，你这个小坏蛋，上警察局去！"

"把钱还给我，好吗？"我惊恐万状，苦苦相求，"求你不要管我的事。"

　　"上警察局去！"那青年说道，"你有理到警察局说去！"

　　"把我的箱子和钱还给我。"我哭喊着。

　　那青年继续威胁道："上警察局去！"说着，还粗暴地把我拖到驴子跟前，仿佛这头毛驴和警官有什么联系似的。忽然，他灵机一动，跳上车去，坐在我的箱子上面，耀武扬威地大声宣称道，他要直接上警察局，说完，他赶着毛驴扬长而去。

　　我竭尽全力，拼命追赶着，我累得气喘吁吁，已经没有力气叫喊，即使有力气，这个时候我也不敢喊了。我追了半英里路，路上至少有二十次，我差一点儿被车碾过。我时而看不见他，时而看见了，时而又看不见了，时而挨了一鞭子，时而听到有人直吆喝，时而一头栽在烂泥里，时而跌跌撞撞爬起来，时而又和别人撞了个满怀，时而一头撞在一根柱子上。跑到后来，我大汗淋漓，如惊弓之鸟，惶惶不安，好似我这一跑惊动了一半的伦敦人，他们全都跑了出来，要将我捉拿归案。于是，我只好不跑了，眼巴巴地看着那青年带着我的箱子和钱，任由他奔向他想去的地方。我一边喘着粗气，一边伤心地哭着，继续往前走。我一直朝格林威治走去，我知道那是去多佛的必经之地。就这样，我一步步地朝我姨奶奶贝斯小姐的隐居之地走去，我身上所带的东西，比起那个曾让我姨奶奶大为恼火的晚上，我来到这个世上所带的东西多不了多少。

第13章　沿途遭遇

　　我决定不再追赶那个赶驴车的青年，而是径直朝格林威治走去，我甚至产生了一种不切实际的想法，想一口气跑到多佛。不过这种想法只持续了一会儿，我很快就从混乱的思绪中清醒过来。我在肯特郡路边的一排房子前停了下来。

　　房子前面有一个水池，池子中央有一个憨态可掬的雕像，正吹着一个干涸的大海螺。我在门前的台阶上瘫坐下来，感到浑身筋疲力尽，虽说丢了箱子，丢了钱，可我连痛哭一场的力气也没有了。

　　这时，天已经黑了。我坐在那儿休息时，听到钟敲了十下。幸好是夏天，天气不错。我歇了一会儿，感觉嗓子眼儿不再堵得发慌了，我便站起身来，继续往前走。尽管我陷入困境，却丝毫没有往回走的念头。我想，即便这时肯特郡的路上像瑞士那样风雪挡道，我也决不往回走。

　　现在，我身上只有三便士。我至今还在纳闷儿，为什么到了星期六的晚上，我的口袋里还剩下这么多钱。虽然有这三便士，可我仍然忧心如焚。我开始想象，过了一两天，有人在一溜围篱下发现我的尸体，于是我成为报纸上的头条新闻。

　　我心烦意乱，拖着沉重的双腿，继续艰难地前行，直到走到一家小店铺前才停下来。只见招牌上写着：收购男女服装、破衣烂衫、骨头和厨房用品。老板穿着衬衫，正坐在门口吸烟。那低矮的天花板下，垂挂着一件件衣服，一条条裤子，昏暗的烛光，影影绰绰地照在这些衣裤上，好似那个老板为了报仇雪恨，把他的仇敌一个接一个地吊起来，自己在旁边扬扬自得。

我新近从米考博夫妇那儿学到的经验提醒我，我可以想个办法救急。我走到前面的一条小巷子，脱下背心，把它整整齐齐地折叠起来，夹在腋下，然后又来到店门前。"先生，"我说，"如果价格公道，我就把它卖给你。"

　　多勒毕先生——至少，店门上面写的名字是多勒毕——接过背心，把烟斗的头朝下靠在门柱上，把我领进店里。他用手指掐过烛芯后，把背心摊在柜台上，仔细看了一阵子，然后又拿起来，对着烛光照了照，最后才说：

　　"就这么件小背心，你打算卖多少钱？"

　　"哦！先生，你最清楚行情了。"我谦虚地回答道。

　　"我是买主，不是卖主，"多勒毕先生说，"这么件小背心，你给个价吧。"

　　"十八个便士行不行？"我迟疑了一下，试探地问道。

　　多勒毕先生卷起背心，一把塞给我。"就算我出九便士，"他说道，"我也是自己在抢劫自己。"

　　这样的交易，一点儿也不愉快。我和多勒毕先生素昧平生，现在为了我，他竟然要去抢劫自己，这实在是迫不得已的事。不过，我当时太窘迫了，只好说，要是他肯出九便士，我就卖给他。多勒毕先生嘴上嘟囔着，极不情愿地给我九便士。我向他说了声再见，走出店门，身上多了九便士，却少了件背心，不过，我把外套扣上，并无大碍。

　　的确，我当时就已料到，下一次我就该卖我的外套了，我必须尽快赶到多佛，好保住身上的衬衣和长裤。如果我能穿着这身衣服赶到多佛，那我真是太幸运了。

　　不过，在这一问题上，我并没有作过多思考。路途还很遥远，我揣着那九便士，赶紧上路了。偶尔会闪过一个念头，觉得那个长腿青年对我太心狠手辣了，除此之外，我并没有过多地担忧我所遇到的困难。

　　我突发奇想，有了一个过夜的好办法，于是我马上采取行动。我以前读书的学校后面有一堵墙，墙角有一个草垛，我打算就在那里睡觉。我心想，同学们离我这么近，我曾经在里面讲故事的那间寝室离我那么近，虽然他们并不知道我来这儿，虽然那间寝室也不能为我遮风挡雨，但是，我感觉他们就陪伴在我身边。

　　我这一天实在是太累了。等我终于顺着山坡爬到布莱克希斯时，我已经精疲力竭。我费了一番周折，总算找到了萨伦学校，墙角里果然有个干草垛。我绕着墙走了一圈，抬着头看着那些窗户，只见里面静悄悄的，漆黑一片。最后，我躺在干草垛旁，生平第一次睡在露天，以地为席，以天为盖，那种孤寂凄凉的感觉，让人永生难忘。

　　对于这些无家可归的流浪儿来说，那天晚上，家家户户紧闭门窗，所有的狗都朝他们狂吠。我也像他们一样，流落街头，倒地而睡。我梦见我又躺在昔日学校的床上，和寝室的同学们说着话；我猛地惊醒过来，发现我直挺挺地坐着，嘴里正念叨着斯蒂夫的名字。我惊愕地睁开双眼，茫然失措看着头上闪烁的星星，这才想起我身在何处。我感到莫名的恐惧，不禁站了起来，四下里来回走着。渐渐地，星光暗淡，太阳升起的地方出现了鱼肚白，我的心里踏实了。我感到眼皮沉重，重新躺下来，不一会儿就睡着了——睡梦中感到有些冷——直到萨伦学校的起床铃把我从睡梦中唤醒，温暖的阳光照在我身上。我想，如果斯蒂夫还在学校，我一定会躲在附近某个地方，等他单独一个人出来，可是我知道他早已离开这儿了。也许，特拉德尔还在学校，不过这也很难说。我对他的慈悲心肠深信不疑，不过，对于他的为人处事和运气好坏，却没有太大把握，所以，我不敢把我的困境告诉他。于是，在克里克尔先生的学生们起床的时候，我偷偷地离开了那道围墙，又踏上了尘土飞扬的漫漫长路。我还在萨伦学校读书的时候，就知道这条路通往多佛，可我万万没想到，我会以现在这种方式走在这条大道上。

与雅茅斯的礼拜天早晨相比，这里的礼拜天早晨可大不相同啊！我走着走着，耳边就传来教堂的钟声，紧接着就看见人们结伴而行，前往教堂。我经过一两个教堂，里面传来唱诗的声音，融入到暖暖的阳光中。教区事务员坐在门廊的阴凉处乘凉，要不就站在紫杉树上，手搭着凉棚，直愣愣地看着我从前面走过。礼拜天早晨，处处洋溢着一片宁静祥和，只有我是个例外。我是这样的格格不入。我满身尘污，蓬头垢面，连我自己都厌烦自己。要不是我脑海里浮现出那幅静谧的画面——我那年轻貌美的母亲，坐在壁炉前低声哭泣，我的姨奶奶突生恻隐之心——我恐怕再也没勇气继续前行。这幅画面给予我无限力量，鼓励着我不断前行。

那个礼拜天，我顺着那条笔直的大路，走了二十三英里。我走得相当吃力，因为我从来没走过这么远的路。夜幕降临，我终于走到罗切斯特桥畔，这时，我的双腿无力，像灌了铅似的，浑身筋疲力尽。我一屁股坐下来，啃着买来的面包，这就是我的晚餐。路旁有一两家小旅馆，门外挂着"旅客之家"的招牌，让人心动，可是，我不敢花掉身上仅有的几便士，更害怕在路上遇到那些流浪汉，他们凶巴巴的，让人胆战心惊，所以，我只好又风餐露宿。经过艰难跋涉，我终于来到查坦姆①，夜色中的查坦姆朦朦胧胧，恍若梦境，一片白垩，几座吊桥，有篷无桅的船只，就像诺亚方舟一样，漂浮在混浊的河水里。我费了九牛二虎之力才爬到一个长满野草的炮台，炮台下有条小路，有个哨兵在那儿来回走动。我靠着一尊大炮躺下来。有他的脚步声陪伴着我，我的心里安稳多了。虽然他不知道我就睡在上面，正如萨伦学校的学生不知道我躺在学校墙根儿睡觉一样。我一觉睡到天亮。

---

① 查坦姆：英国海军造船厂所在地。

早晨醒来，我的双腿麻木，身子僵硬。突然，鼓声阵阵，士兵的操练声气势汹汹，好似千军万马朝我蜂拥而至，我大惊失色，赶紧爬下炮台，朝那条又窄又长的街上走去。这时，我突然意识到，要想到达目的地，我必须得保存体力。所以，我下定决心，这一天不能走得太远，主要任务是将外套卖出去。于是，我把外套脱下来，让自己渐渐适应不穿外套也能生活。我把外套夹在胳膊下，开始挨个儿考察那些旧衣店。

　　那可是一个卖外套的好地方，买卖旧衣服的店服铺栉比鳞次，店老板一般都站在店门前招揽生意。不过，大多数店铺，挂出来的都是一两件军官制服，连肩章这些都一应俱全，我心想他们肯定是做大买卖的，因此不敢进去，来回转悠了好半天，也不敢把我的外套拿出来。

　　我有些自惭形秽，只好把注意力集中在那些卖旧船具的店铺，或者像多勒毕先生开的那种小店。最终，我好不容易找到了一家小店。这家小店在一条肮脏的小巷角落里，店旁的围墙边长着扎人的荨麻，对面的栅栏上挂着一些旧的水手服，大概是屋子里放不下了。此外，还摆着一些帆布床、生锈的火枪、油布帽子，以及一些盘子，盘子里装着各种各样生锈的旧钥匙，它们大小不一，形状各异，足以打开这世界上的每一道门。

　　我走下几级台阶，走进这家又矮又小的店铺。屋子里开了一扇小窗，窗前挂满了衣物，这样一来，屋子里不但没有变明亮，反而更加昏暗。我的心里怦怦直跳，惴惴不安。突然，一个奇丑无比的老头子，从铺子后面的一间肮脏的小屋子里窜出来，一把揪住我的头发。这个老头子面目可憎，下半张脸被灰白的浓密大胡子挡住了。他穿着一件脏兮兮的法兰绒背心，身上散发着一股刺鼻的酒气。小屋里放着一张床，床上铺着一张缀满补丁的床单，屋里也有一扇小窗子，窗外也是荨麻，还有一头瘸腿驴子。

"哦，你来干什么？"那老头儿龇着牙，凶巴巴地问道，"哦，我的眼睛胳膊腿，你来干什么？哦，我的心肺肝，你来干什么？哦，咕噜，咕噜！"

我一听这话，害怕极了。尤其是从嗓子眼儿里冒出的咕噜咕噜声，让我根本听不明白，我吓得魂飞魄散，不敢吱声。那老头仍旧揪住我的头发，继续说道：

"哦，你来干什么？哦，我的眼睛胳膊腿，你来干什么？我的心肺肝，你来干什么？哦，咕噜！"他费了好大劲儿，才挤出这个咕噜声，他的眼珠子都快从眼眶里迸了出来。

"我想问问，"我颤抖着说，"你要不要买一件外套？"

"哦，让我们看看那外套！"那老头儿嚷嚷道，"哦，我的心冒火了，快把外套拿给我们看看！哦，我的眼睛胳膊腿，快把外套拿出来！"

说完，他松开我的头发，收回那双哆嗦不停的手，他的那双手与大鸟的爪子极其酷似。他戴上一副眼镜，不过这一点儿也没让他那发红的眼睛变得更加明亮。

"哦，这外套多少钱？"那老头儿仔细看过后问道，"哦——咕噜！——外套多少钱？"

"半克朗。"我十分镇定地回答道。

"哦，我的心肺肝，"那老头儿叫道，"不行，我的眼珠子，不行！哦，我的胳膊腿，不行！十八便士。咕噜！"

每当他说到"咕噜"这两个字时，他的眼珠子好像都快迸出来了。他说的每一句话，都是同一腔调，好像一阵风，刚开始是微风阵阵，渐渐变成狂风怒号，最后又归于平静。我觉得再也没有比这更贴切的比方了。

"那好吧，"我说，能把衣服顺利地卖出去，我暗自感到高兴，"就出十八个便士吧。"

"哦，我的心肝！"那老头儿把外套扔到一个架子上，吼道，"你给我出去！哦，我的肺，你给我出去！哦，我的眼睛胳膊腿——咕噜！——别跟我要钱，换东西吧。"

　　我这一生从来没有如此惊恐不安。我只好苦苦哀求他，说我急需要钱，别的东西拿来没用。不过，我可以按照他的要求，到外面等候着。说完，我就走出屋子，在一个角落的阴凉处坐了下来。我一连坐了几个小时，阴凉处照到了阳光，后来又成了阴凉处。我还是一动不动地坐在那儿，眼巴巴等着那笔钱。

　　现在，我真希望以后再也不要与什么酒鬼和疯子来往了。不久，我就从孩子们的嘴里得知，原来他在那一带是出了名的酒鬼，几乎所有人都知道他已经把自己卖给了魔鬼。那些孩子跑到门前来打趣他，叫他快快把金子拿出来，"你少给我们装穷，查理，你一点儿也不穷，你这是在装穷。快把金子拿出来。你不是把自己卖给魔鬼了吗，快把换来的金子拿出来。快！金子就藏在你的床垫里，查理，查理，快把床垫拆开，快分些钱给我们！"孩子们一个劲儿地大声嚷嚷，还说要借把剪刀给他使，这让他怒不可遏，一整天里，他一遍遍地从屋子里冲出来，气势汹汹地去追赶那群孩子，孩子们一见他出来，拔腿就跑。有时候，他气得脑袋发蒙，竟然把我当成这些孩子的同伙，直朝我扑过来，嘴里嘟囔着，要把我撕成八大块，等他冲到我身边，忽然认出我来，然后便又一头扎进店里。从屋子里传来的声音可以知道，他准又躺在那张小床上。他又用那刮风一样的语调，发疯似的唱起了《纳尔逊之死》①，而且还在每一句的开头都加上一个"哦！"字，中间还加上无数个"咕噜"声。好像这一切还不足以折磨我似的，那些孩子见我没穿外套，如此循规蹈矩地坐在门前，这么富有耐

---

　　①　《纳尔逊之死》：当时的流行歌曲，为悼念在特拉法尔加角战役光荣牺牲的英国海军统帅纳尔逊（1758—1805）所作。

心，态度这么坚定，还以为我是这家铺子新雇来的伙计，他们便有恃无恐地朝我扔石头，变着法儿来欺负我。

那老头想方设法让我跟他换东西。他有一次拿出一根钓鱼竿，有一次拿出一把提琴，有一次拿出一顶尖尖的帽子，最后，还拿出一只笛子。对于他的这些建议，我无动于衷，断然拒绝。我态度坚决地坐在那儿，眼泪汪汪地恳求他，要么把钱付给我，要么把衣服还给我。终于，他开始付钱给我了，先是给了半便士，又过了整整两个小时，他才肯再给我一先令。

"哦，我的眼睛胳膊腿！"又过了很长一段时间，他朝店门外恶狠狠地喊道，"再给你两便士，你走不走？"

"不行，"我说，"我会饿死的。"

"哦，我的心肺肝，再给你三便士，你走不走？"

"如果我不缺钱，你一个钱不给我也要走，"我说，"可是我现在急需用钱啊。"

"哦，咕——噜！"他从门框后面探出他老奸巨猾的脑袋，瞧了瞧我，我真不知道该怎么来形容他此时的样子，"四便士，这下你总该走了吧？"

我疲惫不堪，一听说他给四便士，只好同意了。我从他爪子一般的手里接过钱，我的双手颤抖不已。这时已是日落时分，我又饥又渴。于是又花了三便士买了些吃的，精神才恢复过来。我趁着精神不错，又一瘸一拐地走了七英里。

这天晚上，我就在另一垛干草堆过夜。我的双脚已磨起泡了，我在小河边洗了洗，用清凉的树叶包起来，然后就躺在干草堆里，美美地睡了一觉。第二天早晨，我又上路时，一路上，全是啤酒花地和果园。苹果熟透了，红通通地，挂满枝头，有几个工人，正在啤酒花地里忙碌着。我觉得这里的景色优美如画，就暗自决定今晚就睡在啤酒花地，啤酒花那美丽的藤蔓和枝叶，将如同一个个可爱的小伙伴，陪伴着我度过今晚。

那一天遇上的流浪汉比平常见过的更坏，让我至今回想起来还不寒而栗。其中有几个恶棍，穷凶极恶，我从他们身边经过时，他们瞪大眼睛看着我，或者索性停下来，命令我回去，对我一番审问。我要是撒腿就跑，他们就朝我扔石头。我记得有个年轻的家伙——从他带着的工具袋和一只炭炉来看，我判断他是个补锅匠——他带着一个女人，他死死地盯着我，然后扯开嗓门儿，大声叫我回去。我只好停下脚步，回头看了看。

"叫你回来你就回来，"那补锅匠说，"小心揍扁你的脑袋！"

看来我只好回去。我走近他们，满脸堆笑，想以此讨好那补锅匠。这时我才发现那女人的一只眼睛被打得又青又肿。

"去哪儿？"补锅匠用他那只黑手，一把揪住我衬衣的前襟问道。

"我去多佛。"我说。

"从哪儿来的？"补锅匠问道，我感觉他的手使劲一拧，把我拽得更紧了。

"从伦敦来的。"我说。

"你是干什么的？"补锅匠问道，"你是个小偷吧？"

"不——不是——的。"我说。

"不是的？你他妈的要是骗我，"那补锅匠说，"我就是把你的脑浆砸出来。"

他伸出另一只手，做出要打我的样子，然后把我从头到脚打量个遍。

"你身上有钱吗，够买一品脱啤酒吧？"补锅匠说，"有就乖乖拿出来，免得你大爷动手！"

我正想着掏钱时，突然看见那女人微微摇了摇头，嘴唇做出个"不"的样子。

"我穷得叮当响，"我强作笑脸，回答说，"身无分文。"

"妈的，什么意思？"补锅匠凶相毕露，恶狠狠地盯着我，吓得我以为他已经看到我口袋里的钱了。

"先生。"我结结巴巴地说。

"我弟弟的丝巾怎么套到你的脖子上了，"补锅匠说，"这是怎么回事？快还给我！"他不由分说，一把抢走我的围巾，扔给了那女人。

那女人放声大笑起来，好像她以为这是补锅匠在跟我开玩笑似的。她把围巾扔给我，然后像先前那样朝我轻轻点了点头，做了个"跑"的口形。不过，我还没来得及跑，补锅匠又一把把丝巾从我手里夺走。他用力过猛，我就像一片羽毛似的被他推得老远。他胡乱地把丝巾往脖子上一套，转身便冲着那个女人破口大骂，随之一拳就把她击倒在地。只见她仰面朝天，跌倒在坚硬的路面上，她的帽子栽在了地上，头发沾满了尘土，变成了灰白色。那个场景，我永生难忘。

我撒腿就跑，直到很远，我才停下来，回头看见她坐在人行道上——那是道路旁的一面土坡——她的脸上全是血，她正在用披肩的一角擦拭，而补锅匠则头也不回地自顾自走了，这个情景我永远也忘不了。

这次险遇，把我给吓坏了。打这以后，每当看到这样的人迎面走来，我就赶紧退到一旁，找个地方躲藏起来。等到他们走远了，直到看不见他们，我才敢出来。这种事情常常发生，这样一来，我在路上耽搁了不少时间。不过，每当我遇到困难时，我的脑海里总会浮现出我那年轻貌美的母亲少女时代的形象，她总是给予我鼓励，给予我支持，总是一路伴我左右。我躺在啤酒花丛中睡觉时，她就在绿叶丛中。我早晨醒来，她也跟着醒来。我上路，她就在前面带领着我，与我同行。从那以后，这个形象就和坎特伯雷那阳光明媚的大街联系在一起；和那古老的宅子与城门，庄严肃穆的大教堂，以及绕着钟楼飞翔的无数白嘴鸦联系在一起。后来,当我踏上多佛那荒凉辽阔的原野时,母亲的形象,一扫眼前的凄清惨淡,带给我希望。在我出逃伦敦的这几天里,这个形象不离左右,在第六天我终于抵达目的地。说来也怪,当我趿着破鞋,蓬头垢面,衣不蔽体,满身尘污,站在这个我企盼已久的地方时,母亲的容颜竟像梦一般消失得无影无踪,撇下我一个人,孤苦伶仃,无依无靠。

我先从渔夫那儿打听我姨奶奶的消息,得到的答案千奇百怪。有人说她住在南福地灯塔里,结果把胡子给烧光了。有人说她被绑在港口外的大浮标上,只有落潮时才能看见她。有人说她拐卖儿童,被关进了梅斯通监狱。有人说她骑着一把扫帚,乘风而去,飞到加莱①去了。于是,我又去向马车夫们打听,他们也是嘻嘻哈哈,说话很不正经。我只好去问那些店铺老板,他们一看见我这副可怜样儿,还没等我开口,他们就嚷嚷,没什么可给的,一把将我赶走。自从我逃出来以后,还从来没有像现在这么痛苦,这么悲惨。钱,已经彻底花光了,身上也没什么可典当的了。我又饥又渴,又困又乏。现在,离我的目的地,似乎跟在伦敦时一样遥不可及。

打探了一上午的消息,可是依旧毫无结果。我在市场附近一家空店铺的台阶上坐下来,踌躇着要不要到刚才去过的那些地方,再去打听一番。就在这时,一个赶车的从我身旁经过,掉下了一件马衣。我急忙拾起马衣还给他,他看上去和蔼可亲,于是我鼓足勇气问他,是否知道特洛伍德小姐住在哪儿。虽然这个问题上午问过无数遍了,可这次我竟然有些开不了口。

"特洛伍德?"车夫说道,"让我想想。我知道有这个人。是个老太婆吗?"

"是的,"我说道,"没错。"

---

① 加莱:法国地名,隔英吉利海峡与英国相望。

"腰板挺得直直的？"他说着，同时也挺直了腰板。

"是的，"我说道，"我想应该是这样的。"

"老是拎着一个手提包？"他说，"一个能装很多东西的大手提包，是不是？脾气特别古怪，跟人说话一点儿也不留情面？"

我承认他说的丝毫不差，可我的心里却不由得凉了半截。

"哦，那我告诉你吧，"他说道，"你走到那儿时，"他用鞭子指了指前面那道坡，"就一直往右走，走到有几座朝着海的房子时，你就可以打听到她了。不过，我觉得她什么也不会给你的。哦，这一便士送给你。"

我万分感激地收下那枚硬币，用来买了块面包。我一边吃着，一边朝他说的方向走去。走了好长一段路，也没走到他所说的面朝大海的房子前。我继续向前走着，终于看到前面有几座房子。我走上前去，走进一家小店，就是我家乡常说的那种杂货铺，向店里的人打听，特洛伍德小姐住在什么地方。我本来是问柜台后面那个男子的，他正在给一位年轻女子称米，可是，那个女子以为我是在问她，连忙转过身来。

"你问我家小姐吗？"她说，"你要找她干什么，小家伙。"

"我想和她说点事，"我回答道，"可以吗？"

"你想向她乞讨？"那年轻女子说。

"不，"我说，"不是的。"不过我突然想到，我千里迢迢赶到这儿来，难道不就是为了向她乞讨吗？我一时语塞，竟说不出话来，脸上滚烫。

我姨奶奶的女仆——从她说的话里，我推测她就是我姨奶奶的女仆——把米放进一只小篮子，然后走出小店；她告诉我，如果我想知道特洛伍德小姐住在哪儿，跟着她走就可以了。我当然求之不得。我是多么的激动，那么惶恐，两腿禁不住直哆嗦。我跟在那年轻女子身后，不久就来到了一座整洁干净的小房子前。房子的窗户是半圆形的，十分明亮。屋前有一个小花园，铺着碎石，里面栽种着各种花草，香气四溢，芬芳扑鼻。

"这就是特洛伍德小姐的家，"那青年女子说，"哦，你知道，我只能告诉你这么多。"说着，她就急匆匆地进屋去了，好像生怕别人知道是她把我带到这儿来的。我就这样一个人站在花园前，透过客厅的窗子朝里面张望。那道窗帘半开半合，透过窗户，可以看见一个弧形的绿屏风，也许是一把扇子，还有一张小桌子和一把大椅子，这使我不由自主地想到，也许此时此刻姨奶奶正威风凛凛地坐在那儿呢。

我的鞋已经惨不忍睹，鞋底已一片一片地脱落，鞋帮也早已裂开，已经完全不成鞋样。我的帽子因为晚上当作睡帽用，被我压得又扁又皱，就是垃圾堆里的那没柄的破汤锅，也比它强多了。我的衬衣和裤子破烂不堪，上面全是汗渍、露水、草汁，还有泥土，我曾在肯特郡的泥地上睡过觉呢。我无地自容地站在姨奶奶的院子门前，那些鸟儿似乎也受到惊吓，一只只飞跑了。我的头发，自从离开伦敦后，就再也没有梳洗过。我的脸、脖子和手，由于从来没经过这样的风吹日晒，早已烤成了酱紫色。我从头到脚沾满了白垩粉和尘土，好像刚从一座石灰窑里钻出来似的。对于我的这副狼狈样儿，我有着强烈的自知之明。我就这么手足无措地站在门外，时刻准备着，向令人望而生畏的姨奶奶作自我介绍，给她留下一个不好的第一印象。

我呆呆地站着，客厅里的窗子寂静无声，我心想，姨奶奶大概不在这儿吧。我抬起头来，看了看客厅上方的窗子。只见那儿有一位先生，头发花白，笑容可掬。他闭上一只眼睛，做了个怪相，朝我点了点头，又摇了摇头，然后笑着走开了。

我本来就惊恐不安，现在一看到这位先生的古怪举止，弄得更加惊恐万状，于是想趁机逃到外面去，好好想想怎么办。就在这时，一个女人从屋子里走出来，她的帽子上扎着一条手帕，手上戴着一副园艺工人的手套，身上挂着一个大袋子，好像是收税人戴的大围裙，手上拿着一把大刀。我一眼就看出来，这就是贝斯小姐。因为她趾高气扬地从屋子里走出来，就跟我那可怜的母亲常向我描述的那样，她当初也是这样趾高气扬地走进我们布兰德斯屯鸦巢的花园里的。

"走开！"贝斯小姐摇摇头说，她挥舞着手中的刀，好像要劈开我的样子，"快走开！这里不许男孩来！"

只见她走到花园的一个角落里，弯下腰去挖一棵小树的根儿。我吓得魂不附体，仅有的一点儿勇气也荡然无存。我只好抱着豁出去的念头，轻轻地走了过去，站在她身边，用手指碰了碰她。

"对不起，小姐。"我开口说。

她大吃一惊，抬起头来。

"对不起，姨奶奶。"

"啊？"贝斯小姐惊叫起来，那惊讶的语气，我还从来没听过呢。

"对不起，姨奶奶。我是你的侄孙。"

"哦，天哪！"我姨奶奶说着，一下子瘫坐到了花园的小径上了。

"我是大卫·科波菲尔，住在萨福克郡的布兰德斯屯——我出生的那晚，你去过那儿，见到了我亲爱的妈妈。我妈妈去世后，我过得很苦，没人关心我，也没人照看我，我失学了，被逼着去外面干苦活儿，自谋生路。所以我就逃到你这儿来了。我刚出门，就被人抢劫了，我只好一路走来，从出门那天起，我就再也没有在床上睡过觉。"说到这里，我再也无法克制自己，用手指着我自己，让姨奶奶看看我这副惨不忍睹的样儿，紧接着就号啕大哭起来。我想，这场痛哭已经整整压抑了一个星期，现在完全释放出来。

我姨奶奶一脸的惊愕，坐在石子铺的小路上，两眼直愣愣地盯着我。见我放声大哭起来，这才站起来，揪住我的衣领，把我带回了客厅。进屋以后，她做的第一件事，就是打开一只高高的柜子，从中拿出几只瓶子，把每只瓶子里的东西都往我嘴里倒一点儿。我想，她这几只瓶子，一定是随手拿的，因为倒进我嘴里的东西，我尝出有茴香汁、鱼肉酱、色拉油。吃了这一大堆滋补品后，我仍然控制不住自己，伤心地哭着。于是，她让我躺在沙发上，在我的脑袋下垫了一条披肩，又把她头上的手帕取下来，垫在我的脚下，以免我弄脏沙发。然后她自己就坐在我前面说过的那个弧形的绿屏风或扇子后面，这样一来，我就看不清她的脸，只听见她不时叫一声"我的天哪！"就像每隔一分钟发射一次的求救信号炮。

过了一会儿，她摇了摇铃。"珍妮，"我姨奶奶对进来的女仆说，"上楼去，代我向狄克先生问好，告诉他，我有事要和他谈谈。"

我一动不动地躺在沙发上，生怕惹姨奶奶不高兴。珍妮见我直挺挺地躺着，有些惊讶，不过，她还是上楼去了。姨奶奶把手背在后面，在屋子里来回踱着步，只见那个在楼上窗户前对我眨眼睛的男人笑呵呵地走了进来。

"狄克先生，"姨奶奶说，"你是个明白人，所以你就别装傻了。这一点，我们都知道。所以，你就别装傻了。"

那男人一听这话，立马变得严肃起来。他看了我一眼，那眼神好像是恳求我千万别提到刚才在窗口发生的事。

"狄克先生，"姨奶奶说道，"你听我说起过大卫·科波菲尔吗？好了，你不要说你忘记了，你们都知道是怎么回事。"

"大卫·科波菲尔？"狄克先生说，看样子，他的确不大记得了。"大卫·科波菲尔？哦，对，没错，大卫，我想起来了。"

"行啦，"我姨奶奶说，"这就是他的孩子，他的儿子。要是这孩子长得不像他的母亲，他一定会长得像他的父亲，要多像有多像。"

"他的儿子？"狄克先生说。"大卫的儿子？千真万确。"

"是啊，"姨奶奶继续说道，"他干了一件相当出彩的事呢！他是逃出来的。哦，他的姐姐贝斯·特洛伍德才不会干这种事。"姨奶奶坚定地摇了摇头，对这个女孩子的品性行为似乎了解得很透彻，尽管这个女孩子并未出生。

"哦！你认为她就不会逃跑？"狄克先生问道。

"天哪！你看看你！"我姨奶奶愤愤不平，"你这话是什么意思？难道我还不了解她吗？她一定会和她的教母也是姨奶奶生活在一起，我们会彼此相亲相爱。我倒想请教你，他的姐姐贝斯·特洛伍德会从哪儿逃跑，又将逃到哪儿去？"

"她无处可逃。"狄克先生说。

"那好吧，"姨奶奶听到这回答，语气缓和下来了，"你的脑子就像外科医生的手术刀一样好使，既然如此，你为什么还要装傻呢。现在，你看着眼下的小大卫·科波菲尔，我有一个问题，想请教你，我拿他怎么办？"

"你该拿他怎么办？"狄克先生挠了挠脑袋，随声附和道，"哦！拿他怎么办？"

"是啊，"我姨奶奶神色严肃，举起食指说，"嘿！给我出个主意。"

"嘿，如果我是你的话，"狄克先生一面茫然地看着我，一面仔细想道，"我一定——"他突然灵机一动，想出了一个好主意，连忙脱口而出，"我一定给他好好洗个澡！"

"珍妮，"我姨奶奶暗自高兴，但是脸上却没有显露出来，我当时也不明白这是为什么，她转过身说道，"狄克先生想出一个好主意，赶快去烧洗澡水！"

我一边认真地倾听着他们的谈话，一边忍不住偷偷地打量着他们，包括姨奶奶、狄克先生、珍妮，还有屋子里的一切。

姨奶奶个头高高的，神色严肃，但长得并不丑。她的面容，她的声音，她的言行举止，无不流露出坚强刚毅的本色，难怪我那温柔如水的母亲对她心生畏惧。不过，她虽然不苟言笑，但五官长得十分端正。我特别注意到，她的眼睛明亮敏锐，炯炯有神。她头发花白，简单地朝两边分开梳着，戴着一顶当时十分流行的头巾样式的女帽，那帽子两侧各有帽翼，用带子系在脖子上。她穿着浅紫色衣服，整洁大方，朴实无华，好像她不喜欢花里胡哨的装束，少些累赘。我记得，当时我觉得她那衣服的式样很像是骑马服，只不过把多余的下摆给剪掉了。她的腰上挂着一只金表，还配有链子和坠子，从它的大小和式样来看，我觉得是一只男士表。她的脖子上戴着一块像是衬衫领子式的东西，手腕上也露出衬衫袖口似的东西。

正如前面所说，狄克先生面色红润，满头白发。除此之外，有一点要特别指出，他的头总是奇怪地耷拉着，这不是因为年纪大了的缘故。他的这副模样，总是让我不由自主地想到萨伦学校的学生挨揍以后的样儿。他的灰色眼睛，大大的，明亮有神，眼珠子鼓鼓的，感觉有点儿奇怪，再加上他总是一副神不守舍的样儿，对我姨奶奶百般驯服，姨奶奶一称赞他，他就像小孩子一样乐不可支，他的种种表现，让我怀疑他的精神不大正常。果真如此，那他又是怎么到我姨奶奶这儿来的呢，这让我百思不得其解。他的穿着打扮和普通男子一样，穿着宽松的灰色上衣和白色长裤。裤子袋里装着表，衣服袋里放着钱，不过，他总是喜欢把口袋里的钱摇得哗啦啦响，就像是在炫耀自己是个有钱人，神气极了。

珍妮长得特别漂亮，正当花样年华，大约十九岁或二十岁，衣着整洁干净。虽然我那时没来得及仔细观察她，可是我顺便提一下，后来我还了解到了一些情况。原来，我姨奶奶雇用过不少姑娘，她就是其中的一个。姨奶奶一心教育她们要远离男人，可最终的结局是，她们一个个都嫁给了烤面包的师傅。

那间屋子也收拾得像珍妮和我姨奶奶一样整洁。刚才我停下笔来回想了一下当时的情景。从海上吹来的风，弥漫着花的芳香，吹进房间。我仿佛又看见了擦得明亮的老式家具，看见了圆形窗子前绿色扇子旁那威风凛凛的椅子和桌子，看见了地毯上盖着覆毯①、放水壶的架子，一只猫，两只金丝雀，古老的瓷器，装着干玫瑰花瓣的酒钵，以及放着各种瓶瓶罐罐的高柜子；同时我又看见我自己，浑身肮脏，一动不动地躺在沙发上，打量着这一切，与这里格格不入。

珍妮去烧洗澡水了。突然，我姨奶奶面如土色，全身僵直，不能动弹，隔了好一会儿，她大惊失色地叫道："珍妮！驴子！"她的这副模样吓了我一大跳。

一听到她的叫声，珍妮急急忙忙冲下楼来，好像这房子着了火似的，紧接着她飞奔到屋子前面的那一小块草地上，原来两头驴驮着两个女人竟肆无忌惮地闯了进来，她气冲冲地将她们赶了出去。这时，我姨奶奶也跟着冲了出去，看见还有一头驴子，上面坐着一个小孩，她一把拽住缰绳，将它拖走，随手就给那个顽劣的小孩子几耳光，因为他竟是如此胆大妄为，竟敢亵渎这片神圣不可侵犯的土地。

我姨奶奶对那块草地是否有合法权利，我至今也说不清楚。但是，她坚持认为她拥有这个权利。对她来说，有或没有，反正都是一样的。她这一辈子最不能容忍的，就是胆大包天的驴子践踏这片神圣的草地。无论她正在忙什么，无论她正在和别人兴致勃勃地谈论什么，只要驴子一出现，她立马放下手中的一切，气势汹汹地扑过去。她把一些瓶瓶罐罐、喷壶装满了水，藏在一些隐秘的地方，一旦有小孩来侵犯，就往他身上浇水。她的门后还藏着棍子，随时准备棒打他们。这种进攻与反击不断发生，战火不断。对于那些赶驴的孩子来说，这大概十分刺激、好玩。对于那些有头脑的驴子来说，也许知道是怎么回事，但它性子倔强，偏偏爱走那条道。我只知道，在洗澡水准备好之前，就发生了三次交锋，其中最后一次最为激烈。我看了我的姨奶奶和一个十五六岁模样的金色少年交战。还没等那个少年反

---

① 覆毯：用来保护地毯的粗毛毯。

应过来，我的姨奶奶早已揪住他的头，一把朝门上撞去。对我来说，这场景实在是太滑稽了。当时她正用一把汤匙给我喂汤。她已经相信我的确饿得不行了，必须得吃点儿东西补充营养。我张开嘴巴正要接她喂我的那匙汤时，突然，她把匙子扔进盆里，大叫一声"珍妮！驴子！"便劈头盖脸冲出去向敌人开战了。

洗澡的确是舒服极了。一连几天来，我都睡在荒郊野岭，这时候我感到四肢酸痛，我是那么困顿、疲惫、虚弱，眼皮是那么沉重，要想连续睁眼五分钟都极其困难。洗完澡后，我姨奶奶和珍妮给我穿上狄克先生的衣裤，用两三条大披巾将我紧紧裹起来。我不知道此时的我像什么样儿，反正只觉得身上热烘烘的，疲惫不堪，一会儿就倒在沙发上睡着了。

我似乎做了个梦，那个铭记于心的画面在梦中出现了。我觉得我的姨奶奶来到我的身旁，俯下身子，轻轻地拂开我脸上的发丝，让我的头发自然顺着，然后静静地看着我，她好像还对我说，"可爱的小家伙"或"可怜的小家伙"这类话。可我醒来时，却没有发现任何蛛丝马迹，证明我姨奶奶的确说过这样的话。因为她正坐在圆形窗前，隔着绿扇子看着大海。那把绿扇子是安在一个转轴上的，可以随意转动。

在我醒后不久，我们就吃饭了，有烤鸡和布丁。我坐在餐桌旁，有点像一只捆绑着的鸡，要想动一动双臂极其困难。不过，既然是我姨奶奶把我裹成这样的，我也就只好忍着不吭声了。我多么迫切地想知道，她打算拿我怎么办。可是，她默默地吃着饭，一言不发，偶尔抬起头来看看坐在对面的我，感叹道："我的天哪！"这丝毫也不能缓解我的焦虑。

饭后，桌布撤下来了，摆上了葡萄酒，我也喝了一杯。这时，姨奶奶又把狄克先生请下楼来，和我们坐在一起。姨奶奶让狄克先生认真听我讲，他就尽量装出一副洗耳恭听的样子。姨奶奶开始盘问我，我很快便道出事情的来龙去脉。在我说话的时候，我姨奶奶一直目不转睛地盯着狄克，生怕他会打瞌睡。可是，一旦他露出微笑，我姨奶奶立马脸色一沉，他立刻变得严肃起来。

"我真是搞不明白，那可怜的倒霉娃娃，究竟中了什么邪，竟然非要再嫁一次人？"等我讲完后，姨奶奶说道。

"也许是她爱上了她的第二个丈夫吧。"狄克先生解释说。

"爱上了！"姨奶奶重复道，"你这是什么意思？她为什么要爱上他？"

"也许，"狄克先生思忖了一会儿说，"她是贪图一时快乐。"

"贪图快乐，不错！"姨奶奶接着说，"那个可怜的蜡娃娃，头脑过于简单，竟然将一片痴情，寄托在那个狼心狗肺的家伙身上，让他变着法儿折磨自己，这可真是贪图快乐！她究竟贪图什么，我真的搞不明白。她已经嫁过一次了，她亲眼看见那个从小就爱着蜡娃娃的大卫·科波菲尔离开这个世界。她生过一个孩子——哦，在那个星期五的晚上，她生下了坐在这儿的这个孩子，一下就有了个吃奶的娃娃。她究竟还有什么不满足的啊？"

狄克先生偷偷对我摇了摇头，好像是说，真拿她没办法。

"她连生孩子都跟别人不一样，"我姨奶奶说，"这孩子的姐姐贝斯·特洛伍德呢？还没出生。用不着告诉我！"

狄克先生显出十分吃惊的样子。

"那个脑袋总是歪向一边的矮个儿医生，"姨奶奶说，"是叫齐力浦还是什么来着，又会点什么呢？他就只会像知更鸟那样，没错，就是一只知更鸟，对我说：'是个男孩子。'男孩子！呸，他们全是一群白痴。"

这突如其来的一声咆哮，把狄克先生吓了一大跳。说实话，我也吓得瑟瑟发抖呢。

"他们好像觉得这还不够，对这个小家伙的姐姐贝斯·特洛伍德还不够狠毒，"我姨奶奶说，"她又嫁了人了——嫁给了一个'谋杀犯'①——那名字听起来就像是谋财害命的罪犯，这可把这个小家伙害苦了。除了那个吃奶的孩子，大家都明白，这个结局是命中注定的。他还没长大，就和该隐②一样了。"

狄克先生睁大眼睛仔细看着我，好像要看看我究竟是不是这样的人。

"还有那个名字像异教徒③的女人，"姨奶奶说道，"那个辟果提，听这个孩子说，也跟着嫁人了。她还没看够嫁人的苦头，也跟着嫁人了。我倒希望，"姨奶奶说着摇摇头，"她的丈夫就像报纸上报道的那些虐待狂，天天用铁条抽打她。"

听到姨奶奶这般诅咒我的老保姆，我实在是忍无可忍。我告诉姨奶奶，她误会辟果提了。辟果提是世界上最善良诚实、最忠心耿耿、最大公无私的朋友和仆人。她一直对我关怀备至，对我母亲呵护有加；在我母亲去世的时候，她就一直抱着我的母亲，母亲感激涕零，临终前，还吻了吻辟果提。想到她们俩，我悲从中来，忍不住失声痛哭起来。我哭着说，她的家就是我的家，她的一切就是我的，我本想去投靠她的，可是她家太穷了，我怕去了给她添麻烦。一想到这些，我更加按捺不住自己，索性用手捂着脸，趴在桌子上，放声痛哭起来。

"行了！行了！"我姨奶奶说，"这孩子懂得知恩图报，不错。——珍妮！驴子！"

我可以肯定，要不是那讨厌的驴子闯进来，我们一定会聊得很愉快。因为那时我姨奶奶已经把手放在我的肩上，在她的鼓励下，我显

---

① 谋德斯通（Murderston）与谋杀犯（Murderer）读音前半部分相近。
② 该隐：《圣经·旧约·创世记》第4章记载，该隐是亚当和夏娃之子，因杀死亲兄弟亚伯，被耶和华处罚，过着四处漂泊的生活。
③ "异教徒"的英文为"Pagan"，辟果提的英文为"Peggoty"，两者读音相近。

得十分激动，正想抱住她，求她保护我。可是这一打岔，使得她又发疯一般冲出去，和敌人正面交锋。

刚才的柔情荡然无存，回来时她义愤填膺，对狄克先生大声嚷嚷，说她要拿起法律的武器捍卫自己的权利，她要将多佛所有养驴的都告上法庭。她一直这样嚷嚷着，直到喝茶的时候才停下来。

喝完茶，我们就在窗子前坐下来。我姨奶奶正襟危坐，一脸严肃，高度警觉，一旦外面有任何风吹草动，她立马就会冲出去奋战到底。我们就这么坐着，直到暮色降临。这时，珍妮把蜡烛端来，把一副双陆棋盘摆放在桌上，放下了窗帘。

"现在，狄克先生，"姨奶奶神情依旧严肃，举起食指说，"我要向你问一个问题，请你看着这孩子。"

"大卫的儿子？"狄克先生说，极其认真，又有些茫然不知所措。

"就是他，"姨奶奶说，"现在你打算拿他怎么办？"

"把大卫的儿子怎么办？"狄克先生问道。

"是的，"姨奶奶回答道，"把大卫的儿子怎么办。"

"哦！"狄克先生说，"是呀，把他怎么办——我会让他上床睡觉。"

"珍妮！"我姨奶奶满心欢喜地说道，"狄克先生为我们大家指明了道路。要是床铺好了，我们就送他去睡觉吧。"

珍妮说床已经铺好了，于是她们就带我去睡觉。她们待我十分亲切，不过，我感觉我就像一名被押解的囚犯，姨奶奶走在我前面，珍妮跟在我后面。经过楼梯间，我姨奶奶盘问珍妮，怎么会有一股呛人的烟火味。珍妮回答说，她在厨房里把我的旧衬衣用来引火了。我听到这儿，仿佛看到了希望，心里倍感安慰。可是，到了卧室，除了我身上穿着的这堆怪模怪样的东西外，再没什么别的衣服。她们留给我一小截蜡烛，姨奶奶还特别提醒我说，这截蜡烛只能点五分钟，然后便从外面锁上门离开了。后来，我仔细斟酌了一会儿，我觉得我姨奶奶对我还不够了解，她怀疑我有动辄就要逃跑的毛病，担心我又会逃跑，所以便严加防范，把我锁了起来。

这间屋子十分舒适，位于这座房子的最高一层，透过窗户，可以看见烟波浩瀚的大海。一轮明月挂在空中，海面泛起银色的涟漪。我记得，那天，我做完祷告，蜡烛也熄灭了，我仍然一动不动地坐在那儿，看着波光粼粼的海面，油然而生敬畏之情，仿佛那是一本明亮的书，从中可以看见我的命运；我仿佛看见我的母亲抱着她的孩子，沿着那条闪闪发光的小径，从天上走到人间，她静静地看着我，带着无限怜爱的笑容，那神情与我最后一次见着的一模一样。我还记得，当我转过身来，舒舒服服地躺在床上，洁白的帐幔，雪白的被子，敬畏之心渐渐变成了浓浓的感激之情。这一切恍然如梦。我想起了我在夜里露宿过的荒郊野岭，想起了我暗自祈祷让我有个家，想起了那些和我一样漂泊无依的流浪汉。我记得，后来我沿着海面上那条让人伤感的光辉小径，进入了梦乡。

第14章　为我做主

早晨我下楼时，看见姨奶奶倚靠在餐桌上，胳臂肘支在茶盘上，两眼直直地看着前方，连茶壶里的东西溢了出来，浸湿了整块桌布，她也没觉察出来。我走进来时，她这才回过神来。我敢肯定，她一定是在考虑我的事，我迫不及待地想知道她到底有何打算，可我怕惹她不高兴，只好不动声色，在心里面干着急。

不过，我管住了我的舌头却管不住我的眼睛，吃早餐的时候，我总是忍不住去看姨奶奶。我看她的时候，总是发现她也正看着我。她的眼神有些缥缈，好像我和她远隔千山万水，而不是近在咫尺。吃罢早餐，姨奶奶便倚靠在她的椅子上，皱着眉头，抱起胳膊，目不转睛地注视我。她是那么全神贯注，弄得我局促不安。我的早餐还没吃完，我就埋头继续吃饭来掩饰心中的恐慌，可我变得更加手足无措。我的刀子掉到我的叉子上，我的叉子又绊到我的刀上。切下的咸肉还没送到嘴里，肉的碎片就莫名其妙飞到了空中。喝茶也呛着了，它不肯走正道，偏偏跑到了气管里。最后，我只好彻底认输，停止用餐，满脸涨得通红，呆呆地坐在那儿，任凭姨奶奶怎么看。

"喂！"过了好一会儿，姨奶奶说道。

我抬起头来，毕恭毕敬地迎接她那犀利明亮的目光。

"我已经给他写信了。"姨奶奶说道。

"给……"

"给你继父，"姨奶奶说，"我已经给他寄了封信，请他好好看看，否则，别怪我翻脸不认人！"

"他知道我在什么地方吗，姨奶奶？"我胆战心惊地问道。

"我已经告诉他了。"姨奶奶说着点了点头。

"要把我……交给……他吗?"我结结巴巴地问道。

"我不知道,"姨奶奶说,"到时候看看再说。"

"哦!如果我非回谋德斯通先生那儿不可,"我几乎是喊了起来,"我可真的不知道怎么办才好!"

"这个我也不知道,"姨奶奶摇了摇头说,"到时候看看再说。"

我一听这话,心凉了半截,心情变得格外沉重。我姨奶奶似乎并没在意我,自顾自从柜子里拿出一条粗布大围裙。她穿上围裙,亲自动手洗起茶杯来。她把茶杯一一洗净,然后放到茶盘上,再把桌布叠好放在上面,然后摇铃叫珍妮把餐具拿走。接着,她就戴着手套,拿起一把小扫帚,开始扫起面包屑,一直扫到地毯上纤尘不染。然后她又拿起一个掸子,将屋子里的东西一一掸了一遍,又重新整理了一遍,其实,这屋子里早已一尘不染,井井有条。她做完了这些,称心如意地取下手套,解下围裙,把它们折叠好,放回柜子里某个专门的角落。然后,她拿出针线盒,走到窗前那张专用的桌子前,坐在绿扇子后面的背光处,开始做起针线活来。此刻,窗户已经打开,绿扇子正好挡住阳光。

"我要你上楼去一趟,"姨奶奶一边将针线穿过针眼,一边说,"代我向狄克先生问好,告诉他,我想知道他的呈文写得怎么样了。"

我赶紧站起身去,准备按照她的吩咐去做。

"我想,"姨奶奶像是在往针眼里穿线似的,眯缝着眼睛看着我说,"你是不是认为狄克先生的名字太简略了,呃?"

"我昨天就觉得这个名字有点儿简略。"我承认道。

"你别以为他没有一个完整的名字。"姨奶奶十分高傲地说,"巴布利——理查德·巴布利——这才是这位先生的真实姓名。"

我是晚辈,先前那样称呼他,我觉得实在有点儿冒犯,出于尊重,我正准备说,我最好还是称呼他全名,可就在这时,姨奶奶却继续说道：

"不过，无论怎么样，你可千万别叫他这个名字，他会受不了的。他就是这么个怪脾气。不过，我觉得也没有什么奇怪的，因为和他一个姓的人老是欺负他，他被他们害苦了，所以他非常讨厌这个姓。现在，我们都喊他狄克先生，别的地方也这样喊他——如果他去别的什么地方的话，不过，他哪儿也不去。所以，小家伙，你要当心，只能喊他狄克先生，千万不能喊他的全名。"

我答应一定照办，就上楼捎口信去了。我起床下楼时，曾从敞开的门缝里看见狄克先生正在奋笔疾书。于是，我一边走一边想，现在，他大概已经写得差不多了吧。我走进屋子，看见他仍然拿着一支长笔，正在匆匆地写着，他全神贯注，脑袋都快贴到纸上了。屋子的一角里，放着一只大风筝，胡乱堆着一卷卷手稿，一支支笔，一瓶瓶墨水。每瓶里的墨水有半加仑①，大概有好几十瓶呢。直到这时，他才注意到我。

"哈哈！太阳神啊！"狄克先生放下了笔说道，"这个世界怎么样？让我来告诉你，"他压低嗓门儿说道，"我原本不想说，可是，这是一个——"说到这儿，他朝我凑过来，贴着我的耳朵说，"一个疯狂的世界。和伯拉姆②疯人院一个样儿，小家伙！"说完，他从桌上的一个圆盒里拿出鼻烟，哈哈大笑起来。

对于这个问题，我不敢妄加评论，我只负责转达我的口信。

"好吧，"狄克先生说，"你也替我向她问好。我——我想我已经开了个头。我已经开个头，"狄克先生一边说着，一边摸了摸他的灰白头发，毫无信心地瞥了一眼自己的稿子，"你上过学吗？"

"上过，先生，"我回答道，"只上了很短一段时间。"

---

① 加仑：容积和体积单位，1英制加仑约等于4.5升。

② 伯拉姆疯人院：指英国第一家精神病医院伯利恒王家医院，位于伦敦。

"你还记得吗？"狄克先生认真地看着我问道，并拿起笔，准备把我的话记下来，"查理一世是什么时候被砍脑袋①的？"

我说，我想那是在一六四九年。

"哦，"狄克先生回答道，一边用笔挠着耳朵，一边满脸狐疑地看着我，"书上都是这么说的。可是我弄不明白这是为什么。因为，既然这事过去那么久了，为什么人们还会干出这样的蠢事，把他脑袋里那些难题活生生地塞到我的脑袋里？"

这问题让我惊诧万分，但我对此没有发表任何意见。

"真奇怪，"狄克先生摸着头发，颇为失望地看了看他面前的手稿，"我怎么也写不好，怎么也说不清楚。不过，没关系，没关系！"他突然精神大振，兴冲冲地说道，"有的是时间呢！替我向特洛伍德小姐问好，说我写得十分顺利。"

我正想离开，他指着那只风筝让我看看。

"你觉得这风筝怎么样？"他问道。

我回答说那风筝很漂亮。我估计它差不多有七英尺长②。

"是我自己做的。以后，我们有机会一起去放，就我俩，"狄克先生说道，"你看到这个了吗？"

他指给我看，风筝是用手稿纸糊的，上面的字写得密密麻麻，字迹工整，清晰可辨。我一行一行地顺着看下去，好像有一两处还提到国王查理一世砍头的事。

"线很长，"狄克先生说，"风筝飞得越高，事情就会传得越远。我就是凭借这种方式，来传播历史上的那些事。风筝落在什么地方，在什么时候落下来，这得看情况，看风向，等等，不过，我就随它去吧。"

---

① 查理一世（1600—1649）：由于被认定对人民发动战争，成为英国历史上唯一一位被公开处死的国王。

② 七英尺，约合213.4厘米。

他看上去精神抖擞，虽然显得极其温和友善，却让人肃然起敬，弄得我有些摸不着头脑，不知他是当真的，还是在开玩笑。因此，我笑了笑，他也跟着笑了。分手时，我们成了要好的朋友。

　　"嘿，孩子，"我下楼之后，姨奶奶对我说，"今天早晨狄克先生怎么样啊？"

　　我向她转达了狄克先生的问候，并说他现在进展顺利。

　　"你觉得他怎么样？"姨奶奶说。

　　我不敢正面回答这个问题，只好含糊其词，说他是个好人。可姨奶奶显然看出我在敷衍塞责，她把针线活儿放到膝盖上，把两手交叉放在上面，说：

　　"得啦！要是你的姐姐贝斯·特洛伍德，她才不会这么拐弯抹角，有什么就直截了当说出来。你得好好向你姐姐学习，说吧！"

　　"他——狄克先生——因为我不知道，所以才问，姨奶奶——他是不是精神有点儿不正常？"我吞吞吐吐说道，因为我觉得这样问实在是有失礼貌。

　　"他的脑子很正常。"姨奶奶说。

　　"哦，是的。"我有气无力地附和道。

　　"你怎么说他都可以，"姨奶奶不容置疑地说道，"就是不能说他精神不正常。"

　　我不知道说什么才好，只好怯生生地说："哦，好的！"

　　"所有的人都说他是疯子，"姨奶奶说，"别人说他是疯子，我倒是求之不得，乐在其中，要不，这十几年来——也就是自从你姐姐贝斯·特洛伍德让我失望以来——我就不能和他生活在一起，让他给我出主意了。"

　　"这么长时间了？"我说。

　　"那些胆敢说他是疯子的人可真是厉害啊，"姨奶奶继续说道，"狄克先生是我的一个远亲，至于是哪门子亲戚，我也记不住了。要不是因为我，他的哥哥肯定会把他终生监禁起来。就是这么回事。"

我姨奶奶说到这儿显得义愤填膺，我也跟着做出一副同仇敌忾的样儿，尽管我觉得这有点儿虚伪。

"一个狂妄自大的蠢货！"我姨奶奶说。"就因为他弟弟的言行举止有点儿不寻常——但比起有些人来说，他弟弟实在是太正常不过了——他的哥哥就不让他抛头露面，要把他送到一家私立疯人院。他们的父亲，也把他当成一个白痴，去世的时候，还特别叮嘱他的哥哥，要好好照顾他。多亏他父亲想得如此周到，我看他才是个疯子呢。"

姨奶奶愤愤不平，我也表现出愤愤不平的样子。

"所以，我就出面干涉，替他伸张正义，"姨奶奶说，"我对他哥哥说，'你的弟弟精神正常，甚至比你还正常，以后他脑子也不会有问题。你就把他那点微不足道的收入分给他，让他搬来跟我住好了。我可不怕他，我也不会瞧不起他，我会好好照顾他，绝不会像某些人那样百般折磨他，当然我说的某些人，并不是指的疯人院里的人。'我和他哥哥争执了很久，最后，我赢了。于是，从那以后，他就搬来和我住在一起。他是这个世界上最善解人意、最温顺听话的人；他还时不时地给我提个建议呢！可是这个世界上，除了我，再也没有任何人，知道他的心里是怎么想的。"

姨奶奶一面抚平衣服，一面摇摇头，好像要把对这个世界的所有蔑视摆脱掉。

"他有一个十分乖巧的妹妹，"姨奶奶说，"她是一个好姑娘，对狄克也很好。可是她却和其他人一样——嫁人了。她的丈夫，和其他女人的丈夫都是一个货色，对她一点儿也不好。这对狄克来说是一个极大的刺激，但并没有导致他精神不正常。再加上他非常怕他哥哥，他哥哥对他冷酷无情，让他伤透了心，所以，这样一来，他就生病发高烧了。这些都是他还没搬到这儿来的时候发生的。不过，至今回想起来，还让人非常难过呢。他跟你说起查理一世了吗，小家伙？"

"说了，姨奶奶。"

"啊！"我姨奶奶摸了摸鼻子，我感觉她有点儿烦躁。"他说话就是那样的，总是喜欢打比方。他认为自己的病跟这个时代的大动乱、大动荡之间有一定联系，这很好理解，他这么说，是在打比方，或者说是一种象征，或者是别的，不管是什么，只要他觉得合适，又有什么不可以的呢？"

"那当然，姨奶奶。"我附和道。

"不过这种说法没有逻辑，"姨奶奶说，"也有悖于常理，这点我很清楚，所以我坚决反对他把这些写进呈文里。"

"他正在写的这个呈文，是关于他自己的个人经历吗，姨奶奶？"

"是的，小家伙，"姨奶奶又摸了摸鼻子说，"这个呈文是给大法官或者是别的什么长官写的，总之就是给那些领了薪水，专门受理呈文的人的。写的是关于他自己的事。估计过几天就要递交上去了。他一时半会儿还难以摆脱他惯用的那个表达方式，那个呈文，就让他慢慢起草吧。不过，这没什么关系，只要他有事干就行。"

事实上，我后来才发现，十多年来，狄克先生绞尽脑汁想在呈文里摆脱掉查理一世，可是这位国王总是缠着他，直到现在，他还待在呈文里不出来呢。

"我再说一遍，"姨奶奶说道，"除了我，再也没有任何人，知道他的心里是怎么想的；他是这个世界上最善解人意、最温顺听话的人；要是他喜欢放放风筝，那又怎样呢！富兰克林也常放风筝呀。要是我没记错的话，富兰克林还是个贵格派①教徒，或是别的什么派，他放风筝，比别的任何人都要可笑呢。"

会不会是我姨奶奶已经把我当作贴心人，才把这些掏心窝的话讲给我听呢？果真这样，我感到多么荣幸，我的前途会有多么光明。可是，我想事实并非如此，她之所以要把这些话说出来，是因为这些话在她的心里压抑了很久，她找不到合适的听众，只好向我倾诉了。

同时，我还要说，姨奶奶是这么慷慨仗义，为可怜的、不会伤害别人的狄克先生倾力相助，这不仅让我看到了希望，也让我对姨奶奶产生了深深的敬意。大约就是在这时，我开始觉得，姨奶奶虽然脾气有些古怪，但她身上却具备一种崇高品质，值得信任，让人敬重。那一天，她仍然板着一副面孔不苟言笑，仍然频繁地冲出去赶驴子，特别是一个青年从窗前经过，向珍妮暗送秋波——要知道，这可是对我姨奶奶的大不敬——我姨奶奶勃然大怒。不过，即使这样，也并没有加重我对她的畏惧，反而，让我更加尊敬她了。

在等待谋德斯通先生回信的那段时间里，我忧心忡忡，可我拼命克制着自己，老老实实，安安分分，好让姨奶奶和狄克先生喜欢我。我可以和狄克先生去放那只大风筝，可是除了我身上穿着第一天姨奶奶给我的那套奇装异服外，我再也没有别的衣服，所以我只好循规蹈矩，乖乖待在家里。只有等到天完全黑下来，我姨奶奶为了我的健康着想，才带着我去岩石边溜达一个小时。终于，谋德斯通先生回信了，姨奶奶告诉我，他第二天要亲自来，这让我极为震惊。第二天，我依然裹着那身怪模怪样的衣服，坐在屋子里，一分一秒地计算着时间，我的心里，一会儿充满了希望，一会儿又充满了恐惧，弄得我的

---

① 贵格派：又名教友派、公谊会，兴起于十七世纪中期的英国及其美洲殖民地。"贵格"为英语Quaker一词之音译，意为颤抖者，贵格会的特点是没有成文的信经、教义，最初也没有专职的牧师，无圣礼与节日，而是直接依靠圣灵的启示，指导信徒的宗教活动与社会生活，始终具有神秘主义的特色。富兰克林曾用风筝吸引雷电对电进行了探索。

脸红一阵白一阵。我心惊胆战，坐立不安，等着那张阴沉的脸出现。

比起平常来，姨奶奶这天稍微显得更加严厉和冷峻，除此之外，我看不出她为接待我最恐惧的客人做了些什么准备。她坐在窗前干活时，我坐在一旁胡思乱想，想象着谋德斯通先生的造访会有哪些影响，好的，坏的，全都想了。就这样一直到了傍晚时分，我们连午饭也没有吃，天色渐晚，姨奶奶吩咐开饭，话音刚落，她突然大惊失色地惊叫道，"驴子！"我抬头一看，惊恐万状，只见谋德斯通小姐骑着驴走了过来。她的驴子像是故意捣蛋似的，从那片神圣不可侵犯的草地经过，在房前停下来，朝四周打量着。

"滚开！"姨奶奶朝窗外摇着头，挥着拳，"你胆敢到这儿来！你胆敢闯进我的草地！滚开！哼，你这不要脸的东西！"

谋德斯通小姐依旧无动于衷地坐在驴背上东张西望着，我姨奶奶怒不可遏，气得整个人不能动弹，一时竟忘了像平常那样冲出去。我赶紧告诉她这人是谁，还告诉她此刻走在那个女人跟前的男人就是谋德斯通先生，由于门前的路有些陡，他被落在了后面。

"我才不管他是谁！"姨奶奶嚷嚷道，仍然坐在窗前，一面摇着头，一面挥舞着手臂，让他们滚开，"谁也别想侵犯我的地盘。决不允许。滚开！珍妮，把驴子拽走，把他们赶走。"于是，我躲在姨奶奶身后，亲眼看见了一场战争。那头驴子四条腿朝着不同的方向，死死地站在那儿，负隅顽抗，对谁都不耐烦。珍妮抓住缰绳想把它拽回去，谋德斯通先生却想把它拉着继续往前走，谋德斯通小姐用阳伞打珍妮，一些看热闹的小孩子凑上来，又跳又叫。突然，我姨奶奶火眼金睛，在这群小孩子中瞅见那个赶驴的坏小子，他虽然才十岁左右，却早已是姨奶奶的死对头，常常来冒犯她。我姨奶奶冲了出去，向他猛地扑了过去，一把揪住他，拖到了花园里，那个孩子使劲挣扎，他的衣服蒙住了头，两只脚胡乱地蹬着。我的姨奶奶一面死死地揪住他，一面命令珍妮去请警察和法官来逮捕他，当场审问他，当场惩罚他。这场战争并没有持续多长时间。这个坏小子会一点拳脚功夫，姨奶奶对此却一窍不通，所以，他很快就从姨奶奶的手里挣脱开来，骂骂咧咧地往外跑，花圃里留下一串深深的钉鞋印子。他还耀武扬威地把驴子也牵走了。

这场战争快接近尾声的时候，谋德斯通小姐才从驴背上跳下来。她和她弟弟并肩站在最下面的一层台阶上，等到姨奶奶抽出时间来迎接他们。刚从战场中抽身出来，我的姨奶奶余怒未消，她仍然不失威风地从他们身边走过，径直进屋了，根本不把他们放在眼里。直到后来，珍妮过来通报说客人来了。

"我要回避一下吗，姨奶奶？"我战战兢兢地问道。

"不用，先生，"姨奶奶说，"当然不用！"说罢，她就把我推到她身边一个角落里，再用一把椅子把我拦在里面，好像这儿是监狱或法庭的被告席。我一直待在那儿，看着谋德斯通先生和小姐走进屋来，目睹了会谈的全过程。

"哦！"姨奶奶说，"我一开始还不知道是和谁发生冲突呢。不过，我决不容许谁骑着驴子经过那草地。谁也不能例外。任何人都不可以。"

"你定的这个规矩，对于陌生人来说，可不合适哪。"谋德斯通小姐说。

"是吗？"姨奶奶说。

谋德斯通先生似乎生怕再起冲突，急忙插嘴道：

"特洛伍德小姐！"

"恕我冒昧，"我姨奶奶冷冷地看了他一眼说，"我那已故的外甥，也就是住在布兰德斯屯鸦巢的大卫·科波菲尔，我不明白为什么要叫鸦巢，他死后，留下了一个寡妇，一个叫谋德斯通的先生娶了她，你就是那个谋德斯通？"

"正是在下。"谋德斯通先生说。

"请恕我直言，先生，"姨奶奶继续说道，"如果你当初不去招惹那可怜的孩子，情况就会好得多，你也会快活得多。"

　　"这一点，我完全同意特洛伍德小姐所说的，"谋德斯通小姐神气十足地说道，"我一直认为，我们那个死去的可怜的克拉拉，在各个方面，都和一个小孩子没什么两样。"

　　"这正是你我倍感欣慰的地方，小姐，"我姨奶奶说，"我们都是一把年纪了，再也不会因为长得漂亮而招来麻烦，再也不会有人说我们是个小孩子。"

　　"是这样的，"谋德斯通小姐回答道，不过，她觉得她这样附和有点儿言不由衷，"正如你刚才所言，假如我弟弟没有娶她，他的情况一定比现在好得多，他也会比现在更快活。"

　　"我完全相信你说的，"姨奶奶说，"珍妮，"她摇了摇铃，说道，"请代我向狄克先生问好，同时请他下楼来。"

　　我姨奶奶一直挺直腰板端坐在那儿，对着墙壁皱着眉头，等着他下来。待他来到现场，我姨奶奶按规矩作了一番介绍。

　　"这是狄克先生。我的一个老朋友。我一向很信任他。"姨奶奶突然加重了语气，实际上这是在暗中提醒狄克先生，因为他正在咬他的食指，一副傻头傻脑的样子。

　　一听到姨奶奶这么说，狄克先生马上把食指从嘴里取出来，脸上露出一副严肃而专注的表情，站在这几个人当中。姨奶奶把头侧向谋德斯通先生，谋德斯通先生说：

　　"特洛伍德小姐，收到你的信，我觉得，为了更好地表明我的立场，为了更好地表示对你的尊敬——"

　　"谢谢你，"姨奶奶仍然冷峻地看着他说，"你不必在意我。"

　　"我觉得，还是亲自来一趟比较好，尽管出趟远门有诸多不便，"谋德斯通先生继续说道，"这个顽劣的孩子，他丢下他的朋友，丢下他的工作，逃走了……"

"瞧他那副模样，"他姐姐突然打断他的话，指着我这身怪异的装束说道，"真是伤风败俗，丢人现眼。"

　　"简·谋德斯通，"他弟弟说，"请你不要插嘴。这个顽劣的孩子，特洛伍德小姐，不管是在我那亲爱的妻子生前还是死后，他总是麻烦不断，闹得我们一家人仰马翻。这个孩子，性格乖戾，态度粗暴，脾气倔强，不服管教。我和我姐姐，千方百计想改掉他的恶习，却毫无成效。所以，我认为——我可以说，我们俩都认为，因为我姐姐和我的看法是完全一致的——你应当好好地听一听，我们对这个孩子的真实看法，这个看法绝对真实，不带任何偏见。"

　　"我弟弟说的这些话句句属实，完全不用我来证明，"谋德斯通小姐说道，"不过，我需要特别强调一点：这个孩子是我所见过的世界上最坏的一个孩子。"

　　"实在是太过分了！"姨奶奶说道。

　　"可事实上一点也不过分。"谋德斯通小姐说。

　　"哦！"姨奶奶说，"还有什么吗，先生？"

　　"至于教育他的最佳方式，"谋德斯通先生接着说，他和姨奶奶眯缝着眼睛，互相对视着，脸色变得越来越阴沉，"我自有主张。我的主张，一部分是凭借我对他的了解，一部分是根据自己的财力物力而定。至于这种主张是否行得通，这是我自己的事，我不想作过多解释。我把这孩子托付给我的一个朋友照顾，替他找了一份颇为体面的工作。可这孩子不乐意，竟然逃之夭夭，变成一个流浪汉，一个叫花子，穿得破破烂烂，跑到你这儿来诉苦。特洛伍德小姐，我想郑重其事地告诉你，你如果相信并袒护他，将会导致严重的后果。"

　　"你还是先说说那颇为体面的工作吧，"姨奶奶说，"要是他是你的亲生儿子，你也会把他送去干这个吗？"

　　"要是他是我弟弟的亲生儿子，"谋德斯通小姐又插嘴道，"我敢说，他的品性决不会是这个样子。"

"要是那可怜的娃娃——也就是他的母亲——还活着的话，你仍然会让他去从事那颇为体面的工作，是吗？"姨奶奶说道。

"我深信，"谋德斯通把头歪向一边说，"凡是我和我姐姐一致决定的事情，克拉拉决不会反对。"

谋德斯通小姐嘴里嘟囔着，表示她极力赞成这一说法。

"唉！"姨奶奶说，"不幸的蜡娃娃！"

狄克先生一直把口袋里的钱摇得哗啦作响，这时候声音更加响亮了，姨奶奶只好瞪了他一眼，示意他停下来，然后才接着说：

"那可怜的娃娃一死，她的年金也就没有了？"

"她一死，什么也没有了。"谋德斯通先生答道。

"那笔小小的财产——那座房子和那花园——那个没有鸟的鸦巢——也就没有她儿子的份了？"

"那是她第一个丈夫无条件留给她的。"谋德斯通先生开始说道，我姨奶奶怒气冲冲，极不耐烦地打断了他。

"啊，天哪！你怎么这么说。无条件留给她！她的丈夫大卫·科波菲尔那个人，我是太熟悉不过了，就是把条件明明白白摆在他面前，他也不会想到什么条件！他当然是无条件地留给她的。可是她再嫁时，说得直接点，在她迈出可悲的一步，嫁给你的时候，"姨奶奶说，"难道就没人站出来替这个孩子说句公道话吗？"

"我的亡妻很爱我，小姐，"谋德斯通先生说道，"而且是绝对信任我。"

"你的亡妻，先生，是一个头脑简单，最可怜、最不幸的蜡娃娃，"姨奶奶对他摇摇头说，"她就是这样一个人。现在，你还有什么要说的？"

"噢，我要说的，特洛伍德小姐，"他回答说，"只不过是我打算把大卫带回去——无条件地带回去。按照我认为最合适、最好的方式对待他。我到这儿来，绝不是向谁承诺什么，也不是向谁担保什么。你，特洛伍德小姐，对于他的逃跑，对于他的诉苦，你想纵容袒护他，因为，我看你的态度，不像是要处罚他的样子。但是，我想告诫你，你如果这一次纵容袒护了他，那你就得纵容袒护他一辈子，如果你这一次想管这件事，那你就得管他一辈子。我不会无理取闹，也决不允许别人和我无理取闹，我到这儿来，把他带走，是第一次，也是最后一次。他到底跟不跟我走？如果他不跟我走，那你就直接告诉我一声，不管你找什么借口，我才不管这些，从今往后，他休想踏进我家大门半步，而你家的门，我想，那就得永远为他打开。"

我姨奶奶专心致志地听着，腰板儿挺得直直的，双手叠放在膝盖上，正颜厉色地盯着说话的人。待他说完，她又把目光转向谋德斯通小姐，开口说道：

"哦，小姐，你有什么要说的吗？"

"事实上，特洛伍德小姐，"谋德斯通小姐说，"我要说的，我的弟弟已经说得一清二楚了，我所了解的情况，我弟弟也说得十分详细了。所以，我已经没有什么可说的了。只是有一点，我要特别感谢你，你对我们实在是太客气了。"

谋德斯通小姐不无讥讽地说道。但是她的这般讥讽，对我姨奶奶一点儿也不管用，就像我那晚在查坦姆靠着睡觉的那尊大炮一样，不起任何作用。

"这孩子有什么要说的呢？"姨奶奶说，"你打算跟他走吗，大卫？"

我说不，我坚决不跟他走。同时，我还请求她千万别让我跟他走。我说，谋德斯通先生和小姐一向都不喜欢我，从来都不会关心我。我的妈妈十分疼爱我，他们就百般折磨我妈妈。我心里明白这些，辟果提也知道。没有人相信，我这么小就吃了这么多苦。我苦苦央求我的姨奶奶，求他看在我父亲的分上，可怜可怜我，帮帮我吧。当时具体说了些什么，我记不清了，不过，我记得很清楚的是，当时连我自己都被我说的那番话给深深打动了。

"狄克先生，"姨奶奶说，"你说我该把这孩子怎么办？"

狄克先生沉思了一会儿，又犹豫了片刻，忽然喜上眉梢，回答说："马上为他量量尺寸，做一身衣服。"

"狄克先生，"姨奶奶神采奕奕地说，"我们俩握握手吧，你的建议实在是大快人心啊，"姨奶奶跟狄克先生热情地握了握手，然后把我拉到她的跟前，对谋德斯通先生说，"你想走就走，我决不强留。至于这个孩子，就让他留在我这里好啦。我倒要看看这个孩子坏不坏，如果真像你说的那样坏，至少我还可以照着你教给我的法子来管教他。不过你今天说的话，我从来就不信。"

"特洛伍德小姐，"谋德斯通先生站起来，耸了耸肩，回答道，"如果你是个男人——"

"什么！胡说什么！"姨奶奶呵斥道，"快跟我闭嘴！"

"真够客气的！"谋德斯通小姐站起身来叫道，"客气得让人受不了啊！"

姨奶奶对谋德斯通小姐的话置若罔闻，继续对他弟弟摇了摇头，愤愤不平地说："你以为我不知道，那个可怜的、不幸的、误入歧途的娃娃，在你们那里过的是什么日子吗？你以为我不知道，你追她的时候——我敢说，你对她百般献媚，百依百顺，道貌岸然，假装胆小，连见了只鹅都不敢吭喝一声？你以为我不知道，那可怜的娃娃命运是多么悲惨吗？"

"我还从来没有听过如此文明的话呢！"谋德斯通小姐说道。

"你以为我没有见过你就不了解？"姨奶奶继续说道，"现在我算是亲眼见到你本人，亲耳听到你的高谈阔论，你想知道我的感受是什么吗？那让我实话告诉你好啦，相当不痛快。哦，天啊！一开始的时候，谁会像谋德斯通先生那样甜言蜜语，温柔体贴？那个头脑简单、涉世不深的可怜娃娃，哪里见过像他这样的男人？他整个儿就像个糖人。他把她奉若神明。他一心一意地爱着她的儿子，把这个孩子视若己出。他要做这孩子的第二个父亲，他们要一起过美好的生活，住在盛开着玫瑰花的园子里，我说得不对吗？呸！你们给我滚开！滚得远远的！"姨奶奶说。

"我这一生还从来没见过这种人呢！"谋德斯通小姐惊叫道。

"你一旦把那个可怜的小傻瓜骗到手，"姨奶奶又说道，"——请上帝饶恕我这样称呼她，她已经去了你现在还不乐意去的地方——你还嫌没有把她和她的儿子折磨够，于是，你就变着法儿来作践她，对不对？你把她当成你笼子里的一只鸟，教她跟着你的调子唱，直到唱得断了气，送她去见上帝？"

"她不是疯了，就是喝醉了，"谋德斯通小姐见我姨奶奶滔滔不绝，对她置之不理，她显得气急败坏，"我怀疑她真是醉了。"

贝斯小姐压根儿不理会她，仍旧若无其事地对谋德斯通先生理论。

"谋德斯通先生，"姨奶奶用手指着他说，"在那个头脑简单的娃娃眼里，你就是一个专横的暴君，你伤透了她的心。她是一个心地单纯的孩子，我知道这一点，早在你们认识之前，我就知道她这一点，你利用她的弱点来伤害她，结果害了她的命。这会儿你该满意了吧。不管你爱听不爱听，反正这就是事实，你和你的帮凶好好去想个明白。"

"请允许我问一句，特洛伍德小姐，"谋德斯通小姐插进来说，"你说的帮凶是指谁啊？我怎么就听不明白？"

我姨奶奶仍然不予理睬，自顾自地继续对谋德斯通说道：

"我刚才就说过，早在你和她认识之前——老天才知道，为什么你会认识她，这真是个难解之谜——我就知道，那个可怜的、无助的小东西迟早会再嫁；可让我万万料想不到的是，她竟然会嫁给你这样的人！谋德斯通先生，记得她那时刚生下这个孩子，谁能想到，这个孩子日后竟成了你折磨她的工具，"我姨奶奶说，"我一想到这些就心如刀割。现在，这个可怜的孩子就站在你的面前，请你看看，他这副狼狈不堪的样儿，你这个罪魁祸首。唉，唉！你用不着往后退！就算我也没有看见，我也知道我没有说错。"

我姨奶奶说话的时候，谋德斯通就一直站在门边，面带微笑，看着姨奶奶，不过他的眉头紧紧拧在一起了。我看得出，虽然他脸上挂着微笑，却面如死灰，就像刚刚跑完步，正一个劲儿地喘着粗气。

"再见，先生！"姨奶奶说，"再见！小姐！"姨奶奶突然转向他姐姐说，"你要是再敢骑着驴去踏那片草地，我非得打翻你的帽子，一脚把它踩扁！这就像你脖子上顶着个脑袋这般地清楚明白，我这样清楚明白地警告你！"

要一个画家，还必须是个高明的画家，才能描绘出姨奶奶说出这惊人之语的表情，才能描绘出谋德斯通小姐听到这话那惊魂未定的神情。姨奶奶说这话时，态度强硬，表情冷峻坚毅。谋德斯通小姐默不作声，小心翼翼地挽着她弟弟的胳膊，气呼呼地走了出去。姨奶奶站在窗口看着他们，我确信，一旦那驴子出现，她立即会把她的警告付诸行动。

然而，谋德斯通姐弟并没有激惹她，姨奶奶的脸色渐渐舒展开来，甚至还显得和蔼可亲，我便鼓足勇气去亲吻她。我紧紧搂着她的脖子，亲吻着她，向她表示感谢。然后，我又和狄克先生握了握手。他一次又一次紧握着我的手，同时还放声大笑着，庆贺在这场唇枪舌剑中，我姨奶奶大获全胜。

"狄克先生，请你和我一起做这孩子的监护人吧。"姨奶奶说。

"能做大卫的儿子的监护人，"狄克先生说，"我开心极了。"

"那好，"姨奶奶说，"咱们就一言为定。你知道吗，狄克先生，我想让他改成我的姓，叫特洛伍德。"

"好啊，好啊，就让他叫特洛伍德，好啊，"狄克先生说道，"大卫的儿子叫特洛伍德。"

"你是说叫他特洛伍德·科波菲尔，对吗？"姨奶奶接着问道。

"对呀，对呀。"狄克先生说道，有点不好意思了。

姨奶奶对他的建议满意极了。那天下午，她就帮我买回了几件现成的衣服，还定做了一套衣服。然后，就用那永不褪色的笔，亲手在衣服上面写着"特洛伍德·科波菲尔"这个姓名。而且还规定以后凡是给我定做的衣服都要写上这个名字。

就这样，我有了一个新的名字，在一个全新的环境中开始了我的新生活。这些天来，我一直觉得前途未卜，忧心如焚，焦虑不安，如今，这一切都过去了，我感觉就像是一场梦。我从来就没有想过，我会有这么两个奇怪的监护人：姨奶奶和狄克先生。我也从没有清清楚楚地想过关于我的一切。不过，我心里有两件事情却是十分清楚：一是昔日的布兰德斯屯的生活已经变得十分遥远——仿佛像一层迷雾一样虚无缥缈；二是我在谋德斯通—格林伯货行的生活永远被一幅帷幕挡住了，从此再也没人掀开。即使在这本书里，我也是迫不得已，把帷幕掀开了一会儿，便匆匆放下。回想起那段日子，我的生活是那么辛酸，内心是那么痛苦，对未来是那么绝望，我甚至不愿去想，那备受煎熬的日子究竟持续了多长时间，一年，还是一年多，还是不到一年，我都记不清了。我只知道，曾有过的那段日子，已经结束了。如今，我把它写下来，就让它留在纸上吧。

第15章　重新开始

　　很快，狄克先生和我成了要好的朋友。等他忙完一天的活儿，我们便常常去放那只大风筝。每天，他都会花大量时间坐在桌子旁边，认认真真地写呈文，虽然他极其勤奋刻苦，却不见有任何进展。查理一世总是来打扰他，他只好扔掉，一遍又一遍地重新开始。他不断遭受挫折，却总是满怀希望。对于查理一世，他隐隐约约感到有些不对劲，拼命想把他抛诸脑后，但却无能为力，因为国王总是会挤破脑袋钻进他的呈文里来，把呈文搞得一塌糊涂。这一切给我留下深刻印象。即使有朝一日这呈文写好，狄克先生希望得到什么结果呢？他认为这呈文应当送往哪儿呢？他认为这呈文应当发挥什么作用呢？我相信别人不知道，他也同样不知道。其实，他压根儿没必要为这些问题自寻烦恼，如果这世上有什么确定无疑的事，那便是这个呈文永无完工之日。

　　看着他仰着头，把风筝放飞到高高的天空，那个场面才叫人感动呢。他以前曾告诉我说，他相信风筝能把糊在上面的言论传播开去，那些言论，其实只不过是一篇篇呈文的废稿子。或许，他这样说，仅仅是一种幻想。可是一到外面，他仰望着那高高飞翔的风筝，他拽着风筝线一拉一扯，幻想就变成了现实。他的神态是如此安宁祥和。黄昏时分，我陪他坐在绿油油的山坡上，看着他，只见他注视着那高高飞扬的风筝，神情是那么专注与投入，我当时多么渴望，那高高飞翔的风筝把他纷扰混乱的念头抛到九霄云外，尽管这一想法是多么幼稚。最终，他一点一点地收回手中的线，在美丽的晚霞映照下，风筝渐渐飘落，越来越低，最后摇摇欲坠，跌落在地，就像死去了一般，一动不动地躺在那儿，了无生气。这时候，他仿佛从梦中渐渐苏醒过来。我还记得，当时我看见他把风筝拿在手里，茫然四顾，怅然若失，好像他自己也跟着风筝一起坠落大地，我对他充满了无限的同情。

我与狄克先生的关系越来越融洽，越来越亲密。他的忠实朋友，也就是我的姨奶奶，也越发喜欢我。在短短几个星期里，她就把收养我时给我取的名字特洛伍德，简称为特洛。她是这么喜爱我，让我不由自主地重新燃起新的希望，要是我一直这么乖巧讨人喜欢，在姨奶奶的心目中，我就可以和我的姐姐贝斯·特洛伍德平分秋色呢。

一天夜晚，当她和狄克先生像平常那样摆好双陆盘棋后，姨奶奶对我说道："特洛，我们可不能忘了你读书的事。"

我一直担心着这事。如今听她这样一说，我简直是喜出望外。

"你愿意去坎特伯雷的学校念书吗？"姨奶奶问道。

我回答说，我非常愿意，因为那儿离她很近。

"那好，"姨奶奶说，"那咱们明天就去，行吗？"

我知道我姨奶奶是一个雷厉风行、说一不二的人，所以，她这样说，我一点儿也不感到意外，我满口答应道："行。"

"那好，"姨奶奶便说道，"珍妮，去雇那辆小灰马拉的双轮车，让他明早十点来接，你今晚就把特洛伍德少爷的衣物收拾好。"

听到这些吩咐，我喜上心头。不过我随即又开始自责起来，因为我看到狄克先生一下子变得不开心了。眼看我们就快分别了，狄克先生神情沮丧，根本没心思再玩双陆棋。姨奶奶用骰子筒敲了他几次，仍然无济于事，姨奶奶被迫无奈，索性把棋盘收起来，不再和他下。不过，姨奶奶说，遇上星期六我有时可以回来，遇上星期三狄克先生有时可以去看我，狄克先生一听这话，喜上眉梢。他还许下诺言，他一定要做一个更大的风筝，等着我回来和他一起放。可是，第二天早晨，他又变得闷闷不乐，非要把他所有的钱，金币、银币，全都送给我，我姨奶奶拦住了他，让他最多给五先令，不过，他再三恳求，非要给我十先令。

盛情难却，我只好收下这笔钱。我们在花园门前依依惜别，狄克先生一直站在那儿，目送着我们远去，直到看不见我们的身影为止。

我姨奶奶从来不在意别人的目光，她赶着那匹小灰马大摇大摆地经过多佛，神态自若地坐在高高的车座上，腰板儿挺得直直的，就像去参加什么庆典似的。

她目不转睛地盯着那匹马，决不允许马儿随意行动。不过，我们行走在乡村道路时，她便对马儿放松了一些。我坐在她身旁蓬松的垫子上，这时，她转过身子看了看我，问我开不开心。

"开心极了，谢谢您，姨奶奶。"我说道。

她听到这话，心里乐滋滋的，因为两只手都没有空出来，她便用马鞭轻轻地点了点我的头。

"那所学校很大吗，姨奶奶？"我问。

"哦，我不知道，"姨奶奶说道，"我们先去威克费尔德先生的家。"

"是他办的学校吗？"我问。

"不，特洛，"姨奶奶说道，"他办了一个事务所。"

有关威克费尔德先生的事，我姨奶奶似乎并不愿多说，于是我便不再多问，换了个别的话题。到了坎特伯雷，正好遇上赶集，姨奶奶大显身手，赶着小灰马，在车子、篮子、蔬菜和小贩的货摊之间穿梭。我们一路上东弯西拐，险些撞上那些东西，惹得旁人议论纷纷，冷嘲热讽，可我姨奶奶若无其事，从容不迫地继续驾车前行。我敢说，她哪怕只身深入敌国虎穴，依然会泰然自若，面不改色。

终于，我们在路旁一座古老的房子前停了下来。这座房子的上半部分往外凸出到了路上，它那又长又低的方格窗，也凸了出去，上面雕刻着头像的橡柱也向外凸出。整座房子，好似上身探了出去，去打探下面那狭窄的人行道上的人来人往。房子看上去干干净净，纤尘不染。低矮的拱形门上，镶嵌着老式铜门环，门环上刻着花果图案，像星星般闪闪发光；那两级往下通往屋前的石阶，洁白无瑕，好似罩上一层洁净的细麻布。所有的凸角、凹角、雕刻、浮雕，别具一格的小玻璃块，独具匠心的小窗子，它们像群山一样古老，也像山上堆积的雪一样洁白。

灰色小马停在了门前，我正在仔细打量这座房子时，突然看到在一楼的一个小窗户里——这个屋子一侧的一间小圆形屋子里——闪过一个人影，那人面色苍白，转眼间就消失了。紧接着，低矮的拱门打开了，那个人走了出来。他的面色如纸一样苍白，不过，皮肤深处还是透出一丝红色，就是与红头发人的肤色相似的那种红色。没错，这人果然是一头红头发。据我现在推测，这个年轻人也就十五岁的样子，不过他看上去比实际年龄大得多。他的头发剪得短短的，就像收割完的麦茬一样；他有着一双棕红色的眼睛，他几乎没有眉毛，也没有睫毛，我记得当时纳闷儿极了：这么一双毫无遮挡的眼睛，晚上怎么入睡啊？这个人肩膀高耸，瘦骨嶙峋，穿着一身整洁的黑衣服，系着一条白领巾，一排纽扣一直扣到脖子根儿。他站在马头旁，用手摸着下巴，仰起头来打量着我们，他的手格外引人注目。那双手又细又长，皮包骨头。

"威克费尔德先生在家吗，尤利亚·希浦？"姨奶奶说道。

"威克费尔德先生在家，太太，"尤利亚·希浦说，"请进来吧。"他用那细长的手指指了指他住的那间屋子。

我们下了车，把马交给他照料，就朝客厅走去。那客厅临着街，悠长、低矮。当我走进客厅时，从客厅的窗口一眼便看到尤利亚·希浦正朝马的鼻孔里吹气，然后马上又用手捂住，好像正在对马施什么魔法。客厅里高高的古老壁炉架对面，挂着两幅肖像画，一幅是一位男子正在看一捆用红带子捆着的文件，他的头发花白，眉毛浓黑，无论怎么看，都不像是一个上了年纪的人。另一幅是一位女人，她正打量着我呢，脸上的表情静谧甜美。

我正在四处张望，想寻找尤利亚的肖像画时，突然，房间那头的门打开了，一位先生走了过来。我一看到他，立马转身去看看第一幅肖像画，想确定那画中的人是否走了出来。那幅画纹丝不动。待那位先生走到光亮处，我这才发觉，他比起画上的他来说，苍老了许多。

"贝斯·特洛伍德小姐，"那人说，"请进来吧。刚才我正好有事，请你原谅，我没能出面相迎。你知道我的动机。我一生只有这一个动机。"

贝斯小姐向他表示感谢，我们跟着走进了他的房间。那个房间像是一间办公室，里面有书、文件、白铁皮柜等等。房间外面是一个花园。壁炉上方的墙中间，安放着一个铁制保险柜。我坐下来时，心里一直在琢磨，在清扫烟囱时，怎么才能避开这个保险柜呢？

"哦，特洛伍德小姐，"威克费尔德先生说道，我很快就看明白了，他就是威克费尔德先生，还知道他是一名律师，是当地一位有钱人的产业经纪人，"是什么风把你吹来的？该不会是什么妖风吧，我希望不是？"

"不是的，"姨奶奶答道，"我并不是为了打官司才来的。"

"这就好啦，太太，"威克费尔德先生说道，"除了这个，干别的什么都行。"

他现在的头发全白了，不过眉毛仍然又浓又黑。他的那张脸和蔼可亲，看上去十分英俊。他肤色红润，我以前听辟果提说过，他的这种肤色和喝红葡萄酒有很大关系，我还觉得他嗓音和这个也密不可分，他那胖乎乎的身体也和喝酒相关。他衣着整洁得体，穿着一件蓝色外套，一件条纹背心和一条棉布裤；他那做工精良的镶着荷叶边儿的衬衣，和那条细麻布的白领巾，看上去是那么洁白、柔软，让我不由自主地想到了天鹅胸脯上的一片白色羽毛。

"这是我的外孙。"我姨奶奶说道。

"我不知道你还有个外孙呢，特洛伍德小姐。"威克费尔德先生说道。

"准确地说是我的侄孙。"姨奶奶解释道。

"说真的，我真不知道你有一个侄孙呢。"威克费尔德先生说。

"是我收养的，"姨奶奶说完，摆了摆手，意思是他知不知道并不重要，"我带他到这儿来，是想给他找一所学校，让他接受良好的教育，也让他得到应有的照顾。现在，就请你告诉我，有没有这种学校，情况怎么样，以及有关这一切的信息，请你告诉我。"

"在我向你提出建议之前，"威克费尔德先生说，"我必须先弄明白这个老问题，你是知道的，你这么做，其动机何在？"

"真烦！"姨奶奶叫道。"你总想往深处去挖动机，这不是明摆着的吗？不就是想让这孩子过得快乐，让他成长成材吗？"

"我认为，这个动机还是挺复杂的。"威克费尔德先生微笑着，摇了摇头，表示有些怀疑。

"什么复杂不复杂，别瞎扯了！"姨奶奶答道，"你自称你无论做什么都只有一个简单明确的动机。你不要认为，这世界上只有你一个人动机是简单明确的，好不好？"

"唉，不过，我一生真的只有一个动机，特洛伍德小姐，"他笑着回答道，"别人的动机有成百上千个，而我只有一个，这就是我与众不同的地方。好啦，咱们把话题扯得太远了。你是说，要最好的学校吗？不管有何动机，都要最好的，是吗？"

姨奶奶点了点头，表示赞成。

"目前这儿最好的学校，"威克费尔德先生思考了一会儿说道，"你的侄孙暂时不能寄宿在里面呀。"

"但他可以寄宿在别的地方吧，我想？"姨奶奶建议道。

威克费尔德先生认为这倒是一个好主意。他们商量了一会儿，他建议姨奶奶和他最好一起去那所学校看看，然后再定夺。同样，还有两三家可提供寄宿的地方，他也可以带着姨奶奶去瞧瞧。我姨奶奶觉得这个建议不错，欣然接受。正当我们三个准备往外走时，他突然停下来，说道：

"也许我们这儿的小朋友，出于某种动机，不同意我们这一做法。我想，我们还是把他留在这儿吧。"

姨奶奶好像想和他争论，可为了尽快办理好事情，我便说，只要他们觉得合适，我很乐意留在这儿。于是，我返回到威克费尔德先生的办公室，坐到我先前坐的椅子上，等着他们回来。

这张椅子恰好对着一条窄窄的过道，过道的那头正好是一个圆形的小房间，我刚才就是从这个小房间的窗口看见尤利亚·希浦那张苍白的脸的。尤利亚把马牵到附近的马厩后，就回到这间屋子开始伏案工作。办公桌上放着一只挂文件的铜架子，此刻，他正在抄录挂在上面的文件。那份文件正好挡在我们之间，尽管他的脸对着我，我觉得他是看不见我的。不过，我再仔细一看，却发现他那双睡觉也合不上的眼睛，犹如两颗火红的太阳，不时透过文件下面的空隙瞅瞅我，每次瞧我都足足有一分钟的样子。他一边打量着我，一边奋笔疾书，或装模作样地写个不停。这一发现让我局促不安。有好几次，我想逃过他的眼神，比如说站在椅子上看对面墙上的地图，或全神贯注地去阅读肯特郡当地的一份报纸，可是，我总是无法抵挡这一诱惑，情不自禁地想去瞧瞧，每一次发现，那两颗火红的太阳，不是在冉冉上升，就是在缓缓西沉。

等了很长时间，姨奶奶和威克费尔德先生终于回来了，我一下子轻松了许多。他们这一趟并不像我所希望的那么顺利。学校条件的确不错，可是为我介绍的那几处寄宿的地方，姨奶奶并不满意。

"真是倒霉透了，"姨奶奶说道，"我不知道该怎么办才好，特洛。"

"是有点儿倒霉，"威克费尔德先生说道，"不过我倒是有个主意，特洛伍德小姐。"

"什么主意？"姨奶奶问道。

"把你的侄孙暂且留在这里吧。他看上去挺斯文的。他肯定不会打扰我的。这座房子，绝对是个读书的好地方，既清静又宽敞，就像修道院似的。就让他暂时住在这儿好啦。"

姨奶奶觉得这个主意倒是不错，不过她觉得有点儿过意不去，我也觉得有些难为情。

"就这么办吧，特洛伍德小姐，"威克费尔德先生说道，"要解决这个困难，眼前只有这个办法。不过，这仅仅是个权宜之计，是不是？要是不满意，或者我们彼此都觉得不方便，他也可以搬出去啊。这样一来，我们的时间也就宽裕了，可以慢慢物色更合适的地方。让他暂时住在这儿吧，别再犹豫不决了。"

"我非常感谢你的这番好意，"姨奶奶说道，"他也肯定和我一样对你心存感激，不过……"

"行啦！我明白你的意思，"威克费尔德先生说道，"特洛伍德小姐，你不用为领这份情而过意不去。如果你愿意，可以付他的食宿费。我们也不用讨价还价，你随便给多少都行。"

"这样的话，我非常愿意让他住在这儿，"姨奶奶说，"不过，我对你的感激之情，丝毫不会改变。"

"那我们就去见见我的小管家吧。"威克费尔德先生说。

于是，我们就沿着古香古色的楼梯上楼去。那楼梯的栏杆特别宽，我们甚至可以轻而易举地从上面走过去。我们来到一间旧式的客厅，屋子里的光线特别昏暗，三四个窗户透进一些亮光，也就是我站在街上看见的那些窗户。屋里摆设着几把古老的椅子，看上去像是橡木做的，与闪闪发亮的橡木地板和屋顶上的橡木横梁材质差不多。屋里的陈设别具一格，有一架钢琴，还有一些红红绿绿、色彩鲜艳的家具，装饰了一些花。那房间每个角落古韵悠长，别有洞天，要不摆放着一张奇特的小桌子，要不就是个古朴的书柜，或者一把小椅子，或者其他家具。每见一个角落，我都以为这是最好的角落，赞叹不已，殊不知，转眼间，下一个角落同样匠心独运，让人叹为观止。每一样摆设，看上去都显得古朴、典雅，与这座房屋的外形相得益彰。

装有护墙板的墙角有一道小门，威克费尔德先生轻轻地敲了敲门，一个小姑娘，和我年龄相仿，跑了出来，吻了吻他。从她的脸上，我一眼就看到静谧甜美的表情，和我在楼下看到的那幅肖像画有着异曲同工之妙。在我的想象中，肖像画中的她已经长大成人，而她本人，还只不过是个孩子。她显得那么阳光、快乐，浑身上下洋溢着静谧之美，她的神态看上去文静、安宁、平和。

威克费尔德先生说，这就是他的小管家，他的女儿艾妮丝。听他说话那种声音，瞧他握住她手那种表情，我就猜出，他一生的那个唯一的动机是什么了。

她的腰间挂着一只小篮子，里面装着钥匙。她的神态看上去是那么庄重、谨慎，与这座古老的宅院里所需要的管家毫无二致。她父亲向她提了我，她静静地听着，脸上露出喜悦之情。她对我姨奶奶建议说，让我们上楼去看看我的房间。于是，我们一起上楼去，她在前面带路。我们沿着那有着宽宽栏杆的楼梯，来到一间华丽的老式房间，房间里铺着橡木地板，镶嵌着菱形窗玻璃。

我记得在小时候，我曾在教堂里看见过一扇彩绘玻璃窗，具体是什么时候什么地方，我已记不清了。那画的题材，我也想不起来了。不过，当我看到她站在那古老的楼梯上，在幽幽的光线中缓缓转过身来，等着我们上楼去，我就想到了那扇彩绘玻璃窗。从那以后，我就总是把那扇窗子幽幽的光线与艾妮丝·威克费尔德联系在一起。

和我一样，姨奶奶对于给我作的安排感到十分满意。我们高高兴兴回到楼下的客厅里。姨奶奶担心那匹小灰马天黑前赶不回家，所以，说什么也不肯留下来吃饭。威克费尔德先生了解她的脾性，知道拗不过他，只好上了茶点。随后，艾妮丝回到家庭教师那儿，威克费尔德回到他的办公室，留下我们两个，可以毫无顾忌地互相道别了。

姨奶奶告诉我，威克费尔德先生会照顾好我的一切，我不会感到有任何的不便。同时，她还发自肺腑地给予我谆谆教诲。

"特洛，"姨奶奶最后说，"你要为你自己争光，为我争光，为狄克先生争光，愿上帝保佑你！"

我感激涕零，只好一个劲儿地向她说谢谢，并请她代我向狄克先生转达我的敬爱之情。

"不管什么时候，决不能卑鄙自私，决不能虚情假意，决不能心狠手辣。远离这三桩罪，特洛，我会永远对你满怀期望。"

我极为虔诚地答应她，决不辜负她的期望，永远要将她的教诲铭记于心。

"马车在门外了，"姨奶奶说道，"我要走了！你就留在这里吧。"

说着，她匆匆地拥抱了我一下，就走了出去，还顺手把门掩上了。见她离开得如此仓促，一开始，我还感到忐忑不安，生怕哪儿做错了惹恼了她，我不禁透过窗户往街上瞧一瞧，只见她神情沮丧地登上马车，连头也没有抬起来看一眼，便驾车离去了，这时，我才知道她或许心里也很难过，看来我刚才多虑了。

到了五点钟，这是威克费尔德先生的晚餐时间，我的心情才开始好转起来，准备去吃饭。餐桌上，摆着两份餐具，是为我和威克费尔德先生准备的。不过艾妮丝早在开饭前就在客厅等候了，现在她跟她父亲一块儿下楼来，坐在他的对面。一见这情景，我甚至有点儿担心，要是没有她的陪伴，他或许没法咽下这些食物。

吃完饭，我们并没有留在饭厅，而是上楼到了客厅。在一个舒适的角落里，艾妮丝为她父亲摆上酒杯和一瓶红葡萄酒。我想，要是那酒是别人替他摆上的了，他一定不会品尝出这美酒的滋味。

他坐在那儿，足足有两个小时，喝了不少酒。艾妮丝则弹弹钢琴，做做针线活，与她的父亲，还有我说说话。威克费尔德先生和我们在一起时，大部分时间都精神抖擞、兴致盎然，不过当他的目光落在她身上时，他便默不作声，陷入沉思。这时，她马上就觉察到有点儿不对劲，便向他问长问短，亲热地给他按摩着，把他从沉思中拉回来，他又开始喝起酒来。

艾妮丝煮好茶，并为大家斟上一杯。喝完茶，和饭后一样，她待了一会儿，便睡觉去了。临走的时候，她的父亲把她拥入怀里，吻了吻她。等她离开后，他才吩咐把他办公室的蜡烛点上。随后，我也睡觉去了。

到了夜里，我却走下楼来，沿着街道转悠了一会儿，想看看那古老的建筑和历史悠久的大教堂①，我的眼前又浮现出了过去曾路过这古老的城镇，曾经经过我住的这座宅院的情景，谁能料到，我现在竟寄宿在这儿。我回来时，看见尤利亚·希浦正在关闭事务所的门窗，我热情地走了过去，和他交谈了一会儿。分别时，我还礼貌地伸出手来，和他握了握手。哦，他的手黏糊糊的，冰冷潮湿！无论是触碰到他的手，还是看着他的手，都让人不寒而栗！事后，我反复搓了搓我的手，既想把我的手搓暖和一点，又想搓掉他的手给我留下的感觉！

那只手让人极不舒服，当我走进我的房间时，那种冰冷刺骨的感觉还挥之不去。我把头探出窗外，突然看见橡柱上雕刻着的一个人脸正瞅着我，我仿佛觉得那就是尤利亚·希浦，不知他怎么跑到那上面去了呢。我赶紧关闭窗户，把他挡在了外面。

---

① 这里指的是坎特伯雷著名的大教堂，这里是英国基督教的发祥地。

第16章　重返学校

第二天早晨，吃过早餐后，我又重新开始了学校生活。在威克费尔德先生陪伴下，我来到了这所学校。这座建筑坐落在一个大院子里，看上去庄严肃穆，处处弥漫着浓厚的学术氛围。那些离群的白嘴鸦和寒鸦，从大教堂钟楼顶上飞下来，在草地上闲庭信步，就像学者一般从容淡定。威克费尔德先生把我介绍给我的新老师斯特朗博士。

在我看来，斯特朗博士宛若学校门前那锈迹斑斑的铁栅栏和铁大门一样陈旧迂腐，又宛若铁栅栏和铁大门两侧的大石瓮一样沉重死板，这些大石瓮隔开一定距离，分别安放在院子外面的红砖墙上，就像是九柱戏柱子，专供时光老人来玩耍。他——我是指斯特朗博士——正待在他的图书室，身上的衣服脏兮兮的，头发乱蓬蓬的，齐膝短裤也没有系带子，黑色护腿也没有绑上，两只鞋张开黑乎乎的大嘴，随意扔在炉前地毯上。他的双眼黯然无神，使我联想到了多年前的一匹老瞎马，那匹马在布兰德斯屯的教堂墓地里啃草时，总是被坟墓绊倒在地。他说，他很高兴认识我，然后把手伸给我，弄得我不知所措，因为这只手却没有任何表示。

离斯特朗博士不远处，坐着一位年轻漂亮的女人，她正做着针线活。斯特朗博士管她叫安妮。我当时心想，这一定是他的女儿。她及时地替我解了围，她跪在地上替斯特朗博士穿上鞋，系上绑腿，她的动作麻利，神色愉悦。随后，我们就一起出门准备去教室。当威克费尔德先生向她道别时，我听他竟然称呼她是"斯特朗太太"，我不禁大吃一惊。我心里琢磨着，她究竟是斯特朗博士的儿媳妇呢，还是斯特朗博士的太太？就在这时，斯特朗博士解答我的疑惑。

"威克费尔德，有件事正好想问你，"博士在门廊里停下来，搭着我的肩问道："我太太的表哥的工作找得怎样了，有合适的了吗？"

"没有，"威克费尔德先生回答说，"没有，还没有。"

"我希望你能尽快帮他找份工作，威克费尔德，"斯特朗博士说，"因为杰克·麦尔登好逸恶劳，一贫如洗，如果这两个坏毛病一个都不拉下，会滋生更可怕的事出来。瓦茨博士①说过什么来着，"他看着我，摇头晃脑地引经据典，"魔鬼总是教唆懒汉去干坏事。"

"行啦，博士，"威克费尔德先生说道，"如果瓦茨博士真正了解人性，他也许会说：'魔鬼总是教唆大忙人去干坏事。'这句话同样有道理呢。你知道，大忙人在这世界上也干了不少坏事呢。这一两个世纪来，那些忙着争权夺利的人，他们都干了些什么？难道不是坏事吗？"

"我想，杰克·麦尔登决不会忙着去争权夺利。"斯特朗博士摸着下巴，若有所思地说。

"也许吧，"威克费尔德先生说，"你把我拉回到我们本该讨论的话题，请原谅我刚才跑题了。是的，我现在还没办法替杰克·麦尔登先生谋取一份工作。我觉得，"他有些犹豫地说道，"我看出了你的动机，这下就更加难办了。"

"我的动机是，"斯特朗博士回答道，"是为安妮的表哥找一份工作，他们俩从小玩到大，亲如兄妹。"

"这我知道，"威克费尔德先生说道，"无论是在国内还是在国外。"

"嗯！"博士回答道，显然，他对威克费尔德先生为什么要强调这几个字感到迷惑不解，"在国内，或者在国外。"

"你要知道，这可是你自己说的，"威克费尔德先生说道，"或

---

① 伊萨克·瓦茨（1674—1748）：英国神学家，被誉为"赞美诗之父"。

者在国外。"

"没错！"博士回答道，"是的。国内或者国外。"

"国内或国外？这两者，你就没有选择吗？"威克费尔德先生问。

"没有。"博士回答道。

"没有？"威克费尔德的语气里透着几分惊讶。

"一点儿也没有。"

"你没有考虑在国外比国内好吗？"威克费尔德先生道。

"没有。"博士回答道。

"我不能不信任你，我也理所当然地该信任你，"威克费尔德先生说道，"如果我早知道这点，那这件事就容易多啦。不过，我承认，我原本是另有想法的。"

斯特朗博士看着他，满脸疑惑，但转眼间，就化成微微一笑，他的笑容充满了和蔼、仁慈，给了我极大鼓舞。事实上，他的笑容，他的举手投足，他那博学善思、冷若冰霜的外表，都显得质朴无华。这种质朴无华，吸引着我，也鼓励着我。斯特朗博士一边振振有词地重复着"没有"和"一点儿也没有"这样的语言，一边迈着奇特的蹒跚步伐引着我们往前走。我留意到威克费尔德先生神色严肃，独自摇了摇头，根本没觉察到我在看他。

教室位于校园最僻静的一个角落，是一间特别宽敞的厅堂，外面正对着五六个大石盆，从这儿往外面眺望，还可以看见博士的私人花园，清幽古朴，朝南向阳的院墙，桃子快熟了。教室窗外的草地上有着两盆龙舌兰，它们的叶子宽宽的，硬硬的，就像是白铁皮做成的，每次看到它们，我总联想到宁静恬然。我们走进教室，大约有二十五名学生，他们正在聚精会神地看书，一见斯特朗博士走进来，他们便全体起立向博士问好，突然发现威克费尔德先生和我，他们便站住不动了。

"年轻的先生们，今天来了一位新同学，"博士说道，"他叫特洛伍德·科波菲尔。"

这时，班长亚当斯离开座位来到我面前，对我表示欢迎。他系了条白领巾，看上去像个年轻的牧师，不过非常热情友善。他把我领到我的座位上，还把我介绍给其他老师。他的举止彬彬有礼，让紧张不安的我感到一点儿安慰。

不过，我已经有好长时间没有和学生待在一起，除了米克·沃克和白面·土豆外，我有好长时间没有和同龄人接触了，如今，置身其中，我感到从未有过的陌生。我的境遇，他们一无所知；我的经历与体验，与我的年龄、外貌极不相称，与我一般大小的孩子大不相同，现在，要让我以一名普通学生的身份加入到这个集体，我觉得简直是在欺世盗名。在谋德斯通一格林伯货行待的那段日子，长也好，短也罢，我对学生所玩的运动和游戏早已不感兴趣了。在他们看来，哪怕是再简单不过的事情，我做起来也会显得笨手笨脚、毫无把握。我曾经学过的那一点儿东西，在每天起早贪黑为生计奔波劳碌中，早已抛到九霄云外。

如今，当他们对我进行测试，看看我的文化水平如何，我竟然一无所知，就这样，我被安排在学校最低年级上课。我不仅缺乏相应的技能和书本知识，更重要的是，我所知道的，比起我不知道的，更拉开我和同学之间的距离，与他们越发疏远，这让我感到更加焦虑不安。我时常想，如果他们知道我对国王法院监狱了然于胸，他们会怎么想呢？要是我无意间泄露我和米考博先生一家的瓜葛——典当东西，和他们一起吃晚饭，等等，他们又会怎么想呢？如果有同学曾见到我衣衫褴褛、狼狈不堪地走过坎特伯雷，而如今认出了我，我该怎么办呢？他们花钱大手大脚，如果知道我曾经节衣缩食，好不容易才攒足半便士，用来买每天的腊肠和啤酒，或一点儿的布丁，他们会怎么看我呢？他们对伦敦生活和伦敦街区几乎一无所知，如果他们发现我对伦敦那些肮脏黑暗的地方却了如指掌——连我自己都觉得羞于提及——他们会做何感想呢？在斯特朗博士学校的第一天，这些问题萦绕在我脑海里，让我久久不能释怀，我变得格外小心谨慎，做什么事情都缩手缩脚。一见有新同学朝我走来，我便退避三舍。刚一放学，我就匆匆溜走，生怕有人上来和我攀谈，主动向我问好，我一不小心便把我的过去暴露无遗。

可是，威克费尔德先生的古老宅院却拥有一股神奇的力量，我们三点钟便放学了，当我拿着新课本敲门时，我的惶恐不安便随之消失。我上楼来到那间空气流通的老式房间，楼梯间那片阴影似乎遮挡了我的不安与恐惧，往日时光变得虚无缥缈。我坐在房间里发奋苦读，直到吃晚饭的时候，我才放下书本。我的心里充满希望，我觉得我能够成为一名合格的学生。

艾妮丝在客厅里等着她父亲。威克费尔德先生还在办公室，有人还在找他办事。艾妮丝面带微笑，向我问好，问我喜不喜欢那所学校。我告诉她说，但愿我会喜欢上它，不过，我一开始还是觉得有点儿不习惯。

"你从来没上过学，"我说，"对吧？"

"哦，上学！我天天都在上学。"

"啊，你是说在这儿，在你自己的家里上？"

"我父亲什么地方也不让我去，"她笑着摇摇头说，"你知道，他的管家，就得待在他的家里呢。"

"我想他一定非常爱你。"我说。

她点了点，表示确实如此。随后她又走到门口，听听他是否上楼来，以便去迎接他。她没听到脚步声，所以又走了回来。

"我一出生，妈妈就去世了，"她用平静的语气说道，"我只见过她的画像，就在楼下。我注意到你昨天也在看那幅画像，是吗？你猜想过那是谁吗？"

我说，那画像和她像极了。

"爸爸也这么说，"艾妮丝快活地说，"听！我父亲来了！"

她那张平静而愉快的脸变得神采奕奕，她兴高采烈地去迎接他，两人手拉手走了进来。威克费尔德先生亲切地向我问好，还告诉我说，在斯特朗博士的教导下，我一定会非常愉快的，因为斯特朗博士是一个特别宅心仁厚的人。

"也许有人——我不知道会不会有这样的人——滥用斯特朗博士的仁慈，"威克费尔德先生问道，"特洛伍德，无论你做什么，千万别做那样的事。斯特朗博士从不怀疑任何人。暂不管这是优点，还是缺点，反正你和博士打交道，都应该注意这一点。"

我想，他是不是有些疲惫，还是对什么有所不满，才说出这番话；不过，我并没有来得及仔细思考，因为这时晚饭已经准备好了，我们就下楼去，按照先前的位子入座。

我们刚一坐下，尤利亚·希浦的红头发脑袋探了进来，他那瘦长的手也跟着伸了进来。他说：

"麦尔登先生求见，先生。"

"我刚把他打发走啊。"他的主人说。

"是的，先生，"尤利亚回答道，"可是麦尔登先生又回来了，他想跟你说句话。"

他推开门时，我始终觉得他在看着我，看着艾妮丝，看着饭菜，看着碟盘，以及屋里的一切，然而他又好像什么都没看，表面上，他装作一副谦卑恭敬的样子，那双红眼睛盯着主人。

"很抱歉。我考虑了一会儿，我不过想跟你说，"尤利亚身后传来一个声音，这时候，尤利亚的头被挤到了一边，说话的人脑袋探了进来，"——请原谅，打扰了——我不过想跟你说，我已经没有任何选择的余地，那就尽快让我出国去吧，越快越好。我和表妹安妮也商量过，她告诉我说，她希望亲朋好友都在身边，而不是天各一方，所以那老博士——"

"是斯特朗博士吧？"威克费尔德先生神情严肃地打断了他的话。

"正是斯特朗博士，"对方答道，"我喊他老博士，反正一样，这你知道的。"

"我不知道。"威克费尔德先生回答说。

"好吧，斯特朗博士，"对方说道，"我想，斯特朗博士也是持同样看法。可是，从你为我做的安排来看，他似乎改变了先前的看法。既然如此，我就没什么好说的了，越早离开越好。所以，我回来是想告诉你，我越早动身越好。既然非得往水里跳，在岸上迟疑不决又有何用？"

"你放心好了，我一定会尽快办理，不会耽搁你一分一秒。"威克费尔德先生说。

"谢谢你，"对方道，"非常感谢。我可不能受人恩惠还要挑三拣四，那也太没有礼貌了。可是，我相信，我表妹完全可以按照她的意愿来把这事办好，不费吹灰之力，我相信，安妮只需要对那个老博士说——"

"你是说，斯特朗太太只需对她的丈夫说——是这个意思吗？"威克费尔德先生说。

"可不是吗，"对方答道，"只需要说，某某事情，她想那样办，毫无疑问，他就理所当然应该那样办。"

"为什么是理所当然呢，麦尔登先生？"威克费尔德先生一边吃着饭，一边不露声色地问道。

"为什么理所当然？因为安妮又年轻又漂亮啊，而那个老博士——我是说斯特朗博士——既不年轻也不帅气，"麦尔登先生笑着说，"我并不是与某些人过不去，威克费尔德先生。我只是想说，在这种婚姻关系中，他应该有所补偿才显得公平合理。"

"给那位太太补偿吗，先生？"威克费尔德先生板着脸孔问。

"是的，给那位太太补偿，先生，"杰克·麦尔登笑着回答道。但他好像注意到，威克费尔德先生仍然无动于衷，板着一副面孔，继续不动声色地吃着饭，他便又说道：

　　"不过，我回来把我要说的话都说了，再次打扰你，我深表歉意，现在我得走了。考虑到这件事纯粹是你我之间的事，和博士家毫不相关，我当然愿意听从你的安排。"

　　"你吃过饭了吗？"威克费尔德先生说着，朝桌子摆了摆手。

　　"谢谢你，我要和我的表妹安妮一起吃饭。再见！"麦尔登先生说道。

　　威克费尔德先生并没有起身相送，只是心事重重地看着他的背影。在我看来，麦尔登先生是个相当浅薄的年轻人，虽说仪表堂堂，谈吐大方，却显得狂妄自大。这是我第一次看到麦尔登先生；那天上午刚听博士谈起他，没想到这么快就见到他。

　　吃过晚饭，我们又上楼了，一切都和头一天差不多。在同一个角落，艾妮丝又摆上酒瓶和酒杯，威克费尔德先坐下来喝酒，喝了很多。艾妮丝为他弹了一会儿钢琴，然后坐在他身旁，一边做着针线活，一边聊天，她还跟我玩了一会儿纸牌。到了喝茶时间，她就去准备沏茶；后来，我把书拿下楼来，她认真地看了看，耐心地把有关那本书的知识讲给我听——虽然她谦虚地说这没什么，但实际上在我眼里她非常优秀——她还告诉我怎样才能学好功课，给我传授一些方法技巧。如今写到这些时，她的音容笑貌又浮现在我眼前，我仿佛又看见她举手投足间所散发出的温柔静谧的气质，听见她优美悦耳的声音。从这以后，她对我产生了极大的影响，这种影响深入骨髓。我爱艾米丽，我不爱艾妮丝——我只是想说这两种爱性质不一样——不过，我却发现，只要艾妮丝在哪儿，哪儿便有善良、安宁和纯真；多年前我见到的那教堂彩绘玻璃窗的柔和光线，始终洒落在她的身上，我与她靠近时，那光线也洒落在我身上，笼罩在她周围一切事物上。

她就寝的时间到了，在她起身与我们告别后，我向威克费尔德先生伸出手，也准备睡觉去了，可他拦住我问："特洛伍德，你是愿意跟我们一起住呢，还是打算找别的地方寄宿？"

　　"跟你们住在一起。"我立刻答道。

　　"真的啊？"

　　"只要你愿意，我很高兴住在这儿！"

　　"嘿，孩子，我担心你会嫌这儿的生活太过沉闷呢。"他说道。

　　"我和艾妮丝一样，我们一点儿也不觉得沉闷，先生。一点儿也不。"

　　"和艾妮丝一样，"他缓慢地走到大壁炉前，倚靠在搁板上说，"和艾妮丝一样！"

　　那天晚上，他喝了不少酒，喝得两只眼睛通红，这也许是我的想象，并不是我亲眼所见，因为那时他一直盯着地面，还用手挡住了双眼，不过，在这之前，我曾留意过他的眼睛。

　　"现在，我真想知道，"他喃喃自语道，"我的艾妮丝是不是已经厌烦我了。我什么时候会厌烦她呢！可这两者并不是一回事啊，完全不是。"

　　他一边沉思着一边自言自语，我在一旁默不作声。

　　"这座宅院，古老、沉闷，"他说道，"这儿的生活，单调、枯燥、乏味，然而我却不得不把她留在这儿，让她继续待在我身边。我经常会想，要是我有一天死了，抛下我那可爱的宝贝，要是我的宝贝哪一天死了，留下我一个人，我们的生活将会怎样。这些想法就像鬼魂附体一般，在我快乐的时候，时不时纠缠着我折磨着我，我不得不沉溺于——"

　　他说到这儿便止住了，慢慢踱到他先前坐过的位子，拿着空酒瓶，机械地倒着酒，又突然地放下瓶子，走了回来。

　　"现在她在我身边，我还感到这般忧郁，"他说道，"要是她走了，我会怎么样？不，不，不。我决不能那样做。"

他倚靠在壁炉搁板上，沉思良久，我不知道我是该离开，还是该静静地等待他清醒过来。我担心要是我动身离开，这会惊扰他。我感到左右为难，不知如何是好。终于，他清醒过来了，他环顾着四周，最终与我的目光碰在了一起。

"跟我们一起住吧，特洛伍德，好吗？"他说道，又恢复了常态，似乎正在一本正经地回答我刚才提出的问题。"听到你的回答，我高兴极了。你是我们俩的好伙伴。你跟我们住在一起，实在是太好了，这个选择对我有好处，对艾妮丝也有好处，对我们大家都有好处。"

"我可以肯定地说，这对我也是大有好处呢，"我说道，"我很高兴住在这儿。"

"好孩子！"威克费尔德先生说道，"只要你喜欢，你就住在这儿吧。"他说着和我握了握手，还拍了拍我的背。他对我说，等晚上艾妮丝就寝后，我如果想做点什么，或是想读书消遣，只要他在家里，尽管下楼到他书房去，要是我想找个伴，也可以去书房陪他坐坐。我非常感谢他的这番好意。过了一会儿，他便下楼去了，可我还一点儿也不困，于是，我拿着一本书，也跟着下楼了，准备陪他坐上半个小时。

可是，当我看见小圆屋办公室透出灯光来时，尤利亚·希浦身上似乎有一种魔力，驱使着我情不自禁地想去看看他。于是，我走进了他的办公室。只见他的面前摆放着一本砖头厚的书籍，他正在全神贯注地读着，他那瘦长的手指划过一行行文字，就像一只蜗牛从书本上爬过，留下一条条黏糊糊的、湿漉漉的印迹，或许，这只是我的想象。

"这么晚了，你还在工作吗，尤利亚？"我说道。

"是啊，科波菲尔少爷。"尤利亚说道。

为了和他更好地交流，我就坐到他对面的凳子上，这时候，我才看出他的脸上并没有笑容，他只是咧开嘴角，腮帮子挤出两道僵硬的皱纹。

"我并没有忙事务所的事，科波菲尔少爷。"尤利亚说。

"那你在做什么呢？"我问道。

"我正在努力提高我的法律水平呢，科波菲尔少爷，"尤利亚说道，"我正在读提德的《诉讼程序》。哦，提德先生真是一位了不起的法学家啊，科波菲尔少爷！"

我的凳子很高，简直就像是瞭望台。他发出啧啧称赞声，我看见他又开始继续啃读着书，每读一行，他的食指就指向那一行。我注意到他的鼻孔又薄又尖，中间陡然凹陷下去，他的鼻翼极其怪异地一张一翕着，让人觉得极其别扭，好像它们在替那双从未眨过的眼睛眨动。

"我觉得你肯定是个了不起的法律学家吧？"我留心观察了他一会儿说道。

"我，科波菲尔少爷？"尤利亚说，"哦，不是！我只是一个卑贱的人。"

我看出，他那双手给我留下的印象，绝非我凭空想象。因为他时不时把两个手掌合在一起，使劲地揉搓着，好像要把手搓暖和搓干爽。我甚至还看见他掏出小手帕悄悄地擦拭着。

"我知道我是世界上最卑贱的人，"尤利亚·希浦极其谦卑地说，"至于别人怎么样，我就不知道了。我母亲也是个很卑贱的人。我们住的地方也很简陋。科波菲尔少爷，不过有很多地方得感谢上帝。我爸以前的工作也是相当卑贱，他在教堂干点杂活。"

"他现在在干什么呢？"我问道。

"现在他已到天国去了，科波菲尔少爷，"尤利亚·希浦说道，"不过，我们有许多方面得感谢上帝。能和威克费尔德先生在一起，多么感谢上帝的庇佑啊！"

我问尤利亚他跟着威克费尔德先生是不是很长时间了。

"我跟着他已经快四年了，科波菲尔少爷，"尤利亚说着，在书上读到的地方做了个记号，然后将书合上，"父亲去世一年后，我便跟着威克费尔德先生。我是多么感谢上帝的庇佑！威克费尔德先生慈悲心肠，免费收我为徒，我该怎样感谢他啊！要不，像妈妈和我这样身卑位贱，怎么可能出得起学费啊？"

"那么，等你学习期满，我想，你就可以成为一名正式的律师了吧？"我说。

"但愿上帝保佑，科波菲尔少爷。"尤利亚回答道。

"也许，有朝一日你会和威克费尔德先生合伙经营呢，"为了取悦他，我有意这么说道，"到时候这家事务所就会改名为威克费尔德-希浦事务所，或希浦-已故威克费尔德事务所了。"

"哦，不，科波菲尔少爷，"尤利亚摇了摇头，回答道，"我太卑贱了，怎么可能那样呢？"

他谦卑地坐在那里，斜眼看着我，咧了咧嘴巴，双颊露出两道深深的褶子，他的这副表情，和窗外橡柱上雕刻着的人脸惟妙惟肖。

"威克费尔德先生卓越杰出，科波菲尔少爷，"尤利亚说道，"如果你与他相处时间长了，我相信，你就会越发了解他，比我告诉你的更全面。"

我回答说，我相信他是个了不起的人；虽然他是我姨奶奶的朋友，不过，我和他还是初相识呢。

"哦，是吗，科波菲尔少爷，"尤利亚说道，"你的姨奶奶真是一位平易近人的女士，科波菲尔少爷。"

尤利亚说到动情处，浑身便像蛇一般扭动起来，模样十分难看，这样一来，我就顾不上听他对我姨奶奶的恭维，光顾着去看他的脖子和全身扭来扭去了。

"一位平易近人的女士，科波菲尔少爷！"尤利亚·希浦说道，"我相信，她一定也非常喜欢艾妮丝小姐吧，科波菲尔少爷？"

　　我大胆地说了声"是的"，请上帝饶恕我，其实我对此毫不知情。

　　"我希望你也喜欢她，科波菲尔少爷，"尤利亚说道，"不过，我可以肯定，你一定会喜欢她的。"

　　"人人都会喜欢她的。"我回答道。

　　"哦，谢谢你，科波菲尔少爷，"尤利亚·希浦说道，"谢谢你说这话！完全正确！像我这么卑贱的人，也知道这话百分之百地正确！哦，谢谢你，科波菲尔少爷！"

　　他情绪激动，身子扭动得更厉害，一不小心从凳子上扭了下来，既然这样，他便打算回家去了。

　　"母亲还在等我，"他说着，掏出一块颜色灰暗表面模糊的怀表，看了看时间说，"我回去晚了，她会担忧的。科波菲尔少爷，虽然我们都很卑贱，但我们却相依为命，相互关照。要是哪一天下午，你肯赏脸来看看我们，在那个简陋的屋子里喝杯茶，我母亲和我一样，一定会因为你的大驾光临而倍感荣耀呢。"

　　我说我非常愿意去拜访。

　　"谢谢你，科波菲尔少爷，"尤利亚说着，把书放回书架上，"我想，科波菲尔少爷，你还要在这儿住一些时候吧？"

　　我说，我相信只要我在这儿读书，我便会一直住在这儿。

　　"哦，真的！"尤利亚激动地说道，"我想，你最终也会从事这一职业，科波菲尔少爷！"

　　我极力辩解说，我并没有从事这一职业的想法，也没有谁替我作过这方面的安排。然而，他对我的声辩置之不理，一个劲儿地坚持说："哦，是的，科波菲尔少爷，我想你会从事这一职业的，真的！"或者说，"哦，真的，科波菲尔少爷，我想你会从事这一职业的，肯定会的！"他反复说个不停。最后，他终于收拾完东西，准备离开事务所回家了，他问我，把灯熄了，会不会不方便，我刚回答说不会，他便把灯灭了，留下了一团漆黑。在黑暗中，他和我握了握手，我感觉他的手就像一条滑溜溜的鱼；然后他把门打开一条缝，钻了出去，随手把门关上了，剩下我一个人摸索着往自己房间走去。一路上，我趔趔趄趄地走着，结果被他的凳子绊了一跤。正因为如此，那天夜里，我有一半的时间都梦见了他。在梦中，他驾驶着辟果提先生的那个船屋到了海上，成了一名海盗，打家劫舍、杀人越货，船桅上挂着一面黑旗，旗上写着"提德诉讼程序"六个大字，就在这面穷凶极恶的黑旗下，他正把我和小艾米丽绑架到西班牙海①去，准备把我俩活活淹死。

　　第二天上学时，我就不再那么紧张不安了，第三天，就好多了。就这样，我一点点地摆脱了紧张不安。不到半个月，我和同学们待在一起就变得轻松自然了。不过，我和他们一起做游戏时，我还有点儿笨手笨脚，在学习方面，也落后了一大截。我想，通过勤学苦练，刻苦钻研，我的游戏技能和学习成绩一定会不断提高。

　　因此，我学习特别用功，特别卖力，从而得到了大家的称赞。没过多久，我便淡忘了在谋德斯通—格林伯货行的那段生活，它们变得如此陌生遥远，我甚至不敢相信我曾有过那段经历，而眼下的生活，是如此熟悉如此亲切，仿佛这种生活我已经过了很久很久。

　　与克里克尔先生的学校相比，斯特朗博士的学校办得非常出色，简直有着天壤之别。它严谨规范，井井有条，有着一套健全的制度；凡事都充分尊重学生的意愿，充分信任学生的道德评判，充分发挥学生的才能，校方公开表明，每个学生身上都具备这样的品质，除非有

---

　　①　西班牙海：即加勒比海，在十六至十八世纪，这一带常有商船来往，是海盗的聚居地。

人证明他们不值得这样信任。这种理念产生了神奇的效果。我们都觉得，在参与学校管理方面，在维护学校声誉方面，我们人人有责，共同担当。如此一来，没过多久，我们便与学校融为一体，结下了深厚的情感——我敢保证，我就是这样的一名学生，我在校期间还从来没见过不是这样的学生——我们全都发愤图强，竭力为学校争光添彩。课余时间，我们开展了丰富多彩的游戏，还有不少自由活动。我记得，即使在课外，镇上的居民对我们也是赞不绝口，因为我们非常注重自己的一言一行，很少在仪表行为方面有失风范，使得斯特朗博士和斯特朗博士学校的名声受损。

有一些高年级的学生，寄宿在斯特朗博士的家里，因此我从他们那儿了解到有关博士的逸闻趣事——比如，他和我在书房里见着的那位美丽少妇结婚还不到一年，他们因为彼此相爱而喜结连理，而她呢，据我同学所言，除了一大堆穷亲戚，几乎身无分文。她的穷亲戚一门心思想把博士挤出学校，挤出家门。还有，博士总是一副冥思苦想的样子，原来他是在思索希腊的什么根。由于我当时孤陋寡闻，见博士散步两眼总是盯着地面，还以为他是一位植物爱好者，直到后来我才明白，这里的希腊根指的是希腊文词根，他正打算把这些词根编入一部新词典里。有人告诉我说，我们的班长亚当斯颇有数学天赋，他曾根据博士的计划和进展速度，计算出编完这部词典所需的时间。他说，从博士上次过六十二岁生日那天算起，还得花一千六百四十九年。

不过，博士本人依然是全校崇拜的偶像，如果不是那样，那么整个学校一定是一团糟，因为他心地善良，以诚相待，就连那墙头的那些石瓮也会被他感动。

他在学校旁边的院子里来回踱着步，那些在他周围飞来飞去的白嘴鸦和寒鸦狡黠地打量着他，眼里充满了不屑，似乎觉得博士在人情世故方面远没有它们精明。此时，不管是哪个无赖，只要来到博士的皮鞋边咯吱作响，引起他的注意，再向他倾诉一下悲惨遭遇，博士一定会大发慈悲，管这无赖两天吃好喝好。这种事全校皆知，所以教师和班长只好煞费苦心，把躲藏在墙角边或窗下的无赖驱赶出去，让他们离博士远一点。有时候，这种围追堵截，就在博士眼皮子底下发生，而他却依然自顾自地蹒跚前行，对此浑然不知。一旦他走出校门，无人保护，他就成了任人宰割的羔羊。他会慷慨解囊，把自己的护腿解下来送给别人。事实上，我们中间流传着这样一个故事，这个故事是否属实，我不得而知，但是我却深信不疑。据说，在一个严寒的冬日里，他果真把他的护腿解下来，送给了一个女乞丐，那个女乞丐用这副护腿包裹着一个可爱的婴儿，挨家挨户给人看，结果闹出一些闲话，各种流言蜚语满天飞。博士的那副护腿，就如附近的这座大教堂一样，远近闻名，妇孺皆知。这故事还说，唯一一个不认识这副护腿的，只有博士本人。不久，这副护腿就出现在一家小旧货铺里，这家旧货铺名声并不怎么好，因为平时常有人拿些这类东西来换酒喝。好多人看见铺主把那护腿拿在手里，爱不释手，赞不绝口，夸它款式新颖，比他自己的那一副好多了。

　　看到博士和他那年轻美貌的太太在一起，让人十分愉悦。他像一位慈祥的父亲，对他太太宠爱有加，仅凭这一点，就足以证明他是多么宽厚仁爱。我常常看见他们俩在花园里的桃树边散步，有时则在书房或客厅里看见他们，我可以从更近处观察他们的一言一行。我觉得，她对他悉心照顾，而且她很喜欢他，不过我认为，她对他编的那部词典一点儿也不感兴趣。博士总是不厌其烦，把一些难解的词条，随身放在衣服口袋里，或者塞在帽子里，一面慢条斯理地散步，一面津津有味地讲解给她听。

　　我经常见到斯特朗太太，一是因为在我初次拜见博士时，她就对我产生了好感，从那以后，她对我特别亲切，特别关照，二是因为她非常喜欢艾妮丝，和我们经常来往。我觉得，她在威克费尔德先生面前显得特别拘束，她似乎有些惧怕威克费尔德先生。要是她晚上来威克费尔德先生家，她从不让他送她回家，而是让我来陪着她去。有时候，我们一起满心欢喜地穿过大教堂的院子，本以为不会遇到谁，出人意料的是，我们往往与杰克·麦尔登先生不期而遇，他见了我们总会显出一副大为惊讶的样子。

我不太喜欢斯特朗太太的妈妈。她名叫玛克勒姆太太，但是，我们学生都通常喊她为"老将"，因为她有将军之才，可以率领一大帮亲戚朋友来讨伐博士。她个子瘦小，但有将帅气度，目光如炬，总喜欢戴一顶永远不变的便帽，用来装扮自己，那顶帽上饰有几朵假花，花上还有两只翩翩起舞的蝴蝶。我们都盲目地认为，这帽子一定是法国货，只有技艺精湛的法国人才能做出这样的帽子。据我所知，那顶帽子与玛克勒姆太太如影随形，无论玛克勒姆太太晚上在哪儿，那顶帽子就跟到哪儿。哪怕她去亲朋好友的聚会，她也会把帽子放进一只印度篮子里去赴会。那两只假蝴蝶一刻也不停地颤动，就像辛勤忙碌的蜜蜂，决不错过任何机会，源源不断地向博士索取钱财，贪占博士的便宜。

一天晚上，我遇着一个绝好的机会，来观察那位老将——我称她老将，并非对她不敬。那天发生的一件事给我留下了难以磨灭的印象，现在让我来讲一讲。那天晚上，博士家举行一次小型的宴会，欢送杰克·麦尔登先生，他即将去印度当军官或类似的差使。威克费尔德先生最终把这件事安排妥当了。而且那天正好是博士的生日。我们放了一天假，早上我们把准备好的礼物送给他，班长亚当斯代表全体同学致辞，我们欢呼雀跃，共同祝贺，欢呼声一浪高过一浪，响彻云霄，博士感动得热泪盈眶。晚上，威克费尔德先生，艾妮丝，还有我，我们一同前往他家，参加他专为亲友举办的宴会。

我们进屋时，看见杰克·麦尔登先生早已到了。斯特朗太太身穿一袭白衣，系着大红缎带蝴蝶结，正在弹奏钢琴，麦尔登先生则站在她身后，弓着身子为她翻阅乐谱。她转过身向我们打招呼，我发现她那白皙红润的容颜不似往日那样娇艳如花，不过，她看上去依然非常漂亮。

我们坐下后，斯特朗太太的母亲说："博士，我忘了向你表示祝贺。不过，你也知道，我的祝贺不仅仅是祝贺。我祝愿你长命百岁。"

"谢谢你，太太。"博士答道。

"长命百岁，长命百岁，"老将说，"不仅仅是为了你，也是为了安妮，为了杰克·麦尔登，为了许多其他人。杰克，那时你还是个小不点，比科波菲尔少爷还矮一个头，你和安妮躲在后花园的醋栗树丛中，玩娃娃家谈恋爱的游戏，现在回想起来，这一切就好像是昨天发生的。"

"我亲爱的妈妈，"斯特朗太太打断说，"不要再提那些事了。"

"安妮，别犯傻了，"她的母亲说，"你现在已经是一个结了婚的老女人，如果听到这样的话还害臊，那什么时候才会不害臊呢？"

"老女人？"杰克·麦尔登先生叫了起来，"安妮？是吗？"

"是的，杰克，"老将回答道，"她的确是一个结了婚的老女人。虽说，论年纪并不算老——你什么时候听我说过，有谁听我说过，二十岁的姑娘论年纪就算年老的？——我的意思是说，你表妹是博士的太太，正因为她是博士的太太，所以我才说她老了。杰克，你表妹嫁给了博士，对你来说，是大有好处的。你找到了一个有权势、肯帮忙的朋友。如果你表现再好一些，我敢肯定，他会待你更好呢。我可不喜欢打肿脸充胖子。我向来都是有啥说啥，我们家有些人需要朋友鼎力相助。你就是这样的一个人，靠着你表妹的关系，为你找了一个热心帮忙的朋友。"

博士听了这话，出于一片好心，摆了摆手，好像说，这没什么，就别再揭穿杰克·麦尔登先生的老底啦。可是，玛克勒姆太太站起身来，挪到博士旁边的一张椅子上坐下，把扇子放在他衣袖上，说道：

"不，这是真的，我亲爱的博士，我太激动了，嘴就停不下来，你一定要原谅我。我把这叫作偏执狂，我总是爱唠叨这些事。你是我们的大救星，你知道，你也是我们的大福星。"

"没什么，没什么。"博士谦虚地说道。

"不，不，我请你原谅，"老将继续说道，"这里除了我们亲爱的忠实朋友威克费尔德先生，再没有什么外人，不让我说话，我可不答应。你要是再阻拦我说下去，我可要使出丈母娘的威严，臭骂你一通。我是个实在人，有啥说啥。我现在要说的是，你当初向安妮求婚时，把我惊得都说不出话来——你还记得，我当时有多么震惊？我并不是说，求婚这件事本身有什么值得大惊小怪的地方——要是那么想，也太荒唐可笑了！——我感到震惊的是，你和她那可怜的父亲是老相识，她只有六个月大的时候，你就认识了她，你看着她一天天长大，我从来没想过你竟然会向她求婚，从来也没有想过——我就想说这个，你知道。"

"行啦，行啦，"博士和颜悦色地说，"别再说了。"

"可我偏要说，"老将说着，把扇子压在他的嘴唇上，"我非说不可。我现在重提旧事，要是有什么地方说得不对，请你们纠正。后来，我就和安妮谈起这事，告诉她事情的经过。我说，'亲爱的，斯特朗博士已经正式向你求婚了。'我带了一点逼迫她的意思吗？没有。我说，'安妮，你现在对我说实话，你有心上人吗？''妈妈，'她哭着说，'我还年轻呢。'——她说得没错——'有没有心上人，我也说不清楚呢。''听你这么说，亲爱的，'我又说，'看来你还没有心上人。不管怎样，亲爱的，'我又接着说，'斯特朗博士正焦急地等着回信呢，我们不能让他心绪不宁啊。''妈妈，'安妮哭着说，'要是没有我，他会很痛苦吗？如果是这样，我想我就答应他吧，因为我那么敬重他。'这事就这么定下来了。这时，直到这时，我才对安妮说，'安妮，斯特朗博士今后不仅是你的丈夫，而且还要代表你的亡父，成为我们一家之主，成为我们家的精神支柱和顶梁柱。我们全家人的生活来源，就靠他来供给。总而言之，他就是我们家的大救星。'我当时就是这么说的，我现在还是这么说。我若是有什么优点的话，那就是前后始终如一。"

她口若悬河，她的女儿一动不动地坐在那儿，默不作声，两眼望着地面发呆；她的表哥站在她身旁，两眼也注视着地面。这时候，她用微微颤抖的声音轻轻地问道：

"妈妈，我希望你说完了吧？"

"没有，我亲爱的安妮，"老将回答道，"我的话还没说完呢。既然你问我，我亲爱的，那我就告诉你，我还没有说完。我今天一定要好好数落数落你。你对你的家人实在有些不近人情；当然，对你说这些是没用的，得对你的丈夫说，哎，亲爱的博士，瞧瞧你那傻乎乎的太太吧。"

博士把脸转向她，露出纯真质朴的笑容，一脸的慈祥温存。这时，她把头垂得更低了。我看到威克费尔德先生正目不转睛地看着她。

"前几天，我无意间对这个小淘气说，"她母亲一边说着，一边开玩笑似的对她摇了摇头，挥了挥扇子，"家里出了点事，她可以向你说一说——我的确认为那件事应该向你说一说——可她却说，向你说一说就意味着要请你帮忙，你的心肠太好了，她只要说什么，你准答应。所以她就不肯说出来。"

"安妮，我亲爱的，"博士说，"你这样做就不对了。这等于是剥夺我的一种快乐呀。"

"我差不多也是这样对她说的！"她母亲大声说，"哦，说真的，下一次，要是再遇上什么事，我觉得应该告诉你，而她由于这个原因不愿开口，那我就只好亲自告诉你了，我亲爱的博士。"

"如果你那样做，我会非常开心的。"博士说道。

“是吗？”

“当然。”

“好吧，那我以后就亲自告诉你！”老将说，“一言为定。”我想，她的目的已经实现。她在扇子上吻了吻，然后用扇子轻轻地拍了拍博士的手，神气十足地坐回到她先前的位子上去了。

又来了一些客人，其中有两位老师和亚当斯聊的话题变得更广了，大家自然而然就谈起了杰克·麦尔登先生，他的海上旅行，他要去的国家，以及他的各种计划。那天晚上，吃过晚饭，他要坐马车去格雷夫森德，他要乘坐的船就停泊在那里。他这次出国，具体要待多少年，我也说不清楚，除非他休假或因病请假回来。我记得，当时，大家都一致认为，印度是一个被歪曲误读的国家，其实印度并不像大家所说的那样不好，只不过有一两只老虎，气温高时有点儿炎热罢了。至于我呢，我把杰克·麦尔登先生看作是现代的辛巴达[1]，想象他是东方君王的密友，坐在华盖下面吸着烟，那金制的烟管弯弯曲曲，要是拉直的话，足有一英里长呢。

据我所知，斯特朗太太有一副动听的歌喉，我常常听到她独自一人歌唱。但是，那天晚上，不知是她在众人面前害羞，还是嗓子不舒服，反正她完全唱不出来。起初，她想和她的表哥麦尔登来个对唱，可是她怎么努力，也唱不出声。后来，她又试着独唱，虽说一开始唱得不错，可唱着唱着，声音突然嘶哑了，她窘迫极了，低垂着头，倚靠在琴键上。博士说她是太紧张了，为了让她放松下来，博士建议玩会儿纸牌，其实，博士玩纸牌的本领，和他吹长号一样，可以说是一窍不通。不过，我注意到，老将立刻逮住他，要和他做搭档，让他把口袋里所有的钱交出来，由她保管。

我们玩得很开心。虽然那两只蝴蝶时刻不离博士左右，密切监督

---

① 辛巴达：《一千零一夜》中人物，是一位了不起的航海家。

282

着他，可是他还是屡次出错，惹得蝴蝶气急败坏。斯特朗太太推说自己身子不舒服，不肯参加。她的表哥也借故说要收拾行李，先行告退一步。可他收拾完行李又回来了。他们俩一起坐在沙发上聊天。她时不时过来看看博士手里的牌，告诉他该怎么出。她俯在他肩头时，脸色惨白，我感觉她在指着牌时，手不由自主在颤抖；可是博士见她这样关心他，开心极了，根本没有察觉到这一点。

吃晚饭时，我们的情绪都有点儿低落。这样的离别场面让人有些伤感，随着时间一分一秒的逼近，大家的心情越来越沉重。杰克·麦尔登极力想装出一副谈笑风生的样子，没想到，反而弄巧成拙，离别的伤悲笼罩在每个人心头。尽管老将絮絮叨叨地说起杰克·麦尔登小时候的事情，也无力改变这一凄凉局面。

不过，我可以肯定地说，博士自以为他让大家今晚都过得很开心，因此他也开心极了，他确信我们都开心到了极点。

"安妮，亲爱的，"他一面看着表，一面把自己的杯子斟满，并说道，"你表哥杰克动身的时刻到了，我们不能再挽留他了，因为时光和潮汐——这两者都和这次旅程相关——都是不等人的。杰克·麦尔登先生，你即将开始一次漫长的航程，即将奔赴一个陌生的国家；不过这两者，很多人都经历过，而且还会有许多人要去经历。你现在就要乘风远航，这风，曾经把千千万万的人送到幸福宝地，也曾把千千万万的人平安送回家。"

"一个好端端的小伙子，我亲眼看着他长大，"玛克勒姆太太说道，"如今，他却要撇下所有的亲朋好友，孤身一人去世界的那一头，也不知道前面是凶是吉，这实在是叫人难过啊。一个年轻人做出如此巨大的牺牲，就应该得到巨大的支持与照顾才对啊。"她说完，看了博士一眼。

"时光如流水般淌过，杰克·麦尔登先生，"博士接着说，"对于我们大家来说，时光如流水般淌过。我们当中或许有些人，根据自然规律，等不到欢迎你回来的那一天了。但愿我能活到那一天，能亲自迎接你的归来，这对我来说，是再好不过的了。我不必喋喋不休地劝告你要注意些什么。你眼前就有一位好榜样，那就是你的表妹安妮。你要向她好好学习，学习她身上的美德。"

玛克勒姆太太挥了挥扇子，摇了摇头。

"再见了，杰克先生，"博士站起来说，我们也都跟着站了起来，"祝你一路顺风，前程似锦，衣锦还乡！"

我们都举起杯，向麦尔登先生祝福，然后一一和他握手道别。接着，他仓促地和在场的女士道别，然后急匆匆地走出门，登上马车。为了欢送他，学生们早早地就在草地上集合了，发出了一阵欢呼声，惊天动地，震耳欲聋。我一路狂奔到学生队伍中，以壮声势。马车从我身旁驶过，在一片振聋发聩的欢呼声中，在漫天飞扬的尘土中，我看见杰克·麦尔登先生表情激动，手中紧紧地攥着一个红色的东西，从我前面飞驰而过，这个场景如此鲜活，深深地印在我的脑海里。

同学们又为博士发出欢呼声，继而又为博士太太发出欢呼，随后就散开了。于是，我又回到屋里，发现客人们都围在博士身旁，谈论着杰克·麦尔登先生怎么离开，如何忍受离别的痛苦，以及其他等等。正当大家议论纷纷时，玛克勒姆太太突然惊叫道："安妮在哪儿？"

安妮不见了。大家大声地呼唤着她，可是却没听到她的回答。于是，大家飞快地拥出屋子去寻找她，结果竟然发现她直挺挺地躺在门廊的地板上。大家先是惊慌失措，后来发现她只是昏迷过去了，便采用常见的急救方法，让她苏醒过来。博士把她的脑袋搁在自己的膝盖上，用手拨开她的鬓发，打量一下周围，然后说：

"可怜的安妮，她很忠诚，心肠太软！和她从小玩到大的伙伴、朋友、她喜欢的表哥分开，她实在是太难过了，这才昏迷过去了啊。啊！真可怜！我也说不出的难过！"

她睁开眼睛，发现自己竟然坐在这儿，周围这么多人看着她，便在大家的搀扶下站了起来，转过脸去，似乎想靠在博士的肩上，似乎是想把自己的脸藏起来，她到底是怎么想的，我也没弄明白。我们又都回到客厅，把她留给她母亲和博士照看。不过，她说，她这会儿精神状态比早晨感觉好多了，她想和我们待在一起。于是，大家把她搀扶进客厅，让她坐到一张沙发上。此时，我看见她的脸惨白暗淡，身子虚弱无力。

"安妮，亲爱的，"她母亲为她整理衣服时说道，"你瞧这儿！你的缎带蝴蝶结不见了。谁愿意帮忙去找找啊，一条大红色的缎带蝴蝶结。"

她胸前那个蝴蝶结不见了。我们大家全都出动了，一起帮着去寻找，把周围仔细寻个遍，结果谁也没有找着。

"你记得你在哪里丢了，安妮？"她母亲问。

她回答说，她刚才还戴着的呢，不过丢了就丢了，不必兴师动众去找了。她说这话时，我大惑不解，为什么她的脸色如此惨白，连一点血色也没有呢。

可是大家并没轻言放弃，继续认真找个不停。她恳求大家不要找了，可大家还是忙作一团，瞎找一通，直到她完全恢复过来，大家才起身告辞。

我们三人，威克费尔德先生、艾妮丝和我，慢悠悠地走回家去。艾妮丝和我欣赏着皎洁的月光，而威克费尔德先生则头也不抬地两眼直盯着地面。终于我们到了家门前，突然艾妮丝发现自己的小手提包遗忘在博士家了。我好不容易有了一个为她效劳的机会，于是我满心欢喜地跑回去找她的手提包。

我走进吃晚饭的餐厅，艾妮丝的手提袋就放在那儿，可是这会儿那里漆黑一团。不过这屋子有道门通往博士的书房，书房里的烛光透了进来，我于是壮着胆子走了过去，想告诉他们我的来意，并想要支蜡烛。

博士坐在壁炉边的安乐椅上，他那年轻的太太就坐在他脚旁的小凳子上。博士温和地微笑着，手里捧着那部永远也编不完的词典手稿，高声朗读着某一学说的理论阐释。她则仰起头来凝视着他。我生平第一次见到——她的面庞是那么美丽，脸色是那么惨白，神情是那么迷离，就像一个灵魂出窍的人，梦见极为可怕的东西，显出一副惊恐万状的样子。她究竟在害怕什么呢，我至今也不解。她的眼睛睁得大大的，她那褐色头发分成两绺儿披在肩上，撒落在那白色衣裙上，那个衣裙因为少了那丢失不见的缎带蝴蝶结，显得有点儿凌乱。虽然至今我还能清楚地回忆起她的神态，可是却读不懂这其中的含义。即使我现在变得更加成熟老练了，她那副神态重新出现在我面前时，我仍然无法解读。那神态里，有悔恨、惭愧、耻辱、骄傲、疼爱、忠诚，我似乎都看到了。而在这种种情感之中，我依然能清楚地看到那难以名状的恐惧。

我走进屋子，说明来意，惊扰了她，也惊扰了博士。当我把从桌上拿走的蜡烛送回来时，他正像一位慈父，轻轻地拍着她的头，说自己是个没良心的老东西，竟然只顾自己念稿子，没顾及她的感受，他其实早就该让她去休息了。

可是她却迫切地恳请他，让她留下来，让她真真切切地体会到他是完全信任她的。她小声地喃喃自语着，我猜想她的大意如此。我离开那儿，朝大门走去，她瞟了我一眼，然后又注视着他。这时，我看到她双手交叉着，放在他的膝盖上，依然仰起脸来注视着他，依然是那副神态，不过，比先前要平静了一些。博士又开始兴味盎然地读起手稿来。这一幕，让我久久难以忘怀。如果有机会，我将继续谈谈。

第17章　他乡故知

　　自从我出逃后，我就无暇提起辟果提。不过，等我在多佛安顿下来，我立马给辟果提写了一封信；姨奶奶正式宣布由她充当我的监护人后，我又给她写了封长信，详细讲述了一切；我来到斯特朗博士学校读书，我给她又写了一封信，告诉她我现在生活得很幸福，我的前途也十分光明。我动用了狄克先生赠送给我的钱，在这封信中，附信寄了半几尼金币给她，以偿还先前向她借的债。我在给她写这封信时，感到从未有过的快乐，直到这时，我才把那个赶驴青年抢走我的钱和箱子的事告诉她。

　　辟果提就像一位商务文书，迅速给我回了信，当然，用词方面，不及他们言简意赅。关于我长途跋涉这事，我猜她看后一定会大发感慨，虽然她的文字功底薄弱，但她在信中竭尽所能，淋漓尽致地表达她的情感，洋洋洒洒写了整整四页纸，句子前言不搭后语，有头无尾，一个接一个地感叹句。信中墨迹水渍，模糊一片，仿佛这仍然不能宣泄她的情感。但是，我却被它深深地打动了。这些墨迹水渍，所传递的情感远远胜过那些华丽的辞藻。因为它告诉我，辟果提写信时，一直是泪流满面，所以才会满纸泪痕，那怎能不叫我感动呢？

　　我一眼便能看出，辟果提依然对我姨奶奶没什么好感。她对姨奶奶的成见由来已久，现在一时半会儿让她转变，的确有些困难。她信上说，我们很难去看清一个人，贝斯小姐就是一个活生生的例子，想想吧，贝斯小姐和大家所了解的完全不一样，这真是个教训！这是她的原话。她显然对贝斯小姐心怀畏惧，因为她在向姨奶奶致谢的时候还显得有点胆怯，显而易见，她对我也放心不下，担心我不久又会出逃，因为她三番五次向我暗示，我要是去雅茅斯，她随时为我准备好路费。

她告诉我一件事情，让我十分难过，那就是我原来的家，家具全都卖掉了，谋德斯通先生和他的姐姐搬走了，房子锁起来，打算出售或出租。上帝知道，谋德斯通先生和他的姐姐住在那儿时，那座房子和我并没什么关系，不过，想到那座深情眷顾的老屋从此被人抛弃，无人照看，花园里杂草丛生，小路上堆积着厚厚一层潮湿的落叶，我心如刀绞。我想象着，冬日里，寒风在房屋周围怒号，凄冷的雨滴敲打着窗玻璃，月光照在空荡荡的房屋墙壁上，投下重重鬼影，与它们寂寞相守。我又想起了教堂墓地树下的那座坟墓，如今，那座房子仿佛也死了，与我父亲和母亲有关的一切，全都消逝不见了。

除此之外，辟果提再没说别的什么新鲜事。她在信中说，巴克斯先生是个称职的丈夫，只是仍然有点儿抠门儿。不过，她说人无完人，我们都有缺点，她自己身上也有一大堆的毛病呢。不过，说真的，我可从来没看出她有什么毛病。她还说，巴克斯也向我问好。我的那间小卧室随时欢迎我回去。辟果提先生很好，汉姆也很好，格米治太太仍然不太好，小艾米丽不愿意向我问好，不过她说，辟果提想代她向我问好，她也不反对。

我老老实实、原原本本把这一切告诉了姨奶奶，只是没有提到小艾米丽，因为凭直觉，我觉得姨奶奶不会喜欢小艾米丽。我在斯特朗博士学校上学不久，姨奶奶便来看了我几次。每次到来，都让人出乎意料，我猜想，她这样做，大概是想趁我不备的时候，来探探底。不过，她看见我学习刻苦，品德端正，而且听大家说我在学校里进步也很大，并没有虚度光阴，没过多久，她就不再来看我了。每隔三四个星期，在星期六，我便回多佛去看望她，在那儿度过周末时光。每隔一个星期，在星期三的时候我总能见着狄克先生，他坐驿车来的，中午到达，一直要待到第二天早晨才离开。

狄克先生每次来看我，总是随身携带一只皮的文件盒，盒里放着文具用品，还有那份呈文。他现在认为，时间紧迫，得赶紧把呈文写好送出去。

狄克先生非常喜欢吃姜饼。为了让他如愿以偿，姨奶奶吩咐我在一家点心店里开个户头，供他赊账，并且规定每天购买的姜饼不得超过一先令。

还有，他在旅馆里住宿等费用支出，一律得让我姨奶奶过目后再付。所以，我怀疑，他的钱只能听响声，不能随意花。我进一步调查发现，情况的确如此。他和姨奶奶之间似乎达成了一个协议，他必须把每笔开销如实告诉她。他从未想过要隐瞒她，相反，总是想处处讨她欢心，所以他花钱格外小心谨慎。狄克先生相信姨奶奶是女人当中最智慧、最能干的，正如他相信其他很多事情一样，对于这个方面，他深信不疑。他总是极其神秘地把这些想法告诉我，而且总是低声细语，生怕别人听见。

"特洛伍德，"一个星期三，狄克先生推心置腹地说完这番话后，又用神秘的语气问道，"有一个男人躲在我们房子附近，老是来吓唬她，你知道那个男人是谁吗？"

"吓唬我姨奶奶，先生？"

狄克先生点点头。"我相信没什么能吓倒她，"他说道，"因为她——"说到这儿，他声音一下子变得十分低沉，"不用说，是女人当中最智慧最能干的。"说罢，他往后一靠，想观察观察我听了他的这一看法会有什么反应。

"他第一次来的时候，"狄克先生说，"是——让我想想看——是一六四九年，那一年查理一世被处决。我记得，你说过是一六四九年，对吧？"

"对，先生。"

"我不明白，怎么会是那一年呢，"狄克先生一脸的困惑，摇摇头说，"我活了那么大岁数了，我真不敢相信。"

"那男人是在那一年出现的，先生？"我问道。

"是啊，"狄克先生说，"我弄不明白，怎么可能是在那一年，特洛伍德，你是从历史书上查出那个年代的吗？"

"是的，先生。"

"我猜想，历史是决不会欺骗我们，对不对？"狄克先生怀着一线希望说道。

"哦，不会的，不会欺骗我们的，先生！"我斩钉截铁地回答道，我那时年幼无知，还总是自以为是。

"我想不明白，"狄克先生摇摇头说，"是哪儿出了差错呢？不过，自从有人把查理一世脑袋里的一些烦恼错误地放进我的脑袋后，没过多久，那个人就出现了。那一天，天刚黑，我和特洛伍德小姐喝过茶，正一起出门散步，那人就在房子附近出现了。"

"他也在散步？"我问道。

"散步？"狄克先生重复道，"让我再仔细想想，仔细想想。不，不，他没有散步。"

为了弄清事情的真相，我直截了当地问，那人当时究竟在干什么呢。

"嗯，当时根本就没看到他在那里，"狄克先生说道，"他突然来到特洛伍德小姐的身后，悄悄地对她说起话来。她突然回头一看，一下子就晕倒了。我吓得目瞪口呆，一动不动地看着那个人，他就走了。从那以后，他就躲藏起来，不知是藏在地下还是别的什么地方，这可真是一件稀罕事！"

"从那以后，他真的再没露过面？"我问道。

"真的，"狄克先生郑重其事地点点头说，"他再没露过面，一直到昨天晚上。昨天晚上，我们正在散步，他又突然出现在她身后，我一眼就认出了他。"

"他又把我姨奶奶吓坏了？"

"吓得瑟瑟发抖，"狄克先生说着，装出一副害怕极了的样子，浑身颤抖，牙齿咯咯直响。"她扶住栅栏，哭了起来。可是，特洛伍德，走近一点，"他把我拉到他身边，窃窃私语道，"孩子，她为什么在月光下给他钱呢？"

"也许他是个乞丐吧。"

狄克先生摇摇头，根本不赞同这一说法。他反复强调说："不是乞丐，不是乞丐，不是乞丐，先生！"然后，他又接着说，后来在夜深人静的时候，他从窗口看见姨奶奶在花园栅栏外面给那个人钱，那人拿了钱就鬼鬼祟祟地溜走了，眨眼间就消失不见了。他认为，说不定那个人又躲到地底下去了。随后，我姨奶奶赶紧蹑手蹑脚地回到屋子，直到第二天早晨，她的表情还有些异样，这让狄克先生担心极了。

刚开始听他这样讲时，我还不以为然，以为那个人只不过是狄克先生的一种幻觉，和那个给他生活带来无尽苦恼的国王是同一类人物。可是后来我仔细想了想，我便疑虑顿生：会不会有人心怀不轨，企图通过恫吓的方式，把狄克先生从我姨奶奶身边掠走呢？我从姨奶奶的言行举止中可以看出，她对狄克先生一向关怀备至，爱护有加，所以，为了让狄克先生过上安宁日子，远离是非，姨奶奶迫不得已，只好拿出了一大笔钱，化险为夷。我和狄克先生亲密无间，因此十分在意他的一切，经我这一推测，我变得更加忧虑重重，提心吊胆。所以在很长的一段时间里，每逢星期三，我就魂不守舍，坐立不安，生怕他不会像往常那样，坐着驿车出现在我眼前。不过，他总是及时赶到，白发苍苍，笑容满面，神采飞扬，再也没在我面前提起那个把姨奶奶吓得直发抖的人。

这样的星期三是狄克先生一生中最快活的日子，这样的日子也给我的生活增添了无限快乐。没多久，他便成了全校皆知的人物。他除了放风筝，并没有参加其他游戏，因此，他对我们玩的所有游戏，和我们一样，都抱有浓厚的兴趣。有多少次，我曾看到他站在一旁，专注忘我地观看着打石弹和抽陀螺的比赛，脸上有着说不出的兴奋，遇到紧要关头，他紧张得连大气都不敢喘一下！有多少次，我看见他爬到小山坡，为正在玩狗追兔子游戏的同学们呐喊助威，双手高举过白发苍苍的头顶，使劲挥舞着帽子，把被处死的国王脑袋及相关的一切抛到九霄云外！有多少个夏日时光，他在板球场看比赛，是那么神采奕奕！有多少个冬日，他站在冰天雪地里，鼻子冻得发紫，看着同学们滑下长长的雪坡，他高兴得手舞足蹈，使劲拍着套着毛线手套的双手，拍得啪啪直响。

大家都很喜欢狄克先生。他的手非常灵巧，可以做出各种精美的小玩意儿。他可以把一只橘子雕刻成各种式样，大大超乎我们的想象。他可以把一只别针或其他什么东西，做出一条小船。他还会把羊膝盖骨做成棋子；把旧扑克牌做成罗马战车；把棉线轴做成转动的车轮；把旧铁丝做成鸟笼。最叫人称奇的是，他可以用细线和稻草做成各类小玩意儿。凡是能用手做出来的东西，我们都深信，没有什么能难倒他。

狄克先生声名鹊起，不再仅仅局限于学生圈子了。只过了几个星期三，斯特朗博士亲自向我打听他的情况，于是，我把我从姨奶奶那儿得知的情况，一五一十地告诉了他。博士听后饶有兴致，让我下次在狄克先生来时，介绍给他认识。我果真照办了，他们相互认识了。博士告诉狄克先生，从今往后，不管什么时候，他要是在驿站找不着我，就可以直接到学校来，一边歇息，一边等着我放学。过了不久，狄克先生养成了一个习惯，一到驿站，就径直赶到学校来。有时遇着我们放学晚一点，这在星期三是常事，他就在校园里散步，耐心地等着我。他还在校园里，认识了年轻美丽的博士太太。这一段日子，博士太太的脸色比以前更显苍白，而且，我觉得她很少露面，我和大家都不大容易看见她了。她也不像以前那样有说有笑了，不过她仍然还是那么漂亮。渐渐地，他和大家越来越熟悉，索性直接走进教室来等我了。他总是坐在固定的一个角落里，固定的一条凳子上，那条凳子因此被大家称作"狄克"。他坐在那儿，满头银丝，无论讲什么，他都伸长脖子专心致志地倾听着，对于过去没机会学到的文化知识，他表现出了深深的敬意。

狄克先生把这敬意推而广之，对博士同样充满了敬仰之情。他认为，博士是史上最富有学问、最有造诣的哲学家。很长一段时间，狄克先生和他说话时，总会把帽子摘下来；即便他和博士成为亲密无间的朋友，他们俩在我们称为"博士路"的院子里散步时，狄克先生还会时不时地脱帽，以表达对知识与智慧的尊敬。至于在这样的散步中，博士是从何时开始朗读那著名词典的章节片断，我不得而知。也许，一开始，他是打算读给自己听的，渐渐地，就变成了一种习惯。

狄克先生侧耳倾听，脸上闪耀着愉悦和自豪的光芒，他打心眼儿里觉得，这词典一定是世界上最耐人寻味的作品。

透过教室的窗户，我看到了他们俩来回地走着——博士脸上挂着会心的微笑，如痴如醉地朗读着，间或挥舞一下手稿，郑重其事地晃一晃脑袋；狄克先生则兴致勃勃地倾听着，其实，他那可怜的脑袋，假借那些生僻单词的羽翼，早已不知神游何方——这种情景，令人愉快，令人神往。我觉得，他们似乎要永远这样走下去，世界在这时变得如此恬静美好。世事纷纷扰扰，唯有此事，让我宁静致远，获益匪浅。

不久，艾妮丝也成了狄克先生的朋友。由于常去威克费尔德先生的住处，狄克先生也认识了尤利亚。狄克先生和我的友谊与日俱增，这友谊建立在一种极不寻常的基础上——狄克先生以我的监护人身份来照顾我，不过，但凡大小事情，他又总是虚心向我请教，并总是照着我的意见办理。我天资聪颖，他极其敬佩，而且还认为，正是得到姨奶奶的遗传，我才会如此聪明伶俐。

一个星期四的早晨，我正打算把狄克先生从旅馆送到驿站，然后再赶到学校上早自习。我们学校要上一小时的自习课才吃早餐。在路上，我遇到尤利亚。他提醒我说，我曾答应过他，别忘了到他家去，和他和他母亲一起喝茶，他说完又扭了扭身子补充道，"不过，我真不敢指望你会来拜访，科波菲尔少爷，我们太卑贱了。"

直到这时，对尤利亚这个人，我也说不清是喜欢呢，还是讨厌。我和他面对面走在街头，心里游移不定。可我觉得，被人看作骄傲自满是可耻的，于是，我只好说，我可等着他的邀请呢。

"哦，如果是这样，科波菲尔少爷，"尤利亚说道，"如果你真的不嫌弃我们卑贱，那就请你今晚到我们家好吗？不过，如果因为我们身份卑贱，你有所顾虑不愿光临，我希望你如实说出来，科波菲尔少爷，因为我们都有自知之明，知道自己的身份地位。"

我说，我得向威克费尔德先生征求意见，如果他同意的话，我一定乐意前往。于是，那天傍晚六点钟，赶巧事务所提前下班，我便对尤利亚说，我已经收拾妥当，准备动身了。

"母亲一定会倍感骄傲，"我们一起出发时，他说道，"如果说骄傲不是罪过的话，她一定会感到骄傲的，科波菲尔少爷！"

"可今天早上你却认为我很骄傲呢。"我回答道。

"哦，不，科波菲尔少爷！"尤利亚答道，"哦，请你相信我，不会的！我从不曾有那种想法！即使你认为我们太卑贱了，我也绝不会因此认为你很骄傲，因为我们确实是太卑贱了。"

"你最近还在钻研法律吗？"我换了个话题问。

"哦，科波菲尔少爷，"他极其谦卑地说，"我只是阅读一点相关的书，谈不上钻研。有时候在晚上，我花上一两个小时去读一读提德先生的书。"

"读起来比较费劲吧，我想？"我说道。

"对我来说，有时候，是很费劲，"尤利亚答道，"不过，对于头脑聪明的人来说怎么样，我就不知道了。"

他一面往前走着，一面用他瘦削的右手食指和中指，在自己的下巴处用一个曲调节奏叩打着。然后，他继续说道：

"你知道，科波菲尔少爷，在提德先生的书里，有一些拉丁文单词或拉丁文术语，对于一个像我这样浅薄无知的读者来说，是相当费劲的。"

"你想学拉丁文吗？"我脱口而出，"我可以教你，因为我正在学呢。"

"哦，谢谢你，科波菲尔少爷，"他摇头回答道，"我相信，你是出于一片好心，可是我太卑贱了，没资格接受。"

"胡说八道什么呀，尤利亚！"

"哦，请你原谅我，科波菲尔少爷！你的好意，我感激万分，老实说吧，向你学习，我求之不得呢，不过我知道我太卑贱了，还没等到我学出个什么名堂来，因为我身份卑贱啊，人们早就把我践踏在脚下。学问这东西，我们无福消受。像我这样的人，最好不要异想天开。如果要活下去，就只能卑贱地活下去，科波菲尔少爷！"

他说这番话时，他的脑袋摇个不停，身子谦卑地扭动着，嘴巴咧得大大的，两颊的皱纹深深地陷了进去。

"我觉得你说得并不对，尤利亚，"我说道，"我想，只要你愿意学，有些东西我可以教你。"

"哦，我相信你说的这话，科波菲尔少爷，"他答道，"一点儿也不怀疑。不过，由于你自己身份并不卑贱，你或许很难理解我们这些卑贱的人。对于身份高贵的人，我千万不能拿知识去冒犯他们，谢谢你的好意。我是个卑贱的人。这儿就是我卑贱的家，科波菲尔少爷！"

我们走进一家临街的老式屋子，屋檐低矮，我看见了希浦太太，她长得和尤利亚一模一样，只是个头略矮一点。她十分谦卑地接待我。连吻自己的儿子几下，她也向我连声道歉。她解释说，他们虽然地位卑贱，但也是有感情的，懂得相互关爱，他们希望他们的这份感情不会冒犯别人。屋子收拾得整洁干净，一半做客厅，一半做厨房，只是并不见得很舒适。桌上摆着茶具，炉架上放着水壶。屋子还摆放着一只带抽屉的柜子，上面装了块写字台台面，专供尤利亚晚上看书写字用，那儿还放着尤利亚的蓝色提包和一些文件，尤利亚的几本书也排放在那儿，其中提德的著作引人注目。另外还有一个角柜，以及几件常见的家具。我已想不起来是哪件东西看起来给人寒碜的、压迫的、凄凉的感觉，不过，毋庸置疑，这间屋子笼罩在这片气息中。

希浦太太仍然穿着丧服，或许这也是希浦太太表示卑贱的一部分吧。尽管希浦先生去世多年了，她依旧一身缟素，我想除了在帽子上有点儿让步外，其他方面，她的穿戴和开始居丧时并无二致。

"我相信，今天是一个值得纪念的日子，我的尤利亚，"希浦太太一边准备着茶，一边说，"因为科波菲尔少爷来看望我们了。"

"妈妈，我早就说过，你肯定会这么想的。"尤利亚说道。

"如果，我有什么理由让你父亲还活着的话，那理由就是，他可以亲眼见见我们下午来的这位贵客啊。"希浦太太说道。

这些恭维真叫我不安，不过，既然她把我当成贵客，我听了还是颇为受用的，因此，我觉得希浦太太还是挺不错的。

"我的尤利亚，"希浦太太说道，"早盼着这一天了，少爷。他生怕你会嫌我们卑贱，不肯赏脸。我也和他有一样的担忧呢。现在，我们很卑贱，过去我们也很卑贱，至于以后嘛，我们还是会很卑贱。"希浦太太说道。

"我相信你们不会老这样下去，太太，"我说，"除非你们愿意。"

"谢谢你，少爷，"希浦太太回答道，"我们知道我们的身份，我们能有这样的身份，已经感恩戴德啦。"

　　我觉察到希浦太太慢慢向我靠近，尤利亚也慢慢地凑到我对面来。他们毕恭毕敬地为我挑选着桌上最好的食物，其实，那些东西并不是那么美味可口。但我觉得最重要的是他们的热情与殷勤。不久，他们就开始谈论起姨奶奶来，我就告诉他们我的姨奶奶如何。接着，他们又谈起父母，我也跟着他们谈起我的父母。紧接着希浦太太谈起继父，我正准备说点什么，突然马上打住了，因为姨奶奶曾嘱咐我，千万不要谈这事。可是，一个小小的软木塞子，怎么敌得过一对开瓶子的起子；一颗稚嫩的牙齿，怎么敌得过两个牙医；一颗小小的板球，怎么敌得过一副板球拍呢；我，又怎么敌得过他们母子俩呢？他们对我想怎样，就怎样，把我原来不想说出来的，全都一点一滴套了出来，现在回想起来我还觉得脸红。

　　我那时太年幼无知、天真幼稚，他们对我如此谦卑恭敬，我只好由着他们来了，我把这看作是对他们的恩赐。

　　他们母子俩相亲相爱，这是无可厚非的。我觉得这是人之常情，我也为之感动。可是他们俩，一个说了什么，另一个马上接过话题，他们这样一唱一和，让我无从招架。等到有关我的情况被打探得差不多了（我在谋德斯通—格林伯货行的生活，以及我出逃的经历，我绝口不提），他们就开始谈论起威克费尔德先生和艾妮丝。尤利亚把球抛给希浦太太，希浦太太接住后又抛回给尤利亚，尤利亚把球接住，在手里拿了一会儿，又抛给希浦太太，就这样，他们抛来抛去，直到我头昏眼花，分不清球到底在谁手中。那球本身也在不停变幻着。时而是威克费尔德先生，时而是艾妮丝，时而是威克费尔德先生品德高尚，时而是我对艾妮丝大加赞赏。时而是威克费尔德先生的业务和收入，时而是我们吃过晚饭后如何消磨时光，时而是威克费尔德先生喝的葡萄酒，他喝酒的原因，以及他不该喝那么多酒。总之，时而这事，时而那事，时而几件事并提。我似乎言语并不多。除了担心他们为自己的卑贱感到自卑，我的光临让他们极不自在，我偶尔也说上几句凑凑热闹外，我好像并没有说什么，可我发现，我总是在不经意间，一点一点地透露出这样或那样不该透露的事情来，这从尤利亚那一张一翕的鼻孔就可以看出来。

我开始隐隐不安，想早点抽身离去。就在这时，忽见一个人影从门前经过——因为当时天气炎热，屋里也十分闷热，所以开着门透透气——他又走回来，向屋里瞧了瞧，并径直走了进来，一面大声叫喊道："科波菲尔！这是真的吗？"

原来是米考博先生！米考博先生戴着他的单片眼镜，手里拿着那根手杖，硬衬领挺立在脖间，仍然是一副温文尔雅的气派，仍然是降尊纡贵的语气，分毫不差！

"我亲爱的科波菲尔，"米考博先生伸出手说道，"世事多变，沧海桑田，我们又萍水相逢——简而言之，这是一次多么神奇的相会。我正在街上走着，心里正琢磨着，或许有什么意料不到的事情发生呢。对于这种事情，我现在胜券在握。万万没想到，我竟然遇到了我年轻而珍贵的朋友，在我命运攸关的重要时刻认识的一位朋友。科波菲尔，我亲爱的朋友，你好吗？"

我现在不能说——实在不能说——我为在那儿见到米考博先生感到喜出望外；不过，见到他我还是高兴的，我亲热地和他握了握手，还询问候米考博太太近况如何。

"谢谢你的问候，"米考博先生说着，他说着，像往常那样挥了挥手，把下巴也缩到了衬领里，"她差不多恢复了。那对双胞胎不再向天然的源头索取食物了——简而言之，"米考博先生又突然以非常神秘的语气说，"他们断奶了。米考博太太眼下正和我一起旅行呢。科波菲尔，她要是能见到你这位在神圣的友谊圣坛前最为诚挚珍贵的朋友，和你一起叙叙旧，她一定会乐开怀的。"

我说，我见到她也一定会开心极了。

"你真是太好了。"米考博先生说道。

米考博先生面带微笑，把下巴缩在衬领里，打量着四周。

"我可以看出，我的朋友科波菲尔，并非一人独处，"米考博先生文绉绉地说道，但并不像是针对某个人的，"而是在参加一场社交晚宴，同座的有一位孀居的女士，还有一位显然是她的子嗣——简而言之，"米考博先生又像是在说知心话般低声细语道，"是她的儿子。你要是能引见一下，我将倍感荣耀。"

这样一来，我只好被逼无奈，把米考博先生介绍给尤利亚·希浦和他的母亲，当他们在他面前极力贬低自己时，米考博先生坐了下来，还优雅地摆了摆手。

"凡是科波菲尔的朋友，"米考博先生说道，"都是我的朋友。"

"我们太卑贱了，先生，"希浦太太说，"我儿子和我，都不配做科波菲尔少爷的朋友。承他好意，他肯屈尊大驾，光临寒舍，跟我们一起喝茶，我们感激不尽。你能赏脸来坐坐，我们也万分感谢，先生。"

"太太，"米考博先生鞠了一躬说道，"你太客气了。科波菲尔，你现在在做什么？还在酒行？"

我的脸涨得通红，随手抓起帽子，急于想把米考博先生支开。我回答说："我是斯特朗博士学校的学生。"

"学生？"米考博先生扬起眉毛说道，"听到这话，我真是打心眼儿里高兴啊。虽然，像我朋友科波菲尔这样的头脑，"——他对尤利亚和希浦太太说，"根本就不需要专门培养。他深谙人情世故，他的头脑一片沃土，充满勃勃生机——"米考博先生又做出一副说知心话的样子，推心置腹地说，"他通览群书，才智过人。"

尤利亚那两只长长的手慢慢地揉搓着，上半身可怕地扭动着，以表示对我佩服得五体投地。

"我们可以去看看米考博太太吗，先生？"我说道，我想趁机赶快把米考博先生支走。

"如果你肯赏脸，科波菲尔，"米考博先生起身回答道，"当着各位朋友的面，我会毫不犹豫地说，多年来，我一直是个窘迫不堪、与困难不断做斗争的人。"我知道他一定会说这样的话，因为他向来以自己的困境为荣，"有时候，我击败了困难，有时候——简而言之，困难击败我。有的时候，我直面困难，对它进行穷追猛打，有时候，困难重重，我只好点头认输。我借用加图①的话对米考博太太说：'柏拉图啊，你所言极是，现在一切都结束了，我已不能战斗了。'不过，"米考博先生说道，"如果说，诉讼代理委托状和两个月及四个月的期票②将我逼入困境，给我带来无尽的烦恼，那现在，我想说，在我这一生中，最令人欣慰的是，我把我的烦恼向我的朋友科波菲尔一吐为快。"

米考博先生对我大加赞扬，结束的时候说："希浦先生！再见了。希浦太太！再见。"然后他温文尔雅地转身离开。一路上，他一边走着，一边哼唱着小曲，他的皮鞋咯噔作响。

米考博先生寄居在一家小旅馆里。他在这儿租了一间小屋子，这间小屋子是从流动商贩的客房里隔出来的，屋里弥漫着一股呛人的烟草味。我猜想这屋子下面就是厨房，因为一股股热烘烘的油烟味从地板缝里冒出来，一串串水珠儿挂在墙上摇摇欲滴。我想，这屋子离酒吧的吧台也不远，因为还可以闻到一股烈酒的味道，听到酒杯叮当作响。墙上挂着一幅赛马图，下方有一张小沙发，米考博太太斜躺在上面，头靠着壁炉，双腿蹬着屋子另一头的一个食品架上，那上面的芥末都被踢掉了。米考博先生抢先走进去，对她说道："亲爱的，请允许我为你介绍一位斯特朗博士学校的学生吧。"

---

① 加图：公元前一世纪古罗马政治家，斯多噶派哲学家。

② 期票：一种信用凭证，由债务人签发的，填写有一定金额，承诺在约定的期限由自己无条件地将所载金额支付给债权人的票据。

我顺便补充一下，虽然米考博先生一直对我的年龄和身份记不清楚，但是他竟然记住我是斯特朗博士学校的一个学生，因为这身份很荣耀。

米考博太太惊讶极了，不过见到我，她高兴极了，我见到她，也感到十分开心。我们热情地相互问好，然后我就在她那张小沙发上坐下来。

"我亲爱的，"米考博先生说，"你把我们眼下的处境给科波菲尔讲一讲，我想他一定好奇极了。我先去看一会儿报纸，看看广告栏中会不会有什么机会。"

"我以为你们在普利茅斯呢，太太。"米考博先生出去后，我对米考博太太说道。

"我亲爱的科波菲尔先生，"她回答说，"我们是去过普利茅斯。"

"还在等机会？"我含蓄地问道。

"是呀，"米考博太太说，"还在等机会。但事实上，海关并不需要人才。我娘家在那一带的势力不够，想要为米考博先生这样有才能的人找份工作，办起来非常困难。他们不愿意聘用一个像米考博先生那么有才能的人。他要是去了，会让其他人相形见绌。此外，"米考博太太说道，"我不想瞒你，我亲爱的科波菲尔，我娘家落户在普利茅斯的那一房亲戚，看到米考博先生、我，还有小威尔金斯和一对双胞胎一起去了，他们并没有热情地接待我们。我们原以为他们会热情地接待他的，因为他刚从监狱里放出来啊。事实上，"米考博太太压低声音说，"我只能对你说说，他们对我们极其冷淡。"

"唉！"我叹息道。

"唉，"米考博太太说道，"人会变成这样无情无义，想想真让人心寒，科波菲尔先生，但是，他们对我们确实是太冷漠无情了。事实上，我们在那里待了不到一个星期，我娘家落户在普利茅斯的那一房亲戚，就对米考博先生极不客气了。"

我说，他们应当为自己的言行感到羞愧。

"然而，事情就是这样，"米考博太太继续说道，"在这种情况下，像米考博先生这样有骨气的人，你说该怎么办呢？显然只有一个办法——跟我娘家的那房亲戚借了一笔钱回伦敦，说什么也得回来。"

"就这样，你们又回来了，太太？"我说道。

"我们又回来了，"米考博太太答道，"从此，我和我娘家人的另外几房亲戚商量，看看米考博先生还可以从事什么职业——因为我始终坚持他应该从事一份职业，科波菲尔先生，"米考博太太据实说道，"一家六口人，还不算女仆，总不能喝西北风啊。"

"当然，太太。"我说道。

"我娘家另外几房亲戚认为，"米考博太太继续说道，"米考博先生应当把精力放到煤炭上面。"

"放到哪儿，太太？"

"放到煤炭方面，"米考博太太答道，"煤炭行业。米考博先生打听了一下，他个人也觉得，像他这样有才能的人，或许在麦德威河①的煤业中能谋得一份职业。所以，米考博先生说得对，我们首先应该去实地考察一下麦德威河。于是，我们就来了，也考察过了。我之所以用'我们'，科波菲尔先生，因为我永远不会，"米考博太太动情地说，"我永远不会抛弃米考博先生。"

我含含糊糊地嘟囔了几句，表示对她的钦佩和赞赏。

"我们，"米考博太太又重复道，"去实地考察麦德威河了。而那条河上的煤炭行业，我个人认为，它或许需要才能，但它更需要资金。才能嘛，米考博先生有的是；资金嘛，米考博先生一无所有。我

---

① 麦德威河：在英国东南部，与泰晤士河的北海出海口交汇。

们把这条河大部分煤炭业都考察过了，这就是我的切身体会。米考博先生说，既然这儿离坎特伯雷大教堂这么近，要是我们不参观，那未免太不划算了——因为这座教堂远近闻名，我们从未来过；其次，在一个大教堂的城市里，说不定会遇上什么好机会。我们来这儿已经三天了，"米考博太太说，"可是至今，还没有遇上任何机会。我亲爱的科波菲尔先生，我们眼下正等着伦敦汇款来，以结清这家旅馆的费用。也许陌生人听了，会深感震惊，你听了也就不足为奇了。要是那笔汇款寄不来，"米考博太太说到这儿，异常激动，"我就不能回到我的家——伦敦彭通维尔①的家，不能见到我的儿子、女儿和那对双胞胎了。"

　　米考博夫妇似乎到了山穷水尽的地步，我听了这些，对他们心生同情。这时候，米考博先生已经回来了，我向他表示我的同情，并说，要是我有钱那该多好，他们需要多少，我就借他们多少。米考博先生心如乱麻，他握住我的手说："科波菲尔，你是我真正的朋友，不过，一个人被逼到走投无路的地步，无论是谁，总能找到一个有刮胡刀的朋友。"这几句话暗含着可怕的结果，米考博太太一听，立马搂住米考博先生的脖子，哀求他冷静下来。米考博先生放声痛哭。不过，不一会儿便止住了哭声，摇铃叫来侍者，点了一份热腰花布丁，一碟小虾，作为第二天的早餐。

　　我向他们告别时，他们俩热情地再三邀请我，在他们走之前，一定要和他们吃顿饭，我不好拒绝，只好答应下来。不过我知道，第二天晚上不行，因为我有很多功课要做。于是米考博先生便和我商量，第二天上午，他到斯特朗博士的学校来看我。因为他预感到，那笔汇款会随早班邮车送来。他还提出，要是第三天晚上方便的话，就去他那儿坐坐。果真，第二天上午，我被喊出教室，在客厅里见到米考博

───────────────

　　① 彭通维尔：在伦敦西边。

先生，他来告诉我，我们的晚餐按约定时间进行。我问他收到汇款了吗，他没有回答，只是握了握我的手，转身离开了。

就在那天晚上，我朝窗外看了看，突然看到米考博先生和尤利亚手挽着手从大街上走过，这让我极其惊讶，极为不安。尤利亚自感卑微，认为和米考博先生待在一起是无上荣耀，而米考博先生则沾沾自喜，认为这是对尤利亚的极大恩典。

第二天，我按照约定的时间——下午四点——应邀去那家小旅馆，米考博先生告诉我说，他还陪着尤利亚一起回家，在希浦太太家里喝过加水调制的白兰地。这一消息，更是让我深感震惊。

"我跟你说，我亲爱的科波菲尔，"米考博先生说道，"你的朋友希浦，这个年轻人将来肯定要当大法官。要是在我危难时刻那会儿，认识了这个年轻人，我可以说，我对付那些难缠的债主，一定会有更加高明的办法。"

我不明白他这话从何说起，因为，事实上，他一分钱也没有还给那些债主。不过我不愿再问。我也不愿提醒他，希望他不要和尤利亚交往过密，也不愿意问他，他们言谈中是否提到我。我不愿意伤害米考博先生的感情，无论如何，我也不愿意伤害米考博太太的感情，因为她极其敏感。可是这件事让我总是放心不下，事后还总是惦记着它。

我们吃了一顿精美可口的晚餐——一道味道鲜美的鱼，一份烤牛腩，一道炸香肠，一只鹧鸪，一份布丁。我们喝的是葡萄酒和烈性十足的麦酒，饭后，米考博太太亲自为我们调制了一钵滚烫的潘趣酒。

米考博先生开心极了。我和他在一起，从来没见过他这么开心过。他喝了一点潘趣酒后，容光焕发，脸上就像抹了一层油彩。他深深地爱上了这座城市，频频举杯为它祝福，祝福它更加繁荣昌盛。他说，米考博太太和他在这儿过得极其舒适惬意，他们绝不会忘记在坎特伯雷度过的美好时光。后来，他又对我举杯祝愿。他、米考博太太，还有我，我们三人又把我们昔日的友谊重新回忆了一遍，回忆中又把我们的家具财物等重新变卖了一遍。随后我向米考博太太敬酒，我很有礼貌地说道："米考博太太，请允许我向你敬酒，真诚地祝你身体健康，太太。"米考博先生马上不失时机地发表了一番溢美之词，盛赞她一直是他的导师、军师和密友。他还对我建议说，等到我结婚的时候，要是能好好挑选，一定要挑选一个像她这样的女人，一定要娶一个像她这样的好女人。

几杯潘趣酒下肚，米考博先生变得更加亲热，更加兴奋。米考博太太的精神也跟着高涨起来，于是我们唱起《友谊地久天长》①。当唱到"忠实的朋友，伸出你的手"，我们就围着桌子手牵着手；当我们唱到"再来痛饮一杯欢乐酒，为了往昔的时光"时，我们虽然一点儿也不明白这句话的意思，但我们却深受感动。

总之，米考博先生那天晚上一直精神百倍，喜笑颜开，他玩得是那么开心，那么尽兴，那么忘我。直到最后，我向他和他那和蔼可亲的太太告别时，他的兴致依然十分高涨。因此，第二天清晨七点钟，我接到下面这封书信时，一看落款时间是晚上九点半，也就是我离开后的一刻钟，简直大出意料。

我亲爱的年轻朋友：

一切皆成定局，一败涂地，尘埃落定。今晚，我戴着强颜欢笑之面具，遮掩了山穷水尽之悲痛，我全然了无勇气告诉你，汇款之事，已经彻底无望矣！此情此景，忍之可耻，思之可耻，谈之亦可耻。在此旅馆之欠款，我已立下期票，约定十四日后，在伦敦的彭通维尔公寓偿清。届时定将无钱可付，唯有毁灭而已。

---

① 原为著名诗人彭斯（1759—1796）的一首同名诗，原诗用苏格兰方言写成，故大卫不明白歌词意思。也译为《往日的时光》，文中两句是最后一段，出自王佐良译稿。

雷霆万钧，大树必被击倒在地。

现在写信给你的这个可怜虫，亲爱的科波菲尔，让其成为你一生之明鉴吧。他写信给你，其良苦用心在此，其寄予希望亦在此。倘若此人坚信，自己尚可发挥微末作用，那么他那暗无天日之监牢余生，也就注入一缕阳光——然则，他之寿命，就眼下而言，尚且存疑，似乎天不假年也。

此乃我之绝笔，亲爱的科波菲尔。

沦落街头的乞丐

威尔金斯·米考博

这封信，催人泪下，发人深思，我飞快地朝那家小旅馆跑去。我想赶在上学之前去那儿一趟，我想当面安慰米考博先生。可是，跑到半路上，迎面遇上了一辆去伦敦的驿车，只见米考博先生和太太坐在车后面，米考博先生笑逐颜开，一面倾听米考博太太说话，一面从纸口袋里掏出核桃吃，他的脖子上还挂着一只酒瓶子。他们并没有看见我，我左思右想，觉得还是不去见他们为好。于是，我心里一块石头落了地，拐进一条最近的小巷上学去了。

他们走了，我一下子感到轻松了许多。不过，我还是挺喜欢他们的。

第18章　一次回顾

我的校园生活啊，我的生命旅程，悄悄从童年滑向青年时代！这种演变无声无息，悄然进行。岁月如流水，那段生命的河流，早已变成干涸的水渠，如今已杂草丛生，让我再仔细回想，沿途还留下什么踪迹，能让我记起它当年的奔涌向前。

眨眼间，我又坐在大教堂里了。每个礼拜天的早晨，我们全体同学先在学校集合，然后一起来到大教堂。泥土的气息，阴沉的天空，与世隔绝的感觉，那在黑白两色的拱形穿堂和侧堂萦绕的风琴声，如同一对翅膀，托我飞回往昔时光，在半睡半醒的梦中翱翔。

我不再是学校里最差的学生。在几个月里，我已赶超好几名同学。不过，那个考第一的学生，对我来说，是一个出类拔萃的大人物，高不可攀，遥不可及，令人羡慕。艾妮丝说"不见得"，我说"千真万确"，并且还告诉她，那个了不起的人物学识渊博，才华出众。而她却认为，即使像我这样一个并无远大抱负的人到时候也会赶上他，和他并驾齐驱。和斯蒂夫不一样，他并不是我的密友，也不是我的保护伞，但我依然十分崇敬他。我一直很好奇，像他这样优秀的学生，从斯特朗博士学校毕业后，他到底会成为什么样的人，人们要付出多大的心血，才能和他势均力敌啊。

突然，一个人不期而至，闯入我的脑海，这人是谁呢？原来是我爱的谢福德小姐。谢福德小姐是尼丁格尔小姐学校的寄读生。我很仰慕她。她是一个小巧玲珑的姑娘，穿着一件短外套，圆圆的脸蛋儿，一头卷曲的淡黄色头发。尼丁格尔小姐学校的女孩们也来教堂做礼拜。我无法专心致志地看我的经书，因为我的目光被谢福德小姐深深地吸引了。唱诗班唱歌时，我只听见谢福德小姐的声音。祈祷时，谢福德小姐的名字一直萦绕心间，我把她的名字加进祷文中，列入王室家族①里。回家后，在我自己的房间里，我会不由自主地大叫起来："哦，谢福德小姐！"

有一段时间，我对谢福德小姐的心思捉摸不透。后来，多亏命运之神眷顾我，我们在舞蹈学校又相遇了。谢福德小姐成了我的舞伴。我一触碰到她的手套，浑身便一阵战栗，那种感觉穿过右边衣袖，一直往上涌，涌到头顶，然后从头发末梢涌了出来。我并没有对谢福德小姐说过什么甜言蜜语，可是我们俩却心有灵犀心心相印。我和谢福德小姐简直就是天造地设的一对。

我为什么要偷偷把十二个巴西核桃作为礼物送给谢福德小姐呢，连我自己也没弄明白。核桃并不代表爱情，无论你怎么包，也很难包出个什么形状来。再说，核桃也很难砸开，即使放在门缝里轧，也是相当费劲，就算轧开了，也是油腻腻的。可我却一门心思认为，把这东西送给谢福德小姐是再合适不过的了。我还给她一些松软可口的饼干，还有数不清的橘子。有一次，我在衣帽间里吻了吻谢福德小姐。天啊，真是神魂颠倒！第二天，有谣言传到我耳朵：尼丁格尔小姐为纠正谢福德小姐的外八字，给她的脚上套了脚枷，我听说这一消息，别提有多么痛苦和愤慨！

既然谢福德小姐如此让我魂牵梦萦，那我怎么又和她分手的呢？我也弄不明白。后来，我和谢福德小姐之间的关系渐渐变得冷淡。我听到一些闲言碎语，有人告诉我说，谢福德小姐说她讨厌我直勾勾地看着她。而且，她还公开承认说，她更喜欢琼斯少爷——更喜欢琼斯少爷！那个一无所长的家伙！我和谢福德小姐之间的隔阂越来越深。后来，有一天，我正好碰上尼丁格尔小姐学校的女生出来散步。谢福

---

① 按照英国惯例，做礼拜时先为国王祈祷，然后为王室宗亲祈祷。

德小姐从我身边经过,对我做了个鬼脸,而且还当着同伴的面取笑我。一切都完了。我一生的爱恋——仿佛是一生的爱恋,反正是不是都是一回事,成了过眼云烟。谢福德小姐,从此从我早晨的祷告中退去,王室成员中再也没有她的名字。

我在学校里的地位提高了,日子过得十分平静,再也没人来扰乱我的心绪。现在,我对尼丁格尔小姐学校的年轻姑娘一点儿也不客气,就算她们的人数增加一倍,就算她们的漂亮增加二十倍,我也不会迷恋上她们当中的任何一个。我觉得舞蹈学校让人生厌,为什么那些女孩不能自己跳,非要把我们拽上干什么呢。

我现在一门心思钻研拉丁文诗歌,在这方面已经崭露头角,有时候专注得连鞋带也顾不上系了。斯特朗博士当着大伙的面表扬我,说我是一个有着远大前程的青年学子。狄克先生听了这话欣喜若狂,我姨奶奶通过下一班邮车给我捎来一个几尼。

这时候,一个年轻屠夫的影子出现了,他就像莎士比亚戏剧作品《麦克白》中戴头盔的幽灵①。这位青年屠夫是谁呢?他在坎特伯雷年轻人中称王称霸。当地有一种迷信说法广为流传,据说他用牛油抹头发,因此力大无比,可以和成年人一决高下。这青年屠夫,宽脸膛,粗脖子,腮帮子红红的,满脸疙瘩,满肚子的坏心眼儿,还有一张出言不逊的臭嘴。他对斯特朗博士学校的学生骂骂咧咧。他大肆宣扬,随这些学生怎样,他都奉陪到底。他还指名道姓地说,其中也包括我在内,他只需出一只手,把另一只手绑在背后,便可以轻而易举把我们打得落花流水。

他拦路袭击那些年纪小的学生,乘其不备,使劲敲他们的脑袋瓜子。他甚至还在大街上,公然向我挑衅。为此,我决定和这屠夫较量较量。

---

① 见《麦克白》第四幕第一场,"雷鸣。第一幽灵出现,为一戴盔之头。"

这是一个夏天的夜晚，在一面墙的拐角处，有一片洼地草丛，我如约赶到这儿。我选了几个同学为我助阵，那屠夫也叫了另外两个屠夫、一个年轻的酒店老板和一个清扫烟囱的。一切准备妥当，屠夫和我相对而立。眨眼间，屠夫在我左眉上点燃了一万支蜡烛。再眨眼间，我不知道那面墙在哪儿，我又在哪儿，也不知道别人在哪儿了。我俩扭打成一团，你抓我扯，你攻我守，在草地上翻来滚去。已经分不清哪个是我，哪个是屠夫。有时，我看见屠夫血流满面，但仍然表现出一副镇定自若的样子；有时，我眼前一片模糊，什么也看不见，只好坐在我帮手的腿上喘着粗气；有时，我发了疯似的向屠夫猛扑过去，攥紧拳头向他的脸砸过去，指节都快打破了，可他似乎若无其事。最后，我终于从昏迷中清醒过来，我感到头昏脑涨，好像刚从睡梦中惊醒过来。我看见在另外两位屠夫、小酒店老板和那个扫烟囱的一片喝彩声中，屠夫披上外套，扬长而去。看情形，他是这场战斗的胜利者。

我被送回家，模样简直狼狈不堪。他们在我眼睛上贴上生牛肉片，又用醋和白兰地在我身上反复揉搓。我的嘴唇也红肿起来。一连三四天，我都待在家里，眼睛上戴个绿眼罩，奇丑无比。幸亏艾妮丝像姐妹一般照顾我，安慰我，还读书给我听，让我这几天过得轻松愉快，否则我一定会无聊透顶。我对艾妮丝充满信任，我把屠夫的情况，以及他怎么欺负我，全都毫无保留地告诉了她，她也觉得最好的办法是和他打上一架，可是她一想起我们打架的场景，她就不寒而栗。

时光不经意间悄悄溜走，班长已经不再是亚当斯了，他已经很长时间没担任这一职务了。有一次，亚当斯回到学校来看望斯特朗博士，除了我之外，没有几个人认识他。亚当斯很快就要取得律师资格，戴上假发，作辩护律师。我发现，他比以前看上去更加彬彬有礼，不似从前那般神采飞扬，这一发现让我颇感意外。因为，在我看来，世界还是老样子，依然在不停地转动，并没有因为他的加入就变得更加精彩。

在他之后，出现一段空白，在这段时间里，诗歌中和历史上的战士们勇士们，前仆后继，威武前行。紧随其后的是谁呢？现在，我当上了班长。我俯身看看下面那一排学生，他们当中有一些同学让我不由自主地回想起我当初进校的样儿，因此，我对他们特别关照。不过，当初那个小家伙，好像压根儿就不是我。他就像是人生路上遗弃的一件东西，我无意间从他身旁经过，我瞟了他一眼，继续前行。

我头一天到威克费尔德先生家里来，见到的那个小女孩，她又在哪儿呢？她也不见了。取而代之的，是和那幅肖像画一模一样的一个女子，在操持照顾这个家，这女子身上的孩子气荡然无存。艾妮丝，我亲爱的妹妹——我在心里这么称呼她——我的良师，我的益友，一切曾受过她恬静、善良和精神感召的人的天使，现在已经变成一个大姑娘了。

在这段时间，我长高了，模样也变了，积累的知识也多了，除此之外，我还有别的变化吗？现在，我已经有了一只带金链的金表，小手指上戴了枚戒指，穿上了燕尾服，头发上还抹了很多熊油。这头发的熊油，和手指上的戒指，似乎很不搭调。我是不是又恋爱了呢？是的，我爱上了拉金斯家的大小姐。

拉金斯大小姐并不是一个小姑娘。她个子高挑，肤色较深，眼睛乌黑，身材苗条。拉金斯大小姐并不是一个稚气未脱的小姐，连拉金斯家最小的小姐都不是个小妞了，何况大小姐还要大三四岁呢。也许大小姐快三十岁了。我对她的爱恋，简直超乎寻常。

拉金斯大小姐和一些军官很熟。这真让人不堪忍受。我看见他们在街上和她聊天。我看见，那些军官一看见她的软帽（她对软帽有独到的鉴赏力）和她妹妹的软帽从小道上走来，他们就会穿过大街，前去迎接她。她和他们谈笑风生，神采飞扬。我花了大量时间，在街上来回转悠，努力寻找着机会，想见她一面。一天中，我要是能向她鞠上一躬（我认识她父亲，所以也认识她，可以给她鞠躬，我就欣喜若狂，我经常有这样的荣幸向她鞠躬）。在举行赛马舞会的那个晚上，我知道拉金斯大小姐要和军官们跳舞，我如坐针毡，痛苦万分。要是这世上还有公道的话，我总该得到一点补偿吧。

我对拉金斯大小姐的迷恋，使得我茶饭不思，还使得我总要结上最新的丝巾。如果不穿上最体面的衣服，不把靴子擦得锃亮锃亮，我就会心绪不宁。似乎只有这样，我才勉强配得上拉金斯小姐。一切属于她的东西，或一切和她有关的东西，我都视为瑰宝。拉金斯先生是个粗鲁不堪的老头，双下巴，脸上那两只眼睛还有一只不会转动，就连他也吸引了我的注意。我见不着他的女儿，就去可能见得着他的地方，对他说："拉金斯先生，你好吗？年轻的小姐和一家人都好吗？"不过，这用意似乎又太明显，我的脸禁不住涨得通红。

我老是琢磨我的年龄。我才十七岁，你说十七岁对拉金斯小姐来说，实在是太年轻了，可是这又有什么关系呢？再说，用不了多久，我就二十一岁了。傍晚，我常在拉金斯先生的家门前溜达，看见那些军官走进去，听到他们在客厅里谈笑风生，听到拉金斯大小姐弹着竖琴，这些都让我伤心欲绝。有那么两三次，我甚至在这家人都上床睡觉了，我还神思恍惚地在屋外游荡，想弄明白拉金斯大小姐的闺房是哪一间。现在我相信，我当时把拉金斯先生的卧室当作她的卧室了。我多么希望这房子突然着火，屋子里的人吓得魂飞魄散，我则英雄救美，扛着一把梯子猛地冲过去，把椅子倚靠在她的窗口，一把抱住她，把她救出来，然后再冲进火海，去抢救她留在卧室的东西，结果我就这样葬身在茫茫火海中。一般来说，我在爱情方面并不自私，所以要是能在拉金斯小姐面前一展身手，我也就死而无憾了。一般情况是这样，但也有例外。有时候，我也憧憬着美好的未来。当我穿戴打扮好（这往往需要花两个小时）去参加拉金斯家的盛大舞会（盼了三个星期终于盼到了），我用美好的想象来满足我的幻想。我想象我鼓足勇气向拉金斯小姐求婚。我想象拉金斯小姐把头伏在我肩头说："哦，科波菲尔先生，我能相信自己的耳朵吗？"我想象拉金斯先生第二天一大早来见我，对我说："我亲爱的科波菲尔，我女儿已经把这一切全都告诉我了。你年纪小一点没关系。这两万英镑送给你们。祝你们俩幸福美满！"我想象姨奶奶也大发慈悲，为我们送上祝福；狄克先生和斯特朗博士也都来参加我们的婚礼。我相信——我的意思是说，当我回忆这一切时，我会相信——我神志清醒，并不轻狂。尽管如此，我还是神思恍惚，浮想联翩。

我来到那充满魔力的住宅，这里灯火辉煌，人声鼎沸，音乐四起，花团锦簇，军官云集。我一看见军官，心如刀绞。拉金斯小姐看上去光彩夺目。她穿着蓝色的长裙，头上戴着蓝色的小花——蓝色的勿忘我。她哪里还用得着戴勿忘我啊！这是我第一次应邀参加真正成年人的舞会，我感到有些不自在，因为我好像和谁都没有交往，大家对我似乎也并不在意。只有拉金斯先生问我，那些同学们好吗？他这一问，如同揭了我的短，让我无地自容。

我站在门口，目不转睛地看着我心中的女神，尽情地大饱眼福。过一会儿，她走了过来——真是她，拉金斯大小姐！——亲切地问我想不想跳舞。

我鞠了一躬，结结巴巴地说："我只想和你跳，拉金斯小姐。"

"不想和别人跳吗？"她又问道。

"我不想和别人跳，没劲。"

拉金斯小姐笑了，脸也红了（或许是我觉得她脸红了），便说：

"那就等下一支曲子吧，我很高兴和你跳。"

终于轮到我了。我迫不及待地走上前去，邀请拉金斯小姐，她有些疑惑地说道："我想，这是华尔兹，你会跳华尔兹吗？如果你不会，贝利上尉——"

但是，我会跳华尔兹，而且跳得相当出彩，于是我拉着拉金斯小姐出场了。我硬是把拉金斯小姐从贝利上尉身边拉走的。无疑，贝利上尉一定会很难过，可他难过和我有什么相干呢。我也曾有难过的时候呀。我和拉金斯大小姐跳起了华尔兹！我究竟身在何处，周围有些什么人，跳了多长时间，我一概不知。我只知道，我带着一个蓝色天使游来游去，如痴如醉，在幸福的云端飘浮着。直到后来，我发现我竟然和她单独待在一间小屋子，一起坐在沙发上休息。她称赞我纽扣孔里插的一朵花非常漂亮，这是一朵粉红色的山茶花，我花半克朗买的。我当即就把花取下来送给她，并说：

　　"我要用它换一件无价之宝，拉金斯小姐。"

　　"真的？换什么呀？"拉金斯小姐问道。

　　"你头上戴的一朵花，我会像守财奴珍爱金子一样珍爱着它。"

　　"你这个孩子有胆量，"拉金斯小姐说，"给你吧。"

　　她果真送给我一朵花，脸上并没有流露出不高兴的神情。我把花放在唇边吻了吻，然后放进怀里。拉金斯小姐笑着挽起我的胳膊说："嘿，现在你把我送回贝利上尉那儿去吧。"

　　和她共舞华尔兹的美好时刻，让我回味无穷。我正沉浸在回味中时，拉金斯小姐挽着一个相貌一般、上了年纪的先生，又来到我的跟前。这位先生整个晚上一直在玩纸牌。拉金斯小姐说：

　　"哦！这就是我那位有胆量的朋友！科波菲尔先生，切斯尔先生很想认识认识你呢。"

　　我马上觉察出，他是她们家的老朋友，所以有些自鸣得意。

　　"我很欣赏你的品位，先生，"切斯尔先生说道，"你的品位令人佩服。我想，你恐怕对啤酒花还不了解吧，我种植了很多啤酒花，如果你愿意到我们那一带，就是阿希福德那一带，去游览体验一番，我们一定会热情欢迎你，只要你愿意，你想在那儿住多久都可以。"

　　我对切斯尔先生表示衷心感谢，并和他握了握手。我正沉醉在一场幸福的美梦中。我又一次和拉金斯大小姐跳起了华尔兹。她竟然称赞我跳得好极了！我欣喜若狂，回到家，还按捺不住自己的兴奋劲儿，整个晚上，满脑子都是搂着我亲爱的蓝衣女神跳呀，旋转呀。此后几天，我一直沉浸在幸福的回忆中。可是，我却再也没有在街上遇着她，去她家里也没见着她。我魂不守舍，只好用那神圣的信物，那已经枯萎的花朵，来安慰我躁动不安的心。

"特洛伍德，"一天晚饭后，艾妮丝对我说，"你猜明天谁要结婚？是你爱慕的一个人呢。"

"我想该不会是你吧，艾妮丝？"

"才不是我呢！"她正在低头抄乐谱，这时抬起头来，一脸高兴地说道，"你听见他说什么了吗，爸爸？——是拉金斯大小姐结婚呢。"

"和——和贝利上尉？"我浑身瘫软，有气无力地问道。

"不，不是和什么上尉。是和切斯尔先生，一个种啤酒花的人。"

随后一两个星期，我神情沮丧，意志消沉到了极点。我把戒指摘下来，穿上最难看的衣服，我不再往头发上抹熊油，我常常对着拉金斯大小姐那朵枯萎的花唉声叹气。这时候，我对这种生活厌烦透顶。正好那个屠夫又来挑衅我，我热血冲顶，把花一扔，又和他拼了一架，结果我成了大赢家。

这件事，以及我又重新戴上戒指，又继续抹熊油（只不过抹得少了一些），这一切，都是我步入十七岁的生命旅途中，所留下的见证。

第19章　开开眼界

　　我的学业已经结束了，转眼间，就要离开斯特朗博士学校了，我的心里可谓五味杂陈。我在学校过得十分愉快，对博士满怀敬仰之情。在那小小的天地里，我地位显赫，声望极高。如今，这一切，我却难以割舍，心里充满了离别的忧伤。然而，由于另外一些原因，虽然那些原因模糊不清，我又感到有些喜出望外。我隐隐约约意识到，我即将成为一名独立自主的青年，我将享有重要地位，我可以看看外面精彩的世界，我可以放开手臂大胆去拼闯，我甚至可以成为这个社会举足轻重的人物，对这个社会产生深远影响。这一切，又强烈地吸引着我，让我忍不住早点离开这儿。现在看来，那些梦想，在我稚嫩的心灵里，力量是如此强大，竟然让我在离开学校时，并无半点伤感。这一次离别不像别的分离，并没有给我留下深刻的印象。我曾试着努力去回忆我当时的感受，当时的情景，不过，怎么也回忆不起来。在我的记忆中，这次离别好像无足轻重。我想，这是我所幻想的美好前途把我弄糊涂了。我知道，我当时那些少年的经历，对我影响不大，甚至毫无影响。我还知道，如果把生活比作一部了不起的童话故事，而我，正准备开始重头阅读。

　　我到底要从事什么职业，我姨奶奶和我经常探讨这一话题。一年多来，我姨奶奶总是不断问我："你想成为一个什么样的人？"我冥思苦想，总想找到一个满意的答案。不过，我发现我对任何职业都没有特别的喜好。我想，要是我拥有航海知识，率领一支船队，威风凛凛去探险，胜利而归，也许，这对我来说是比较合适的。可是，我知道，这只是一种不切实际的幻想，奇迹不会发生。因此，我只想从事一种普通的职业，不必依靠姨奶奶的大力资助。而且，我相信，不管什么职业，我都会尽职尽责地做好。

我们讨论这个问题的时候，狄克先生总是积极参加，他总是做出一副有所思的样子。他从来都不多嘴多舌，只是有一次，他突然心血来潮，建议我说，可以去做个"铜匠"①。姨奶奶一听这话，极其恼怒。狄克先生见状，只好知趣地保持沉默。从此，他只是认真地倾听着，一个劲儿把口袋里的钱摇得哗哗直响。

"特洛，我亲爱的，我想对你说，"我离开学校后，在圣诞节期间的一天早晨，姨奶奶说道，"既然这个难题眼下还不能解决，而且为了避免我们做出错误的决定，我们应该考虑周全一些，所以，我想，我们暂时把这事放一放。同时，在这段时间，你应该学会从一个新的角度来思考这问题，别太学生气了。"

"我一定这样做，姨奶奶。"

"我想，"姨奶奶继续说道，"或许换一换环境，去看看外面的世界，这对你大有好处，能帮助你了解自己的真实想法，做出更加冷静务实的判断。比如说，出门作一次短期旅行。比如说，让你回到乡下你曾经生活的地方，去看看那个——那个有个野蛮名字的怪女人，你觉得怎么样？"姨奶奶说着，揉了揉鼻子，因为辟果提取了这样一个名字，所以她一直对辟果提耿耿于怀。

"姨奶奶，这可是我一直想做的，我做梦都想呢。"

"好吧，"姨奶奶说道，"好在我也这么想。不过，你愿意这样做是合情合理的。我完全相信，特洛，无论你将来做什么，都是自然得体，合乎情理的。"

"我希望这样，姨奶奶。"

"你姐姐贝斯·特洛伍德，"姨奶奶说道，"要是活着的话，也

---

① 科波菲尔的英文为Copperfield，其上copper的含义是指"铜"。

一定是自然得体、合乎情理的女孩。你可不要辜负了她，是不是？"

"我希望我不要辜负姨奶奶，那我就心满意足了。"

"可惜呀，你那可怜又可爱的，像个蜡娃娃的母亲不在了，"姨奶奶用赞许的眼神看着我说，"不然，她看到你今天这个样儿，不知会有多么开心。她啊，一旦高兴起来，那个小脑瓜子根本受不了，一定会被弄得晕头转向，"——姨奶奶为了开脱她对我的溺爱，总爱用这个方式，怪罪到我那可怜的母亲头上——"天啊，特洛伍德，看到你，我又忍不住想起她来！"

"我希望，你想起她时心情愉快，姨奶奶。"我说道。

"狄克，他真像她啊，"姨奶奶加重语气说道，"他和她那天下午发作前的样子简直是一模一样。天哪，他多么像她，瞧他看我的眼神，多么酷似他母亲看我的样儿啊。"

"他真的那么像他妈妈吗？"狄克先生问道。

"他也很像大卫。"姨奶奶态度坚决地说。

"他非常像大卫！"狄克先生说道。

"但我要求你做的，特洛，"姨奶奶继续说，"不是指身体方面，你的身体素质已经很不错了，而是指性格方面，我要你做一个意志坚定的人，一个优秀的、坚强的、处事果断的人，"姨奶奶一面朝我挥着帽子，一边紧握住拳头说，"有毅力，有品格。有坚定的品格，除了正当的理由，决不受任何人、任何事的影响。这就是我要求你要做的。本来这也是你父母该做到的，老天知道，他们真要是做到了就好了。"

我表态说，我希望我能达到她的要求。

"那么，你可以从点滴小事做起，独立自主，按自己的意志行事，"姨奶奶说，"我要你去独自旅行一趟。我曾经想让狄克先生陪着你，但后来又仔细想了一想，还是决定让他留下来陪我。"

有那么一会儿，狄克先生露出了失望的神情，但一听说让他陪着世上最了不起的女人，他的脸上立刻喜笑颜开。

"再说，"姨奶奶说道，"还有那个呈文没写完呢。"

"哦，当然，"狄克先生忙说道，"特洛伍德，我想马上写好呈文——真得马上写好！然后送上去，你知道——这样一来——，"狄克先生欲言又止，停了好一会儿才说，"就会天下大乱了。"

按照姨奶奶的好心安排，她很快就为我筹足了一笔钱，准备好了行李包，然后就依依不舍地送我出门了。出发前，姨奶奶对我千叮万嘱，搂着我吻了又吻。她说，她之所以这样做，就是让我去四处看看，用心思考，因此，她建议我在去萨福克的路上，或是在返回来的途中，如果愿意的话，最好在伦敦多待几天。总之，在接下来的三个星期到一个月的时间里，我可以自由安排，想干什么就干什么，除了她所提到的要四处看看，用心思考外，我还要保证每星期写三封信，如实汇报自己的行踪。此外，再也没有条件来限制我。

我先到了坎特伯雷，向艾妮丝和威克费尔德先生告别。我在他们家租用的那间卧室，还没有归还呢。同时也向斯特朗博士告别。艾妮丝见到我高兴极了，她告诉我，自从我离开后，他们家完全变了个样。

"我想，我从这儿离开后，我自己也变了样，"我说，"我离开你，我就好像失去了右手。不过，这一说法并不准确，因为右手是没有头脑的，也是没有感情的。艾妮丝，凡是认识你的人，都会虚心向你请教，都愿意接受你的教导。"

"凡是认识我的人都特别宠我，我相信。"她笑着回答道。

"不。因为你和别人不同。你性情温顺，心眼儿特别好，脾气也好，你还有自己独到的见解。"

"你这么一说，"艾妮丝一边做着针线活，一边愉快地笑着说，"那我岂不是从前的拉金斯大小姐。"

"算了吧！我把我的心里话告诉你，你反而当作笑料来取笑我，这可不公平，"我说道，突然记起我当初被那蓝衣女神弄得神魂颠倒，脸涨得通红，"不过，我还是会像从前那样信任你，永远不会改变。无论什么时候，我遇上了什么困难，或者坠入情网，我都会告诉你，只要你乐意听——即便我认真地谈恋爱了，我也会告诉你的。"

"嘿，你可一向都很认真呀！"艾妮丝笑着说。

"哦！那时是个小孩子，还是个学生嘛，"我有些害羞地说，"时代不同了，我相信，我总有一天会绝对认真的。让我奇怪的是，艾妮丝，你怎么到现在还没有认真过呢？"

艾妮丝笑着摇了摇头。

"哦！我知道你还没有！"我说道，"因为如果你认真起来，你一定也会告诉我的，或者说，至少，"我看到她的脸上泛起淡淡红晕，"你也会让我发现的。可是，在我认识的人中，没有一个人配得上你的爱，艾妮丝。一定要有一个比我见过的任何一个品格更高尚，各方面都更优秀的人出现，我才会许可。那时候，我要好好盯着那些向你表白的人，谁要是获得你的芳心，你一定要向他提出更加苛刻的要求。"

我们就这样亲密无间地半开玩笑半认真地交谈着，这种亲密关系，从我们孩提时代便开始了，以后便自然而然形成了。可是就在这时，艾妮丝突然抬起头来，正视着我的眼睛，换了一副语气，对我说道：

"特洛伍德，有件事，我想问问你，我担心要是现在不问，以后就没有机会了。这件事，我也不想去询问别人。你留意到我爸爸有什么变化吗？"

我早已留意到了他的变化，而且还时不时地猜测，不知她是否也注意到这一点。她大概看出了我的心思，她的眼睛马上低垂下来，我看到她眼里泪光闪闪。

"请你说说，他有什么变化。"她低声问道。

"我想——我可以直说吗，艾妮丝？因为我非常爱他。"

"可以。"她说道。

"我想，从我来到这儿以后，他对酒的爱好就一天比一天更厉害，嗜酒成性对他并没有好处啊。他常常心神不定，焦虑紧张，这也许是我的幻觉。"

"不是幻觉。"艾妮丝摇头说。

"他的双手颤抖不已，说话含糊不清，两只眼睛看上去凶神恶煞。我注意到了，在他最失态的时候，准有人来找他办理什么事情。"

"是尤利亚来找他。"艾妮丝说道。

"对，就是他。你爸爸大概这时感到力不从心，无法弄明白事情真相，再加上他不由自主地暴露了自己的情况，这一切，让他感到焦虑不安，因此，第二天，情况就会变得更加糟糕，这样，日积月累，变本加厉，他变得疲惫不堪、心力交瘁。艾妮丝，我告诉你一件事，你可千万别难过。前几天的一个晚上，我看到他就是那个样子，头趴在书桌上，像个孩子一般哭了。"

我正说着，她突然伸出手轻轻地捂住我的嘴，紧接着，她便走到门前去迎接她的父亲，并把头倚靠在他的肩头。当他们父女俩同时看着我时，我觉得她的表情实在是深情动人。在她那美丽的神情中，蕴含着对他深沉的爱，对他给予的关爱的深深感激，对我的热切期盼，期盼我在内心深处对他温柔相待，千万不要有半点苛刻。她是那么以他为傲，她是那么忠诚于他，她又是那么担忧他。她是如此相信我，知道我和她感同身受。这一切，尽在不言中，她的表情，深深地打动了我，让我进一步了解了她。

那天，博士邀请我们去他家喝茶。按照往常喝茶的时间，我们到了那里，我们在书房看见博士、博士的年轻太太和她的母亲一起围坐在壁炉旁。博士十分看重我的这趟远行，就像我要远涉重洋到中国去一样，他把我当作贵宾接待。他吩咐在壁炉里放一大块木头，好让他看清他的学生在火光映照下的面庞。

"威克费尔德，特洛伍德离校了，我再也无心去打量那些新面孔了，"博士一边暖着手一边说，"我近来变得越来越懒惰了，有些贪图安逸了。再等六个月，我就打算向所有年轻人告别，去过一种宁静自然的生活。"

"这话你都说了十年了，博士。"威克费尔德先生答道。

"不过，这一次我真的要说话算话，"博士说道，"我的首席教师将接任我的工作——我终于要动真格了——所以你得尽快帮我把合同拟好，把我们俩牢牢地拴在一起，就像拴上两个为非作歹的家伙。"

"还要注意，"威克费尔德先生说道，"不要让你上当，是不是？如果让你自己去签订合同，你准会上当。好吧，我把合同准备好。干我这一行，比拟合同更苦的差事多着呢。"

"这样一来，我就再没什么可牵挂的了，"博士面带微笑说，"除了我的词典，还有另外一个定约人——安妮。"

安妮坐在茶桌旁，紧挨着艾妮丝。当威克费尔德先生看着她时，我看见她有些犹疑，有些害怕，目光闪躲，想要逃避他的眼神。可是这反而让他更加专注地看着她，仿佛他看出了她的什么心事。

"我看到，从印度来了班邮船。"威克费尔德先生若有所思地说。

"顺便给你说说，杰克·麦尔登先生来了几封信。"博士说道。

"是吗？"

"我那可怜的亲爱的杰克啊！"玛克勒姆太太摇了摇头说，"那鬼气候真是让人活活遭罪啊！他们告诉我，就像生活在沙滩上，头上顶着一面聚光镜！他的身体看上去结实，其实十分虚弱。我亲爱的博士，驱使他毫无畏惧去冒险的，并不是他的身体，而是他的精神。安妮，我亲爱的，我相信你一定还记得，你表哥的身子从来都不结实，他那身子，与壮实八竿子都打不着，"玛克勒姆太太看了大家一眼，加重语气说，"你们知道，自从我女儿和他小时候成天手拉手一起玩时，他的身子就不结实。"

安妮一声不吭地听着。

"太太，听你这话的意思，莫非麦尔登先生病了？"威克费尔德先生问道。

"病了！"老将回答说，"我亲爱的先生，你能想到的事情，他全都摊上了。"

"除了好事以外？"威克费尔德先生说道。

"的确，除了好事以外！"老将说道，"毫无疑问，他中过暑，而且是相当严重，还染上了可怕的丛林热和疟疾，总之，凡是你能说得出的病，他都没有逃脱。至于他的肝脏，"老将一副听天由命的样子说，"当然，他在出去的时候，就是破罐子破摔了。"

"这都是他说的吗？"威克费尔德先生问道。

"他说的？我亲爱的先生，"玛克勒姆太太摇了摇头，又摇了摇扇子说，"听你这么一问，我就知道，你对我那可怜的杰克·麦尔登根本不了解。他才不会说出来呢，哪怕你用四匹野马来拽他，他也不会吱声。"

"妈妈！"斯特朗太太喊了一声。

"安妮，我亲爱的，"她的母亲顶撞道，"就这一次，我要好好求求你，求你别打断我的话，除非你想证明我说的是对的。你和我一样，心里清清楚楚明明白白，你表哥麦尔登无论用多少匹野马拖着——为什么我非要说四匹！四匹，八匹，十六匹，三十二匹，管他多少匹，他都不会说什么，更别说推翻博士的计划了！"

"那是威克费尔德的计划，"博士摸了摸自己的脸，看了看他的顾问，满怀愧意地说，"事实上，是我们俩一起为他制订的计划。我亲口说过，国内或者国外都行。"

"我说过，"威克费尔德先生一脸严肃地说，"去国外，是我安排他去国外的，责任在我。"

　　"哦！别提责任了！"老将说道，"一切都安排得再好不过了，我亲爱的威克费尔德先生。我们承认，你的安排是出于一片善心和好意。不过，如果那亲爱的人儿不能在那里活下去，那他就是不能在那里活下去。如果他不能在那里活下去，他宁愿死在那里，也不会让博士的计划泡汤。我太了解他了，"老将镇定地摇了摇扇子，一副未卜先知却又无可奈何的样子，"我太了解他了，他宁愿死在那儿，也不肯推翻博士的计划。"

　　"好了，好了，太太，"博士真诚地说道，"我不一定非要坚持我的计划，我可以亲自来推翻它。我还可以重新制订一些计划。如果杰克·麦尔登先生因生病回来了，那以后就不能再让他去国外了，我一定要为他在国内找一个更适合、更好的工作。"

　　玛克勒姆太太听了这话感动不已——不用说，这番话完全出乎她的意料——她只好对博士说，这正如他的为人。接着，她吻了吻扇骨，然后拿起扇子拍了拍博士的手。随后，她小声责备她的女儿安妮，正是因为看在她的分上，博士对她的小伙伴才如此照顾，而她竟然不向他表示感谢。然后，她又向我喋喋不休地谈起，他们家还有一些人需要扶持和帮助，他们才能在这个社会立足。

　　在这期间，她的女儿安妮始终一声不吭，甚至连眼皮都没抬一下。威克费尔德先生的眼睛却一直汪视着安妮，安妮就坐在他女儿的身旁。我觉得，他绝对没料到会有人注意他，他只是目不转睛地看着安妮，全神贯注地想着跟她有关的事情。这时候，他突然开口问道，杰克·麦尔登先生在信里究竟说了些什么呢，信是写给谁的呢。

　　"瞧，在这儿呢，"玛克勒姆太太说着，从博士头顶那壁炉架上拿下一封信来，"那亲爱的人儿对博士怎么说来着——哪儿去了？哦，在这儿——'对不起，我得告诉你，我的身体出了严重问题，恐怕只有回国住上一段时间，才有可能恢复健康。'这上面说得很明白，可怜的亲人！他只有这样，才有可能恢复健康！这在给安妮的信上说得更加清楚，安妮，把你的那信给我瞧瞧。"

"这会儿不看行吗，妈妈？"她小声央求道。

"我亲爱的，在某些方面，你呀，简直是荒唐至极，"她母亲说道，"对于你娘家的人，你简直是漠不关心。我敢说，要不是我亲自问你，我们压根儿就不知道有这么一封信。我的孩子，你这么做难道是出于对博士的信任吗？你真让我吃惊啊。你应该更通情达理才对啊。"

安妮迫不得已，只好拿出信来，当我从她的手里接过信递给老太太时，我看到她拿着信的手一个劲儿地直哆嗦，她有千万个不情愿啊。

"现在，让我们来瞧瞧，"玛克勒姆太太戴上眼镜说道，"那一段话在哪儿呢。'回忆往昔，我最亲爱的安妮'——等等，不是这儿。'那个慈祥的老博士'——这是谁呀？哎呀，安妮，你表哥麦尔登的字迹实在太潦草了，我怎么这么糊涂啊！当然是'博士'，哪里来的'博士'？哦，的确很慈祥！"说到这儿，她停了下来，又吻了吻她的扇子，冲着博士摇了摇，博士正和颜悦色地看着我们，"嘿，我找到了，原来在这儿，'你听了可千万别吃惊，安妮，'——吃惊，既然从小就知道他身子不结实，她当然不会吃惊。我刚才念到哪儿了？——'在这遥远的地方，我吃够了苦头，所以我下定决心，无论如何也要回国来。能请病假，就请病假，请不了病假，干脆一走了之。我在这里备受煎熬，我实在受不了了。'要不是这位大好人格外开恩，"玛克勒姆太太像先前那样对博士摇了摇扇子表示感激，然后把信折叠起来，"我觉得我想一想都受不了了。"

虽然那老太太一直看着威克费尔德先生，好像是恳请他发表一些意见，可是他却自顾坐在那儿，神情严肃，两只眼睛看着地面，一句话也不愿多说。我们换了个话题，可是他仍一本正经地坐着，沉默不语，只是偶尔会抬起头来，紧皱眉头，看看博士，或看看他太太，或者同时看看他们俩，一副心事重重的样子。

博士很喜欢音乐。艾妮丝唱起歌来婉转动听，斯特朗太太也是这样。她俩一起唱歌，一起表演二重唱，我们就像是举行了一个小型音乐会。不过，有两件事给我留下了深刻的印象：一是安妮虽然很快恢复了常态，表现得比较自然，可是，在她和威克费尔德先生之间仍然存在一道无形的障碍，把二人隔离开来；二是威克费尔德先生似乎并不喜欢艾妮丝和斯特朗太太那么亲密，总是不安地注视着她们俩的言行举止。现在，我不得不承认，杰克·麦尔登先生离开的那天晚上我亲眼看见的情景又重新浮现在我眼前，我第一次觉得，那里面别有深意，我隐隐感到有些不安。在我眼里，她那天真漂亮的脸蛋儿不像以前那么天真了，我也不再相信她那自然优雅的仪表举止了。我看着她身旁的艾妮丝，觉得她是多么纯真，多么忠诚。我心中疑虑顿生，安妮有资格做艾妮丝的闺中密友吗？

不过，这友谊使安妮感到由衷的开心，艾妮丝也过得十分快乐，所以，那天晚上，时间过得飞快，就像只过了一个小时。临走的时候，发生了一件小事，颇感意外。她们俩相互道别时，艾妮丝正准备拥抱斯特朗太太与她吻别，威克费尔德先生竟然插到她们俩中间，把艾妮丝拉开了。那天晚上，当我站在门前，与博士夫妇道别时，看到斯特朗太太与博士相对无言，我的大脑一片空白，似乎麦尔登先生动身那晚到现在的这段时间全都消失不见了。

那种表情给我留下了怎样的印象，我实在难以描述，只是不知怎的，从那以后，我一想起她，就会想起那副表情，她那天真美丽的容貌从此不复存在。回到家，她的那副表情仍然挥之不去。当我走出博士住宅时，我似乎感觉到他家的屋顶正被一团乌云笼罩着。当我向白发苍苍的他致敬时，想着他对背叛他的亲人仍然充满信任，我对他充满了同情，对伤害他的人感到无比愤慨。一种巨大的灾难如阴霾一般渐渐袭来，一种尚不明了的巨大耻辱，像一块污渍，污染了我少年时代学习和玩耍的地方，让它变得惨不忍睹。想到那些百年来默默无言、朴实无华的宽叶龙舌兰，想到那芳草茵茵的青草地，想到那些石瓮，博士散步的小路，还有在教堂上空缭绕的美妙钟声，我不再感到美好心动，仿佛我少年时的圣洁殿堂被玷污，它的宁静与辉煌荡然无存。

　　第二天早晨，我就离开了这座古老的宅院。这所屋子处处都弥漫着艾妮丝的身影，我的心里充满了伤感。不久，我相信我还会回来，或许还会住在我以前住过的那间屋子里，或许还会经常住呢。不过，我在这里生活的时光已经一去不复返。当我把存放在这儿的书和衣物收拾整理好，准备运往多佛时，我的心情异常沉重，但是我不愿意流露出来，生怕让尤利亚·希浦看到。他正在殷勤地帮我收拾行李，可我竟然有点儿不领情，满以为他巴不得我早点离开，他心里正偷着乐呢。

　　不知为什么，我与艾妮丝和她父亲告别时，居然表现出一副十分刚毅和淡漠的样子，径直上了驶往伦敦的马车，坐到车厢前面。车从城里经过时，我看到我昔日的冤家仇敌，那个年轻的屠夫，我的心一下软了，我想着准备原谅他，给他点头问好，甚至还想扔给他五个先令买酒喝。但是，他站在铺子里正使劲刮着大砧板，一副冥顽不灵的样子；而且自从我上次打掉了他的一颗门牙，他依然不知悔改，所以我觉得还是离他远点好。

　　我现在记得，当时我上车了，一心想着在那车夫面前做出一副成熟老练的样子，因此，我说话时，尽量粗声粗气，虽然这样感到极不自在，但是我仍然硬着头皮强撑着，因为我觉得这样才更像成年人。

　　"你要坐到终点吧，先生。"车夫问道。

　　"是的，威廉，"我放下架子说道，我认识这车夫，"我要去伦敦，还要去萨福克。"

"去打猎吗，先生？"车夫问道。

他和我一样明白，在这个季节去那儿打猎，就和去那儿捕鲸鱼一样不合常理，我听了这话觉得十分受用，感觉特有面子。

"我不知道，"我做出一副举棋不定的样子，"我到底要不要去打一次猎。"

"我听说，鸟儿现在见了人就躲。"威廉说道。

"我也听说过，确实如此。"我说道。

"你的老家是在萨福克吗，先生？"威廉问。

"没错，"我一本正经地回答道，"萨福克是我的故乡。"

"听说那一带的水果布丁味道不错。"威廉说道。

其实我并没听说过，不过，我觉得有必要对家乡风味赞美一番，还有必要表现出对家乡十分了解，于是我点了点头，仿佛在说："你说的一点儿也没错！"

"还有马呢，"威廉说道。"那才叫好马呢！要是碰上一匹好的萨福克马，那可值价了，差不多与黄金一样贵重呢。你自己养过萨福克马吗，先生？"

"没——有，"我说道，"没正儿八经养过。"

"我身后那位先生，我敢说，"威廉说道，"他养过好多萨福克马。"

车夫说的那位先生是个斜眼，有一个大下巴，头上戴着一顶白色的窄边高筒帽，穿着一条褐色的紧身长裤，裤子外侧，有一排扣子，从靴子口一直扣到大腿处。他的下巴向外翘着，紧挨着车夫的肩膀，离我也特别近，他的呼吸弄得我的后脑勺直痒痒。我转身看他时，他正在用那只不斜的眼睛打量着拉车的那匹领头马，一副十分内行的样子。

"你养过吧？"威廉说道。

"养过什么？"后面那人问道。

"养过很多萨福克马呀！"

"不错，"那人说道，"我什么马都养，什么狗都喂。有些人，养狗和马，是为了好玩，而我养狗和马，是为了生活——我的房子，老婆，孩子——读书，写字，算算术——我的鼻烟，烟草，睡觉，全靠它们！"

"让这样的人坐在车厢后面，是不是不合适？"威廉摆弄着缰绳，凑在我耳旁说道。

我听出这话里的意思，他是想让我把自己的座位让给后面这个人，于是我满脸通红，建议换一下座位。

"好吧。如果你不介意，先生。"威廉说道，"我觉得换一下更好。"

我一直将此事视为我平生遭遇的第一次失败。我在驿站售票处订票时，特意在订票本上注明了"包厢"二字，为此还付了半克朗。为了与那个显耀的座位相得益彰，我上车时还精心穿上了不大常穿的大衣和披肩。坐在这个座位上，我觉得自己风光极了，同时还为这辆马车增色不少。而现在，才刚出发一会儿，我的座位就被这个衣衫不整、长着斜眼的乡巴佬给取代了。这个人除了浑身散发着一股马厩的气味外，一无是处。马车渐渐放缓下来，他竟然从我身边跨过去，我觉得他简直不是个人，而是只苍蝇！

我常常感到自卑，哪怕是一些无关紧要的事，我也极其敏感。这次在坎特伯雷马车上遇上芝麻大点的事，就让我感到自尊心受到极大伤害。我企图用说粗话来掩饰自己，不过仍然无济于事。在接下来的路程中，我说话的时候，尽管运用了丹田之气，但仍然觉得像泄了气的皮球，幼稚得不可救药。

尽管坐在四匹马的后面，但是我受过良好的教育，衣服考究，腰包鼓鼓，而且放眼开去，还可以目睹在那艰难旅途中我曾经风餐露宿的地方，这样一来，我觉得还是挺新奇有趣的。沿途每一个地方，都让我思绪万千。我朝下看去，看到迎面走来的乞丐，看到那似曾相识的面孔，我仿佛又觉得那个补锅的伸出黑乎乎的手，一把揪住我衬衣的前襟。到了查坦姆，我们的马车从狭窄的街道隆隆经过时，我又看见买走我短外套的那个老怪物居住的小巷，我伸长脖子急切地想看一看我曾坐过的地方，那时，我坐在那儿，眼巴巴地等着拿钱，从烈日当头一直等到夕阳斜照。我们终于来到离伦敦不到一站路的地方，路经萨伦学校时，想起克里克尔先生残酷地抽打那些学生的情景，我真想倾我所有去换取法律的许可，下车狠狠地揍他一顿，然后把那些困在鸟笼里的学生全都放出来。

我们来到查理十字架①旁的金十字旅馆，这家旅馆陈旧不堪，坐落在人口密集区。一个侍者把我领进咖啡室，然后，一位女侍者又把我领进一间小客房，那儿密不透风，活像一个酒窖，里面弥漫着一股出租马车的气味。我仍然为自己的年轻感到苦恼，因为没人向我表示一点敬意。无论我发表什么意见，那个女侍者都毫不理会，而那个男侍者认为我缺乏经验，对我指手画脚，对我相当随便。

"喂，"男侍者极其随意地招呼道，"你晚饭想吃什么？大多数年轻人都喜欢吃鸡鸭，你来只鸡怎样？"

我派头十足地说，我讨厌吃鸡。

"讨厌？"男侍者说道，"大多数年轻人都吃腻了牛肉和羊肉，那就来一份炸牛排，怎么样？"

我说不出别的菜来，只好点头同意。

"喜欢吃土豆吗？"男侍者歪着脑袋，满脸堆笑，极力讨好，"大多数年轻人都喜欢吃土豆。"

---

① 查理十字架：在伦敦的威斯敏斯特，1649年，查理一世在这里被处死，后来在这里塑造了一尊查理一世骑马的雕塑。这里通常被认为是伦敦的中心。

我极力用低沉的声音吩咐他，来一份炸牛排加土豆，配上各种调料。然后，我又打发他去柜台看看，有没有写给特洛伍德·科波菲尔的信。其实，我心里清楚，那里压根儿就没有我的信，但是我觉得，做出等信的样子会派头十足。

　　他很快就回来说，那里没有信，听到这话，我故作惊讶。随后，他就在靠近壁炉的一个餐桌上铺桌布，准备让我用餐。他一边铺桌布，一边问我喝点什么。我告诉他，来半品脱雪莉酒。我料想，他一定认为这是个千载难逢的机会，可以把几只小酒瓶里剩下的残酒倒在一起，凑足半品脱来蒙骗我。我之所以这样想，是因为我在看报的时候，瞥见他躲在一道低矮的墙壁后面——那就是一个隐秘的地方——匆匆忙忙把一些瓶里的剩酒倒进一只瓶子里，那样子就像一个化学家或药剂师。酒端上来，我品尝了一下，觉得淡而无味，而且里面有很多英国的面包屑，这在纯粹的外国酒里是绝不会有的。可是，我碍于情面，不好意思说出来，只好硬着头皮把它喝光了。

　　我当时兴致极高，我由此联想到了喝毒药，在中毒的前前后后，也许并不是那么痛苦难当，于是，我就决定去看场戏。我选的是考文特加登剧院，坐在中间包厢的后排，观看了《裘力斯·恺撒》[1]和一出新哑剧。那些尊贵的罗马人栩栩如生地出现在我眼前，他们进进出出，逗我开心，过去在学校所受的严厉的拉丁文教育被这些取而代之，这些别开生面的场景，让我大开眼界。整个剧情，现实和神秘交织、诗歌、灯光、音乐、观众以及那频频变换、壮美华丽的布景，让人应接不暇，心驰神往。午夜十二点，我从剧院走出来，走在下着雨的大街上，我觉得仿佛在云彩里过了多少年赛神仙的逍遥日子，现在突然一下子跌落凡间，这里人声喧嚷，火把乱照，雨伞乱撞，马车横

---

　　① 　《裘力斯·恺撒》：莎士比亚1599年完成的悲剧。故事描述公元前44年一众罗马元老计划并成功刺杀独裁官恺撒，以及叛徒们在腓力比被击退的经过。

冲直撞，木屐嗒嗒作响，惹得泥水飞溅，令人不堪其苦。

我从另一个门出来，在大街上伫立良久，我恍如一个天外来客，与这儿格格不入。不过，人们毫不客气地对我推推搡搡，很快就让我如梦初醒。我走在回旅馆的路上，一边走着，一边回想起那壮观的场景。到了旅馆，我喝了点黑啤酒，吃了些牡蛎，都快凌晨一点钟了，我还坐在咖啡馆里望着炉火沉思冥想。

我还沉浸在那出戏里，沉浸在我过去的岁月——从某种意义上说，那出戏就像一个水晶球，透过它，我看到我早年生活的影子。不知什么时候，一个青年的身影出现在我眼前，他穿着考究，仪表堂堂，英俊潇洒，我理应记起这个人，可是大脑却一片空白。只记得，我当时只注意到他坐在那儿，却根本没注意到他什么时候进来的。我还记得，我当时仍一动不动地坐在那儿，继续对着咖啡馆的炉火沉思。

我终于站起来准备去睡觉，这可让那侍者大大舒了一口气。他早已等得不耐烦了，正在那个小小的食品间里变着各种法子摆弄他的双腿，又是揉搓，又是捶打，还不停地扭来扭去。我朝门前走去，经过那个人的身边时，才看清了他。我立刻转身走了回来，再定睛仔细瞧瞧，他还没认出我来，我却一下子认出他来。

如果是别的时候，我也许没有勇气向他开口说话，也许会等到第二天再说，也许会因此与他失之交臂。可是，我当时满脑子都是那出戏，想起过去那个人对我的种种照顾，我心存感激，昔日对他的敬仰之情又油然而生，我的心怦怦直跳，我激动地走上前去，说道：

"斯蒂夫！怎么不和我打招呼啊？"

他看了看我——那神情和他过去一模一样——可我看出，他的确像是不认识我了。

"你或许已经不认识我了。"我说道。

"我的上帝！"他突然大喊道，"你是小科波菲尔！"

我一下子紧紧地握住他的双手，始终不愿松开。要不是怕难为情，怕他不高兴，我非搂住他的脖子大哭一场。

　　"我从来——从来——从来没有这么开心过！我亲爱的斯蒂夫，见到你我真是太开心了！"

　　"我见到你也很开心！"他十分热情地握住我的双手说，"喂，科波菲尔，我的小兄弟，别太激动！"不过，我觉得，对于这次的意外相逢，他一定也很激动呢。

　　虽然我拼命克制自己，可我最终还是流下了眼泪。我抹了抹眼泪，尴尬地笑了笑，然后我们并肩坐了下来。

　　"嘿，你怎么会到这儿来？"斯蒂夫拍拍我的肩头好奇地问道。

　　"我从坎特伯雷坐车来的，今天刚到这里。我姨奶奶就住在坎特伯雷，她收养了我，我刚在那儿念完书。你怎么来这儿了呢，斯蒂夫？"

　　"唉，他们现在都管我叫'牛津人'，"他回答道，"也就是说，我在那儿感到沉闷乏味极了。现在，我打算回家看看我母亲。你这个小家伙，还是和过去一样可爱。科波菲尔，让我仔细瞧瞧，你还是以前的老样子，一点儿也没变。"

　　"我可一眼就认出你来了，"我说道，"不过，你的样子更容易让人过目不忘。"

　　他抓了抓卷曲的头发，笑呵呵地说道：

　　"说真的，我这次回来是为了尽尽孝道。我母亲就住在城郊，回家的路不大好走，再加上我们家又极其无聊，所以，我便打算今晚在这儿住上一宿，不再继续赶路了。我进城还不到六个小时，这段时间全都泡在剧院里了，不是打瞌睡，就是发牢骚。"

　　"我也去看戏了，"我说道，"在考文特加登剧院。那出戏荡气回肠，让人如痴如醉啊！"

　　斯蒂夫哈哈大笑起来。

"我亲爱的小大卫，"他又拍拍我的肩说道，"你可真是一朵雏菊呀。就连太阳刚出来时田野里的一朵雏菊也比不上你娇嫩！我也去考文特加登了，那出戏太蹩脚了。——喂，老兄！"

　　他这是在喊侍者。那侍者一直站在不远处，留神看着我们俩。这时一听到喊声，立刻毕恭毕敬地走了上来。

　　"你把我朋友科波菲尔先生安排在哪儿的？"斯蒂夫说。

　　"对不起，先生，您说什么？"

　　"他住在哪儿？几号房？你听不懂我说的话吗？"斯蒂夫说。

　　"哦，先生，"侍者略带歉意地说，"科波菲尔先生现在住在四十四号房间，先生。"

　　"就马厩上面的那个小阁楼，你把科波菲尔先生安排在那儿，"斯蒂夫质问道，"你到底是什么意思？"

　　"哦，对不起，你知道，先生，"侍者诚惶诚恐地回答道，"科波菲尔先生对房间并不在意。如果你乐意的话，我们可以让科波菲尔先生住七十二号，就在您的隔壁，不知您是否满意，先生？"

　　"当然满意，"斯蒂夫说道，"快去安排吧。"

　　侍者立即走出去，替我换房间。斯蒂夫觉得把我安排在四十四号房间太可笑了，拍了拍我的肩，忍不住又捧腹大笑起来。他还邀请我明天早上十点钟和他一起共进早餐。我受宠若惊，欣然同意。夜已深了，我们端着蜡烛上楼了，然后在他的门前亲切地道了晚安。我发现新换的这间卧室比先前那间好多了，再也没有怪怪的味道。房间里放着一张宽大的床，这张床有四根床桩，上面摆设着一只枕头，简直就像一片圣洁之地。那只枕头差不多够六个人睡，我躺在床上，很快就进入了甜美的梦乡。梦中，我梦见古罗马、斯蒂夫，还有友谊。第二天清晨，早班驿车从下面的拱道隆隆驶过，让我梦见雷声轰轰，天神降临，这才惊醒过来。

第20章　斯蒂夫家

早晨八点钟，女侍者敲了敲我的房门，通知我说，刮脸用的热水已经准备好放在门外了，我并不需要刮胡子，听了这话，我感到极其难受，躺在床上，脸涨得通红。我暗自怀疑那女人在告诉我的时候一定在偷偷嘲笑我，因此，我在穿衣服时感到极其苦恼。当我下楼去吃早餐时，正好在楼梯间遇着她，我竟然觉得像是做了一件亏心事，对她有些愧疚。我满心希望自己看起来更成熟一些，却往往事与愿违，因此，我变得极其敏感自卑，当我看见她拿着扫帚在那儿打扫时，我甚至不敢从她身旁经过，我呆呆地站在楼梯间，望着窗外出神，只见那尊国王查理一世骑在马上的雕像，周围全是乱停乱放的出租马车，在蒙蒙细雨和霭霭沉雾中，看上去一点儿也没有王者的风范。我就这样一直看着，直到那位侍者来喊我下楼去，说有位先生在等着我。

我下楼来，发现斯蒂夫并不在餐厅里，而是在一间清幽雅致的包间等着我。房间里挂着红窗帘，铺着土耳其地毯，炉火通明，餐桌上铺着洁净的桌布，摆着丰盛的早餐，热气腾腾。餐具柜上有一面小圆镜，映照着屋子里的壁炉、早餐、斯蒂夫和其他的一切。一开始，我还显得有点儿拘束，因为在我眼里，斯蒂夫是那么沉稳老练、风度翩翩，各方面都比我出色，连年纪也比我大。但是他无微不至地照顾着我，很快就打消了我的重重顾虑，让我变得惬意自在。昨天他们对我冷眼旁观，今天我却备受尊宠，这两种境遇，实在是有着天壤之别。对于他的出现带给我的变化，我充满无限感激。侍者的态度也来了个一百八十度的大转弯，不再随便蒙骗我，毕恭毕敬地伺候着我们，就像是身穿麻衣、头面涂灰的忏悔者①。

"哦，科波菲尔，"待房间里只剩下我们俩时，斯蒂夫说，"你给我说说，你如今在做什么，你打算去哪儿，以及有关你的一切情况。我觉得，你就像是我的私人财产。"

没想到他还是如此关心我，我一听这话欣喜若狂，就把我姨奶奶怎样建议我做一次短途旅行，以及我要去哪儿全都告诉了他。

"既然你并不急着赶路，"斯蒂夫说，"那就和我一起去海盖特②，在我家住上一两天吧。你见了我母亲，一定会喜欢她的。只不过，她特别喜欢在别人面前谈论我，夸赞我，这一点，请你不必放在心上。她见了你，也一定会喜欢上你的。"

"谢谢你的邀请，我真心希望如你所说的那样。"我微笑着答道。

"哦！"斯蒂夫说，"但凡喜欢我的人，她都会喜欢，这是毫无疑问的。"

"这么说来，我相信我一定会讨她喜欢的。"我说道。

"好！"斯蒂夫说，"那就请你去证实一下吧。我们先花两个小时去参观游览一番——带上你这样一位年轻的朋友四处逛逛，我挺开心的，科波菲尔——然后我们乘坐马车去海盖特。"

这一切恍然如梦。我仿佛觉得自己还在睡梦中，一觉惊醒，还是住在四十四号房里，还是孤身一人坐在餐厅，还是那个目中无人的侍者。我写信告诉姨奶奶，我是多么幸运，遇上了我过去的好朋友，并接受他的邀请，前去拜访他家。写好信后，我们便坐着出租马车游玩，我们观赏了一处"全景图"③，欣赏了一些风景，还去参观了博物馆；在博物馆，我发现斯蒂夫学识如此渊博，真可谓无所不知无所不

---

① 在犹太人的习俗里，用身穿麻衣，头面涂灰，来表示忏悔。

② 海盖特：在伦敦北边。

③ 全景图：一种连续性的图画，用来叙事或写景，盛行于十八世纪后期和十九世纪。

晓啊。可是，他竟然表现得十分谦虚，一点儿也不骄傲自满。

"你上大学，一定会取得更高的学位，斯蒂夫，"我说，"如果你现在还没取得，早晚也会取得。他们一定会以你为荣。"

"我取得学位！"斯蒂夫叫道，"我才不呢！我亲爱的雏菊——我叫你雏菊，你不介意吧？"

"一点也不！"我说。

"你真够朋友！我亲爱的雏菊，"斯蒂夫笑着说，"我从来没想过，也从来都不想出人头地。为了让我过得舒坦，我已经付出了很多。我觉得，像我现在这个样子，已经够愚蠢的了。"

"但是名誉——"我正准备说，却被他抢了话头。

"你这异想天开的雏菊！"斯蒂夫说着，笑得更加厉害了，"为什么我要劳心费神，去获得别人的仰慕？让他们去仰慕别人好啦。名誉是为那些家伙准备的，让他们出名吧。"

原来我说的话竟然如此不靠谱，我感到有些羞愧，很想换个话题。幸亏这并不是难事，斯蒂夫一向应付自如，无拘无束，他轻而易举地就从一个话题跳到另一个话题。

观光结束，我们便吃午饭。冬天的白天短，日子过得真快，当马车把我们载到海盖特山顶一座古老的砖房门前时，已是黄昏时分。我们下车时，一位上了年纪但并不算太老的太太，已经站在门廊前，她举止端庄，面目俊秀，气度不凡，她向斯蒂夫招呼道："我最亲爱的詹姆斯！"说完便伸开双臂将斯蒂夫揽入怀中。斯蒂夫把我介绍给这位太太，说这就是他的母亲。她非常庄重地向我表示欢迎。

这是一座老式住宅，古朴典雅，格调不凡，布置得井井有条。从我住的房间窗口极目远眺，伦敦城尽收眼底。远处的城市朦朦胧胧，就像一团浓雾，依稀透出闪闪灯光。我趁换衣服的时候，打量了一下屋内那厚重结实的家具，那些镶嵌在镜框里的刺绣。我猜想，这刺绣准是斯蒂夫的母亲未出嫁时绣的。墙上还挂着一些蜡笔画，画中的女人，头发上都扑着香粉，身上穿着紧身上衣，因为刚生的炉火毕剥作响，火光摇曳，画像中的女人也随之若隐若现。就在这时，有人喊我下去吃饭了。

餐厅中还有另外一个女人，她个子不高，皮肤黝黑，看上去并不迷人，但还是有几分姿色。我之所以注意上她，也许是因为见到我颇感意外，也许是因为我正好坐在她的对面，也许是在因为她身上有着与众不同的地方。她头发乌亮，眼睛炯炯有神，身材瘦削，嘴唇上有道伤疤，看上去应该是多年前留下的伤，现在早已痊愈了，它从嘴边划过，一直延伸到下颏，留下了一道暗黑的痕迹。我和她相隔一张桌子，隐隐看上去，因为这道疤痕的缘故，她的上嘴唇有些变形。我猜测她大概有三十岁左右了，已经到了男大当婚女大当嫁的年龄，因此，她看上去有些着急。她就像一座年久失修的房屋，招租了很久却无人问津。但是，正如我前面所言，她还是有几分姿色。她看上去那么瘦弱，是因为她心里燃烧着欲望之火，这火通过她那咄咄逼人的双眼发泄出来，这股欲望之火正一点点地吞噬着她的生命。

斯蒂夫向我介绍她说，她叫达特尔小姐，而斯蒂夫和他的母亲都喊她为萝莎。我意识到她已经在这儿居住了多年，一直与斯蒂夫太太做伴。我觉得她从不会直截了当发表自己的看法，总是拐弯抹角，这样一来，原本明白无误的意思，也说得个含含糊糊，让人不明就里。比如说，斯蒂夫太太半开玩笑地说，自己的儿子在大学里虚度光阴。这时，达特尔小姐便会插话说：

"哦，这是真的吗？你知道我很浅薄无知，我只是想请教一下，真的是那样吗？在我看来，那种生活是——是不是？"

"你是不是想说，那是一种非常严肃的针对职业所实施的教育，萝莎？"斯蒂夫太太语气极其冷淡。

"哦！不错！的确是这样，"达特尔小姐紧接着说，"不过到底是不是你说的那样？如果我说错了，我希望有人来纠正——真的是那样吗？"

"真的又怎样？"斯蒂夫太太问道。

"哦！你是说不是那样的！"达特尔小姐紧接道，"行了，我听了高兴极了！现在，我知道该怎么做了。看来，多向别人请教，能让人受益匪浅。关于那种生活，我以后再也不允许别人当着我的面，说什么虚度啊，挥霍啊，放荡啊。"

"你说的没错，"斯蒂夫太太说，"我儿子的导师是一个严谨负责的人，就算我不信任我的儿子，我也应该相信他。"

"你相信他？"达特尔小姐说道，"天哪！严谨负责，他严谨负责，这是真的吗？"

"是的，我相信是真的。"斯蒂夫太太说道。

"多好呀！"达特尔小姐说道，"多让人放心呀！真的严谨负责吗？那他就不会——当然，他要真的严谨负责，就不会那样了。嘿，现在我对他是多么信任。你完全想象不出，当我知道他是一个严谨负责的人，我对他是多么刮目相看！"

对于所有人提出的问题，所发表的意见，如果她不赞成，如果她另有主张，她都会拐弯抹角地说出来。哪怕她和斯蒂夫发生口角，她也会故技重演，害得我要琢磨好半天。晚饭快结束的时候，就发生了这么一件事。斯蒂夫太太谈起我要去萨福克时，我随口便说，如果斯蒂夫和我一同前往，那实在是再好不过了。我对斯蒂夫解释道，我准备去看望我的老保姆、辟果提先生一家，我顺便还提醒他，在学校见着的那个渔夫就是辟果提先生。

"哦！那个慷慨豪爽的家伙！"斯蒂夫说，"他是不是有个儿子？"

"不，那是他的侄儿，可他把他视为自己的亲生儿子，"我回答道，"他还有一个外甥女，长得非常漂亮，他把她当作自己的亲生女儿。总之，在他家里，更准确地说，是在船里，因为他住在一条搁在旱滩的船上，处处洋溢着他的慈爱与恩泽，如果你见到他们一家人，你一定会喜出望外的。"

"真的吗？"斯蒂夫说，"嗯，或许真如你所说的那样。我一定要去看看，别说和雏菊你一起去旅行有多快活，就算去看看那些人，和他们聊聊天，说说话，这趟旅行也值得期待啊。"

斯蒂夫的话带给我新的希望，我高兴极了，心儿怦怦直跳。可是洞若观火的达特尔小姐却觉察出他说"那些人"时的语气不对劲，她又插嘴了。

"哦，这是真的吗？一定要告诉我。他们真的是这样吗？"她说道。

"他们真的是什么？他们又是谁？"斯蒂夫问道。

"那些人呀！他们真的是动物吗？是泥巴和木头吗？真的是另一类人吗？我好想知道。"

"嗨，他们和我们之间的确存在很大差异，"斯蒂夫满不在乎地说，"他们不像我们这样情感细腻、多愁善感。他们一般不容易受到惊吓，也不容易受到伤害。他们生活得中规中矩，我敢说——如果有人持异议，我也决不和他们争辩。他们大大咧咧，心地单纯，坦率自然，也许这正是他们的福气，就像他们粗糙的皮肤那样不易受伤。"

"这是真的吗？"达特尔小姐说道，"嘿，这话听起来真叫人开心，真让人欣慰啊，我可从来没听过如此让人称心如意的话。照你说，他们虽然过得很苦，却根本感觉不到，知道了这些真是叫人高兴啊！过去，我还真替那种人担心，现在我再也不用担心他们了。真的是活到老学到老。我曾经对此困惑不解，但现在，我承认，疑虑一扫而光。过去我不明白，现在终于明白了，这就是请教的好处——对不对？"

我原本以为，斯蒂夫所说的话只不过是开了个玩笑，或只是拿达特尔小姐寻开心，待她离开后，就剩下我们俩坐在壁炉前时，我满心期待他向我如何解释，可是，他却只是询问我对她的印象如何。

"她很聪明，不是吗？"我问道。

"聪明！无论什么事，她都会拿到磨刀石上磨一磨，"斯蒂夫说，"把它们磨得尖锐无比，她就这样磨啊，磨啊，磨尖了自己的脸蛋，磨瘦了自己的身材，把自己磨得形销骨立，浑身上下只剩下刀刃。"

"她嘴唇上那个疤很抢眼！"我说道。

斯蒂夫的脸立马阴沉下来，半天不吱声。

"哦，其实嘛，"他接着说，"那是我弄的。"

"一场意外事故？"

"不。我还是个小男孩时，她把我惹恼了，我就随手拿起一把锤子朝她掷过去。我小时候肯定是一个敢做敢当的小天使！"

这回忆起来有些痛苦，我有些后悔提出这个话题，不过，既然说出来了，已经追悔莫及了。

"从那以后，她的嘴唇上就有这道伤疤，就是你现在看到的这道伤疤，"斯蒂夫说，"她将把这道伤疤带到坟墓里，如果她能在坟墓里老老实实待着的话。不过，我不大相信她会老老实实待在坟墓里。她是我父亲某个表兄的女儿，从小就没有了母亲，后来父亲也死了，那时，我的父亲也去世了，于是，我的母亲把她接回家，和她做伴。她本来已有两千英镑财产，再加上每年的利息收入。这就是萝莎·达特尔小姐的身世，我全都告诉你了。"

"她肯定像亲兄弟一样爱着你。"

"哼！"斯蒂夫望着炉火答道，"有些爱对于我来说太过分，有的爱——算了，还是喝酒吧，科波菲尔！田野里的雏菊，让我为你祝福，同时也为我自己——山谷里贪图享乐的百合祝福——这让我感到极其羞愧！"他兴冲冲地说完这几句话，脸上浮现出的苦笑一下子消失不见了，他又像从前那样坦率迷人了。

我们进去喝茶时，我忍不住满怀同情地看了看那道伤疤，心里极其难受。我很快就注意到，那道伤疤是她脸上最敏感的部位，她的脸色一旦变得煞白，那道伤疤立马就变成铅灰色，就像一道被火烤出来的隐性墨水印。在她和斯蒂夫发生冲突时，有那么一会儿，她大动肝火，就在那时，我看见那疤痕暴露无遗，就像墙上的古字①。

　　斯蒂夫太太将她的儿子奉若神明，我一点儿也不觉得奇怪。她似乎不愿意说别的事，也不愿意想别的事。她打开一只小小的项链盒子让我看看，里面装着斯蒂夫婴儿时的画像和胎发。紧接着，她又把我刚认识他时的画像拿出来让我欣赏。而斯蒂夫现在的画像，她则把它挂在胸前。他写给她的所有信件，她如数家珍，全都珍藏在壁炉边的一个柜子里。她本打算把其中的一些信件念给我听，不料却被斯蒂夫拦住了，她这才打消这一念头，其实，我倒想听一听呢。

　　"我儿子告诉我说，你们是在克里克尔先生的学校里认识的，"斯蒂夫太太说道，这时我俩在一张桌旁聊天，斯蒂夫和达特尔小姐则在另一张桌子上走双陆棋，"的确，我记得很清楚，当时他告诉我说，有一个年纪比他小的同学，和他关系非同一般，不过，你的名字，我倒是没记住。"

　　"在那段时间，他对我关怀备至，慷慨大方，"我说道，"有他这样一个朋友，真是我一生的幸运。要是没有他，我想我就完蛋了。"

　　"他一向都很慷慨大方。"斯蒂夫太太无比骄傲地说。

　　我打心眼儿赞同这话，上帝可以做证。斯蒂夫太太也觉察到这一点。因为她对我的态度，不像先前那样傲慢了。只有在称赞她儿子的时候，她才会摆出一副不可一世的高傲。

　　"总的来说，那所学校并不合适我儿子，"她说道，"非常不合

────────────

①　见《旧约·但理书》的第5章。故事讲述的是伯沙撒王设宴款待群臣，忽然看到一根指头在墙上写字，众人都不认识这些字，王非常吃惊，招来但以理询问，但以理说，这文字内容是说王和国家气数已尽。

适。不过在当时，考虑到一些特殊原因，这比选择学校更加重要。我儿子心性高傲，得有人意识到他的优越，心甘情愿地尊敬他、崇拜他，在那所学校，我们找到了这么一个人。"

我知道这一情况，也知道那人是谁。不过，我并没有因此而更加憎恶他，反倒觉得这在一定程度上弥补他的过失。人人都极其佩服斯蒂夫，如果这个人也学会了佩服，这也算得上对他过失的一个补救吧。

"在那所学校，由于受到自发的好胜心和荣誉感的驱使，我儿子的才能淋漓尽致地发挥出来。"这位对孩子宠爱有加的太太继续说道，"他本可以不受任何约束，但他意识到自己在学校身份显要，他就非常注重自己的一言一行，一定要做到名副其实。他的个性就是这样。"

我心悦诚服地点头说，他就是这样的个性。

"因此，顺从自己的意愿，不受任何约束，我儿子就是这样，只要他高兴，他可以击败任何对手，"她继续说，"科波菲尔先生，我儿子告诉我说，你非常崇拜他，昨天你们偶然相遇，你竟然激动得掉眼泪。我儿子居然有这么大的魅力，我要是听后假装感到惊讶，那我未免太虚情假意了。不过，对于任何一个欣赏他的人，我决不会冷漠相待，因此，我很高兴见到你。我可以向你保证，他对你同样怀有非同一般的情谊，你完全可以信任他，他会好好保护你的。"

达特尔小姐走双陆棋也像做别的任何事一样全神贯注。要是我在双陆棋盘边第一次看到她，我一定会以为她之所以这么瘦削，双眼之所以这样大，一定是因为下棋所致，而不是别的什么原因。不过，如果我天真地认为，达特尔小姐根本就没留意我们说什么，也根本没注意到我曾看过她，那我就大错特错了。听到斯蒂夫太太如此器重我，我欣喜若狂，自从离开坎特伯雷后，我还从未像今天这样老成稳重呢。

时间已近深夜，一个盛着酒杯和酒瓶的盘子送进屋来，斯蒂夫一边烤火一边对我说，关于去乡下的事，他要认真考虑考虑。他说，不用着急，在这儿住上一个星期也无妨。他母亲也热情地挽留我。我们聊天的时候，他有好几次都喊我雏菊，这又引起了达特尔小姐的注意。

　　"哦，说真的，科波菲尔先生，"她问道，"这是你的绰号吗？他为什么这么叫你呢？是不是——啊？他觉得你年幼无知，天真幼稚？我在这类事上实在是太无知了。"

　　我羞红着脸，回答说，我想是的。

　　"哦！"达特尔小姐说道，"现在我明白了，我好开心！我问你，是想增长点见识，现在，我终于明白了，我好开心！他认为你年幼无知，天真幼稚，所以你就成了他的朋友？嘿，太开心了！"

　　没过多久，她便去睡觉了，斯蒂夫太太也起身离开了。斯蒂夫和我又围着炉火，坐了半个小时，我们谈起了特拉德尔和萨伦学校的其他同学，然后才一起上楼去。斯蒂夫的房间就紧挨着我的房间，我于是进去看了看。这简直就是一个安乐窝，到处是安乐椅、靠垫、脚凳，全都由他母亲一手操办，屋里的摆设真是应有尽有啊。墙上还挂着一幅肖像画，她那美丽的面容俯身看着她百般疼爱的儿子，哪怕她的爱子沉睡了，她也一直在饱含深情地看着他。

　　我走进我的卧室，炉火燃得正旺，窗帘和床幔都已经垂落下来，屋了里温暖而舒适。我在壁炉前的一张大椅上坐下来，慢慢地品味着这种幸福生活，心里惬意极了。时间悄无声息地溜走。忽然，我看见炉架上方挂着一幅达特尔小姐的肖像画，她正热切地注视着我。

　　这张画像画得极为怪异，那面目也十分怪异。画家并没有画那道疤，但我却不由自主地在心里把它画上了，那道疤就在那儿时隐时现，有时候，它出现在她的上嘴唇，就像我吃晚饭时看到的那样，有时候则出现锤子掷伤后的整道疤痕，就像我看见她情绪激动时的样子。

　　我极其烦躁，心想他们为什么不把她放到别处，却偏偏放在这儿呢。为了避开她，我匆匆脱了衣服，吹了蜡烛，上床睡觉了。可是当我入睡时，我仍忘不了她还在那儿盯着我。"哦，这是真的吗？我很想知道。"我半夜醒来，发现我还在梦里焦虑不安地问各种各样的人，这是真的吗——至于我问的什么，我自己也不清楚。

第21章　小艾米丽

　　在斯蒂夫家里有个仆人，我听说他通常跟随着斯蒂夫，是斯蒂夫在大学里雇佣的。这个仆人看起来举止得体。我相信，在与他同类的人中，再没有比他看起来更体面的了。他沉默寡言，脚步轻盈，恭敬谦和，鉴貌辨色，需要他时他总能出现，不需要时他绝不插手，但是他最值得称道的，是他的体面。他的脸并不柔顺，脖子有点僵直，头部光洁平顺，短发紧贴在脑袋两侧，说话轻柔。他有一个独特的说话习惯，低声说"S"这个字母时无比清晰，让人觉得似乎他是使用这个字母最多的人[1]，他所做的一切无不堪称体面。就算他的鼻子朝天长着，他也能让其显得体面。他能让他身边的空气都充满着体面，而且能相伴随行。他是如此体面，让人几乎无法怀疑他有什么不妥。他是如此体面，让人觉得他不应该穿上仆人的衣服。如果要让他做任何有损颜面的事，那将会严重侮辱这个无比体面的人的情感。而且，我注意到，在这个家里，女仆们对此一清二楚，她们宁愿自己受苦受累，而让这个人坐在食品储藏室的壁炉边读报纸。

　　我从没见过如此少言寡语的人。而这种品质，如同他拥有的其他品质一样，都只会让他看起来更加体面。没有人知道他的教名[2]，可就是这个情况，似乎也成为他体面的一个部分。大家只知道他的姓是利蒂默，这是大家一致认可的。似乎叫彼得可以被绞死，叫汤姆可以被流放，而叫利蒂默却是无比体面。

---

　　[1]　"S"是斯蒂夫（Steerforth）的第一个字母。

　　[2]　在基督教文化中，孩子受洗礼后，由牧师或父母亲朋为其取名，称为教名，教名通常是排在第一个位置的名字。

我猜想，正是由于他浑身上下洋溢着让人肃然起敬的体面，使得我在他身边都会感到自惭形秽，觉得自己太过年轻。他到底有多大年纪，我猜不出来——这一点又让他更加体面。他泰然自若，从容不迫，因此就算他有五十岁，也跟三十岁没什么区别。

　　早晨，在我起床之前，利蒂默就走进我的卧室，把那恼人的剃须水端给我，把我的衣服拿出来。我打开床帷往外看，看到了他，风度翩翩，似乎春寒料峭的东风也影响不了他，连呼出的气都不会起白雾，他把我的靴子摆得挺立，就像是准备迈步跳舞那样笔直，他轻轻吹去我衣服上的纤尘，像对待一个婴儿似的把衣服放下来。

　　我向他道早安，问他几点钟了。他从口袋里掏出一只表，我从未见过如此体面的自动怀表。他用拇指按着弹簧，不让它多打开半点，他看着盖子下的表，那神情就像是在一个牡蛎中问神谕，然后迅速关上，说："很高兴为你服务，现在八点半了。斯蒂夫先生很想知道你休息得好不好，先生。"

　　"谢谢你，"我说，"很好。斯蒂夫先生好吗？"

　　"谢谢你，先生，斯蒂夫先生还好。"这是他的又一个特征——话语中从不用最高级，永远是处变不惊的中性词汇。

　　"还有其他可以让我效劳的事情吗，先生？用餐的预备铃会在九点响，家人在九点半用早餐。"

　　"没有了，谢谢你。"

　　"应该是我谢谢你，先生，对不起。"他经过床边，略略低了一下头，表达对纠正我话的歉意，然后走出去，轻轻关上门，动作轻柔得让我感觉仿佛进入了一生所爱的甜美睡梦。

　　每天早上，我们都精准地进行着这个对话：一字不多，也一字不少。哪怕在斯蒂夫的友谊的熏陶下，在斯蒂夫太太的信任的感召下，在与达特尔小姐的交谈训练中，我变得更加成熟，更加智慧，可只要到了这个最体面的人面前，我便打回原形，就像我们那些名气不大的诗人颂吟的那样，"又变成一个小孩"。

他为我们备马，博学多识的斯蒂夫教我骑马。他为我们备好剑，斯蒂夫让我戴上手套学习击剑。为了提高拳击术，他让我跟着这个教练学。在这些方面，斯蒂夫觉得我是新手，我并不介意，可是要在体面的利蒂默面前暴露出我的笨拙，这让我难以忍受。虽然我根本不相信利蒂默通晓这些技能，我也从不瞎猜他可能会什么，我从来没有见过他那体面的睫毛眨巴一下，所以我相信他并没有显示出具备这些本领。不过，只要我们练习时有他在，我就会觉得自己是个乳臭未干的浊骨凡胎。

我对这个人产生了极大的兴趣，因为他当时给我一种十分特殊的感受。后来发生了一件事，让我对他格外关注。

那个星期过得非常愉快，时间倏忽而逝。那个星期让我有更多机会去了解斯蒂夫，也使我越来越钦慕他。那个星期结束时，我觉得我好像已经和他相识多年。他待我的方式，就像对待一个玩物，我欣然接受。因为这种方式，能唤起我的旧时记忆，让我觉得我们的关系就像是过去的自然延续，他待我一点儿也没有改变。如果我和他比较优劣，如果我用同样的标准来衡量相互间在友谊上的得失，我会感到极其不安，如今，他以这种方式待我，无形中减轻了我的不安。最重要的是，这种方式亲密无间、无拘无束、热情洋溢，他从来不会用这种方式对待别人。过去，在学校里，他待我的方式独一无二，如今，他待我的方式又有别于其他朋友，我为此感到十分高兴。我相信，我比他的其他朋友更贴近他的心，我自己的心也因为爱慕着他而倍感温暖。

他决定和我一起去乡下，出发的日子到了。他起初拿不定主意要不要带利蒂默去，不过最终决定把他留在家里。这个体面的人对任何安排都欣然接受，他把我们的行李放置在小马车上，他放得那么稳当，就算马车一路颠簸，那些行李也会安然无恙。然后他平静地接受我毕恭毕敬献上的赏钱。

我们向斯蒂夫太太和达特尔小姐告别。我怀着无限感激，爱子情深的母亲则怀着无限慈爱。我最后看到的是利蒂默那镇定自若的目光。在我的幻想中，那目光里饱含着无声的信息，他一定是认为我太年轻幼稚了。

我们一路顺风，回到了旧日的故居，不过我不想浓墨重彩地描绘一路上的感受。我们乘坐邮车直接抵达。我还能记得，我特别担心雅茅斯的名声不佳，斯蒂夫不会喜欢这里。当我们穿过黑暗的街道前往旅馆去时，我听到斯蒂夫说，这里看起来像个有趣而奇特的黑洞，我感到特别开心。当我们经过我曾经居住过的"海豚"门口时，我看见门前放着一双脏鞋和鞋套。我们一住进旅馆，倒头便睡了，第二天早餐吃得很晚。斯蒂夫对这里的一切兴致勃勃，我还没起床，他就一个人去海滩散步了，据他所说，他已经和当地过半的渔夫都认识了。他还说，他看到远处有座冒烟的房子，他断定那一定是辟果提先生的家。他对我说，他很想进屋去看看，想对他们开玩笑说，他就是我，只是长大了，他们认不出来而已。

"你准备什么时候去那儿，把我介绍给他们呢，雏菊？"他说，"我完全听你安排，你想怎么安排就怎么安排吧！"

"哦，我正在想，今天晚上去最合适，斯蒂夫，那时候他们都围着炉火坐着。我希望你在那个家温馨舒适的时刻看到它，那是个无比美妙的地方。"

"一言为定！"斯蒂夫回答，"就今天晚上吧。"

"我完全没让他们知道我们已经到这里了，你明白的，"我很快活地说，"我们得给他们一个出其不意。"

"哦，那当然！如果我们不给他们一个出其不意，"斯蒂夫说，"那就索然无味了。让我们看看当地人的本色吧。"

"不过他们真的是你说的那种人呢。"我跟着说。

"哦! 你说什么呀! 你想起我和萝莎的争执了, 对吗? "他迅敏地扫了我一眼, 大叫道, "那个讨厌的小丫头, 我真有点怕她。我觉得她像个小妖精。不过别理会她。你现在准备干什么? 我猜, 你要去看你的保姆吧! "

"啊, 正是, "我说, "我得先去看看辟果提呢。"

"行啊, "斯蒂夫看看他的表说, "如果我把你放出去, 让她抱着你哭上两个小时, 这时间应该够了吧? "

我笑了, 回答说, 我想那时间够我们哭的了。不过他应当和我一块儿去, 因为他会发现, 他在这儿已经名声大振, 几乎和我一样成了举足轻重的人物了。

"你想让我去哪儿, 我就去哪儿, "斯蒂夫说, "你想让我做什么, 我就做什么。告诉我去哪儿找你。两个小时后, 我就按照你的旨意准时登场, 悲剧也好, 喜剧也好。"

我详细地告诉他, 如何才能找到巴克斯先生的住处——巴克斯先生是来往于布兰德斯屯与其他各地的马车夫。和他约定好后, 我就独自出门去了。空气清爽, 地面干燥, 海面微波荡漾, 太阳不算特别暖和, 但也阳光普照, 万物都朝气蓬勃、生机盎然。能够来到这儿是多么开心的事啊, 一下子让我精神焕发、朝气蓬勃, 我真想拦住街上的行人, 要和他们一一握手才提劲呢。

当然, 街道显得有些狭窄。我相信, 儿时见过的街道, 当我们长大后故地重游, 就会发现街道变窄了许多。不过, 街上的一切我都记忆犹新, 一切依旧。只不过在走到欧默先生的店铺前, 看到过去写着"欧默"的地方, 现在变成了"欧默—约拉"招牌, 但是"零售布料, 服装, 服饰用品, 兼营服装加工, 丧事用品等"的字号依然不变。

我在街对面读了招牌后, 脚步非常自然地向店铺门口迈去。我穿过街道, 来到门口朝铺子里张望。店铺后面有个俊俏的女人, 她正抱着一个孩子跳着舞, 而另一个小家伙则拽着她的围裙。我毫不费力就辨认出了这是明妮和她的孩子们。客厅的玻璃门关着，可是我还能听到院子对面那作坊中隐隐传来的声音，这昔日听过的声音似乎从未消失。

"欧默先生在家吗？"我走进去说，"如果他在，我想见见他，只耽搁一小会儿时间。"

"哦，是的，先生，他在家，"明妮说，"他有气喘病，这种天气不宜出门。乔伊，叫你姥爷出来！"

牵着她围裙的那个小家伙随口大喊一声，声音太过响亮，让他觉得有些害臊，把脸埋到了母亲的裙子里，不过，母亲对他夸赞了一番。一阵响亮的气喘声传来，不一会儿，欧默先生就站在我面前，他比过去喘得更加厉害，不过外表并没多大变化。

"您好，先生，"欧默先生说，"有什么需要我效劳的，先生？"

"欧默先生，如果你愿意，我想和你握握手，"我伸出手说，"你曾对我很亲切，我当时就想这样做，可我并没说出口。"

"我是那样的吗？"老人回答说，"听你这么说，我真的很高兴，可我不记得那是什么时候的事了。你确定那是我吗？"

"绝对错不了。"

"我觉得我的记性就跟我的呼吸一样，越来越不中用了，"欧默先生说，他看着我，摇了摇头，"我回想不起您了。"

"你不记得了吗？你曾经去驿站接过我，我还在你这儿吃过早餐，然后我们一起坐车去布兰德斯屯，有你，我，约拉太太，还有约拉先生——他那时还不是她的丈夫呢。"

"哦，我的天！"欧默先生吃惊得剧烈地咳了一阵，大声叫嚷说，"你说得完全没错！明妮，我亲爱的，你还记得吗？天啊，没错，我记得是一位太太的丧事，对吗？"

"是我母亲。"我回答说。

"绝对——没错，"欧默先生用食指点点我的马甲，说，"还有一个小孩夭折了！那是两个人的丧事呢。小孩就躺在大人身边。就在布兰德斯屯那边儿，没错，当然是这样的。哦！打那以后，你过得好吗？"

"很好。"我向他表示感谢，同时祝愿他也很好。

"哦！没啥可抱怨的，你知道，"欧默先生说，"我觉得我的呼吸越来越急促了，不过，随着一个人的年纪越来越大，呼吸是不会越来越长呀。既然如此，就听天由命吧，尽量过好点吧。这是最好的办法，对不对？"

欧默先生笑起来，又引发一阵咳嗽。她女儿正扶着最小的孩子在柜台上蹦跳，听到咳嗽声，急忙跑过来拍拍他的背，帮助他缓过劲来。

"天啊！"欧默先生说，"是的，没错。两个人的丧事！哦，你知道吗？也就在那趟车中，定下了我家明妮和约拉结婚的好日子。'您定个期吧，叔。'约拉说。'是啊，你定吧，父亲。'明妮也跟着附和。现在，他已经是这个店铺的合伙人了。你再看这儿！最小的孩子都这么大啦！"

明妮笑起来了，她捋了捋两鬓扎起来的头发。这时她的父亲正伸出一根胖乎乎的手指，放到在柜台那儿蹦跳的小孩手中。

"两个人的丧事，没错！"欧默先生点点头说，悠悠往事历历在目，"一点儿也没错！那天约拉正在干活儿，用银钉在钉一具灰色的棺材，比他还要长，"——他指着柜台上蹦跳的那孩子——"足足要长两寸呢。你吃点东西好吗？"

我婉言谢绝了。

"让我想想，"欧默先生说，"我记得车夫巴克斯的老婆，就是渔夫辟果提的妹妹，她和你们家是不是有什么关系？她在你们家做过事，对吧？"

我说是的，这让他感到心满意足。

"我相信我的呼吸以后会变长的，你看我的记性好了很多，"欧默先生说，"哦，先生，她的一个年轻的亲戚在我们这儿当学徒，她对裁剪制衣这方面的品位极其高雅——我敢保证，我相信全英国还没有哪个公爵太太能比得上她。"

"不会是小艾米丽吧？"我脱口而出。

"她的名字正是艾米丽，"欧默先生说，"而且她长得的确很小巧。可是，你要相信我说的，她生有那张漂亮脸蛋，这镇上有一半的女人都对她妒忌得发疯呢。"

"你瞎说，爸爸！"明妮叫道。

"亲爱的，"欧默先生说，"我可并没把你算在这半数里边呀，"他对我挤挤眼睛说，"我只是说，雅茅斯一半的女人——嗯，在这方圆五英里内——都对她妒忌得发疯呢。"

"那么她就该安守本分，爸爸，"明妮说，"别给她们留下说闲话的把柄，她们也就不会这样对待她了。"

"她们不可能那样做，亲爱的！"欧默先生回答说，"她们不会的！这就是你对人情世故的见解吗？什么是女人不能做的，什么是女人不该做的——尤其是在涉及一个女人的美貌这问题上时，又有什么做不出来呢？"

欧默先生开心地冷嘲热讽着，剧烈地咳嗽起来，他使出浑身的劲想平复下来，可依然不见好，我真担心他会气绝身亡，一头栽倒到柜台后面，而他那条黑短裤的膝部饰有的那褪色小缎带，将在无力的挣扎后颤巍巍地翘起来。可他最终还是缓过劲来，尽管他仍然喘得很厉害。他精疲力竭，不得不坐在账房桌旁的小凳上。

"你知道吗？"他擦了擦头，费劲地喘着气说，"她在这里不和什么人来往，也没有特别要好的熟人和朋友，更别提什么情人了。结果，一个很刻薄的说法散播开来，说艾米丽想当贵夫人。我的看法是，之所以有这些流言蜚语，主要是因为她在上学时曾经说过，如果她是个贵夫人，她一定为她舅舅做这做那，给他买这样那样的好东西，你知道这事吗？"

"我向你保证，欧默先生，她的确对我说过那种话，"我急切地说，"可那时我们都还是小孩呢。"

欧默先生点点头，又搓着下巴。"的确是这样。她只用稍稍打扮一下，就把自己打扮得非常漂亮，你知道，很多人费尽心思打扮，也远不及她的漂亮，这就惹得别人心里不痛快。再说了，她有点儿任性，就连我本人也会直率地把这叫作任性，"欧默先生说，"心思捉摸不定，有点被惯坏了，她不能把自己完全管住。这可以算得上是她的最大缺点，其他方面无可挑剔，对吧，明妮？"

"没有其他的了，爸爸，"约拉太太说，"我认为，最坏的也就不过如此。"

"有次她找到一份差使，"欧默先生说，"是陪护一位脾气暴躁的老太太，她们相处得不怎么好，所以她就不肯再干下去了。后来她到了这里，约定做三年学徒。差不多两年快过去了。她是个好得不能再好的姑娘。一个人能抵得上六个！明妮，你说她是不是抵得上六个？"

"是的，爸爸，"明妮说，"我从来没有在背后说过她的坏话，你千万别到处乱说！"

"很好，"欧默先生说，"这就对了。那么，年轻的先生，"他又搓了搓下巴说，"我觉得我该就此打住了，省得你以为我是个话痨。"

刚才他们每谈到艾米丽时就会压低声音，我敢确定她就在这附近。我马上问他们是不是这样，欧默先生点了点头表示默认，还朝客厅的门点头示意。我忙问可不可以偷偷看她一眼，我得到的回答是悉听尊便。于是，我隔着玻璃往里看，看到正坐在那里干活的艾米丽。我看见她已经长成一个明艳动人的小美人，她那双曾窥见我内心的蓝眼睛是那么的水灵雪亮，这时她正带着笑意看着在一边玩耍的孩子——这是明妮的又一个孩子；她光彩照人，有着一副任性的神色，足以证实我刚才听说的并非空穴来风，不过那神色中也隐隐含有羞怯，那正是昔日难以捉摸的腼腆。不过，我相信，她娇美的容颜干净清澈，只有纯粹的一心向善和追求幸福的神色，她正朝着真诚与幸福的道路前行。

院子那边似乎从来不曾间歇过的声音——唉！实际上也是从来不曾间歇过的——永远在轻轻敲打着的声音。

"你不想进去和她说几句吗？"欧默先生说，"进去和她聊几句吧，先生！不要太客气，就像在自己家里一样随意！"

我当时非常羞怯，不好意思进去——我怕进去后她会很尴尬，同样也会让自己尴尬。但是我问清了她晚上离开这儿的时间，这样我就可以去她家探望。然后我向欧默先生，他漂亮的女儿及其小孩子一一道别，接着，便向我亲爱的辟果提家走去。

辟果提正在那间铺砖的厨房里做饭。我刚敲了下门，她就把门打开了，问我有何贵干。我笑眯眯地看着她，可她却面无表情地看着我。虽然我一直不间断地给她写信，可我们已经有七年没见面了。

"巴克斯先生在家吗，太太？"我故意用粗声粗气的口气问她。

"在家，先生，"辟果提回答说，"可他患了风湿病，正躺在床上呢。"

"他现在还去布兰德斯屯吗？"我问道。

"他身体好时还常去。"她回答说。

"你去过那儿吗，巴克斯太太？"

她非常仔细地打量着我。我看到她马上把两手合到一起。

"因为我想打听那一带的一座房子，他们把它叫作——叫作什么呢？——啊，叫'鸦巢'的那座房子。"我说。

她往后退了一步，非常吃惊的样子，犹豫地伸出双手，好像要把我赶走似的。

"辟果提!"我对她喊道。

她大叫起来:"我的亲亲宝贝!"我们紧紧地抱在一起,眼泪籁籁地流下来。

我真不想描述当时的场景:她欣喜若狂,悲喜交加,忘乎所以,泣不成声。她一直以我为傲,这么多年了,她不能把我搂在怀中,她怎能不哭泣呢?我跟着辟果提一起又哭又笑,完全不用担心这是否太幼稚。我敢说,在我一生中,就算在辟果提面前,也从来没有像这天早晨这样酣畅淋漓地哭过,笑过。

"巴克斯一定会高兴坏的,"辟果提用围裙抹着眼泪说,"这比吃几包药要管用得多。我去告诉他你来了,好吗?你要不要上楼去瞧瞧他,我的宝贝?"

我当然要去。辟果提原本要到厨房,可是要让她离开这儿真不容易,因为每次她走到门口,便又回头来看看我,然后马上又跑过来,搂着我的肩,笑一阵又哭一阵。后来,我只好带着她一起上楼去。我先在门外等了一会儿,让她先去给巴克斯先生说一声,让他有个心理准备,接着我来到了病人的床前。

巴克斯先生喜出望外地接待了我。由于他的风湿太严重了,不能和我握手,就请我握握他的睡帽顶上的缨子,我很诚心诚意地照办了。我坐到床边时,他说他感觉好像又在布兰德斯屯大道上为我赶车,这让他感觉浑身舒服多了。他仰躺在床上,被子把身体盖得严严实实的,只露出那张脸,活像传统画中的小天使一样,那是我见过的最古怪的场面了。

"我在马车上写的是什么名字呀,先生?"巴克斯先生忍受着风湿病痛,缓缓地微笑着说。

"噢,巴克斯先生,关于那件事,我们曾郑重其事地交谈过呢,对不对?"

"我说过'巴克斯愿意',而且愿意了很长时间,是不是,先生?"巴克斯先生说。

　　"的确是愿意了很长时间。"我说。

　　"我一点也不后悔,"巴克斯先生说,"你曾经告诉我,所有的蛋糕、点心都是她做的,你还记得吗?"

　　"是啊,历历在目。"我回答说。

　　"清清楚楚的,"巴克斯先生点了点睡帽,这是他唯一能加重语气的方式,说,"了如指掌,没有比这更真实的了。"

　　巴克斯先生转过头看着我,像是要征询我的意见。我表示毫无异议。

　　"再没有比这更真实的了,"巴克斯先生又重复了一遍,"像我这么一个穷人,能躺在病床上想出了这点,真是不容易啊。我真是个穷光蛋,先生。"

　　"这话让我很伤心,巴克斯先生。"

　　"一个穷光蛋,我的确是。"巴克斯先生说。

　　说到这里,他的右手无力地从被子下慢慢伸出来,漫无目的地摸来摸去,最后摸到挂在床边的一根手杖。他用手杖拨来拨去,露出焦躁不安的神色,最后他触到一只箱子,箱子露出来的一端我一直都看在眼里。他的表情这才平静下来。

　　"都是些旧衣服。"巴克斯先生说。

　　"哦!"我回应了一声。

　　"我巴不得这里装的全是钱,先生。"巴克斯先生说。

　　"我也期盼是这样,真的。"我说。

　　"可这并不是钱。"巴克斯先生说着,把眼睛瞪得大大的。

　　我表示我完全相信。然后巴克斯先生把目光转向他太太,非常温和地说:

　　"克拉拉·辟果提·巴克斯,她是最能干、最好的女人。不管谁要赞誉克拉拉·辟果提·巴克斯，多高的评价她都配得上，而且还要好上千万倍！我亲爱的，你今天得准备一顿晚饭，招待客人，弄点好吃好喝的，好不好？"

我本来觉得用不着这么客气，想要推辞掉，可我看到坐在床对面的辟果提非常着急地对我使眼色，让我别客套。所以我就不作声了。

"我身边还有点儿钱，不知道放什么地方了，亲爱的，"巴克斯先生说，"但是我有些累了。要不，你和大卫先生先出去一会儿，让我打个盹儿，等我醒了，就会想法把钱找出来。"

我们听从了他的要求，离开了卧室。走到房门外，辟果提告诉我说，巴克斯先生比以前更"吝啬"了，每次他都要玩这个小伎俩，把人支开后，才会从他的储蓄箱中掏出一个子儿。他独自一人爬下床，从那个倒霉的箱子里取钱时，那该遭受多大的痛苦呀。其实，我们当时就听到了他发出的呻吟，虽然被强行压抑了，仍然是痛楚无比。他的这套把戏就像一只喜鹊，把叼来的什么东西都要藏起来，弄得他全身每个关节都像遭受肢刑①。辟果提的双眼满含同情，但她仍说，他这番举动对他身体有好处，所以最好别去阻拦他。他就一直这么呻吟着，直到他又爬上床，这才宣告结束。我相信，这份痛楚并不逊于殉道者所受的酷刑折磨。然后，他把我们叫进房间，装出刚从睡梦中醒过来的样子，从枕头底下拿出一个几尼。他自认为这套把戏能蒙混过关，那箱子的机密仍无人知晓，心里感到十分满意，刚才遭受的那番痛楚，根本算不上什么。

我告诉辟果提，斯蒂夫也来了。没过多久，斯蒂夫果然到访。我相信，虽然他只是我的朋友，不是辟果提本人的恩人，可对辟果提而言，这两者并没什么区别，她无论如何都会同样感激至极地款待他。

---

① 拉肢刑架，古代的酷刑，类似五马分尸，是用转轮拽拉四肢，肢体会从关节处断裂。

斯蒂夫和蔼近人，精力旺盛，性格活泼，彬彬有礼，面容俊秀，他有着与各种人愉快相处的本领，而且他善于投人所好，只用了五分钟时间，辟果提就完全被他迷住了。单是斯蒂夫对我的态度，就足以赢得她的喜欢。所以，我真心相信，那天晚上在斯蒂夫离开前，她对他已经佩服得五体投地。

他和我都留在这里吃晚饭——如果我说是斯蒂夫"愿意"留在这里吃饭，这还远远不能表达出他那种高兴劲呢。他像太阳，像空气，走进了巴克斯的卧室，好像他自身就是有益于健康的好天气，使房间豁然明亮，让人神清气爽。他的一举一动都不张扬，也不拘谨；举手投足间，都带着那难以形容的轻松自在，令人感到恰到好处。他气度高雅，自然随性，引人瞩目，至今回想起来，我还不能忘怀。

我们在那间小客厅里谈笑风生。书桌上仍放着那本《殉道者传》，我当年读过一次后就再没人翻过。现在，我又一页页地翻看书中那些令人恐怖的图画，当年看它时的恐怖感觉还留在记忆里，但现在已经无法感觉到了。辟果提说，她把我的那间卧室已经收拾整洁，要留我在这里过夜，还说她希望我在她家住一段时间。我有些犹豫，便朝斯蒂夫看去，不过他反应敏捷，一下明白了我的意思。

"当然可以啦，"他说，"我们在这里逗留期间，你就住在这里吧，我回旅馆去住。"

"可是，我老远把你带到这里来，"我马上说，"却要和你分开住，好像不够朋友，斯蒂夫。"

"嘿，老天，你原本就是属于这儿的人！"他说，"和这个问题相比，'好像不够朋友'，这又能算什么呢？"于是我的困扰迎刃而解。

他一直都是乐呵呵的，当八点钟我们去看辟果提先生的旧船屋时，他还是这样招人喜欢。事实上，他待的时间越长，越招人喜欢。我当时就想，或许他意识到自己在人际交往方面得心应手，游刃有余，深得人心，所以这更进一步激发了他的愿望，让他更加善解他人，体贴他人，虽然他的心思并没有直接表露出来，但他的确能让大伙儿更喜欢他。如果当时有人说，这仅仅是一场毫无意义的消遣，他仅仅是为了凑凑热闹，借机宣泄一下他的亢奋，展示一下他那浅薄的优越感，以此来博取他人的好感，而这种好感对他而言毫无价值可言。我想，如果那天晚上真有人这么对我说，我肯定会气得发疯，什么泄愤的事都干得出来！

我对他怀着浪漫的忠诚，我们的友谊与日俱增，达到极致。带着这种感情，我和他穿过黑暗冰冷的沙地，朝着那条旧船屋走去。寒风围绕着我呜咽哀鸣，比我第一次去辟果提先生家的那晚呜咽声更显凄凉。

"斯蒂夫，这地方真荒凉呀，是不是？"

"到处都漆黑一片，真够凄凉的，"他说，"大海像饿兽一样咆哮着，好像一口就会吞掉我们。我看见那儿有一线灯光，就是那条船吗？"

"正是那条船。"我说。

"今天早晨我就看见它了，"他接着说，"我想我当时有一种直觉，就径直朝它走去，一见如故。"

接近灯光时，我们不再说话了，只是轻轻地朝着门走去。我把手放在门闩上，低声叫斯蒂夫挨着我，然后一起走了进去。

我们还在船屋外时，就已听见里面的喧闹声，刚一进屋，听到一阵拍手的声音。我惊奇地看到，那拍手声竟然发自向来郁郁寡欢的格米治太太。不过，兴高采烈的绝不仅仅只有格米治太太一个人。辟果提先生脸上泛着喜悦，无忧无愁，尽情大笑着，张开他那粗壮的双臂，好像在等着小艾米丽投进他怀中。汉姆脸上的表情丰富多彩，既有赞美的神气，又有欣喜，还有和他那傻头傻脑相般配的羞怯，他握着小艾米丽的手，似乎正要把她交给辟果提先生；小艾米丽本人又羞又怯，但她看到辟果提先生那么开心，她也开心高兴起来，这可以从她高兴的眼神中看出来。她正要从汉姆身边扑进辟果提先生怀中，却中途停止了，因为她第一个看见我们走了进来。我们从那漆黑寒冷的夜幕中走进这温暖明亮的屋里时，第一眼看到的就是这样的场景。而在后面的格米治太太，仍然在发疯似的一个劲儿鼓掌。

我们刚一进去，这幅小小的画面迅疾消逝了，甚至令人怀疑刚才的这幅画面是否存在过。我来到这一家人中间，他们完全惊呆了。我与辟果提先生面对面站着，向他伸出了手。这时，汉姆开始叫出声来：

"大卫少爷！是大卫少爷啊！"

大家立刻围过来，和我握手，相互问好，说真高兴能在这里见面，接着大家七嘴八舌说开了。辟果提先生见了我们两人惊喜万分，简直不知该说些什么好，也不知该做些什么好，只是一遍又一遍地和我握手，然后又和斯蒂夫握手，又回头与我握手。他把自己原本就乱蓬蓬的头发抓得更乱，他高兴得得意忘形，纵声大笑。看见他真是一件开心的事呀！

"哎呀，你们两位先生——两位已经长大成人的先生，今晚来到这里了，真是蓬荜生辉呀！"辟果提先生说，"这是我一生中最美妙的夜晚，这辈子从来没遇到过这等好事！艾米丽，我亲爱的，到这儿来！到这儿来，我的小仙女！这位先生是大卫少爷的朋友，我亲爱的，就是你曾经听说过的那位先生，他和大卫少爷来看你了！艾米丽。这是你舅舅我这辈子最最快活的晚上，让其他的夜晚统统见鬼去吧！"

辟果提先生一口气发表了这番演说，热情欢快地用他两只大手捧着他外甥女艾米丽的脸，一连亲吻了十多次，然后满怀骄傲和慈爱地搂着她的脸，倚靠在自己宽阔的胸腔上，用手轻柔地拍着，他的这番动作，活像是一个女人在爱抚自己的宝贝。然后，辟果提先生放开了她，她跑进那间以前作为我卧室的小房间。他打量着周围的人，由于太过激动，竟然热得透不过气来。

"要是你们两位先生，两位已经长大成人的先生，还像以前那么好的话——"辟果提先生说。

"他们是这样的，他们是这样的！"汉姆叫嚷着，"说得对！他们是这样的。大卫少爷是我的好兄弟，是长大成人的先生们啦，他们就是这样的！"

"如果你们两位先生，长大成人的先生们，"辟果提先生说，"我要说点事，如果你们听了这事的原委，还不肯原谅我的心情，那我就罪该万死了。艾米丽，我亲爱的，别走！"说到这里，他情绪又高涨起来，"她知道我要说什么，所以她躲开了。老嫂子，能不能劳你大驾现在去看看她？"

格米治太太点点头，跟着去了。

辟果提先生来到我们中间，靠着壁炉坐下来，说："如果今晚不算我这辈子最快活的夜晚，我就是一只癞蛤蟆，而且是只煮烂了的癞蛤蟆——我没法说得更明白了。我们家这个小艾米丽，先生，"他低声对斯蒂夫说，"就是你刚才见到的那位，在这儿脸都羞红了。"

斯蒂夫虽然只是点了点头，但他的神情是那样关切，与辟果提先生感同身受，使得辟果提先生感觉他已经用语言来回答了。

"一点儿也没错，"辟果提先生说，"那就是她，她就是那样的。谢谢你啦，先生。"

汉姆向我重重地点了几次头，好像他也要这么说。

"我们家这个小艾米丽，"辟果提先生说，"一直就住在我们家里。我相信，全世界只有这么个眼睛水灵灵的小人儿，才配得上我们全家对她的宠爱——我是个大老粗，可我一直相信我没说错。她不是我自己的孩子，我没有生过孩子，可我最疼她了，爱得不能再爱。你明白吗！我爱得不能再爱了！"

"我很明白。"斯蒂夫说。

"我知道你是明白的，先生，"辟果提先生说，"再次谢谢你。大卫少爷他还能记得她过去的模样，而你得靠想象，你愿怎么想她过去的样子都可以。不过，在我对她无比怜爱的心里，她的过去、现在、将来是什么样的，你们并不完全清楚。我是个粗人，先生，"辟果提先生继续说，"我粗鲁得像头野牛；可是，在我眼中的小艾米丽是什么样子的？我相信，除了女人外没人能理解。这里没外人，"他压低了声音说，"还不能是像格米治太太这样的女人，虽然格米治太太的好处说不尽，可她心思不够细腻。"

辟果提先生又用双手把头发弄乱，这是他要深入说话的前奏，接着，双手分别搭在膝盖上，继续说：

"自我们的艾米丽的父亲溺水后，这儿就有一个人认识了她。当她是小女孩时，是大姑娘时，是个成人时，他都一直看着她长大。这个人看起来不是什么了不起的人物，毫不起眼，"辟果提先生说，"有点像我这样，是个粗人，饱经风霜，浑身是海腥味。不过总的说来，他是个实诚的小伙子，心眼儿不坏。"

这时我看到汉姆把嘴咧得很大，我想我从来没有见过他这个样子。

"这个有福气的水手，不论他去哪儿，不管他做什么，他的心总是拴在小艾米丽身上的，"辟果提先生说，他脸上的欣喜如正午太阳般强烈，"他总是跟随着她，成了她的仆人，连吃饭都没了胃口。最后，他总算让我醒悟过来，这到底是怎么回事了。你们知道，现在，我可以指望看见我的小艾米丽顺顺当当地结婚了。不管怎样，现在我一心盼着她结婚，有这么个老实人负责保护她，她是多么幸福。我不知道我能活多久，或多久会死。我可以设想一下，某天夜晚，在雅茅斯港口，一阵狂风把我的船吹翻了，我在大浪中无力抵抗，最后一眼看到这镇上的灯火，一定会想：'岸上有个人，像钢铁一样地忠实于我的小艾米丽，上帝保佑她，只要那人活着，我的小艾米丽就会永保平安，'只要想到这里，我就可以安心地沉到海底去了。"

辟果提先生带着淳朴的情感挥着右臂，好像真的在对着镇上的灯火挥手告别，然后他的目光和汉姆相遇，相互点点头，又像先前那样接着说：

"哎！我劝他自己去对艾米丽说。他看着块头很大，可比一个小孩还要怕羞，他不好意思去说。只好就由我去说了。'什么！是他？'艾米丽说，'我和他相识多年，也很喜欢他！哦，舅舅！我决不能嫁给他。他是那么好的一个人！'我吻了她一下，我不好再说什么，只好说，'我亲爱的，你实话实说是对的，你自己去选择吧，你像一只小鸟那样自由。'于是，我到他那儿去，对他说：'我真期盼心想事成，但没办成。不过，你们仍可以像过去那样在一起。我得告诉你，你要像过去那样对待她，做一个堂堂正正的男子汉。'他握着我的手说，'我一定会这样做！'他果然做得堂堂正正的，就这么两年过去了，我们家和过去没有两样。"

辟果提先生脸上的表情也随着他的叙述变化着。现在，他又恢复了先前的兴高采烈。他把一只手放在我的膝盖上，另一只手放在斯蒂夫的膝盖上——为了表示郑重，他朝两只手吐了点唾沫，抹了抹手，然后再放上来。接着对我们俩说：

"突然，一天晚上——也就是今天晚上——小艾米丽下班回家，他也跟着她回家来了！你们会说，这有什么奇怪呀。不错，因为他一直像个哥哥一样照顾着她，没有什么特别的。不管是天黑前，还是天黑后，甚至时时刻刻，他都是这样照顾着她的。不过，今晚这个年轻的水手一面抓住她的手，一面高兴地对我叫喊着：'你看！她就要做我的小媳妇啦！'于是，她一半是勇敢一半是羞怯、一半笑又一半哭地说：'是呀，舅舅！只要你高兴——'只要我高兴！'辟果提先生大声叫起来，他摇头晃脑，得意忘形，"老天爷，难道我还有什么不高兴的呢？'——只要你高兴，我们的关系就可以更稳定些，我也想通了，我要尽量当好他的小媳妇，因为他真的是个可爱的好人！'格米治太太像是看到一出好戏，立刻鼓起掌来。就在这时，你们就进屋来了。哈！谜底揭开啦！"辟果提先生说，"你们正好进来了！这就是此时此地发生的事。这人就是要娶她的幸运儿，等她学徒期满就要和她结婚。"

辟果提先生为了表示信任和友好，眉飞色舞地对汉姆打了一拳，汉姆被打得几乎站不稳了。汉姆觉得自己也应该对我们说点什么，于是结结巴巴、非常吃力地说：

"大卫少爷，你当初刚来这里时，呃——她还没有你高——那时，我就想，她会长成什么样子呢。先生们——我亲眼看着她长大——呃——长得花儿一样。大卫少爷，我愿意把自己的命都给她——哦，心满意足，太高兴啦！我没法形容她的好——先生们——比我想要的好上千万倍，甚至比我——呃——我都无法用语言来形容啦。我——我真心爱她。在所有的陆地上——甚至包括在所有的海洋上——任何男人对他女人的爱，没有一个能比得上我爱艾米丽，尽管许多人——会把他们心里想的——说得更好听。"

眼看着像汉姆这么一个大汉子，现在因为得到了那个心仪的美丽小人儿，竟然激动得发抖，我深受感动。我觉得，辟果提先生和汉姆待我们如此真诚信任，这件事本身也让我无比感动。整个故事处处都让我感动万分。我对童年的回忆，在多大程度上影响了我现在的感情，这个我说不清楚。我到辟果提家去，是否抱着难舍的幻想，希望仍然爱着小艾米丽呢，这个我也说不清楚。我只知道，我对眼前这一切都喜不自胜。不过，在最初，我的喜悦带着难以描述的伤感，如果伤感再多一分就会变成痛苦。

因此，如果当时要我来奏出一段美妙的音乐，展现他们心中的喜悦，这就勉为其难了。幸亏有了斯蒂夫，他弹得如此美妙动听，只用了几分钟，就让我们大家要多随意就多随意，要多快活就多快活了。

"辟果提先生，"他说，"你是一个响当当的大好人，你今晚这番快乐，你有权好好享受，我向你担保！汉姆，祝你幸福快乐，老兄，我也向你担保！雏菊，拨拨炉火，让它烧更旺些！另外，辟果提先生，你得把你那文静的外甥女劝说回来，我把这个角上的座位都给她让出了啦！如果你做不到，那我立马就告辞了。在这样一个美好的夜晚，在你们的壁炉边，怎么能让座位空着呢？哪怕是用全印度群岛的财富来换，也换不到这里的任何一个座位——尤其是这样一个座位！"

于是，辟果提先生就到我过去住过的小卧室里，去找小艾米丽了。刚开始，小艾米丽怎么也不肯出来，于是汉姆又进去了。不一会儿，他们把她带到了炉火前，她显得很紧张，也很羞涩——不过，斯蒂夫特别温和恭谦地对她说话，这让她很快就没那么拘谨了。斯蒂夫谈话得心应手！他巧妙地回避使她不安的话题。他对辟果提先生谈渔舟、轮船、潮汛和各种鱼；他对我谈在萨伦学校与辟果提先生见面的事；他还说他特别喜欢这座船屋和船上的一切。他如鱼得水，驾驭话题自然流畅，最后，把所有人都逐渐带入一个梦幻般的境界，大家无拘无束地谈开了。

确切地说，整个晚上，小艾米丽都很少说话。不过她认真地看着，专注地听着，神情跟着大家眉飞色舞，她是那么美丽动人。斯蒂夫在和辟果提先生的谈话中，引出了一个悲惨的沉船故事，他讲得那么真切，就像他亲眼看见似的——小艾米丽目不转睛地盯着他，好像也跟着目睹了这一切。为了让大家轻松一点，斯蒂夫给我们讲了一个有关他自己的有趣的历险故事，他讲得活灵活现，好像他本人也和我们一样，对这个故事充满好奇呢——小艾米丽开心地笑了，悦耳的笑声在船屋里久久回荡。我们大家都极其同情他，忍不住也放声大笑起来，斯蒂夫也跟着笑了。他还让辟果提先生唱起歌来，或者说让他吼起歌来："当暴风要来，更猛烈些，更猛烈些，更猛烈些！"他也唱了一支水手的歌。他唱得那么深情，那么忧伤，让我浮想联翩，屋外的风在周围盘绕悲鸣，当我们沉默时，它也会跟着低声呜咽，它们倾听着斯蒂夫的歌声，并深深陶醉其中。

至于一向都郁郁寡欢的格米治太太，斯蒂夫竟然也让她喜笑颜开，辟果提先生对我说，自从她老伴去世后，就从来没有人能让她开怀一笑，这多亏了斯蒂夫。他让格米治太太几乎没闲暇伤心难过。第二天，格米治太太说，她觉得头天晚上她一定是被施了魔法。

但是，斯蒂夫并没有独霸大家的注意力，也尽量不让自己成为谈话的中心。小艾米丽慢慢变得不那么拘谨，虽然还有点羞涩忸怩，但也开始隔着壁炉和我说起话来。她说到昔日我们在海滩上的漫步，还有捡贝壳和石头的情形，我问她是否还记得，我当年对她是多么忠贞不渝。我俩都红着脸笑起来，回忆中那些快乐时光在现在看来是那么虚幻。在我和小艾米丽聊天时，斯蒂夫总静静地听着，若有所思地关注着我们。整个晚上，小艾米丽没有换过位子，一直坐在那只靠壁炉一角的破旧小箱子上，汉姆挨着她坐着，那是从前我坐过的地方。她尽量靠着墙边，总想离他远一点，这到底是因为她在玩故意捉弄人的小把戏呢，还是为了在众人面前表现出少女的矜持？这一点我完全弄不明白，不过，我注意到整个夜晚，她一直都这样。

我还记得，等我们告别的时候，已经是午夜时分。我们的午夜点心是饼干和干鱼，斯蒂夫从口袋里拿出满满一瓶荷兰杜松子酒，我们几个男人把它喝得一干二净。现在我可以毫无愧色地宣称"我们男人"了。我们心满意足，起身向这一家告辞，他们都站到门口来，举着灯尽量为我们照路，那一刻我看到了小艾米丽，她站在汉姆身后，用一双甜美的蓝眼睛看着我们，还听见她叮嘱我们要一路小心，那声音真是柔美动听。

"一个最动人的小美人！"斯蒂夫挽着我的胳膊说，"嘿！这是一个奇怪的地方，他们也是一群奇怪的人。跟他们交往，感觉很新鲜呢。"

"我们真够幸运的，"我接着说，"恰好赶上了他们订婚的快乐场面！我从没见过这么快乐的人，我们能够看到这一幕，分享了他们真诚的欢乐，这是久违了的欢乐，真让人开心呀！"

"那个傻大个是个笨蛋，他根本配不上这个姑娘，对不对？"斯蒂夫说。

他刚才对汉姆、对他们所有的人都那么亲热和善，现在竟然说出这么冷酷粗鲁的话，大大出乎我的意料，我不禁心中一惊。不过，我马上转身去看他，只见他眼中笑意盈盈，我又放下心来，回答他说：

"哎，斯蒂夫！你要嘲笑穷人倒也没错，你可以和达特尔小姐拌嘴，或用玩世不恭的态度来对待我，但是我很了解你，你这是在掩饰你的同情之心。我知道你十分了解他们，能够敏锐地体察到这个淳朴渔夫的快乐心情，能够纡尊降贵来满足我老保姆的爱心，我知道，这些人的喜怒哀乐，酸甜苦辣，你都愿意去关心，去体会。正是这样，斯蒂夫，我才如此崇拜你，如此深爱着你！"

他停下脚步来，看着我的脸，说，"雏菊，我相信你是真诚的，你是个善良的人。我希望我们都是这样的人！"说罢，他快活地唱起辟果提先生的歌，和我一起快步走回雅茅斯。

第22章　旧景新人

　　斯蒂夫和我在雅茅斯那一带住了整整两星期。不用说，我们绝大部分时间都是待在一起的，不过偶尔我们也会分开几个小时。他不晕船，非常热衷出海，可我就不行，所以，当他和辟果提先生驾船出海时，我只好留在岸上。我住在辟果提专门为我准备的房间里，因此感到有点不自在，而斯蒂夫完全没有这个烦恼。因为我知道，辟果提从早到晚要服侍巴克斯先生，非常辛苦，所以晚上我不愿在外边逗留太久，不然会给辟果提增添麻烦。而斯蒂夫住在旅馆，不用担心其他人，行动自由自在。因此我还听人说，在我回家入睡后，他会去快活林小酒馆，那也是辟果提先生经常去的地方，他在那里做东道主，花钱招待那些渔夫；还听说有几个皓月当空的夜晚，他穿着渔夫的衣服，整夜在海上飘荡，直到涨潮才回来。不过，那时我已经明白，他生性好动，富有冒险精神，喜欢向艰难险阻和恶劣天气挑战，以此来证明自己的力量，这和他天生喜欢新鲜刺激一样，所以对他的所作所为，我一点也不觉得惊讶。

　　我们有时会分开，其中还有一个原因，是因为我十分强烈地想去看看布兰德斯屯，想故地重游一番。斯蒂夫去了一次，就再也提不起兴趣。因此，有那么三四天，我们提前用过早餐，就分道扬镳，只有在晚餐时才会碰面。在早餐和晚餐这段时间里，他是怎么打发时间的，我完全不清楚。不过，据说他在那一带已经小有名气，而且还能找到二十种办法供自己消遣，要是换作别人，只怕连一种方法也想不出呢。

　　至于我自己，则自行漫游，走着昔日的老路，每一块土地都有我无尽的回忆,我深深地眷恋着那些旧地,永不厌倦。记忆中常常徘徊的那片土地,我少年时身在外地却时常神游的故地,如今,我来到这里,在此流连忘返。我来到树下的那座坟墓旁,那是我父母的长眠之地。最初只有父亲埋在这里时,我曾总是好奇地向它张望,心中充满怜悯之情。当坟地再次被掘开,用来埋葬我美丽的母亲和她的婴儿时,我就站在旁边,内心是多么凄凉无助。从那以后,辟果提一直忠心地看护着这片墓地,打理得干干净净,完全变成了一个花园。我在那坟墓旁走来走去,一个小时接一个小时,不愿离开。这座坟墓位于一个宁静的角落,离教堂墓地的小路很近,当我在小路上徘徊时,可以清楚地看到墓石上的名字。教堂报时的钟声响起,会让我心惊胆战,它就像敲响的丧钟。我总会浮想联翩,想起我这一生要成为什么样的人,要干怎样的大事业。我脚步声引起的回音,也与这样的联想相互呼应,好像我已经回到家里,母亲还活着,我要在她身边建功立业,然而这一切,只不过是空中楼阁。

我老家的变化简直是天翻地覆。那些早被乌鸦遗弃的残巢,现在都不见了踪影。那些树也被修剪过,不再是我记忆中的样子了。花园已荒芜,房子的半数窗户紧闭着。只有一个可怜的疯子住在那座房子里,再加上一个照顾他的人。这个疯子总是坐在当年我的小窗前,朝教堂的墓地张望。我很好奇,在他那杂乱纷纭的思绪中,是否也曾有过我昔日的幻想。在年少的岁月里,每当早晨旭日东升,我穿着睡衣,倚靠在那同一个窗口往外张望,会看到在太阳的照耀下,羊群静静啃着草,在那样的时刻,我的幻想天马行空,肆意绽放。

我们那对年老的邻居,葛雷普先生和他的太太已经搬到南美洲去了,屋子里空荡荡的,雨水穿透屋顶,外墙水渍斑驳。齐力浦先生又娶了一个太太,这位太太又高又瘦,而且长着高鼻梁。他们生了一个孩子,这孩子身体瘦弱,脑袋沉得似乎自己都快撑不住了。他总是睁着两只软弱无力的眼睛,一脸的困惑,好像不明白自己为什么要来到这世上。

当我在故地独自流连徘徊的时候，心里说不出是悲伤，还是喜悦，直到冬日的夕阳变得暗红，我才明白该回家去了。可是，当我离开那里，特别是和斯蒂夫一起愉快地坐在熊熊炉火边用餐时，再想到自己已经去了朝思暮想的故地，心中才慢慢涌起幸福和满足。晚上，我回到那整洁的房间，那本鳄鱼故事书永远摆放在一张小桌上，当我一页页翻阅这本书时，就会心存感激地回想，我虽然失去了父母，但是有像斯蒂夫这样的好友，有像辟果提这样的朋友，还有像姨奶奶这样慷慨仁慈的人爱着我，我是多么幸福。想到这些，我的感激之情油然而生。

我重访故地的路程并不近，当结束要返回雅茅斯时，最便捷的路就是搭渡船回去。渡船把我载到市镇与大海之间的一片沙滩上，我可以从那儿直接穿过沙滩走到镇上，而不用从大路上绕弯路。辟果提先生的住所就在那偏僻的沙滩上，距我要走的路不到一百码，所以每次我经过那儿，总会过去看看。斯蒂夫通常在那里等我，然后我们冒着料峭的寒气和越来越浓的雾气，一起朝镇上闪烁的灯火走去。

一个漆黑的夜里，我比平常回来得更晚一些。因为我们准备离开布兰德斯屯，直接回家，所以我那天向故地做最后告别，流连了很长时间。当我来到辟果提先生家，发现斯蒂夫独自一人在家，坐在壁炉前沉思。他太过专注，竟然没有察觉我的到来。当然，即便他不那么专注，他也很难觉察我的到来，因为踩在屋外的沙滩上，几乎听不到任何声音。可是，等我进了屋，朝着他走去，他居然还是没觉察。我站在他身边，看着他，只见他皱着眉头，陷入沉思中。

我把手搭在他肩头上，他竟然惊恐万状，连我也被他的样子吓了一跳。

"你简直像该死的魔鬼！"他几乎有些发怒了，"直接就附到我身上了！"

"不管怎样，我总得让你知道我来了呀，"我回答说，"难道我给你打招呼的时候，你还在星星上？"

"不，"他回答说，"不是。"

"那么，我把你从什么地方唤回来的？"我说着，在他身旁坐了下来。

"我正在看炉火中的图画呢。"他回答说。

"你破坏了图画，让我看不到了。"我说。因为他迅速拿起一块烧着的木头，敲打着炉火，把火撩旺了，冒出一串又红又热的火星，飞上那小小的烟囱，呼呼地飞到半空中去了。

"你本就看不到的，"他回答，"我特别讨厌这种混沌不清的时刻，既不是白天，也不是黑夜。你怎么回来得这么晚！你上哪儿去了？"

"我到了我常去的地方，去做最后的告别。"我说。

"我一直都坐在这里，"斯蒂夫说，环顾着整个房间，"我在想，在我们刚来这里的那天晚上，我们见到的人是那么幸福快乐，可是，眼下这地方却是如此凄凉，我在想，我们都终将分道扬镳，面临生离死别，或者将遭遇不测。大卫，在过去的二十年中，我要是有个严厉的父亲该多好呀！"

"我亲爱的斯蒂夫，你这是怎么了？"

"我真心希望，我过去受过严格的管教就好啦！"他叫喊着说，"我真心希望，我过去能严格约束自己就好啦！"

他看上去神情特别沮丧，表现如此反常，完全出乎我的意料，让我大吃一惊。

"哪怕做这个贫苦的辟果提，或做他那呆头呆脑的侄子，"他站起来，苦闷地靠着炉架，脸对着炉火，说，"也比做我自己强一百倍。虽然我比他们要阔气几十倍、聪明几十倍，但这有什么用？在刚刚过去的这半个小时里，在这该死的船屋里，我都快把自己折磨死了！这样的我有什么好？”

他的情绪大起大落，让我惶惑不安，只好默默地看着他。他站在那里，一只手托着头，阴郁地看着面前的炉火。最后，我诚恳地请求他告诉我，他为什么如此苦恼，他即使不指望我能劝解他，至少我能同情理解他。可没等我的话说完，他就大笑起来——开始还带点烦恼的情绪，很快就恢复了往日的欢愉状态。

“好啦，没事了，雏菊！没事了！”他回答说，“我曾经在伦敦的旅馆里对你说过，我有时会讨厌自己。刚才，我像做了个噩梦——我觉得，一定是做了场噩梦。在特别烦闷的时候，我往往会想起一些童话，我也不知道那些故事讲了些什么。我刚才想起了那个叫作‘满不在乎’的童话小孩，就是被狮子吃掉的坏孩子——我觉得被狮子吃掉总比被狗吃掉要体面得多。我老觉得自己就是那个坏孩子。一种被那些老太婆称之为‘恐怖’的东西袭来，在我身上从头到脚地爬了过去。我恐怖的是我自己。”

“我想，除了这个，你应该是什么也不怕的。”我说。

“也许是这样，不过，说不定还有其他让我恐怖的呢，”他回答说，“好啦！这事已经过去！我不再苦恼了，大卫。不过，我的好朋友，我还得再次强调一下，如果我有一个严厉的父亲那就太好了，不仅对我来说是好事，对别人也是好事！”

他脸上的表情一向丰富多彩，可是现在，他看着炉火说出这番话时，脸上流露出的那种真挚诚恳，我却从未见过，也难以描述。

“这个话题就此打住吧！”他说，用手一抛，仿佛什么东西跑到了空中。

“嘿，他一去，我又成男子汉了[①]。要像麦克白一样。现在该

[①] 出自莎士比亚戏剧《麦克白》第三幕第四场，麦克白在宴会上驱赶惊扰了自己的鬼魂。全句是“去，可怕的影子！虚妄的揶揄，去！嘿，他一去，我又成男子汉了。”

用餐啦！但愿我没有像麦克白那样，说些疯疯癫癫的话打断了宴会，雏菊。"

"我真不明白，辟果提先生一家人都到哪儿去了？"我说。

"老天知道，"斯蒂夫回答说，"我一路溜达，到渡口来找你，但没有找到，我就漫步来到这里，可这里连一个人影也没有。这情景才引起我的胡思乱想，你进来看到的就是我正在沉思的样子。"

这时候，格米治太太挽着一只篮子进屋来了，她解释了一番，我们才明白这里空无一人的原因。辟果提先生外出赶潮还没有回来，她想趁着这个时间去买些必需品，汉姆和小艾米丽今天会收早工回家，她担心自己出门后他们无法进屋，所以没有锁门。斯蒂夫开开心心地向格米治太太问好，开玩笑般地拥抱了她，这让格米治太太心情大好。然后，他拉着我的胳膊，我们快步离开了。

斯蒂夫让格米治太太心情大好，也让自己的情绪高涨起来，他又恢复了往常的热情，在我们回家的途中，整个人精神抖擞。

"你今天真的是去向故地告别？这么说来，"他快乐地说，"我们的这种海盗生活明天就要结束了，是吗？"

"我们早就约定好了，"我回答说，"你知道的，我们连马车座位都订好了的。"

"哎！我觉得这真是无奈呀，"斯蒂夫说，"我每天的生活就是在这海上飘来荡去的，我几乎忘了，世界上还有别的什么事情是值得做的。我真希望没什么事可做了。"

"只要这儿还有新鲜感，你就不愿意回去。"我笑着说。

"你说的是实情，"他回答说，"虽说我这位天真和善的年轻朋友不会讥讽，可我似乎感到这句话有点讽刺的味道呢。好啦！我得承认我是个没有耐性的家伙，大卫。我想我就是这种人。不过，趁热打铁学习这些本领，对于我来说并不困难。我相信，要成为这片海域的舵手，无论多么严苛的考核也难不倒我。"

"辟果提先生说你是个奇才呢。"我回应说。

"一个航海的天才,对吧?"斯蒂夫说着,笑了起来。

"的确,他就是这么说的,你知道他是不打诳语的,因为他知道,你会无比狂热地追求一种事物,敏而好学,颖悟绝伦,学得比谁都快,这正是让我最吃惊的地方。斯蒂夫,不过,像你这样凭着一时兴起去学一些东西,然后很快又把兴趣转移到其他地方,你难道满足于用这种方式来展示你的才华吗?"

"满足?"他笑笑,回答说,"我从没满足过。不过对你的这份新鲜感一直都很满足,我尊贵的雏菊。至于偶尔一用,我可还没学会像现代的伊克西翁那样把自己绑在轮子上,没完没了地转①。不知怎么的,我以前学得不好,没学好的东西,现在更不想学了——你知道吗?我在这里买了一条船。"

"你玩得太出格了吧,斯蒂夫!"我停下步子,大叫起来,因为我还是第一次听说这事呢,"你恐怕没有想到,一辈子都不会再到这儿来了吧!"

"这我就不敢保证了,"他回答说,"我已经迷上了这个地方。这儿有人要出售一条船,"他拉着我,快步往前走,"不管怎么说,我已经买下来了。辟果提先生说这是一条快船,的确是这样。当我不在这儿的时候,辟果提先生就是这条船的主人。"

"现在我明白你的用意了,斯蒂夫!"我异常欣喜地说,"你假装是给自己买的,其实你是买来当作礼物送给辟果提先生的。我是知道你的为人,本来一开始我就该猜到的。仁慈的斯蒂夫,你如此慷慨,我该怎么说才能表达我的感激呢?"

"好啦!"他说着,脸都红了,"说得越少越好。"

---

① 在希腊神话里,伊克西翁热恋宙斯的妻子,被宙斯绑在不停旋转的轮子上,以示惩罚。

"我还不知道吗？"我大叫道，"我早就说过，那些老实的人儿心中的喜怒哀乐、酸甜苦辣，都会牵动你的心，让你为之动容！"

"是的，是的，"他回答说，"这些话你早就对我说过。这个话题到此打住吧，我们已经说得够多啦。"

既然他不把这个当一回事，如果我再说下去，也许会让他恼怒的。我一面加快脚步赶路，一面沉浸在这些思考中。

"这条船必须重新装配一下，"斯蒂夫说，"我要把利蒂默留下来，让他来负责处理，这样我才会对这条船的装配放下心来。利蒂默已到这里了，我告诉过你了吗？"

"没有。"

"哦，对了！他今天早上到的，还带来了母亲的一封信。"

当我们四目相对时，我发现，他虽然目光没有闪躲，但嘴唇却变得苍白了。我担心他和他母亲之间有什么纷争，使他情绪如此低落，他才会孤独地坐在壁炉边沉思。我委婉地表达了我的这一想法。

"哦，不！"他摇摇头，微笑着说，"根本不是这回事！对了，我的利蒂默来了。"

"还是和以前一样？"我问。

"还是那个样子，"斯蒂夫说，"他就像遥远的北极一样，安详宁静，和人保持着若即若离的状态。他就要照看这个船的装配，那条船需要有个新的名字。它现在叫'暴风海燕'。辟果提先生怎么会喜欢'暴风海燕'呢？我要重新给它取名。"

"叫什么呢？"我问。

"小艾米丽。"

他一直目不转睛地盯着我，我以为，他担心我又要赞扬他的善行，通过这个行为提醒我别老是夸他。我对这名字真的很喜欢，我忍不住在脸上露出开心的神色，但我什么也没说。于是他似乎放下心来了，又恢复了往常那样的微笑。

"瞧，"他说，他的眼睛看着前方，"那个真正的小艾米丽来啦！那家伙和她一起，是不是？摸着我的良心说，他是个真正的骑士。他半步也不离开她。"

　　汉姆现在成了造船工匠，他充分发挥这方面的天赋，很快成为一名熟练工人。他穿着工作装，外表粗犷，但很有男子气概。守护着他身边这位美丽娇艳的小美人，他们俩太般配了。他脸上流露出坦率诚实的神情，另外，有了小艾米丽，他毫不掩饰自己的得意之情，也不掩饰自己对她的浓浓爱意。在我看来，没有比这更好的了。当他们走过来，我觉得他们实在是般配极了，就连他们的步伐也是协调一致。

　　我们停下来，和他们打招呼。这时，小艾米丽娇羞地从汉姆的胳臂中抽回手，红着脸分别和斯蒂夫与我握手。我们聊了几句，他们便继续朝回家的路上走着，而这时她却不再愿意挽他的胳臂了，只是一个人默默地走着，显得十分羞怯、拘谨。我们站在他们身后，看着他们的背影渐渐消失在朦胧月色中，我觉得这一切都非常美妙，斯蒂夫颇有同感。

　　突然，一个身影从我们身边飘过，显然在追随汉姆他们而去。那是一个年轻姑娘，我们根本没注意到她是怎么过来的。当她从我们身边经过时，我看到了她的脸，有着似曾相识的感觉。她衣着单薄，看上去狂野、强悍、憔悴而贫寒。但在当时，她对此毫不在乎，一心想追上他们。远方黑暗的地平线吞没了汉姆他们的背影，地平线将我们和大海、云朵分隔开了。那个姑娘的身影也消失了，她远远地落在了汉姆后面。

　　"那个姑娘在追他们呢，"斯蒂夫停住脚步说，"这是怎么回事？"

　　他的声音压得很低，让我感到十分怪异。

　　"我猜，她一定是想向他们要点东西。"我说。

　　"如果是一个乞丐，倒也没什么稀奇的，"斯蒂夫说，"但是今天晚上，这个乞丐的模样太奇怪了。"

"为什么呢？"我问他。

"说真的，也没有什么特别的原因，这是我的直觉，"他顿了一顿，说，"当那黑影经过时，我想起一个和它相像的东西。我也弄不清，这个鬼一样的东西是从哪儿冒出来的？"

"我想，是从这堵墙的阴影中跑出来的。"我回答道。正好我们经过的路旁有一堵墙。

"黑影消失了！"他回头望了望说，"一切的灾祸都跟着它消失吧。现在，好好享受我们的晚餐吧！"

可是，他再次回头，眺望着远处闪着光的海平面，接着又看了看。在接下来的路上，他数次吞吞吐吐地说，他真的弄不明白到底发生了什么。直到我们回到温馨的家里，舒适安逸地坐在餐桌边，炉火和烛光照到我们身上，他才似乎忘掉那件事。

利蒂默已经来了，他仍像过去那样持续对我产生影响。我对他说，我祝愿斯蒂夫太太和达特尔小姐一切安好，他恭敬有礼地回答说，她们都还好，举止不失体面，他还对我表示感谢，并代替她们向我问好。他的话简洁精炼，但我感觉到，他似乎在直白地表示："你太年轻啦，少爷，你实在太稚嫩了。"

我们用晚餐的时候，他一直在一个角落盯着我们俩，准确地讲，是盯着我看。当快吃完时，他从角落里走过来，朝餐桌跨了一两步，对他主人说：

"对不起，少爷，要打扰您一下。莫奇小姐来这儿了。"

"谁？"斯蒂夫叫起来，显得无比惊讶。

"莫奇小姐，少爷。"

"哎呀，她到这儿来干什么？"斯蒂夫说。

"这儿好像是她的故居，少爷。她告诉我说，她每年都要来这里，做一次例行的访问，少爷。今天下午我在街上遇到她，她说，等你吃过晚餐，她可不可以来拜访您，少爷。"

"雏菊，我们刚才说的这个女巨人，你认识吗？"斯蒂夫问我。

我不得不承认，我完全不认识莫奇小姐——要当着利蒂默的面承认这点，我感到特别害臊。

"那你应该见识一下她，"斯蒂夫说，"因为她是世界七大怪人之一。"他对利蒂默说，"如果莫奇小姐来了，就带她进来。"

我对这一女子产生了莫大的好奇心，马上就要见着她了，我按捺不住自己的激动之情。尤其是每当我一提到她，斯蒂夫就哈哈大笑，怎么也不肯回答我有关她的问题，这就让我更加好奇和兴奋。所以，在撤去桌布的半个小时里，我一边坐在壁炉前饮着葡萄酒，一边满怀期待地等着莫奇小姐。门终于打开了。利蒂默一如既往，用非常平静的语气通报说：

"莫奇小姐到！"

我朝门口看去，但什么也没看到。我心想，这位莫奇小姐莫非姗姗来迟？所以一直盯着门口看。就在这时，我看到了让我震惊万分的一幕，在我站的位置与门之间有一张沙发，沙发后摇摇摆摆冒出一个滚圆的东西，原来是一个矮胖子，年纪大约四十或四十五，生有一颗硕大的脑袋，一张超大的脸，一双灰眼睛透着狡黠，胳膊却又短又小，因此当她向斯蒂夫抛媚眼时，为了让手指头能俏皮地按到自己的塌鼻子上，她不得不低头把鼻子伸过去，让鼻子在中途迎接伸过来的指头。她的下巴是所谓的双下巴，下巴太过肥硕，使得下颌的帽带和系的带结都完全陷进肉里去了。她的脖子你根本找不到，腰不见了，腿也不知在哪儿，这些都不值得讨论。因为她上半身直到腰间（如果她还有腰的话）比一般人还长，下半身也和普通人一样，有两只脚，但是她实在太矮了，如果站到一张普通大小的椅子旁，就和一般人站在桌子旁一样，她只好把她的提包放在椅子上。这个女人的衣服很宽大，显得非常随便。她现在鼻子和手指碰在一起，我前面已经描述过这一艰辛的过程，这样一来，她的脑袋就不得不向一边歪着。她站在那里，眨巴着目光犀利的眼睛，做出一副特别俏皮的嘴脸来。她这样向着斯蒂夫狂抛了一阵媚眼，然后开始滔滔不绝地讲起来。

"哎哟！我的花花儿！"她对着斯蒂夫摇晃着那颗大脑袋，开始快活地说起来，"你也到这儿了，是吗？啊呀，瞧你这个淘气鬼，真不怕害臊呀，你离开家跑这么远干什么呢？是在恶作剧吧，肯定是的了。哦，你真是个小滑头，斯蒂夫，没错，我也是这样的呢，对不对？哈，哈，哈！瞧，你一定打过赌，说你绝对不会在这里看到我的，是不是？好孩子，你听好了，我无所不在。我就像魔术师放在贵夫人手帕里的半个克朗，在这儿，在那儿，无所不在。说起手帕，又说起贵夫人，我得说呀，你那位有福气的母亲，有你这样的孩子，该是多宽慰呀，是不是？我亲爱的孩子，我的话是真是假，我就不明说啦！"

莫奇小姐一边说着这番话，一边解开软帽，把帽带甩到脖子后面，气喘吁吁地在壁炉前的一张矮凳上坐下来。她这一坐，比那张桃花心木餐桌矮了许多，头顶的那张桌子完全可以当成凉亭。

"哎呀！我的心肝宝贝呀！"她用手拍打着她小小的膝盖，一面用眼睛机敏地看着我，说，"我长得太丰满了，斯蒂夫，真是这样的。只消爬一截儿楼梯，我就会喘不过气来，简直比提桶水还要累。你要是看到我在上面的窗口朝外望，你一定会认为我是个大美人的，对不对？"

"不管在哪儿见到你，我都会认为你是美人的。"斯蒂夫回答说。

"去你的，你这只哈巴狗儿，走开些！"那个矮胖子正用手帕擦脸，这时拿手帕对他挥着，叫嚷着，"别这么没大没小的！不过，我对你说真的，上个星期我去了米瑟尔太太家，那才叫真正的美人呀！她一点儿也不显老！我正在等着米瑟尔太太的时候，米瑟尔先生也走进屋来，那才称得上是个英俊男人！他完全不显老！他戴上假发也那么潇洒，都戴了十年啦。他一个劲儿对我大献殷勤，弄得我怪不好意思，不得不按铃叫人来，免得大家尴尬。哈！哈！哈！他是个讨人喜欢的坏蛋，不过他得守守规矩！"

"你对米瑟尔太太捣鼓了些什么呢？"斯蒂夫问。

"我可不告诉你，我可爱的孩子，"她又用手指点着鼻子，扭过头去碰碰手指，像个俏皮的小可爱那么眨眨眼说，"不用你操心！你是想知道，我有没有帮她防脱发，或帮她染头发，或帮她护肤，或帮她修眉毛，对吧？等我想告诉你时，我的宝贝，你自然会知道的！你知道我祖先的大名吗？"

"不知道。"斯蒂夫说。

"他叫沃克尔，我亲爱的宝贝，"莫奇小姐说，"传到他时已经有很多代了，我就是从他们那儿继承了胡可·沃克尔[1]的优良传统。"

莫奇小姐的媚态实在太夸张，可她完全若无其事，这让人深感震惊。无论是听别人说话，还是等着别人回答她的话，她总是俏皮地偏着脑袋，像喜鹊那样翻着眼睛[2]，这个模样实在是太古怪。总之，我特别惊讶，傻坐在那里，直直地看着她，把那些基本的礼貌全都抛到脑后了。

这个时候，她已把一张椅子拖到自己身边，忙着从袋子里掏东西，由于胳膊太短，每次伸进袋子时几乎连肩膀都埋了进去。她从袋子里一件一件地掏，有各种小瓶子、海绵、梳子、刷子、几小块绒布、几把小小的烫发夹子、还有些别的玩意儿，在椅子上堆了一大堆。突然，她停了下来，对斯蒂夫说了句，这话让我无比尴尬：

"你的这位朋友是谁？"

---

① 胡可·沃克尔（Hookey Walker）：有"逃学者"的意思，也有另外一种理解，据说有一个叫约翰·沃克尔的间谍，所以也可以理解为"说谎话，胡说"。

② 喜鹊眼睛周围的羽毛与整个头部是一片色，所以当它不睁开眼，很不容易发现它的眼睛。

"科波菲尔先生，"斯蒂夫说，"他想认识你呢。"

"好哇，那就让他称心如意吧！瞧他盯着我的样子，我感觉他好像已经认识我了！"莫奇小姐一边回答，一边手提着袋子，摇摇摆摆冲我走来，笑盈盈地对我说，"脸蛋儿真像桃子般粉嫩呢！"我坐着没有动，她踮起脚，捏了捏我的脸颊，"太迷人啦！我特别喜欢桃子。认识你真的很高兴，科波菲尔先生，这一点我很肯定。"

我说，我能认识她是我的荣幸，我们彼此都很开心。

"唉哟，老天爷，我们礼数真周全呀！"莫奇小姐装腔作势，要用小手捂住她那张大脸盘，夸张地惊叫起来，"不过，许多客套话全都是虚情假意的，对不对？"

这话是说给我们两人的私房话。她这时把两只小手从脸上挪开，又开始把胳膊连肩膀一起，伸进了口袋里掏东西。

"这话是什么意思呀，莫奇小姐？"斯蒂夫说。

"哈哈哈！我们是群能给别人提神的骗子，绝对是这样，对不对，我的甜心宝贝？"这个矮女人歪着脑袋，翻着眼，在口袋里仔细摸索，"瞧这儿！"说着，她掏出一样东西，"从俄国王爷手上剪下的指甲！我叫他乱七八糟的'字母王爷'，因为他的名字很长，把所有的字母颠三倒四地全拼进去了，真够乱的。"

"那位俄国王爷是你的一个老主顾，是不是？"斯蒂夫说。

"你说对了，我的小乖乖，"莫奇小姐回答说，"我为他包修指甲，每星期两次！修手指甲和脚趾甲。"

"但愿他出手很阔绰。"斯蒂夫说。

"他给钱就像他说话的语气，说话很大气，给钱也大气。我亲爱的孩子，他简直是从鼻子里付钱的[1]，"莫奇小姐回答，"王爷可不像

---

① 从鼻子里付钱：英语成语，意即出价高。据说，这个习语可以追溯到九世纪，海盗要当地的爱尔兰人捐贡，凡不捐者要被打开鼻子。后来人们就用这个短语形容要付太多的钱来买东西或办事。

你们这群嘴上没毛的后生。如果你们看见他的大胡子，你们一定也会这么说的。他们的胡子天生是红色的，可他们非要变成黑的。"

"那当然全凭你的手艺啦。"斯蒂夫说。

莫奇小姐眨了眨眼，以示肯定："他们只能找我，没其他办法呀。他的染色会受气候影响。在俄国还好，到这里颜色就会变差。一个王爷的胡子变成铁锈色，你从来没见过这种情景吧，简直就像块废铁！"

"就因为他染了胡须，你便叫他是骗子？"斯蒂夫问。

"哎呀，你是个心直口快的好孩子，不是吗？"莫奇小姐用力地摇着头，回答说，"我是说，我们大家都是骗子。我把王爷剪下的指甲给你看，为的就是证明这句话。在上流人家里，王爷的一个小指甲，比我的全部本事更有用。不管我走到哪儿，我都把这玩意儿带在身边，这就是最好的推荐信。既然莫奇小姐有本事给王爷修剪指甲，那么她的本事当然就是数一数二的了。我把这些玩意儿当礼物送给年轻的太太们。我相信，她们会把指甲放进她们的纪念册里呢。哈哈哈！我敢肯定。套用那些在议会中的演讲词汇来说，'这一整套社会体系'，就是一个王爷指甲的社会体系！"这个最最小个子的女人，一面尽量让短胳膊交叠在胸前，一面点着大脑袋说。

斯蒂夫开心地大笑起来，我也跟着笑了。莫奇小姐一直都在故作深沉地摇着头，不过她的头基本上是向着一边歪着的。她一只眼向上翻着，另一只眼眨巴着暗送秋波。

"够啦，够啦！"她捶着她的小膝盖，站起身来说，"这不是正事。来吧，斯蒂夫，让我们去地球的极地探探险①，把这事办完再聊。"

接着，她选了两三种小器具，还有一只小瓶。然后问，这张桌子

---

① "地球的极地"在这里指斯蒂夫的头顶，"探险"指修剪头发和胡须。

能否承得住重压，这个问题让我惊讶万分。斯蒂夫回答说可以，她又把一张椅子推到桌子旁，请我帮忙扶她一下。只见她动作灵巧，迅速爬了上去，好像那张桌子是个舞台。

"你们当中无论是谁，如果看到了我的脚踝，就请讲出来，"她稳稳地站到桌上，说，"这样我好回去自杀①。"

"我没看到。"斯蒂夫说。

"我也没看到。"我说。

"那好，"莫奇小姐叫嚷着说，"我就同意继续活下去了。现在，小鸭，小鸭，小鸭，乖乖到邦德太太这儿来挨杀②!"

这是一句有魔力的祈祷，能让斯蒂夫任由她摆弄。斯蒂夫乖乖地坐下，背靠着桌子，脸对我微笑，把头伸过去让她细细检查。他这样做没有别的意思，显然只是想让大家开心。我看着莫奇小姐站在桌上，从她衣袋里掏出一个又大又圆的放大镜，用来细看斯蒂夫浓密的褐发，这样的场景真是天下奇观。

"你这家伙真俊俏!"莫奇小姐简单看了一下，说，"不过，要是没遇上我，不出一年，你的头顶就要秃得像个僧人。只需用半分钟，我的年轻朋友，我给你的头打磨抛光，保证在今后十年里，留住你的一头漂亮鬈发!"

她一边说着，一边打开小瓶子，往一小块绒布上倒了一点东西，然后再用一把小刷子蘸了一点这个看似宝贵的东西，拿起那块布和刷了，在斯蒂夫的头上又擦又刷，忙得不亦乐乎，那个忙碌的劲儿，我还从来没有见过。她手上忙个不停，嘴上也说个不停。

"说说查理·佩格雷夫吧，是位公爵的儿子，"她说，"你知道查理吗?"说着，她的目光在斯蒂夫的脸上瞥了一眼。

---

① 按当时习俗，女子被男性看到脚踝，是失节的事。女性应该用裙子遮住脚，不能露出脚踝。

② 这是一句儿歌。

"略略知道点。"斯蒂夫说。

"他是多了不起的人啊!还有他的络腮胡,长得多棒啊!查理如果有一双脚的话,那就太完美了,可惜只有一条腿。他竟然不想让我伺候他,你会相信吗?好歹他还是近卫军的人呢。"

"他真是疯啦!"斯蒂夫说。

"像是这么回事。不过,不管是疯了,还是没疯,反正他都试过了,"莫奇小姐接着说,"他干了些什么呢,你猜?他走进一家香料店,想买一瓶马达加斯加水①。"

"查理真这么做了?"斯蒂夫说。

"查理想这么做,可他半滴马达加斯加水也没得到。"

"那是什么东西?是一种饮料吗?"斯蒂夫问。

"饮料?"莫奇小姐的手停下来,拍拍他的脸颊说,"是用来保养他胡须的,你得知道。店里有个上了年纪的老女人,简直就是个怪物,她竟然连这玩意儿的名字都从来没听说过。'请原谅,先生,'那怪物对查理说,'你说的该不是——不是——口红吧?''口红?'查理对怪物说,'你怎么能对一个高贵的人说这种不中听的话?你觉得我买口红来干吗?''别发火,先生,'怪物说,'人们找我们买口红时,说了好多种名字,所以我以为,你或许是要这种东西呢。'瞧,我的孩子,"莫奇小姐一面不停地擦着刷着,一面继续说,"这又是一例滑稽的骗局,我早就说过的。我自己有时也玩这套把戏——也许经常这样做——呃,也许偶尔做一做,这就是骗子的语言,我亲爱的孩子,千万别当真!"

"你说的是哪一方面呀?是口红吗?"斯蒂夫问。

"把两种不同的东西调和在一起的把戏,我幼稚的学生,"老练的莫奇小姐摸了摸她的鼻子回答说,"各行都有各行的调配秘诀,调

---

① 马达加斯加多年来盛产香料,世界闻名。

配出来的把戏让你满意而归。我说的是，我也这样玩过那套把戏呢。有一个阔寡妇把一种玩意儿叫唇膏，另外一位把它叫作手套，又有一位把它叫作花边。还有一位，把它叫作扇子。她们叫它什么，我就跟着叫它什么。我把这个玩意儿提供给她们，但我们相互间都玩着这种骗人的把戏，表面上却装作一本正经的样子。到了后来，她们在大庭广众之下也用上了那种玩意儿，就像当着我们面时那样。在我伺候她们的时候，她们把那玩意儿厚厚地抹在脸上，没错，就是这样子。有时还会问我：'我看起来怎么样呀，莫奇？是不是有点苍白呢？'哈！哈！哈！哈！听这种故事是不是很提神呢，我的年轻朋友？"

莫奇小姐站在餐桌上，一面不停地说着笑话逗趣，一面不停地摆弄斯蒂夫的头，一面在他头上朝我挤眉眨眼的。这样的场景，我还是有生以来第一次见到呢。

"哎！"她说，"这一带不怎么需要我的那种玩意儿。所以我不得不走了！我到这儿来后，还没有见过什么漂亮的美人呢。"

"没有见过吗？"斯蒂夫问道。

"连一个人影儿也没见到。"莫奇小姐回答。

"我想，我们可以让她瞧瞧一个真正的美人，"斯蒂夫对我使个眼色，说，"对吧，雏菊？"

"对呀，的确可以。"我说。

"是吗？"那小个子目光敏锐地扫过我的脸，又扭过头，从侧面看着斯蒂夫的脸，叫起来，"真的？"

第一个感叹词像是在对我们两人提问，第二个词像是专门对斯蒂夫提问。可她似乎感到两人都没有回应她，她就把脑袋一歪，翻了翻眼珠，好像要从天上找一个答案，并坚信这答案马上就会出现。

"是你的一个姐妹吧，科波菲尔先生？"她顿了一下，用同样打探的神情问，"是吗？是吗？"

"不是的，"没等我回答，斯蒂夫就抢着说，"根本不是那样的。恰恰相反，科波菲尔先生曾一度对她颇有好感呢——不过，也许是我误会他了。"

"呀，他现在对她没有好感了吗？"莫奇小姐接口说，"难道他太花心啦？哟，真是臊人呐！他是不是'每朵花都要采摘，每小时都在更换，直到波莉过来，才满足了他的情爱①'？她的名字该不会是波莉吧？"

这个小个子妖精突然拿这问题砸到我身上，带着刨根问底的眼光看着我，顿时把我弄得手足无措。

"不是，莫奇小姐，"我回答，"她叫艾米丽。"

"真的？"她又像刚才那样叫嚷着，"是吗？我太多嘴啦！科波菲尔先生，我这样问有些轻佻，对吧？"

在这个问题上，她的这种语气和态度都让我感觉非常不舒服，所以我一改刚才的态度，非常严肃庄重地说："她不仅漂亮端庄，而且品行也同样端正优雅。她已经订婚了，有一个与她地位般配、令人肃然起敬的人等着娶她。我要高度赞美她的美貌，也同样高度赞美她的品行。"

"说得好！"斯蒂夫叫起来，"听听！听听！听听！现在，我亲爱的雏菊，为了满足这位小法蒂玛②的好奇心，我把情况和盘托出吧，免得她再东猜西疑。莫奇小姐，这位姑娘现在正在当学徒，也可以说是在学艺，怎么说都可以。就是本地镇上做'零售布料，服装，服饰用品，兼营服装加工，丧事用品等'的欧默—约拉店铺。你听清楚了吗？欧默—约拉店铺。我朋友雏菊所说的订婚，是她和她表哥

---

① 出自英国诗人、戏剧家约翰·盖伊（1685—1732）的歌剧《行乞者的歌剧》中的歌词。

② 法蒂玛：出自法国诗人夏尔·佩罗（1628—1703）所创作的童话《蓝胡子》中的女主角，她的丈夫娶了多任妻子，但都消失了。她对丈夫的密室非常好奇，设法取到钥匙打开密室，却发现所有失踪的妻子尸体藏匿其中。

的婚约。她表哥名叫汉姆，姓辟果提，是个水手，也是本镇人。艾米丽和她的一位亲人住在一起。这位亲人姓辟果提，名字叫什么我们不知道，职业为渔夫，也是本镇的人。艾米丽是世上最漂亮、最迷人的小仙女。我也像我的朋友一样，极其喜欢她。我要再说一句，我觉得她和她表哥的婚约，简直是把自己白白糟蹋了，我担心这句话会被认为是有意贬低她的未婚夫，我知道，我的朋友很不喜欢这样评价他，但我觉得，她原本可以生活得更好。我敢起誓，她天生就是做贵夫人的命。"

斯蒂夫的这番话说得缓慢而清晰，莫奇太太歪着脑袋听着，眼睛往上翻，似乎仍在天空中寻找答案。等他刚一停下来，莫奇太太又神采飞扬，滔滔不绝地说起来，她的口才让人叹为观止。

"哦！就这些了，是吗？"她大声说着，手里的小剪刀不停地修剪着他的络腮胡，剪刀绕着他脑袋转动，银光四射，"很好，很好！实在是个长长的故事，故事的结尾应该是'从此他们过上幸福的生活'，对不对？哈！那罚物游戏是①怎么玩的？我爱我所爱（love），这里有个E，因为她长得真迷人（Enticing）；我恨我所爱，这里有个E，因为她已经订婚（Engaged）；我如何形容我的所爱？这里有个E，美妙（Exquisite）；我请求我的所爱做一件事情，这里有个E，私奔（Elopement）；我的所爱有个，这里有个E，艾米丽（Emily）；她住在哪儿？这里有个E，东方（East）。哈！哈！哈！科波菲尔先生，我是不是显得有些轻佻呀？"

她无比狡黠地看着我，不等我回答，她连气也顾不上喘一口，又继续往下说：

---

① 罚物游戏：十九世纪盛行的一种游戏，四个人一起，通过在报纸上随意确定一个句子，句子的最后一个字母作为关键字，每个人需要在报纸上寻找句子，保证这句话的最后一个词的打头字母也是关键字。胜者将有权处罚另外三个输者，或者要求他们完成某些可笑的行为。

"嘿！要说我伺候过一个淘气鬼，把他修饰得完美无缺，那就一定是你，斯蒂夫。要说我清楚所有人脑瓜子的想法，那我也就清楚你的想法。我对你说的这些，你听到了吗，我的宝贝？我清楚你脑瓜子的想法，"她低过头，偷偷地瞄着他的脸，"现在，你自由了——这句话就像在法庭上说的那样——如果科波菲尔先生愿意坐下，我将为他修理一番。"

"你觉得如何，雏菊？"斯蒂夫站起来，大笑着问，"你需要打扮一下吗？"

"谢谢，莫奇小姐，今晚就不用了。"

"别说'不'字，"那小个子女人看着我，那副神态就像是个艺术鉴赏家，"眉毛小小地修剪一下吧？"

"谢谢，"我回答说，"换个时间再说吧。"

"需要把它往太阳穴移三毫米，"莫奇小姐说，"我们可以让它在两个星期内长出来。"

"不，我真的谢谢你，但是现在不做了。"

"把眉梢修一修吧，"她恳求说，"也不愿意？那么，让我们把桌子搭好，来修修你的两撇胡子吧。来！"

我拒绝时不禁脸也红了，因为我觉得，这会儿正触到我的弱点了。莫奇小姐弄明白了，此刻我真心不想请她做什么修饰。尽管她把那个小瓶举到我一只眼前，试图来诱惑我，但她的花言巧语始终说服不了我，于是她说，那我们下次做的话，应该早点开始。然后她请我扶她一把，从高高的桌子上跳下来。我一搭手，她便轻松灵巧地跳下来，接着，捋过帽带系上，把双下巴塞进帽带里。

"费用，"斯蒂夫说，"是——"

"五先令，"莫奇小姐回答说，"超级便宜，我的宝贝。我是不是很轻佻，科波菲尔先生？"

我很客气地回答说，一点也没有。但是，她像街头的馅饼小贩抛钱币①那样，把两个半克朗往上一抛，一手抓住，扔进衣服口袋里，对着它用力一拍，发出哗哗声响，这时候，我真心觉得她有点轻佻。

"这是钱箱，"莫奇小姐说。她又站到椅子边，把先前从口袋里挑出来的各种小玩意，装回口袋，"我的道具都收完了吗？好像都收好了。你听有首歌唱的，那个高个儿奈德·彼特伍德，别人把他带到教堂去，问他'跟什么女人结婚，'他却说，把新娘忘家里了。我可不能像这个奈德，丢三落四可不行。哈哈哈！奈德是个大坏蛋，但多滑稽呀！好，现在我非走不可，我知道这会让你们伤透心的。拿出你们所有的勇气，尽力忍耐忍耐。再见啦，科波菲尔先生！多多保重，你想当个好骑士，可别被人卖啦！我的嘴太碎了！这都得怪你们两位，让我说个不停。不过我还是饶恕你们吧！鲍勃起誓（Bob swore）！哎，英国人要学法文，就得这么说'晚安'②，多奇怪呀，还觉得挺像说英文呢。鲍勃起誓，我的小宝贝！"

她把那个袋子挎在手臂上，嘴里喋喋不休地念叨着，摇摇摆摆地走到门口。刚到门口，她停了下来问我们，是否需要给我们留一缕她的头发。在这个建议说完后，再次补上"我是不是有些轻佻"这话作为结束语，她用手指碰了碰鼻子，消失了。

斯蒂夫哈哈大笑起来，他的笑声太有感染力，连我也深受影响，跟着开心大笑起来。如果没有他的感染，我不敢肯定我会大笑。我们笑了很长时间，直到再也笑不出来为止。接着，斯蒂夫告诉我说，莫奇小姐交际很广，各种各样的人都很喜欢她。他还说，有人把她当作小丑，开心地捉弄她，其实她很聪明，虽然胳膊很短，但智慧很长。两者正好成反比。他告诉我，她形容自己"在这

---

① 伦敦的馅饼小贩为了引诱孩子买饼，玩抛钱币猜正反的把戏。

② 法语Bon soir（晚安）和英语的鲍勃起誓（Bob swore）发音相似。

儿，在那儿，无所不在"，这话一点也不夸张，因为她一直在各个地方游荡，无论哪儿都能招揽到顾客，无论什么人，她都可以和他们套近乎。我问斯蒂夫，她人品如何？是总会招惹是非呢，还是基本上和主流的价值观一致？我问了他两三遍，想让他关注我的这个问题，但是他都没有注意到。后来我就忘了再问，或者是不愿再问。他却津津有味地谈起她的一些情况，包括她的本事和收入，以及她用科学方法拔火罐排毒血的技术，只要我有这种需要，任何时候都可以去找她。

那天晚上，我们谈话的主题都是关于她的。当我分开回各自的卧室时，斯蒂夫竟然伏在楼梯栏杆上，对我喊了一声，"鲍勃起誓！"

第二天，我来到巴克斯先生家，看见汉姆在门口徘徊不定，这让我特别惊讶。更让我感到奇怪的是，他告诉我小艾米丽就在屋子里。我自然问他，他为什么不进屋去，却一个人在外头闲逛。

"呃，你知道，大卫少爷，"他期期艾艾地说，"她——艾米丽——正在里面和一个人说话呢。"

"我应该明白了，"我笑着说，"这就是你待在这儿的原因，汉姆，你该和她一起进去呀。"

"呃，大卫少爷，通常情况下，我是会跟着进去的，"他说，"不过，你知道吗？大卫少爷，"他压低了嗓门儿，郑重其事地说，"里边是个女人，少爷，是个年轻女人，她跟艾米丽以前有过来往，但现在她们不应该再继续交往。"

听了这话，一个身影浮现在我的脑海中，就是昨晚我们见过的那个黑影，追随他们而去的黑影。

"这是可怜的不祥之物，大卫少爷，"汉姆说，"全镇的人都作践她。大街小巷的人都把她踩在脚下。哪怕是埋在墓地里的死人，都没有她这样遭人厌恶。"

"昨晚我们在沙滩上碰面后，汉姆，我在沙滩上看到一个人，会不会是她呢？"

"她在跟踪着我们？"汉姆说，"你见到的可能是她，大卫少爷。我当时不知道她在后面跟着，少爷，可不久后，她偷偷来到艾米丽的小窗下，看到灯亮起后，就悄悄呼叫：'艾米丽，艾米丽，看在上帝的分上，拿出女人的仁慈心肠对待我吧。我以前也和你一样呀！'大卫少爷，这话听起来也没什么古怪的，对吧？"

"的确是的，汉姆。那艾米丽又怎么回应她呢？"

"艾米丽说，玛莎，是你吗？啊，玛沙，真的是你呀！她们曾经一起在欧默先生那里做事，很长一段时间里都形影不离的。"

"我现在想起她了！"我回想起第一次去欧默的店铺时，见到过两个姑娘，其中一个就是她，我说，"我记得很清楚！"

"她叫玛莎·恩德尔，"汉姆说，"比艾米丽大两三岁，和她一起上过学。"

"我不想打岔，"我说，"但是我从没听过这个名字。"

"关于昨晚的事，大卫少爷，"汉姆继续说，"她没有做什么出格的事情，就只有这句话，'艾米丽，艾米丽，看在上帝的分上，拿出女人的仁慈心肠对待我吧。我以前也和你一样呀！'她想和艾米丽说说话，可艾米丽不能那么做，因为舅舅回家了，她舅舅那么疼爱她，他肯定不允许——决不允许，大卫少爷，"汉姆真诚地说，"虽然他脾气平和，为人善良，可是，就算是把沉在海底的所有宝藏全给了他，他也不允许她俩待在一起。"

我清楚这是说的实话。汉姆明白，我也全明白。

"于是艾米丽就用铅笔在一张纸条上写了几个字，"他接着说，"再递给窗外的她，让她带着纸条到这儿来。'拿着这纸条，'她说，'交给我的姨妈巴克斯太太，她会看在我的分上，留你在壁炉边待着，等舅舅出门后，我就可以来了。'她又给我解释了不出门的原因，这番话我刚才已经一字一句地告诉你了，大卫少爷，并请我把她带到这儿来。我也很无奈呀。她原本就不应该和这种人来往的，可瞧见她的眼泪顺着流下来，我又无法回绝她。"

他的手伸进那件破旧的外衣前襟里，小心翼翼地拿出一只精致的小钱包。

"退一万步说，就算她眼泪流到脸上，我也能硬着心肠拒绝她，大卫少爷，但是，"汉姆温柔地把那小钱包放在他粗糙的大手中，轻轻托着说，"当她把这东西交给我，叫我好好替她保管时，我又怎么能拒绝她呢？我知道她为什么带着这个小钱包，多么好看的一个玩意儿！"汉姆看着钱包，心事重重地说，"里面只有一点点儿钱，艾米丽，我亲爱的。"

他把小钱包又放回怀里去，这时我热情地握住他的手，因为我觉得，这比说任何话都更能表达我的感受。在接下来的一小段时间里，我们都默默地在门口徘徊。接着，门打开了，辟果提出现在了门口，她向汉姆点头示意让他进去。我本想趁机回避，可是她追上来，邀请我也进去。即使被邀请，我还是想着找机会躲开，不进她们的房间，可她们就待在那间厨房里，我曾不止一次地提到过这个地方。而屋子的大门一开就是厨房，我还来不及慢慢考虑躲哪去，就发现自己已和她们在一个房间里了。我看到了那个姑娘，正是我在沙滩上见到的那位，她现在就待在靠近壁炉的地方。她坐在地板上，面前是一张椅子，她的头和胳臂就放在椅子上。从她的姿态推测来看，我想可能艾米丽刚从这张椅子上站起来，而这个可怜的姑娘也许刚才是把头枕在艾米丽的膝盖上。那姑娘的头发盖住了脸，似乎是她自己拨乱了，反正我不大能看清她的脸。但是，我仍能看得出她很年轻，皮肤白净。辟果提看起来刚刚哭过，小艾米丽也哭过。我们刚进去时，谁也没有说话，在一片死寂中，只听到碗柜旁那只荷兰钟的嘀嗒声，好像比平常更加响亮。

艾米丽终于打破了沉默。

"玛莎有她的打算，"她对汉姆说，"她想去伦敦。"

"为什么要去伦敦？"汉姆问道。

他站在她们中间，看着伏在椅子上的姑娘，既同情又嫉妒，他同情她，是因为她是那么伤心，他嫉妒她，是因为她与自己深爱着的艾米丽有这么深的友谊。对这一幕，我永远都铭刻在心里。艾米丽和汉姆都似乎把这个姑娘当成病人对待，语气轻柔，声音压得很低，几乎是在说悄悄话一般，不过他们的对话都听得十分清晰。

"到那里去总比留在这里好，"第三个人的声音加入进来，这是玛莎的声音，但是她的身子仍然一动不动，"那里没人认识我。而在这里，所有人都对我知根知底。"

"她要到那里干什么呢？"汉姆问。

她抬起头，黯然地对着汉姆看了一会儿，然后又低下了头。她用右臂护着自己的脖子，像个发高烧或中弹受伤的女人，痛苦得扭来扭去。

"她会努力做好的，"小艾米丽说，"你不知道她刚才对我们说的话。他知道吗？他们知道吗，姨妈？"

辟果提充满怜悯地摇摇头。

"如果你们肯帮我离开这里的话，"玛莎说，"我一定会努力的。我不管去哪儿，都比在这儿好。我也许会做得更好。唉！"说到这里，她害怕地打了个寒噤，"让我离开这些街巷吧，打我还是孩子时起，全镇的人就认识我！"

艾米丽朝汉姆伸过手去，我见汉姆把一个小帆布袋交到她手中。她以为是她自己的钱包，接过来往前走了几步，但是她发现弄错了，便又折返回来，这时汉姆已经退到了我的身边，她走到他面前，让他看着这个小帆布袋。

"这都是给你的，艾米丽，"我听见汉姆说，"在这个世界上，我所有的东西都是你的，我亲爱的。如果不给你用，那我还有什么幸福呢？"

艾米丽的眼中再次涌出泪水，但是她很快转过身，朝玛莎走去。她对玛莎说了什么，我不知道。我只看到她弯下腰，把小帆布袋里的钱放进玛莎怀里。她低声又说了些什么，还问这些钱够不够用。"太多了，用不完。"玛莎说着，握住她的手亲吻起来。

然后，玛莎站起身来，把头巾披在头上，掩住脸大哭起来，慢慢地走到门口。在离开前，她停了一下，好像是想说什么，或者像是要转过身来。可是最终她什么也没说，只是像刚才一样，把头巾裹得更紧一些，发出低沉的抽泣声，转身离去了。

门刚一关上，小艾米丽的目光迅速从我们三人脸上扫过，接着用手捂住脸，啜泣起来。

"别哭，艾米丽！"汉姆轻轻拍着她肩头，说，"别哭，我亲爱的！你不该哭得这样伤心呀，亲爱的！"

"嗯，汉姆！"她大声说，仍然哭得伤心欲绝，"我原本可以做得更好些的，可是我没有做到！我知道，我应该知恩图报的，可是我没有做到！"

"不是，不是，你做到了，我敢保证！"汉姆说。

"没有！没有！我没有做到！"小艾米丽摇着头，抽泣着说，"我应该当一个好姑娘的，可是我没有做到！差远了！差得太远了！"她伤心地哭着，完全停不下来，好像她的心都碎了。

"我太辜负你的情意了。我知道，我太辜负你了！"她呜咽着说，"我总是对你发脾气，对你的态度变化无常，其实我根本不该那么做。你从来都不这么对我。我为什么老对你那样呢，其实我只应该想着怎么感谢你，怎么让你开心呀！"

"你总是让我很开心呀，"汉姆说，"我亲爱的！我只要能看到你，我就会很开心。只要想到你，我整天都会很开心。"

"哎呀，那不够呀！"她叫喊着，"那是因为你是个好人，而不是因为我好呀！哦，我亲爱的，要是你爱上另一个女人，一个比我更稳重、更贤惠的人，一个全身心爱你的人，而不是像我这么虚荣多变的人，你也许会幸福得多！"

"可怜的好心人儿，"汉姆低声说，"玛莎把她弄得糊里糊涂了。"

"姨妈，请你过来吧，"艾米丽抽噎着说，"让我在你怀里趴一会儿吧。啊，我今晚太伤心了，姨妈！哦，我应该当一个好姑娘的，可是我没有做到！我没做到，我心里清楚！"

辟果提急忙走过来，在壁炉前的椅子上坐下，艾米丽跪在她身边，双手搂住她脖子，虔诚地仰望着她的脸。

"哦，姨妈，求求你，一定要想办法帮帮我！汉姆，亲爱的，想办法帮帮我呀！大卫先生，看着往日的交情上，请一定想办法帮帮我！我要做一个比现在更好的姑娘。我要比现在增加上百倍的感激之心。我要更深切去感悟：成为一个好男人的妻子，过一种祥和宁静的生活，该是多么幸福。哦，瞧我这个人哪！哦，瞧我这个人哪！哦，我的这颗心呀！哦，我的这颗心呀！"

她的痛苦哀求一半带着孩子气，一半带着成人的味道，我觉得，她这种样子比其他样子更自然，更能衬托出她的美貌。直到后来，她把脸深深地扎进我的老保姆的怀里，渐渐才停止了哀求声，只是静静地哭泣着。我的老保姆则轻柔地拍着她，像在哄着一个婴儿。

她逐渐平息下来，于是我们都来宽慰她，时而说些鼓励的话，时而对她开个小玩笑。终于，她开始抬起头，和我们说起话来。我们就这样说个不停，一直说到她脸上露出微笑，继而大笑，最后，她微微带着羞涩坐直了身子。辟果提把她散开的鬈发束起来，擦干她的眼泪，把她收拾打扮得漂漂亮亮，免得她回家后引起舅舅担心，追问他的心肝宝贝为何哭了。

那天晚上，我看到她做了一件事，这是我过去从未见过的。我看到她天真地亲吻她未婚夫的脸，紧紧地贴在他那壮实的身体上，仿佛那是她最可靠的支柱。在朦胧幽暗的月光下，他们肩并肩离去，我目送着他们远去的身影，让我暗自想到了玛莎的离去。我看到艾米丽挽着汉姆的胳膊，紧紧地依偎在他身边。

第23章 选定职业

第二天早上醒来时，我还老是惦记着小艾米丽，尤其是当玛莎离开后，不知她的心情如何。我觉得，承蒙他们如此信赖，让我知道那些家庭内部的艰难和痛楚，要是我把隐情告诉他人，即使是告诉斯蒂夫，这也是不合适的。艾米丽作为我童年的伙伴，我对她怀有深深的感情，任何人都无法超越，无论过去还是将来，甚至直到我生命的终结，我都相信我曾真心爱过这位美人。她偶尔会向我倾诉她的心事，但这些心事决不能说给任何人听，即使对斯蒂夫也不行，否则就是对她一种极大的伤害，既对不起我自己，也对不起我们童年纯洁的友谊。在我眼中，那道友谊的光环永远环绕在她的头顶。因此，我下定决心，把这份情感深深地埋藏在心底，使她的形象更加光洁耀人。

我们在吃早餐的时候，我收到了一封姨奶奶送来的信。对于她在信中提及的问题，我知道斯蒂夫一定乐意为我出谋划策，而且我还知道，我自己也乐意向他讨教这些问题，因此我决定先搁置一下，等在回家的途中再来讨论。而现在，我们要向所有的朋友辞行，已经忙得够呛了。在这些朋友中，就连巴克斯先生，也对我们依依不舍，我相信，如果让我们在雅茅斯再多停留四十八小时，要让他再次打开那箱子拿出一个几尼来，他也会慷慨解囊。辟果提，还有她娘家的所有人，都因为我们的离开而伤感。欧默—约拉店铺的人，全体出动，来向我们道别。当我们把行李放上车时，有许多渔夫来为斯蒂夫帮忙，就算我们带着一个军团的行李，也用不着雇脚夫来搬运。总而言之，所有和我们有过交往的人，都为我们的离去感到既惋惜又钦羡，还有一些难过。

"你会在这儿待很久吗，利蒂默？"当利蒂默站在那儿等待马车启程的时候，我问他。

"不，先生，"他回答，"大概不会很久，先生。"

"就眼下来看，这事还说不定，"斯蒂夫漫不经心地说，"他清楚他该做什么，而且一定会办妥的。"

"我也相信他能办妥的。"我说。

利蒂默用手碰碰帽檐，对我的这番赞誉致谢，这让我感觉自己特别幼稚，似乎变成了八岁小孩。他又举手触触帽檐，祝愿我们旅途一路平安。于是，我们便出发了，留下他站在人行道上，他的神态让我想起埃及金字塔，依旧体面，神秘。

在出发后的一小段时间里，我们谁也没说一句话。斯蒂夫显得异乎寻常的安静，而我则沉浸在自己的思绪中，想着何时能再访旧地，不知道那时的我和他们又会有什么新的变故。不过斯蒂夫很善于调整自己的情绪，后来，他的情绪高涨起来，变得滔滔不绝。他拉着我的胳膊说：

"说点什么吧，大卫。今天吃早餐的时候你说过有封信，那封信是怎么回事？"

"哦！"我从口袋里把信拿出来，说，"这是我姨奶奶写来的。"

"她说些什么？有什么需要考虑的吗？"

"嗯，斯蒂夫，她在信中提醒我，"我说，"我这次出门旅行，目的是要留心观察，多动脑筋。"

"当然是呀，而且你已经做到了。"

"说实话，我很难说我真的做到了。对你实话实说，我恐怕已经把这事给忘了。"

"行啦！现在就好好留心观察，补救一下你的疏忽吧，"斯蒂夫说，"瞧我们的右边，你可以看到一片平坦的原野，里面还有许多沼泽，瞧我们的左边，你可以看到同样的景色，往前看，你发现没有什么不同，朝后看，景色依旧。"

我被逗笑了，回答说，我想找个合适的职业，可这一带什么也找不到，也许是因为这片土地太过平坦无奇的原因吧。

"对职业这个问题，姨奶奶有何指教呢？"斯蒂夫对我手中的信瞥了一眼，说，"她有什么建议吗？"

"哦，有的，"我说，"她在信中问我，是否考虑过当一个代诉人。你怎么看？"

"嗯，我没有什么看法，"斯蒂夫无所谓地回答，"我想，你干这个和干什么别的都没什么区别，反正都能干好。"

我不禁又笑起来，他居然把一切职业都看成一模一样，我就把我这个想法告诉了他。

"代诉人是做什么的呀，斯蒂夫？"我问。

"哦，这是一种与僧侣这类人打交道的律师，"斯蒂夫回答说，"在圣保罗教堂墓地附近的一个冷清、偏僻而古老的角落里，有个博士法院，里面设有一些破旧陈腐的法庭，这些代诉人就在这里出庭。代诉人和博士法院的关系就如律师和普通法庭和衡平法庭①的关系一样，代诉人这种职业，在两百多年前本来就应该顺应发展自然淘汰。要让你明白代诉人是什么，最好的办法是，让我给你讲清楚博士法院是什么玩意儿就可以了。博士法院是个偏僻的小处所，他们在那个角落里审理所谓的教会法案件，根据国会那些破旧陈腐的古怪法案，玩弄各种各样的把戏。对于这些教会的法案，世界上有四分之三的人一无所知，剩余那四分之一的人也并不十分清楚，以为这是从十三世纪

---

① 普通法庭和衡平法庭：英国的司法体系因普通法与衡平法分立而形成二元制的传统。普通法与衡平法各有一套法院体系，彼此的诉讼程序也有很大的不同，这两大体系基本上呈并立的状态。直到1873年，英国议会才制定了《司法条例》取消衡平法，与普通法统一。

爱德华时代①发掘出来的古迹。自古以来，诸如平民遗嘱诉讼和平民婚姻诉讼，以及大船小船的各种纠纷，统统被博士法院包揽审理。"

"你这是信口开河了，斯蒂夫！"我大声叫起来，"那些纠纷是航海案件，怎么会和教会案件有瓜葛呢？"

"我当然不是这个意思，我亲爱的孩子，"他回答说，"但是，我得强调，这些案件都由同一个博士法院中的同一班人审理判决。某一天要是你去那里，你会看到他们正在审理'南希号'撞沉'莎拉·简号'的案件，或者是辟果提先生和雅茅斯的渔夫们，带着铁锚和缆绳，顶着飓风出海援救往来印度的'纳尔逊号'遇险遭难的案件，你会发现他们把这一切弄得一团糟，连《扬氏海事词典》中一半的航海术语都弄混淆了。换一天你再去那里，又会看到他们在审理一个品行不端的教士的案件，正忙着研究正面或反面的证据。而且你还会发现，前次负责审理航海案件时的法官，今天变成了审理教士案件的辩护士，而那天审理航海案件时的辩护士，今天变成了负责审理教士案件的法官。他们就像演员，有时候扮演法官，有时候则不是法官；有时候扮演这种角色，有时候扮演另一种角色。他们就这样颠来倒去地变换着，不过，这是一场私下演出的戏剧，只给少数特别选出来的观众看，演得非常好玩，而且还有利可图。"

"但是，你刚才说的是辩护士，代诉人和辩护士不是一回事吧？"我有些犯糊涂了，不解地问道，"是不是？"

"两者不一样，"斯蒂夫回答，"辩护士是一些民法学家，他们是在大学里得了博士学位的人，正因为如此，所以我对这类事比较了解。代诉人雇用辩护士，双方都能得到丰厚的酬金，一起形成了一个严密而强有力的小团体。总的说来，我劝你高高兴兴地到博士法院

---

① 在英国国王的统治历史中，共有十位爱德华国王，十三世纪的爱德华国王有三个，即爱德华一世到爱德华三世（1272—1377）。

去，大卫。我可以这么对你说，那儿的人都以为自己很尊贵，为此还扬扬得意呢。不过，我并不觉得他们有什么值得炫耀的。"

斯蒂夫对这件事的态度尖酸刻薄，我并没有全信他的说法。在我的联想中，那个"圣保罗教堂墓地附近的一个冷清、偏僻而古老的角落"应该环绕着庄严、悠久和肃穆的气氛，而不会是他所描述的那样不堪。联想到那种庄重的气氛，所以我并不反感姨奶奶提出的这个意见。而且她只是提出建议，是否可行交由我自行决定。她干脆利落地直接告诉我，说她最近想在遗嘱中立我为继承人，为了这事她去博士法院见她的代诉人，所以想到这个建议。

"无论怎么说，从姨奶奶这个角度来看，这是一个值得称道的好办法，"斯蒂夫听完我的想法，说，"也值得鼓励支持。雏菊，我的意见是，你开开心心去博士法院好了。"

我下定决心去博士法院。然后，我告诉斯蒂夫说，我姨奶奶在信里说，她现在已经到了伦敦，在那里等我，她已在林肯律师学院①广场旁边的一家私人旅馆里住了一个星期了。她选定的这一家旅馆有石砌楼道，屋顶还有一扇便门，因为姨奶奶固执地认定：伦敦的每一座房子，每天夜里都有可能被烧成灰烬②。

在剩下的这段旅程中，我们都过得很开心。偶尔会再讨论一下博士法院，遥想我在那里做代诉人的场景。斯蒂夫用各种风趣和异想天开的话语来描绘那时的情景，这使我们俩都很愉快。当我们抵达旅途的终点后，他就回家去了，并约定后天再来看我。我则乘车来到林肯律师学院广场附近的这家小旅馆，我看到姨奶奶没有入睡，还在等着吃晚饭。

我们再次相逢，喜不自禁，就算我们经历生离死别，那种重逢的

----

① 伦敦有四个律师学院，分别是林肯律师学院、格雷律师学院、内殿律师学院和中殿律师学院。

② 即1666年伦敦大火，见第11章注释。

喜悦也不过如此。姨奶奶把我搂进怀里,大哭起来。她又强装笑脸,说如果我那可怜的母亲还活着,那个小傻瓜肯定也会大哭一场。

"你把狄克先生留在家里了吗,姨奶奶?"我问,"没看到他,让我觉得好遗憾。哦,珍妮,你还好吗?"

珍妮向我行了屈膝礼,向我问好。这时,我发现姨奶奶脸有些拉长了。

"我心里也很不好受,"姨奶奶擦擦鼻子,说,"自从来到这儿后,特洛,我就没安心过。"

还没等我开口问她,她就把原委告诉我了。

"我相信,"姨奶奶忧心忡忡,把手放到桌上,说:"凭狄克的性子,他绝对不会赶跑驴子。我相信他没这种意志。我本来该把珍妮留在家里照看一切,把他带出来,这样也许会安心点。如果有驴子践踏我的草地,"姨奶奶加重了语气说,"肯定是今天下午四点钟发生的事情。当时,我突然感觉从头到脚一阵发冷,我知道,准是有一头驴子闯进我的草地了。"

对这件事,我想安慰她几句,可她完全听不进去。

"就是那头驴子,"姨奶奶说,"而且是那头秃尾巴的驴子,'谋杀犯'的姐姐到我们家来的时候骑着这头驴子。"自从那次见面以后,我姨奶奶一直把这个称呼作为对谋德斯通小姐的唯一称呼。"如果多佛有头驴子,那它一定是最放肆的驴子,我绝对受不了,"姨奶奶拍着桌子说:"就是那畜生!"

珍妮壮着胆子提醒我姨奶奶,说也许这么苦恼是毫无必要的,完全是在自寻烦恼。珍妮还提醒说,她认为姨奶奶所说的那头驴这时正在干着驮运沙石的苦役,不可能来践踏草地。可姨奶奶根本听不进去。

姨奶奶的房间选在很高的楼层——这究竟是因为她想保证钱财安全,所以要上更多的台阶呢,还是为了方便火灾逃生,离屋顶那便门更近些，我不得而知。尽管她住这么高，不过晚饭还是按要求送了上来，而且还是热乎乎的，有烤鸡、煎牛排，还有几道蔬菜。这些菜肴美味可口，我胃口大开，吃了很多。姨奶奶吃得很少，因为她对伦敦的所有食物，都有她独到的见解。

"我认为，这只倒霉的鸡是在地窖里出生长大的，"姨奶奶说，"它从未见过天日，直到被宰前在货运马车上才见过天是什么样儿。我希望这煎牛排是真正的牛肉，可我不敢相信这是真的。依我看，在这里没有什么是真的，除了垃圾。"

"你觉得这鸡会不会是从乡下运来的，姨奶奶？"我提醒她说。

"绝无可能，"姨奶奶回答说，"伦敦的商人，最不喜欢货真价实地做生意。"

要反驳她的这一观念，有些冒险，我决定保持沉默，不过我美美地大吃了一顿。姨奶奶见我吃得这么开心，也极其满意。餐桌收拾干净后，珍妮为她扎好头发，戴上睡帽，她睡前的衣着比平时更讲究，我姨奶奶说这是"万一发生火灾，需要保持形象"，她把她的长睡袍的下摆撩起来，折叠到膝盖上，这样可以捂暖身子，这是她一成不变的入睡准备。她的这些规则不能有丝毫的变动，于是，我按照惯例，为她温好一杯加水调制的热酒，准备了一片切成细长条的烤面包。一切准备就绪后，就只剩下我俩了。姨奶奶坐在我的对面，喝着调制的葡萄酒，吃着烤面包，她每吃一口烤面包，就会将撕下的烤面包蘸点酒。睡帽的饰边把她的脸团团围住，她无比慈祥地看着我。

"哦，特洛，"她开口说，"你觉得做代诉人的想法怎么样？你是不是还没有开始考虑这个事情？"

"我已经考虑了，亲爱的姨奶奶，也和斯蒂夫好好商谈过了。我非常喜欢，非常满意。"

"好呀！"姨奶奶说，"这可真让人高兴！"

"不过，我还有一个困难，姨奶奶。"

"尽管开口吧，特洛。"她回答我说。

"嗯，我想问一下，姨奶奶，据我所知，这种职业是有名额限制的。如果我要进入这一行业，是不是费用昂贵呢？"

"签个学徒合同，"姨奶奶回答说，"正好要一千英镑。"

"嗯，我亲爱的姨奶奶，"我把椅子朝她挪近了点，对她说，"让我不安的正是这个问题。这笔钱不是小数目呀。为了让我接受教育，你已经花了不少钱了，而且在各方面都待我非常慷慨，你已经成了乐善好施的楷模了。我想，一定还有其他出路，不需要如此破费，而且只要有决心，肯吃苦，也一定会有希望有出息的。让我去尝试一下其他职业，你不认为这样会更好吗？你能肯定你付得起那么多钱吗？而且这笔花销一定是正确的吗？你是我的再生父母，我真希望你能认真考虑考虑。现在，你考虑成熟了吗？"

姨奶奶正在吃着面包，她吃完后，一直目不转睛地看着我，然后把酒杯放到壁炉架上，双手交叉着，放在撩起来的长袍下摆上，说了这样一番话：

"特洛，我的孩子，如果我这辈子有什么目的的话，那就是要尽心尽力地培养你，使你成为一个善良、明理、快乐的人。这是我唯一的心愿——狄克也是这样的。狄克就这问题有一番他自己的说辞，我真希望我所认识的人都听听他的这些话。他的话简直令人吃惊。可是除了我，没人能意识到他是多么聪明！"

她停顿了一下，拉过我的手，放到她的两手中，又继续说下去：

"特洛，回忆往事是徒劳无益的。不过我想回忆，因为对现在有点作用。也许我本该对你那可怜的父亲更友善些。也许，即使你的姐姐贝斯·特洛伍德让我失望，我也仍应对你那可怜的娃娃母亲更友善些。当你出现在我面前，满身尘土，逃命出来，那个时候，也许我就在想，我该对你的父母更友善些。从那时起直到现在，特洛，你一直让我感到无上光荣，让我感到无比骄傲，心满意足。至于我的财产，没有什么人有权来觊觎，至少在目前，"——她说到这儿时显得有些迟疑、惶惑，这让我有些惊讶——"不，没有什么人有权来争夺我的财产。你是过继给我的孩子。在我老态龙钟的时候，你这个孩子能爱着我，孝顺我，能容忍我的古怪想法和脾气。我这个老太婆，年轻时应有的慰藉和幸福没有得到，在年老的时候，你却给我带来了这么多幸福和快乐，我对你的付出，远远比不上你对我的好。"

我还是第一次听到姨奶奶提起她的过去。她对往事从容淡定，拿得起放得下，显得十分宽容和大度，这使我更加敬重爱慕她。

"好了，这件事我们两人相互了解，意见统一了，特洛，"姨奶奶说，"我们就没必要再谈这个了。吻我一下吧，明天吃过早餐后，我们去博士法院。"

在就寝前，我们在壁炉前谈了很久。我的卧室和姨奶奶的卧室就在同一层楼上。那天晚上，我受到了几次小小的惊扰。因为姨奶奶一听到远处马车或运菜车的声音，就会忙着来敲我的门，并问我："你听见救火车的声音没有？"不过，在早晨将近时，她睡得安稳些了，也让我睡得踏实了。

中午，我们动身去博士法院里的斯宾洛—乔肯斯事务所。对于伦敦，姨奶奶还带有另外一种偏见，她认为凡是她所见到的人，个个都是扒手。所以，她把钱袋交给我，让我替她拿着，钱袋里有十个几尼和一些银币。

我们在舰船街的一家玩具店前停留了一会儿，看圣丹斯坦教堂的木头巨人敲钟[1]，这是我们特意算好了时间去的，就是为了赶上在十二点钟时敲钟。然后我们去拉盖特山街和圣保罗教堂。当我们经过拉盖特山街时，我发现姨奶奶突然加快了脚步，神色慌张。这时候，我看到一个表情阴沉、衣衫褴褛的男人。刚才我们穿过街道的时候，

---

[1] 圣丹斯坦的巨钟在当时称得上是伦敦一景，有两个巨大的木头人准时敲钟报时。

他曾停下来盯着我们看，现在，他竟然跑过来，跟在我们后面，近得可以碰到姨奶奶。

"特洛！我亲爱的特洛！"姨奶奶紧紧抓住我的胳膊，惊恐万分地低声喊着，"我不知道怎么办才好。"

"别慌，"我说，"没什么好怕的。你先进一家商店去，我马上把这家伙赶走。"

"别这样，别这样，孩子！"她回答说，"千万别对他说话。我求求你，我命令你！"

"老天，姨奶奶！"我说，"他不过是个死皮赖脸的乞丐。"

"你根本不知道他是什么人！"姨奶奶回答说，"你不知道他是谁！你不知道你说的什么！"

我们这么说着，来到空无一人的门口停下，那个人也停了下来。

当我愤愤地转过头去看那人时，姨奶奶说："别看着他！去给我叫辆马车，我亲爱的，然后你先走，到圣保罗教堂等我。"

"等你？"我重复了一下。

"是的，"姨奶奶回答，"我必须一个人走。我必须和他走。"

"和他，姨奶奶？就和这个人走？"

"我一点也不糊涂，"她回答说，"我对你说了，我必须去。去给我叫辆车吧！"

虽然我无比诧异，但我知道，我无法违抗这一道严厉的命令。我赶紧往前跑了几步，叫了一辆正好经过这里的空马车。我几乎还没来得及放下马车的踏板，我姨奶奶就不知怎的一下跳进了车厢，那人也跟了进去。她焦急地向我挥手，要我走开，虽然我非常惊异，但还是立刻转身走开了。在转身的时候，我听见她对车夫说："随便去哪儿都行！就这么不停地走！"马车立刻从我身边驶过，往山上奔驰而去。

从前，狄克先生曾经告诉过我一些事，我原以为是他的幻觉，现在，他说的那些事情又涌上我心头。毫无疑问，这个人就是狄克先生口中的那个神秘人物，可是，我姨奶奶到底有什么样的把柄被他握在手里，我完全无法想象。我来到教堂的院子里，等了半个小时，才慢慢让自己镇静了下来。然后，我看见那辆马车回来了。车夫在我身边停下车，车里只坐着姨奶奶一个人。

她情绪激动，刚刚受到骚扰，她的心情难以恢复平静，一时半会儿还没准备好去拜访博士法院。她把我叫上车，吩咐车夫慢慢地赶车，就这么往返走了一会儿。她没有做更多的解释，而只是说："我亲爱的孩子，永远别问我这是怎么回事，也永远别再提起它。"直到她完全恢复了平静，她才对我说，她已经没事了，我们可以下车了。她把钱袋交给我，让我付车费，这时我发现，钱袋里所有的几尼都不见了，只剩下零星的银币。

我们得穿过一条低低的小拱廊，才能抵达博士法院。当我们刚刚从院前的街市转入拱廊，没走几步，城市的喧嚣，就像施了魔法，立刻被抛到九霄云外。我们穿过几处衰败的院落和几条窄窄的通道后，来到斯宾洛—乔肯斯事务所。这个事务处是通过天窗采光的，它的位置是在圣殿的前厅里，进这里来不需要敲门一类的礼节，可以直接进入，有三四个文书在这里忙着抄抄写写。其中一个人独自占用着一张桌子，他干瘦矮小，头上戴着硬邦邦的褐色假发，仿佛是用姜饼做成的一样，他起身迎接我姨奶奶，把我们带进斯宾洛先生的房间。

"斯宾洛先生出庭还没回来，太太，"那干瘦的人说，"今天是拱门法庭①开庭日。不过法庭离这儿不远，我立刻派人去请他。"

趁着斯宾洛先生没有回来，我四处打量了一番。屋里的家具陈设都是旧式风格的，积满了灰尘，书桌上的绿色丝绒布已完全褪了

---

① 拱门法庭：即教会上诉法庭，因为该法庭原来设在圣玛丽教堂，圣玛丽教堂有拱形的门，因此得名。

色，灰暗得像个老乞丐。桌上有许许多多文件卷宗，有的标注为"指控"，有的标注为"诽谤"，这让我无比惊讶①，有些标注着不同的法庭名称，包括"主教法庭""拱门法庭""遗嘱法庭""海事法庭"以及"代表法庭"②等。我越看越迷糊，弄不清究竟有多少个法庭，不知道得花多少时间才能把它们弄明白。此外，还有各种口供的笔录卷宗，装订得很牢固，捆成一卷一卷的。每一桩案件订为一卷，每一案都像是一部十卷或二十卷的历史那样厚重。我觉得，这一切看起来都非常奢华，让我对代诉人这一职业兴趣陡升，觉得应该是很惬意的。我不停地翻阅着各种各样的东西，越看越有好感，这时，忽然听到屋外传来急促的脚步声，斯宾洛先生匆匆走进屋来，他身穿着黑袍，袍子边上镶白色毛皮。他一边走，一边摘下帽子。

　　他是个小个的绅士，头发是淡黄色的，脚上是一双上乘的皮靴，白领饰和衬衣领也浆得笔挺。全身的纽扣一个都没有解开，全部都扣得整齐平整，他的络腮胡子精心烫卷过，一定花了不少心思。他的金表链那么粗，竟使我有些想入非非，让我联想到金店招牌上粗壮的金胳膊，觉得他也应该有这么粗壮的胳膊，才能把沉重的表从口袋里掏出来。他的装束非常严谨，僵硬挺直，似乎无法弯下腰来。他坐到椅子上，翻看桌上那些文件，当他要转动身子时，只能像滑稽木偶潘趣③一样，整个身躯僵硬地整体转动才行。

　　由于姨奶奶以前来做过介绍，所以斯宾洛先生很客气地接待我，他说：

　　"如此说来，科波菲尔先生，你很愿意加入我们这一行？前几天我有幸会晤了特洛伍德小姐，"他说着，身子向着姨奶奶倾斜一下，

---

　　① 诽谤（libel）一词：在海事法、教会法中的意思是"原告诉状"，大卫因为不明白，所以当作"诽谤"来理解，所以才会无比惊讶。

　　② 代表法庭：即有由国王委派代表来审理案件的法庭。

　　③ 潘趣：英国传统滑稽木偶剧《潘趣与朱迪》中的木偶。

如同潘趣木偶整个身子动了一下，"我无意中提起说，这里还有一个空缺。承蒙特洛伍德小姐说起她有一个她特别疼爱的侄孙，并说希望为他求得一个体面的职业。现在，我相信，我和这位先生的见面是很有缘分的。"说到这里，他又做了一次潘趣木偶，身体僵直地向我倾斜了一下。

我鞠了一躬，以示感谢，并说姨奶奶曾对我提到这个机会，认为我可以对此试一试。我想我很仰慕这一行，所以马上就接受了这一提议。不过我对这一行业没有深入了解，所以我不能肯定自己会喜欢它。不过我觉得，在我决定正式投身于这份职业之前，最好是给我一个机会让我先试试，看我是不是真正喜欢它。

"哦，当然！当然！"斯宾洛先生说，"在我们事务所里，我们通常要求有一个月——一个月的试用期。就我本人而言，我希望是两个月——或者三个月——事实上不设期限，也没有关系。不过，我还有一个合伙人，乔肯斯先生。"

"试用期间的保证金，先生，"我说，"是一千英镑吗？"

"保证金是一千英镑，含印花税在内，"斯宾洛先生说，"我曾对特洛伍德小姐提及过，我这人是不会计较金钱得失的，我想，很少有人能在这点上超过我。不过在这类问题上，乔肯斯先生有他的看法，所以我不能不尊重乔肯斯先生的看法。简单而言，乔肯斯先生认为，一千英镑是远远不够的。"

"我想，先生，"我心里盘算着要为姨奶奶省点费用，于是对他说，"这儿会不会有这种惯例，要是一个签约的见习文书特别出色，精通业务，"说到这里，我不禁脸红了，因为这话显得太过自吹自擂了，"我想，有没有这种惯例，就是在学徒期间的后几年，给这个文书——"

斯宾洛先生费了很大的劲，把他的头从僵直的衣领中伸出来，这样才能摇摇头，他没等我把"薪水"二字说出来，抢过话头说：

"没有这种惯例，科波菲尔先生，如果我在这里不受他人约束的话，我本人对这个问题没有什么意见，这个是不用说的。但是，乔肯斯先生是不会被说动的。"

一想到这个可怕的乔肯斯先生，我感到万分沮丧。可是后来，我却发现，他外表忧郁，其实是个性情温和的人。他在这个事务所里总是不出面的，却一直任由别人拿他当挡箭牌，把他说成是冷酷无情的人。如果有雇员要求加薪，那么乔肯斯先生一定会视而不见的；如果有当事人欠缴诉讼费，那么乔肯斯先生一定会坚决让其付清。尽管斯宾洛先生感到为难，而且他总是宅心仁厚，但是乔肯斯先生也绝不松口。天使斯宾洛的心和手一直愿意向着大家张开，可是却被魔鬼乔肯斯管住了，他事事都不退让。直到我年龄更大一点后，我才明白，我领教过许多单位和机构的办事风格，他们也是使用"斯宾洛—乔肯斯"的手法来处理事务的！

当时我们就约定好，对于我的这个月的试用期，我随时可以开始，姨奶奶也不必留在城里，等一个月试用期满，她也不必再来，因为要签订的契约是以我为签字方，不必大费周折地送到家由她签字。当我们谈到这里时，斯宾洛先生便提议，马上就带我去法庭，好让我知道那是个什么样的地方。由于我也迫切想了解情况，于是我们就起身去法庭了，而把姨奶奶留了下来。姨奶奶说她信不过那种地方，我知道，她把所有法庭都看成随时会爆炸的火药桶了。

斯宾洛先生领着我，走过一个石砌地板的院子，院周围是些简朴的砖房。从门上标着的那些博士的名字推测，这些房子就是官邸，里面住的就是斯蒂夫对我说过的那些学问渊博的辩护士了。我们往院子左边走去，走进一间空旷阴森的大房间，让我觉得这像个教堂。这房间的前一部分用栏杆隔着，里面是一个马蹄形的高台，台子两侧都是舒适的老式餐厅椅，坐着几位身穿红袍、头戴灰色假发的绅士。我知道这些人就是前面提到的博士了。在那马蹄形拱端，有一张讲台似的小桌，桌子后面坐着一位老先生，他现在半闭着眼睛。要是我是在鸟屋中见到他这副模样，我准会把他当作一只猫头鹰。可我听说，他正是这里的首席法官呢。在马蹄形的下端，比首席法官桌椅低些的位置，差不多是跟台面齐平的地方，有几位和斯宾洛先生同级别的绅士，他们也穿着斯宾洛先生一样的白皮镶边的黑袍，坐在一张绿色的长桌后边。他们的衣领总是笔挺僵直的，我感觉他们神情倨傲。不过后来我发现，说他们倨傲是我误解他们了，因为他们中有两三位，起身回答首席法官的问题时，真是无比温柔，再也没有比他们更温柔的人。有一个带围巾的少年，还有一个偷偷从衣服口袋里掏面包屑来吃的流浪汉，他俩负责扮演听众，现在他们正在法庭中央的火炉边烤火。这里一片死气沉沉，只能听到火炉发出的声音，另外就是某个博士的说话声。这位博士正在慢声细语地引经据典，他的证据能足足装满一个图书馆，他不时会停下来发表看法，就如同在枯燥的长途旅途中，偶尔在路边小酒馆停下来休整一下似的。总之，在我这一生里，从来没有参加过类似的小小家庭式聚会，它如此舒适安逸，让人昏昏欲睡，环境古色古香，令人足以忘掉时间，忘乎所以。我也觉得，在其中扮演任何角色，都是令人满足的，超过任何催眠镇静剂，当然，打官司的当事人除外。

如此幽静隐蔽的地方，带着如此梦幻般的氛围，我对此满意极了，告诉斯宾洛先生说，这里看过一次就足够了。于是我们回到事务所，见到了姨奶奶，接着就和她走出了博士法院。当我离开斯宾洛—乔肯斯事务所时，那些文书都相互间拿着笔对我指指点点，所以我觉得自己实在太年少无知了。

我们回到林肯律师学院广场，途中没有遇到任何新的意外，只是见到一头为小贩拉果蔬的驴子，那头驴子不幸引起了姨奶奶痛苦的联想。我们安然无恙地回到房间后，又对我的职业打算作了一番长谈。我知道她归心似箭，而周围的火灾隐患、恶劣饮食和扒手让她无比苦恼，使她在伦敦没有片刻的安宁。所以我就劝她不要担心我，我可以单独留下来，自己照料自己。

"虽然，到明天为止，我来这里还不到一个星期，但是我时时刻刻都在考虑一个问题，我亲爱的，"姨奶奶说，"特洛，在阿德尔菲区，有一套带家具的小公寓要出租，非常适合你住。"

她从口袋里取出一则广告，那是她从报纸上小心翼翼地剪下来的广告。广告说，在阿德尔菲区的白金汉街，有一套带家具的公寓出租，舒适精致，能眺望河景，作为一个年轻绅士，不管是否属于法学会成员，都适合来享受这一优雅公寓，房租低廉，可以短租，一个月起租，可即时入住。

"哎呀，这正是我想要的房子，姨奶奶！"我说，想到我能住进如此体面的一套房间，我激动得脸都红了。

"那就去看吧，"姨奶奶回答说，把一分钟前刚取下的帽子又戴上，"我们看看去。"

我们径直去了。广告上指示说，要租房的话可以去找同一座房子的克鲁普太太，我们找到克鲁普太太，按了按门铃，按了三四次，还不见她出来。终于，她出现了，是一位体格健壮的女士，穿着一件紫花布长袍，长袍下摆镶了许多法兰绒的荷叶边。

"麻烦你带我们看看你那套要出租的公寓吧，太太。"姨奶奶说。

"是这位先生要住吗？"克鲁普太太问，伸手在衣口袋里摸索着钥匙。

"是的，是我的这位侄孙要住。"姨奶奶说。

"那套房间真的精致优雅呢！"克鲁普太太说。

于是我们走上楼去。

这套房在那座房的顶层上，这是最让姨奶奶满意的地方，因为它离天窗楼梯很近。房中有一条半明半暗的小门厅，你在这个门厅里几乎看不清东西。里面有一间小小的食品储藏室，在里边漆黑一片，什么东西都看不见。还有一间起居室，一间卧室。家具陈旧，但对我来说已经不错了。而且正如广告上所言，透过窗户就能看到河景。

由于我对这个房屋很满意，所以姨奶奶和克鲁普太太就走进食品储藏室，去讲房租了。我待在起居室坐在沙发上，不敢相信自己有幸住进这么高档的公寓。经过一段时间的单独交锋，姨奶奶和克鲁普太太回来了。我从她们的脸色可以看出来，租约签订好了，我欣喜万分。

"这些家具，都是前一个房客留下的吗？"姨奶奶问。

"是的，是前一个房客的，太太。"克鲁普太太回答说。

"他怎么样了？"姨奶奶问。

克鲁普太太爆发出一阵咳嗽，让人感觉很不舒服，她一边咳，一边费劲地说："他在这里生了病，太太，后来——咳！咳！咳！老天呀！——他就死啦！"

"哎！他是怎么死的？"姨奶奶问。

"啊！太太，喝酒喝死的，"克鲁普太太毫不隐瞒地直说，"还有烟的原因。"

"烟？你说的不是烟囱里的烟雾吧？"姨奶奶说。

"不是的，太太，"克鲁普太太说，"是雪茄和烟斗。"

"不管怎么样，特洛，那是不传染的。"姨奶奶转过身，对我说。

"当然不会的。"我说。

长话短说，看到我很喜欢这套房间，姨奶奶便租了一个月，期满可续租十二个月。克鲁普太太提供床上用品，负责我的饮食，至于其他用品，也都已准备妥当。克鲁普太太还明确表示，她要永远把我当作她的儿子那样对待。我决定后天便搬来，克鲁普太太说，谢天谢地，她现在找到一个可以让她照顾的人了。

在回旅馆的路上，姨奶奶对我说，她无比坚信，我将要面对的这种生活，会使我变得坚定和自立，而这两种品质正是我目前需要锻炼的。第二天，我们商量到威克费尔德先生家去，把寄存在那里的衣物和书籍取回来，在这中间，她又把前面说过的那番话念叨了很多遍。我给艾妮丝写了一封长信，在信中我说了取衣物和书籍的事，也谈到我这次回故乡度假的详细情况。信由姨奶奶带过去，因为她在第二天就要启程了。有关这些小事在这儿不作赘述，我只想补充到以下几点。我在试用的这一个月里，一切可能的开销都不成问题，因为姨奶奶留下足够多的钱。至于斯蒂夫，直到姨奶奶离开，他都没有来看我们，这让我和她大失所望。我送她平安坐上去多佛的马车，她面带喜色，琢磨着如何收拾那些倒霉的驴子。珍妮坐在身边陪着她。马车启程后，我转过身来，看着阿德尔菲广场，不禁回想起从前我在它的拱门一带闲逛的生活，也亲身体会到步入社会上层的种种变化，我实在是太幸运了。

第24章　初涉放荡

我现在的生活真是无比愉悦。独自占据着一所高高的城堡，把外面的门一关，总觉得自己就像鲁滨孙·克鲁索，进入自己的堡垒后扯起绳梯，那种感觉惬意极了。衣服口袋里揣着自己房间的钥匙，在城里四处闲逛，悠闲自得。我知道，来我家的客人，我想约谁就约谁，我确信，只要我自己觉得在这里没什么不方便，就绝不会对任何人造成不便。我的生活变得非常美好，进进出出，来来去去，想做什么就做什么，无须向任何人打招呼，有事的时候我就拉铃请克鲁普太太上楼来，或她自己想上来时，她就气喘吁吁地从楼下上来。我得说，所有的这一切都让人身心愉悦，但是，我也得说，我也有孤独寂寞的时刻。

在早晨，尤其是阳光明媚的早晨，生活令人舒适惬意。白天里，我自由自在，生活看起来都是新鲜的。随着阳光逐渐灿烂，生活则更加自在，更加新鲜。但是，当夕阳西下时，仿佛生活也跟着沉下去了。我不知道这是怎么回事，而在夜晚的烛光下，我很难继续保持快乐的心情。在这种时候，我就想有人和我说说话。我想念艾妮丝。我发现，没有这位微笑着倾听我心声的人在身边，眼前的这一切都成为一片可怕的空旷孤寂。克鲁普太太离我似乎遥不可及。我想念着前一位死于烟酒的房客，我巴不得他还活着，这样我才不会感到如此孤独烦闷。

这种生活才过两天两夜，我却觉得像在那里住了整整一年。可我却没有丝毫的成长，我仍像往常一样，为自己的幼稚而倍感折磨。

斯蒂夫仍然没有露面，这让我深感担忧，他一定是生病了。第三天，我提前离开博士法院，步行到海盖特去找他。斯蒂夫太太见了我特别高兴。她说，斯蒂夫和一个牛津的朋友在一起，他们去拜访住在圣阿尔班附近的另一位朋友了。不过她估计他明天会回来。我全心全意地喜欢斯蒂夫，以至我都有些妒忌他的那些牛津的朋友了。

斯蒂夫太太坚持要留我吃晚饭，我就遵命留下。接下来的一天里，我们谈的全是斯蒂夫。我告诉她，雅茅斯许多人都特别喜欢他，他是个特别受欢迎的客人。达特尔小姐对我们的一切活动非常好奇，她提了很多晦涩难懂的问题，里面含有许多暗示和隐秘，她不断说："这是真的吗，不过——？"她反复使用这句问话，把她想知道的答案一点一滴从我嘴里掏出来。她的风采依旧不减，仍像初见时的那般模样。与这两位女士的相处如此愉悦，让我觉得如此舒适自然，我甚至觉得我有点爱上达特尔小姐了。那天晚上，特别是夜里走回公寓时，我不禁好多次遐想，如果在白金汉街有她为伴，那该多美好呀。

第二天早上，在去博士法院之前，我正在喝着咖啡、吃着面包卷。不妨在这里提一下，克鲁普太太放了大量咖啡，可是咖啡仍然很淡，我觉得这真是匪夷所思。就在这时，斯蒂夫突然走了进来，这让我异常欣喜。

"我亲爱的斯蒂夫，"我叫喊起来，"我开始觉得我这辈子永远也见不到你了呢！"

"我到家的第二天早上，"斯蒂夫说，"就被人给强行拉走了。呀，雏菊，你在这里是多么稀罕的一个老单身汉呀！"

我颇为得意地领着他参观我的房间，连食品储藏室也参观了一番。他对这个地方大为称赞。"我告诉你，我的年轻朋友，"他还补充说了一句，"我准备把你这儿当作我在城里的落脚点，除非你对我下逐客令。"

这句话真让人开心。我对他说，如果他要等我下逐客令，那就只能等到世界末日去啦。

"不过你得先吃点早餐！"我说着，手摸着拉铃的绳子，"克鲁普太太可以为你送来刚煮好的咖啡，这里还有供我这个单身汉使用的荷兰烤炉，我可以用它为你烤点火腿。"

"不，不！"斯蒂夫说，"别拉铃！我不能在这里吃早餐！我马上要和某个家伙一起吃，他就住在考文特加登的比萨旅馆。"

"那么，你会回来吃晚餐？"我说。

"我得给你说实话，我的确回不来。我非常愿意留在你这儿，可我被那两家伙纠缠住脱不开身。明天一早，我们三人就要出发了。"

"那你就把他们带到这里来一起吃晚餐吧，"我回答说，"你认为他们会愿意来吗？"

"哦！他们非常乐意，招之即来，"斯蒂夫说，"不过，我们会打扰你的。你最好还是和我们一起，去别的什么地方吃饭吧。"

我说什么也不能答应这个提议，因为我本来就想举行一个小小的乔迁聚会的，而且眼下正是大好机会，不容错过。我的这套房屋被斯蒂夫一番称赞后，我对这里倍感骄傲了，非常想把这里的优势全部发挥出来，所以硬逼着他代表他那两个朋友，正式许诺赶到这儿来，我们把聚会的时间定在下午六点钟。

斯蒂夫走后，我拉铃叫来了克鲁普太太，把我这个大胆的计划告诉她。克鲁普太太说，第一，别指望她亲自来伺候，这一点大家都心知肚明，不过她认识一位机灵能干的小伙子，她可以去劝说他来接下这个活儿，工钱是五先令，小费随便。我说我们当然要雇佣他来。克鲁普太太又说，第二，很明显她分身乏术，不能兼顾几个工作，对这一点我觉得是有道理的。所以克鲁普太太说在食品储藏室得安排一个"小丫头"，这是不可或缺的，给她点一支卧室用的蜡烛，让她在食品储藏室里不停地洗碗刷盘子。我问，雇佣这么一位年轻女孩的工钱是多少，克鲁普太太说，她认为，节约下十八个便士也不会使我富起来，付出十八个便士也不会使我穷下去。我说，我也认为不会的，于是这件事算是谈妥了。然后克鲁普太太说，现在来讨论晚餐的菜品吧。

为克鲁普太太修建厨房炉灶的工匠明显缺乏远见，她的这个炉灶只能炖排骨和土豆，其他什么菜都做不了。至于鱼锅，克鲁普太太说，"行啦！你只消去看看那地方你就会明白。"她说得再清楚不过了，我只消去看看那地方就会明白，即使我去看了也不会更明白，所以我索性不去看了，同时告诉她，"海味的都不考虑了。"可是克鲁普太太说，别说这种话，牡蛎正是时令的海味，为什么不来道牡蛎呢？于是这道菜就定下了。克鲁普太太接着说，她想奉献出来的菜谱建议是：两只热烤鸡——这个可以去食品店买；一份加青菜的炖牛肉——可以去食品店买；两份配菜，比如一个葡萄干馅饼和一份猪腰——可以去食品店买；一道水果馅饼，外加一道果肉冻（如果我喜欢的话）——可以去食品店买。克鲁普太太说，如此一来，她就可以不受干扰，专心致志地来烹饪土豆，而且可以按她的想法做干酪和芹菜。

我就遵从克鲁普太太的意见，行动起来。自己去食品店订购食物。订购后，我经过斯特兰大街时，看见了一家卖火腿和牛肉的店铺，这家店铺的橱窗里摆放着一种坚硬的东西，上面有些斑点，看上去就像是大理石，但是它的标签上写的是"仿海龟①"，我就进店去买了一大块。当时，我觉得这一块足够十五个人吃了，我实在难以抗拒，便把它买了下来。为了能吃这个东西，我费了不少口舌，才说服克鲁普太太把它煮熟。可是这个东西在汤里煮熟后，竟然收缩成一个小肉团了，正如斯蒂夫所形容的那样，我们发现它"只够"四个人吃。

这些准备工作较为顺利地完成了，让我感到很开心。我又去了考

---

① 用牛肉加工，仿照海龟的形状做出来的一道食物。

文特加登市场，买了一点餐后小吃，然后在那附近的一家酒类零售店订购了很大一批酒。下午我回到公寓，看见那些瓶子在食品储藏室的地板上摆成了一个方阵，看起来竟然有那么多，真把我吓了一跳。不过送来的酒少了两瓶，这让克鲁普太太显得很惭愧。

斯蒂夫这两位朋友，一个叫葛兰杰，另一个叫马克姆。他俩都很活泼，说话幽默。葛兰杰比斯蒂夫稍年长点，而马克姆看上去很年轻，我觉得他不到二十岁。我注意到，每当马克姆说到自己时，都会用一个不确定的词"某人"来指代，很少或从来不用第一人称单数"我"。

"某人在这里过得很滋润呢，科波菲尔先生。"马克姆说——他在这里说的是他自己。

"这里真不赖，"我说，"房间也很宽敞。"

"我希望你们两个在这里能胃口大开。"斯蒂夫说。

"说实在的，"马克姆说，"在伦敦这种城市里生活，似乎能使某人的胃口变得很好。某人一天到晚都饿得发慌。某人得不停地吃东西才行。"

一开始，我招呼起来有些不好意思，又觉得自己太过年轻，当不好主人，所以晚餐开始的时候，我就硬拽着斯蒂夫坐在主人座位上，我则坐到他的对面。晚餐开始进行，我们开怀痛饮起来。斯蒂夫发挥自己的聪明才能，让一切进展都变得很完美，宴会没出现任何麻烦和停滞。虽然我很想尽我的东道之谊，但是在整个晚餐过程中，我表现得不尽如人意。由于我的座位正对着房门口，我的注意力常常被那个机灵能干的小伙子吸引过去了，他总是从屋里溜出去，我就能看到他的影子投在门口的墙上，嘴巴对着酒瓶的影子清晰明白。那位"小丫头"也让我心神不宁，并不是说她好逸恶劳，不安心洗盘子，而是因为她总是摔破盘子。由于她生性喜欢探索，所以不肯听从安排，不愿规规矩矩地待在食品储藏室里，总是不断偷偷朝我们的屋子探头窥视，又生怕我们发现。所以在这种担忧下，她经常把自己吓得倒退回去，好几次都踩在她自己先前放在地板上的盘子上，结果踩坏了不少。

不过，这些只是不值一提的遗憾。当桌布撤下，摆上餐后水果时，这些遗憾很快就忘得一干二净了。聚会进行到了这一阶段，我注意到那个机灵能干的小伙子已经酩酊大醉，话都说不利索了。我私下示意他去找克鲁普太太，然后又打发那"小丫头"到地下室去了，这样我便可以无所顾忌地尽情欢愉。

慢慢地，我的兴致变得越来越高亢，变得越来越开心，各种各样原本都快忘掉的谈资，现在全都涌了出来，让我变得口若悬河。我举止也一改往日的拘谨。不管是自己讲了笑话，还是听了别人的笑话，我都抑制不住地纵情大笑。斯蒂夫居然不肯把酒递给我，所以我向他发出严重警告。我说我要和他们一起去牛津，这个约定我说了一遍又一遍。我还郑重宣布，我准备举办一个非同寻常的聚会，只要这个声明未改动，这种聚会将每周举行一次。我拿出葛兰杰的鼻烟盒发疯一般猛吸，由于吸得太多，以至不得不躲进食品储藏室，接二连三地打喷嚏，一连打了十来分钟。

我不停地说着，闹着，酒递得越来越频繁，没等一瓶喝完，另一瓶就已经打开了，其实不需要这样接连打开酒瓶的。我提议为斯蒂夫干杯。我说，他是我最亲爱的朋友，我幼年时的保护人，我成年时的好伙伴。我又说，我能为他的健康干杯，我感到无比开心。我还说，他对我的深厚情谊，我永远无法偿还，而我对他的敬佩，永远也无法用语言来形容。作为结束词，我说，"我提议为斯蒂夫干杯！愿上帝保佑他！哈哈哈！"我们敬他酒时，是三杯连着喝算一次，共喝了三次，就是九杯下肚了，然后又喝了九杯，最后再干了一大杯，作为结束。我绕过桌子走过去想和他握手，不知怎么却打碎了我手中的酒杯。我不停顿地一口气说道："斯蒂夫啊，你是我今生今世的指路明灯。"

　　我不停地说着，闹着，突然听到有人在唱歌，已经唱了一半。唱歌的原来是马克姆，他正唱着："一个男人心忧烦，倍感压抑情绪乱"①。当唱完了后面两句，他提议为"女人"干杯！我反对这个提议，执意不让他用"女人"这个词。我说，这种敬酒有失恭敬，在我的家里绝对不允许这样敬酒，我只允许向"女士们"敬酒！我对他火冒三丈，其实主要原因并不是因为他，而是我发现斯蒂大和葛兰杰在笑话我——或者是在笑话他——或者是在笑话我们两个人。马克姆说，某人不该受别人的指使，我说，某人应该受别人指使。他又说，某人不该受别人的侮辱。我说，此话有理——在我的这个屋顶下，绝不允许让人受到侮辱，在我家里，有着神圣的家庭守护神，敬客的礼数高于一切。马克姆又说，他承认我是一个很棒的人，这个说法一点也不会损害某人的尊严。我马上提议，要为他的健康干杯。

　　有人在吸烟。我们都在吸烟。我吸着烟，同时努力控制着自己的身体，避免那越来越强烈的颤抖。斯蒂夫发表了一番关于我的演说，我听着他的演说，感动得几乎涕泪俱下。我向他致答谢辞，并希望在座的全体朋友，请在明天和后天和我一起吃晚餐，每天五点钟开始，这样我们就可以拥有一个长长的夜晚，能充分享受着相聚和交谈的欢乐。这时，我觉得有必要为某一个人敬酒祝福，这个人就是我的姨奶奶，贝斯·特洛伍德，她是所有女性中最杰出的人物！

　　我注意到有个人从我卧室的窗口探出身去，把额头抵在阳台清凉的石栏上，这样让脑袋清醒了一些，同时感受到有微风轻轻地拂过脸颊。这个人就是我自己。我对着自己喊了一声"科波菲尔"，并且说，"你为什么要学吸烟呢？你应该是知道的，你不能抽烟的。"

---

　　① 出自英国诗人、戏剧家约翰·盖伊的歌剧《行乞者的歌剧》中的歌词。接下来的一句是"只要女人一出现，满天乌云都消散"。

这时，我看到有个人站在镜子前，摇摇晃晃的，打量他自己的模样。这个人也是我。镜子里的我，脸色苍白，没有一点血色，目光呆滞，空洞无神，我的头发——什么都看不到了，只有我的头发，看来我真喝醉了。

有人在对我说："我们去看戏吧，科波菲尔！"卧室从我眼前消失了，只有叮当作响的餐桌，杯盘狼藉。葛兰杰坐在我右手边，马克姆坐在我左手边，斯蒂夫坐在我对面——大家全都坐在一片迷雾中，似乎相隔遥远。去看戏？当然好呀，太棒啦。一起出门吧！他们必须原谅我，我是主人，所以我得先送他们一个个出来，然后熄掉灯——以防失火。

灯熄了后一片漆黑，我心里有些慌乱，发现找不到门在哪儿了。我一直在窗帘附近摸索着，斯蒂夫笑起来，拉住我的胳膊，把我领出了门。我们一个紧跟一个地下楼来。快到楼底时，有个人绊了一跤，从楼梯滚了下去。另外一个人说那是科波菲尔。我勃然大怒，觉得他们在胡说八道。后来我发现自己正仰面躺在门厅里，这时才开始琢磨着，也许他们这句话多少还有点事实依据的。

这天夜里，浓雾弥漫，街边的每盏路灯周围，都显出一个巨大的圆环！有个人含混不清地说，下雨了。我却认为是起雾了。斯蒂夫在一条路灯柱子下拍去我身上的泥土，帮我把帽子理好。我不知道这顶帽子是谁从哪儿找来的，因为我刚才是没有戴它的。帽子又瘪又皱，显得无比怪异。这时，斯蒂夫说："你没事吧，科波菲尔？怎么样？"于是我回答他说，"太敖（再好）不过啦。"

我看到有个人正坐在鸽子笼似的窗洞里，透过浓雾往外瞅着，不知是谁把钱递过去，他接过钱，询问着我是否跟他们一起进去，他显得有点犹豫，这个神色没有逃过我的眼睛，我瞥了一眼就记住了。他犹豫着要不要让我进去。很快，我们就来到了戏院观众席的高处，这里热气腾腾的，往下一望，我觉得下面好像一个冒烟的大坑，坑里挤得满满的，他们的面目模糊不清。还有一个大戏台，比起刚才看到的街道，这里的戏台光滑洁净多了。台上还有一些人，正在说着什么，可是完全听不懂。还有许多明晃晃的灯，有各种音乐。下面的包厢里有女人。此外还有什么，我就不知道了。我觉得整个戏院都似乎在学习游泳，我想让它保持稳定，可它总是莫名其妙摆晃，不肯乖乖就范。

也不知道是谁的提议，我们决定到下面去，那里有女宾的礼服包厢[①]。有一个身着礼服的绅士，懒洋洋地躺在沙发上，手中拿着看戏用的望远镜，我感觉到这个绅士似乎从我面前飘荡而过，我还看到一个映着我全身像的大镜子从我面前飘荡而过。接着，我被领进一个包厢。在我落座的时候，感觉自己说了句什么话，而周围的人竟然冲我大声叫喊着"保持安静！"女士们都向我投来愤怒的目光，我看到了一个人——哎呀！正是她——艾妮丝，她和我竟然坐在同一个包厢里，就在我前面的位子上，身边有一位绅士和一位女士，不过我都不认识。现在，我又看到她的脸了，我相信，比我当时看到的还清楚。她转过身来看着我，满脸都是惊诧和恨铁不成钢的神情。

"艾妮丝！"我含混不清地叫着，"哎呀！艾妮丝！"

"嘘！求你别说话！"她回答说，但我不明白她为什么不让我给她打招呼，"你打扰到别人啦，专心看戏吧！"

我遵照她的吩咐，努力想把目光集中到戏台上，想看看上面在演些什么，可是一切努力都是徒劳。我又慢慢把目光收回来，朝她望去，只见她退缩到一个角落去了，而且那双戴着手套的手捂在前额上。

"艾妮丝！"我说，"哄话（恐怕）你不舒服吧。"

"我很好，很好。你别管我，特洛伍德，"她回答说，"你听我

---

① 礼服包厢：需要宾客身着礼服，以示礼节。

说！你马上就要回去了吗？"

"我母杭（马上）就要胡须（回去）了？"我重复着她的话。

"对呀。"

我脑袋里冒出一个愚蠢的念头，很想回答她说我要留在这里，等着演出结束后送她下楼。我想，当时或许我把这个意思表达清楚了，因为她认真地盯着我看了一会儿，她看起来真的听明白了，然后低声说：

"我明白，如果我请你送我下楼去，你一定会做到，但是现在，我请你快点回家吧，特洛伍德，看在我的分上，请你的朋友把你送回家去。"

她的话让我感到醍醐灌顶，一下子清醒了不少，因为在那个时候，尽管我对她有些生气，但是我心里竟有些羞愧。所以我只说了一句"再厌"（我本来是想说"再见"），就站起身来，走出包厢了。他们都跟着我。我感觉自己刚一跨出包厢的门，就进了我的卧室。在这里，只剩下斯蒂夫陪着我，帮我脱衣。我一遍又一遍地告诉他说，艾妮丝是我的妹妹。我还恳求他把开瓶器拿来，我可以再开一瓶酒。

也不知道是什么人，一直躺在我的床上，整整一夜都做着狂热亢奋的梦，说胡话，做着相互矛盾的事。那张床成了波涛汹涌的大海，片刻都没有宁静过！而渐渐地，那个人变成了我自己，这个时候，我开始感到口渴，浑身每一寸皮肤都似乎变成了坚硬的木板。我的舌头麻木疼痛，就像是一个空水壶壶底，用得太久而结出了水垢，现在正放在小火上一直烤着。而我的手掌像是滚烫的铁盘子，无论多少冰也无法让其冷却下来！

不过，在第二天，当我清醒了后，我在精神上感到无比痛苦、有着无尽的悔恨和羞愧！我犯了成千上万的罪过，多得我自己都记不清了，而且永远无法得到救赎，我为此痛苦不堪。我想起了艾妮丝向我投来的神情，那是我终生难忘的神情，我再也没脸和她联系，这是多么痛苦的煎熬！我简直就是畜生，我也不知道她是怎么来到伦敦的，现在又住在什么地方。这间房屋里举行如此疯狂的聚会，现在我一看到这个场景都真想呕吐，难闻的烟味，一片狼藉的杯盘。我的脑袋疼得快要裂开啦！我现在别说出门去，甚至连床都起不了啦！唉，那是多么糟糕的一天呐！

　　哎，这天晚上，又是一个多么难过的晚上！我坐在壁炉旁，面前放着一盆满是油花的羊肉汤，心里想着，我就要重蹈前一个房客的覆辙了，我不但继承下他的这间房屋，还要继承他的悲剧。我真想马上赶回多佛，坦承这一切罪恶！后来，克鲁普太太进来撤走了羊肉汤，送来一份猪腰，装在用来盛干酪的碟子里，她说这是昨天晚餐剩下的唯一食物了。这时，我真想扑在她那穿着紫花布的胸口上，真想带着真诚的悔意对她说："哦，克鲁普太太，克鲁普太太，别管什么剩下的东西了，看看我吧，我心里多难过呀！"——可是，即使在那种情形下，我仍然怀疑，克鲁普太太是不是那种值得信任的女人。

第25章 天使与恶魔

在经历了这样一个头痛、恶心、悔恨的一天后，对于那个宴请宾客的日子，我头脑中产生了一种奇怪的混乱想法，觉得我好像是遇上了一群泰坦族的巨人[①]，他们拿着巨型的撬棍，把这个请客的日子撬到几个月以前去了，仿佛那是十分久远的事。当我怀着这种感受走出房门口时，遇上了一位挂着证件的服务生[②]，他手中拿着一封信正上楼来。他原本在楼道里慢条斯理地消磨着他的办差时间呢，可一见到我正在楼梯顶上的栏杆旁看着他，他一下子就变得无比敏捷，飞快地跑上楼来，并做出跑得气喘吁吁的样子，仿佛他是一路跑过来的，为了这个差使，他已经精疲力竭。

"我找特洛·科波菲尔老爷。"服务生说着，用小手杖碰了碰他的帽檐。

我认出那是艾妮丝写来的信，顿时心慌意乱，几乎不敢承认那是我的名字。不过，我还是告诉他，我就是他要找的特洛·科波菲尔老爷。他相信了，把信交给我，还说要等我的回信。我把他关在门外，让他在外面楼梯口等着，我又回到了我的房间。由于心情太过紧张激动，我不敢拆开，不得不先把它放在我的餐桌上，对信封看了又看，这才下决心拆开封口。

当我把信拆开后，发现信里只有短短几句话，非常和善，只字未提我在戏院里的所作所为。她在信中只是说："我亲爱的特洛伍

---

① 泰坦：希腊神话中的大力神。
② 当年伦敦市里的一种差役，他们佩戴有政府统一颁发的证照。

德，我现在住在爸爸的代理人沃特布鲁克先生家，地址是霍本区的伊理巷，你今天可以来看我吗？时间由你定。你永远亲切的朋友艾妮丝。"

为了要写一封能让自己比较满意的回信，我花了很长时间，真不知道那服务生会怎么想，也许他会以为我是初学写信的人呢。我的回信至少写了六篇草稿。开始的一封是这样开头的："我亲爱的艾妮丝，我在你心中留下了让人厌恶的形象，我要怎样做才能把那印象从你记忆中抹去呢？"——写到这里，我一点也不喜欢，把它撕掉了。我又另开了个头："我亲爱的艾妮丝，莎士比亚曾经说过，'某人竟然会把敌人塞进自己的嘴里，这多么奇怪呀'。①"——可是这口气又使我想起马克姆，于是又写不下去了。我甚至想试着写诗。我用六字一行的句型来写首短诗："永远不会忘记"——可这又令人不由自主地联想到"在十一月五日"②，显得滑稽可笑。我试着变换了几种开头，都不尽如人意，最后才写道："我亲爱的艾妮丝，信如其人，见信如见你；除此之外，我还能说出什么更高的赞誉了呢？我将在下午四点钟来看你。你亲爱又悔恨不已的特洛·科波菲尔。"那位服务生终于拿着信走了。可是当我刚把信交给他，心里就立刻开始犹豫，数十次想把信收回来。

接下来的时间里，我焦虑不安，而博士法院显得舒适慵懒。如果博士法院中那班执法的先生们，能体会到我的一半焦虑，我就会从心底相信，这就是他们在大行其善，足以赎免他在那个腐朽的教会机构里所行的恶了。虽然我下午三点半就离开事务所，并且几分钟内就抵达了约定地点，但是一直在那儿裹足不前，根据霍本区的圣安德鲁的

---

① 出自莎士比亚的《奥赛罗》，文中的"敌人"指的是酒。大卫以此来形容自己的饮酒行为。

② 英国有一首民谣，歌词为"千万不要忘记，在十一月五日，火药阴谋案发……"火药阴谋案，即1605年11月5日英国天主教徒阴谋炸毁国会、国王的案件。

大钟显示，直到超过约定时间整整一刻钟，我才鼓足勇气，孤注一掷地拉响沃特布鲁克先生住宅左边门柱上的门铃。

在沃特布鲁克先生的事务所里，普通业务在楼下办理，高级业务则在楼上办理，而他这里的高级业务还很繁忙。我被领进一间布置精致的小客厅，艾妮丝就在房间里，正在忙着编织一个钱包。

她看上去那么宁静、和善，我的头脑中不禁浮现出在坎特伯雷度过的快乐校园时光，可是，前天晚上我酩酊大醉、烟熏逼人、丑态百出，愚蠢庸俗的讨厌模样又浮现出来。我羞愧万分，无比内疚。由于没有别人在场，我也不必隐瞒，所以流下泪来。直到现在，我仍不能确定，我当时的流泪，是否体面得体？

"如果当时看到我丑样的不是你，而是任何其他人，艾妮丝，"我把脸扭向一边说，"我一定不会如此介意的。可当时看见我的偏偏就是你呀！我真恨不得一头撞死！"

她的手轻轻地放我胳膊上，我感觉到，她手上传递给我的力量与其他人的不一样，这让我感到无比温存、无比舒适。我情不自禁地把那只手放到唇边，感激地亲吻它。

"坐下吧，"艾妮丝开心地说，"别自寻烦恼啦，特洛伍德。如果你连我都不能打心底信任，那你还能信任谁呢？"

"呀，艾妮丝！"我回答说，"你真是我的天使！"

她微微一笑，摇了摇头，我觉得她的笑容里有着忧郁的神色。

"真的是这样，艾妮丝，我的天使！你永远是我的天使！"

"如果我真是你的天使，特洛伍德，"她说，"那我就觉得，有件事我不得不做。"

我带着询问的表情看着她，不过我已经预感到她要说什么了。

"我得警告你，"艾妮丝目不转睛地看着我，说，"小心提防着你的魔鬼。"

"我亲爱的艾妮丝，"我试探着说，"如果你指的是斯蒂夫——”

“我指的正是他，特洛伍德。”她回答说。

“要是这样的话，艾妮丝，你对他有天大的误解。他怎么会是我的或任何其他人的魔鬼呢？他仅仅是我的指导者、支持者，是我的朋友！我亲爱的艾妮丝！哦，你是不是根据前天晚上看到我的那个样子，就对他产生了这样的看法？这是否很不公平呢？而且这也不像你平时的处世风格呀！”

“你说错了，我不是凭我前天晚上看你的那样子来评判他的。”她很平静地回答我说。

“那又凭什么来评判的呢？”

“凭着很多事——这些事本身是微不足道的，不过把它们综合在一起来看，我觉得它们就不那么简单了。我对他的这种评判，一部分理由是根据你平时所提到的他的情况，特洛伍德，还有一部分理由是根据你的性格，以及根据他对你产生的影响。”

她的声音非常柔和，似乎始终有种力量触动了我的心弦，与她的声音相互应和。她的声音一向都是真挚恳切的。不过，当它像现在这样的真挚恳切时，就产生了一种魔力，让我不得不顺从于她。我坐在那里望着她，她则低头看着手中的针线活。我坐在那里，似乎一直在听着她说话，可我心里的斯蒂夫，虽然我非常爱慕他，却随着她的声音变得黯淡无光。

“对我来说，这是个太过大胆的评判，”艾妮丝抬起头，说，“像我这样深居简出的人，对人情世故知之甚少，却如此明确地劝告你，或者说是如此明确地固执己见，这的确是太过大胆了。不过我很清楚，我之所以会有这种态度，特洛伍德，是因为我们从小就生活在一起，你成长过程的所有的一切，我都记忆犹新，对你的一切，我都真心关切。正是如此，所以我才如此大胆。我坚信我的话是对的，我对此没有半分怀疑。当我警告你，说你已经结交了一个危险的朋友时，我意识到，对你说这话的好像不是我，而是另外一个人。"

她没再说下去。我又看了看她，似乎一直在听她说话，斯蒂夫的影子仍然深埋在我心里，不过，却变得更加黯淡了。

"我并非蛮不讲理，"艾妮丝沉默了一会儿后，仍然用往常平静的声调说，"要求你马上改变对他的感受，因为这些感受已经根深蒂固，我更不会要求你马上改掉轻信他人的性格。你用不着那么着急地改变自己。我只要求你，特洛伍德，如果你一旦想起我——我的意思是说，"她无声地笑了，因为我正想打断她，而她非常清楚我想说什么，"如果你常常想起我的时候，你就想想我说过的话吧。你能原谅我说的这一切吗？"

"等你能公平地评判斯蒂夫，而且也能像我那么喜欢他的时候，艾妮丝，"我回答说，"到那时我就会原谅你。"

"不到那时就不原谅吗？"艾妮丝说。

我这么说起斯蒂夫时，我看见她脸上掠过一片阴影，但她看到我的笑容，于是也对我报以微笑。我们又像回到以前那样，相互之间充分信赖。

"那么，艾妮丝，要等到什么时候，"我说，"你才会原谅我那天晚上的行为呢？"

"等到我再回想起来的时候。"艾妮丝说。

她原本不想再讨论这个话题，但是我有一肚子的话，非说出来不可，所以不允许她这样轻描淡写地略过。我把事情的前因后果详细告诉她，我是怎么出丑的，又怎么遇上一连串的偶然事件，最后怎么被带进戏院。而且，我还详细告诉她，在我不能照顾自己时，斯蒂夫是如何照顾我的，斯蒂夫对我情深义重。说完，我感到如释重负。

"你别忘了，"我话音刚落，艾妮丝平静地让话题转了个方向，她说，"不仅仅在你陷入困境时，你应该要告诉我实情，而且在你陷入情网时，也一定要告诉我实情。是谁继任了拉金斯小姐的位置，特洛伍德？"

"没有人呀，艾妮丝。"

"肯定有谁，特洛伍德。"艾妮丝笑着说，还伸出一根手指来。

"没有，艾妮丝，我不说假话！的确，在斯蒂夫太太家有一位小姐，聪明伶俐，我也喜欢和她谈话，她叫达特尔小姐，不过我对她并没有爱意。"

艾妮丝又得意地笑了，对自己敏锐的洞察力感到由衷地骄傲。她对我说，如果我信任她，愿意给她讲实情，那么她觉得应当找个小登记簿，像登记英国历史上历代王朝更替表那样，登记下我每次热恋的日期、持续时间、结束日期。接着，她问我是否见到了尤利亚。

"是尤利亚·希浦吗？"我说，"没有见着。他在伦敦吗？"

"他每天到楼下的事务所来，"艾妮丝回答说，"他比我早一个星期来到伦敦。我怕他是来做些让人不愉快的营生，特洛伍德。"

"做些让你不舒服的事情，艾妮丝，我明白了，"我说，"可那会是什么事呢？"

艾妮丝放下手头忙碌的针线活，两手交叉在一起，她那双温柔美丽的眼睛看着我，有些焦虑地回答说：

"我觉得，他要和爸爸合伙了。"

"什么？就凭尤利亚？这个只会阿谀奉承的卑鄙小人，竟然钻营到这么高的地位了！"我愤愤不平地大声说，"你难道没有劝阻吗，艾妮丝？你想想看，要是合伙了，会是一个什么结果呢？你得勇敢地说出来。你必须阻止你父亲如此疯狂的行径。你必须要阻止这件事，艾妮丝，现在还来得及。"

我说这番话时，艾妮丝一直看着我，对我的愤慨，她只是报以浅浅的微笑，摇了摇头，然后她回答说：

"上次我们讨论过爸爸的事情，你还记得吗？在那不久后，最多不过两三天后，爸爸就把我刚才对你说的那件事，第一次透露给我了。他尽量想对我表明这是他个人的主意，一切都由他掌控着，但是，他却无法隐藏受人所逼的无力感。我看着他在这两种心情中挣扎，让人难过。我感到特别伤心。"

"受人所逼，艾妮丝！是谁逼迫他？"

"就是尤利亚，"她迟疑了一会儿，回答说，"他已经让爸爸无法摆脱他了。他阴险狡诈，无孔不入。他抓住爸爸的弱点，助长这些弱点，然后利用他的弱点，直到——我用一句话来概括我的意思吧，特洛伍德——直到爸爸害怕他。"

我清楚地知道，她其实可以说得更多一些，比她知道的或她怀疑的还要多，可我却不能追问她，否则会让她痛苦。因为我知道，她没有对我再多说些什么，是出于对她父亲的保护。我意识到，这已经是处心积虑蓄意已久的事，现在木已成舟了。所以我沉默不语了。

"他控制着爸爸，"艾妮丝说，"他很有这种本事。他宣称自己地位卑贱，对爸爸感恩戴德——也许这话是出于真心的，但愿如此——可是他大权在握，我怕他滥用权力，伤及他人。"

我说他像畜生一样卑鄙无耻，我当时对这一说法感到极其满意。

"我刚才说到的他控制了我爸爸，也就是在那个时候，爸爸向我透露了这个消息，"艾妮丝继续说，"他对爸爸说他要离开；他还说，他舍不得离开，心里很难过，但是他有了更好的出路，不得不走了。当时爸爸特别沮丧，你或我从来都没见他那么忧伤。于是，唯一的补救办法就是与他合伙，有了这个计划后爸爸好像安心了些。不过，他也因为合伙这事而备受打击，既伤心又羞愧。"

"你是怎么看待这件事的呢，艾妮丝？"

"我做了我希望是正确的事，特洛伍德，"她回答说，"既然已经明白，为了爸爸的平安，就必须做出这样的牺牲，那么我只能接受现实，劝他如此去做了。我说，合伙后可以减轻他的生活负担——但愿如此！——这样我就有更多的机会陪在他身边。唉，特洛伍德，"

艾妮丝这时双手掩面，泪如雨下，哭泣着说，"我感觉自己成了爸爸的敌人，而不是爱他的女儿。因为我知道，他为了爱我而变成了另外一个人。他为了把注意力集中在我身上，缩减了他的交际圈子和业务范围。他为了关照我，抛开大量事务，整日为我担心焦虑，这使得他的精力严重透支，他的身体健康也受到极大影响，从而使他的生活黯淡无光。如果我能重新安排这一切该有多好啊！如果我能让他精神振作起来，恢复成以前的样子该有多好！不知不觉中，我成了他日渐衰老的罪魁祸首！"

我从没见艾妮丝流泪哭泣过。当年，我把学校的奖励带回家时，我看见她眼里闪着泪光，但是没有哭出来；我们上次谈到她父亲时，也曾见她那种模样；当我们相互道别时，我曾见她只是温柔地把脸转到一边去。可我从没见她这么伤心，这让我特别难过，我特别傻，不知该怎么宽慰她，只能无能为力地说："求你了，艾妮丝，别哭了！别哭了，我亲爱的妹妹！"

在品格和意志方面，艾妮丝都远远超过我，所以不需要我长时间恳求，她也会停下来，不过我当时并不知道这一点，现在我已经清楚。她很快恢复了往常的祥和与美丽，在我记忆中，她的这种仪态超乎寻常。仿佛乌云翩然而逝，又见晴空万里。

"我们单独见面的时间不会很长，"艾妮丝说，"所以趁现在这个机会，我恳求你，特洛伍德，对尤利亚尽量友好点。别憎恶他，别因为他和你脾性不同就讨厌他，我相信这是你一贯就有的性子。也许他不值得尊重，但是，我们还不敢断定，他到底做了什么伤天害理的事。不管怎样，你得把爸爸和我放在首位啊！"

艾妮丝没时间再说些什么，因为这时门开了，沃特布鲁克太太进屋来了，活像驶进一艘张满帆的船，也许因为她身材高大，也许是因为衣着宽大，我也不能确切说是为什么，因为我分辨不清她的身材和衣服。我模模糊糊地记得在戏院里见过她，似乎是在一个灰暗不清的幻灯中见过她，但她把我记得很清楚，仍然怀疑我酒醉未醒呢。

　　不过，沃特布鲁克太太慢慢发现，我头脑是清醒的，而且发现我还是一个端庄规矩的青年（我自己也希望是这样的）。于是，她对我的态度也有所缓和。她第一个问题是问我是否常去公园，第二个问题是问我是否常去社交场所。我对这两个问题都做了否定回答，我知道，她对我的好感又降低了。但是，她很优雅地把这种态度掩盖起来。她邀请我明天来吃晚餐，我接受了这一邀请，然后就向她们辞行了。出门时，我去事务所找尤利亚，找了一会儿没见着他，就留了一张名片给他。

　　第二天，我前去赴约。对着街口的正门敞开着，我一走进屋，就像进入羊腰肉味的蒸汽浴室中。这时，我发现我并不是唯一的客人，因为我立刻辨认出那位带着证件的服务生，他换了装束，热心地帮着佣人们，并站在楼梯口通报客人的姓名。他压低声音问我姓名，尽量装出一副从未见过我的模样，可我认识他，他也认识我。但是我们都胆小怕事，不敢承认。

　　我看到了沃特布鲁克先生，他是个中年人，短脖子，硬硬的衣领显得很宽大，只要再加一个黑鼻头，他就变成一只哈巴狗了。他对我说，很荣幸结识我，他很高兴。等我向沃特布鲁克太太致敬后，他就郑重其事地把我引见给一位女士，她身穿黑丝绒长袍，戴着一顶硕大的黑丝绒帽子，带着让人敬畏的高贵气度。我觉得，她就像哈姆雷特的一个近亲——姑且说是他的姑母吧。

　　这女士是亨利·斯佩克太太，她的丈夫也参加了晚宴。她丈夫是个冷冰冰的人，他的头发不是灰白色的，而是像撒过一层白霜，让人觉得格外冷。亨利·斯佩克夫妇，不管是丈夫还是太太，都值得大家敬重。艾妮丝告诉我说，因为亨利·斯佩克先生是某个机构或是某个人物的律师，不过我记不清到底是机构还是人物，而这个机构或人物同财政部之间有间接关系，因此大家特别敬重斯佩克夫妇。

我也看到了尤利亚·希浦，他在客人中间，穿着一身黑色礼服，显得很谦卑的样子。我和他握手时，他告诉我说，承蒙我关注到他，所以他感到十分荣幸，我能纡尊降贵和他交往，他不胜感激。我倒希望他不要动不动就要感激我，因为那整个晚上，他就一直心怀"感激"在我身边晃悠，不仅如此，只要我对艾妮丝说上一句话，他就一定会从我们后面狠狠地盯着我们，眼神犀利，毫不遮掩，脸色苍白，满脸敌意。

　　还有些别的客人，但都无法引起我的注意，我觉得他们像是冰镇的酒，让我感觉没有热度。但是有一个客人，尚未进来就引起了我注意，因为我听到楼下通报来宾是特拉德尔先生。这个名字让我的思绪飞回到萨伦学校，我想着这个人会不会是汤姆呢？就是那个老爱画骷髅的汤姆？

　　我带着无比强烈的兴趣，找到了这位特拉德尔先生。他是一个外表稳重、沉着冷静的青年，举止有点儿拘束，头发让人滑稽可笑，眼睛瞪得又大又圆。他一进房间，就迅速退缩到一个偏远的角落去了，很难让人把他给找出来。终于，我看清他的相貌了，除非是我的眼睛会欺骗我，我能确定他就是昔日那个倒霉的汤姆。

　　我径直走到沃特布鲁克先生面前，对他说，我相信我真幸运，因为在这儿看到了一位老同学。

　　"真的吗？"沃特布鲁克先生大吃一惊，说，"你这么年轻，绝不可能和亨利·斯佩克先生是同学吧？"

　　"哦，我说的不是他！"我回答，"我说的是叫特拉德尔的那个人。"

　　"哦！哈，哈！真的吗？"主人兴趣顿减，说，"那倒很可能。"

　　"如果他真是我说的那个人，"我看着他说，"我们是萨伦学校的同窗好友，他是个很好的人。"

　　"哦，是呀，特拉德尔是个好人，"主人点着头，脸上带着敷衍迁就的表情，"特拉德尔的确是个好人。"

"真是太巧了。"我说。

"真是太巧了，"主人回应我说，"特拉德尔原本不会出现在这儿的，因为我们邀请的是亨利·斯佩克太太的兄弟，但是他生病了不能来，餐桌上就空了一个位子出来，今天早上才邀请了特拉德尔的。那是一位非常有绅士风度的人，我说的不是特拉德尔，是亨利·斯佩克太太的兄弟呢，科波菲尔先生。"

我咕哝了一声，以示赞同，这是我尽量客气的做法，因为我压根儿不认识他。然后我继续问，特拉德尔先生的职业是什么。

"特拉德尔，"沃特布鲁克先生回答，"是个正学法律的青年。是的，他的确是个好人——他除了给自己找麻烦外，从不给别人找麻烦。"

"他给自己找麻烦？"我听了这话有些难过。

"是的，"沃特布鲁克先生撇撇嘴，手上玩弄着表链，神气十足地说，"我应该说，他是那种自毁前程的人。是的，我可以说，打个比方，他永远都值不了五百英镑。是一个同行的朋友把特拉德尔介绍给我的。哦，是的，是的，他在起草诉讼要点方面还是有点才能的，在书面陈述案情还不错。在一年的时间里，我还能给他找点活干，这样一点活，对他来说，已经足够了。哦，是呀。是呀。"

沃特布鲁克先生不时流露出一副扬扬自得的神色，而且动辄就说"是呀"，这给我留下了深刻印象。他说这句口头禅时表情十分神气。他把自己的高贵展示得淋漓尽致。这人出生时不仅仅衔着银匙①，而且还带着一架云梯，一级级攀上人生顶峰，现在他就站在城堡最高处，以一个哲学家和守护神的眼光，俯视着那些在壕沟里挣扎的倒霉众生。

---

① 衔着银匙出生：形容出生于富贵人家。

我心里一直在琢磨着这件事，直到主人宣布晚餐开始。沃特布鲁克先生和哈姆雷特的姑母一起走下楼去。亨利·斯佩克先生挽着沃特布鲁克太太一起走。我本想去挽着艾妮丝，却被一个只会傻笑、双脚无力的家伙抢先挽住了。尤利亚、特拉德尔和我都是宾客中的后生晚辈，尽可能走在其他宾客的后面。我没能挽着艾妮丝，倒并不苦恼，因为这样我就可以在楼梯上和特拉德尔碰面。他很热情地向我问好，尤利亚则扭动着身子，混杂着自我谦卑和扬扬得意的神色，我真恨不得把他从栏杆上扔下去。

　　在餐桌上，我和特拉德尔分开了，被安排在两个很远的角落里。他的身边是一位身穿大红天鹅绒衣服的女士，让他笼罩在刺眼的红色光芒中。而我的身边坐着的是哈姆雷特的姑母，我被湮没在她幽暗的晦气之中。晚餐吃了很长的时间，席间的话题都是关于贵族的，还有血统。沃特布鲁克太太一遍遍地对我们说，她此生无憾，如果说她还有什么遗憾，那就是血统。

　　我不止一次地想着，如果我们都不要假装这么高贵，我们本可过得更舒坦些。正是因为我们谈的话题总是这么高贵，所以谈话的范围就非常狭窄。席上的格皮吉夫妇，他们与银行的法律事务有某种间接关系（至少格皮吉先生是这样的），所以席间一会儿谈论银行，一会儿谈论财政部，就像是宫廷通报，显得高不可攀，而我们这些小人物则完全被排斥在外，根本插不上嘴。哈姆雷特的姑母有种家传的毛病，经常会独白①，这样稍稍改善了席上高谈阔论的局面。无论别人提出什么话题，哈姆雷特的姑母总会借题发挥，胡乱独白一通。能谈论的话题实在太少了，尽管如此，大家还是会绕回到血统这个话题上来。他就像她的侄子哈姆雷特一样，天马行空地讨论起抽象的理论来。

---

　　①　在莎士比亚戏剧《哈姆雷特》中，有大量的独白台词。

我们仿佛是一群食人魔在聚会，血统什么的说个没完，感觉充满了血腥气。

"我得承认，我和沃特布鲁克太太的意见相同，"沃特布鲁克先生说，他把酒杯举到眼前，"别的一切都完美无缺，但是我只想要一个好血统。"

"哦！没有什么能比血统更让人心满意足的了！"哈姆雷特的姑母说，"总而言之，天地万物，再没有什么比血统更完美的了。世上还有些思想低贱的人——我相信，所幸这种人不算很多，但的确还有一些的——他们喜欢些愚蠢的事情，我把这种事称为偶像崇拜。的的确确是偶像！崇拜功绩，崇拜知识，诸如此类的东西。但这些都是看不见摸不着的，而血统就不一样了，它是实实在在的。我们可以看见鼻子上的一滴血就知道这是血。我们能在一个下巴上看到血，我们就会说，那就是血！那就是血统！这是一个明明白白的事实。我们可以把它指出来。它不容置疑。"

那个来时抢先挽着艾妮丝，只会傻笑、双脚无力的家伙开口了，他继续强化这种观点，我认为，他把这个问题说得更加明确。

"哦，诸位明白，说到底，"这家伙向宴席四周看了看，面带傻笑地说，"诸位明白，我们无法回避血统的问题。诸位明白，我们一定要讲血统。有些年轻人，诸位明白，或许在教育或品行方面不尽人意，有愧于他们的身份地位，或者一时冲动出了纰漏，诸位明白，这使他们自己和别人都陷入各种困境中，反正就是有麻烦了，但是说到底，只要一想到他们是有血统身份的，也就高兴了！对于我自己，无论何时，我都宁愿被一个有血统身份的人打趴下，也不愿被一个没血统的人扶我起来！"

这番高谈阔论，高屋建瓴，让大家心悦诚服，直到在女宾们退席前，这家伙都让人刮目相看。女宾离开后，我注意到，一向矜持冷漠的格皮吉先生与亨利·斯佩克先生结成了一个攻防同盟，来共同对付我们这些敌人。他们隔着桌子，进行了一番高妙神秘的对话，他们就是要用这种方式来击败我们，击溃我们。

"那桩四千五百英镑首发债券的事务，并没有像原来所期望的那样进展顺利，斯佩克。"格皮吉先生说。

"你说的A的D种债务吗？"斯佩克先生问。

"是B的C种债务。"格皮吉先生说。

斯佩克先生扬了扬眉毛，露出一副深切关心的模样。

"有人把这个问题禀告给了那位主子——他的大名我就不说出来了。"格皮吉先生把话留了半截没说。

"我明白，"斯佩克先生说，"是N吧。"

格皮吉先生不置可否地点点头，"——禀告给他后，他的答复是，'如果要，就给钱；不给钱，不赦免。'"

"哎呀，我的天哪！"斯佩克先生叫起来。

"如果要，就给钱；不给钱，不赦免。"格皮吉先生斩钉截铁地复述了一遍，"可是下一个继承人——你明白我的意思吗？"

"是K。"斯佩克先生说，脸上乌云密布。

"K明确是不会签字的。他们为此专门到纽马克特来找他，可他断然拒绝，没有任何回旋余地。"

斯佩克先生非常关注此事，他听了竟然目瞪口呆。

"所以，这问题就这么悬在那里了，"格皮吉先生往后面椅子上一靠，说，"因为事关重大，要是我没能描述清楚，我想我们的朋友沃特布鲁克先生也一定会原谅我们的。"

对于沃特布鲁克先生而言，能听到这两位在自己餐桌上谈论这些秘闻，还有这些大人物的名字（虽然只是用暗示的方式），我认为沃特布鲁克先生只会感到非常荣幸，不会有什么不满。不过，他做出了一副沮丧的表情，其实，我相信，他对这番谈话的了解程度，不见得比我高。他还对格皮吉先生如此谨慎的态度表示赞赏。既然格皮吉先生给斯佩克先生讲了一段秘闻，那么自然而然，斯佩克先生也需要回敬他朋友一段秘闻。因此，在前一段对话结束后，接着又来了另一段对话。不过，在这段对话中，吃惊的角色轮到格皮吉先生了。再下一段对话里，就该轮到斯佩克吃惊了。他们就这样，反复轮流，没完没了。而在这些对话进行的全部时间里，我们这些局外人，都因为他们的话题举足轻重而倍感压力，心情沉重。而我们的主人则得意地看着我们，把我们看作一群胆小惊恐的牺牲品。

他们终于结束了谈话。我上楼去见艾妮丝，和她到一个角落聊天，并把特拉德尔介绍给她，这真是让我非常开心的事。特拉德尔很腼腆，但讨人喜欢，还是跟过去一样，善良，温和。不过他将要外出一个月，而且明天一早就要出发，所以今晚不得不早点回家，我也无法和他尽情畅谈。不过，我们交换了住址，约定等他回来后我们再相聚。当他得知我见到了斯蒂夫，他非常感兴趣，并且热情洋溢地称赞他，所以我请他把对斯蒂夫的这些看法告诉艾妮丝。可艾妮丝这时只一个劲儿盯着我，只有当我一个人注意她时，她才微微摇摇头。

我相信，她生活在这样的家庭里，她并不能像在自己家里一样舒适愉悦，因此，当我听她说过几天就要回家，我为她感到高兴，不过，想到这么快又要和她分开，心中又依依不舍，一直等到其他客人走了再离开。我和她谈话，听她唱歌，这又使我愉快地回忆我们曾经在她家古宅中度过的幸福时光，那座庄严的古宅在她的精心布置下，是那么的温馨愉悦。我恨不得在那里待到半夜才走，可是沃特布鲁克先生客厅的灯光都熄灭了，我没理由继续留在那里了，只好极不情愿地和她告辞。在那个时刻里，我比任何时候都强烈地感觉到，她就是我的天使。我想象着，她那美丽的面容和恬静的微笑，仿佛是遥远的天使发出的光芒，沐浴在我的身上。我觉得，我的这个想象不会有损天使的形象，因为她配得上称作天使的。

我刚刚说过，客人都走完了，但尤利亚除外，我并没有把他视为宾客。整整这一晚上，他都在我们身边晃来晃去，阴魂不散。我下楼时，他紧跟在我后面；我离开主人家时，他仍然紧贴着我，慢吞吞地给他那又瘦又长的手指戴手套，他的手套比他的手指更长更大，那种手套叫盖伊·福克斯①大手套。

我并不想和尤利亚来往，可想起艾妮丝对我的叮嘱，所以我问他是否愿意到我的寓所去喝咖啡。

"哦，说真心话，科波菲尔少爷——"他回答说，"对不起，科波菲尔先生，'少爷'这个称呼我都叫顺口了——你要邀请像我这么一个卑贱的人去你的府上，我不希望让你感到勉为其难。"

"这谈不上什么勉为其难，"我说，"你愿意来吗？"

"我非常乐意去。"尤利亚扭了扭身子，回答说。

"好，那就走吧！"我说。

我不由自主地对他有些不够客气，但是看起来他并不介意一样。我们抄近路走，一路上并没谈什么。他戴着那双奇怪的大手套，显得十分谦逊。一路上他不停地把手套往手上拉，好像始终戴不上一样。

我领着他，上了漆黑一片的楼梯。我担心他的头撞到什么东西，所以拉着他的手一起走。他的手冰凉湿润，在我的手中就像只蛤蟆，我真想一把扔开它，跑得远远的。不过有艾妮丝的叮嘱，也出于待客之道，我还是把他领到我的壁炉边。我点亮蜡烛，他看到了房间的陈设，谦卑地表示了一番赞赏。我拿出了克鲁普太太平常比较喜欢的那只普通的锡杯，我想，这只杯子本来不是用来煮咖啡的，而是一直装刮胡水的。我还有一把专门煮咖啡的咖啡壶，价格昂贵，结果我把它放在食品储藏室里生锈了，可他看见我用这只平常的杯子给他煮咖啡，他的表情实在太丰富了，我真恨不得拿滚烫的咖啡浇到

---

① 盖伊·福克斯是火药阴谋案的同谋，即1605年11月5日英国天主教徒阴谋炸毁国会、国王的案件。

他的脸上。

"哦，说真的，科波菲尔少爷——我的意思是说，科波菲尔先生，"尤利亚说，"竟然能看到你如此招待我，这是我从来想都不敢想的事情呀！不过，不管怎样，我总是遇到各种事情，都是我从来想都不敢想的事情，我觉得，以我这么卑贱的地位，竟然都能遇上，真像雨点一样砸到我，真是喜从天降。我猜，关于我的升迁消息，你应该也听到一点了吧，科波菲尔少爷——我的意思是说，科波菲尔先生？"

他坐在我家的沙发上，两只瘦骨嶙峋的膝盖并排拱起，咖啡杯就搁在膝盖上，帽子和手套放在地板上。他用茶匙轻轻地在咖啡杯里来回搅动。他的那双光秃秃的红眼睛，仿佛是被火燎去了睫毛，虽然眼睛朝着我，但他的眼神不在我身上。我以前描写过他鼻子两侧的凹痕，随着呼吸一起一伏，面目可憎。而且，他的整个身体，从头到脚都在不停地扭动，简直像条蛇。我对他厌烦透顶。邀请这种人来我家做客，真是备受煎熬。由于当时我还年轻，并不习惯掩饰我那种强烈的厌恶感。

"我猜，关于我的升迁消息，你应该也听到一点了吧，科波菲尔少爷——我的意思是说，科波菲尔先生？"尤利亚说。

"是的，"我说，"我听到一点点风声。"

"哈！我本来就在想，艾妮丝小姐应该知道这件事的！"他语气平静地说，"现在，确知艾妮丝小姐知道此事，我十分高兴。哦，谢谢你，科波菲尔少爷——科波菲尔先生！"

壁炉前的小地毯上放着脱靴器，我这时真想顺手操起来敲他的脑袋，因为他设了一个圈套，从我这里骗到了有关艾妮丝的事，哪怕这是无关紧要的事，但也让我火冒三丈。但是，我只是一声不吭地喝着咖啡。

"你是一位多么了不起的预言家，而且你已经给大家证实了这一点，科波菲尔先生！"尤利亚接着说，"啊呀，你已经很好的证实自己是一位了不起的预言家了！曾经有一次，你对我说，或许哪一天，我要成为威克费尔德先生的合伙人，或许会有一个'威克费尔德—希浦'事务所，你还记得吗？也许你不记得了。不过，对于一个处于卑贱的人来说，科波菲尔少爷，这些话会终生难忘呀。"

"我记得我说过这样的话，"我说，"不过在当时，我觉得这事根本不靠谱呢。"

"是呀！当时谁会觉得这事靠谱呢，科波菲尔先生！"尤利亚兴奋地说："我相信，当时我自己也不觉得靠谱。我记得我亲口说过，说我太卑贱了。那时候，我真真切切是这么想的。"

我看着他，他坐在那里望着炉火，他勉强地挤出一丝笑容。

"但是，科波菲尔少爷，"他接着又往下说，"最卑贱的人，也许是最优秀的助手。我曾经是威克费尔德先生的优秀助手，也许以后会做得更优秀呢，一想到这里我就会很开心。哦，他是个特别可敬可爱的人，科波菲尔先生，但是，他一直都太轻率了！"

"听到这么评论他，我心里很难过，"我说，忍不住又补充了一句，语气很尖刻，"不论从什么角度来看，我心里都很难过。"

"的确是这样，科波菲尔先生，"尤利亚回答说，"不论从什么角度来看。尤其是从艾妮丝小姐的角度来看！你不记得你曾经说过的那些很感动人的话了，科波菲尔少爷，可我记得清清楚楚呢，有天你说，每个人都会爱慕她的，为了你这句话，我至今对你都心存感激呢！我想你一定忘了吧，科波菲尔少爷？"

"没忘。"我冷冷地说。

"哦，你没忘，我太高兴啦！"尤利亚叫起来，"想想吧，你是第一位在我这卑贱的胸中点燃希望之火的人呢，而你居然还没有忘记你说过的那些话！哦！——对不起，你愿意再赏我一杯咖啡吗？"

当他说到"点燃希望之火"时加重了语气，而且他说话时把目光转向了我，让我感到他身上有着某种让我震惊的东西，我仿佛能看到他真的被一团火光照亮了。但是，他提出再要一杯咖啡时的声调让我极不舒服，所以我仍然还是用那个装刮胡水的杯子来款待他。不过，我倒咖啡时手有些发抖，突然从心底里冒出一种自不量力的感觉，觉得自己完全不是他的对手，心中茫然失措，担心忧虑，害怕他还要进一步说些什么话来。我的这种感受，一定逃不过他的眼睛的。

可是他什么也没说。他只是来回搅动着杯子里的咖啡，然后一小口一小口地啜饮着，还伸出那双瘦骨嶙峋的手，轻轻地抚摸下巴。他注视着炉火，然后朝四周打量着这个房间，向我微微一笑，但我没觉得那是笑声，也许说他在喘气更确切。他的整个身体继续扭来扭去，表现出一种习以为常的卑贱神情。他沉默不语，只是不停地搅动着咖啡，小口小口地喝着咖啡。他始终不开口，逼着我要推动我们之间的谈话继续下去。

"照你这么说，这位威克费尔德先生，"我终于开口了，"抵得上五百个你——或者五百个我这样的人，"我觉得，就算是要了我的命，我也无法顺利流畅地说下去，只能结结巴巴把这话说出来，真是太尴尬了，"虽然这位威克费尔德先生如此能干，可他一直都太轻率了，是不是这个意思，希浦先生？"

"哦，的确很轻率，科波菲尔少爷，"尤利亚叹了口气，谦卑恭敬地回答说，"哦，非常轻率！不过，我希望你叫我尤利亚，如果你愿意赏脸的话。这样叫我才像从前的感受呢。"

"行！尤利亚。"我努力了很久，才说出这个名字来。

"谢谢你了！"他很热情地回应说，"真心谢谢你，科波菲尔少爷！听到你叫我尤利亚，如沐春风，就像往日的钟声一样美妙。对不起，我刚才说到哪里了？"

"说到威克费尔德先生了。"我提醒他。

"哦，是的，没错，"尤利亚说，"唉！他真的是太轻率啦！科波菲尔少爷。不过，这话我只能跟你说说，决不会对外人提及的，即使对你，我也只能点到为止，不便多说。在过去的这几年里，换了任何人处在我的位置上，到这个时候，都一定会把威克费尔德先生按在大拇指下的。唉，他真的是一个好人，科波菲尔少爷！但还是会把他——按在——大拇指——下的。"尤利亚一边缓缓地说着，一边伸出那只像魔掌般的手，用大拇指按到桌子上，按得桌子都颤抖起来，甚至连整个房间都颤抖起来。

我对他恨之入骨，我觉得，就算现在眼看着他用他那八字脚，踩在威克费尔德先生头上，我对他的恨也无法再增加了。

"哦，哎呀，是的，科波菲尔少爷，"他接着说，声音轻柔平和，与他使劲按桌子的动作形成强烈的对比，可是他那大拇指一点都没有松劲，"是确定无疑的。威克费尔德先生一定会蒙受损失，蒙受羞辱，以及失去更多我无法知道的东西。威克费尔德先生是明白这一点的。我是一个卑贱的助手，卑贱地供他驱使，现在他把我放在这么高的地位，这是我从来没有想到的地位。我该对他感激万分啊！"他说完这番话，立刻把脸转向我，但是眼神并没有看着我。他把那根压弯了的大拇指从所按之处挪开，然后慢慢地擦刮着瘦削的下巴，仿佛正在刮胡一样，一副若有所思的样子。

我记得很清楚，我看着他那张阴险的脸，映着炉火的红色光亮，似乎准备说些什么，那个时刻，我的心里充满了愤怒，剧烈地跳动着。

"科波菲尔少爷，"他又开始说起来，"我耽误你睡觉了吗？"

"你没有耽误我睡觉，我通常都睡得很晚。"

"谢谢你，科波菲尔少爷！自从你第一次和我说话时起，我卑贱的地位就慢慢在提升了，的确是这样，不过我现在仍然很卑贱。我希望我永远都卑贱地生活着，不用去改变这种地位。如果允许我对你说点真心话，科波菲尔少爷，你该不会认为我比以前更卑贱吧？

会吗？"

"哦，不会。"我艰难地挤出这句话。

"谢谢你！"他从口袋里摸出他的手帕，开始擦着手心，"艾妮丝小姐，科波菲尔少爷——"

"怎么，尤利亚？"

"被如此自然地叫声尤利亚，感觉多美妙呀！"他叫了起来，整个身体扭动起来，就像是一条挣扎着的鱼，"你觉得她今晚模样儿很可人吗，科波菲尔少爷？"

"我觉得她永远都很美丽，不管在哪个方面，她都胜过身边的所有人。"我回答说。

"哦，谢谢你！一点不假！"他又叫起来，"哦，你对她如此赞美，谢谢你！"

"根本不用，"我傲慢地说，"你没有理由要谢谢我。"

"哎呀，科波菲尔少爷，"尤利亚说，"事实上，这正是我斗胆要对你说的心里话。尽管我很卑贱，"他更加卖力地擦着手心，一会儿看看火，一会儿看看手心，轮番不停，"尽管我母亲也很卑贱，我们的家庭也很卑贱，贫寒简陋，但清白做人。不过，我壮着胆子把心里的秘密告诉你，科波菲尔少爷，自从我第一次在马车里见到你时起，我就对你坦诚相待了。艾妮丝小姐的身影，很早以前就在我心里留下了深深的烙印。哦，科波菲尔少爷，哪怕是我的艾妮丝走过的地面，我也会对它怀着无比纯洁的爱意！"

我相信，我当时只有一个疯狂的冲动，只想操起壁炉里烧得通红的火钳，把这个家伙一钳刺穿。我全身都震动起来，这个想法从我心里飞出去，犹如一颗子弹从枪膛中射出去，转瞬即逝。但是，在我心中，艾妮丝的形象，被这头红发畜生的妄想给亵渎了。不过，艾妮丝的美丽身影，依然留在我的心底。我这时看到他歪坐在那里，扭动着身体，仿佛那肮脏的灵魂正在折磨着他似的，他看着我，让我不禁有些头晕目眩。他似乎在我的眼中膨胀，变大，他的声音似乎充盈了整个房间。我似乎觉得，在以前的什么时候里也有过类似的场景，而且我也知道他接下去还要说什么——这种奇怪的感觉或许人人都曾经历过。这种奇怪的感觉完全笼罩在我的身上。

我努力想控制自己，我清楚地看到他脸上那种胜券在握的得意神情，这让我不由得回忆起艾妮丝对我的请求，我只好强迫自己冷静下来。也许一分钟以前，难以想象我能从愤怒中恢复过来。于是我心平气和地问他，他有没有向艾妮丝表白他的这份情感。

"哦，没有，科波菲尔少爷！"他回答说，"哦！没有！除了你，我对任何人都没讲过。你知道，我不过刚刚从卑贱的地位中升起来。我的最大心愿，都寄托在她的身上，让她意识到我对她父亲非常有用。对于这一点我是有自信的，科波菲尔少爷，我对他的确非常有用。而且我能为她父亲扫除障碍，让他能顺利前行。她那么爱她的父亲，科波菲尔少爷——哦，这样一个姑娘是多么可爱呀！——我相信，为了自己的父亲，她会对我好起来的。"

我已探测到这个恶棍全部阴谋的下限，也明白他向我公开这事的如意算盘。

"如果你好心帮我守住这秘密，科波菲尔少爷，"他接着往下说，"总的来说，只要你不反对我，我就把这视为你对我的特殊恩遇了。你不会惹出一些麻烦来。我知道，你宅心仁厚。可是，你是在我卑贱的时候认识我的——我应该说，在我最卑贱的时候认识我的，因为我现在仍然很卑贱——也许你会在我的艾妮丝面前反对我。我把她叫作'我的艾妮丝'，你知道，科波菲尔少爷，因为有首歌中是这样唱的，'为了把她叫作我的爱人，就算抛掉皇冠也心甘！'我希望，将来有一天我能做到这样。"

亲爱的艾妮丝！那个善良而可爱的人，我根本想不出谁能配得上她，难道竟然会成为这么一个恶棍的妻子吗？

"现在别着急，你知道，科波菲尔少爷，"当我心里转念着这些念头，坐在那儿瞪着他时，他仍然带着那副阴险的嘴脸，继续说，"我的艾妮丝还很年轻，而且我和我的母亲还得往上攀爬，在时机完全成熟之前，还得做许许多多的新的安排。所以，我还有很多时间，有很多机会，能让她慢慢领会到我的希望。哦，你能如此对我以诚相待，我非常感激你！哦，我知道，你了解我们的情况，而且相信你决不会反对我的，因为你一定不希望给那个家惹出麻烦来。你很难想象，我对你是多么放心啊！"

他握着我的手，我不敢把手缩回来。他捏了我一下，我感觉他的手特别潮湿。他接着掏出怀表看着，那褪色的表面已经变成了灰白色。

"哎呀！"他说，"都过了凌晨一点啦。老朋友叙起旧，时间过得真够快的，科波菲尔少爷，差不多都快一点半啦！"

我回应他说，我以为还要更晚些呢。我并没有真这么认为，只是因为我已经彻底崩溃了。

"哎呀！"他沉吟了半晌，说，"我现在住宿的地方在靠近新河的下游，是一家私人的公寓式旅馆，科波菲尔少爷，那儿的人们大概早在两小时前就睡了。"

"很抱歉，"我回答说，"可是我这儿只有一张床，而且我——"

"哦，根本不用提床，科波菲尔少爷！"他收起一条腿，欣喜若狂的样子，"不过，让我蜷在壁炉前睡就行，你该不会反对吧？"

"如果要这样，"我说，"就请睡我的床吧，我在壁炉前睡。"

他坚决反对，但是他显得过分错愕和谦让，拒绝的声音几乎像是在尖叫，我猜想这个声音一定刺入了熟睡中的克鲁普太太。克鲁普太太的卧室离这里较远，是一间接近低水位线的底楼房间，她的卧室有一个时钟，不过它的时间永远不能校正准确，我猜想克鲁普太太要利用它的嘀嗒声给自己催眠。每当我们在时间问题上有点不同意见，她就拿出那个钟来反驳我。这个钟永远要慢三刻钟以上，也永远要在早晨由最可靠的标准时间来校正。现在，在我无比窘迫的情况下，建议尤利亚睡我的卧室，可是他无比谦逊，我怎么也说服不了他。我只能让他睡在壁炉前，尽量给他安排得更舒适些。我拿来了沙发垫，和他那瘦长的身子相比，沙发垫实在太短了。我又拿来沙发靠垫，一张毯子，一块台布，一块干净的早餐桌布，还有一件大衣，为他做成被子。他连连感谢这样的安排。我又借给他一顶睡帽，他立刻就戴在头上。在那顶睡帽下，他的模样出奇丑陋。从此以后，我就再也没戴过那顶睡帽。收拾妥当后，我就让他休息了。

我永远也忘不了那一夜。我永远忘不了我是怎样辗转反侧，琢磨着艾妮丝和这个家伙的事。我思忖着我能做些什么，应该做些什么，最后得出结论，为了她的平安，我最好什么也不要做。于是，我只好把尤利亚告诉我的这些话，统统埋藏到心底。我都不清楚自己是否入睡过，如果我曾睡着过一小会儿，那么我刚一入睡，眼前就出现了艾妮丝的身影，她的眼神柔情如水。我看到她的父亲，满怀爱怜地看着她，就像我平常见过的那般模样。她的神情里带着恳求，还有哀怨，这使我感到莫名的恐怖。我一下惊醒过来，想起尤利亚就睡在隔壁，恍若一场噩梦，把人吓得魂飞魄散，我感到无比忧虑和恐惧，如同我把一个恶魔留宿在身边。

那把火钳也闯进我的梦中，让我无法摆脱。在半睡半醒中，我觉得这把火钳通红滚烫，我一把把它从炉火中抽出来，猛地一下刺进尤利亚的身体里。这个念头一直盘踞在我的梦中，让我惊恐万状。虽然我清醒地知道这是一个梦，但是最后还是悄悄走到隔壁，看他是否安然无恙。只见他仰卧在壁炉前，两条长腿不知伸到哪去了，嗓子眼里发出呼哧呼哧的声音，鼻子堵塞着，嘴大大地张着，就像一只邮筒。他在现实中的模样，比我所幻想的还要丑陋百倍，以至到了后来，出于这种憎恶的情绪，我不禁对他产生了兴趣，每隔半小时，我就不由自主跑到隔壁房间，想多看他一眼。但是，这漫漫长夜，依旧像先前那般沉重和绝望，在黑压压的天色中，看不到黎明到来的一缕曙光。

第二天早晨，我看到他走下楼梯。谢天谢地！他不肯留下来吃早餐，告辞而去。我瞬间觉得，黑夜也随着他一起离开了。我出门去博士法院时，特别嘱咐克鲁普太太，把房间所有的窗户全打开，让我的起居室空气流通，以便能彻底消除尤利亚的气息。

第26章　坠入情网

　　我再次见着尤利亚·希浦，是艾妮丝离开伦敦的那天。我去车站向她道别，给她送行，尤利亚也在那儿，准备和艾妮丝同乘一辆车回坎特伯雷。我看到他穿着那件瘦小的短腰高肩深紫色大衣，拿着一把像小帐篷一样的大伞，坐在车顶后面的边座上，而艾妮丝坐在车厢里，没有和他在一起，这使我略微感到一丝欣慰。不过，当着艾妮丝的面，我得努力维持和尤利亚的关系，这十分艰难棘手，不过，想到艾妮丝能注意到我的用心良苦，我心里感到一些慰藉。在她上车之前，尤利亚在车窗旁，也像上次在餐桌边那样，如一只秃鹰那样在我们附近盘旋，没有片刻休闲，把我和艾妮丝交谈时的每字每句，全部都收进耳朵里，一点也不剩下。

　　那天晚上，他在壁炉边说的那些话，给我带来了无尽烦恼，我时常回想着艾妮丝对我说关于合伙的那番话："我做了我希望是正确的事。为了爸爸的平安，就必须做出这样的牺牲，那么我只能接受现实。"我一直都有这样的预感，她为了父亲，宁愿牺牲一切，只有这样她才能活下去。这让人伤心难过的预感一直强压在我心头。我知道她对爸爸的爱有多深，我也知道她的本性有多孝顺。我从她说过的话推测，她认为是她导致父亲陷入困窘，尽管她明白这并非她有意为之，但她觉得自己亏欠父亲实在是太多了，她迫不及待地想回报父亲。一边是天使般纯洁的她，一边是穿深紫色大衣的、令人厌恶的红毛鬼[①]，两人有着天壤之别，但我却无能为力。我觉得他们的天壤之别将导致将来一场悲剧上演，因为艾妮丝的灵魂是这么纯洁而无私，但尤利亚的灵魂却那样龌龊而自私。毫无疑问，对于两人之间的这种差距，尤利亚心知肚明，但是他是那么狡猾奸诈，早已想好了对策。

可是，我心里也清楚，艾妮丝要做出这种牺牲，必然会葬送她的幸福。而且我从她的举止可以断定，她当时同意父亲与他合伙，是因为她还没看清尤利亚的虎狼之心。如果我现在警告她，说灾难即将降临，就会伤害她，所以，在送她启程时，我什么也没有对她说。她在车窗向我微笑，挥手告别，而她的恶魔则坐在车顶，扭动着身体，仿佛他已把她捏到手心，胜利而归。

过了很长一段时间，我都无法忘记和他们分别时的情景。我收到了艾妮丝的来信，说她已平安抵达，直到这时，我还没有回过神来，仍像刚和她告别时那么悲伤。无论何时，我只要一陷入沉思，这件事就会跳入我的脑海，而我的不安陡增。每天夜里我几乎都会梦见这件事，它已成为我生活的一部分，不可分割，就像我的脑袋或我的生命那样，再也无法分开了。

我有充分的闲暇来消化我的忐忑，因为斯蒂夫给我来信了，说已经回牛津去了。因此当我不去博士法院时，通常是孤身一人，寂寞难耐。我相信，在这个时间里，我已对斯蒂夫有了一种说不清道不明的不信任感。尽管我写给他的回信热情洋溢，可我总觉得，我希望他最好别到伦敦来。我想，真正的原因是，一方面艾妮丝对我有深刻的影响，另一方面，我期待着与斯蒂夫见面，但两相比较，艾妮丝明显占了上风。而且，艾妮丝对我更为用心和关心，自然而然她对我的影响也就更大。

在那段时间里，一天又一天，一星期又一星期，日子就这样溜走

---

① 红毛鬼：俚语，对红色头发的人贬义词。尤利亚是红色头发。

了。我正式成了斯宾洛—乔肯斯事务所的实习生，不再是见习生了。姨奶奶每年会给我九十英镑，不包括房租和零星开支。我的寓所订了十二个月的租约。虽然我觉得这里的夜无比漫长，倍感孤独，但是我努力让自己保持心境平静，尽管情绪低落，但不至于失控。我唯一能做的，就是喝咖啡来打发时光。现在回想起来，在那段日子，我喝下的咖啡可以用加仑来计算。也就是在那段日子，我有三大发现：第一，克鲁普太太患了种怪病，叫"憧憬病"[1]，鼻子一发炎，这个病就会发作，她不得不老是用薄荷来治疗；第二，我的食品储藏室里的温度不正常，白兰地的瓶子总会无缘无故地炸裂；第三，我在这世界上孤零零的，就在这时，我喜欢上用英文格律来写点东西，寄托我的孤独苦闷。

在正式签约开始做实习生的那天，我带了些夹心面包和葡萄酒，在事务所款待了那些文书们，到了晚上，我一个人去看了戏，除此之外，我没举行任何庆祝活动。我看的戏叫《陌生人》[2]，情形与博士法院特别类似，我看完后深受感动，以致回家后，站在镜子前照一照，我几乎都认不出自己了，真像个陌生人了。那天的实习生签约，办理完手续后，斯宾洛先生说，他住在诺伍德，他本来想请我去他家做客，以此庆祝我和他正式确立的师徒关系，但是，由于他女儿刚完成学业，即将从巴黎回来，家里的事情还没有安排好，所以暂时只得作罢。不过他说，等女儿回家后，他希望能有机会招待我。我对他表示感谢，而且，我由此知道他一直是鳏夫，只有一个女儿。

斯宾洛先生没有食言。一两个星期后，他再次提到这事，说如果我肯赏光，请于下周星期六去他家，还可以一直在那儿住到星期一早上，如果我接受他的邀请，他将不胜荣幸。我当然说我很乐意去拜

---

① 即"抽筋病"的误读，原文将"spasm"（抽筋、痉挛）拼读为"spassums"，作者以此来嘲笑克鲁普太太因鼻炎而发音不清晰。

② 德国戏剧家科策布（1761—1819）所著悲剧。

访，于是他决定用他的四轮马车来接我，并且结束后送我回家。

到了那一天，我成了事务所那帮文书艳羡的对象，连我的毡绒提包也跟着沾光，成为羡慕的对象。他们一致认为，诺伍德的那座宅子是个神秘的圣地。其中一个人告诉我说，他听人们说过，斯宾洛先生的餐具，全都是高贵的银器和名瓷。另一人转弯抹角地说，那里的香槟酒，就像一般人家的桶装啤酒那样，用许多大木桶装着，想喝多少都行。一位名叫蒂费的老文书，头戴着假发，他说他在这儿干了多年，曾因公事去过那里几次，每次都能到早餐厅大饱眼福。他形容那个早餐厅是奢华的地方，并说他曾在那里喝过东印度的棕色雪莉酒，那酒十分名贵，那份高贵晃得人的眼睛都睁不开。

那天，在教会法庭，有桩延期审理的案件，案件情况是，一个教会准备发动教民为修路捐款，有一位面包师表示反对，教会准备把他驱逐出去。据我看，案件的证词实在太长了，简直是《鲁滨孙漂流记》的两倍。所以当审理完案件时，时间已经很晚了。最后，我们的判决是，判他驱逐出教会六个星期，还罚他一大笔罚金。审理结束后，面包师的代诉人、法官，还有双方的辩护士一起出了城，因为他们的关系十分密切。斯宾洛先生和我，也一起坐着他那辆四轮马车出发了。

这辆四轮马车非常精致，那两匹马拱起脖子，四蹄高举，气度非凡，似乎它们也知道自己属于博士法院的成员。在博士法院，人们竞相讲派头，攀比成风，因而这些人的马车都非常豪华。不过，我一直就认为，而且未来也会一直认为，在我的那个时代里，最显派头的是浆衣服的硬度。我相信，在博士法院里，代诉人所穿衣服的硬度，已经超过了人类天性所能容忍的地步了。

我们一路畅行，心情愉快。斯宾洛先生对我的职业做了一番教诲。他说，这是世界上最高贵的职业，千万不要将其与律师行当混为一谈，因为两者是云泥之别，这个职业非常独特，少有机械刻板的东西，获利颇丰。他说，在博士法院办案，比在其他任何地方都要自由随意，这样一来，我们就成为一个特权阶层了。他说，我们受制于律师，主要靠他们雇请我们，这虽然让人不快，但也是不争的事实。不过，他又让我明白，律师都是人类中的低能儿，代诉人根本就不把律师放在眼里。

我问斯宾洛先生，在这个职业里，他认为最好的业务是什么。他回答说是有争议的遗嘱案，如果案值达到三四万英镑，这样的业务是最完美的。他说在这种案件里，不仅在审理的每一程序上，而且在审问和反审问中，都需要有汗牛充栋的证据，可以从中牟利。更不用说，那些先后要上诉到代表法庭和贵族法院的案件，那收入更是可观。而且，诉讼费最后肯定可以从遗产中扣抵的。原告和被告打官司，他们都是锱铢必较，睚眦必报，根本不考虑花多少。接着，他又把博士法院的方方面面赞颂了一番。根据他的观点，博士法院最值得称道的地方是它的周密性，这是世界上组织最完备的地方，简直可以成为周密性的绝佳典范。一句话就可以概括完。打个比方，你把一桩离婚案或索赔案提交到教会法庭。很好，那你就在教会法庭中审理案件。你拿着这个案件，不动声色地玩一套小把戏，就像一家人不动声色地打着牌，从容不迫地把牌打完。如果你对教会法庭不满，那又怎么办呢？好吧，你就去拱门法庭。什么是拱门法庭呢？它和教会法庭是同一个法庭，同一个房间里，同一个被告席，还是原来的律师，只是换了一个法官。因为教会法庭的法官，可以在任何开庭的日子里，以辩护士的身份出庭做辩护。好啦，你又把那一整套把戏玩一遍。如果你仍然不满意，不错。那又怎么办呢？当然，你就去见代表法庭。谁是代表呢？嗯，教会代表就是那些无所事事的辩护士。当上述教会法庭和拱门法庭在玩那套把戏时，他们都在一旁观战，也看了洗牌、分牌、斗牌的全过程，还和斗牌的人一一交谈过，现在却以法官身份，重新出现，要给这个案子一个结案，而且会皆大欢喜！那些心怀不满的人会说博士法院如何腐败，如何封闭自保，他们坚称有必要对博士法院进行改良。斯宾洛先生郑重地总结说，每当一斛小麦的价格涨到最高的时候，也就是博士法院最忙的季节①。一个人可以把手按在心上，向全世界宣称说："有胆碰碰博士法院，国家都会倾家荡产！"

对于这番高见，我只有洗耳恭听。虽然我想说，是否真像斯宾洛先生说的那样，这个国家的法院系统全靠博士法院支撑着，我对这一点深表怀疑，但我现在只能恭恭敬敬地听着。至于每斛小麦的价格问题，我有自知之明，还不够资格来谈论它，因此就没有纠缠不清地问问题了。在我的一生中，时至今日，我仍然无法解决那斛小麦的问题，一旦遇到什么麻烦，那斛小麦就会跟着跳出来，把我打得丢盔弃甲。确切地说，直到现在我也还不太清楚，在各种各样的场合，它和我究竟有什么关系，或者说，它凭什么要打垮我。可是，无论在什么问题上，只要这位老朋友——那斛小麦——莫名其妙地闯入到我的生活中（我觉得它总这样干），我就只好举手投降。

这段话跑题了。我可不是那个去碰博士法院而让国家倾家荡产的人。我沉默不语，以此来谦卑地表示，对这位年龄和学识都高于我的人，他所说的每一句话我都点头称是。我们也谈到了《陌生人》，谈了戏剧，谈了那两匹马，直到我们来到斯宾洛先生住宅的大门前，我们的对话才告一段落。

斯宾洛先生家有座迷人的花园。虽然眼下并不是一年中观赏花园的最佳时节，但我仍被它迷住了。这座花园打理得十分漂亮，有一

①　1815年，国会通过"谷物法案"，不允许粮食进口，导致价格飞涨，该法案直到1846年才被废除。这过程中地主利用政权为自己谋利，通过这个法案收益巨大。在民间形成一句俗语："既然一斛小麦都这么贵，这事就只好这样了。"以此形容那些不近情理的事。在本文此处，这句话的意思是，那些案件越是复杂或不近情理，博士法院的收入就越高。下文中反复提及的"那斛小麦"，意为"不近情理的境况"。

片美丽的草地，有灌木丛，还有在暮色中隐约可辨的观景小径，小径上有搭成拱形的棚架，棚架上有时令的灌木和花草。"天哪！"我心想，"这就是斯宾洛小姐独自散步的地方，多么惬意呀。"

我们走进灯火通明的住宅，来到门厅，这里挂着各式礼帽、软帽、大衣、花格呢绒衣、手套、马鞭和手杖。"朵拉小姐在哪里？"斯宾洛先生对仆人问道。"朵拉！"我心想，"多美的名字啊！"

我们转进靠门口的一个房间，我想，这就是赫赫有名的早餐厅了，它以东印度的棕色度雪莉酒而著称。这时，我听到一个声音说："科波菲尔先生，这是我的女儿朵拉，这位是我女儿朵拉的女伴！"毫无疑问，这是斯宾洛先生的声音，可是我却充耳不闻，是谁的声音都不重要了。刹那间，一切都消失不见了。我命中注定的事情突然降临。我成了一个俘虏，成了一个奴隶。我爱上了朵拉·斯宾洛了！我为之神魂颠倒！

在我心中，她根本不是凡人，她是一位小仙女，是一位精灵，我不知道她是什么——从来没人见过，可是人人都渴望拥有。我立刻坠入爱情的深渊。在深渊的边缘，我来不及驻足而立，来不及向下看，也来不及回头看，连话都来不及和她说一句，就义无反顾地一头栽下去了。

"我——"我鞠了一躬，嘴里嘟哝了一句什么，我听不见我的声音。这时，一个非常熟悉的声音说，"从前见过科波菲尔先生。"

说话的不是朵拉。肯定不是。而是她的女伴，谋德斯通小姐！

我认为，我当时并不吃惊。我可以信心百倍地说，吃惊这一本能已在我身上不复存在。在这个尘世间，除了朵拉·斯宾洛，一切事物都再正常不过。我说："你好吗，谋德斯通小姐？愿你一切安好。"她回答道："很好。"我说："谋德斯通先生好吗？"她回答道："我弟弟一切安康，谢谢你。"

我相信，当斯宾洛先生看到我们彼此相识的时候，他一定吃惊不小，这时他找了机会插进来说：

"科波菲尔，"他说，"没想到你和谋德斯通小姐早就认识了，我很高兴。"

"我和科波先生是亲戚，"谋德斯通小姐一本正经地说，"我们以前见过几面。那时他还是个小孩。从那以后，我们就没再见过。现在我几乎认不出他来了。"

我回答说，无论到哪儿，我都能认出她来，此话一点儿不假。

"承蒙谋德斯通小姐的好意，"斯宾洛先生对我说，"对于当我女儿朵拉的女伴，她愉快地接受了这个工作，如果我可以把它叫作'工作'的话。我女儿朵拉不幸丧母，幸亏有谋德斯通小姐来做她的贴身女伴和保护人。"

在当时，一个念头从我心头一闪而过，我觉得谋德斯通小姐，就像是藏在衣服口袋里的暗器，虽然美其名曰"护身武器"，实质却是攻击凶器，谋德斯通小姐与其说是朵拉的保护人，不如说是她的进攻者。但是在那个时候，我的脑袋里除了朵拉外，其他任何念头都是一闪而过。我迅速转过头来看她，我觉得，她脸上仍然余怒未消，看来，她和她的这位贴身女伴和保护人关系并不怎么亲密。就在这时，铃声响起来。斯宾洛先生说，这是晚餐的预备铃。于是我就去更衣了。

在被感情冲昏头脑的状态下，竟然顾不上换衣服，或做别的什么事，显得有些滑稽。我呆呆地坐在壁炉前，咬着我毡绒提包上的钥匙，全部心思都在朵拉身上，她多么迷人，她多么娇美，她多么可爱，她的眼睛多么明亮，她的身材多么优美，她的脸庞多么娇艳，她的举止多么文雅，她的仪态多么婀娜多姿！

在那种场合，我本来应该精心打扮一番，这是大家公认的礼节，可是铃声很快再一次响起来，我已经来不及了，只好匆匆换了衣服下楼去。已有一些客人等在餐厅了。朵拉正和一个白发苍苍的老先生谈话。他虽然已经满头白发——据他自己说，他已经做了曾祖父了——可仍然遭到我疯狂的嫉妒。

我这是怎样的一种心情啊！我嫉妒这里的每一个人。不管是谁，只要比我更熟悉斯宾洛先生，我就无法忍受。他们谈起许多活动，我都没有参加过，我心里备受煎熬。有一位脑袋锃亮的人，他极其和善，但是当他隔着餐桌问我，是不是第一次到这里来，我就气得七窍生烟，真想狠狠揍他　顿。

除了朵拉，我不记得席上还有什么宾客。除了朵拉，我不记得桌上有什么菜肴。我的印象是，我把朵拉整个儿都吃进肚子里去了，有六七只盘子的食物，我一点没动过，全给仆人撤下去了。我坐在她身旁，我和她谈话。她的声音轻柔娇美，她的笑容明艳动人，她的举止美若天仙，让一个神魂颠倒的青年变成了死心塌地的奴隶。总的来说，她显得很娇小，可我认为，越是娇小，越显可爱。

今晚的宴会上没有别的女宾，只有朵拉和谋德斯通小姐。（当她们走出餐厅时，我陷入无尽的幻想中，难以自拔，我唯一感到心神不宁的事，就是担忧谋德斯通小姐会在朵拉面前诽谤我。那个脑袋锃亮的人，态度和蔼，和我说了一大通话。我猜他说的和园艺有关，因为有几次我好像都听他说"我的园丁"一类的话。我装出专心致志地倾听的样子，其实我的心始终跟随着朵拉，在伊甸园里漫游呢。

晚宴结束后，我们走进客厅。这时我看到了谋德斯通小姐，她那阴沉而冷淡的表情，又让我忧心忡忡，唯恐她在我挚爱的人面前诽谤我。可是，发生了一件出乎意外的事，让我心中的石头落了地。

"大卫·科波菲尔，"谋德斯通小姐向我招了招手，让我到窗前来，"我想和你说句话。"

我和谋德斯通小姐单独相见了。

"大卫·科波菲尔，"谋德斯通小姐说，"我不想多谈过去的那些家常事。那并不是让人愉悦的话题。"

“绝对不愉快，小姐。”我说。

“绝对不愉快，”谋德斯通小姐对我表示赞同，“我不愿重提往日的冲突，还有往日所受的侮辱。有一个女人，她丢尽了我们女人的脸，我讲起来都感到难过。可是我饱受她的侮辱。提起她来，我就无比恶心，对她无比鄙视，所以我们最好还是不要提到她。”

她如此贬损姨奶奶，让我心里愤愤不平。但是我回答她说，如果谋德斯通小姐愿意，不提她当然更好。我又补充说，如果有人不礼貌地提到她，我就会毅然决然地说出我的看法。

谋德斯通小姐闭上眼睛，脸上带着轻蔑的神色，摇了摇脑袋，然后慢慢睁开眼，接着说：

“大卫·科波菲尔，我用不着掩盖这个事实，在你小的时候，我不喜欢你。也许我看走眼了，也许你长大后学好了。现在，这一点在我们中间不再是障碍了。我深信，我的家庭向来以意志坚定而闻名，我来自这样的家庭，不是那种随波逐流的人。我对你可以坚持我自己的看法。你也可以对我坚持你自己的看法。”

这次轮到我不屑地摇了摇脑袋。

“不过，对于这两方面的看法，”谋德斯通小姐说，“没必要在这里相互冲突，在眼下这种情况里，无论从哪一方面看，都最好不要起冲突。既然命运如此安排，让我们又走到一起，而且以后在别的地方，也许我们仍然有机会相遇。我提议，我们在这里就以远亲相处，我们双方都知根知底，所以谁也没必要把对方作为话柄。你同意我的意见吗？”

“谋德斯通小姐，”我回答说，“我觉得，你和谋德斯通先生对我太残忍了，对我母亲也毫不留情。我只要活着，就不会改变这看法。不过，我现在完全同意你的提议。”

谋德斯通小姐又闭上眼睛，摇了摇脑袋。然后，她伸出她那只冰冷的手，用坚硬的手指在我的手背上点了点，整理了手腕和脖子上的那些小锁链，径直走开了。这些小锁链似乎是从前我第一次见到她时的那些，因为样式完全相同。这些锁链，与谋德斯通小姐的性格高度关联，使我想起监狱门上的锁链，让所有在监狱外的人，根据门上的锁链就能想到监狱内的情况。

那天夜里剩下的时间，我的脑袋迷迷糊糊。我记得，我听到了我心里的这位皇后用法语唱了令人陶醉的民歌，歌词的大意是，不管遇到什么情形，我们都应该不停地跳舞，嗒拉拉! 嗒拉拉! 而且她还弹奏着一种乐器，这个乐器像是吉他，令她光彩夺目。而且我记得，我听着音乐，沉醉在幸福之中。我记得，我对什么点心都没有胃口。我记得，我的灵魂对潘趣酒敬而远之。我记得，当谋德斯通小姐监护着她，把她带走时，她微笑着向我伸出她那纤纤玉手。我记得，我在一面镜子里看了自己一眼，一副呆头呆脑的模样，就像一个白痴。我记得，我睡觉的时候无限伤感，早晨起床时，我软弱无力，陷入一种痴迷的状态。

这是个晴朗的早晨，天空泛白，我想我应该去那条拱形棚架下的观景小径上走走，领略一下她留在那里的倩影。我经过门厅时，碰见了她那只名叫"吉卜赛"小狗，昵称是"吉普"。我温柔地走近它，因为我连它也爱上了。但是，它露出满口利牙，钻到一把椅子底下，朝我狂吠不已，一点也不愿接受我的爱意。

花园里清幽沉寂。我一边走着，一边心潮涌动，如果我能与这国色天香般的女子订婚，我一定会幸福至死。至于结婚、财产以及诸如此类的问题，我根本没有考虑，就像当时我对小艾米丽的爱一样，天真无邪，纯洁干净。如果能让我叫她一声"朵拉"，给她写信，倾慕她，崇拜她，如果能有理由让我相信，她会思念我，哪怕和别人在一起时依然会想起我，如果拥有这一切，这将是我毕生最大的心愿。实现这一心愿，我死而无憾。毫无疑问，我是一个多愁善感的小情痴，不过，我始终怀有一颗纯洁的心。现在回想这一切，虽然觉得有些可笑，可并不可耻。

　　我在小径上没走多久，就在一个拐弯处碰见了她。即使是在现在，每当想起那个拐弯处，我浑身上下感到一阵酥麻，直到现在，我一回想起这，我手中的笔也跟着颤抖。

　　"你——出来——这么早，斯宾洛小姐！"我说。

　　"待在屋里太闷了，"她回答说，"谋德斯通小姐真是荒谬！她说要等天气暖和一点我才能出来，简直是胡说八道！天气暖和！"说到这里，她发出清脆悦耳的笑声，"在礼拜天早上，我是不用练琴的，那总得做点什么事呀。所以昨晚我就告诉爸爸，我一定要出来走走。何况，这是一天中最清爽宜人的时候，你也这么认为吗？"

　　我壮着胆子回答她，但免不了结结巴巴，我说，我觉得现在真的很清爽，可就在刚才，这儿还是一片漆黑呢。

　　"你在说客套话吧？"朵拉说，"难道天气变了？"

　　我结巴得更厉害了，我说，这不是客套话，我说的是实情。天气的确并没有发生什么变化，但我的心情发生了变化。我羞涩地向她解释这其中的原因。

　　她摇了摇头，让她的鬈发披散下来，把她羞红的脸给遮住了。啊，我从没见过那么漂亮的鬈发！我怎么可能见过呢，因为从来没有谁有那样的鬈发呀！那鬈发上的草帽和蓝缎带，如果我能把它们带回去，挂在我白金汉街上的卧室里，那简直就是无价之宝呀！

　　"你刚从巴黎回来，对吗？"我说。

　　"是的，"她说。"你去过巴黎吗？"

　　"没有。"

　　"哦！我真希望你很快就能去那儿一趟。你一定会很喜欢它的！"

　　她触动了我内心深处的伤痕，我的脸上掠过一丝哀愁。她居然希望我去那里，她居然以为我愿意去那里，听到这样的话，我简直难以忍受。我看不起巴黎！我瞧不起法国！我说，在目前这种情况下，不管什么理由，我都不会离开英国，什么也诱惑不了我。她又摇了摇她的鬈发。这时，那只小狗沿小径跑来，给我们解了围。

小狗吉普对我充满嫉妒，使劲对我狂吠。她把它抱在怀里——哦，我的天哪！——她充满爱意地抚摸着它，可它的叫声根本停不下来。我想摸摸它，它却躲着不肯让我摸。于是她娇嗔地拍打它，让它能听话点。她对小狗的惩罚方式是拍打它那板直的鼻梁，它则眨巴着眼睛，伸出舌头舔她的手，在喉咙里仍然发出哼哼的声音，就像低音提琴似的，我看着这样的情况，心中的嫉妒达到了极致。终于，它安静下来了，它的小脑袋抵着朵拉带着两个小酒窝的下巴，它是如此幸福，还有什么理由不安静呢？然后，朵拉和我朝着一间养花的暖房走去。

"你和谋德斯通小姐并不很熟，是吧？"朵拉说着，又冒出一句，"我的宝贝！"

这后一句话是对狗说的。唉，要是这话是对我说的该多好啊！

"不熟，"我回答说，"一点也不熟悉。"

"她简直让人厌烦透顶，"朵拉噘着嘴说，"我真弄不明白，爸爸为什么要这样做，他居然找了一个让人讨厌的家伙来给我作伴。谁需要保护呢？我根本不需要人保护。吉普会保护我的，它比谋德斯通小姐好多了——你会保护我吗，吉普？"

她吻着吉普圆圆的小脑袋，它只是懒洋洋地眨着眼睛。

"爸爸说她是我的贴身女伴，可是我敢肯定，她根本不是贴心的人——她是不是，吉普？她的脾气如此暴躁，我和吉普，才不会信赖这样一个人。只有面对喜欢我们的朋友，我们才会和这样的人说贴心话。而且我们要自己找朋友，才不要别人给我们找朋友——是不是这样呀，吉普？"

吉普对她的回应，就是发出很惬意的呜呜声，那声音如同茶壶的水沸腾时发出的。不过，对于我而言，我还没有吉普的位置重要，她说的每一个字，如同在一把旧锁链上加上新的锁链。

"就因为没有一个仁慈的妈妈，我们就得要接受一个像谋德斯通小姐这样的老家伙，让她乖戾讨厌地随时盯着我们，这真是叫人难过啊——是不是，吉普？不过没关系，吉普。我们不要信任她，根本不理会她就是了。我们自己想怎么玩就怎么玩，只要开心就行。我们要捉弄她，决不讨好她——好不好，吉普？"

如果她这样的话再持续下去，我想我一定会发疯的，我会跪在这石子路上膝行，而且多半会磨破膝盖，而且会被马上赶出大门。幸好暖房离我们这不远，说了一会儿话，我们就到了。

暖房里摆放着一排排美丽的天竺葵。我们在天竺葵前慢慢踱步欣赏着。朵拉不时停下来，称赞着这一盆好看，欣赏着那一盆美丽，我也跟着停下脚步，对着她喜欢的花大加赞赏。朵拉一边笑着，一边孩子气地把狗抱起来，让它去闻闻花香。如果说我们仁并非全都身处仙境，那么我敢肯定，我一定是在仙境中漫步的。直到今天，我一闻到天竺葵叶子的清香，瞬间就会产生一种令人惊异的幻觉，感到既庄重又欢悦，仿佛重新飞回当时的场景，看到在繁茂的花朵和明亮的叶子下，有一顶草帽，一条蓝缎带，一头漂亮的鬈发，一只小黑狗，它正被两只纤纤玉臂环抱着。

谋德斯通小姐一直在寻找我们，她终于找到了我们，板起一副令人厌烦的面孔，尽管她精心用粉填平了皱纹，可脸上的皱纹仍然清晰可见。她让朵拉亲吻了她，然后，她挽起朵拉的胳臂，领着我们去吃早餐，我们这个队伍心情沮丧，就像是一支为士兵送葬的仪仗队。

由于早茶是朵拉冲泡的，所以我不清楚自己喝了多少杯。不过我记得，我坐在那里使劲喝，一直喝到整个神经系统都僵化了，不过，在那两天，我应该没有什么神经系统。过了不久，我们就去教堂做礼拜。我们坐在一张长椅上，谋德斯通小姐坐在朵拉和我中间。但是我的耳边只回荡着朵拉一个人在唱诗的声音，全体会众似乎都销声匿迹了。牧师发表了一篇布道词，我听到通篇都在讲朵拉怎么怎么的好。对于那次礼拜，恐怕我所能记得的，只有这些场景了。

这一天我们过得宁静平稳。没有客人拜访，我们只散了一次步，四个人一起吃了一顿家庭晚餐，晚上就看书。谋德斯通小姐面前摆着一本厚厚的讲道书，但是她的双眼却目不转睛地盯着我们，严密地监视我们的一切。那天晚餐后，斯宾洛先生神情庄严地坐在我对面，他完全没想到，我正沉浸在幻想中，想象着成为他的乘龙快婿，和他热情拥抱呢！晚上入睡前，我向他道晚安时，他完全没有想到，在我的幻想中，他已完全答应了我和朵拉订婚，我正在祈求上天赐福给他呢！

第二天清晨，我们就动身赶回博士法院，因为海事法庭准备审理一桩关于失事船只救援的案件。要审理这类案件，需要掌握所有航海科学的知识。由于对这个领域的知识，我们博士法院里的人知之甚少，所以法官邀请了两位资深的领港公会①的专家，他们本着仁爱精神为法院提供帮助。但是，早餐又是朵拉冲泡的早茶，我喝了个天昏地暗。辞行时，她抱着吉普站在台阶上，我在马车上向她摘帽致意，心中充满伤悲。

在那一天接下来的时间，我完全不知道是怎么度过的。在海事法庭，满脑子都是各种幻想。听审时，这个案件在我心里乱成一锅粥。在法庭的桌子上，有一个象征着高级司法判决权力的银质的桨，我在银质的桨上找到了"朵拉"两个字。我疯狂地盼望着，也许斯宾洛先生回家时会再带我到他家去，可是审理结束，他扔下了我就独自回家了，我觉得自己有如被遗弃在荒岛上的水手，而我的船早已开走。种种心情，我不必枉费力气地去做无谓的描摹。如果那个令人昏昏欲睡

———————————

① 领港公会：主管英国沿海浮标、灯塔及领航工作的半官方机构。1514年英国国王颁发了许可证书，赋予领港公会以领港管理权，负责检修设施、提供海事顾问，并且为海员及其家属管理慈善基金。

的老法庭可以醒来，把我在法庭里做的有关朵拉的白日梦变成现实，或许可以从中看到真实的我。

我并不是说，我只在那一天才做白日梦。我是一天又一天地做梦，一周又一周地做梦，一季又一季地做梦。我每天都去法庭，但并没有细听案件的审理过程，而是投入到对朵拉的绵绵思念中。如果那些案件实在拖沓，在我眼前裹足不前，我会偶尔清醒一小会儿，来琢磨这些案件。在审理关于婚姻的案件，我偶尔会回过神来，我一边想着朵拉，一边感到迷惑不解，那些结了婚的人应该是幸福快乐的呀，为什么还会出现种种不幸呢？在审理关于遗产的案件中，我总是不由自主地想，如果案件中的遗产都由我来继承的话，那么我首先该为朵拉做些什么，才能让她更快乐呢？在我陷入狂热的第一个星期里，我买了四件昂贵的背心，我并不喜欢那种背心，而是为了让朵拉喜欢。我外出时，会戴上淡黄色的羔皮手套，穿上有些磨脚的靴子。我并不喜欢这样的靴子，穿上这样的靴子，导致我的脚长出了鸡眼，这些鸡眼直到现在都没治好。如果我把那段时间穿的鞋找出来，再和我的脚比比大小，你会发现完全不匹配，这多么生动地说明，我是如此深爱着朵拉，我相信我的举动一定会感动所有人。

我如此癫狂地拜倒在朵拉的石榴裙下，不惜每天到处游荡，甚至去了很远的地方，盼望着能邂逅到朵拉，路走得太多，以至于把自己弄成了一个可怜的瘸子。没过多久，在去诺伍德的那条路上，我就像邮递员一样，沿途的所有人都认识我了。同样，整个伦敦的大街小巷，我也走遍了。有几条街道上，有着最好的女性用品商店，我无数次在这条街上来回转悠。我像一个不得安宁的鬼魂，在那些高档商场进进出出。哪怕我累得精疲力竭，但我仍然在公园游荡，不肯回家。这样经过了很长时间后，我偶尔也会遇见她。也许能看见她在车窗后挥动手套，或者与她相遇后，有机会跟着她走上一段，与她说几句话，不过谋德斯通小姐也会在身边。可是每次见到她后，我会更加难受，因为我觉得没和她说上一句要紧的话，她完全不知道我对她的狂热爱恋，她一点也不把我放在心上。不用说，虽然我一直期盼着斯宾洛先生再度邀请我去做客，可我总是失望而归，因为我再未受到他的邀请。

克鲁普太太一定是个眼睛很毒的女人，什么也没能逃过她的眼睛。我迷恋上朵拉才几个星期，所以对谁都没有吐露真心，就连给艾妮丝写信时，我也只是说我去过斯宾洛先生家，还有意补充了一句："他只有一个女儿"，就再也没有勇气写其他的了。我说克鲁普太太是一个眼尖的女人，这是因为，我刚刚才迷恋上朵拉，她便一眼就看出来了。一个晚上，我心情烦闷，她上楼来我房间，问我肯不肯给她一点儿加有大黄的豆蔻町，再滴七滴丁香精，调制成药水，当时她正得了我前面说过的"憧憬病"，这个药对治疗她毛病特别管用。如果我这儿没那种药水，那么给她一点白兰地也不错，疗效仅次于前一种药水。她还说，她并不爱喝白兰地，只不过它是能治病的第二等疗效的好药。对于疗效最好的那种药水，我闻所未闻，不过对于第二等疗效的白兰地，我的壁橱中倒时常备有。克鲁普太太接过我递给她的这杯酒，当着我的面一饮而尽。我想，她这样做是为了避免我生疑，担心她拿着酒派上其他用场。

"打起精神来，先生，"克鲁普太太说，"看到你这样子，先生，我真是心疼呀，因为我自己也是个做母亲的人。"

虽然我不太明白，她怎么直接说到我身上来，不过我还是尽量做出亲切的样子了，对着她笑笑。

"哎呀，先生，"克鲁普太太说。"请原谅我多嘴。我知道这是怎么回事，先生。一定是和一位年轻小姐有关。"

"说什么呀，克鲁普太太！"我的脸马上就变得通红。

"哦，哎哟哟！打起精神来，先生！"克鲁普太太点点头，鼓励着我说，"别泄气，先生！如果她不对你微笑，天下愿意对你微笑的人多着呢。你是一位让人喜欢的青年，科波福尔①先生，你一定要明白，你自己的价值大着呢，先生。"

克鲁普太太老是叫我科波福尔先生，我并不喜欢这样。第一，毫无疑问，科波福尔并不是我的姓；第二，每次听到这个，我总会不由自主地联想，这个名字和一个洗衣服的日子隐隐有关。

"你怎么会想到，这和什么年轻小姐有关呢，克鲁普太太？"我说。

"科波福尔先生，"克鲁普太太情绪激动，说，"我自己就是一位母亲呀。"

有那么一阵子，克鲁普太太似乎病痛复发了，不得不用手捂在紫花布衣服的胸襟上，小口小口地喝着白兰地，用这个"药"来缓解疼痛。最后，她又开口了。

"当初，你亲爱的姨奶奶为你租下这套住处时，科波福尔先生，"克鲁普太太说，"我那个时候就说过，我这次找到一位我可以照顾的人了。我说，'谢天谢地！我现在找到一个可以让我照顾的人了！'我这些天发现，你吃得太少了，先生，喝得也很少。"

"你就凭我的饭量来推论吗，克鲁普太太？"我说。

"先生，"克鲁普太太说，口气近乎严厉，"我不仅为你，也为其他的年轻人浆洗过衣服。一个年轻绅士也许会过分关注自己的打扮，也许会漠不关心。他也许会非常勤快的梳理自己头发，也许会全然不顾。他也许会穿大码的靴子，也许会穿小码的靴子。这些行为，全都是由这位年轻绅士的性格决定的，不会轻易改变。不过，一旦他朝着某个方面走极端，先生，那么背后一定有个年轻小姐在起作用。"

---

① 克鲁普太太把Copperfield（科波菲尔）误称作Copperfull（科波福尔）。Copperfull的意思可以理解为"满满的一铜盆"，主人公理解这个称呼与洗衣的铜盆有关。

克鲁普太太摇摇头，无比坚定地说。我根本无法抵赖，连一寸的防御阵地都没有。

"在你以前的那位房客，就是死在这里的那位，"克鲁普太太说，"他当时就在热恋中，是和一个酒吧女招待在一起。尽管他喝酒多，是个啤酒肚，但是，他刚坠入爱河，立即就去把背心改小了。"

"克鲁普太太，"我说，"我求求你，千万别把与我有关的年轻小姐，同酒吧女招待或其他什么人相提并论。"

"科波福尔先生，"克鲁普太太回答说，"我绝对不会这样做，因为我自己就是一个做母亲的人。如果我让你感到心烦，先生，就请你原谅。不管在什么地方，只要不欢迎我，我从来不会强行闯入。不过，你是一个年轻绅士，科波福尔先生，我得奉劝你，打起精神，千万别泄气，你要明白你自己的价值。如果你想玩点什么，先生，"克鲁普太太说，"嗯，你该去玩玩九柱戏什么的，也许可以让你转移注意力，这对你很有好处呢。"

克鲁普太太说完这番话，装出很专注的样子，看着那杯白兰地，其实她早已喝得底朝天了。然后庄重地对我行了个礼，就告退了。我看着她的影子消失在门口的黑暗中，觉得克鲁普太太的忠告有些轻率。不过，从另一方面来看，我乐意接受她的忠告，她的这些话可以看作是对聪明人说的，告诫我在今后要保守自己的秘密，不要让人轻易知晓。

第27章　特拉德尔

也许是因为克鲁普太太的忠告起了作用，也许没什么理由，仅仅是克鲁普太太所说的九柱戏与特拉德尔的读音有点相似①，所以第二天，我便想去看特拉德尔了。我们上次见面后，他和我约定等他外出回来后就相聚，现在早过了这个约定时间。根据我们交换的地址，他住在坎顿区兽医学院附近一条小街上。我们事务所有一位文书就住在那片区域，据他说，那一带的房客主要是些绅士派头的大学男生，他们常常买下活驴子，然后就在自己的住处里，用这些四条腿的牲口做各种实验。经过这位文书的指教，我知道去这一个学术园地的路线。当天下午，我就出发去拜访这位老同学。

我发现那条街并非我期待中的样儿，有点令人失望，因为一直满怀期待，期待特拉德尔居住的环境优美。那里的居民似乎总喜欢乱扔东西，把不用的东西扔得满地都是。大街上臭气熏天，潮湿泥泞，而且因为到处都是烂菜叶子，显得极其肮脏。除了烂菜叶，我在找门牌号时，还看见一只鞋，一只压扁的锅，一顶黑色的女帽，一把破伞。

这地方弥漫的气息，强烈地唤起我内心深处的记忆，让我想起我和米考博夫妇同住的那段日子。我要找的特拉德尔的住宅，看上去破落衰败，与大街上的其他建筑大相径庭。那些建筑样式呆板，像是同一模子筑出来的，就像一个刚学画房子的小孩胡乱画出来的，对于土木建筑知识一无所知——这更让我回想起米考博夫妇来。我来到门前，正好遇上送牛奶的。门打开了，我看到屋里的陈设，米考博夫妇

---

① 九柱戏的英文是skittles，特拉德尔的英文是Traddles。

再次浮现在眼前。

"嗯，"送奶人对一位年龄偏小的女佣说，"欠我的那一小笔牛奶费，现在可以结清了吗？"

"哦，老爷说，他马上就去想办法。"小女佣回答道。

"这笔欠账拖得太久了，"送奶人好像没听到女佣的回答，接着往下说，听他的口气，他并不是在对那个小女佣讲话，而是像对着屋里的什么人讲，我看见他对着门厅瞪圆眼睛，"我觉得这笔账就要变成死账，别指望结账了。听着，我对此已经忍无可忍啦，你得明白！"送奶人扯开嗓子对着屋里的人大声叫嚷，眼睛直直地瞪着门厅。

顺便说一句，他这副模样，实在不适合做牛奶这种流质食品的生意。哪怕让他去当屠户或卖酒，他的那副模样也太凶神恶煞了。

那小女佣的声音低柔了下去，从她嘴唇的动作来判断，我觉得她好像在嘟哝着说，这欠款马上就会付清。

"我对你实说吧，"那送奶人托起她的下巴，第一次直盯着她，眼睛里透着凶光，说，"你喜欢喝牛奶吗？"

"是的，我喜欢。"她回答。

"那好，"送奶人说，"那你明天就甭想喝了。你听见了吗？明天你一滴牛奶也休想喝到。"

我觉得，总体来说，她看到今大仍有希望拿到牛奶，似乎就放下心来，没再解释什么。送奶人怒气冲冲地对她摇了摇头，放开她的下巴，极不情愿地打开他的送奶桶，往那家的奶瓶里倒牛奶，分量还是跟往日一样多。装好后，他嘴里叽叽咕咕地走了。随后，来到隔壁的一家门口，发出一阵吆喝声，"送牛奶啦！"声音里仍旧带着一股怒气。

"特拉德尔先生住在这里吗？"这时我探问了一句。

从门厅的尽头，发出一个神秘的应答声音："是的。"紧接着，那个小女佣也回答说："是的。"

"他在家吗？"我接着问。

那个神秘的声音再次做出了肯定答复，小女佣也跟着回答"是的"。于是，我跨进这座房屋，按照小女佣的指点，走上楼梯。当我走过客厅的后门时，我感觉有一双神秘的眼睛正探视着我，也许，这双眼睛的主人和那神秘声音的主人是同一个人吧。

这座房屋只有两层楼，楼梯的尽头就是顶楼。我看到特拉德尔已经站在楼梯口迎接我了。他见到了我，显得很开心，热情万分地领着我走进他的卧室。卧室位于房子的前面部分，房间里没多少家具，但是收拾得干净整洁。我看出，这是他唯一的房间，因为房里有张两用的沙发床，黑色鞋刷和鞋油放在书架顶层的一本词典后面。他的桌子上摆满各种文件，他正穿着一件旧外套，在那儿一刻也不停地忙着。当我落座后，用不着东张西望，一切都尽收眼底，连他那只瓷墨水瓶上的一张教堂风景画儿都看清了——这是我在米考博先生家生活时，养成的一种本领。特拉德尔心灵手巧，他对五斗橱重新整理一番，他的靴子、刮脸镜等物件都布置得巧妙得当。一切看来，特拉德尔还是老样子。当年的特拉德尔曾用写字纸做一个大象的洞穴模型，引来苍蝇并将其关闭其中；受了欺负就会画那种令人过目不忘的画，以此来安慰自己。现在的他依然没变。

在房间的一个角落里，放着一个什么东西，被一大块白布严严实实地盖着。我猜不出那是什么。

"特拉德尔，"我坐下后，又握住他手说，"看到你我真高兴。"

"看到你，我也很高兴，科波菲尔，"他回答说，"看到你，我实在太高兴啦。因为上次在伊理巷沃特布鲁克先生家相遇时，我看到你就高兴极了，而且知道，你看到我也高兴极了，所以我才给了你这个地址，而不是我事务所的那个地址。"

"啊，你有事务所了吗？"我问。

"是，我有一间办公室，外加一条门廊的四分之一，还有四分之一个文书，"特拉德尔回答说，"我和另外三个人合伙开了一个事务所，看起来煞有介事的样子。我们四人也合雇了一个文书，我每星期付他半克朗。"

他做这番解释时，一直都对着我微笑。透过他的微笑，昔日他那淳朴的性格，温顺的脾气，那倒霉的运气，全都在我眼前活灵活现。

"我通常不把这里的地址告诉别人，科波菲尔，你知道，"特拉德尔说，"这并不是因为我要讲究一点体面，只是因为那些来见我的人也许不会上这里来。对我自己而言，我还在这世界上艰难打拼，如果我还装出一副体面人的样子，那未免太可笑了。"

"沃特布鲁克先生告诉我说，你正在学法律，准备当律师，是这样吗？"我问。

"哦，是的，"特拉德尔说着，不紧不慢地搓着双手，"我正在学法律。事实上，我的这个学习计划已经拖了很久，这才刚刚开始执行学业合约。我签订学业合约已经有很长一段时间了，可是要凑足那一百英镑的学费，真的太艰难了，太艰难啦！"特拉德尔这时退缩成一团，就像被拔掉了一颗牙似的。

"我坐在这里看着你的时候，特拉德尔，你知道我不禁想到了什么吗？"我问他。

"不知道。"他说。

"想到你过去常穿的那身天蓝色衣服。"

"天啊，真的吗？"特拉德尔笑起来，大声说，"紧裹着腿和胳膊的那身衣服，你还记得？哎呀，说真的，那段时光特别快活，对吗？"

"我想，如果我们的校长不伤害我们，不虐待我们，那段时光同学们会过得更加快活，我得强调这一点。"我回答说。

"也许是那样吧，"特拉德尔说，"不过，哎呀，那时也还有不少趣事呀。你记得晚上在宿舍发生的事情吗？还记得那时候我们常常去吃夜宵吗？还记得你常常对我们讲的故事吗？哈哈哈！你还记得吗？我舍不得麦尔先生离开，大哭了一场，为此还吃了一顿皮鞭呢。就是老克里克尔！我现在倒想再见见他呢！"

"他对你很残忍，他简直就像头野兽，特拉德尔。"我愤愤不平地说。看到他那高兴劲，我觉得好像见他挨打的事就发生在昨天。

"你那么认为吗？"特拉德尔回答说，"真的？也许他真像一头野兽。但一切都过去了，那些都是陈年往事。这位老克里克尔！"

"那时候，你是由一个叔叔抚养的吧？"我说。

"当然是！"特拉德尔说，"我老是想要给他写信，可一次也没写成，啊！哈，哈，哈！没错，那时候我有这样一位叔叔。可是，我离开学校后不久，他就死了。"

"真的？"

"真的。他是一个停业了的——你们怎么称呼这种人？——布贩子——布商——他曾把我过继给他当孩子。可等我长大了，他又不喜欢我了。"

"此话当真？"我说。他说得那么镇定自若，我以为他还有什么别的隐情。

"哦，是真的，科波菲尔！我说的是实话，"特拉德尔回答说，"这是件不幸的事，不过他真心不喜欢我。他说我完全不像他希望的那样，所以他和他的女管家结婚了。"

"那你怎么办呢？"我问。

"我没有任何别的办法，"特拉德尔说，"我只好继续和他们住在一起，等着被赶到社会上去闯荡。后来他的风湿严重，不幸蔓延到了腹部，就死了。然后，这位女管家嫁了个年轻人，于是我就无依无靠了。"

"到头来，特拉德尔，你什么也没有继承到？"

"哦，有的!"特拉德尔说，"我得了五十英镑。但是我没学过任何谋生职业，一开始我不知如何是好。不过，多亏得到了一位朋友的帮助，他的爸爸是有行业专长的。这人也在萨伦学校上过学，叫亚勒尔的，长着一只歪鼻子的。你记得他吗？"

　　不记得了。那人应该没和我一起住过。我在那儿时，所有人的鼻子都是端端正正的。

　　"那也没关系，"特拉德尔说，"靠了他的帮助，我开始抄写法律文件了。但那不够糊口，也没出路。后来我开始为他们写案件书面陈述，作诉讼摘要，以及诸如此类的事。因为我是一个埋头苦干的家伙，科波菲尔，我学会了把活儿干得非常漂亮。好啦! 因为这个原因，所以我想到要学法律，我那五十英镑原本就所剩无几，这下就花得一干二净。不过，亚勒尔又把我介绍给一两家别的事务所，其中一个便是沃特布鲁克先生的，让我揽到不少活儿干。幸运的是，我认识了一位出版界的先生，他正在编一部百科全书。他也给了我一些活做。说实话，"他瞥了一眼桌子上的文件，说，"我眼下就是在为他干活。我的编纂活儿做得还不错，科波菲尔，"特拉德尔还是用他那一贯令人愉快的自信口吻说，"不过，我完全没有创造力，一丁点也没有。我相信，我是最没有创造力的年轻人。"

　　看特拉德尔的神情，似乎他在等我承认这是不容置疑的，所以我只好点点头。然后，他继续往下说，仍然带着令人愉悦的耐心——我再也想不出更好的语言来描述他了。

　　"就这样，我靠着省吃俭用，一点一点地积攒，终于凑齐了那一百英镑，"特拉德尔说，"谢天谢地，总算把学费付清啦，不过，这的的确确是非常艰难的，"特拉德尔这时退缩成一团，就像又被拔掉一颗牙似的，说，"真的很艰难。眼下，我仍然靠我说过的这种工作在谋生，我希望，有一天能联系上一家报社，让我时来运转。而你，科波菲尔，你和过去没有任何变化，依旧有着一张讨人喜欢的脸。见到你真是太高兴啦，所以我也就不想隐瞒你什么了。所以，我想让你知道，我已经订婚啦。"

订婚啦！哦，朵拉！我一下子想到了她！

"我的未婚妻是位牧师的女儿，"特拉德尔说，"这个家里有十个姐妹，她是其中的一个，家在德文郡，对的！"他见我不由自主地瞥了一眼墨水瓶上的教堂风景画，他便回应说，"就是那座教堂！你如果到了这儿，出了教堂大门，朝左边看的话，"他的手在墨水瓶的风景画上指点着，说，"就在我握笔的这个地方，就是他们家的位置——正对着教堂，你明白了吧。"

他在说这些的时候，眉飞色舞，心情畅快，可我当时浑然不觉，过后才仔细回味出来。因为我当时正暗自神游，勾画着斯宾洛先生的住宅和花园平面图呢。

"她是多么可爱的姑娘！"特拉德尔说，"比我稍微年长一点，但她是世界上最可爱的姑娘！上次我曾经对你说过，我要外出一阵子，对吧？就是去她家了。我走着去，又走着回来，那是我度过的最幸福的时光！我知道，从订婚到结婚，我们还要等很久，不过我们的座右铭是'等待和希望！'我们总这么说。'等待和希望，'我们经常这么说。她愿意等着我，等到六十岁都可以，科波菲尔，她可以等到天荒地老！"

特拉德尔得意地微微一笑，从椅子上站起身来，走到房间的角落去，手放在我先前提到过的那块白布上。

"不过，"他说，"别以为我们完全没有准备自立门户。不，不，我们已经开始准备了。我们得一步一步地走。但是我们已经开始在做了。看这儿，"他小心翼翼地揭开那块白布，带着骄傲的神情，"我们已经开始准备了，这是首先买下的两件家具。这一个花盆和一个花架，都是她亲自买的。如果你把它放在客厅的窗台上，"特拉德尔往后退了几步，带着更加得意的神情欣赏着，说，"里面种上一株花，然后——然后你就瞧瞧吧！这张大理石桌面的小圆桌，圆周有二英尺十英寸大①，是我买的。也许你想放上一本书，你知道，或者当有位什么客人来拜访你或你太太，也许要有个地方放上一杯茶，然后——然后你就再来瞧瞧吧！"特拉德尔说，"这是件让人叹为观止的艺术品——真是像石头一般坚硬呢！"

我对这两件家具赞不绝口。随后，特拉德尔又小心翼翼地用那块白布遮盖着，就像揭时那么小心。

"有了这两件家具，但对于屋子陈设来说还远远不够，"特拉德尔说，"不过毕竟有点东西了。而桌布、枕套这类东西，最让我力不从心，科波菲尔。还有铁制用品，诸如蜡烛盒、烤架等，由于这些都是生活必需品，所以价格昂贵，而且还一直在上涨。不过，我们会做到'等待和希望！'而且，我敢说，她真是世界上最可爱的姑娘！"

"这一点我绝对赞同。"我说。

"同时，"特拉德尔说着，又坐回到椅子上去，"我自己的生活絮絮叨叨说了一大堆了，再说最后一句话，我会全力以赴，让生活变得更加美好。虽然我的收入微薄，可是我的开销也不多。总之，我在楼下的这家人那里搭伙吃饭，他们的确是些让人赞不绝口的人。米考博夫妇的生活阅历丰富，和他们相处，收益多多。"

"我亲爱的特拉德尔！"我急忙大叫起来，"你在说什么？"

特拉德尔瞪着眼看我，好像弄不明白我在说什么。

"米考博夫妇！"我重复了一遍，说，"哎呀！我和他们很熟啊！"

就在这时，楼下的门上恰好响起两下敲门声。根据我在温泽巷的生活经验，我对这敲门声太熟悉不过了，我知道，只有米考博先生才会这样敲门，其他任何人都不会这样敲的。这两记敲门声迅速消除了

---

① 二英尺十英寸的周长约合56厘米，即直径约18厘米。

我心中的疑惑，一下子断定他们就是我的老朋友。我让特拉德尔赶快把他的房东请上来。特拉德尔就俯在楼梯口的栏杆上，执行了我提出的任务。很快，米考博先生走了进来，他的形象一点也没有变化，穿着紧身裤，手持手杖，衣领浆得硬硬的，戴着单片眼镜，这一切和从前没有两样。他带着绅士的派头和年轻人的朝气，走进屋来。

"对不起，特拉德尔先生，"米考博先生进屋前还正哼着一支轻柔的曲调，这时他立即住口了，用他往日那种浑厚的嗓音说，"请恕我唐突，但我真不知道你书房来了一位生客呢。"

米考博先生对我微微鞠了一躬，拉了拉他的硬领。

"你好吗，米考博先生？"我问。

"先生，"米考博先生说，"你真是客气。我一如既往。"

"米考博太太也好吗？"我接着问。

"先生，"米考博先生说，"感谢上帝，她也一如既往。"

"孩子们呢，米考博先生？"

"先生，"米考博先生说，"我乐于奉告，他们一切安好。"

在我们对话的这段时间里，米考博先生虽然与我面对面站着，但是他完全没有认出我来。不过这时候，他看到我笑起来，便仔细地端详着我的脸，禁不住倒退几步，大声叫嚷起来："竟然有这等缘分？我居然有缘再见到科波菲尔？"然后，他热情洋溢地握住我的手。

"唉呀，特拉德尔先生！"米考博先生说，"想不到你居然也认识我年轻时的朋友，我早年的伙伴！"特拉德尔听到米考博先生如此来形容他和我的关系，感到大为惊讶，我觉得这种惊讶也是合情合理的，这时，米考博先生隔着楼梯口的栏杆，对着楼下的米考博太太喊道，"我亲爱的！特拉德尔先生房里有一位先生，他很乐意把这位先生介绍给你，我的宝贝！"

米考博先生迅疾地回到房间来，再次和我握手。

"我们的那位好朋友博士怎么样，科波菲尔？"米考博先生说，

"坎特伯雷的各位朋友都好吗？"

"我除了说他们都好以外，我还能说些什么呢？"我说。

"我听了太高兴啦，"米考博先生说，"我们最后一次相见是在坎特伯雷。我如果把这个地方说得更典雅些的话，就是它因为乔叟而名垂不朽①，从古至今，那里就是一块圣地，来自天涯海角的人们都要前去朝拜。我们在这圣殿的附近见了面——简而言之，"米考博先生说，"就是在那座大教堂附近见了面。"

我回答说，正是那里见面的。米考博先生继续口若悬河地说个不停。不过，我看到他脸上露出了一丝焦虑，我想，也许他听到了楼下传来的声音，那是米考博太太的洗手声，还有匆忙地打开又关上抽屉的声音，这让他脸上有些挂不住。

"你可以看出，科波菲尔，"米考博先生说着，斜过一只眼看着特拉德尔，"我们家目前的生活，可以说是眼下过着一种不铺张、不招摇的简单生活。你知道，在我这一生的历程中，我曾历尽坎坷，战胜各种艰难险阻。但在我这一生中的某些阶段，我需要偃旗息鼓，停下脚步，等待时来运转。某些时候我还得退后几步，以待一飞冲天，我相信，我用这个词不会被人视为故意炫耀。我想，你对我的这一点是十分熟悉的。目前，我就处在人生中这样的阶段，你会看到，我现在退后了几步，就是为了一飞冲天。我有理由相信，过不了多久，就将迎来一次巨大的飞跃。"

我听了这话极其欣慰。这时候，米考博太太进来了。现在的她，比过去稍显邋遢了点，或者是因为我许久没有看到她，不习惯看到这个形象，所以才会有这种感觉。不过，为了见客人，她还是稍稍修饰了一下，并戴了一副棕色手套。

---

① 乔叟（约1340—1400）：英国文学史上著名的作家和诗人，他的代表作《坎特伯雷故事集》叙述了朝圣者前往坎特伯雷城朝拜的故事。

"我亲爱的，"米考博先生把她领到我面前，说，"这里有一位名叫科波菲尔的先生，他想和你叙叙旧呢。"

　　接下来的事实证明，他的宣布太过直接，其实应该分几步来完成，因为米考博太太原本体弱多病，猛然听到这个消息，激动得身体不支，便昏倒过去了。米考博先生不得不手忙脚乱地跑到楼下后院，从那里的水桶中打来一盆水，给她冲洗额头。所幸的是，她很快就恢复了神志，很高兴能再次见到我。我们一起谈了半个小时。我问她那对双胞胎的情况，她说，他们都"长大成人"了；我又问了他们的米考博少爷和小姐，她形容他们是"十足的巨人"，不过，那天他们都没有出来见我。

　　米考博先生特别希望我能留下来吃晚饭。我心里是情愿留下来的，但是我从米考博太太的眼神里看到，她正在计算家里还剩下多少冻肉，露出勉为其难的模样，于是我推辞说还有另外的约会。我这么一说，看到米考博太太立即如释重负，见此情形，无论他们怎么劝说我放弃那个约会，我婉言谢绝。

　　不过，我对特拉德尔和米考博夫妇说，在我辞别之前，他们应该商定一个时间，去我那里聚聚。由于特拉德尔已经接下了活儿，需按期完成，因此得推迟一段时间才合适。不过，最终我们商定出了一个时间，对大家来说都挺合适，然后我便告辞了。

　　米考博先生借口说要给我指一条近路，比来时的路更好走些，于是单独陪我走到街头拐角处。他给我解释说，因为他有几句掏心窝子的话，急于要对老朋友说说。

　　"我亲爱的科波菲尔，"米考博先生说，"我必须告诉你，对于眼下的处境来说，能有像你的朋友特拉德尔这样的人和我们同住，我感到莫大的欣慰，因为他真的是绝顶聪明的人，请允许我这么说，是一个绝顶聪明的人。我们的隔壁住的是一个洗衣妇，她只会在窗口摆摊卖杏仁糖；街道对面住着一个博街①的警官。你能够想象到，能与你的好友特拉德尔同住，实在是令我和拙荆倍感欣慰。我亲爱的科波菲尔，我现在专营粮食代售的生意。这可不是一门有利可图的营生——换句话说，挣不到钱——其结果是，家里时常会出现暂时的经济困难。不过，我得很开心地补充一句，当下，很快就有一个天赐良机，当然，我现在还不方便透露是哪方面的机会。我相信，只要抓住了这个机会，你的朋友特拉德尔和我就可以永远衣食无忧了。要知道，我对于特拉德尔有着天然的关切。我也许不妨再告诉你一件事，从米考博太太目前的身体状况判断，我们很可能又要增添一个爱情的结晶了，简而言之，很可能又要添一个婴儿。承蒙米考博太太的娘家人挂念，不过他们不是喜悦，而是不满。我只能说，我真不明白这事和他们有什么相干。所以，我对他们这种虚情假意拒之门外，嗤之以鼻！"

接着，米考博先生又和我握握手，告辞而去。

---

① 博街：在伦敦市中心，警察法庭的所在地。

第28章　米考博先生的挑战

在招待久别重逢的老朋友之前，我的那段日子全靠朵拉和咖啡活着。我患了相思病，茶饭不思。不过，我对此十分欣慰，因为我觉得，如果还能胃口大开，那就是对朵拉的不忠。我经常出去散步，但是却不能让自己愉悦起来，因为新鲜空气与失望情绪相互抵消了。在这一阶段，所体验的全是痛苦。我不由得心想，一个总是受紧靴子折磨的人，恐怕很难享受饭菜的美味；只有四肢舒畅，吃饭才香。

这一次的家庭小聚会，我决心不再像上次那样大肆铺张。我只准备了两条鳗鱼、一只小羊腿，还有一道鸽肉馅饼。我找到克鲁普太太，刚怯生生地提到烧鱼和烹羊腿，她就断然拒绝，仿佛她的尊严受到了莫大的伤害，她态度坚决地说，"不行！不行！先生！你别想让我干这种活儿！因为你很清楚我的为人，只要是我不情愿做的事，我是决计办不到的！"不过，谈到最后，双方还是达成了协议。克鲁普太太答应完成这项艰难的任务，作为交换的条件，在随后的两个星期里，我不得在家里吃饭。

说到这里，我可以顺便提一下，克鲁普太太对我非常专横，所以我在她手里遭的罪，简直让人惊恐万状。我十分怕她，不管遇到什么事，我除了妥协，别无他法。只要我稍有犹疑，她那怪异的病立马就会发作。她的这个怪病总是潜伏在她身子里，随时都可能钻出来，凶猛地噬咬她的要害部位。比方说，当我轻柔地拉铃叫她时，拉了六七遍都没有任何回应，于是我便不耐烦地用力一拉，终于，她上气不接下气地上楼来了，带着一脸的责备，一屁股跌坐在门旁一张椅子上，手捂在她紫花布衣服的胸襟上，一副病入膏肓的样子，这会使我什么也顾不上，宁愿牺牲我的白兰地，或者别的什么东西，只要能快点把她打发走，一切就万事大吉。又比方说，我不喜欢她在下午五点给我收拾床铺。时至今日，我仍然认为，她的这个安排让人极不自在。但是，只要她的手同样往紫花布衣服的伤痛处一按，我就得赶快认怂，结结巴巴地向她道不是。一句话，我宁愿赴汤蹈火，也不愿冒犯克鲁普太太。我对她怕得要死。

为了这次宴客，我还买了一个二手的移动送餐车，这样就可以不用再雇那位机灵能干的小伙子，因为我对他有了成见。原因是某个礼拜天的早晨，我在斯特兰街碰到了他，看见他穿着一件背心，和我上次请客时不见的那件一模一样。不过，我把那个小丫头又雇了来，不过，这次我做出明确规定，她只有在端盘子时才能进屋子来，然后就得退到第一道门外的楼梯口。站在那里，她那喜欢探头窥探的毛病就不会打扰客人了，而且，也不会因为紧张而倒退踩碎盘子了。

我还准备了一盆调制潘趣酒的原料，专等米考博先生来调制。另外，我还买了一瓶薰衣草香水、两支蜡烛、一包各色各样的别针和一个针插，这些都放在了梳妆台上，好让米考博太太梳妆用。为了让米考博太太感到舒适方便，我把卧室的火炉生了火。我还亲自铺好了台布。一切就绪，我就安心等着客人的到来。

到了约定的时间，我的三位客人同时抵达。米考博先生的硬衣领比往常拉得更高了，单片眼镜上还系了条新缎带。米考博太太的帽子并没有戴在头上，而是用浅棕色的牛皮纸包着。特拉德尔一手拎着这个牛皮纸包，一手扶着米考博太太。他们看了我的公寓，都满心欢喜。我把米考博太太领到梳妆台前，当她看到我特意为她准备那么多东西时，大喜过望，大声叫米考博先生进来看看。

"我亲爱的科波菲尔，"米考博先生说，"这真是太奢华啦。你的这种生活方式，让我回想起我过去的一段时光，那时我还是个钻石王老五，那时的米考博太太还没被人邀请，到婚姻之神的圣坛前誓愿订约呢。"

"他是想说，我是被他邀请的，科波菲尔先生，"米考博太太打趣地说，"他不能把责任推给别人呀。"

"我亲爱的，"米考博先生突然变得很认真，回答说，"我不想把责任推给别人。我非常清楚地知道，由于命运神秘莫测，它要把你许配给我。也许这就是命中注定的事，把你许配给一个无比糟糕的男人，他经过长期挣扎，最终还是倒在了复杂的经济困境中。我知道你在暗示什么，我的爱人。你说的话让我很遗憾，不过我还承受得了。"

"米考博！"米考博太太哭了起来，叫喊着说，"这不能怪我呀！我从未抛弃过你，永远也不抛弃你，米考博！"

"我的宝贝，"米考博先生百感交集地说，"你一定会宽恕我这个心灵受过创伤的人，我相信，我们患难之交的老朋友科波菲尔也会宽恕我的，我只是最近受了一个狗仗人势的小人的欺凌，确切地说，就是与自来水公司一个管水龙头的坏家伙，发生了冲突，那些积聚的情感在这里宣泄出来了。你们要宽容我的这些过分的言行，不要太过责备了。"

说完，米考博先生拥抱着米考博太太，并紧紧地握我的手。从他这段支离破碎的语言中，可以推测出，一定是由于他家没有按时缴纳水费，当天下午，他家的自来水被自来水公司给掐断了。

为了让他忘掉这桩伤心事，我告诉米考博先生，说今晚的这盆潘趣酒，全靠他来调制呢。于是，我把他带到储放柠檬的地方。转瞬之间，他刚才的沮丧一扫而空，更说不上绝望的情绪了。柠檬皮的清香混合着糖的香甜，滚热的朗姆酒发出阵阵酒香，沸腾的水冒出蒸汽，在如此美妙的环境中，我从没见过有谁像米考博先生这天下午这么开心呢。他专注地搅拌着，调配着，品尝着，那副模样完全不像是在调制潘趣酒，而是在经营着他家的传世家业。透过芳香的薄薄雾气中，他的脸显得容光焕发，这让我们感到惊喜万分。至于米考博太太，我不清楚是由于把那顶帽子戴在头上的缘故，还是因为我准备的薰衣草香水和别针发挥了作用，或是因为炉火和蜡烛的映照功效，总之，当她走出卧室来时，她比原来可爱多了。她显得如此快乐，就连云雀也无法超越她。

我心里对克鲁普太太犯了嘀咕，当然，我只敢妄加猜疑，断然不敢冒昧去求证。我猜疑克鲁普太太在煎完鳎鱼后，她的怪病一定又发作了。因为吃完鱼后，我们后续的菜就没有踪影了。等了许久，羊腿终于送上来了，里面红红的，外面却白生生，还沾满了沙粒一样的不明物体，好像它曾跌入了那个非同寻常的厨房炉灰中。我们想通过肉汤来确认是否发生了这一状况，可是肉汤没能顺利来到餐桌上，因为那"小丫头"已把肉汤泼到了楼梯上。顺便提一句，那道长长的肉汤痕迹，一直停留在楼梯上，直到它自行消失。鸽肉馅饼倒不错，但那是表里不一的馅饼。它的外形，从颅相学①观点来看，是一个没有出息的脑袋，外面长满凸起的疙瘩，里面空空如也。一句话，这次的宴会是极其失败的。不过，所幸我的客人们都兴致盎然，而且米考博先生提出一个高明的建议，为我解了围。要不是这样，我真的会万分沮丧。我是说，这个沮丧是来自宴会的失败。如果提到朵拉，我可一直都是愁肠百结呢。

"我亲爱的朋友科波菲尔，"米考博先生说，"即使是管理得最好的家庭，有时也会发生点意外。一个家庭，需要有一个强人的力量来控制和管理，那种力量神圣不可侵犯，它可以感染一切，可以不断强化支配作用，换句话说，我要说的是，一个家，需要一位心甘情愿做家庭主妇的女性，由她来管理和控制整个家庭，否则家庭会出现各

---

① 颅相学：是一种认为人的心理与特质能够根据头颅形状确定的心理学假说，曾在十八世纪流行一时，目前这种假说已被证实是伪科学。

种意外，你只有无可奈何地接受，别无他法。你得容许我冒昧地说一句，香辣烧烤的滋味是其他任何食物都无法超越的。我相信，只要我们稍稍分一下工，就可以自己做出一道美味来。而且我相信，如果那位伺候我们的小姑娘能找来一个烤肉架的话，我敢担保，面对餐桌上的小小失望，我们可以轻而易举地补救过来的。"

食品储藏室里有个现成的烤肉架，我每天早晨用它来烤火腿片。我们立刻把它拿过来，按照米考博先生的建议，我们开始动手忙起来。他提出的分工是这样的：特拉德尔把羊肉切成薄片；米考博先生则在肉片上加胡椒、芥末、盐和辣椒，他对此无比精通；我则在米考博先生指点下，将肉片一片片放到架上炙烤，用叉子不断翻动，烤好后就取下来；米考博太太用一个小汤锅把烤肉煮熟，并加入一些蘑菇酱，不断搅动着。当烤的肉片足够开始吃时，我们就大快朵颐，一边吃一边挽衣袖烤肉。我们一面注意着盘子里烤好的肉片，一面注意着在火上吱吱冒着白沫的肉片。

由于这种烹饪方法既新奇美妙，又无比热闹，我们一会儿起身去看看炉火上的肉烤得怎样，一会儿从烤架上取下滚烫的肉片，坐下品尝着酥脆的美食，大家忙个不停，满脸通红，开心极了。看着令人垂涎三尺的烤肉发出吱吱的声音，扑鼻的香气弥漫开来，那条羊腿吃得只剩下了骨头。我的胃口奇迹般地恢复了。直到现在，说起来仍然惭愧不已，但我不得不说，在这期间，我把朵拉抛到了脑后。让我感到特别满意的是，米考博先生和太太无比开心，就算让他们倾其所有来举办这场宴会，那种高兴劲也不过如此。特拉德尔边切边吃，还笑个不停，他几乎没安静过。事实上，我们每个人都无拘无束，尽情欢愉，我敢说，没有比这更成功的家宴了。

我们吃得兴高采烈，大家在各自的岗位上忙得不亦乐乎，忙着把最后一片肉烤得尽善尽美，将我们的宴会氛围推向极致。正在这个时刻，我觉得屋里多了一个生人，他泰然自若地拿着帽子站在我面前。

我抬头一看，原来是利蒂默。

"你怎么来这里了？"我不禁问。

"对不起，先生，有人指点着让我找到这里来的。我的主人没在这里吗，先生？"

"不在。"

"你没见到他吗，先生？"

"没有。你不是从他那儿来吗？"

"不是从他那儿来的，先生。"

"是他让你到这儿来找他吗？"

"不完全是这样，先生。不过，我想，即使他今天不在这儿，那么明天他或许也会来这儿。"

"他是从牛津过来的吗？"

"先生，"他毕恭毕敬地说，"请您坐下，让我来干这活儿吧。"说着，他走到我身边，我不由分说就把手中的烤叉交给他。他接过来，然后俯身在烤架上，专心致志地烤起肉来，好像所有注意力都集中在那上面。

我想，就算是斯蒂夫本人到这里来，大家也不至于如此惶恐不安。可是在他的这位体面的仆人面前，我们立刻就变成谦卑人群中最谦卑的人儿了。米考博先生哼起一支曲调，装出一副舒适自在的模样，坐回到椅子上，匆忙地把叉子藏进了怀里，可叉柄从胸口伸出来，那模样就像是他拿叉子刺进了自己的胸膛。米考博太太急忙戴上了棕色手套，装出一副贵妇的慵懒神情。特拉德尔的双手油腻腻的，却在头上一通乱抓，抓得头发全都直立起来。他不知所措，呆呆地盯着桌布。而我呢，就像是坐在主人座位上的一个小毛孩，对这位不知从何而来，给我整理家务的体面人物，我几乎不敢正眼瞧他一眼。

这时，他从烤架上取下羊肉片，郑重其事地给我们端过来。我们都取了一小块儿，但全然没有了胃口，只是装出一副认真用餐的样子来。等我们吃完，把盘子推到餐桌中间后，他悄无声息地撤掉盘子，端上丁酪。大家吃完丁酪后，他又来撤掉丁酪餐具。然后他把餐桌清理干净，把所有的餐具都放到那个移动送餐车上，再给我们摆上酒杯。接着，他当仁不让地把那个移动送餐车推进了食品储藏室。这一切他都做得无可挑剔，而且在忙碌的过程中，他的眼神很专注，从来不东张西望，也从来不看我们一眼。不过，他的背转向我时，他的那两只胳膊肘，似乎强有力地表明了他对我的成见，仿佛在说："你太年轻啦！"

"还有什么要吩咐我做的吗，先生？"

我向他道了谢，说没有什么了。不过我问他，自己不吃点晚饭吗？

"不用了，谢谢你，先生。"

"斯蒂夫就要从牛津来这里吗？"

"对不起，您说什么，先生？"

"斯蒂夫就要从牛津来这里吗？"

"我本该想到，他要明天才会到这里的，先生，我却以为他今天就到这里来了，先生。毫无疑问，这是我的错，先生。"

"如果你先见到他——"我说。

"对不起，先生，我认为我不会先见到他的。"

"假如你先见到了他的话，"我说，"请告诉他说，他今天不在这里，我为此感到遗憾，因为这里有他的一位老同学呢。"

"真的，先生！"他对我和特拉德尔鞠了一躬，又对特拉德尔看了一眼。

当他毫无声息地朝门口稳步走去时，我出于本能，有点想从容自然地跟他说点什么，不过这个希望很渺茫，因为在他面前，我从来都无法做到泰然自若。我鼓起勇气对他说：

"喂！利蒂默！"

"先生！"

"上次在雅茅斯，你待了很久吗？"

"不太久，先生。"

"你看到那条船改装完工了吗？"

"是的，先生。我留在那里，就是为了看着那条船改装完工的。"

"我知道！"我说，这时他毕恭毕敬地对我抬起眼睛，我接着问，"我猜，斯蒂夫先生自己还没见过那条船改装后的样子吧？"

"我说不好，先生。我想——不过，先生，我实在说不好。我该向你道晚安了，先生。"

说完这几句话，他向在场的所有人毕恭毕敬地鞠了一躬，然后便出门去了。他一走，我的客人们仿佛才缓过来，能比较自由自在地呼吸了，我也感到如释重负。因为在这人跟前，我不仅感到自己懵懂无知，局促不安，而且，我的良心也在暗自谴责我，说我不该怀疑他的主人。这让我隐隐有些不安和焦虑，担心他察觉到我的心思。其实，我并没有什么罪大恶极的需要掩饰，可是我总觉得，我的一切都瞒不过这个人。为什么会这样呢？

我苦苦思索着，而且还想，以后见了斯蒂夫本人，我会多么惭愧和悔恨。这个时候，米考博先生的说话声把我从沉思中唤醒。他高度赞誉了这位已经离去的利蒂默，他说利蒂默是最为体面的人物，是无可挑剔的仆人。我在这里需要提一句，利蒂默鞠躬的对象是在场所有的人，米考博先生拿走归他享受的那一份，而且是纡尊降贵地拿走的。

"不过，说起这潘趣酒，我亲爱的科波菲尔，"米考博先生品尝着酒，说，"就像时光一样，是不会等着我们的呀。哈！眼下这会儿，是酒味最好的时刻了。我亲爱的，你的意见如何？"

米考博太太回应说，这酒美妙绝伦。

"那么，"米考博先生说，"如果我的朋友科波菲尔能宽容我，让我放纵一回，那我就要先喝一杯，以此来纪念朋友科波菲尔和我在年轻的时候，在人生的道路上并肩作战的那些时光。说起我和科波菲尔的关系，我可以用我们以前一起唱过的一句歌词来表达：

"我们曾一起在山中游荡，采摘野菊的芬芳。①

"这是用比喻方法来形容我们的关系——有些时候是这样。我也说不大清楚，"米考博先生用他从前那种声调，带着难以形容的文绉绉的神情说，"不管雏菊是何物，如有可能，科波菲尔和我一定常去采摘，对这一点我毫不怀疑。"

这时候，米考博先生"采摘"起他杯中的潘趣酒来。于是我们也跟着喝起来。特拉德尔明显听得有些莫名其妙，因为他并不知道，我和米考博先生在很久以前，如何在人生道路上并肩战斗的往事。

"哈！"米考博先生清了清嗓子，借着炉火与潘趣酒的热力，接着说，"我亲爱的，再来一杯好吗？"

米考博太太说，只要一点点。可我们都不答应，于是给她斟了满满一杯酒。

"既然这里没有外人，科波菲尔先生，"米考博太太小口地抿着潘趣酒，说，"特拉德尔也是我们家的一员，所以我想听听，你们对米考博先生的前途有何看法，"米考博太太振振有词地说，"说到粮食生意，我也多次对米考博先生说过，也许这算是体面人的买卖，但空有面子，却无利可图。忙上半个月，也只能挣到两先令九便士的佣金。不管我们的要求多么低，但总不能无利可图呀。"

我们一致同意这个看法。

"既然如此，"米考博太太一向认为自己明察事理，并引以为

---

① 苏格兰诗人彭斯的《友谊地久天长》一诗中的诗句，引自王佐良译稿。

傲，她认为每当米考博先生有可能步入歧途时，她是有能力发挥女性的智慧，让米考博先生回归正途的，她说，"那么，我就问自己这个问题：要是粮食买卖不可靠，还有什么可靠呢？煤炭买卖可靠吗？完全不可靠。我们做过这方面的尝试，这是我娘家人的提议，但我们发现，此路不通。"

米考博先生双手插在衣服口袋里，靠在椅背上，在一旁看着我们，并不时点点头，那神情仿佛在说，这事情太清楚不过了。

"既然粮食和煤炭买卖都不值得讨论，科波菲尔先生，"米考博太太带着更加雄辩的口吻说："我自然而然要好好考察这个世界一番，并且说，对于像米考博先生这样一位有才能的人，这世界上究竟什么事情才值得他做，并且将会成功？凡是靠提佣金的买卖，我一概将其排除在外，因为佣金是靠不住的。我相信，对于米考博先生这种具有特殊天分的人，只有靠得住的买卖才是最合适的。"

特拉德尔和我都表示同意，并且小心翼翼地说，关于米考博先生才能的这一大发现，无疑是正确的，而且是当之无愧。

"我不瞒你说，我亲爱的科波菲尔先生，"米考博太太说，"我早就有个观点，酿酒这一行业特别适合米考博先生。瞧瞧巴克雷—珀金斯公司吧！瞧瞧杜鲁门—汗布里—巴克顿公司！就我对米考博先生的了解，我可以预测到，只要他拥有这样一个扎实的起点，他在这个行业上的前程不可限量。而且，我还听说，这个行业的收入真是高——得——很呀！但是，米考博先生曾提出过求职申请，哪怕做个底层职员也行，可是他们没有任何回复。如果米考博先生进不了这些公司，那么老谈这些想法，又有什么用呢？我完全相信，依照米考博先生的非凡气度——"

"哦！真的吗，我亲爱的！"米考博先生插嘴道。

"我亲爱的，你别打岔，"米考博太太伸出戴着棕色手套的手，放在他手上说，"我完全相信，科波菲尔先生，依照米考博先生的非凡气度，他特别适合做银行业。我在心里反复琢磨，如果我在一家银行里有笔存款，而米考博先生则代表了这家银行，他的非凡气度就会让我对这家银行深信不疑，而且会加深和银行的关系。但是，如果各家银行都不愿意发挥米考博先生的才能，或者当他提出愿意为银行效劳时，他们的态度都很傲慢，那么老谈这样的想法，又有什么意思呢？没有意思。至于说自己来开一家银行，我知道，如果我娘家人愿意把钱交给米考博先生，是可以开办的。可是，如果他们不愿意把钱交给米考博先生，事实上他们一定不会愿意的，那么说这样的话，又有什么意思？我还得说，比起以前来，我们并没有什么进步呀。"

我摇摇头，回答说："一点也没有。"特拉德尔也摇摇头，回答说："一点也没有。"

"根据上述分析，我得出什么结论呢？"米考博太太仍带着一种要把事物辨析得一清二楚的样子，接着往下说，"我亲爱的科波菲尔先生，我必然的结论是什么呢？很显然，我们应该活下去。我这样说错了吗？"

我回答说："一点也没错！"特拉德尔也回答说："一点也没错！"我还睿智地加上一句，一个人，要么活着，要么死去。

"正是如此，"米考博太太回答说，"一点儿没错。但现实问题是，我亲爱的科波菲尔，如果短期内不出现时来运转的机会，我们就活不下去了。现在我自己就这么认为，这也是我近来多次向米考博先生提及的道理，任何机会，你都不能指望它自己出现。我们总得多少推一把，才能促使它出现。也许我错了，但是我就认定了这个观点。"

特拉德尔和我对这个观点赞不绝口。

"好了，"米考博太太说，"那么，我有什么建议呢？我的这位米考博先生，具有各种资格——具有出色的才能——"

"真的吗，我亲爱的？"米考博先生说。

"我亲爱的,请你让我把话讲完。我的这位米考博先生,具有各种资格,具有出色的才能——我应该说,极具天赋,不过这或许只是一个做妻子的偏见——"

特拉德尔和我都小心翼翼地说:"不是的。"

"但是,我的这位米考博先生,却没有任何适当的岗位或职业。这该让谁来负责呢?很显然,该让这个社会来负责。那么,我要让这件可耻的事实大白于天下,大胆地向社会挑战,让它回归正道。我觉得,我亲爱的科波菲尔先生,"米考博太太气势磅礴地说,"米考博先生应该做的,就是向社会挑战,事实上,他应该这么说,'谁敢来应战,有种的就快点站出来。'"

我有些冒失地问米考博太太,这事如何才能大白于天下呢。

"在各家报纸上登广告,"米考博太太说,"我觉得,为了对得起他自己,为了对得起他的家人,我甚至可以说,为了对得起向来忽视他的社会,米考博先生必须这样,在各家报纸上登广告,清清楚楚地描述他自己是一个怎样的人,具备些什么样的资格和能力,广告结尾可以这么说:'所以,凡有意高薪聘请本人者,请来函至坎顿区邮局,威尔金斯·米考博收,邮资自付。'"

"亲爱的科波菲尔,米考博太太这一建议,"米考博先生拉着衬衣的硬领,让它们在下巴前合拢,斜着眼睛瞟了我一眼,说,"其实就是上次我有幸见到你时,给你说的那个我将一飞冲天的机会。"

"登广告花钱不少呀。"我半信半疑地说。

"一点也不假!"米考博太太仍然用雄辩的神色说,"你说得完全正确,亲爱的科波菲尔先生!我对米考博先生也说过这样的话。由于这个经费的特殊原因,我认为米考博先生应该筹一笔钱,这样才能如我刚才所说的那样,对得起他自己,对得起他的家人,为了对得起这个社会。筹钱的办法只有一个,就是签一张期票。"

米考博先生靠在椅背上,一边玩弄着单片眼镜,一面盯着天花板。不过我觉得，正盯着炉火的特拉德尔也是他关注的对象。

"如果我的娘家人都没有一丁点同情心，"米考博太太说，"答应承兑这张期票，不知道是否该说'承兑'，我想也许有个更好的商业术语来表明我的意思。"

米考博先生仍然盯着天花板，提醒她说："贴现①。"

"把那张期票拿去贴现，"米考博太太说，"我建议是，米考博先生应该去伦敦金融城②，把那张期票拿到金融市场，能换到多少钱，就算多少钱。如果金融市场的那帮人，要强逼着米考博先生蒙受巨大牺牲，那就全凭他们良心吧。我坚定地把这看成一次投资。我劝米考博先生也这么想，亲爱的科波菲尔先生，要把它看成是一次稳赚不赔的投资。而且要下定决心，任何牺牲都在所不惜。"

以我现在的角度来看，我敢肯定当时我什么也没听懂，不过我那时有一种感觉，认为对于米考博太太来说，提出这样的建议，是一种自我牺牲，显示出她对丈夫的忠贞不渝。我小心翼翼地把这个想法低声说了出来，而特拉德尔也顺着我的口气低声说了一遍，不过，他的眼睛一直盯着炉火，没有片刻离开过。

"我不想一直不停地谈论米考博先生的经济话题，"米考博太太喝完自己的潘趣酒，把肩上的围巾裹紧了一点，准备退回到我的卧室，她说，"在你的壁炉边，亲爱的科波菲尔先生，也在特拉德尔先生的面前——他虽然不是我们多年的老朋友，但就跟我们自家人一样——我禁不住想让你们知道，我是如何一步步劝说米考博先生的。我还要补充一句，我觉得，米考博先生奋勇直前的时候到了，争取他自己权益的时候也到了。我认为，出路已经讨论清楚了。我知道，我

---

① 贴现：是指持票人为了资金融通的需要，而在票据到期前以贴付一定利息的方式向银行出售票据。对于贴现银行来说，就是收购没有到期的票据。

② 伦敦金融城：在伦敦著名的圣保罗大教堂东侧，有一块被称为"一平方英里"的地方，是伦敦的市中心，也是全国商业、金融业的中心。

不过是女流之辈，一般人总认为，在讨论这类问题时，男人更有见识，判断更准确，但是我一直不会忘记，当我和我的父母生活在一起时，我爸爸常说，'艾玛虽然身子单薄，但她对问题的见解，绝不逊色于任何人。'我爸爸对妈妈偏心，我非常清楚这点，但不管怎样，他是一个善于观察的人。不管从一个女儿身份的角度来说，还是从理智的角度来说，我都不会对他的话有丝毫怀疑。"

说完这番话，我们都强烈要求米考博太太再喝最后一杯酒，但是她谢绝了，并退回到我卧室去了。我真正觉得，她是一个高贵的女人，就像是古罗马的贵族女性，能够拯救国家和人民于危难之中，能够建立不朽的功勋。

我想到这样的场景，整个人都变得激昂起来。我热情洋溢地向米考博先生表示祝贺，羡慕他拥有这样一位贤内助。特拉德尔也同样向他表示祝贺。米考博依次同我们握手，然后掏出小手巾满脸地擦着，那手巾上有着浓烈的鼻烟，也许鼻烟的味道超出他自己的估计。接着，又兴致盎然地喝起酒来。

他特别健谈。他要我们明白，等有了自己的孩子，我们就获得了重生。不管经济上有多大压力，增添孩子都会是莫大的欢乐。他说，近来米考博太太对这一点有些怀疑，但经过他的开导，她总算安下心了。至于她那些娘家人，根本配不上她。不管他们说什么，他完全不加理会，我这里引用他的原话说，"让他们滚蛋吧。"

接着，米考博先生对特拉德尔又热情洋溢地褒奖了一番。他说，特拉德尔是个有出息的人，而他米考博自己没有特拉德尔坚定的高尚品德，不过谢天谢地，称颂特拉德尔还是有资格的。对于那位与特拉德尔相爱的年轻姑娘，他虽然素不相识，但仍满怀情感地谈论一番，认为特拉德尔真心爱着她，而她也真情回报，对他敬爱，给他幸福。米考博先生建议为她干杯，我也祝贺了一番。特拉德尔对我们两人表示感谢，他说话时的淳朴和真诚让我特别喜欢，他说："我衷心感谢你们。我敢向你们担保，她是最可爱的姑娘！"

接下来，米考博先生只要一有机会，就会非常关切、彬彬有礼地提到我的恋爱问题。他说，除非他的朋友科波菲尔严肃否认，他相信，凭着他的印象，科波菲尔肯定已有了心上人，而且如胶似漆。我浑身燥热不安，很不自在了好一阵子，满脸通红，结结巴巴，矢口否认，直到后来，我抵赖不掉了，拿着酒杯说："好吧！那我建议为朵拉干杯！"米考博先生听到这句话，欢呼雀跃，他兴奋地端起一杯酒，迅速冲进我的卧室，好让米考博太太也为朵拉干杯。米考博太太毫不推辞，喜笑颜开地干杯，在房中尖声高喊着："听听！大喜事！亲爱的科波菲尔先生，我真是欢欣若狂啊。听听！"同时，她还轻轻敲打着墙壁，作为鼓掌喝彩的声音。

再往后，我们的话题转向世俗的一些事了。米考博先生告诉我们说，他认为坎顿区住着不舒服，等他通过广告获得了满意的机会，他想做的第一件事就是搬家。他提到在牛津街西头，有一排房屋，正对着海德公园，他常常留心那个地方，但是他不指望能马上租下来，因为只有较高的稳定收入时，才有可能搬过去。他解释说，眼下这一段时间里，他的期望是能住到一个体面的商业区去，比如说在皮卡迪利大街①，如果能在那里住上一套顶层楼房，也就心满意足了。这样也会让米考博太太变得开心些。在那样的楼房里，只用开一个凸形窗，或在楼顶加一层，或者像这样小小地翻修一下，他们就可以舒舒服服地过上几年体面生活了。他还强调说，无论他将来怎么时来运转，也无论他将住在什么地方，在他的家庭里，永远都会有个房间是专为特拉德尔留下的，永远会有一副刀叉是留给我的，随时等候我前去用餐。对这一点，我们要完全信任他，不用担心。我们对他的好意铭感五内。对于他谈到这类平凡庸俗的琐事，他请求我们谅解，因为对于

---

① 皮卡迪利大街：拥有豪华时尚的商店、俱乐部、旅馆和住宅，整体消费层次较高。

他这样一位正全力安排新生活的人来说，谈论这些是再自然不过的，所以我们一定要原谅他。

米考博太太又在敲打墙壁，询问茶点是否可以开始准备了。于是，我们这段友好的闲谈被打断了。她非常殷勤地为我们煮好了茶。每当我给她递茶杯，或是递奶油面包，走近她身边时，她都要悄悄问我朵拉的情况，问朵拉皮肤是白还是黑的，身材是矮还是高的，以及诸如此类的问题。她这么关切地问我，让我很开心。喝过茶后，我们在壁炉边谈论各种话题。米考博太太兴致很高，为我们唱了两首她最拿手的歌曲，《精神抖擞的白中士》和《小塔夫林》。她的嗓音低柔微弱，音调平直。这让我回忆起，我最初认识她的时候，对她的嗓音就印象特别，在音质上就像是不会起泡沫的啤酒呢。早在米考博太太还是和她父母住在一起的时候，她就以善唱这两首歌而远近闻名。米考博先生告诉我们，当他第一次在她娘家见到她时，听到她唱第一首歌时，就非同寻常地对她着了迷，等她唱《小塔夫林》时，他就打定主意，如果不能抱得美人归，那简直是生不如死。

在十点多钟，米考博太太站起身来，摘下头上那顶帽子，依旧用浅棕色的牛皮纸包好，换上软帽，系上帽带。特拉德尔忙着穿外套，就在这时，米考博先生乘人不注意，偷偷塞给我一封信，悄声叮嘱我说，等我有空的时候看一看。米考博先生挽着米考博太太的手臂，走在前面，特拉德尔拿着装帽子的包，跟随其后。举着蜡烛，走到房门外，在栏杆上为他们照亮下楼的楼梯，趁着这个机会，我拉着特拉德尔，把他留在楼梯顶上。

"特拉德尔，"我说，"米考博先生对人从来没有什么恶意，他只是很可怜的人。不过，如果我是你，我什么东西都不会借给他的。"

"亲爱的科波菲尔，"特拉德尔笑着回答，"我并没有什么值得借给他的东西呀。"

"你是有一个名字的，你得知道。"我说。

"哦！你说名字是可以借出去的东西吗？"特拉德尔若有所思地回答说。

"正是如此。"

"哦！"特拉德尔说，"是的，当然！我非常感激你，科波菲尔。不过，现在恐怕为时已晚，我已经把这个东西借给他了。"

"是用在他说的那张可作为投资的期票上的吗？"我问。

"不是，"特拉德尔说，"不是用在这张期票上面的。关于这张期票，我还是第一次听他说起呢。我今晚也一直在琢磨，在等会儿回家的路上，他很可能提出把我的名字署在这张期票上面呢。我已经借给他一次了，是用在另一张期票上的。"

"我真心希望，将来不会带来什么麻烦。"我说。

"我也希望不会，"特拉德尔说，"不过，我想大概不会有什么麻烦的，因为就在前几天，他还告诉我说，那笔欠款他已经凑齐了。这是米考博先生亲口告诉我的，'已经凑齐了'。"

这时，米考博先生看了看我们，对着我们站的地方看，所以我只得匆匆忙忙再告诫了他一遍。特拉德尔向我表示了感谢，然后就下楼去了。可是，我看到他拎着牛皮纸包赶着下去，然后伸手扶着米考博太太时，看他如此忠厚老实，我担心他整个人会被卷进金融市场，脱不了身。

我回到壁炉边，半是认真半是嘲讽地回想起米考博先生的为人及我们之间的关系。就在这时我听到一阵急促上楼的脚步声。刚开始，我还以为米考博太太落下了什么东西，让特拉德尔回来取呢。但是，当那脚步声走近时，我听出来了。我觉得我的心跳得很厉害，血一下涌上我的脸，因为那是斯蒂夫的脚步声。

我从没忘记过艾妮丝，从我第一次见到她的时候起，我就在心中为她开辟了一个圣殿，一直把她供奉在那里，而她也从来没有离开过我心中的圣殿——如果我可以这么说。可是当斯蒂夫一进屋来，站在我的面前，向我伸出手，原来笼罩在他身上的黑暗又成了光明，我顿时感到了惶惑和惭愧，因为我曾经怀疑我衷心爱着、钦佩着的人。但是，我对艾妮丝的爱丝毫没有改变，依然把她看作是我生命中温柔仁慈的天使。我没有责怪她，而是责怪我自己，不应该冤枉了斯蒂夫。如果我知道有什么能够补偿对他的亏欠，我一定会去全力以赴。

"喂，雏菊，老朋友，变哑巴啦！"斯蒂夫热情地握了我的手，又很快地把手甩开，笑着说，"你又在大宴宾客了，正好被我逮住啦，你这个锡巴里斯人[①]！博士法院的这帮家伙，简直是整个伦敦城过得最快活的人了，我相信，把我们这些冷淡无趣的牛津人，完全给打败了！"他眉开眼笑地说着，快乐地巡视了一遍我的整个房间，在我对面的沙发上坐下来，沙发上米考博太太余温尚在。他落座后，拨弄着炉火，让它烧得更旺了。

"我刚一看到你，简直太惊讶了，"我调动我极大的热忱欢迎他的到来，"差点儿窒息了，斯蒂夫。"

"好啊，正像苏格兰的谚语那样，'看我一眼，眼病立痊'，"斯蒂夫回答说，"见到你精神抖擞的模样，雏菊，眼病也会立马就痊愈呢。你还好吗，我这位巴库斯的信徒[②]？"

"我很好，"我说，"不过，今晚，我可不是好酒之徒，不过我得承认，今晚我的确宴请了三位客人。"

"我在街上遇见他们三人了，他们都对你赞不绝口呢，"斯蒂夫回应说，"那位穿紧身裤的朋友是谁呀？"

我尽量用最简洁的语言，向他描述了我对米考博先生一些好的看

---

① 锡巴里斯：意大利南部一个古希腊城，位于塔兰托海湾，公元前510年在与克罗托那的战争中被毁。锡巴里斯因为富饶与奢靡而闻名，所以"锡巴里斯人"引申为"奢靡逸乐的人，过奢侈生活的人"。

② 巴库斯为罗马神话的酒神，斯蒂夫在此开玩笑说科波菲尔是个酒徒，因为他们上次聚会时他喝得酩酊大醉。

法。对于我如此蹩脚的描述，他不由地开怀大笑，他还说，看来米考博先生是个值得结识的人，他一定要找机会结识米考博先生。

"不过，你猜猜，另外那位朋友是谁？"这回轮到我问了。

"天知道呢，"斯蒂夫说，"我希望，该不是个让人讨厌的家伙吧？我觉得，看上去他真有点像个让人讨厌的家伙呢。"

"是特拉德尔呀！"我得意地说。

"谁是特拉德尔？"斯蒂夫漫不经心地问。

"你不记得特拉德尔了？在萨伦学校里，和我们同住一个房间的特拉德尔，你忘了吗？"

"哦！那个家伙！"斯蒂夫说，一边用火钩在壁炉里敲打着上面的一块煤，说，"他还像以前那么软弱吗？你是在哪儿把他寻来的？"

我感觉斯蒂夫非常瞧不起特拉德尔，所以我尽最大努力说了一番关于特拉德尔的好话。斯蒂夫微笑着点点头，说他也想见见那位老同学，因为他以前是个古怪的人。这句话说完，他马上把话题转移了，问我能不能给他弄点什么吃的。他看上去并没有什么谈话的兴趣，只是懒洋洋地坐在那儿，用火钩敲打着那块煤。我注意到，当我把晚宴剩下的鸽肉馅饼等食物端出来时，他仍然是那副模样。

"哎，雏菊，这是给国王吃的晚餐呀！"他突然不再沉默，大声叫喊起来，跳到桌前坐下来，"我要好好享受一番，因为我刚从雅茅斯回来。"

"我还以为你从牛津回来呢。"我回答说。

"不，"斯蒂夫说，"我一直在航海，比待在牛津好玩多了。"

"利蒂默今天来过这儿，他在打听你，"我说，"我一直以为，他说你要从牛津过来呢，不过现在让我想想，他的确没那么说。"

"我原以为利蒂默挺聪明的，结果是个大笨蛋，竟然跑到这里来打听我，"斯蒂夫兴高采烈的样子，他倒了一杯酒，一边为我干杯，一边说着，"如果你能搞懂他，雏菊，那么你就是我们这些人中最聪明的了。"

"你说得没错，的确如此。你居然去了雅茅斯，斯蒂夫！"我把椅子朝餐桌移近了点，想知道与那里有关的一切情况，"你在那里住了很久吗？"

"不久，"他回答说，"在那儿折腾了一个星期左右。"

"那儿的人都好吗？当然，小艾米丽还没有结婚吧？"

"还没有呢。不过我相信，快要结婚了，也许就这几个星期，或者就这几个月内，反正总归要结婚的。我不常见到他们。哦，我想起来了，"他放下一直飞舞着的刀叉，开始在衣服口袋里摸索着，"我给你捎了封信来。"

"谁写的？"

"嘿，就是你的老保姆呀，"他回答着，并从胸前的口袋中掏出一沓纸张来，逐一翻检着，"'詹·斯蒂夫，快活林的债务人'，这不是的。别着急，我马上就能找到。那个叫老——他叫什么来着？他的情况不妙，我想，给你的那封信里就谈到了这个。"

"你是说老巴克斯吗？"

"正是！"他仍在几个口袋里摸索着，看看掏出来的是些什么东西，"恐怕，可怜的老巴克斯没救了。我在那里遇到了一位小药剂师，也可能是一位外科医生，不管他是做什么的，反正我知道，就是替阁下您接生的那位。依我看，他对治疗这种病很在行。不过，他的结论却是，这位车夫正在跑他的最后一趟旅程，但是，他跑得太快了些——我的大衣挂在那边椅子上了，你去摸摸衣服的胸袋，我相信你会找到那封信的。在那儿吗？"

"在这儿呢！"我说。

"那就对了！"

信是辟果提写的，比以往的信更加潦草，也更简短。她在信中说，她丈夫的病重到绝望的地步了，还隐约提到，说他比以前"更加手紧"了点，因此要想把他伺候得更舒服点，难度更大了。信中只字未提她自己如何辛劳，如何昼夜护理，通篇都是赞扬巴克斯的好话。信写得质朴简单，毫不矫饰，满纸充满了真诚，我深知这都发自她内心。在信的结尾，写的是"问候我那永远疼爱的"——这里说的就是我。

我辨认着字迹，吃力地读那封信时，斯蒂夫大口地吃喝着。

"这是很糟糕的事，"读完了信，他这样说，"不过，太阳每天都要下山，人类每分钟都有死亡，在死神面前大家都是一样的，我们不应该为这个命运吓破了胆。死神对人来说永远是一视同仁的，如果我们听到了它的脚步声在门前响起，就显得绝望无助，就不能把握自己的命运，那么我们就要失去这世上的一切。不要这样！努力向前！必要时穿上防滑靴，道路平坦时就穿平底鞋，但是应该努力向前！越过一切障碍，在竞争中大获全胜！"

"在什么竞争中大获全胜呢？"我说。

"在我们已参加的竞争中，"他说，"努力向前！"

当时的情景，现在还历历在目。他说完，停顿下来，俊秀的脑袋微微后仰，高举手中杯子，目光注视着我，这时我才注意到，虽然他脸色红润，带着清新的海风吹拂过的印记，但是也带着一些紧张，这是我上次和他见面时不曾出现过的，似乎他一直致力某种激情四溢的紧张活动，而且这种情绪被激发出来后，会在他心灵深处强烈地翻滚激荡。我本想好好劝劝他，不要坚持这种冒险行为，同凶险的海浪较量，或者同恶劣的天气挑战，可是我的心思又迅速滑开了，转移到眼前的话题上。

"我想和你说点事，斯蒂夫，"我说，"如果你有兴致肯听我说的话——"

"我对什么都兴致勃勃，只要你高兴，我做任何事情都可以。"他回答说，并从餐桌边移到壁炉旁。

"那么，我说，斯蒂夫。我想，我一定得去乡下看看我的老保姆。倒不是说我去了能给她什么好处，或能给她提供什么帮助。不过，她那么疼爱我，我去看看她，就等于我给她带去了好处，提供了帮助。我去看她，她一定会很高兴，她会感到安慰和支持。我相信，对于像她这样一位如此爱我的人来说，我去看看她，这本身也不怎么费事。如果换作你，你是不是也会像我这样，花一天时间去她那儿一趟呢？"

他露出忧思重重的样子，坐在那儿想了一会儿，才低声回答说，"好！去吧，你不会碍事的。"

"你刚从那儿回来，"我说，"我本想邀请你和我同去，看来这不大可能了，对吧？"

"是啊，"他回答说，"今天晚上我要赶回海盖特去。我有这么久没见我母亲了，良心会遭受谴责的。因为她如此深爱着自己的儿子，可是儿子却很不肖呀——呸！胡说八道！——我猜，你是想明天动身吧？"他说着，然后伸直两条胳膊，手搭在我的两个肩头上。

"是的，我是这样想的。"

"行，那就后天再去吧。我原来计划带你到我家去住几天呢。我专程来这里恭迎你的大驾，你却偏偏要飞到雅茅斯去。"

"你居然倒打钉耙，说我要飞走，斯蒂夫，明明是你自己到处乱飞，总是溜到谁也不知道的地方去呢！"

他没有接话，默默地看着我，过了一阵子，又像先前那样，伸出双手搭在我的肩膀上，还摇了几下，然后回答说：

"行啦！你明天还是先到我家来吧，尽可能跟我们好好待上一天！谁知道，错过了明天，我们什么时候才能再相见呢？行啦！明天一定来我们家！我要你站在萝莎·达特尔和我中间，把我们俩隔开。"

"要是没有我来隔开，你们相互会爱得更深些？"

"是的，但也许会恨得更深，"斯蒂夫笑着说，"不管是爱还是恨都行。行啦！你明天可一定来哦！"

我向他保证明天一定去。于是他穿上大衣，点燃雪茄，动身回家去。我发现他准备就这样步行回家，于是我也穿上外套，不过没有像他那样点燃雪茄，因为我已抽得够多了。和他一起出门去，一直在空旷的大道上漫步走着。在夜间的这个时分，四周寂然无声。斯蒂夫一路上都兴高采烈地谈笑着。我们分开后，我看着他的背影，精神十足，步伐轻盈，不禁想起他刚才说过的，"越过一切障碍，在竞争中大获全胜！"我衷心希望，前提条件是，他参加的是一场有价值的竞争。

当我回到卧室，准备脱衣上床时，米考博先生的信从衣服里掉下来，落到了地板上。这时我才想起这封信，于是拆开信，读了起来。我看出，这封信是晚餐前一个半小时写的。我不记得我是否以前提起过，但凡米考博先生遇到什么难以逾越的困难，他就喜欢用法律术语来表述，他似乎觉得，用这样的辞藻会消除他遇到的麻烦。

尊敬的阁下——因为我不敢再称呼你"亲爱的科波菲尔"：

　　本信的署名人已家道中落，故应当将此实情奉告于你。鄙人曾言辞闪烁，只因力图掩其祸之即临，对此阁下今晚必会察觉。然未来之希望已坠入地平线下，本信署名人无力回天，已家道中落矣。

　　本信的撰写并非自由状态，乃受某人之监视，不能称之为吾之良友。此人受雇于某典当行，行财物扣押、评估及置换之务，值其酩酊大醉神志不清之际，鄙人奋笔疾书也。因本信署名人欠租，此人已扣押署名人之住所以追补租金。其扣押清单内，不仅包括本宅长住房客即本信署名人之全部动产，而且累及寄宿于此的内殿①荣誉学会会员托马斯·特拉德尔先生之全部动产。

酿成的苦酒已经溢满，正"递往"（借用某不朽诗翁②之言）本信署名人之唇边。酒杯倘若还能再盛下一滴愁苦，则该愁苦为以下之事实：上述之托马斯·特拉德尔先生，曾出于友谊，同意承兑本信署名人所立之期票一张，总额计二十三英镑四先令九便士半，现已到期，然鄙人尚未筹得款项，故此作废。更有苦此甚者，本信署名人所负养育之责已然沉重，兼之遵循繁衍之常理，将增加一柔弱受苦之婴童，故负担将雪上加霜。此柔弱受苦之婴童，以整数计，自今日起不足六太阴月③将临世矣。

除上述事项外，再附片语以之搁笔，即

尘与灰将

永远撒于

此人头上④。

威尔金斯·米考博　恭呈

可怜的特拉德尔！到了眼下这种状况，我总算看清米考博先生的为人，也料定他一定可以从这种打击中恢复过来。但是，我整夜都无法安睡，因为担心着特拉德尔，担心着那住在德文郡的牧师的女儿，她是这个家里十个姐妹中的一个，她是世界上最可爱的姑娘，她愿意等着特拉德尔，等到六十岁都可以，她可以等到地老天荒！一语成谶，这是多不吉利的赞扬啊！

---

① 内殿：指伦敦四个律师学院中的一所，即内殿律师学院，参考第23章注释。

② 指莎士比亚，该词出自戏剧《麦克白》。

③ 太阴历法以月亮圆缺计算，与阳历时长有差异，一个太阴月为阳历29天12小时44分。

④ 尘与灰撒于头上，宗教用语，表示忏悔或耻辱。

第29章　再访斯蒂夫家

　　早晨，我对斯宾洛先生说，我要请几天假。由于我没有领任何薪酬，所以对于那位总是铁面无私的乔肯斯，他似乎也没有什么不愉快，因此没费什么周折就准假了。我乘机请斯宾洛先生替我向斯宾洛小姐问好。我说这话时，声音粘在喉咙里，眼睛也模糊起来。斯宾洛先生干巴巴地回答了我，并没有任何情感，就跟一个普通人说话没有两样，他只是说谢谢我，他的女儿很好。

　　我们这些实习生，是代诉人的接班人，将要成为这种高贵人物的苗子，因此享受了许多优待，我几乎每时每刻都是自由自在的。不过，我不想太早到海盖特去，至少应该在那天下午一两点钟之后去，又因为在那天上午，法庭还要审理一桩小小的逐出教会案，我便和斯宾洛先生一起出庭，度过了一两个小时的愉快时光。这桩案子是狄普金起诉布洛克，他希望能拯救布洛克的灵魂。他们两人都是教区委员会委员。案件的起因就是他们发生了扭打，据说其中一个把另一个推倒在水泵上，这个水泵的把手飞进了一座学校的校舍，而校舍就坐落在教会屋顶的山墙下面，因此，这出手推的人就触犯了亵渎教会罪。这案件滑稽可笑。直到我坐在马车的厢座里时，心里都还在想着发生在博士法院的趣事，耳边仍然回响着斯宾洛先生的话，他说过，"有胆碰碰博士法院，国家都会倾家荡产！"我就一路回味着，来到了海盖特。

　　斯蒂夫的母亲见到我欣喜万分，萝莎·达特尔也很开心。我发现利蒂默并不在家，这让我特别惊喜。侍候我们的是颇为羞涩的小女佣，她的帽上系着蓝色缎带，专门是在客厅服务的。和那位体面人的眼光相比，要是你偶尔和小女佣的眼光相遇，会让你舒心得多，不会让你忐忑不安的。不过，到他们家还不到半小时，我就特别注意到一个现象，达特尔小姐一直在密切地观察我，我还注意到，她好像在把我的脸和斯蒂夫的脸来回做比较，试图通过比较，刺探出这两张脸之间会透露出什么信息来。每次当我朝她看时，总会看到她脸上急切的表情、令人畏惧的黑眼睛和想刨根问底的凸脑门，全都齐刷刷地聚焦在我的脸上。或者突然从我的脸上转向斯蒂夫的脸，或同时盯着我们两人的脸。她有神的目光就像山猫般锐利，当她发现我已注意到她的举动时，她居然毫不畏缩，眼神反而变得更加犀利，直直地盯着我。我虽然没做什么亏心事，也明明知道她无法疑心我有什么罪过，但在她那奇特的目光下，我还是会不由自主想逃避，我实在受不了她那双锐利的双眼，咄咄逼人的目光把我压得喘不过气来。

那一整天里，整所住宅似乎都弥漫着她的身影。如果我在斯蒂夫的房里和他谈话，就会听见从外面的小过道里传来她衣服的窸窣声。我和斯蒂夫在屋后草坪上玩以前玩的游戏，就会看见她的脸从一个窗户移动到另一个窗户，就如同一盏鬼魅般飘动的灯火，最后终于在一个窗口停下来，不眨眼地监视着我们。下午，我们四人一起外出散步，她的瘦手像弹簧一样，紧紧挽住我胳膊，把我拉在后面。等斯蒂夫和他母亲一直往前走，走远到听不见我们说话的地方，这时她对我开口了。

"你已经很久没来这里了，"她说，"难道你的职业真的那么有趣，那么有吸引力，以至把你全部的心思都吸引去了吗？我这么问，是因为我懵懂无知，总想得到指教。不过，你的职业真的有趣吗？"

我回答说，我很喜欢这个职业，不过，我的确无法把它描述得灿烂辉煌。

"哦！这让我明白了，我很高兴，因为在我犯错的时候，我喜欢有人来纠正我，"萝莎·达特尔说，"你的意思也许是说，这个职业有点枯燥乏味，对吧？"

"嗯，"我回答说，"这个职业也许是有点枯燥乏味。"

"哦！所以你需要放松放松，寻求点舒服——找点刺激，或做点诸如此类的事情，对吗？"她说，"啊！我一点儿也没说错！不过他——是不是，呃——是不是也有点那个呢？我不是说你呢。"

斯蒂夫这时正挽着他母亲往前走着，她朝他们的方向飞快地瞥了一眼，让我明白了她说的是谁。但除此之外，她到底说的是什么，我一点也摸不着头脑了。我迷惑不解的表情在脸上表露无遗。

"那事情，是不是——我没有说一定是的，我只是想知道——那事情是不是对他很有吸引力？也许那事情让他分神了，所以很少回来看望他这位无限宠爱他的——呃？"

这时，她又飞快地向他们瞥了一眼，也同样瞥了我一眼，好像要看透我内心深处在想什么。

"达特尔小姐，"我回答说，"请别认为——"

"我没有呀！"她说，"哦，哎呀，你别以为我在想什么！我并不是猜忌多疑的人。我只是问一个问题，我不会表示任何看法。照你这么说，他并不是那样的，对吧？好啦！我明白了，我很高兴。"

"当然并不是那样的，"我不知就里，含含混混地说，"斯蒂夫离开家的时间比以往长了些——即使真是这样，也跟我没有任何关系。我真不知道他已经很久没有回家了，要不是听你刚刚说起，我也毫不知情呢。我有很久没见到他了，直到昨晚才算见面了。"

"很久没见过？"

"的确，达特尔小姐，很久没见过！"

她目光直直地盯着我看，这时我看到她的脸更加消瘦，也更加苍白了，那道伤疤似乎拉长了，划过变了形的上唇，深深地印刻进下唇，斜斜地挂在下颏上。这道可怕的伤疤，这道犀利的目光，让我不寒而栗。她目不转睛地盯着我，问道：

"那他都在干什么呢？"

我把她的这句话原封不动地复述了一遍，与其说是对她说话，不如说是说给我自己听，因为我那时太惊慌了。

"那他都在干什么呢？"她显得无比焦躁，简直像一团火，快把她烤焦了，"那个可恶的家伙在帮他干些什么呀？那个家伙总是带着捉摸不透的虚伪眼神看着我。我知道你是有信义的，讲体面的，所以我并不要求你出卖你的朋友。我只请求你告诉我，是什么东西正诱惑着他走上歧途：是愤怒？是仇恨？是骄傲？是浮躁？是妄想？是爱情？到底是什么呢？"

"达特尔小姐，"我回答说，"我该怎么告诉你，你才会相信我呢？我觉得，斯蒂夫没有任何变化，就跟我第一次来这儿时一样。我不会胡乱猜疑的。我坚信，什么事都没有发生。我甚至不明白你说的到底是什么。"

她一动不动地站着，直直地盯着我，那道令人恐惧的伤疤发出一阵抽搐或颤抖，让我不由得联想到，她此刻内心备受煎熬。同时，她微微地翘起一边嘴角，像是在鄙视什么，或者是在怜悯什么。她马上伸出手掩住嘴角，她的手是如此的纤细，如此的娇嫩，以前我曾见她在壁炉前用手遮住脸时，还暗自把它比作细瓷呢。她这时掩口说了一句话，语速极快，口气里带着强烈的凶狠："关于刚才说的话，我要你绝对保密！"说完就沉默不语了。

有儿子在身边陪伴，斯蒂夫太太感到特别开心。而斯蒂夫这次也显得特别关心她，无比孝顺恭敬。我觉得，看到这对母子在一起是蛮有意思，不仅仅是由于他们在情感上极为相似，你疼爱我我也疼爱你，而且还因为他们的性格也极为相似，如果说，在斯蒂夫身上展现的是傲慢和急躁，而斯蒂夫太太由于年龄和性别差异，就转化为一种慈祥和威严。我不止一次地想，这对母子不发生冲突尚好，一旦发生冲突，以他们母子俩的性格——我应当说，两个性格一样，但强弱程度不同——比起两个性格截然相反的人来说，更难和解。我必须承认，这种观点并非来自我的观察，而是出自萝莎·达特尔的一席话。

吃晚餐时，她说："唉，到底是什么情况，你们一定得告诉我，无论谁来讲都行，因为我想了整整一天了，我想弄清楚。"

　　"你想弄清楚什么，萝莎？"斯蒂夫太太说，"求求你，萝莎，求求你，别那么神秘兮兮的。"

　　"神秘兮兮的！"她叫嚷起来，"哦！真的吗？你认为我是那样的吗？"

　　"我一直都在恳求你，"斯蒂夫太太说，"说话要明明白白，态度要真实自然，别这样遮遮掩掩的好吗？"

　　"哦！要这么说，我这态度就不真实自然了？"她回答说，"那么，看来我们总是不了解我们自己的。你们一定要真心原谅我，因为我只想弄清楚到底是什么情况。"

　　"人不了解自己，这已成了人的第二天性了，"斯蒂夫太太说，没有流露出半点不快，"不过我记得清楚——我相信你自己也记得清楚——你先前的态度可不是这样的，萝莎。以前你说话并不这么遮遮掩掩的，要坦诚直率得多。"

　　"我相信你说得对，"达特尔小姐回答说；"这种坏习惯，居然就这样在一个人身上扎根了！我以前说话并不这么遮遮掩掩的，要坦诚直率得多，是真的吗？我怎么会不知不觉变了呢？我觉得真奇怪！哎，真是太奇怪了！我应当好好琢磨一番，怎么才能恢复以前的我。"

　　"我希望你能那样。"斯蒂夫太太微笑着说。

　　"哦！我真要那么做了，你知道的！"她回答，"我准备要学习坦诚直率——让我想想，跟谁学呢——跟着詹姆斯学吧。"

　　"你要向他学习坦诚直率，萝莎，"斯蒂夫太太接过话来，大家听出达特尔小姐的话中带着讥讽，但她说得一点也不显得夸张，就像这次一样，总是轻松自如地说出来了，"那就再好不过了。"

　　"我相信这一点是错不了的，"达特尔小姐带着异乎寻常的热忱说，"如果我要相信什么东西，你知道，那我当然就是真心诚意相信的。"

我感觉斯蒂夫太太意识到了她自己刚才说话态度急躁，显得有点后悔，因为她的口气立刻温柔和蔼起来：

"好啦，我亲爱的萝莎，我们还没听到，你想弄清楚的到底是什么呢！"

"我想弄清楚什么？"达特尔小姐带着令人难堪的淡漠，回答说，"哦！我只是想知道，假设有两个人，他们有着一致的道德品性——这么说合适吗？"

"没什么不合适的。"斯蒂夫说。

"谢谢你——有着一致道德品性的这两个人，假如他们之间发生了严重分歧，是不是比两个性格截然相反的人，更容易彼此嫉恨，加深情感裂痕呢？"

"我得说，应该是的。"斯蒂夫说。

"你也这么想？"她回答说，"哎呀！那么举个例子吧，假设——我们可以假设任何未必会发生的事呢——你和你母亲之间发生了严重的分歧——"

"我亲爱的萝莎，"斯蒂夫太太笑起来，和蔼地打断她的话，"你重新找个其他的假设吧！詹姆斯和我，都知道彼此该尽什么责任，我祈求上天，千万不要发生那样的事！"

"哦！"达特尔小姐若有所思地点点头说，"说得没错，这样就可以避免分歧了吗？嗯，当然可以。的确。我居然蠢到拿你们的关系来当假设，好啦，我多么高兴啊，我知道你们彼此尽责就可以避免分歧，这真是太好了！非常感谢。"

还有一个和达特尔小姐有关的细节，我绝不该忽略不提。因为到了后来，当事情的发展无可挽救，逐步显出真相时，我一定会想起眼下的事情来。在这一整天里，尤其从这一时刻起，斯蒂夫便使出他那绝妙的功夫，轻松自如地施展开来，把这个古怪的人，转变成一个讨人喜欢的同伴，而且哄得她眉开眼笑的。他能成功，我对此并不感到意外。达特尔小姐居然试图反抗他那些颇具魅力的有趣手段——我当时认为，这是有趣的天性——我对此也不感到意外。因为我知道，她有时是偏执多疑，性情乖戾的。我目睹着她逐渐改变的过程：她的表情和态度一点点地改变着；渐渐地，她看斯蒂夫的眼神中带着越来越多的钦慕；她虽然试图反抗他的魅力，但是反抗力量越来越弱，不过她心底还是有些怒气，似乎是在责备自己的意志太软弱了；终于，她那犀利的眼神变柔和了，她的笑容变温柔了，我也不再像先前那样一直害怕她了。我们大家坐在壁炉边，一起有说有笑的，仿佛像一群孩子，无拘无束，舒适自在。

到底是因为我们在餐厅坐得太久，还是因为斯蒂夫决心保持他已获得的优胜位置，我不得而知。反正，等达特尔小姐离开后，我们在餐室里待了不到五分钟，也就起身离开了。"她在弹竖琴呢，"我们走到餐室门口时，斯蒂夫轻声说，"我相信，这三年来，除了我母亲外，还没人听她弹过竖琴。"他微笑着说，但是他的笑容有些古怪，而且转瞬即逝了。然后，我们走进了客厅，发现只有达特尔小姐独自待在那里。

"别站起来！"斯蒂夫说着，不过她已经站起身来，"我亲爱的萝莎，别站起来！请施舍一回你的善心，给我们唱支爱尔兰歌吧。"

"你怎么喜欢爱尔兰歌呢？"她回应说。

"喜欢极了！"斯蒂夫说，"胜过喜欢其他一切的东西。这位雏菊，他的灵魂深处也是喜爱音乐的呢。给我们唱支爱尔兰歌吧，萝莎！让我像往常那样坐下好好欣赏。"

他没有触碰她，也没有触碰她刚才坐的那张椅子，而只是靠在竖琴旁边坐了下来。达特尔小姐在竖琴旁站了一小会儿，表情怪怪的。她伸出右手，作了一连串弹琴的虚拟动作，没有拨响琴弦。终于，她坐了下来，把竖琴猛然拉到自己面前，边弹边唱起来。

我不知道，在她的弹唱中，到底融入了什么，使得那首歌成为我生平遇见的最奇特的一首歌，我从未听过，甚至从未想象过有这样的歌。在这首歌里，饱含着某种令人畏惧的情感，似乎那首歌不是某人填词出来的，也不是某人谱曲出来的，而是直接从她心灵深处的激情中迸发出来的。当她的歌声逐渐婉约低沉下来后，她的情感慢慢有了收敛；当一切重归宁静时，她的情感仿佛化为虚无。然后，她又倚在琴旁，再次用右手作了一连串弹琴的虚拟动作，仍然没有拨响琴弦。这个时候，我震惊得完全失去了意识。

　　又过了片刻，接下来发生的事才把我从那恍惚中惊醒过来。斯蒂夫从座位上站起身来，来到她身边，愉快地伸出胳膊搂住她，对她说：“好啦，萝莎，我们以后也要彼此相爱呀！”她变得像一只野猫，打了他一下，粗暴地把他推开，然后冲出了客厅。

　　“萝莎怎么了？”斯蒂夫太太走进来，问道。

　　“她当了一会儿的天使，母亲，”斯蒂夫回答说，“物极必反，所以她又走向了另一个极端。”

　　“你得小心点，别招惹她，詹姆斯。她的脾气已经很坏了，记住，千万别招惹她了。”

　　达特尔小姐再没有回客厅来，也没人再提到过她。最后，我和斯蒂夫一起回到他的房间，向他道晚安。这时候，斯蒂夫大大地嘲笑了达特尔小姐一番，问我有没有还见过谁，像她这样又凶又难以捉摸。

　　我表示我非常惊讶，穷尽我能想到的所有词汇来表示我的不解，还问他能否猜出，她究竟为什么性情大变。

　　“哦，天知道，”斯蒂夫说，“随你怎么想，或许什么也不为呢！我对你说过，她喜欢把所有的东西，包括她自己，都要拿到石头上磨一磨，磨得很锋利。她是一件利器，和她打交道要格外小心。她永远都是危险的。晚安！”

　　“晚安！”我也说，“我亲爱的斯蒂夫！明天一早我就要离开，不等你醒来了。晚安！"

他舍不得我离开。他站在那里，就像昨天在我房间时那样，伸开两只胳臂，把手搭在我的肩膀上。

"雏菊，"他微微笑着说，"虽然你这个名字不是由你的教父或教母给你起的，但是我最喜欢用它来叫你——我希望，我真的希望，我真心希望，你能把这名字送给我！"

"嗨，这有什么不可以呢？"我说。

"雏菊，如果将来发生了什么事，把我们拆散了，你一定要记着我最好的一面，老朋友。好啦，我们一言为定。如果将来发生了什么事，把我们拆散了，你一定要记着我的好！"

"在我心里，斯蒂夫，"我说，"你既没有最好的一面，也没有最坏的一面。你永远都是完整地留在我的心里，被我热爱和敬重着。"

我曾一度对他有过误解，尽管那只是模糊不清的念头，但我心里已经非常悔恨。我真想把那些念头向他坦承出来，这些话都到了嘴边。但是，我心生顾虑，担心这样做会亵渎艾妮丝的友谊和信任，我也没来得及想清楚，该怎么说才能避免上述危害，否则，我会把这些想法一吐为快。这时，他说："上帝保佑你，雏菊，晚安！"我内心挣扎着，但终未把话说出口。然后，我们握了手，分别了。

第二天清晨，天刚蒙蒙亮我就起床了，尽量无声无息地穿好衣服，然后朝他房里看了看。他睡得很香，舒服地躺在床上，头枕在胳膊上，就像当年我在学校时常见的那个睡姿。

回想起校园时光，真是时光荏苒，倏忽而逝。这个时候，我看着他竟睡得如此深沉，我不禁有一种奇怪的感觉，强烈地渴望他从梦中惊醒过来。他依然熟睡着，就像当年我在学校时常见的那个样子——我不禁怀念起当年的他。就这样，在这寂静的时刻，我离开了他。

哦，上帝会宽恕你的，斯蒂夫！我永远不会再触碰那只在爱情和友情上都冷漠无情的手了。永远不会，永远不会了！

第30章 蒙受损失

我这天晚上才抵达雅茅斯，到旅馆安排了住宿。我知道，就算那位所有生灵都将屈服于他的贵宾①尚未登门拜访，很可能过不了多久，辟果提那个空闲的房间——也就是我曾经住过的那个房间——就会变得拥挤不堪。所以，我一到这里就先去了旅馆，在那里吃过饭，订下了床位。

我出去的时候，已经是晚上十点钟了。很多商店都已打烊，整个镇子变得寂然无声。当我来到欧默—约拉店铺门口时，只见百叶窗虽然已经关上，门却还敞开着。我远远地就看到了欧默先生，他挨着客厅的门坐着吸烟。我径直走进去，向他问好。

"哎呀，老天啊！"欧默先生说，"你还好吗？快请坐。我想抽两口，我希望你不会讨厌吧？"

"完全不会，"我说，"我喜欢这烟味——别人烟斗里的这味儿。"

"怎么，你自己没有烟斗吗？嗯？"欧默先生笑起来，说，"那样更好，先生。对年轻人来说，抽烟是个糟糕的习惯。请坐吧。我自己抽烟，是为了治哮喘呢。"

这会儿工夫，欧默先生给我让出了地方，放了张椅子。他又坐下来，急促地呼吸着，对着烟斗大口猛吸着，似乎烟斗里有什么活命的东西，不吸就会要他的命。

"巴克斯先生的近况不好，我听到这个消息后很难过。"我说。

---

① 指死神，这里暗指巴克斯先生将不久离开人世。

欧默先生看着我，脸上没有什么表情，然后摇摇头。

"他今晚情况怎么样，你知道吗？"我问。

"这个问题，本该我向你提的，先生，"欧默先生回答说，"只是出于忌讳不便开口。干我们丧葬这一行的，就有这样的不便——如果某人生病了，我们是不方便去问候他的。"

我倒还没想到有这样的难处，不过，在我进门时，我也很怕听到以前这里单调的"砰——嗒嗒"声，感觉那是很不吉利的。现在，经他这样一说，我立刻就明白了，向他表示说我能理解。

"是的，是的，你能理解呀，"欧默先生点头说，"我们可不敢这么做呀。天哪，要是对某人说，'欧默—约拉店铺向你表示慰问，问你今天早上——或者今天下午——感觉怎么样呀？'这样的话会把人吓死的，会让病人觉得自己生命无望了。"

欧默先生对我点了点头，我也向他点了点头。欧默先生靠着烟斗的帮助，呼吸平顺了些。

"虽然对有些事，我们很想表达对他们的关心，但是由于干了这一行，就不能随心所欲地去做，巴克斯先生的事情就是一个明例，"欧默先生说，"就拿我来说吧，就算我认识巴克斯一年，他从我身边经过时，我只能点点头；就算我认识他四十年，也只能点点头。我决不能追着去问，'你还好吗？'"

我觉得这的确让欧默先生感到很为难，我把这个想法告诉了他。

"我希望，我并不是一个比别人更自私的家伙，"欧默先生说，"你瞧瞧我！我随时都会断气的，在这种情况下，我自己知道，我是不太可能自私的。一个人，清楚自己半截身子都入土了，就像一个裂了口子的风箱，随时都可能断气的，更何况已经当了外祖父，依我说，这样的人是不大可能自私的。"欧默先生说。

我说："一定不会的。"

"我倒不是抱怨我从事的这一行，"欧默先生说，"真不是的。

毫无疑问，每一个行业，既有好的一面，也有不好的一面。我只希望那些相互爱着的人们，都能变得坚强起来。"

欧默先生默默吸了几口烟，一脸的谦恭与和蔼。然后，又接着他先前的话头说：

"如此一来，我们只能从艾米丽那儿了解到巴克斯的情况。她对我们不会有惊恐和猜疑的，在她看来，我们就和一群羊羔一样安全，她知道我们的真正目的是什么。艾米丽收工后都会去巴克斯家，给她姨妈帮点忙。明妮和约拉刚刚去了艾米丽那儿，实际上是去打听今晚巴克斯情况如何。如果你愿意在这儿等他们回来，那么他们一定会把详情告诉你的。你吃点什么吗？一杯加水的潘趣酒如何？唔，我自己抽烟的时候就会喝点加水的潘趣酒，"欧默端起他的酒杯，说，"因为据说这潘趣酒可以滋润喉咙，我这讨厌的呼吸就全靠它起作用呢。不过，老天哪，"欧默先生声音沙哑地说，"其实，问题并不出在喉咙上呀！'只要让我充分地呼吸，'我对我女儿明妮说，'我自己的毛病自己解决，亲爱的。'"

事实上，他根本没法充分呼吸，看到他大笑起来，真让人担心。等他的呼吸平稳了，可以顺利谈话时，我婉言谢绝了他的盛情邀请，因为我刚吃过晚饭。我还对他说，既然承蒙他的好意挽留，那就在这儿待一会儿，等他的女儿和女婿回来再离开。我又向他问起小艾米丽的情况如何。

"哎，先生，"欧默先生把烟斗从嘴里拿开，并搓了搓下巴，说，"我对你说实话吧，要是她结婚了就好啦，我会为她高兴的。"

"这是为什么呢？"我问。

"哦，她这阵子有些神思恍惚，"欧默先生说，"这倒不是说她没以前漂亮，恰恰相反，她出落得更漂亮了，我敢向你保证，她比以前漂亮多了。我并不是说她干活没以前卖力了，我以前说过她一个能抵六个，现在一样卖力，仍然能抵任何六个人。不过，不知为什么，她好像没有了劲头，"欧默先生又搓了搓下巴，把烟斗含在嘴里吸了几口，"我要怎么形容呢？大概用这句话来表示最恰当不过了，'使劲拉呀，用力拉呀，一起拉呀，大伙使劲，嗨哟！'我对你说吧，现在艾米丽身上没有——总而言之——缺少的就是这个劲头。"

欧默先生通过他的表情和态度，把意思表达得异常清晰，我心领神会地点点头，表示我明白他的意思了。我领悟得这么快，似乎让他很开心，他便接着往下说：

"嗯，我认为，这主要是她的生活不太稳定，你是知道这个情况的。工作闲暇的时候，我和她的舅舅，和她的未婚夫都谈了不少。我认为，这主要是她的生活不太稳定，你应该还有印象，"欧默先生微微摇着头说，"小艾米丽很重感情。俗话虽说，'猪耳朵永远做不出绸锦包。'嘿，我可不这样想。我倒相信这是有可能的，只要你从小就去做，也许你能成功。先生，她已经把那条破旧的船屋当成一个家，就算是用青石和大理石砌出来的房屋，也相形见绌呀。"

"我相信，她就是这样重感情的！"我说。

"瞧瞧，这个漂亮的小东西多么恋着她舅舅呀，"欧默先生说，"瞧她整天都缠着她舅舅，越缠越紧，越来越亲，看了真让人开心。嗯，你知道，在这种情况下，内心一定会是多么挣扎呀。终究要分开的，何必要拖长呢？"

我认真听这个善良的老人的话，并打心眼儿里赞同他说的。

"所以，我曾对他们说过这事，"欧默先生用一种轻松自在的语调说，"我说，'你们千万别把艾米丽的学徒时间规定得太死，她学多久完全由你们来决定。她干的活儿好得超出想象，她学艺的速度，也快得超出想象。就算她还没学满，欧默—约拉店铺也可以把剩余的时间一笔勾销。你们想让她满师，她就可以满师。今后，如果她不愿意，就安排在我家里干活，无论为我们做点什么都行。如果她不愿意，那也行。反正无论怎么样，我们都不会吃亏的。'因为——你不知道吗？"欧默先生用烟斗碰碰我说，"像我这样连气都喘不过来的人，已经都是外祖父了，面对像她这样长着一对蓝眼睛的小花儿，我怎么忍心和她斤斤计较呢？"

"绝对不会，我可以肯定。"我说。

"完全不会！你说得没错！"欧默先生说，"嗯，先生，她的表哥，就是将要娶她的那个表哥，你应该认识吧？"

"哦，是的，"我回答说，"我和他挺熟的。"

"当然，你和他挺熟，"欧默先生说，"行，先生，她的这位表哥，看起来做的是个好营生，收入也可观。他为了艾米丽这事还给我道了谢，很有男子汉的气概。我得说，他的这般举止态度，一直让我很敬重他。随后，他去租了一座舒心的小房子，无论你我，看了那房子都会喜欢上的。眼下，小房子已经装修好了，布置整洁，设施完备，仿佛就像一个玩具娃娃的客厅。要不是可怜的巴克斯病情恶化了，我敢说，他们早就喜结良缘了。而实际上呢，他们的婚期只能往后推了。"

"那艾米丽呢，欧默先生？"我问，"她是不是心情好了呢？"

"哎呀，你要知道，这个嘛，"他又搓着他的双下巴，回答说，"不要指望啦。今后生活发生怎样的变化，以及如何与舅舅分离，诸如此类的事，对她而言，既可以说是远在天边，也可以说是迫在眉睫。如果巴克斯死了，婚期就不会推迟太久，但他也可能就这样不死不活的，那具体的婚期就很难说清了。总而言之，这事还定不了，你要明白。"

"我明白。"我说。

"结果呢，"欧默先生继续说，"艾米丽仍然有些郁郁寡欢，又有些神思恍惚，总的看来，也许她的状态比以前更糟糕。她似乎越来越疼爱她的舅舅，越来越不愿意离开我们。我一安慰她，她立马就会眼泪汪汪。我女儿明妮的小女孩总是和她形影不离，如果你看到那种情形，保证你一辈子都忘不。哎呀！"欧默先生若有所思地说，"她多爱那孩子呀！"

既然欧默先生的女儿和女婿还没回来打断我们谈话，我想这是个好机会，于是问他是否知道玛莎的消息。

"唉！"他摇摇头，情绪显得很沮丧，回答说，"过得挺不好的。无论你怎么看，先生，她的事让人听了都会伤心的。我从来不认为那姑娘会造成什么危害。我不想当我女儿明妮的面提起这事，因为我一开口她就会阻拦我。不过，我也从没提起过她，我们都从没提起过她。"

欧默先生最先听到了他女儿的脚步声，随后我才听出来。他用烟斗碰了碰我，而且用一只眼冲我眨了眨，以示警告。明妮和她丈夫随即就进屋来了。

据他们说，巴克斯先生已病入膏肓，完全不省人事。刚才齐力浦先生离开前，在厨房里哀叹着说，就算把内科学会、外科学会、药剂师学会的人全请过来，也回天乏术了。齐力浦先生还说，内科学会、外科学会对他毫无用处，而药剂师学会只会把他毒死。

我听到这个消息，得知辟果提先生也在那里，于是决定马上过去。我向欧默先生道过晚安，又向约拉夫妇道过晚安，便心情沉重地朝辟果提家走去。在一片庄重肃穆中，巴克斯先生已不再那么熟悉，完全变成了一个陌生人。

我轻轻敲了敲门，出来开门的是辟果提先生。他见到我时，并不像我预料的那么吃惊。辟果提下楼来时，也没有大惊小怪，而且后来我看她一直都这样。我想，在等待着那种可怕的变故发生之时，其他的一切都无足轻重了。

我和辟果提先生握了握手，然后一起走进厨房，他轻轻地关上门。小艾米丽就坐在炉火旁，双手掩面，汉姆就站在她的旁边。

我们说话都压低了声音，还不时停下来，听一听楼上房间里的动静。我上一次来这里时，厨房里就没有巴克斯先生的身影，但那时还没有意识到这个变化，可现在，我感觉特别怪异。

"你真是太好了，大卫少爷。"辟果提先生说。

"不是一般的好呀。"汉姆说。

"艾米丽，亲爱的，"辟果提先生大声说，"你瞧！大卫少爷来了！嘿，振作起来，我的宝贝！你不想和大卫少爷说句话吗？"

她浑身都在颤抖，直到现在，她的模样还能浮现在我眼前。我握着她的手，感觉到她的手冰凉刺骨，直到现在，我还能感受到那种浸入骨髓的冰凉。她把手从我手中抽出，这是让我感受到这只手尚有活力的唯一迹象。然后她就从椅子那儿悄无声息地走开，溜到她舅舅的另一侧去，伏在他的胸口，依然是一言不发，浑身颤抖着。

"这个孩子的心地太善良了，"辟果提先生伸出他那粗糙的大手，抚摩着她那浓密的头发，说，"承受不了这么巨大的悲伤。对于年轻人来说，这是很自然的事，大卫少爷，年轻人从没经历过这种苦难，都会害怕的，就像我的这只小鸟一样——这是很自然的呀。"

她往舅舅的怀里贴得更紧，但既没抬起头来，也没说话。

"时间不早了，亲爱的，"辟果提先生说，"汉姆来接你回去呢。哎！跟着这个好心肠的人一起回去吧！你在说什么，艾米丽？嗯，我的宝贝？"

我听不到她的声音，但辟果提先生低下了头，好像在听她说什么，然后他说：

"允许你在舅舅家留下来？哎，你怎么这么想呢？要留在你的舅舅家，我的宝贝？那一位很快就是你的丈夫啦，他不是来这儿接你回家吗？瞧这个小家伙，靠在我这样一个风里来雨里去的大老粗怀里，这种情形谁也想不到呀，"辟果提先生显得特别骄傲，看着我们俩说，"不过，海水里的盐再多，也没有她对她舅舅的爱多呢——这个笨笨的小艾米丽！"

"艾米丽这么做是对的，大卫少爷！"汉姆说，"依我看，既然艾米丽愿意留在这儿，而且她看起来那么焦虑和害怕，那就让她留在这里，待到明天早上再说吧。我也留下来！"

"不行，不行，"辟果提先生说，"像你这样一个成了家的人——差不多算是成了家的人——不应该白白耽误一天的工作。你不应该晚上守夜，白天还要工作，那可不成。你回家睡觉去吧。你不用担心没人照顾艾米丽，我知道该怎么做。"

听了这番劝说，汉姆拿着帽子准备告辞。他走过去吻别小艾米丽——每次见到他这么亲近她时，我总觉得他天生就是一个灵魂高贵的绅士——但是她似乎往她舅舅怀里贴得更紧，甚至想躲开她自己选中的丈夫。我跟着汉姆走过去，等他出门后，我把门关上了，以免惊扰了这个屋子的宁静。我转过身返回来时，发现辟果提先生还在对她说话。

"好啦，现在我要上楼去，告诉你姨妈，大卫少爷来了，让她听了有一些安慰，"他说，"你就在壁炉边坐坐，亲爱的，把这双冰冷的小手烤暖和点。用不着这么害怕，也别太难过。你说什么？你要和我一起上去？行啊！和我一起上去吧！走！要是她的这个舅舅被赶出家门，不得不蹲到一条沟里，大卫少爷，"辟果提先生仍像先前那样，不无骄傲地说，"我相信，她也肯定会跟我一起去呢，唉！不过，很快就会跟着别的人啦——很快就会跟着别的人啦，艾米丽！"

后来，我也上楼去了。当我经过我以前的那个小房间门口时，看到屋里漆黑一片，但是我隐约觉得，艾米丽就在屋里，在地板上躺着。不过，那究竟真的是她呢，还是屋里斑驳的阴影呢，我现在也说不清楚。

我坐在厨房的炉火前，有那么片刻的空闲工夫，心里想到漂亮的小艾米丽对死亡的恐惧。另外，我也记起欧默先生告诉我的话，我认为，这就是她目前神思恍惚的原因。在辟果提还没下楼来看我之前，我甚至还有闲暇工夫去思考，对于她的这个弱点，应该给予更多的宽容。我就这样独自坐在那里，一边想着，一边数着那台时钟的嘀嗒声，我更加深切地感到周围的肃穆和寂静。这时，辟果提下来了，把我紧紧地搂在怀里，一遍又一遍地祝福我，感谢我，她说，她要感谢我在她痛苦的时候来看望她，我的到来给了她莫大的安慰。然后，她请我上楼去，声音中带着哽咽，说巴克斯先生一向喜欢我，赞誉我，在他昏迷之前经常提起我。她相信，如果他能清醒过来，看到我一定会快活起来的，假如这个世上还有什么东西能够让他快活的话。

当我见到巴克斯先生时，我觉得他能清醒过来的可能性，几乎是微乎其微。他以一种很不舒服的姿势躺在那里，头和两只肩膀都伸到床外，半个身子都靠在那只箱子上，那曾耗费他的心血，给他带来无尽麻烦。据说，后来，他一病不起，浑身无力，再也不能爬下床打开它，也不能用我以前见过的手杖去试探箱子的安全，他就请人把箱子放在床边的椅子上，从那时起，他就整日整夜抱着它。眼下，他的一只胳膊就放在箱子上。时光和人世，正从他的身边悄悄溜走，只有那只箱子依旧还在。他用解释的语气给大家说的最后一句话是："都是些旧衣服！"

"巴克斯，我亲爱的！"辟果提朝着他俯下身子，带着几乎是兴高采烈的语气呼唤着他，而辟果提先生和我则站在他的床边，"我亲爱的孩子来啦，就是大卫少爷呀，就是这个亲爱的孩子，让我们走到一起来的呀，巴克斯！就是替你捎信给我的人呀，你知道的！你不想和大卫少爷说说话吗？"

他就像那只箱子，一声不吭，没有知觉。他的形象，只能通过他的箱子体现出来。

"他就要随潮水一起退去了。"辟果提先生用手捂住嘴，低声对我说。

我的两眼模糊了，辟果提先生的两眼也模糊了。不过我仍然低声重复了一遍：“随潮水一起退去了？”

“住在海边的人，”辟果提先生说，“潮水没有退尽，是不会咽气的。潮水没有涨满之前，是不会出生的，潮水没有涨满，就无法顺利地生孩子。三点半开始退潮，退完潮需要半个小时。如果他能拖到下次涨潮的时候，他就能一直坚持到潮水涨满，然后在下一次退潮时，跟着潮水一起退去。”

我们都待在那里，守着他，过了很久——有好几个小时。当时，我待在那里，对他这样一个陷入昏迷的人来说，会起到怎样的神秘作用，我不敢妄加评论。可是，在最后时刻，他嘴边翕动，声音微弱，含混不清地在说起赶车送我去学校的事。

“他醒过来啦。”辟果提说。

辟果提先生碰了碰我，怀着无比的敬畏，低声说，“他快要随潮水一起退去了。”

“巴克斯，我亲爱的！”辟果提说。

“克拉拉·辟果提·巴克斯，”他虚弱地说，“天底下再没有比她更好的女人了！”

“你瞧！大卫少爷来了！”辟果提说，因为巴克斯现在睁开眼了。

我正要问他是不是还认得我，这时只见他想努力伸出手来，脸上露出愉快的笑容，无比清晰地对我说：

“巴克斯愿意！”

这时，潮水正好退完，他随潮水一起退去了。

第31章　更大损失

辟果提请求我留下来，我毫不犹豫就满口答应了。我决定等到那可怜的车夫的遗体送到布兰德斯屯再离开，因为这是他的最后一次旅程。辟果提在很久以前，就用她自己的积蓄，在我们家的老墓地里买了一小块地，作为他们俩过世后的安息之地，旁边长眠着她那"可爱的姑娘"（她永远都这么称呼我的母亲）。

能够陪伴着辟果提，为她做些力所能及的事情，我感到十分欣慰。至今回想起来，我仍为我能那样做而高兴。不过，我能为她做的其实很少。但是，我在负责处理巴克斯先生的遗嘱，并对其内容加以解释的时候，我体验到我所从事的职业带给我的满足感。

最先提出在那箱子里找遗嘱的，应该说是我的功劳。经过一番搜寻后，从箱子里的马料袋的底部，我们找到了遗嘱。袋子里除了装了些干草，还发现了一只带有链子和挂饰的旧金表，巴克斯先生只在婚礼当天戴过这只金表，在那之前和从此以后，再没人见过这只表。我们还发现了一个大腿形状的银质烟盒，还有一个仿制的柠檬玩具，里面装了许多的小茶杯和小茶碟，我猜一定是在我小的时候，巴克斯先生买来打算送给我的，可后来他又舍不得了。另外还有许多一几尼和半几尼的硬币，清点下来总计有八十七个半。还有二百一十英镑，全都是崭新的钞票。还有几张英格兰银行的证券，一块破旧的马蹄铁，一枚假先令，一块樟脑和一个蚌壳。这个蚌壳经过长时间打磨，内壁露出虹彩般的光泽。由此我可以断定，巴克斯先生对珍珠还很粗浅，并没有深入了解[1]。

这么多年来，无论巴克斯先生赶着车去哪儿，他都带着这只箱子。为了掩人耳目，他编了一套谎话，声称这箱子是"布莱波先生"的，是"暂寄于巴克斯处，待以后来取"，他把这套谎话还醒目地写在箱盖上，不过时至今日，那些字迹已经模糊不清，几乎难以辨认。

我还发现，巴克斯先生这么多年来省吃俭用，积攒了一大笔钱。他的财产折合近三千英镑。他在遗嘱中说，其中一千英镑用来生息，利息留给辟果提先生做养老金，辟果提先生死后，其本金则平分给辟果提、小艾米丽和我，如果我们三人有人去世，那么谁活着谁就能平分该本金。对于其他的遗产，他都交辟果提继承，并指定辟果提为他的财产继承人和按他遗嘱处理财产的唯一执行人。

我在无比庄严的仪式中宣读了这一遗嘱文件，对于其中的各项条款，我不厌其烦地向有关的人做解释，在这种场合，我俨然成了一个有模有样的代诉人。我开始在想，博士法院的作用超过我原来的想象。我煞有介事地研究了这份遗嘱，并宣布遗嘱各个方面都是合法的，并在旁边的空白处用铅笔做上一个记号，我觉得我自己竟然懂得这么多东西，真是了不起呀。

在葬礼前的一个星期里，我做了这件了不起的事——帮辟果提清理她所继承的全部财产，把各项事务安排得井然有序，并为她出谋划策。一切都得心应手。在那段时间，我一直没见到过小艾米丽，但人们告诉我说，再过两个星期，她就要结婚了，但不会大张旗鼓地举办婚礼。

如果按照传统意义的葬礼来说，我并没有出席葬礼，因为我没穿黑外套，也没拿驱鸟幡。不过那天一大早，我就先步行到了布兰德斯

---

[1] 珍珠的形成，是异物侵入蚌内后，蚌分泌出珍珠质，一层复一层把异物包被起来即成珍珠，并不是由蚌壳磨制而成。

屯。当巴克斯先生的灵柩送到那里时，我早就等候在墓地了。只有辟果提和她哥哥辟果提先生为巴克斯先生送葬。那位疯疯癫癫的绅士，在我从前住过的房间小窗前，远远地眺望着我们。齐力浦医生的那个小婴儿，伏在保姆的肩头上，摇晃着他那大脑袋，用那双凸出的眼睛瞪着牧师。欧默先生站在人群后边，一个劲儿地喘着气。除此之外，就再也没别的人了。一切结束后，我们在墓地徘徊了一个小时，并从我母亲坟前的树上，摘下几片新叶。

我写到这儿，突然感到惊恐不安。远方的市镇上空，乌云压顶，我孤零零地走着，离镇上越近，越觉得害怕。回想到那个难忘的夜晚发生的事，我真的心生恐惧，因为我只要往下写，我就不得不再次经历那悲惨的事。

对于那件事，不会因为我写了它，就会变得更糟，也不会因为我就此搁笔，就会变得更好。事情已经发生了，木已成舟，无法消除它，也无法改变它。

我的老保姆和我打算第二天去伦敦，办理有关遗嘱的事。那天，小艾米丽待在欧默先生家。晚上，我们准备到旧船屋相聚。汉姆还是按往常的时间去接艾米丽。我则悠闲地漫步走到那儿。辟果提兄妹俩从墓地原路返回，在家里准备着，等着我们日落时分在火炉边相会。

在教堂墓地的栅栏门处，我和辟果提兄妹分了手，我昔日常把这儿想象成斯特莱普背着罗德里克·蓝登的行囊在此休憩。与他们分手后，我并没有径直回雅茅斯，而是朝着洛斯托夫特，在大路上走了一小段路。然后我才转过方向，回头朝雅茅斯走。在距我先前说到过的渡口一两英里的地方，有家比较像样的酒店，我在那里吃饭。一天的光阴就这样消磨掉了。等我来到渡口雅茅斯时，已是暮色笼罩。这时下起了大雨。所幸云层后仍有月光，所以并不是一团漆黑。

没过多久，我就看见辟果提先生的船屋，窗子透出了昏暗的灯光。我吃力地走过一段沙滩，来到门前，然后进屋了。

屋子看上去温馨舒适。辟果提先生已经抽过每晚必抽的烟斗,晚餐也准备妥当了。火炉烧得很旺,炉灰已经拨通了。那只小箱子仍然放在那里,等候着小艾米丽去坐。辟果提仍然坐在她的老位子上,要不是她换了衣服,你压根儿就不会觉得她曾离开过那儿。她又拿起了那个针线盒,盖子上绘有圣保罗教堂。还有放在小房子里的量衣尺,以及那块蜡烛头。这些东西依然在那里,就像从未受到打扰。格米治太太也坐在老地方,看上去有些不太高兴,一切都似乎没什么两样。

　　"你是第一个到的,大卫少爷!"辟果提先生面带喜色地说,"要是外衣淋湿了,少爷,就脱下吧。"

　　"谢谢你,辟果提先生,"我一面说着,一面把外衣脱下来,递给他,请他挂起来,"还是干的呢。"

　　"是啊!"辟果提先生摸摸我的肩头,说,"还很干呢!请坐吧,少爷。用不着对你说欢迎的话,不过我们真心诚意地欢迎你呢。"

　　"谢谢你,辟果提先生,我相信是这样的。哦,辟果提!"我吻了吻她,说,"你好吗,我的老妈妈?"

　　"哈,哈!"辟果提先生搓着手说着,并在我们身旁坐下来,他的举动,一方面是因为总算放下了最近的烦恼事,另一方面是因为他天性淳朴善良,"少爷,我安慰她,世界上再没哪个女人,可以比她更心安的了!她对逝者尽到了责任,对于这一点,逝者也是清楚的。逝者对她做了他应做的,她也对逝者做了她应做的。所以——所以——所以,一切都很好!"

　　格米治太太长长地叹起气来。

　　"振作起来吧,我可爱的老嫂子!"辟果提先生说,不过,他似乎在暗中对我们摇了摇头,显然他能觉察到,最近发生的事情,很容易引起格米治太太回想起她的那位老伴来,"别叹气啦!振作起来,这对你自己是有好处的。只要稍稍振作一点,你就会发现,许多事情就会变得称心如意!"

"没用的，丹尼尔！"格米治太太回答说，"我能有什么称心如意的呢？我只有孤苦伶仃。"

　　"不，不是的。"辟果提先生安慰她，让她别那么愁眉苦脸的。

　　"没用，没用的，丹尼尔！"格米治太太说，"死了的人会给某些人留些钱，我和他们住在一起，没人给我留一分钱。一切都和我过不去。还不如早点死了好。"

　　"唉，没有你，留给我的那些钱又该怎么花呢？"辟果提先生一本正经地规劝着她说，"瞧你都说了些什么呀？难道我现在不比以前更需要你吗？"

　　"我知道，以前就从来没人需要过我！"格米治太太哭哭啼啼，让人心生怜悯，"现在有人明明白白地告诉我了！我就是一个孤苦伶仃的老婆子，老是惹人烦，怎么能巴望着有人要我呢！"

　　辟果提先生似乎吃惊不小，他没想到自己的这番话，竟然被如此无情地误解了。他想回应一番，可是辟果提拉扯着他的袖子，对他摇着头，他才把话吞进肚里了。他极其伤心地看着格米治太太，过了一会儿，他又看了看荷兰钟，站起身来，剪了烛花，然后把蜡烛放在窗台上。

　　"好啦！"辟果提先生高兴地说，"好啦，格米治太太！"格米治太太还是低声叹了口气，他接着说，"按照老规矩，把烛火拨亮些！少爷，你不知道这是为什么吧！嗯，这是为了我们的小艾米丽。你知道，天黑后，这条路光线昏暗，让人心里怪难受的。所以只要我在家，到了她该回家的时间，我就会把蜡烛放在窗台上。嗯，你知道，"辟果提先生向我俯身过来，开心地说，"这样可以达到两个目的。一方面，艾米丽会说，'到家啦！'另一方面，艾米丽还会说，'我舅舅在家呀！'因为如果我不在家，我从来不让她们把蜡烛放在窗台上。"

　　"你真是淘气包！"辟果提虽然嘴上这么说，可心里还是蛮喜欢他这副模样的。

"哈!"辟果提先生说着,把两条腿大大地叉开,站在那里,用双手在腿上来回搓着,显得很开心,他时而看看我们,又时而看看火炉,"我不知道,我是不是淘气包,不过,你瞧,我看上去真不像呀。"

"看着是不太像。"辟果提说。

"是啊,"辟果提先生笑着说,"看着不太像,不过——不过你好好想想,倒是蛮像的,你知道。不管怎么样,哎呀!我才不在乎呢。让我告诉你吧,我去看了我们艾米丽那漂亮的房子了。我看了又看,觉得那儿的各种小玩意儿就是我的小艾米丽,"辟果提先生突然加重了语气,"哎,我得说,如果不这么想,那我真是见鬼啦!我拿起来,又放下去,我无比温柔地抚摸着它们,好像每件东西都是我们的艾米丽。我拿起她的小帽子,也是同样的感受。我可不允许粗手笨脚的人动这些东西,无论付出多大的代价,我也决不同意。你可以叫她是一个乖娃娃,可是她的模样,却像一只大海猪呢!"辟果提先生说着,开怀大笑起来。

辟果提和我也都笑了,不过笑声没他那么高亢。

"这是我的看法,你们知道,"辟果提先生又搓了会儿大腿,眉开眼笑地说,"以前的时候,我常和她一起玩游戏,我们装扮成土耳其人、法国人,以及各种外国人——啊呀,是的,我们还装扮成鲨鱼、狮子、鲸鱼,以及各种叫不出名的动物!那时候,她还没我膝盖高呢。你们知道,这种游戏都成为我的习惯了。哦,瞧,这儿的这支蜡烛,"辟果提先生开心地伸手指着蜡烛说,"我拿定主意,她结了婚搬走后,我还要像现在这样,把蜡烛放在这窗台上。我还拿定主意,每到晚上,不管我命运如何,也不管我住在哪儿——哎呀!我不住这儿还能住哪儿去呢——我都会把蜡烛放在窗台上,坐在火炉前,做出在等她的样子,就像我现在这样。你可以说她是个乖娃娃，"辟果提先生又放声大笑起来，"瞧她的模样，真像一只大海猪呢！啊，现在我看到蜡烛在闪耀着光芒，我对自己说，'艾米丽已经看到烛光啦！她就要回来了！'瞧这个像一只大海猪的乖娃娃！"辟果提先生止住了笑声，拍着双手说，"被我说中了，因为她真的就要到家啦！"

可是，进屋来的只有汉姆一个人。自从我来这里后，雨就没有停过，现在更是风雨如晦，因为他戴了一顶宽帽檐的油毡帽，把脸全都遮住了。

"艾米丽哪儿去了？"辟果提先生问。

汉姆的头微微动了一下，好像示意说她就在屋外。辟果提先生从窗台上端下蜡烛，再剪了剪烛花，把它放到桌上，然后忙着把火炉的火拨旺些。这时，一直站着没有动弹的汉姆说：

"大卫少爷，你可以出来一下吗？我和艾米丽有东西要给你看。"

我们俩一起走出屋去。走到门口，我从他身边经过，看到他面如死灰，我感到一阵惊恐。他急忙把我推到门外，然后把门关上。这样，就只有我们俩在屋外了。

"汉姆！出什么事了？"

"大卫少爷！……"哦，他的心都碎了，哭得撕心裂肺！

看到他痛不欲生的样子，我有些惊慌失措。我不知道自己在想什么，也不知道自己在害怕什么，我只是目瞪口呆地看着他。

"汉姆！可怜的好人！求你看在老天的分上，快告诉我出了什么事了？"

"大卫少爷，我的那位心上人——她是我心中的骄傲和希望——我一直都情愿为她去死，现在也愿意随她而去呀——可是，她走了！"

"走了？"

"艾米丽已经跑啦！哦，大卫少爷，虽然她的生命比什么都珍贵，可我只祈祷，我仁慈的上帝赶快杀死她吧，免得让她毁了自己的清白，遭受耻辱啊！你仔细想想，就会明白她为什么跑了！"

他抬起头，仰望着昏暗的天空，两只手紧紧地攥着，颤抖不已，整个身子痛苦地扭动着。他的这个形象，连同那片荒凉孤寂的海滩，一起烙印在我的脑海里。时至今日，那个记忆也没有消退。在那片无边的夜色中，汉姆是唯一的活物。

"你是个有学问的人，"他急急忙忙地说，"你知道应该怎么做，怎么做才是好的。我怎么对屋里的人说呢？我该怎么告诉他们呢，大卫少爷？"

我看到门在动，出于本能，我拉了拉门外的把手，想再赢得一点时间。但为时已晚，辟果提先生探出头来。他刚一看到我们，脸色大变，那种神情，我即使再活五百年也忘不了。

我记得，耳边响起一阵痛哭和哀嚎声。我们都回到屋子里，女人们全围在汉姆身边。我手里有一张汉姆给我的纸条。辟果提先生的背心给撕破了，头发乱蓬蓬的，脸和嘴唇惨白，鲜血流淌到胸口，我想，那应该是从他口中吐出来的鲜血。他一直呆呆地望着我。

"给我念念，少爷，"他低声说，声音在颤抖，"请念慢点，我不知道我能不能听明白。"

然后，在一片死寂中，我读着那张墨渍斑斑的纸条：

> 你对我的爱是那么深沉，可是我配不上你的爱，即使当我的心还很纯洁的时候，我也配不上。当你看到这张纸条时，我已经远走他乡。

"你停一下——我已经远走他乡了，"辟果提先生一字一顿地重复道，"艾米丽已经远去了。啊！"

明天清晨，我就将离开我那亲爱的家——我那亲爱的家——哦，我那亲爱的家啊！

看来，这封信是昨天晚上写的。

除非他能娶我做太太带我回来，否则，我将永远不会回来了。再过十几个小时后，到了晚上，你才能读到这封信，但见不到我了。哦，期望你能明白，我心中是多么难过！你被我伤害得这么深，你永远不会饶恕我的，但是我仍然期望你能明白，我心中是多么痛苦！我罪不可恕，不值得在这里多写了。哦，多想一想我的坏吧，这样你会好受些。哦，求你一定要告诉舅舅，我是如此深爱着他。哦，过去你们大家对我多么宠爱，多么关心，现在请都忘记吧，也把我们本该举办的婚礼忘记吧，你就当我很小就夭折了，已经埋在什么地方去了。我离弃了上帝，但我仍要祈求他，请多多怜悯我的舅舅！请告诉舅舅，我深深地爱着他。请多安慰他。希望你能找一个姑娘，她能像我过去那样关照舅舅，而且忠心待你，配得上你，不要像我这样不顾羞耻，找一个纯洁清白的姑娘，她才值得你去爱。求上帝保佑大家！我要常常跪下为大家祈祷。如果他不娶我做太太带我回家，我就不会为自己祈祷，我只为大家祈祷。把我临别时最后这份爱奉献给舅舅。把我最后的眼泪和感激奉献给舅舅！

信的内容就是这些。

当我读完后，很长很长的时间里，辟果提先生都一直呆呆地站在那里，两眼瞪着我。后来，我鼓起勇气，握住他的手，尽我所能地请求他，一定要控制住自己。他回答我说："我要谢谢你，少爷，我要谢谢你！"可是他的身子仍僵直不动。

汉姆对他说着话。辟果提先生能切身感受他的痛苦,他紧紧握住汉姆的手。可是,除了这个动作,他的身子仍然僵直不动,也没有人敢惊动他。

慢慢地,他终于把目光从我脸上移开,仿佛从噩梦中惊醒过来,茫然环顾四周,然后低声说:

"那个男的是谁?我要知道他的名字。"

汉姆瞥了我一眼,我顿时如同遭受了沉重的一击,震惊得后退一步。

"肯定有个可疑的男人,"辟果提先生说,"他是谁?"

"大卫少爷!"汉姆对我恳求说,"你先出去一下吧。让我把我该说的话都告诉他。这些话你不该听的,少爷。"

我又遭受沉重一击。我一下瘫倒在一张椅子上,我想说点什么,可舌头感觉被捆住了,我的视线也模糊了。

"我要知道他的名字!"我又听到辟果提先生的话。

"最近一段日子里,"汉姆结结巴巴地说,"总有个仆人时不时到这里来一下,来的还有一位先生。他们是主仆关系。"

辟果提先生仍像先前那样,僵直不动,眼睛一眨不眨地盯着汉姆。

"有人看到,"汉姆说,"昨天晚上,那个仆人和我们那可怜的姑娘在一起。他一直都躲在这一带,大约有一个星期了,也许还不止一个星期。大家都以为他走了,其实他是躲起来的。大卫少爷,你别待在这里,求你出去!"

我感觉辟果提搂住了我的脖子。即使这房子整个塌下来,压在我身上,我也动弹不了。

"今天早上,天快亮的时候,来了一辆大家都不熟悉的马车,停在镇外,就在去诺维奇的路上,"汉姆继续说,"那仆人去了马车跟前一趟,然后又走开了,后来又去了马车跟前。他第二次去马车跟前时，艾米丽就跟在他的旁边。马车里坐着另外一个人，他就是信中那个男的。"

"看在上帝的分上，"辟果提先生倒退了几步，挥动着手臂，好像在挡着什么令他恐惧的东西，叫喊着，"请不要告诉我，他就是斯蒂夫！"

"大卫少爷，"汉姆结结巴巴地喊着，"这——不是你的错——我一点也不责怪你——可是，那个人的名字就是斯蒂夫，那个该死的恶魔！"

辟果提先生没有叫喊，也没有流泪，身子一动不动。后来，他好像突然间清醒过来，从屋角的钉子上取下他的粗布外衣。

"求你们帮我一下吧！我已经蒙了，连衣服都穿不上了，"他心急火燎地说，"求你们帮我一下吧，"当有人帮他穿好衣服后，他又说，"好了，再把那顶帽子递给我！"

汉姆问他要去哪儿。

"我得去找我的外甥女，我得去找我的艾米丽。我先要去把那条船凿穿，让它沉到水底。我一个大活人，要是能看穿他的龌龊心思，我早就该淹死他！当时他就坐在我面前，"他发疯似的伸出右手，握成拳头说，"当时他就坐在我面前，还和我面对面，就算要了我的命，我也要淹死他，我想就该这样！——我得去找我的外甥女啊！"

"去哪儿找呢？"汉姆在门口拦住他，大声喊着。

"不管去哪儿找！哪怕走遍全世界，我也要去找我的外甥女。我要找到我那蒙受羞辱的外甥女，她多可怜啊！我得把她找回来。谁也别拦我！我告诉你们，我得去找我的外甥女！"

"不可以，不可以！"格米治太太站在他们中间，使劲哭喊着，"不可以，不可以，丹尼尔，像你这个样子是不可以的。冷静一点，再去找她不迟，我孤苦伶仃的丹尼尔，要冷静一点才可以呀！像你现在这个样子是不可以的。你先坐下来，我一直都让你心烦，请原谅我，丹尼尔，跟这件事比起来，我的那点不如意又算得了什么呢？让我们先谈谈往事吧。艾米丽第一个成了孤儿，汉姆后来也成了孤儿，我又成了个可怜的寡妇，是你收留了我们，一直照顾着我们。想想往事，会让你那颗可怜的心变得更加柔软，丹尼尔，"她把头靠在辟果提先生的肩膀上说，"你也就会忍受住这无尽的悲伤。因为你知道，丹尼尔，你是知道那句话的——'凡你们对我这些最小兄弟中的一个所做的，就是对我做的。'①在这个屋子里，在这个我们安身多年的地方，这句话一定会应验的！"

这时，辟果提先生冷静了一点。我本想跪在地上，求他饶恕我给他们带来的灾难，并诅咒斯蒂夫。可是，他却抱头痛哭起来。我乱箭穿心，一下子找到发泄的通道，跟着失声大哭起来。

---

① 出自《圣经·新约·马太福音》，第25章第40节。

大卫·科波菲尔

下

［英］查尔斯·狄更斯 著

刘华 译

四川文艺出版社

图书在版编目（CIP）数据

大卫·科波菲尔/（英）查尔斯·狄更斯著；刘华译. — 3版. —成都：四川文艺出版社，2019.9
ISBN 978-7-5411-5491-1

Ⅰ.①大… Ⅱ.①查…②刘… Ⅲ.①长篇小说—英国—近代 Ⅳ.①I561.44

中国版本图书馆CIP数据核字（2019）第175844号

DAWEIKEBOFEIER

大卫·科波菲尔（下）

［英］查尔斯·狄更斯 著
刘 华 译

责任编辑	程 川 周 轶
封面设计	赵海月
校 对	汪 平
内文设计	史小燕
责任印制	唐 茵

出版发行　四川文艺出版社（成都市槐树街2号）
网　址　www.scwys.com
电　话　028-86259287（发行部）　028-86259303（编辑部）
传　真　028-86259306

邮购地址　成都市槐树街2号四川文艺出版社邮购部　610031
排　版　四川胜翔数码印务设计有限公司
印　刷　四川五洲彩印有限责任公司
成品尺寸　146mm×210mm　　开　本　32开
印　张　33.75　　　　　　字　数　880千
版　次　2019年9月第三版　印　次　2019年9月第一次印刷
书　号　ISBN 978-7-5411-5491-1
定　价　68.00元（上、下册）

大卫·科波菲尔（下）

第32章　漫长旅程

对于我认为是合情合理的想法，我觉得，对于其他人而言，也应该是合情合理的，所以我不怕把这种想法写出来。对斯蒂夫，自从和他绝交后，我发现反倒比以前更爱他。他干了如此卑鄙的事情，我感到十分难过，但是越是这样，我越是想到他的聪明才智，越是体会到他的所有优点。我过去对他佩服得五体投地，而现在，我更多的是赞赏他那优秀的品质，那些原本会使他人格高尚、声名远扬的品质。我深深感到，他羞辱了一个清白人家，而且我痛心疾首地发现，我也负有一部分责任。但我相信，如果让我们俩面对面坐着，我对他一句责备的话也说不出口。我会依然爱他——虽然他不会再让我如此着迷——我依然会热烈地回想起我对他的敬爱之情，我甚至相信，我会像一个遭受心灵创伤的孩子那般软弱，甚至会生出重续旧好的念头。不过，真正要和他重归于好，这一点我从没有考虑过。正如他早就察觉到的那样，我认为我们之间的一切关系都结束了。他对我怀着什么样的记忆，我至今不得而知，也许他对我十分淡漠，轻易就可以抛诸脑后。可是我对他的记忆，却像是对一位故去的挚友，永远鲜活地留在记忆深处。

是的，斯蒂夫，在我这本寒碜的传记舞台上，你已经被永久除名！在末日审判[①]的宝座前，尽管并不是我的本意，但我仍会做证去控告你，这也许就是我的悲哀，不过我知道，我决不会对你义愤填

---

① 末日审判：基督教认为，在世界终结前，上帝和耶稣将要对世人进行审判，凡信仰上帝和耶稣基督并行善者可升入天堂，不得救赎者下地狱受刑罚。《圣经·启示录》中对末日审判进行了描述。

膺，横加辱骂！

这件事情迅速在镇上流传开来。第二天早上，当我走过街道时，就听到人们在家门口议论纷纷。大多数人责怪艾米丽，也有些人责骂斯蒂夫，但对于艾米丽的养父和她的未婚夫，大家所持的感情是完全一致的。无论是谁，看到他们所遭受的苦难，都对他们怀着无比的关切。这两个男人一大早就在海滩上缓缓散步，出海的渔夫们全部有意避开他们。人们三五成群地站在一起，满怀同情地议论着这事。

在海滩靠近水边的地方，我找到了他们。天色已经完全放开，他们仍像我离开他们时那样，一动不动地坐在那里，即使辟果提不告诉我，我也不难看出，他们整整一个晚上都没有合眼。他们看上去疲惫不堪。我觉得，一夜之间，辟果提先生的头就无力地耷拉着，这是我认识他这么多年从未见过的模样。但是，他们就像大海一样，深沉、稳重。这时，大海在灰暗的天空下波澜不惊地漫延开来，海面缓缓地起伏着，仿佛是在平静地睡眠。海天相接的地平线上，镶着一道银色光芒，那是尚未露面的太阳照射出来的。

"我们已经细细谈过了，少爷，"我们三人默默走了一段路后，辟果提先生对我说，"我们该做什么，不该做什么，都讨论清楚了。我们现在已看到我们应走的路了。"

我无意间看了汉姆一眼，他这时正眺望着远处海面上的那道银色光芒，我突然冒出一个恐惧的念头——倒不是因为看到他怒发冲冠的样儿，其实他的脸上，一点怒容也没有，我只记得，他的脸上露出坚毅的神情，不达目的誓不罢休——如果他遇到了斯蒂夫，他一定会杀了他。

"我在这儿所有该做的事情，少爷，"辟果提先生说，"已经做完了。我得去找我的——"说到这里，他顿了一下，然后用更加坚定的语气说，"我得去找她。这是我今后一辈子的使命。"

我问他打算去什么地方找她时，他摇摇头，然后又问我明天是否去伦敦。我告诉他，我想在这里尽一点绵薄之力，所以我今天不打算去伦敦，如果他愿意去，我可以陪同他一起去。

"我要和你一起去，少爷，"他说，"要是方便的话，明天就出发吧。"

我们又默默地走了一段路。

"至于汉姆，"他继续说，"他目前的工作还得继续干下去，他将搬去和我妹妹住在一起，他要好好生活下去。那边那条旧船——"

"你要丢弃那条旧船吗，辟果提先生？"我轻声打断他的话，向他问道。

"大卫少爷，"他回答说，"我在那里已经无事可做了。如果说，自从这深渊之上有了黑暗以来①，就有船会沉没，那么，最该沉没的就是那条船。不过，少爷，我不想抛弃它，我不会这样做，绝对不会。"

我们又像先前那样默默地走了一段路，他又开口解释说：

"我有一个愿望，少爷，无论白天黑夜，酷暑严寒，那条船都将永远保持那个老样子，让她一眼就能够认出来。假如某一天，她流浪回来了，我得让那老地方表现出欢迎她的样子。你明白我的意思吧，这条船要吸引她走得更近些，也许让她像个幽灵一样，透过风雨，偷偷地从那个窗口往里看，瞧瞧她以前在火炉边常坐的旧座位。也许到那个时候，少爷，她会看到屋里只有格米治太太在那儿，再也没有其他人，她也许会鼓足勇气，战战兢兢地溜进屋去，也许她还会在睡过的床上躺下来，让她那心力交瘁的脑袋，枕在从前睡过的枕头上，舒舒服服地睡一觉。"

我虽然想对他说点什么，但是什么也说不出来。

---

① 参见《旧约·创世记》第1章，"起初，神创造天地。地是空虚混沌，渊面黑暗。"形容远古以前的时候。

"每天晚上，"辟果提先生说，"只要天黑了，就要像往常一样，点燃蜡烛，放到窗台的老地方。要是她看到了烛光，那么就会听到烛光的呼唤：'回来吧，我的孩子，回来吧！'天黑后，汉姆，要是有人敲你姑妈的门，尤其是轻轻的敲门声，那么，汉姆你别去开门。让你姑妈——而不是你——去迎接我那自甘堕落的孩子！"

　　辟果提先生离我们距离并不远，一直走在我们前面，很长一段时间都这样，看不到他的脸。这时，我又瞥了汉姆一眼，只见他脸上依然是那种无比坚毅的神色，眼睛依然直直地眺望着那道银色光芒。我碰了碰他的胳膊。

　　我带着唤醒梦中人一样的声调，轻声叫唤他的名字，一连喊了两次，他才注意到我。我犹豫良久，终于问他，他如此专注是在想什么，他回答说：

　　"在想我眼前的，大卫少爷，还想着那边的。"

　　他朝海面上随手一指。

　　"你是说，在想你眼前的生活吗？"

　　"唉，大卫少爷，我也弄不太清楚，这到底是怎么回事，不过我觉得，从那边来的——好像就是个结局。"他如梦初醒般看着我，不过脸上仍然带着坚毅的神色。

　　"什么结局？"我问他，先前的那种恐惧，又浮现到我的脑海中。

　　"我也说不清楚，"他若有所思地说，"我刚才在想，一切事情都是从这里开始的——随后就有了结局。不过，这已经都过去啦，大卫少爷，"随之他又补充道，我想是因为他看到了我的忧虑，"你别为我担心，我只不过有点糊里糊涂，我好像什么都想不清楚了。"——也就是说，他已经心智失常了，彻底糊涂了。

　　辟果提先生停下来，等着我们走过去。在接下来的一段散步时间里，谁也没有说话。不过，眼下这一情形，连同我以前的想法，时时出现在我的脑海中，直到某一天，那命中注定无可挽回的结局到来，才算告一段落。

不知不觉间，我们又来到旧船屋前，便走了进去。格米治太太一改往日的模样，不再愁眉苦脸地呆坐在她那专属的屋角，而是忙着做早餐。她接过辟果提先生的帽子，为他摆好座位，她说话的声调是那么温柔体贴，让我几乎都认不出她来。

"丹尼尔，我的好人，"她说，"不管怎样你都得吃饱喝足，这样才能保持体力呀。因为要是没有体力，你就什么也做不成呀。来吃一点吧，这才是个好人呢！要是你不喜欢我叽叽咕咕，"——她的意思是她很唠叨——"讨厌我这样，那就直接告诉我好了，丹尼尔，我就可以不叽叽咕咕。"

她在餐桌上给我们摆好早餐，然后退到窗边，把辟果提先生的一些衣服仔细地缝补好，再整整齐齐地折叠起来，放进一个水手用的油布袋里。这时，她仍像刚才一样，不慌不忙地接着说：

"你要知道，丹尼尔，不管什么季节，不管什么时刻，"格米治太太说，"我都会永远守在这个家里，完全遵从你的意愿，把事情为你办得妥妥帖帖。虽然我没什么文化，不过当你在外的时候，我还是会常常给你写信，会把信寄到大卫少爷那里，让他转交给你。也许你也可以常常给我写信，丹尼尔，把你那孤独寂寞的旅途情况给我说呢。"

"恐怕等我走后，你在这儿的生活也会是孤独寂寞的。"辟果提先生说。

"不，不会的，丹尼尔，"她回答说，"我的生活不会孤独寂寞的。你不用为我担心了，我要为你料理好这个窝（格米治太太指的是这个家），事情这么多，够我忙活的。我要料理好这个窝，等着你回来，无论你们谁回来，我都会热烈欢迎，丹尼尔。天气好的时候，我会像过去那样，坐在门口，如果有谁回来，他们就会远远地看到我这个孤老婆子，对他们依旧是忠心耿耿。"

　　就在这短短的时间里，格米治太太可以说是判若两人啊！她完全变成了另外一个女人！她那么忠诚，又那么机敏，知道什么话当讲，什么话不当讲；她那么关心别人的悲痛，甚至忘了自己，让我对她的敬意油然而生。在那一天里，她做了多少事呀！有许多东西要从海滩上搬回家，存放到杂房里去，比方说桨呀、橹呀、网呀、帆呀、缆绳呀、桅杆呀、虾篓呀、压舱袋呀，等等。虽然凡是住海边的人，只要有点力气，都愿意为辟果提先生倾力相助，凡是被邀请来帮个忙的，他们都会真诚地表达感激之情，可是，格米治太太执意自己动手，忙碌了一整天，坚持做完超出她体力的重活，对那些不必忙活的事情，也不辞辛劳地操劳着。她似乎完全忘记悲叹她的不幸。她同情别人的不幸，却始终保持着乐观开朗，甚至忘掉了自己的悲惨遭遇，这一切变化，让人瞠目结舌，再也听不到她的长吁短叹了。在那整整一天里，我甚至都没听到她的声音颤抖过，也没见到她流过一滴眼泪。直到黄昏，当屋里只剩下她、我和辟果提先生三人时，辟果提先生太过劳累，沉沉睡去了，这时，她才强忍不住哭泣起来，这哭声压抑得太长了，不一会儿，她把我拉到门口，说："上帝保佑你，大卫少爷，好好照顾这个可怜的好人吧！"说完，她立刻跑到门外，把脸洗干净，这是为了让辟果提先生醒来时，能看到她仍安安静静待在他身边，忙着家务。晚上，我离开他们时，分担辟果提先生痛苦的重担就落到了她一个人肩上。我从格米治太太那儿受到深刻的教育，她带给我的新的人生阅历，让我受益匪浅。

　　晚上九点多钟，我心里充满了忧伤，缓慢从镇上经过，在欧默先生的店铺门前停下来。欧默先生的女儿告诉我，欧默先生为这件事伤心难过，整天都萎靡不振，连烟也顾不上抽就上床睡觉了。

　　"这个丫头心肠真坏，老是骗人，"约拉太太说，"她身上就没一丁点儿值得表扬的地方，从来都是这样！"

"别那么说，"我回答说，"这并不是你的真心话吧？"

"你说错了，这就是我的真心话！"约拉太太怒气冲冲地说道。

"不，不要这样。"我说。

约拉太太摇摇头，想装出一副气急败坏的样子，可是她生性温柔，不忍心哭了起来。我当时少不更事，但是我并不糊涂，看到她有如此的同情心，心里无比敬重她，觉得她这样一位贤妻良母，有这样的仁慈心肠，真是再适合不过了。

"她到底想要干什么呀！"明妮哽咽着说，"她要去哪儿呢？她今后该怎么收场呀！哦，她对她自己，对汉姆，怎么能这么狠心呢？"

当年明妮是个年轻漂亮的姑娘，她那俊俏的模样还烙刻在我的脑海里，现在，我看到她又恢复了往日的神采，打心眼儿里为她高兴。

"我的女儿，那个小明妮，"约拉太太说，"才刚刚睡着。她即使是在梦里，都还哭闹着要找艾米丽呢。整整一天，小明妮都哭着要找她，还一遍又一遍地问我，艾米丽是不是坏人。我能对她说什么呢？前天晚上，艾米丽在这儿的最后一个晚上，她还把自己脖子上一条丝带取下来，系在小明妮的脖子上，还和小明妮并排睡在一个枕头上，直到小明妮睡熟后，她才离开的！现在那丝带还系在我小明妮的脖子上呢。也许不该再让她系着了，可我有什么办法呢？艾米丽是个坏家伙，可她和小明妮又情深意切呢。孩子还小，什么也不懂呀！"

约拉太太伤心欲绝，她的丈夫不得不出来照料她。我留下他俩在一起，转身朝辟果提的家走去。这时，我心情比先前更糟糕，真是五内俱崩！

那个好心人——我说的是辟果提——虽然近来一直一筹莫展，好几个晚上都睡不着觉，可是她全然不顾自己，一直待在她哥哥身边陪着他。她打算在那里待到天亮才回来。辟果提这个星期都没时间料理家务，于是雇了一个老太太在家里帮忙。家里除了那位老太太，当晚就我一个人住了。我不需要她伺候我做什么，就打发她睡觉去了，她也巴不得这样，于是离开了。然后，我在厨房的火炉前坐了一会儿，把最近发生的一切仔细地考虑一番。

我从巴克斯先生临终的情形，一直联想到那天早上，汉姆带着怪异眼神张望着潮水涌动的远方。就在这个时刻，突然响起一阵敲门声，把我从缥缈的思绪中唤回来。门上本挂着一个敲门用的门环，但这并不是门环的敲击声，而是某人在用手拍打着门，而且拍的是门的下方，好像敲门的是一个儿童。

这敲门声把我吓了一跳，仿佛是某位显贵人家的仆人登门办事一样。我打开门，先朝下看了一眼，令我惊奇的是，我只看到一把雨伞，似乎会自行走动的。不过，我很快发现，伞下有一个人，原来是莫奇小姐。

她挪开雨伞，使尽力气也没能把雨伞收拢。如果这个小个子人儿仍像上次见面那样，露出令我难忘的"轻佻"表情，那么，我大概是不会客气待她的。可是她仰面看着我时，我发现她的脸色是那么真挚诚恳，而且我接过她那把大大的雨伞，（这把雨伞即使给爱尔兰巨人使用也显得大了），她那么忧愁地搓着那双小手，这倒使我对她顿生好感。

"莫奇小姐！"我先朝空荡荡的街道来来回回看了看，我也不清楚我还想看到什么，然后不解地问道，"你怎么上这儿来？有什么事吗？"

她举起短短的右臂给我打了个手势，示意我帮她把雨伞收拢，然后急匆匆地从我面前走过，径直走进厨房。我关上门后，拿着那把伞，跟在她身后走进来。厨房有个低低的铁炉栏，上面有两块平板，用来放碗碟的，我看见莫奇小姐就坐在这个铁炉栏的一角，旁边是一只大锅，她就处在锅的阴影之中，身子前后晃动着，双手搓着膝盖，仿佛忍受着巨大的痛苦。

只有我一个人来接待这位不速之客，而且只有我一个人看着她怪异的举动，所以我心里不免有些恐慌，故作大声地问道："请告诉我，莫奇小姐，出什么事了？你生病了吗？"

"亲爱的小伙子，"莫奇小姐把双手交叉相叠，按在胸口说，"我这里生病啦，而且病得还不轻。想不到事情竟会弄到这个地步！要不是我是个傻头傻脑的笨蛋，我本该料到的，说不定还能阻止它发生！"

她不断地前后摇晃着那小小的身体，头顶上那顶与身材极不相称的大帽子，也跟着前后晃动，墙上那个巨大的帽子阴影，也跟着晃动起来。

"看到你这么痛苦，这么真诚，"我开口说，"我真感到惊讶——"我刚说到这儿时，她就打断了我的话。

"是呀，总是这样看我！"她说，"那些身体发育正常的年轻人，从来不会替他人着想，他们看到我这么个小东西，居然也有正常人的自然感受，他们就会感到吃惊！他们把我当成玩物，拿我开心，厌烦后就把我扔到一边。他们发现我不同于木马和木头士兵，也是有感情的，他们会啧啧称奇。是的，是的，总是这样。向来如此！"

"别人也许是这样，"我回答说，"不过，我可以向你保证，我绝不是这样的。也许，见到你现在这样子，我真不应该吃惊。关于你，我还不怎么了解。我是一个实在人，没来得及多想。"

"我有什么办法呢？"那小个子女人站起身，张开胳膊，展示着身材，说，"你看！我是这副模样，我父亲是这样，我妹妹也是这样，我弟弟也是这样！这么多年来，我整天奔波，要把妹妹和弟弟拉扯大，多么辛苦呀，科波菲尔先生。我得生活下去呀，我从来不伤害人。如果有人不认真想想，或者非常刻毒地寻我开心，那我有什么办法呢？我也只得开自己的玩笑，开他们的玩笑，把一切东西都拿来开玩笑。我这么做，那又能怪谁呢？怪我吗？"

不能。我知道，这并不是莫奇小姐的错。

"在你那虚伪的朋友面前，如果我表现成一个敏锐的小矮人，"那小个子女人继续说着，带着严加责备的神情，对着我摇了摇头，"那么你认为，我可以从他那里得到多少帮助和善心呢？如果小小的莫奇（她长成这个样子，年轻的先生，并不是她自己造成的呀），向他或他那类人倾诉自己的不幸，那么你认为，他们会听到莫奇那微不足道的声音吗？即使小小的莫奇是最痛苦、最愚笨的矮人儿，她也有权要求活下去。可她却活不下去。真活不下去。如果她梦想吹吹口哨就能吹出面包和牛奶，就算吹到气绝身亡，也休想得到。"

莫奇小姐又在炉栏上坐下来，掏出小手帕，擦了擦眼睛。

"如果你有一颗仁慈之心，当然我相信你是有的，那就为我感谢上帝吧，"她说，"因为我清楚自己是个什么样的人，所以我能心怀喜悦，什么都能忍受。无论如何，我为我自己感谢上帝，因为我找到了雕虫小技，能让我在这个世界找一口饭吃，而不必受他人的嗟来之食。在自食其力的道路上，有些人出于愚昧，有些人出于虚荣，会给我扔各种东西，我会用视若无睹的态度回敬他们。如果我不必为自己的生存操心，那对我来说是很好的，对别人来说也没有坏处。如果你们这些巨人要把我当成一个玩物，那就对我温柔些吧。"

莫奇小姐又把小手帕放回口袋里，眼睛一眨不眨地盯着我，接着又说：

"刚才，我在街上看见了你。你能想象，我腿这么短，动不动就喘气，走不了你那么快，所以追不上你。不过我猜得出你要上哪儿去，所以就跟在你后面赶来了。今天我已经来过一次，但是那个好心肠的姑娘不在家。"

"你认识她吗？"我问。

"我听人说过她，也说起关于她的那些事，"她回答说，"我是在欧默—约拉店铺听说的。今天早上七点，我就在他们店铺里。上次你和斯蒂夫在旅馆里时，我见着你们，斯蒂夫还对我提起过那个不幸的姑娘，你还记得他是怎么说的吗？"

莫奇小姐问这个问题时，她头上那顶大帽子又开始前后晃动起来，墙上那顶更为夸张的帽子阴影也跟着晃动起来。

我告诉她说，她提到的那个情景，我记得一清二楚，因为就在那一天，那个情景在我头脑里不断重复着。

"那个家伙，真该下地狱，"那小个子女人说，双眼闪着光芒，对着我伸出食指，"而那个该死的仆人，就该下到十八层地狱。可是我当时还以为，像个孩子一般爱着艾米丽的人，正是你呢！"

"是我？"我重复了一下。

"真是个孩子，是个孩子！"莫奇小姐大声叫嚷着，又在炉栏上前后摇晃着，不耐烦地搓着双手，"我要在这里发誓，如果我乱讲，将来眼睛会瞎掉的，你可以真实地告诉我，你当时如此赞誉她，而且脸涨得通红，又显得心慌意乱，这是为什么呢？"

我不能睁眼说瞎话，否认我的这些表现，但是，其原因并不是她所想象的那样。

"那时候，我哪里知道这些呢？"莫奇小姐说着，又掏出小手帕，一次次地用双手把小手帕捂到眼睛上，每捂一次就轻轻跺跺脚，"我知道，斯蒂夫在阻拦你，又在哄骗你，我也看得出，你在他手中，就像是软化了的一团蜡，怎么捏都行。当时，我有一会儿走出了房间，你记得吗？他的仆人就和我交谈起来。他把你称作'小天真'，当然，你可以一辈子叫他'老坏蛋'。他告诉我说，'小天真'一心恋着艾米丽，而艾米丽也糊里糊涂地爱上了他。不过，他家的主人下定决心，不让他们随意胡闹，说主要是为了你好，而不是为了艾米丽。还说他们就是为了处理这事，才专程到这里来的。我怎能不相信他的话呢？我看到斯蒂夫对她赞不绝口，以此来安慰你，让你开心。而且你是第一个提到她名字的，也承认过去喜欢过她。每当我对你谈起她时，你的脸上马上忽冷忽热，红一阵白一阵的，我全都看在眼里。这让我不得不相信，你是一个浪荡的年轻人，只是没有什么人生经验，不过幸好有你的朋友，他们阅历丰富，可以帮你出谋划策。我以为他们是为了你好呢。不过现在看来，这纯属幻想。除此之外，我当时还可能有别的想法吗？哦！哦！哦！他们害怕我发现事情的真相，"莫奇小姐一边说着，一边从炉栏的座位上站起来，举着两条短胳膊，忧心如焚地在厨房里走来走去，"我是个机灵的小矮人——如果不机灵，我在世上就活不下去了，但是，我完全被他们蒙骗了，我还帮着他们，转交给那个不幸的姑娘一封信。现在我敢打赌，她肯定就是从收到信以后，才开始和利蒂默说话的，而利蒂默是他家主人特意把他留在这儿的！"

莫奇小姐揭露了他们背信弃义的勾当，我听了后，惊愕得说不出话来，只是呆呆地站在那里，直愣愣地看着莫奇小姐。她在厨房里走来走去，一直走得上气不接下气，又才坐在炉栏上，用小手帕擦干脸。过了很久，她依然只是摇头，没有别的动作，也不说什么话。

"我一直在到处飘荡，"终于，她又接着说起来，"前天晚上来到诺维奇，科波菲尔先生。我碰巧在那儿发现了他们，而你没有和他们在一起，让人心生疑惑。看着他们鬼鬼祟祟的样子，我疑心出了什么事。昨天晚上，一辆由伦敦来的马车要经过诺维奇，于是我搭上车，结果今天早上才赶到这儿。哦，哦，哦！一切都太晚啦！"

可怜的小个子莫奇哭诉着，情绪尤为激动，竟战栗起来，于是从炉栏上转过身来，把她湿漉漉的可怜小脚伸进炉灰中取暖。她坐在那儿，眼睛盯着炉火，就像个大玩具娃娃。我坐在火炉另一边的椅子上，沉浸在这些不愉快的回忆中，眼睛也盯着炉火，偶尔也抬起头看看她。

"我该走了，"她终于站起身来，说，"时间不早了。你不会怀疑我说的这些吧。"

她问话的时候，目光仍像过去那样，显得有些咄咄逼人，而且语气尖锐，富有挑衅的味道，使我极不自在，无法坦诚地说出"不"字来。

"说吧！"她说着，拉着我伸去扶她的手，转身跨过炉栏，同时满腹心事地看着我的脸，"你知道，如果我是一个身材正常的女人，你就不会对我有任何疑心！"

我觉得她这话很有道理，感到极其羞愧。

"你还年轻，"她点点头说，"虽然我是个无足轻重的三尺小矮人，但你不妨听我一句劝。我的好朋友，除非有确凿的理由，千万别把身体缺陷和精神缺陷混为一谈。"

当时，她已跨过了炉栏，我也跨过了我的猜疑。我告诉她，我相信她对我说的都是实话，我们俩都被奸诈的人利用了，充当了他们的工具。她向我道谢，还说我是一个好人。

"好啦，你得听清楚！"当她往门口走时，突然转过身来，竖起食指，用狡黠的眼光看着我，大声说，"我一向会竖着耳朵，什么都听，我不能让我的看家本领闲置不用的。我听到了一个说法，我有理由怀疑，他们已到国外去了。不过，他们一旦回来，即使只有其中一个人回来，只要我还活在世上，像我这么一个四处飘荡的人，我一定会比其他人更早发现。不管我听到了什么消息，我一定会让你知道的。如果我能为那个受骗的可怜姑娘尽点绵薄之力，我一定会竭尽全力去做，我向老天爷保证！小小的莫奇跟定了利蒂默，比一头猎犬跟着他还厉害！"

她说最后那句话的时候，我看到她脸上坚毅的神情，我对此深信不疑了。

"别太过相信我，也别太过怀疑我，就把我当作一个正常身高的女人来信任就可以了，"这个小个子人儿说，恳求似的碰了碰我的手腕，"要是你下次又遇见我了，发现我不像眼下这个样子，而是像你第一次见我时的样子，那你就睁大眼睛，看看我和什么人在一起。你要牢记，我是一个无依无靠的小人儿，是没有力量保护自己的。想象一下，我干完一天的活，回到家里，和像我一样的弟弟妹妹生活的样子吧。那时，你也许就不会对我有过高的要求，对于我的难过心情，对于我的认真态度，你也许就不会大惊小怪了。再见！"

我对她肃然起敬，我把手伸给莫奇小姐，为她打开门让她出去。我为她撑开那把大伞，让她拿好，这不是一件轻松的事，不过我终于成功了。我眼看着那把大伞在雨中一颠一颠地沿街远去，根本看不出伞下还有人。只有当屋檐口的接水管的水太满，流下比平常更多的雨水，把大伞冲得东倒西歪，这时才能看到伞下的莫奇小姐，她正吃力地把伞扶正。有一两次，我冲出去想帮她，可还没等我赶到，就看见那把大伞像一只大鸟一样，一颠一颠地又往前去了，所以我就没有必要过去帮她了。然后我回屋来，上床睡觉，一直睡到第二天清晨。

早上，辟果提先生和我的老保姆来和我会合，然后我们一大早就来到了马车售票处。格米治太太和汉姆已经到那儿了，等着为我们送行。

"大卫少爷，"当辟果提先生提着他的包裹，想在行李堆里找一个位置放下来时，汉姆乘机把我拉到一边，压低嗓门儿说，"辟果提先生的生活被击垮了。他自己都不知道要去什么地方，也不知道他会遇到什么！我敢说，他这辈子注定会流浪到死，除非他找到了他要找的人。我相信，你会照料好他的，大卫少爷，对吧？"

"请放心，我一定好好照顾他。"我诚恳地握住汉姆的手说。

"谢谢你，你太好了，谢谢你，少爷。我还有一件事，我收入不错，你知道，大卫少爷，眼下，又没有什么花销，除了吃饭穿衣，钱对我来说没有什么用了。如果你能帮帮我，把钱用在他身上，我心里踏实，干起活来也有劲些。说起干活，少爷，"他语气平稳，态度温和，"你不用担心，我干起活来一定会像个男子汉的，会使出所有的劲好好干的！"

我告诉他，我完全相信他。我还含蓄地说，虽然他眼下得过一段时间的单身生活，但我希望，他会尽快结束这种生活。

"不会的，少爷，"他摇摇头说，"对我来说，这一切已经过去了，少爷。那空出来的位置，永远没有人能填补得了。请你一定要记得那笔钱，我这里随时都可以为他再积攒点。"

我提醒他说，辟果提先生的妹夫刚过世，从他的遗产中得到了一笔收入，虽然为数不多，但非常稳定。不过，对于他的嘱托，我会牢记在心的。然后，我们相互告别了。即使到了现在，我写到和他的别离，也立刻会回想起，他在默默地承受着巨大的悲痛，这让我为他伤心不已。

而格米治太太，强忍着眼泪，跟在出发的马车后面，顺着街道追着，深情地看着坐在车顶上的辟果提先生，其余的什么也顾不上，不时和迎面而来的人撞个满怀。对于她的这番景象，我实在难以描述。所以我在此就不多说了，最后，她只好在一家面包店的台阶上坐了来了，一个劲儿地喘着粗气，帽子也完全变了形，鞋子也掉了一只，落在远远的人行道上。

我们到了旅行的终点站伦敦后，第一件事就是为辟果提找个小小的住处，不仅要供她自己住，还得让她哥哥有个能铺床睡觉的地方。幸运的是，我们很快找到了一个这样的住处，在一家杂货铺的楼上，既便宜又干净，而且离我的公寓也不远，只隔了两条街。我们订好房间后，我就在一家饭馆买了些熟食，然后把我的两位旅伴带回我自己的家里去喝茶。说来也抱歉，我的这个安排没有得到克鲁普太太的赞许，而是恰恰相反，她非常不满。不过，我应该先解释一下，这位太太之所以有这样的心情，是因为辟果提的举动。辟果提到我家后，还没待到十分钟，就挽起寡妇丧服的下摆塞在腰间，开始动手为我打扫卧室。这个行为让克鲁普太太大为光火。她认为这一举动是自作主张，她说，自作主张是她决不允许发生的事情。

在来伦敦的路上，辟果提先生告诉我说，他打算先去拜访斯蒂夫太太，对他这一想法，我其实是有些心理准备的。我觉得，在这件事上我有义务帮助他，也应该在他们之间调停斡旋。我希望尽量不要伤害那位母亲的心，因此，当晚就给斯蒂夫太太写了一封信。我的措辞尽量委婉，在信里告诉她，辟果提先生受到了什么样的伤害，对于他的受伤我也是有责任的。我说，辟果提先生虽然是个普通人，但他的人品是非常高尚，非常正直的。所以我不揣冒昧，对于这位备受伤痛的人，希望斯蒂夫太太愿屈尊见他一面。我约定下午两点钟我们前去拜访。第二天一大早，我亲自将这信交第一班邮车送去了。

到了约定的时间，我们站在她家的门前。刚刚就在几天前，我还曾在这里过得那么快活，我那年轻人的诚挚和热情在这里淋漓尽致地呈现。可从那以后，这所房子把我拒之门外。在我的心里，现在它已经变成了一片废墟，满目荒凉了。

利蒂默没有露面。出来开门的是那位长相让人喜欢的女仆，我上次来访时，她就已经取代了利蒂默。她领着我们走进客厅。斯蒂夫太太已经端坐在那里了。我们踏进客厅时，萝莎·达特尔从屋子的另一个门悄悄溜进来，站到斯蒂夫太太的椅子后面。

我马上从斯蒂夫太太的脸色上看出，她已从斯蒂夫本人那里得知了他的所作所为。她脸色苍白，愁眉不展，我相信我的信不会带给她如此巨大的感情冲击。而且，她护子心切，一定会对我的信心生疑窦，那封信对她的影响可以说是微乎其微。在此之前，我从来没有意识到她与儿子如此相像，直到现在，我才觉得他们母子俩简直是一模一样啊。而且我也觉得——而不是看出——辟果提先生也看出他们母子的相像来了。

斯蒂夫太太坐在扶手椅里，腰板直挺，神态端庄，目光坚毅，不动神色，仿佛天大的事情她也能泰然处之。辟果提先生站到她面前时，她目不转睛地盯着辟果提先生，而辟果提先生也目不转睛地盯着她。萝莎·达特尔目光犀利，审视着我们每个人。有好一会儿，谁也没说话。然后斯蒂夫太太示意辟果提先生就座，辟果提先生低声说："太太，我觉得在您府上坐着不自在，我就站在这里好了。"然后，又是一片沉默。最后。斯蒂夫太太终于开口了：

"我知道你有何贵干，我很抱歉。你对我有什么要求呢？你想让我做什么呢？"

辟果提先生摘下帽子，夹在腋下，从怀里摸到艾米丽的信，掏出来摊开，递给了她。

"请你看看这个吧，太太。这是我外甥女的亲笔信！"

她看完了那封信，面不改色，神态端庄，正襟危坐，在我看来，信的内容一点也没有打动她。她看完就把信还了辟果提先生。

"她在这儿写了，'除非他能娶我做太太带我回来，'"辟果提先生用手指着这句话，说，"我到这儿来，就是想知道，太太，他说过的这句话是否当真？"

"不能。"她回答。

"为什么不能呢？"辟果提先生说。

"绝对不能，他那样做就有失身份。你应该明白，这个姑娘身份卑微，配不上他。"

"你可以帮助她提高呀！"辟果提先生说。

"她没受过教育，没见识。"

"也许她是这样，也许不是的，"辟果提先生说，"但是我不这样认为，太太。不过，我也没资格来断定这种事。请你让她受些教育，帮她提高啊！"

"我本来不想把话说得太过直白了，可你非要逼着我这样说。就算没有别的什么原因，单就她有那些寒碜的亲戚，这事就断不可能。"

"请听我说一句，太太，"辟果提先生仍然心平气和，不急不躁地说，"你知道，疼爱自己的孩子是怎么回事。我也深有感触。我的这个外甥女，就算她比我的亲生女儿还亲上一百倍，我对她的爱，也深得不能再深。但是，你并不知道，失去自己的孩子是怎么回事。而我知道。只要能把她赎回来，就算我拥有全世界的金银财宝，我宁愿什么都不要！我只求你能救救她，让她免受羞辱，我们决不允许让她受到羞辱。这些年来，我们眼看着她长大，和她一起生活，她一直是我们的掌上明珠，但为了让她过得好，我们这些寒碜的亲人们，愿意永远不来惊扰她。我们甘愿放手，不再管她；我们甘愿让她走得远远的，只是心里想念着她就可以，哪怕她远走天涯海角，就像是生活在一个太阳和天空下一样；我们甘愿把她托付给她的丈夫，也许还要托付给她的孩子们，等将来总有一天，我们在上帝面前人人平等，不再有现在的高低贵贱之分。"

他这番铿锵有力的雄辩，并不是全无效果。虽然斯蒂夫太太的态度依旧傲慢，但她的语气稍微柔和了一点，她回答说：

"我不想作任何辩解，也不想作任何反驳。不过我很抱歉，我不得不再次强调一遍，结婚是不可能的事。这样的婚姻，只会彻底毁掉我儿子的事业，断送掉他的前程。这样的事永远不可能实现，也决不允许实现，这是再清楚不过的。如果要我做点其他什么，来赔偿你的话——"

"看着我面前的这张面孔，和另外一个人的面孔是多么相像，"辟果提先生目光坚定，炯炯有神，情绪激动地打断了她的话，说，"这个人曾在我的家里，在我的火炉边，在我的船上，我家的每个地方他都待过，他随时对我微笑，他对我那么友善，谁曾想到，他心怀不轨，别有用心。现在我只要一想到他，我就几乎要发疯。如果与他长得很像的这一张面孔，想用钱来补偿我孩子遭受的摧残和毁灭，而且她也不脸红，也不知羞耻，那么这张面孔和他一样坏。而且正因为这是一张女人的面孔，我觉得比他还要坏。"

斯蒂夫太太顿时脸色大变，气得满脸通红。她双手抓着扶手，不容置疑地说：

"那么你在我和我儿子之间，挖出了这么一道深沟，你又该拿什么来赔偿我呢？你对孩子的爱，比起我对孩子的爱来，又算得了什么？你与孩子离散了，但比起我与孩子的离散，又算得了什么？"

达特尔小姐轻轻碰了碰她，俯下头，低声对她说了什么，可斯蒂夫太太根本听不进去。

"住嘴，萝莎，你给我住嘴！该让这个人听我说！我的儿子，一直是我生命的全部，我的全部心思都倾注在他身上。从他很小的时候开始，不管他有什么愿望，我都会满足他。从他出生开始，我就从来没有和他分开过，可现在，他居然和一个穷丫头混在一起，而把我给抛弃了！为了那个丫头，他使尽各种各样的欺骗手段，以此来回报我对他的信任；为了那个丫头，他竟然离我而去！为了那令人唾弃的恋情，他竟抛开对母亲应尽的责任，把应有的孝顺、敬重、感激，全都扔到九霄云外！原本是该他永远担负的责任，现在竟抛得一干二净！这难道不是对我的伤害吗？"

萝莎·达特尔想安慰她，但没什么效果。

"我告诉你，萝莎，你给我住嘴！如果我儿子愿意为一个微不足道的对象孤注一掷，那我也能倾其所有，为一个更伟大的目标赌上一赌！我那么爱他，给了他那么多钱财，现在，他想去哪儿就去哪儿吧！他打算长久不回家，想以此来要挟我吗？如果他这样想，那他也太不了解他的母亲了。他什么时候能丢掉他的幻想，那什么时候就可以回来。如果他仍然执迷不悟，只要我还能动弹，还可以举手表示不准他回来，不管他是死是活，他都永远休想靠近我一步！除非他能与这个穷丫头断绝来往，恭恭敬敬地求我饶恕，否则就是妄想。这是我的权力。我必须要让他真诚悔改。这就是我们两人之间的分歧！"然后她又带着开始那种不可一世的神色，藐视着来访的客人，说，"这难道不是对我的伤害吗？"

当我亲眼看见这个母亲的所作所为时，我似乎看到那个违拗的儿子，在义正词严地反抗她。以前我在斯蒂夫身上看到的刚愎自用与顽固任性，现在在他母亲身上暴露无遗。以前，我知道斯蒂夫精力泛滥，现在通过他的母亲，我更加了解这一点。而且我还发现，在情绪激动时，他们母子的模样如出一辙。

这时候，斯蒂夫太太太又恢复了原有的克制，大声对我说，再听下去或再说下去，都没有什么用，她希望这次谈话就此打住。然后，她傲然起身，准备离开客厅。这时，辟果提先生说，她可以不那样做。

"不用担心我会阻拦你，我也没什么好说的了，太太，"辟果提先生朝门口走去，说道，"我来的时候，并没有抱什么希望，我要走，也不会指望得到什么。我只是做了我认为该做的事，不过我从未指望，站在我这样的位置，会得到什么样的好处。这个家庭对我和我的家人都太凶狠了，简直让我失去了正常思维，在这样的心情下，我怎么可能还会抱什么希望呢？"

说完这番话，我们转身就走了，把她丢在身后。她站在椅子旁边，宛如一幅仪态高贵、面容端正的肖像画。

我们需要经过一道走廊才能出去。这道走廊用石头铺着路面，两边都是玻璃作墙，顶上缠绕着葡萄藤，眼下时节，葡萄的枝叶青翠欲滴。这天天气晴，两扇玻璃门也敞开着，径直可以通往花园。当我们走近玻璃门时，萝莎·达特尔悄无声息地从玻璃门那边走进来，让我停下来听她说话。

"你可真厉害呀，"她说，"竟然把这个家伙带到我们家里来！"

她显得无比愤怒和轻蔑，以至于她的脸都蒙上了一层黑灰，漆黑的双眸如一团火在燃烧。她这样的表情，搭配着她的面容，让我十分意外。锤子留下的那道疤痕，就如同往常她情绪激动时一样，又变得十分醒目刺眼。我看着她，她那疤痕又如同我以前见过的那样，颤抖起来，只见她举起一只手，拍打在那道疤痕上。

"难道这个家伙就值得你帮助，"她说，"应该被带到这里来，是吗？你可真是个天大的善人啊！"

"达特尔小姐，"我回答说，"你可不能这么偏心，一味指责我吧！"

"这是两个疯子，你为什么要挑拨他们对掐呢？"她回答说，"难道你不清楚，这两个人都是冥顽不灵、骄傲自大的疯子吗？"

"这难道能怪我吗？"我反问。

"就该怪你！"她说，"你怎么能把这个家伙带到这儿来呢？"

"他遭受了巨大的创伤，达特尔小姐，"我解释说，"这一点也许你不清楚。"

"我清楚的是，詹姆斯·斯蒂夫，奸诈虚伪，堕落败坏，"她一只手按着胸口，好像心中有一场猛烈的风暴，她要压着不爆发出来，说，"但是对这个家伙，还有他那个没什么了不起的外甥女，我何必要去了解他们，关心他们呢？"

"达特尔小姐，"我说，"你这是在人家伤口上撒盐。他已经遭受了很深的伤害。临别之际，我只想说一句话，你对他有很深的误解。"

"我没有误解他，"她回答说，"他们本就是一伙卑劣下贱的东西，根本不值一提。我真恨不得叫人拿鞭子狠狠抽那个丫头一通。"

辟果提先生一声不吭，继续往前走，出了大门。

"哦，可耻呀，达特尔小姐！可耻呀！"我愤愤不平地说，"他是个无辜的受害者，你怎么还忍心如此践踏他！"

"我真想狠狠践踏他们所有人，"她说，"我恨不能叫人拆掉这个家伙的房子，叫人在那个丫头脸上烙上印记，给她穿上破衣烂衫，把她赶到街上，让她活活饿死。如果我有权力审判她，我一定会叫人这么惩罚。需要叫人这么做？我要亲自动手这么做！我恨透了她。她干了这般没羞没臊的事，如果我有机会当面训斥她，不管她身处何地，我都会赶去，骂她个狗血淋头。就算追到坟墓，我也非去不可。如果她快断气了，只想听到一句安慰的话，而我就算要了我的命，我也不会对她说上一句安慰的话，就让她含恨而死好了。"

她这番话无比激烈和狠毒，但在我听来，她内心强烈的愤怒只表达出了一点点。尽管她并没有大喊大叫，声音比往常还低得多，但全身上下都散发着她冲天的怒气。我的一切描写，穷尽我记忆中关于她的所有形象，都不足以准确呈现她当时怒不可遏的神态。我见过各种各样的愤怒，但对于她的这种愤怒，我却从未见过。

我转身追上了辟果提先生，这时他心事重重，慢慢朝山下走去。我刚来到他身边，他就对我说，原本打算在伦敦办的事情，现在已经办完了，所以他打算当天晚上就"上路"。我问他要上哪儿去，他只说："少爷，我要去找我的外甥女。"

我们回到杂货铺楼上的住处。我找了个机会，拉着辟果提，把辟果提先生的话说给她听。她却反过来告诉我说，当天早上，他已对她说过同样的话了。至于他要去什么地方，她和我一样，对此一无所知，不过她相信，辟果提先生心里已经盘算好了。

在这种情况下，我不愿马上离开他。我们三个一块儿吃了牛肉饼。牛肉饼是辟果提的拿手菜品之一。但我记得很清楚，这一次的牛肉饼混杂着各种怪味，都是从杂货铺里不断飘上来的，有茶叶、咖啡、黄油、火腿、奶酪、新鲜面包、木柴、蜡烛、核桃酱油等气味。吃完饭，我们在窗前坐了大约一个小时，没说几句话。后来，辟果提先生站起身，拿出他的油布袋和粗手杖，放到桌上。

他收下了他妹妹的一点现款，算作是归他名下的遗产。我当时估计了一下，这笔钱还不够维持他一个月的生活。他答应，不管遇到什么情况，都会写信告诉我的。然后，他背起油布袋，拿起帽子和手杖，向我们两人告辞了。

"愿你万事如意，亲爱的老妹子，"他搂着辟果提说，"也愿你万事如意，大卫少爷！"他又握着我的手说，"哪怕走到天涯海角，我也要去找我的外甥女。要是我不在家的时候，她自己就回了家——但是，唉，这是不大可能的！——或者我把她找回来了，那么，我就和她到一个没人责骂她的地方去生活，在那里一直生活到死。要是我遭遇了什么不幸，请你们记住，我留给她的最后一句话是，'我仍然爱着我那亲爱的孩子，我原谅了她！'"

　　他说这番话时，郑重其事，也没戴帽子。说完后，他戴上了帽子，走下楼梯。我们跟着他来到门口。这天傍晚，天气暖和，尘土飞扬。与小街相通的大路上，原本总有川流不息的行人，现在人烟稀少，傍晚的红霞映照着大地。他独自一人，走过这条背光的昏暗小街，在街口拐角处，转入红霞满天的余晖中，从我们视线中消失了。

　　每当傍晚的这个时分，或每当我在夜间醒来，或每当我仰望月亮和星星，或每当我看到凄风苦雨时，我总会想到这个可怜的流浪者，形单影只，艰难跋涉，并会记起他说的那几句话：

　　"哪怕走到天涯海角，我也要去找我的外甥女。要是我遭遇了什么不幸，请你们记住，我留给她的最后一句话是，'我仍然爱着我那亲爱的孩子，我原谅了她！'"

第33章　幸福时光

这段日子里，我对朵拉的爱越陷越深。每当我感到失望和痛苦时，就会思念她，从而得到宽慰。甚至当我失去朋友的时候，通过相思，心情也能大大缓解。我越是可怜自己，或者怜悯别人，就越想从朵拉那儿寻找慰藉。我所受的欺骗越大，困扰越多，朵拉就像是高高悬挂在上空的星星，就越皎洁明亮。朵拉究竟是何方神圣，在天界属于什么等级的天使，我一无所知。但我敢肯定，要是有人说她只是个普通人，和其他姑娘没有任何区别，那么我就会感到无比愤怒和满脸鄙夷，我会给予强烈驳斥！

可以这么说，我已经完全沉浸到了爱河中。这条爱河不仅将我深深地淹没，而且整个身心都浸透了。打个比方说，从我身上拧出的爱河之水，足以把任何人淹死，哪怕用力拧干后，剩下的水分也足以湿透我全身。

我回来后，为自己做的第一件事，就是连夜步行到诺伍德。我心里一边思念着朵拉，一边像小时候猜的那个谜语一样，"围着房子转呀转，却是不碰房子边。"这个难猜的谜语，我相信谜底是月亮。不管谜底是什么吧，我就像一个奴隶，被朵拉这个月亮摄去了魂魄①，围着房子和花园一连转了两个钟头。时而从栅栏缝向里窥视，时而努力伸长下巴，搭到栅栏顶上的锈钉子上，对着窗口的灯光飞吻，时而荒谬地祈求夜神，求他能保护我的朵拉。不过到底要保护她免遭什么呢？我也说不清楚。我猜是防止火灾吧，不过也许是老鼠，因为她最

---

① 西方人认为，月亮会使人发疯。

厌恶老鼠了。

我被爱情弄得神魂颠倒，我不由自主就把我的心事吐露给辟果提。一天夜里，辟果提拿出往日那套针线工具，到我房间来收拾我的衣柜，我于是趁此机会，拐弯抹角地把心里这个重大秘密告诉她。辟果提颇有兴趣，但她讲了对这一问题的看法后，我无论如何也不愿苟同。她完全不明白我为什么这么忐忑不安，不理解我为什么因此而垂头丧气，她什么都不顾，只是一味地偏袒我。"那位年轻小姐能得到你这样一位英俊情郎，"她说，"她应该觉得这是福星高照。至于她的爸爸，老天爷，他还想奢求什么呢？"

不过我发现，斯宾洛先生的代诉人长袍和硬领，让辟果提的神气有所收敛，使她对这位先生越来越尊敬。在我心目中，斯宾洛先生的地位日渐神圣起来。当他笔挺地坐在法庭上，周围环绕着那些文书材料，他就像平静的大海中的一座小小灯塔，浑身散发着耀眼的光芒。顺便说一下，当我也坐在法庭时，我的思绪漫天飞舞。我想，如果那些老迈年高的法官和博士，即使认识了朵拉，他们也不会在意她；如果他们能娶回朵拉，他们也不会高兴得发疯；朵拉会弹奏吉他，可以边弹边唱，光彩照人，让我痴迷，让我发狂，但这帮迟钝的家伙竟没有一个大胆向她示爱，我觉得这些人真是不可理喻。

对于他们这些人，我一个也看不起。他们都是在爱情花坛里被霜打蔫的老花匠，出于个人的恩怨情仇，我对他们甚是反感。法庭完全是冷漠无情地制造各种荒谬错误的地方，而律师席上的先生们比酒吧里的先生们更糟糕，全无温情，也缺乏诗意。

我负责处理了辟果提的事务，对此我十分骄傲。我为那遗嘱做了确认，去遗产税务局办理了相关手续，又带辟果提去了银行。没花多少时间，一切事务都处理得干净利索。在办理这些法律手续的过程中，我们也调剂了一下生活，去了一趟舰船街，参观了栩栩如生的蜡像，那些蜡像至今已过了二十年，我猜它们都已经融化了。我们还去参观林伍德小姐的展览会,在我的记忆中,那个陈列了刺绣品的殿堂,却像一座陵墓,适合让人们到那里去反省和忏悔。我们游览了伦敦塔,还登上了圣保罗教堂的顶层。所有这些名胜古迹,使辟果提能在当时那种情形下,感到无尽的快乐。不过,由于她多年来一直钟爱着她那针线盒,针线盒上也有圣保罗教堂的图画,现在和这个现实的教堂一较高下,她认为,就某些方面来说,这个现实的教堂远远比不上她那针线盒上的图画!

辟果提的事务,在我们的博士法院里通常称之为"常规公事",这种事办理起来极其容易,而且还很赚钱。事务办理结束后,有一天早上,我带她去事务所交手续费。文书老蒂费告诉我们说,斯宾洛先生带一位先生去作领取结婚证书的宣誓了。不过,我知道他很快就会回来,因为我们这个事务所紧挨着主教代理人的办公室,与大主教代理人的办公室也不远。所以我让辟果提在这儿稍等片刻。

在博士法院,遇到办理遗嘱事务的时候,我们有基本的礼仪规定,就像丧事承办人一样,与穿丧服的当事人打交道时,我们要显得哀伤难过。出于同样的礼仪规定,对于领取结婚证书的当事人,我们会显得喜气洋洋、欢天喜地。所以我对辟果提含蓄地说道,待会儿见到斯宾洛先生的时候,她会看到他已经从巴克斯去世的悲伤中走出来。果然,当斯宾洛先生进来时,他的脚步轻快得像一个新郎。

不过,辟果提和我都顾不上打量他了,因为我们看到了谋德斯通先生,他和斯宾洛先生一起走进事务所来。他就是那位领取结婚证书的人。他的样子没什么变化,头发还和以前一样浓密,自然,也还像以前那样乌黑,他的眼神也没有变化,还和以前一样让人不太放心。

"啊,科波菲尔!"斯宾洛先生说,"我想,你应该认识这位先生吧?"

我向这位先生冷淡地欠欠身,辟果提对他则是毫不理会。他同时遇见我们两个人颇感意外,显得有些不知所措,不过很快就有了主意，径直朝向我走来。

"我想，"他说，"你混得不错吧？"

"这和你没有什么关系，"我说，"不过如果你真想知道，那我就告诉你好了，混得还不错。"

我们彼此打量了一番。然后，他又开口对辟果提说起来。

"你怎么样呢？"他说，"看上去你丈夫已经去世了，我深表遗憾。"

"我失去过多位亲人，这不是我这辈子的第一次，谋德斯通先生，"辟果提回应他说，浑身不停地颤抖着，"可我为此还是很高兴的，因为这一次不用责怪谁了，谁也不用为此承担责任。"

"哦！"他说，"你能这样想，就问心无愧了。你已经尽了你的本分，对吧？"

"我没有把谁折磨致死，"辟果提说，"想到这里，我就问心无愧！是啊，谋德斯通先生，我可没有折磨过那位可爱的姑娘，也没有恐吓过她，更没有害得她年纪轻轻就一命呜呼！"

他带着阴郁的眼神看了她一眼——我想那眼神里还有悔恨的意味。然后，他向我转过来，不过他并没有看着我的脸，而是盯着我的脚：

"在接下来的短期时间里，我们大概不会再见了，毫无疑问，这对我们双方来说都是好事。因为像这样的见面，真叫人愉快不起来。在过去，我一直为你着想，正儿八经地管教你，改善你的行为，可是你总是反抗我这样的权威，所以，我现在也不指望着你能对我充满好感。我们两人之间，有着相互对立的成见——"

"我想，这个问题已经存在多年了。"我打断了他的话。

他脸上带着笑容，但那双黑眼睛极为凶狠地瞥了我一眼。

"这种成见从小就在你心里扎根了！"他说，"这也害了你那可怜的母亲。你说得对。我希望你混得不错，我希望你能改过自新。"

我们俩一直站在事务所外面的一个角落里，进行了上面这番对话。眼下，他停止了与我的交流，走进了斯宾洛先生的办公室。他用极为温和的语调大声说：

　　"做斯宾洛先生这一行的先生们，处理起家庭的矛盾与争执肯定得心应手，大家都知道，家庭矛盾纷繁复杂，一团乱麻！"他说完这番话，付清了结婚证书的手续费。斯宾洛先生把叠得整整齐齐的结婚证书递给他，并客气地说了一番祝福话。他接过证书，与斯宾洛先生握了握手，出门去了。

　　听了谋德斯通先生说的那番话，辟果提义愤填膺，我知道，她是为我鸣不平，她是多好的人啊！我只好苦口婆心地劝说她，让她不要在这里发作。我要不是顾忌到这一点，我一定会和他争执一番。最终，我好不容易才让辟果提平息下来。辟果提回忆起了昔日的种种遭遇怒气填胸，我只好当着斯宾洛先生和那些文书们的面，亲热地拥抱辟果提，免得她做出过激的行为，这才平息了事态。

　　对于谋德斯通先生和我之间有什么关系，斯宾洛先生似乎并不知情，对此我感到庆幸不已。回想到我那可怜的母亲，想到她那段与我相关的悲惨历史，所以无论如何，我都不愿承认他是我的继父。如果斯宾洛先生曾经考虑过这个问题，那么从他的角度来看，也许会认为我的姨奶奶是这个家庭的执政党领袖，另外还有一个反对党，由一个什么人在领导着。我之所以会有这样的猜测，至少是因为当我们在等着蒂费先生核算辟果提应交的手续费时，我从斯宾洛先生下面的话中听出了这个意思。

　　"特洛伍德小姐，"他说，"她的态度肯定是很坚定的，一般不会向反对党妥协。我很欣赏她的这种性格。我还要祝贺你，科波菲尔，因为你站在了正确的一边。亲戚间纠缠纷争，是令人难受的。可是，这种现象也非常普遍。最重要的事情，是要站在正确的一边。"依我的理解，他的意思是说，要站在有钱可赚的那一边。

"我想，谋德斯通先生眼下这桩婚事应该很美满吧？"斯宾洛先生说。

我解释说，我对这桩婚姻什么也不知道。

"是吗？"他说，"谋德斯通先生无意间透露了几句话，在这样的场合，每个人都会这样做。还有谋德斯通小姐暗示了一些情况，从他们的话中，我能猜到，这桩婚事应该是很美满的。"

"你的意思是说，这桩婚事有利可图？"我问。

"对呀，"斯宾洛先生说，"据我所知，这是有利可图的。我还听说，女方貌美如花呢。"

"是吗？他的新太太年轻吗？"

"刚成年，"斯宾洛先生说，"这么急急忙忙地就结婚，我想他们早就在等这桩婚事了呢。"

"上帝呀，救救她吧！"辟果提说。她突然感慨万千，情绪异常激动，我们三个人都不知如何应对，直到蒂费把账单送来，她的情绪才缓和了些。

老蒂费没让我们等得太久，他走过来把账单递给斯宾洛先生，请他过目。斯宾洛先生把下巴缩到硬领里，轻轻地在领子上擦来擦去，审阅着哪些项目的费用，露出极不情愿的神情。仿佛这一切都是那位乔肯斯的盘剥，然后无奈地叹口气，把账单交还给蒂费。

"账目没问题，"他说，"算得不错，完全正确。科波菲尔，要是依我来算，就该按照实际开销来收费，这样我就心满意足了。可是，我干了这样一份职业，却不能只按自己的意愿办事，这真是让人烦啊。因为我还有一个合伙人，乔肯斯先生。"

他说这番话时，显出无比遗憾的样子，就像是如果依他的意愿，他分文不收。我代替辟果提向他道谢，并把现金付给了蒂费。然后，辟果提回她的住处去，我和斯宾洛先生一起去法庭。法庭上，正在审理一桩离婚案件，案件的法律依据是一条很微妙的小小条例。我相信，这个条例现在已经作废了，不过，我看到有好几桩婚姻案件，都是依据这一条例来宣判的。这种小小的条例真是方便好用。这桩离婚案件是这样的，丈夫的全名是托马斯·本杰明，他当初领取结婚证书的时候，由于担心婚后的生活并非他所愿，于是他只使用了"托马斯"这个名字，而没有使用"本杰明"，这样就留了一手。情况果不出所料，或许是对他那位可怜的太太有些厌倦，于是就在他结婚一两年后，提出了离婚诉求。由他的一位朋友出面，声称他的名字是托马斯·本杰明，来证实他的确没有结过婚。法院同意了他的这个诉求，令他大为开心。

坦率地说，我对这一判决的公正性，深表怀疑。就算让那一斛小麦①出场，给一切反常行为作掩护，我也不会望而却步，退避三舍。

可是在这一点上，斯宾洛先生一定要和我辩论清楚。他说，瞧瞧这个世界吧，这里有好的也有坏的。再瞧瞧教会教规吧，那里也有好的有坏的。这都是总体的一部分。很好。就是这么回事！

我本想反驳说，假如我们每个人，每天一早就起床，脱了外套就开始干活，说不定这个世界就会得到改善。可是，我不敢与他据理论争，因为他是朵拉的父亲。我只是说，我有一个想法，我们也许可以改善博士法院。斯宾洛先生回答说，不要有这种糊涂念头，这是他特别叮嘱我的，因为这不符合我的上等人身份。不过他又表示说，他倒是愿意听听我的想法，博士法院哪些地方还亟待改善。

对于那桩离婚案件，法院已经宣判，那人并未真正结过婚。然后我们走出法庭，正漫步经过遗嘱事务局。在这个时候，我回应了斯宾洛先生的问题。我便拿我们正走过的这个遗嘱事务局举例。我说，我认为遗嘱事务局是个很奇特的机构。斯宾洛先生便问，何出此言？我回答斯宾洛先生的时候，怀着对他应有的尊敬，这是因为他有着丰富

---

① 一斛小麦：参见第26章注释，形容"不近情理的境况"。

的经验，不过，最重要的是，因为他是朵拉的父亲。我又说，在这个机构的注册处里，保存着偌大一个坎特伯雷教区足足三百年来所有留下遗产的人们的遗嘱原件，而这个注册处的办公用房，并不是专门为此而设计建造的，只是注册处官员随意租赁下来的，他们这样做只是为了满足一己私利，毫不考虑这个建筑物的安全性。尽管这里的文件塞得满满的，从地下室一直堆到天花板，可根本达不到消防的要求，这样的投机行为充分证明，注册局官员们只是要从中牟取私利。他们向公众收取高额的费用，却对他们的遗嘱满不在乎，随便乱塞。这样做的目的只有一个，那就是管理费用能省则省。这样的情形多少有些荒谬。这些官员们每年的获利可达八九千英镑，而还有一大帮助理官员和高等文书之类的人，他们的收入就不用提了。各个阶层的人们，不管是愿意与否，都不得不给他们付钱，可是他们收那么多钱，竟不肯拿出一丁点儿来，为这些付费人的重要文件找一个比较安全的保管室，这种情形恐怕有些不合理。我继续说，在如此重要的机构，那些担任着重要职务的官员们，个个都是尸位素餐，只拿钱不干活，而那些倒霉的文书们，在楼上又冷又黑的屋子里干着重要的工作，但他们的收入在整个伦敦算是最低的，而且得不到任何关心。这种情形，恐怕有些不公平吧。我还说，注册处那位主任，本来应该出于责任，为前来办事的公众提供必要的服务，可他却利用职权，成为一个不劳而获的典型，堂而皇之地只管拿钱就行，他还可以同时兼任牧师职业，或教堂执事等，这样的兼职可以领取双薪。这样给公众带来了诸多不便，只要看看每天下午这里的繁忙景象，我们就会明白，公众的地位是多么低下。我们也知道这是很荒谬的，这恐怕有些不光彩吧。我说，总而言之，坎特伯雷教区的这个遗嘱事务局，恐怕完全是一个腐败透顶的机构，是一个理应铲除的毒瘤。只不过它躲在圣保罗教堂偏僻的角落里，人们不大关注它，否则早土崩瓦解了。

我谈着这些问题，情绪异常激动，斯宾洛先生面带微笑认真倾听着，然后，又开始像他过去在其他问题上发表意见那样，和我辩论起这个问题来。他说，这到底属于什么类型的问题呢？这只是一个感觉问题。如果公众认为他们的遗嘱保管得很安全，认为这个事务所没有改善的必要，那么有谁会觉得有问题呢？不会有人的。有谁会觉得有问题呢？所有那些只拿钱干事的人。这很好。这样一来，觉得好的人占优势了吧。这制度也许并不完美，可是世界上没有任何东西是完美的呀。不过，斯宾洛先生反对的，是硬要横插一腿的做法。保证了遗嘱事务局的现状，就保障了"国家光荣"的信念；如果在遗嘱事务局里要横插一腿，国家的光荣就会受损。他认为，绅士的原则，就是顺其自然。他也认为，遗嘱事务局会从我们这一代继续延续下去，对此他坚信不疑。对于他的这个观点，我虽然不敢苟同，但是我尊重他的看法。直到今天，我才意识到他的意见是正确的，那个机构不仅保存完好，而且势力越来越大，十八年前，国会曾经提出一个有关它的报告，但它毫发无损。这个长长的报告指出了这个机构中不尽人意的地方，详尽列举了我以前对它提出的种种质疑。该报告指出，现存的遗嘱，仅仅等于两年半的存量。那么对于更早期的遗嘱，他们是怎样处置的呢？他们是把遗嘱给扔了，还是经常拿一些卖给奶油店铺呢？我一无所知。我庆幸的是，我的遗嘱不在那儿，我也希望，我的遗嘱别存放到那儿去，至少眼下别去那儿。

我把这番对话都写进本章节"幸福时光"里，是因为这些话在本章节中是顺理成章的。斯宾洛先生和我聊得兴起，于是我们一边散步一边聊天，后来话题就转到了日常生活上。最后，斯宾洛先生告诉我，说再过一个星期，就是朵拉的生日，如果那一天，我肯去参加他们举行的一个小小的野餐，他将十分高兴。我听了这话，一下子魂不守舍。第二天，我收到一张小巧的花边信笺，上面写着"爸爸关照，请勿忘记"，看到这个，我不知道该说什么好了。在随后的那段日子里，我一直处于神思恍惚中。

为了准备参加这桩幸福的聚会，我相信什么荒唐可笑的事情都做了。我买了一条奇丑无比的领带，现在回想起来我都脸红。我买了一双靴子，它残忍地折磨着双脚，简直可以在任何刑具展览会上展出。我准备了一只精致的小篮子，在聚餐的前一天晚上，交给去诺伍德的邮车送过去。我觉得，那只小篮子本身，几乎就算是一篇爱情告白了。篮子里装满了彩色爆竹①，里面填满了所有可以买到的最炽热的情诗和词句。这天早晨六点，我又到考文特加登市场去，为朵拉买了一束鲜花。为了参加聚会，我特意租了一匹雄壮的灰马，上午十点，我骑上骏马，把那束鲜花放进帽子里，以保持花的新鲜，然后策马扬鞭，奔向诺伍德。

当我分明看见朵拉在花园里时，却装出一副漫不经心的样子；分明骑马经过她家，却装出一副寻找住宅的着急模样。我想，我在这种情形下做的这等蠢事，其他年轻绅士们也会这样做的，因为我觉得，这样做是自然而然的举动。哦！可是当我真正找到那座住宅，在花园门前下了马，穿着那双夹脚的靴子，走过草坪，来到朵拉面前的时候，看到的是何等动人的美景呀！在这样美妙的早晨，朵拉正坐在丁香树下的花园椅子上，她头戴着一顶白色刨花小帽，身穿天蓝色衣裙，身边是翩翩起舞的蝴蝶，不禁怦然心动。

和她坐在一起的，还有一位年轻小姐，年龄比朵拉要稍大点，我猜，这位小姐差不多二十岁的光景。她是米尔斯小姐，朵拉称她朱莉娅，她是朵拉的闺密。多么幸福的米尔斯小姐啊！

小狗吉普也在那里。吉普照旧对我狂吠起来。我对朵拉献上鲜花时，它龇牙咧嘴地吃起醋来。它自然会这样做。要是它知道，我对它的女主人万分崇拜，如果它能嗅出一点儿气息，它一定打翻醋坛子！

---

① 彩色爆竹：装有糖果、彩纸片等小礼包，拉开后会爆出来，在联欢会、宴会等庆典活动上使用。

“哦，谢谢你，科波菲尔先生！多漂亮的花呀！”朵拉说。

在来的三英里路上，我一直都在琢磨用什么样的措辞最恰当。我本想在这时说出我经过字斟句酌的深思熟虑的措辞，我想告诉她，当这束花还没靠近她时，我觉得这束花很漂亮。可是我没法说出口，她太让人神魂颠倒了。看到她把花贴在她那有酒窝的下巴上，我浑身酥软，无法保持镇定的思维和说话的能力。我真纳闷儿，当时我居然没有说，“米尔斯小姐，如果你能可怜可怜我，就杀死我吧，让我死在这里吧！”

接着，朵拉把我的鲜花递给吉普嗅一嗅。可是吉普低声汪汪地叫着，坚持不肯嗅一嗅。朵拉笑起来，把花递得更近些，非要让它闻不可。吉普用牙齿咬住一小只天竺葵花，就像对付猫一样，使劲撕咬起来。于是朵拉就拍打着它，噘起了小嘴，说，“多么可怜，我这美丽的花呀！”她说得那么动情，我仿佛觉得，吉普咬的不是花，而是我呢。我真巴不得它来咬我呀。

“科波菲尔先生，”朵拉说，“那位盛气凌人的谋德斯通小姐不在这儿，听到这个消息你一定会很高兴吧。她去参加她弟弟的婚礼了，至少要过三个星期才回来。难道这不是件开心的事儿吗？”

我说，我相信朵拉小姐一定很开心，而凡是她觉得开心的事，我都觉得开心。米尔斯小姐脸上带着非凡的见识，又有宅心仁厚的神色，看着我们微笑。

“我从来没有见过像她这么讨厌的人，”朵拉说，“你根本想象不到，她性格有多乖戾，有多讨厌，朱莉娅。”

“不，我能想象到，亲爱的！”朱莉娅说。

“也许，你能想象到，亲爱的，”朵拉把自己的手放到朱莉娅的手上，对她说，“亲爱的，我差一点忘了你和别人不一样，请你原谅我。”

由此我可以看出，米尔斯小姐过去曾历经坎坷，饱受磨难。她拥有非凡的见识和宅心仁厚的品质，或许正是她历经修炼而成。经过那一天的了解，我发现事情确实如此。米尔斯小姐爱上了负心人，饱经感情的折磨。人们认为她遭受了如此的伤痛，就不会再过问尘世了，但是，她仍能保持着平和的心态，热情地关注着年轻人的希望和爱情。

这时候，斯宾洛先生从屋里走出来。朵拉迎上去，对他说，"爸爸，你看，这花儿多么漂亮呀！"而米尔斯小姐则是一副若有所思的神情，微微地笑着，似乎在说："你们这些蜉蝣①啊，趁着一生中这个灿烂的晨光，好好享受着你们这短暂的生命吧！"这时，马车已经备好了，我们全都离开草坪，朝马车走去。

如此美妙的骑马旅行，我以前从未有过，以后也不会再有。那轻便马车敞开车篷，车里只坐了他们三人，还放着他们的篮子，我的篮子，以及吉他琴盒。而我骑着马，跟在车后面。朵拉坐车的位子，背对着拉车的马，正好面对着我。她把那束鲜花贴身放在坐垫上，不让吉普待在放花的这一侧，以免被它弄坏。她不时拿起鲜花，放在鼻子前闻一闻，用它的香气来提神。每当在这种时刻，我们的目光总会相遇。使我颇为惊讶的是，我居然还能把控住自己，没有飞过我那灰色骏马的马头，跃到她坐的马车上。

我相信，一路上灰尘漫天。我相信，当时路上尘土飞扬。我隐隐约约还记得，斯宾洛先生好像还劝过我，让我别在车后的尘土中骑马。可是我完全觉察不到满天灰尘。我只觉得，朵拉周身弥漫着爱和美的云雾，除此之外，我什么都感觉不到。斯宾洛先生有时会站起身来，问我周围景色如何。我说风景令人目酣神醉，我敢说，这话一点也不假，但我觉得，那一切景色，全都是朵拉的身影。阳光照耀着的是朵拉。鸟儿歌唱着的是朵拉。暖风吹拂着的是朵拉。连篱笆上的野

---

① 蜉蝣：最原始的有翅昆虫，其幼虫水生，成虫后寿命很短，仅活一天。

花都是朵拉，每一个花苞都是朵拉。我感到庆幸的是，米尔斯小姐懂我的心思，只有米尔斯小姐能够真正洞察到我的情感。

我不知道我们走了多久，时至今日，我也弄不清楚我们到了什么地方，也许那地方离吉尔福德①不远。那个地方，也许是《一千零一夜》中的某位魔法师在那天专为我们变幻出来的，而当我们离开后，他就把那地方永远关闭了。那是在一座小山上，满目青翠，小草柔软，绿树成荫，还有石楠相伴，目之所及，都是如诗如画的美景。

我发现，已经有人早就在这儿等着我们了，这让我有些恼怒。我醋意大发，全无收敛，就连对几位女士都心怀忌妒。所有和我同一性别的人，都是我不共戴天的敌人，尤其是其中一个家伙，比我大了三四岁，长着一脸的红胡子，他就仗着红胡子而趾高气扬，简直让我忍无可忍。

我们一起打开自己的篮子，把东西拿出来，忙着准备野餐。这个红胡子吹嘘他会做沙拉，我对此嗤之以鼻。他是存心想出风头，让大家注意他。有几位年轻的小姐就帮他洗莴苣，并在他指导下，把莴苣切细。朵拉便是其中一位。我觉得我一定要和这个家伙来场决斗，拼个你死我活，这是命中注定的。

红胡子做好了沙拉，但我对这道菜极其鄙视，他们怎么吃得下这么难看的东西，我是绝对不会碰这道菜的。红胡子还毛遂自荐，负责管理酒窖。他真是个头脑灵活的家伙，竟然找到一棵空心的树干，把那儿当成了酒窖。过了一会儿，我看见他把半只大龙虾盛在一个盘子里，坐到了朵拉的脚边，兴致勃勃地吃起来！

自从看到这让我丧气的一幕后，在接下来那么一段时间，发生了些什么事情，我只有一个模糊的印象。我记得，我显得兴高采烈，但那是强作欢颜。我缠上了一个身穿粉色衣裳的小眼睛姑娘，一个劲

---

① 吉尔福德：是伦敦西南的萨里郡的郡府。

儿对她调情。她也欣然接受我对她的殷勤。不过,她这样做是因为真的想跟我好呢,还是因为她故意这样做给红胡子看呢,我就弄不清楚了。这时候,大家都为朵拉干杯,祝贺她的生日。我故意与人滔滔不绝地说着话,要为她干杯时,假装是无可奈何打断谈话的样子,心不在焉地碰上一杯,又马上和人说个没完。当我向朵拉鞠躬致意,和她四目相对时,我觉得她流露出了恳求我的眼神。但是,她的眼神越过了红胡子的头顶看过来,于是我硬下心肠,不为所动。

那个穿粉色衣裳的小姑娘,有一位穿绿色衣裳的母亲。我能感觉到,她母亲动用各种策略,就是为了要把我们两人拆散开来。不过在这个时候,野餐结束,大家就都散开了,剩下的野餐食物也撤到了一边。于是我独自一人,带着恼怒,也有悔恨,溜到小树林中徘徊着。心里举棋不定,想着要不要借口说身体不适,骑上那匹灰色骏马,远远地逃离此地。可是,我也不知道,该逃往何处去。就在这时,朵拉和米尔斯小姐迎面向我走来。

"科波菲尔先生,"米尔斯小姐说,"你怎么不高兴呢。"

我向她道歉,说我一点也没有不高兴。

"还有你,朵拉,"米尔斯小姐说,"你怎么也不高兴呢。"

哎呀,没有呀!一点儿也没有不高兴。

"科波菲尔先生,朵拉!"米尔斯小姐带着一种肃然起敬的神情,对我们说,"别这样使小性子啦。不要因为一点儿小小的误会,而让春天的花朵都枯萎掉了。春天的花朵开放后,一旦凋谢,就不会再开的。我之所以这样说,"米尔斯小姐说,"是根据我过去的经验,那些永远无法挽回的遥远的过去经验。阳光下闪耀着泉水,不应该一时任性就自行断流了。撒哈拉沙漠里的绿洲,不应该随随便便将其埋没。"

我像着了火一般,浑身燃烧起来,整个人晕晕乎乎的,也不记得自己究竟做了什么。我只记得,我捧起朵拉的小手,亲吻了一下——

她居然没有拒绝我！我吻了吻米尔斯小姐的手。我觉得，我们好像全都登上了天堂最美妙的地方了！

我们再也没从天堂下来。整个傍晚，我们一直都停留在云端深处。刚开始，我们惬意地在树林里溜达着，朵拉羞答答地挽着我的胳膊。我多么渴望永远享受着这美妙的感觉，永远在树林里这么溜达，那该是多么幸福的时光！虽然这样的想法荒唐可笑，可这是千真万确，老天做证！

但是，好景不长。很快，我们就听到了别人的说笑声，他们还叫喊着："朵拉去哪儿啦？"于是我们就回到了人群中。大家要求朵拉唱歌。红胡子本想大献殷勤，去马车上取吉他盒子，但是朵拉对他说，谁也不知道吉他放在什么地方，只有科波菲尔知道。这么一说，红胡子顿时就垂头丧气。去取吉他盒子的人是我，打开吉他盒子的人是我，拿出吉他的人是我，坐在她身边的人是我，为她拿出手帕和手套的人是我，把她优美歌声中的每一个音符都听进耳朵的人是我，她为之唱歌的人是我。别人可以鼓掌欢呼，但实际上朵拉和他们毫不相干。

我幸福得头晕目眩。这个幸福来得太猛烈，我害怕这是一场梦。我害怕突然醒来，发现自己睡在白金汉街的房子里，听到克鲁普太太准备着早餐，正在叮叮当当地摆放茶杯呢。可是，我的耳畔歌声萦绕，朵拉在唱歌，别人在唱歌，米尔斯小姐也在唱歌。米尔斯小姐唱的是她记忆深处的回声，仿佛她已活了一百岁了。夜幕慢慢降临，我们像吉卜赛人一样，把水壶挂在火堆上煮茶，我们吃着茶点，我仍然像先前那样快活。

聚餐结束了，我比先前更加快活了。因为其他的人，包括那个神情沮丧的红胡子，都各自回家去了。我们也踏上了回家的路程，余晖慢慢暗淡下去，夜色那么宁静，空气中洋溢着扑鼻的芳香。斯宾洛先生在聚会上喝了些香槟，现在微微有些睡意了，很快，他就在马车的一角沉沉睡去了。我得到了这样的天赐良机，我要向生长出葡萄的大地致谢，要向那酿出美酒的葡萄致谢，要向使葡萄成熟的太阳致谢，要向酿酒调酒的人们致谢！我骑着马，与车上的朵拉并排而行，一直和她海阔天空地聊着。她称赞我的马，还用手拍拍它！哦，那只拍在马背上的小手，显得多么可爱呀！她的披肩老是斜落下来，我便不时伸出手，帮她披上。我甚至觉得，连小狗吉普也慢慢看出我们的关系来了，因为它知道，现在是该下定决心，和我结为朋友了。

还有那位洞察事理的米尔斯小姐，作为一名隐士，虽然看破红尘，但依然不失善心。她虽然才二十岁左右，但已了断情缘，无论如何也不愿惊醒记忆深处的回声，这位年纪轻轻的修女，她做的这件事真是功德无量啊！

"科波菲尔先生，"米尔斯小姐说，"如果你愿意挪出一点时间来，请到马车这一边来一下吧。我有几句话要对你说。"

瞧瞧我当时那样子吧！我骑着那匹灰色骏马，来到马车这一边，手扶着车门，向着米尔斯小姐倾过去。

"朵拉要到我家住几天。她后天就和我一块儿去。如果你肯光临寒舍，我相信，我爸爸见到你一定会很高兴的。"

听到这话，我除了默默祈求上天赐福给米尔斯小姐，除了把她家的住址牢牢地珍藏于心，我还能做什么呢！我是那么感激不尽，那么心潮澎湃，我告诉米尔斯小姐，我多么感谢她的盛情，我多么珍视对她的友谊，除此之外，我还能做什么呢！

然后，米尔斯小姐亲切地让我走开，对我说："你回朵拉那边去吧！"于是我就回到了朵拉这一边来。朵拉从马车里探出身子，一路上和我说个不停。我让那匹灰色骏马太靠近车轮了，结果它的一条前腿被擦伤了。后来，马匹的主人告诉我说："马腿被擦掉了一层皮，得赔偿足足三英镑七先令。"我如数赔付了这笔钱。我觉得花了这么点钱，却换来了那么多的快乐，真是捡大便宜了。在我和朵拉聊天的那段时间里，米尔斯小姐一路上就赏月吟诗，我想，她也许还在回想着她与红尘藕断丝连的时光吧。

回诺伍德的路实在太近了，我们应该再走几个钟头才好。可是，快要到家的时候，斯宾洛先生醒过来了，他对我说，"科波菲尔，到家后你得进屋去歇息一下！"我满口应允了。在他家里，我们一起吃了三明治，喝了调兑的葡萄酒。在这个灯火通明的屋子里，朵拉两颊泛起红晕，实在是太可爱了，我舍不得告辞，一动不动地呆坐在那里，痴痴地看着她，感觉像在梦中一样。直到后来斯宾洛先生鼾声大作，这才惊醒过来，明白我不得不告辞回家。于是我们只好分别了。我骑着马回伦敦去，一路上都在回味着朵拉与我握手告别时，在我手上留下的余温。我把那天发生的每一件事，她说过的每一个字，都在心里回味了千万遍。最后，直到我躺在了自己的床上时，我依然是一个被爱情冲昏了头脑的小傻瓜，如痴如狂。

第二天早上醒来，我就打定主意，要向朵拉表白我对她的迷恋，以此来探清我的命运。是幸福还是悲痛，这是当前重大问题。我不知道，在这个世界上，还会不会有其他问题。而这个问题，只有朵拉能够给我答案。在接下来的整整三天里，我都在胡思乱想，把我和朵拉之间发生的各种可能，做出各种推测与令人失望的解释，就这样备受煎熬饱受折磨。最后，我不惜任何代价地把自己打扮起来，怀着破釜沉舟的决心，前往米尔斯小姐家去，准备表明心迹。

我在街上来来回回，不知走了多少圈，在那个广场上转来转去，也不知转了多少圈。心里痛苦地意识到，对于那个问题的答案，仍然是个未知的迷。最后，我鼓起勇气，走上台阶敲了敲门。在现在看来，这根本算不得什么大事。即使在最后的时刻里，当我敲了门，站在门口等候时，我依然心慌意乱，想着学学可怜的巴克斯，假装询问这里是不是到了。就在敲门后我站在门口等待时，也有那么一刹那间，我想我是否应该模仿可怜的巴克斯，问这里是不是布莱波先生家，然后说声对不起，转身离开。不过，我还是坚持了，没有走开。

米尔斯先生不在家。我本来就希望他不在家。谁也不需要他。米尔斯小姐在家。有米尔斯小姐就行了。

仆人把我领到楼上的一间屋子里，我在屋子里看到了米尔斯小姐和朵拉，小狗吉普也在那里。米尔斯小姐在抄写乐谱，我还记得，那是一首刚流传的歌，歌名是《爱情的挽歌》。朵拉在画花卉。她画的花卉就是我从考文特加登市场买来送给她的那束花，当我认出来的时候，我简直是欣喜若狂！我虽不能说她画得栩栩如生，也不能说特别像我见的什么花，但是，她画的花朵上有包裹花朵的纸，这和我那天用的纸分毫不差，所以我就知道这幅画的含义了。

米尔斯小姐见到了我，显得很开心，她说她爸爸不在家，为此深表遗憾。不过我相信，我们大家对此都不会介意。米尔斯小姐和我们谈了几分钟，便把笔搁在《爱情的挽歌》上，起身离开了房间。

我开始觉得，我的那个问题得推到明天再问吧。

"我希望，那天晚上你回到家时，那匹可怜的马应该没累坏吧，"朵拉抬起她那双秀美的眼睛，对我说，"对它而言，那段路可真够长呀。"

我又开始觉得，我还是今天就提出那个问题吧。

"对它而言，那段路的确很长，"我说，"因为一路上，它都没有得到什么支持。"

"可怜的东西，你难道没有喂它吗？"朵拉问。

我开始觉得，我的那个问题得推到明天再问吧。

"不——不是的，"我说，"我把它照料得很好。我的意思是说，我距离你那么近，我幸福得都快眩晕了，可是它却享受不到这些。"

朵拉把头埋得低低的，看着她的画。有一段时间里，她没有说话，而我坐在那里，浑身像火在烤着，两腿变得僵直。然后她接着说：

"我记得那一天，有那么一段时间，你好像并没有感受到那种幸福呀。"

现在我已经明白，我无路可退，必须把握良机，把那个问题挑明。

"当你和吉特小姐坐在一起时，"朵拉稍稍抬起眉毛，摇了摇头说，"你对这个幸福似乎满不在乎呀。"

我就此说明一下，吉特就是那个穿粉色衣裳的小眼睛姑娘的芳名。

"虽然我并不明白，你为什么要那样做，"朵拉说，"也不明白你为什么要称这个是幸福，不过，你肯定口是心非。你想做任何事情，都是你的自由，没有人能干涉你的。吉普，你这淘气鬼，到这儿来！"

我拦住了吉普，把朵拉搂到怀里，我不知道我当时是怎么做到的，反正我一下就把想做的都做了。我滔滔不绝地讲起来，顺溜地一点儿也不结巴。我告诉朵拉，我深爱着她。我告诉她，没有她我一定活不下去。我告诉她，她是我的天使。这段时间里，吉普一直发疯似的狂叫着。

朵拉低着头，哭泣着，浑身颤抖着，而这时我的口才变得更好了。我对她说，要是她希望我为她而死，只要她说一声，我立马会毫不犹豫赴汤蹈火在所不辞。如果我没有朵拉，活着毫无意义。我不能忍受，我也不愿忍受。从第一次见到她开始，我日日夜夜每分每秒都爱着她。我每时每刻都疯狂地爱着她。我要一生一世地爱着她。从前有人相爱过，将来也还有人相爱，但永远没有任何一个人像我这样，全心全意地爱着朵拉，心无旁骛地爱着她。我的表白越是激情飞扬，吉普越是叫得声嘶力竭。我和吉普已经走火入魔，几近疯狂。

够啦！够啦！终于，朵拉和我渐渐平静下来，变得心平气和，在沙发上坐下了。吉普躺在她的膝盖上，也平静下来，对我眨着眼。我神魂颠倒。我欣喜若狂。朵拉和我终身相许啦。

我想，当时我们都想到过，这场恋爱的结果就是结婚。我们一定有过这样的想法，因为朵拉坚持说，没有她爸爸的应允，我们决不能结婚。不过，我们忘乎所以，而且因为年轻单纯，所以并没有考虑过来，两人除了傻傻地爱着，根本就没有考虑过将来的目标和愿望。我们决定对斯宾洛先生保密。不过我相信，当时我们压根儿就没有想到，谈恋爱还有什么不光彩的地方。

朵拉出去了，找来米尔斯小姐，并和她一起回到房间。这时，米尔斯小姐比先前更沉默了。我想，也许是因为刚才发生的事，唤起了她记忆深处的回声了。不过，她为我们祝福，还对我们保证，她永远是我们的朋友。她对我们说话的时候，那声音宁静安详，就像是来自修道院的声音。

在那一段日子里，生活是多么无忧无虑！是多么缥缈虚幻！是多么幸福快乐！又是多么单纯无知呀！

在那段日子里，我量出了朵拉的手指尺寸，准备去定做一枚戒指，我想要做成"勿忘我"纹样的。在那段日子里，我把这个尺寸交给珠宝商，他一眼就明白是怎么回事，在订货单登记时，一个劲儿地取笑我，为了这个镶蓝宝石的可爱小饰物，他狠狠地敲了我一笔。在我的记忆里，这枚戒指和朵拉的小手紧密相连。所以，我昨天无意间看到我女儿手指上戴着一枚戒指，款式与朵拉的那只一模一样，我顿时感到心中一阵绞痛！

在那段日子里，我四处游荡，心里揣着这份秘密，欢欣鼓舞，我觉得自己如此爱着朵拉，朵拉也爱着我，倍感荣耀体面。即便我在天上飞，别人都在地上爬，那种高高在上的荣耀也不过如此！

在那段日子里，我们在广场的花园里碰面，坐在幽暗的凉亭里，真是快乐无穷！真是这个原因，所以直到现在，我都很喜欢伦敦的麻雀，不为别的任何原因，只因为我觉得，从它们烟灰色的羽毛里，竟然可以看出热带珍禽的斑斓羽毛。在那时的我的眼中，世界的一切都是五彩缤纷的。

在那段日子里，我们发生了第一次大的争吵，离我们订婚后还不足一个星期。朵拉用信封把戒指退还给我，还附上一张叠成三角形的信笺，信上是令人绝望的话语，她用了这样可怕的话语："我们的爱情以愚蠢开始，以疯狂告终！"如雷轰顶，瞬间坍塌，吓得我乱扯着自己的头发，大声叫喊着，一切都完蛋啦！

在那段日子里，我趁着黑夜的掩护，跑到米尔斯小姐家，在屋后一间放有熨衣机的厨房里，偷偷见到米尔斯小姐，恳求她在我们中间调停，挽回这让人发疯的局面。米尔斯小姐挺身而出，临危受命，把朵拉很快就找回来。她现身说法，以她年轻时的痛苦经历，来告诫我们要相互忍让，不要让情感的绿洲变成了撒哈拉大沙漠！

这时，我们抱头痛哭一番，言归于好，又感受到了那种幸福。因此屋后那间厨房，连同那台熨衣机，以及一切陈设，都变成了爱神为我们专设的圣殿。我们约定，由米尔斯小姐转交信件，双方每天至少要写一封信！

那是多么自由浪漫的时光！那是多么缥缈虚幻、多么幸福快乐、又是多么单纯无知的时光！我一生的时间都交由时光老人在掌控着，现在回想起来，没有其他任何一段时光，能如此唤起我无尽的甜蜜，唤起我无尽的愉悦。

第34章 吓我一跳

朵拉和我订婚后，我马上给艾妮丝写了封信，把情况告诉了她。那封信写得很长，我在信中努力让她明白，我是多么幸福，朵拉又是多么可爱。我请求艾妮丝严肃看待，千万不要把这段感情看成是一场游戏，是双方凭着一时冲动，将来又劳燕分飞的那种情感，也不要把这段感情看成是我们过去经常嘲讽的那种幼稚幻想。我向她担保，我们的爱情基础是深厚扎实的，我还说，我确信我们的爱情是前所未有的。

那是一个清爽的傍晚，我坐在一扇敞开的窗前，给艾妮丝写信，不经意间，回想起她那双明亮宁静的眼睛，以及那张温柔和善的脸庞。我近段时间来，生活过得忙乱焦躁，就连我的幸福都跟着变得忙乱焦躁起来。可是，不知怎么的，我一想到她，感受到了宁静祥和，这样的情绪抚慰，不禁让我泪流满面。我记得，当那封信写到一半时，我手托着头，呆坐在那里，恍惚觉得，艾妮丝就如同我这个家庭中的一员。好像这个家因为有了艾妮丝，一下子变得神圣起来，我和朵拉在这个家里，比在任何地方都更幸福。好像无论我有什么样的感情，疼爱、欢乐、忧愁、希望或沮丧，等等，我的心都自然而然转向她那里，在她那里得到庇护，找到最好的友谊。

在给她的信中，关于斯蒂夫的事情，我只字未提。我只是告诉她，艾米丽与人私奔了，雅茅斯遭受了无尽的悲伤。对于我来说，与之相关的一切事情，在我身上造成了双重创伤。我知道，她天资聪慧，很快就能明白事情真相，我也知道，她永远不会首先说出斯蒂夫这个名字来。

我把这封信交给邮车送给她，当邮车返回来时，就把她的回信带给了我。读着她的信时，我仿佛听见艾妮丝在和我谈话。她那真诚恳切的声音，如同在我耳旁窃窃私语。我还有什么好说的呢？

　　最近我不在家的时候，特拉德尔来找过我两三次了。他在这里见到了辟果提。辟果提向他做了自我介绍，说她是我小时候的保姆。辟果提一向如此，不管对方是谁，只要愿意听她说，她都会主动把这些信息告诉别人。特拉德尔得知后，很快和她十分投缘，于是留了下来，和她一起谈论起我的情况。辟果提是这么告诉我的，但是我觉得，恐怕都是她一个人在说话，而且一定说个没完没了，因为她只要谈起我，根本就没法停下来的。愿上帝保佑她！

　　说起特拉德尔，让我想起了两件事情。一是想起特拉德尔和我约定的见面时间，是让我在某一天的下午等候他。二是想起克鲁普太太对我提出的郑重声明，如果辟果提一天不从她眼前消失，她就一天也不会干分内的工作，但薪水得照付无误。克鲁普太太曾多次站在楼梯上和一个熟络的朋友聊天，不过这位朋友是隐身了的灵魂，实际上，也就是她一个人在那里扯着嗓子说话。她历数辟果提的种种不是。这之后，她又给我写了一封信，充分阐释了她的意见。信的开头是一句任何场合都可通用的话，她这辈子一切情况都适用。这句话就是，"我自己也是个做母亲的人。"她接下来告诉我说，她当年也曾有过非凡的生活，与现在的生活大相径庭，但她这辈子无论什么时候，都从心底里憎恨那些窥探者、爱管闲事者和告密者。她说，她不用指名道姓，谁愿意承认，那就再好不过了。不过，那些窥探者、爱管闲事者和告密者，又尤其是穿丧服的寡妇（在后面这几个字下面，她加了横线以示强调），她向来就嗤之以鼻。要是哪位先生成了那些窥探者、爱管闲事者和告密者的牺牲品（她依然没有指名道姓），那是他活该。既然他要自取其辱，谁也没有拦着他。她克鲁普太太唯一的声明是，她只想跟那些人"井水不犯河水"。因此，只要没有恢复到原状，一切还没让人称心如意，她将决不会踏进屋子半步，所以敬请我谅解。她还进一步说，如果她要结账，她就把她那小账本每星期六早上放在早餐桌上，这完全是出于一片好心，可以避免各方面的麻烦，免得大家都"不方便"。

从此以后，克鲁普太太的主要精力就是在楼梯上布置障碍，放置了大大小小的水罐，想让辟果提摔断腿。我觉得，在她这样的围攻下，我的生活饱受折磨。但是我对克鲁普太太充满恐惧，实在想不出有什么解围的妙招来。

"亲爱的科波菲尔，"尽管楼梯上布满了障碍物，特拉德尔还是准时出现在我门口，"你好吗？"

"亲爱的特拉德尔，"我说，"总算见到你了，我特别开心。前些日子我不在家，真是对不起。不过，我实在是太忙了——"

"是呀，是呀，我知道，"特拉德尔说，"我当然知道。你的那一位住在伦敦，我猜得对吗？"

"你说什么？"

"她——对不起——那位朵拉小姐呀，我知道，"特拉德尔说着，不过觉得有些唐突，脸都红了，"我相信，她住在伦敦吧？"

"哦，是的。住在伦敦附近。"

"我的那一位，也许你还记得，"特拉德尔一本正经地说，"也就是那十个姐妹中的一个，住在德文郡，相隔很远呢。所以，单就那件事，我不像你那么忙。"

"你那么久才和她见上一面，"我回答说，"你居然能够忍受这种相思之苦，我真是不解呢。"

"唉！"特拉德尔细细琢磨了一番，说，"这的确让人感到奇怪。我想，科波菲尔，这是无奈之举，因为没有办法可想。"

"我想也是的，"我微笑着说，我的脸也红了起来，"还因为你那么忠贞，那么坚毅，特拉德尔。"

"天哪，"特拉德尔又仔细想了一番，说，"你觉得我是那样的人吗，科波菲尔？我真的不知道我有这样的品质呢。不过，她倒是一位特别可爱的好姑娘，也许她把这种品质传给了我一些呢。现在经你这么一说，科波菲尔，我倒不觉得奇怪了。我告诉你吧，她总是不顾自己，只知道照顾另外九个姐妹。"

"她是大姐吗？"我问。

"哦，不是，"特拉德尔说。"大姐是个美人呢。"

我听到他如此直爽地回答，不禁微微一笑，我想，他大概也看出我的笑意，于是他那真诚的脸上也泛起了笑意，他补充说：

"当然，我并不是说我的苏菲不漂亮。苏菲这个名字很好听吧，科波菲尔？我一直都这样想。"

"很好听！"我说。

"当然，我并不是说我的苏菲不漂亮，我想说，在任何人看来，都会认为她是世上少有的漂亮姑娘。不过，我说起她的大姐是个美人时，我的意思是说，她的确是一个——"他双手比画着，仿佛是在形容彩云绕身的景象，"绝世佳人，你要知道。"特拉德尔说得眉飞色舞。

"真的？"我说。

"哦，我敢保证，"特拉德尔说，"是世间罕有，真的！你要知道，她天生丽质，本就该多享受交际，得到别人赞誉的，可是由于他们家经济窘迫，满足不了这方面的需求，所以有时候，她自然有点急躁，有点挑剔。只有苏菲能逗她重新开心起来！"

"苏菲是最小的姑娘吗？"我有些冒昧地问他。

"哦，不是！"特拉德尔摸着下巴说，"最小的两个，一个才九岁，另一个才十岁呢。全是苏菲在管教她们。"

"那也许她排行老二？"我又冒昧地问。

"也不是，"特拉德尔说，"老二是萨拉。萨拉的脊椎有点儿毛病，真是可怜的姑娘。医生说，她的病会慢慢好转的，但是在痊愈之前，她必须卧床十二个月。苏菲在护理着她呢。苏菲是老四。"

"她们的母亲还健在吗？"我问。

"哦，是的，"特拉德尔说，"她还健在。她真是个出色的女人，不过那一带气候太潮湿了，对她的身体很不好，事实上，她的四肢已经不听使唤了。"

"哎呀！"我说。

"很不幸，是不是？"特拉德尔接着说，"不过，要是单从家庭整体状况来看，情况还没有想象的那么糟糕。因为苏菲代替了她的职责。苏菲简直就是像她母亲的母亲，也像另外九个姐妹的母亲，一直悉心照料着她们。"

这位年轻姑娘竟有如此的优秀品质，我由衷感到钦佩。同时，为了避免宅心仁厚的特拉德尔被人利用，以免他们俩的共同前途受到影响，我得尽心竭力地保护好他们，于是我问他，米考博先生近况如何。

"他很好，科波菲尔，谢谢你的关心，"特拉德尔说，"我现在没有和他住在一起了。"

"没有了？"

"没有了。你要知道，"特拉德尔压低了声音说，"由于他遭受了短时期的困窘，他已经改了自己的名字，现在叫莫提默了。而且昼伏夜出，天黑后才会出门，出门也要戴上墨镜。由于拖欠了房租，我们原来租的房子遭到了法院的强制制裁。米考博太太的境况实在太过悲惨了，我实在无法拒绝她，只得在那第二张期票上签了名，就是前次我们在这里谈起过的那张期票。如此一来，问题得到了解决，米考博太太很快就高兴起来了，科波菲尔，你能想象得出，我心里有多么开心。"

"哼！"我说。

"可是，米考博太太并没有高兴太久，"特拉德尔继续说，"因为，一个星期还没满，法院又来了第二次强制制裁，真够不幸的。这一次，他们就家徒四壁了。从那以后，我就住在一个带家具的公寓里，莫提默一家人也无影无踪了。那位前来扣押财物的典当商，把我那大理石桌面的小圆桌，还有苏菲的花盆和架子都拿走了。科波菲尔，我提起这些事，你该不会认为我太过自私，不顾米考博一家的困难吧？"

　　"他们真够狠心啊！"我愤愤不平地说。

　　"这真是——把人逼得喘不过气来呀，"特拉德尔还是像往常一样，畏畏缩缩地说，"不过，我提起这事，到并不是要责怪谁，而是另有缘由。事情是这样的，科波菲尔，他们拿走我的那几样东西的时候，我无法把它们买回来，第一，如果那典当商知道我想要这些东西，就会漫天要价；第二，因为我实在穷得叮当响。但是，从那时起，我就天天盯着那个典当行，"特拉德尔说起这个秘密，显得颇为得意，"那个典当行就在托特纳姆法院路的上首那头。今天，我终于发现，我的那几样东西摆了出来，准备要卖了。我只隔着马路，远远地站在典当行的街对面看到的。我不能走进了瞧，如果那典当商看到了我，天哪，那他一定会漫天要价的！眼下我已经有钱了，所以我有个想法，你也许不会反对的。我想请你那位好心肠的保姆，跟我一起到典当行去一趟。我就在邻街的拐角处，把那家典当行指给她看，让她替我去把那几样东西买回来。她就装成是为自己买的样子，这样就可以杀杀价钱！"

　　特拉德尔对我谈起这个计划，兴奋得手舞足蹈，他觉得自己这个计划天衣无缝，显得扬扬自得，直到现在，他那时的形象仍然鲜活地保留在我的头脑里。

　　我对他说，我的老保姆肯定乐意帮这个忙。我们三个人可以一起出动。不过，要答应我一个条件。条件就是，他必须下定决心，从此以后，再也不把他的名字或其他任何东西，借给米考博先生。

"亲爱的科波菲尔，"特拉德尔说，"我已经下定决心了，因为我开始明白，我过去的那些做法，对我的苏菲来说，不仅没有给她照顾，反而对她极不公道。我已经对自己发过誓，不用担心什么，不过，我也很愿意向你这么保证。那第一笔倒霉的债务，我已经还清了。如果米考博先生有能力偿还债务，我毫不怀疑，他一定会还的。可是，他真的没钱了。还有一件关于米考博先生的事，我得给你说说，科波菲尔，我觉得这是让我喜欢他的地方。就是第二笔债务的事，现在还没有到期，他并没有欺骗我说，那笔钱已经有着落了，而是明确地说，那笔钱他会努力偿还的。瞧，我觉得他这样说，是多么诚实，多么直率呀！"

我的好朋友总是显得很乐观，我不想给他泼冷水，所以同意了他的看法。我们又聊了一会儿，就去杂货铺楼上找辟果提。我邀请特拉德尔晚上到我家去坐坐，但他谢绝了。一来是因为，他担心那几样东西还没等到他去买，就被别人抢先买走了，二来是因为晚上他另有要事，要忙着给那位世界上最可爱的姑娘写信。

辟果提去了典当行门口，为那几件珍宝讨价还价，特拉德尔就躲在托特纳姆法院路的拐角处，探头探脑地等着。我们看到，辟果提给典当商还了一个价，那商人没答应，于是她就转过身，慢慢朝我们走来。那典当商只得让步了，于是招呼她回去，她便回去成交了。这时，特拉德尔欣喜若狂，他那副模样让我永世难忘。辟果提去讨价还价的结果是，她用相当便宜的价钱，买下了那几样东西，特拉德尔高兴得眉开眼笑，乐不可支。

辟果提告诉他，那几件东西当晚会派人送到他的住处，他说，"真是太感激你啦！不过，科波菲尔，我要是求你再帮我一次忙，你该不会觉得我可笑吧？"

我没等他说完，连忙说，当然不会。

"那么，要是你肯帮忙，"特拉德尔对辟果提说，"能不能先把那个花盆拿回来？我想亲手把它带回家去。因为那是苏菲的东西呀，科波菲尔！"

辟果提当然乐意，于是帮他把那花盆拿回来。特拉德尔对她千恩万谢，然后情深意重地捧着那个花盆，顺着托特纳姆法院路往家里走去。他脸上的高兴劲，我还从来没有见到过。

然后，我们转过身，朝我的家走去。沿街的那些商店让辟果提着了迷，我从未见过有谁如此迷恋那些商店。于是，我就跟着她，一路慢慢溜达，看她目不转睛地盯着橱窗看，她的那副模样挺有趣的。只要她喜欢，我就静静地等着她。就这样，我们走了很长时间，才回到了阿德尔菲区的白金汉街。

我们上楼时，我提醒辟果提注意当心那些绊脚的，可是，出乎意料的是，克鲁普太太在楼梯上布置的障碍一下子无影无踪，而且楼梯上还有刚走过的脚印。我们走到楼梯顶端，发现我外屋的门大大开着，还听到里边有人在说话。我明明记得，我出去时把门关严了的。我们两个都无比惊讶。

我们面面相觑，不知道到底发生了什么，然后一起走进了起居室。我们发现，在屋里的不是别人，竟然是我姨奶奶和狄克先生。这让我瞠目结舌！姨奶奶坐在一大堆行李上，面前放着她那两只鸟儿，而那只猫正趴在她的膝盖上，她自己正悠闲地喝着茶，活脱脱就是一位女鲁滨孙。狄克先生坐在那里沉思，斜倚着一只大风筝，就像我们过去经常一块儿去放的那种风筝。他的身边也是行李，堆得像座小山！

"亲爱的姨奶奶！"我叫喊着，"哦！没想到你们来了，真高兴啊！"

我和她热情地拥抱了一番，又热情地和狄克先生握手。克鲁普太太正忙着在那儿沏茶，服务得殷勤周到。她还十分热情地说，她早料到，科波菲尔先生见到他亲爱的姨奶奶时，一定会心潮澎湃。

"喂！"姨奶奶看着战战兢兢的辟果提，威严地打了个招呼，"你好吗？"

"你还记得我姨奶奶吧，辟果提？"我说。

"看在老天爷的分上，孩子，"姨奶奶大声说，"你别用那个异教徒的名字称呼这个女人了！她要是结了婚，就可以丢掉那个姓了，那不是挺好的事吗？你为什么不用她婚后的名字呢？你现在叫什么呢——辟？"姨奶奶实在讨厌那个名字，就用一个字来称呼她，也算是一种妥协了。

"我现在姓巴克斯，小姐。"辟果提行了个礼，谦卑地说。

"不错！这才像人的名字嘛，"姨奶奶说，"这个名字好听，这样就不那么老土了，也用不着让传教士来教化你一番了。你好吗，巴克斯？我希望你是好好的。"

听到这些和蔼的话，又看到姨奶奶伸出的手，巴克斯受到了鼓励，大着胆子走过去，握住了她的手，并行了屈膝礼以示答谢。

"我看得出，咱们都比先前老些了，"姨奶奶说，"我们以前只见过一次面，你是知道的。那一次，咱们干得挺漂亮的！特洛，亲爱的，再给我来杯茶。"

我恭恭敬敬地把茶递给她，她像往日一样，身子坐得笔挺。我于是壮着胆子，劝她不要坐在箱子上。

"我把沙发给你搬过来，或者把安乐椅给你拉过来吧，姨奶奶，"我说，"你为什么要坐在这里，弄得自己不舒服呢？"

"谢谢你，特洛，"姨奶奶回答说，"我愿意坐在我的财产上。"说到这儿，姨奶奶狠狠地瞪了克鲁普太太一眼，对她说，"我们不劳烦你在这儿伺候了，太太。"

"让我再往壶里加点茶叶再走好吗，太太？"克鲁普太太说。

"不用了，谢谢你，太太，"姨奶奶回答说。

"要不要让我再去拿块奶油来，太太？"克鲁普太太问，"要不，请你尝尝新下的鸡蛋？要不要我去烤点火腿来？科波菲尔先生，难道我没有机会为你亲爱的姨奶奶效劳了吗？"

"不用了，太太，"姨奶奶回答说，"这已经很好了，谢谢你。"

克鲁普太太一直满脸堆笑，表示自己脾气和善；又老是把头歪向一边，表示自己身体虚弱；她还总是搓着手，表示随时做好准备，有谁需要她伺候，她一定会全力以赴。现在，她就这么笑着，歪着头，搓着手，慢慢倒退着出了房间。

"狄克！"姨奶奶说，"我以前对你说过，有些人长着势利眼，见谁有钱，就拍谁的马屁，这话你还记得吗？"

狄克先生急忙回答说，他还记得。不过他神色慌张，好像真的已经记不得了。

"克鲁普太太就是这种人，"姨奶奶说，"巴克斯，我要麻烦你沏茶倒水，再给我来一杯吧，因为我不愿意让那个女人给我倒水。"

我很了解姨奶奶，所以我知道，她心中一定有重要的事，她这次来这儿，可不像外人猜想的那么简单。我发现，当她以为我的心思不在她那里时，她就会用一种怪怪的眼神看着我。表面上看她依然沉着镇静，但我能感觉到，她内心似乎犹豫不定，这是很少见的情况。我心里有些打鼓，琢磨是不是我做了什么对不起她的事。我的良心悄悄告诉我，我和朵拉的事，还没给她透露半点风声呢。难道碰巧就是为了这事吗？我心里疑惑不解。

我知道，她的这些心事，只有在她觉得合适的时候才会说出来，所以我就在她身旁坐下，逗鸟儿说话，逗猫儿玩耍，努力做出轻松自如的样子。可我实际上一点儿也不轻松。狄克先生站在我姨奶奶身后，靠着那只大风筝，面带愁容，一有机会就偷偷朝我摇摇头，还暗中用手指指姨奶奶。即使没有他的这番暗示，我依然不会感到轻松。

"特洛，"姨奶奶喝完茶，仔细地抚平衣服，擦了擦嘴，终于开口了，"巴克斯，你别走开！特洛，你已经能挺得住了，也能自食其力了，对吗？"

"我希望能行，姨奶奶。"

"你好好想想，究竟行不行？"姨奶奶问。

"我认为能行，姨奶奶。"

"那么，亲爱的，"姨奶奶郑重其事地看着我，说，"你说说看，今晚我为什么要坐在我的财产上？"

我猜不出来，摇了摇头。

"因为，"姨奶奶说，"这是我的全部家当了。因为我已经彻底破产了，亲爱的！"

我万分震惊，就算这所房子，连同我们所有的人，全都掉进河里，我也不会如此震惊的了。

"狄克知道这事，"姨奶奶伸出手，平静地放在我的肩上，说，"我彻底破产了，亲爱的特洛！我在世上的全部家当，都在这里了，当然不包括那座小房子，特洛，我把那座小房子留给了珍妮，让她租出去。巴克斯，今晚我要给这位先生找个过夜的地方。为了省点钱，也许你能在这儿给我收拾个地方。随便怎么都行。就只住这个晚上。明天我们再从长计议。"

姨奶奶扑过来，搂着我的脖子，哭泣着。我本来感到震惊，很担心她的情况，我真担心她状态不好，可是，她说她只是为我感到难过，我这才醒悟过来。没过多久，她就稳住了自己的情绪，语气并没有消沉，而是带着豪迈，说：

"咱们一定要勇敢地迎难而上，别让困难把咱们吓倒了，亲爱的。咱们一定要学着唱完这出戏。咱们一定要忘掉不幸，坚持下去，特洛！"

第35章　备受打击

　　我猛然听到姨奶奶的这个消息，错愕震惊，感到六神无主，等我慢慢冷静下来，我对狄克先生提议说，他可以先去杂货铺，辟果提先生以前在那里留有一张床，现在就把它租下了。杂货铺就在亨格福德市场里面。当时的那个市场与现在完全不一样，门前有一排矮矮的木头门廊，那模样有点像老式晴雨表上那个小男人和小女人所住房子的门廊一样。狄克先生对这里很满意。我敢说，住在这种建筑里，是很体面的事情，即使有种种不便，也不会介意。不过，我前面提到过，这里混杂着各种气味，而且屋子狭窄，转不过身，除此之外，实际上也没什么不便的，因此他对这个住处，很快就着了迷。克鲁普太太对此很生气，她曾对狄克先生说，那儿窄得连逗猫①的地方都没有。不过，狄克先生坐在床脚那头，揉搓着腿，说了一番话，在我看来是很公允的："你知道，特洛伍德，我又不想逗猫。我从来没有逗过猫呢。所以，她说的那些跟我有什么关系呢？"

　　我想从狄克先生处旁敲侧击地打听一下，问他是否知道，姨奶奶怎么突然彻底破产了，他对此一无所知。不过，这也是我预料中的事。他说，仅仅知道这件事，就据实相告。前天，姨奶奶对他说："我说，狄克，我一直觉得你是个豁达开朗的人，你真的是这样吗？"于是狄克先生说，是的，他希望是这样的人。我姨奶奶便说：

---

　　①　俗语，指地方狭小，没有活动余地。

"狄克，我破产啦。"他便说："哦，真的！"姨奶奶然后就大大地夸奖了他，他听了特别开心。就这样，他们便来这儿找我，路上还喝过瓶装的黑啤酒，吃了些三明治。

狄克先生说这番话的时候，坐在床脚那一头，揉搓着腿，眼睛睁得大大的，脸上露出让我惊讶的笑容，显出怡然自得的样子。当时，我看到他这副模样，心里有点不愉快，就心直口快地对他解释说，破产就意味着受苦受穷，忍饥挨饿。至今想来，我对这番话都感到难过。他一听这话，顿时面色苍白，泪如雨下，泪水流过他那瘦长的双颊，他茫然无措地看着我，带着难以形容的悲伤神情，即使是铁石心肠，看了也会心软的。我看到这一幕，马上就痛恨自己，不该对他说这些残忍的话。我让他难过很容易，但要再让他开心起来，我费了九牛二虎之力才做到。很快我就醒悟过来，当然，其实我早就该知道的，他之所以怡然自得，只是因为，他完全信任我的姨奶奶，认为她是最聪明、最了不起的女人，同时，他又无限信赖我的智慧。我想，他一定认为，凭着我的智慧，对于任何灾难，只要不是致命的，都能应付自如呢。

"咱们有什么法子呢，特洛伍德？"狄克先生说，"还有那个呈文——"

"当然，还有那个呈文要处理，"我说，"不过，狄克先生，我们现在所能做的，就是装出开心的样子，别让我姨奶奶看出我们正在琢磨这事儿。"

他无比诚恳地答应了，还恳求我说，如果我发现他装得不像，哪怕有一点点瑕疵，就得要我使用最高明的方法提醒他。不过，说来很抱歉，我刚才把他吓得太厉害了，他无论怎样也无法掩饰内心的恐慌。整整那个晚上，他目不转睛地盯着姨奶奶，眼睛里全是凄惶和忧虑，好像他正看着姨奶奶日渐憔悴消瘦。他也意识到了自己神情不对，因而管住自己的脑袋，尽量不转向姨奶奶。但是，虽管住了脑袋,眼珠子却管不住。人呆坐在那里,眼睛滴溜溜地转个不停,所以完全乱了手脚。吃晚餐的时候,我看到他直勾勾地盯着面包,那面包碰巧很小,他做出一副饥肠辘辘的样子,活像我们已经在闹饥荒了。姨奶奶吩咐他要和平时一样,该怎么吃就怎么吃,可是我发现,他把面包屑和碎干酪都装进了衣服口袋里。我相信,毫无疑问,他这么做是在积攒口粮,等到我们饿得奄奄一息的时候,他便可以拿出这些储备,给我们充饥。

与狄克先生恰好相反,姨奶奶仍是泰然自若,这给我们大家做出了榜样,我相信,尤其是给我树立了榜样。她对辟果提非常和蔼,只不过,当我不经意用"辟果提"这个名字称呼她时,姨奶奶会有些恼怒。虽然我知道她在伦敦住不习惯,但她看上去很自在,就像在家里一样。她睡我的床,我就睡在起居室里,守护着她。房子离河很近,她对这一点赞不绝口,因为她觉得这样可以预防火灾。我认为,在当时这种情形下,她真的感到心满意足了。

"特洛,亲爱的,"当姨奶奶看到我照例为她调制睡前的饮料时,她说,"不喝了!"

"什么都不喝吗,姨奶奶?"

"不喝葡萄酒,亲爱的,喝麦酒就行了。"

"可这儿有葡萄酒呀,姨奶奶。你一向都是用葡萄酒调制的呀。"

"留着吧,生病时要用的,"姨奶奶说,"我们得节省着用,特洛。给我来点麦酒吧,半品脱就够了。"

我相信,狄克先生听了这话,会一头栽倒,摔得不省人事的。可姨奶奶态度坚定,我只得自己去取麦酒。由于时间不早了,辟果提和狄克先生也借此机会,一起告辞去杂货铺了。我和可怜的狄克先生在大街转角处分手了。他仍旧背着他的大风筝,那简直就像人类苦难的纪念碑①。

我回来时，姨奶奶正在屋里走来走去，双手折着睡帽的帽檐。我遵照往日固定的程序，把麦酒温热，烤好面包。等我把一切准备就绪后，她也准备就绪了，戴好睡帽，把睡袍的下摆撩起来，折叠放在膝盖上。

"亲爱的，"姨奶奶喝了一勺麦酒，说，"这比葡萄酒好喝多啦，远远没有那么苦。"

我估计自己露出了怀疑的神色，因为她接着对我说：

"好啦，好啦，孩子。只要还有麦酒喝，那咱们的日子过得就算很滋润了。"

"要是我自己遇到这种情况，我也会这么想的，姨奶奶，我敢保证。"我说。

"我遇到这种情况，那你为什么又不这么想呢？"姨奶奶问。

"因为你和我是很不一样的人呀。"我回答。

"胡说，特洛。"姨奶奶说。

姨奶奶拿着茶匙喝着麦酒，把烤面包浸一下酒，然后再吃下去，一副怡然自得的样子，虽然有点矫揉造作，但并不夸张。

"特洛，"她接着说，"一般来说，我对生人是毫无兴趣的。可是你的这位巴克斯，我倒蛮喜欢的，你知道吗？"

"听你如此说，我比得到一百英镑还要高兴呢！"我说。

"这世上的事儿就这么奇怪，"姨奶奶摸了摸鼻子说，"那个女人怎么会有这样的怪名字，简直弄不明白。我觉得，一个人生下来就叫杰克逊，或类似的其他名字，也比她这个难听的名字好得多。"

"也许她也是这么想的，可这不是她的错呀。"我说。

"我想，这也不能怪她，"姨奶奶勉为其难地承认了这一点，

---

① 形容狄克先生如同背负十字架的耶稣。

说，"不过，那名字真是让人不爽。好在她现在叫巴克斯了，这名字没那么难听了。巴克斯很疼你呢，特洛。"

"她非常爱我，为了我，她啥都愿意做。"我说。

"是的，我也相信这一点，"姨奶奶回应说，"就在刚才，这个可怜的傻瓜还一个劲儿地求我，让我同意她把自己的钱拿出来，供我们开销，她说她的钱太多了！真够傻的呀！"

姨奶奶乐不可支，眼泪都笑出来了，滴进了温热的麦酒里。

"她是全世界最可笑的一个人，"姨奶奶说，"当初，她和你那位蜡娃娃似的母亲在一起，我第一眼看到她，就能断定，她是全世界最可笑的人。不过，这个巴克斯也有许多可爱的地方。"

姨奶奶又装出大笑的样子，趁机抹掉眼睛里的泪水说。然后，她一边继续吃着烤面包，一边接着说下去。

"唉！老天爷！"姨奶奶叹了口气，说，"对于她家发生的事情，我都知道了，特洛！你和狄克出去的那会儿，巴克斯跟我谈了许多事情。我都知道了。依我看，这可怜的小姑娘，真不知道她要上哪儿去。我就纳闷儿了，她们怎么不在——不在壁炉架上一头碰死呢？"姨奶奶说。也许是因为她看到了壁炉架，才突然冒出这个念头来。

"可怜的艾米丽！"我说。

"哦，别跟我说什么可怜，"姨奶奶回应说，"在没惹出这些麻烦之前，她就应该想到的！吻我一下，特洛。你早年遭遇了那些事情，我心里真难过。"

当我俯下身子准备吻她时，她伸出酒杯，顶住我的膝盖，把我拦住了，接着说：

"哦，特洛，特洛！还有一件事，你觉得你也恋爱了，是吗？"

"不仅仅是觉得，姨奶奶！"我脸涨得通红，大声说，"我真的是全心全意地爱慕她！"

"就是那个朵拉？真的吗？"姨奶奶说，"你的意思是说，那个小家伙很迷人，我想？"

"亲爱的姨奶奶，"我回答她说，"她到底是个什么样子，谁也想不出来的！"

"哦！她不傻吧？"姨奶奶说。

"她傻？姨奶奶！"

说实话，我真没有认真想过，朵拉到底傻不傻，从来没这样想过，连这个念头也不曾有过。我当然很讨厌这个想法。但是，这还是第一次被人问起，我有点蒙。

"她不轻浮吧？"姨奶奶说。

"她轻浮？姨奶奶！"她如此大胆地揣测又来了一次，让我应接不暇，我不禁有些瞠目结舌。

"好啦，好啦！"姨奶奶说，"我只不过是随口问问。我并不是想贬低她。可怜的小恋人！那么你是觉得，你们是天生的一对，要像两块漂亮的糕点，成双成对地摆在餐桌上，就这样相亲相爱地过一辈子，是吗，特洛？"

姨奶奶问我这话时，语气神态十分温柔和蔼，一半在开玩笑，一半在为我担忧，令我大为感动。

"我知道，姨奶奶，我们还年轻，没有经验，"我回答说，"我得说，也许我们说的话，想的事，许多地方都是幼稚可笑的。但是，我可以肯定，我们的确是彼此真心相爱的。如果我怀疑，某一天朵拉会爱上别人，或者不再爱我了；或某一天我爱上别人，或不再爱她了，那么，我真不知道我会变成什么样子。我相信，我会疯掉的！"

"哎，特洛！"姨奶奶摇了摇头，一脸严肃地微微一笑，说，"真糊涂，糊涂呀，糊涂！"

"我认为一个人，特洛，"姨奶奶停了一下，接着说，"即使性格软弱，但感情方面也要真挚坚定，这使我想起那个可怜的娃娃来。一个人应该追求情感的诚挚，这样才能使人坚定，有所进步，特洛。

一定要有认真的、深沉的、彻底的诚挚情感。"

"你要是知道朵拉的诚挚，那就好了，姨奶奶！"我叫道。

"哦，特洛！"她又说，"糊涂！糊涂呀！"不知为什么，我这时隐隐有一种感觉，我似乎丢掉了什么东西，或是缺少了什么东西，这样的难受感觉，就像乌云一样压在我的心头。

"话说回来，"姨奶奶说，"我并不是存心要伤害两个年轻人的自尊，也不想惹他们不痛快，我们得要认真对待这段感情，虽然这只不过是少男少女之间的爱慕之情，你要知道，少男少女的爱慕之情通常是会夭折的。注意！我说的是'通常'，没有说'总是'会这样！我们还是希望将来有个幸福的结局。不管怎样，要得到一个幸福的结局，时间还是充裕的！"

总的来看，姨奶奶的这番话，对于处在热恋中的人来说，是不太舒服的。不过，我有机会给姨奶奶讲我的心事，这也是很高兴的事。我还担心，她有些疲惫了，于是，我对她表示了诚挚的谢意，感谢她对我的这种关心，以及她对我的种种恩惠。她亲切地道了晚安，然后拿起她的睡帽，进我的卧室去了。

我躺在床上，心里痛如刀绞！我从如痴如醉的恋爱中清醒过来，在心里一遍又一遍地想着，自己在斯宾洛先生眼中只不过是个穷小子。我当初向朵拉求婚时，信心满满，而现在倍感沮丧。我想，我应当把我眼下的经济状况，如实告诉朵拉，如果她觉得有必要，就可以和她解除这个婚约。我又想到，在这漫长的实习期间，一个子儿也挣不到，我该靠什么谋生呢？我想为姨奶奶做点什么，帮她一把，可是什么办法都想不出来。我清楚，自己穷困潦倒，衣着破旧，再也没钱给朵拉买东西，哪怕一个小小礼物也买不起了，更不要说骑灰色骏马，也顾及不了什么体面了！我总是想着自己的苦恼，我也明白这是自私的，卑鄙的，心里恨自己不争气。可是我太爱朵拉了，我没法不这样做。我知道，我老是为自己着想，很少为姨奶奶着想，这种想法极其自私。但是眼下的实情是，我的自私与朵拉紧密相连，要让我把朵拉撇在一边，而去想着别人，我绝对办不到。那天晚上，我被痛苦折磨得不堪忍受！

至于我的睡眠，我似乎没有入睡就做起梦来，梦见的全是各种穷困潦倒的境况。一会儿，我衣衫褴褛，向朵拉兜售火柴，六包卖半便士；一会儿，我穿着睡袍和靴子去事务所上班，斯宾洛先生斥责我，说我不该这样单衣薄衫地见当事人；一会儿，圣保罗教堂的钟敲了一下，老蒂费按照他的惯例，听到钟声就开始吃饼干，我饥饿难忍，把他掉在地上的饼干屑捡起来吃；一会儿，我又死乞白赖地想和朵拉结婚，想去领结婚证书，可是我付不起办证的费用，只有一只尤利亚·希浦的手套，想以此去换这个证书，但整个博士法院都拒绝接受这只手套；虽然在朦朦胧胧中，我似乎多少有点感觉，知道是在我自己的房间里，但我感觉晃得厉害，就像是一只遇险的船，在被褥的海洋里颠簸着。

我的姨奶奶也没有睡好，因为我时不时会听到，她在卧室里来回走动。那天晚上，她来我房间都有两三次，她穿着法兰绒长睡袍，看上去又瘦又高，似乎有七英尺高①，她走到我睡的沙发前，活像一个受到惊扰的鬼魂。她第一次进屋来，把我吓得蹦起老高，好不容易镇定下来，才知道她看到天空有一块很明亮，她以为是威斯敏斯特教堂失火了，所以进房间来问我，如果风向变了，大火会不会烧到白金汉街来。后来，我静静地躺在床上胡思乱想，又发现她来到房间里，在我身边坐下，自言自语地悄悄嘀咕着，"我这可怜的孩子！"这时我才明白，她一心都挂念着我，但是我却自私地只为自己考虑，这让我感到羞愧难当。

我感觉长夜漫漫，但有些人却说良宵苦短，这真是难以理解。我

---

① 七英尺约2.13米。

也努力去想象一个美妙的晚上，一场舞会华丽登场，大家都在尽情地跳着，一连跳几个小时也不歇息。后来，我这个想象中的舞会变成了一个梦，我听到那音乐响起，却是同一支曲子，反反复复，我还看到朵拉在不停地跳着，一直在跳同一个舞蹈，对我不理不睬的。舞会上有个弹竖琴的人，弹了整整一个晚上，他正拿着一顶普通大小的睡帽，想把竖琴遮盖起来，但怎么也盖不上。就在这时候，我醒了，或者应该说，我不想再睡了。阳光照射进窗口。

在那个时候，有一条街与斯特兰街相连，在这条街的尽头，有一个古老的罗马浴池——那浴池也许现在都还在呢——我经常在那里洗冷水浴。那天早晨，我尽量悄无声息地穿好衣服，叮嘱辟果提，要照顾好姨奶奶，自己就急匆匆地跑到浴池，一头扎进去痛痛快快地洗了一番。随后，又去汉普斯特溜达了一会儿。我希望用这种放松的方法，让自己头脑稍微清醒些。我觉得这方法很管用，因为我很快就做出了决定，我该采取的第一步行动，是找到办法取消我的实习合同，争取拿回那笔学费。我在希兹的店里吃过早餐，沿着刚洒过水的街道，前往博士法院。满脑子想着，得随着情况变化及时做出调整，第一个行动需要顺利完成。沿路都是夏日鲜花的芳香，这些鲜花是在花园中培育而成，花贩们把它们摘下来，顶在头上送到城里来。

但是，我来到事务所时，发现自己太早了，连那个一向来得最早的老蒂费都没来。于是我在博士法院周围闲逛着，一直等了半个小时，才看到老蒂费拎着钥匙来开门了。然后，我就来到我那阴暗的角落里，一个人坐着，看着阳光照在对面房屋的烟囱帽上，心里思念着朵拉。直到后来，斯宾洛先生昂首阔步走了进来。

"你好吗，科波菲尔？"他说，"天气不错呀！"

"天气真不错，先生，"我说，"在你去法庭之前，我可以和你说句话吗？"

"当然可以，"他说，"去我屋里谈吧。"

我跟着他进了他的房间，他开始换上长袍，打开镶在小挂橱门背后的小镜子，整理着自己的仪容。

"说起来非常难过，"我说，"我从我姨奶奶那儿，得到了一个令人沮丧的消息。"

"真的吗？"他说，"哎呀！我希望，该不会是瘫痪吧？"

"这消息与她的健康无关，先生，"我回答，"她遭受了重大财产损失。实际上，她已经所剩无几了。"

"你的话，真叫我吃惊呀，科波菲尔！"斯宾洛先生说。

我摇了摇头。"是真的，先生，"我说，"她的境况已是大不如前，所以我想问问你，能不能解除我的实习合同？"我看到了他一脸失望，于是急中生智，临时补充了一句，"当然，学费不是全额退还，部分费用要抵扣掉的。"

我提出的这个要求，将会遭受多大的损失，谁也说不清楚。这就像请求他宽宏大量，只判我去流放，不再与朵拉来往，而且还得感恩戴德。

"想要废除那份合同吗，科波菲尔？废除合同？"

我的态度虽然坚定，但不至于让对方难受，我解释说，我只有靠自己去挣钱，否则就只有喝西北风了。我说，我眼下不得不自谋生路，但是我并不担心自己的未来。对这一点，我是加重了语气说的，仿佛在对他暗示，我将来一定还有资格做他的女婿。

"听你说起这些，我真为你难过，科波菲尔，"斯宾洛先生说，"非常难过。可是，不管是出于什么原因，废除合同都是极为特殊的事情，我们这一行从来没有这个程序。决不能随便开这个先例，绝对不行。但是呢——"

"你真是个好心人，先生。"我低声说，指望着他能做出让步。

"不用谢，你太客气了，"斯宾洛先生说，"我是想说，要是我能一个人做决策，不受别人的约束，要是我没有合伙人，就是乔肯斯先生的话——"

我的希望马上破灭了，不过，我还要再努力试一试。

"先生，你觉得，"我说，"如果我直接找乔肯斯先生提出这问题——"

斯宾洛先生摇了摇头，表示此举不妥。"科波菲尔，"他回答说，"苍天在上，我从不会诋毁某人，尤其是不想诋毁乔肯斯先生。不过，我对我的合伙人的秉性十分清楚，科波菲尔。凭着乔肯斯先生的为人，他绝不会答应这种莫名其妙的要求。乔肯斯先生是墨守成规的，要想让他破例，比登天还难。你应该很清楚他的为人！"

说实话，我对乔肯斯先生并不清楚。我只知道，这个事务所以前是他独自经营的，现在他一个人住在蒙塔古广场附近，他的房子斑驳破旧，早该重新粉刷了；他每次都是姗姗来迟，又匆匆离开；似乎从没有谁找他商量过什么事；他在楼上有一个属于他自己的窝，又小又黑，从没在那儿办过什么业务；他的书桌上铺着用厚的图画纸做的垫板，破旧发黄，上面没沾着过一点墨迹，据说在那里已经放了二十年了。

"如果我去找他提出这个问题，你是不会同意的，对吗，先生？"我问。

"我当然不会反对，"斯宾洛先生说，"不过，我和乔肯斯先生共事多年，对他的了解比你多，科波菲尔。我也和你一样，希望能圆满地解决这个问题，只要他不那么古板就好了。如果你认为有必要去找乔肯斯先生谈一谈，科波菲尔，我完全赞同。"

斯宾洛先生答应我了，我们还热情地握了握手。在等待乔肯斯先生到来之前，我利用这段时间，坐在那里想念着朵拉，抬头看着对面烟囱帽上的阳光，慢慢往下移动，然后到了对面房子的墙上。乔肯斯先生来事务所后，我便上楼找他去了。当我出现在了他的门前，很明显，这着实让他吃了一惊。

"请进，科波菲尔先生，"乔肯斯先生说，"快进来！"

我进屋坐下来，把对斯宾洛先生说过的那番话，又对乔肯斯先生说了一遍。乔肯斯先生完全不像人们想象中的样子，一点也不可怕。他身材高大，性格温和，脸上没有留胡须，是个六十来岁的老人了。他吸鼻烟吸得很厉害，博士法院里流传着一个看法，说他主要靠这种兴奋剂活着，他的身体里，已经没有多少空间可以容纳其他食物了。

"你这件事，一定先和斯宾洛先生谈过吧，我想？"乔肯斯先生显得有些不安，于是这样问我。

我回答说是这样的，并告诉他，斯宾洛先生让我跟他讲一讲。

"他是不是告诉你，我肯定不同意？"乔肯斯先生说。

我不得不承认说，斯宾洛先生认为他很有可能不会同意。

"非常抱歉，科波菲尔先生，我无法成全你的愿望，"乔肯斯先生显得有些紧张，对我说，"实际上——呃，不过，请你多多包涵，我和银行有个约见，马上得去一趟。"

他一边说着，一边慌慌张张地站起身来，准备走出房间。这时候，我鼓足勇气说："难道这事情，就没有周旋的余地了吗？"

"没有！"乔肯斯先生走到门口，停了下来，摇了摇头说，"嗯！没有！我不同意，你明白吗？"他快速地说完这句话，然后就出门去了。"你应该知道，科波菲尔先生，"他又心神不定地回过头，探头往屋里看了看，对我说，"如果斯宾洛先生不同意——"

"就他个人来说，他并不反对呀，先生。"我说。

"哦！就他个人来说！"乔肯斯先生重复了一遍，神色极不耐烦，"我实话告诉你吧，有人明确反对你的想法，科波菲尔先生。这事没什么指望的！你想要办的事情，绝对办不到！我——我真的有个约见，得马上去银行。"他一边说着，一边拔腿就跑。据我所知，他连续三天都没在这里露过面。

"科波菲尔，"斯宾洛先生和气地笑着说，"你认识我的合伙人乔肯斯先生，没有我认识他的时间那么久。我完全相信，乔肯斯先生是绝对不会耍什么手段的。可是，乔肯斯先生在表达反对意见的时候，他的方式往往会让人误解。真的无路可走了，科波菲尔！"他摇头说，"没有人能让乔肯斯先生回心转意的，你要相信我！"

斯宾洛先生和乔肯斯先生这两个合伙人，究竟谁是幕后操纵者，我完全给搞糊涂了。不过，我已经看得清清楚楚，在这个事务所里，是不讲任何情面的，想要收回姨奶奶那一千英镑学费，简直就是天方夜谭。我离开了事务所，往家里走去，心中极度失望。当时的那种失望情绪，现在回想起来都倍感内疚，因为我明白，我的失望仍然是出于自私的心态，而且总是和朵拉有关。

我一路上都在胡思乱想，设想着最坏的境遇，在最不堪一击的情形下，我该何去何从。就在这时，一辆出租马车忽然从我后面驶来，并在我身边停下了。我不由得抬头一看，只见从车窗里，向我伸出一只洁白粉嫩的手，露出一张对我微笑着的面孔。我第一次看到这张面孔，是在那个宽栏杆的老橡木楼梯上，那张面孔转过来看着我的时候。从那以后，我就把这温柔美丽的面孔和教堂里的彩色玻璃窗联系在一起，每次看见这张面孔，我就会有一种宁静和幸福的感觉。

"艾妮丝！"我开心地叫喊起来，"哦，亲爱的艾妮丝，能在茫茫人海中看到你，这是多么开心的事情呀！"

"真的吗？"她热情地回应道。

"我多想和你谈谈呀！"我说，"只要看到你，我心里就心旷神怡！如果我有一顶魔术师的帽子，我就施展魔法，谁也不见，就只见你。"

"你说什么呀！"艾妮丝说。

"哦！也许首先会见见朵拉。"我脸都羞红了，向她承认说。

"当然，我也希望，你首先要见朵拉。"艾妮丝笑着说。

"不过，我第二个想见的人就是你！"我说，"你要去哪儿？"

艾妮丝正是去我的公寓，探望我的姨奶奶。那天的天气很好，所以她愿意下车步行。我在和她谈话的这段时间里，头伸进了车窗里面，闻到车里有股怪味，就像是黄瓜架下马厩的混合气味。我打发马车夫回去，艾妮丝挽住我的胳膊，我们一起朝前走。对我来说，她就像是希望的化身。只要有艾妮丝在我身边，转瞬之间，觉得精神十足，朝气蓬勃！

我姨奶奶曾给艾妮丝写过一封古怪的短信，信纸比一张钞票大不了多少。她从来都是这样，信只写这么长。她在信中说，她遭遇了不幸，要永远离开多佛了，不过她精神上已有所准备，更能够从容应付，谁也不用为她担心。艾妮丝专程来伦敦探望我姨奶奶。这么多年来，她们俩惺惺相惜，关系密切。实际上，当我还在威克费尔德先生家寄宿时，她们的这种忘年交就已经开始了。艾妮丝告诉我，她不是一个人来的。她爸爸跟着她一起来了，另外，尤利亚·希浦也来了。

"他们现在是合伙人了吧，"我说，"真该下地狱！"

"是的，合伙了，"艾妮丝说，"他们到这儿来办理业务，我就借这个机会也来了。你不要以为我这次来伦敦，只是单纯为了友情，而没有任何个人打算的，特洛伍德，因为现实很残酷，所以我有了强烈的偏见，我不放心让爸爸单独和他一起外出，怕他被算计。"

"他还是像以前那样，约束控制着威克费尔德先生吗，艾妮丝？"

艾妮丝摇了摇头。"我们家有了天翻地覆的变化，"她说，"你恐怕很难认出那所可爱的老房子了。他们现在和我们住在一起了。"

"他们是谁？"我问。

"希浦先生和他的母亲。他就睡在你住过的卧室里。"艾妮丝说着，抬起头，观察着我的脸色。

"要是我有魔法，能让他夜夜做噩梦就好了，"我说，"那样的话，他在那儿就待不长久。"

"我自己的小房间还归我住，"艾妮丝说，"就是过去用来做功课的那间。时间过得多快呀！你还记得那间通往客厅的小屋吗？屋里还装有木质护墙板呢。"

"记得呀，艾妮丝。我第一次见到你时，你就是从那个房间里走出来的呀。你腰上还挂着一个奇特的小篮子，里面装着钥匙，是不是？"

"那间屋子，现在没什么变化，"艾妮丝微笑着说，"你想起那时的场景还这么开心，我真感到高兴。我们那时候多开心呀。"

"是啊，我们那时候都很开心。"

"这间屋子我还保留着。不过你要知道，我不能老是把希浦太太晾在一边，所以，"艾妮丝心平气和地说，"有时候，虽然我很想一个人静静，但也不得不和她待在一起。不过除此之外，我对她倒没有什么厌烦的。如果说一定要找一个厌烦她的理由，就是她把儿子捧上天，让我听得有些心烦。不过，作为一个母亲，也是很自然的。她真的觉得自己的儿子很出色。"

艾妮丝说这些话的时候，我仔细地观察着她，但是对于尤利亚的这个诡计，艾妮丝似乎全无察觉。她那温柔诚挚的双眼和我对视时，眼神依然流露着美丽和坦诚，脸上依旧带着宁静和祥和。

"他们住在我们家里，最大的问题在于，"艾妮丝说，"我不能轻松自在，随意和爸爸亲近了，因为尤利亚·希浦老是塞在我们中间，让我感到非常别扭。说句不算很过分的话，我不能随我的心意，去悉心照顾我爸爸了。不过，如果有人欺诈他，伤害他，我会拿出淳朴的爱和忠诚来抗争，我希望淳朴的爱和忠诚最终能战胜世间一切邪恶和灾难。"

她笑靥如花，我在其他人的脸上从未见过如此明媚的笑颜。我一直觉得这笑容多么美好，在过去的时光里，我对这笑容是多么熟悉。可是，当我们快走到我住的那条街时，她脸上的笑容突然消失了。她神色陡然严肃起来，询问我是否知道，姨奶奶的不幸是怎么造成的。

我回答她说，我也不清楚，姨奶奶没有告诉我。艾妮丝顿时陷入了沉思，我似乎能感受到，她那挽着我胳膊的手，正在微微颤抖。

我们来到我的公寓，发现姨奶奶在房间里独自待着，神情有些激动。原来她和克鲁普太太刚刚发生了一场争执，争执的问题比较抽象，就是在这样的出租房内，是否适合带女眷住。而我的姨奶奶根本不知道克鲁普太太有奇怪的"憧憬病"，单刀直入地告诉她说，她闻到了克鲁普太太身上有酒味，那是我的白兰地气味，说要劳烦她马上离开这里，由此结束了这场争执。克鲁普太太认为，就凭姨奶奶的这两句话，她就可以对姨奶奶提出控诉，还宣称要告到"不列颠朱蒂"①那里去。根据语境猜测，她指的是维护国民自由的那个机构。

这段时间里，辟果提搀着狄克先生出去了，他们要去看骑兵卫队的换岗仪式，姨奶奶利用这段充足的时间，让自己冷静下来。另外，她看到了艾妮丝，真是喜出望外，所以情绪很快高涨起来，对这场争执反倒扬扬自得，她开开心心地接待我们，心情没有受到半点儿影响。艾妮丝把帽子放到桌上，在姨奶奶身边坐下来，这时候，我看着她那双温柔的眼睛，干净明亮的前额，不由得感到，只要有她坐在那儿，一切都变得轻松自如起来。虽然她还很年轻，没有丰富的阅历，却使得我姨奶奶对她推心置腹。由此看来，她那淳朴的爱和忠诚，真是势不可挡，横扫一切。

我们开始谈论起姨奶奶的损失。我把早上去事务所试图退学费的事情告诉了她们。

"你这事做得不周全呀，特洛，"姨奶奶说，"不过是出于一片好心。你是一个实诚的孩子——我想，现在我应该说你是个年轻人了——我为你感到自豪，亲爱的。就这样很好。好啦，特洛，艾妮

---

① 克鲁普太太是想表达"陪审团"（jury），但她说成了"朱蒂"（Judy），朱蒂是滑稽木偶戏中的角色。

丝，让我们好好说说贝斯·特洛伍德的财产事务吧，看看这究竟是怎么回事。"

我注意到，艾妮丝的脸色变得煞白，非常专注地看着姨奶奶。姨奶奶拍着她的猫，也非常专注地看着艾妮丝。

"贝斯·特洛伍德，"我姨奶奶对于自己的财产问题，原本是从来不对别人说起的，"我说的不是你姐姐，特洛，亲爱的，我这是说的我自己，我贝斯·特洛伍德，曾经有一些财产。这笔财产到底有多少，已经无关紧要，反正足以维持生活。而且还有些富余，因为她只要积攒一点钱，都会放到里面。有一段时间里，贝斯把她的钱都买了公债，后来，她听从了她的经纪人的意见，投资到了一种贷款业务上，这种贷款是用来做地产抵押的。这项投资很不错，收益很高，最后，全部贷出去的款项都顺利收回来了。我在谈到贝斯时，就觉得她像是条军舰似的，战无不胜。好啦！于是，贝斯必须四处考察，寻找新的投资商机。这时候，贝斯觉得自己的经纪人不像以前那么精明了，觉得自己比经纪人更有头脑。艾妮丝，我说的这个经纪人就是你父亲。贝斯头脑发热，准备甩掉经纪人，自己来操作投资业务。于是她把自己资金投到了国外市场上，"姨奶奶说，"后来才发现，那个市场很糟糕。她先是投资到潜水业务上，所谓的潜水业务，就是潜水打捞宝藏，就像是汤姆·狄德罗[1]的胡闹游戏，"姨奶奶揉揉鼻子说，"结果铩羽而归。然后又投资到矿业上，结果一败涂地。最后，她想挽回败局，投资到银行业上，弄得山穷水尽。在那一段短短的日子里，我完全弄不清银行股票值多少钱，"姨奶奶说，"不过我坚信，那票面价值已经很低了，再跌也不会跌到哪里去。可是，那家银行在地球的另一头，我只知道，它一下子倒闭了，化为乌有。不知怎么回

---

　　[1] 汤姆·狄德罗（Tom Tiddler）：这里指一种儿童游戏，一方尽量冲入对方的领地，然后大喊着"我们来到了汤姆·狄德罗的地方，这里有无数的金银财宝。"汤姆·狄德罗是西班牙和直布罗陀海峡之间的分界地，后该地划为英属。

事，反正说倒就倒，不复存在了。它连一个六便士的钢镚儿也偿还不了，永远也还不了。可是贝斯的钢镚儿全在那里面，于是彻底打了水漂。没什么好说的，祸从口出呢。"

姨奶奶用一个哲理性的句子，结束了这番谈话。然后带着一副得意的神色，专注地看着艾妮丝，艾妮丝那煞白的脸慢慢恢复了正常。

"亲爱的特洛伍德小姐，这就是事情的全部经过吗？"艾妮丝问。

"我觉得，说了这些就足够了，孩子，"姨奶奶说，"如果我还有更多的钱承受这种亏损，我敢说，投资的经历还会继续下去的。贝斯肯定会再找一个项目把钱投出去，毫无疑问会增加一段谈资。可是，她没钱可亏了，也就再无谈资了。"

艾妮丝刚开始听姨奶奶讲时，大气都不敢喘一口，脸色也阴晴不定。后来，虽然脸上仍然红一阵白一阵的，但呼吸变得顺畅自如了。我敢说，我清楚背后的原因。我认为她有些担忧，生怕她那不幸的父亲要为此事承担一些责任呢。姨奶奶抓住她的手，哈哈大笑起来。

"事情的经过就这些吗？"姨奶奶又说了一遍，"嗯，是的，就这些了。如果还有，就是这句话，'从此以后，她过上了幸福的生活。'也许将来有一天，我可以在贝斯的故事里加上这么一句呢。好了，艾妮丝，你的脑瓜子很灵光。特洛，在这个方面，你也和她一样，但是在其他方面，我就不能夸耀你样样都聪明，"说到这里，姨奶奶带着她特有的神气，冲我摇了摇头，"接下来该怎么办呢？我那座小房子出租出去，拉通平均算，每年估算可得七十英镑租金。我想，这么估算是比较靠谱的。好啦！这就是咱们的全部财产了。"姨奶奶说。姨奶奶说话很有特点，就像是一群骏马，策马奔腾，永不停蹄，但是突然间，这些马一下子就停止不前了。

"另外，"姨奶奶停了一停，继续说，"还有狄克的收入呢。他每年稳稳进账一百英镑，不过，那笔钱当然只能花在他自己身上。虽然我知道，只有我才能明白他的心思，他离不开我，可要是他不把钱花在自己身上，我宁愿打发他离开我。单靠我们这点微薄的收入，我和特洛该怎么办才好？艾妮丝，你有什么建议吗？”

“姨奶奶，”我插嘴说，“我一定会去找点事来做！”

“你的意思是，准备去当兵吗？”姨奶奶有些紧张，对我说，“还是想去当水手？我不想听这种话。你要好好当你的代诉人。我们这个家，再也不能遭受任何打击了，你不能这么干，先生。”

我正想向她解释，我并不想干那些营生来养家糊口，但这时艾妮丝问姨奶奶，目前这套住房的租期有多长。

“你问到关键点了，亲爱的，”姨奶奶回答说，“这套住房我们至少还得住六个月才能脱手，除非我们把它转租给别人，但我相信，没有人愿意接这房子的。先前的那位房客就是在这里死掉的。而且，只要有那个穿紫花布胸衣和法兰绒袍子的女人在这儿，住进六个人来，她就一定会折磨至少五个。我手头还有点现款，我同意你的意见，最好的办法是我和特洛在这里住到租期满了再说，只需在附近给狄克找个睡觉的地方就行。”

我觉得我有责任说明一点，由于姨奶奶和克鲁普太太的摩擦，不断升级，她在这儿一定会住得不舒适，于是我转弯抹角地提出了这个问题。可是，姨奶奶打消了我的疑虑，她说，如果克鲁普太太胆敢捋虎须，她只要看出一点儿苗头，她一定会迎头痛击，吓得她屁滚尿流，一辈子都忘不了。

“我一直在想，特洛伍德，”艾妮丝有些犹疑不定，说，“如果你时间宽裕的话——”

“我的时间很宽裕，艾妮丝。每天下午四五点钟下班后，经常无所事事。每天早上，我也有大把的空闲时间。不管怎么样，”我说，这时候想到自己浪费多少光阴，在伦敦满大街闲逛，在诺伍德大道上来回走动，脸上感觉有点发烫，“我的时间很宽裕呢。”

"我想，如果让你去做个秘书的差事，"艾妮丝走到我面前，低声对我说，她的声音那么温柔，充满了关心和体贴，直到现在，我都还感受到那种愉悦感，"你大概不会嫌弃吧？"

"我怎么会嫌弃呢，亲爱的艾妮丝！"

"因为，"艾妮丝接着说，"斯特朗博士已经达成了他的愿望，正式退休，并在伦敦住下了。据我所知，他曾问过爸爸，能不能给他介绍个秘书。你想想，要是他从前的得意门生能留在身边，比起其他人来说不是更好吗？"

"亲爱的艾妮丝！"我说，"如果没有你，我该怎么办呀！你永远是我的幸运天使。这话我早就对你说过了，你在我心中永远都是幸运天使。"

艾妮丝笑了起来，亲切地回答说，有朵拉这样一位幸运天使就够了。她接着提醒我，斯特朗博士的作息习惯是每天清早和晚上在书房里工作，所以我的空闲时间大体上正好适合他的需要。看来我很快就能自食其力，这样的前景让我很开心，但是有希望能在往日的老师手下做事谋生，这让我更开心。长话短说，我听从艾妮丝的建议，立即坐下来，给斯特朗博士写了封信，说明了我的用意，并约定第二天上午十点钟去拜访他。我在信封上的投送地址写下了海盖特，那是我终生难忘的地方，他现在就住在那里。为了不耽误时间，我亲自去把它寄送出去。

无论在什么地方，艾妮丝都能让人感受到，身边的气氛因为她而悄无声息地发生改变，留下令人愉悦的气息。当我寄信回来时，发现姨奶奶的鸟笼又挂起来了，正像以前挂在昔日小屋客厅的窗户边那样。我的安乐椅也被调整了位置，就像我姨奶奶在家里的位置那样，摆放在打开的窗户前，只不过姨奶奶的安乐椅比我的舒适多了。就连姨奶奶随身带来的绿色扇子，也钉在了窗台上。这些事情看上去就像是悄无声息间完成，不过我知道这是谁做的。我看见她正打量着我那些杂乱丢置的书本，微笑着整理起来，就像过去我上学时的样子，帮我摆放整齐。哪怕假设艾妮丝不在这里，而在若干英里之外，就凭着这样的场景，我也会马上明白，这些事都是谁做的。

姨奶奶对泰晤士河的风景没有苛责求全，虽然无法与她乡间小房子前的大海相媲美，但是当阳光照耀在河上时，景色也算得上美轮美奂。但是她对伦敦的烟雾，却是深恶痛绝，她评论说这烟雾"给所有的东西都撒上了胡椒面"。就为了处理胡椒面的问题，我屋子里的每一个角落，都翻了个底朝天。在这番大扫除中，辟果提担当了主要角色。我在旁边看着她们，心里想，虽然辟果提忙个不停，但好像没有任何成效；艾妮丝虽然不慌不忙，实际上却做了很多事情。就在这时，忽然听到有人在敲门。

"我想，"艾妮丝的脸色一下变得煞白，对我们说，"这是我爸爸来了。他答应我要来这儿的。"

我去开门，进来的不仅仅有威克费尔德先生，还有尤利亚·希浦。我有很久没有看到过威克费尔德先生了。我前面听艾妮丝说起了他，知道他容貌变化，对此我是有心理准备的，可真正见到他，我仍然吃惊不小。

让我吃惊的，倒并不只是因为他的面貌苍老了许多，虽然他仍旧衣冠整洁，仪容考究；也不只是因为他的脸色发红，显现出一种病态；也不只是因为他的眼球凸出，充盈着血丝；也不只是因为他的双手一直在神经质地颤抖，对于颤抖的原因，我是知道的，这种颤抖，好多年前我就看到过了。他那英俊的外貌并没有消失掉，昔日那种绅士的风度依然存在。而真正让我惊讶的是，虽然他依旧保持着天生的优越感，可甘心受尤利亚·希浦的驱使，在这位卑鄙无耻的化身前唯唯诺诺。他们两人的地位彻底颠倒过来，尤利亚变成了发号施令的掌权者，威克费尔德先生变成了绝对服从命令的下属。看到他们俩前后判若两人，我感受到难以言说的痛苦。我宁愿看到一个猴子对一个人发号施令，也不愿意看到眼前这种可悲的情形。

　　对于自己的尴尬地位，威克费尔德先生似乎也觉察到了这一点。他进来后，就站在那儿，一动也不动，低垂着头，仿佛感受到了这种处境。不过这种尴尬只持续了一小会儿，因为艾妮丝轻柔地对他说："爸爸！特洛伍德小姐在这呢，还有特洛伍德，你已经有好长时间没见过他了！"于是威克费尔德先生走过来，把手伸向姨奶奶，神态很不自然。然后又和我握了手，一下子显得要亲切多了。就在这片刻之间，我一眼瞥到了尤利亚，看到他的脸上露出了笑容，让人感到无比恶心。我想艾妮丝也看到了他的表情，因为她在尽量避开他。

　　对于这样的情形，姨奶奶是否觉察到了呢，我不得而知，因为她不动声色，哪怕是相面术士也甭想看出来。我相信，她可以做到喜怒不形于色，这方面的能力无人企及。眼下，她的脸就像一堵密不透风的墙。过了一会儿，她突然打破沉默，就像平常一样，总让人猝不及防。

　　"我说，威克费尔德，"姨奶奶对他说，威克费尔德先生这才第一次抬起头，正眼看着她，"刚才，我还和你女儿聊起，由于你在业务方面日益生疏，我不愿委托你管理我的资金，于是我就自己寻找项目进行投资。就在刚才，我们正一起商量今后的办法，商量得很好，把各方面的情况都考虑到了。依我看来，凭着艾妮丝的聪明才智，她一个人就抵得上你们整个事务所。"

　　"如果容许我这个卑贱的人冒昧说一句，"尤利亚·希浦扭动着身子，说，"我完全赞同贝斯·特洛伍德小姐的话，如果让艾妮丝小姐成为合伙人，我将无比开心。"

　　"你知道，你自己已经是个合伙人了，"姨奶奶回答说，"我想，你大概已经称心如意了。你觉得怎么样呀，先生？"

　　姨奶奶的问候直截了当，一点儿也不和他客气，这让希浦先生有些不自然，他紧紧抓着他的蓝色提包，回答说他很好，并谢谢姨奶奶，希望她也很好。

"还有你，少爷——我应当叫你'先生'——科波菲尔先生，"尤利亚接着说，"我希望你也很好！即使处在当前这种境况中，见到你我仍然很高兴，科波菲尔先生。"他的这话我是不怀疑的，因为他对当下的情形，似乎真的拍手称快。"你的朋友们也不希望你会遭遇这种境况，科波菲尔先生。但是，一个人要获得成功，靠的不是钱，靠的是——我能力低下，实在无法说清楚要靠什么，"尤利亚扭动着身子，带着巴结的语气说，"反正靠的不是钱！"

说到这儿，他握住了我的手。他不像平常那样和我握手，而是站着离我远远地，抓着我的手上下摇动，就像握住水泵的手柄那样，似乎有点畏惧的样子。

"你觉得我们的气色怎么样，科波菲尔少爷？——我应该说，科波菲尔先生，"尤利亚仍是摇尾乞怜的样子说，"你瞧威克费尔德先生，他是不是老当益壮呀，先生？这些年来，虽然我们的事务所并没有很大改观，但是让卑贱的人提高了地位，我指的是我和我的母亲，"他又像临时想起什么似的，匆忙补充道，"同时也让美丽的人变得更加美丽，我指的是艾妮丝小姐。"

他说完这句恭维话，身子又开始扭来扭去，真让人难以忍受。我的姨奶奶一直都坐在那里瞪着他，到现在再也忍耐不住了。

"这个人让魔鬼缠身了吗？"姨奶奶严词厉色地说，"他在干什么？浑身抽搐，快给我停下来，先生！"

"请你原谅，特洛伍德小姐，"尤利亚回答说，"我知道你心情很烦，看谁都不顺眼。"

"你给我滚远些，先生！"姨奶奶仍然咄咄逼人，对他说，"你不要信口雌黄！我才不是这样的。如果你是条鳝鱼，先生，那你就像鳝鱼那样好好扭吧。如果你是一个人，那你就得管住你的胳膊腿儿吧，先生！哎，老天！"姨奶奶异常恼怒地说，"我真不想看到你这样扭来扭去，转来转去的，简直要把我逼疯！"

姨奶奶突然大发雷霆，把希浦先生弄得颇为尴尬，这事要放在别人身上，很少有人受得了。姨奶奶怒气未消，坐在椅子上，使劲在椅子上摇晃着，摇了摇头，好像准备朝他猛扑过去，狠狠地咬他一口，这番动作让刚才那些话更有声势。可尤利亚没有理会她，而是转过身，用一种很卑贱的口气对我说：

"我非常清楚，科波菲尔少爷，特洛伍德小姐虽然是个好人，但是性子太急躁了。实际上，科波菲尔少爷，我想，我比你更幸运，比你还早认识她，那时候我还是个卑贱的文书。她遭遇眼下这样的情形，性子变得更急躁了，我想这也是情有可原。谢天谢地，她的状态没有更加严重，这可真是个奇迹呀！我这次来拜访你，只是想说一声，在当前这种情形下，是否有什么需要我们效劳的，不管是我本人，以及我母亲，还是威克费尔德—希浦事务所，都乐意为你效劳的。我这样说是没问题的吧？"尤利亚说着，对着他的合伙人露出笑容，那模样真让人恶心。

"特洛伍德，我们这位尤利亚·希浦，"威克费尔德声音单调沉闷，并不是那么心甘情愿的表情，"他在业务方面是很勤奋的。我完全同意他所说的。你知道，我一直都很关心你们。这些以后慢慢再说吧。我完全同意尤利亚所说的。"

"哦，受到这样的信任，真是莫大的荣幸，"尤利亚说着，跷起一条腿，差一点儿又惹来姨奶奶的臭骂，"不过我只希望，我能帮助威克费尔德先生努力做事，减轻他在业务方面的辛劳，科波菲尔少爷！"

"尤利亚·希浦的确减轻了我的负担，"威克费尔德先生说，他的声音仍然单调沉闷，"有了他这样的一个合伙人，特洛伍德，我真是省心多了。"

我知道，威克费尔德先生的这些话，都是在那个红头发狐狸威逼利诱下说的，目的就是要向我证明，他前次在我家留宿那晚说的那些话都是真的。那天晚上他的那些话，搅得我一夜都无法安睡。我又看到，他的脸上露出让人恶心的笑容，正目不转睛地看着我。

"你要不要告辞了，爸爸？"艾妮丝急切地说，"难道你不愿意与我和特洛伍德一起走回去？"

威克费尔德先生没有立即作答，而是先看看那位大人物的脸色，我相信，他需要得到应允后才敢回答。不过，尤利亚抢在了他前面，回答我们说：

"我早先已经和人有了个约见，"尤利亚说，"要处理业务上的事情，否则我非常乐意跟我的朋友们在一起。不过，我让我的合伙人代表本事务所留下来。艾妮丝小姐，再见！科波菲尔少爷，再见！向贝斯·特洛伍德小姐献上我最谦卑的敬礼。"

他说完这番话，用他的大手向我们抛了一个飞吻，斜斜地瞟了我们一眼，表情僵木，就像戴着一个假面具，然后就出门去了。

我们围坐在那儿，聊起我们在坎特伯雷的快乐往事，一聊就是一两个小时。在艾妮丝的关照下，威克费尔德先生很快就恢复了往日的神色，但是意志仍然十分消沉，这似乎永远也无法摆脱。尽管如此，他脸上还是慢慢舒展开来。当听我们回忆当年生活中那些点滴小事时，他显得很愉快，因为有许多事他还记得清清楚楚。他说，现在又像回到了那些幸福日子了，只有艾妮丝和我与他相伴，他真希望这样的日子永远都不要改变。我相信，艾妮丝对威克费尔德先生有着奇特的效力，无论是她温柔安详的脸色，还是她每一次伸手触碰到他的胳膊，都对威克费尔德先生产生了深刻影响。

这期间，姨奶奶几乎一直都和辟果提在里屋操持家务。当艾妮丝父女俩准备告辞时，她不想陪着送他们到家，但坚持让我去送，于是我就和他们去了。我们一起在他们家吃过晚饭，饭后，艾妮丝像往日那样，坐在父亲身边，给他斟酒。她往酒杯倒多少，威克费尔德先生就喝多少，不再多要，就像一个温顺的小孩。天色昏暗下来，我们三人一起坐在窗前。等天色完全暗下来，威克费尔德先生到沙发上躺下来，艾妮丝用枕头垫起他的头，弯下腰，在他身上俯了一会儿。当她回到窗前时，我可以看出，她的眼中泪光在闪烁。

我心中默默祈祷，希望把这位善良和忠诚的好姑娘永远珍藏在心中。如果我忘掉了她，那么一定是因为我快死了。即使在生命的最后时刻，我也希望我还记得她！她给我展示出榜样的力量，让我变得能谋善断，让我从弱不禁风变得刚强坚毅。她能够引导我走出迷茫，我不知道她是怎样引导的，她那么谦虚，那么温柔，连规劝我的话都不会多说，但是她却让我变得神志清醒，有了努力的方向。因此，我真诚地相信，我这辈子能做一点好事，约束自己不做坏事，这一切都是她的功劳。

在昏暗的夜色中，我们一直坐在窗前。她对我谈起了朵拉，听我赞美朵拉，她也称赞起朵拉来。她把自己那纯洁的光芒，倾洒在朵拉这位小仙女身上，让我觉得朵拉更加可爱，更加天真！哦，艾妮丝，我少年时代的好姐妹！某些事情，直到多年以后我才知道，要是那个时候我就知道的话，那该多好啊！

我告辞下楼时，看到街上有个乞丐。当我转过身，想回头看看艾妮丝那天使般的宁静眼神，这时，那个乞丐嘟囔了一句，就像是这天上午姨奶奶的腔调，把我吓了一跳，他嘟囔着：

"糊涂呀！糊涂呀！糊涂呀！"

第36章　满怀热情

第二天早上，我起床后的第一件事，就是去那个罗马浴池洗了个澡，然后动身前往海盖特，去见斯特朗博士。我现在已经不再沮丧消沉了。我不会羞于穿破旧的衣服，也不追求要骑那灰色骏马。对我们最近遭遇的不幸，我彻底改变了原来的态度。我现在要做的是，向我姨奶奶表示感激，她过去对我的善行，并没有白白扔到一个麻木不仁、忘恩负义的人身上。我现在要做的是，把我早年的痛苦磨炼变成财富，下定决心，专心致志做好工作。我现在要做的是，拿起我那樵夫的斧子，在荆棘密布的丛林中，披荆斩棘，开辟出属于我自己的道路，并一直走到朵拉的身边为止。于是，我的脚步变得轻快起来，仿佛这条路就是我人生的道路，这样走下去就能达到人生的顶点。

我踏上了那条通向海盖特的大路，沿途的景致那么熟悉，让我不禁联想到，往日我走在这条路上时，追求的是种种快乐，而这一次却大相径庭，似乎我的整个人生都发生了深刻的变化。这种变化并没有让我沮丧绝望。我找到了全新的生活，拥有了全新的理想。付出了巨大的艰辛劳动，收获的是无价的回报。我要得到朵拉，我一定要赢得朵拉。

我无比亢奋，竟然觉得自己的衣服还不够破旧，而感到有些遗憾。我想象着自己在艰难之林中披荆斩棘，以此来证明我的力量。在路边，有一位老年人，戴着铜框眼镜，正用铁锤敲打着石头，我真想借用一下他的锤子，让我敲出一条花岗石路，直通朵拉。我激动得浑身燥热，都快喘不过气来了，仿佛感觉自己已经挣下万贯家财。就在这时，我看到路边有座房子，正在招租，我便走进去，仔细察看了一番。因为我觉得，我考虑现实的必要性，这座房子很适合我和朵拉居住。屋前有一个小花园，吉普可以在那里跑来跑去，它可以隔着栅栏的缝隙，对外面街上的小贩吠叫。楼上有间最好的房间，可以给我姨奶奶住。我走出那座房子后，身上更热了，脚步也更快了，一口气就径直冲到了海盖特。可是我跑得太快了，结果比预计到达的时间提前了一个小时。不过，就算我按时抵达，也不能径直去敲门，我必须要散会儿步，让自己冷静下来，然后才能去拜访。

我做完这项必需的准备工作后，觉得自己要做的首要任务，是要找到博士的住房。他虽然住在海盖特，但并不是斯蒂夫太太住的那个方向，而是正好在另一个方向。我寻找到博士的家后，心中冒出一种无法抗拒的力量，吸引着我转过身，向斯蒂夫太太家走去，并来到她家附近的一条小巷。我透过花园围墙一角，探视着里面的情景。斯蒂夫房间的门紧紧关闭着。暖房的门敞开着，我看到了萝莎·达特尔，她并没戴帽子，在草坪旁边的石子路上走来走去，脚步是快速的碎步，显出焦躁不安的样子。她的这副模样，让我联想起凶猛的野兽，被铁链拴在这里，无法挣脱开，只能在铁链的范围内，在熟悉的场地里来回走动，就这样渐渐地消磨掉它的生命。

我从窥探的地方悄悄走开，特意躲开了周围的邻居，真心后悔不该走得这么近。折返回来后，我在街上溜达着，一直等到十点钟。在那小山顶上，当时的情形与现在已经不一样了，现在那儿矗立着一座尖顶的教堂，而当时，还没有教堂，所以并不是这个教堂给我报时的。告诉我时间的是一座红砖房子，它就坐落在后来教堂的位置上。那座红砖房子当时是作校舍的，我现在回想起来，觉得要是能到那儿去上学，肯定无比舒适。

斯特朗博士的住宅是一座特别漂亮的房子，看样子刚刚做了一番修葺和装饰，由此看来，他在这座房子上花费了不少钱。我走近房子时，看到他正在花园里散步，脚上套着护腿一类的东西。他那么悠闲地散着步，就仿佛从我的学生时代开始，他就一直没有停下脚步似的。围在他身边的，仍然是他的那些乌鸦伙伴。因为附近有很多大树，草坪上有两三只乌鸦，正在打量着他，仿佛坎特伯雷的乌鸦给它们写了信，委托它们好好照顾博士，所以它们才如此细心地关照着他呢。

我知道，我站得那么远，绝对无法吸引他的注意，于是我大胆地推开栅栏门，跟在他身后，这样一来，他一转身，我就可以迎面和他打招呼了。他这时真的转过身，朝我走来，有那么一阵子，他愣愣地看着我，显然，他完全没有料到会是我。然后，他那慈祥的脸上绽开笑容，伸出双手握住了我。

"哎呀，我亲爱的科波菲尔，"博士说，"你都长大成人啦！你还好吗？真高兴见到你。我亲爱的科波菲尔，你真是突飞猛进呀！你真是——非常——好呀！"

我向他问好，并问候了斯特朗太太。

"哦，我很好！"博士说："安妮也很好，她见到你一定很高兴的。她向来就对你赞誉有加。昨晚，我把你的信给她看时，她就大大夸奖了一番。还有——哦，毫无疑问——你一定还记得杰克·麦尔登先生吧，科波菲尔？"

"记得很清楚，先生。"

"毫无疑问，"博士说，"你一定记得，他也很好。"

"他已经回国了吗，先生？"我问。

"你是说他从印度回国吗？"博士说，"是的，回来了。杰克·麦尔登先生受不了那里的气候，亲爱的。还有玛克勒姆太太，你没忘记玛克勒姆太太吧？"

我怎么会忘记那位老将呢！这么短的时间里，绝对忘不了她的！

"玛克勒姆太太，为了他的事情，烦恼极了，"博士说，"真够可怜的，所以我们就把杰克·麦尔登叫了回来。我们花了些钱，替他谋到了一个小小的差使，在专利局上班，那地方对他再合适不过了。"

我很了解杰克·麦尔登先生的为人，因此从这一点上推测，这个差使应该是工作少而报酬高的。博士一只手搭在我的肩上，慈祥的脸上露出鼓励的神情，一面走着，一面接着说："嗯，我亲爱的科波菲尔，我们来谈谈你的这个求职建议。我得说，我对此真的非常满意，完全赞同。但是，你难道就不认为，你可以找个更好的工作吗？你知道，你和我们在一起的时候，你出类拔萃，完全有能力胜任许多比这更重要的工作。你已经打下了坚实的基础，建多么高的高楼大厦都没有问题。而眼下，你把自己一生的青春岁月，奉献给我这个糟老头子，我能提供给你的差使这么微不足道，岂不是大材小用了吗？"

我听了无比激动，心头热乎乎的，竭力提出我的请求，只不过语气有点儿强烈。我还提醒博士说，我已有了个职业。

"对的，对的，"博士回答说，"的确是这样，你有了自己的职业，正在实习期，这很重要。不过，我亲爱的年轻朋友，一年七十英镑，又能派上什么用场呢？"

"可是，这能让我的收入增加一倍，斯特朗博士。"我说。

"哎呀！"博士说，"真没想到！我并不是说，年薪就严格限定为七十英镑，因为我总在想，要给选聘的任何年轻朋友再送点其他的礼物，毫无疑问，"博士的手仍然搭在我的肩上，一边走着，一边说着，"每年要送点礼物，这是我一直考虑的。"

"我亲爱的老师，"我说，我掏心窝子说，"你对我恩重如山，我永远也无法偿还清的——"

"不，别这么说，"博士打断了我的话，说："这话我可受不起呀！"

"我能利用的时间是早晨和晚上，如果你觉得这是可以接受的，并且认为这些工作值七十英镑一年，你们的大恩大德我没齿难忘。"

"哎呀!"博士天真地说,"真没想到,用这么点钱就换到了那么大的东西!哎呀!哎呀!如果还有更好的机会,你就得去抓住,好吗?这话可得算数,好吗?"博士说。以前他和学生在一起时,总是一本正经地说这样的话,以此激励学生们的自尊心。

"当然算数,先生!"我按照当年在学校时的样子,响亮地回答道。

"那就这样说定了。"博士拍拍我肩说。他的手仍然搭在我的肩上,我们就这样在园中来回散着步。

"如果我的工作和那部词典有关,"我带着一点恭维的味道说,但愿这样的话是无害的,"那么,我的高兴会增加二十倍,先生。"

博士停住脚步,脸上洋溢着笑意,他又拍拍我的肩,带着很骄傲的神情,让人感到非常愉悦,他似乎觉得我已经洞察了人类最深奥的智慧,大声说:"我亲爱的年轻朋友,你真说对了,正是编辑那部词典!"

他这儿怎么可能还有别的工作呢?他的衣服口袋里塞满了关于词典的东西,他的脑袋里也一样塞得满满的。这些词典的东西,他浑身上下都塞得满满的,甚至还溢出来了。他告诉我,自从退出了教书生涯,他的词典编辑工作进展得非常顺利。我提议的早晨和晚上的工作时间,对他再合适不过,因为他有个习惯,通常在白天散步,进行思考。最近,杰克·麦尔登先生自告奋勇,愿意偶尔来帮助他,根据博士的口述进行笔录,但是他不太习惯这样的工作,所以他的稿子有些凌乱。他说,好在我们很快能把这些稿子整理完毕,然后就可以大显身手了。可是后来,等我们正式展开工作时,我发现杰克·麦尔登先生给我们带来的麻烦,比我预料的要大得多,因为他的稿子不仅仅错误百出,而且在博士的原稿上画了许多士兵和女人头像,弄得就像是迷宫,让我费尽心思百般考证才行。

我们即将通力合作,来完成这项意义非凡的工程,博士对此非常开心。我们约定，从第二天早上七点就开始工作。我们每天早上工作两小时，每天晚上工作两三个小时，星期六则除外，那天我得休息。礼拜天，我当然也要休息。这样的工作安排，我觉得是非常轻松的。

我们就这样敲定了工作安排，双方都很满意。随后博士带我进屋去，拜见了斯特朗太太。她正在博士的新书房里，为他的书本掸灰尘，这是她的特权，那些书本是博士神圣的心肝宝贝，他从来不许任何其他人触碰。

由于我前来拜访的原因，他们到现在还没吃早餐。于是我们就一起吃早餐。刚坐下不久，虽然我还没听见有人来的声音，但从斯特朗太太脸上看出有人来了。很快，一位先生骑着马来到大门前。他下了马，缰绳挽在胳膊上，牵着马径直走进小院，毫不拘束，就像是自己的家。他把马牵进空空的停车间，拴到墙上的环上，然后拿着鞭子，走进早餐室。这就是杰克·麦尔登先生。我觉得，他去了一趟印度，一点儿也没什么长进。不过在当时，对于那些不肯在艰难丛林中披荆斩棘的年轻人，我是深恶痛绝的，所以我对他的印象，是带有一些偏见的。

"杰克先生！"博士说，"这是科波菲尔！"

杰克·麦尔登先生和我握了手，但我觉得，他非但不够热情，而且还是一副懒洋洋的模样，似乎完全不把我放在眼里。我对此心里暗自愤懑。不过，他那副懒洋洋的模样真够滑稽，只有在和他表妹安妮说话时，才不会那样没精打采。

"你吃过早餐了吗，杰克先生？"博士说。

"我几乎从来不吃早餐的，先生，"他在安乐椅上坐了下来，把头往后仰着，说，"我很讨厌吃早餐！"

"今天有什么新闻吗？"博士问。

"什么新闻也没有，先生，"麦尔登先生回答，"有一条新闻说，北方的人正在闹饥荒，他们极其不满。不过，有人闹饥荒，总会有人不满。"

博士听了心情沉重，似乎想换个话题，他说，"如此说来，就没有什么新闻了。人们都说，没新闻就是好新闻。"

"报纸上还有一则长篇报道，先生，是关于一桩谋杀案的，"麦尔登先生说："不过，总是有人会被谋杀的，所以我没有看它。"

我觉得，对于人世间的一切置身事外，这样的处世态度在当时并不推崇，后来却变成了一种高贵品质。我知道，在后来的岁月里，这种置身事外的态度成为时髦，流行一时。我经常看到，有些人把这种态度运用得出神入化。我见过许多时髦的先生女士，他们好像生来就是毛毛虫，事不关己高高挂起。但在当时，我觉得这种置身事外的态度甚为鲜见，所以，杰克·麦尔登先生的这种表现给我留下了深刻的印象，他的这种态度，并没有增加我对他的好感，也没有增加我对他的信任。

"今晚有场歌剧，我来问安妮愿不愿去看，"麦尔登先生把头转向斯特朗太太，对她说，"这是本季的最后一晚演出了，那儿有一位女歌手，你真该去看一看。她唱得棒极了，而且还丑得可爱。"麦尔登先生对她说完，马上又恢复懒洋洋的模样。

凡是能让斯特朗太太高兴的事，博士都兴趣盎然，于是他转向他太太说：

"你一定要去，安妮。你一定要去。"

"我不想去，"斯特朗太太对博士说，"我宁愿待在家里。我非常乐意留在家里。"

说完，她根本不正眼看她的表哥一眼，就转身和我聊起来。她向我询问起艾妮丝的情形，问她会不会来这里看自己，哪天能来。斯特朗太太显得心绪不宁，但博士却专心地往面包上抹着黄油，我感到十分纳闷儿，博士为什么没有注意到他太太如此明显的情绪呢？

的确，博士压根儿就没有注意到这一切。他和颜悦色地告诉她，说趁着年轻，就应该寻些开心解闷的事，不应该整天和呆板的老头子待在一起，这样会把她自己的生活也弄得很呆板的。他还说，他希望太太去听这些新歌手唱的歌，然后把所有的新歌都唱给他听，可要是她不去，她又怎么能唱得好呢？就这样，博士坚持为她安排下了这个约会，并邀请杰克·麦尔登看完歌剧后，回这里来吃晚饭。安排好约会后，麦尔登先生就告辞了。我想，这是去他那专利局上班了。不管是不是这样，反正他骑着马走了，仍然是一副懒洋洋的样儿。

第二天早上，我特别好奇，想知道斯特朗太太是否去看了歌剧。事实上她并没有去，而是派人去伦敦谢绝了她的表哥。她下午去看望了艾妮丝，而且说服了博士，和她一起去的。博士告诉我说，他们是穿过田间步行回家的，因为晚上的夜色非常迷人。我当时心里在想，如果艾妮丝不在伦敦，那么斯特朗太太会不会去看歌剧呢？艾妮丝是不是也对她产生了良好的影响？

我觉得，看上去她并不大高兴，不过她的脸色显得温柔和善，或许是她装出来的吧。我时不时看她一眼，因为我们工作时，她就一直坐在窗下，我抬头就能看到。她为我们准备好早餐，我们一边工作，一边匆忙地吃着，到了九点钟，我起身告辞的时候，看到她跪在博士脚旁的地板上，为他穿上鞋子，裹上护腿。在那低矮的房间前，一些绿色的枝叶低垂在敞开的窗户上，在她的脸上投下淡淡的阴影。我在去博士法院的路上，头脑中一直浮现着很久以前的那个晚上，博士看着书，而她仰起头看着他的情景。

那段时间，我特别忙碌，早上五点起床，晚上九、十点才到家。但是我感到特别充实和快乐，不管什么情况，我都再也不慢吞吞地走路了，我觉得自己越辛苦，就越配得上朵拉，想到这里，我心里就会热乎乎的。我现在的这番改变，并没有告诉朵拉，因为几天后她要来看望米尔斯小姐，我打算到时候再把这一切告诉她。我们之间仍在通信，都由米尔斯小姐暗中传递，我只在信中告诉她说，我有许多话要对她讲。与此同时，我减少了润发油的用量，而香皂和花露水就完全不再用了。我还卖掉了三件背心，价格低得不可思议。因为我现在的日子过得这样艰辛，这些东西太过奢华了。

我虽然不断努力，但觉得仍不满足，我心情急迫，想找更多的事来做，于是我去见特拉德尔。他现在的住址是霍本区的城堡街，就在一座房子的低矮花墙后面的地方。狄克先生已经跟我到海盖特去过两次，和博士恢复了旧有的友谊。这次我又带上他，一起去看特拉德尔。

我要带上狄克先生，主要是因为他的情绪问题。姨奶奶的不幸遭遇让他备受折磨，而且他十分同情我，他打心眼儿相信，我现在的工作，比古代划船的奴隶或监狱的犯人还要辛苦，而他却爱莫能助，为此，他感到十分苦恼和沮丧，连饭都吃不下了。在这种情形下，他觉得自己那个呈文更难写完了。而且他越努力，查理一世国王那颗倒霉的脑袋就越要搅和进来，害得他完全静不下心。我们只能好心地哄骗他，让他相信自己是有用的，要不，我们就得让他做些事，使他感到自己真正有用，当然，这样最好不过了。如果不这样做，我真害怕他的病情会更加严重。所以我决定去找特拉德尔试试，看他能不能帮我这个忙。在我们去之前，我先给特拉德尔写了封信，把我们最近发生的事情详尽地告诉了他。特拉德尔给我回了封信，充分表达了他的关心和友谊，这让我心里好受些。

我们到了他家，看到他正对着墨水瓶和纸张努力工作。在小屋的一角，摆着他那花盆架子和小圆桌，特拉德尔每当看到这些东西，就会生出无穷的拼搏精神。他热情地接待了我们，和狄克先生一见如故。狄克先生坚称，以前一定见过特拉德尔。我们俩便回应他说，"这很有可能。"

我需要和特拉德尔商量的第一件事是这样的。我曾听说，众多在各行各业的杰出人物，他们事业的起点都是报道议会的辩论，而且，特拉德尔以前曾对我说过，从事新闻工作也是他的一大心愿。所以我把这两个方面合在一起，在信中询问特拉德尔，我很想知道，我怎样才能取得从事这项工作的资质。现在，特拉德尔告诉我说，据他打听的结果来看，要在这一行干得十分出色，除了极少数的例外情况，简直比登天还难。单是掌握必备的技能，也就是精通速记和阅读速记稿件的秘诀，其难度和通晓六种语言不相上下。如果持之以恒，刻苦训练，或许花几年时间能够达到这个目标。特拉德尔有理由相信，这样的解释让我明白，最好还是知难而退。可是我却觉得，这正是需要我去砍伐的几棵大树，于是我下定决心，马上拿起斧子，要在这荆棘密布的丛林中，披荆斩棘，开辟出一条通向朵拉的路。

"非常感谢你，亲爱的特拉德尔！"我说，"明天我就开始做。"

特拉德尔显得无比诧异，这也是自然的事，不过他根本想不到，我此时心里乐开了花。

"我要去买一本系统讲述这种技能的书，"我说，"我会在博士法院里学习，我在那儿有大量的空闲时间。我可以试着把法庭上的辩论速记下来，就当作一种练习。特拉德尔，我亲爱的朋友，我一定要精通这种技能！"

"哎呀！"特拉德尔瞪圆了双眼，说，"我从来没有想到，你是一位这么有决心的人呀，科波菲尔！"

他怎么会想到呢？因为连我自己也是刚刚才想到的。我把这件事暂时放下来，又准备提出狄克先生的问题来。

"你知道，"狄克先生满怀希望地说，"我真想有机会尽力做些什么，特拉德尔先生，能不能让我敲敲鼓，吹吹号，不管怎么样，让我做点什么就好了！"

可怜的人！我坚信，比起其他事情来，他真心实意喜欢干这种敲鼓吹号一类的事情。永远都是一副不苟言笑的特拉德尔平静地回答：

"而且，你还写得一手好字呢，先生。科波菲尔，是你告诉我的，对不对？”

"没错，写得非常漂亮！"我说。的确是这样的。他的字写得特别工整。

"要是我找到一个抄写的工作，"特拉德尔说，"先生，你愿意做吗？"

狄克先生一脸疑惑，看着我说："你看呢，特洛伍德？"

我摇了摇头。狄克先生也跟着摇了摇头，而且叹了口气，说："你给他说说那呈文的事情吧。"

于是我对特拉德尔解释，狄克先生有一个麻烦，在他的稿子里，总是躲不开查理一世国王。狄克先生这时一脸谦恭，郑重地看着特拉德尔，同时吮着大拇指。

"不过你要知道，我说的那些文稿，都是已经定稿了的，"特拉德尔想了想说，"狄克先生根本不用动脑筋去修改。这样的话，与自己写文章是不一样的，对吧，科波菲尔？无论怎样，先试一试，好吗？"

他的这番话给我们燃起了新的希望。我和特拉德尔商量了一番，狄克先生就坐在椅子上，焦急地看着我们。我们商量出一个办法，让他第二天就照这个办法开始工作，结果他干得很顺利。

在白金汉街我的家里，我们把特拉德尔找来的文稿放在靠窗的桌子上，让狄克先生来抄写。那是一份关于通行权的法律文件。不过需要让他抄多少份，我现在已经忘了。在另一张桌子上，我们摊开他那篇尚未完成的重要呈文的最后一部分文稿。我们给狄克先生提出的要求是，他必须严格地抄写他面前的文件，一个字也不得改动。如果他觉得有必要提一提查理一世国王，他就应该尽快跑到另一张桌子上，把这些东西写进他自己呈文里去。我们叮嘱他要严格遵守这个规定，并且留下姨奶奶，在这儿看住他。后来姨奶奶告诉我们说，刚开始的时候，狄克先生像既敲鼓又吹号的人，总是两边分心，后来他发现，这样做让他头昏脑涨，而且弄得精疲力竭。文件并不复杂，清清楚楚地摆在他的眼前，于是后来，他就能够专心致志地抄写文件，而把呈文放到一边，等有了更合适的机会再去写。虽然我们非常小心，让他量力而行，不要抄得太多，以免伤害身体。但是他的努力让我们倍感惊讶，虽然他并不是从星期一开始的，但到了这个星期最后一天的晚上，他居然挣到了十先令九便士。我到死也忘不了，他是怎样跑遍了附近的店铺，把这笔钱全兑换成一个个六便士的硬币；也忘不了他怎样把这些硬币放在盘子里，摆成一颗心形图案，献给我的姨奶奶，眼中含着喜悦与自豪的泪光。自从他开始做这件有用的工作那一刻开始，他就像带上了一个吉祥的符咒，完全变成了另外一个人。在那个周末的夜晚，如果这个世上有个幸福的人，那这个人一定就是心怀感激的狄克先生，他认为我姨奶奶是全世界再好不过的女人，认为我是全世界再好不过的年轻人。

"现在我再也不会挨饿了，特洛伍德，"狄克先生在一个角落里，握住我的手说，"我要养活她，先生！"他一边说着，一边高举着他的十个手指，骄傲地挥舞着，好像那是十家银行似的。

看到狄克先生的变化，我和特拉德尔，我们两人谁更开心呢？我真的说不清楚。特拉德尔突然从口袋里掏出一封信递给我，说："我差点把米考博先生这事给忘掉了！"

这封信是米考博先生写给我的。米考博先生只要有写信的机会，是从来不会放过的。信封上写着"敬请内殿律师学院托马斯·特拉德尔阁下转交"。信的内容如下：

亲爱的科波菲尔：

如果我拟向你通报，我之命运已经时来运转，你大概不会觉得意外吧。因昔日我们相遇时，我可能告诉过你，我预期会出现这样的转机。

我将在一个得天独厚的海岛城镇上立足。此地之社会，为农业和宗教之混合，和谐幸福。我将投身之事业，与某类学问很深的行业密切相关。米考博太太和我们的孩子，都将与我同行。有朝一日，我等之遗骸，或将合葬于某著名古建筑之附属墓地之中。该古建筑名声远扬，我所提之城镇，亦因此建筑而彰显名气。我若说，从中国到秘鲁，无人不知那胜地，恐也不为过也。

在此现代巴比伦处，我等一家几经沉浮，然我自信，并未失半分尊严。在告别之际，我和米考博太太，都不可避免地想到，我们将要与某人分离，该人对我家之大恩大德，值得全家为其祈福。这一别或是数年，亦或是永别。在此离别前夕，如果你肯携我们共同的朋友托马斯·特拉德尔先生，光临我们之陋室，互道离别之祝福，你便是施恩惠于

永远

忠于你的

威尔金斯·米考博

得知米考博先生已经摆脱了"尘与灰"[1]的厄运，终于出现了他期待的某种转机，我的确很高兴。特拉德尔告诉我，信中提到的邀请就是在当天晚上，我便表示，这是莫大的荣幸，乐意前往赴约。于是，我们欣然前往米考博先生的住处。这个房子是以"莫提默先生"的名义租下的，地点就在格雷律师学院[2]路的上首附近。

这所住宅的陈设无比简陋，家里那对双胞胎已经八九岁了，共同睡在起居室的一张简陋的折叠床上。米考博先生也在起居室里，正拿着放在洗手架上的一只罐子，调制着他最拿手的可口的潘趣酒，不过

---

① 见第28章注释，尘与灰，表示忏悔或耻辱。
② 格雷律师学院：伦敦四个律师学院之一，参见第23章注释。

他坚称这是在"酿造美酒"。这一次，我有幸见到了米考博少爷，与他重温旧谊，我发现他已有十二三岁，看上去是位很有出息的少年，手脚一刻也不愿闲着，这是他这个年龄常见的习性。我又一次看到了他的妹妹，米考博小姐。据米考博先生向我们介绍，从她的身上，"看到了她母亲的影子，仿佛是她母亲像长生鸟①一样，重新获得了新生。"

"我亲爱的科波菲尔，"米考博先生说，"在我们乔迁之际，你和特拉德尔先生光临，在这种情况下，难免有些照顾不周，还望你们多多包涵。"

我说了些得体的话回答了他，并朝四周打量了一下，看见他们家的所有行李都已经包扎妥当，行李并不多。我向米考博太太道贺，祝福他们的生活日新月异。

"我亲爱的科波菲尔先生，"米考博太太说，"我真心相信，你总是真诚友好地关注着我们家的发展。可我的娘家人，简直把这次乔迁看成是流放，随他们的便吧。我作为贤妻良母，我对米考博先生永远都会不离不弃的。"

米考博太太用恳求的目光看着特拉德尔，于是他激动地表示说，完全赞同这番话。

"我亲爱的科波菲尔先生和特拉德尔先生，"米考博太太说，"我觉得，不离不弃至少是我对责任的看法。当年我曾说过，'我，艾玛，愿意嫁给你，威尔金斯'，这是不可违背的誓言，从那以后，我就义无反顾地担负起了这个责任。昨天晚上，我对着一支普通的蜡烛，把婚礼上的那句誓言又重温了一遍。我得出的结论是，我决不会抛弃米考博先生，哪怕，"米考博太太说，"我也许对这句誓言理解

---

① 神话中的鸟，在阿拉伯沙漠中，可活五百年，然后自焚为灰，从灰烬中重生，循环长生。

有误，但我决不会抛弃米考博先生！"

"我亲爱的，"米考博先生有点不耐烦地说，"我从来没有想过，你会抛弃我呀。"

"我知道，我亲爱的科波菲尔先生，"米考博太太继续说，"我们现在要到人生地不熟的地方去碰运气了。我也知道，米考博先生给我的娘家人写了封信，告知了这一情况，他在信中的言辞非常礼貌，可是我的娘家人对此竟然毫不理睬。也许，我是迷信的，"米考博太太说，"不过我觉得，米考博先生似乎是命中注定的，不管他写多少信，永远都得不到回复。我的娘家人一直沉默以对，我从他们的这种态度中可以猜到，他们反对我们的决定。不过，科波菲尔先生，即使我的爸爸妈妈在世，他们也不能让我改变决定，把我带入歧途。"

我表明了我的看法，说这么做完全正确。

"蛰居在一个有大教堂的城镇里，"米考博太太说，"也许是一种牺牲，可是，科波菲尔先生，如果对我这种人来说是一种牺牲，那么对于一位像米考博先生这样有才华的人来说，就更是一种巨大牺牲。"

"哦！你们要去一个有大教堂的城镇吗？"我问。

米考博先生一直忙着用洗手架的罐子调酒，这时在给我们斟酒，他回答说：

"我们要去坎特伯雷。事实上，亲爱的科波菲尔，我已经和我们的朋友希浦签了合同，我要尽力协助他，为他服务，我的身份是他的机要文书。"

我对着米考博先生瞪圆了眼睛，他看到我如此惊讶，显得颇为得意。

"我本来应该直接告诉你的，"他郑重其事地说，"但主要是因为米考博太太的办事风格，以及为了更周密地考虑清楚，所以才有了这样的结果，但我们并不是存心相瞒。米考博太太以前曾经提出过，用广告的形式向社会提出挑战，结果我的朋友希浦接受了这个挑战，因此相互逐渐熟络起来。说起我的朋友希浦，"米考博先生说，"那是一位非常聪明的人，我对他致以我最崇高的敬意。我的朋友希浦没有把我的正式薪水定得过高，可是他出了很大的力气，大大缓解了我在经济方面的压力，与我的工作能力有关。我把希望都寄托在我的工作能力上。我真够幸运，正好具备了他需要的这点儿聪明才智，"米考博先生又拿出他一贯的那种文绉绉的神气，明着贬低自己，实则夸耀自己，"这些才智都要奉献给我的朋友希浦了。我曾经在民事法庭的债务诉讼案中当过被告，所以积攒了些法律知识。我还要马上开始研究法律著作了，就是我们英国一位最卓越、最著名的法学家所著的《释义》。我指的就是布莱克斯通①法官大人，我想就无须在此赘述了。"

他的这番话，实际上那天晚上的大部分谈话，都时不时被米考博太太打断。因为她看到米考博少爷的不礼貌行为，总是要纠正他。米考博少爷一会儿坐在靴子上，一会儿用两只胳膊夹着自己的头，好像脑袋就快要掉下来似的，一会儿在桌子底下不小心踢到了特拉德尔，一会儿左脚搭在右脚上，或者右脚搭在左脚上，一会儿把两腿伸得很远，显得有失教养。有时歪着头睡在桌子上，头发都伸进酒杯里了，有时手舞足蹈，不停地动来动去，或者做一些让大家都不舒服的举动。可是当米考博太太批评他的行为时，他却非常不满。我一直坐在那里，对米考博先生宣布的消息大为惊讶，困惑不解，而后来米考博太太接着他的话题继续往下说，把我的注意力吸引过去了。

"我特别提醒米考博先生，让他要当心，"米考博太太说，"我亲爱的科波菲尔先生，他千万不要因为现在屈居于法律这个小树枝，而忘掉了自己的真实能力，他有朝一日必将攀登上树顶的。我相信，

---

① 布莱克斯通（1723—1780）：英国著名的法官，法学家，著有《英国法释义》。

凭着米考博先生他那丰富的才智，以及雄辩的口才，只要从事了一个适宜的职业，他全力以赴，必将成就一番伟业。打个比方，特拉德尔先生，"米考博太太做出一副意味深长的样子说，"他也许会成为一名法官，甚至会成为一名大法官。如果一个人做了米考博先生现在从事的这一职业，难道就再也不可能继续高升了吗？"

"亲爱的，没关系，"米考博先生说，不过他也带着探询的眼光，看了看特拉德尔，"我们有足够的时间来考虑这类问题。"

"米考博！"米考博太太回答说，"不能这样！你这辈子的最大错误，就是眼光不够长远。就算你不想为自己考虑，你也应该想想你的家庭，你的眼光必须看到最远处的地平线，凭着你的才智，你是完全可以达到的。"

米考博先生喝着自制的潘趣酒，咳嗽起来，表情显得非常得意。不过，他的目光仍然探询地看着特拉德尔，似乎很想听听他的意见。

"哦，米考博太太，实际的情况是，"特拉德尔试图用委婉的方式，把事实真相告诉她，"我要说的是完全真实的情况，这你是知道的——"

"正是，"米考博太太说，"亲爱的特拉德尔先生，要讨论这样一个重大问题，我希望尽可能真实准确。"

"真实情况是，"特拉德尔说，"在法律这个行业里，即使米考博先生是个正式的初级律师——"

"肯定会这样，"米考博太太又插话说，"威尔金斯，如果你总是那么藐视一切，将来你的眼睛就无法恢复正常。"

"即使这样，"特拉德尔继续说，"他也无法继续高升的。只有出庭的高级律师才有资格继续高升。如果是米考博先生没去律师学院深造五年，他就不能成为高级律师。"

"我想我听懂了你的话，我亲爱的特拉德尔先生，"米考博太太带着包容一切的和蔼态度说，"那么米考博先生学满五年后，他就有资格成为法官或大法官了，我理解得对吗？"

"那样的话，他就有资格了。"特拉德尔回答说，他把"有资格"这个字说得特别响亮。

"谢谢你，这就足够了。米考博先生从事的这份工作，他仍然有高升的机会，如果情形是这样，那我也就放心了。当然，"米考博太太说，"我只不过是女流之辈，孤陋寡闻。但是，从前我在娘家时，常常听我爸爸谈起过法律头脑，我坚持认为，米考博先生就具有这种法律头脑，所以我希望米考博先生这次进入法律行业后，他的法律头脑会得到充分发展，并且取得高人一等的地位。"

我完全相信，米考博先生此时凭着他那法律头脑的眼光，看到了未来的自己，他坐在羊毛软垫的大法官席位上。他骄傲自满地摸着自己的秃脑门儿，故意露出无可奈何的表情，说：

"亲爱的，我们就不要揣测天意了。如果命中注定，我成为戴假发的法官，那么至少在我的外表上，"他指着自己的秃顶，"已经做好了准备接受这一荣耀，"米考博先生说，"这些年头发稀疏，我倒并不为此懊恼。脱发也许有着特殊的含义呢。这我也说不清楚。我亲爱的科波菲尔，我的打算是，好好培养我的孩子，将来好为教会效力。如果在将来，他能光宗耀祖，我也就心满意足了，对这一点我并不否认。"

"让他为教会效力？"我问道，这期间，我心底一直在琢磨着尤利亚·希浦。

"是呀，"米考博先生说，"他的头颅长得好，唱歌很有共鸣，可以先让他加入唱诗班进行训练。我们就住在坎特伯雷，利用与当地的社会关系，毫无疑问，一旦大教堂的唱诗班有了空缺，我们一定能想到办法让他获得名额。"

我又看了看米考博少爷，我发现他模样有些奇特，似乎他的声音会从眉毛后面发出来。我们给他两个选择，要么唱歌，要么上床睡觉去，于是他给我们唱了首《啄木鸟咚咚》，他的声音真的就像是从那里发出来的。我们对他的这番表演大大地赞扬了一番，然后随意地聊了一些其他话题。我原本不想对他们提及我家境的那些变化，但是满脑子都是这些念头，根本无法隐瞒，我只好如实告诉了米考博先生和他太太。当听说我姨奶奶陷入困境时，他们竟然眉飞色舞，兴高采烈，舒适愉悦，和善亲近，我简直难以形容。

我们酒兴高涨，等差不多到了最后一轮时，我提醒特拉德尔说，我们临行前，应该祝福我们的朋友健康幸福，在新的事业中大获成功。我请米考博先生为我们斟满酒，郑重其事地和他们干杯。我隔着桌子和米考博先生握手，又亲吻了米考博太太，以此来纪念这意义非凡的聚会。特拉德尔也学着我的举动，同米考博先生握了手，但是要亲吻一下米考博太太，他觉得同他们的友谊还不够深厚，所以没有唐突行事。

"我亲爱的科波菲尔，"米考博先生站起身，把拇指插到背心口袋里，对我们说，"你是我年轻时期的好伙伴，请允许我这么称呼你；还有我尊敬的朋友特拉德尔，也请允许我这么称呼你。你们两位，请允许我代表米考博太太，我本人以及我们的孩子们，对你们的良好祝福，致以最热烈、最彻底的感谢。我们就要踏上迁徙的旅途，投身于全新的生活中去，"米考博先生说，仿佛他们是要搬到异国他乡一样，"在此离别之际，对我面前的这两位朋友，我想我也许应当说几句临别赠言。不过所有想说的话，前面都已经讲过了。我将要投身于一门学识渊博的行业中，成为才疏学浅的一员，通过这一职业，力争上游，不管我将来取得多高的社会地位，我都不会让这个职业蒙羞，米考博太太也必会全力支持，为其增光添彩。我以前曾经欠下了一些账务，当时以为可以马上偿还，可是造化弄人，至今未能了结债务。在暂时的经济压力之下，我不得不戴上了一个修饰物，这就是我生来就厌恶的眼镜，而且，被迫为自己另外取了一个名字，虽然这个名字毫无法律凭证。关于这一切，我想要说的是，凄凉景象中的乌云已经吹散，白昼之神太阳，重新在山顶高高升起。下星期一下午四点，当马车抵达坎特伯雷时，我的脚就要踏上我的故乡，我重新拥有了我的姓，米考博！"

米考博说完，再次坐下来，庄重地一口气喝了两杯酒，随后，他用更加庄重的语气说：

"在离别之际，我还有一事，就是要履行一项法律手续。我的朋友托马斯·特拉德尔先生，为了给我提供便利，曾两次在期票上具名担保，请允许我使用通俗的说法，就是帮我'签名'了。第一张期票到期的时候，托马斯·特拉德尔先生陷入了——简单地说，被拖入了困境中。而第二张期票目前尚未到期。第一张期票的欠款金额，"说到这里，米考博先生拿出记账本，认真地看了看，"我相信，是二十三英镑四先令九便士半；第二张期票的欠款金额，根据我的记账，是十八英镑六先令二便士。这两笔欠款加在一起，如果我没计算错的话，总数是四十一英镑十先令十一便士半。能否请我的朋友科波菲尔，帮我再核算一遍？"

我按他的吩咐核算了一遍，确实完全正确。

"我就要离开这座城市，"米考博先生说，"也要告别我的朋友托马斯·特拉德尔先生了，但是我的债务仍未了结，这会成为我的精神负担，痛苦得让我难以忍受。因此，我已经为我的朋友托马斯·特拉德尔先生拟好了一份文件，通过它就能解决我的痛苦，这份文件现在就在我手中。我恳请我的朋友托马斯·特拉德尔先生，收下我这张四十一英镑十先令十一便士半的借据。这样我就能恢复我的道德尊严，又可以让自己在同胞面前挺直腰板走路了，这真让我开心！"

陈述完这番理由后，连米考博先生本人也被感动了。随后，他把那张借据递到了特拉德尔的手里，并祝福他万事如意。我完全相信，不仅米考博先生觉得，这就等于已经偿还了债务，就连特拉德尔本人，也没有弄清楚写借据与还款之间的区别。不过，等他回过神来，可以仔细琢磨一下两者的不同之处。

凭着自己的这一正直行为，米考博先生在他的同胞面前挺直腰板走路了。当他举着蜡烛，为我们照亮下楼的路时，他的胸膛似乎比原来宽出了一半。我们告辞时，相互都很激动。我把特拉德尔送到了他的家门口，然后才独自回家去。一路上我心乱如麻，忧心如焚。在这纷繁的思绪中，我还想到，米考博先生虽然人品不好，但从未找我借过钱，这也许是因为我小时候曾做过他的房客，他顾念旧情，心存怜悯吧。如果他真要找我借钱，我会顾及情面，根本没法拒绝他。我坚信，他和我一样，都很清楚这一点的，这便是他值得赞赏的地方。

第37章　一点冷水

新的生活已经持续一个多星期了。生活困窘促使我积极行动起来，我信心百倍，决心继续努力。我健步如飞，奋勇向前。我给自己立下了一条不成文的规定，不管做什么事，都要全力以赴。我要彻底放弃个人享乐。我甚至想成为素食者，还曾模模糊糊地想，我应该成为食草动物，成为献给朵拉的祭品。

可是直到现在，小朵拉除了从我的情书中得到些模模糊糊的暗示外，她对于我一往无前的决心和义无反顾的状态一无所知。不过，又一个星期六到了。在这个星期六的晚上，她要去米尔斯小姐家。等米尔斯先生去俱乐部玩牌后，她们会在客厅中间的窗口挂只鸟笼，我在街上看到这一暗号，就可以去她家了。

这段时间里，我们住在白金汉街家里的人，全都安定下来。狄克先生继续做着他的抄写工作，心情舒畅，心满意足。姨奶奶在和克鲁普太太的较量中大获全胜，她结清了克鲁普太太的工钱，把她辞退了。不仅如此，她还把对手偷偷埋伏在楼梯上的水罐，扔到窗外去了。姨奶奶还从外面雇了一个杂务工，亲自护送她上楼梯和下楼梯。她这些强有力的措施，吓得克鲁普太太心惊胆战，以致她觉得姨奶奶疯了，于是她只敢龟缩在厨房里，不敢恋战。由于姨奶奶对克鲁普太太或其他任何人的看法都嗤之以鼻，甚至对克鲁普太太认为她发疯的看法还颇为得意，所以，曾所向披靡的克鲁普太太抱头鼠窜，不敢和姨奶奶在楼梯上正面交锋，只能躲到门后去，或者躲到黑暗的角落，不过她太过肥胖，偶尔会看到她的法兰绒长袍会露出来。这让姨奶奶极其得意。我相信，只要有可能再单独与克鲁普太太碰面，她一定会疯疯癫癫地歪戴着帽子，楼上楼下四处溜达，找寻着克鲁普太太的身影，并以此为乐。

姨奶奶极其讲究整洁，再加上心灵手巧，所以她把我们的住处微微做了些调整，让我感觉到我似乎不但没有变穷，反而更阔气了。举例来说，她把那间食品储藏室改成了我的更衣室，又给我买了一副床架，并装饰了一番，在白天看起来，它更像个书架。她对我关怀备至，照顾得非常周到，即使我那可怜的母亲在世，也不可能比她更爱我，或比她更用心地逗我开心了。

在这些家务劳动中，姨奶奶也让辟果提参加进来，辟果提觉得受宠若惊。虽然她对我姨奶奶怀有敬畏之心，但是她得到了姨奶奶的许多鼓励和信任，所以她们成了亲密无间的好朋友。可是，就在我要去米尔斯小姐家喝茶的那个星期六，辟果提就要回家了，她得回去帮助汉姆料理家务。"那就再见吧，巴克斯，"我姨奶奶说，"多多保重！我以前真没想到过，你走了我会感到这么难过！"

我陪着辟果提到了车站的售票处，送她上车。临别的时候，她哭了，像汉姆那样，托我看在朋友的分上，再三嘱咐我要好好照顾她的哥哥。辟果提先生自从在那个晴朗的下午离开后，我们再也没有他的任何消息。

"哦，我最最亲爱的大卫，"辟果提说，"如果你在实习期间需要生活开销，或者期满后，我亲爱的，需要花钱自己开业，不管是生活开销，还是开业用钱，或者两个方面都需要钱，我的宝贝，对于你那可怜早逝的妈妈，我可爱的小姑娘，她只把我这个蠢笨的老家伙当自己人。除了我，还有谁有权提出要借钱给你呢？"

我当时并没有自立，也没有拒人于千里之外的想法，我只能回答说，如果我一旦需要向人借钱，我就一定找她借。我想，这句话的效力超过做其他任何事情，给了她莫大的安慰。当然，也许当场接受她的一大笔钱，会让她更加开心。

"还有，我亲爱的！"辟果提低声说，"告诉那个漂亮的小天使，说我很想见见她，哪怕只见一分钟也行！你还要告诉她，等她准备嫁给我这个孩子之前，只要你们愿意，我一定会来收拾收拾，把你们的新房装点得漂漂亮亮！"

我对她说，除了她，谁也不许插手这件事。这话让辟果提喜不自胜，于是开开心心地动身回去了。

在博士法院里，我这一整天都在想着各种计划，什么样的办法都想尽了，把自己弄得疲惫不堪。到了晚上预定的时间，我就去了米尔斯先生住的那条街。由于米尔斯先生吃完晚饭后，通常会打个盹儿，所以客厅中间窗户的鸟笼还迟迟不见挂出来。

他害得我等了很久，我真希望那个俱乐部会因为他的迟到而处罚他。终于，他出门了，接着我就看到我的朵拉挂上了鸟笼，并趴在阳台上四下张望。当她看到我时，就跑进了屋。这时，她身后的吉普仍留在了阳台上，对着街上一条屠夫的狗使劲叫。吉普实在是自不量力，因为那条大狗体格庞大，简直可以把它当颗药片，一口吞进肚里。

朵拉跑到客厅门口，在那儿接我。吉普跌跌撞撞地跟在后面冲出来，狂吠不止，似乎把我当成了一个坏人。然后我们三个一起，快活得不能再快活了，亲密得不能再亲密了，一起走进屋子去了。没过多久，在这快乐的氛围中，我无法掩饰自己的忧伤。我并不是有意要败兴，只是因为我满脑子都在想着这件事。所以当朵拉在毫无思想准备的情况下，我很突兀地问她，会不会爱一个乞丐。

我那漂亮的小朵拉，顿时惊得瞠目结舌！对于"乞丐"这个词，她唯一想到的就是一张面黄肌瘦的可怜巴巴的样儿，或者戴着一顶睡帽，或者挂着一副拐杖，或者拖着一条木腿，或者就是牵着一条狗，狗嘴里叼着半截酒瓶，以及诸如此类的什么东西。于是，她瞪圆眼睛看着我，那吃惊的模样挺有趣的。

"你怎么会问我这么傻的问题呢？"朵拉噘起小嘴说，"爱一个乞丐？"

"朵拉，我最最亲爱的！"我说，"我就是一个乞丐！"

"你怎么这么傻呢？"朵拉在我的手上拍打了一下，"竟然坐在这儿说这样的傻话？我要叫吉普咬你了！"

她那副天真的样子，我觉得她实在是太可爱了。不过，我一定得说清楚，于是我又一脸严肃地再说了一遍：

"朵拉，你是我生命的全部，你的大卫已经变成穷光蛋了！"

"如果你再这么胡闹，"朵拉摇动着一头鬈发，说，"我真的要让吉普咬你啦！"

可我的样子并不像是开玩笑，所以朵拉不再摇她那头鬈发了。她颤抖的小手搭在我肩头，起初是害怕和焦急，接着，她就哭了起来。这太可怕了。我在沙发前跪下，安抚着她，恳求她不要撕裂我的心。可是有那么一阵子，可怜的小朵拉只是一个劲儿地叫喊着，"天哪，天哪！哦，太吓人了！朱莉娅·米尔斯到哪儿去了？哦！快带我去见朱莉娅·米尔斯，然后请你走吧！"后来我都被闹得几乎发疯了。

经过一番苦苦的哀求和软语温言的安抚，朵拉终于抬起头看着我，一脸的惶恐。又经过我好一阵安慰，终于，她脸上只留下了爱怜之情，她那漂亮温柔的小脸蛋儿，这才贴在我的脸上。我搂着她，对她说，我深爱着她，至死不渝，但是我现在一贫如洗，我觉得应该主动提出解除婚约，让她也得以解脱。我还说，如果失去了她，我将永远遭受万箭穿心的折磨，从此一蹶不振，只要她不怕受穷，那我也决不怕受穷，因为有了她，我的双臂就有了力量，我的心就受了莫大鼓舞。我现在已经满怀激情努力工作，这样的激情只有恋人才能体会到。我已经开始学会面对现实，并开始思考未来，用自己汗水挣来的干面包，远远胜过靠继承得来的一桌盛宴。诸如此类的话，我对她说了很多。自从听到姨奶奶的破产消息，我一直惴惴不安，我日日夜夜都在思考如何对朵拉开口，我生怕笨嘴拙舌不能说清，可没想到这会儿竟然口若悬河，滔滔不绝，连我自己都感到十分惊讶。

"你的心还属于我吗，朵拉？"我明知故问，因为她仍然依偎在我怀里，我知道她依然爱着我。

"哦，是的！"朵拉叫道，"哦，是的，完全属于你，哦，你别再说这些让人害怕的话了！"

我让人害怕！我让朵拉害怕！

"别再说什么穷光蛋，也别再说什么流汗苦干！"朵拉依偎得更紧了，说，"哦，别说，别说啦！"

"我最最亲爱的，"我说，"用汗水换来的干面包——"

"哦，你说得没错，但是我再也不想听什么干面包了！"朵拉说，"吉普每天十二点钟就必须吃块羊排，否则它就会死掉的！"

她那副天真可爱的模样，把我给迷住了。我深情地向朵拉解释说，我这是一个修辞手法，吉普一定会和以前一样，能准时吃到它的羊排。我把我们那简朴的小家描述了一番，凭着我的劳动就可以做到自食其力。我顺便还把在海盖特看到过的那座小房子简略地给她描述了一番，我姨奶奶可以住在楼上的那个房间。

"我现在不让人害怕了吧，朵拉？"我温柔地问。

"哦，没有了，没有了！"朵拉叫着说，"但是我希望，你的姨奶奶要在她自己的房间里规规矩矩地待着！我还希望，她不是那种老是教训人的老太婆！"

我深爱着朵拉，如果有可能再爱深一些，我敢说，那个时候真的对她爱得更深了。可是我觉得，她有些不太实际。我刚刚产生了这种激情，但发现很难传递给她，这让我有些沮丧。于是我想再次努力一下。等她完全恢复平静后，她让吉普趴在自己的腿上，卷绕着吉普的耳朵，这时，我又一本正经地对她说：

"我的宝贝！我可以给你说件事吗？"

"哦，请别再讲实际的事了！"朵拉恳求我说，"我一听到就很害怕！"

"我的心肝！"我马上说，"我要说的这件事，没有什么会让你害怕的。我想让你换一个角度来看待这件事。我希望这件事能给你增添力量，让你也得到鼓舞，朵拉！"

"哦！可是那真的很可怕呀！"朵拉叫起来。

"我亲爱的，这并不可怕。只要持之以恒，意志坚强，再大的困难，我们也能经受得住。"

"可是我一点力量也没有，"朵拉摇着鬈发说，"我有吗，吉普？哦，你一定要亲亲吉普，乖乖听话！"

朵拉抱起吉普，递过来要我亲吻，我无法拒绝。她还给我做了示范，嘟起她那鲜亮的红色小嘴唇，做出接吻的样子，并要我学着做，而且一定要不偏不倚地吻到吉普的鼻子尖。我照她的吩咐这样做了，由于我的服从，我得到了奖赏，她也赏给了我一个吻。我被她迷住了，我本来打算正儿八经地说件事，可是我竟然无论如何也想不起来了。

"不过，朵拉，我亲爱的！"我终于费了好大的劲才想起来，对她严肃地说道，"我要给你说件事。"

她听到这话，把两只小手合拢，高高地举起来，祈求我不要再说什么让她害怕的事，她那楚楚可怜的模样，就连遗嘱法庭的法官看到了也会心生爱怜。

"我的确真的不想这样，我亲爱的！"我向她保证说，"不过，朵拉，我的宝贝，你也需要想一想——你知道，并不是让你垂头丧气地去想，我绝没有这样的恶意！——可是你也需要想一想——只是为了给你自己加把劲——想想你和一个穷人订了婚——"

"别说了，别说了！求你别说了！"朵拉大叫起来，"那太可怕了！"

"我的心肝，一点也不可怕！"我激情四溢地说，"你也需要想一想，时常留心一下你爸爸是怎么料理家务的，努力培养一些小习惯——比如登记账务方面——"

可怜的小朵拉听到我这个建议，发出了呜呜的声音，既像是呜咽，也像是叫喊。

"记记账对我们很有用，"我继续说，"我希望你能答应我，去读一读有关烹饪的小册子，我会给你送来的，这对我们俩都是大有裨益的。因为我们的生活道路，我的朵拉，"我又开始兴致勃勃地说起来，"在眼下是艰难崎岖的，要靠我们自己去铲平道路，我们一定要鼓足勇气。我们一定要奋勇向前。我们前进的道路上一定有许多障碍，我们应当勇敢地迎难而上，去一一铲除这些障碍！"

我握紧拳头，滔滔不绝，眉飞色舞。实际上我已经说清楚了，完全没必要继续说下去。可我却又重复了一遍。"哦，我吓坏了！哦，朱莉娅·米尔斯在哪儿？哦，快带我去朱莉娅·米尔斯那儿，然后就请你离开这儿吧！"她被我弄得六神无主，只是在客厅里转来转去，胡乱嚷嚷。

我觉得，我这一次简直把她害死了。我往她脸上洒冷水。我跪在地上，乱抓着自己的头发。我骂自己是个残忍的畜生，没心没肺的野兽。我哀求她饶恕我。我恳求她能抬头看我一眼。我找到米尔斯小姐的针线盒，乱翻一通，本想找嗅药，慌乱之中，却拿来了象牙针盒，让朵拉嗅一嗅，结果把针全洒在朵拉的身上。吉普像我一样发疯了，朝我汪汪直叫，我便对它直挥拳头。我不知所措，做出一些疯狂可笑的举动，最后弄得精疲力竭。等米尔斯小姐来到客厅时，我早已黔驴技穷。

"这是谁干的好事呀！"米尔斯小姐一边忙着救护她的朋友，一边大声叫嚷道。

我回答说，"是我，米尔斯小姐！是我干的！瞧瞧我，我就是罪魁祸首！"——也许我说的是其他诸如此类的话——然后，我一头扎进沙发垫子里，看不见光线了。

米尔斯小姐刚开始还以为我们拌嘴了，认为我们俩走到了撒哈拉沙漠的附近，不再相爱了。不过很快，她就发现问题的原委，因为我那热情可爱的小朵拉搂住她，对她叫喊着，说我是一个"可怜的苦力"，接着朵拉又为我哭起来，搂着我，说她想把她所有的钱都交给我保管，让我同意她的这个要求；然后她又抱着米尔斯小姐的脖子，嘤嘤呜呜地哭个不停，好像她那颗温柔的心被撕碎了。

米尔斯小姐命中注定就是为我们带来幸福的人。她从我短短几句话里，就弄清了事情的原委，然后安慰朵拉，慢慢让她转变了看法，相信我不是个"可怜的苦力"。我想，朵拉一定是误解了我的意思，她根据我说话的态度，断定我成了船码头的劳力，整天推着手推车，在跳板上东摇西晃地来回走着。澄清了问题，于是我们就和好如初了。等我们完全恢复了平静，朵拉要上楼去，往眼睛里滴点玫瑰水，米尔斯小姐拉铃，叫仆人准备茶点。我趁着这个机会，对米尔斯小姐说，她永远是我的朋友，除非我的心脏停止跳动，我永远都不会忘记她对我的恩情。

随后，我把那些一直没能对朵拉解释清楚的事情，详细讲给米尔斯小姐听。米尔斯小姐说，按基本原则来说，住在知足的茅屋里，胜过住在冷酷的华丽宫殿，有了爱，便有了一切。

我对米尔斯小姐说，这话太对了，还有谁能比我更明白这句话的真谛呢？我对朵拉的爱，有谁又曾体验过这样的情感呢？谁知，米尔斯小姐露出了失望的神情，说如果真如我所言，那对朵拉来说确实很好。我听出了弦外之音，赶紧解释说，请她谅解，我说的"谁"只限于男性。

接着，我又问米尔斯小姐，我急迫地向朵拉提了建议，让她学着记账、料理家务、看烹饪书，这样的建议是否有实际的用处。

米尔斯小姐思考了一会儿，回答说：

"科波菲尔先生，我对你实话实说。对某些人来说，精神的痛苦和折磨是一笔财富，相当于增加了多年的阅历。但我要坦诚地告诉你，你就当我是修道院的修女一样，我绝不打诳语。你这样做是不对的。你的那些建议，对我们的朵拉来说是不合适的。我们这位最亲爱的朵拉，是大自然的宠儿。她是光明、活力和欢乐的化身。我坦诚地告诉你，你的那些建议，如果能做到固然更好，但是——"米尔斯小姐摇了摇头，不再说下去。

米尔斯小姐最后这句话，似乎承认了我的建议也许是好的，让我受到了鼓舞，于是我继续追问她，为了朵拉，如果米尔斯小姐有机会能劝说朵拉，让朵拉为将来的生活而认真做准备，那么她会把握这样的机会吗？米尔斯小姐爽快地回答是，她会这样做的。我得寸进尺地问她，她能否引导朵拉去读烹饪书，而且要让朵拉接受这个想法，还不能惊吓她，让她能自觉自愿地读，如果米尔斯小姐能做到这一步，那就是帮了我天大的忙。对我的这个嘱托，米尔斯小姐也答应了，但是并不抱乐观的态度。

朵拉很快下楼来。看上去她是那么娇小可爱的一个人儿，我真不知道，我该不该拿这些生活琐事来惹她心烦。她试图让吉普用后腿站立起来，用嘴接住她手中的面包，而吉普不肯照办，她假装要用热茶壶烫它的鼻子。她是多么迷人啊。我想到她那么爱我，那么可爱，而我刚才却把她吓哭了，想到这里，我就觉得自己像是个闯进仙女闺房的怪兽。

吃完茶点，我们就拿出了吉他。朵拉又唱了以前唱过的那些法国歌曲，歌曲很动听，歌词大意是：不管遇到什么情形，我们都应该不停地跳舞，嗒拉拉！嗒拉拉！我听了后，越发觉得自己真是个怪兽。

我们的欢乐时光中，发生了一件事，说来有点败兴。就在我快要告辞的时候，米尔斯小姐不经意地说起一个词，"明天早晨"，我便不由自主地说，因为我现在要努力工作，所以早晨五点钟就起床了。朵拉一听这话，或许又开始疑心我是不是在某个大公馆做更夫，我现在也说不清楚，反正这句话又刺激了她，从那时起，她就不再弹琴，也不唱歌了。

直到我对她说再见的时候，她还在想那句话。她用温柔的声音对我说话，就像是哄孩子一样的可爱口气，我觉得，她总是把我当成他的玩具娃娃了：

"好啦，别在五点钟起床喔，你这个淘气鬼。那太胡闹啦！"

"我亲爱的，"我说，"我有工作要做呀！"

"那就别做啦！"朵拉说，"你为什么要做呢？"

看着她那张满是诧异的可爱小脸蛋，我只得装出开玩笑般的语气，轻描淡写地说，我们得靠干活谋生呢。

"哦！这多么荒唐呀！"朵拉说。

"我们不工作，拿什么养活自己呢，朵拉？"我说。

"怎么养活？不管怎么样都能养活呀！"朵拉说。

她似乎觉得，她已经圆满地解决问题了，于是自豪地给了我一个吻，这是来自她心底天真纯洁的吻。在这种情形下，即使有人拿一大笔钱财来诱惑我，我也不会让她扫兴，指出她这句话的错误。

好啦！我爱着朵拉，我以后还要继续爱着她，用情专一，全心全意，毫无保留地爱着她。不过，我也得继续工作，一鼓作气，毫不松懈。要趁热打铁，先得把所有的铁块放进炉子烧红。到了晚上，我有时坐在姨奶奶对面，一遍又一遍地思忖着，我那次怎么把朵拉吓坏了呢？我有什么高明的办法，带着吉他琴盒，穿过艰难之林？我就这样绞尽脑汁不停地想啊想啊，感觉自己的头发都变白了。

第38章　各奔东西

对于记录议会辩论的训练安排，我已经下定决心，并要一直保持着热情。这也是我要趁热打铁烧红的一个铁块。我要坚持不懈地把这个铁块烧得通红，并反复捶打它。我当时那种毅力，到了现在，我自己也甚为佩服。我为了练习这门高尚而神秘的速记技能，花了十先令六便士，买了一本正规的手册，然后便纵身跳进了这个苦海，书中的知识令人眼花缭乱，应接不暇。几个星期下来，都快把我逼疯了。单说一个小圆点，其意思就变幻无穷——在这个位置是一种意思，换一个位置就变成了另外一个意思。圆圈的变化也高深莫测；有些符号就像苍蝇腿一样，它的意思简直莫名其妙；如果一条曲线放错了位置，两者的意思就是天壤之别。所有的这一切，不仅在我清醒的时候让我大费周章，就连在我的梦中，它们也变本加厉地折磨着我。当我跌跌撞撞地摸索着度过了这些障碍，掌握了这些简直就像埃及神庙的字母，随之而来的，又是一串所谓"不规则符号"，让人恐怖之至，这些符号是我所见过的最蛮横无理的家伙。比如，它们用刚织出的蜘蛛网状的东西，来表示"期待"；用烟火一样的图案表示"不便"。当我把这些可恶的家伙塞进我的脑袋中，并安顿下来后，我发现，我脑袋里的其他的一切东西，都被这些家伙挤出去了。于是，我只得又重新开始，学习早先的那些符号，可这样一来，我又把这些"不规则符号"给弄丢了。等我再把它们找回来时，这套速记法里的其他一些符号不见了。一句话，学这个东西让人心力交瘁。

如果没有朵拉，那我肯定会被折磨死的。我就像一条在暴风雨中颠簸的小船，而朵拉是我的绳索和铁锚。这速记体系中的每个笔画，都是艰难之林中的一棵盘根错节的橡树，我就坚持不懈地把它们一棵接一棵地砍倒。我这样艰难地学习了三四个月后，便想在我们博士法院中口才出众的演说家身上来练练手。可是我一个字还没写下来，那个演说家早已转到下一个话题了，我那笨拙的铅笔在纸上跌跌绊绊，就像抽风一样。那窘迫的情景，我永远都无法忘记。

很明显，这是行不通的。我起步太高，难以为继，不应该这些蛮干下去。于是我找到特拉德尔，向他请教，他建议说，由他念演说稿，我来记录，便可以根据我那不成熟的速记能力调整快慢，并随时可以暂停。我接受他的建议，对他的友好帮助感激不尽，于是在很长的一段时间中，一个又一个的晚上，甚至几乎是每天晚上，我从斯特朗博士家回来后，就在白金汉街的房子里，召开私人性质的国家议会。

我真希望，能在任何其他地方看到这样的议会！姨奶奶和狄克先生共同代表执政党或反对党，这要视具体情形而有所不同，而特拉德尔则凭着一本恩菲尔德的《演说家》①，或是一卷议会演说记录，义正词严地驳斥他们。他站在桌子旁边，左手的手指按着书页，右臂高举过头顶，有力地挥舞着，活像皮特先生、福克斯先生、谢立顿先生、伯尔克先生、卡斯里雷勋爵、希德莫斯勋爵或坎宁先生②那样，慷慨激昂地揭露姨奶奶和狄克先生的种种劣迹，对他们的腐败和浪费行为批驳得体无完肤。我就坐在不远的地方，速记本放在膝盖上，拼命追赶着特拉德尔的演说。特拉德尔的演说，自相矛盾，语无伦次，比起现实中的那些政客们，好了不知千万倍。在短短的一个星期里，他鼓吹着各种各样的政策，在他的桅杆上，钉着各种名目的旗帜。姨奶奶看上去就像一位无动于衷的财政大臣，只有当出于演说的必要时，

---

① 《演说家》（1774年），由牧师恩菲尔德所著，名噪一时的演说书。

② 上述七人均为英国著名的政治家、演说家、政论家或戏剧家，曾担任过英国首相、外务大臣等职务。

她偶尔会插上一两句话，诸如"听听""不对"，或者"哦"一类的。而狄克先生就如同没见过世面的乡下绅士，当他听到姨奶奶的表态后，也会附和着发出同样的叫喊声。不过，在这样的议会生涯中，狄克先生总是受到特拉德尔无穷无尽的责难，要他对那些严重的后果承担责任，他的精神开始紧张起来。我相信，他开始感到害怕，害怕自己十恶不赦，蓄意破坏宪法，危害了国家的利益。

我们的这种辩论，经常要持续进行到午夜时分，直到蜡烛燃尽才罢。经过刻苦的专业训练后，成效尤为显著，我渐渐能跟上特拉德尔的速度了。不过，如果我能看懂我写的到底是什么，哪怕只懂一丁点儿，我也该知足了。事实上，当我记录完辩论，回头来阅读自己的笔记时，我觉得简直就像是抄了茶叶包装盒上的中国字，或是药店里那些红红绿绿的药瓶子上的金色字母！

除了从头再练，再也没有其他选择。这让人特别难过，虽然情绪低落，但我还是从头开始，遵循规律，埋头苦学，像只蜗牛那样缓慢，把那条枯燥乏味的路再走一遍。每当遇到障碍，哪怕是一个小圆点没有弄懂，我都会停下来，从各个方面来认真探究，努力让自己达到一望便知的程度，这些艰涩的符号无论出现在哪里，我都能正确识别。这样的学习并没有影响我的工作，我一直按时到事务所工作，也按时到博士家去工作；就像人们常说的那样，我干起活来，就像一匹拉车的马。

有一天，我像往常一样，来到事务所，看到斯宾洛先生脸色铁青地站在门口，而且还自言自语地嘀咕着。他经常头疼，由于他的脖子生来就短，而且他又总把自己衣领浆得硬硬的，我想这是引起他头疼的一个原因。所以我第一眼看到他，以为他的头痛又发作了，我还吃了一惊。不过，他很快就打消了疑虑。

我向他道了一声"早上好"，但他并没有像往常那样和蔼地回应我，而是用冷漠疏远的眼神盯着我，冷冷地请我跟他一块儿去咖啡馆。这家咖啡馆就在圣保罗教堂的小拱门里，当年这里有一道门，可以直接通到博士法院。我遵从命令跟在他身后，心里忐忑不安，浑身发热，似乎我的忧虑正在破土发芽。由于道路比较窄，我礼让他走我前面一点，这时我看到他高昂着头，不可一世，傲慢冷酷，这种态度让我觉得情况不妙。我心里直犯嘀咕，他一定发现了我和我的朵拉之间的事了。

如果在去咖啡馆的路上我还没猜出这一点，那么当我跟着他走进楼上一个房间里，看到那里的谋德斯通小姐时，再笨的人也应该看出原委来了。谋德斯通小姐靠着食器柜的前面，柜架上倒扣着几只平底酒杯，杯底上放着柠檬。柜架上还有两个古怪的盒子，盒子周围全是棱角和槽子，是用来放刀叉的。这种东西现在已经不流行了，这真是人类之大幸。

谋德斯通小姐板着脸坐在那里，冷冰冰地向我伸出手指。斯宾洛先生关上门，示意我在椅子上坐下，他自己却没坐，而是站在壁炉前的地毯上。

"谋德斯通小姐，"斯宾洛先生说，"劳烦你把提包内的东西拿出来，给科波菲尔先生看看吧。"

我相信，那只提包正是我小时候见过的那只，她现在仍然在使用，上面带着钢扣子，合拢提包时，就像在咬牙切齿。谋德斯通小姐紧闭着嘴唇，活像她的提包。她现在打开了提包，同时也把嘴略略张开。她从包里拿出了我最近写给朵拉的信，上面充满炽热的甜言蜜语。

"我相信，这是你的笔迹吧，科波菲尔先生？"斯宾洛先生说。

我浑身燥热。我说，"是的，先生。"但我听到的声音完全不像是自己发出来的。

"如果我没弄错，"斯宾洛先生说着，这时谋德斯通小姐又从她的提包里拿出一沓信件，用特别漂亮的蓝色丝带扎起来的，"科波菲尔先生，这也是你的笔迹吧？"

我带着无尽的懊恼和沮丧，从她手上接过那些信来，看到信封上面写的是，"我最忠贞亲爱的朵拉"、"我最心爱的天使"、"我永远幸福的人"等等，弄得我满脸通红，只好低下了头。

我机械地把信递还给斯宾洛先生，他冷冷地说，"不必了，谢谢你！我不想夺走你的这些信。谋德斯通小姐，请往下说吧！"

那个貌似文雅的人看着地毯，沉思了片刻，虚伪地说：

"我应当承认，对于斯宾洛小姐和大卫·科波菲尔的关系，我早就有些怀疑了。斯宾洛小姐和大卫·科波菲尔第一次见面的时候，我就注意到了他们，当时给我的印象很不好。人心居然邪恶到了那种程度——"

"小姐，"斯宾洛先生打断了她，说，"请你只描述事实吧。"

谋德斯通小姐耷拉下眼皮，摇了摇头，似乎对这不客气地打断表示抗议一样，然后皱着眉头，脸色阴沉，接着说：

"既然要我只说事实，那就别怪我说得干巴巴的了。也许这件事就该这样描述。我刚才说过了，先生，对于斯宾洛小姐和大卫·科波菲尔的关系，我早就有些怀疑了。我时常想找到证据，来证实我的怀疑，但都没有成功。所以我没有四处宣扬，没有对斯宾洛小姐的父亲提过这件事，"她目光犀利地看了他一眼，"因为我知道，在这种事情上，尽管是尽忠职守的行为，也往往很难让人认可接纳。"

谋德斯通小姐的态度严厉，就像大丈夫一样正气凛然，斯宾洛先生似乎完全被她的气势给吓住了，便向她挥了挥手，似乎以此来求得和解，恳求她别那么严厉。

"由于我弟弟的婚事，我离开了一段时间。等我回到诺伍德后，"谋德斯通小姐的口气中带着鄙视，接着说，"正好遇上斯宾洛小姐看望她的朋友米尔斯小姐后回家来。我当时就察觉到，斯宾洛小姐的举动比以前更加可疑了。所以我就密切关注斯宾洛小姐的一举一动。"

我那天真可爱的小朵拉，竟然对这条毒龙的眼睛毫无察觉！

"不过，"谋德斯通小姐继续说，"直到昨天晚上，我才找到证据。我觉得斯宾洛小姐总是接到她的朋友米尔斯小姐的来信，太过频繁了；可是米尔斯小姐是她的闺密，这是得到她父亲的应允的，"她又借机给斯宾洛先生当头一棒，"所以我也不必多管闲事。我刚才说过，人心邪恶，如果不允许这样来形容，那至少也可以——应该——允许我这样形容，就是盲目信任。"

斯宾洛先生显得很愧疚，压低声音表示同意。

"昨晚吃过茶点以后，"谋德斯通小姐继续说，"我看见那只小狗在客厅里又是蹦跳，又是打滚，还呜呜地叫着，嘴里在撕咬着一个什么东西。我对斯宾洛小姐说：'朵拉，那只狗在撕咬什么呀？那是纸张呀！'斯宾洛小姐马上把手伸进衣服里一摸，突然尖叫一声，对着小狗追去。我拦住她说：'朵拉，亲爱的，让我去办吧。'"

哦，吉普，该死的小狗，你这可恶的家伙，原来这都是你惹下的祸！

"斯宾洛小姐想尽一切办法来收买我，"谋德斯通小姐说，"来亲吻我，送我针线盒，还送我小首饰，对这些把戏，我不屑一顾。那只小狗见我去抓它，它便躲到了沙发底下。我费了很大的工夫，才用火钳把它赶了出来。它虽然被赶了出来，但依然紧紧地咬着那封信，毫不松口。我冒着被咬的危险，想把那封信从它嘴里拽出来。它依然紧紧咬着，哪怕我拿着信往上一提，一并把它提起来，四脚悬空，它还是不肯松口。我最终把信弄到手了。我看完这封信后，断定斯宾洛小姐手中还有许多这样的信，于是继续追问她，最终从她那儿拿到了一叠信件，就是现在大卫·科波菲尔手中拿的那一叠。"

她说到这儿，停了下来，"啪"的一声合上提包，闭上了嘴。一脸的刚毅，一副不屈不挠的样子。

"谋德斯通小姐的话，你都听明白了吧，"斯宾洛先生说，"请问，科波菲尔先生，你还有什么需要说的吗？"

　　那个时刻，我眼前似乎浮现出了这样的场景：美丽的小宝贝，我的这位心上人，哭了整整一个晚上；她孤身一人，六神无主，一副楚楚可怜的模样；她苦苦哀求，让那个冷血的女人原谅她；她亲吻那个女人，献上针线盒，献上小首饰，但一切都是徒劳；她遭受了如此的难堪和痛苦，这都是为了我。这样的场景，让我备受打击，刚刚振作起来的一点点自尊，顿时轰然倒塌。恐怕有那么一两分钟，我浑身一直在颤抖，虽然我想尽力掩饰，但全然无效。

　　"我没有什么需要说的，"我回答，"我只想说，这一切都是我的错。朵拉——"

　　"请你称呼她斯宾洛小姐。"她的父亲义正词严地说。

　　"——她是受了我的劝诱，斯宾洛小姐，"我勉为其难地接受了这个生疏的称呼，接着说，"才答应把这事隐瞒起来的。我对此感到非常后悔。"

　　"这全是你的责任，先生，"斯宾洛先生说，他在壁炉前的地毯上走来走去，由于他的领子很僵硬，背脊也很僵硬，所以他无法只用点头的方式来加重语气，而是晃动着整个身躯，"你偷偷摸摸，做了一件有失身份的事，科波菲尔先生。我邀请一位绅士来我家做客，不管他是十九岁、二十九岁，还是九十岁，我都是信任有加，以诚相待。结果他辜负了我的信任，做了一件极不光彩的事，科波菲尔先生。"

　　"我也这样认为，先生，我向你保证，"我回答说，"不过，我以前从来没有意识到这一点。说真心话，斯宾洛先生，我以前从来没有意识到这一点。我爱着斯宾洛小姐，爱得——"

　　"我呸！胡说八道！"斯宾洛先生脸气得通红，"请你别当着我的面，说你爱我的女儿，科波菲尔先生！"

"如果我不这么说，我还能为我的行为辩护吗，先生？"我让自己尽量谦卑些。

"如果你那么说，就能为你的行为辩护吗，先生？"斯宾洛先生突然在炉前的地毯上停住脚步，对我说，"你的年龄和我女儿的年龄，你有没有考虑过，科波菲尔先生？破坏我们父女之间应有的信任，这样的行为意味着什么，你有没有考虑过？我女儿的社会地位，我为她规划好的前途，以及我将留给她的遗嘱，你有没有考虑过？你考虑了些什么呢，科波菲尔先生？"

"我恐怕考虑得很少，先生，"我回答说，把我的谦卑和痛苦都表达了出来，"不过请你相信我，我已经考虑过我自己的家庭状况。在我向你解释的时候，我们已经订婚了——"

"我求求你，"斯宾洛先生说着，一只手用力地拍打在另一只手上，我以前总觉得他像滑稽木偶潘趣，而现在简直与潘趣一模一样了——虽然我这时非常沮丧，我也忍不住注意到了这一点——"请不要对我说什么订婚一类的混账话，科波菲尔先生！"

那位从来喜怒不形于色的谋德斯通小姐，这时发出了轻蔑的笑声。

"先生，当我上次向你提起，我的家庭发生了些变故时，"由于他不喜欢我刚才的表达方式，我便更换了另一种方式，重新说下去说，"我们已经在暗中开始来往了。这样的隐秘行为完全是我的责任，我连累了斯宾洛小姐，真对不起。虽然我的经济状况有了变化，但我全力以赴，努力改善我目前的状况。我相信，将来我一定能改善这样的状况。你愿意给我时间吗？不管多少时间都可以。我们两人都还这么年轻，先生——"

"你这句话说得不错，"斯宾洛先生皱着眉头，打断了我的话，点着头说，"你们两人都还年轻。所以这都是年轻人的胡闹。别再胡闹了。把你的这些信拿去，扔到火里烧了吧。把斯宾洛小姐的信还给我，扔到火里烧了。你得明白，我们以后的交往，只能限定在博士法院里，我们可以共同立下约定，今后不再提及过去的事。就这样吧，科波菲尔先生，你是一个通情达理的人，只有这样，才是合乎情理的。"

不行，我不同意这个约定。我很抱歉，可是还有一种东西，比理性更重要，那就是爱情。爱情超越于世间的一切，我爱朵拉，爱得死去活来，朵拉也爱我。这些话，我没有这么直截了当地告诉斯宾洛先生，而是尽量说得很宛转。不过我的意思都表达清楚了，而且我对这件事的态度不容置疑。我并不认为我的这番言辞很滑稽，我知道，我是矢志不渝的。

"很好，科波菲尔先生，"斯宾洛先生说，"那么，我就必须管教我的女儿了。"

谋德斯通小姐发出一声意味深长的声音，长长地舒了一口气，既不是叹气，也不是呻吟，或者，既像是叹气又像是呻吟，似乎想告诉斯宾洛先生，他早就该那么做了。

"我下定决心，"斯宾洛先生得到了谋德斯通小姐的支持，态度更加鲜明，"一定要管教我的女儿了。你不愿意收回你的信吗，科波菲尔先生？"因为这时候，我把那些信放到了桌上。

是的。我告诉他，我决不能从谋德斯通小姐手里收回那些信，我希望他能谅解。

"也不愿意从我手里收回吗？"斯宾洛先生说。

我毕恭毕敬地回答说，是的，我也不愿意从他手里收回那些信。

"很好！"斯宾洛先生说。

接下来，我们陷入了沉默。这时我很犹豫，是离开这里好呢，还是继续留在这里好？最终，我默不作声地向门口走去，我想告诉他，考虑到他的心情，也许我最好现在离开这儿。可是，他突然开口说话了。他把双手插进上衣口袋里——由于他身子僵硬，这是他最大限度能做的动作——他的声音很平和，我大概可以看作是十分诚恳的语气：

"科波菲尔先生，我多少还是积攒了点家产，另外，我的女儿是我最亲最爱的家人，这一点也许你是知道的，对吗？"

我立刻回答说，我出于爱情的缘由，胆大妄为，以致犯了错，但是我希望他不要认为我是在贪恋他的财产。

"我提到这一点，倒没有那个意思，"斯宾洛先生说，"如果你真的贪恋财产，科波菲尔先生，那么对你自己，对我们大家来说，何尝不是一桩好事呢——我是想说，如果你能做事老成，不要像现在这样，完全是年轻人的任性胡闹，倒是好事。不过，我刚才那句话不是这个意思，我只是从完全不同的角度来问你，你大概也知道，我会把一些财产留给我的孩子，对吧？"

我当然是这么想的。

"关于人们立遗嘱的事，"斯宾洛先生说，"我们每天在博士法院里，可以看到他们种种莫名其妙、反复无常的草率行径。在立遗嘱这件事上，淋漓尽致地展示出了人类出尔反尔的天性。见过这么多的纠纷，你大概会想到，我的遗嘱肯定不会随意更改的吧？"

我点了点头，表示同意。

"我已经为我的孩子做了妥当的规划，"斯宾洛先生缓慢地摇了摇头，轮换着用脚尖和脚跟做支撑，态度比先前更加诚恳，"我决不允许年轻人的胡闹行为影响了我的规划，这简直就是愚蠢可笑的举动，毫无用处。过不了多久，所谓的爱情就会比羽毛还轻。不过，如果这种胡闹行为不彻底打消掉，也许我——也许我在某些紧急情况下，不得不派人管束着她，尽力保护她，防止她采取任何愚蠢的行径，导致婚姻出现问题。行了，科波菲尔先生，我希望你别逼着我，去重新掀开那部人生大书中已经合上的书页，哪怕只掀开一刻钟也绝对不行，你也别逼着我，打乱那早已安排妥当的人生规划，哪怕只打乱一刻钟也绝对不行。"

他的神态从容平静，散发出一种傍晚时分的静谧肃穆，让我受到了深深的感动。他那么安静，那么从容——很显然，他把一切事务都安排得非常妥当，处理得十分周全——因此，任何人只要能想到他做的这一切，都会被他感动。我真切地看到，由于他对这一切饱含着深情，所以他的眼睛里闪着泪光。

可我该怎么办呢？我不能抛弃朵拉，不能违背我自己的爱。他告诉我，最好用一个星期来考虑他刚才说的一切，我怎么能拒绝他说，我用不着一个星期来考虑？可是，无论用多少个星期来考虑，我都矢志不渝，改变不了我对朵拉的爱，我对此又怎么不清楚呢？

"在这段时间里，你可以和你的姨奶奶特洛伍德小姐谈谈，或者找任何一位有些生活阅历的人谈谈，"斯宾洛先生双手拽直了他的硬领，"花一个星期试试吧，科波菲尔先生。"

我答应了他的要求，努力表现出一副沮丧失望但又矢志不渝的表情，走出了那个房间。谋德斯通小姐的一对浓眉盯着我，送我走到门边。我只说是她的眉毛，而不是说她的眼睛，因为在她那张脸上，眉毛要比眼睛更重要。她这副模样，就跟当年她在布兰德斯屯时一模一样，她每天早上坐在我们家客厅里时，眼神是那么刻薄犀利。这使我似乎又感觉到，我变成了没有完成功课的小孩，那本可怕的旧拼写课本，再次重重地压在我的心头，那本书上有椭圆形的木刻图画，凭借着我童年的想象力，我觉得那形状就像是眼镜上的镜片，一直都盯着我。

我来到了事务所，回到我那专门的角落里，在书桌旁坐下来，捂住自己的眼睛，对老蒂费和其他人都顾不上看一眼。想着这场突发的地震，痛不欲生，我愤怒地诅咒着吉普；想到朵拉，我更是肝肠寸断。我努力地克制着自己，才没有抓起帽子，疯疯癫癫地跑到诺伍德去。我想象着昨晚的场面，他们百般恐吓，她痛哭哀求，而我却不在她身边，给她安慰。想到这里，我备受折磨。于是我提笔给斯宾洛先生写了一封无礼的信。我在信中恳求他，不要因为我的不幸遭遇而去谴责朵拉，我还哀求他，千万不要伤害她温柔的本性，不要践踏了一枝娇嫩的鲜花。现在回想起来，我对他说话的语气，总的来说，不像是在对朵拉的父亲说话，而像是在对一个吃人的怪兽说话，或是传说中专吃少女和儿童的望特里毒龙说话。我把信件装好，趁着他还没回来，放在他的书桌上。当他回来以后，我透过他那半开的房门，看到他拿起信，拆开读起来。

整个上午，斯宾洛先生对此事只字未提。不过在那天下午，在他下班之前，他把我叫到办公室去，告诉我说，我完全不用为她女儿的幸福操心。他说，他已对他的女儿说清楚了，这只是一场胡闹行为，他没必要对她再说些什么。他相信，他自己是一个很溺爱孩子的父亲（事实上的确也是），所以我完全不用为她操心。

"如果你仍然冥顽不灵，继续胡搅蛮缠，科波菲尔先生，"他说，"那我就不得不再把女儿送到国外，住上一段时间。不过我相信，你不至于这么犯傻。我希望过上几天你能变聪明些。至于谋德斯通小姐，"斯宾洛先生之所以谈及她，是因为我在信中提到了她，"这位小姐很有警觉，我敬重她，并感激她。不过，我已经特别告诫她，绝对不许再谈及此事。我唯一的愿望，科波菲尔先生，就是忘掉这件事。而你唯一要做的，科波菲尔先生，就是忘掉这件事。"

我唯一要做的！在我给米尔斯小姐写的一封短信中，我伤心欲绝地引用了这句话。我痛不欲生地嘲讽说，我唯一要做的，就是忘掉朵拉。忘掉朵拉，又意味着什么呢？我恳求米尔斯小姐当晚能见我一面。如果米尔斯先生不允许我来拜访，我希望能在屋后那间放有熨衣机的厨房里，悄悄碰个面。我在信中告诉她，我快崩溃了，只有米尔斯小姐才能让我变成正常人。我的署名是她那"方寸大乱的朋友"。在把信交给差役送出去前，我又读了一遍，不禁觉得，这封信颇有米考博先生的风格呢。

不管怎样，我还是把信送出去了。晚上，我来到米尔斯小姐住的那条街，在街上来来回回地走着。等到最后，米尔斯小姐的女仆终于出来了，带着我偷偷地穿过地下室，来到了后屋的那间厨房。现在我有理由相信，我完全可以直接进入大门，然后被领到客厅，没有任何障碍，米尔斯小姐之所以要这样做，只因为她喜欢浪漫氛围和神秘色彩而故弄玄虚。

在后屋的厨房里，我发疯一般，胡言乱语说了一通，这也是我当时应有的状态。我相信，我到那儿只是为了丢人现眼，而且确实做到了。米尔斯小姐已经收到朵拉一封紧急的短信，告诉她，所有的情况都被人发现了，并且说，"哦，求你务必要到我这儿来一趟，朱莉娅，求了你，求你你！"可是，米尔斯小姐有些忧虑，担心去了会引起她爸爸的反感，所以一直不敢去。就这样，我们两人便都被困在撒哈拉沙漠了。

米尔斯小姐聊起来滔滔不绝，把知道的事一股脑儿和盘托出。虽然她也跟着我一起流泪，但是我不禁感觉到，我们的痛苦带给她的却是极大的乐趣，这太可怕了。我可以这么说，她反复把玩着我们的痛苦，尽情来满足她的愉悦感。她说，我和朵拉之间已经出现了一条鸿沟，只能通过爱的长虹，才能在这条鸿沟上架起爱情的桥梁。在这个冷酷无情的世界上，爱情必须经受重重磨难，过去如此，将来也是如此。米尔斯小姐说，这算不得什么，被蜘蛛网缚住的两颗心，终究会挣脱出来，到那时候，爱情便报仇雪恨了。

这些话对我来说没有起到多少安慰作用，不过，米尔斯小姐并不鼓励我把痴心妄想当成希望。她这些话让我更加一筹莫展。不过我觉得，她的确是我们的真心朋友，我把这样的想法告诉了她，并对她感激涕零。我们商定妥当，明天早上，她要做的第一件事就是去朵拉家，一定要想办法，不管是通过眼神暗示还是语言暗示，得要让朵拉明白我的忠诚和痛苦。分别的时候我们都黯然神伤，但我现在觉得，米尔斯小姐似乎正暗自得意呢。

我回到家，把所有的一切详细告诉了姨奶奶。虽然她努力宽慰我，把能说的话都说了，但是我上床睡觉时，仍然心灰意冷。第二天早上起床的时候，依然郁郁寡欢，然后又神情落寞地出门去了。那天是星期六，我不用去博士家，于是径直去了博士法院。

当我快到事务所的门口时，感到非常震惊，因为我看到几个差役围聚在门口，不知在议论些什么，还有六七个闲杂人等，想透过关着的窗子，往事务所里窥探什么。我加快了脚步，从人群中穿过，看到他们一脸纳闷儿的神情，于是急忙进屋去了。

文书们都在那里，但是谁也没干活。老蒂费正坐在别人的凳子上，帽子也没挂起来，仍在头上戴着，他这样的情形，我还是第一次见到。

"这是天大的不幸啊，科波菲尔先生。"老蒂费见我走进来，对我这样说。

"怎么了？"我惊叫起来，"出什么事了？"

"你不知道吗？"蒂费大叫了起来，其他人也都向我围了过来。

"我不知道呀！"我逐一打量着他们的脸，回答说。

"是斯宾洛先生。"蒂费说。

"他怎么了？"

"死了！"

我觉得事务所旋转起来，而不是我在晃动。一个文书把我扶住了。他们把我扶到一张椅子上坐下，解开我的领带，给我递来一杯水。我不知道这样过了多长时间。

"死了？"我说。

"昨天晚上他在城里吃过饭后，亲自驾车回去的，"蒂费说，"他打发他的车夫先坐公共马车回家了，他以前也常这样做，你知道的——"

"然后呢？"

"马车到了家，可是他却不在车上。马拉着车在马厩前停下来，他的车夫提着灯笼出来，却发现车上没人。"

"是不是马受惊了？"

"马身上并不热，"蒂费戴上眼镜说，"在我看来，马走的是正常速度，不算很热。缰绳断了，看样子，这样在地上拖了一段时间了。全家人立刻被惊动了，有三个人沿着大路往回找，找了足足一英里远，他们发现了他。"

"不止一英里远呢，蒂费先生。"一个年轻人插嘴说。

"是吗？我想你说得对，"蒂费说，"在离家一英里多的地方，离教堂不远处，看到他脸朝下趴在地上，横躺在路上，一半身子在马路边，一半身子在人行道上。谁也不知道，他是在晕厥后摔下车的呢，还是觉得身体难受，在晕厥前自己走下车来的呢？虽然他趴在那里，毫无疑问已经失去知觉了，但是并不一定那时就已经死了，可是谁也说不清楚。就算他还能呼吸，但肯定也没法说话了。他们尽快找来了医生进行抢救，但是一切都是徒劳。"

我听到这个消息，真不知如何形容自己的心情。这件事太猝不及防，而且发生在一位与我意见相反的人身上，带给我的震撼难以形容。不久前他还待过的房间，现在变得空荡荡的，他用过的桌椅，似乎还在等着他回来，他昨天留下的笔迹，活像鬼魂的魅影，让人惊悚不已。我有着模模糊糊的感觉，似乎他和事务所是连为一体的，不能分开。门一打开，就仿佛觉得他会走进来。事务所里完全闲下来，冷冷清清，没有谁在工作，大家都无所事事，交头接耳，议论纷纷，津津乐道；外面的人进进出出，到处打探消息，没完没了。这样的感受，任何人都能领会。在我内心深处，竟然隐隐怀着对死亡的妒忌，我生怕死的力量会取代我在朵拉心中的位置。不知怎的，我极不痛快，极其嫉妒她的悲伤。不知怎的，想到她对着别人哭泣，别人安慰她，我都焦虑不安。我也坐立不安；不知怎的，哪怕在这种不合时宜的时刻，我仍有种贪得无厌的欲望，只想把其他人从她身边和心里赶走，只留下我一个人，我就是她的一切。

这天晚上，我怀着痛苦不安的心情，去诺伍德看望她，我希望，不仅仅只有我痛苦，其他人也有这样的痛苦。我在她家门口探问，一个仆人告诉我说，米尔斯小姐也在那里。于是我给米尔斯小姐写了封信，信封上的落款是我姨奶奶的名义。我在信中以最诚挚的情感，哀悼斯宾洛先生的英年早逝，并痛哭流涕。我恳求她说，如果朵拉还肯听人说话，那就转告她说，斯宾洛先生生前和我谈话时，态度和蔼，充满了殷殷关切之心；斯宾洛先生提到朵拉时，只有慈爱与呵护，绝无半点责备。我知道，我这样做是出于私心，目的是借此机会，让她听到我的名字。不过我尽量说服自己相信，我这么做是对斯宾洛先生的公道评论，是名正言顺的举动。也许我真的就相信这个理由。

第二天，姨奶奶收到一封简短的回信，信封上写的是让姨奶奶收，信的内容是写给我的。米尔斯小姐在信里说，朵拉悲痛欲绝，当她的朋友问她，是否要在信中向我表示致谢，她只是一个劲儿地哭着说，"哦，亲爱的爸爸！哦，可怜的爸爸！"不过她并没有回答，是否愿意向我致谢。于是，我就尽量把情况设想得更美好些，觉得自己在她心中仍有一席之地。

自从发生了这件不幸的事情后，乔肯斯先生就一直待在诺伍德，又过了几天，他才来到事务所。他和蒂费关起门密谈了一会儿后，蒂费就打开门，朝门外看了看，招手示意我进去。

"哦！"乔肯斯先生说，"科波菲尔先生，我和蒂费先生正在清点死者的书桌、抽屉，以及其他放东西的地方，是想把他的私人文件封存起来，也想找到他的遗嘱。我们在其他地方都找遍了，但是一点影子也没发现。如果你愿意的话，不妨帮我们找一找。"

我正迫切地想了解他的遗嘱情况，很想知道他生前对我的朵拉做了什么安排，比方谁是她的监护人等等问题，而现在能参与搜寻遗嘱，真是天赐良机。于是我们立刻寻找起来。乔肯斯先生打开了所有的抽屉和书桌，我们取出了所有的文件并进行分类，把事务所的文件放在一边，把私人的文件放在另一边，他的私人文件很少。我们的态度严肃认真。每当我们看到死者的私人小物件，如小饰物、笔盒、戒指等一类的东西，都会让我们联想到斯宾洛先生，我们会压低声音交谈。

我们已经清理并封存了几包东西，但是仍然没有停下来，在飞扬的灰尘中继续默默工作着。这时，乔肯斯先生开口说话了，腔调和他的这位已故的合伙人完全一样，以前斯宾洛先生就是这样评价他的：

"斯宾洛先生是墨守成规的，要想让他破例，比登天还难。你们是清楚他的为人的！我更宁愿相信，他没有立过遗嘱。"

"哦，我知道他是立过遗嘱的！"我说。

他们俩都停下来，看着我。

"就在我最后见到他的那一天，"我说，"他亲口告诉我，他已经立下了遗嘱，一切都安排得妥妥当当。"

乔肯斯先生和老蒂费都一起摇摇头。

"好像没希望能找到。"蒂费说。

"完全没希望。"乔肯斯先生说。

"你们该不会怀疑——"我说。

"科波菲尔先生，我的好人！"蒂费说着，把手搭在我肩膀上，闭着眼摇着头，"如果你在博士法院待的年头有我这么久的话，那你就会知道，人们在遗嘱这个问题上，是多么莫名其妙，反复无常，出尔反尔。"

"啊，天哪，斯宾洛先生也说过这句话！"我固执地说。

"那我几乎敢打包票，"蒂费说，"我的看法是，他没有立遗嘱。"

我觉得简直不可思议，但事实上我们确实没有找到遗嘱。根据他的文件来判断，他似乎没有任何立遗嘱的打算，因为我们没有看到任何有立遗嘱意向的文件、备忘或草稿。此外，还让我特别诧异的是，他的业务弄得一团糟。我听他们在讨论，他去世前的债务、付讫以及结余的账务，恐怕很难查清楚。大家由此估计，他自己在财务问题上恐怕多年来都是一笔糊涂账。大家还逐步发现，由于博士法院当时非常讲究排场和面子，所以他花了大量的钱用于争面子，而他薪水收入原本就不高，以至于入不敷出，他于是还挪用自己的财产来补贴，即使他家境富裕，也经不起这样折腾，所以亏空的窟窿就越发的大。而他的家境是否富裕，这也值得怀疑。他在诺伍德的家具都卖掉了，房子也租出去了。蒂费告诉我说，他欠事务所的倒账和呆账，死者也需要承担相应的份额，现在需要从他的账上扣除，再偿还清他自己的债务，剩下的遗产，估计不到一千英镑。蒂费说这话的时候，他并不知道，我对这件事的关注超过所有人。

料理后事拖了六个星期，在这段时间里，我饱受折磨。米尔斯小姐告诉我情况时总是说，只要她向我那悲痛欲绝的小朵拉提到我，她只有一句话，"哦，我可怜的爸爸！哦，我可怜的爸爸！"我听了这句话，真想杀了我自己。米尔斯小姐还告诉我说，斯宾洛先生有两个姐姐，一直没有嫁出去，朵拉除了这两位姑妈，就没有其他的亲戚了。这两位姑妈住在帕特尼，这么多年来，她们除了偶尔和斯宾洛先生书信来往外，几乎从不相互走动。米尔斯小姐告诉我说，这倒并不是由于他们之间有什么争吵，只不过是在庆祝朵拉命名那天，她们自认为斯宾洛先生应该请她们吃顿饭的，不料却只邀请她们吃茶点，于是，她们通过书信回绝了这个邀请，在信中说，"出于双方的幸福考虑"，她们就不再来往了。从那以后，他们就分道扬镳，过着各自的生活。

现在，这两位老小姐从她们的隐居处冒了出来，她们提出，要把朵拉带到帕特尼去生活。朵拉紧紧地抱着她们，哭喊着，"哦，好吧，姑妈！不过请求你们，让朱莉娅·米尔斯和我一起去吧，让吉普和我一起去吧！"于是，举行完斯宾洛先生的葬礼后，她们很快就去帕特尼了。

我怎样才能挪出时间去帕特尼呢？我真是束手无措。但是，我还是千方百计地挤出时间，到那周围一带去逛荡。米尔斯小姐为了履行朋友的责任，就开始写日记。有时候，她来博士法院和我碰面，把日记读给我听，如果她没有时间，她会把日记借给我自己看。每一条日记我都铭记在心，下面我摘录了几条，作为例证：

> 星期一。我可爱的朵朵依然情绪低落。头痛。请她欣赏吉吉的皮毛漂亮光泽。朵朵爱抚着吉吉。由此勾起了往事的联想，悲伤之门打开了。号啕大哭了一场。（眼泪是心的露珠吗？朱·米。）

> 星期二。朵朵软弱，敏感。苍白的脸色中显出美丽。（我们看月亮，不也是这种美吗？朱·米。）朵朵和朱·米携吉吉乘车出游。吉吉望着车窗外，对清道工狂吠不已，竟惹得朵朵为之莞尔。（生命之链条就是以如此细小之环连接而成的！朱·米。）

> 星期三。朵朵稍露喜色。为她唱《晚霞钟声》，本以为此曲舒适宜人，怎料非但未能达去愁之功效，且适得其反。朵朵甚为伤感。后见她在闺房中啜泣。引用关于自己和小羚羊①的诗句作为比喻，仍无效。又引用墓碑上的"忍耐"②一段。（问：为什么是在墓碑上呢？朱·米。）

----

① 见爱尔兰诗人托马斯·穆尔的《拜火人》。
② 见莎士比亚《第十二夜》。

星期四。朵朵确定日甚好转。夜间更好。脸颊始现红晕。决定向她提及大·科的名字。外出散步时，谨慎提及。朵朵即刻变得伤痛不已。"哦，最最亲爱的朱莉娅！哦，我曾经是一个既不听话、也不孝顺的孩子呀！"我爱抚她，安慰她。并着力说明大·科已经处于崩溃边缘。朵再次伤痛不已。"哦，我该怎么办呀？我该怎么办呀？哦，请带我到别的什么地方去吧！"我大为惊慌。朵朵晕厥过去。我从酒店取了一杯凉水解晕。（富有诗情画意的关联：门柱上的招牌如棋盘，黑白方格交错纵横，人生的旅程如棋局，旦夕福祸变幻莫测。唉！朱·米。）

星期五。出事故的一天。有人提着蓝色提包，来到厨房里，声称"来修理女鞋后跟"。厨子回答说，"没人约过修鞋。"那人坚持说有人约过。厨子便去询问，留下那人和吉吉单独在厨房。厨子问完返回厨房，那人依然坚持说有人约过，不过最终离开。吉吉失踪了，朵朵急得发疯。将此事报警。描述那人的体貌特征：鼻子宽大，腿像大桥栏杆，根据特征多方搜寻。吉吉没有消息。朵朵失声痛哭，反复劝慰也没有效果。又引用小羚羊的比喻来安抚，虽然比喻贴切，但收不到效果。傍晚时分，有一个陌生的小孩来访。带他到客厅。他的鼻子也很宽大，但是腿并不像大桥栏杆。他声称知道狗的下落，但索要一英镑报酬。任凭威逼，他也不肯透露。朵朵给了他一英镑，他便带着厨子走进一个小屋子，吉吉果然在屋子里，独自被拴在桌腿。朵朵欣喜万分，看着吉吉吃饭，朵朵高兴得围着它欢呼跳跃。她如此欢喜，我深受感染，回到楼上后，鼓足勇气，又向她提起大·科。朵朵又失声痛哭，悲伤叫道，"哦，别说了，别说了，别说了！我如果不想念爸爸，却想念着别的，那真是恶贯满盈了！"搂抱着吉吉，哭着睡去。（难道大·科不应该托付于时间，耐心等待吗？朱·米。）

在那段时间，米尔斯小姐和她的日记，成为我唯一的安慰。她和朵拉在一起，我便能看到她，在她那富有同情心的日记里，遍寻"朵朵"的字眼儿，并被她弄得神魂颠倒，这一切就是我那时全部的慰藉。我仿佛觉得，自己原本住在一座纸牌搭建的宫殿里，如今宫殿倾覆，残垣断壁，仅剩下我和米尔斯小姐。似乎有位残酷的魔法师，在我心中那位纯洁无瑕的女神周围，画了一个带有魔法的圆圈，除非有一对强有力的翅膀，一对带着许多人飞向遥远地方的翅膀，其他任何东西都无法带我进入那个圈子。

第39章 一对合伙人

　　由于我长时间都是郁郁寡欢的，我猜测这种情形让姨奶奶有些忐忑不安。于是，她找了个借口，担心多佛那边租出去的小房子，希望我去看看，并与现在的房客续订一个长期出租契约。珍妮现在也过来了，帮斯特朗太太干些家务活，我每天都能在博士家里看到她。她离开多佛前，曾犹豫不决，不知道该不该嫁给一个领港员，她受了排斥男人的教育，出嫁也算是对这个教育的终结。但是她最终决定，不能采取这样的冒险举动。我相信，她拒绝结婚，与其说是她在坚持原则，还不如说她恰好不喜欢这个领港员。

　　虽然离开米尔斯小姐是件难受的事情，不过我仍然心甘情愿地落入姨奶奶精心设下的圈套，因为我可以借机见见艾妮丝，和她清净地待上几个钟头。我向善良的博士商议，准备请三天假，博士希望我借此机会休息一下。他其实希望我再多休息几天，可是我精力旺盛，不愿意浪费那么多时间。然后，我便决心动身去多佛了。

　　至于博士法院，我并不特别操心我在那里的职责。说实话，在那些第一流的代诉人眼中，我们的事务所名声每况愈下，很快变得门庭衰落，难以为继了。在斯宾洛先生入伙之前，乔肯斯先生执掌的这家事务所，业务原本就平淡无奇，并不出众。在斯宾洛先生成为合伙人以后，注入了新鲜血液，经过他的惨淡经营，业务有了改观，但它的基础仍不牢固。现在，突然失去了颇为得力的管理者，在这样的打击下，事务所的经营摇摇欲坠，业务也日趋冷清。虽然在事务所内部，乔肯斯先生的声望还算过得去，但他是个懒散的庸才，要想凭借他在外界的声望来支撑这个事务所，没多大指望。现在我转到他的手下做实习工作，当我看到他只沉溺于鼻烟，对业务毫不上心时，我比先前更加痛惜姨奶奶的那一千英镑，觉得是白白扔在水里了。

不过，这还不是最糟糕的。在博士法院周围，聚集着一群靠法院混饭吃的捐客，他们自己不是代诉人，却兜揽下诉讼业务，然后转交给真正的代诉人去办理。为了方便揽活儿，那些真正的代诉人还把自己的姓名借给他们使用，这样就能分到一份非法所得，这么干的代诉人绝非少数。由于我们事务所迫切需要增加业务，所以顾不得矜持，也加入了这帮高级团伙中，抛出一些诱饵，吸引那些捐客们，把他们揽下的业务让我们接过来办理。办理结婚证书和小额遗产遗嘱公证，这类业务，是我们最喜欢的，赚钱最多，所以对这类业务的争夺最为激烈。在通过博士法院的每条路上，都有捐客和骗子在那里把守着，他们奉令拦截所有穿丧服的人和外表羞怯的人，软磨硬泡，使尽一切手段，把这些人弄到雇佣他们的事务所去。这些人尽心尽力地执行命令，我有两次没有被他们认出来，于是被生拉硬拽地弄进我们主要对手的事务所里。这些捐客们由于利益冲突，相互之间势如水火，经常会大打出手。我们事务所有一个强有力的捐客，他以前是做酒生意的，后来还当过宣誓经纪人。他有好几天时间，脸上被揍得鼻青眼肿，在博士法院前走来走去，大家甚至觉得这是在败坏法院的名声。那些捐客们个个都精力旺盛，不辞辛劳。他们经常把一位穿丧服的老太太恭恭敬敬地搀扶下车，如果她开口打听某位代诉人，他们会一口咬定，她要找的那位代诉人已经死掉了，然后向老太太推荐他的雇主，说这位雇主是死去的那位代诉人的合法继承者和代表，于是那个老太太就被拐骗到他雇主的事务所去了，甚至有时老太太还会感激不尽。有许多俘虏就这样被带到我的跟前。至于办理结婚证书的业务，竞争已经白热化了，一个想要领结婚证书的害羞男子，没有其他途径可走，只得听任第一个抓住他的捐客摆布，否则就会被许多人抢来抢去，最后成为力气最大的捐客的战利品。我们事务所有个文书，经常参与争夺比赛，当抢人争夺最剧烈的时候，经常戴着帽子坐在那里，以便当俘虏被抓过来后，能及时迎上去，把俘虏带到主教代理人那里去宣誓。我相信，这种连骗带抢的做法，直到今天仍未改观。最近一次我去博士法院办事，一个系着白围裙的精壮男人，突然从门道里猛然冲出来，抓住我，殷勤凑过来，在我耳边低声说，"要办理结婚证书吗？"我费了很大力气才从他手里挣脱出来，避免被他搂住送进代诉人事务所的麻烦。

现在让我闲话少说，前往多佛吧。

我发现那座小房子的一切状态都让人满意。更让我姨奶奶高兴的是，我向她报告说，她那位房客继承了她的传统，坚持不懈地和驴子作战。我办妥了姨奶奶交给我的小事后，在小房子里住了一宿。第二天清晨，我便步行前往坎特伯雷。冬天又来临了，寒风带来清新的空气，山丘原野连绵起伏，让我重新有了一些活力。

到了坎特伯雷，我在那古老的街道上随意漫步，心情愉悦而安详。店铺门前挂有的招牌依旧，名号依旧，人依旧。我在这里求学的日子，似乎已经是遥远的往事了，可这里却几乎没什么变化，这让我感到很诧异。更为惊异的是，我心中涌起一个念头，觉得我和艾妮丝将永不分离，这深深的愿望，弥漫在她居住的整个城镇中。教堂塔楼庄严肃穆，苍老的白嘴鸦和寒鸦的叫声轻柔缥缈，反衬出无比的宁静幽旷，比一片死寂更显得寂静，门楼的入口已经坍塌颓败，当年那里嵌满了雕像，如今剥落损毁，就像当年那些前来朝拜的虔诚香客一样，早已消失了。在僻静的角落里，几百年来，那些残垣断壁上爬满了常春藤。周围是古朴的房子，宁静的田野、果园和花园等景象。总之，一切地方，一切景象，我都能感到宁静肃穆，感受着寂然深思，安定祥和。

来到威克费尔德先生的住宅，我发现了米考博先生，他坐在楼下那间以前总是尤利亚·希浦待的小屋里，正聚精会神地在抄写什么东西。他穿着一套法官制服样式的黑衣服，在那间小小的屋子里，显得既壮实又高大。

米考博先生看到我非常高兴，但也带着点惊慌神色。他想立刻带我去看尤利亚，但是我拒绝了。

"我很熟悉这座老房子，你该记得的，"我说，"我知道上楼怎么走。你觉得法律这一行怎么样，米考博先生？"

"我亲爱的科波菲尔，"他回答，"对于一位想象力丰富的人来说，学习法律的劣势在于太过琐碎。即使在我们的业务往来的函件中，"米考博先生瞥了一眼自己正在写的信件说道，"你无法让思想天马行空，不能采用任何高明的表达方式。不过，这依然不失为一项伟大的行业！"

他接着告诉我，他现在已经租下了一个住房，就是尤利亚·希浦以前住过的房子，如果米考博太太能在自己的家里迎接我的再次光临，她一定会非常高兴的。

"那是卑贱的地方，"米考博先说，"这是我的朋友希浦最喜欢的说法，我在此引用一下。不过，住在这里算是第一步，今后将通往更体面的豪宅。"

我问他，到目前为止，他是否满意他的朋友希浦给他的这份待遇。他先站起身来，看看门是否关严实了，然后才压低声音回答我说：

"我亲爱的科波菲尔，对大多数人而言，当处在经济困窘之中，只能是授柄于人。如果太过困窘，甚至只得靠预支薪水而维持生活，那种授柄于人的地位得不到任何改善。我只能这么说：对于我那些不必详述的某些要求，我的朋友希浦婉转拒绝，态度仍是和蔼善良的，这显得他的头脑和心肠都更加体面。"

"我想，他在金钱方面是不会大方的。"我说。

"对不起！"米考博先生带着很生硬的神情说，"我不应该这样评价我的朋友希浦，我只是凭着我的经验信口胡说罢了。"

"你能有这样的经验，是再自然不过的了，对这一点我很高兴。"

"你特别能体谅人，我亲爱的科波菲尔。"米考博先生说，然后，轻快地哼起一支小曲来。

"你能经常见到威克费尔德先生吗？"我换了个话题。

"不常见到，"米考博先生不值一哂地说，"我得说，威克费尔德先生心地善良，是个好人，但是他——简而言之，他已经过时了。"

"我想，也许是他的合伙人故意让他变得这样的吧。"我说。

"我亲爱的科波菲尔，"米考博先生显得有些不安，在座位上扭动了几下身体，然后回答我说，"请允许我在此声明一下！我在这儿担任的是机要文书的工作。我在这儿的地位是重要而责任重大的。对某些问题的讨论，我不得不深思熟虑，即使米考博太太和我同甘共苦这么多年，而且是位才智非凡的女性，我也不会和她讨论某些与我目前职责不符的话题。所以，请恕我冒昧提议，为了不影响我们之间的友好谈话，我们需要划定一条界线。在界线的这边，"米考博先生拿着事务所的尺子，在桌上比画这条界线，"只要是人类智力范围内的，一切话题都可以谈论，只有一点是例外的。在界线的另一边，就是那一点例外，这个例外就是，与威克费尔德—希浦事务所相关的一切事务，都不可涉及。我对我这位青年时代的伙伴提出这一建议，请他做出冷静客观的评判。我相信，他是不会对我有所恼怒的吧？"

虽然我注意到，在米考博先生的脸上，流露出一种极其不安的神情，好像他并不能适应他的这份新工作，但我觉得，我并没有恼怒的权利。我把这个想法告诉了他，他似乎松了口气，便和我握了握手。

"科波菲尔，"米考博先生说，"我敢说，威克费尔德小姐特别招人喜欢。她是位了不起的姑娘，魅力、容貌和美德都超凡脱俗。说实话，"米考博先生一边用手送出一个飞吻，一边用他那最优雅的绅士风度鞠了一躬，"我要向威克费尔德小姐致敬！啊！"

"对这一点，我至少是非常高兴的。"我说。

"我亲爱的科波菲尔先生，那一次我们有幸和你一起度过了一个愉快的下午，要不是当时你明确告诉我们，说你爱的是朵拉，"米考博先生说，"否则我一定会认为，你爱的是艾妮丝呢。"

我们每个人都有过这样一种经验，偶尔会产生一种感觉，会觉得我们正在说的话、正在做的事情，似乎很久以前就说过同样的话，做过同样的事情；会觉得在很久以前，我们周围曾有过同样的面孔，同样的事物和同样的环境；会觉得我们很清楚，接下来会说些什么，会做些什么，仿佛是突然回想起来似的！在我一生中，最诡异的时刻，就是米考博先生讲这番话的时刻了。

我暂时告别了米考博先生，并请他替我向他的家人问好。我离开他的时候，看到他又重新坐在凳子上，拿起笔，随着书写的进行，脑袋在硬衬领里摇晃着，寻求着舒适的姿势。这时，我强烈地感受到，自从他做了这样一个职业以来，我和他之间就已经产生了某种隔阂，使我们不能再像过去那样心灵相通，我们之间的谈话也发生了颠覆性的变化。

在那间古色古香的老客厅里，一个人也没有，不过却有些迹象，表明希浦太太在那里活动过。我朝着仍然归属于艾妮丝的房里看去。我看到了她的身影，她正坐在壁炉边，伏在她那张雅致的旧式书桌上写着什么东西。

由于我遮挡了她的光线，她便抬起头来看。她那原本专注的脸上，立刻绽放了笑容。我受到她亲切的问候和热忱地欢迎，心里真是愉悦呀！

"哦，艾妮丝！"我们并肩坐了下来，我对她说，"我近来真想念你呀！"

"真的吗？"她回答说，"又想念我了！这么快吗？"

我摇了摇头。

"我也不知道为什么如此强烈地想念你，艾妮丝，我本来应该具备某些思维能力的，但似乎我并不具备。我们在这里过得那么幸福，在过去的那些日子里，你总是那么自然地帮我出谋划策，而我也总是那么自然地向你咨询，请求你的帮助。所以我认为，我真的缺少那样一些能力。"

"那是什么样的能力呢？"艾妮丝兴致勃勃地问。

"我也不知道它到底指的是什么，"我回答说，"我觉得我还算是真诚的，是有毅力的，对吧？"

"我相信这一点。"艾妮丝说。

"也还算有耐心吧，艾妮丝？"我有点迟疑地问她。

"是呀，"艾妮丝笑着回答说，"完全没错。"

"可是，"我说，"我怎么还是那么苦恼，那么忧愁，那么缺乏自信，那么优柔寡断，我知我一定缺少——我可以称之为——某种依赖吧？"

"如果你愿意，那就不妨这么说吧。"艾妮丝说。

"是啊，"我接着说，"你瞧！你来到伦敦，我依赖你，我马上就有了目标，也有了办法。当我失去这些目标和办法后，来到你这里，马上就觉得自己变了一个人。我走进这个房间后，那些让我苦恼的事情还在那里，但是在这短短的时间里，我却感受到了某种力量的影响，让我发生了改变，哦，我感觉变得好多了！这是怎么回事呢？你对我有这么大的影响力，你的秘诀是什么呢，艾妮丝？"

她低下头，看着炉火，没有说话。

"我还是老样子，"我继续说，"我说出来，你千万不要嘲笑我，我以前在那些小事上是什么样子，如今在这些大事上还是什么样子。我过去的那些烦恼，都是无关紧要的胡闹，可现在这些事情，都是至关重要的。但是，不管在什么时候，只要我离开了我这位异姓妹妹时——"

艾妮丝抬起了头，她的那张面孔多么纯洁呀。她向我伸出了手，我在她手上亲吻了一下。

"艾妮丝，不管什么时候，我都需要你一开始就给我出主意，帮我下决心，如果没有你，我就会张皇失措，陷入困境。等我最终跑到你这儿来，事实上我每次都是这样做的，在你身边我就会得到宁静和幸福。现在，我就像精疲力竭的游子，终于回到了家，得到了彻底的休息，这是多么幸福的感觉！"

我的这番话，都是发自肺腑的真心话，感触颇多，激动得哽咽起来，用手捂住脸，激动得哭了起来。我这里写的，是真实发生的一幕。尽管和许多人一样，我内心充满了种种矛盾；尽管过去和现在的情况不可同日而语，也许过去还要好得多；尽管我做过一些有违我良心的事情；尽管我对这一切浑然不知！我只知道，当艾妮丝在我身边时，我就能感受到宁静和幸福，这一点绝无半点虚假。

艾妮丝就像我的姐妹一样，平心静气，态度亲和，眼眸明亮，声音柔和，神情端庄。正是她这样的神态，让我在很久以前就有一种庄严神圣的感觉，她的住所变成了我心目中的圣地。而现在，她这样的神态，让我很快克服了自己的脆弱，大胆地敞开心扉，告诉她我们分别后发生的一切。

"能说的都说完了，艾妮丝，"我把心里话全都讲给她听了，然后说，"好啦，我现在又得依赖你了。"

"可是，你依赖的人应该不是我，特洛伍德，"艾妮丝开心地笑起来，说，"你应该依赖另外一个人。"

"依赖朵拉？"我说。

"当然是这样啦。"

"哦，我还没有告诉你，艾妮丝，"我有些羞愧地说，"朵拉非常难以——我倒不是说很难信任朵拉，因为她是个天真纯洁的人，永远都值得信任，可是她非常难以——我真不知道该怎么说，艾妮丝。她是个胆小的小人儿，容易受惊，容易害怕。早在她父亲去世前，我就觉得有必要跟她谈一谈的。如果你不嫌烦，我就把当时的情况告诉你。"

于是，我把当时发生的一切告诉了艾妮丝：那天晚上，我向朵拉说明我已经是个穷光蛋了，并和她谈论看烹饪书，料理家务和记账等等事情。

"哦，特洛伍德！"她笑了起来，责怪我说，"你怎么还像以前那么莽撞呢！你可以不畏艰难，尽力谋生，但是你没必要这样去吓唬一个胆小可爱、没有生活经验的小姑娘呀。可怜的朵拉！"

她虽然是在责怪我，但是声音如此亲切，态度如此和善，我在别人那里从来没有听到过这样的话语。我仿佛看见了她怀着赞许的心情，温柔地搂抱着朵拉，呵护着她，无声地批评我，我不该如此莽撞去吓唬朵拉那颗幼嫩的心。我仿佛还看见，朵拉偎依在艾妮丝怀里，露出天真纯洁的笑容，一边对艾妮丝心怀感激，一边假装撺掇艾妮丝要教训我一番，用这种孩子气的天真方式表达对我的爱。

我对艾妮丝感激不尽，也对她佩服得五体投地！我仿佛看到，在一片光明的景色中，她们俩亲密无间，情真意切，成为莫逆之交。

"那么我应该怎么做呢，艾妮丝？"我看了一会儿炉火，然后问她，"我该怎么做才对呢？"

"我觉得，"艾妮丝说，"最恰当的方式，是给朵拉的两位姑妈写信。你难道不觉得，密约偷会的方式，是没有任何效果的吗？"

"是啊，如果你这么看，那一定就是对的。"我说。

"我并没有资格对这类事指手画脚，"艾妮丝犹豫了一下，谦逊地说，"不过我的确觉得——总之，我觉得你这种躲躲藏藏的做法，完全不像你的为人处世呢。"

"不像我的为人处世？恐怕你太抬举我了，艾妮丝。"我说。

"就你那坦诚直率的性格而言，这些做法并不像你的为人处世，"她回答说，"因此，如果是我的话，一定会给朵拉的两位姑妈写信，把事情的前因后果，尽量坦诚地告诉她们。我一定请求她们同意，答应我找个时间去拜访她们。考虑到你还年轻，又正在努力谋生，我想你完全可以直率地告诉她们，不管她们向你提出什么样的条件，你都愿意接受。我一定会请求她们，务必要征求朵拉的意见，才能决定是否拒绝你的请求。我还会请求她们，在她们认为合适的时候，和朵拉商议一下这个问题。我在信中一定不会表现得很急躁，"艾妮丝温和地说，"也不会提出太多的要求。我肯定会相信自己的忠诚和毅力——也相信朵拉。"

"可是，如果她们找朵拉商议这个问题，会不会又把她给吓哭了呢，艾妮丝？"我说，"如果朵拉一味地哭，不肯再提起我，会怎么样呢？"

"会那样吗？"艾妮丝问我，脸上仍然是温柔的关心。

"上帝保佑，她就像一只小鸟，特别容易受到惊吓，"我说，"很可能会那样的！再说，那两位斯宾洛小姐，都是上了年纪的老小姐，有时脾气是很古怪的，如果她们听不进去别人的话，我又该怎么办呢？"

"我想，特洛伍德，"艾妮丝抬起温柔的眼睛，看着我说，"如果是我的话，我完全不会杞人忧天。我只用考虑这样做对不对；如果对，就去做。"

对于这件事，我已经打消掉了所有的顾虑。我心里一下子轻松了许多，不过仍然觉得我的任务艰巨。我决定用整整一个下午的时间，来起草这封信。为了完成这样一桩大事，艾妮丝把她的书桌让给我用。不过，我想先下楼去看看威克费尔德先生和尤利亚·希浦，然后再回来写信。

在楼下的花园里，新建了一间办公室，屋子里还带着一股泥灰的味道，我发现这就是尤利亚的办公室。房间里堆着大量的书籍和文件,他就坐在中间,把他衬托得格外恶心。他还是做出一副很谦卑的样子接待我,假装并没有听米考博先生说起我来了的消息,显出意外的惊喜。但我当然不相信他这套谎话。他陪着我到威克费尔德先生的房间去。现在这间房屋发生了很大的变化,依稀可见往日的模样,为了那位新合伙人的便利,屋里的许多家具陈设都被搬走了。当威克费尔德先生和我寒暄时,那位新合伙人就站在壁炉前,让火温暖着他的脊背,瘦骨嶙峋的手搓着下巴,打量着我们。

"特洛伍德,你在坎特伯雷的这段时间里,就住在我们这儿吧?"威克费尔德先生说,眼睛看着尤利亚,似乎要征求他的同意。

"有我住的房间吗?"我问。

"当然有,科波菲尔少爷——我应该说'先生',可是那个称呼总来得那么顺口,"尤利亚说,"如果你觉得合意,我愿意把你以前住过的房间腾出来给你。"

"不用,不用,"威克费尔德先生说,"何必给你添麻烦呢?这儿还有一间房。这儿还有一间房。"

"哦,不过你知道,"尤利亚咧嘴笑着说,"我的确很愿意把房间让给你呀!"

我态度鲜明,说我情愿住另一间房,否则就不住这里了。于是大家就说定了,我住另一个房间。然后我对这两位合伙人告辞了,说吃晚饭的时候再见,接着我又回到楼上。

我原本希望,房间里除了艾妮丝,其他人就不要来这儿打扰了。可是希浦太太却掺和了进来,她来到房间,希望能允许坐到壁炉边上做点编织活儿。她的借口是,她有风湿病,考虑到当时的风向,在这间房里比在客厅或饭厅都更有利于缓解疼痛。虽然我真想把她扔到大教堂的塔尖上,让寒风无情地吹打她,我也绝不会心软。可是我不得不恪守基本礼仪,不能驳回她这个要求,只能友好地向她问好。

"承蒙你看得起我这卑贱的人,先生,"希浦太太答谢我的问好，她说，"我还过得去，没什么值得夸耀的。我唯一关注的是我的尤利亚，如果能看到他成家立业，我就心满意足了。你觉得我的尤利亚模样还行吧，先生？"

我觉得他的模样和以前一样令人厌恶。于是我回答说，我觉得他和以前一样好。

"哦，你不觉得他有了变化吗？"希浦太太说，"我这个卑贱的人要请你原谅我，在这一点上我和你有不同的看法。你没有看出他瘦了一些吗？"

"不比以前瘦呀。"我回答说。

"你这么看吗？"希浦太太说，"不过，你不是用一个母亲的眼光来看他的呀。"

当这位母亲和我四目相对时，我就觉得，尽管她的眼光对她的儿子是温柔慈爱的，但对其他人，却凶狠残暴。我相信，有其母必有其子，他们母子二人沆瀣一气。她的目光从我身上转移到了艾妮丝身上。

"威克费尔德小姐，你也没有看出他又消瘦又憔悴吗？"希浦太太问。

"我没有，"艾妮丝安安静静地做着手上的事情，说，"你过于担心他了，事实上，他好得很呀。"

希浦太太使劲抽了一下鼻子，表示不以为然，然后继续忙着编织活儿了。

她手头的编织活儿一刻也没有停止过，她在这个房间寸步不离。那天我来得很早，还要过三四个钟头才会吃晚饭；可她就一动不动地坐在那里，机械地编织着，单调极了，就像计时的沙漏往下漏沙一样。她坐在壁炉的一边，我坐在壁炉前的书桌旁，在壁炉的另一边，从我这边再过去一点，坐着艾妮丝。我不慌不忙地琢磨着我的那封信如何下笔。无论什么时候，只要我抬起头，看到艾妮丝那沉思的面容，流露出天使般的神情，总是给我莫大的鼓励。这时候，我也总能感到，有一道不善的目光投向我，然后从我这里转移到她的身上，又再回到我身上，最后才悄无声息地落到那编织活儿上。她编织的到底是个什么玩意儿，我也说不清楚，因为我在这方面是外行；不过看上去像一张网。当她拿着一对像中国筷子的织针忙着编织活儿时，在炉火的映照下，她就像一个丑恶的女巫，虽然她对面那位光明的天使还看着她，使得她不敢轻举妄动，她却在暗中时刻准备着，伺机布下天罗地网。

终于到了吃晚饭的时间，可是这位希浦太太仍然继续监视着我们，连眼皮都不眨一下。吃过晚饭，她的儿子替换了她的岗，继续监视着。当只剩下威克费尔德先生、他和我三个人时，他就用带着敌意的眼神，斜眼盯着我，还不停地扭动着身子，让我忍无可忍。回到客厅里后，又轮到那位母亲上岗，她一边忙着编织活儿，一边监视着我们。艾妮丝弹琴唱歌时，那位母亲就坐在钢琴边，寸步不离。有一次，她点了一首歌曲，要让艾妮丝唱，并说他的尤利亚特别喜欢这首歌曲，不过，他的尤利亚懒洋洋地坐在椅子上，这时正好打了一个大呵欠。当艾妮丝开始唱起来时，希浦太太老是转过身去看看她的儿子，并告诉艾妮丝说，她的尤利亚听得如痴如醉。她不说话则罢，但只要一开口，句句都要说起她的尤利亚，我相信，这一现象从未有过例外。我明白，这是尤利亚指派给她的任务。

这种情况一直持续到睡觉的时候。看着这对母子的举动，就像两只大蝙蝠，笼罩在整个房子的上空，用他们那奇丑无比的形体，让整个房子暗无天日，这让我感到特别难受。我宁愿待在楼下的客厅里，看着希浦太太忙着编织活儿，也不想到楼上去睡觉。我几乎彻夜未眠。第二天，编织和监视继续进行，并持续了一整天。

我想和艾妮丝单独谈谈话，但十分钟的间隙都找不到。我想找机会把我的信给她看，可就连这样的机会都没有。我邀请她陪我出去走走，可希浦太太立刻抱怨起来，不停地嚷嚷说她的风湿病加重了。艾妮丝出于善意，只得留在屋里陪着她。将近黄昏时分，我独自一人出门散步去了，默默地思考着我该怎么办，回想起尤利亚·希浦在伦敦对我说过的那些话，思考着是否该继续向艾妮丝隐瞒。因为那些话又开始让我焦躁不安了。

我正沿着纳姆斯盖特大路上走着，因为那条路上有一条很漂亮的人行道。可我没走多远，还没完全走出镇子，就听到背后有人在叫我，声音是从一片飞扬的尘土中传出来的。看到那歪歪扭扭的身影，还有那瘦小的外衣，谁也不会认错这个人的。我停下来，尤利亚·希浦就追了上来。

"什么事？"我问。

"你走得真快！"他说，"我的腿虽然很长，可要追上你，我还是费了不少劲呢。"

"你要去哪儿？"我问。

"我就想和你一起走走，科波菲尔少爷，希望你肯赏脸，允许我和老朋友一起走走，这将是我的荣幸。"他说着，又扭了扭身子，不知道这是向我示好，还是想嘲弄我。然后就来到我的身边，和我一起迈步走着。

"尤利亚！"我们沉默了一阵子，我尽量客气地招呼他。

"科波菲尔少爷！"尤利亚说。

"我对你说实话吧，希望你不要见怪，我出门来散步，就想一个人静静，因为在这儿被人陪得太多了。"

他从眼角斜着看了我一眼，露出了很勉强的笑容，对我说："你指的是我母亲吧？"

"嗯，不错，我说的就是她。"我说。

"哦！不过你知道，我们是很卑贱的人，"他回答说，"我们也非常清楚自己的卑贱，所以我们必须小心谨慎，别让那些高贵的人挤到墙边去了。在情场上，所有的手段都是应该的，先生。"

他把两只大手合在一起，抵着他的下巴，轻轻地搓着，发出轻声的冷笑。我觉得，他这副模样和凶狠残暴的狒狒毫无二致。

"你知道，"他仍然带着那种令人厌恶的样子，并为此而扬扬得意，对我摇摇头说，"你是一个非常危险的情敌，科波菲尔少爷。你一直都是我的情敌，这你是清楚的。"

"就为了对付我，你就派人监视威克费尔德小姐，把她的家弄得根本不成一个家了？"我说。

"哦，科波菲尔少爷！这话很刻薄呀。"他回答说。

"我的意思，你爱怎么解释，就怎么解释吧，"我说，"我的这个意思，尤利亚，你和我一样心知肚明。"

"哦，我不明白这个意思！你应当明明白白说出来，"他说，"哦，真的！我真的不明白。"

"我只是把威克费尔德小姐当作亲姐妹，"我想到艾妮丝，于是尽量强压着怒气，依然平心静气地说，"你觉得我除了这个想法，难道还有别的意思吗？"

"唉，科波菲尔少爷，"他回答说，"你也知道，对于这个问题，我不一定非要回答你。你认为，你也许没有别的意思。可反过来说也行，你明白，你也许还有别的意思！"

我从没见过像他那样卑鄙狡诈的脸，也从没见过像他那样没一根睫毛遮蔽的奸邪双眼。

"那好吧！"我说，"看在威克费尔德小姐的分上——"

"那是我的艾妮丝！"他叫喊了起来，厌恶地扭动着骨瘦如柴的身子，"就麻烦你，请称她艾妮丝吧，科波菲尔少爷！"

"看在艾妮丝·威克费尔德小姐的分上——愿上帝保佑她！"

"谢谢你的祝福，科波菲尔少爷！"他插话说。

"我实话告诉你吧。如果不是在这种情况下，我宁愿告诉杰克·凯奇①，也不愿意告诉你。"

"你要告诉谁，先生？"尤利亚伸长了脖子，手搭在耳朵背后，好奇地问道。

"告诉刽子手，"我回答说，"那是最难以想到的人，"不过看到他那副丑态，自然而然会让人想到刽子手的，"我已经和另一位年轻的小姐订婚了。我希望，你听到这个消息会心满意足。"

"你敢发誓吗？"尤利亚说。

我顿时怒火中烧，正想按他的要求去赌誓发愿，他却突然一把抓住我的手，用力地握了一下。

"哦，科波菲尔少爷，"他说，"上次去你家的那个晚上，我睡在你家起居室的壁炉前，给你带来了很多烦恼。当时我把自己的心里话都告诉了你，如果当时你看得起我，愿意把你的心里话告诉我，那我就不会防备着你了。既然如此，我一定会马上叫母亲走远些。这真是太让人高兴了。这是出于爱情而采取的防备举措，我相信你是会原谅我的，对不对？哦，科波菲尔少爷，你当时并没有看得起我，对我的信任不屑一顾，真是太可惜了！我敢说，我给了你一切机会，但是你从来没有像我希望的那样，把我放在眼里。我知道，我一直都是喜欢你的，可是你不像我那样，你从来就不喜欢我！"

在说这番话的时候，他一直用他那双像鱼一样黏糊糊的手，紧紧地握着我的手，我努力想不失礼貌地把手抽出来，但是怎么也做不到。他把我的手拖进他那深紫色外衣的袖子里面去了，我身不由己，只得和他手挽着手往前走。

"我们回去吧，好吗？"尤利亚说着，便拖着我转过身来，朝城镇里走去。月亮初升，皎洁的月光照在镇上，给远远的窗子都镀上了一层银辉。

---

① 杰克·凯奇（Jack Ketch）：英格兰古代的刽子手，非常残忍。

"在结束这个话题之前，我还得让你明白，"我们沉默地走了一会儿后，我开口说，"我相信，艾妮丝·威克费尔德小姐就像月亮一样，高高地悬在你的头顶，你与她相差十万八千里呢！"

　　"你是说她温柔宁静，是不是？"尤利亚说，"绝对是这样！嗯，你能对我说实话吗，科波菲尔少爷？我一直都是喜欢你的，可是你不像我那样，你从来就不喜欢我。你始终觉得我是个很卑贱的人，对吗？对这一点我毫不诧异。"

　　"我不喜欢一个人总是说自己卑贱，"我回答说，"也不喜欢一个人总是贬低自己。"

　　"够了！"尤利亚说，在月光的映照下，他显得虚弱无力，脸色苍白，"这难道我不知道吗？但是，科波菲尔少爷，对于一个处在我这种地位的人，自然而然就会变得卑贱，对这一点你几乎从来没有认真想过！我父亲和我所接受的教育，都是来自慈善机构为男孩子办的学校，我母亲也是在慈善机构里长大的。在这些机构，他们从早到晚都在教育我们，除了教育我们谦卑恭顺，其他什么也没学到。我们对这个人要保持卑贱，对那个人要保持卑贱；在这里要脱帽致谢，在那里要鞠躬致谢，永远都要清楚自己的卑贱身份，在比我们地位高的人面前，要保持那份卑贱。可是，比我们地位高的人，实在是太多了！我的父亲一直夹着尾巴做人，因此而获得了班长奖章。我也是那样。父亲也因为卑贱，从而获得了教堂的一份底层职员的工作。在上等人的眼中，他是一个老实本分的人，所以他们才愿意提拔父亲。'要谦卑恭顺，尤利亚，'父亲对我说，'这样你才可以在社会立足。你和我在学校里，天天受到的教育就是这个，这也是最有用的。只要让自己卑贱些，'父亲说，'你就能出人头地！'实际上，这样真的有用呀！"

　　我第一次明白了，原来这种令人厌恶的虚假卑贱，来自希浦的家传。我以前看到的是结出的果实，但从来没想到是家庭播下的种子。

"早在我很小的时候，"尤利亚说，"我就知道卑贱的作用了，于是便培养我的这种习惯。我吃着'卑贱'的饼干，味道好极了。在学习方面，我让自己停留在卑贱的程度，我说，'别太显眼了！'你曾经提出要教我拉丁文，其实在那个时候，我该不该学习，我心里明白得很。'人们都喜欢凌驾于你之上，'父亲告诉我说，'那你就待在下面好啦。'时至今日，我仍然认为自己很卑贱，科波菲尔少爷，不过我已经得到一点权力了！"

他之所以要对我说这番话，就是想让我明白，他决心要利用手中的权力，来补偿他自己。当我在月光下看到他的脸色时，我便明白了他的这一企图。对于他的卑劣、奸诈和阴险，我心知肚明，但是，直到现在我才第一次醒悟过来，正是由于从小开始，他就拼命压抑自己，所以才滋生了如此卑劣残忍的报复心态。

他的这番表白，达到了他颇为满意的结果，于是便松开了我的手，得意扬扬地去搓着自己的下巴。我刚一摆脱掉他，就决心离他远点，免得再被他抓住；于是我们并肩走回去，一路上再也没说什么了。

他这般兴高采烈，到底是因为我告诉他的那个消息呢，还是因为回忆往事而自我陶醉？我也弄不清楚。反正他受到了某种刺激，显得情绪高涨。吃晚饭的时候，他的话比平常多了很多；他问他的母亲（我们一回家，她就下了岗），他年纪也老大不小的了，是不是该考虑一下婚姻大事。他那么暧昧地看着艾妮丝，让我无比恼怒，真想把他打翻在地，哪怕肝脑涂地，我也在所不惜。

晚饭后，只剩下我们三个男人时，他变得肆无忌惮了。他并没有喝多少酒，也许压根儿就没有喝。我估计，他完全是被胜利冲昏了头脑，自我陶醉，沾沾自喜；也许因为我在场，他更想借机夸耀一下自己。

我昨天就注意到，他使出浑身解数，想劝威克费尔德先生多喝些酒；艾妮丝离开时向我使了个眼色，我便心领神会，所以我给自己设了限，只喝了一杯就停了，然后提议说，我们大家该去艾妮丝那儿，从而搅了他的局。而今天我原想着如法炮制，可是尤利亚这次抢了先。

"我们今天的客人，是稀客呀，先生，"他向威克费尔德先生说，威克费尔德先生坐在桌子另一头，沉默寡言，和他形成了鲜明对比，"如果你不反对的话，我提议，为了向他表示欢迎，我们要再敬他一杯酒。科波菲尔先生，祝你幸福安康！"

他向我伸出手来，我不得不勉强地握住他的手；然后我又怀着截然相反的感情，真诚地握住他那位合伙人的手——那位心力交瘁的老先生的手。

"来吧，亲爱的合伙人，"尤利亚说，"恕我冒昧，我要请你领着我们，为科波菲尔的亲友们祝福，敬上几杯酒吧！"

威克费尔德先生于是提议，祝福我的姨奶奶、狄克先生、博士法院和尤利亚，而且每祝福一个人，他就得喝上两杯。他知道自己的软弱，很想改变这种状态，可一切都是徒劳。他觉得尤利亚的行为可耻，但又不得不任他牵着鼻子走，他的内心是那么挣扎无奈。尤利亚露出得意忘形的嘴脸，扭动着身子，让威克费尔德先生在我面前颜面尽失。当时场上的那一幕幕，我都不想再谈了。我看到这样的情形，憎恶不已，不愿再加以描述。

"来吧，亲爱的合伙人！"尤利亚最后说，"我还要祝福一个人，我这个卑贱的人，请求你们把酒都斟满，因为我要祝酒的这个人，是女性中最为圣洁的。"

艾妮丝的父亲拿着的是一个空杯。我看到他放下酒杯，看了看那幅画像，她女儿的模样栩栩如生。他的手放到前额上，后退几步，颓然坐在他的扶手椅上。

"我是个卑贱的人，没有资格为她祝酒，"尤利亚继续说，"但是我崇拜她——爱慕她。"

我觉得，即使她的白发父亲遭受多大的身体痛苦，也远远比不上他精神上遭受的痛苦，我当时见到他双手紧紧抱着头，他那种撕心裂肺的痛楚，我感同身受。

"艾妮丝，"尤利亚要么是对威克费尔德先生满不在乎，要么是完全不懂他这一举动的意义，自顾自地继续说，"艾妮丝·威克费尔德，我敢说，她是最为圣洁的女性。当着朋友们的面，我可以这样大胆地说说吧？能够做她的父亲，真是无上骄傲，不过能够做她的丈夫——"

她的父亲从桌边站了起来，发出一声嚎叫！那种撕心裂肺的叫声，我真希望不要再听到了。

"怎么了？"尤利亚脸色变成煞白，说，"威克费尔德先生，我想你没有疯吧？我想说，我的野心是，把你的艾妮丝变成我的艾妮丝，我和别人一样，都有这样的权利呀。而且，我比其他人更有权利呢！"

我搂住威克费尔德先生，用我能想得到的所有宽慰人的话，恳求他冷静一点，说得最多的，就是劝他想一想，他对艾妮丝的爱。当时，他真的发疯了，撕扯头发，拍打脑袋，使劲要把我推开，想从我怀里挣扎出来，我说什么，他都没有反应，他目光呆滞，做着无谓的痛苦与挣扎，他自己也不知道为什么要挣扎。他瞪圆了双眼，脸都扭曲了，嘴也歪到一边，样子让人恐怖。

我苦苦地哀求他，激动得话都说不清楚，但态度无比诚恳，求他不要这样闹了，求他要听我说话。我求他要想想艾妮丝，要想想我和艾妮丝的关系，回想艾妮丝和我怎么一起长大的，我是多么敬佩她，疼爱她，而且有了她，他是多么骄傲，多么幸福！我尽我所能地给他讲述艾妮丝的一切，只要能让他想起艾妮丝就行，我甚至直接责备他，他不够沉稳，这样一闹，就会让他知道。也许是我的劝说起了点效果，也许是他的疯劲已经宣泄完了，反正他渐渐地安静下来，不再用力挣扎，目光停留在我身上——刚一开始，他如同在打量一个陌生人，慢慢的眼神柔和起来，他认出我来了。最后，他开口对我说："我知道，特洛伍德！你和她，都是我亲爱的孩子——我知道！可是，你瞧瞧这个人！"

他指着尤利亚。这个时候，这个家伙躲在一个角落里，目瞪口呆，面色苍白，他的如意算盘显然落空了，显得无比震惊。

"你瞧瞧，这就是虐待我的人，"他说，"在他面前，我被逼着一步一步地倒退，放弃名誉和地位、安静和悠闲、住宅和家业。"

"要不是我，谁能为你保全你的名誉和地位、安静和悠闲、住宅和家业？"尤利亚连忙解释说，他有些气馁，不得不让步，"你别犯糊涂了，威克费尔德先生。如果我做事稍稍过了头，让你无法忍受，我想我后退一步就行了吧？那也没造成什么伤害呀。"

"我对待每个人的途径，就是简单地看他的动机，"威克费尔德先生说，"我原以为，他的动机只是想发财，所以让他与我合伙，我感到很高兴。可是，你瞧瞧他是什么德行——哦，瞧瞧他是什么德行！"

"科波菲尔，你最好别让他往下说了，如果你能做得到的话，"尤利亚向我伸出他瘦长的食指，对我大声叫喊着，"他马上就要胡言乱语了，你得当心点！有些话，他一旦说出口，以后就慢慢后悔去吧，如果你听了，你以后也要后悔的！"

"我什么话都要说出来！"威克费尔德先生不顾一切地叫喊着，"既然我已经受你的掌控了，那我为什么不把这一切都抖出来，让其他人都来掌控我呢？"

"科波菲尔，我告诉你！你得当心点！"尤利亚又警告我说，"如果你不能让他闭嘴，你就不配当他的朋友！威克费尔德先生，你为什么不能让其他人都来控制你呢？因为你有一个女儿。我们之间的事情，你我都心知肚明，是不是？过去的那些伤疤，最好就不要再去揭了，谁愿意再揭开伤疤呢？我可不想这样。我已经尽可能让自己谦卑些，难道你没有看到吗？我已经告诉你了，如果我做事稍稍过了头，我向你道歉。你还想要怎么样呢，先生？"

"哦，特洛伍德，特洛伍德！"威克费尔德先生使劲地绞着双手，大声说，"我当年就是在这个屋里第一次见到了你，从那以后，我每况愈下，你瞧我已破落成什么样子了！当年那个时候，我已经开始在走下坡路了，但是从那以后，我所走的路，是多么惨痛啊！我性格软弱，自由放纵，这把我完全给毁了。我自由放纵地回忆往事，也自由放纵地忘记往事。出于天性，我爱着孩子的母亲，但这种爱发展成了病态的爱；出于天性，我爱着孩子，但这种爱也发展成了病态的爱。凡是我接触过的东西，都会被我传染成病态。我已把灾难带给我最最疼爱的人了，我知道——你也知道！我原以为，我可以真心爱着这世上的某个人，而可以对其他人不管不顾；我可以真心哀悼离开人世的某个人，而可以对其他人的悲哀不管不顾。因此，我颠倒了我的人生信条。我抛弃了自己这颗病态怯懦的心，让它遭受痛苦，而反过来，它也抛弃了我，让我遭受了痛苦。我的哀悼举动是卑劣的，我的疼爱举动也是卑劣的，我想要逃离这二者的阴暗面，这样可悲的举动也是卑劣的。哦，瞧瞧我失魂落魄的样儿，恨我吧，扔下我吧！"

他无力地倒在椅子上，呜呜地哭起来，哭声凄切，一扫先前的激动亢奋。尤利亚从角落里走了出来。

"我不知道，我在糊涂的时候都干了些什么，"威克费尔德先生伸出双手，仿佛恳求我不要责备他似的，"可是他一清二楚，"他指着尤利亚·希浦说，"因为他总在我耳边出馊主意。你知道，他简直就是套在我脖子上的磨盘，我像驴子一样拉着他。你看到了，他在我家里阴魂不散，他在我的事务所里也阴魂不散。你刚才还亲口听到他说的那些话了。我何必再说些什么呢？"

"你原本就没必要说这么多，一半的话都没必要说！你根本一句话都没必要说，"尤利亚的语气中，一半是对抗他，一半是讨好他，"如果不是酒喝多了，你是不会胡话连篇的。到了明天，你可以再好好想想，先生，你会想明白的。如果我说得太多了，或者超出了我的本意，那又有什么关系呢？我并没有坚持说，我非要这样做呀！"

这时候，门打开了，艾妮丝静静地走了进来，脸上没一丝血色，她搂住父亲的脖子，平静地说："爸爸，你不舒服了。跟我来吧！"威克费尔德先生把头倚在她的肩上，似乎遭受着巨大耻辱的重压，跟着她一起走了出去。她和我四目相遇，虽然是短短的一瞬间，但我已经看出，她对刚才发生的事情一清二楚。

"他竟然会发这么大的脾气，我真没料到，科波菲尔少爷，"尤利亚说，"不过也没什么要紧的。到了明天，我就会和他重归于好。这也是为了他着想。我是个卑贱的人，总是愿意关心他，为他着想。"

我没有搭理他，径直上楼去了，回到我的房间里。当年我在这个房间里读书的时候，艾妮丝经常会安静地坐在旁边，陪着我。今天，直到深夜，都没有人来到我旁边陪着我。我拿起一本书，努力往下读。我听见钟敲了十二下，我还在读，但是我完全不知道我读的是什么。这时候，艾妮丝进来了，轻轻碰了我一下。

"明天一早你就要走了，特洛伍德！那我们现在就说再见吧！"

她刚哭过，泪痕犹在，不过这时候，她的脸无比平静，无比美丽！

"愿上帝保佑你！"她说着，把手伸给我。

"最最亲爱的艾妮丝！"我回答说，"我知道，你不想和我谈今晚发生的事，但是，难道就想不到一点办法来挽回局势吗？"

"只有依靠上帝了！"她回答说。

"我以前总是有了烦心事就会来找你帮忙，那现在我能不能帮你做点什么呢？"

"你已经让我的烦恼减轻了许多，"她回答说，"亲爱的特洛伍德，不需要你做什么了。"

"亲爱的艾妮丝，"我说，"你拥有如此高贵的品质，美丽，善良，坚毅，那正是我所缺乏的，所以，让我来为你担忧，或者为你出主意，那简直是不自量力。不过你要知道，我深深地爱着你，对你的情义我无以为报。你绝对不会为了一种不正常的孝心，而把自己也葬送进去，对不对，艾妮丝？"

有好一阵子，她显得心情激荡，我以前从未见过她这个样子。她从我手里抽出自己的手，后退了一步，没有回答我。

"你说话呀，说你没那样的想法，好不好？亲爱的艾妮丝！你是我的亲人，比亲妹妹还要亲！你要好好想想，你的心，你的爱，都是世上的珍宝！"

哦，当时间慢慢远去后，我仍然经常会看到她的那张面孔，那刹那间的表情，不是惊讶，不是责怪，也不是悔恨。哦，当时间都慢慢远去后，我仍然能够看见，她当时的那副表情，变成了甜美的微笑。她带着这样的笑容告诉我，她一点也不为自己担忧，请我也不要为她担忧，然后以兄妹的名义向我告别，转身离去了。

第二天一早，天还没有亮，我就在旅馆门前登上了马车。当马车快要启程时，天色才微微亮开。我坐在车里，思念着艾妮丝，这时候，就在这半明半暗的光线里，尤利亚的脑袋从马车的车门边伸了进来。

"科波菲尔！"他抓着车顶的铁栏杆，用沙哑的声音，低声对我说："我和威克费尔德先生已经捐弃前嫌，重归于好了。我相信，你在临行前听到这样的消息一定会很高兴的。我去了他的房间，我们已和解了。嗯，我虽然是个卑贱的人，但对他是很有用的，你知道。他只要没有酩酊大醉，就能明了其中的利害关系！他毕竟是个善良随和的人，科波菲尔少爷！"

我努力克制住自己，对他说，他能主动去道歉，我很高兴。

"哦，当然！"尤利亚说，"你知道，如果一个人是卑贱的，那么道个歉又算什么呢？容易极了！哦，我想，"他又扭了一下身子，说，"你也曾经摘过没熟的梨子吧，科波菲尔少爷？"

"我想我摘过。"我回答他说。

"我昨晚就摘了一次，"尤利亚说，"不过它早晚都会熟的。只要小心看着就行。我可以等它。"

他对我讲了一大通送别的话，直到车夫上来，他才下车去。据我推测，他为了抵御早晨的寒气，似乎在嚼着什么东西。不过，看他嚼得那么起劲，仿佛梨子已经成熟了，他正吃得直咂嘴呢。

第40章 浮踪浪迹

当天晚上，我回到了白金汉街的家里，把上一章我描述的威克费尔德先生家里发生的事情，讲给了我家里人听。我们对这事很认真地谈论了一番。姨奶奶对这些事颇为关切，谈完以后，她抱着双臂，在屋里走来走去，一直走了两个多钟头。每当她心烦意乱的时候，就总喜欢走来走去，根据她走动的时间长短，就可以推测出她心烦意乱的程度。这一次，她的心情太过烦躁了，以至于觉得有必要打开卧室的门，这样可以延长她走动的路线，能从这间卧室的墙，一直走到另一间卧室的墙。我和狄克先生静静地坐在壁炉旁，姨奶奶则沿着这条规划好的路线，迈着均匀的脚步，不断地走进走出，就像钟摆一样富有规律。

狄克先生去睡觉后，屋里就只剩下我和姨奶奶。我便坐到桌旁，给朵拉的那两位姑妈写信。这时，姨奶奶已经走累了，像往常一样，折叠起睡袍下摆，在壁炉旁坐下。不过，她没有像往常那样把酒杯放在膝盖上，而是把酒杯放在壁炉的壁架上，不予理会。她用右手臂托着左胳膊肘，左手则托着下巴，若有所思地看着我。每当我从信纸上抬起头，总能看到她的眼睛。"我现在的心情已经恢复了平静，亲爱的，"她点点头，示意我不要担心，并且说，"不过，这件事真让人担忧，还有些难过！"

由于我一直忙着写信，直到她已经上床睡觉去了，我才注意到，她称之为"晚间混合饮料"的东西，一直都放在壁炉的壁架上，一口也没尝。我去敲她的门，请她喝，她走到门前，态度比往常更加慈祥，不过她说："我今天晚上没心情喝，特洛。"然后摇摇头，又进去睡了。

第二天早上，我把写给那两位老小姐的信，先让姨奶奶过目，她看了后表示同意。我把信寄出去，接下来便无事可做了，只有尽量耐心地等待回信。我翘首期盼，等了差不多一个星期。有一天晚上，天空下着雪，我从博士家步行回家，心里仍在挂念着回信。

那天特别冷。寒冷刺骨的东北风已经刮了一些时候。天色暗淡，寒风也跟着一起消停下去，可天空开始飘起了雪花。我记得那夜的雪很大，鹅毛般的大雪，纷纷扬扬，在地上堆积起厚厚一层雪。车轮声和脚步声都听不见了，仿佛街上铺满了厚厚的羽毛。

在这样的夜里，我自然要抄近路回家，最近的路就是穿过圣马丁巷。这条巷子是由那座圣马丁教堂而得名。在那个年代里，这座教堂周围并不宽敞，前面也没有空地，所以这条巷子不是笔直修建的，而是七弯八绕，一直通到斯特兰大街。当我经过柱廊下的台阶时，在拐角处我看到了一张女人的面孔。她也朝我看了一眼，然后穿过狭窄的小巷，就不见了。我应该认识她，曾在什么地方见过她，但是我记不起是在哪儿见过。这张面孔在我心里留有印象，并触动了我的心。不过，当我看到这张面孔时，我心里正想着别的事情，所以也就想不起了。

在教堂的台阶上，有一个男人的背影，他正弯着腰，把背上的包裹卸下来，放在平整的雪地上，准备收拾整理一下。当我看到那张女人的面孔时，便同时看到了这个人。我记得我虽然满是惊诧，但未曾停下脚步。不过，当我继续往前走时，不知为什么，他站立起来，转过身朝我走来。和我面对面站着的人，竟然是辟果提先生！

这时，我也回忆起了那张面孔是谁了。那是玛莎，就是在那个晚上，在辟果提先生的厨房里，艾米丽给她钱的那个人，汉姆曾经告诉过我她的全名，玛莎·恩德尔。辟果提先生曾说过，就算是把沉在海底的所有宝藏全给他，他也不愿看到他的外甥女和这女人在一起。

我和辟果提先生亲热地握手，刚开始，我们激动得谁也说不出话来。

"大卫少爷！"他紧紧地握住我的手，说，"能看到你，甭提我有多高兴啊，先生。遇见你真是太好了，真是太好了！"

"遇见你真是太好了，我亲爱的老朋友！"我也说。

"我本打算今晚就来看你，少爷，"他说，"我前不久去雅茅斯时，到你那里去过，因此我知道你姨奶奶也住在那儿，所以我担心这么晚来，怕不太合适。于是我打算明天一早去看你，然后再走，少爷。"

"你还要走？"我问。

"是的，先生，"他摇了摇头，很耐心地回答我说，"我明天就走。"

"你现在要去哪儿？"我问。

"唉！"他抖着长发上的雪，回答说，"我随便找个地方过夜吧。"

在当年的那个时候，从我们站的地方斜着看过去，就是金十字旅馆。我之所以对这些记得如此清晰，因为这家旅馆总是让人想起辟果提先生的不幸。旅馆有一个侧门，前面是一个马厩的院子。我指了指那道门，挽起他的胳膊，一起走了进去。马厩院子的旁边，还有两三间客房，门都敞开着。我到其中一间看了看，里面没有人，炉火烧得很旺，于是我就带他进去了。

在灯光的照射下，我看清了他的模样，他不仅头发又长又乱，脸也被太阳晒得黑黝黝的。他的头发比以前更白了，脸上和额头的皱纹比以前更深了，看到他这副模样，就知道他风里来雨里去，历尽风霜，饱尝艰辛。但是他显得很硬朗，似乎坚定的目标是他的精神支柱，没什么能让他疲惫不堪。当我暗自这样观察和评判时，他正忙着抖落帽子和衣服上的雪。他在桌边坐下来，面对着我，背朝着我们进来的门，这时他又伸出粗糙的手，热情地和我握手。

"我要跟你慢慢说，大卫少爷，"他说，"把我去过的所有地方，我打听到的消息，一五一十都讲给你听。我走了很远的地方，但我听到的消息不多。不过我都要告诉你。"

我拉响铃铛，让人送点热饮来。他只愿意喝麦酒，比麦酒更烈的酒都不喝。有人把麦酒送来了，放在火炉上加热。他就一直坐在那里沉思。他一脸的庄重肃穆，让我不敢轻易惊扰他。

"当她是个小孩的时候，"等屋里只剩下我们两人时，他抬起头，开始说起来，"她总是对我说起大海的事，深蓝的海水，阳光下金光闪烁的海面，美丽的港湾。我有时心里会想，也许因为她父亲是死在海里的，所以她才总是想着大海的事。你知道，我也不清楚是为什么，也许她相信，或者说她希望，她的父亲并没有淹死，是漂流到大海那边的国土上，那里鲜花遍地，永不凋谢，到处都充满了光明。"

"这也许是孩子的幻想。"我说。

"当她——失踪的时候，"辟果提先生说，"我心里就想，那个人一定会带她到那些国家去。我心里想着，他一定会告诉她，那些地方是多么多么好，她在那里怎么样就能成为贵夫人，他会说得天花乱坠，哄得她乖乖听他的话。那次我们见过他的母亲后，我就确信，我没猜错。于是我穿过海峡，去了法国。我在那里登岸后，感觉自己就像是从天上掉下来的。"

这时候，我看见门微微开了一个缝儿，雪花飘了进来。我看见门打开得更大了一些，一只手轻轻地伸进来，挡在门缝里，不让门关上。

"我在当地找到一位英国先生，他很有些权势，"辟果提先生说，"我告诉他，我在找我的外甥女。他给我开了一些证件，我也不清楚那叫什么，有了这些证件，就能到处通行了。他还要给我钱，不过我谢绝了，说我不需要。他帮我做了这些事，我打心眼儿里感谢他！'我已经在你去之前，给你要去的那些地方写了信，'他对我说，'我还要对许多即将去那儿的人打招呼，所以当你孤身一人，到了远方时，这些人也许会认识你，帮助你。'我对他千恩万谢，然后就到法国各地找去了。"

"就你一个人，而且是步行？"我说。

"大部分路程都是步行，"他回答，"有时候，遇到赶集的人，会搭一段车，有时候会坐空着的邮车。每天要走好几英里，经常会遇到一些穷当兵的，他们是去看朋友的，我就和他们结伴而行。我没法和他们说话，"辟果提先生说，"他们也没法对我说话，但是，在那尘土飞扬的大路上，我们也可以结成旅伴，相互照应。"

单是听他那亲切热情的语气，我也能猜出那样的情形。

"我每到一个市镇，"他继续说，"先找到那里的旅馆，然后在院子里等着，看看有没有说英国话的人到旅馆来，多半时候都能等到。于是我就告诉他们，说我在找我的外甥女。他们便会告诉我，旅馆里住着什么样的上流人士，我就守在那里，等人家进进出出的时候，看看有没有长得像艾米丽的人。如果找不到，我就再往前走。慢慢地，我会走到一个陌生的村庄，或者其他什么地方，来到穷人中间，我发现他们都能理解我。他们总是邀请我到他们家门口坐一会儿，给我拿吃的喝的，告诉我那里可以歇脚睡觉。还有许多女人，大卫少爷，她们的女儿与艾米丽差不多年龄，她们就在村外的救世主十字架旁等着我，给我吃的喝的。还有一些女人，她们的女儿死了，那些母亲对我太好了，简直没法形容，只有上帝才知道！"

站在门外的原来是玛莎。我清楚地看到，她脸色憔悴，正聚精会神地听着。我有些担心，害怕辟果提先生要是一回头，就会看到她。

"那些女人经常把她们的小孩，特别是小女孩，"辟果提先生说，"放到我膝盖上。天快黑的时候，我常常就这样坐在这些人的家门前，好像这些小孩就是我那亲爱的宝贝。哦！我的宝贝呀！"

他再也忍耐不住，放声号啕大哭起来。他双手捂着脸，我伸出颤抖的手，放在他的手上。"谢谢你，先生，"他说，"我没事。"

过了一小会儿，他把手从脸上拿开，放在胸前，继续讲述着他的经历。

"第二天早晨，"他说，"这些女人们往往会陪着我走，有时候会走上一两英里路。和她们分手时，我说，'我对你们感激不尽！愿上帝保佑你们！'她们似乎能听懂我的话，并且很高兴地回答我。就这样走到最后，我来到海边。你能想象，我这么一个以海为生的人来说，要渡海去意大利，是轻而易举的事情。我到了意大利，还是像以前那样四处游走。那儿的人们，也是很友好地接待我。我本打算就这样一个镇一个镇地找，直到走遍整个意大利。可是这时我得到了一个消息，说有人在瑞士的山区里见过她。有人认识他的那个仆人，他看见他们三个都在那里，还告诉我，他们旅行的详细情况，以及他们现在所处的位置。于是我没日没夜地赶路，大卫少爷，往山里走去。不管我走了多久，那些山总离我那么远，好像在后退着拉开距离似的。不过我还是追上来，就这样翻过了一座座大山。当我快要接近那人告诉我的目的地时，我心里就胡思乱想着，'等我看见她时，我该怎么办呢？'"

门外那张面孔依然贴着门缝，聚精会神地听着，全然不顾冬夜的寒冷。她伸出双手向我乞求，求我不要把门关上。

"我从来没疑心她过得不好，"辟果提先生说，"没有！从来没有过！只要让她看看我的脸，让她听听我的声音，只要让我站在她面前，哪怕我一动也不动，就会让她回想起她抛弃的那个家，想起她的童年，即使她已经成了贵夫人，她也会跪在我的脚下！对于这一点，我非常清楚。很多次我在梦中，都听见她在叫喊着'舅舅'，也梦见她扑倒在我面前，就像死了一样。很多次我在梦中把她抱起来，对她低声说：'艾米丽，我亲爱的，我大老远找到你，就是来宽恕你的，来带着你回家！'"

他说到这里，停下来，摇了摇头，叹了口气，又接着往下说。

"那个男的，当时我才懒得理会他。艾米丽就是我的一切。我买了一套乡下的衣服，准备给她换。我知道，只要找到她，她就会寸步不离地跟着我，去走那些石头路，我去哪儿，她也会跟到哪儿，她永远、永远都不会再离开我了。让她穿上我买的那套衣服，把她身上穿的都扔掉，然后让她挽起我的胳膊，踏上回家的路。有时候可以在路上歇一歇，治疗她那受伤的脚，也要治疗她那颗伤痕累累的心。我当时一心想的就是这些。我相信，至于那个男的，我看都不会看他一眼。可是，大卫少爷，我想的这些没做到，没来得及做！我去晚了，他们已经走了。他们去哪儿了，我一直打听不到。有的说在这里，有的说在那里。我赶到这里，又赶到那里，可都没有找到我的艾米丽，于是我就回家来了。"

"回来多久了？"我问。

"就在四天前，"辟果提先生说，"天都黑了，我看到了那条旧船，还看到窗台上点着的灯。我走近了，隔着窗子往里看，看到了忠实的格米治太太，正像我们以前约定的那样，独自坐在火炉边。我喊了一声，'别害怕！我是丹尼尔！'然后我就进屋去了。我从没想到过，我对那条旧船竟然感到特别生疏！"

他从胸前的口袋里，小心翼翼地掏出一个纸包，里面有两三封信，或者说是两三个小纸包，放到了桌上。

"这是她的第一纸包，"他从这些纸包里拿出一个来，说，"是我离开家后不到一个星期寄来的。里面是一张五十英镑的钞票，用一张纸包裹着，注明是我收，是夜里从门底的缝里塞进来的。她想掩饰她的笔迹，可是骗不过我。"

他耐心细致地把那张钞票照原样折好，放到一边。

"这是她写给格米治太太的，"他打开另一个纸包，说，"是两三个月前收到的。"他盯着这封信，看了一会儿，才递给我，并低声说，"麻烦你看看这封信吧，先生。"
这封信的内容是：

哦！当你看到这封信，并且知道那是出自我的罪恶之手时，你会怎么想呢？不过我要恳求你，一定、一定要对我心软一点，哪怕只心软一小会儿都行，这不是为我好，只是为舅舅好。我还要恳求你，一定、一定要对一个可怜的女孩发发慈悲，找一张小纸片，给我写几个字都行，请写信告诉我，他现在还好吗？在你们忘掉我之前，他都说过我什么，另外，每天晚上，在我平时回家的钟点里，你有没有看到，他的样子像是在思念一个他曾经深爱的人吗？哦，我一想到这里，心都快碎了！我现在给你跪下来了，乞求你，虽然我罪有应得，我非常清楚，这都是我咎由自取，但是求你别那么严厉地来对待我，求你对我宽容些，对我发发善心，把他的情形写一点点，给我寄来。你不要再叫我"小"什么了，你也不要再用以前那个名字来称呼我了，我已经玷污了这个名字。哦，求你听听我的痛苦，可怜一下我，给我写信说说我舅舅的情况吧，我今生今世再也见不到他了！

亲爱的，如果一定要狠心对待我，我也不会哀怨的，因为这是理所当然该狠心的，但是，你能不能听我说上几句？如果你要狠心对待我，亲爱的，你如果下定决心，完全要拒绝我这可怜巴巴的请求，那么在下决心之前，可不可以帮我问问那个被我伤害得太深的人，那个原本即将和我结婚的人！如果他还愿意大发慈悲，肯说几句话捎给我，那就请你写下来寄给我，我想他一定想说点什么，哦，只要你去问他，我想他一定会说。因为他从来都是那么坚强，那么宽厚。我还请你帮我转告他一句话，不过这话不要告诉别人：我在夜里每当听到刮风的声音，总会觉得，那风是看到了他和我舅舅后，才这么怒不可遏，它要赶到上帝那里去控告我。这句话请你一定要转告他，说不定我明天会死去的。哦，如果我该死，我很乐意死掉的！如果我要死了，我生命的最后几句话，一定是在为他和舅舅祷告，我生命的最后一口气，一定会祈祷他能有个幸福的家！

在这封信中也装了一些钱，一共五英镑。和前一笔钱一样，辟果提先生也一分没花。他照原样包了起来。在信上，她详细注明了回信的地址。虽然这中间提到有几个中间人，让他们转交信件，但是通过这些信息，也很难判断她的隐身之处。不过至少有一种可能，她写信的地点，就是有人见到过她的瑞士山区。

"给她寄过回信吗？"我问辟果提先生。

"由于格米治太太没什么文化，先生，"他回答说，"所以汉姆好心地写了个草稿，让她照着抄了一份。他们告诉艾米丽，说我去找她了，还把我临走时说的话告诉了她。"

"你手里拿的也是一封信吗？"我问。

"是钱，先生，"辟果提先生回答说，把纸包打开了一个口子，"你瞧，这是十英镑。信上还写着，'一个忠实的朋友赠'，和第一次寄来的完全一样。不过，第一次是从门底下塞进来的，这一次却是前天通过邮局寄来的。我要照着邮戳地址去找她。"

他把那邮戳给我看。地名是莱茵河上游的一个小镇。他在雅茅斯找到了一些外国商人，他们知道那个地方，他们在纸上画了一张简单的地图，好让他能看得明白。他把地图在我们中间的桌上铺开，一只手托着下巴，另一只手在地图上指出他要走的路线。

我问他汉姆情况好不好，他摇摇头。

"他干起活来，"他说，"要有多卖力，就有多卖力。他的名声很好，在那一带大家都交口称赞。全世界没有谁能超过他。谁都愿意帮助他，你知道，他也愿意帮助大家。没人听到过他抱怨什么。不过，我妹妹认为，他的心伤得太严重了，这话你可别向外人说。"

"可怜的人，我相信是这样的！"

"他对什么都满不在乎了，大卫少爷，"辟果提先生一脸严肃地低声说，"连自己的生命都满不在乎了。如果遇上了坏天气，需要有人干些很危险的活，他总是敢赌上自己的命。只要有很危险的苦活儿，他就总抢在同伴们的前面。不过，他脾气温顺得像个孩子。在雅茅斯，所有的孩子都和他熟络。"

他心事重重地把所有的信收拢起来，用手抚平，包在原来的纸包里，小心翼翼地放到胸前的口袋里。门外的那张面孔消失了。我看到雪花仍然从门缝飘进来，但别的什么都没有了。

"好啦！"他看着他的包裹说，"今晚已经见到你了，大卫少爷，这真让我非常开心呀！所以，我明天一早就得出发了。我这里的所有东西，你都看过了，"他把手按在胸前放着小纸包的地方，"我最担心的是，我还没来得及把那些钱送还给她，就遭到什么不测。如果我死了，钱丢失了，或被偷去了，或不管怎样不见了，她就永远不知道实情，一定以为我收下了，我相信，我就是到了阴间，也是百口莫辩！我相信，我必须回这个世间来！"

他站起来，我也站起来。出门之前，我们又用力地握了握手。

"我哪怕走一万英里，"他说，"我也把那钱放到她的面前。除非我一头栽倒在地上死了，否则我会一直找下去。如果我能做到这一点，找到我的艾米丽，我就满足了。如果我一直没有找到她，也许有一天她会听人说起，她的舅舅一直在满世界找她，直到咽气的时候，都还在找她。如果我对她的为人了解得正确的话，她听到这样的消息，最终也一定会回家来的！"

我们走出门来，走进冰冷刺骨的夜色中，我看到了那个孤单的身影，从我们前面急急忙忙地躲开。我忙找了个借口，和辟果提先生说起话来，直到那个身影完全消失不见。

辟果提先生说，去多佛的大路上有一家旅馆，他知道可以在那里找到一个干净简单的地方过夜。我陪着他走过威斯敏斯特桥，然后在萨里郡的河岸上分手了。在我的想象中，当他孤身一人重新踏上漫天飞雪里的旅程，似乎世间的万物都静默下来，在向他致以敬意。

我回到旅馆的院子里，心里又想起了那张面孔。于是连忙到处搜寻了一番，但是已经不知所踪了。雪花已经掩盖住了我们刚才的足迹；能看到的足迹只有我刚刚踩出的。这场雪下得太大了，当我再转过身来，就连那些刚留下的足迹也很快被掩盖了。

第41章 两位姑妈

　　朵拉两位姑妈的回信，终于寄来了。她们向科波菲尔先生致意，并对他宣告说，她们已经对他的信进行了深思熟虑，"出于双方的幸福考虑"，我觉得这个措辞极其可怕，因为前面提到过，她们用这种措辞来应对家庭争执，不仅仅如此，我还观察到，而且我一生总是能观察到，这种客套话就像是礼花炮，毫不费劲就容易点燃了，结果会变成五花八门的火花，与原来的形态截然相反。那两位斯宾洛小姐说，对于科波菲尔先生在信中提出的问题，她们认为不便"通过信函方式"发表意见；但如果科波菲尔先生有意，请于某月某日光临寒舍，如果认为合适，也可以携密友一同前往，她们将乐意详谈此事。

　　对于她们的盛情邀请，科波菲尔先生立刻做出了答复。他在回信中向两位老小姐问好，并表示不胜荣幸，届时定当前往拜访两位斯宾洛小姐；遵照她们的慷慨许诺，将由他的朋友、内殿律师学院的托马斯·特拉德尔先生作陪。那封信寄出后，科波菲尔先生陷入了极度紧张和亢奋的状态，这种状态一直持续到约定的那个日子。

　　在如此关键的时刻里，我却得不到米尔斯小姐那无比珍贵的帮助，这大大助长了我的不安。米尔斯先生总是做些与我过不去的事情——或者说，在我的感觉里，他就是这样的人，反正两种说法没什么区别——现在，他把那种惹人讨厌的行径发展到了极致，就在我急需米尔斯小姐帮助的时候，他竟然突发奇想，想到要去印度。他干什么非要在这个时候去印度呢？我觉得他是存心跟我捣乱。当然，他除了和印度有千丝万缕的关系，与世界其他任何地方都毫无关系。他做的全是印度生意，不管什么生意都做。我恍惚记得，他做的是金线披肩和象牙这类的生意，但不太确定。他年轻时在加尔各答①住过一段时间，现在打算回那里去，当一个驻外合伙人。不过，这跟我毫无关系。可是这对他来说，却是至关重要的，所以他决定要去印度，要把朱莉娅带着一起去。于是，朱莉娅现在去了乡下，向那里的亲戚们辞行。他家的房子贴满了各种出租或出售的广告，包括那台熨衣机在内的所有家具估价转让。如此一来，我刚刚遭受了上一次的强烈震动，还没有恢复神志，现在成了第二次震动的牺牲品！

在这个重要的日子，我该穿什么衣服呢？我全然没有主意。因为我既想衣着体面，又怕穿着太过光鲜，会让那两位斯宾洛小姐觉得我轻浮，损害了我质朴沉稳的品质，我只得在这两个极端之间寻求折中的办法。最终，我的打扮让姨奶奶赞不绝口。当我和特拉德尔一起下楼出门时，狄克先生还脱下自己的鞋子，扔在我们身后，以此来讨个吉利。

虽然我知道特拉德尔是个大好人，虽然我和他亲密无间，但在这样一个需要特别小心的场合里，我不由自主地期望，如果他能有压平头发的习惯就好了，因为现在他把自己的头发梳得一根根全都竖起来了，活像是被吓得毛发倒竖，更不用说他的头像是灶台刷子了。我心里一直嘀咕着，担心这将是我们倒霉的致命伤。

当我们步行着前往帕特尼时，我很冒昧地把这个意思告诉了特拉德尔，并且说，如果他愿意把他的头发压平顺些的话——

"我亲爱的科波菲尔，"特拉德尔举起帽子，把他的头发往四下按压着，说，"如果能把这些头发梳平顺，那我就再高兴不过了。可它们不肯听话呀。"

"不能把它们压平一些吗？"我说。

① 印度的城市，是印度西孟加拉邦首府。属印度第三大大都会区（仅次于孟买和德里）和印度第一大城市。在殖民地时期，从1772年直到1911年的140年间，加尔各答一直是英属印度的首都。在这期间，该市一直是印度近代教育、科学、文化和政治的中心。

"不能，"特拉德尔说，"没什么能把它们压下来。即使我在头上压一块五十磅的砝码，一路上压着走到帕特尼，可是一把砝码拿开，头发又会竖起来。你简直想象不到，我的头发有多么顽强，科波菲尔。我是一只脾气暴躁的豪猪。"

我不得不承认，我心里有些失望，不过我觉得，他这种随和的习性很讨人喜欢。我对他说，我特别看重他这种随和的习性，并且说，他的性格中的顽固品质都被他的头发吸收去了，因此他一点也不顽固。

"哦！"特拉德尔笑了起来，回答说，"说实话，对于我这尽惹麻烦的头发，说来话长。我的婶婶完全无法容忍它们，她说，一看到这些头发就很生气。我刚开始和苏菲谈恋爱时，这些头发也给我增添了不少麻烦，可以说是很大的麻烦呢！"

"苏菲很不喜欢它们吗？"

"她倒没有，"特拉德尔回答说；"可是她的大姐——就是那个美人——老是拿我的头发笑话我，我懂的。实际上，她所有的姐妹们都笑话我的头发。"

"多有趣呀！"我说。

"是的，"特拉德尔憨态可掬说，"我们都笑话这头发。她们假装说，苏菲把我的一绺头发藏在她书桌里，为了要压平它们，她只好把那头发夹在一本书里，然后合起来。我们听了哈哈大笑起来。"

"顺便提一句，亲爱的特拉德尔，"我说，"你的经验或许值得我借鉴。你和那位你刚才提到过的年轻小姐订婚时，有没有正式向她的家庭求过婚？比如——就像我们今天要做的事情？"我紧张地补充了最后这一句。

"嗯，"特拉德尔那亲切的脸上慢慢蒙上了阴沉的神色，"科波菲尔，说起这件事，我真是痛苦啊。你知道，在那个家里，苏菲是大有裨益的，所以她们很害怕哪一天她会嫁出去。事实上，她们已经私下里商议好了，永远不许她嫁出去，她们都叫她老姑娘。所以，当我怀着万分的小心，向克卢勒太太提到这事时——"

"就是她们的妈妈？"我问。

"就是她们的妈妈，"特拉德尔说，"她是哈雷斯·克卢勒牧师的太太。当我怀着万分的小心，向克卢勒太太提到这事时，她颇为震惊，大叫一声，便晕死过去了。于是在接下来的连续几个月里，我只好对这事闭口不谈。"

"不过你最后还是提出来了，对吧？"我问。

"哦，那是哈雷斯牧师提出来的，"特拉德尔说，"他是一位卓尔不群的人物，在各方面都堪称典范。他对太太说，既然是个基督徒，她就应该忍受牺牲，进一步说，这算不算牺牲还不一定呢。而且基督徒不能对特拉德尔心怀不满。科波菲尔，说句老实话，我觉得对这一家人来说，我自己就像是一只凶猛的老鹰呢。"

"我希望，那些姐妹们都是站在你这一边的吧，特拉德尔？"

"哦，不能说她们都站在我这一边，"他回答说，"我们勉强说服了克卢勒太太，还有一个障碍，就是得去告诉萨拉。你记得萨拉吗，我以前说起过她，脊椎有毛病的那位？"

"记得很清楚！"

"她听了这个消息，两手攥得死死的，"特拉德尔带着沮丧的神情，看着我说，"紧闭着双眼，面色苍白，浑身僵硬。接下来的两天里，除了用茶匙给她喂了点水泡面包外，她啥也不吃呢。"

"这姑娘不愿成人之美呀，特拉德尔！"我说。

"哦，对不起，科波菲尔！"特拉德尔说，"她是个很可爱的姑娘，不过她感情丰富。实际上，她们全家人都是这样。苏菲后来告诉我，她护理萨拉时，心里的那种内疚，简直无法用语言来描述。我根据自己的情感体验，知道她的那种内疚一定非常强烈，科波菲尔，内疚得就像自己是个罪犯似的。等萨拉身体康复后，我们还得把这个消息告诉另外的那八个姐妹。他们听了后，反应各不相同，但都是一副痛不欲生的样子。那两个最小的妹妹，一直是由苏菲负责教育她们的，过了这么久，直到最近才消除了对我的敌意。"

"不管怎么样，我想，她们现在都该接受这个事实了吧？"我说。

"是——是的，总而言之，她们大概都无可奈何地接受了，"特拉德尔不太肯定地说，"事实上，我们对这事都避而不谈。我现在家徒四壁，前途渺茫，对她们来说，倒是一个很大的安慰。不管什么候，只要我们结婚，一定会出现一个悲惨的场面。到时候，恐怕就会像是一场葬礼，而不是一场婚礼。我把她娶走了，她们每个人都会恨死我的！"

特拉德尔的神情半是认真，半是玩笑，摇了摇头，看着我。他脸上的那种真诚的神情，现在回想起来，比当时留给我的印象还要深刻。因为当时我极度紧张，心绪不宁，对任何事情都难以集中注意力。当我们快到两位斯宾洛小姐的住宅时，我的面容和精神一改常态，极不正常，完全不像平时的样子，因此特拉德尔建议说，先去喝杯麦酒提提神。我们来到附近的一家酒店，喝了些麦酒，然后他跟跟跄跄地领着我，来到了斯宾洛小姐的家门口。

女仆开了门，我模模糊糊地觉得，自己成了一个展品，大家都盯着我看；我还模模糊糊地感觉到，自己跟跟跄跄地穿过一个挂着晴雨表的门厅，来到底楼一间小客厅，客厅外面是一个修剪整齐的小花园。我模模糊糊地感觉到，我自己坐在了客厅的沙发上，看见特拉德尔摘下帽子，他的头发立刻竖立起来，就像是藏着弹簧小人儿的玩具鼻烟壶似的，一打开盖子，小人儿就蹦出来。我还模模糊糊地感觉到，我听见了一个老式的时钟，在壁炉的横板上发出嘀嘀嗒嗒的声音，我总想让那个嘀嗒声和我的心跳合拍，可是它不乐意。我还模模糊糊地感觉到，我在客厅里四下张望，想找到朵拉的身影，可是什么也没有看到。我还模模糊糊地感觉到,我似乎听到了吉普在远处叫了一声,但马上被什么人给捂住了。最后,我发现自己正在昏头昏脑地向两位妇人鞠躬,差点儿把身后的特拉德尔挤进壁炉里去了。眼前的这两位老小姐身材瘦小干瘪,都穿着黑色衣服,两人都活像是已故的斯宾洛先生。

"请,"两位小妇人中的一位说,"请坐。"

我跌跌撞撞地从特拉德尔身旁经过,想落座时才注意到沙发上有只猫,努力控制着自己的身体,好歹没坐到猫的身上去。这时候,我的视力终于恢复了一些,我清楚了解我对面的两位老小姐的年龄,才意识到斯宾洛先生在他们家里显然是最小的一位。他的这两位姐姐的年龄相差了六岁至八岁,而那个年纪较小点的小姐,似乎是本次会晤的主持人,因为她正拿着我的信,用单片眼镜在认真审阅着。我觉得我的那封信,既感到熟悉,又感到陌生!她们的穿着几乎没有区别,只不过妹妹比起姐姐的服饰,显得更多一点年轻气息,也许是因为多了一点荷叶花边、领饰、胸饰、手镯之类的小饰件,从而使得她看上去更显活泼点。她们俩的身子都挺得笔直,举止严肃,表情稳重,神色安详。手中没有拿着信的姐姐,两臂交叉放在胸前,一动不动,就像一尊雕像。

"我想,你就是科波菲尔先生吧。"手中拿着信的妹妹,看着特拉德尔说。

这真是一个可怕的开始。特拉德尔不得不澄清一下,说明我才是科波菲尔先生,我也不得不承认,我才是科波菲尔。她们也调整原来的看法,不再把特拉德尔看成是科波菲尔。所以,大家的思维都乱成一团。乱上加乱的是,我们大家都清清楚楚地听见吉普短促地叫了两声,然后又被人给捂住了。

"科波菲尔先生!"手里拿着信的妹妹说。

我做了点什么动作,好像是起身鞠了一躬,然后洗耳恭听她要说什么。而这时那位姐姐插话了。

"我妹妹拉维尼娅，"她说，"对处理这类事情很在行，所以由她来说说，我们认为增进双方幸福的最好途径是什么。"

我后来才意识到，拉维尼娅小姐是恋爱专家，因为据说在若干年前，有位爱玩小惠斯特纸牌①的皮杰尔先生，曾爱慕过她。我个人认为，这纯属无稽之谈，皮杰尔先生压根儿就没有这种感情，有人告诉我说，他从未有过这方面的任何表示。但是，拉维尼娅小姐和克拉丽莎小姐都坚信不疑，如果皮杰尔先生不是英年早逝，他一定会正式宣布他炽热的爱情。她们一直等着皮杰尔先生的表白，直到他大约六十岁时去世，他起初是因为酗酒，伤了身子，后来为了调理，采取了过激的方式，过量饮用巴斯水②，结果不治身亡。她们甚至心中暗自猜测，他是患相思病而死的。不过我得说，我在她们家里，看到挂有皮杰尔先生的画像，他长了个红红的酒糟鼻，并不像遭受过暗恋的折磨。

"关于我们和弟弟的过去历史，"拉维尼娅小姐说，"我们在这里就不详谈了。我们可怜的弟弟弗朗西斯已经逝世，那段历史也就一笔勾销了。"

"我们的弟弟弗朗西斯还在世时，"克拉丽莎小姐说，"我们不经常和他来往；这倒不是因为我们之间有什么严重的分歧或裂痕。弗朗西斯走他的路，我们走我们的路，井水不犯河水。我们觉得，这会增进双方的幸福，应该这样做的。事实上，我们就是这样做的。"

这两姐妹说起话来，都会往前探着身子，说完后都会摇摇头，不说话的时候，又会挺直腰板，一动不动地。克拉丽莎小姐的双臂永远交叉在胸前，从来没有动过。有时候她用手指在胳臂中弹奏乐曲，我

---

① 惠斯特纸牌（whist），起源于英国十七世纪的一种纸牌游戏，四人分两组互相对抗，并风靡一时，盛行了150年，才逐渐被惠斯特桥牌所替代，小惠斯特纸牌五点赢牌，大惠斯特纸牌十点赢牌。

② 巴斯水，英语为Bath water，意为洗澡水，讽刺皮杰尔盲目相信虚假药物。

猜想她弹的是米奴哀舞曲①和进行曲，可她的双臂纹丝不动。

"由于我们的弟弟弗朗西斯去世了，我们侄女的地位，或者预计她应该有的地位，已经发生了很大的变化，"拉维尼娅小姐说，"所以我们认为，以前我们弟弟对她地位的看法，也应该相应地发生改变。我们没有理由怀疑，科波菲尔先生，你是一位具有优秀品质和高尚人格的年轻人；我们也没有理由怀疑，你对我们的侄女是矢志不渝的，或者说，我们完全相信，你对她是一往情深的。"

我连忙回答说，我对朵拉的爱，无人可比。平常一有机会，我总是会说这样的话。特拉德尔也在旁边帮腔，含混地说了几句，以证实我的话。

拉维尼娅小姐正要回答我的话，克拉丽莎小姐又插话进来，她似乎老是想提及她的弟弟弗朗西斯。

"当初，朵拉的妈妈，"她说，"嫁给我们的弟弟弗朗西斯时，如果她能直接宣称说，餐桌上容不了这么多亲人，那就更有助于大家的幸福。"

"克拉丽莎姐姐，"拉维尼娅小姐说，"也许我们现在不必再提那件事了。"

"拉维尼娅妹妹，"克拉丽莎小姐说，"那件事跟我们今天要谈的这个问题相关。关于这个问题你的那一部分，只有你才有发言权，我不想插嘴。但是关于这个问题我的这一部分，我有发言权，而且有我自己的意见。如果朵拉的妈妈在嫁给我们的弟弟弗朗西斯时，把她的想法明明白白说清楚，那就有助于大家的幸福。那样的话，我们就能明白，我们该怀有什么样的期待。我们就会说，'无论何时，你们千万别来邀请我们。'那样的话，一切的误会都有可能避免了。"

---

① 米奴哀舞，一种缓慢的、庄重的四三拍小步舞，由一群舞蹈者结伴而跳，源于十七世纪的法国，法文词意为"舞步很小的舞蹈"。十七、十八世纪盛行一时，世界舞蹈史称那段历史为"小步舞时代"。

等克拉丽莎小姐摇完了头，拉维尼娅小姐又用单片眼镜看了看我的信，接着自己的话头往下说。顺便提一句，她们姐妹俩的眼睛，都是圆溜溜的，闪闪发亮，就像是鸟儿的眼睛。从整个形象来看，她们与鸟儿没有两样。动作机敏，举止轻盈，干净利落，而且习惯于把自己打扮得大方得体，就像金丝雀一样。

我刚才说过，拉维尼娅小姐接着自己的话头，继续往下说：

"科波菲尔先生，你来信中请求克拉丽莎和我，允许你作为我们侄女的正式求婚者前来访问。"

"如果是我们的弟弟弗朗西斯，"克拉丽莎小姐又发作起来，虽然她是很温和地插话进来，但我很想把这个举动称为发作，"如果他愿意让自己的生活圈子也弥漫着博士法院的气氛，不能有其他的气氛存在，那么，我们有什么权力来反对，又怎么愿意反对别人的自由呢？完全没有，我敢肯定。我们从来就不想多管闲事，越俎代庖。不过，我想把意思说得再清楚一些。让我们弟弟弗朗西斯和他太太，愿意和谁交往，就和谁交往，让我妹妹拉维尼娅和我，愿意和谁交往，就和谁交往好了。我相信，我们也能找到自己的朋友！"

她这番话好像是冲着我和特拉德尔说的，所以我们俩为了表示回应，都说了一点什么。特拉德尔声音太小，听不清楚他说的是什么，我觉得我自己似乎说的是，这样一来，对各个方面的人来说，都是很体面的。但是，这话到底是什么意思，我也不明白。

"拉维尼娅妹妹，"克拉丽莎小姐现在已经发泄够了，对她妹妹说，"你可以接着往下说了，亲爱的。"

于是，拉维尼娅小姐接着往下说：

"科波菲尔先生，对你的来信，我和我姐姐克拉丽莎已经经过一番深思熟虑，不仅如此，我们把信也拿给我们的侄女看过了，并跟她做了商讨。我们相信，你认为你非常爱慕她。"

"我正是这样认为的，小姐，"我欣喜若狂地说，"哦！——"

可是克拉丽莎小姐看了我一眼，活像一只机敏的金丝雀，示意我不要打断那神圣的教诲，因此我连忙表示了歉意。

　　"爱情，"拉维尼娅小姐一边说着，一边朝她姐姐看了一眼，希望得到姐姐的首肯，而她姐姐对她说的每一句话，都略略点头以示赞同，"成熟的爱情、崇敬和忠诚，是不会轻易表露出来。它是低调的，谦逊的，礼让的，隐蔽的，它会耐心地一直等待着。这才是成熟的果子。有时，生命都逝去了，爱情却仍然在幽暗的地方，等待着成熟呢！"

　　我那时候当然并不明白，这番话说的是她自己的心声，是从那个饱受相思之苦的皮杰尔先生身上得来的经验。不过，从克拉丽莎小姐点头时那种庄严程度上，我知道这番话字字珠玑。

　　"与我刚才提到的那种感情相比，年轻人的爱只能称为轻浮的感情，"拉维尼娅小姐说，"它们之间的差别，就像是磐石与灰尘的差别，年轻人的感情就是灰尘。由于不知道年轻人的这种感情能不能持久，有没有真正的基础，所以我姐姐克拉丽莎和我犹豫不决，不知道这事该怎么处理，科波菲尔先生，还有这位——"

　　"特拉德尔，"我的朋友发现她们正看着他，连忙回答说。

　　"对不起。我想，你是内殿的吧？"克拉丽莎小姐又看了看我的信，问他。

　　特拉德尔脸变得通红，回答说，"是的。"

　　在那个时候，我虽然并没有得到明确无误的鼓励，但我自认为已经看明白了眼前的情形，这两位瘦小的姐妹俩，尤其是拉维尼娅小姐，对这件有利于家庭发展的新鲜好事，产生了浓厚的兴趣，并下定决心，要尽量大做文章，这让我看到了一线希望和曙光。我自认为已经看明白了，拉维尼娅小姐如果能够监护像朵拉和我这样一对情侣，那么她会得到极大满足。而至于克拉丽莎小姐，当她能够看着拉维尼娅监护我们的恋爱，而且在遇到这个问题的她那一部分时，如果兴之所至，随时可以插上几句，因此也会获得不少乐趣呢。这样的情形，让我勇气倍增，于是我壮着胆子用最强烈的感情来表达我爱着朵拉，这样的爱难以形容，也难以置信；我说，我所有的亲戚朋友都知道，我对她爱得死去活来；我说我的姨奶奶、艾妮丝、特拉德尔，以及一切认识我的人，都知道我多么爱她，我爱得多么真诚。为了证实这一点，我请特拉德尔说说。于是，特拉德尔便应声而出，仿佛置身于议会辩论，慷慨激昂地演讲起来，他言辞诚恳，用词精准，不矫揉造作，合情合理，真诚坦率，证实了我的话，显然给人留下了一个极好的印象。

"请恕我冒昧，我是以一个过来人的身份来证实这番话的，我在这类事上稍微有点经验，"特拉德尔说，"因为我本人已和一位年轻小姐订了婚，这位小姐住在德文郡，她们家有十个姐妹。而且从目前看来，我们的婚约还在健康发展，并没有任何中断的可能。"

"特拉德尔先生，"拉维尼娅小姐显然在他身上发现了新的兴趣点，对他说，"你的这番话也许能够证实我刚才说的话，即是说，爱情是低调的，谦逊的，礼让的，隐蔽的，它会耐心地一直等待着的，是不是？"

"完全正确，小姐。"特拉德尔说。

克拉丽莎小姐看了看拉维尼娅小姐，一脸严肃地摇摇头。拉维尼娅小姐看着克拉丽莎小姐，心领神会地叹了口气。

"拉维尼娅妹妹，"克拉丽莎小姐说，"你拿我的嗅瓶闻一闻吧？"

拉维尼娅小姐闻了几下香醋，精神又振作了一点。我和特拉德尔在一旁看着，颇为担忧。然后，她有气无力地接着说：

"特拉德尔先生，对于非常年轻的人，就像你的朋友科波菲尔先生和我们的侄女这样的人，他们之间的相爱，或者是在想象之中的相爱，我们应该采取什么应对办法呢？我和我姐姐都踟蹰不安呢。"

"我们的侄女就是我们弟弟弗朗西斯的女儿，我们对她也不够了解，"克拉丽莎小姐说，"如果我们弟弟弗朗西斯的太太在世的时候，觉得应该把亲人都请到餐桌上吃顿饭，那么我们现在对我们弟弟的女儿会了解得更多一些。当然，她不邀请我们也没什么，因为她完全有权力，想怎么做就怎么做。拉维尼娅妹妹，你接着往下说吧。"

　　拉维尼娅小姐把我的信翻过来，把写有收信姓名和地址的那一面朝着自己，透过眼镜，看着她自己在上面写的整整齐齐的备忘录。

　　"特拉德尔先生，我们觉得，"她说，"为了慎重起见，他们的这种感情，需要经过我们的亲自考察才行。而现在，我们对他们的感情一无所知，也就无法判断，这种感情到底有多真实。所以，我们打算接受科波菲尔的提议，同意他到这里来访问。"

　　"两位亲爱的小姐，"我心头如释重负，大声说道，"我永远也忘不了你们的大恩大德！"

　　"但是，"拉维尼娅小姐的话没有说完，"但是在眼下，特拉德尔先生，我们更愿意把这种访问当作是对我们俩的访问。我们坚决反对，把这种访问当作是科波菲尔先生和朵拉已经订婚的证据。一直等到我们有机会考察他——"

　　"应该是说，一直等到你有机会考察他，不是我们，拉维尼娅妹妹。"克拉丽莎小姐说。

　　"好吧，这样说也行，"拉维尼娅小姐叹了口气，同意了她姐姐的意见，"一直等到我有机会考察他。在这之前，我们不承认他们之间的婚约关系。"

　　"科波菲尔，"特拉德尔转向我说，"我相信你一定会觉得，这样的安排是再合理不过了，再体贴不过了，对吧？"

　　"再好不过了！"我大声说，"我深深地领会到了这一点。"

　　"既然如此，"拉维尼娅小姐又看了看她的备忘录说，"只有达成这样一个谅解，我们才同意他前来访问。我们必须请科波菲尔先生用声誉担保，明确地向我们保证，他和我们的侄女之间，除非有我们的同意，否则不得有任何方式的联系。不管他对我们的侄女有任何的打算，都必须事先向我们提出来——"

"应该说，向你提出来，不是我们，拉维尼娅妹妹。"克拉丽莎小姐插话说。

"这样说也行，克拉丽莎！"拉维尼娅小姐无可奈何地同意了她的说法，"必须事先向我提出来，并取得我们的同意。这是最明确、最重要的规定，我们必须严格遵守，在任何情况下都不能违背。我们之所以让科波菲尔先生今天邀请一个亲友陪同前来，"她朝特拉德尔微微点点头，特拉德尔连忙起身鞠了一躬，"就是为了在这个问题上不要有任何的怀疑或误解。如果科波菲尔先生，或如果特拉德尔先生，还感到有丝毫的犹豫，不能做出这样的承诺，那就请你们再考虑一段时间。"

我真是欣喜若狂，于是大声说，根本不需要考虑。我异常激动，声明我将严格遵守她们的规定，并请特拉德尔做证。我还说，如果我有丝毫的违背，我就是一个无耻之徒。

"请等一等！"拉维尼娅小姐举起手，说，"早在我们有幸接待你们两位先生之前，我们就已经做出决定，要留给你们一刻钟时间，请你们单独好好考虑这一点。现在，请允许我们暂且回避一下。"

尽管我强烈表明，没有任何考虑的必要，但我的话没有用。她们坚持要回避这样一段时间。于是，这两只小鸟高贵神气地踱步出去了，这样一来，我趁此机会，接受了特拉德尔的祝贺，并享受了一番漫步天国的幸福时光。一刻钟时间刚到，不早不晚，这两位小姐再次出现，她们出门时的那种高贵神气仍然挂在脸上。她们出去时发出阵阵窸窣声，仿佛她们的衣服是用秋天的树叶缝制而成的；她们回来时，衣服仍然窸窣作响。

这时，我再次声明，将严格遵守她们的规定。

"克拉丽莎姐姐，"拉维尼娅小姐说，"下面的问题归你处理了。"

克拉丽莎小姐那一直交叉在胸前的双臂，这才第一次分开来，拿过我的那封信，看了看备忘录。

"如果科波菲尔先生方便的话，"克拉丽莎小姐说，"我们很高兴邀请他每个礼拜天来这里吃正餐。我们的正餐时间是三点钟。"

我鞠了一躬。

"在剩下的其他时间里，"克拉丽莎小姐说，"我们很高兴邀请科波菲尔先生选一个时间来这里吃茶点。我们吃茶点的时间是六点半。"

我又鞠了一躬。

"每星期两次，"克拉丽莎小姐说，"不过，也许不会更多了。"

我又鞠了一躬。

"科波菲尔先生在信中提到的那位特洛伍德小姐，她也许也会来访问我们，"克拉丽莎小姐说，"如果这种访问能促进双方的幸福，我们就欢迎她来访问，并会回访她们。如果这种访问有损于双方的幸福，那就不必访问了，就像我们弟弟弗朗西斯和他的家庭那样，我们的态度十分鲜明。"

我表示说，如果我姨奶奶能够结识她们，一定会倍感荣幸，她一定会高兴前来拜访她们。不过，我必须承认，她们是否能够相处愉快，这我不能保证。眼下条件已经谈妥，我便用最热烈的态度向她们致谢，随后，先拉起克拉丽莎小姐的手，再拉起拉维尼娅小姐的手，分别在我嘴唇上按了一下。

接着，拉维尼娅小姐站了起来，叫我跟她一起出去，请特拉德尔先生稍微等候。我跟在她身后，激动得浑身颤抖起来。她带着我走进另一个房间，在那里，我看到我那可爱的宝贝朵拉，她正双手捂着耳朵，可爱的小脸蛋对着墙，躲在门后面，而吉普脑袋上包裹着一条手巾，被关在盘碟保温箱里。

哦！她身穿黑色长裙，是多么漂亮啊！刚开始，她躲在门后面，伤心地哭泣着，不愿意出来见我。后来她终于出来时，我们深情对视，相亲相爱！我把吉普从保温箱里抱出来，让它重见天日，它一个劲儿地打着喷嚏，我们三个又团聚了。这时候，我觉得自己置身于幸福的天庭之上！

"我最亲爱的朵拉！现在，你永远是我的了，千真万确！"

"哦，别这么说！"朵拉哀求着说，"求你别这样说！"

"永远是我的，难道你不愿意吗，朵拉？"

"哦！是你的，当然是的！"朵拉说，"可是我好害怕呀！"

"害怕，我亲爱的？"

"哦，是的！我不喜欢他，"朵拉说，"他为什么不走呢？"

"你在说谁呀，我的宝贝？"

"你的朋友呀，"朵拉说，"这事和他毫无关系。他一定是个大傻瓜！"

"我亲爱的！"她如此天真烂漫，简直是最讨人喜爱的人，我对她说，"他是个大好人呢！"

"哦，不过，我们并不需要什么大好人呀！"朵拉噘着嘴说。

"我亲爱的，"我劝说她，"你很快就会熟悉他，也会很喜欢他的。过不了多久，我姨奶奶也会来拜访，你认识了她，也会很喜欢她的。"

"不要，请不要带她来！"朵拉连忙吻了我一下，一副担忧的样子，合拢双手恳求说，"不要来。我想，她一定是个喜欢搬弄是非的老东西，我很讨厌这样的人！不要让她来这儿，大灰！"她一着急，把"大卫"都叫成了"大灰"。

在这样的情况下，怎么劝也无济于事。于是我笑了起来，大大地赞扬了她一番。我觉得自己沉浸在爱情的幸福中。朵拉让我看看吉普的新把戏，它能够靠着墙角，用后腿直立起来。不过一眨眼的工夫，它便倒了下来。要不是拉维尼娅小姐进来叫我出去，我真不知道我会在那儿逗留多久，我把特拉德尔忘得干干净净。拉维尼娅小姐非常喜欢朵拉，她告诉我说，她自己在朵拉那个年龄时，和她长得一模一样——那么她后来一定是大变样了。她对待朵拉，就像对待一个喜欢的玩具那样。我原想说服朵拉出来看看特拉德尔，可我刚一说出口，她就躲进自己的房间，把自己锁在里面了。于是，我只好留下她，独自去见特拉德尔。然后我们一起向主人告辞，心中乐开了花，飘然回去了。

"事情真是称心如意呀，"特拉德尔说，"我觉得，她们都是讨人喜欢的老小姐。科波菲尔，也许你会比我早几年结婚的，我觉得这太自然不过了。"

"你的苏菲会弹奏什么乐器吗，特拉德尔？"我带着骄傲的心情问他。

"她会点钢琴，水平够得上教她小妹妹们呢。"特拉德尔说。

"她会唱歌吗？"我问。

"嗯，有时会唱一些民歌，当家里人情绪不好的时候，她会唱唱歌，来给她们提神，"特拉德尔说，"但没有受过专业训练。"

"她不会拿着吉他边弹边唱吧？"我问。

"哦，她不会呀！"特拉德尔说。

"会画画呢？"

"一点不会。"特拉德尔说。

我向特拉德尔许诺说，一定要让他听朵拉唱歌，看她画的花。他说他一定会非常喜欢的。于是我们俩相互挽着胳膊，喜气洋洋地回家了。我一路上极力鼓励他谈谈苏菲。他说起苏菲来，眉飞色舞，心旌摇荡，让我非常羡慕。我不由得将苏菲和朵拉相比，心里倍感骄傲。不过我不得不承认，苏菲和特拉德尔，真是天造地设的一对。

一回到家，我向姨奶奶通报了这次会谈的胜利成果，将会谈中的所有细节向她娓娓道来。她见我这么开心，她也特别开心，并答应我，将尽快去拜访朵拉的两位姑妈。但是，就在当天夜晚，我正忙着给艾妮丝写信，姨奶奶一直在我们的这几个房间，来来回回地走着，走了很久都停不下来，我甚至担心，恐怕她要一直走到天明。

　　在信中，我向她表达了感激之情，我告诉她，我听从了她的意见，从而取得了意想不到的收获。当原班的邮车返回时，我就收到了她给我的回信。在她的信里，洋溢着希望，洋溢着真诚，也洋溢着开心。她说，从收到我的信起，她一直都很开心。

　　眼下，我比过去更加忙碌了。我每天都要去海盖特见斯特朗博士，相比之下，去帕特尼见朵拉的姑妈，路途就更远了。当然，我非常乐意去帕特尼，次数越多越好。因为约定的吃茶点时间比较晚，等这儿结束了再去海盖特就太难了，于是我向拉维尼娅小姐提议，允许我每个星期六下午去访问，但这不影响专属于我的礼拜天的访问。于是，每个周末都是我的快乐时光；而在其他的时间里，我则天天盼望着周末的到来。

　　总的来说，我姨奶奶和朵拉的两个姑妈，相处还算愉快，比我想象中好多了，于是我大大地松了一口气。在我那次拜访之后，没过几天，姨奶奶就兑现了她的承诺，前去拜访了她们。又过了几天，朵拉的两个姑妈也郑重其事地回访了姨奶奶。从此以后，大约每隔三四个星期，她们之间就会相互拜访一次，形式相同，但友谊越来越深厚。姨奶奶根本不顾及体面，不愿意坐马车去，而是步行去帕特尼。而且她选择的时间也总是出人意料，要么是主人刚刚吃过早餐，要么是吃茶点之前。而且她的戴帽习惯不合社会习俗，只顾自己舒服，想怎么戴就怎么戴，我知道，这样的举动让朵拉的两位姑妈很难受。但是，朵拉的两个姑妈很快就达成共识，认为我姨奶奶桀骜不驯，颇有男性的刚烈秉性，做事很理性。虽然姨奶奶有时会对各种礼俗发表一些离经叛道的看法，并因此使得朵拉的两位姑妈有些恼怒；但是姨奶奶太爱我了，所以能以大局为重，克制自己的一些古怪的脾气，以求得大家和谐相处，相安无事。

在我们这个小小的社交圈子里，只有一个成员坚决不肯适应这种环境，那就是吉普。它每次见到姨奶奶，立即就会龇牙咧嘴，退缩在椅子下面，狂吠不已，有时还会发出一声哀鸣，好像它在情感上完全接受不了姨奶奶这样的人似的。为了改变它的态度，各种方法都使尽了，哄它，骂它，打它，甚至还带它去白金汉街，可是它一到我们家，就朝姨奶奶的猫扑过去，把在场的人都吓了一跳。不管怎么，它态度强硬，坚持不与姨奶奶和解。有时候，它似乎克制住了自己的憎恶，相安无事待上几分钟；很快，它又翘起它那扁平的鼻子，一个劲儿地狂叫着，不得不拿手巾蒙上它的眼睛，关进保温箱里，除此之外再也没有更好的办法了。后来，朵拉只要听到通报说姨奶奶到了门口，她便会拿块手巾，把它蒙起来，关进保温箱里。

当我们的关系这样平稳向前发展时，我开始担忧起一件事情来。那就是，大家似乎不约而同地把朵拉看成一件漂亮的玩具或宠物。当姨奶奶慢慢和她熟络起来，便总是叫她"小花儿"；拉维尼娅小姐的所有生活乐趣，就是伺候她，为她卷头发，为她做装饰，把她当作一个受宠的孩子。拉维尼娅小姐怎么做，她的姐姐也跟着那样做。我觉得她们这么做太奇怪了，她们这样对待朵拉，就像朵拉对待吉普一样，宠爱有加。

因此，我决心和朵拉谈谈这事。有一天，我们单独外出散步——我们没过多久就获得拉维尼娅小姐的许可，可以单独外出散步了——我对朵拉说，我希望她能通过努力，改变别人对待她的态度。

"因为你知道，我亲爱的，"我劝说她，"你不是个孩子了。"

"好啦！"朵拉说，"你现在要发脾气了！"

"我在发脾气吗，亲爱的？"

"我相信，她们对我都很好，"朵拉说，"我也很快乐呀。"

"哦！可是，我最亲爱的宝贝！"我说，"让她们正常地对待你，你同样也可以得到快乐呀。"

朵拉娇嗔地瞪了我一眼——多么迷人的一眼——紧接着，她便呜呜地哭了起来。边哭边说，我如果不喜欢她，为什么还死缠烂打地要和她订婚？我如果很讨厌她，为什么不转身就走开？

如此一来，我便束手无策了，只好吻她，把她的眼泪吻干，并且告诉她，我是多么深爱着她。

"我相信我是个重感情的人，"朵拉说，"大灰，你不该对我这么狠心呀！"

"狠心？我最亲爱的宝贝！你这样说，好像我不管怎样，都真的会——竟然能够——对你狠心似的！"

"那就不要苛责我，"朵拉说着，并嘟起小嘴，就像一朵含苞的玫瑰花，"我就会好好的。"

接着，她主动向我说起，让我把以前提到过的那本烹饪书给她看，还要我教她记账，因为这是我以前许诺过的，她的这些话让我大喜过望。所以下一次我去拜访时，便把那本书带了过去。为了让这本书看起来不那么枯燥，我事先还把那本书精心包装了一番，显得很有吸引力。我们在公园里散步时，我利用这个机会教她记账，把姨奶奶的一个旧账本带给她看，还给了她一沓便笺簿，一个漂亮的小铅笔盒，一盒铅笔，让她练习着料理家务。

但是，那本烹饪书让朵拉颇为头疼，而记账的数字弄得她都哭了。她说，那些数字老是捣乱，不肯相加。于是，她把那些数字全部擦掉，在便笺簿上画满了一束束的小花，还有我和吉普的肖像。

后来，一个星期六的下午，我们外出散步时，我做出开玩笑的模样，试着让她学习料理家务方面的任务。比如，当我们经过一家肉店时，我就说：

726

"我亲爱的宝贝，假如我们现在已经结婚了，你要去买一块羊前腿肉，用来准备晚餐，你知道该怎么买吗？"

我漂亮的小朵拉脸色阴沉下来，又把小嘴噘成一朵含苞的玫瑰花，好像她想用一个亲吻，来堵住我的嘴。

"你知道该怎么买吗，亲爱的？"因为我不肯罢休，于是又重复了一遍。

朵拉想了想，然后似乎有些得意地回答：

"哦，肉铺的老板知道怎么卖肉，那为什么非要我知道不可呢？哦，你这傻小子！"

这样的情况还发生过，有一次，我一边看着那本烹饪书，一边问朵拉，假如我们结婚了，我想吃一份美味的爱尔兰炖肉①，她该怎么做呢。她回答说，那只需吩咐仆人去做就行了。接着伸出两只小手，挽着我的胳臂，迷人地大笑起来，没有比这更迷人的笑容了。

结果，那本烹饪书的主要用处，就是放在屋墙角，训练吉普在上面站立着。当朵拉把吉普训练得站到上面去，而且还不愿意下来，同时还能叼起那个记账训练用的小铅笔盒，她高兴得手舞足蹈，因此，我也很高兴买了这本书。

于是，我们回到愉悦的生活中，弹吉他，画花卉，唱着歌曲，"我们都应该不停地跳舞，嗒拉拉！嗒拉拉！"一个星期有多长，我们的快乐就有多长。我有时候想着，最好冒昧地向拉维尼娅小姐暗示一下，指出她把我的心上人过于当成一个玩物对待了。我有时候也会恍然大悟，发现自己与他们同出一辙，也把朵拉当成一个玩物了——只不过并不总是那样对待她而已。

---

① 爱尔兰炖肉，是土豆洋葱炖牛肉。

第42章 作恶多端

　　我觉得，即使这篇小说是只写给自己看，我好像也不应该如此长篇累牍地去描述，我如何凭借对朵拉和她两位姑妈的责任感，如何艰苦卓绝地练习速记技能，并如何精益求精。我已经描述了我在这段时间里的艰辛努力，也描述了在这段时间里，我内心开始日渐成熟的忍耐力。我知道，如果这种忍耐力多少算作一种力量的话，那就应该是我性格中有力的品质。除此之外，我只想补充一句：如今回顾往昔，我发现，这种忍耐力正是我的成功源泉。在这人世间的道路上，我是一个幸运儿，许多人比我更加刻苦，但是取得的成就却不及我的一半。不过，所幸我当年养成认真细致、有条不紊、勤勉努力的习惯，也能够做到即使许多事情纷至沓来，我也可以在一段时间里集中精力，从容不迫地只做一件事，如果不是这样，我永远不可能取得我今天的成就。苍天可鉴，我写这番话，没有半分自吹自擂的意思。一个人回顾自己的生平，像我这样一页页地追忆往昔，除非是一个完美无缺的人，他一定会深切地感到悔恨，认为自己浪费了许多才智，错过了许多机会，也会感受到，涌动着各种令他心猿意马的杂念，不断在心中交锋，并最终被击垮。我相信，我的天赋得到了充分施展。我的意思只是说，在我一生中，无论做什么事，都总是全心全意去做；无论从事什么工作，都总是完全投身于其中；一切事务不分大小，我都能认真对待，坚持到底。我一向坚定地相信，任何先天或后天的才能，如果不辅以坚忍不拔、兢兢业业和积极努力的品质，都是绝对不能获得成功的。世上没有轻轻松松取得成功的美事。一边是出众的才智，一边是幸运的机遇，这会构成梯子两边的立柱，可以供人往上攀爬，但梯子的一级级横木，必须要用耐磨耐拉的材质做成，除了热忱、认真、脚踏实地以外，没有其他任何东西能取而代之。凡是需要我全身投入的事情，我决不只伸出一只手；无论我做什么事，决不自暴自弃；现在我发现，这已经成了我的座右铭了。

如上所述，我把自己的所作所为归纳成了座右铭，这当中有多少内容该归功于艾妮丝，我不想再在这里重提了。下面我对艾妮丝的描述，都满怀着对她无尽的感激和敬爱。

艾妮丝来到斯特朗博士家，将小住两个星期。威克费尔德先生是博士的老朋友了，博士想和他聊聊，希望能给他一些帮助。艾妮丝上次来伦敦，就是来促成这件事，而这次的访问，便是上次谈话的结果。她和她父亲一起来。她说，她答应要在这附近为希浦太太找个住处，因为希浦太太有风湿病，换个环境有助于疗养，而希浦太太本人也很乐意来这儿，和这些人做个伴。听到这样的消息，我并没有感到吃惊。第二天，尤利亚像个孝子一样，把他的母亲大人恭送到这里来，对此我也不感到吃惊。

"你知道，科波菲尔少爷，"当尤利亚非要陪着我在博士的花园里散步时，他说，"一个恋爱的人，总会有点妒忌，至少是，很担心自己所爱的人。"

"那现在你又妒忌谁呢？"我问。

"谢谢你，科波菲尔少爷，"他回答说，"现在还没有特别让我妒忌的人，至少没有这样的男人。"

"你的意思是，你现在妒忌一个女人？"

他用他那充满恶意的红眼睛，斜着瞥了我一眼，然后大笑起来。

"说真的，科波菲尔少爷，"他说，"我应当称你为先生，不过我知道，你会原谅我这个已经养成的习惯。你多么善于启发呀，你就像一个开瓶器，把我的话全都给倒出来了！好吧，不瞒你说，"他一边说着，一边把他那像鱼一样的手放在我手上，"一般来说，我这种人，不喜欢向女人讨欢心，先生，在斯特朗太太眼里，我从来就不是这样的人。"

他带着一副无赖的狡诈神色看着我，眼中全是妒忌。

"你这话是什么意思？"我问。

"唉，我虽然是个律师，科波菲尔少爷，"他干巴巴地笑着，回答说，"但是这会儿，我嘴上说的意思，就是心里想的意思。"

"你显出那样的神态，是什么意思呢？"我不动声色地反问他。

"那样的神态？哎呀，科波菲尔，你眼睛真够敏锐呀！我显出那样的神态，会是什么意思呢？"

"是呀，"我说，"你显出那样的神态，会是什么意思呢？"

他似乎觉得这特别好玩，放声大笑起来，仿佛这是出自他的天性。他用手搓了搓下巴，耷拉着眼皮，继续说，边说边仍旧慢悠悠地搓着下巴：

"当年，我还只是个卑贱的小文书，斯特朗太太从来都不正眼看我，她老是让我的艾妮丝来来往往到她家里去，也一直把你当朋友，科波菲尔少爷，而我在她的眼中，地位卑下，不屑一顾。"

"唉！"我说，"就算是那样，又怎么样呢？"

"连他也认为我地位卑下，不屑一顾。"尤利亚继续搓着下巴，一副若有所思的样子，清清楚楚地说。

"难道你不知道博士的为人吗？"我说，"如果你不站在他的眼前，他是完全觉察不到你的存在的。"

他又斜着眼瞥着我，把下巴伸得老长，这样方便搓痒，回答我说：

"哎呀，我指的不是博士！哦，不是那个可怜的人！我指的是麦尔登先生！"

我听到这话，心一下沉了下去。在这个问题上，我以前所有的怀疑和担忧，博士是否能得到幸福和安宁，是否能保持清白，或名声受损，我原本对这一切都理不出头绪的，现在我恍然大悟，所有的这一切，原来都在这家伙的掌控之中，任由他玩弄于股掌之间。

"他只要一来事务所，就对我盛气凌人，颐指气使，"尤利亚说，"他算得上一位高贵的上等人！我那时很怯懦，自惭形秽——现在也是这样。不过我当时就不喜欢他对我的态度——现在也是这样！"

他不再搓着他的下巴，把两边脸颊往里猛吸，吸得两边都几乎要贴在一起了，这个时间里，他仍然斜眼瞥着我。

"她真是个漂亮的女人，真是，"他的脸慢慢恢复到正常的样子，接着说，"不过她不肯和我这样的人做朋友，这我知道。唆使我的艾妮丝变得自恃清高，她可以说是罪魁祸首。唉，我这种人，不喜欢向女人讨欢心，科波菲尔少爷，可是很早以前，我就长着一对眼睛。我们卑贱的人，总的来说，都长着眼睛，我们也会用眼睛看事物的。"

我努力想做出无动于衷的样子，可是从他脸上的表情看出，我的这番努力效果不佳。

"我再也不想让人随意践踏了，科波菲尔，"他接着说，露出恶毒的得意神情，把原该长眉毛的地方扬了扬——如果他脸上会长出眉毛的话，那也应该是红色眉毛的，"我要尽我所能，结束她们之间的这种友谊，我反对这种友谊。不瞒你说，我这个人生来就心胸狭窄，如果有谁要从中作梗，我一律要把他们扫地出门。只要我察觉到了，我就一定会采取措施，决不容忍有人算计我。"

"我想，你总在暗算别人，所以这会让你觉得，每一个人都像你这样。"我说。

"也许是这样吧，科波菲尔少爷，"他回答说，"可我有自己的想法，就像我的合伙人常说的那样。而且我会尽我所能去实现自己的想法。虽然我是个卑贱的人，但也不能让他们欺人太甚了。我决不能任由别人挡着我的道。事实上，他们必须给我让开路，科波菲尔少爷！"

"我不理解你的意思。"我说。

"你真的不理解吗？"他扭了扭身子，说，"你真让我感到惊讶，科波菲尔少爷，你一向都很聪明呀！下次我会尽量说得更明白些。这应该是麦尔登先生骑在马上，在门口拉铃吧，先生？"

"好像是他。"我尽量漫不经心地回答。

尤利亚突然停住了脚步，把他的两手夹在他的两个大膝盖中，笑得直不起腰。他的笑是不发出声音的。没有一丝声音从他嘴里漏出来。他的这场表演让人感到特别恶心，尤其是最后的这一举动，令人作呕，于是我连招呼都没打，转身就走开了。留下他一个人在花园里，弯着腰，像是个失去了支撑的稻草人。

我记得很清楚，我带着艾妮丝去看朵拉，不是在那天晚上，而是第二天晚上，是一个星期六。这次拜访，是我事先和拉维尼娅小姐安排好的，她们邀请艾妮丝去吃茶点。

我心里惴惴不安，既感到骄傲，又感到担忧：骄傲的是，我有这样一位漂亮的小小未婚妻朵拉，担忧的是，不知艾妮丝会不会喜欢她。在去帕特尼的路上，艾妮丝在马车车厢里，我坐车厢外，心里一直想象着朵拉的每一种姿态，那都是我十分熟悉的优美姿态，细细地品味着。时而我决定，我希望她表现出某个时刻的样子，时而又犹豫起来，又希望她表现出另一个时刻的样子。我就这样思前想后，把自己折磨得都快得热病了。

无论她是什么样子，她都会是美艳动人的，这一点我丝毫没有怀疑。不过，我竟然没有想到，她这次的形象美艳绝伦，我从来没见过她那么漂亮。当我把艾妮丝介绍给她的两个姑妈时，朵拉并不在客厅里，而是害羞地躲了起来。不过，我已经知道该去哪儿找到她。果不其然，她又躲在阴暗的旧门背后，仍然是双手捂着耳朵。

刚开始，我怎么劝她都不肯出来。然后她请求，让我看表给她计时，让她待够五分钟再出来。最后，她终于挽着我的胳膊，让我领着她往客厅走，这时候，她那迷人的小脸透着红晕，而且从来没有那么漂亮过。可是，当我们走进客厅时，她的小脸又褪去了红晕，显得很白皙，比原来漂亮一万倍。

朵拉原来很害怕艾妮丝。她以前告诉过我，她认为艾妮丝聪明过头。可是，当她看到艾妮丝那么高兴，那么诚恳，那么体贴，那么和善，她不禁惊喜地轻声叫了一声，立刻热情地搂住艾妮丝的脖子，把她天真的脸贴在艾妮丝的脸上。

我从没那么快乐过。当我看到她们俩并肩坐在一起，看到我的小宝贝那么自然地仰望着艾妮丝那双真挚的目光，我看到艾妮丝那温柔可爱的眼神注视着朵拉时，我从没那么快乐过。

拉维尼娅小姐和克拉丽莎小姐以她们独有的方式分享了我的快乐。这是世界上最美妙的一次茶会。克拉丽莎小姐是主持人。我切开甜饼，分给大家。那两位瘦小的姐妹，就像一对小鸟，开心地啄着饼上的瓜子和糖果。拉维尼娅小姐脸上带着慈祥的神色看着我们，体味着她对我们的恩赐，似乎我们的幸福爱情都是她的功劳。为此，我们都感到心满意足，皆大欢喜。

艾妮丝那温柔的欢快情绪，深深地感染着每个人。凡是朵拉喜欢的东西，她也真心地表示喜欢。她和吉普相识的方式也很成功，吉普很快就把她作为好朋友了。朵拉往常都是坐在我的身边，而现在她很害羞，不肯过来挨着我坐，艾妮丝看到这一切，流露出的那种态度让人舒适愉悦。她举止谦和，落落大方，赢得了朵拉的信任，因此她脸上泛起一大片红晕。有了她，我们的聚会变得完美无缺。

"你这样喜欢我，我特别高兴，"朵拉吃完茶点，对她说，"我原以为你不会喜欢我。由于朱莉娅·米尔斯已经走了，我现在比以前更需要被人喜欢呢。"

顺便提一句，我把这事搞忘了。米尔斯小姐已经坐船走了，朵拉和我曾去了一趟格雷夫森德，到一艘开往东印度的大商船上，为她送行。我们一起吃了午饭，是蜜制姜饼、番石榴酱等一类的美食。临别的时候，米尔斯小姐坐在后甲板的轻便折叠椅上，伤心流泪。腋下夹着一本崭新的大日记本，她准备要把她静观海洋而产生的各种新奇想法，郑重其事地记在这个日记本里。

艾妮丝说，她猜我已经把她形容成一个让人讨厌的人，但是朵拉马上对此予以纠正。

"哦，不对！"她说着，还对我摇着她的鬈发，"他对你赞不绝口呢。他特别看重你的意见，让我都感到害怕。"

"我的好意见，并不能增加他和朋友之间的情分，"艾妮丝笑着说，"所以我的意见是没有什么作用的。"

"可是，如果你愿意，"朵拉做出央求的架势，说，"也给我一些你的那些好意见吧！"

我们拿朵拉开玩笑，笑她很想让人喜欢她。朵拉反驳说，我是只呆头鹅，还说她根本不喜欢我。就这样，那个夜晚的时间，就像长了轻盈的翅膀，悄无声息地很快飞逝了。没过多久，马车接我们的时间到了。我独自一人站在壁炉前时，朵拉无声无息地溜了进来，为的是在我临走前，像往常那样轻轻给我送上珍贵的一吻。

"要是我很久以前就和她交了朋友，大灰，"朵拉伸出她那娇小的右手，悠闲地摩挲着我衣服上的一颗纽扣，明亮的眼睛发出晶莹的光芒，"你会不会认为，我也许会比现在更聪明一些？"

"我亲爱的！"我说，"你在说什么傻话呀！"

"你认为这是傻话吗？"朵拉根本不正眼看着我，回答说，"你真的认为这是傻话？"

"我当然这么认为！"

"我记不得了，"朵拉说着，仍然摩挲着那颗纽扣，"艾妮丝和你是什么关系呢，你这可爱的淘气鬼？"

"我们没有血缘关系，"我回答，"但是我们一起长大的，情同兄妹。"

"不过我不明白，你怎么会爱上我？"朵拉说着，开始摆弄着衣服上的另外一颗纽扣。

"也许是因为我一见钟情，不能不爱上你吧，朵拉！"

"要是你根本就没见过我呢？"朵拉说着，又换了另外一颗纽扣把玩着。

"要是我们根本就没出生呢？"我开心地对她说。

我心中充满了爱意，默默地看着她那只小手，沿着我衣服上的一排纽扣，向上移动着，看着她紧紧依偎在我胸前的一缕缕鬈发，看着她那下垂的眼睛和睫毛，随着悠闲摩挲着纽扣的小手而微微抬起来，我真的感到迷惑，不知道她这时在想些什么。最后，她抬起双眼，与我四目相对，踮起脚尖，显得比平常要沉默些，轻轻给我那珍贵的吻，一下，两下，三下，然后才走出房间。

过了五分钟，朵拉和艾妮丝又一起回来了。刚才还带着罕见的沉默神色的朵拉，而现在，那种神色消失得干干净净。她趁着马车还没有到，嬉笑打闹，坚持要吉普把全套把戏表演一番。这套表演花了不少时间，直到马车到了门前，它的表演还没有结束，这并不是说它表演了很多花样，而是它有些不乐意。艾妮丝和朵拉匆忙道别，但特别热情，她们约定好要相互写信，朵拉说自己要给艾妮丝写信，并希望艾妮丝别嫌弃她在信里写些傻话；艾妮丝也答应要给朵拉写信。在马车门前，她们再次道别了一番。然后，朵拉不顾拉维尼娅小姐的劝告，又跑到车窗前，向艾妮丝第三次道别，叮嘱艾妮丝千万别忘了给她写信，我这时正坐在车厢上面，她还朝我摇摆起她的鬈发。

马车要在考文特加登附近停下来，让我们下车。然后我们换乘另外一辆去海盖特的车。换乘马车需要步行一小段路，在这段路上，我听着艾妮丝对我的朵拉大加赞许，心中无比激动。哦！这样的赞许是多么动听呀！她多么亲切、多么热情地叮嘱我，让我尽最大的努力，去细心照料那已经属于我的小美人！这些话是多么真诚质朴啊！她是多么细心地提醒我，但又不让我感到盛气凌人，她要我对这个孤苦伶仃的小宝贝尽自己的责任！

我爱着朵拉，但那天晚上的爱是最深切，最真挚的。我和艾妮丝第二次下了马车，走在通向博士家的路上，在星光的映照下，周围显得如此幽静。我告诉艾妮丝，我现在这么爱着朵拉，都是她的功劳。

"你坐在她身旁时，"我说，"你好像不仅仅是保护我的天使，也是保护朵拉的天使。你现在也是这样，艾妮丝。"

"一个可怜的天使，"她说，"不过是很忠诚的。"

她的声音清脆动听，直抵我内心深处，我不由自主地说：

"你天生的那种豁达开朗，艾妮丝，我在别人身上从未见过，我今天觉得，你又恢复了往日的神色，我开始希望，你在家里的生活，应该过得快乐一点了吧？"

"我自己觉得快乐些了，"她说，"我感到很快乐，无忧无虑。"

我看了看她那张美丽面孔，正安详地仰望着星空，我觉得，是星光把她的脸映照得那样高贵。

"家里并没什么变化，"艾妮丝沉默了一会儿，对我说。

"难道没再提到过——"我说，"我不想让你伤心，艾妮丝，不过我忍不住想问——没再提到我们上次分别时谈到的那件事吗？"

"没有，还没有提到。"她回答说。

"可是我老是担心着那事。"

"你应该少担心那事。记住，我最终还是相信挚爱和真诚。别为我担心，特洛伍德，"过了一会儿，她又接着说，"你害怕我要做的那事，我绝不会去做的。"

其实，只要稍微冷静地想一想，我应该很清楚，那事是不可能发生的，我不应该感到那么害怕，可是，当我听到她这样真诚地亲口向我保证，我仍然感到巨大的宽慰。我诚恳地把我的感受告诉了她。

"这次拜访后，"我说，"你还会等多久再来伦敦呢，亲爱的艾妮丝? 我们也许再没机会像这样单独在一起了。"

"也许会过很久，"她回答说，"为了我的爸爸，我觉得最好在家里待着。在以后很长的一段时间里，也许我们都不会经常见面了。不过我会经常和朵拉写信，我们可以通过这样的方式，了解到对方的消息。"

这时候，我们来到博士家的小院。时间已经很晚了。斯特朗太太卧室的窗里亮着灯光，艾妮丝指着那灯光，向我道晚安。

"别担心我们的不幸和忧愁，"她向我伸出手说，"只要你幸福，我就会感到无比幸福。只要你能帮助我，那你就放心吧，无论何时，我一定会向你求助。愿上帝永远保佑你! "

看着她欢乐的笑容，听着她快乐的声音，我好像又感觉到，我的小朵拉和她正在一起。我在门廊里仰望着星星，心里充满了爱和感激，站了好一阵子，才慢慢离开。在早先的时间，我就在附近一家整洁的小酒店定了一个房间，我现在正准备回那里去。当我正要走出小院门口时，偶然回头，看到博士的书房还亮着灯光。我想到他正孤军奋战地编着那本词典，而我却没有帮上他，心里不禁暗暗自责。我想去看看他是不是真在忙碌，而且，无论如何，只要他还端坐在书堆中，我也应该向他道个晚安。于是我转过身，轻轻穿过门廊，轻轻推开门，朝房间里望去。

在灯罩遮掩的微弱光线下，我首先看到的，竟然是尤利亚，这让我万分震惊。他靠灯站着，一只瘦骨嶙峋的手掩着嘴，另一只手按在博士的书桌上。博士就坐在书房的那张椅子上，双手捂住脸。威克费尔德先生身体前倾，露出激动而痛苦的表情，犹疑不定地扶着博士的胳膊。

在那一瞬间里，我以为博士生病了。因此连忙往里走，刚跨了一步，这时看到了尤利亚的眼光，我立刻明白这是什么情况了。我本想转身离开，可是博士向我做了一个手势，示意我留下，于是我就走了进去。

"无论怎么样，"尤利亚扭了扭他那丑陋的身子，说，"我们可以把门关上。没必要弄得全城的人都知道。"

他一边说着，一边踮起脚尖走到门边，我当时推开门直接进来了，他又小心把门关上了。然后他又走回来，站到先前的地方。他的言谈举止中，带着一副居高临下的怜悯之情，至少我认为，比他所做出的其他任何举动来，这副神情更令人难以容忍。

"科波菲尔少爷，我觉得，我有义不容辞的责任，"尤利亚说，"把我们之间谈过的那问题告诉博士。虽然当时你并没有真正明白我的意思，是吧？"

我看了他一眼，没有回答他，而是走到我善良的恩师身旁，说了几句安慰和鼓励他的话。他把手搭在我的肩上，在我小时候，他经常这样做。但是，他没有抬起他白发苍苍的头。

"既然你没有真正明白我的意思，科波菲尔少爷，"尤利亚还是带着居高临下的语气，"反正这里没有什么外人，那我这个卑贱的人，就要冒昧地提醒斯特朗博士一下，让他注意斯特朗太太的举动。请相信我，科波菲尔，依照我的秉性，我非常不愿意掺和到这种不愉快的事情里。但实际上，我们都掺和进了这本来不该掺和的事情里。当时你没有明白我的意思，先生，这就是我真正的意思。"

时至今日，每当我回忆起他斜着眼睛看我的那副模样，我就觉得奇怪，当时自己为什么那么克制，居然没有抓住他的领口弄死他？

"我想，你没有弄懂我的意思，"他继续说，"而我也没有向你解释清楚。我们俩都想回避这个话题，这是很自然的事情。不过，我最终还是下定决心，把事情一五一十地说出来。我已经告诉斯特朗博士了——你说什么，先生？"

后面这句话是对博士说的，因为博士刚刚呻吟了一声。我相信，任何人听了那呻吟都会被打动的，可是对尤利亚，却丝毫没有影响。

"我已经告诉斯特朗博士了，"他又接着说下去，"任何人都能看出来，麦尔登先生和斯特朗博士那位人见人爱的太太，彼此太过亲密。由于我们都掺和进了这本来不该掺和的事情里，到了该让斯特朗博士明白这事的时候。早在麦尔登先生去印度之前，这事已经是人人皆知的。麦尔登先生找借口回来，完全不是为了别的原因；他一直都待在这里，也完全不是为了别的原因。你刚刚进来的时候，先生，我正在说服我的这位合伙人，"他转向威克费尔德先生，"让他用自己的名誉起誓，告诉斯特朗博士，他是不是很久以来就有这种看法了。说吧，威克费尔德先生，说吧，先生！劳烦你告诉我们一声，好吗？是还是不是呢？说吧，合伙人！"

"看在上帝的分上，我亲爱的博士，"威克费尔德先生说着，又犹豫不决地把手放到博士胳臂上，"我也许有点猜疑，但是你别太在意了。"

"你看！"尤利亚摇着头，大声说，"这样的证明，真是让人痛苦啊，对吧？威克费尔德先生呀，还算是个老朋友呢！天哪，当我只是他事务所的一个小文书时，科波菲尔，我就看到他为那事坐立不安，至少有二十次。因为想到艾妮丝小姐也掺和进了这本不该掺和的事情，他特别烦恼，你知道。身为父亲，他这样的不安和烦恼是理所应当的，我的确认为，我不能责怪他。"

"我亲爱的斯特朗，"威克费尔德先生声音颤抖地说，"我的好朋友，我必须告诉你，我一直有个坏习惯，我对待每个人的途径，就是简单地看他的动机，用一个狭窄的标准来检验所有的行为。也许因为这样的坏习惯，所以我曾有过那样的猜疑。"

"你有过猜疑，威克费尔德，"博士没有抬头，说，"你有过猜疑。"

"大胆地说吧，我的合伙人。"尤利亚催促道。

"我曾经一度猜疑过，的确是的，"威克费尔德先生说，"我——上帝饶恕我——我以为你也猜疑过。"

"没有，没有，没有！"博士回答说，声调极为悲伤，让人心中不忍。

"我曾一度以为，"威克费尔德先生说，"你把麦尔登打发到国外去，是有意要拆散他们。"

"不是，不是，不是！"博士回答说，"我只是为了让安妮高兴，给她童年的伙伴找个出路，没有别的意图。"

"我也看出是这样的，"威克费尔德先生说，"当你这么告诉我时，我一点也不猜疑。不过，我觉得——请你记住我有个总也改不掉的坏习惯，就是一个狭窄的检验标准——我觉得，在你们年龄悬殊那么大的情形下——"

"这样说就对了，你看，科波菲尔少爷！"尤利亚的神情既像是在讨好，又像摆出一副居高临下的怜悯。

"——一个这么年轻的女人，长得又娇媚动人，无论她是多么真诚地尊敬你，但在结婚的时候，也许是出于追求财产的动机。我并没有考虑到，事实也存在着许多引人从善的良好感情和情况。请你千万要记住这点！"

"看他说的这番话，多么宅心仁厚呀！"尤利亚摇着头说。

"我总是只从一个角度来看她，"威克费尔德先生说，"不过，我的老朋友，珍视你所看着的一切，我请求你，认真考虑这个问题吧。我现在不得不承认，这个问题无法回避——"

"是的，已经到了这种地步，威克费尔德先生，"尤利亚说，"是无法回避的。"

"——我现在不得不承认，"威克费尔德先生神情恍惚地看着他的朋友，说，"我以前的确怀疑过她，觉得她没有对你尽心尽责。如果让我必须把所有的情况都讲清楚，我还要说，我有时候不愿意让艾妮丝和她交往过密，就是害怕她也看到我所看到的情况，或者说，我自认为所看到的那种情况。我的这种想法，从没对任何人说起过，也不打算让任何人知道。尽管这些话你听起来感到很难过，"威克费尔德先生垂头丧气地说，"可是，如果你知道，我说这番话时心里也特别难过，那么你一定会可怜我的！"

博士把手伸向他，这是他天性善良的品质。威克费尔德先生低着头，握住博士的手，久久没有松开。

"我相信，"尤利亚像条海鳗一样，扭动着身子，打破了当时的沉默，"这对所有人来说，都是很不愉快的。可是，我们既然说到了这种程度，我得冒昧地说一句，科波菲尔也注意到这一点了。"

我转过来盯着他，问他怎么敢把我牵扯进去？

"哦！你这个人太善良了，科波菲尔，"尤利亚全身都扭动起来，说，"我们都知道，你性情温和。不过你知道，那天晚上我刚一对你提起，你立刻就明白我是什么意思了。你那时就知道我是什么意思，科波菲尔，你心知肚明。别想不承认！你想不承认，这是因为你老谋深算，但是，你无法否认呀，科波菲尔。"

我看到仁慈的老博士那温和的目光，转移到我的身上，停留了好一会儿。我分明感受到，我脸上的表情出卖了我，因为我往日就产生过怀疑，而且过去的事情历历在目，我根本没法掩饰这一切。生气也没用。过去存在的事实，我无法将其抹去。无论我说什么，都不能挽回。

我们又陷入了沉默。过了一会儿，博士站起来，在房间里来回走了两三趟。然后，他回到自己的椅子那儿，靠在椅背上，不时拿小手帕捂在眼睛上，是那么的质朴和真诚，我觉得，任何表演出来的样子，都无法达到他的状态，这让我对他肃然起敬。这时，他开口说：

"这都是我的责任。我觉得这都是我的责任。由于我的原因，让我心爱的人遭受折磨，遭受诽谤——即使这种想法深藏在任何人的内心，我也称之为诽谤。如果不是因为我，她永远不会遭受这样的折磨，这样的诽谤。"

尤利亚·希浦抽了抽鼻子，我估计他是在表示同情。

"如果不是因为我，"博士说，"我的安妮决不会遭受这样的一切。诸位，先生们，你们都知道，我已经老了。今天晚上，我觉得我继续活下去也没什么意思。但是，我要用我的生命——我的余生——来保证，刚才的这番谈话所涉及的那位女士，是可爱的、忠诚的、遵守妇道的！"

我觉得，即使是最具绅士风度的侠客骑士，即使是艺术家想象中最英俊多情的人物，都不能像这位质朴的老博士那样，能够庄严肃穆地说出这样一番感人的话来。

"不过，我并不打算否认，"他继续说，"也许我不自觉地想承认这一点，那就是，我可能不自觉让这位女士陷入了不幸的婚姻中。我这个人，向来不擅长细心观察。眼下，有你们这几位不同年龄、不同地位的人，而你们的观察结果明显一致，而且又这么自然，这让我不得不相信，你们肯定比我看得清楚。"

我在本书的其他地方也提到过，他总是以善良仁慈的态度对待他年轻的妻子，这常常让我对他心怀敬仰。而在今天这个时刻，他每次提到她，都表现出无比尊敬，无比温柔，而且容不得别人对她有丝毫怀疑，他对她倍加推崇，在我眼里，他的这种态度让他更加高尚，甚至无法用语言来描述。

"我和这位女士结婚时，"博士说，"她还很年轻。她那时候性格还没定型，我就把她娶进了家门。如果说她的性格发展成现在这样，那也是我给她塑造出来的，我为此感到高兴。我熟悉她的父亲。我也熟悉她。我竭尽所能地去教导她，因为我爱慕着她那高尚美好的品质。如果我利用了她对我的感激和爱慕，而让她遭受了委屈，我诚挚地请求她原谅我。虽然我不是故意要这样做，但也许我真的让她受到了委屈，我只求她宽恕！"

他走到房间的另一头，又走回原来的位置。由于太过激动，他那低沉的声音在颤抖，他那抓着椅子的手也在颤抖。

"我一直觉得自己是她的保护伞，让她免受人生危险和世事变幻。我自己一直认为，虽然我们之间年龄悬殊，但是她跟着我，可以过上平静而满意的生活。我不是没考虑过，有朝一日我离开人世，她将获得自由，那时候她依然年轻，依然美丽，但她的思想更加成熟了。先生们，我真的考虑过这一点，请相信我！"

他如此诚恳，如此宽厚，似乎让他那原本普通的外表，也焕发出了光芒。他说的每一个字都铿锵有力，没有其他任何方式能赋予如此的力量。

"我与这位女士在一起的生活，一直都是幸福的。我一直心怀感激，我觉得自己享受着幸福，而让她受着委屈，直到今天晚上为止。"

他说这话时，声音颤抖得越来越厉害，所以停顿了一下，才接着往下说：

"我这一生很可怜，总是做着各种各样的梦。而现在，我从梦中突然醒来，看到她对这位与自己年龄相当的往日玩伴，怀有愧疚之情，而这是无可非议的。她对他怀有天真的愧疚，无可非议地假设，如果没有我，情况又会怎么样。恐怕这也是真实存在的。在刚刚过去的这一个钟头里，我倍感痛苦，但是我注意到了许多过去视而不见的东西，它们现在重新出现在我的眼前，而且都蕴含了新的意义。但是，先生们，除此以外，在提到这位女士的名字时，绝不能再有丝毫的怀疑。"

在说这番话的一小段时间里，他的眼睛炯炯有神，声音坚定有力。接着，他又沉默了一小段时间。然后，他又恢复了先前的神态，继续说：

"现在我明白了，是我自己造成了这样的不幸，那只得由我坦然接受。心怀抱怨的应该是她，而不是我。她遭受了别人的误解，这是多么残酷的误解，就连我的朋友们都不免产生那种误解，所以我的责任就是，让她免遭这种误解！有朝一日，我会离开人世，如果上帝大发慈悲，就让这一天早日到来吧。我希望通过我的死，来让她摆脱束缚，到了那时候，我会怀着无限的信任和爱慕之情，看一眼她那忠诚的容颜，然后才合上我的双眼。让她从此尽情享受更加幸福和光明的生活，并永远不再忧伤。"

他是那么真诚和善良，又是那么质朴纯真，这些品质交相辉映，相得益彰，让我感动得热泪滚滚，模糊了我的视线，都快看不清他了。他慢慢走到门口，又说：

"先生们，我已经向你们吐露了我的真心。我相信，你们会认真考虑的。我们今天晚上说的这些话，永远不要再提了。威克费尔德，我的老朋友，伸手帮我一把，扶我上楼去吧！"

威克费尔德先生连忙跑到他的身边。他们什么话都没再说，一起慢慢走出了房间。尤利亚就在他们身后，一直看着他们。

"你看，科波菲尔少爷！"尤利亚回过头，谦卑地对我说，"这件事的发展，并不像原来期望的那么顺利。这位老学究，虽然是个大好人，可是却像块顽石一样，冥顽不灵。不过我觉得，这个家庭算是完蛋啦！"

哪怕不考虑他说的内容，但就凭说话的腔调，都已经把我气得发疯了，我这一辈子，如此愤怒的情形只有这一次。

"你这个恶魔，"我说，"你竟然把我也拉进你的阴谋圈套里，你居心何在？你这个虚情假意的恶棍，你刚才居然想让我给你做证，就好像我们是提前商量好的，你为什么这么无耻？"

我们面对面站着，他脸上露出暗自得意的神情，他的伎俩昭然若揭，而现在更是原形毕露。亏他刚才还装出一副亲密无间的样子，他要给我讲些掏心窝的话，原来是居心叵测、别有用心，想给我设下一个天衣无缝的圈套，诱使我上当受骗。这让我忍无可忍。他那张瘦脸凑到了我的面前，于是我被引诱着伸手给了他一巴掌。我用的力太大了，结果我的手疼得像火烧过一样。

他一把拽住我的手。我们就那样站在那里僵持着，互相瞪着眼睛。我们这样站了很久，时间长得足以让我看到，在他那猪肝色的脸上，我的手指留下的五个白色指痕慢慢消失，他的脸涨得通红。

"科波菲尔，"他终于开口说，气都喘不过来，"你抛弃了理性吗？"

"我抛弃的是你，"我说着，把我的手用力挣脱出来，"你这个混账东西，我再不和你来往了。"

"不会吧？"他说着，大概是太疼了，用手捂着脸，"也许这由不得你呢？你这样做，是不是忘恩负义呢？"

"我曾多次告诉过你，"我说，"我讨厌你。现在，我更要明白无误地告诉你，我真的讨厌你。我凭什么害怕你对周围的人干坏事？除了干坏事，你还能干什么？"

我这是在暗示他，过去和他的交往，是因为我一直有某些顾虑，他也完全知道我话里的意思。我相信，如果不是那天晚上艾妮丝给我保证说，我担心的事情不会发生，那么我就不会打他一巴掌，也不会给他那些暗示。而现在，我豁出去了，没什么可顾虑的。

我们又这样僵持了很久。他看着我时，他的眼睛里似乎汇集了各种颜色，让他的眼睛变得更加丑恶。

"科波菲尔，"他把手从脸上放下来，说，"你老是和我过不去。我知道，还在威克费尔德先生家时，你就跟我过不去。"

"随你怎么想，"我余怒未消，对他怒气冲冲地说，"你活该挨揍！"

"可我一直喜欢你，科波菲尔！"他说。

我根本不想理他，拿起帽子，准备回去了。这时，他斜穿过来，挡在我和门的中间。

"科波菲尔，"他说，"吵架要有两个对手，离了你，多没意思啊。"

"你给我滚开！"我说。

"别这么说！"他回答说，"我知道，你将来会后悔的。你怎么能发这么大的脾气呢？这显得你反而还不如我了。不过，我会原谅你的。"

"你原谅我！"我轻蔑地说。

"我原谅你，这是我的事，你是没办法的，"尤利亚回答说，"你好好想一想，我一直都拿你当朋友，而你竟然会打我！但是，没有两个对手，也就无法吵架了，我不做其中一个对手。不管怎么说，我要做你的朋友。因此，你现在应该明白，你可以预料到以后会是什么样的。"

为了避免在夜深人静的时候惊扰这一家人，我们的这番对话都不得不压低了声音。他说得很慢，我说得很快，但这不能缓解我的愤怒。不过，我的火气正慢慢平息下来。我只是对他说，我一直都预料到他会是什么样的，现在还能预料到他是什么样子，他还从来没有出乎我的预料之外。我说完，用力打开门，门朝着他压过去，仿佛他不过是一颗大核桃，正放在门后等着压裂开来。然后我便走出了住宅。不过，他也没住在这里，而是去他母亲的住所里过夜，所以我走出没有多远，他又追了上来。

"你要知道，科波菲尔，你这么做真是荒谬至极，"他对着我的耳朵说着，因为我连头也没回过去看他，他只好在我背后说，我觉得他说的话倒是没错，但更让我火冒三丈，"科波菲尔，你不能把这看作是勇敢的举动，因此你只能接受我对你的原谅。我不想把这事告诉我母亲，我对谁也不说。我决心原谅你。不过，我仍然很不解，你明明知道我是一个很卑贱的人，你竟然会动手打我！"

我觉得我并不高尚，我的卑贱仅次于他。他对我的理解，超过了我对自己的理解。如果他回击我，或者公开地挑衅我，我反倒会感到宽慰，让自己得到解脱。可是他把我放在文火上慢慢烤着，让我后半夜里，一直在这文火上备受煎熬。

　　第二天早上，我出门时，教堂敲响了晨钟。尤利亚正和他的母亲在来回散步。他好像什么事情也没有发生似的，热情地向我打招呼，我也不得不回应他。我想，我打他的那一巴掌应该是很重的，足以痛彻牙齿。不管怎么说，他的脸裹在一条黑丝帕里，上面严严实实地扣着一顶帽子，这般装束，丝毫没让他变得好看半分。我后来听说，他星期一上午去伦敦看牙医，并拔了一颗牙。我希望那是颗大牙。

　　博士捎信给我说，最近他身体不适。在威克费尔德先生父女在此做客的这段时间里，每天大部分时间里，他都闭门谢客，独自一人待着。直到艾妮丝和她父亲告辞，又过了一个星期，我们的日常工作才重新开始。在恢复工作的前一天，博士亲自交给我一封短信，信是折叠着的，没有封口。短信是写给我的，语言不多，但非常亲切，他殷切叮嘱我，要我永远别再提那晚发生的事情。我只把那事悄悄告诉了我姨奶奶，除此之外，未对任何人说起过。我不能找艾妮丝讨论那事，当然，艾妮丝也不会想到，那天晚上会发生那样的事情。

　　我相信，就连斯特朗太太本人，当时也没想到会发生那样的事。直到几个星期后，我才看到她身上一些细微的变化。这个变化发生得很慢，就像是无风时的云彩一样，一点也不迅疾。一开始，她好像有些纳闷儿，不理解博士为什么用那么温柔慈爱的方式对她说话，也不理解博士为什么期盼让她母亲过来陪着她，免得感到生活枯燥乏味。在我们工作的时候，她就坐在旁边，我经常看到她抬着头，凝神仰望着博士，脸上的表情让人难以忘怀。后来，我有时候看到，她双眼含泪，站起身走到屋外去。就这样，不知不觉间，她那美丽容颜蒙上了一层忧郁的阴影，而且日复一日，阴影越来越深。玛克勒姆太太经常来府上拜访，可是她只顾着唠叨个没完，全然没注意到斯特朗太太的变化。

斯特朗太太原本是博士家的阳光，现在，由于这种变化悄悄笼罩在了她的身上，博士的容貌也变得更苍老、更严肃了。博士原本就对她脾气温和，态度慈祥，亲切体贴，如果这样的情感还可以升华，那么可以说，博士做得比以前更好了。就在她生日那天，我们一清早就开始工作，她又走进来，在窗前坐下。她一向都是这样做的，但这一次，她坐在那儿的神情颇有些胆怯和不安，那副模样真是楚楚可怜。我看到博士走过去，双手捧着她的头，在前额上吻了吻，然后就匆匆走出屋子，似乎是因为他太过激动，所以无法继续待在屋里。而斯特朗太太就像一尊雕像，一动不动地站在原地。后来，她低下头，攥着双手，失声痛哭起来，那种悲痛的心情，难以言说。

从那以后，我总感觉到她想要说点什么，偶尔只有我们两个人的时候，她想对我说点什么。可她始终没说出来。博士总是能想方设法地让她和她母亲出门去，参加各种娱乐活动。玛克勒姆太太只喜欢娱乐，而对其他事情都很容易厌烦，每当有这样的机会，她都会兴高采烈地去参加，而且还会称赞一番。可是安妮总是一副无精打采的样儿，一点儿也开心不起来，任由母亲带着，去什么地方也懒得过问，好像对什么都索然无味。

我不知道怎么办才好，我姨奶奶也想不出好办法来。她忧心如焚，在屋子里不停地走来走去，加起来的路程都超过一百英里了。最让人瞠目结舌的是，似乎唯有某一个人，能深入到这个不幸家庭的隐秘世界，并成功地让这对夫妻缓解痛苦，这个人竟然是狄克先生。

在这件事情上，他是怎么想的，或持有什么看法，我也说不清楚，我也不指望他能帮我理清。但是，他对博士佩服得五体投地，我在讲述我学习生活时就提过。正是拥有了由衷的敬佩，就自然而然产生一种细致入微的洞察力。即使是一个低等动物，也会对人生出这种洞察力，这种能力比智慧还要强。如果我能使用"心智"这个词，那可以这样说，在狄克先生的心智里，照进一束理性的光明。

他利用大量空闲时间，陪着博士在花园里来回散步，这一特权让他倍感荣幸，因为以前在坎特伯雷时，他就经常陪着博士在"博士路"上散步。事情刚刚发展到这种地步，他便把自己所有的空闲时间都用在散步上面。他每天特意比以前起床更早，这样能增加他的空闲时间。如果说，在以前，当博士把自己的杰作，也就是那部词典，读给他听时，他会无比愉悦，那么现在就得说，博士如果不把词典从口袋里取出来读给他听，他就会无比难受。当博士和我在一起工作时，狄克先生便和斯特朗太太来回散步，帮她修剪她心爱的花朵，清理花坛边的杂草，并且变成了他的习惯。我得说，他一个小时也说不上十句话，可他那默默地关切，殷切的面孔，在博士夫妻俩之间产生了心灵的共鸣，他们俩都知道对方爱着狄克先生，而狄克先生也爱着他们俩。于是，他成为博士夫妻之间的桥梁，其他任何人都难以企及。

我每当想到他，便会想起他脸上露出的高深莫测的智慧；会想到他陪着博士来回散步，受着词典中那些艰涩的词语折磨，却感到怡然自得；我也会想到他跟在安妮身后，提着大大的喷壶的样子；会想到他戴着手套，跪在地上，趴在那些小小的花叶丛中，耐心细致地干着园艺活；会想到他所做的每一件事，都在表现着他想与安妮做朋友的愿望，这种微妙的愿望是任何哲学家都表达不出来的；我会想到从喷壶的每一个孔中，喷出来的都是同情、忠诚和友爱；他虽然遭受过不幸打击，但是他那受过伤害的头脑，在这种情形下从来没有犯过迷糊，他从不把倒霉的查理一世带到这个花园来，他愉快地干着活，没有半分的犹豫，如果知道出了什么差错，他从不置若罔闻，而是态度坚决地给予纠正。每当我一想到他的这些所作所为，便会感到无地自容，因为他是一个精神不太健全的人，而与我这个正常人相比，他毫不逊色。

"除了我以外，特洛，谁也不了解他是怎样的一个人！"当我对姨奶奶谈起这事时，姨奶奶总是很骄傲地说，"狄克终将会显示出他的才能来！"

在结束这一章前，我还要说说另一件事情。当威克费尔德先生在博士家做客的那段时间里，我注意到，邮差每天早晨都会给尤利亚·希浦送来两三封信。由于那段时间事务所业务不忙，所以尤利亚一直住在海盖特，直到别人都走后他才离开。我发现，那些信的信封上都是米考博先生的笔迹，字迹工整。米考博先生现在已经学会了法律界通用的圆体字。根据这些细节，我推测出米考博先生干得挺不错，这让我很开心。可就在这时候，我收到了他那位和蔼的太太的来信，这封信的内容让我大吃一惊。

我亲爱的科波菲尔先生，当你收到这封信时，你一定会感到惊讶。但是当你读完信的内容，你会更加惊讶。而且我要求你承诺，要绝对保密，这会让你更加惊讶。可是，我作为一个妻子和母亲，我的感情需要得到宽慰，但是我不愿找我的娘家人商议，因为米考博先生对他们已经有了憎恶情绪。在我所认识的人中，除了我这位朋友、旧房客外，再没有更合适的人可以商议了。

你也许知道，我亲爱的科波菲尔先生，我和我永不会抛弃的米考博先生之间，一直保持着相互信任的精神。米考博先生有时也许会不和我商量，便开出期票；或者，他也许不愿意把债务的真实期限告诉我。这种事的确发生过。但是，总的来说，米考博先生对深爱着他的那个人——我指的是他的妻子——从来不藏着掖着。每天睡觉前，他都要把当天发生的事详细说出来。

但是，我亲爱的科波菲尔先生，我要告诉你，米考博先生现在完全变了一个人。你可以想象，我心里是多么难过。他变得沉默寡言了。他对我躲躲闪闪了。在那位一直与他患难与共的人眼中——我指的仍然是他的妻子——他目前的生活，成了一个谜团。不瞒你说，我现在对他一无所知，只知道他每天在事务所从早待到晚，我对他的了解，还不如对那个去南方的人[①]了解得多，那些不懂事的儿女们甚至说，他爱喝梅子凉粥，这纯粹是无稽之谈。我借用这个荒诞的故事，来说明真实的情况。

但是，这还不是问题的全部。米考博先生的坏脾气也日益渐长。他变得很粗暴。他对我们的大儿子、大女儿都很疏远，也不再为他的双胞胎孩子骄傲了，甚至对刚来到我们家庭的那位无辜的新生儿，都冷若冰霜。尽管我们的家用开支，已经是山穷水尽，但如果向他要点钱，都要历尽艰辛，甚至他威胁我们说，除非"结束掉他生命"，否则也不会给钱的。这是他的原话，让人听了很害怕。对于自己这种让人惶恐不安的举动，他坚决不肯做任何解释。

这实在让人难以忍受。这实在让人伤心透顶。你知道，我是个软弱无能的人。如果你愿意在这无比艰难的时刻里，给我一些指点，告诉我应该怎么做，那么，你对我就有莫大的恩德，我知道，你以前也给了我许多的帮助。孩子们都向你问好，还有那位有幸来到人世的天真的新生儿，也在向你微笑。

你受苦的艾玛·米考博

星期一晚，坎特伯雷

对于具有米考博太太类似经历的太太，我只能劝她用耐心和善心去感化先生，其实我也知道，即使我不说，她也一定会这么做。除此之外，其他任何主意，都是不恰当的。然而，读了这封信，让我对米考博先生浮想联翩。

---

① 来自英国童谣，类似颠倒歌，说某人从月亮上掉下来，一直往南方走，他喝了梅子凉粥，却烫伤了嘴。

第43章　再度回顾

让我再次停下来，回顾一下我这一生中值得留念的岁月吧。就让我伫立一旁，看着那段风云变幻的岁月，伴随着我自己的身影，朦胧之中，一起从我眼前流淌而过。

一个星期接着一个星期，一个月接着一个月，一个季度接着一个季度，时光这样不断流逝着。但那些岁月似乎很短暂，就如同在一个夏日白昼后，紧接着便是一个冬日黑夜。我和朵拉散步的那片公园里，时而开满了鲜花，一片耀眼的金黄色；时而大雪纷飞，掩埋住了石楠，变成了一团一团的雪堆。在我们星期日散步的场地里，河水蜿蜒流过，在夏日的阳光下波光粼粼，可一转眼，又被冬季的寒风吹皱，或者堆积起厚厚的浮冰。河水奔向大海的速度似乎比以前更快了，它时而明亮，时而昏暗，滚滚而去。

然而，在那两位小鸟儿似的老小姐家里，没有发生丝毫的变化。挂钟依然在壁炉架上嘀嗒走着，那个晴雨表仍旧在墙上挂着。无论是挂钟，还是晴雨表，它们从来没有准确过，可是我们依然虔诚地供奉着它们，相信它们。

我已满二十一岁，到法定成年的年龄了，让我拥有了一个尊贵的身份。不过，这份尊贵人人都会得到，现在让我看看，我通过努力而取得的尊贵吧。

对于那野性十足、高深莫测的速记技能，我已经把它彻底驯服了。凭着这门技能，让我又得到了一份可观的收入。由于我在这一领域颇有造诣，声誉很好，因此我和另外十一个人组成团队，一起为一家《晨报》报道议会的辩论。在那一个又一个的晚上，我不停地记录着那些永不会实现的预言，永不兑现的承诺，永不会履行的声明，还有纠缠不清的解释。我在文字的海洋中颠簸起伏。不列颠尼亚，这位不幸的女性①，在我面前总是像一只被紧紧缚住的鸡。司法界的笔就像是扦子，把翅膀反剪别起来，衙门的文件带子就像是捆鸡绳子，手脚全给捆得死死的。我深入了解议会内幕，所以对政治活动的价值了如指掌。我对这样的政治活动持完全否认的态度，而且永远不会被政治同化。

我亲爱的朋友特拉德尔也试图在这一行业寻找机遇，但是他发现极不适应。他对这一失败，坦然接受，并提醒我说，他一直都认为自己不够聪明。有时，他偶尔也给雇佣我的那家《晨报》做点事，汇总一些枯燥的事实，然后提供给那些想象更丰富的高手加工润色。他已经获取了律师资格证书，凭着他那令人称赞的勤奋和刻苦，一点点地积攒起了一百英镑。他把这笔钱交给一位经办产权转移事务的律师，以此作为他在那家事务所实习的学费。在他取得律师资格证的那天，消耗了大量烈性的红葡萄酒，从消费金额上看，我觉得内殿律师学院一定在这上面挣了不少钱。

我已经开始能凭着另一种职业而谋生了。我战战兢兢地开始从事写作生涯。我偷偷地写了点小文章，投到一家杂志社去，居然在杂志上刊登出来了。从那以后，我就鼓起勇气，接着写了许多不入流的小文章。现在，我经常可以通过这个途径获得报酬。总的来说，我过得挺不错。用我的左手来计算我的收入，我已经数过了第三根手指，到了第四根手指的中间一节了②。

我们已经搬离了白金汉街，住进了一座温馨舒适的小房子里，离我第一次热情高涨时看过的那座小房子并不远。我姨奶奶已把多佛的那座小房子卖掉了，价格不错，但是，她不肯搬进来和我们一起住，

---

① 不列颠尼亚：对英国的拟人化称谓，是一个女性的形象。

② 这里是按每根手指100英镑计算的，到了第四根手指中间一节，即约370英镑。

而是坚持要搬到附近一座更小的屋子去住。这意味着什么呢？我要结婚了吗？是的，我要结婚啦！

没错，我要和朵拉结婚了！拉维尼娅小姐和克拉丽莎小姐已经同意我们结婚了。如果说还有什么金丝鸟会忙乱不安，那一定就是她们这两只鸟儿。拉维尼娅小姐主动负责监制我那宝贝朵拉的礼服，一刻也不愿意闲着，不是忙着用牛皮纸剪裁出胸衣样板，就是同一位胳膊下夹着大提包和量衣尺的体面年轻人为布料争辩。她们把一位女裁缝请来，吃住都在家里，她总是把穿了线的针插在衣裳的前襟上，我看她无论是吃喝还是睡觉，手上的顶针都从来没有取下来。她们把我的爱人当成了人体模型，时不时就派人把她叫过去，试穿这样，试穿那样。晚上，我们两人好不容易在一起，享受着幸福的时光，不出五分钟，便有一个不识趣的女人来敲门，说："哦，朵拉小姐，可否请你上楼去一趟呢？"

克拉丽莎小姐和我姨奶奶走遍了伦敦城，一件件地为我们挑选家具，看中后还让我和朵拉去看看。其实根本不用走这道手续，只要她们看上了，直接把东西买回来就好。因为有一次，我们被请去看炉栏和烤肉架时，朵拉看到了一个漂亮的狗屋，就像是一个中国塔式的小房子，屋顶上还系满了小铃铛，她一见到就满心喜欢，坚持要给吉普买下来。我们把那东西买回来后，花了很长时间，才让吉普习惯了这个新住宅。每当它进去或是出来时，都会把所有的小铃铛弄得叮当乱响，把它吓得魂飞魄散。

辟果提也来这里帮忙了，她刚一到这里，就不知疲倦地忙活起来。她所担任的工作就是一遍又一遍地擦洗着各种物件。她认真仔细地擦洗每一样东西，直到擦得光洁闪亮，就如同她那忠实的脑门儿一样光鉴可照，才肯放手。就在这段时间里，我开始注意到她孤独无依的哥哥，在夜色弥漫的街上，来来回回地走着，一遍又一遍地打量着来往行人。在这时，我从来不和他说话。他那凝重的身影往前走时，我清楚地知道，他在寻找什么，又在担心什么。

在我空闲的时候，为了做做样子，也会偶尔去一趟博士法院。这天下午，特拉德尔来博士法院找我，表情一脸的庄重。这是为什么呢？原来，我那天真的梦想就要变成现实了。我就要去领结婚证书了。

这只是一份小小的证件，但是却非同凡响。当我把它领回来放在书桌上时，特拉德尔目不转睛地盯着它，眼神既羡慕，又敬畏。在证书上面，大卫·科波菲尔和朵拉·斯宾洛，这两个名字亲密地依偎在一起，与昔日甜蜜的梦境一模一样。证件一角是印花税局的标识，它就像父母一样，亲切地俯视着芸芸众生，也仁慈地俯视着我们的结合，上面还印着坎特伯雷大主教为我们祈福的话语，这样的善举既便宜又实惠。

尽管如此，我仍然感觉自己是在梦中，那是一个亢奋、喜悦、匆忙的梦。我简直不能相信，我就要结婚了；可是我又不能不相信。我在街上碰到的每个人，都能觉察出我后天即将结婚了。我去宣誓时，主教代理人和我比较熟，于是仿佛我们之间有一种共济会①成员之间的彼此默契和照顾，轻易就让我通过了。特拉德尔本来不需要亲自到场，但他依然来到了这里，给我大力支持。

"我希望，我亲爱的伙伴，你下次来这儿时，"我对特拉德尔说，"是为你自己办理同样的事。我也希望，这一天很快就会到来。"

"谢谢你的祝愿，我亲爱的科波菲尔，"他回答说，"我也希望是这样。她是世界上最可爱的姑娘，我知道，无论等我多久，她都愿意，这已经让我非常满意了。"

"你什么时候去车站接她？"我问他。

"七点钟，"特拉德尔说着，看了看他那块简陋的旧银表，当年

---

① 共济会：出现于十八世纪的西欧，脱胎于建筑行业的石匠工会。是一种准宗教的兄弟会组织，基本宗旨为倡导博爱和慈善，追求个人美德与完善社会。其会员遍布全球，会员包括众多著名人士和政治家。

在学校读书时，他曾经从这只表里拆下一个齿轮，做了一个水车，"威克费尔德小姐差不多也是那个时间到，对不对？"

"要稍微晚一点。她要八点半才能到。"

"不瞒你说，我亲爱的伙伴，"特拉德尔说，"想想你们的美好结局，有情人终成眷属，我真心为你欢天喜地，简直就跟像自己结婚一样。你让苏菲来参加这场快乐的婚礼，请她和威克费尔德小姐一同做伴娘，如此的深情厚谊，我真是感激不尽。我能深切地感受到这份情谊的珍贵。"

我听他这么说，便和他握了握手。我们在一起交谈，散步，吃饭，等等。但是，我仍然不相信这一切是真的。所有的一切都如梦如幻。

苏菲准时抵达了朵拉姑妈的家。她的模样特别招人喜欢，虽然那张面孔不能说是非常美丽，但让人感觉十分愉悦。在我眼里，她是一位温和、纯洁、坦诚和动人的姑娘。德拉特尔把她介绍给我们时，神情无比骄傲。我陪着他走到一个角落，祝贺他选择了这么好的姑娘，他激动地搓着双手，根据那只挂钟的时间，他足足搓了十分钟，连他头上的每一根头发，都直直地竖了起来。

我从坎特伯雷来的马车上，接来了艾妮丝，她那欢乐而美丽的面孔，再一次出现在我们中间。艾妮丝很喜欢特拉德尔。看到他们相见的场景，看到特拉德尔一脸骄傲地向她介绍那位世界上最可爱的姑娘时，我感觉太开心了。

我仍然不相信这一切都是真的。我们度过了一个美好的夜晚，感到心花怒放，但是我仍然觉得这都不是真的。我无法让自己镇定自若。幸运来临时，我竟然手足无措，坐立不安。我神思恍惚，如梦如幻。就好像我早在一两个星期以前就起床了，从那以后就再也没有合上眼。我弄不清昨天过去了多久，我觉得口袋里的结婚证书跑来跑去，似乎已经过了好几个月。

第二天，我们所有人结队而行，去看看那座新房，那就是我们的房子，我和朵拉的房子，直到这时，我仍然没认为自己是这儿的主人。我觉得似乎是得到了某人的允许后，我才能去那座房子。我恍惚觉得，这座房子真正的主人很快就会回家来，还会对我说，见到我真高兴。这座小房子多么迷人啊，它一切的陈设，都是崭新漂亮的。地毯上的花朵，仿佛是刚摘下的；壁纸上的绿叶，就像是刚长出的。细纱布的窗帘，洁白无瑕，玫瑰色的家具，就像是羞红了脸的颜色。墙上小钉上挂着朵拉那顶草帽，上面系着蓝色丝带，我现在还清楚地记得，我第一次在花园里见到她时，她就戴着那顶草帽，从那时候起，我便对她一往情深。装着吉他的琴盒，舒适得体地竖立在屋子的一个角落。吉普的宝塔式狗屋，每个人几乎都被它绊了一跤，因为在我们这座小小的房子里，这个狗屋实在显得太大了。

我们又度过了一个美好的夜晚，就像其他的夜晚一样，如梦如幻，如痴如醉。临走的时候，我悄悄去了那间我经常去的房间。朵拉并不在那里。我猜她们还没试完新衣服呢。拉维尼娅小姐探进头来，偷偷地打量了一下，很神秘地告诉我说，朵拉很快就要来了。可是，她并没有应声进屋来。等了一会儿，我终于听到门外响起一阵窸窣声，接着听见有人在轻轻地敲门。

我说："请进！"但是那人仍然在敲门。

我不知道来人是谁，一脸疑惑地走到门口。在门口，我看到了一双明亮的眼睛，一张羞红的脸。那是朵拉的眼睛，朵拉的脸。拉维尼娅小姐把明天要穿的礼服都给她穿上了，而且戴上了女帽，让她打扮起来给我瞧瞧。我把我娇小的妻子一把搂在怀中，拉维尼娅小姐轻声地惊叫一声，因为我把朵拉的帽子压瘪了。朵拉看到我这么开心，激动得流下了眼泪。这样一来，我更不敢相信这一切是真的了。

"你觉得好看吗，大灰？"朵拉说。

好看！我当然觉得好看。

"你真的很喜欢我吗？"朵拉说。

拉维尼娅小姐又轻声地惊叫起来，提醒我要当心点，朵拉仅供欣赏，绝不可触碰，因为我的这一举动对帽子来说实在是太危险了。于是，朵拉不知如何是好，只能开开心心地在那儿站了几分钟，仅供我欣赏一番。然后，她摘下帽子，拿在手中，跑开了。她不戴帽子，显得多么自然！过了一会儿，她换上了平时穿的衣服，欢呼雀跃地跑下楼来，问吉普说，科波菲尔先生是不是娶到了一位小美人，自己即将出嫁了，它是否能原谅她。接着，她又跪在地上，让吉普站到那本烹饪书上，这是她出嫁前的最后一次表演了。

我回到不远的住所，感觉比先前更加恍惚，更加不真实。第二天，我一大早就起床，去海盖特接我的姨奶奶。

我从没见姨奶奶这副打扮。她穿着淡紫色丝绸衣服，戴着一顶白色女帽，漂亮得让人称奇。珍妮已经帮她穿戴整齐，正襟危坐地等着，要看看我的打扮。辟果提也准备好了，要上教堂去，要在楼上厢座里观看我们的婚礼。狄克先生将代表女方家长，在祭坛前把我的宝贝交到我的手上，他为此特意卷了头发。至于特拉德尔，我已经和他约定好了，我们将在路卡那儿碰面，他今天穿的衣服，是大片的乳白色和浅蓝色相拼而成，让人眼花缭乱。他和狄克先生一身盛装出席，显得无比隆重。

毫无疑问，这一切我都看在眼里，因为我知道，现实情况就是这样的。可是我神思恍惚，似乎什么都没看见，而且对一切都深表怀疑。不过，当我们坐上敞篷马车，从街上向前驶去时，我似乎对这场梦幻般的婚礼有了几分真切的感受，我看到那些无缘前来出席这场婚礼的人们，忙碌着打扫店铺，准备干些日常业务，我对他们产生了深深的怜悯之情。

姨奶奶一路上紧紧攥着我的手。快到教堂的时候，我们让马车停了下来，让坐在车夫旁边的辟果提先下车。姨奶奶用力地捏了捏我的手，然后亲吻了我一下。

"上帝保佑你，特洛！我对你比对亲生的孩子还要亲。今天早上，我想起了那可怜又可爱的娃娃。"

"我也很怀念我的妈妈。我还想起你为我付出的一切，亲爱的姨奶奶。"

"别说这些话啦，孩子！"姨奶奶激动万分，一边说着，一边伸手拉住特拉德尔的手，特拉德尔又拉着狄克先生的手，狄克先生又拉着我的手。然后，我们就这样来到教堂门口。

我相信，教堂是特别宁静的地方。可对我而言，它并没有起到镇静作用，而是像一台高速运转的蒸汽织布机，让我亢奋得头晕目眩。

后面发生的事，总的来说就是一场梦。

我梦到，他们陪着朵拉一起走进教堂。教堂里负责安排座位的人就像是练兵场上的教官，把我们安排在祭坛边的栏杆前。直到这样的时刻，我的心思依然无法专注，而是纠缠于一个问题，教堂里负责安排座位的人，为什么一定要找这些最让人讨厌的女人来担任呢？是不是出于宗教的原因，担心快乐的人会传播灾难，所以在通往天堂的道路上，一定要放置一些不快乐的人，用来辟邪？

我梦到，教士和助手走了进来，几个渔夫，还有一些闲杂人员，也溜达着走了进来。一个年迈的渔夫就站在我的身后，满嘴酒气，弄得整个教堂都散发着朗姆酒的味道。牧师发出了低沉的声音，宣布婚礼仪式开始了，我们都全神贯注。

我梦到，担任伴娘助理的拉维尼娅小姐，第一个哭出声来，我猜测，这哭泣声也代表了对已故的皮杰尔的怀念；克拉丽莎小姐闻着嗅瓶提神；艾妮丝照顾着朵拉；姨奶奶试图表现出一副标准的不苟言笑的形象，可是仍止不住泪流满面；小朵拉一直颤抖得很厉害，在回答问题时，声音特别微弱。

我梦到，我们并肩跪了下来。朵拉渐渐地不那么颤抖了，但她一直都攥着艾妮丝的手；婚礼的仪式，在安静与庄严的气氛下完成了；

结束后，我们俩就像是四月的天气，阴晴不定，一边双眼含泪，一边幸福地微笑着，互相深情地凝视着。在教堂的更衣室里，我那年轻的太太失声痛哭，呼唤着她那可怜的爸爸，她那亲爱的爸爸。

我梦到，没过多久，朵拉又高兴起来。我们每个人都在婚礼登记簿上签了名。我跑上楼去，在厢座上找到了辟果提，领着她也来签了名。在没人看到的角落里，辟果提紧紧地拥抱着我，告诉我说，我那亲爱的母亲的婚礼，她还历历在目。我们的婚礼结束了，大家便准备离开教堂。

我梦到，我热情地挽着我那亲爱的太太，无比骄傲地顺着通道从祭坛走下来，身边的一切都像蒙了一层薄雾，人群、讲坛、逝者牌位、座椅、洗礼盆、风琴和教堂窗户等。在朦胧的薄雾中，我眼前浮现出故乡教堂的模样来。

我梦到，我们走过人群时，他们都低声称赞，说我们是多么年轻的一对，说朵拉是个多么娇小的漂亮新娘。在回家的马车上，大家都兴高采烈，有说有笑。苏菲告诉我们，说她知道我们的结婚证书交由特拉德尔代为保管，但是当她看到，我们向特拉德尔取回证书时，她相信特拉德尔索性把证书给弄丢了，或是让小偷偷走了，为此她急得差点昏了过去。艾妮丝开心地笑着。朵拉非常喜欢艾妮丝，片刻也舍不得和她分开，一直紧紧地抓着她的手。

我梦到，我们举办了一场丰盛的婚宴，菜品精致，味道鲜美。不过，与其他的梦没有两样，我虽然吃进嘴里了，但味同嚼蜡；我可以说，我吃进嘴里的，只有爱情和婚姻，而对于各种食物，就像梦幻中的其他东西一样，难以置信。

我梦到，我发表了一通演说，但完全是神思恍惚，完全不知道自己想说些什么，我能确定的，那就是我其实什么也没说。我们大家亲热地团聚在一起，特别快活，不过，就像在梦中一样迷迷糊糊。吉普吃了一块结婚蛋糕，但吃下后它很不舒服。

我梦到，从驿站租来的两匹马已经套上了马车。朵拉更衣去了，姨奶奶和克拉丽莎小姐留在了我们身边。我们一起在花园里散了一会儿步。姨奶奶在婚宴上曾发表了一通精彩的演说，让朵拉的两位姑妈深受感动，因此姨奶奶惬意极了，颇有几分骄傲。

我梦到，朵拉已经做好了启程的准备。拉维尼娅小姐在朵拉身边穿梭不停，她很喜欢这个为自己带来无数乐趣的漂亮玩偶，依依不舍地为她做点什么。朵拉一下子觉得自己很健忘，不是忘了这就是忘了那，于是大家东奔西跑，到处为她去找这找那。

我梦到，朵拉终于开始向大家道别了，所有人都围在她的身边，他们的衣服和缎带都色彩斑斓，就像是一个花坛。我那亲爱的宝贝被这些花朵围得都快透不过气来了，就连笑带叫地突围出来，投入我这让人嫉妒的怀抱里。

我梦到，由于我们要带着吉普和我们一起走，我想去抱它，但是朵拉不让我抱，说一定得由她亲手来抱，否则吉普一定会以为，自己出嫁了，没人再爱它了，那样它会伤心欲绝的。我们手挽着手离开时，朵拉停下脚步，回过头来看着大家，说："如果我以前冒犯了什么人，或有什么地方对不起，都请不要放在心上吧！"说完，便失声痛哭起来。

我梦到，她挥舞着小手，我们又继续往前走。她又停下脚步，扭头看了看，并朝艾妮丝跑过去。在所有送行的人中，她只和艾妮丝一人做了吻别。

我们一起坐车走了，这时，我才如梦初醒。我终于相信，坐在我身边的朵拉，已经变成了我最最亲爱的娇小妻子，我是多么爱她呀！

"你现在心满意足了吧，你这傻孩子？"朵拉说，"你能确定，今后不会后悔吗？"

这便是我那段如梦如幻的岁月，我伫立着，看着它从我的身边匆匆流过。一切已成过往，让我接着讲述我的故事吧。

第44章 料理家务

　　蜜月已经结束了，伴娘们也都回家去了。我和朵拉坐在我们自己的小房子里，觉得有些不一样的感受。如果把以前那谈情说爱的事情比喻为工作，那么我现在就完全失业了，这多么奇怪呀。

　　现在终于能让朵拉一直待在我的身边了，这好像是很不正常的事情。我现在再也不用出门去看她了，再也不会担心失去她而倍感焦虑，再也不必给她写情书了，再也不需要想方设法创造机会单独和她见上一面，这一切让人难以想象。在晚上，当我伏案写作时抬起头来，看见她就坐在我对面，我便靠在椅背上，仔细地思量起来，觉得这样的生活是多么不可思议呀。我们两人能够理所当然地待在一起，谁也不能再干涉我们，我们订婚期间那些浪漫情怀都束之高阁，任其布满蛛网。我们再也不用去讨好别人，只需要讨彼此欢心就可以了，一生一世相亲相爱。

　　每逢议会中有辩论时，我会工作到很晚才回家，当我步行在回家路上时，心里想着朵拉在家等着我，便有种特别奇怪的感觉！起初，我吃晚饭时，她会轻轻地走下楼，在餐桌边看着我，和我聊天，我觉得真是妙不可言。当我听她说起，她会拿报纸当发卷，用来卷头发，我感到特别诧异。等我亲眼看到她那么做时，真是拍案叫绝。

　　在料理家务方面，我深信，比起我和我那漂亮的小朵拉，随便找两只小鸟都做得更好。当然，我们有个女仆，她负责为我们料理家务。时至今日，我心里仍然坚信不疑，那位女仆一定是克鲁普太太的女儿，乔装打扮来这里找我们麻烦的。为了这位玛丽·安妮，我们算是吃尽了苦头。

她姓帕拉贡①。我们雇佣她时，据说根据她的姓，大致能够反映她的人品。她有一张品行证明书，大得像一份布告。根据这份证明，她可以胜任无数种类的工作，凡是我听说过的她都会，而我未曾耳闻的工作，她也很在行。她正值年富力强，面孔冷峻，身上（尤其是双臂）长着红斑，可能是皮疹，也可能是皮肤溃疡，总是无法痊愈。她有一个当兵的表哥，在近卫骑兵团里，他的双腿特别长，看上去就像是别人在下午时分的影子。他的紧身军衣对他来说太小了，这样的反差就像是他与我们的房子之间的反差。由于他和这座小房子反差太过悬殊，使得小房子显得比原来更矮小了。另外。房子的墙壁也不厚，所以每当他来我们家看望这位女仆时，我们了如指掌，因为他只要一来，我们就能不断听到从厨房那边传来的阵阵咆哮声。

有人为我们这个宝贝仆人担保说，她既不会酗酒，也不会撒谎。所以，当我们发现她卧倒在锅炉底下时，我情愿相信那是她一时的昏厥；当茶匙丢失了后，我也情愿相信，那是垃圾工干的坏事。

但是，她让我们带来了巨大的精神压力。我们知道自己没有生活经验，不能照顾自己。如果她还多少有点仁慈的话，我们一定会任凭她来安排的。可是她毫无仁慈之心，实在是太冷酷无情。我和朵拉第一次发生小小的口角，全是因她而起。

"我最亲爱的心肝宝贝，"有一天，我对朵拉说，"你觉得玛丽·安妮有没有时间观念？"

"怎么啦，大灰？"正在绘画的朵拉放下了画笔，抬起头，天真地问我。

"亲爱的，现在已经五点钟了，我们应该四点吃饭呀。"

---

① 帕拉贡（Paragon），原意为模范人物，完美之物，优秀典范。

朵拉看了看挂钟，没有说话，但流露出的神情在暗示，她觉得是钟走得太快了。

"恰恰相反，我亲爱的，"我看了看我的表说，"它还慢了几分钟呢。"

我娇小的妻子走过来，坐到我膝盖上，哄我别出声，然后用铅笔在我鼻梁中间画了一条线。虽然这很好玩，但我不能填饱肚子呀。

"亲爱的，"我说，"你觉得，你是不是该劝诫玛丽·安妮一下？"

"哦，不能这样，对不起！我做不到，大灰！"朵拉说。

"为什么不能呢，我的爱人？"我温柔地问。

"哦，因为我是一只呆头鹅，"朵拉说，"而且她也知道我是这样的！"

我觉得，如果要为玛丽·安妮立一些规矩，这样的想法是不合适的，于是我皱了皱眉。

"哦，我的这个坏孩子呀，你脑门儿上的皱纹多么难看呀！"朵拉说。由于她还坐在我的膝盖上，于是就用铅笔描着那些皱纹。她还把铅笔放在她的红嘴唇上磨了磨，这样画起来，颜色会变得更暗一些。她在我的额头上画的时候，故意做出一副一本正经的样子，让我忍俊不禁。

"这才是个乖孩子，"朵拉说，"一笑起来，这张脸就好看多啦。"

"可是，我亲爱的——"我说。

"别说，别说啦！我求求你了！"朵拉吻了我一下叫道，"别像蓝胡子①那么可怕呀！别那么认真！"

---

① 蓝胡子，见第22章"法蒂玛"的注释，蓝胡子杀死了自己的多任妻子，并把尸体藏匿在密室中。

"我亲爱的太太，"我说，"我们有时也得应该认真点。来！坐在我旁边这张椅子上！把铅笔给我！好！我们来好好谈一谈。你知道，亲爱的，"我握着她的手，这只娇小的手上戴着一枚小巧玲珑的戒指，"你知道，亲爱的，不吃饭就出门，身体会很难受的。你说，对不对？"

"对——的！"朵拉弱弱地回答说。

"我亲爱的，你怎么抖得这么厉害呢？"

"因为我知道，你要开始骂我了。"朵拉可怜兮兮地说。

"我的宝贝，我只是给你讲讲道理。"

"哦，可是给我讲道理，比骂我还难受！"朵拉绝望地大声说，"我不是为了听你讲道理，才和你结婚的。如果你存心要对我这样一个可怜的小东西讲道理，你就应该早点告诉我，你这个狠心的家伙！"

我试图安抚朵拉，可是她把脸扭到一边去了，鬈发随着身子摇晃着，说："你这个狠心的家伙！"她一遍又一遍地这样念叨着，弄得我束手无策，因此，我忐忑不安地在屋里来回走了几趟，然后又回到了她的身边。

"朵拉，我亲爱的宝贝！"

"你别这么说，我不是你的宝贝。因为你一定很后悔，肯定觉得不该娶我，否则，你是不会跟我讲道理的！"朵拉说。

这个指责实在是无理取闹，我感到满腹委屈，于是心里窝着一团火，板起一副面孔，做一副严肃的样子来。

"好了，我亲爱的朵拉，"我说，"你这是闹小孩子脾气，总说些没道理的话。我相信，你肯定还记得，昨天晚饭，我的晚饭才吃了一半，不得不出门去了；前天的饭是半生不熟的牛肉，吃得又很匆忙，所以我的胃一直都很不舒服；而今天呢，我一口饭都吃不到了。至于今天早上的早饭，我们等了很久才吃到，我都不敢给你提起这事。还有，连喝的水都没烧开。我不是想要指责你，亲爱的，但是，这样的日子，过得真的让人很难受。"

"哦，你这狠心的、狠心的家伙，你这就是在指责我，说我是个招人嫌的太太！"朵拉哭喊着说。

"听我说，亲爱的朵拉，你应该知道，我从来没有说过那样的话呀！"

"你说我让你很难受的！"朵拉说。

"我是说，家务没有料理好，让人很难受。"

"这没什么区别！"朵拉哭着说。很显然，她真的就是这么想的，因为她哭得伤心极了。

我又在屋里走了一个来回，既疼爱着我那可爱的太太，又深深地自责，真想一头撞到门上。我重新坐了下来，对她说：

"我并没有指责你，朵拉。我们俩都有很多东西要学习。我只想告诉你，我亲爱的，你应该，你真的应该，"对于这一点要求，我决定仍要坚持，"学会约束一下玛丽·安妮。你既是为了你自己，也是为了我，你一定要去做一点事。"

"我真没想到，你居然说出这样无情无义的话来，"朵拉说，"你明明还记得，有一天，你说你想吃点鱼，我就亲自出门去，走了好多英里路，才好不容易买了一条，为的是给你一个意外惊喜。"

"你的确是一番好心，我亲爱的，"我说，"这让我特别感动，所以我当时也不好意思告诉你，你买的是一条鲑鱼，而且两个人根本吃不完。我也不好意思告诉你，那条鱼花了我们一英镑六先令，我们吃不起那么贵的鱼。"

"可是你吃得心满意足啊，"朵拉抽噎说，"你当时还说我像一只小老鼠呢。"

"我依然爱着你，我亲爱的，"我回答说，"这样的话我还要说一千遍呢！"

可是，我已经伤害了朵拉那颗脆弱的心，怎么安抚她都不行。她泪眼蒙眬，伤心哀怨，让我感到极其自责，好像真的说过什么伤害她的话。我毫无办法，只好匆忙离开了家，一直忙到深夜才回家。我的心里悔恨不已，痛苦不堪。我隐隐约约觉得自己真是穷凶极恶，简直就是个刽子手。

等我回到家时，已经是凌晨两三点了。我一进屋就发现，姨奶奶正坐在我家里等着我。

"有什么事吗，姨奶奶？"我慌乱地问她。

"没什么事，特洛，"她回答，"坐下，坐下。小花儿心情不好，我来陪陪她。就是这样的。"

我坐下来，用手托着头，盯着炉火，心里思潮涌动，没想到刚刚实现了最光明的希望，很快就落入到悲伤和沮丧的境况中。我坐在那儿沉思良久，无意中抬起头，看到姨奶奶的目光，她一直都在注视着我的脸。她的眼中满含着焦虑神色，但转瞬即逝。

"我向你保证，姨奶奶，"我说，"想到朵拉这个样子，我一整夜都在想着她，心里很难过。不过，我对她真的没有别的意思，只是想轻言细语地和她谈谈我们的家务。"

姨奶奶点了点头，表示赞成。

"你一定要有耐心，特洛。"她说。

"当然是的。老天做证，我根本没有和她胡搅蛮缠呀，姨奶奶！"

"是的，是的，"姨奶奶说，"不过，小花儿是朵很娇嫩的小花，哪怕是吹风，也得温柔地吹。"

姨奶奶对我的妻子如此慈爱，我从心底里感激她，我也相信，她一定知道我的心思。

"姨奶奶，"我又盯着炉火看了一会儿，说，"你觉得，你是否有必要劝劝朵拉，点拨一下她？这样对我们大家都有好处。"

"特洛，"姨奶奶显得有些激动，干脆利索地一口回绝我说，

"不行！别让我做那种事！"

她的态度那么坚决，让我非常惊异，我忍不住抬起头看着她。

"我回顾我的这一辈子，孩子，"姨奶奶说，"我回想起那些躺在坟墓里的人，当年他们在世时，我原本可以和他们相处更融洽些的。如果说，我对别人婚姻中的错误严加苛责，或许是因为经历了痛苦的往事，是在严加苛责我自己。让那些往事都成为过去吧。这么多年来，我一直都是个偏执古怪、性情乖戾的女人。我现在依然如此，将来也仍然会这样。但是，你和我相依为命，彼此照顾，特洛，无论怎么说，你给了我很多东西，亲爱的，在这样的时候，我们之间不应该有任何矛盾。"

"我们之间的矛盾！"我大声说。

"孩子，孩子，"姨奶奶说着，抚平衣服上的折痕，"我要是干涉你们的事，那么我们之间很快就会出现矛盾，或者我会弄得我们的小花儿心情不好，这是连先知也说不清楚的。我满心希望我们宠爱的宝贝能喜欢我，希望她像一只蝴蝶那样快乐。不要忘了，你妈妈经历第二次婚姻后的情形，对于你刚才暗示的做法，永远也不要实施，否则会害了我，害了朵拉！"

我马上意识到，姨奶奶是正确的；我也明白，她对我那亲爱的太太有着无限的宽容仁慈。

"特洛，你们的日子才刚刚开始，"她接着说，"罗马不是在一天里建成的，也不是在一年里建成的。你根据你的意愿自由做出了选择，"在那一刻里，我注意到她的脸上掠过一片乌云，转眼就消失了，"你选中了一个真诚爱着你的漂亮人儿。你当时选中了她，是因为她已经具备了一些品质，那你就得根据她已具备的品质来评价她，这是你的责任，也是你的乐趣，但是，你不能根据她可能不具备的品质来评价她。当然我明白，我并不是在教训你，但我仍然希望你能这样。她那些可能不具备的品质，如果你有这个能力，就千方百计给她培养起来，如果你没有这个能力，孩子，"姨奶奶说到这里，擦了擦她的鼻子，"你就应该接受现实，安于现状。不过你要记住，亲爱的，你们的未来，只能靠你们自己去把握，没有谁能帮上你们的，你们的道路，要靠自己去开辟。这就是婚姻，特洛。对于像你们这样一对森林中的儿童①，我只能祈求上苍，降福于你们！"

姨奶奶尽力用一种轻松的语气，说完了这番话，然后吻了我一下，以感谢上苍对我们的眷顾。

"好了，"她说，"把我的小灯笼点起来吧，顺着那条花园小路，送我回我的那个小盒子去，"姨奶奶说的小路，指的就是我们两座小房子之间这条通道，"等你回家后，请替贝斯·特洛伍德问候小花儿。你想怎么干都可以，特洛，但永远不要梦想着把贝斯当成稻草人，竖起来吓唬别人；因为只要一照镜子，我就会看到这个老贝斯的模样，她的模样本来就够可怕，够惹人烦的了！"

姨奶奶说完这番话，便拿出一条手帕，把头包裹起来。每当遇到这样的场合，她都习惯用手帕来裹头。然后，我便送她回家去了。她到家后，站在她的花园里，举起小灯笼照亮了我回家的路，这时候我感觉到，她看我的眼神中带着忧虑，但是我当时没有在意，因为我沉浸到她刚才说的那番话中，并深受感动。实际上，这也是我第一次强烈地意识到，我和朵拉的未来，只能凭着我们自己的力量去开辟，没有谁能帮上我们的。

朵拉穿着小拖鞋，悄悄地跑下楼来迎接我，由于这时只有我一个人，她便伏在我的肩头，边哭边说，说我刚才太狠心了，她也太淘气了。我想，我也说了大致相同的话。于是我们言归于好，而且一致同意，我们这样的拌嘴，是第一次，也将是最后一次，哪怕活到一百

---

① 出自英国的一首民谣中，讲述一对天真的儿童，被舅舅抛弃在森林中，经历了各种惊险遭遇。

岁，也永远不再拌嘴了。

在家务问题上，我们遇到的第二个考验，就是仆人的折腾。玛丽·安妮那位当兵的表哥，某一天开小差，躲在我们的煤窖里，然后被全副武装的队友们给搜了出来，这让我们万分震惊。他们给他戴上手铐，吆五喝六，从我们门前的花园中带走他，许多人都看到了，这让我们的花园饱受摧残。发生这件事后，我便鼓起勇气，把玛丽·安妮给辞退了。她拿到工钱后，乖乖地离开了，温顺得让我感到很意外。后来我才发现，我们家的茶匙找不到了，而且她还未经我的许可，擅自用我的名义向那些店铺借了一些钱，不过金额不算很大。随后的一段时间，我们请凯奇布里太太来我们家干活，时间并不长。我相信，她应该是肯特郡最老的人了，她一直在外做点打杂零工，但是她老迈年高，无法胜任她要做的这份工作。在她之后，我们又找到了另一个宝贝。她是最温柔的女人，但是她每次端着盘碟上下厨房的楼梯时，总要摔跟头。在往客厅送茶具时，她就像冲进浴缸似的，连人带茶杯一头扎进来。这位倒霉的女人给我们造成了很大的损失，我们不得不把她解雇了。在辞退了她以后，又找来了一大串女仆，可全都不中用。在换女仆的时候，临时需要人手，就让凯奇布里太太来帮忙。最后雇来的这位女仆，年纪不大，模样也很斯文。可是，她却戴着朵拉的帽子去格林威治市场赶集，在她之后，除了千篇一律的失败，别的什么，我都没有印象了。

每个和我们打交道的人，似乎都在欺骗我们。我们只要一在店铺里露面，就等于给他们发出一个信号，然后他们就会摆出残品以次充好。如果我们买了一只龙虾，那龙虾里面一定是注满水的。我们去买肉，那肉老得咬不动，我们去买面包，几乎都没有皮。为了掌握烤肉的技术原则，保证恰到火候，既要烤熟，又不能烤焦，于是我亲自查阅了那本烹饪书，看到书上做出了的规定，每磅肉需要烤一刻钟，或者说一刻钟多一点。可是，我们根据这个规定去操作，总会出现各种意外，注定失败，这是非常怪异的。我们从来没有烤至恰到火候的情况，要么是血红，要么是焦黑。

我有理由相信，我们不断遭遇失败，比起别人的一帆风顺来，花了不少冤枉钱。翻翻那些店铺的记账簿，我觉得我们浪费的黄油，多得足以铺满整个地下室。我不知道，在当时的消费税登记簿上，是否因为我们的原因，而导致胡椒粉的需求市场发生明显改变。如果我们的消耗没有影响到市场波动，我敢说，一定是某些家庭不再使用胡椒粉了。最怪异的事实是，我们家里从来就是家徒四壁。

至于洗衣女工当掉我们的衣服，然后醉醺醺地来悔过道歉，我认为这种事情每个家庭都经历过，那就自认倒霉吧。还有烟囱冒火，教区出动了消防车，教堂执事便谎报火灾强收费用，我也认了。不过，我意识到，还有一件自认倒霉的情况，其他家庭都没有，而我们家却遇上了，那就是雇了一个非常喜欢喝香甜果酒的仆人，于是在我们常去的啤酒店账单上，增添了大量莫名其妙的账目，诸如"四分之一品脱潘趣甜酒（科波菲尔太太）"，"八分之一品脱丁香杜松子酒（科波菲尔太太）"，"一杯薄荷甜酒（科波菲尔太太）"，那括弧里全是朵拉的名字，好像是她喝掉了所有的这些提神的果酒。

在我们家早期的重大活动里，其中一件事就是宴请特拉德尔。我在城里碰到他，就邀他当天下午和我一起出来走走。他爽快地答应了，我便写信通知朵拉，告诉她我要带特拉德尔到我们家。那天天气宜人，我们一路上的唯一话题，就是谈论我的幸福家庭。特拉德尔对此很感兴趣，并说他在憧憬着自己也有这么一个家，苏菲将在家里等着他，并为他准备好一切，他觉得那就是最幸福美满的事情，除此之外，别无他求。

每天吃饭的时候，我娇小的妻子坐在餐桌对面，我觉得她美艳绝伦，一切都是那么美满，不过，当我们坐下时，我真的希望屋子能再宽敞点就好了。我不知道为什么，虽然只有我们两个人，但仍然觉得狭窄拥挤。但是如果要找什么东西时，又觉得屋子太大了，大得什么东西都找不到。我想这也许是因为，家里的陈设没有一样有它固定的位置，只有吉普的塔式狗屋除外。吉普的狗屋永远都阻挡在交通要道上。在今天宴请特拉德尔的时刻里，塔式狗屋、吉他盒子、朵拉的画架、我的写字台等各种东西，把特拉德尔团团围住，我甚至怀疑他没有空间自如地使用刀叉。可是好脾气的特拉德尔一个劲儿地说："地方真大，宽阔得就像海洋一样，科波菲尔！我向你保证，就像海洋一样！"

我还有一个希望，那就是吃晚餐时，千万不要鼓励吉普跳到餐桌上来回走动。即使它并不经常把爪子伸进食盐里，或踩在融化的黄油上，但我开始觉得，只要它跳上桌子，就会把这里弄得一片狼藉。在宴请特拉德尔的场合里，它似乎觉得自己是被邀请来，专门约束特拉德尔的。因此它一个劲儿地冲我的老朋友狂吠，猛地扑倒盘子，肆无忌惮地捣乱，蛮横地让所有人都必须关注它。

但是，我知道我亲爱的朵拉心肠特别软，不忍批评它，也容不得别人对她的宠物有丝毫不满，她对此十分敏感，所以，我不敢流露出任何情绪。出于同样的原因，我看到地板上乱七八糟的盘碟，如同喝醉了酒的调味瓶，东倒西歪地躺在桌子上，一片狼藉的碟子和罐子，把特拉德尔团团围住，根本动弹不得，对于这样的场景，我一个字都没有对朵拉讲。我瞅着眼前尚未切开的炖羊腿，不禁暗自纳闷儿，我们家的羊腿为什么如此奇形怪状呢？会不会是我们买肉的那家肉铺老板，把全世界所有长成畸形的羊统统买了下来，专门卖给我们的？不过，我把这些想法都埋藏在心底，不敢说出来。

"我的爱人，"我对朵拉说，"那个盘子里是什么吃的呀？"

我看到朵拉一个劲儿地冲我挤眉弄眼，仿佛准备亲吻我似的，但我实在不明白她是什么意思。

"那是牡蛎，亲爱的。"朵拉怯生生地说。

"这是你的安排吧？"我很开心地说。

"是——的，大灰。"朵拉说。

"没有比这个更好的安排了！"我放下切肉的刀和叉，大声说，"这是特拉德尔最喜欢吃的食物呀！"

"是——的，大灰，"朵拉说，"所以我买了满满的一小桶，那个卖牡蛎的人说，这些牡蛎都是上等货。可是，我——我担心有些问题，它们看上去有点不对劲。"说到这儿，朵拉不停地摇头，眼中含着晶莹的泪光。

"只用把它的两片壳揭开就行，"我说，"把上面的那片壳揭掉吧，我亲爱的。"

"但是揭不开呀。"朵拉使出浑身力气，但仍然没有揭开，很难过地说。

"你知道，科波菲尔，"特拉德尔打量着这道菜，显得很高兴，"这些牡蛎的确是上等货，不过，我想主要的问题是——它们根本就没有剖开过①。"

这些牡蛎的确一个都没有被剖开，而我们没有剖牡蛎的刀子，即使有刀子，我们也不会使用。于是我们一边冲着牡蛎干瞪眼，一边吃着羊肉。至少，我们可以把羊腿上煮熟的那部分切下来，蘸着酱吃了。如果我不加阻拦，我坚信，特拉德尔一定会像个野人，把所有的生肉都吃光，以此来表示他很喜欢这顿晚宴。可是我坚决反对，不能在友谊的祭坛上做出如此巨大的牺牲。于是我们放弃了生肉，改吃咸肉，所幸的是，食物贮藏室里正好还有冷冻的咸肉。

我那娇小的妻子显得有些可怜巴巴，她以为我会苦恼，所以她特别沮丧；但是，当她发现我并没有苦恼时，她又高兴起来。如此一来，我原本一直隐忍的不痛快，现在也马上消失殆尽了。因此我们度

---

① 买牡蛎时，通常会让售卖者代为剖开，但是朵拉不知道，所以囫囵买了回来。

过了一个欢乐的夜晚。特拉德尔和我喝酒聊天时，朵拉便坐到我的身边，一只胳膊搭在我的椅子上，只要一有机会，她便会在我耳边说悄悄话，说我真是个大好人，不是狠心的人，也不生气耍脾气。后来，她去为我们沏茶。她的举手投足看了让人很惬意，而那套茶具在她手中就像是一套玩具似的，真是赏心悦目，使我对茶本身的味道全不在意了。过了一会儿，我和特拉德尔玩了两局克里比奇纸牌[①]。当朵拉开始弹着吉他唱起歌时，我觉得我们的订婚和结婚，仿佛是我的一场温柔的梦，我初次聆听她歌声的那个晚上，到现在都还没过完呢。

特拉德尔起身告辞时，我把他送出了家门。等我返回客厅时，我的妻子把她的椅子挪到我的椅子旁边，紧挨着我坐下。

"我很惭愧，"她说，"你能不能想想办法教我，大灰？"

"我得先教教自己，朵拉，"我说，"我和你一样笨拙呀，亲爱的。"

"啊，可你会学呀，"她接着说，"你是一个很聪明的人呀！"

"你瞎说，小老鼠！"我说。

"我真希望，"我的妻子沉默了很久，然后才说，"我能去乡下就好了，我想和艾妮丝一起生活整整一年！"

她搂住我双肩，十指交叉着，下巴靠在手上，一双湛蓝的眼睛与我对视着。

"为什么要那样做？"我问。

"我相信，她能好好教教我，我也相信，我能跟她好好学习。"朵拉说。

"那得要等合适的时间，我亲爱的。你应该还记得，这么多年来，艾妮丝一直都在悉心照料着她的父亲。即使她还是一个

---

① 克里比奇（Cribbage）纸牌，是一种扑克牌游戏，游戏人数可为两人、三人或四人。获胜规则是将手中牌例如对牌、同花五张牌以及三张以上顺牌，点数相加得到61点或121点。玩家通过将小木钉插入排在木板上的小孔的方式计分。

小孩子时，就已经很成熟了，和我们现在所知道的艾妮丝没有两样。"我说。

"我给自己想了一个名字，你愿不愿意用这个名字来叫我？"朵拉一动不动地问。

"什么名字呢？"我笑着问她。

"是个很傻气的名字，"她摇了摇她的鬈发，说，"我让你叫我娃娃妻子。"

我笑了起来，问我这位娃娃妻子，为什么想让我这么叫她，心里是怎么想的呢？她仍然一动不动，我用胳膊把她搂得更紧了，让她的蓝眼睛更贴近我，她回答说：

"你这大傻瓜，我的意思并不是说，让你只用这个名字叫我，而代替朵拉这个名字。我的意思是说，你在对待我的时候，就按照这个名字来对待我。当你要对我发脾气时，你就告诉自己，'她只不过是个娃娃妻子呀！'当我让你感到失望时，你就说，'我早就预料到了，她只不过是个娃娃妻子呀！'当你看到我无法达到我所希望的样子，我相信我永远也达不到，你就说，'我那傻傻的娃娃妻子依然还是爱着我呀！'因为我真的很爱你。"

我并没有拿她的话当真，因为我也没想到，她会是这么认真的人。不过，我发自肺腑对她说了一番话，便让这个多情的人变得开心起来，眼睛里的泪花还没有干，她就展露出笑颜了。没过多久，娃娃妻子的特征在她身上原形毕露，她坐在那个中国塔式狗屋旁边，把上面的铃铛挨个儿摇了个遍，这是在惩罚吉普，因为它刚才不遵守规矩；而吉普就趴在它的屋里，把脑袋从门洞探出来，眨巴着眼睛，对朵拉的惩罚，不屑一顾。

朵拉的这番要求，给我留下了深刻的印象。时至今日，当我回顾那段时光，我真诚地祈祷，请求我所爱的这位天真的人儿，能够从往事的朦胧烟云中重新出现，再次温柔地回过头来看着我；我现在依然可以郑重其事地告诉她,她当年说过的这一番话,我依然铭记在心。我也许并没有真正做到,没能让那番话发挥作用,因为我当时少不更事,但是,对她那纯朴的恳求,我一刻也不曾忘记。

没过多久,朵拉告诉我说,她准备要成为一个料理家务的好手。于是,她收拾干净写字板,削尖了铅笔,买了一本特大的账本,找出那本烹饪书,把吉普撕坏了的书页用针线仔细缝补上,用自己的话来说,她为了能够"学好",着实下了一番功夫。可是,那些数字依然冥顽不灵,不肯相加。她辛辛苦苦地在账本上记下了两三笔账目,结果吉普摇着尾巴从账本上踩过,便把那些账目弄得一塌糊涂。她那细小的右手中指浸满了墨水,连骨头都染上了黑色。我觉得,那是她唯一取得的成果,不容置疑。

那时,我已经成为一个小有名气的作家,由于要写的东西很多,我晚上会在家里工作。有时候,我放下笔,看着我的娃娃妻子如何努力想学得更好。首先,她会搬出那本特大的账本,在桌子上摊开,深深地长叹一声。然后,她翻到前一天晚上记账的地方,找出被吉普弄得一塌糊涂的地方,唤来吉普,让它看看它自己犯下的错误。如此一来,她便把注意力转移到了吉普身上,她也许为了惩罚它,便会把它的鼻子涂上墨水。接下来,她让吉普马上躺在桌上,要"像头狮子一样",这是吉普会耍的几个把戏之一,不过我完全看不出来,它和狮子有什么相似之处。如果吉普心情不错,乖乖听话,它就会照着指令做。随后,朵拉便拿起一支笔,开始写起账目来,不过发现笔上有根毛。于是她又拿起另一支笔来写字,却发现那支笔有些漏墨。接着她再次换了一支笔,动手写起来,并低声说,"哦,这是一支会说话的笔,它会打扰我们的大灰!"于是她认为这项工作太困难了,定然做不好,索性早点放弃吧。她拿起账本,假装要用它来压死狮子,最后,她把账本束之高阁,不再继续了。

有时候,遇上她心情平静、态度认真的时候,她便会坐下来,拿出写字板和一小篮子账单以及其他票据。那些票据不像别的，而是像卷发纸。她积极地尝试，想计算出一个结果来。她拿出两张票据，仔细对比一番，然后把账目登记在写字板上，然后又擦掉，掰着左手的所有手指，一遍又一遍地数啊数，最后弄得越来越糊涂。这使得她烦躁不安，沮丧泄气，脸色特别不好看。当我看到她那原本光彩照人的小脸蒙上了乌云，我知道她都是为了我！于是我感到特别痛苦，便轻轻走过去，对她说：

"怎么啦，朵拉？"

朵拉抬起头看着我，显得束手无策，回答说，"这些数字老是算不准确，让人头疼死了。它们根本不肯听我的话，存心给我捣乱！"

在那种情形下，我会对她说："让我们一起试试看吧。让我来做给你看，朵拉。"

于是，我开始给她做示范。朵拉专注地看着我，大概能听五分钟，然后就显得很厌倦，便卷弄着我的头发，或者把我的硬领翻下来，看看我脸上的表情，以此来娱乐一下氛围。如果我对她的这小把戏无动于衷，并暗示着她不够专心，并坚持教下去，她就会显得非常忧郁，心里很恐慌，而且越来越不知所措。这时候，我便会在脑海中浮现出我刚认识她时，她是那么的天真和快乐，并且会记起，她是我的娃娃妻子，于是我深感内疚，只好放下铅笔，让她把吉他拿来开始唱歌。

我有很多事情要做，也有很多事情让我担忧，但是，出于上面提到的那种顾虑，我不便说出来，只能把它们埋在心里。现在回想起来，我也不能肯定，我那样做到底对不对，但我那样做的原因，的确是为了我的娃娃妻子。而我现在穷尽我记忆中的一切，把内心的秘密全部都倾吐到这本书里，知无不言，毫无保留。我知道，我往日也曾遭遇过不幸，缺失了某种东西，我会耿耿于怀，但并没觉得生活痛苦不堪。当天气晴好时，我独自一人外出散步，回想起在童年的夏日里，空气中洋溢着我孩子气般痴迷的梦想；而现在我的确感到，某些梦想并没有实现，不过我认为，那些梦想只是昔日的光芒，已经暗淡下去，它们并不能照亮我现在的生活。有时候，我会突发奇想，真心希望我的妻子能够成为我的顾问，有更坚韧的性格和意志，能够支持我，助我前进；当我的周围出现了空虚，她有能力帮我充实起来。但是我也知道，世界上没有十全十美的幸福。过去从来没有过，将来也永远不会有。

就年龄来说，我这个丈夫，还有些稚气。除了在本书中所描述的过去那些悲伤经历外，我并没有经历得太多，还没有足够的能力来化解生活中的各种矛盾。如果我做错过什么（我肯定做错了不少），那都是因为我在爱情方面太过笨拙，或是因为缺乏智慧。我写的都是事实，并不是为自己开脱。

就这样，我独自承担了我们生活中的辛劳和忧愁，没有人可以与我分担。至于我们的家务安排，基本上仍然和过去一样，一切都乱糟糟的，不过我已经习以为常了。令我感到高兴的是，我看到朵拉也很少烦恼了。她仍然像以前一样，天真烂漫，开心快乐，依然深爱着我，只要有往日的那些小玩意，她便能让自己开心起来。

当遇上议会的辩论加重——我所谓的加重，是时间的长短，而不是内容的深浅，若就内容而言，那些辩论几乎没什么变化——我会很晚才回家，但朵拉决不肯独自先睡。只要一听到我的脚步声，她便飞奔下楼来迎接我。在某些晚上，如果我不用为我那吃尽苦头而学成的职业所占据时，那么我便会在家写作，不管写到多晚，她总是悄然无声地坐在我旁边，一句话也不说。我总是以为她已经睡着了，可当我抬起头时，总会看到她那双蓝色的眼睛，专注地看着我，就像我前面所描述的那样，让我倍感温馨。

"哦，别把这孩子累坏啦！"一天晚上，当我工作结束收拾书桌时，我和朵拉目光对视，她这样对我说。

"别把这小姑娘累坏啦!"我说,"这样说才恰当。下次,你得早点去睡觉,我亲爱的。对你来说,这实在太晚了。"

"不要这样,别赶我去睡觉!"朵拉走到我身边,恳求我说,"千万别这样!"

"朵拉!"

她突然搂着我的脖子,嘤嘤地哭了起来,这让我大吃一惊。

"你不舒服吗,亲爱的?不高兴了吗?"

"不!我很舒服,也很高兴!"朵拉说,"但是你要允许我陪着你,看你写东西。"

"哎呀,忙到半夜,还能够看到那双明亮的眼睛,多么漂亮呀!"我回答说。

"我的眼睛真的明亮吗?"朵拉笑着说,"我的眼睛很明亮,我多么开心呀。"

"虚荣的小东西!"我说。

不过,这并不是爱慕虚荣,这只是由于她听了我的赞美,流露出了喜悦之情,毫无害处。对此,我十分清楚。

"如果你真觉得我的眼睛漂亮,那你每次都让我留下来,看你写东西!"朵拉说,"你真觉得它们很漂亮吗?"

"非常漂亮!"

"那每次都让我留下来,看你写东西吧!"

"如果是那样,我担心它们不会更明亮了,朵拉。"

"会的,一定会!因为在那样的时间里,你这个聪明的孩子,在沉思默想的时候,就不会忘记我。如果我现在说一句很傻很傻的话,比平时说的话还要傻,你会介意吗?"朵拉从我肩头探过头来,打量着我的脸,这样问我。

"是一句什么美妙的话呢?"我问。

"请让我帮你拿着那些笔,"朵拉说,"你一直都这么辛劳,在你工作的时间里，我也需要找点什么事做呀。我能帮你拿着那些笔吗？"

我对她说可以，她顿时喜笑颜开。现在一回想到当时她的模样，我便止不住泪如泉涌。从那以后，每当我坐下写东西时，她就总是坐在老地方，手里拿着一束备用的笔①。由于她现在做的事情与我的工作有了关系，她心里总是美滋滋的。每当我向她索取一支新笔时，她都感到心满意足，所以我时常故意向她索取新笔。由此我想出一个让我娃娃妻子开心的新办法。有时候我假装请求她，我有一两页的稿子需要她来誊抄一遍，因此朵拉欣喜若狂。为了完成这项重要的工作，她做了无比详尽的准备，特意穿上围裙，还从厨房拿来了胸布，以防墨水溅到身上。她花费了不少时间来誊抄，为了对吉普笑一笑，她还要无数次地停下来。似乎她觉得吉普能够明白她的全部心意。而且她坚持认为，一定要在末尾签上自己的大名，工作才算完成。她把誊抄好的稿子交给我，那副模样就像是小学生交试卷时的神态，我夸奖她干得漂亮，她便会亲昵地搂住我脖子。所有的这一切，在别人看来也许觉得平淡无奇，但当我回忆起来，却心潮澎湃。

没过多久，她便开始掌管起家里的钥匙了。她把整串钥匙装进一个小篮子里，系在她那纤细的腰上，在屋里走来走去，发出叮叮当当的声音。可是我发现，该锁上的地方却并没有锁，那串钥匙除了给吉普当玩具外，我不知道它们是否还有其他什么用途。可是朵拉喜欢这样，因此我也很开心。她就这样像小娃娃过家家一样假装料理着家务，还觉得颇有成就感。仿佛我们仅仅是为了好玩，在照料着一个玩具娃娃的房子，因此她感到特别快活。

我们的生活就这样一天天地过着。朵拉深爱着我的姨奶奶，那份感情丝毫不逊于爱我。她常常告诉我姨奶奶，她当初害怕姨奶奶是一

---

① 当时使用的笔是鹅毛笔，用不了多久就会损坏，需要经常更换。

个"喜欢搬弄是非的老东西"。姨奶奶对朵拉无比宽容，我从没见过还有谁能让她如此宽容。姨奶奶竭力讨好吉普，不过吉普对她总是不理不睬；她一天又一天地听朵拉弹吉他，不过恐怕她并不怎么喜欢音乐；对于那些不中用的仆人，她从来不斥责他们，其实她很想发作一通，但都努力克制住自己；她只要发现朵拉需要什么小玩意，无论要走多远，都会给朵拉买回来，给她一个惊喜；每次她从花园那边的小路进屋来，如果看到朵拉不在屋里，她便会在楼梯口欢快地呼唤着，那声音响彻整座房子：

"小花儿在哪儿呀？"

第45章　预言应验

　　我已经有很长一段时间，不再去博士那里工作了。不过我就住在他家附近，所以我经常会见到他。我和朵拉也一起去拜访过他家两三次，在他家吃饭或吃茶点。那位老将现在长住在博士家里。她和过去没什么两样，那两只长生不老的蝴蝶，仍在她的帽子上翩翩起舞。

　　与我这辈子见过的其他一些母亲一样，玛克勒姆太太比自己的女儿更喜欢各种娱乐活动。她需要大量的娱乐活动来打发时间，不愧是一位老谋深算的老将，为了满足自己的愿望，却总是拿她的女儿做幌子，口头上信誓旦旦地宣称是一心为女儿着想。所以，博士提出希望让安妮多出去走走，这特别契合这位慈母的心愿。对于博士的周全考虑，她表示了高度的赞赏。

　　我认为她这样做已经触到了博士的伤疤，但是她却毫无察觉。她极力赞成博士想让安妮减轻重负的想法，也许并没有别的用意，只是出于成年人的轻浮和自私罢了，可是她这样做，殊不知，却让博士的心理负担更重了。他本来就担心自己成为年轻太太的束缚，害怕他们夫妻之间的情感不那么融洽。

　　"亲爱的，"有一天，玛克勒姆太太当着我的面对博士说，"你知道，安妮一直被关在这里，她肯定会闷得发慌呀。"

　　博士慈祥地点了点头。

　　"等她活到她母亲这把年纪时，"玛克勒姆太太挥了挥扇子说，"那就另当别论了。即使你把我关进监狱里，只要有上流人士陪着我打牌，我一辈子都可以不出来。可是你知道，我不是安妮，安妮也不是她母亲。"

"当然，当然。"博士说。

"你是最好的好人——不，我一定要这样说，请你原谅！"因为博士做了手势请她别再说了，"我背着你这样说，当着你的面还是这样说，你是最好的好人；不过，你和安妮各自的爱好和梦想，当然是不一样的，对不对？"

"当然不一样。"博士带着忧伤的口气回答说。

"是啊，当然不一样，"老将说，"就拿你编的词典来说吧。词典是多么有用的东西！是必不可少的东西！它能说清单词的意思！要是没有约翰逊博士^①或者像他那一类的人，我们说不定现在会把意大利熨斗叫作床架呢。但是，我们不能指望就凭着一本词典，甚至是一本还没有编出来的词典，就成为安妮生活的乐趣，是不是？"

博士摇了摇头。

"所以，对于你如此周全的考虑，我深表赞赏，"玛克勒姆太太把扇子折叠起来，轻轻拍了拍博士的肩膀说，"由此看来，你不像其他的老年人，幻想着年轻人应该像老年人那样，扛着一颗饱经风霜的脑袋。你已经研究过安妮的性格，你很理解她。这正是我觉得你最可爱的地方！"

在这番恭维话的打击下，我觉得原本一向平静宽容的博士，脸上也不由得露出几分痛苦的神色。

"所以，我亲爱的博士，"老将又用扇子亲热地拍了拍他，接着说，"不管什么时候，你都可以差遣我。我说，你一定要弄明白，我完全服从你的命令。我随时准备着陪安妮去听歌剧、听音乐会、看展览，到任何地方都可以，你永远都看不到我有倦怠的时候。我亲爱的

---

① 塞缪尔·约翰逊（Samuel Johnson，1709—1784）：常被称为约翰逊博士，英国文学史上重要的诗人、散文家、传记家和健谈家，他编纂的两卷本《英文字典》（1755）对英语发展做出了重大贡献。在长达150年的时间里，这本词典一直是最权威的英语词典，直到二十世纪初才被《牛津英语词典》所取代。

博士，在这个世界上，责任高于一切呀！"

玛克勒姆太太说话算话。她这个人，在玩乐方面，精力充沛，而且能坚守阵地，决不后退。她每天都会坐在家里最柔软的椅子上，拿着单片眼镜，看上两个小时的报纸。每次她都能在报纸上发现一些有意思的东西，她坚信安妮一定会喜欢的。尽管安妮再三告诉她，自己很讨厌那些东西，但她的话根本没有用。她母亲总这么告诫她说："我说，我亲爱的安妮，我相信，你是个懂事的孩子。但是我得告诉你，亲爱的，这全是斯特朗博士的一片好意，你怎么能辜负他呢。"

玛克勒姆太太总是当着博士的面说这种话。安妮一开始极度反对，但随后又迫不得已收回自己的意见。不过一般来说，她基本上都任由她母亲摆布，老将想去哪儿，她就跟着去哪儿。

在那段时间里，麦尔登先生很少陪着她们。有时她们会邀请我姨奶奶和朵拉，她们二人便欣然前往。有时，她们只邀请朵拉一个人。对于朵拉独自前往，我原本心里有些不安，但是想到那天夜里在博士书房中发生的事情，我便打消了我的疑虑。我相信博士是对的，我不应该疑虑事情会变得更糟。

当遇上姨奶奶单独和我在一起的时候，她有时会擦擦鼻子对我说，对于斯特朗夫妻，有个问题她一直都弄不明白。她希望斯特朗夫妻过得更幸福些；但她认为，我们的军人朋友（她总是这么称呼老将）在这方面不会有任何积极作用。姨奶奶还进一步阐明了她的看法："如果我们的军人朋友愿意剪掉那两只蝴蝶，在五朔节①来临的时候，把它们送给扫烟囱的人，那就可以说，她开始有点明白事理了。"

不过，姨奶奶始终对狄克先生信任有加。她说，狄克先生的头脑里，显然有了好主意；尽管他很难把握住这个主意，但只要他一旦能

---

① 五朔节（May-Day），欧洲传统民间节日，每年5月1日举行，用以祭祀树神、谷物神、庆祝农业收获及春天的来临，通常由扫烟囱的人燃起篝火，开始跳舞。

抓住那个主意，他一定会取得非凡的成就，一定会一鸣惊人。

对于姨奶奶的这番话，狄克先生毫不知情。他与博士和斯特朗太太的关系，依然和从前一样。他似乎既不向前走，也不往后退。他像一座建筑物那样，牢牢地矗立在原有的基础上。我应该承认，我相信他不会移动，就如同我相信一座建筑物不会移动。

可是，我结婚几个月后的一天晚上，我独自正在客厅里写作，朵拉和我姨奶奶去找那两只小鸟吃茶点喝茶了。这时候，狄克先生把头探进客厅，意味深长地咳嗽了一声，对我说：

"如果我和你说会儿话，恐怕会影响你的工作吧，特洛伍德？"

"不会的，狄克先生，"我说，"请进！"

"特洛伍德，"狄克先生和我握了手，然后伸出手指，按在自己鼻子的旁边，说，"在我坐下之前，我想先说一句。你了解你姨奶奶吗？"

"了解一点点。"我回答说。

"她是世界上最了不起的女人，先生！"

狄克先生的这句话像一枚炮弹，迅猛地发射出以后，换上了一副比往常更加郑重其事的神情坐下来，眼睛直直地瞪着我。

"听我说，孩子，"狄克先生说，"我要问你一个问题。"

"随你问多少问题。"我说。

"你觉得我是个什么样的人，先生？"狄克先生双臂抱在胸前，问我。

"你是一位亲爱的老朋友。"我说。

"谢谢你，特洛伍德，"狄克先生兴高采烈地伸出手，和我握了握手，笑着说，"不过，孩子，我的意思是，"他又恢复了先前的郑重其事，"你觉得我在这方面怎么样？"他用手指了指他的前额。

我不知道怎么回答才好，但是他用一个词提醒了我。

"不健康？"狄克先生说。

"哦，"我含糊其词地回答，"有一点。"

"一点没错！"狄克先生大叫起来，似乎他对我的回答非常满意，"事情就是这样的，特洛伍德，他们把一个人脑袋里的烦恼掏出来，又放进另外什么地方去，就会有一种混乱——"狄克先生伸出两只手，快速地相互缠绕着，转了好几圈，然后双手猛然对撞，又旋转揉搓，用来表示混乱不堪，"这种情况，不知道为什么，就落到了我的身上。你明白吗？"

我向他点头，他也向我点头。

"简单地说，孩子，"狄克先生压低了声音对我说，"我头脑简单。"

我本想修正一下他的这个观点，可是被他拦住了。

"是的，我就是这样的！你姨奶奶故意说我不是的。她不愿意听这种话，可我的确是这样的。我知道，我是个头脑简单的人。幸亏她帮助了我，先生，否则这些年来，我一定被人给关起来，过着暗无天日的生活。不过，我决定要养活她！我抄写稿子挣来的钱，一分都没有花过。我把那些钱都放在一个箱子里了。我已经立下了遗嘱。我要把那些钱全都留给她。她就要有钱了，要成为显贵人士啦！"

狄克先生掏出小手帕，擦了擦眼睛，然后再把小手帕仔细叠好，放在双手间压得平平整整，再收进衣服口袋里，就像把我姨奶奶也一同小心翼翼地收了起来。

"现在你是一个学者了，特洛伍德，"狄克先生说，"你是一个了不起的学者。你知道，博士是个了不起的学者，了不起的大人物。你也知道，他一向都对我敬重有加。他并没有因为自己学识渊博就骄傲自大，而是特别谦逊，无比谦逊，甚至对头脑简单、一无所知的狄克，也特别谦逊。当我把风筝放上天空，与云雀共同飞翔时，我曾把博士的名字写在一张小小的纸上，顺着风筝的线也送上了天空。风筝收到了他的名字，高兴得翩翩起舞，天空有了他的名字，因而变得更加明朗。"

我满怀热忱地说，博士应该收到我们最高的敬意和歌颂。狄克先生听了特别开心。

"他那美丽的太太，是一颗星星，"狄克先生说，"一颗明亮的星星。我曾见过她那明亮的光芒，先生。可是，"他说着，把椅子挪近了些，把一只手放到我膝盖上，"有乌云了，有乌云了，先生。"

看到他脸上愁云密布，我也露出了同样的表情，并摇了摇头，以示回答。

"这是什么样的乌云呢？"狄克先生问。

他无比恳切地注视着我的脸，焦急地想知道事情真相，所以我在回答他时，费了很大的劲，说得缓慢，但很清楚，就像是给孩子耐心地做解释似的。

"非常不幸，他们之间产生了分歧，"我回答说，"出于某个难过的原因，导致两人的感情出现了裂痕。这是无法说出来的。或许和他们的年龄差异有关，或许无缘无故就产生了。"

我每说一句，狄克先生若有所悟地点了点头，我说完后，他也停止了点头，只是默默地坐在那里思考着，眼睛注视着我的脸，那只手依然放在我的膝盖上。

"博士没有对她生气吧，特洛伍德？"过了一会儿，他这样问。

"没有，博士对她情有独钟。"

"那我就明白了，孩子！"狄克先生说。

他突然高兴起来，用那只手用力拍了拍我的膝盖，身子又靠回他的椅背，眉毛高高地上扬起来。他这副模样，让我觉得他比先前更加不正常。可是，突然间，他又恢复了郑重其事，像先前那样，身子向前探着，在开口之前，先毕恭毕敬地掏出那块小手帕，仿佛它真的代表着我的姨奶奶。

"那位世界上最了不起的女人，特洛伍德，你的姨奶奶，她为什么不出手相救呢？"

"这个事情实在太微妙，太困难了，旁人不便插手干涉。"我回答。

"优秀的学者，"他用手指着我说，"你为什么也不想想办法呢？"

"因为同样的原因啊。"我回答。

"那我就明白了，孩子！"狄克先生说。接着他在我面前站了起来，显得比先前更加兴奋，不住地点着头，使劲捶打着胸口，让人怀疑他这样不停地点头捶胸，直到气绝身亡才肯停下来。

"站在你面前的人，是个可怜巴巴的疯子，先生，"狄克先生说，"一个头脑简单的人，一个精神失常的人，你知道！"他又捶打着自己的胸口，"这样的人，能够做些非凡的事情，那些了不起的人都不能做的事情。我要让他们和好，孩子。我要试试看。他们不会责怪我的。他们也不会反对我的。即使我做错了，他们也不会介意的。我不过是狄克先生，谁会对狄克先生介意呢？狄克不算什么！噗！"他做出一副不屑的样子，吹了一口气，好像把他自己都吹掉了一样。

幸运的是，他已经说完这个秘密，因为就在这时候，我们听到马车停在花园的小门前，已经送姨奶奶和朵拉回来了。

"你一个字也别向人提起，孩子！"他低声继续说，"就让我这个狄克，头脑简单的狄克，精神失常的狄克来承担所有的责任吧。我一直都在想，认为自己很快就能找到办法，老弟，我已经想了很长一段时间了，到现在，我终于想到好办法了。听你给我说的这些情况，我敢肯定，我已经有办法了，一点也没错！"

对于这个问题，狄克先生没再提一个字，不过，在随后的半个小时里，他不断给我示意，让我要守口如瓶。但他的那些小动作，弄得我姨奶奶非常不安。

我对他所努力的结果非常关心，因为在他得出的结论中，我看出在这个头脑中，有一线非同寻常的真知灼见。至于他对博士的好意，这就不用说了，因为他一向如此。但是，让我感到非常纳闷儿的是，一连过了两三个星期，却完全没有听到任何消息。到后来，我开始相信，由于他的思维飘忽错乱，他也许早就忘了他的想法，或者早就放弃了。

在一个天气清爽的傍晚，朵拉不肯出门，于是我和姨奶奶两人，步行往博士的住宅走去。正值秋天，宁静的夜晚，而且没有议会辩论前来打扰，我还记得，当我们踏在落叶上时，落叶发出了我们布兰德斯屯花园的气味，哀鸣的秋风在耳边回荡，往日的凄凉扑面而来。

我们到博士的住宅前时，暮色已经降临。斯特朗太太正从花园里走出来，狄克先生还留在花园里，帮助园丁拿着刀子砍削着一些树桩。博士正在书房里接待客人。可是斯特朗太太告诉我们，客人很快就要告辞了，她恳请我们留下来见见博士。我们随着她走进客厅，在窗前坐下来，看着窗外的天色越来越昏沉。对于我们这样的老邻居，老朋友，拜访的时候是不用拘于什么礼节。

我们在那里没坐多久，喜欢故意大惊小怪的玛克勒姆太太急匆匆地走了进来，手里拿着报纸，上气不接下气地说，"我的上帝，安妮，书房里有客人，你怎么不告诉我一声呢！"

"亲爱的妈妈，"安妮平静地回答说，"我怎么知道，你想要打听这件事呢？"

"想要打听这件事！"玛克勒姆太太重重地倒在沙发上，说，"我这辈子都没这么吃惊过呢！"

"那么说来，你已经去过书房了，妈妈？"安妮问。

"去过书房了，亲爱的！"她用力回答，"我当然去过！我正撞上那个大好人正在立他的遗嘱呢！特洛伍德小姐，还有大卫，请你们想想，我的心情是多么震惊！"

她的女儿连忙从窗子那边回过头来，看着玛克勒姆太太。

"我亲爱的安妮，"玛克勒姆太太把那张报纸像铺桌布一样，摊在她膝盖上，然后在上面拍着手，重复说了一遍，"他正在立他的遗嘱！那亲爱的好人真是有远见，真是有感情啊！我一定要把当时的情形告诉你们。真的，我一定要把当时的情形告诉你们，这样才能对得起那位亲爱的好人。他的确就是这么一个人啊！你大概也知道，特洛伍德小姐，在这个家里，如果一个人想看报，除非把眼睛瞪得都要掉出来，否则轻易是不会点蜡烛的。而在这个家里，除了在书房里有一张椅子，就再没椅子适合坐着看报了。于是我就去了书房。我看到屋子里亮着灯光，我便推开了门。有两个专业人士，明显是司法界的人物，他们和亲爱的博士正待在一起。他们三人都站在桌子前面。亲爱的博士手里拿着笔。'因此，这份文件只是表明，'博士说着，安妮，亲爱的，好好听听他这几句话，'因此，先生们，这份文件只是表明，我对斯特朗太太完全信任，并把我的一切都无条件地留给她，是吗？'其中一个专业人士回答说：'是的，并把你的一切都无条件地留给她。'我听到这句话，怀着一个做母亲的自然感情，对他们说，'我的上帝！求你宽恕我吧！'我在台阶上绊了一跤，然后从食品储藏室后面的小过道，跑到这里来了。"

　　斯特朗太太推开窗户，走到外面的门廊上，依靠在一根柱子上，就那样站着。

　　"我说，看到斯特朗博士都这把年纪了，"玛克勒姆太太的目光机械地追随着安妮，继续说，"还有这份心思来做这样的事，能不让人欢欣鼓舞吗？特洛伍德小姐，你说是不是？大卫，你说是不是？这只能说明我当年的见解是多么英明。当年，斯特朗博士很想讨好我，要来拜访我，亲自向我提亲，想要娶安妮，我就告诉安妮说，'我亲爱的，据我看来，这桩婚事会保障你生活上的需求，这是绝对没有问题的，斯特朗博士已经做出了承诺，我相信他会比承诺的做得更好。'"

她说到这里时，铃声响了，我们听到客人们走出去的脚步声。

"毫无疑问，一切手续都办妥了，"老将屏气凝神听了一会儿说，"那个亲爱的好人已经签字画押，盖了印章并正式交付了，他也就安心了。就该这样呀！多好的心胸啊！安妮，我亲爱的，我要去书房看报纸了，如果我不看看新闻，心里就很难受。特洛伍德小姐，大卫，请一起去看看博士吧。"

我们陪着她往书房走时，我只注意到，狄克先生正在屋子的昏暗角落里，收拢砍树的刀子，还注意到姨奶奶一个劲儿地擦着鼻子，以此发泄着她对我们军人朋友的愤慨。至于谁第一个走近书房，玛克勒姆太太又怎样快速坐到安乐椅上，我和姨奶奶怎样地走到门口便同时停住了脚步（也许是姨奶奶眼尖，把我给拦住了），当时发生的那些情况，我当时完全没有注意到，即使注意到了，现在也忘掉了。不过，有一点我是注意到的，没等博士看到我们，我们就看到他了，他正坐在桌旁，四周是他喜欢的对开本大书，头舒适地枕在手上。同时，我们看到斯特朗太太悄无声息地走进来，脸色苍白，浑身簌簌地颤抖着。狄克先生一只手搀扶着她胳膊，另一只手放在博士的胳膊上，这使得博士茫然地抬起头来看看她。博士抬起头时，他的太太单膝跪在他的脚边，祈求般地举起手，凝视着他的脸，她那副神情，我永远也忘不了。玛克勒姆太太看到这个情景，扔下报纸，瞠目结舌，就像是一座即将放置到"惊讶"号轮船船头的雕像，除了这样的比喻，我再也想不出更贴切的形容了。

博士态度温和，神情很惊讶；而他的太太既有恳求的态度，也有庄严的神情，两者融合在了一起；狄克先生慈眉善目，神情十分关心；我姨奶奶自言自语地低声说，"谁说这个人是疯子呢？"态度是那么的认真，似乎感觉她把他救出了苦海，神情颇为骄傲。我现在所描写的大家的神情，都不是凭空臆造，全都是我亲眼所见，亲耳所闻。

"博士！"狄克先生说，"究竟出了什么问题？你看看她！"

"安妮！"博士大叫起来，"别跪在我脚边，我亲爱的！"

"不！"安妮说，"我恳求大家，谁也不要离开，留在这里做个见证！哦，我的丈夫，我的父辈，我们沉默了这么久，现在是该打破沉默的时候了。让我们都想一想，我们之间到底有什么隔阂呢！"

这时候，玛克勒姆太太恢复了说话的能力，并似乎感受到了家族的荣誉感和母亲的尊严，都受到了极大伤害，因此怒不可遏，大声叫嚷着："安妮，快站起来！别这么低三下四的，把你的亲人的脸都丢尽了！除非你想看到我在这里马上疯掉！"

"妈妈！"安妮回答说，"别对我说那些没用的话。我这是在恳求我的丈夫，哪怕是你，在这里也不算什么！"

"不算什么！"玛克勒姆太太大叫着，"我，不算什么！这孩子已经疯了！快给我一杯水！"

我全身心都关注着博士和他的太太，对她这个要求充耳不闻，同样，其他人对这个要求也根本没当一回事。于是，玛克勒姆太太只得喘着粗气，干瞪着眼，不停地给自己扇风。

"安妮！"博士双手轻柔地搂着她说，"我亲爱的！如果说，由于时间流逝，使得我们的婚姻发生了一些无可避免的变化，那都不是你的错。错的人是我，全是我一个人的错。我对你的爱慕、崇拜和敬重，一丝一毫都没有变化。我只希望能让你快乐。我真心爱着你，也敬着你。快起来吧，安妮，我求你啦！"

但是，安妮不肯站起来。她双眸凝视着博士，然后紧紧地依偎着他，把胳膊横放在他的膝盖上，把头垂到自己的胳膊上，她说：

"如果这儿有我的某位朋友，为了我，或者为了我的丈夫，能在这个问题上说句话；如果这儿有我的某位朋友，能够把我心中存在的任何疑惑，帮我明白地讲出来；如果这儿有我的某位朋友，对我的丈夫充满尊重，对我充满关切，他也许知道一些情况，不管是什么，只要能够帮助我们重归于好就行，那么，我请求这位朋友当着大家说出来吧！"

整个屋子顿时寂然无声。我经过一番痛苦地犹豫，终于打破了这片死寂。

"斯特朗太太，"我说，"我知道有一件事，不过斯特朗博士曾千叮咛万嘱咐，要我守口如瓶，直到今天晚上，我对任何人都没有说起过。但是我相信，如果我还死守着这个秘密，不识时务，那就会使他的信任和体贴遭到误解。你刚才的这番请求，使我能解除他和我之间的约定。"

她转过脸来，看了我一会儿。我知道我做对了。她那满脸的恳求，尽管还不能让我充分确认，她现在是值得信赖的，但是，她的神情让我无法抗拒。

"我们将来是否和睦美满，"她说，"或许答案就在你的手中。我完全相信，你是不会有任何隐瞒的。我早就知道，我从你或其他任何人那儿，听到的都是我丈夫的好话，表明他具有高尚的情怀。你接下来要说的这番话，或许你会认为会触犯到我，但请你不必顾虑，尽管直言。等你们说完后，我自己将会向他做解释，也将向上帝做解释。"

听了她如此恳切的请求，我没有征求博士同意，就把那天晚上在这个房间里发生的事情，一五一十地和盘托出。只是把尤利亚·希浦那粗俗的说法稍微变得委婉了一点，对其他的事实没有做任何的修饰。在我讲述的整个过程中，玛克勒姆太太冲我翻白眼，不时还发出刺耳的尖叫，她的种种举动，我在这里实在无法描述。

我说完后，有好一阵子，安妮都一直低着头，一声不吭，博士也一直保持着我们刚进来时的姿势，纹丝不动。然后，安妮握住了博士的手，把它贴在自己胸口，亲吻着。狄克先生轻轻地扶着她，她站了起来。她靠着狄克先生的身子，目不转睛地看着丈夫，开始说起来。

"自从我们结婚以来，不管我心里有什么想法，"她的声音低柔温存，"我全都会告诉你。现在我既然听说了那些情况，如果我还要把心里的话藏在心里，我就无法活下去了。"

"不必说了，安妮，"博士温和地说，"我从来没猜疑过你，我的孩子。没必要说了，真的没必要说，亲爱的。"

"很有必要，"安妮仍然用那种低柔温存的声音说，"在你这个宽厚真诚的人面前，我应当把我的心扉打开。上帝知道，我年复一年、日复一日，对你的爱意越来越深，对你的敬意越来越深！"

"说真的，"玛克勒姆太太插嘴道，"如果说我还算个有脑子的人的话——"

（"你这个糊涂蛋，你有什么脑子！"我姨奶奶愤愤不平地小声说。）

"——就应当让我说，讲这些没用的细节，根本就没有必要。"

"对于这个问题，妈妈，除了我的丈夫，谁也没有资格来做判断，"安妮说着，但是她的眼睛仍然凝视着她丈夫的脸，"而他愿意听我说。如果我的什么话让你很痛苦，妈妈，请原谅我吧。我自己早就忍受着痛苦，经常忍受着痛苦，而且忍受了很久了。"

"是真的吗？"玛克勒姆太太喘着粗气说。

"当我还很小的时候，"安妮说，"我还完全是个小孩的时候，我最早得到的知识，全都来自于一位耐心的朋友和老师，他是我父亲的朋友，是我永远敬重的人。每当想起我所知道的一切，我就不能不想到他。正是他，把最早的知识宝藏装入我的大脑，所有的宝藏都有他的烙印。我相信，如果我是从其他人那里获得这些的知识，我无论如何都不会感到它们如此珍贵。"

"她这样说，简直就是把她母亲不当回事！"玛克勒姆太太叫嚷着。

"并不是那样的，妈妈，"安妮说，"我只不过是把他本来的样子说出来。我必须这么做。等我长大后，他在我心中依然有着同样的地位。每当得到他的关心，我便倍感骄傲，我深深地爱慕着他，感激着他，也依恋着他。我对他的敬仰之情，是无法形容的，我把他看作一位父亲，一位导师；他对我的赞许，和其他所有人的赞许都不一样；如果我对整个世界都深表怀疑时，而他仍然是唯一值得我信赖的人。你知道，妈妈，当你突然把他以爱人身份介绍给我时，我懵懂无知，手足无措。"

"对于那件事，我对在座的每个人都说过，说了不下五十遍！"玛克勒姆太太说。

（"那就闭嘴吧，看在上帝的分上，别再说话了！"姨奶奶低声说。）

"开始的时候，我觉得这是个巨大的变化，也是一个巨大的损失，"安妮依然保持着同样的神情和语气，接着说，"我感到不安，也感到痛苦。我还只是个小姑娘，我多年来一直敬仰的人，猛然间身份发生了天翻地覆的变化，我觉得我感到很遗憾。可是，无论如何，都无法让他恢复到过去的地位了，而且我也觉得，他如此抬举我，我感到特别骄傲，于是就结婚了。"

"——是在坎特伯雷的圣阿尔菲治举行的婚礼。"玛克勒姆太太说。

（"混账女人！"我姨奶奶说，"她为什么不能安静点呢！"）

"我从来没想到，"安妮脸上出现了红晕，继续说，"我的丈夫会给我带来什么物质利益。在我那颗年轻的心中，对他只有敬意，没有那种世俗的念头。妈妈，请原谅我这么说，想到有人带着恶毒的猜疑，来冤枉我也冤枉他时，我第一个想到的人，就是你。"

"是我！"玛克勒姆太太又叫嚷起来。

（"哼！当然是你呀！"姨奶奶说，"你就算用扇子扇，也无法扇掉你的这副臭德行，我的军人朋友。"）

"这是我新婚生活里第一件不愉快的事，"安妮说，"在它之后，我遭遇了更多不愉快的事。到后来，这种不愉快的事越来越多，多得我都数不清了。但是，我宽厚仁慈的丈夫，这些事情的原因，并不是你所想象的那个原因，因为无论什么理由，都不能把我心里的每个想法、每段记忆和每个希望，与你分开。"

她抬起眼睛，双手交叉着。我觉得，她的模样就像仙女一样美丽，一样纯洁。从这个时候开始，博士也凝神看着她，就像她凝神看着博士一样。

"以前，妈妈为了她自己而逼迫过你，"她继续说，"这是无可非议的。我相信，她的出发点，不管怎么说，都是不该批评的。但是，我看到许多并不正当的要求，却以我的名义来逼迫你答应，许多次有人用我的名义从你身上得到好处，你却慷慨大方。威克费尔德先生十分关心你的幸福，对你的受骗愤愤不平。我这时候才意识到，我遭受到人们的猜疑，认为我是用爱情来换取金钱，这世界上这么多人，偏偏是我骗取你的金钱，这种猜疑让我感到无辜、受辱，而且还让你受到牵连，逼着你也分担着屈辱。在我灵魂深处，我明明知道，在我结婚的那天，我一生的爱情和名誉就达到了顶峰，但是，我心里总怀着这份恐惧和忧虑，这样的滋味，我无法说出来，就算是我妈妈，也无法想象那是什么滋味。"

"为了照顾自己的家庭，"玛克勒姆太太泪流满面，大声叫嚷，"得到的竟然是这样的回报！真是经典啊！我真希望我是个凶悍专横的土耳其人！"

（"我也满心希望你是那种人，快回到你自己的老家去撒野吧！"姨奶奶说。）

"就在那时候，妈妈非常关心我的表哥麦尔登，我喜欢过他，"她声音温柔，但没有半分犹豫，"非常喜欢他。我们曾经是一对小情人。如果没有发生后来的这些变化，我也许会以为我真的爱他，并且会嫁给他，然后过着最不幸的生活。在婚姻中，最不幸的生活就是没有共同思想，没有共同志趣。"

尽管我专心致志地听她继续往下说，但我却仍然不断回味着她最后那句话，这句话似乎有着需要特别关注的地方，或者包含着特殊的意义，但是我却没有领悟出来。"在婚姻中，最不幸的生活就是没有共同思想，没有共同志趣。"——"在婚姻中，最不幸的生活就是没有共同思想，没有共同的志趣。"

"我和他之间，"安妮说，"没有任何共同之处。我早就发现了这一点，没有任何共同之处。而正是我的丈夫，在我那尚未得到磨炼的内心，第一次产生错误冲动的时候，把我及时挽救回来。我对我的丈夫的许多地方都深表感谢，但是仅凭这一点，我就应该对他感激不尽。"

她一动不动地站在博士面前，她的那份真诚，让我深受感动。然而，她的声音依然像先前那样平和。

"他期待着你能看着我的面上，而能慷慨地施恩给他，我被迫披上了贪图钱财的外衣，心里非常难过，当时我便觉得，如果他能自己闯出一番天地，对他来说就再合适不过了。我想，如果我是他，我一定会这么做，纵有千难万险也要去闯荡一番。不过，我对他一直没有恶感，直到他出发去印度前，在那天夜里，我才知道他怀有一颗虚伪的心，是个忘恩负义的人。从那时起，我便发现威克费尔德先生一直审视着我，我看出了他的眼神里的猜疑。我第一次感受到，猜疑的阴影一直笼罩着我的生活。"

"猜疑？安妮！"博士说，"没有，没有，没有猜疑！"

"你心中没有任何猜疑，这我知道，我的丈夫！"她回答说，"那天晚上，我来到你的面前，本想把我所蒙受的羞辱和痛苦一吐为快，卸下这千钧重担。我知道，我得说，就在你的屋里有我的一位亲戚，由于我的原因，他蒙受着你的恩惠，但是，他对我说过一些他绝不应该说的话，即使他把我当成一个软弱好欺负、贪图钱财的小人，也不应该说那样的话，我那时候对那些话憎恶至极，甚至感到令人作呕。我想对你说的那番话，都到嘴边了，却最终没有说出口，直到现在，我都没有向你说起那些话。"

玛克勒姆太太短短地叹了一声，往安乐椅一躺，用扇子遮住自己的脸，似乎打算永远藏在扇子后面。

"从那以后，如果不是当着你的面，我绝不会单独和他说一句话；即使在你面前交谈，我也是小心翼翼，避免引起不必要的误会。他从我这儿知道，他在这里的地位如何，已经有好几年了。你为了让他有更好的前程，暗中帮了他不少忙，总是事后才告诉我，想给我一番惊喜。你要知道，你的这番好意，只会让我更烦恼，心理负担更重。"

她温驯地跪倒在博士的脚边，博士怎么也拦不住她。她热泪盈眶，仰望着博士的脸说：

"先别对我说什么！让我再说几句！不管对还是错，如果这一切可以重新开始，我相信我仍然会这么做。凭着我们昔日的情分，我把一切都奉献给你，竟然却发现，某些无情的人竟怀疑我用忠诚来换取金钱，而我周围的一切，似乎都在证实这样的看法，你完全不会知道，我心里是什么滋味。我很年轻，也没有人给我一些指导。在有关你的一切问题上，我和妈妈的态度截然相反。我之所以把一切都藏在心里，默默忍受这一耻辱，那是因为我非常敬重你的名声，也非常希望你能敬重我！"

"安妮，我纯洁的心啊！"博士说，"我亲爱的孩子！"

"再让我说一点儿！只有很少几句话！我常心想，你可以娶的人很多，她们不会给你带来这样的责任和烦恼，她们也能更好地照料好这个家。我总是觉得，我恐怕最好还是做你的学生，甚至当你的孩子。我总是觉得，我恐怕配不上你的学问和智慧。我本想把这一切都告诉你，但又犹豫着，迟迟不敢说出来，事实上也总是如此，我这样做，仍然是因为我非常敬重你的名声，也希望有一天你能敬重我。"

"这样的一天，一直都照耀着，已经有很长时间了，安妮，"博士说，"它只有一个长夜，我亲爱的。"

"还有一句话！当我知道那个一直受你恩惠的人，却如此卑鄙龌龊，我便下定决心，并坚定地要求自己，让自己独自承担所有的重压。现在，我要说最后一句话，最亲爱的、最好的朋友！你近来的变化，我都看在眼里，内心痛苦万分，忧心如焚，有时会认为这与我过去担心的事情有关，有时又会做些比较实际的推测，直到今天晚上，终于真相大白。今天晚上，通过一个偶然的机会得知，即使有了这样的误解，你仍然信任我，这是多么珍贵啊。我愿意用爱情和责任来报答你，但不敢奢望，这样的报答能抵得上你对我这么珍贵的信任。不过，我刚才已经知道了所有的一切，那我就能昂起头，来看看你这张亲爱的脸，我把它当作父亲的脸而尊敬它，把它当作丈夫的脸而爱慕它，把它当作朋友的脸来亲近它，我在童年就觉得它神圣无比。现在我要郑重宣告，我从没有任何对不起你的想法，即使最细微的念头也没有。爱着你，对你忠诚，在这一点上我从来没有动摇过！"

她伸出双臂搂住他的脖子，博士的头偏过来倚在她的头上，他的苍苍白发和她的褐色头发，混在了一起。

"哦，搂紧我，把我搂进你的心里吧，我的丈夫！永远也不要抛弃我！不要想，也不要说我们之间有什么悬殊，因为我们并没有差异，只是我身上还有许多不足之处而已。年复一年，我对此体会越来越深，对你的敬重也越来越深。哦，搂紧我，把我搂进你的心里吧，我的丈夫！因为我的爱情坚如磐石，亘古不变！"

接下来，屋里陷入了一片寂静。我姨奶奶庄重地稳步走到狄克先生身旁，搂住他，很响亮地吻了他一下。为了维护狄克的声誉，她这么做恰到好处，因为我相信，他正跃跃欲试，想来个金鸡独立，以此来表现他的那份狂喜之情。

"你是个了不起的人，狄克！"姨奶奶用高度赞扬的神态说，"你别装出一副糊里糊涂的样子啦，我可对你看得清清楚楚！"

说到这里，姨奶奶扯着他的袖子，又冲我点了点头，于是我们三人就悄悄溜出屋子，回家去了。

"不管怎么说，这是对我们那位军人朋友的沉重一击，"在回家的路上时，姨奶奶说，"即使没有其他值得高兴的事，就凭着这件事，也可以让我舒舒服服睡个大觉！"

"恐怕她很难过吧。"狄克先生十分同情地说。

"什么！你见过鳄鱼难过吗？"姨奶奶说。

"我想不起是否见过鳄鱼呢。"狄克先生很温和地回答。

"如果不是那个老家伙，什么问题也不会发生，"姨奶奶坚定地说，"但愿有些当母亲的，待女儿出嫁后，不再干涉她们的生活，也不要疯狂地疼着她们。那些当母亲的似乎觉得，她们把一个不幸的姑娘送到这世界上来——我的老天，就好像是这姑娘求着被送来的，或是心甘情愿被送来似的——母亲们能得到的唯一回报，就是有十足的权利去折磨这个姑娘，害得她只想要逃离这个世界。你在想什么，特洛？"

我正在想着刚才他们说过的一切，心里还在反复咀嚼着安妮说过的那些话——"在婚姻中，最不幸的生活就是没有共同思想，没有共同志趣。""我那尚未得到磨炼的内心，第一次发生错误冲动的时候。""我的爱情是坚如磐石，亘古不变。"——不过，我们已经到家了。秋风萧瑟，在我们的脚下，落叶缤纷。

第46章　得到消息

　　我对日期的记忆不够精准，如果能信得过我的记忆，时间已经是我婚后一年左右了。由于我坚持不懈地写作，我的成就越来越大，那时候我已经在创作我的第一部长篇小说了。一天傍晚，我独自在外面散步，一边构思着这部小说，一边往回走着。在回家的路上，我经过了斯蒂夫太太的住宅。以前我在那一带住的时候，也经常会从那儿经过，但只要能找到别的路，我决不从她家门口走过。然而在许多时候，很难找到另外的一条路可走，除非愿意走一条很绕的路。所以总的看来，我经常会从那儿经过。

　　每当我从她家门口路过时，总会不由自主地加快脚步，偶尔朝那住宅看一眼，从不作停留。那座住宅终日都是阴沉沉的。她们常住的最好房间，都不是临街的。那些老式的窗户，窗框狭窄，窗格粗笨，从来就没有变得光鲜明亮过，总是紧紧地关闭着，百叶窗也遮得严严实实，让人觉得冷落凄凉。在铺着石头的小院里，有一条小小的走廊，通向一间屋子的门前，但是那个房门从未开启过。在楼梯旁边的墙上，有一个与众不同的圆形窗户，它是唯一一没有被百叶窗遮住的窗子，也同样透着无人居住的荒凉气息。我记得我从未见过从那住宅里透出过一丝灯光。如果我是一个偶尔经过这里的路人，我大概会以为，某个孤寡老人死在里面。如果我有幸对那里一无所知，又总是看到它终年不变，我敢说，我一定会天马行空，胡思乱想。

　　事实上，对于这座住宅，我一直尽可能少去想它。但是，我的思维并不像我的身体那样听话，路过它就把它抛在脑后。我常常会浮想联翩。就在我说的这个傍晚，这座住宅让我想起了童年的种种往事，也联想起未来的种种梦想，想起了尚未成形的幽灵般的希望，想起了依稀朦胧的失望残影，还想起了沉浸在写作中的内心经验与各种想象，所有的念头都交织在一起，让我入了迷。我一边走着，一边想着，突然，身边响起一个声音，让我猛然一惊。

那是个女人的声音。我很快就回忆起来，那就是在斯蒂夫太太客厅里的那个小女仆。以前，她的帽子上总是配着蓝色丝带，而现在都拆掉了，换上了一两个素净灰暗的褐色花结；我猜，这大概是为了适应那个家庭的变化而做出的调整。

"对不起，先生，能请你进来和达特尔小姐谈谈吗？"

"是达特尔小姐让你来叫我的吗？"我问道。

"今晚她倒没有吩咐，先生，不过都一样。前两天晚上，达特尔小姐看到你从这儿经过，就叫我坐在楼梯上干活，如果再看到你经过这里，就请你进来和她谈谈。"

于是我转过身，回头和她一起走着，这时我问我的带路人，斯蒂夫太太还好吗。她说她的主人不太好，大多数时间都待在她自己的房间里。

我们来到那座住宅，她告诉我，达特尔小姐在花园里，让我自报家门去见她。在一个类似露台的地方，她正坐在一端的座位上，从这儿可以眺望整个城市。在那个傍晚，天色阴沉，天空中有些死灰色的亮光。我看到远处那阴森森的景象，一些高大的东西散乱地矗立在惨淡的光线中。这个女人在我的记忆中是那么凶狠，现在配着如此阴森的景色，倒是很匹配的。

她看到了我走过来，微微欠了欠身，算是迎接我。我当时感觉到，她比我上次见着她时脸色更显苍白，身体也更显消瘦，闪光的眼睛也更发亮，那道伤疤也更显眼了。

我们的见面，没有丝毫的热情。我们上一次是不欢而散，现在她的脸上仍然带着鄙视的神情，而且丝毫不加掩饰。

"听说你想和我谈谈，达特尔小姐，"我站在她旁边，手扶着椅背，她示意我坐下，但我谢绝了她。

"请原谅，"她说，"我想知道，那个丫头找到了吗？"

"没有。"

"可是，她又逃走啦。"

她眼睛看着我的时候，我注意到，她那两片薄薄的嘴唇一直在动，似乎迫不及待要狠狠诅咒艾米丽一番。

"逃走了？"我重复道，有些迷惑不解。

"是的！从他那里逃走了，"她冷笑着说，"如果现在还没找到她，也许就再也找不到了。说不定她已经死了。"

她那副兴高采烈的残忍表情，让我大惊失色。

"盼着她死掉，"我说，"或许是她这位同一性别的女人，对她做出的最仁慈的期盼。时光已经让你变得柔和多了，达特尔小姐，我为你感到高兴。"

她不屑一顾，对我轻蔑地笑了笑，说：

"这个了不起的年轻受害丫头，凡是她的朋友，便都是你的朋友。你是他们的守护神，尽力维护着他们的权利。关于她的一些消息，你想知道吗？"

"想。"我说。

她笑了笑，但是那笑容无比丑陋，然后站起来，向着一道由冬青树围成的树篱走了几步，树篱一边是草坪，另一边是菜园。她走近树篱的拱门，高声吆喝道，"过来！"仿佛是在呼唤着一头肮脏的畜生。

"你在这里，应该会克制住自己，不会摆出一副保护神的样子，也不打算动手报复的，对吧，科波菲尔先生？"她回过头来，带着同样的表情，看着我说。

我点头默认，但不明白她这话是什么意思。然后她又喊了一声，

"过来！"随后走过来的是那位体面的利蒂默先生。利蒂默先生依然风度翩翩，他优雅地朝我鞠了一躬，然后退到达特尔小姐身后，笔挺地站着。我们中间有一张椅子，达特尔小姐斜靠在椅子上，专注地看着我。她脸上透着恶毒和得意的神情，真像是传说中的某个残忍的公主；但是说来也怪，那神情中依然带着女性的动人魅力。

"来吧，"她根本不正眼瞧一眼利蒂默先生，而是摸着自己那似乎正在颤抖的旧伤疤，也许这一次的颤抖不是由于疼痛，而是感到很亢奋。她高傲地说，"把她逃走的事情，告诉科波菲尔先生吧。"

"詹姆斯先生和我，小姐——"

"别对着我说！"达特尔小姐皱了皱眉头，打断他的话。

"詹姆斯先生和我，先生——"

"也别对着我说。"我说。

利蒂默先生一点也不觉得尴尬，微微鞠了一躬，意思是只要我们感到满意，那么他也会感到满意，然后他又接着说：

"自从那个年轻女人在詹姆斯先生的保护下，离开雅茅斯后，詹姆斯先生和我，就带着她一直在国外游走。我们去过很多地方，游历了不少国家。我们去过法国、瑞士、意大利——实际上，几乎所有地方都去过了。"

他看着椅背，仿佛是在对着椅背说话。他双手轻轻地弹着，好像在弹奏着一架无声钢琴的琴键。

"詹姆斯先生非常喜欢那个年轻女人。在很长一段时间里，他心里都很安定，自从我开始伺候他以来，我从没见过他如此安定过。那个年轻女人孺子可教，学会了好几种语言，谁也想不到她原本还只是乡下人。据我看来，无论走到哪儿去，她都大受欢迎。"

达特尔小姐把手叉在腰上。我看到利蒂默先生偷偷看了她一眼，暗中露出一丝笑意。

"那个年轻女人真的大受欢迎。由于她打扮得很漂亮，又因为空气新鲜，阳光宜人，加上大家众星捧月地围着她，还有这种原因，那种原因，所以她极其出众，吸引了大家的注意。"

说完后，他稍稍停顿了一下。达特尔小姐的目光里充满了烦躁不安，漫无目的地眺望着远处，紧紧咬着嘴唇，免得颤抖不已。

利蒂默先生双手从椅背上挪开，一只手握着另一只手，身子的重心偏到一条腿上，两眼看着地面，体面的脑袋微微向前伸着，并略略歪向一边，继续说：

"那个年轻女人就这样过了一段日子。有时会显得情绪低落。后来，她老是这样情绪低落，总会发脾气，我觉得，她这个样子让詹姆斯先生心生厌倦了。如此一来，事情就没那么愉快了。詹姆斯先生又开始心烦意乱了。他越是烦躁，那个年轻女人越是闹得厉害。我得说，对我而言，我夹在他们中间，日子真是艰难。不过他们也会修补关系，这儿修补，那儿修补，反反复复地修补，勉强维持着这个关系，我敢说，谁也没有想到，他们能维持这么久的时间。"

达特尔小姐的目光从远处收回，又用先前的那种表情注视着我。利蒂默用手掩着嘴，体面地咳嗽了一下，清了清喉咙，把重心移到另一条腿上，然后继续说：

"总而言之，到了后来，他们频繁地争吵，不断地抱怨。终于在一天早上，詹姆斯先生离开了我们，独自走了。当时我们正住在那不勒斯①附近的一座小别墅里，因为那个年轻女人喜欢海。詹姆斯先生假装说过一两天就回来，但是暗地里交代我一个任务，让我到时候向她说明真相。为了各方面的幸福，他便——"说到这里，他又咳嗽了一声，"一去不回了。但是，我应当说，詹姆斯先生行事，实在是光明磊落的，因为他提议说，那个年轻女人应该嫁给一个非常体面

---

① 那不勒斯：意大利南部的第一大城市，坎帕尼亚大区以及那不勒斯省的首府。是意大利第三大都会区，仅次于米兰和罗马。那不勒斯始建于公元前600年，以其丰富的历史、文化、艺术和美食而著称。

的男人，而且这个男人能够对她既往不咎。在通常情况下，无论她嫁给谁，这样的男人都是最好的选择。因为她的亲属都是很卑贱的人呀。"

他又把重心换了一下，润了润嘴唇。我觉得，这个坏蛋说的那个体面男人，一定是他自己，从达特尔小姐脸上的表情来看，我也证实了我的这个想法。

"这些话，也是詹姆斯先生交代的，让我要告诉她。只要能为詹姆斯先生排忧解难，我愿意为他效犬马之力。他的母亲为了他忍受了那么多痛楚，如果能帮他们母子重归于好，我这么做也是值得的。于是，我接下了这个重托。当我把詹姆斯先生一去不回的消息告诉这个年轻女人后，她一下子就晕过去了。等她清醒过来，她暴跳如雷，谁也不能想象她的那种狂暴。她完全疯了，必须使出很大的气力，才能按住她，否则的话，即使她不能挥刀自杀，或者跳海自杀，她一定也会拿脑袋撞倒在大理石地面上。"

达特尔小姐往椅背上一靠，喜形于色，似乎对这个家伙所发出来的每个声音，都要爱抚一番。

"可是，对于詹姆斯先生交代的第二个内容，就是告诉她如何选择丈夫，"利蒂默先生不安地搓搓手说，"不管怎么说，谁都会觉得这是一番好意，应该感激万分的，但是那个年轻女人听了以后，不仅没有感恩戴德，反而露出了本来的狰狞面目。我从来没见过像她这样蛮横的人了。她的举动简直是穷凶极恶。哪怕是一块木头或石头，都比她更懂得感恩，比她更有感情，更有耐心，更通情达理。如果我不防着她，我相信，她一定会要了我的命。"

"就凭着这一点，我越发尊敬她。"我无比愤怒地说。

利蒂默先生低了低头，仿佛是说，"真的吗，先生？可你太年轻啦！"然后，他又继续说下去：

"简而言之，有一段时间，凡是那些可能被拿来伤害自己或伤害他人的东西，都必须藏起来，而且把她关在屋里，还得严加看管。即使这样，她还是趁着夜色逃跑了。屋子有一扇窗户，我亲自把窗格钉死了的，但是还是被她砸开了，她跳窗出来，落在下面藤蔓丛生的葡萄藤上。从那以后，据我所知，就再也没人见过她，也没人说过她了。"

"她可能死掉了。"达特尔小姐微笑着说，好像对于那个受害的姑娘的尸体，她还要踢上一脚。

"她可能跳海自杀了，小姐，"利蒂默先生这次抓住了一个对人说话的借口，"很有可能。如果不是这样，那么也许她得到了渔夫们的帮助，或渔夫的老婆孩子的帮助。她习惯跟这些下等人待在一起，她总喜欢去海边，达特尔小姐，坐在他们的船边，和他们聊天。詹姆斯先生不在的时候，我看到她整天都这样做。有一次，她告诉那些渔夫孩子们，说她自己是个渔夫的女儿，许多年前，在自己的国家，她也像这些孩子们一样，在海滩上奔跑玩耍，这些话被詹姆斯先生听到了，他心里很不高兴。"

哦，艾米丽！不幸的美人啊！我眼前浮现出一幅画面来，只见她远远地坐在海滩上，周围坐着那群孩子，和她天真纯洁时的模样相仿，她听着孩子们在轻声地对她说着话。如果她当初要是嫁给一个穷人，应该会有这样一个幼小的声音喊她"妈妈"了。她一边听着孩子的声音，一边听着那汹涌澎湃的海涛声，那声音似乎一直都在叫喊着"永远不再"！

"当时情况再清楚不过了，也没什么办法可想，达特尔小姐——"

"我不是告诉过你，别对着我说吗？"达特尔小姐语气中充满了鄙视，严厉地对他说。

"你的确吩咐过，小姐，"他回答说，"请你原谅我。不过，服从是我的本分。"

"那就尽你的本分，"她说，"把这件事说完，然后就滚开！"

"当时情况再清楚不过了，"他很驯服地鞠了一躬，然后继续保持着一副体面的神态，接着说，"再也无法找到她了，我便去找詹姆斯先生。我们事先约定了一个通信的地方，我在这里见到了詹姆斯先生，把发生的事情都报告给他。结果，我们之间发生了争吵。我觉得，为了维护我自己的人格，我不得不离开他。以前詹姆斯先生对我无论多过分，我一直都能忍受，也已经忍受了不少，可这一次，他对我的侮辱实在太过分了。他让我伤透了心。我知道他们母子间不幸有了分歧，也知道他母亲心里也许很焦虑，由于这个原因，我便自作主张，回到英国，向她报告了——"

"主要的原因是，我给了他钱。"达特尔小姐对我说。

"完全正确，小姐——我向她报告了我所知道的一切。别的什么情况，我就不知道了，"利蒂默先生想了一会儿说，"现在，我已经失业了，如果能找到一份体面的差事，那就太好了。"

达特尔小姐看了我一眼，好像是问我还有什么问题要问他。我正好想到了一件事，就做了回答：

"我想问问那个——家伙，"我实在无法勉强自己使用更为客气的称呼，"艾米丽家里给她写过一封信，是不是被他们主仆二人截留了？或是那个家伙是不是认为，她收到了那封信？"

他一直保持着镇定和沉默，眼睛盯着地面，右手每一个手指尖，都灵巧地触碰着左手对应的手指尖。

达特尔小姐转过头去，轻蔑地看着他。

"对不起，小姐，"他从沉思中清醒过来，说，"但是，尽管说服从是我的本分，我也有我自己的身份，哪怕是个仆人的身份。科波菲尔先生和小姐你是不同的。如果科波菲尔先生想从我这儿问些什么事，那我就得冒昧地提醒科波菲尔先生，他可以直接向我提出问题。我要维护自己的人格。"

我在心里挣扎了一番，然后转过去看着他，说："你已经听到我的问题了。如果你愿意的话，可以把它看作是对你提出的问题。你要怎么回答呢？"

"先生，"他灵巧地把手指尖分开又合上，回答说，"我的回答，要有所保留，因为，把詹姆斯先生的秘密，泄露给他的母亲和泄露给你，有着天壤之别。我认为，那些只会让人情绪变糟、徒增烦恼的信件，詹姆斯先生大概是不希望她收到的。我能告诉你的，先生，仅此而已，我不想多说了。"

"还想问什么？"达特尔小姐问我。

我表示说，我没有其他想问的问题了。"不过，"我看见他准备离开，便补充了一句，"我既然知道，在这个家伙干了这些伤天害理的事，我肯定要把这个情况告诉那位诚实的人，艾米丽从小就把他当作亲生父亲，所以，我想奉劝这个家伙，少在公共场所抛头露面。"

我一开口说话，他便停住脚步，和往常一样，泰然自若地听我说完。

"谢谢你的劝告，先生。不过请原谅我，先生，在这个国家里，既没有奴隶，也没有奴隶主。法律是严禁私刑的。如果他们真敢那么做，我相信，不是别人受害，而是他们自己受害。因此我得说，我想去哪儿就去哪儿，先生，我根本不害怕。"

说完这些话，他朝我毕恭毕敬地鞠了一躬，又对达特尔小姐鞠了一躬，然后转身走了，他刚才是从冬青树篱的拱门那儿进来的，现在他仍然从拱门那儿出去。我和达特尔小姐对视了一阵子，两人都默不作声，她的态度，和刚才把那人叫出来时完全一样。

"除了这些情况，他还说，"她慢慢地撇着嘴说，"他听别人说过，他的主人正沿着西班牙海岸航行。这次航行结束后，他还会继续品味他的航海美餐，直到吃腻了才会罢休。不过，这不是你感兴趣的。他们母子二人，都是骄傲自满的人，他们之间的裂痕，比以前更大了，几乎没有任何弥合的希望，因为他们两人，在骨子里都是一样的傲慢，时光流逝，只会让他们更加顽固，更加傲慢。这也不是你感兴趣的。不过，这些内容会引出我要谈论的事情来。那个魔鬼，你把她看作是天使，我把她看作是个贱货，是他在海滩烂泥里捡起来的女人，"她乌黑的眼睛瞪着我，激动地举起她的手指，"她也许还活着，因为我相信，某些下贱坏子命大得很。如果她还活着，你最好让人把这颗无价的珍珠找出来，并严加看管。我们也希望能找到她，以免他再次落入她的魔掌。在这一点上，我们的利益是一致的。所以我才派人请你过来，让你听听刚才的那些话。你要知道，想让她这个卑劣的贱货受点苦头，我什么都做得出来。"

看到她脸上的表情陡变，我便知道有人来到了我身后。那是斯蒂夫太太。她向我伸出手来，但神态比上次更加冷淡了，也比上次更加威严了。但我仍然能够看出来，我对他儿子的那份感情，她仍然铭记在心，这让我深受感动。她的模样有了很大变化，那曼妙笔挺的身材，已经没有当年那么挺直了；那端庄俊美的脸上，也出现了深深的皱纹；她的头发，也几乎全变成银白色。但是当她在椅子上落座后，依然是个端庄美丽的太太。她那明亮而高傲的眼睛，我并不陌生，因为我记得，在我求学生涯里，那双眼睛一直是我梦中的指路明灯。

"把所有的情况都告诉科波菲尔先生了吗，萝莎？"

"是的。"

"他亲耳听到利蒂默的话了吗？"

"是的，我也告诉了他，你为什么希望让他知道这些情况。"

"你真是个好姑娘。先生，"她转过来，对我说，"我和你以前的那位年轻朋友，曾通过几封信，但我没能让他浪子回头，让他意识到自己的责任和孝道。因此，在这个问题上，除了萝莎说到的以外，我并没有另外的目的。对于你上次带到这儿来的那位好人，我只能向他表示难过，除此之外也没有更多想说的了，我只希望，如果找到一个好办法，能减轻他的烦恼，也能使我儿子不至于再次陷入仇人设下的陷害圈套，那该多好呀！"

她挺直了腰板，端坐在椅子上，目视着远方。

"太太，"我毕恭毕敬地说，"我明白你的想法。我向你保证，我不会误解你的用意。但是我必须说，即使是对你，我也得说明，我从小就结识了那个受害者的家人，我对这个姑娘很了解。这个姑娘蒙受了天大的屈辱，如果你仍然认为她并没有受到无情的欺骗，而且直到现在，还会心甘情愿从你儿子手里接过哪怕一杯水，那你就大错特错了，她宁愿死一百次，也绝不会那样做。"

"没事，萝莎，没事！"斯蒂夫太太看到萝莎想出面说点什么，她立马阻拦道，"没关系。由它去吧。先生，我听说你结婚了？"

我回答说，我结婚已经有些时候了。

"你的事业干得不错吧？我生活很清净，什么消息也不容易听到。可我知道，你慢慢地已经有些名气了。"

"我只是运气不错，"我说，"别人提到我的名字时，给了我一些谬赞。"

"你母亲不在人世吧？"她用较为柔和的声音问我。

"是的。"

"那真是太遗憾了，"她回应我说，"如果她还在世，一定会为你感到自豪的。再见吧！"

她带着那份高傲的神态，坚定地向我伸出手，我握住了她的手。我通过自己的手，感觉到她的手很平静，仿佛她的内心也很平静，仿佛她的高傲能够让手上的脉搏停止跳动，并且能给她的脸上蒙上一层平静的面纱。她端坐在那里，透过平静的面纱遥望着远方。

我沿着露台离开她们时，仍禁不住回头看看她们，她们一直静静地坐在那里，专注地遥望着远方景色；周围的暮色越来越昏暗，并把她们笼罩住了。在遥远的城市中，一些亮得较早的灯光，星星点点地闪烁着；东边的天际依然徘徊着最后一抹晚霞。可是，横在城市和她们这儿之间的，是大片洼地，现在正涌出一片雾霭，就像大海一般。雾霭与黑暗融为一体，看上去就像是汪洋大海，似乎要把她们吞没。我永远都记得这番场景。而且每当回想起来就会感到恐怖，我的恐怖是有原因的，因为我当时还没来得及再看她们一眼，那汹涌而至的雾海，便迅疾地涌到她们脚下。

对于从她们那儿听到的那些话，我仔细思量了一番，觉得应该告诉辟果提先生。第二天夜里，我去伦敦看望他。他总是四处寻访，唯一的目的就是能够找回他的外甥女，不过他留在伦敦的时间，仍比在其他地方多一些。我曾无数次看到，在夜深人静的时候他在街上到处游走，在那样特殊的时刻里，仍在户外游荡的人寥寥无几，可是他仍在这些人中细细搜寻着，多么希望找到她，其实又多么害怕见到她。

他在亨格福德市场的小杂货铺的楼上，租了一个落脚处，这个地方我曾多次提到过。他那充满慈爱的寻访行动，最初就是从这里出发的。于是我就径直去了那儿。到了那家杂货铺，向店里的人打听，说他还没外出，上楼就能找到他。

门打开着，他正坐在一个窗前读着东西，窗台上摆放着他养的花草。房间里拾掇得干净整齐。我一眼便能明白，房间收拾得这么整洁，随时都准备着迎接她的归来。他每次外出，都坚信自己有希望把她找回来。我敲了敲门，他并没有听见，直到我把手放到他肩上，他才抬起头来。

"大卫少爷！谢谢你，少爷！你能够来看我，真心谢谢你的好意！请坐吧。热情欢迎你，少爷！"

"辟果提先生，"我接过他递过来的椅子，对他说，"我听到了一些消息，不过你别抱太高的希望！"

"关于艾米丽的消息！"

他紧盯着我的眼睛，紧张地把手掩在嘴上，脸色变得苍白。

"根据这一消息，还不能得知她究竟在哪儿，但是，她已经不和他在一起了。"

他坐下来，眼睛一眨不眨地看着我，沉默不语地听我讲完所有的情况。他的目光慢慢从我脸上移开，用手支撑着前额，眼睛盯着地面，坐在那儿一动不动。他那张坚毅的脸上，带着庄重的神情，甚至带着一种美感，让我深受感动，当时的那一幕场景，我至今仍然清楚地记得。他默不作声，一动不动。他在倾听我讲述的过程中，似乎一直在追寻着她的身影，而其他一切身影都被他忽略了，仿佛那些身影根本就不存在。

我说完以后，他仍然捂着脸，一声不吭。我往窗外看了一会儿，然后又打量着窗台上的花草。

"这件事你怎么看，大卫少爷？"他终于开口问道。

"我觉得她还活着。"我回答。

"我不知道。也许这一次的打击实在太沉重了，如果她一时想不通……她以前总说起那湛蓝的大海。她这么多年都一直想着大海，难道就因为那是她的葬身之处吗？"

他一边苦苦思索，一边惊恐不安地低语，然后在那小房间里来回走着。

"可是，"他继续说，"大卫少爷，我一直都坚信，她肯定还活着——我不管是在梦里，还是在清醒的时候，我都相信我一定能找到她——这个想法一直都在指引着我，支撑着我——我相信我决不会受骗的！不可能！艾米丽肯定还活着！"

他把手坚定地放到桌上，黝黑的脸膛露出刚毅的神情。

"我的外甥女艾米丽，肯定还活着，少爷！"他坚定地说，"我不知道，这句话是从哪儿听来的，也不知道是怎么听到的，但是我真的听说过，她还活着！"

他说这番话时，那副模样几乎就像是神灵附体的人。我耐心地等了一会儿，一直等到他能专心听我说话时，我才把昨晚想到的一些可行办法说给他听。

"听我说，我亲爱的朋友——"我开始说。

"谢谢你，谢谢你，真是好心的少爷。"他双手紧握着我的手说。

"她很有可能来伦敦了，因为她如果想要躲藏起来，没有什么地方比这个大城市更容易的了。如果她不想回家，除了躲藏起来，她还能做什么呢？——"

"她不想回家，"他插嘴说，悲伤地摇摇头，"如果她当初是自愿离开的，那么她也许愿意回来。可事实并不是那样的，所以她是不会回来了，少爷。"

"假如她到了伦敦，"我说，"这里还有一个人，我相信她比世上任何人，都更容易找到她。请你一定要坚持听我说完，你要想到你的那个伟大的目标！你还记得玛莎吗？"

"我们镇上的那个人？"

看到他脸色突变，不用他回答，我也看出来了。

"她就在伦敦，你知道吗？"

"我曾经在街上看到过她。"他回答说，打了一个冷战。

"可是，你不知道，"我说，"艾米丽曾经拿汉姆的钱接济过她，那件事过了很久后，艾米丽才离家出走。你也不知道，我们有一天晚上相遇后，在路边的那间屋里谈话时，玛莎就在门外偷听。"

"大卫少爷！"他惊讶万分，"那天晚上还下着大雪呀！"

"就在那个夜晚。不过从那以后，我再没见过她。那晚和你分手后，我返回去想找她谈谈，可是她已经离开了。当时我不太愿意对你说起她，现在我仍然不愿意。但是，她就是我说的那个人，她最有可能找到艾米丽，我觉得我们应该找到她。你明白我的意思吗？"

"非常明白，少爷，"他回答说。我们已经压低了声音，几乎就是窃窃私语了。我们就这样小声地继续交谈着，我问他：

"你说你见过她。你觉得你能够找到她吗？我自己去找，只能希望碰巧遇见她。"

"我想，大卫少爷，我知道上哪儿去找她。"

"天已经黑了。既然我们正好在一起，要不我们现在就出门去，今晚就想办法找到她？"

他答应了，收拾东西和我一起去。我没有刻意地去观察他，只见他仔细地收拾好那个小房间，把蜡烛和点蜡烛的东西都准备妥当，整理好床铺。最后打开抽屉，里面有许多折叠整齐的衣服，他从里面拿出一件艾米丽的衣服，那件衣服我曾见她穿过。还拿出一顶软帽，和衣服一起放在一把椅子上。对于这些衣服，他只字未提，我也闭口不谈。毫无疑问，这些衣服已经在这里等了她许多个夜晚了。

"从前，大卫少爷，"当我们下楼时，他说，"我几乎把玛莎这个姑娘看成是艾米丽脚下的泥巴。请上帝饶恕我吧，现在我不这样想了！"

我们走在路上时，既是为了找话题和他聊，也是为了满足我自己的好奇心，我便问他汉姆的境况。他的回答，和过去几乎一模一样，汉姆还是老样子，"连自己的生命都满不在乎，靠干活来消磨时间；从来都不抱怨；大家都很喜欢他。"

我问他，在他看来，对于造成这一不幸的罪魁祸首，汉姆心里是怎么想的？会不会采取过激行为？比方说，要是汉姆与斯蒂夫偶然相遇，汉姆会怎么做？

"我也不知道，少爷，"他回答说，"我时常也会想到那个问题，可是我怎么也想不清楚。"

我让他回忆一下，就在艾米丽出走后的那个早晨，我们三人在海滩上时的情形。"你记得吗，"我说，"他神志不正常地眺望着大海，并说起什么'结局'？"

"我当然记得！"他说。

"你觉得他那是什么意思？"

"大卫少爷，"他回答说，"这个问题，我也问过我自己很多遍了，但怎么也理不出头绪来。有一件事很奇怪，那就是，虽然大家都很喜欢他，可是谁也别想弄清他的心思。他对我的态度，与以前一模一样，别提有多么恭敬，可是他的心思，根本不是那种能一眼看到底的浅水。静水流深啊，少爷，我根本就看不透。"

"你说得对，"我说，"这个问题也时常让我很担忧。"

"我也担忧啊，大卫少爷，"他回答说，"不瞒你说，他这个状况，比他不顾死活地去干活更让我担心，虽然这两种情况都让我放心不下。我知道，他并不会不分青红皂白就动武，不过我还是希望，他们两个最好别碰上。"

我们穿过巴尔圣殿①，来到城里。这时候，他不再说话了，在我身边走着，全神贯注地搜寻着他生活中唯一目标。他沉默不语，高度警觉，旁若无人地向前走着，即使是在熙熙攘攘的人群中，他也仿佛是形影相吊的独行者。当我们快走到布莱克福莱桥②不远处时，他转过头来，给我指着街对面一个匆匆独行的女人身影。我一眼便知，那就是我们要找的人。

我们穿过街道，向她追去。我这时突然意识到，如果我们能够找个僻静的地方，避开路上的行人，也不让别人注意，在那样的地方再和她交谈，或许能让她感觉好受些，她或许会更容易对我们那位迷途的姑娘多一份女人的关切。所以，我劝说我的伙伴，暂时不要急着和她打招呼，而是跟着她走一会儿。我这样做，还有另外一个模模糊糊的想法，是想弄清楚她这是去哪儿。

---

① 巴尔圣殿：在伦敦城的西面。

② 布莱克福莱桥（Blackfirars Bridge）：横跨在泰晤士河上，紧靠滑铁卢大桥，见第11章注释。

辟果提先生同意了，于是我们就远远地跟着她，既不让她走出我们的视线范围，也不要靠她太近，因为她不时向四下张望。有一次，她停下来听一个乐队的演奏，我们便也跟着停住了脚步。

她走了很远的路，我们依然在后面跟着。看她走路的模样，显示她要去的是个固定的场所。另外，她一直沿着喧闹的大街走着，也许我们也产生了一种跟踪别人的特殊魅力，这些原因让我更加坚定地认为，我最初的想法是正确的。终于，她转入一条僻静昏暗的巷道里，喧闹声和人群都被抛在了外面。于是我说，"现在我们可以和她谈话了。"我们便加快了脚步，向她追赶上去。

第47章 找到玛莎

这时候，我们到了威斯敏斯特区。我们当初看到玛莎的时候，她正面对着我们这个方向走过来，所以我们跟踪她时，走的是回头路①。在威斯敏斯特教堂，她转入了一条巷道，离开大街上的灯光和喧闹声。她甩开桥头来往的两股人流后，加快了脚步，这样一来，把我们远远地抛到了后面，我们一直追到米尔班克②附近一带狭窄的临河街道才追上她。就在这时，她走到街道对面去了，好像她听到了身后越来越近的脚步声，要刻意躲避。然后，她一直没有回头，而是加快了脚步。

我们经过了一个阴暗的门道，里面停着几辆在这儿过夜的货运马车。我从那个门道看了一眼，能看到外面的河，我便不由自主地停下了脚步。我悄无声息地碰了碰我的同伴，于是我们两人都没有跟着她走到街对面去，而是在街的这边跟着她。我们尽量躲在房屋的阴影下，无声无息地走着，同时又尽可能地靠她近一点。

在当年那个时候，走完这条地势很低的街道尽头，有一座破败不堪的小木屋，直到我现在写书的时候，这座木屋仍然还在。那也许是个废弃了的旧渡船码头。它的位置正好在那条街的尽头，前面便是一条大路，路的一边是房屋，另一边就是河水。她走到那里，看到了河水，便停了下来，仿佛这就是她的目的地。然后，她慢慢地沿河走着，目不转睛地盯着河水。

---

① 威斯敏斯特教堂在布莱克福莱桥的西边，大卫他们原本是从西边入城的，现在又倒着返回西边来了。

② 米尔班克：紧邻泰晤士河的一条街道。

来这儿的一路上，我都以为她是要前往一座房子。事实上，我心里隐隐约约地期盼着，希望那座房子与那位误入歧途的姑娘有着某种关系。可是，当我从门道中看过去，模糊地看到了河水，我就本能地意识到，她不会再往前走了。

当时，那一带荒凉阴郁，到了晚上，就和伦敦市郊任何地方一样，死气沉沉，凄凉孤寂。在这条荒凉阴郁的大路附近，还有一座戒备森严的大监狱，周围既没有码头，也没有房屋。一条缓缓流过的水沟，把带过来的淤泥都沉积在监狱的墙脚边。附近海滩是一片沼泽，里面杂草丛生。这里有些地方，立着一些房屋的骨架，不幸开工了，却永远无法完工，就在那儿慢慢腐烂掉。在另一些地方，满地堆着生了锈的锅炉、车轮、曲柄、管子、火炉、船桨、铁锚、潜水钟、风磨帆，还有许多奇形怪状的东西，我完全不认识。这都是某位投机商人收集起来的，全部都卧倒在泥土中，雨天地湿，加上它们自身的重量，便都沉陷到泥土下面，仿佛它们想要躲藏起来，但又做不到。在夜色中，河岸上各种工厂发出喧闹的敲击声，以及刺眼的火光，搅扰着周围的一切，只有它们工厂烟囱里喷出的滚滚浓烟，肆无忌惮、气势汹汹。湿漉漉的洼地，弯弯曲曲的堤岸小路，在腐旧的木桩中蜿蜒穿行，经过一片污水淤泥，一直通到落潮的水边。木桩上黏附着绿茸茸的东西，令人恶心。在木桩的高水位线上，还有一些破烂的招贴在风中扑打着，那是去年为打捞溺水者的悬赏招贴。据说，当年大瘟疫时期①，为了掩埋死人，在这一带挖了一个大坑，似乎从那里发出的晦气，仍然弥漫在整个地区。如果不是因为这个原因，那么就是因为污水横溢，让这个地方慢慢腐烂，衰败破落。

我们跟踪到此的这个姑娘，仿佛是被扔出去的垃圾，丢在那里任

---

① 伦敦大瘟疫：是发生在1665年至1666年的鼠疫，超过10万人死于这次瘟疫之中，足足相当于当时伦敦人口的五分之一。直至伦敦大火才结束。

其腐烂。她走下河岸，来到河边，呆立在夜景中，凝望着河水，显得那么孤独无依。

有几条小船在驳船泥滩上搁浅了，有了它们的掩护，我们来到离她只有几码远的地方，她并没察觉出来。我给辟果提先生做了一个手势，让他站在原地别动，我自己从船的阴影中走出去，和她搭话。当我走进那孑然一身的背影时，身子不由自主地颤抖起来。因为她那么坚毅地走了那么久，终点竟然是这样一个阴森诡异的地方。而她的站身之处，是铁桥的桥洞阴影中，眼看着涨潮的河面映照着扭曲的灯光，此情此景，让人毛骨悚然。

我觉得她在喃喃自语。虽然我专注地看着涨潮的河面，但我敢肯定，我看到她把披肩从肩头摘下来，正用它来捆扎住自己的手。她显得心神不宁，神思恍惚，不像是个清醒的人，而像是个梦游者。我知道，而且永远也不会忘记，她那疯狂的模样让我清醒地断定，如果我没有及时抓住她的胳臂，那么她一定会在我的眼前沉入水里。

与此同时，我大叫了一声："玛莎！"

她惊恐地尖叫了一声，拼命挣扎起来，她的气力太大了，我几乎就要脱手了。时至今日，我仍然相信，如果当时只有我一个人，我恐怕应付不了。但是就在那时，一只比我更有力的手伸过来，把她牢牢抓住了。她惊慌地抬头一看，当她看清了那是谁的手后，只用力挣扎了一下，便在我们两人中间瘫倒下来。我们抬着她离开了水边，抬到有一些干石子的地方，然后把她放下来。她痛哭悲鸣着，哭了一会儿，她在石头上坐起来，双手抱头，显得痛苦不堪。

"哦，河啊！"她激动地叫喊着，"哦，河啊！"

"别叫了，别叫了！"我说，"安静下来！"

可是她仍然叫喊着，一遍遍地重复着，"哦，河啊！"

"我知道，那河也像我一样！"她叫喊着，"我知道，它是我的归宿。我知道，我们这种人，天生就是它的伙伴！它是从乡下来的，在那里它是清白干净的，后来穿过了阴暗的街道，就受到了玷污，被糟蹋了，然后就像我的生命一样，走向那汹涌澎湃的大海。我觉得，我应该跟着它，与它同归于尽！"

我从来不知道绝望是什么味道，当我听到她这番话时，才知道了什么叫绝望！

"我无法离开它。我无法忘记它。不管是白天还是黑夜，它都挂在我心上。在这个世界上，只有它才适合我，或者说，只有我才适合它。哦，可怕的河呀！"

我的同伴一声不吭，只是纹丝不动地看着她。这时，我心里突然闪现出一个想法来，哪怕我对他外甥女的过去一无所知，现在我看着他的脸色，也能看得明明白白。无论是从图画上，还是在现实生活中，我都从没见过那么复杂的表情，混杂着恐怖和怜悯的动人神情。他浑身哆嗦着，仿佛就要跌倒一样。他的神情让我惊恐不安，不由自主地伸手去摸摸他的手，那手冰凉刺骨。

"她现在神思恍惚，"我低声对辟果提先生说，"再等一会儿，她就不会这样说话了。"

我不知道他想要说什么。他的嘴唇动了动，好像他自己觉得说了话，其实他只是用手指了指她。

这时候，玛莎又放声痛哭起来，趴在我们前面的地上，把脸藏在石头中间，一副蒙受羞辱、了无希望的样子。我知道，只有等她的这个状态过去，我们才能和她交谈，所以当辟果提先生想去扶她起来时，我把他给拦住了。我们就这样默默地站在旁边，等着她终于慢慢平静下来。

"玛莎，"我看她也许是想站起身来，离开这里，但是却浑身无力，只得斜靠在一条船上，我便弯下腰，把她扶起来，对她说，"你认识这个人吗？和我在一起的这个人是谁，你知道吗？"

她软弱无力地回答说，"知道。"

"我们今晚跟着你走了很长一段路了，你知道吗？"

她摇了摇头。她既没有看着辟果提先生，也没有看着我，只是自惭形秽地站在那里，一只手抓着帽子和披肩，但好像失去知觉的样子，另一只手握成拳头，抵在前额上。

"你现在平静些了吧，"我说，"我们能不能谈谈，在那个雪夜里你所关心的那件事？我希望看在老天的面上，你还记得那件事！"

她又抽噎起来，含混不清地说了些话，感谢我当时没把她从门口赶走。

"我不想为我自己辩护，"她停了一会儿，说，"我坏透了，我没救了。我一点希望也没有了。如果你能发发善心，先生，就请帮忙转告他，"她这时已经躲开了辟果提先生，"他的不幸遭遇，绝不是我造成的。"

"从来没人说过是你造成的呀。"我看她说得如此真诚，于是我对她也真诚相待。

"那天夜里，艾米丽那么可怜我，那么仁慈地对待我，她不像别人那样躲着我，反而给了我那么大的帮助。"她断断续续地说，"如果我没有认错的话，就在那天夜里，来到厨房里的那个人就是你！是不是，先生？"

"是的。"我说。

"如果我做了什么对不起她的事，心里有愧的话，"她看了看河水，脸上的表情有些恐怖，"我早就跳进河里去了。如果我和那事有半点牵连，那我一个冬天的夜晚都熬不过，早就跳河死了。"

"她离家出走的原因，大家都很清楚，"我说，"你和那件事毫无关系，这我们完全相信。我们知道。"

"如果在过去，我的心能再好一点，也许我会帮助她一点！"那姑娘万分悔恨地说，"因为她一直都对我很好！她通情达理，她和我说话，总是让人感到愉悦。我清楚地知道自己是什么样的人，我怎么还会让她走我的老路呢？我把生命里一切宝贵的东西都丢掉了，但让我心里最难过的，是我再也见不到她了！"

辟果提先生站在那里，眼睛看着地面，一只手放在小船的船帮上，另一只手捂着脸。

"早在那个雪夜之前，我就从本镇上来的人那里，听说了艾米丽出事的消息，"玛莎哭诉道，"那个时候，我心里最难过的是，大家都知道她有一段时间和我很亲近，他们会说，是我把她带坏了的！上帝知道，要是能挽回她的声誉，让我去死我也心甘情愿呀！"

由于她长期以来都不习惯克制自己，所以她的这种悔恨和悲哀宣泄出来，是那么的强烈，让人触目惊心。

"就算我死了，也无济于事啊——我还能说什么呢？——我想活下去！"她哭喊着，"我想在那阴暗的街道上活到老——在黑暗中四处游荡，让那些人都躲着我——天亮的时候，太阳照着那一排排灰暗丑陋的房子，回想着也正是这个太阳，曾照进我的卧室，让我苏醒过来——只要能救她，即使是这样，我也心甘情愿！"

她又在石头上坐了下来，双手抓着一些石头，紧紧地攥着，好像要把它们捏得粉身碎骨。她身子不断扭出各种姿势，时而两只胳膊往前伸直，时而弯过来遮在脸上，仿佛要遮住眼前那点光线。随后她的头低垂下来，好像往事的回忆太过繁杂沉重，她的脖子无力支撑了。

"我该怎么办呢？"她绝望地挣扎着说，"如果我独自一个人待着，就会诅咒我自己；如果我接近其他人，他们都会嫌弃我，觉得我活着真够丢脸的。我还怎么能活下去呢？"她突然转去看着我的同伴，"你踩死我，杀死我吧！当她是你的骄傲时，哪怕我在街上碰她一下，你都会认为是我伤害了她。我说的话，你一个字都不会相信。不过退一步说，你为什么要相信呢？即使是现在，如果她跟我说一句话，你也会觉得是奇耻大辱。我这样说并没有怨恨。我并不是说她和我应该一样，我知道，我们两人有天壤之别。我只是说，虽然我头上顶着那么多的罪恶和不幸，但我仍然从心底里感激她，爱慕她。哦，别以为我身上爱的力量都耗竭了！你可以像世上所有的人那样，把我抛弃掉。由于我现在堕落成这个样子，而且我过去还认识她，你可以杀了我，但是，你绝对不能把我看成是罪恶的人！"

她疯狂地哀求辟果提先生，他一直专注地看着她，等她说完后，他轻轻地把她扶起来。

"玛莎，"辟果提先生说，"苍天在上，我不能对你评头论足。所有人里面，我是最不应该那么做，我的孩子！你觉得我会那么做，是因为你并不知道，在这段时间以来，我心里起了多大的变化。好了！"他停了一会儿，又继续说，"你并不知道，我和这位先生为什么想要和你谈话，你也不知道我们目前的打算。现在你就好好听听吧！"

他的这番话感化了玛莎。她站在他面前，虽然仍然有些畏缩，好像害怕遇上他的目光，但是，她不再强烈地宣泄着自己的痛苦，而是变得沉默不语。

"在那个雪夜里，"辟果提先生说，"如果你听到我和大卫少爷的谈话，你就应该知道，我已经四处去寻找我那亲爱的外甥女了，一直找到天涯海角。我那亲爱的外甥女，"他坚定地重复了一遍，"因为我觉得，玛莎，她比过去更加让人心疼了。"

玛莎只是双手捂着脸，此外没有任何举动。

"我曾听艾米丽说起过，"辟果提先生说，"你从小就失去了父母，又没有亲戚朋友像父母一样照顾你，哪怕是粗笨的渔夫也好。你也许可以想象，如果你有这样一个亲友，日子一长，你便会慢慢产生深厚感情。我的外甥女对我那么亲，就如同我的亲生女儿一样。"

辟果提先生见她不停地在颤抖，便从地上捡起她的披肩，小心地给她披上。

"因此，"他说，"我知道，如果她再次见到我，要么，她跟着我走到天涯海角；要么，她为了躲开我，会一个人走到天涯海角。虽然她完全不用怀疑我对她的爱，不用怀疑，完全不用怀疑，"他坚定地认为自己的话是对的，蛮有把握地重复道，"但是，在我们之间，羞耻之心掺和了进来。"

他的这番话朴实感人，我从每句话里都看到了新的证据，证明他把这个问题的各个方面都考虑过了。

"据我们估计，"他说，"据我和大卫少爷的估计，也许在某一天，她会孤身一人来伦敦。我们相信，大卫少爷、我，还有我们所有人都相信，对于她遭遇的一切不幸，你是无辜的，就像尚未出生的婴儿一样无辜。你刚才也说过，她待你很好，对你和气、关切。愿上帝保佑她，我知道她就是那样的人！我知道，无论对什么人，她永远都是那样的。你感谢她，爱慕她，那就请你尽力帮我们找到她吧，上帝将会奖赏你的！"

她匆匆地看了他一眼，她还是头一次这么做，好像她压根儿不相信他的话。

"你愿意相信我吗？"她显得有些吃惊，低声问道。

"完全信得过，绝对信得过！"辟果提先生说。

"如果我找到了她，就拉住她说话；如果我有个容身之处，就留她住下来；然后，背着她悄悄来找你们，带你们去见她，是吗？"她语速飞快地问道。

我们俩异口同声回答说，"是的！"

她抬起头看着我们，一本正经地说，她将尽心尽力，全力以赴，只要还有一线希望，就决不动摇，决不放弃。这件事能让她的人生远离邪恶，如果她没有尽心尽力去做，那么她现在的生活目标就将弃她而去，她宁愿遭受更糟的打击，哪怕比那天晚上在河边的处境更糟，

更让人伤心绝望，哪怕永远得不到人和神的一切救助！

她对着夜空说着这番话，并没有看着我们，也没有提高声音。说完后，她便寂然无声地站在那里，凝视着阴暗的河水。

这时候，我们觉得，应该把我们知道的情况都告诉她。于是我把事情的前因后果详细地讲了一遍。她全神贯注地听我讲述，脸上的表情不断变化。但不论怎么变，那副坚毅的神色，却始终如一。有时候，她热泪盈眶，但她努力忍着，不像以前那样随意宣泄出来。看上去，她的精神发生了颠覆性的变化，安静得不能再安静了。

　　我们把该说的话都说完了，然后她问，如果有必要，她到什么地方联系我们。我借着路边昏暗的灯光，在我的笔记本上写下我们两人的住址，再撕下纸条给了她。她把那张纸藏进她可怜的胸口上。我问她住在什么地方。她停顿了一下才回答说，什么地方都住不长久，还是不知道为好。

　　辟果提先生小声地向我提了建议，我自己也想到了。我拿出了我的钱袋，想给她一些钱。可是她谢绝了，无论怎么劝说也没用，我劝说她改天收下，她仍然断然拒绝。我向她解释说，辟果提先生目前的经济状况并不窘迫，我还说，她既要帮我们去找人，还得靠自己去自谋生路，这让我们感到十分不安。但她坚持自己的想法。辟果提先生和我一样，无论我们怎么劝说也不奏效。她由衷地感谢我们，但坚决不肯收下钱。

　　"我也许能找到活干，"她说，"我要去试试。"

　　"至少，在试试之前，"我劝慰她说，"先接受一点点帮助吧。"

　　"我答应去做这件事，并不是为了钱，"她回答说，"就算我挨饿，我也不能拿这个钱。你们要是给我钱，就等于你们不信任我，取消了你们交办给我的任务，也取消了能把我从河里救出来的唯一理由。"

　　"伟大的审判者在上，"我说，"你和我们所有的人，在那可怕的时刻，都会站在他的面前，接受审判。看着他的面上，请你放弃那个可怕的想法吧！只要我们心存善念，大家都可以做些好事。"

　　她浑身颤抖着，嘴唇也哆嗦起来，脸色更加苍白了，她回答说：

"你们大概抱着一个念头，要拯救一个可怜的人，使她改过自新。我可不敢那么想，因为那个念头太过胆大了。如果我还能做点好事，也许我看见了一线希望。因为我以前所做的事情，件件都是坏事，没有好事。你们让我试着去完成这件事，这是在我这么多年的艰难生活中，第一次有人如此信任我。别的我不知道，我也再没什么可说的了。"

她的眼泪就要夺眶而出，但是她强忍住了，颤抖地伸出手，在辟果提先生身上碰了一下，仿佛他身上有非凡的治疗魔力，然后转过身去，沿着荒凉寂静的大路走了。我看出她病了，可能已经病了很长时间。我第一次有机会近距离观察她，我看到她精疲力竭，面目枯槁，眼窝深陷，表明她受尽苦难，历尽艰辛。

由于我们和她是同一个方向，所以我们就跟在她身后走，和她保持着一个短短的距离。就这样一直回到了灯火通明、行人如织的大街上。对于她的那番话，我是充分信任的，于是就问辟果提先生，我们如果再这样跟着她走，是不是显得我们自始至终都不信任她。他也这么想，所以我们便和她分道扬镳，她走她的路，我们走我们的。我们走上了去海盖特的路。他陪我走了很远一段路。我们分手的时候，都祈祷着这次新的努力会取得成功。我很容易看出，他又增添了一种情感，就是对别人的关切和怜悯。

我回到家时，已是半夜时分。我走到自己的家门前，停下了脚步，倾听着圣保罗教堂那深沉的钟声。我觉得那钟声，以及其他无数的时钟敲响的钟声，似乎都是为我而敲响的。这时候，我突然发现姨奶奶的那座小房子的门敞开着，一道微弱的灯光从屋里照到门外的路上，这让我大吃一惊。

我以为，姨奶奶可能又犯大惊小怪的老毛病了，在她想象中远处又发生了大火，她正在那儿观望着呢。于是我赶紧过去，准备和她聊一会儿。但我看到有个男子正站在她的小花园里，这让我感到特别意外。

那个人手里拿着一只酒杯和一瓶酒，正在喝着。我在小花园外茂密的树叶中停住了。这时，月亮已经升起，不过月色有些朦胧。我曾一度认为这个人是狄克先生幻想出来的，现在，我认出这个人来。有一次在伦敦街头，我和姨奶奶遇到过他。

　　他不但在喝，而且也在吃，好像饿坏了。他对那座小房子似乎感到很惊奇，好像是第一次见到。他弯腰把瓶子放到地上，然后抬头打量着窗户，又四下张望着。他的神色鬼鬼祟祟，又急躁不安，好像急于马上离开这儿。

　　门廊里的灯光暗了一下，姨奶奶便走了出来。她一副急匆匆的样子，把一些钱数着放进那人手里。我听到钱币发出叮当的响声。

　　"这么点钱能起什么用呢？"那人说。

　　"我再也没有宽裕的钱了。"姨奶奶回答。

　　"那我就不走了，"他说，"够了！你拿回去好了！"

　　"你这个坏人！"姨奶奶情绪激动地说，"你怎么能这样对我呢？不过，我又何必多此一问？因为你知道，我是个心肠软弱的人！我到底要怎么做，才能永远摆脱你的纠缠不休，让你自作自受呢？"

　　"那你为什么不让我自作自受？"那人说。

　　"你好意思问我为什么！"姨奶奶回答说，"你安的是什么心啊！"

　　那人站在那里，很不高兴地摇晃着钱，摇了摇头，最后，他说：

　　"那么，你就打算只给我这么点钱了？"

　　"我能给你的，就只有这么多了，"姨奶奶说，"你知道，我财产损失了不少，比以前穷了。我都告诉过你这事了。你现在已经拿到钱了，为什么不快点走开？我多看你一眼就是遭罪，瞧你这副模样，让我真够难受的。"

　　"如果你是说我已经落魄寒酸了，"他说，"那你要知道，我现在过的是昼伏夜出的日子呀！"

"我原来的那些家产，大部分都被你败光了，"姨奶奶说，"这么多年来，你害得我对整个世界都心灰意冷了。你对我虚伪冷酷，忘恩负义。你走吧，你去忏悔吧。你已经在我身上留下许多伤痛，多得数都数不清，现在就请你别再给我增添新的伤痛了！"

"可以啊！"那人回答说，"你说得好极了！好吧！看来，我现在得勉强试试看！"

那人虽然话不饶人，可是看到我姨奶奶愤怒得泪流满面，他也不禁露出愧色，耷拉着脑袋走出了花园。我装出刚来这里的样子，赶紧走了两三步，正好在花园门口和他打了个照面，他出门，我进门。在碰面的时候，我们相互都不怀好意地瞪了对方一眼。

"姨奶奶，"我急忙说，"这个人又来纠缠你了！让我去和他谈谈吧。他是谁？"

"孩子，"姨奶奶抓着我的胳臂说，"进屋来吧，等十分钟后再和我说话。"

我们来到她的小客厅，坐了下来。姨奶奶过去用的那把绿色扇子，现在被她钉在了一张椅子的靠背上。她现在就躲到这张椅子的后面，我看到她不时地擦擦眼睛。这样过了大约一刻钟，她又出来了，在我身边坐下。

"特洛，"姨奶奶平静地说，"那是我的丈夫。"

"你的丈夫，姨奶奶？我以为他早就去世了呢！"

"对我来说，他早就死了，"姨奶奶回答说，"但事实上他还活着！"

我惊讶得说不出话来，只是呆呆地坐在那里。

"贝斯·特洛伍德这个人，现在看上去，她一点也不像个卿卿我我的人，"姨奶奶波澜不惊地说，"但是当她完全信赖那个人的时候，她就是那样的人。那时候，她深爱着他，特洛，她把全部的爱都倾注到了那个人身上。可是他对她的回报，却是败光了她的财产，也几乎撕碎了她的心。所以，她把那一类的卿卿我我的感情，统统埋进了坟墓里，并且用土盖起来，填填压平。"

"哦，我亲爱的好姨奶奶！"

"我跟他分手的时候，"姨奶奶一如既往地把手放在我的手背上，继续说，"我对他很慷慨。事情已经过去这么多年了，特洛，我依然可以宣称，我跟他分手的时候，对他很慷慨。他过去对我那么狠毒，我本来可以一分钱不花，就和他离婚。可是我并没有那么做，给了他些家产。没过多久，他就把那些东西挥霍一空，而且越来越困窘。我觉得，他又再婚了。他整天冒险，赌博，骗人。他现在都成什么样子，你也看到了。可是当年我和他结婚时，他是相貌英俊，一表人才呢，"听姨奶奶的口气，仍然依稀听到旧日的骄傲和赞美，"那时候，我竟然相信，他是个正人君子。我真是一个大傻瓜！"

她捏了我的手一下，然后摇摇头。

"现在，我心里已经没有他的位置了，特洛，一点位置都没有。他如果还这样招摇撞骗，我相信他肯定会招致惩罚的，但是，我不愿看到他遭这份罪。所以，每过一段时间，他会来找我，我便尽我所能地给他一些钱，然后打发他走开。和他结婚时，我是一个大傻瓜；直到现在，在这个问题上我还是一个大傻瓜，而且傻得不可救药。就因为我曾经幻想过他是个好人，所以我不愿意对他无情无义，甚至连他的影子，我都忍不住要帮上一把。如果世界上还有一个女人是认真对待感情的，特洛，那个人就是我。"

姨奶奶长长地叹了一口气，结束了这个话题，然后抚平自己的衣服。

"好啦，我亲爱的！"她说，"瞧，这件事情的前因后果，你都知道了。我们两人，就再也不要提这件事了。当然，你也不要对外人提这事。这是我的一段不愉快的往事，庸俗可笑，你知我知就够了，特洛！"

第48章　家务困境

在不妨碍报社工作按时完成的情况下，我还废寝忘食地创作小说。我的书终于出版了，而且获得了极大的成功。虽然我很乐意听到大家赞不绝口的声音，而且毫无疑问，我比其他人更欣赏我的杰作，但是，我并没有因此而冲昏头脑。我在观察人类的本性时总会发现，一个足够自信的人，决不会为了获得别人的信任，而在别人面前大肆炫耀。正因为如此，我在自尊中保持着谦逊，所受的赞誉越多，就越要奋发向上，让自己当之无愧。

我现在所创作的这部作品，都是我的回忆录，我并不打算在这里来讲述我写小说的经历。那些小说本身就能说明它们自己，那就让它们自己说明吧。如果我偶尔提及它们，那也只不过是我生活进程的一部分。

到了那个时候，我已经多少有些把握，我的天赋和机遇可以让自己成为一名作家，于是我便满怀信心、坚持不懈地写作。如果没有这样的把握，我肯定早就放弃写作，而把精力投入到别的方面了。我一定要弄清楚，我的天赋和机遇，究竟要把我塑造成什么样的人，弄清楚这一点，我就可以全身心地投入其中。

我不但向报纸投稿，还向其他地方投稿，而且都非常顺利地刊登了。在取得新的成功以后，我认为对于那些枯燥乏味的辩论，我有理由不再参加了。所以，在一个愉快的夜晚，我最后一次记录下议会中风笛般冗长的声音后，从此再也没去听过了。不过，我从报纸上仍然能够听到那昔日的嗡嗡声，在漫长的会议里，没有任何实质性的变化，只是嗡嗡声比以前更冗长了，一切都是老调重弹。

现在写到的这段时间，是在我婚后约一年半左右。对于我们的家务问题，我们做过多次努力后，最后认为，操持家务实在是枉费工夫，于是索性就放弃努力，听之任之。我们雇了一个小仆人，但这小仆人的主要工作，就是和厨子吵架。他在这方面的能力，与惠廷顿相比毫不逊色，只是他没有惠廷顿的猫，也没有做市长的机会了[①]。

我觉得，他总是生活在冰雹般的锅盖敲打之下。他的所有生活，都是在混战中度过。他总在最不合宜的时候——比如，我们举行小小的宴会，或有几个朋友晚间来座谈时——高声呼喊着救命，跌跌撞撞地逃出厨房，背后是漫天飞舞的各种铁器。我们本想把他辞掉，可是他对我们感情很深，不愿意走。我们只要稍微有点暗示，打算和他中止雇佣关系，他就号啕大哭起来，由于他哭得太伤心了，我们只得改变主意把他留下。他没有母亲，只有一个姐姐，除此之外就没有发现他还有其他什么亲戚。他的姐姐把他丢给我们后，便远远地逃到美国去了。于是，他就像一个被调包换来的丑小孩[②]，在我们家里住下来了。他对自己的不幸遭遇非常敏感，总是担心又被抛弃了。他老是用衣袖擦眼睛，或弯下腰，用口袋里的小手帕的一角擤鼻涕，他从来不肯把那块小手帕全部掏出来，总是省着用、藏着用。

这个倒霉的小仆人每年的工钱是六英镑十先令，他是在一个不吉利的日子雇佣来的，所以成了我苦恼不断的根源。我看着他长大，就像红花豆那样长得飞快，我便痛苦不安地想着，他很快就需要刮胡子了，很快就要秃顶或者白发苍苍了，想到这些就恐惧。我觉得，我没有希望能够摆脱他了。我常常想着未来，等他成了一个老头后，他是多么碍事呀。

---

① 惠廷顿（1358—1423）：曾三次任伦敦市长。据说他是一个孤儿，在厨房听差，但饱受厨子虐待，不堪忍受而逃跑了。他有一只猫，正巧遇上某地鼠患严重，当地重金购买他的猫，于是他由此发迹，成为巨富。

② 根据西方的传说，精灵会用丑小孩调换走乖小孩。

这个倒霉的小仆人，用他独有的方式让我脱离了困境，这真让我感到意外。我们家的一切东西，都没有固定的放置位置，于是他把朵拉的表偷了去，换成了钱。这个没脑子的小孩，拿着这些钱去坐马车，他坐在马车顶上的座位里，一遍遍往来于伦敦和阿克斯布里奇镇①之间。据我的回忆，他是在完成第十五次旅行时，被警察送往博街②去了，从他身上搜出了四先令六便士，还有一根从旧货店买来的横笛，他根本不会吹奏。

如果他拒不悔过，那么这件出人意料的事及其后果，也许会让我少惹点麻烦。可是他坦白交代，而且交代的方式很独特，他不是一股脑儿全部都招供，而是分批交代的。比如，为了这件事，我不得不到庭和他对证，可是第二天他又揭发说，地下室的那个篮子里，我们原以为篮子里都是葡萄酒，其实里面只有空瓶子和瓶塞了。我们以为，他把他所知道的厨子的最大劣迹都揭发出来了，他就该清净了。不料过了一两天，他由于良心不安，揭发说厨子有个小女孩，每天早晨都来拿我们的面包。他还坦白说，他自己受了送奶人的贿赂，经常送煤给那个人。又过了两三天，警察当局通知我，说他又交代了一个情况，在厨房的垃圾里，藏有牛里脊肉，在破布袋中藏有床单。没过多久，他又招供了，供出了一个全新的问题，他承认说，自己知道有个酒店的伙计，准备到我们家来行窃，于是那个伙计马上就被逮捕了。我竟然成了这样一个受害者，实在羞愧难当，我宁愿给他钱，给多少都不在乎，只求他别再招供了，或者我花一大笔钱为他行贿，好让他有机会逃跑掉。可是他完全不明白我的想法，还以为每次供出一项新的问题，即使不算是对我的恩惠，也应该算是对我的报答了，这真够让人烦不胜烦！

---

① 阿克斯布里奇镇：伦敦西北部的一个市镇，离伦敦市中心约15英里。
② 博街：见第27章注释，在伦敦市中心，警察法庭的所在地。

到了后来，每当我看到有警察带来什么新的消息，我就先偷偷躲开了。一直到他接受了审判，并判处了流放，我才结束了这种东躲西藏的生活。可就算是到了这个地步，他还不肯罢休，一个劲儿给我们写信，要求在流放之前，见朵拉一面。于是，朵拉便去探视他。可是朵拉一走进铁栏杆，便吓得昏了过去。简而言之，在他没有被押解走之前，我们就没有一天安稳日子。后来，我听说他被流放到了"内地"的地方，做了牧羊人，至于具体是在哪儿，我就不得而知了。

我们所遭遇的这一切，促使我认真地去反思，从一个新的角度来审视我们的错误。尽管我爱着朵拉，但是在一个晚上，我还是忍不住和她讨论起来。

"我亲爱的，"我说，"我们的家务管理杂乱无章，毫无章法，不仅使我们自己受累（我们都已经习惯了），也连累了别人，一想到这里，我就特别苦恼。"

"你已经很久没有唠叨了，现在你又要生气啦！"朵拉说。

"不，我亲爱的！让我给你解释一下我的意思。"

"我觉得我没必要知道。"朵拉说。

"可是，我想让你知道，我亲爱的。你先把吉普放下来吧。"

朵拉抱着吉普，用它的鼻子来碰我的鼻子，并说了声"噗"，想让我不要那么严肃。不过这招并不管用。她于是把吉普赶进了宝塔式狗屋，然后坐在那里，双手交叉着，无可奈何地看着我。

"事实上，我亲爱的，"我开口说，"我们身上都有传染病，我们把周围所有的人都传染了。"

朵拉脸上的表情显得很迫切，她猜想我是否会提出要接种新的疫苗，或者采用别的治疗方式，用来改善我们这种不卫生的状况。如果我没有看到她的这副表情，我一定会继续沿着这个比喻说下去的。这样一来，我只好克制住自己，换一个简单易懂的方式来解释我的意思。

"我的宝贝，"我说，"如果我们不学着做事更谨慎点，这不仅会让我们浪费钱财，日子过得不舒坦，甚至有时会失去和气。对于那些为我们做事的人，或者和我们打交道的人，我们把他也纵容坏了，我们要承担很大的责任啊。我开始担心，过错不完全是某一方的责任，我们周围的这些人变得这么不好，是因为我们自己也不好。"

"哦，多严重的罪名啊，"朵拉瞪大了眼睛，叫嚷起来，"你居然说你看到我偷过金表！哦！"

"我最亲爱的，"我极力解释说，"别瞎说，这样的话实在太荒唐了！谁提到过一丁点金表的事情啦？"

"就是你呀，"朵拉回答说，"你明明知道你这样提过了。你说我不好，还拿我和他比较。"

"和谁比较？"我问。

"和那个小仆人哪，"朵拉哭了起来，"哦，你这个狠心的人，把你心爱的妻子和一个被判了流放的小仆人比较！你为什么不在结婚前，把你这样的想法告诉我？你这个狠心的家伙，你认为我比一个判了流放的小仆人还要坏，你为什么当初不告诉我呢？哦，你对我居然有这样的看法，这多么可怕呀！哦，我的天啊！"

"听我说，朵拉，我亲爱的，"我一面说着，一面轻轻地想把她按在眼睛上的小手帕拿开，"你这种说法真可笑，而且有些离谱。首先，你说的不是事实。"

"你常说他是个爱撒谎的人，"朵拉哭着说，"现在，你又这样来说我了！哦，我该怎么办？我该怎么办？"

"我的宝贝姑娘，"我说，"我真诚地恳求你，求你要讲点道理，听清我刚才是怎么说的，也听清现在要怎么说。亲爱的朵拉，对于我们雇佣来的人，如果我们不学着对他们尽责，他们就永远不会学着对我们尽责。我担心的是，我们给他们提供了干坏事的机会，而这种机会我们绝不应该提供呀。在处理家务方面，即使我们愿意无限止这样地漫不经心（事实上不是这样的），即使我们喜欢这样做，觉得这样才舒服（事实上也不是这样的），但是，我觉得我们也没权利让事情这么继续下去了。我们的确把别人带坏了。我们不得不好好考虑这个问题。我总是情不自禁地想到这个问题，朵拉，这个想法我怎么也摆脱不了，有时会让我焦虑不安。看，亲爱的，这就是我要说的。好啦，别再犯傻了。"

朵拉好半天都不让我把那条小手帕拿开。她坐在那里，用小手帕捂着脸，一面啜泣着，一面嘟囔着，如果我心绪不宁，我当时为什么还要结婚呢？如果我心绪不宁，那在去教堂的前一天，我就该告诉她，我最好不去教堂了，可是我当时为什么没这样说呢？如果我不能忍受她，为什么我不把她送到帕特尼她姑妈那儿，或送到印度的朱莉娅·米尔斯那儿去？朱莉娅见到她一定会很高兴，一定不会把她叫做判了流放的小仆人，朱莉娅从来不会那么称呼她。总而言之，朵拉是那么难过，弄得我也无比难过，这使我觉得，再这样努力下去，无论多么温和，都是毫无用处的，我必须找到另外的办法。

还有什么其他方法可用呢？"陶冶她的心性"？这句话很普通，很中听，又让我看到了一线希望。于是，我决定陶冶朵拉的心性。

我说干就干。当朵拉很孩子气的时候，我本来想毫无原则地哄着她，而我现在却故意摆出一副严肃的表情，结果使得她很不安，使我自己也感到不安。我向她谈起我冥思苦想的问题，我给她读莎士比亚的作品，结果使得她疲倦不堪。我经常装出一副看似无心的样子，零星地给她说一点生活常识，或者提一点合理的意见，结果我刚一开口，她就如惊弓之鸟，躲得远远的，好像那些话都是燃放的爆竹劈啪作响。无论我怎样漫不经心，想自然而然地陶冶我那娇小妻子的心性，她总能凭借直觉，把我的动机洞察得一清二楚，然后马上变得惊恐不安，不知所措。我看得尤其明显的是，她觉得莎士比亚是个骇人听闻的家伙。这个陶冶工作进行得无比艰难。

我逼着特拉德尔来帮我，不过并没有把用意告诉他。每当他前来看我时，我就对着他引爆我的地雷，这样使朵拉间接受到教诲。我就用这种方式，向特拉德尔传授了各种生活常识，内容庞大，质量上乘，不过对朵拉并没有产生良好的效果，只是徒然地让她情绪消沉，总是担忧我对特拉德尔讲完后，下一个就轮到她了。我发现自己变成了一个校长，随时都在设圈套，布陷阱。我总是扮演着蜘蛛的角色，随时想捉住朵拉这只苍蝇，我老是从我的洞里猛扑出来，吓得她心惊胆战。

　　尽管如此艰难，我仍期待着，经过这个过渡时期，我和朵拉将来能彼此默契，我可以把她的心性陶冶得像我所想象的那样。所以我不断努力，一直坚持了好几个月。但是，我最终发现，虽然在这段时间里，我就像一只豪猪或刺猬，浑身竖起来的刺都是我的决心，锋芒毕露，可是收效甚微。所以我开始觉得，也许朵拉的心性已经早就陶冶定型了。

　　经过一番深思熟虑后，我觉得这一看法很可能是正确的，于是便放弃了计划。这样的计划看起来挺有希望，做起来毫无效果。我下定决心，以后就满足于我这娃娃妻子的现状，不想再用什么办法，把她改造成别的样子。看着我深爱的人受到约束，我对我自作聪明的做法，从心底里感到厌倦。因此有一天，我为朵拉买了一副耳环，为吉普买了个项圈，带回家讨她欢喜。

　　朵拉看到这两件小礼物，果然喜出望外，高高兴兴地吻了我。不过，在我们之间仍然有一片阴影，虽然很淡，但我决心要消除它。如果一定要给那片阴影找个地方待着，那我宁愿把它藏在我自己的心里好了。

　　我紧挨着我的妻子，在沙发上坐下来，为她戴上耳环，然后告诉她，我担心我们近来相处不像以前那么亲密了，这都是我的错。我深切地感受到这一点，而且事实也的确如此。

"事实上，朵拉，我的宝贝，"我说，"我总是自作聪明。"

"你也想让我聪明些，"朵拉怯怯地说，"是吗，大灰？"

她漂亮地扬起眉毛，做出一副探询的样子，我点头承认，并吻了吻她那张开的嘴唇。

"一点用也没有，"朵拉摇了摇头说，把耳环摇得叮当作响，"你知道，我是一个什么样的小东西；你也知道，我一开始就希望你怎么称呼我。如果你做不到，恐怕你就永远不会喜欢我。难道你有时候没有想过，当时的最好做法就是——"

"最好怎么做，我亲爱的？"因为她不肯讲完，我便问她。

"什么也不做！"朵拉说。

"什么也不做？"我重复了一遍。

她双手搂住我的脖子，笑了起来，把她自己称作呆头鹅，她很喜欢这个名字。同时，她把脸贴在我的肩膀上，躲藏起来。她的鬈发那么浓密，我费了很大的劲才撩开它们，露出了她的脸。

"你是不是觉得，与其费力不讨好地陶冶我娇小妻子的心性，还不如什么都不做？"我自我解嘲地笑笑，说，"你说的就是这个意思吗？没错，我的确这样想过。"

"陶冶我的心性，这就是你一直想做的事情？"朵拉叫着，"哦，你这个吓人的家伙！"

"不过我再也不会那么做了，"我说，"因为我深爱着原来的她！"

"别骗人哦，你说的是真的吗？"朵拉问道，在我身边偎依得更紧了。

"亲爱的，你对我来说是多么珍贵，爱了你这么久，我为什么还要去改变你呢？"我说，"你不管怎么改变，都不会比原来的你更好了，亲爱的朵拉；我们再也不要做那些不切实际的试验了，还是恢复到我们原来的样子，快快乐乐地生活吧。"

"要快快乐乐地生活！"朵拉回答说，"太对啦！整天都该过这样的生活！有时候，出点儿小差错，你也不会介意吧？"

"不会，不会，"我说，"我们尽力做好吧。"

"别再对我说是我们把别人带坏了的话，好吗？"朵拉哄劝着我说，"因为你知道，那样说真是太可怕了。"

"不会，不会了。"我说。

"我虽然很笨，但总比我难受要好得多，对不对？"朵拉说。

"全世界没有什么东西，能比得上本来模样的朵拉更可爱的。"

"全世界呀！哦，大灰，世界是个多么浩瀚无边的地方啊！"

她摇了摇头，面对着我，用她那明亮欢快的眼睛看着我，吻了我一下，咯咯地笑起来，然后蹦蹦跳跳地走开，去给吉普把新项圈戴上。

为了让朵拉有所改变，我不断努力，而这是我所做的最后一次尝试，仍然以失败告终。在做这样的尝试过程中，我并不开心。对于我这种自以为是的聪明，连我自己都不能忍受。一方面，我在尝试着改造她，另一方面，她以前提出过要当我的娃娃妻子，我很难兼顾这两方面的要求。我决定竭尽全力，独自一人悄无声息地来改善我们的行为。不过我已经预见到，即使我不遗余力，我的力量依然十分单薄。但是如果不努力，我就只能退化成一只蜘蛛，永远在那里等候时机。

我前面提到过的那片阴影，已经不再存在于我们之间了，但是，它却完全保留在我的心里了。这是怎么产生的呢？

往日的那种不愉快的感觉，在我的生活中弥散开来。如果说那种感觉有什么变化，那就是比以前更沉重。但是它仍然模糊不清，就像夜里依稀听到的一段忧伤乐曲。我深爱着我的妻子，我也很快乐，但是，我从前曾模模糊糊地期待一种幸福生活，但这种幸福生活，并不是我现在正在享受的这种生活，似乎总是少了点什么。

我对自己做了一个规定，就是要把我的思想在这本书里反映出来。为了遵守这一规定，我把我的思想认真反省了一番，并揭示出其中的秘密。我认为——我到现在都仍然这样认为——我少年时代的梦想，是不可能实现的，这让人深感遗憾。现在，我终于明白了这一点，和普通大众一样，我感到十分痛苦。但我也清楚，如果我的妻子能多给我一点帮助，能分享我那些无法与人讨论的思想，那对我来说就会更好一些，而且这本来是有可能的。

我心里有了两个相互矛盾的结论，一个结论是，我的这种感受司空见惯，不可避免；而另一个结论是，我的这种感受独一无二，不同寻常。我就在这两个不可调和的结论中奇妙地保持了平衡，并没有清晰地意识到，它们之间是彼此对立的。我一想到少年时那不能实现的梦想，便就会想到成年之前所经历的那段美好时光。于是，我和艾妮丝在那可爱的老宅中一起度过的美好时光，重新浮现在我的眼前，它就像是逝者的鬼魂，也许能在另外一个时间继续存在，但是在这个世界里永远不能重获生机了。

有时候，我心里也会想象，假如我和朵拉从未相识，可能会发生什么呢？又会变成什么样子呢？但是，朵拉与我的生命，已经完全融为一体，不可能分开了，所以这样的想象是极其无聊的，就像飘荡在空中的游丝，转瞬就消失了，摸不到，看不着。

我一直爱着朵拉。我上面描写的这种状态，在我内心最深处，模糊睡去，模糊醒来，然后又模糊睡了，在我的身上没有显现出任何痕迹来。我也明白，这种状态对我的言行没有产生任何影响。我们的家庭琐事，我的工作和计划，完全由我一个人来承担，而朵拉的任务就是帮我拿着笔。我们双方都觉得，我们根据实际的需要，各司其职，一切都很顺利。朵拉深爱着我，并为我感到自豪。艾妮丝时常会给朵拉写信，她有时会在信中真诚地写到，说我的那些老朋友们，听到我名声越来越大，都为我感到骄傲；读到我写的书，就像是亲耳听我在向他们讲述那些内容。当朵拉给我大声念着这些信时，她那明亮的眼睛里，饱含着喜悦的泪水，还说我是一个乖孩子，聪明可爱，名声远扬。

"我那尚未得到磨炼的内心，第一次发生了错误的冲动。"斯特朗太太曾经说过的这句话，这段时间反复出现在我的脑海中，萦绕在我的心头。我常常在半夜醒来，回想着这句话，我记得，甚至在梦中，我在房屋的墙壁上都看到了这句话。因为这时候我明白了，当初我爱上朵拉时，我的心性是没有经受磨炼的；如果我的内心曾经经历过磨炼，那么在我们结婚后，我的内心深处就绝不会有那样的感受。

"在婚姻中，最不幸的生活就是没有共同思想，没有共同志趣。"这句话让我记忆犹新。我曾努力想改变朵拉，让她能适应我，但发现这条路走不通。我只好改变自己，去适应朵拉，尽我所能，和她分享我的一切，让她快快乐乐地生活。我把一切重担都承担了起来，快快乐乐地承担下来。我开始思考这件事的时候，就觉得我的内心开始得到应有的磨炼。所以，我婚后的第二年比第一年快乐多了，而且更好的是，让朵拉的生活也充满了阳光。

可是，随着时光流逝，朵拉的身体每况愈下。我曾希望着，有一双比我更轻柔的婴儿的手，来帮着陶冶朵拉的心性，她怀中有一张婴儿的笑脸，能够让我的娃娃妻子变成成熟女人，但是却没能实现。那个小小的天使，在它的小囚室门前扑腾了好一会儿，并不知道自己将被囚禁进去，便自由自在地飞远了[①]。

"等我的身体痊愈，能像过去那样到处跑时，姨奶奶，"朵拉说，"我要和吉普赛跑。它现在变得很迟钝，很懒惰了。"

"我亲爱的，"姨奶奶坐在她身旁，安静地做着活儿，回答说，"恐怕它还不只是懒惰迟钝的问题，它老了，朵拉。"

"你觉得它老了吗？"朵拉大吃一惊，"哦，吉普会变老，看起

---

① 西方的传说，孩子出生前，它的灵魂是要被关起来的。

来多么奇怪呀！"

"只要我们活下去，迟早都会遇到这个问题，小花儿，"姨奶奶兴致勃勃地说，"说实话，我以前觉得这没什么，可现在是个大麻烦啦！"

"可是，吉普，"朵拉怜悯地看着吉普说，"连小吉普也躲不过这个问题！哦，可怜的小东西！"

"我敢说，它还能活很久呢，小花儿。"姨奶奶说着，拍拍朵拉的脸。这时候，朵拉从长沙发上探出身子，打量着吉普，吉普也回应着朵拉的呼唤，后退着站起来，气喘吁吁地昂着头，耸着肩，挣扎着想跳到沙发上来，但是没有成功。"今年冬天，要在它的屋子里铺块法兰绒。我敢保证，到了明年春天，它一定会像春天的花朵一样，会变得生机勃勃。愿上帝保佑这只小狗吧！"我姨奶奶大声说，"如果它像猫那样也有九条命的话，哪怕那些命全都保不住了，它也会用它最后的力气，冲我狂叫，这一点，我敢肯定！"

朵拉拽了吉普一把，它好不容易才爬到沙发上。它对姨奶奶似乎有着深仇大恨，在沙发上一个劲儿地冲着姨奶奶乱叫，叫得身子都站不稳了，侧躺着还要继续叫。姨奶奶越看着它，它对着姨奶奶叫得越厉害；因为姨奶奶最近戴上了眼镜，吉普搞不明白这是什么，总觉得是姨奶奶身上新长出来的东西，它强烈地表达自己的不解。

朵拉费尽周折，好不容易把吉普安抚下来，让它在她身边躺下。等安静下来后，朵拉一遍遍地将着它的一只长耳朵，满腹心事地念叨："就连小小的吉普也躲不掉！哦，可怜的小东西！"

"它的肺还行，"姨奶奶仍然兴致很高地说，"肝火可旺呢。毫无疑问，它还能活好多年的。不过，小花儿，如果你想要和狗赛跑，这个吉普懒散惯了，不适合那样跑。我可以另外给你找一只狗来。"

"谢谢你，姨奶奶，"朵拉有气无力地说，"不过，还是别去找了！"

"别找了？"姨奶奶摘下眼镜说。

"除了吉普，我什么狗都不想要，"朵拉说，"否则就太对不起吉普了！而且，除了吉普，我和其他的狗都没法这样亲热，因为其他的狗都不是在我结婚前就认识我的，也不可能在大灰第一次上我家时冲他叫。姨奶奶，除了吉普，我恐怕不会再喜欢其他的狗了。"

"是啊，"姨奶奶说着，又拍拍她的脸，"你说得对。"

"你没生气吧？"朵拉说，"是不是？"

"哦，多贴心的小宝贝！"姨奶奶很亲密地弯下腰，对她说，"怎么会想到我生气呀！"

"没有，没有，我并没有真的那么想，"朵拉回答说，"我只是有点疲惫，让我一下子犯了糊涂，你知道，我一直就是个小糊涂。不过，一谈到吉普，我就更犯糊涂了。我的所有经历，它都清清楚楚——是吧，吉普？要是因为它有了点变化，我就冷落了它，我怎么忍心呢——是吧，吉普？"

吉普与它的主人依偎得更紧了，懒洋洋地舔了舔她的手。

"你还没有老到要丢下你的主人吧，吉普？"朵拉说，"我们还能相互做伴，再过一些日子呢！"

每逢礼拜天，特拉德尔都会来我们家一起吃晚饭。在接下来的那个礼拜天，我那美丽的朵拉下楼来吃饭，看到了特拉德尔，她特别开心。我们都认为，过不了几天，她就"能像过去那样到处跑"了。可是，医生说，还得等几天。后来又说，再等几天吧。她仍然不能跑，也不能走。她的模样依然那么漂亮，那么快乐。可是，她从前能围着吉普欢快地跳舞，现在那双灵巧的小脚变得沉重迟钝，无法动弹。

我开始一项新的生活，每天早上把她抱下楼，每天晚上又把她抱上楼。每当我抱她的时候，她就搂住我的脖子放声大笑，好像我这么做是为了和她打个赌。吉普围着我们叫着，蹦跳着，跑在我们最前面，到了楼梯口，又气喘吁吁地回过头来，看着我们走上去。姨奶奶是位最让人舒适、最让人愉快的护士，她抱着一大堆披肩枕头跟在我们后面，慢慢地走着，活像是披肩枕头自己在走动。狄克先生举着蜡烛，他决不愿意把这个工作交给任何一个活人。特拉德尔经常站在楼梯下，仰望着我们，负责收集朵拉的玩笑，传递给他那位世界上最可爱的姑娘。我们构成了一支快乐的队伍，而我的娃娃妻子，就是队伍中最快乐的一个。

可是有时候，当我抱起她，觉得她在我怀中变轻了，我就会生出一种恐惧，好像我正在走向一片冰天雪地，虽然我看不见它的景象，但是我的生活已经被冻僵了。我不想给这个感觉命名，努力不让自己去多想它。直到有一天晚上，这种感觉变得非常强烈。我听到姨奶奶向她道别，大声说道，"晚安，小花儿。"这时候，我独自一人坐在书桌边，心里想着，哦，这个名字多么不吉利呀，这朵花儿还在树上盛开时，怎么就凋谢了呢！我忍不住哭了起来。

第49章　坠入迷雾

一天早上，我收到了一封来自坎特伯雷的信，寄到博士法院我的名下。我读后大为惊讶，信的内容如下。

我亲爱的先生：

由于情势超出我之掌控，致使亲友阻隔，为时甚久。每逢忙里偷得片刻闲暇，便追思往事，旧日之忆绚丽多彩，总能唤起我快慰之情。我们之情谊，不仅历久弥新，亦将天长地久。此其一也。再者，以先生之高才，名扬四海，故使我不敢冒昧，再以"科波菲尔"此昵称，来称呼我年轻时代之伴侣！然则，我荣幸提及之先生大名，将永远存于寒舍之各类所藏契约中矣（乃系与寒舍旧房客相关之文档，由米考博太太所保管），备受尊崇，我敢坦诚相告，我热爱且珍视它们。

此信之执笔人，鉴于愚钝过失，且遭重重厄运，境况犹如将沉之舟矣。我用此海事之词为喻，敬请谅解。故此，我不宜觍颜恭贺先生。恕我饶舌，如我此等遭遇窘境之人，实不宜致先生以美誉与祝贺之词，自待多才高洁之士，方可做此行状矣。

倘若先生于百忙之中，能降尊纡贵阅览拙信至此——能否阅览至此，当视情形而定——则先生定当疑惑，我之来信，意欲何为？请容我一言，先生之疑惑，合情入理，我不以为忤，然则我进而声明：此举与金钱毫无干系。

我身上或蕴藏着潜能，能降服惊雷闪电，能操纵复仇烈火，对于此事，暂且不表。我只求先生容我借此一言，我之光明希望已消散矣，我之平静安宁已打破矣，我之享乐能力已逝去矣，我之心脏已非正位矣，我之人前阔步已不复有矣。虫居花蕊，杯溢苦酒。虫噬正猛，花亡无日矣。越早越好。此番言语，我此不赘述。

我今身心皆苦，然米考博太太虽身兼女人、妻子、母亲三重身份，亦无力宽慰我。故我欲作短期之躲避，拟用四十八小时，重游都城旧日行乐之地。将拜访我之故居，此地曾使我家室安宁，心情平静。除此之外，国王法院监狱亦为我必去之处。后日晚七点整，我将听凭上帝意旨，静候于民事监狱之南墙外侧。陈述至此，我写信之目的，了然呈现。

我不胜冒昧，拟邀老友科波菲尔先生，莅临寒舍，重叙旧谊。如果老友内殿律师学院之托马斯·特拉德尔先生仍健在，亦愿屈尊前往陋室，请携之同来。我一言以蔽之，在我所提之时间与地点，诸君将仍能看到

坍塌之塔

残留

之遗迹。

威尔金斯·米考博

附注：我需奉告先生，对我之谋划，米考博太太尚不得知。

我把那信读了好几遍。虽然知道米考博先生的文风一向高雅深奥，而且不管有没有机会，都会文思泉涌，长篇大论，但是我仍然相信，在这封拐弯抹角的信中，欲言又止地藏着一些重要的事情。我放下信来，沉思良久，又拿起信，再读了一遍，仍然百思不得其解。就在这时，特拉德尔来了。

"我亲爱的老友，"我说，"我此刻见到你，是我最开心的时刻。在我最需要你的时候，你便出现了，请用你那冷静的判断力来帮帮我。我收到米考博先生一封很怪异的信，特拉德尔。"

"不会吧？"特拉德尔大声叫了起来，"真有这样的事？我收到了米考博太太的一封信呢！"

特拉德尔说着，拿出他的那封信，和我交换着看。他由于一路走来，满脸通红，由于身体运动和精神激动，使得他的头发一根根全都竖了起来，好像是见到了活蹦乱跳的鬼似的。我盯着他的模样，他认真读着米考博先生的信，看了一半，对我扬起眉毛说："'能降服惊雷闪电，能操纵复仇烈火'，我的天哪，科波菲尔！"我也对他扬了扬眉毛，作为回答。然后，我便认真读着米考博太太的信。

她的信内容如下：

向托马斯·特拉德尔先生致以我最热烈的问候。我昔日曾有幸和你相识，如果你还记得我，能够接受我的恩求，占用你片刻的闲余时间来读读这封信好吗？我向托马斯·特拉德尔先生保证，若非因为我已经濒临疯狂的境地，我是决不会冒昧打扰的。

昔日的米考博先生是非常爱家，但现在的情况说起来让人痛心，他与其妻儿女日渐疏远，这就是我向特拉德尔先生写信倾诉的原因，并恳请能给予我帮助。米考博先生现在的行为与过去大相径庭，性情粗暴蛮横，已远远超出特拉德尔先生的想象。这种情况日趋严重，已经有精神失常的迹向。我可以肯定地告诉特拉德尔先生，他的病没有哪一天不发作。米考博先生总是说，他已经把自己卖给了恶魔，这样的话我早已习惯了。我想，特拉德尔先生听到这样的情况，就不必再问我的心情如何了。长久以来，他的主要特点就是诡秘莫测，早已替换了他原来的优良品质，他过去对我是多么信任啊。对他稍有触犯，哪怕是极其轻微的话，比如问他晚餐想吃什么，也会惹得他勃然大怒，威胁着要离婚。昨晚，双生子稚气地向他要两便士，想去买当地一种叫"柠檬宝"的糖果，他竟然操起剖牡蛎的刀子，对准他们。

我向特拉德尔先生谈起这些琐事，要恳请你原谅我。如果不谈论这些，特拉德尔先生就很难明白，我是多么伤心欲绝！

现在，我可以把我写此信的目的，冒昧地向特拉德尔先生坦诚相告了吗？特拉德尔先生是否能允许我向他求助，得到他真诚的关照吗？哦，我想是可以的，因为我知道特拉德尔先生是心地善良的人。

女性由于专注于感情，所以有着敏锐的眼光，不容被欺骗。米考博先生将要去伦敦了。今天早上，还没吃早餐的时候，他偷偷写了一张地址卡片，并系在昔日快乐岁月中使用过的棕色小提包上。他虽努力掩饰，但是作为他的妻子，我仍然清楚地看到了最后一个"敦"字。公共马车在西区的终点是金十字街。我现在斗胆恳请特拉德尔先生，去见见我那魔鬼缠身的丈夫，并让他迷途知返？我能够斗胆恳请特拉德尔先生，调停一下米考博先生和他那痛苦的家属之间的矛盾？哦，这样不行，因为我要求太过分了！

如果科波菲尔先生尚能记得我们这等无名之辈，可否请求特拉德尔先生代我向其转达诚挚的问候，并把我上述的恳求也转达给他？无论如何，请特拉德尔先生本着仁慈心肠，对此信要绝对保密，千万不能在米考博先生面前提起。我本不敢抱着奢望，但如果承蒙特拉德尔先生施恩，愿意给我回信一封，敬请寄送至坎特伯雷邮局，交M·E[①]收即可。比起直接寄给信下面的署名人，这样所引起的不堪后果要小得多。

---

① M·E即为艾玛·米考博太太本人，她把自己姓名首字母前后交换了。

向托马斯·特拉德尔先生致敬并恳求之人

艾玛·米考博

"你认为那封信是怎么回事？"等我把这封信读了两遍后，特拉德尔看着我问。

"你认为另外那一封信又是怎么回事？"我问他，因为他依然在皱着眉头费力地读着。

"我认为，把这两封信放在一起来看，"特拉德尔说，"比起米考博先生和他的太太平时所写的信，要有意义得多。不过，我也不知道这背后到底是什么意义。这两封信都写得很诚恳，我相信，都不是事先串通好的。可怜的人！"他拿着米考博太太的信唉声叹气，这时候，我们并肩站在那里，对比着这两封信，"无论如何，我们应该给她写一封回信，告诉她，我们一定会去看米考博先生，这样会减轻她的一些痛苦。"

对他的这个意见，我深表赞同，我之所以如此痛快，是因为我对米考博太太上次的那封来信不够重视，现在我感到十分自责。我在前面也说到过，当我收到她那一次的来信时，我曾想过很多。可是，当时我只顾忙着自己的事情，无暇分心，而且我已经有了和这一家人打交道的经验，比较谨慎，后来又没听到他们更多的消息，于是就渐渐地把这事放置一边。我也常常会想起米考博这一家，要不就是猜想他们在坎特伯雷又欠下了什么"金钱债务"，要不就是回想，米考博先生成为尤利亚·希浦的文书后，见到我的那副窘迫样儿。

不管如何，当时我还是以我们两个人的名义，给米考博太太写了一封宽慰她的信，信的末尾我们两人都签了名。然后我们步行去城里寄信，一路上，我和特拉德尔讨论了很久，还做了种种揣测，我在这里就不详述了。当天下午，我们还邀请姨奶奶和我们一起来讨论。不过，都没有理出个头绪来，我们唯一的结论是：我们必须准时赴米考博先生之约。

我们到达约定的地点，虽然比约定的时间还早一刻钟，但米考博先生已经等候在那里了。他双臂抱在胸前，面对着墙壁站立着，看着墙头伸出来的铁叉子，不胜伤感，仿佛那些铁叉子是纵横交错的树枝，在他年轻时为他遮阳避雨。

当我们过去向他打招呼时，他显得更加狼狈，全然没有过去的那种绅士风度了。为了这趟旅行，他没有穿法律界常穿的黑色衣服，而是换了他昔日的那套紧身外套和紧身裤，但昔日的那副儒雅气质已经荡然无存。在我们和他谈话的过程中，他渐渐地恢复了昔日的神态，但是他的单片眼镜挂在那里显得有些不自然，他的衬衣硬领，虽然仍然和过去一样宽大，但是不再笔挺，而是软软地垂下来。

"先生们，"在寒暄了几句后，米考博先生说，"你们是我患难中的朋友，所以是见真情的朋友，请允许我问候现在的科波菲尔太太，问候将来的特拉德尔太太。我这样说，是假设我的朋友特拉德尔先生尚未和他的意中人结为夫妻，同甘共苦。"

我们对他的客气表示感谢，也作了合乎礼节的回答。然后，他让我们关注着那堵墙，开始说起来。"请相信我，先生们——"我这时便冒昧地打断了他，表示反对他这种太过客气的称呼，请求他像过去那样和我们交谈。

"我亲爱的科波菲尔，"他握着我的手说，"你的真诚，让我深受感动。如果把人比作是一座寺庙，那我只能算作是寺庙中的残砖碎瓦——请允许我这么形容我自己——你能给予我如此礼待，表明你有一颗善良的心，能够为我们共有的天性增添光彩。我刚才正想说，我又见到了昔日宁静的场所，我在这里度过了我一生中最最快乐的时光。"

"我相信，这与米考博太太的努力分不开，"我说，"我希望她一切都好吧？"

"谢谢你，"米考博先生听了我这句话，脸色顿时阴沉下来，"她还勉强过得去。看这里，"米考博先生伤感地点点头，接着说，"这就是那座国王法院监狱了! 在这儿这么多年了，我还是第一次没有听到逼债声。在过去，天天都有债主来登门索债，喧闹不已，赖在过道里寸步不离，逼得人都喘不过气来。在这儿，门上没有可供债主使劲敲打的门环；在这里，法院的传票不需要亲手交付给当事人，那些继续拘留通知，只需从大门口扔进来就可以了! 先生们，"米考博先生说，"墙头伸出的那些大铁叉，当它们的影子落在操场的石头地面上时，我曾看着我的孩子们在那些纵横交错的影子中来回穿行，躲开黑影线，踩着光亮的地方。那里的每一块石头，我都了然于胸。如果我流露出了对这里的怀念之情，我想，你们一定知道该如何原谅我。"

"从那以后，我们的人生都有了变化啊，米考博先生。"我说。

"科波菲尔先生，"米考博先生伤感地说，"当我待在这个避难所时，我还可以和我的同胞们平等相处，如果有人冒犯了我，我就可以敲打他的脑袋。而现在，我和我的同胞之间的关系，不再像过去那样舒适体面了。"

米考博先生闷闷不乐地转过身来，背对着监狱的墙，从这一侧挽起我伸向他的胳膊，从另一侧挽起特拉德尔伸向他的胳膊，夹在我们中间，离开了那个地方。

"在走向坟墓的旅途中，"米考博先生说着，依依不舍地回头看看，"会有一些界碑的。如果一个人内心不够虔诚，他是不愿意跨过界碑往前走的。在我这坎坷的一生中，国王法院监狱就是这样一个界碑。"

"哦，米考博先生，你的情绪不怎么好呀。"特拉德尔说。

"是的，先生。"米考博先生说。

"我希望，"特拉德尔说，"该不会是因为你憎恶法律了吧? 你知道，我自己就是一个律师呀。"

米考博先生没有做任何回答。

"我的朋友希浦还好吗，米考博先生？"大家沉默了好一阵子，我问他。

"我亲爱的科波菲尔，"米考博先生猛然变得情绪激动，脸色发白，"对于我的雇主，如果你把他当作你的朋友来问候，我只能深感遗憾；如果你把他看作我的朋友来问候，我只能报以冷笑。不管你用什么身份来看待我的雇主，对不起，我对你的问候，只会回答一句话：不管他的身体是否安康，单说他的相貌就像狐狸般狡猾，至于他的凶狠恶毒，我就不想再提了。请允许我以私人的身份，拒绝再谈论这个话题，在我的职业生涯中，他已经把我逼入绝境。"

我随口问问，没想到他竟如此激动，我向他深表歉意。"请问，"我说，"我再问一个问题，是否会避免再犯这种错误？我想问问，我的老朋友威克费尔德先生和小姐还好吗？"

"威克费尔德小姐，"说到这个话题，米考博先生的脸色有了血色，"向来都是榜样，是个光彩耀人的榜样。我亲爱的科波菲尔，在我那悲惨的生活中，她是唯一光辉的明星。我尊敬这位年轻小姐，敬佩她的品格，感受着她的慈爱、真诚和善良！——扶着我到某个路口待会儿吧，"米考博先生说，"不瞒你说，我目前的这种精神状态，让我再也说不下去了！"

我们扶着他，来到一条狭窄的小巷里。他背靠着墙壁站着，掏出小手帕。我看到特拉德尔神情肃穆地盯着他，我想，如果我也像特拉德尔那副神态，米考博先生一定会觉得，我们的这种陪伴方式让他实在太沮丧了。

"这是我的命运，"米考博先生说着，呜呜地哭了起来，毫不回避，不过即使是这样，他仍然依稀保持着昔日的文雅风度，"这是我的命运，先生们，我们天性中比较美好的感情，到了我身上就成了对我的惩罚。我对威克费尔德小姐的仰慕之情，变成了穿透我心头的利箭。恳请你们撇下我吧，让我当个流浪汉，任其自生自灭。眨眼间，虫子会吞噬我的生命。"

对于他的这番恳求，我们并没有理会，而是一直站在那里，陪在他身边。最后，他收起了小手帕，往上拉直了衬衣硬领，为了不让路人注意自己，他把帽子歪向一边戴着，哼起了小曲，以此来迷惑别人。我一直担心着，如果让他一个人待着，也许会出什么意外，于是我这时提议说，如果他肯坐车去海盖特，我会非常乐意把他介绍给我姨奶奶，而且在那里过夜的地方都准备妥当了。

"你可以为我们调制一杯潘趣酒，米考博先生，那是你最拿手的绝活，"我说，"那样就能让你回忆起一些愉快的往事，从而忘掉你的那些心事。"

"另外，如果你觉得和朋友们说说心里话，会使你心情舒畅些，那就可以给我们说说，米考博先生。"特拉德尔小心翼翼地说。

"先生们，"米考博先生回答说，"任由你们安排，我都没意见！我是漂在洋上的浮萍，任海象把我吹向天涯海角——对不起，我应当说任由海浪。"

我们又相互挽着胳膊，一起朝前面的车站走去，正好遇上公共马车即将出发。于是我们上了车，一路平安地到了海盖特。对于米考博先生的状态，我心里七上八下，手足无措，不知说什么好，做什么才好。特拉德尔显然也和我一样。米考博先生大部分时间都是深陷忧愁之中。他为了表示轻松一下，偶尔也会哼起一支无聊的小曲，但是与他的那副模样根本不搭配，帽子歪戴着，硬领一直扯到都快遮住眼睛了，这样一来，他显得更加楚楚可怜。

由于朵拉身体有病，所以我们没去我家，而是去了姨奶奶家。我姨奶奶一听到通报，就马上出来，非常热情诚恳地欢迎米考博先生。米考博先生吻了她的手，然后退到窗前，掏出他的小手帕，心事重重，无法平静。

狄克先生也在家。对于任何一位看上去心情不好的人，他都抱有深切的同情心，这是他的天性，而且还具备迅速识别这种人的能力。所以在五分钟里，他和米考博先生至少握了六次手。对于身处逆境的米考博先生来说，一个素昧平生的人待他如此热诚，让他深受感动。每次握手时，米考博先生都只能说："亲爱的先生，你真让我感动！"狄克先生听了这样的话欢欣鼓舞，再次握手时，他便显出更大的热忱。

"这位先生对我如此关切，"米考博先生对我姨奶奶说，"如果你能见谅，特洛伍德小姐，我会冒昧借用比较粗野的国民竞技项目①中的词汇来形容，那就是，他一拳就把我'打倒在地'了。我现在正处于前途渺茫、举步维艰的重压下，他却如此热诚地接待我，我真是愧不敢当，我向你担保，我说的都是大实话！"

"我的朋友狄克先生，"我姨奶奶骄傲地回答说，"是一个非凡的人物呀。"

"这话我相信，"米考博先生说，"我亲爱的先生！"他转过来对着狄克先生说，因为狄克先生这时又来和他握手了，"你的热忱，让我深受感动！"

"你现在感觉好点了吗？"狄克先生关切地问道。

"还是老样子，我亲爱的先生。"米考博先生回答说，叹了一口气。

"你一定得打起精神来，"狄克先生说，"尽量让自己舒坦一些。"

狄克先生这几句友善的话语，加上他再一次的握手，让米考博先生感激涕零。"虽然人生变幻无常，"他说，"我也曾有幸遇到过人生的绿洲，但从没遇到过像现在这样树木葱郁、甘泉喷涌的绿

_____

① "比较粗野的国民竞技项目"：指的是拳击运动。

洲呀！"

如果是在另外的场合，我听了这样的话一定会觉得很有趣，但是在眼下，我觉得大家都很拘谨，极不自在。我看着米考博先生，觉得他一方面想要说点什么，但另一方面又想克制自己，他显得犹疑不定，让人觉得极其别扭。特拉德尔坐在椅子的边沿，头发一根根竖立起来，双眼瞪得溜圆，时而看着地面上，时而看着米考博先生，默不作声。至于姨奶奶，我注意到她那敏锐的眼睛一直盯着她的新客人，但是却比我和特拉德尔更能应付自如。她主动地和米考博先生寒暄，不管他是否愿意，都试着让他说出口。

"你是我侄孙多年的老朋友了，米考博先生，"姨奶奶说，"我早就盼望着有机会结识你。"

"特洛伍德小姐，"米考博先生回答说，"我也希望，如果能早点结识你就好了。你现在看到我这么落魄的样子，我以前并不总是这样的人。"

"我希望米考博太太和你的家人们都好吧，先生。"我姨奶奶说。

米考博先生低下了头。"特洛伍德小姐，他们的境况，"他停顿了一下，然后毅然决然地说，"达到了那些无家可归、浪迹天涯的人所梦想的那种幸福。"

"我的天哪，先生！"姨奶奶用她那种直截了当的语气大叫起来，"你说的是什么话呀！"

"我们一家的生计，特洛伍德小姐，"米考博先生回答说，"朝不保夕啊。我的雇主——"

米考博先生似乎故意要惹人生气，他说到这儿，便戛然而止，专注地开始削起柠檬来。那些柠檬，以及其他要调制潘趣酒的各种物品，都在我的安排下，摆放在了他的面前。

"你刚才说到，你的雇主。"狄克先生轻柔地碰了碰他的胳膊，提醒他说。

"好心肠的先生，"米考博先生说，"你提醒了我。我不胜感激。"他们又握了一次手，"特洛伍德小姐，我的雇主，希浦先生，有一次劝慰我说，要不是他雇用了我，给了我一份薪水，我很可能会变成一个跑江湖卖艺的人，四处流浪，去给人表演吞刀、吐火的杂耍。如果我不那样做，那么我的孩子很可能得靠表演翻跟斗一类的杂耍来挣钱，而米考博太太就得拉起手风琴，为孩子们的非凡表演呐喊助威呢。"

米考博先生表情夸张，随手挥了挥他手里的刀子，那神情似乎在说，只要他一气尚存，就休想让孩子们到街头卖艺。然后，他又自顾自地继续削着柠檬皮，毫不理会大伙儿。

姨奶奶身旁是她常常挨着坐的小圆桌，她现在把胳膊肘支在桌上，一动不动地注视着他。虽然我不愿意去诱导他，让他把那些不愿讲的话说出来，可是在这个尴尬的时刻，我还是准备和他继续搭话。但是，我看到他的动作极其反常，把柠檬皮放进了水壶里，把糖倒进了放烛花剪刀的托盘里，把白酒倒进了空瓶里，还抓起烛盘，毫不犹豫地倒出里面的水，这些动作，大家全都看在眼里。我意识到马上就要出事了，果不出所料，他双手一推，叮叮当当，所有的杯盘全都被堆在一起，然后霍地一下从椅子上站起来，拉出口袋里的小手帕，失声痛哭起来。

"我亲爱的科波菲尔先生，"米考博先生用手帕捂着脸说，"在所有的活儿中，调制潘趣酒是最需要平心静气，最需要自尊自爱，我达不到这种境界，我做不下去，我根本就做不了。"

"米考博先生，"我说，"到底出了什么事儿？请告诉我们吧。我们都是你的朋友！"

"都是朋友，先生！"米考博先生重复一遍，然后一股脑儿把他的心里话全都倒了出来，"天哪，正是因为大家都是朋友，我才敢毫无顾忌地表达我的难受。到底出了什么事儿，先生们？又有什么不是事儿呢？阴谋诡计就是事儿；卑鄙无耻就是事儿；坑蒙拐骗、刁钻刻薄就是事儿；把所有这些恶毒的事儿汇集在一起，它的名字就叫——希浦！"

姨奶奶双手一拍，我们全都像魔鬼附身一样颤抖起来。

"我已经不再挣扎了！"米考博先生说，激动地使劲挥舞着那块小手帕，时不时举起双臂摇晃着，像是力所不逮地在水里游着，"我再也不想过那种生活了。我是个可怜虫，凡是能让生活过得像样一点的东西，我都被剥夺了。在过去，我给那个恶魔似的浑蛋干活，受尽百般凌辱。我只求把我的太太还给我，把我的孩子还给我，把现在这个脚穿靴子走来走去的小可怜虫，换成真正的米考博，如果能这样，哪怕明天让我去吞刀吐火，我也会义无反顾，心甘情愿！"

他情绪是如此激昂，我还从来没见过谁会这样。我想让他平静下来，以便大家能理性地商量一番。但是他越来越激动，什么也听不进去。

"如果我——没把那条——恶毒的毒蛇——希浦——炸成齑粉，"米考博先生大口大口地吸气，呼气，就像是在冰冷刺骨的水里拼命挣扎，还呜呜地哭着，"我决不和任何人握手！如果我——没把——把维苏威火山①——搬到那无耻的恶棍——希浦头上——并炸裂开花，我决不接受任何人的款待！如果我——没把那个——鬼话连篇的骗子——希浦——的眼珠子——挖出来，在这里的——食品，尤其是——潘趣酒，我一口也喝不下！如果我——没把那个——空前绝后的伪君子——遗臭万年的做伪证的人——希浦——碾成——齑粉，我谁也不认识——什么也不说——哪儿都不待着！"

---

① 维苏威火山，是意大利西南部的一座活火山。维苏威在公元79年的一次猛烈喷发，摧毁了当时拥有2万多人的庞贝城。

我心里真有些恐惧，担心米考博先生会气绝身亡。他挣扎着费力说出这番含混不清的话时，样子可怕极了。不管何时，只要说到希浦这个名字，他便会咬牙切齿，使出全身力气吼出来，仿佛前面就出现那个人，他跌跌撞撞向前冲，要和他拼个你死我活。不过，现在他猛地瘫倒在椅子上，大汗淋漓，怒目而视，脸上涌现出各种不正常的颜色，喉结不断上下涌动，就像一块又一块的东西不断冲到喉头，似乎要从喉头蹦到前额上去。看他那模样，马上就要气绝身亡一命呜呼。我真想上去帮他一把，但是他冲我挥了挥手，仍然是什么也听不进去。

　　"不用，科波菲尔！威克费尔德小姐——在那个十恶不赦的恶棍——希浦那里——饱受屈辱，当她没有报得大仇之前——我什么也不想说！"（我坚信，他原本是软弱无力，就连一个短句子都说不出来的，但每当他觉得快要提到"希浦"这个名字了，便爆发出了惊人的力量。）"对于——威克费尔德小姐的事，你们要绝对保密——对全世界——的任何人——都不能说。下星期的今天——早餐时间——在场的所有先生们——还包括特洛伍德小姐——还有这位非常热诚的先生——都去坎特伯雷旅馆——我和米考博太太——将会在那里恭候大家——我们曾一起在那里——唱过《友谊地久天长》——我那时候将要——揭露那个丧心病狂的恶棍——希浦！我什么也不说了——也不想听什么劝告——我转身就走——我不能忍受——和朋友们待在一起！我要快步追去——追上那个恶有恶报——死有余辜的恶魔——希浦！"

　　那个名字似乎具有非同一般的魔力，米考博先生对它充满了厌恶之情，他坚持把这番话说完，最后，使出浑身力气，几乎是咆哮着喊出这一名字，然后便冲了出去。这弄得我们既亢奋又紧张，既莫明其妙又心生希望，结果我们的心情也受到他的影响，比他好不了多少。不过，即使在那种状态下，米考博先生仍然克制不住写信的强烈欲望。因为当我们仍然处在既亢奋又诧异的状态中时，收到了一封类似牧函①的短信，信是由附近一家酒店送来的，米考博先生专门去那个酒店写的。

绝密信函

我亲爱的先生：

　　我方才不能自已，颇为失态，盼能代我向贵姨奶奶致歉，恳求先生应允。我内心激荡冲突，犹如冒烟之火山，压抑已久，今日喷薄而出。此情只可意会，难以言传。

　　与众位之约定，想必已陈词清楚，时间为下星期之此日早晨，地点为坎特伯雷公众活动之场所。我和拙荆曾三生有幸，与先生在此地齐唱过特威德河彼岸那位流芳百世的税务官之不朽名曲②。

　　我将履行完职责，弥补完过失，唯有如此，我方能正面示人。我将不复为世人知也。我之简单心愿，乃殓我之骸骨，置于黄泉之下，此乃世人共同之归宿地：

　　乡村愚昧众先辈，
　　各自长眠小穴堆。③

　　然后简单刻上

威尔金斯·米考博

---

　　① 牧函，是主教写给他教友们的有关信仰等等方面的指导灵魂或教会方面的信函，有写给某个地区的，也有写给全世界的教友们的。

　　② 这里指的是苏格兰诗人彭斯的《友谊地久天长》。彭斯出生于苏格兰特威德河北面的阿洛韦镇，曾担任过税务官。参见第17章和第28章注释。

　　③ 出自英国诗人托马斯·格雷（1716—1771）的《墓园哀歌》第四小节。

第50章　梦想成真

自从我们和玛莎在河边见面以后，又过去几个月了。从那以后，我就再也没见过她。不过，她和辟果提先生通过几次信。她热诚相助，但毫无结果。从辟果提先生告诉我的情况来看，关于艾米丽的命运，我也无法肯定，我们已经得到了什么线索。我得承认，我已经对找回她不抱什么希望，而且越来越相信，她已经离开人世了

但是辟果提先生依然坚守着信念。我相信，他的心是那么诚实，我能清楚看到他的念头。在我看来，他信心百倍，坚信一定能找到艾米丽。他的信心从未动摇，他的耐心也从未消减。虽然我担忧，他那坚韧的信心一旦击垮，他将会多么悲痛。但是他的信心是那么虔诚，那么感人，让人深切地感受到，他的信心植根于他那高贵天性中最纯洁的地方，我对他的敬仰与日俱增。

他的信心并不是一味地瞎想，懒于行动，毫无作为。他一辈子都在勤勉地身体力行。他知道，如果要做某件事，需要别人的帮助，他首先必定会尽力而为，以求自助。我曾听说过，由于他担心某些偶然的原因，旧船屋的窗台上没有点上蜡烛，尽管夜色昏暗，他仍然千里迢迢步行前往雅茅斯，去亲自查看一番。我也知道，他在报纸上读到一则可能与艾米丽有关的消息，他便拄着拐杖，一口气走了七八十英里。我上次见了达特尔小姐，把我听来的话告诉了他，他便乘船去了意大利的那不勒斯，然后又回来了。在所有的旅程中，他节衣缩食省吃俭用，总想省点钱，等找到艾米丽后留给她用。在所有漫长的寻访中，我从未听见他有所抱怨，也从未见他心灰意冷。

我们结婚以后，朵拉时常会见到辟果提先生，也很喜欢他。我现

在眼前还能浮现出他来我们家的场景，他站在朵拉沙发的旁边，手里拿着他的粗布便帽。我的娃娃妻子，怯生生地抬起头，用她那双晶莹的蓝色眼睛，惊奇地看着他。有时在傍晚，日暮时分，他过来找我谈话，我会和他来到花园里，让他抽支烟，我们一起慢慢来回散步。这时，我会联想到他撇下的那个家，晚上屋里是烧旺的炉火，屋外是呜咽的冷风，在我童稚的眼中看来，那个家总是那么舒适，那样的场景总会清清楚楚地显现在我的脑海中。

一天傍晚，也正是这个时分，他赶过来告诉我，头天晚上他刚出门，就看见玛莎在他住所附近等候着他。玛莎请求他这段时间无论如何不要离开伦敦，等再次见到她再说。

"她是否告诉过你，为什么要这样做？"我问。

"我问过她，大卫少爷，"他沉思着摸着脸回答说。"但是她一向寡言少语。她只让我答应她的请求，然后就走了。"

"她是否告诉过你，可能什么时候能再次见到她？"我又问道。

"她没说，大卫少爷，"他心事重重地用手在脸上抹了一把，"我也问过她，但是她说，她眼下也说不清楚。"

很长一段时间以来，我都避免向他说起那些无望的消息，让他感到灰心丧气，所以对于他所说的这个消息，我只是说，我希望他不久便会见着她，除此之外我什么也没有说。与此同时，我的心里也引起了一些猜测，但是这些猜测都是十分渺茫的，所以我只能把它藏在心底。

大约过了两星期，一天傍晚，我一个人在花园里散步。那天晚上发生的事情，我仍然记忆犹新。是在米考博先生让人放心不下的那个星期的第二天，那天下了整整一天雨，晚上，地面还是湿漉漉的。树上的枝叶稠密，浸满了雨水，重重地下垂着。雨已经停了，天色还是阴沉沉的。鸟儿唱起了欢快的歌，歌声充满了希望。我在花园里来回踱步，暮色四合，鸟儿的歌声也渐渐低弱。到处都是乡村夜间独有的寂静，延展到了四方，就连最细嫩的小树，都静止不动，只有枝叶上的水滴，偶尔滴落下来。

在我们的小房子旁边，有一排小小的格子栏架，上面爬满了常春藤，郁郁葱葱。我从散步的花园，透过栏架，便能看到屋前的大路。当时我心里正七上八下，不经意间，朝大路看了一眼，便看到一个披着一件素净外衣的身影。这身影向我招手，并急匆匆地跑过来。

"玛莎！"我叫了一声，迎着那身影走过去。

"你能跟我出去一下吗？"她声音很急切，低低地问我，"我去辟果提先生家找过他，可是他不在。我便给他留了一张便条，写下了他要去的地方，亲手放到他的桌上。周围的人告诉我说，他很快就会回来的。我有消息要告诉他。你能马上跟我出去一下吗？"

我毫不迟疑，立马走出大门。她连忙对我打了个手势，看样子请我不要声张，要耐心一些，然后便转过身，朝伦敦方向走着。从她衣服上溅着的泥点来看，她是从伦敦步行来的。

我问她，我们是否要去伦敦。她又像刚才那样，连忙做了一个手势，示意正是如此。路边正好驶过一辆空马车，我便拦下了，我们一起上了车。我问她，应该告诉车夫去哪儿，她回答说："只要靠近黄金广场，不管停哪儿都行！要快点！"说完这话，她就退缩到一个角落里，用一只手颤抖着捂住脸，另一只手又打了一个刚才的那种手势，似乎任何声音她都不能忍受。

在那个时刻，我心乱如麻，既充满希望，又心怀恐惧，矛盾交织，纠缠不休，让我头疼欲裂，因此我转过头去看着她，想从她那里得到点解释。可是我发现，她极力想保持沉默，同时我也感觉到，在那样的情形下，我自己也想保持安静，便不再声张。我们一路上，谁也没有开口。她有时候会朝窗外看看，好像在嫌车走慢了似的，实际上我们走得已经够快了。除了这个动作，我们就像刚上车的姿势一样，纹丝不动。

到了她说的那个广场的一个入口处，我们下了车。我让那个车夫停在那儿，等着我们，也许我们还用得着。玛莎拉着我的胳臂，步履匆匆地领着我走进了一条阴暗的街道。这种模样的街道，在那一带有很多条，原来的房子，都是独家别院，也曾豪华一时，但是现在已经破败不堪，沦落为贫民窟，一间一间地分隔开来，出租给了穷人。其中一座房子，房门打开着。她放开我的胳膊，向我打了个手势，让我跟着她，沿着公用楼梯上楼去，那楼梯就像是由街道延伸出来的岔道。

房子里住满了人。当我们往上走时，房门都纷纷打开来，不断有人探出头来看。在楼梯上，我们和一些下楼的人擦肩而过。早在我们走进房屋前，我们曾站在外面抬头打量过，看到有些女人和孩子，隔着窗台的花盆往外看。而现在开门探头出来看的也是他们，也许我们的到来引起了他们的好奇心。楼梯宽敞，嵌板式样，粗大的栏杆用深色的木头做成，门楣上都刻着水果和花朵的图案。窗口的台座非常宽大。不过，昔日所有这些体面的装饰，现在都破烂腐朽，藏污纳垢。由于腐烂、潮湿，而且年代久远，地板已经变得松动脱落，有些地方残损严重，甚至都不安全了。我看出，由于原本贵重的木头破损了，便用廉价的松木进行了修补，试图把新鲜血液输入日益枯槁的躯体，可是这样的尝试就像是让一个落魄的老贵族，和一个卑贱的叫花子结婚，双方都觉得悬殊太大，因而相互后退而避开了。楼梯上有几扇后窗，有的已经漆黑一片，有的全都堵起来了。残留的后窗上，几乎没有玻璃了。那些污浊的空气，从那坍塌的木框窗格中涌进来，却再也不肯离开。隔着那些朽败的窗格，透过另外那些没有安玻璃的窗户看了看，情况大同小异。我低头看看楼下，下面是不堪入目的院子，已经成为这座房子的公共垃圾场，让人恶心呕吐。

我们往这座房子的最顶上一层走去。楼梯里光线昏暗，视线模糊，但有两三次，我都觉得有个身穿长裙的女人身影，在我们前面上楼去。当我们拐到上顶层的最后一段楼梯时，我们看清了这个女人身影的整体轮廓。她在一个房门前停顿了一下，然后扭开房门把手，开门走了进去。

"这是怎么回事！"玛莎低声说，"她进了我的房间，可我不认识她呀！"

但是，我认识她。我认出那是达特尔小姐，这让我无比震惊。

我简明扼要地告诉我的带路人，主要是向她说明，我从前认识这位小姐。我话音未落，就听到她在房间里的说话声，不过我们站的位置太远，听不清她在说什么。玛莎露出诧异的神情，向我又比画了一个与先前一样的手势，带着我轻手轻脚地走上楼去。随后，她推了推一扇小小的后门，那门似乎没有上锁，一推便开。门后是一个空空的小阁楼，屋顶是斜坡形，这阁楼比一个橱柜大不了多少。那间她称之为自己的房间，有一扇小门，与这个阁楼相通，现在那扇小门正半开着。我们在这里停住了脚步，由于上楼有点儿费劲，我们都气喘吁吁，玛莎伸手轻轻地掩在我的嘴上。由于视线的问题，我只能看出，里面的房间相当大，房间里放了一张床，墙上挂着几张普通的图画，画上都是船。但是我只能听到她的声音，看不见达特尔小姐，也看不见和她对话的人。当然，我的同伴更不可能看到，因为我站的位置视线最好。

有好一阵子，屋里鸦雀无声。玛莎的一只手仍然掩着我的嘴，另一只手放在耳边，做出专注倾听的样子。

"她在不在家，跟我毫不相干，"萝莎·达特尔小姐傲慢地说，"我并不认识她，我是来找你的。"

"我？"一个轻柔的声音回答说。

一听到这声音，我浑身颤抖了一下，因为那是艾米丽的声音！

"正是，"达特尔小姐回答，"我就是专程来这儿看看你。什么？你干了那么多丑事，这张脸都不觉得害臊吗？"

她的声调中带着坚定决然的憎恨，冷酷无情的刻薄，难以压抑的愤怒，鲜活地呈现在我的面前，就像在强光之下，纤毫毕露。我看到了她那闪闪发光的黑眼睛，被情感折磨得已经消瘦的身子，我还能看见她那条穿过嘴唇的白色伤疤，她说话时嘴唇不断颤抖。

　　"我专程到这儿来，"她说，"是来看看詹姆斯·斯蒂夫的意中人，看看跟他一起私奔的女人，看看那个成为她家乡那些下贱的人茶余饭后谈资的贱货，看看那个跟詹姆斯·斯蒂夫那种人一起鬼混的放荡老手，恣意妄为、得意忘形的丫头。我就是要来见识一下这是什么东西！"

　　接着传来一阵窸窣的声音，听起来是那受了这番辱骂的不幸姑娘，正想往门口方向跑去。但是那说话的人立刻拦住了她。接下来，又是一片死寂。

　　达特尔小姐又开口了，这一次她的声音是从紧闭的牙缝中挤出来的，而且还跺着脚。

　　"不许动！"她说，"否则我就把你的丑事，全抖搂出来，让满楼的人、满大街的人都知道！如果你想躲着我，我一定不会让你跑掉的。哪怕我揪住你的头发，举起石头砸你，也要拦住你！"

　　我只能听到一声惊恐的回答，声音很小，完全听不清。接下来，又是一片死寂。我不知道该怎么办。虽然我极力想阻止这场对话，但是又觉得自己没有资格出面干涉，只有辟果提先生才有资格来看望她和解救她。他难道永远都不来了？我心烦意乱。

　　"好啊！"萝莎·达特尔轻蔑地冷笑说，"我总算见识到这个东西了！哎呀，斯蒂夫真够可怜的，竟然会被这个东西迷得神魂颠倒，这只是个娇里娇气、假装正经、故作羞涩的东西！"

　　"哦，看在上帝的分上，饶了我吧！"艾米丽叫喊着，"不管你是什么人，你已经知道了我这段可怜的遭遇，看在上帝的分上，如果你自己也想得到饶恕，那就饶了我吧！"

"如果我自己也想得到饶恕！"对方厉言正色地回答说，"你怎么会想到，我们之间还有相同之处？"

"其他倒没有，但我们都是女人啊。"艾米丽哭出声来。

"是吗？"萝莎·达特尔说，"这是一个很重要的理由，但是由你这个无耻的人说出来，一点也没用。我心里对你只有鄙视和憎恨，如果我对你还有其他感情，也会因为你这个理由，而被冻结。我们都是女人！你可真给我们女人增光添彩呀！"

"我知道我罪有应得，"艾米丽说，"但是这样的折磨太可怕了！亲爱的，亲爱的小姐，请你想想我遭的罪，想想我现在沦落到了何种程度！哦！玛莎，你快回来吧！哦，我要回家呀，我要回家！"

达特尔小姐坐在一把椅子上，我从门口这个位置便能看到她。她的眼睛看着地面，仿佛艾米丽就伏在她面前的地上。这时，从我这个角度看过去，她正好背着光，因此我可以看到她撇着嘴，她那双凶狠的眼睛死死盯着地面，她的神情既贪婪无耻，又自鸣得意。

"听着！"达特尔小姐说，"收起你那套骗人的伎俩，去骗那些容易上当的傻瓜吧。你想用眼泪来打动我吗？这就跟你笑里藏刀的把戏一样，迷惑不了我，你这个花钱买来的奴隶！"

"哦，你就可怜可怜我吧！"艾米丽哭喊着说，"对我仁慈一点吧，要不然，我就要发疯死掉的！"

"比起你的罪行，"萝莎·达特尔说，"这种惩罚根本不算什么。你知道你都干了些什么吗？你有没有想过，你把那个家庭都毁掉了吗？"

"哦，我每日每夜都在想念着家呀！"艾米丽叫喊着，这时候，我勉强能看到她，她正跪在地上，头往后仰着，煞白的脸对着上面，发疯似的向前伸出双手，头发披散在肩上，"无论我是清醒着，还是熟睡着，那个家时时刻刻都在我的眼前，它一直不曾变化过，与我当初永远背叛它时一模一样！哦，家啊，我要回家！哦，亲爱的、亲爱的舅舅，你知道吗？在我走上歧途时，你给我的爱，让我饱尝痛苦。尽管你非常疼爱我，但是，如果你能有那么一时半会儿不爱我，对我发脾气，至少在这一辈子，发一次脾气也好，那样我的心里就会感到一丝安慰！在这个世界上，这样的安慰我一点儿也得不到，就因为他们永远都那么爱我！"她冲着那个坐在椅子上的人，趴在那个盛气凌人的女人面前，乞求似的想去抓住那女人的裙角。

萝莎·达特尔正襟危坐，眼睛往下看着她，就像一座铜像，纹丝不动。她紧闭着双唇，似乎她知道，这时候她必须努力控制自己，否则就会忍耐不住，一脚踢向那位漂亮的女人。我之所以这样描写，是因为我真心相信是那个样子。我对她看得十分清楚，似乎她的表情、性格都流露出，她正在拼命克制自己。辟果提先生难道永远也不来了吗？

"你们这些可怜虫，多么可悲的虚荣心！"达特尔终于控制住了自己的愤怒，相信自己可以说话了，"你的家！你以为我会想到你的家吗？你以为你破坏了那个卑贱的家，我会觉得心疼，会觉得用再多的钱都不能弥补损失？你的家！你只不过是你家买卖的一个货物！别人在买卖货物，你就像货物一样被你家里人买卖着！"

"哦，请不要这么说！"艾米丽叫喊着，"你无论怎么说我都可以，但是请不要把我做的丢脸的丑事，加油添醋地强加到别人身上，他们都跟你一样是体面的人啊！作为一个上流社会的女士，即使你不可怜我，也请你对他们尊重一点吧！"

"我说的那个家，"达特尔对她的请求毫不理会，并抽回自己的裙角，怕让艾米丽碰脏，"我说的那个家，是我现在住的那个家。就是你，"她冷笑一声，伸手指着仍趴在地上的姑娘，并瞪着她，"就是你，让高贵的太太和有教养的少爷俩母子反目成仇。就是你这个去厨房打下手都没有资格的丫头，闹得别人家里乌烟瘴气，伤心欲绝、愤怒难当、相互指责。就是你，这个从海滩上捡回来的垃圾，被人玩上一小会儿，然后又被扔回了原地！"

"不是的！不是的！"艾米丽双手紧紧地攥在一起，叫喊着说，"他第一次进入我的生活时——哦，但愿从来没有那么一天呀，但愿他遇到我的时候，人们止在给我下葬就好了！——我也和你、和其他有教养的小姐一样，心地纯洁，只想嫁给一位好人，这样的好人，你和其他小姐都是愿意嫁的。如果你像我一样，也住到他的家去，有机会了解他，你也许就会明白，对一个爱慕虚荣的软弱女人来说，他的诱惑手段是多么完美，简直无懈可击。我并不想为自己辩解，但我很清楚这一点，他也很清楚这一点——即使他现在不清楚，等到临死的时候，由于他心怀愧疚，也会想明白——他使出一切手段来诱骗我，让我无法抗拒，便相信了他，爱上了他！"

萝莎·达特尔听到这话，猛然从座位上跳了起来，往后一侧身，与此同时，猛地伸手向艾米丽打了过去。她脸色凶悍，怒气冲冲，表情和面容都变得狰狞扭曲。我差一点儿就要冲过去，拦在她们中间。不过她打的这一下，并没有精准的目标，因此落空了。她气喘吁吁地站在那里，带着最强烈的憎恨看着艾米丽，出于愤怒和鄙夷的情绪，让她浑身上下都在发抖。我相信，我从来没有见过这种情景，以后也永远不会再见到这种情景了。

"你爱他？就凭你？"她厉声叫喊着，紧握着拳头，一直在发抖，好像只要有一件武器，便会刺穿对方的胸膛，以解心头之恨。

艾米丽退缩到一旁，我看不见她，也没有听到她的回答。

"你竟敢张开你那张臭嘴，"她接着说，"对我说这种话？他们为什么不用鞭子抽死这种东西呢？如果我能够发号施令，我一定会命令他们，把这个女人活活抽死！"

她一定会那么做的，我对此坚信不疑。只要她还这么暴跳如雷，只要她手里有刑具，我相信她一定会严刑拷打艾米丽。

她慢慢地、很慢很慢地笑了起来，用手指着艾米丽，好像那是人神共愤的可耻东西。

"他爱！"她说，"那个贱货！她竟然告诉我，说他爱过她。哈，哈！这些做买卖的人，是多会撒谎啊！"

她这种讥讽嘲笑的嘴脸，比起她那不加掩饰的愤怒，更让人憎恨。如果让我挑选，我宁愿成为他发泄愤怒的对象。不过，她的这种排山倒海的情绪宣泄，只进行了一小会儿，很快就克制住了。虽然她的心里翻江倒海着，但她还是压制下去了。

"我专程到这里来，看看你这个爱情的甘泉，"她说，"就像我一开始告诉你的那样，我是来看看，你到底是个什么东西，我只想见识一下。现在我已经心满意足了。我还要告诉你，你最好马上去找你的那个家，躲到那些正在等你的好人中，把你的头埋起来吧，你的钱可以给他们带来安慰。等钱花光以后，你又可以再玩一场被诱骗、信任并爱上男人的把戏，这方面你是很懂的！我原本觉得，你只是一个过了时的破烂玩具！是一块一钱不值的装饰品，是生满了锈，被人扔掉不要的废物。可是，我现在觉得，你居然是一块真金，是个正经女人，是个被糟蹋的无辜女人，有一颗幼嫩的心，心里装满了爱情和忠诚——你看起来是正儿八经的良家妇女，而且和你编的故事名副其实，多么般配多么吻合！——即使是这样，我还有些话要告诉你。你要认真听，因为我说到就会做到。你听见我说话了吗，你这个小妖精？我说到就会做到！"

她的愤怒又发作起来，就像一阵痉挛，很快就过去了。接着，她又笑了起来。

"你去躲起来吧，"她继续说，"如果家里躲不了，就躲到别的地方去，找个别人都找不到你的地方，悄无声息，或者，要不，就悄无声息地死掉，这是更好的结果。我在想，即使你那颗多情的心无法打碎，难道就找不到好办法，让它消停下来呢？我以前听说过，是有这种办法的。我相信，要去找到这些办法也不难。"

这时候，艾米丽发出了低低的呜咽声，打断了她的话。她停下来，专注地听着，就像是在欣赏一段音乐。

"也许我性情古怪，"萝莎·达特尔接着说，"可是，在你这呼吸的空气里，我根本无法自在地呼吸。我觉得这空气都是肮脏的。所以，我想要净化这里的空气，我要把你从这里清除出去。如果你明天还继续住在这里，我就要在公共楼梯上，把你那些丑恶行径和龌龊品行抖搂出来。据我所知，这座楼房里住着许多正经女人，像你这样光彩的人物，埋没在了她们中间，不出点风头，实在太可惜了。如果你离开这儿，用你的真实身份在这个城市里混下去，我丝毫不会来干涉你，但是如果你冒充别的身份，在这个城市躲躲藏藏，只要我打听到你的藏身之处，我就会用同样的方式对付你。最近，是不是有位先生向你求婚？有了他的帮助，我要把你揪出来，不费吹灰之力。"

难道辟果提先生永远不会来了？这样的情形，我还要忍耐多久呢？我还能忍耐多久呢？

"哦，苍天哪，苍天哪！"可怜的艾米丽叫喊起来，我相信，那样的声音，就连最铁石心肠的人也会被感动的，但是在萝莎·达特尔的微笑中，并没有丝毫的怜悯之情，"我该怎么办？我该怎么办啊？"

"该怎么办？"达特尔回答说，"回到你的回忆中，幸福地过日子吧！你在剩下的岁月里，好好回忆詹姆斯·斯蒂夫对你的柔情吧。他要把你让给他仆人当老婆，不是吗？或者，在你的余生里，去感激那位肯收留你的人吧，这个老实巴交、功勋卓著的家伙，会把你当作礼物收下的。或者说，如果那些骄傲的回忆，加上你对自己的道德念念不忘，让你不肯委屈出嫁；或者说，在那些披着人皮的东西中，你觉得自己至高无上，跟他们在一起，有失你的尊严，那就去嫁给一个好人吧，仰仗着他的屈就，快乐地活下去吧。如果这样都不行，那就去死吧！对于这种死，这种绝望的死，办法多着呢，垃圾堆也多着呢，随便找一个，逃离这个人世，升天去吧！"

我听到楼梯间远远传来了脚步声。我听出那是谁的脚步声，我敢肯定。这真是辟果提先生的脚步声，感谢上帝！

　　达特尔一边说着上面的那番话，一边慢慢地从门口走开，走出了我的视线。

　　"不过，你要给我记清楚！"她就在打开另一扇门，准备走出去时，又不慌不忙厉声说道，"我说的这些话，都是我的决心，为了消除我心中的仇恨，我有充分的理由这样做。除非你躲得远远的，让我找不到你，除非你撕下那漂亮的面具，否则我就会把你揪出来。我要对你说的就是这些。我说到就会做到！"

　　楼梯上的脚步声越来越近了——越来越近——达特尔刚刚下楼去，那脚步声和她擦肩而过——然后，脚步声冲进房间。

　　"舅舅！"

　　伴随着这一喊声，是一声令人恐怖的叫喊。我停顿了一下，再往屋里看时，看到他搂住了艾米丽，她已经昏厥过去了。他端详着她的脸，几秒钟后，他俯身吻了她一下——哦，多么仁慈的一吻！——然后他掏出一条小手帕，盖到她的脸上。

　　"大卫少爷，"他盖上她的脸后，颤抖着低声对我说，"我要感谢我的天父，我的梦想变成了现实！我真心实意地感谢他，因为他用了他的办法，把我带领到我的宝贝这里来！"

　　说完这句话，他把她抱在怀里，让那张盖上手帕的脸，紧贴在自己的胸膛，专注地看着她，抱着失去知觉、一动不动的她，走下楼去。

第51章　更长旅程

　　第二天早晨，我和姨奶奶一大早就在花园里散步。现在，由于姨奶奶经常要照顾我亲爱的朵拉，已经很少有其他的运动了。这时候，我听通报说，辟果提先生想和我谈谈。我朝着院门口走去时，他已经走进了花园，我们便在半路上迎面相遇了。他对我姨奶奶十分敬重，每次见到她都会脱帽致敬，现在他一看到姨奶奶，便习惯性地摘下了帽子。我已经把昨天晚上发生的事情全都告诉了姨奶奶。所以她现在见到辟果提先生，什么也没说，只是非常热诚地走上前去，握住他的手，并拍了拍他的胳膊。这番动作足以表达她的心意，无须再说什么了。辟果提先生也充分明白她的心意，仿佛她已经说过千言万语。

　　"我现在要进屋去了，特洛，"姨奶奶说，"我要去照料小花儿了，她就要起床啦。"

　　"但愿不是因为我在这儿，特洛伍德小姐，你才离开的吧，"辟果提先生说，"如果不是因为我今天早上浑浑呵呵，"——辟果提先生想说的是浑浑噩噩——"那就是因为看到我来了，你才会离开的，对吗？"

　　"你有些话要说，我的好朋友，"姨奶奶回答说，"我不在场会更方便些。"

　　"对不起，小姐，"辟果提先生回答说，"如果你不嫌我啰唆，愿意留在这里听我说，那就是给我莫大的面子啦。"

　　"是吗？"姨奶奶显得很爽快，十分和善地说，"那我肯定愿意留下来。"

　　于是，姨奶奶挽着辟果提先生的胳膊，陪着他一起往花园尽头那边走去，那儿有一个小凉亭，上面覆盖着茂密的枝叶。她在一个长椅上坐下来，我便坐在她的旁边。本来还有一个空位留给辟果提先生的，但是他喜欢站着，一手扶着质朴的小石桌。他没开口之前，先打量着自己的便帽。这时，我不禁注意到他那粗壮结实的双手，充满了坚贞不屈的力量。相比他那赤诚的眉毛和花白的头发来说，他的双手是多么忠实的伙伴，因为它们从不曾改变颜色。

"昨天晚上，"辟果提先生抬起头，看着我们说，"我把那亲爱的孩子带回我的住所了，我很久以前就在那个地方等着她，而且为她做好了一切的准备。她一直过了好几个钟头，才认出了我。认出我以后，她便跪在我的面前，就像祈祷的样子，把事情的前因后果详细告诉了我。不瞒你们说，我听到她的声音，就像从前她在家里时的声音那样，听来特别活泼；我看到她那卑微的样子，就好像我们的救主用他那神圣的手在地上写字①的情景，我既感恩戴德，又心如刀绞。"

他用袖子擦了擦眼睛，丝毫不掩饰自己流泪的样子，然后清了清嗓子。

"我的那种痛苦的感觉，并没有持续多长时间。因为，我终究找到她了。我只要一想到找到她，那种痛苦的感觉就消失了。我也真不明白，为什么我现在还要提这事。就在一分钟前，我心里根本没想过要提到自己，一句话都没有，但是这些话来得如此自然，我都没有注意到，便从嘴边溜出来了。"

"你是一个富于自我牺牲精神的人，"姨奶奶说，"你会有好报的。"

---

① 见《圣经·新约·约翰福音》第8章，文士和法利赛人把一个正在行淫的妇女抓来，说根据律法，应该用石头砸死她，问耶稣怎么处置，他们这样做是想试探耶稣，想找到告他的把柄。耶稣却弯着腰用指头在地上画字。大家不断催促他，他最后说："你们中间谁是没有罪的，谁就可以先拿石头打他。"于是大家便离开了，耶稣对这个妇人说："我也不定你的罪。去吧。从此不要再犯罪了。"

树叶投下的斑驳影子，正在辟果提先生的脸上摇曳着。他向我姨奶奶用力地点点头，对她的称赞表示感谢，然后又把刚才放下的话题重新捡起来，接着往下说。

"我的艾米丽，"说到这里，他变得满怀激愤，"就像大卫少爷知道的那样，被那条花斑蛇给囚禁在了一座房子里。那条蛇并没有说谎话，希望上帝惩罚他！艾米丽趁着晚上，从那儿逃了出来。那天晚上，到处漆黑一片，天上繁星点点。她像发疯似的，沿着海滩狂跑，她相信那条旧船屋就在那里。她还使劲叫喊着，让我们都转过脸去，因为她就要来了。她听见了自己的叫喊声，但是就好像是另外一个人的叫喊声。海滩上的各种石头棱角尖利，划破了她的身体，但是她毫无感觉，好像她自己就是石头一样。她跑了很远，跑得眼里冒着火光，耳朵里都是轰隆隆的声音。突然间——也许那只是她的感觉，你们应该明白那种感受——天亮了，下着雨，还刮着风，她发现自己躺在海边的一堆石头上，一个女人在对她说话，用的是那个国家的语言，问她出了什么事。"

他讲述的这一切，就像是他亲眼所见一样。他讲述的时候，当时的情景仿佛正生动鲜活地在他眼前发生着。他讲述时的态度无比诚恳，所以他向我描述的场景，比我现在写在书里的，要清楚得多。事情已经过去很多年了，但是我此刻写到这里时，我难以相信，其实那个场景我并不在场，却仿佛亲身经历过一般，在我心中留下难以磨灭的印象。

"艾米丽的眼睛刚开始睁不开，当她慢慢能看清楚时，便认出了这个女人，"辟果提先生继续说，"艾米丽以前经常到海滩上去和女人孩子们聊天，那个女人就是其中的一个。她以前经常沿着海滩到很远的地方去，或者是步行，或者是乘船，或者是坐车，对方圆好几里的地方都很熟悉，也认识那里的人们，所以，就像我说的那样，那天晚上她跑了那么远，还是能够遇上熟人。这个女人是个年轻的太太，自己还没有孩子，不过她不久就要生了。我要为她虔诚祈祷，祈求上帝保佑她的孩子，让这个孩子为她的一生带来幸福、安慰和荣耀！祝愿在她老了以后，这个孩子会疼爱她、孝敬她，自始至终照料着她，在她的今生和来世，都成为她的天使！"

"阿门！"姨奶奶说。

"以前，当艾米丽和孩子们聊天时，"辟果提先生说，"这个女人有些胆小怕生，总是坐得稍远的地方，做着纺织一类的活儿。但是艾米丽注意到了她，便走过去和她交谈。由于这个年轻女人也喜欢孩子，所以她们很快就成了朋友。她们的关系越来越亲密，每次艾米丽到那儿去时，她总会给艾米丽送些花儿。这时候，来艾米丽身边问她出了什么事的，就是这个女人。艾米丽把情况告诉了她，于是她——她就把艾米丽带回她家去了。她真的那么做了。她把艾米丽带回她家去了。"辟果提先生说着，用手捂住了脸。

这个女人的善举让辟果提先生大受感动，自从艾米丽那晚离家出走以后，我没见过什么事能让他感激涕零。我和姨奶奶都不想惊扰他。

"那个女人住的房子很狭小，这你们能想象得出来，"他接着说，"但是她在家里挪出地方安顿了艾米丽，她丈夫出海去了，没有其他人。她对外人保守秘密，附近只有几家邻居，她说服邻居们也都保守秘密。艾米丽发起了高烧。让我觉得奇怪的是——也许有学问的并不会觉得奇怪——她把那个国家的语言忘得一干二净，只会说自己本国的语言，但是没有人听得懂。她只能记得，自己一直躺着那里，就像做梦一样，不断地用本国语言说着话，总是觉得旧船屋就在海湾的附近，并恳求他们到那儿去送个信，说她就要死了，恳请他们带来家里的回信，请求家里人宽恕她，哪怕只说一句话也行。在那段时间，她总是疑神疑鬼，对于我刚才提到的那个像花斑蛇的男人，她总是觉得这个人就躲在窗外，准备把她抓走，或者总是想到那个把她害成这个样子的男人，仿佛觉得他进了自己的屋子，于是她苦苦哀求那个好心的年轻女人，不要把她交出去。同时她也明白，对方听不懂自己的话，所以就更加担心，觉得自己一定会被抓走。她依旧眼里冒着火光，耳朵里都是轰隆隆的声音。分不清这是今天，还是昨天，或者是明天。她这辈子所经历过的事情，没有经历过的事情，可能发生过的事情，永远不可能发生的事情，一起都涌到她的脑海里，而且每件事都模模糊糊，每件事都让人难过。可是她面对这些事情，又是高唱，又是大笑！这种状况持续了多久呢，我也不知道。然后她就睡着了。在睡眠中，她那些劲儿彻底消失了，就像一位娇小的小孩，软弱无力。"

说到这里，他停了下来，似乎觉得自己讲的情况太恐怖了，需要缓和一下。他沉默了好一阵子，然后接着又讲起来。

"在一个天气美好的下午，她终于清醒过来了。周围寂然无声，蓝色的大海风平浪静，只有微微的水波轻拍着海滩。刚开始，她还以为这是一个礼拜天的早晨，而她正在自己的家里呢。不过，她看到窗前的葡萄叶，还有远处的山丘，这都不是家乡的景致，和她的判断并不一致。后来，她的朋友进屋来了，到床前来查看她的病情。她这才明白，那旧船屋并不在附近的海湾中，而是离得很远很远；她也明白自己身处何处，为何至此。于是，她趴在那好心的年轻女人怀里，放声大哭起来。我衷心祝愿，就在我们说话的时刻，那个好心女人的婴儿正躺在她的怀里，忽闪着那双漂亮的眼睛，她看了别提有多高兴了！"

辟果提先生一提到艾米丽的这个好朋友，每次都忍不住会泪流满面，无论怎么努力也是无法控制。现在他又无法控制，一边流着泪，一边为她祝福。

"我的艾米丽大哭了一场，对她是有好处的，"他流泪的时候那么感人，我看了也忍不住流下了眼泪，而我的姨奶奶，则尽情地跟着哭了一阵子，现在，渐渐恢复了平静，于是接着往下说，"对艾米丽是有好处的，于是她的身体开始好转了。可是，那个国家的语言，她一句也不会说了，只得通过打手势和人交流。她就这样过下去，她的身体一天天好起来，虽然康复得慢，但是情况有所好转。而且她努力学习那里的语言，记住日常用品的名字，那样的名字，似乎她这一辈子从来都没有听过一样。后来，有一天傍晚，她坐在窗前，看着一个小女孩在海滩上玩耍。忽然，这个小女孩伸出手，说了一句话，如果用英语来说，那意思就是：'渔家姑娘，你瞧这个贝壳！'因为你们知道，刚开始，那里的人们都按照他们国家的通常叫法，叫她'美丽的小姐'，而艾米丽告诉他们，请称她是'渔家姑娘'。当那个小女孩突然说了一句'渔家姑娘，你瞧这个贝壳！'艾米丽听懂了，于是做了一个回答，然后便哭了起来。就这样，她学过的那些语言，全都记起来了！"

"等艾米丽的身体又结实起来后，"辟果提先生又沉默了一会儿，接着说，"她就打算向那好心的年轻女人辞行，回自己的国家去。那时候，那女人的丈夫也出海回家了，于是他俩把她送上了去里窝那①的小商船，然后从那里去法国。她身上只带了一点钱，可是他们尽心尽力地帮助她，一分钱也不肯收。我知道他们非常贫穷，所以我为这事感到很高兴！他们的功德，是存放在天上的，那里虫不能蛀，锈不能蚀，贼不能偷②。大卫少爷，他们功德无量，永世长存。

"艾米丽到了法国，在港口那里找了谋生的活儿，在一家旅馆里侍候旅行过往的太太小姐们。可就在那儿，有一天，那条毒蛇也来了。希望他永远别靠近我，否则我不知道我会怎么收拾他！艾米丽看

---

① 里窝那（Leghorn），又译为"来亨""里沃纳"，意大利西岸港口城市，是里窝那省的首府，历史悠久。

② 见《圣经·新约·马太福音》第6章第20节，原文为："只要积攒财宝在天上，天上虫不能蛀，锈不能蚀，贼不能偷。"

到他，没等被他发现，就吓得胆战心惊，心慌意乱，趁他喘息未定，便转身逃走了。她回到英国，在多佛上岸。

"我也说不好，"辟果提先生说，"她什么时候开始变得胆怯了。在回英国的路上，她一直都想着要回到她那可爱的家。脚刚踏上英国的土地，她就朝着自己的家走去。但是，她害怕得不到宽恕，害怕别人说长道短，害怕我们当中有谁因为她而送了性命，害怕许许多多的情况，由于这些担心顾虑，让她在半路上又转身走远了。'舅舅，舅舅，'她告诉我说，'我这颗破碎流血的心，本来很想做一件事，但是我害怕我没有资格去做！当我转身走远的时候，我心里在虔诚地祷告，祈愿我能在黑夜里，爬回到旧船屋的台阶前，吻它一下，把我这张有罪的脸贴在它上面，等到天明，别人便会发现，我已经死在那里了。'

"她来到伦敦，"辟果提先生压低了自己的声音，声调变得十分恐惧，"她——这辈子从来没有来过这儿——而且孤零零一个人——没有一点钱——年纪轻轻的——又那么漂亮——她就这样来到了伦敦。她刚来到这儿，正感到绝望无助的时候，就遇到了一个女人，她当时觉得这是个朋友。这个看着很体面的女人，和她谈起了针线活儿，这正是艾米丽过去经常干的活，这女人告诉她，可以为她接下许多这样的活儿，并且还说，能为她找一个住宿，而且第二天就暗地里去打探我和家里人的消息。正当我的孩子，"这时候，他由于心存感激，那种力量使他浑身颤抖起来，他高声说，"处在无比危险的关头，那种情形我说都不敢说，想都不敢想，就在那时候，说到做到的玛莎，把她从水深火热中救了出来！"

我高兴得忍不住大叫起来。

"大卫少爷！"他用他那强有力的手，紧紧握住我的手说，"最初向我提起玛莎的人，正是你呀。谢谢你，少爷！玛莎做事真诚。她根据自己遭遇过的痛苦经历，她知道该去哪儿等她，该怎么办。她完全做到了。感谢上帝垂怜！玛莎心急火燎地赶到艾米丽住宿的地方，急得脸无血色，那时候艾米丽已经睡下了，她拉起艾米丽说，'赶快起来，宁愿死掉也不要待在这个鬼地方，快跟我走吧！'屋里的人本想拦住她，可那就像螳臂挡车。'滚开，'玛莎说，'我是一个鬼，这儿是个挖好的墓穴，我要把她救出来！'她告诉艾米丽，说她已经见过我，知道我疼爱着她，并且已经宽恕了她。她匆忙拿过衣服把艾米丽包裹起来，伸出手臂把她扶起来，这时的艾米丽软弱无力，浑身发抖。屋里那些人说什么，玛莎概不理会，就像聋子一样。她只关心着我的孩子，搀着我的孩子，从他们中间走了出来。深更半夜里，她把我的孩子平平安安地解救出来，远离了那个黑暗的陷阱！"

"玛莎照料着艾米丽，"辟果提先生这时已经放开了我的手，把他的手放到他起伏的胸口上，继续说，"这时候，我的艾米丽身体衰弱，神思恍惚，一直躺在床上，还不时说胡话，她就照料着我的艾米丽，一直伺候到第二天晚上。然后她才出门来找我，然后又去找你，大卫少爷。她没有告诉艾米丽她出门去做什么，她担心艾米丽心里难受，又去躲起来。那个狠毒的女人，是怎么得知她在那里的，我也不知道。也许是因为，我多次提到的那个家伙碰巧看见艾米丽去了那里，也可能是因为那个诱骗她的女人，把消息告诉了她，我觉得后面这种情况最有可能。但是我不想去琢磨了。我的外甥女已经找到啦。"

"整整一个晚上，"辟果提先生说，"我们都在一起，我和艾米丽寸步不离。在漫长的夜晚而言，她其实没说多少话，只顾着伤心哭泣。她那张可爱的脸，我是在火炉边看着她长大的脸，那天晚上我都没有仔细看看。不过，整整那一个晚上，她一直都双手搂着我的脖子，她的头就靠在我的胸口。我们都明白，我们彼此永远值得信赖。"

他不再往下说了。他那只手稳稳地放在小石桌上，手上的那股坚毅力量，简直可以让狮子群都服服帖帖。

"回想起当年，我决心做你姐姐贝斯·特洛伍德的教母，特洛，"姨奶奶擦着眼睛说，"那时候，我觉得她是我的一线光明，能成为她的教母是我这辈子最开心的事，而现在，我感受到了比那时更开心的事！"

辟果提先生点点头，表示理解姨奶奶的感情，不过对她所赞美的对象，却不知道说什么才合适。我们一时间都沉默不语，想着各自的心事。姨奶奶一会儿抹着眼泪，一会儿抽抽搭搭地哭泣着，一会儿又放声大笑，说自己是个傻瓜。最后，还是我开口了。

"对于今后的生活，"我对辟果提先生说，"你已经拿定主意了吧，我的好朋友？这事我大概都不用问了。"

"完全定下来了，大卫少爷，"他回答说，"而且已经告诉艾米丽了。离这里很远的地方，有着辽阔的好地方。我们今后的生活，准备去海外过啦。"

"他们准备一起搬到海外去定居了，姨奶奶。"我说。

"没错！"辟果提先生露出了笑容，满怀希望地说，"去了澳大利亚，就再也没人会责怪我亲爱的宝贝了。我们去了那里，重新开始我们的生活！"

我问他，是否确定了启程的日期。

"今天早上，我去了码头一趟，少爷，"他回答说，"打听了乘船去那里的消息。大约再过六个星期或两个月，有条船要启程去澳大利亚。今天早上我看到那条船了，而且还上去查看了一番。我们就乘那条船。"

"就你们两人吗？"我问。

"哦，大卫少爷！"他回答说，"你知道，我妹妹对你和你的家人那么疼爱，而且也过惯了本国的生活，所以让她过去不太合适。而且，还有一个人需要照顾的，大卫少爷，不应该把这个人忘了！"

"可怜的汉姆!"我说。

"你知道,小姐,我那善良的妹妹为汉姆料理家务,汉姆对她也很亲近,"辟果提先生向我姨奶奶解释说,这样能让她多照看着他,"当他心里有些事情,不好给别人讲的时候,他就可以坐下来,心平气和地讲给我妹妹听。可怜的人!"辟果提先生摇摇头,说,"留给他的已经不多了,仅剩的这一点儿,不能再让他失去了!"

"格米治太太呢?"我说。

"唉,关于格米治太太,"辟果提先生说起她,刚开始面露难色,不过当他接着往下说时,那种神色就渐渐消失了,"说真的,我对她考虑了很多。你知道,格米治太太只要一想到她的老伴,不管她和谁在一起,都会让人难受的。我们这儿没有外人,只有你和我,大卫少爷——还有小姐你——关起门来说,格米治太太如果嚎起来,"——"嚎"是我们乡下的旧说法,就是哭闹的意思——"如果有谁不了解她的老伴,一定会觉得她是个倔脾气。不过我很了解她的老伴,"辟果提先生说,"也知道他的好处,所以我能理解格米治太太的感受。可是你知道,别人并不了解她,自然是不可能这样做!"

我和姨奶奶都同意他的看法。

"所以,"辟果提先生说,"我妹妹可能会觉得,格米治太太时不时会和她过不去——我没有说她一定会这样想,我说的是有可能。因此,我不想把格米治太太和我们捆绑在一起生活,而是打算给格米治太太另外找个地面,让她自己周顾自己好啦。"——"地面"在乡下的方言里的意思是"地方","周顾"的意思是"照顾"——"所以,在我启程之前,"辟果提先生说,"要给她留一笔钱,让她过点舒心日子。她这个人,再忠厚老实不过了。像她这样一个善良的大妈,都这把年纪了,还孤苦伶仃的,现在要让她再乘船颠簸一番,去遥远而陌生的国家,到荒郊野岭过流浪生活,绝对不能这么做。因此我才要为她这样安排。"

他对谁也没有疏忽掉。每个人的需求和打算，他都一一考虑到了，唯一没有考虑他自己。

"艾米丽必须和我住在一起，"他继续说，"一直住到我们启程。可怜的孩子，她太需要安静和休息了！她得缝制一些必要的衣物，我希望，当她重新回到她那粗鲁却慈爱的舅舅身边，能够让她的痛苦慢慢消失，让她感觉那仿佛是多年前发生的事，而不是新近发生的事情。"

我姨奶奶点了点头，认为他的这个心愿一定会实现，这让辟果提先生感到十分满意。

"还有一件事，大卫少爷，"他一边说着，一边把手伸进胸前的口袋里，郑重其事地掏出一个小纸包，那正是我以前见过的那个小纸包。他把小纸包在桌上摊开来，"这儿有几张钞票，一共是五十镑十先令。另外，艾米丽逃出来时，身上还带了一点钱，我要把这个数目也加上去。我已经向她问清了金额，不过我没告诉她我的目的。我把这些金额加在一起。我没有文化，所以要劳烦你帮我核算一下，看看算对了没有？"

他递给我一张纸。由于觉得自己没有文化，他露出歉意之色。然后，他专注地看着我核算。他原来核算的数目分毫不差。

"谢谢你，大卫少爷，"他说着，拿回了那张纸，"要是你不反对，大卫少爷，我准备在启程前，把这笔钱装进一个信封里，写明是交给他的，然后再装进另一个信封，寄送给他的母亲。有些话我准备告诉她，现在把这些话先说给你听，我告诉她信封里一共是多少钱，而且还要告诉她，我已经走了，这笔钱就算她退回来，我也收不到了。"

我告诉他，我觉得这样做是对的，既然他觉得这样做没错，那么我也深以为然。

"我刚才说，还有一件事要办，"他把那小纸包重新包裹起来，又放回了衣服口袋，然后一本正经地微笑着，接着说，"其实有两件事要办。今天早上出门的时候，我还有些犹豫不决，这件感谢上苍的大好事，是不是该由我亲自告诉汉姆。所以，我出门时写了一封信，送到邮局去了，把事情的经过都告诉了他们，还说我明天就要回去一趟，把那些该处理的小事都办妥当，那样的话，心里就踏实了。而且很有可能，我就要向雅茅斯永远告别了。"

"你是不是打算让我和你一起回去？"我看出他欲言又止的样儿，便问道。

"要是你愿意这样帮我一把，大卫少爷，那就太好不过啦，"他回答说，"我知道，他们见到你，会更加高兴的。"

我回头和我的小朵拉商量了一下，发现朵拉也很高兴，愿意让我回去一趟，所以我当即答应下来，遂他所愿，陪他回一趟雅茅斯。就这样，第二天早上，我们坐上了去雅茅斯的公共马车，又踏上那条无比熟悉的道路。

辟果提先生替我拿着提包，虽然我再三推辞，但是他坚持要这样做。傍晚时分，我们走过那条熟悉的街道，我往欧默和约拉的店铺看了看，只见到我的老朋友欧默先生在那里抽烟。我想了想，觉得等会儿辟果提先生和他妹妹与汉姆相见时，我在场不太合适，就打算以看望欧默先生为借口，让自己晚点去他们家。

"欧默先生，好久不见，一切都好吗？"我走进店铺，向他打招呼。

为了能看清楚我是谁，他使劲扇了扇烟斗冒出的烟。很快他就认出我来，万分欣喜。

"感谢你光临寒舍，先生，我本来应该站起来迎接你的，"他说，"不过我的腿脚不利索，只能靠轮椅活动了。但是，除了我的腿脚和呼吸，我身体其他地方还结实着呢，一点儿也不比普通人差，说起来真要感谢老天爷。"

他知足常乐，精神饱满，我向他表示祝贺，同时我也发现，他的安乐椅的确安装上了轮子。

"这东西真的很灵巧，对吧？"他看到了我的目光，于是用胳膊摩擦着扶手说道，"它活动起来就像羽毛一样轻盈，操作起来就像邮车一样精准。只需要我的小明妮——你知道，那是我的外孙女，明妮的女儿——她用小手在椅背上一推，轮椅就活动起来了，要有多灵巧就有多灵巧，要有多好玩就有多好玩！我还有告诉你呀，坐在这椅子上，抽上一袋烟，赛似活神仙！"

我从没见过像欧默先生这样乐天安命的好老头儿。他精神矍铄，好像他的椅子、他的哮喘、他那不利索的两腿，都是一项项重大发明，这些零部件安装起来，全是为他的抽烟增加乐趣。

"我可以向你保证，"欧默先生说，"坐在这把椅子上，比不坐在椅子上，更能了解天下大事呢。每天进来找我聊天的人，多得会让你吃惊。真的会让你吃惊的！自从我坐上这把椅子后，我从报纸上看到的新闻，比以前翻了一番。至于一般的读物，哎呀，那就多如牛毛啦！你知道，这就是我觉得自己很了不起的地方。如果出毛病的是我的眼睛，那我该怎么办呀？如果出毛病的是我的耳朵，那我该怎么办呀？感谢老天爷，出毛病的是腿脚，那有什么要紧的呢？哎呀，原先腿脚好使的时候，它们只会给我添麻烦，让我老是喘不过气。现在呢，如果我想上街，或者想去沙滩，只需要招呼一声约拉最小的徒弟狄克，我就可以像伦敦的市长大人一样，乘坐自己的专车出门啦。"

说到这儿，他笑得几乎喘不过气来。

"哎呀，我的老天爷！"欧默先生又叼起烟斗，"一个人不应该挑肥拣瘦，肥瘦都得要，这是我们这辈子一定要下决心做到的。约拉很会做生意。他做得再好不过了！"

"听到这些，我感到真高兴。"我说。

"我知道你会高兴的，"欧默先生说，"约拉和明妮仍像一对恋人，整天都甜甜蜜蜜。一个人还要期望些什么呢？和这些比起来，我的腿脚又算得了什么呢？"

他坐在那儿抽着烟，对自己的腿脚满不在乎，这种有趣的怪事，我还是生平第一次遇见呢。

"自从我开始大量阅读东西以来，你也开始在大量写作了，是不是，先生？"欧默先生用钦慕的目光看着我说，"你的作品写得多可爱呀！那些描写是多么活灵活现啊！我把每个字都读到了，每个字。至于说读得打瞌睡，是从来没有发生过的！"

我高兴得笑了起来，表示说很满意，不过我应当承认，他把读书和打瞌睡联系在一起，是很值得玩味的。

"我向你发誓，先生，"欧默先生说，"当我把你的那部书放在桌子上，打量着它的外表，这套书分为三册，一册、二册、三册，摆放得整整齐齐的，看到它，我就会联想到，我曾跟你一家有过交往，这是多么荣耀的事情，我就像滑稽木偶潘趣一样，得意极了。哎呀，那都是多么久远的陈年往事啦，对吧？那是在布兰德斯屯，把一个美丽的小人儿，与另一位死者同时下葬了。那时候，你自己也还是个很小的人儿呢。哎呀，哎呀！"

我转换了一下话题，谈起了艾米丽。我先告诉他，我还记得，他一直都关心着艾米丽，一直仁慈地对待她；接着，我把艾米丽如何在玛莎帮助下，重新回到了她舅舅身边的事情，简略地告诉他。我知道，这位老人听到这个消息，一定会非常高兴的。他一直都聚精会神地听着，等我讲完后，他很激动地说：

"这个消息真让我高兴啊，先生！这是很久以来，我听到的最好的消息了！哎呀，哎呀！现在，对那个不幸的姑娘玛莎，打算怎么安排呢？"

"你说的这个问题，我从昨天起就一直在考虑，"我说，"不过，关于这个问题，我也还不知情呢，欧默先生。辟果提先生没有提到这一点，我也不方便提出来。我相信，他肯定没有忘记这事。凡是对他有恩的，他都会铭记在心。"

"因为，你知道，"欧默先生又拾起他先前的话题，继续说，"不管你们为她做点什么，我都希望能把我也算在里面。不管你们认为我该捐献多少，都先给我记上去，然后告诉我一声，我都认捐。我从来都认为，那个姑娘并不是一无可取，现在看来，她的确不是那样的人，我很高兴。我女儿明妮也会很高兴。年轻的女人在有些事上是自相矛盾，她母亲和她没有两样，不过她们的心肠都很软，心地善良。明妮对玛莎的态度，都是装出来的。为什么她觉得有必要假装这样呢，我就不想告诉你了。但她的确是假装的，哎呀，她私底下对她帮什么忙都愿意。所以，不管你们认为我该捐献多少，都先给我记上去，这样好吗？然后给我寄封短信，告诉我把钱交到哪里去。哎呀！"欧默先生说，"当一个人活到生死交替的时刻，不管觉得自己身体有多结实，再一次像个婴儿似的，坐在一种小车里，被人推来推去时，并不是个好事情。如果他有可能做点善事，一定会特别开心的。这种人很想多做好事呢。我这话并不是专说我自己的，每个人都会这样，"欧默先生说，"因为，先生，在我看来，无论年长年幼，每个人都在走向山脚的墓地，因为时光没有片刻会停止下来。所以，我们就多做好事，从中得到喜乐吧，一定要这样！"

他把烟斗的灰磕了出来，然后把烟斗放在椅背的一个架子上，那是专门设计用来放烟斗的。

"还有艾米丽的表哥，本来要娶艾米丽的那个人，"欧默先生轻柔地搓搓手说，"是雅茅斯难得的好人啊！在有些晚上，他来我这儿待上一个钟头，和我聊天，或者给我读点东西。我认为，他这是在做好事。他一辈子都在做好事。"

"我现在正准备去看看他。"我说。

"是吗？"欧默先生说，"请你转告他，我身体很好，并代我向他问好。明妮和约拉参加一个舞会去了。否则的话，他们在家见到你来了，一定会和我一样很高兴的。明妮一向都不愿出门去，你知道，用她的话来说，是'为了照料父亲'，所以，今天晚上我就发誓说，如果她不肯去参加舞会，我六点钟就上床睡觉去。如此一来，"欧默先生觉得自己的计谋得逞而大笑起来，笑得连人带椅子都颤抖个不停，"她和约拉便去参加舞会了。"

我和他握了握手，向他道了声晚安。

"再稍等片刻吧，先生，"欧默先生说，"如果你不看一眼我的小象就走，那你就错过了最精彩的场面啦。你从来都没有看过这种场面呢！小明妮！"

从楼上的什么地方，传来音乐般的稚嫩声音，应答着欧默先生："我来啦，外公！"很快，一个披着淡黄色长鬈发的漂亮小女孩，飞快地跑进了店铺里。

"这就是我的小象，先生，"欧默先生抚摸着小女孩说，"而且还是暹罗①品种呀，先生。——过来吧，小象！"

那头小象推开了客厅的门，这下我看出来，客厅现在已经改成了欧默先生的卧室，因为把他抬上楼并不是件轻松的事。接着，小象伸出她那漂亮的前额，顶在欧默先生的椅背上，把一头长发都给弄乱了。

"你知道，先生，象要做什么事，都是用头去顶的呢，"欧默先生对我眨了眨眼睛，说，"来吧，小象，一，二，三！"

那头小象听到指令，把欧默先生连人带椅骨碌碌一下子转了过来，对于这样的小动物来说，她的灵巧令人称奇。接着，她把欧默先生快速地推进客厅，连门框也没有碰到一下。欧默先生对这一场表演，高兴得无法形容，半路上还回过头来看着我，仿佛在向我炫耀，

----

① 暹罗，泰国的旧称。

瞧，这个小家伙，多么引以为傲。

我在镇上溜达了一会儿，然后便去了汉姆的家。如今，辟果提已经搬到这里住了，她把自己的房子出租给了车夫巴克斯先生的接班人。那人出了大价钱，买下了巴克斯先生的字号、车辆和马匹。我相信，巴克斯先生那匹慢腾腾的懒马，现在依旧在赶路呢。

在那整洁的厨房里，我见到了他们，格米治太太也在那儿，她是辟果提先生亲自去那条旧船上接过来的。如果让别人去接她，我猜测，没有人能说服她离开自己的岗位。很显然，辟果提先生已经把一切经过都告诉他们了。辟果提和格米治太太都撩起围裙抹着眼睛，汉姆刚刚出门，他要"去海滩上溜达一会儿"。没过多久，他就回来了，见到我非常高兴。我希望，因为我来这儿，能让他们开心一点。大家做出一副兴致很高的样子，说起辟果提先生在新的国度里会如何发家致富，还说起他会在信中给我们描述那里的奇闻趣事。我们不止一次地隐约提到艾米丽，但都没有直接说出她的名字来。在场的人当中，汉姆是最镇定自若的。

后来，辟果提举着蜡烛，把我送进一间小卧室，那本鳄鱼的故事书已经为我摆在了桌子上。辟果提告诉我，汉姆还是那个样子。她哭着告诉我，她相信，汉姆真的伤透了心，可是，他既浑身是胆，又和蔼可亲，在这一带所有的造船厂里，他是最出色、最勤快的工人。辟果提说，晚上有时候，他也谈起过去在那旧船屋的生活时光，也说起小时候的艾米丽。但是对于长大成人的艾米丽，他从来只字未提。

我觉得，从汉姆的表情来看，他很想和我单独谈谈。所以我决定，在第二天傍晚，在他下班回家的路上等着他。打定主意后，我就入睡了。那天晚上，窗台上不再点着蜡烛，在那么多个夜晚，这还是第一次这样做。辟果提先生回到了他那旧船屋的老吊床上，摇晃着入睡了，海风仍像昔日那样，在他耳边低语着。

第二天，辟果提先生花了整整一天时间，一直忙着处理他的渔船和绳具。有些小件的家什，凡是他觉得将来用得着的，都收拾打包，雇货车送到伦敦去。剩余的东西，要么送给别人，要么留给格米治太太。格米治太太一整天都和他待在一起。我感到有些伤感，希望在那旧船屋被封锁起来之前，再去看它一眼，所以我和他们约定好，晚上在旧船屋和他们见面。不过，在这之前，我安排好先见见汉姆。

由于我知道他的工作地点，所以要在路上等到他，一点儿也不困难。我知道他要从沙滩上一个僻静的地方经过，所以我在那里碰见了他，然后和他一起步行回家，如果他真想和我谈谈，这样就有充裕的时间。我并没有猜错他昨晚的表情。我们一起还没走多远，他就开口说话了，不过眼睛并没有直接看着我。

"大卫少爷，你见到她了吗？"

"只看到了一会儿，当时她已经昏迷过去了。"我轻声回答说。

我们又往前走了一段路，他又问：

"大卫少爷，你觉得你还会看到她吗？"

"那样的话，也许会让她感到很痛苦。"我说。

"我也想到了这一点，"他回答说，"一定是很痛苦的，先生，一定是很痛苦的。"

"不过，汉姆，"我轻声说，"如果有什么话需要我转达，即使我不能当面对她说，我也可以写信告诉她。如果你有什么话，希望通过我转达给她，我一定当作神圣的职责，去尽力办好。"

"我相信你。谢谢你，少爷，谢谢你的好意！我想，我的确有几句话想告诉她，或者写给她。"

"是什么话呢？"

我们又陷入了沉默，往前走了一会儿，然后他才开口了：

"我并不是告诉她，说我饶恕她了。我不会说那样的话。我想要说的是，我要反过来请求她饶恕我，因为我不该强迫她接受我的爱。我时常都在想，如果我当时没有逼着她答应嫁给我，少爷，那么她会把我当好朋友，信任我，因此她一定会把心里的挣扎告诉我，和我商量。那样的话，我也许就可以救她。"

我用力握着他的手说："你要说的就是这些吗？"

"还有一些话，"他回答说，"如果真让我说的话，少爷。"

我们又默默地走了一段路，比我们刚才走得更长，然后他才开口说起来。在下面他的这番话里，我用破折号来表示停顿，在他停顿的时候，并没有哭。他只是在理清自己的思路，好把话讲得更明白些。

"我从前很爱她——我现在还爱着记忆中的她——爱得太深了——无法让她相信，我是个快乐幸福的人。只有忘了她——我才能快乐——但恐怕要把这样的话说给她听，我也不情愿。不过，大卫少爷，你很有学问，请你帮我想一些话，能够让她相信：我并没有伤心绝望，我依然爱着她，为她感到难过；还要让她相信：我并没有对生活感到绝望，还希望她不会遭受谴责，生活在一个美好的地方，在那里恶人止息搅扰，困乏人得享安息①——能够让她那忧伤的灵魂得到慰藉，但又不至于让她以为，我终将还会结婚，或者会有其他人，能占据她在我心中的位置——我请你把这些话告诉她——还有我为她——为那个曾经无比亲爱的她——做的祷告——也告诉她。"

我再次用力握住他那粗大的手，告诉他说，我一定尽力，完成这项使命。

"再次谢谢你，少爷，"他回答说，"谢谢你的好意，专程来这儿等我。谢谢你的好意，陪着他回来。大卫少爷，我很明白，虽然在他们启程离开英国之前，我姑妈还要去一趟伦敦，和他们再团聚一次，恐怕我没有可能再见到他了。我觉得这一点是确定无疑的。尽管我们谁也没有说出来，但事实就是这样，而且这样也好。等你最后一

---

① 出自《圣经·旧约·约伯记》第3章第17节，原文是，"在那里恶人止息搅扰，困乏人得享安息。"

次见他时——真正的最后一次——能不能把我这个孤儿最诚挚的孝心和感激，转达给这位比亲生父亲还亲的人？"

我也诚恳地把这事情答应了下来。

"再次谢谢你，少爷，"他真诚地握着我的手，说，"我知道你要去哪儿了。再见啦！"

他轻轻地对我挥了挥手，似乎在向我示意，他不能再去那个老地方了，然后转身离开了。我看着他的背影，在月光下走过海滩，看到他转过脸，看着海面上的一道银光，边看边走，一直走到远方，变成一个模糊的影子。

我来到船屋时，看见门敞开着。走进去后，我看到屋里的家俱全搬空了，只剩下那只旧小箱子。格米治太太正好坐在那只箱子上，膝盖上放着篮子，眼睛望着辟果提先生。辟果提先生的胳膊靠在粗糙的壁炉搁板上，凝视着炉膛里即将熄灭的余火。他一看我走进去，就满怀希望地抬起头，高兴地说起话来。

"你这是照你说的那样，来和它道别的，对吗，大卫少爷？"他举起蜡烛说，"现在都空了，对吧？"

"你的动作真利索。"我说。

"是啊，我们没有闲着，少爷。格米治太太干起活来，像个——我不知道该怎么形容格米治太太干活的模样，"辟果提先生看着她，找不出一个贴切的比方来赞扬她。

格米治太太靠在那个篮子上，一声不吭。

"这个箱子，就是你过去常和艾米丽一起坐的那个箱子！"辟果提先生悄悄地说，"这是最后一件东西，我要随身带着它。这里是你住过的小卧室，看到了吗，大卫少爷？今天晚上，这里要多冷清，就有多冷清！"

说真的，当时的风声虽然不大，却显得很阴郁，声音中夹杂着凄凉，在屋子周围徘徊，低声呜咽。所有东西都搬走了，连那个镶着贝壳边框的小镜子也不见了。我回想起家中发生第一次大的变故时，我自己躺在这里的情景；我回想起那个让我着迷的蓝眼睛小姑娘；我回想起了斯蒂夫；这时候，我心中忽然涌出一种既愚蠢又可怕的幻觉，觉得他就在这附近，随处都可能会碰到他。

"这船屋想找个新的房客，"辟果提先生低声说，"可能大概放置很久才能找到。现在，这儿的人都觉得它是不吉利的地方！"

"这船屋的房东就住在这附近吗？"我问。

"房东是镇上一个做桅杆的，"辟果提先生说，"我今天晚上就要把钥匙交给他了。"

我们又看了另外那个小房间，然后又返回来，格米治太太仍然坐在旧箱子上，一动不动。辟果提先生把蜡烛放到壁炉搁板上，请她站起来，他准备把旧箱子搬出门去，然后吹灭蜡烛。

"丹尼尔，"格米治太太猛然扔下篮子，紧紧抱住了他的胳膊，"我亲爱的丹尼尔，在这间屋子里，我要说的最后一句话是，我不愿意留下来！你别想把我留下来，丹尼尔！哦，千万别那样做呀！"

辟果提先生吃了一惊，看看格米治太太，又看看我，然后又看着格米治太太，好像刚从梦中惊醒似的。

"别这样做呀，丹尼尔，最亲爱的丹尼尔，别留下我一个人！"格米治太太激动地叫喊着，"带我跟你们一起走吧，丹尼尔，让我跟着你和艾米丽一起走！我会给你当佣人，又忠心，又长久。如果你要去的那地方有奴隶，我会心甘情愿地当你的奴隶，而且会干得相当快活。可是，你带着我一起上路吧，丹尼尔，你那样做，才真正算是个亲爱的好人！"

"我的好人啊，"辟果提先生摇了摇头说，"你还不知道，这趟航程多么遥远，生活多么艰辛！"

"不，我知道，丹尼尔！我能想象得到！"格米治太太叫喊着，"在这间屋子里，我要说的最后一句话是，如果不带我走，我就去救济院，死在那里。我能挖地，丹尼尔。我能干活。我也能吃苦。我现在能关心别人，也有耐心了——我比你想象的好得多，丹尼尔，不信你可以试试看。你留给我的那笔钱，就算我穷死，我也不会动一分钱的，丹尼尔·辟果提。只要你答应我，我会跟着你和艾米丽，哪怕走到天涯海角，我都不怕！我知道你为什么这么做，我知道，你觉得我性格孤僻，可是，亲爱的好人，我现在不再是那个样子了！这么长的时间以来，我都坐在这里，看着你们受苦受难，我心里也会想的，我也会有所长进的。大卫少爷，帮我对他说说吧！我熟悉他的脾气，也熟悉艾米丽的脾气，我也熟悉他们的苦恼，我可以经常安慰他们，随时为他们操劳！丹尼尔，亲爱的丹尼尔，让我跟你们一起走吧！"

格米治太太说完后，握紧他的手吻起来，充满了同情和关爱，充满了忠诚和感激。

我们把旧箱子搬了出去，吹灭了蜡烛，从外面把门锁上，告别了这座紧紧关闭的旧船屋。在阴暗的夜色里，它变成了一个小小的黑点。第二天，我们乘坐公共马车回伦敦时，我和辟果提先生坐在车厢外面，而格米治太太则带着她的篮子，坐在马车的后座上，她开心极了。

第52章 火山爆发

米考博先生邀请我们去坎特伯雷的约定，显得那么神秘。在约定到期的前二十四小时的时候，我和我姨奶奶就颇为头疼，商量着该怎么去。因为姨奶奶很不愿意把朵拉留在家里。唉，现在我抱着朵拉上楼下楼，已经根本不费力气了！

虽然米考博先生在约定中说过，务必请我姨奶奶参加，可是我们觉得，她应该留在家里，由我和狄克先生代表她参加。简而言之，当我们决定这么安排时，朵拉却声称说，如果姨奶奶留在家里，不管是什么借口，那么她将永远不会宽宥她自己，也永远也不宽宥她的那个坏小子。这样一来，我们的安排又被打乱了。

"如果你不去，"朵拉对我姨奶奶摇着她的鬈发说，"我就不和你说话了，我要惹你生气！我要让吉普整天都冲你叫。如果你不去，我就可以断定，你真是一个让人讨厌的老东西！"

"好啦，小花儿，"姨奶奶笑着说，"你知道，你是离不开我的！"

"不，我能行，"朵拉说，"你对我一点用都没有。你从来都没有为我整天楼上楼下跑个不停。你从来都没有坐下，给我讲讲大灰的故事，比如说他的鞋破了呀，满身的尘土呀——哦，多可怜的小家伙！你从来都不做些让我高兴的事，是不是，亲爱的？"朵拉连忙吻了我的姨奶奶，对她说，"你做过的，你真的做过的！我只是在开玩笑！"她心里又害怕我姨奶奶误解她，错把她刚才的话当真了呢。

"不过，姨奶奶，"朵拉哄劝她说，"现在，你要听我的话，你一定要去。这个问题上，如果你不顺着我的心，我就要没完没了地纠缠你。如果我那淘气的小子不让你去，我就要让他也过着那种生活，而且我要把自己弄得讨人嫌——吉普也一样！如果你不去，你以后会后悔的，而且会后悔一辈子，会觉得当初如果乖乖去就好了。再说了，"朵拉把她的头发往后拢了一下，用诧异的眼光看看我和姨奶奶，"为什么你们俩不一起去呢？我的病实际上没什么大碍的呀，是吗？"

"哎呀，你都在胡说什么呀！"姨奶奶叫嚷起来。

"尽瞎想呀！"我说。

"是啊！我知道我是个小傻瓜！"朵拉慢慢地看看我，又看看姨奶奶，来回打量着，然后她躺在床上，噘起可爱的小嘴，要亲吻我们。"好啦，你们俩必须都去，否则，我就不再相信你们了，那我就要哭了！"

我看到了我姨奶奶的表情变化，明白她已经在让步了。朵拉也看明白了，所以又开心起来。

"等你们回来后，会给我讲很多事情，我至少得花一个星期才能弄明白！"朵拉说，"因为我知道，只要是涉及公务的事情，我要花很长时间才能弄明白。另外，如果其中有什么数字需要加在一起，我也不知道我什么时候才能算出来，那样的话，我那坏小子就会露出一副苦瓜脸啦。好啦，现在你们都会去的，就这么定了，好不好？你们去那儿只住一夜呀。你们走了后，吉普会照顾我的。在你们出发之前，大灰得把我抱上楼去，我一直待在那里，等你们回来了我再下楼。你们还要替我带一封信给艾妮丝，要狠狠地骂她一顿，因为她一直没来看我们！"

我们只好决定一起去。我们也觉得，朵拉是个小骗子，假装很难受，就因为她喜欢我们都娇惯着她。现在，她变得兴高采烈，幸福快乐。于是我们四个人，我姨奶奶、狄克先生、特拉德尔和我，当天晚上便坐上了去多佛的邮车，前往坎特伯雷去了。

到了半夜时分，我们经历了一番周折，才来到了米考博先生约定的那家旅馆，他请我们在那里等他。在旅馆里，我看到了他的一封信，信上说他第二天上午九点半准时来见我们。看过信后，我们困顿不堪，冷得瑟瑟发抖，便各自回去睡觉了。回卧室的路上要经过几个不通风的过道，过道里的臭味，就像是被汤汁和马粪浸泡过一样，而且泡了不知多少年。

　　第二天清早，我漫步走过那亲切而幽静的老街，那些庄严神圣的门廊和教堂投下了一片阴影，我心怀敬畏地穿行过那些阴影。乌鸦围着大教堂的钟楼飞来飞去，钟楼耸立在明亮的晨曦中，俯瞰着广袤的田野和令人目酣神醉的溪流，方圆许多英里内，田野的景致都没什么差异。一切都恍如往昔，仿佛在这个世界里，从来就没有发生过任何变化。然而，当钟楼的晨钟响起，它们又仿佛忧伤地告诉我，一切都在变化着，白云苍狗，沧海桑田。那钟声诉说着自己的年岁，提醒我美丽朵拉的青春。晨钟的余音在教堂悬挂着的黑太子①那锈迹斑斑的铠甲中回荡，拂过时光长河中的尘埃，像水面的波纹荡漾开来，杳然消逝，似乎在谈论着那些生过、爱过、死去并永垂不朽的人们。

　　我在街道拐角处看了那所老房子，但是没有靠近它，因为我担心被认出来，会破坏我原定实施的计划。初升的太阳斜照到老房子的山墙边沿和格子窗上，抹上一层金色。晨光里带着宁静的古朴气息，轻轻地触动了我的心房。

　　我在田野里漫步走了大约一个小时，然后才沿着大街回来了。在这段时间里，大街似乎已经消除了昨夜惺忪的睡意。许多人在店铺中忙碌起来，我在那些人当中，辨认出我的仇敌——那个屠夫，现在他已经发达了，穿起了高筒靴，有了个孩子，还有自己的店铺了。他正

---

　　① 黑太子（Black Prince，1330–1376）：英格兰爱德华三世之子，常称为Edward of Woodstock，是英法百年战争第一阶段中英军最著名的指挥官。

在照料着那孩子，看上去就像是社会上的一个正经人。

到了吃早餐的时候，大家都有些心烦意乱。快到约定的九点半了，我们如坐针毡，坐立不安。除了狄克先生，大家都草草吃完早餐。姨奶奶在屋里走来走去；特拉德尔坐在沙发上，装出一副读报的样子，眼睛却望着天花板；我则看着窗外，准备一看到米考博先生，便立即给大家通报。没过多久，九点半的钟声刚一响，米考博先生就出现在了街上。

"他来了，"我说，"他没穿他那套法律界的服装！"

姨奶奶早上一直都戴着帽子，吃早餐的时候也没解下来，现在她系好帽带，披上披肩，仿佛做好了赴汤蹈火的准备，决不能轻易妥协。特拉德尔也是一副坚毅不屈的神色，扣好了外套的扣子。狄克先生看到他们这般如临大敌的举动，吓得手足无措，但又觉得必须要模仿他们，于是双手用力把帽子往下扣，都快贴着耳朵了，但紧接着又把帽子摘了下来，为了迎接米考博先生的到来。

"各位先生，小姐，"米考博先生说，"早上好！我亲爱的先生，"由于狄克先生在热诚地握着他的手，于是他对狄克先生说，"你真是个大好人。"

"你用过早餐了吗？"狄克先生说，"来份排骨吧！"

"绝对不行啊，我的好先生！"米考博先生叫了起来，拦住要去拉铃的狄克先生，"我和我的胃口，长久以来都形同陌路了，狄克森先生。"

狄克先生对他的这个新名字，喜出望外，觉得米考博先生给他取了个新名字，是一件莫大的恩惠，所以他再一次和米考博先生握着手，像个孩子一样天真地笑了起来。

"狄克，"姨奶奶说，"注意点！"

狄克先生红着脸，让自己安静下来。

"好啦，先生，"姨奶奶戴上了手套，对米考博先生说，"我们已经做好了准备。是去维苏威火山①,还是去做别的什么,都已经万事俱备,只等你来引爆。"

"小姐,"米考博先生回答,"我敢保证,你很快就会目睹一场火山大爆发。特拉德尔先生,我们之间已经为这事曾交换过意见,我想在这里提一下,我相信你一定会允许的,对吧?"

"是的,的确是这样的,科波菲尔,"特拉德尔看到我一脸的诧异,他解释说,"米考博先生对于他正在考虑的事情,都和我做了商讨,我也尽我所能,提出了我的意见。"

"除非我是自欺欺人,特拉德尔先生,"米考博先生继续说,"否则我敢断言,我所考虑的事情,是一场意义重大影响深远的大揭发。"

"的确是意义非凡影响深远。"特拉德尔说。

"在这个重要的情形下,特洛伍德小姐,各位先生,"米考博先生说,"也许要请大家屈就一下,听从我一个人的指挥,是否愿意?虽然我这个人只不过是茫茫人海中的一个流浪儿,虽然在个人失误和恶劣环境的共同压力下,他已经失去了本来面目,但依然还是你们人类的一员呀。"

"我们完全信任你,米考博先生,"我说,"我们对你马首是瞻。"

"科波菲尔先生,"米考博先生回答说,"在眼下这个重要的时刻里,你的信任是会得到回报的。请允许我离开五分钟,然后各位以探访威克费尔德小姐为名,来威克费尔德和希浦的事务所,我将以雇员的身份,恭候各位的光临。"

我和姨奶奶都看了看特拉德尔,他点了点头,以示同意。

"此刻,"米考博先生说,"我就没什么别的话可交代的了。"

---

① 维苏威火山:见第49章注释。

他说完这句话，对着我们所有人鞠了一躬，转身就走了，他的举动让我感到莫名其妙。我看到他态度特别冷漠，脸色特别苍白。

我看着特拉德尔，想让他解释一下，他只是微笑着，摇了摇头。他那头发依然直直地在头上挺立着。无奈之下，我只得掏出表来，数着时间来打发那五分钟。姨奶奶也和我一样，拿着她的表数着时间。时间一到，特拉德尔就伸出胳膊，让姨奶奶挽着，然后我们一起出发，往那座老房子走去，一路上我们全都沉默不语。

我们到了老房子，看到米考博先生正在底楼的六角形的小办公室里，趴在书桌边努力地写着什么，或是假装努力写什么。他的背心里，插了一支办公室用的大尺子，那尺子太长了，有一英尺多都是露在背心外面，就像是一种新潮的衬衣花边。

我觉得大家都在等着我开口，于是我便高声说：

"你好吗，米考博先生？"

"科波菲尔先生，"米考博先生一脸严肃地说，"我希望看到你身体安康。"

"威克费尔德小姐在家吗？"我说。

"威克费尔德先生卧病在床，先生，得了风湿热，"他回答说，"不过我相信，威克费尔德小姐见到老朋友，一定会很开心的。请进，先生！"

他把我们领到餐厅。我当年来这住宅时，进的第一个房间就是这个餐厅。他猛然打开威克费尔德先生过去用的办公室的门，声若洪钟地通报说：

"特洛伍德小姐、大卫·科波菲尔先生、托马斯·特拉德尔先生和狄克森先生前来拜访！"

里面是尤利亚·希浦，自从我上次打了他以后，我一直都还没见过他。我们的来访，显然让他大吃一惊，我们自己也很吃惊，但是我相信，我们的吃惊并没有让他的惊讶程度有所缓解。他没有皱眉毛，因为他几乎就没什么眉毛，不过他使劲地皱着前额，他的小眼睛都快挤得闭合起来。同时，他急忙举起那骨瘦如柴的手，摸了摸自己的下巴，看得出，他内心十分惊慌和忐忑。在进门的一刹那，我从姨奶奶肩膀后看到他这副神色，转瞬即逝，他眨眨眼睛，恢复了常态，做出一副摇尾乞怜的模样来。

"啊呀，真是稀客啊！"他说，"这样的荣幸简直难以想象！我可以说，圣保罗大教堂附近的所有的朋友，全都大驾光临，荣幸之至，真是出乎意料！科波菲尔先生，我希望你身体健康，并且——如果我这个卑贱的人，也有资格来表达我的个人意见的话——不管是不是朋友，我都会以礼相待。先生，我也希望，科波菲尔太太身体安康。不瞒你说，我们近来听说她身体欠佳，我们都担心不已呢。"

他握住我的手，让我感到极其羞愧，但是我想不出逃避的办法。

"特洛伍德小姐，我曾经是一个卑贱的文书，为你牵过马，从那以来，我让这个事务所有了很大变化，事业蒸蒸日上，是不是？"尤利亚带着他那让人作呕的笑脸说，"但是我还是我，特洛伍德小姐。"

"哦，先生，"姨奶奶回答说，"说实话，我认为你年轻时有着远大抱负，现在正大展宏图，我这么说，你应该很满意吧。"

"谢谢你，特洛伍德小姐！"尤利亚说着，又令人恶心地扭动着身子，"米考博，你派人去通报艾妮丝小姐吧，还有我母亲。我母亲看到这些贵客，一定会非常激动的！"尤利亚一边说着，一边给我们摆放着椅子。

"你不算忙吧，希浦先生？"特拉德尔问他。他那双滴溜溜直转的红眼睛，既在窥视着我们，又在回避我们，这时，他正好与特拉德尔的目光碰到一起了。

"不算忙，特拉德尔先生，"尤利亚回答说，然后回到他办公的椅子上，把那双骨瘦如柴的手，掌心相对合起来，紧紧塞在那骨瘦如柴的两个膝盖之间，"没我所希望的那样忙。不过你知道，律师、鲨鱼、和蚂蟥都是不容易满足的！不过我和米考博总是忙得不可开交，因为威克费尔德先生几乎什么事都干不了，先生。不过我觉得，能为他干活，既是一份责任，也是一种幸福。我想，特拉德尔先生，你和威克费尔德先生不太熟吧？我记得，我只有幸和你见过一次面，对吧？"

"是的，我和威克费尔德先生不太熟，"特拉德尔回答说，"否则的话，也许我早就过来伺候你了，希浦先生。"

希浦从这句话里听出弦外之音，脸上露出阴险猜疑的神色，仔细地打量着这个人。不过，他看到特拉德尔只是性情和善，老实本分，而且头发直立着，他便放下心来，整个身子抽动了一下，尤其是他那喉咙猛地抖动了一下，回答说：

"这真是太遗憾了，特拉德尔先生。你要是和威克费尔德先生很熟，你一定会像我们所有人一样，对他赞不绝口的。他那些小小的缺点，只会让你觉得他更可爱。不过，你要是想听听这位合伙人的赞誉，我请你去找科波菲尔先生。即使你没听到他说过别的，那你一定听他说起过这个家，他一谈起这个家就会眉飞色舞！"

对于他的这番称赞，我正想不顾一切加以反驳，这时，艾妮丝在米考博先生的带领下走了进来。我觉得她似乎失去了往常那种镇定，看上去遭受了巨大的折磨，显得疲惫不堪。不过，她那热情诚挚的态度和沉着文静的容貌，散发出更加柔和的光芒。

当艾妮丝向我们问好时，我看到尤利亚一直在监视着她。他的那副嘴脸，让我联想到一个对天使图谋不轨的丑陋魔鬼。就在那时，米考博先生向特拉德尔做了一个不易觉察的暗号，于是特拉德尔就出去了，除了我之外，没有谁注意到。

"别在这儿待着，米考博。"尤利亚说。

米考博先生笔直地站在门前，手按着胸前的那把尺子，毫不掩饰地注视着另外一个人，这个人便是他的同胞之一，他的那位雇主。

"你还待在这里干什么？"尤利亚说，"米考博！我让你别在这儿待着，你听见了吗？"

"我听见了！"米考博先生回答说，但身子纹丝不动。

"那你为什么还要待在这儿？"尤利亚说。

"因为我——简而言之，我愿意。"米考博先生说着，突然变得横眉怒目，怒气冲冲。

尤利亚的双颊陡然失去血色，虽然隐隐还带着他那无处不在的红色，但一种不健康的死灰色在他的脸上扩散开来。他双眼死死地盯着米考博先生，随着急促的呼吸，整张脸都在一张一翕。

"你原本就是个游手好闲的败家子，全世界都知道呢，"他强作笑颜地说，"恐怕你是想逼着我开除你吧。你走开！我回头再找你算账。"

"在这个世界上，如果有个恶棍，已经和我谈过很多话，"米考博先生突然情绪激愤地说，"那么，这恶棍的名字就是——希浦！"

尤利亚倒退一步，就像挨了一拳，或是被虫子蜇了一下。他脸上露出阴险狡诈的表情，目光从我们的脸上一个个扫了过去，低声说：

"哦！原来是个阴谋！你们约好一起来这儿！科波菲尔，你勾结了我的文书，对不对？哼，你得小心点儿。你这么干，是不会得逞的。你和我，知根知底。我们之间，彼此恨之入骨。你刚到这儿来的时候，就是一条狂妄的狗崽子；你看到我高升了，嫉妒得发狂，对不对？想要和我对着干？收起你的伎俩吧，我要以其人之道，还治其人之身！米考博，你走开，我回头再找你算账。"

"米考博先生，"我说，"这家伙突然变了，他竟然肯以实相告，这真是非比寻常，不仅如此，他在很多方面都变了，我敢肯定，他马上要狗急跳墙了。我们就好好和他算算账吧。"

"你们这伙人真够神通的啊，是不是？"尤利亚仍然用低低的嗓音说着，伸出又瘦又长的手，擦去他额上滚滚而下的汗滴，"竟然收买了我的文书，他就是个不折不扣的社会渣滓——和你当年一样，科波菲尔，你知道，就等着有人可怜你收养你——你想用他的谎言来败坏我的名声吗？特洛伍德小姐，你最好拦住他们，否则的话，我就让你的丈夫纠缠着你不放，有你够受的！我通过我的业务之便，把你的过去了解得透透彻彻，这可以说是相当管用，老太太！威克费尔德小姐，你如果对你的父亲多少还有点爱，那就最好别和他们搅在一起。如果你一定要和他们搅和在一起，那我就让你的父亲彻底完蛋。来吧！你们当中的有几个人，已经被我放在铡刀之下了。趁着铡刀还没有落到你们的脑袋上，再好好想想吧。你，米考博，如果你不想彻底完蛋，也再好好想想吧。你这个傻瓜！现在抽身还来得及，我奉劝你先走开些，我回头再找你说说。我母亲在哪儿？"他说到这里，似乎这才突然意识到，特拉德尔并不在那里，顿时惶恐不已，拼命拉着铃铛，都快把绳子拉断了，"在别人家里竟然干出这种好事来了！"

"希浦太太来了，先生，"特拉德尔的声音传了进来，他陪着那个杰出儿子的杰出母亲走进屋，"恕我冒昧，我已经向她做了自我介绍。"

"你是什么人，有什么可介绍的？"尤利亚反驳说，"你来这里想干什么？"

"我是威克费尔德先生的代理人，也是他的朋友，先生，"特拉德尔一副公事公办的架势，镇定自若地说，"我的衣服口袋里有他的全权委托书，他授权我代表他处理一切事务。"

"那头老驴喝酒喝糊涂了，"尤利亚说，一副贼眉鼠眼的样子奇丑无比，"你那委托书是骗来的吧！"

"他已经被人骗去了某些东西，我知道，"特拉德尔不急不躁地回答说，"你也是知道的，希浦先生。对于这个问题，如果你愿意，我们可以请米考博先生来说说。"

"尤利亚——！"希浦太太焦虑地向他做着手势，开口说。

"管好你的舌头，母亲，"他马上说，"言多必失，说得少，悔恨少。"

"可是，我的尤利亚——"

"你管好你的舌头，母亲，由我来对付，好不好？"

尽管我早就明白，他那摇尾乞怜的样子都是假面具，他那冠冕堂皇的东西都是掩饰，包藏着狼子野心，阴险虚伪。直到我看到他摘下面具，我才真正看清他是一个多么虚伪透顶的家伙。当他发现那个假面具已经毫无用处，他干脆地就把它扔掉了。现在他露出了他的真容，只有恶毒、傲慢和敌意。他对他干下的坏事扬扬得意，睚眦必报。即使到了现在，他仍然没有丝毫悔意。与此同时，他想要制服我们，但却无计可施，于是变得更加绝望与愤怒。他的种种举止，完全符合我对他的了解，但是刚一开始时，就连我这个认识他这么久，对他如此憎恨的人，见了也会瞠目结舌。

他站在那里，对我们一个个怒目而视。当他看到我的时候，他的眼神就不用描述了，因为他一直对我怀恨在心，他的脸上留下我的巴掌印。可是，当他的目光投在艾妮丝身上时，我看出他因逐渐失去对她的控制而变得恼羞成怒，他流露出的失望，是失去丑恶情欲的失望，这种情欲使他妄图霸占艾妮丝，但是他对这个人的美德，却一无所知，也毫不在乎。这时候，我想起艾妮丝都和他生活在同一屋檐下，哪怕是一个小时，也会让我感到极其震惊。

尤利亚伸出瘦骨嶙峋的手，在脸的下半部分摸来摸去，他那双恶毒的眼睛，透过手的上方，看了我们一阵子。然后他对我说道，半是抱怨，半是辱骂。

"科波菲尔，你总是觉得你是个光明正大的人，而且还以此到处显摆，可是偷偷摸摸地来我这里，勾结我的文书，背后打探别人，你觉得这样做算光明正大，是不是？如果干这事的是我，看起来毫不奇怪，因为我从来没有把自己当作正人君子。当然，我也没有你那么悲惨，正如米考博说的，你还在街头当过流浪儿。但是，干这事的是你科波菲尔！你竟然不害怕干这种鸡鸣狗盗的事？你难道根本没有想过，我会怎么报复？你也没有想过，你干了这种见不得人的勾当，会惹来一堆麻烦吗？很好，我们走着瞧吧！这位叫什么名儿的先生，你刚才说过，有某个问题要问问米考博。米考博就在这儿。你为什么不让他说话？他已经学到教训了，我知道。"

尤利亚发现他说的这番话，对我全然没有作用，对其他任何人毫无作用，于是便悻悻然坐到桌旁，双手插进衣服口袋里，把一只八字脚跷到另一条腿上，做出一副死皮赖脸的样子，等着事情的发展。

米考博先生早就忍耐不住，几次都想臭骂他"恶棍"，我使出浑身的力量，才把他压制住，他几次都只说出了"恶"字，第二个字始终没能说出口。现在他有了机会，便健步上前，从胸前拔出那把尺子，显然是用来作自卫的武器。接着，他从衣服口袋拿出一份用很大纸张写的文件，折叠得像一封信似的。他用往日那种夸张的模样，打开这张纸，带着欣赏的眼光看了看上面的内容，仿佛对其中的写作风格颇为赏识，然后开始读起来：

"'亲爱的特洛伍德小姐和诸位先生，'——"

"哎呀，我的天哪！"姨奶奶低声说，"如果对方犯了死罪，那他岂不是要用整令①的纸来写信呀！"

米考博先生没听见她的话，自顾自继续往下读。

"'我现当着诸位的面，揭发这个前所未有的头号恶棍，'"米考博先生眼睛没有离开信纸，但他伸出那把尺子，就像魔杖一样指着尤利亚·希浦，"'诸位不必顾惜我之得失。从摇篮时起，我便背负着无力偿还的债务，成为债务的牺牲品，我一直饱受着摧残我人格的

---

① 令（ream），纸张计量单位，一令纸即500张全开纸。

环境所带来的嘲弄。耻辱、贫穷、绝望、疯狂，或单枪匹马，或成群结队，总是找上门来，成为我一生的仆人。'"

米考博先生把自己描述成这些悲惨灾难的牺牲品，却显得极其兴奋和得意。他读信的时候，喜欢加强语气，他觉得某个句子能击中要害，便会摇头晃脑，那样才能与现在的心情相得益彰。

"'我在耻辱、贫穷、绝望、疯狂的多重压迫下，进了这家事务所。我们那生性活泼的邻居高卢人①，把事务所称作办事局。这家事务所名义上由威克费尔德和希浦合伙经营，但实际上由希浦独掌大权。希浦，只有希浦，才是这架机器的主轴。希浦，只有希浦，才是文书造假者和谋财害命的大骗子。'"

听到这句话，尤利亚脸色不再是死灰色，而变成了铁青色。他对着那信冲过去，似乎要把它撕碎。米考博先生动作轻巧，或许是因为运气太好，他的那把尺子正好敲在尤利亚伸过来的右手关节上，他的右手陡然失去了作用，从手腕那里耷拉下来，就像是骨头被打断了一样。这绝妙一击，听起来就像是敲在木头上的。

"该死的家伙！"尤利亚叫喊着，痛得身子乱扭，扭出了从未有过的花样来，"我一定要找你算账！"

"你再过来试试，你——你——你这个无耻的希浦！"米考博先生喘着大气说，"如果你长着一颗人的脑袋，我一定会把它敲得粉碎。来吧，来吧！"

米考博先生手握着那把尺子，摆出击剑的防守架势，一直叫嚷着，"来吧！"我和特拉德尔一次又一次把他推到屋角，但他一次又一次都冲了出来。我觉得这是我见过的最滑稽的场面，即使是在那种情形下，我仍然觉得有点搞笑。

米考博先生的对手一边嘟哝着，一边揉捏着那只受伤的手。过了

---

① 邻居高卢人，指法国人。

一会儿，他慢慢地拉下领巾，把手包裹起来，用另一只手托着，重新坐回到桌子边，阴沉的脸耷拉下来，直盯着地面。

米考博先生让自己冷静到合适的程度，又接着读起信来。

"'我受雇于——希浦，'"他每次提到这个名字前，总要略作停顿，然后用强有力的气势说出这两个字，"'所得之薪水，除每星期可怜的二十二便令六便士外，其他部分没有定数，需要看我的工作表现来定。换句更清楚的话来说，要根据我之品性恶劣的程度、我利欲熏心的程度、我家庭困窘的程度、我和——希浦之间道德（或应当说不道德）的相似程度来定。没过多久，我就不得不向——希浦预支薪水，用以维持米考博太太和我们的家庭，这个家庭受尽饥贫折磨，但成员逐渐增多。预支薪水这事就不必饶舌了。我无路可走，——希浦也早就料到了，这事我也不必饶舌了。预支的薪水都要写借据，或开具我国法定的契约来换，这事我也不必饶舌了。就这样，我一步步陷入他为我编织的网中，这事我也不必饶舌了。'"

在描写这种不幸的境况时，米考博先生对自己写作才能的赏识，其乐趣远远超过现实给他带来的种种痛苦和忧伤。他接着往下读：

"'从那以后——希浦开始对我讲述一些内幕，那对于开展他那邪恶勾当是不可或缺的。从那以后，如果能借用莎士比亚的话来形容自己，我开始气断神疲精力销①。我发现，我经常受命完成的工作，就是在业务方面作伪证，并对某人进行蒙骗，我把这个人称之为W先生②。那位W先生受尽了他人的蒙骗、欺诈和愚弄，可是那个恶棍——希浦却一直声称，他对那位受尽蒙骗的W先生感恩戴德，情深义重。这已经够坏了；可是，正如那个富于哲学气质的丹麦人说的那

_____

① 出自莎士比亚《麦克白》第1幕第3场"荒凉"，女巫甲的唱词："到处狂风吹海立，浪打行船无休息；终朝终夜不得安，骨瘦如柴血色干；一年半载海上漂，气断神疲精力销；他的船儿不会翻，暴风雨里受苦难。"

② 威克费尔德（Wickfield）的首字母是"W"。

样，更坏的还在后头呢①！而这句话是普遍适用的，成为伊丽莎白时代的人们的光辉座右铭。'"

由于引用了这句话，使得这段话的结束显得特别精彩，米考博先生顾盼自得，因此假装忘读了什么地方，把那句话再读了一遍，让在场的每个人重温一遍。

"'在这封信里，'"他继续读着，"'我不打算把对我称之为W先生所实施的性质较轻的罪恶行径列出清单，不过，我在另外的地方已经列好了这个清单。这样的一些行径，我也被动参与其中。要薪水还是不要薪水，要面包还是不要面包，要生存还是不要生存，我曾经进行的激烈挣扎，现在我已停下挣扎，再不为薪水或没有薪水、面包或没有面包、生存或死亡等斗争，我的目的就是利用一切机会，发现并揭露——希浦对那位先生所实施的折磨和迫害。我的内心，受到了良心无言的督促，在外部，受到某人感动至深的恳求和激励，我把此人称之为W小姐。在这样的动力之下，我进行了一项艰苦卓绝的秘密调查，这项我深知、深悉和深信的工作，历时超过十二个月。'"

他读这段话，就像读的是一个议会的法案条款，这段文字透着庄重肃穆，让他精神高亢。

"'我对——希浦的控告，'"他继续读着，眼睛扫视了一下希浦，并把尺子夹在左边胳膊下，以方便拿取，"'条款如下。'"

所有人都屏住了呼吸，我觉得尤利亚更是如此。

"'第一条，'"米考博先生读着，"'由于W先生的办事能力和记忆力都衰退，乃至变得混乱，以致无法处理业务。其身体原因，我无须也不便在此详述。在此情形下——希浦故意把所有事务弄得混乱不堪。每逢W先生身体欠佳，最不宜处理事务时——希浦总会

---

① 出自莎士比亚《哈姆雷特》第3幕第4场，原文是："为了要行善，我必须狠毒。这是个不好的开始，更坏的还在后头呢。"

出现在他身边，逼迫他处理。在此情形下，他把重要文件说成不重要的文件，以此轻松得到W先生的签字。使用此法，诱使W先生签字从而获得授权，声称为了支付业务费用和弥补亏空，动用了当事人的代管金，总数达一万二千六百十四英镑二先令九便士，实际上业务费用早已付清，也根本不存在亏空。他把这件事从头到尾归咎于W先生名下，说其实是W先生图谋不轨，才酿到此后果。从那以后，他就一直以此事为幌子，来折磨W先生，并要挟他。'"

"这事要拿得出证据，你，科波菲尔！"尤利亚摇了摇头，恐吓说，"不着急，我们走着瞧！"

"特拉德尔先生，请你问一问——希浦，在他搬出原来那个房间后，是谁接着住进去的？"米考博先生停下了读信，说，"你问问好吗？"

我看到，尤利亚那双骨瘦如柴的长手本来一直在搓着下巴，现在突然停了下来。

"或者你问问他，"米考博先生说，"他是不是在那个房间里烧过一个小记事本。如果他说烧过，那你就再问他，烧后的灰在什么地方。如果他答不上来，就让他来问问威尔金斯·米考博吧，那他就可以听到一些对他非常不利的证词了！"

米考博先生说这几句话时，高兴得眉飞色舞，把尤利亚的母亲吓得心惊胆战，她焦虑不安地叫嚷着：

"尤利亚，尤利亚！要卑贱些，跟他们讲和吧，我亲爱的！"

"母亲！"他回答说，"请你别开口，好不好吗？你吓破了胆，根本不知道自己想说什么，也不知道说了些什么。卑贱！"他重复了一句，怒气冲冲地瞪着我说，"我虽然过去很卑贱，但我也让某些人长期以来变得卑贱了！"

米考博先生优雅地调整着自己下巴在硬领中的位置，接着往下读着信。

"'第二条，据我深知、深悉和深信，希浦曾多次——'"。

"就凭这些是没作用的，"尤利亚咕哝着，做出大大地松了口气的样子，"母亲，你别说话。"

"我们很快就会拿出有用的东西来，而且会让你永远也翻不了身，先生。"米考博先生回答说。

"'第二，据我深知、深悉和深信，希浦曾多次在各种账本、簿籍和文件上，有计划地伪造W先生的签名。有一次他这么做得特别明显，我是可以证明的。那就是，简而言之，如下所述——'"

米考博先生对自己这种并排的修饰手法，又一次感到特别满意。虽然他的这种做法显得有些可笑，但我应该说，这绝不是只有他一个人特有的癖好。我生平见过不少人，他们都有这种癖好，我认为这是一种公众习性了。比如说，在法庭宣誓做证时，宣誓人说了一连串的词语，只是为了表达同一个意思，他这样做的时候也会心满意足。比如他们会说，他们极其讨厌，极其憎恶，深恶痛绝，或诸如此类的说法。过去，教会对革出教门的人，也是使用同一种原则，这样的表述让人饶有兴致。我们经常说，文字对人折磨接近残暴，但我们也喜欢如此残暴地折磨文字。我们喜欢存上一大堆繁冗重复的字句，供我们在重大场合使用，我们会觉得那些字句显得庄严高贵，悦耳动听。就如同在盛大节日里，我们并不在乎仆人有什么用，只要他们衣着光鲜、数量众多就行。同样，词语是否有意思，或者是否有用处，这都不是最重要的，只要有大量的词语来炫耀，那就足够了。也正像某些有钱人，如果过于炫耀他衣着光鲜、仆人众多，就会让自己招致灾祸。同样，我觉得我可以拿一个国家为例，由于这个国家拥有了太多的文字仆人，就会遭遇巨大的困难，而且，将来还会遭遇重重困难。

米考博先生几乎是啧啧有声地往下读着：

"'那就是，简而言之，如下所述，因为W先生身体衰弱，如果他一旦亡故，可能会导致人们揭露一些情况，并导致——希浦对

W家的控制势力被摧毁，就如同我，威尔金斯·米考博，本文件的署名人，所推测的那样。除非他那孝顺的女儿W小姐，暗中受人影响，不允许事务所的合伙业务受到调查。由于这个——希浦计划受阻，因此他认为最好以W先生名义立张债据，上面写明，前文所述的一万二千六百十四英镑二先令九便士，外加利息，是由——希浦代W先生偿付的，以此保全W先生之名声。但实际上，这笔账早已偿付，而且他一分钱都没有出。这张债据是以W先生名义签立的，并由威尔金斯·米考博做见证人，实际上，文件上的几个签名都是由——希浦伪造的。我手里有他的小笔记本，上面发现几个他模仿W先生的签名，虽有些地方被烧焦，但任何人都能辨认出来。而且，对于上述的债据，我也从未做过见证人。现在，这份文件就在我的手中。'"

尤利亚·希浦大吃一惊，从口袋里掏出一串钥匙，打开了一个抽屉；但他马上又醒悟过来，这番举动是不合时宜的，于是没往抽屉里看，又转过来向着我们。

"'现在，这份文件，'"米考博先生就像在读一篇布道文，环顾四周，然后接着读下去，"'就在我的手中。——也就是说，今天早上我写此信的时候，那份文件尚在我的手中，不过从那以后，我便把它移交给了特拉德尔先生。'"

"的确如此。"特拉德尔证实说。

"尤利亚，尤利亚！"他的母亲叫喊起来，"要卑贱些，和他们讲和吧。各位先生，只要你们愿意给我儿子一些时间，让他好好考虑，我知道他会感到卑贱的。科波菲尔先生，我相信，你一定知道，他向来都很卑贱的呀，先生！"

卑躬屈膝的那套把戏，儿子已经决定全然不用，并视如草芥全然抛弃，可是母亲却依然紧抓不放，让人看了觉得荒诞无稽。

"母亲，"他咬着包裹右手的领巾，不耐烦地说，"你最好拿一支枪，把子弹推上膛，朝我开枪吧。"

"可是我爱你呀，尤利亚！"希浦太太叫起来。我丝毫不怀疑，她对儿子的爱，也不怀疑儿子爱她，虽然看起来有些怪怪的，不过，他们俩沆瀣一气臭味相投。"看到你惹恼了这位先生，让你处境险恶，我真的很难受。刚开始的时候，这位先生在楼上告诉我说，事情已经被揭发出来了，我当时就告诉他说，我保证你会卑贱地认错，而且会补偿损失的。哦，各位先生，看我是多么卑贱啊，就放他一马吧！"

"你看，还有科波菲尔在这儿呢，母亲，"他气急败坏地说着，用那干瘦的手指头指着我。他把我当成这场揭发的主谋，所以把我当成了眼中钉肉中刺，我并没有作任何辩解。"科波菲尔在这儿呢，就算你并没有说多少，就凭你刚才说的那些，他也会赏给你一百英镑的。"

"我很难受啊，尤利亚，"他母亲叫着，"我不能眼睁睁看着你，因为骄傲自满而招来灾祸。最好还是谦卑些，你一直都是那样的呀。"

尤利亚咬着领巾，沉默了半晌，然后阴着脸对我说：

"你还要玩什么把戏？如果有，就接着来吧。你这样盯着我干什么？"

米考博先生立刻重新读起来，他觉得这场表演非常满意，能够继续演出，他感到开心极了。

"'第三条，也是最后一条，我现在要指出，我这里有些证据，包括——希浦的假账本，以及——希浦的真笔记，尤其是那本小笔记本被烧剩下的那一部分。那本小笔记本是我们刚搬进现在的房间时，米考博太太偶然在盛壁炉的炉灰箱子里发现的，当时我也不知道那是什么东西。我要根据这些证据，证明不幸的W先生，由于他的弱点、过失、美德、父爱和荣誉心，所以若干年来一直被人利用，以达到——希浦的卑鄙目的；证明若干年来，在一切想得出来的手段下，

W先生一直受尽欺骗，饱经掠夺，而那贪婪、虚伪、唯利是图——希浦大发横财；证明——希浦处心积虑要让阴谋得逞，除了钱财的获取，就是要完全控制住W先生和W小姐，至于他对W小姐不可告人的企图，我在此就置之不论了；证明他在几个月前，所完成的最后行径，就是诱骗W先生出让事务所的股份，甚至出卖住宅里的家具，以换取他的年金，这笔钱由——希浦负责支付，在每年的四个结账日①准时支付；证明他为W先生设置下的罗网，由于W先生当初过于草率，判断失误，投机购置他人财产失败，对于他在道义和法律上应该承担的债务，他无力偿还，——希浦便对W先生所购置的财产伪造了骇人的结算，然后向W先生提供高利贷款，这项贷款名义上出自别人，实际上正是出自——希浦，这些放贷的钱，也是——希浦用各种投机或其他经营为由头，从W先生那里骗取的或瞒着他扣下的；他通过各种阴谋诡计，日积月累，对W先生的罗网收得越来越紧，最终让W先生走投无路，自投罗网。于是他以为自己破产了，他的家、他的一切希望，他的名誉，全都完蛋了，他仅剩存的希望，便寄托在了这个衣冠禽兽身上，'"米考博先生觉得这是个新的说法，便神采飞扬地强调道，"'这个衣冠禽兽，通过让W先生高度依赖他，然后彻底把W先生毁灭掉。上述的种种证明，我敢保证条条属实。或许还有更多的方面！'"

坐在我身边的艾妮丝哭泣着，一半是高兴，一半是悲伤，所以我对她低声说了几句话。我们中有些人开始活动身体了，似乎觉得米考博先生已经读完了。米考博先生郑重其事地说了声"对不起"，便怀着一种最沮丧和最兴奋交织的心情，继续读着他那封信的结尾部分。

"'本人的控告到此结束。上述的罪状，只等我用材料来证明属

---

① 英国的四个结账日，分别是3月25日报喜节，6月24日施洗约翰节，9月29日米达勒节，12月25日圣诞节。

实。然后，我便和我那不幸的家庭一起，从地面彻底消失，因为我们似乎成为了这个世间的累赘。这件事很快就能办好。依据合理的推断，我们的婴儿将会由于营养不良，第一个会死去，因为那是我们家中最脆弱的一员；按次序类推，随之而去的是我们的那对双胞胎。任其发展吧！至于我自己，坎特伯雷之行已经给我带来了巨大灾难。根据民事诉讼法，我将受到的监禁，还有饥贫，将给我带来更大的灾难。我的这番调查，条件真是艰苦卓绝，是在无比繁重的工作压力下进行的，更饱受极度穷困潦倒的焦虑折磨，在晨光初现之际，在夜露降临之际，在夜色漆黑之际，而且还时刻被那个家伙密切监视着，你把他称作恶魔都是对他的宽恕，我却认真调查，连最细微的结果都不放过，一点一滴地拼在一起。作为一个父亲，我还得与贫穷挣扎搏斗，才让这个调查的结果，在它完成之后，能够起到切实可用的效果。我相信，我在这番调查中所经历的艰难和风险，可当作用几滴净水，洒在为我焚尸的柴堆之上。我别无他求，只希望世人能公正对我，就像对待那位著名的海军英雄①一样，虽然我决不会妄想与他相提并论，但也希望人们提起我的所作所为时，会认为我既不是贪图金钱，也不是沽名钓誉，而是：

为了英国，为了家庭，为了美人②。

威尔金斯·米考博谨启'"

米考博先生虽然不胜伤感，但仍然自鸣得意。他把信折叠起来，向我姨奶奶鞠了一躬，然后把信交给她，似乎觉得我姨奶奶会乐意收藏这封信。

多年以前，我初次到这里时，就曾发现这屋里有一个铁保险柜。而现在，一把钥匙正插在上面。这似乎让尤利亚心生疑窦。他看了米

---

① 在这里英国海军统帅纳尔逊（1758—1805），参考第13章注释。
② 引自诗歌《纳尔逊之死》。

考博先生一眼，然后朝保险柜冲过去，咣当一声打开柜门。柜子里面空无一物。

"账本哪儿去了？"他一脸惊慌，高声叫喊起来，"有贼偷了我的账本！"

米考博先生用尺子轻轻在自己身上拍打着说："是我干的。今天早上，我和往常一样，从你那儿拿到钥匙，不过比平时稍早了一点，打开了它，把账本拿走了。"

"你不用着急，"特拉德尔说，"账本现在由我保管。我已经获得了授权，这一点我已经说过了，我会妥善保管好它们的。"

"你拿了赃物，是不是？"尤利亚叫喊着。

"在上述的前提下，"特拉德尔回答，"是的。"

姨奶奶这段时间里一直都很安静，聚精会神地听着，这时候，她突然扑向尤利亚·希浦，而且双手紧紧揪住他的衣领，我看到这一幕，大吃一惊！

"你知道我想要什么吗？"姨奶奶说。

"一件给疯子穿的缚身衣①。"他说。

"我的财产！"我姨奶奶回答说，"艾妮丝，我亲爱的，我原来以为，我的财产真是被你父亲折腾光的，所以，我曾把钱放在这里进行投资的事，我一直只字未提，我亲爱的，甚至我对特洛都没说过一个字，这他知道。可现在我知道了，应该由这家伙承担责任，所以我得向他索要回来！特洛，来，我们把我的财产夺回来！"

在那个时刻，姨奶奶是不是以为，尤利亚把她的钱都藏进了他的衣领里，我真的不清楚。可是她使劲揪着他的衣领不松手，仿佛她真是那样想的。我连忙过去把他们隔开，并且向她保证说，凡是他的不

---

① 缚身衣：为了对付精神病人，会给他们穿上从头到脚包裹起来的衣服，本人无法挣脱，并且无法自由行动。

义之财，我们一定会让他全都吐出来。我对她苦苦相劝，她也思考了一会儿，于是她安静下来。不过，她哪怕做出了刚才的那种举动，她的仪容也没有丝毫失态（当然，她的帽子我就不好说了），而是泰然自若地回到座位上。

在刚刚过去的那几分钟里，希浦太太不断地规劝她儿子，让他要卑贱些，并依次对我们每个人下跪，疯狂地向我们许诺。她的儿子把她用力按在自己的椅子上，然后阴沉着脸站在她身边，抓着她的胳膊，不过动作并不粗鲁。他气势汹汹地对我说：

"你想对我干什么？"

"让我来告诉你，你该干什么。"特拉德尔说。

"那个科波菲尔没长舌头吗？"尤利亚嘟哝着说，"如果你老实告诉我，你的舌头被人割掉了，我会竭诚为你效劳的。"

"我的尤利亚内心是卑贱的！"他母亲叫嚷着说，"你们别介意他说的昏话，各位好心的先生们！"

"你应该这么做，"特拉德尔说，"首先，我们刚才听说了有一份出让股份的契约，你必须此时此地把它交给我。"

"假设我没有呢。"他插嘴说。

"但是你有，"特拉德尔说，"所以，你知道，我们不会那样假设的。"我不能不承认，这是我第一次真正有机会看到，我的老同学头脑冷静，顾全大局，办事果断。"其次，"特拉德尔说，"你必须把你非法所得的一切，全都交还出来，一分钱都不能少。所有合伙经营的账本和文件，所有你自己的账本和文件，都必须交由我们掌管；所有的现金账目和证券，不管是事务所的，还是你自己的，都要交出来。总而言之，这里的所有一切，都必须交由我们掌管。"

"必须这样做吗？我还不太明白呢，"尤利亚说，"得给我些时间考虑考虑吧。"

"当然可以，"特拉德尔回答说，"不过，这段时间，这些东西必须由我们掌管，直到每件事情都让我们满意为止。并且请你——简而言之，强迫你——待在你的房间里，不许和任何人来往。"

"我才不干！"尤利亚说，嘴里诅咒着。

"梅德斯通①监狱是个更安全的拘留人犯的场所，"特拉德尔说，"虽然通过法律来拿回我们的权利，会多花些时间，并且也许不能像你现在这样，把所有的权利都交还给我们，但是毫无疑问，法律会惩罚你的。哎呀，你和我一样，对这一点也是心知肚明！科波菲尔，你去一趟市政厅，请两位警员来这儿，好吗？"

听到这番话，希浦太太又叫嚷起来，她跪在艾妮丝面前，哀求艾妮丝为他们求情，并宣称说，她的儿子是很卑贱的，指控的事情全都属实，如果他不愿意照我们说的办，她一定会照办的，她还说了一大通诸如此类的话。她担心自己的宝贝儿子，都快吓得魂不附体了。若是问尤利亚，如果他还有勇气的话，他会干什么，就好比问一条杂种野狗，如果有了老虎的胆量，它会干什么。他是个彻头彻尾的懦夫，他阴郁的模样露出了卑鄙无耻的本性，在他那卑贱的一生中，任何时候都是这副贼头鼠脑的样子。

"不要去！"他对我咆哮说，同时用手抹了抹他发烫的脸，"母亲，你别说了。好吧！把那份出让契约给他们。你去拿来吧！"

"请你去帮她一下，狄克先生，"特拉德尔说，"好吗？"

狄克先生对于承担这项任务引以为荣，而且他也明白这项任务意义重大，于是就像牧羊犬守着绵羊一样，紧紧地跟着她去了。不过，希浦太太并没有给他制造什么麻烦，因为她不仅把那份出让契约拿了回来，而且还把装契约的盒子也拿来了。我们在盒子里发现了一本银行存折和其他一些文件，这些东西后来都发挥了作用。

"好了！"当拿到这些东西后，特拉德尔说，"喏，希浦先生，

_____

① 梅德斯通（Maidstone），与坎特伯雷同属肯特郡。

你现在可以离开这儿慢慢去考虑了。不过要请你特别注意，我代表所有人向你宣布，你能做的只有一件事，就是我刚才已经解释清楚的事情。你得立刻去做，不得拖延。"

尤利亚拖着沉重的脚步走过房间，他一直都低头看着地面，手在下巴那里摸来摸去。当他走到门口，停了下来，对我说：

"科波菲尔，我一直恨你。你总是觉得自己了不起，一直和我作对。"

"我记得，我曾经有一次告诉你，"我说，"由于你贪婪成性、诡计多端，所以和全世界作对的人，正是你自己。以后你要好好反省，在这个世界上，凡是贪婪成性、诡计多端的人，最终都会自食其果。这是一条铁定的规律，就像人终究要走向死亡一样，谁也改变不了。"

"你的这番说教，也可以说，和过去在学校教导的那套说教一样，也是铁定的。在那个学校，我慢慢学会了那么多卑贱。他们从九点到十一点，大讲着劳动是苦难；从十一点到一点，他们又大讲劳动是幸福的，快乐的，高尚的，是我也说不出来的什么，等等，是不是这样？"他面带讥讽地说，"你的这番说教，差不多和他们一样，都是前后一致的。卑贱难道没有用吗？我相信，如果不是这样，我就骗不了我那位绅士合伙人了——米考博，你这个老浑蛋，我一定会找你算账的！"

尤利亚冲着米考博先生伸出手指，但米考博先生一直高挺着胸脯，对他丝毫不加理会，直到他灰溜溜地走出房间。然后，米考博先生才转过头对我说，要邀请我去"见证他和米考博太太重新建立互信的关系"。接着，他又邀请在场所有的人都去看看那动人的场面。

"长期以来，我和米考博太太都存在着一道帷幔，而现在已经把它拉开了，"米考博先生说，"我的孩子和他们的生育者，又可以平等相处了。"

我们都对米考博先生感激涕零，尽管当时情形匆忙、纷乱，我们还是尽可能地表现出对他的感激之情。我敢说，我们所有人本来都想去，但是艾妮丝必须回到她父亲身边，因为威克费尔德先生除了希望的曙光，其他什么都受不了了。另外还必须有人看守着尤利亚，因此，特拉德尔就留了下来，过一会儿再由狄克先生来替换他。于是，狄克先生、姨奶奶和我，跟着米考博先生回家去了。我向那位曾给过我那么多帮助的亲爱姑娘匆忙告别，那时候我心里想到的是，在这个早晨她也许已经从危难中解脱出来，不过，她早就有了明智的选择。我这时候衷心感谢我幼年所经历的苦难，正是那些苦难，让我结识了米考博先生。

米考博先生的家并不远。由于临街的大门直通客厅，他以他特有的性急方式，一头就冲进屋去。于是我们发现，我们一下子就扎进了那一大家人的中间。米考博先生大叫着："艾玛！我的心肝！"便扑进了米考博太太的怀中。米考博太太尖叫了一声，紧紧把米考博先生搂在怀中。米考博小姐正在哄一个婴儿，那便是米考博太太上次信中提到的那个天真的新生儿，这时米考博小姐也深受感动，而那个新生儿高兴地蹦跳着。那对双胞胎做出一番笨拙却天真烂漫的举动，以此来表示他们的欣喜。米考博少爷由于早年遭受挫折，似乎脾气古怪，郁郁寡欢，而这时也触动了天性，纵声大哭起来。

"艾玛！"米考博先生说，"我心头的乌云已经消散了。我们之间过去多年的信赖，现在又恢复如初，将来再也不会中断了。现在，就让贫穷来这里吧，欢迎穷日子！"米考博先生流着泪，大声叫喊着，"欢迎苦难日子！欢迎无家可归的日子！欢迎饥饿、褴褛、暴风雨和乞讨的日子！只要有信赖，就能让我们坚持到底！"

米考博先生说完这番话，把米考博太太放在椅子上坐下，逐一拥抱家里的每个人。他对各种悲惨境况大力欢迎，不过我认为，他的孩子们是绝不会欢迎这些的。他还鼓吹大家一起出门去，到坎特伯雷的街头去合唱卖艺，因为他再也没法养活他们了。

不过，米考博太太由于过分激动，晕了过去，所以组织合唱队的事情只好搁置一边，当务之急是让她苏醒过来。姨奶奶和米考博先生很快让她清醒过来，然后，米考博先生把姨奶奶介绍给他太太，而且她也认出我来。

"对不起，亲爱的科波菲尔先生，"那位可怜的太太说着，向我伸出手来，"但是我的身体不好，米考博先生和我之间近来的误会烟消云散，这让我一下子受不了。"

"你们的孩子都在这里吗，太太？"姨奶奶问。

"眼下就这些了。"米考博太太回答。

"哎呀，我不是问这个，太太，"姨奶奶说，"我的意思是说，这些孩子都是你们的吗？"

"小姐，"米考博太太回答，"这是确定无疑的。"

"那位最年长的青年绅士，"姨奶奶若有所思地说，"你准备培养他做什么呢？"

"我刚来坎特伯雷时，"米考博先生说，"我本希望让威尔金斯到教会里去，如果让我说得更准确一些，是想让他进唱诗班。可是，那座本城名声远扬的受人敬仰的大教堂，并没有男高音的空缺，所以他就——简而言之，他有了一个新的打算，不在圣殿里唱，而是去酒馆。"

"他的打算挺好的。"米考博太太温柔地说。

"我相信，我的爱人，"米考博先生回答说，"他的打算真的很好，但是我还没有看到，他在什么地方把他的打算付诸行动呢？"

米考博少爷带着几分愠怒，质问说，他能干什么？他是不是天生就是个木匠？或者天生是个车辆油漆工？该不会生来就是一只鸟儿？他是不是可以到旁边的那条街上，去开一家药店？他是不是可以跑到附近的巡回法院去，宣称自己是个律师？他是不是去歌剧院演出，靠演暴力而成功？他是不是不经过任何的培养，就能干任何事情？

姨奶奶想了半晌，说：

"米考博先生，我有些不明白，你为什么没想过移居海外呢？"

"小姐，"米考博先生回答说，"我青年时有过这样的梦想，但成年以后，也有过这样的打算，但是都没能实现。"不过我在这里要顺便说一句，我绝对相信，他这辈子压根儿就没想过这事。

"是吗？"姨奶奶看了我一眼，说，"我说，米考博先生，米考博太太，如果你们现在移居海外，对你们自己和你们的孩子，该有多好啊！"

"那得有钱啊，小姐，钱啊。"米考博先生苦闷地说。

"这是主要的问题，也可以说是唯一的问题，我亲爱的科波菲尔先生。"他太太附和道。

"钱？"我姨奶奶大声说，"你已经帮了我们一个大忙，我可以说，已经帮了我们一个大忙，从壁炉灰里找出来的东西，一定价值非凡。就算我们为你准备一笔钱，也远远不能报答你所做的一切，除此之外，我们还能怎么报答你呢？"

"我不能把这笔钱当礼物收下，"米考博先生无比激动地说，"要是有可能筹到一笔钱，相对充足，如果年息五厘，由我个人承担债务——比如说，我签下几张期票，分别以十二个月、十八个月、二十四个月为偿还期限，这样使我有时间，等待时来运转——"

"要是有可能？一定能的，一定能筹到，条件由你定，"姨奶奶说，"只要你开口就行。现在，请你们两位考虑考虑。大卫有几位熟人，不久将去澳大利亚。如果你们决定去，为何不坐同一条船去呢？这样彼此也有个照应呀。米考博先生，米考博太太，你们现在就好好考虑一下。花点时间，好好考虑清楚。"

"只有一个问题，我亲爱的小姐，我想问问，"米考博太太说，"我想，那里的气候应该对身体没有害处吧？"

"那是全世界最好的气候！"姨奶奶说。

"那就好，"米考博太太回答说，"可是我还有问题。我是说，对于像米考博先生这样有才能的人，那个国家是否会提供公平的机会，让他飞黄腾达呢？目前，我不想说他打算当总督，或者类似的职务；我只想说，那里是不是有合理的机会，能让他的才能得到充分施展？如果能让他的才能得到自由发展，那就足够了。"

"对一个作风正派、做事勤恳的人来说，"姨奶奶说，"再没有什么地方比那里更有机会的了。"

"对一个作风正派、做事勤恳的人来说，"米考博太太郑重其事地重复了一遍，"完全正确。我觉得，能提供一个米考博先生施展才华的舞台，澳大利亚再合适不过了！"

"我坚信，我亲爱的小姐，"米考博先生说，"在目前的境况下，那里是我和我的家人最合适去的地方，也是唯一该去的地方。当我们到达彼岸，就会有非同寻常的机会出现。那地方并不算遥远——相对而言的话。承蒙你的好意，建议我们好好考虑，不过我向你保证，那只不过是一种形式罢了。"

转眼之间，米考博先生就变成了一个最乐观的人，对未来信心满满；而米考博太太立即开始大讲起袋鼠的习性，这样的场景，我又怎么能忘记呢！米考博先生和我们一起走回事务所，路上他做出一副吃苦耐劳、风餐露宿的样子，好像是第一次来到这个地方，而且尚未定居的样子，看到公牛走过来，他就会用澳大利亚农夫的眼光来打量着。每当我想起坎特伯雷集市的街道，又怎能不想起米考博先生呢？

第53章　再次回顾

写到这里，我必须再次停下来。哦，我的娃娃妻子呀！在我的记忆中，在那穿梭来往的人群里，有一个身影，总是安静沉稳，满怀着天真的爱，带着孩子般的美，她在对我说，你停一停，想想我吧——回过头来，看一眼小花儿吧，它就要飘落坠地了！

我真的停了下来。其他的一切事物，都渐渐模糊了，消失了。我和朵拉又待在一起，生活在我们的小房子里。我记不得她已经病了多久。对于她的疾病，我已经习以为常，所以也算不清多长时间。实际上，时间并不长，只有几个星期，或者几个月；可是对我来说，在那真是一段令人沮丧，让人难熬的日子啊。

医生们已经不再对我说"再等几天"这样的话了。我开始有些恐惧。我以前一直盼着有一天，我的娃娃妻子和她的老朋友吉普在阳光下赛跑，而这样的日子，也许永远不会到来了。

吉普好像突然变得老态龙钟。也许是因为它不能再从它的女主人身上获得一种让它充满生机与活力的东西；因此它无精打采，老眼昏花，四肢无力。它现在已经无力与姨奶奶做对了，这让姨奶奶都感到十分难过。它总是躺在朵拉的床上，当姨奶奶坐在朵拉床边的时候，它便悄悄凑到她的身边，轻轻地舔着她的手。

朵拉躺在床上，向我们微笑着，她还是那么漂亮，说话仍旧不急不躁，从来都不埋怨什么。她一个劲儿地说，我们对她都太好了；她知道，她可爱的小家伙一直细心周到地照顾她，现在已经累坏了；她还说，姨奶奶很少睡过安稳觉，老是那么警觉，对她那么热情和慈爱。有时候，她那两位小鸟一样的姑妈来看她，于是我们就谈起我们结婚的日子，以及那段日子里所有的快乐时光。

我坐在安静而整洁的房间里，窗外的阳光被树木遮挡住了。我的娃娃妻子用她那蓝蓝的眼睛注视着我，用她的小手指缠绕着我的手，在我整个的生活中，不管是家里的生活，还是社会上的生活，在这种非同寻常的时刻里，都得到了休整和停顿！我就一直这么坐着，往往一坐就是几个小时。但是，在那无数次陪着她长坐的时辰中，有三次仍然清晰地烙刻在我的脑海。

一次是在早晨。朵拉经过姨奶奶的亲手打扮后，显得楚楚动人。她让我看她那漂亮的鬓发，在枕头上仍然显得起伏卷曲，而且她的秀发是多么长，多么富有光泽；而且她喜欢把头发松松地拢在一起，戴上发网。

"哎呀，我倒不是觉得我的头发有多了不起，你这个爱嘲弄人的家伙，"当她看到我微笑时，她这样说，"而是因为你过去总是说，你觉得我的头发很漂亮；当我最初开始想念你时，我总是照着镜子，想知道你会不会很想要一缕头发呢。哦，我后来真的给你一缕时，大灰，你当时那副样子傻乎乎的！"

"就是那一天，你正在描摹我送给你的花呢，朵拉；也就在那一天，我还告诉你，我是多么爱你呀。"

"哦！可是我不好意思对你说这样的话，"朵拉说，"那时候，我对着那些花儿哭得多厉害，因为我相信，你是真心爱我的！等我能再像过去那样到处跑时，大灰，我们故地重游，到我们这对小傻瓜待过的地方看看，好不好？我们再到那些地方去散散步，好不好？也别忘了我可怜的爸爸，好不好？"

"好的，我们一定要去过几天快乐的日子。所以你得赶快好起来呀，我亲爱的。"

"哦，我很快就会好起来的！我都好多啦，你不知道！"

一次是在傍晚。我仍坐在那把椅子上，还是在那床边，还是那张面孔看着我。我们都没说什么。她的脸上带有笑容。现在，我已经不再抱着我那轻飘飘的妻子上楼下楼了。她整天都躺在这里。

"大灰！"

"我亲爱的朵拉！"

"你刚才告诉我说，威克费尔德先生身体不太好，而我还想说一句话，你会不会觉得我不近情理呢？我要说的是，我想见见艾妮丝。我很想见她。"

"我会给她写信的，我亲爱的。"

"你会吗？"

"马上动笔。"

"真是个体贴人的乖孩子！大灰，把我抱起来。真的，我亲爱的，我并不是一时的心血来潮，也不是我胡思乱想。我真的很想见她！"

"我当然相信你，我只要把你的想法告诉她，她就一定会来。"

"如今你到楼下去时，会不会感到很寂寞？"朵拉搂着我的脖子，小声问道。

"我看到你的那张椅子空着，我最亲爱的，我怎能不感到寂寞呢？"

"我的椅子空着！"她搂住我，沉默了一会儿，"你真的想念我吗，大灰？"她抬起头来看着我，幸福欢快地笑起来，"哪怕我这个可怜兮兮、傻头傻脑的人，你也会想念吗？"

"我的心肝，在这个世界上，除了你，还有谁会让我如此魂牵梦萦？"

"哦，我的丈夫！我多么高兴，也多么难过！"她两只胳膊把我搂得更紧了，紧紧地偎依在一起。她又哭又笑，然后安静下来，感受着幸福快乐。

"就是这样的！"她说，"你只需要把我对她的情意告诉她，说我非常非常想见她；此外我就没别的愿望了。"

"还有一个愿望，就是身体好起来，朵拉！"

"啊，大灰！你知道我一直是个小傻瓜！但有时候，我会想，我恐怕再也不会好起来了！"

"别这么说，朵拉！最最亲爱的，别这么想！"

"如果我能克制住自己，我一定不会这么想，大灰！不过，我还是很快乐的，虽然我这亲爱的孩子，面对着他那娃娃妻子的空椅子，会觉得很寂寞！"

一次是在晚上。我仍然和她在一起。艾妮丝来了，和我们度过了一整天和一个晚上。她、姨奶奶和我，从早晨开始，便一直陪在朵拉身边，直到晚上。我们说话不多，朵拉显然心满意足，开心愉快。后来，就剩下我们两人。

我是否已经知道，我的娃娃妻子就要离开我呢？他们之前对我说过这样的话，我也曾想过他们的话。但我得说，我并没有把这件事放在心上。我一直没有领悟到这句话的含义。就在那天，我好几次躲到一旁哭泣。我想起谁曾为生者和死者的别离而哭泣[①]。我回想起整个那个仁爱慈悲的故事。我尽量让自己变得豁达些，尽量安慰自己；我希望我多少能做到这一点；但是我的内心仍然不敢肯定，那结局是否在劫难逃。我把她的手紧紧握在我的手里，我把她的心紧紧贴在我的胸口；我看到她对我的爱，依然是那么炽热。我心中一直固守着一个微弱的希望，像影子般在我心头徘徊，那就是：她能逃过一劫，不会离开。

————————

① 见《圣经·新约·约翰福音》第11章第35—44节，讲述的是拉撒路死去后，耶稣悲伤哭泣，然后让拉撒路死而复生。

"我想和你说会儿话，大灰。我想把我近来一直想对你说的话，说给你听，你不会介意吧？"她温柔地看了我一眼。

"怎么会介意呢？我的宝贝。"

"因为我不知道你会怎么想，也不知道你有时候可能怎么想。也许你也时常有跟我一样的想法。大灰，亲爱的，恐怕我当年太年轻了。"

我把脸贴着她，靠在枕头上，她凝望着我的眼睛，声音是那么轻柔。当她继续往下说时，我渐渐感到撕心裂肺的痛，明白她在谈论着昔日的自己。

"我亲爱的，恐怕我当年太年轻了。我不仅仅是指年龄，而且还指经历、思想以及一切方面。我那时候是一个多么傻乎乎的小东西呀！我想，如果我们就像少男少女那样，爱慕一场，然后就忘掉，那该多好啊。我已经开始觉得，我并不适合做个妻子。"

我强忍着眼泪，回答她说，"哦，朵拉，我亲爱的，我是适合做丈夫的，你也和我一样呀！"

"我不知道，"她说着，像往日那样摇了摇她的鬈发，"也许是这样的吧！不过，如果说我适合结婚，那我也许该放手，因为你比我更适合结婚。而且，你很聪明，但我从来就不聪明。"

"我们一直都很幸福呀，我亲爱的朵拉。"

"我过去的确很幸福，非常幸福。但是，随着时光流逝，我亲爱的孩子，也会对他的娃娃妻子感到厌倦的。她越来越不适合做他的伴侣。他也越来越感觉到，这个家里缺少了什么，她不会有任何改进。现在这样，倒是最好的。"

"哦，朵拉，我最亲爱的，别对我说这样的话。你的每一个字，都像是在责备我！"

"不是的，没有一个字在责备你！"她吻着我，回答说，"哦，我亲爱的，你绝不该受到任何责备。而且我是那么爱你，决不会真心说一句责备你的话。我的优点，除了长得漂亮，或者说，你觉得我长得漂亮，我决不会真心说一句责备你的话，就是我唯一的优点了。你一个人在楼下，是不是很寂寞，大灰？"

"非常非常寂寞呀！"

"别哭！我的椅子还在那里吗？"

"还在老地方。"

"哦，我可怜的孩子哭得多伤心呀！别哭，别哭呀！好啦，你答应我一件事吧。我想和艾妮丝说会儿话。你下楼去，就这么告诉艾妮丝，请她上楼到我这儿来。我和她说话的时候，任何人都不要让进来，哪怕是姨奶奶，也不行。我想单独和艾妮丝说说话。"

我答应她，马上就能和艾妮丝说会儿话。可是我太伤心了，舍不得离开她半步！

"我说了，现在这样倒是最好的！"她把我搂在怀里，轻声说，"哦，大灰，再过一些年，你一定不会像现在这样，如此爱着你的娃娃妻子。再过一些年，你的这个娃娃妻子一定会让你为难，让你失望，你对她的爱，也许还不及现在的一半呢！我知道我太年轻，太傻了，现在这样倒是最好的！"

我走进客厅，艾妮丝还在楼下。我照着朵拉的吩咐，把话转告给了她。她上楼去了，留下了我独自和吉普在一起。

吉普那中国塔式狗屋就在壁炉边上。它躺在里面的法兰绒床上，焦躁不安，昏昏欲睡。皓月当空，皎洁明亮。我望着屋外的夜色，泣不成声。我那尚未得到磨炼的内心，受到了严厉的——无比严厉的谴责。

我坐在壁炉旁边，心中有着隐隐的悔恨之情，回想起自从我们结婚以来，在我内心深处所滋生的隐秘感情。我想起了我和朵拉之间的每一桩小事，深切体会到"整个生活总是由小事构成"这一至理名言。那亲爱的孩子，在我记忆的海洋中，不断涌起的是我见到的那个可爱姑娘的形象。这个形象，经过我和她青春爱情的渲染，使它具有了无限魅力。如果我们只是像少男少女那样恋爱，然后忘掉它，难道真的会更好吗？我那颗未经磨炼的心啊，请回答我！

时间是怎么流逝的，我根本不知道。最终，我那娃娃妻子的伙伴发出阵阵叫唤声，把我惊醒了。吉普比往常更加烦躁，它从狗屋里爬出来，朝我看了看，又努力地走到门口，然后哀叫着想上楼去。

"今天晚上不能上去，吉普！今天晚上不能上去！"

它步履蹒跚地回到我的身边，舔了舔我的手，抬起它那迟钝的目光，看着我的脸。

"哦，吉普，也许再也不能上去了！"

它在我的脚边躺了下来，伸展开身子，像是要睡觉的样子，接着哀叫了一声。它死了。

"哦，艾妮丝！快来看，快来看呀！"

那满是怜悯和悲伤的脸啊！那如大雨一般滴下来的眼泪啊！那向我发出的令人敬畏的无声呼唤啊！那庄严指向天国的手啊！

"艾妮丝？"

完了。我眼前一片黑暗。有一段时间里，我的记忆只留下一片空白。

第54章　米考博先生的事务

　　我伤心欲绝，痛苦难当，不过，我这样说，还为时尚早。我渐渐觉得前途越来越渺茫，精力越来越不济，行动越来越迟缓，除了坟墓，再也找不到可以躲避的地方。这种感觉，并不是一遭受悲痛便产生了，而是慢慢形成的。倘若没有后面那些事情接二连三发生，没有那么多的痛苦接踵而至，我或许一开始遭遇重创就会陷入悲苦无望的境地。事实上，经过了漫长的一段时间，我才充分认识到了自己的悲愁。在那段时间里，我甚至觉得，我最大的痛楚已经过去；我只用关注最纯真、最美好的事物，依靠那个消逝了的温柔故事，就可以让我的心得以慰藉。

　　我应当出国的建议，最早是什么时候提出来的，或者说，我们是如何达成一致意见，认为我应该换个环境，外出旅行，借此修复伤痕累累的心，时至今日，我也无法说清楚。在那悲伤的日子里，我们的所思所想，所言所行，无不渗透着艾妮丝的精神，所以我觉得，这一计划是受了她的影响。不过，她的影响总是悄然无声，所以我当时并没有察觉出来。

　　现在，我的确开始觉得，过去我把艾妮丝和教堂的彩色玻璃窗联系在一起，那就是一个预兆，预示着日后当我的生活遭遇灾难时，她会对我起到什么作用。在那段痛彻骨髓的日子里，从她举起手站在我面前的那永世难忘的时刻开始，她就变成了我这个孤独家庭中的一位神灵。在死神降临的时候，我的娃娃妻子就在她的怀中，含笑长眠——这是在后来，当我能够忍受痛苦时，他们这样告诉我的。我从昏迷中醒来，首先感受到的，是她同情的眼泪，她鼓励和安慰我的话。她那温柔的面孔，仿佛是从接近天国的净地俯视下来，看到我那颗未经磨炼的心，减轻了我心头的悲痛。

让我继续写下去吧。

我很快要出国了。这好像是我们一开始就已经决定下来的。现在，所有能随我亡妻消失的东西，都被黄土掩埋。我只等着米考博先生所说的"希浦终将被碾成粉末"的结果，然后就随着移居海外的人一起启程。

特拉德尔，这位在我厄运中最关切、最忠诚的朋友，盛情邀请我们回到坎特伯雷。我这里指的是姨奶奶，艾妮丝和我。根据约定，我们直接去了米考博先生家。自从我们那次爆炸性的聚会以来，我的这位朋友就一直在自己家里和威克费尔德先生家里辛苦工作。当我身着黑色衣服走进屋时，可怜的米考博太太见了，心中深为伤感。虽然经历了那么多年的磨难，米考博太太心地依旧那么善良。

"哦，米考博先生，米考博太太，"我们都坐下后，我姨奶奶说，"请问，我那关于移民海外的建议，你们考虑得如何？"

"我亲爱的小姐，"米考博先生回答，"米考博太太，以及在下，还可以加上我们的孩子们，分别表达出了一致的结论，我最好借用一位著名诗人的话来形容：我之小舟已靠岸，我之大船已出海①。"

"那就对了，"我姨奶奶说，"你们的这个决定非常明智，我预料你们的未来将会一帆风顺。"

"小姐，你让我们感到莫大的荣幸，"米考博先生接着说，然后他看了看自己的记事本，"由于你的资助，让我们这只摇摇晃晃的小船，能够驶向事业的海洋中去。对于这笔款项的重要的手续，我已经做了重新地考虑。现在我要求我签立的期票，按十八个月、二十四个月和三十个月三种期限，当然毋庸置疑，我会遵照各项议会法案对此

---

① 出自拜伦《赠托马斯·穆尔》诗歌，托马斯·穆尔是拜伦好友。

类契约的规定，贴上足额的印花。我原来曾提出分十二个月，十八个月和二十四个月三种期限，但是我担心，这样的安排恐怕期限太短，没有足够的时间筹足所需兑付的相应款项。也许我们的庄稼收成还不够好，或者还没有来得及收割，"米考博先生说到这里，四下打量了房间一番，仿佛那就是良田万顷，"而第一批期票就已经到期了。我相信，在我们的那片殖民地上，劳动力是很短缺的，所以注定我们要在那片肥沃的土地上挥汗如雨。"

"随你怎么安排都可以，先生。"姨奶奶说。

"小姐，"他回答说，"你是我们的朋友和恩人，我和米考博太太对你的这番美意感恩戴德。我希望的是，这件事要照章办事，诚实守信。我们即将掀开生命中全新的一页，我们会退后一步，以便能积蓄力量，一飞冲天，所以在这样的时候，我不仅要给我的儿子做出榜样，而且我的自尊心也要求我这样做，因此我应该像人与人之间的正常关系那样，来合情合理地办理这些手续。"

我不知道米考博先生最后这句"像人与人之间的正常关系那样"有什么特殊意义，也不知道当其他人过去或现在说这句话时，是否有什么特殊意义。不过米考博先生似乎很喜欢这样的说法，而且还故意咳嗽了一声，并重复说了一遍："像人与人之间的正常关系那样，来合情合理地办理这些手续。"

"我之所以提议，"米考博先生说，"采用期票，是因为期票可以贴现。期票在商业界使用方便，我相信，我们首先应该感谢犹太人创造出了这种东西，不过他们自从有了这种东西，使用得太过频繁了。不过，如果你们喜欢使用债券，或者其他任何形式的票据，我都愿意签立，就像人与人之间的正常关系那样，来合情合理地办理这些手续。"

我姨奶奶说，既然双方都觉得怎么办都行，她认为，在这个问题上不应该有什么困难。米考博先生同意她的这个意见。

"至于我们一家人，小姐，为了迎接众人皆知的未来命运，我们都在全力以赴，"米考博先生有些得意地说，"请允许我向你报告一下，我们都做了些什么准备。我的大女儿每天早晨五点钟，便会去附近的一家奶场，学习挤牛奶的过程——如果那也可以叫作过程的话。我那些几个年幼的孩子们，我让他们去本地比较贫困的地方，在条件允许的情况下，观察猪和家禽的生活习性。为了完成这个任务，他们曾有两次差点被车碾了，结果让人给送回了家。至于我本人，在过去的一个星期里，把精力都花在了研究面包的烘焙技术上。我的大儿子威尔金斯，则每天拿着手杖出去赶牛，不过这需要得到粗鲁的牧人允许，而且是没有任何报酬的——不过说来很遗憾，由于我们家的天性原因，他总是得不到他们的允许，而且总被咒骂着滚开些，所以他不是经常赶牛的。"

　　"你们这样做，真是太好不过了，"姨奶奶勉励他说，"我相信，米考博太太也很忙吧。"

　　"我亲爱的小姐，"米考博太太不慌不忙地回答说，"我不妨坦诚相告，虽然我非常清楚，我们到了国外，我得将大量的精力花在与农耕和畜牧相关的工作上，但是我目前并没有潜心研究这些。在家务之余，我总是抽时间给我的娘家人写相当长的信。因为我认为，亲爱的科波菲尔先生，"米考博太太说，不管她开始是对谁在说话，最后总会落到我的身上，我相信，这已经成为她的习惯，"现在已经到了时候，应该把过去的一切埋葬；我娘家人应该和米考博先生握手言和，米考博先生也应该和我娘家人捐弃前嫌；狮子应当和羊羔同卧①，我娘家人是时候该和米考博先生握手言和了。"

　　我说，我也这么认为。

---

　　①　出自《圣经·旧约·以赛亚书》第11章第6节，原文为"豺狼必与绵羊羔同居，豹子与山羊羔同卧。少壮狮子，与牛犊，并肥畜同群。小孩子要牵引他们。"

"至少，我亲爱的科波菲尔先生，"米考博太太继续说，"这是我对这个问题的看法。当我过去和爸爸妈妈一起生活时，每当我们那个小圈子要讨论什么问题时，我爸爸总喜欢问，'我的艾玛对这问题有什么看法呢？'我知道，我爸爸对我太偏爱了；不过，米考博先生和我娘家人之间的关系降到冰点，对这个问题我当然也有自己的看法，尽管我的看法可能并不正确。"

"毫无问题。你当然应该有自己的看法，米考博太太。"我姨奶奶说。

"的确如此，"米考博太太赞同说，"我知道，我的结论或许是错的，错的可能性还很大，不过我得说说我个人的感受，那就是我娘家人和米考博先生之间的裂痕，究其缘由，可能都是由我娘家人引起的，他们总是担心米考博先生会要求他们在金钱方面提供帮助。我不能不认为，"米考博太太显示出洞察世事的神情说，"我娘家有些人，很害怕米考博先生找他们借用名字，我并不是说，我们的孩子在洗礼的时候要借用他们的名字，而是他们害怕把名字写在期票上，到金融市场上去贴现呢。"

米考博太太宣布这一发现时，一副了然于胸的神情，仿佛谁也没发现这一点，这让我的姨奶奶有点诧异，她突然打断道："是啊，米考博太太，总的来看，我想，你说得没错！"

"米考博先生眼看就要挣脱多年来束缚他的经济桎梏了，"米考博太太说，"即将到国外去，在那片让他施展才能的地方，开拓新的生活——在我看来，这一点十分重要，因为米考博先生的才能特别需要有施展的空间——我觉得，我娘家人应该站出来，为这件事情锦上添花。我希望看到，由我娘家人出钱举办一次宴会，邀请米考博先生和我的娘家人在宴会上会面，让我娘家人的某位头面人物，向米考博先生敬酒，祝愿他身体健康，事业兴旺，那么米考博先生就有机会，详细阐释他的远见卓识。"

"我亲爱的，"米考博先生有些恼怒地说，"我最好得当场给你说清楚，如果让我在那种宴会上发表看法，那么我的话会得罪他们的。因为在我的印象中，你的娘家人，从总体上看，是一群厚颜无耻的势利小人；从个人来看，是一个个彻头彻尾的恶棍！"

"米考博，"米考博太太摇着头说，"不是那样的！你始终都不了解他们，他们也始终不了解你。"

米考博先生咳嗽了一声。

"他们始终都不了解你，米考博，"他的太太说，"也许他们没有理解你的能力。如果是这样，那是他们的不幸。我只能对他们的不幸表示怜悯。"

"我亲爱的艾玛，"米考博先生说，口气缓和了些，"如果我的话说得有点过火，即使不是故意的，我也诚挚地表示歉意。我只想说，没有你娘家人为我饯行——简而言之，他们在临别时，只会讽刺地耸耸肩膀——我仍然可以出国。总的来说，我宁愿凭借我现有的助推力离开英国，也不愿意由他们那伙人来给我加速。同时，我亲爱的，如果他们愿意放下身段，给你回信的话——根据我们两人的一致经验来看，那几乎是不可能的事情——你打算实现你的愿望，我绝不会阻拦你的。"

于是这件事情平复了下来，米考博先生伸出胳膊让米考博太太挽着，看着特拉德尔面前桌上的那堆账本和文件，说不再打扰我们了，便施施然走了出去。

"我亲爱的科波菲尔，"等他们走后，特拉德尔往后仰躺在椅背上，非常动情地看着我，这样的情感让他眼睛变得通红，头发也姿态各异，他说，"我打算麻烦你做点事情，我也不打算找什么理由，因为我知道你对这事很感兴趣，同时也能分散一下你的注意力。亲爱的老朋友，我希望你没有累垮吧？"

"我已经恢复如初了，"我略微停顿了一下说，"如果说劳累，非我姨奶奶莫属了。你知道，她做了多少事呀。"

"当然，当然，"特拉德尔回答说，"谁会忘记她呢？"

"还不仅仅是家务辛劳，"我说，"最近这两个星期里，她又有了新的烦恼。她每天都要往来于伦敦。有几次，她都是一大早出门，半夜里才回来。昨天晚上，特拉德尔，虽然她明明知道第二天还要来这里，可还是在深更半夜赶回了家。你知道，她非常体谅别人，她一直不肯告诉我，是什么事让她如此烦恼。"

我说这番话时，我姨奶奶脸色苍白，纹丝不动地坐在那里，脸上的皱纹深深地显现出来。等我说完后，几颗豆大的泪珠流过她的双颊，她把手搭在我的手上。

"没什么，特洛，没什么。一切都过去了。你慢慢会知道原委的。哦，艾妮丝，我亲爱的，让我们着手来处理这些事情吧。"

"我应当替米考博先生说句公道话，"特拉德尔开口说，"虽然他自己没有取得什么成就，可是当他为别人办事可以说是风风火火。我从来没有见过他这样的人。他要是一直这么干活，等于活了两百年。他废寝忘食地钻研着文件和账本，那个劲头不得不让人佩服。至于他写信的热情更是不用细说，他在这间屋子和威克费尔德先生家之间，他都是用写信的方式来联系，甚至他坐在我对面，我们俩就隔着一张桌子，本来说话更省事，但他都会通过写信来交流。他的种种勤勉，非常了不起。"

"写信！"我姨奶奶叫道，"我相信，他就算在梦中，也忘不了写信！"

"还有狄克先生，"特拉德尔说，"做起事情来也非常值得称道！他看管尤利亚·希浦时，是那么尽心尽责，无人可比。等结束对希浦的看管工作后，他便全身心地照料着威克费尔德先生。说实话，他迫切希望为我们的调查工作尽一分力量，而且做得非常出色，摘录、抄写、取这个、送那个，不亦乐乎，给我们提供了很大帮助。"

"狄克是一个了不起的人，"我姨奶奶叫嚷起来，"我过去一直都在这么说。特洛，你是知道的。"

"我很高兴地告诉你，威克费尔德小姐，"特拉德尔继续说着，态度亲切又诚挚，"你不在家的这段时间里，威克费尔德先生的状况已经大为好转。他摆脱了多年以来附身的魔鬼，消除了生活中的恐怖担忧，几乎变了一个人。他以前的记忆力和注意力都受到了损害，无法集中精力完成业务，而现在有些时候，这种状况也大为改善。他能在某些问题上帮我们解释清楚，如果没有他的帮助，即使不能说毫无希望理清楚，也一定会异常艰难。不过，我现在应该做的，是简要地向你们报告调查结果，至于我看到了一切有希望的情况，我就不细说了，不然怎么说也说不完。"

他的态度如此自然，如此令人愉悦，其实，他这样做，就是为了让我们高兴，为了让艾妮丝提及她的父亲时而倍感骄傲，而不是让人扫兴。

"好了，让我看看，"特拉德尔看着桌上的那些文件说，"我们结算了各笔款项，清理了大量无意造成的混乱，也清理了故意制造的混乱和假账，我们由此可以断定，威克费尔德先生现在可以歇业了，并终止他的代理信托业务，没有任何的亏空负债。"

"哦，感谢上帝！"艾妮丝激动地叫了起来。

"不过，"特拉德尔说，"账目的结余，能供他生活开支的钱非常少，我这样算，还包括把房子出售后的款项在内，最多不过几百英镑。所以，威克费尔德小姐最好三思，能否继续让他保留他承担多年的财产代理业务。朋友们也可以帮他出谋划策，你知道，他现在是没有什么牵绊的。你自己，威克费尔德小姐、科波菲尔和我，都可以出出主意。"

"我已经考虑过了，特洛伍德，"艾妮丝看着我说，"我觉得不应该让他继续保留，绝对不能，即使最好的朋友来劝我，我十分感谢朋友的好意，但是，我仍然不会同意让他保留这个业务。"

"不是说我要劝告你，"特拉德尔说，"我只是觉得，我应该提出来，没有其他意思。"

"听你这么说，我真高兴，"艾妮丝沉稳地说，"你这样说，让我有了希望，而且几乎可以断定，我们意见是一致的。亲爱的特拉德尔先生，亲爱的特洛伍德，只要爸爸能摆脱债务，恢复声誉，我还期望什么呢？让爸爸从束缚他的罗网中摆脱出来，是我多年的夙愿。他对我恩重如山，我只能报答他的养育之恩，甚至把整个生命奉献给他。让他从所有的信托业务和担负的一切责任中解放出来，是我的最大幸福。其次，让我来肩负起未来生活的担子，这是我的第二大幸福，我想我是可以做到。"

"你是否想过，要怎么肩负担子呢，艾妮丝？"

"我想过无数次！我并不害怕，亲爱的特洛伍德。我有把握获得成功。这里有这么多人熟悉我，对我很好，因此我是有把握的。对我要有信心。我们的需要并不多。如果我能把这座亲爱的老屋租出去，并且办一所学校，那我就是一个有用的人，而且会很快乐。"

她快乐地说出这番话来，既带着热情，又不失平和。这让我清晰地浮现出那座亲爱的老宅形象，接着又回想起了我那孤寂冷清的家。我一时激动，甚至说不出话来。特拉德尔装模作样地到处翻找，找出需要的文件。

"下面，特洛伍德小姐，"特拉德尔说，"该说说你的那笔财产了。"

"好的，先生，"我姨奶奶说着，叹了一口气，"对于我的财产，我只想说：如果那笔财产失去了，我也扛得住；如果没有失去，能收回来，我自然很高兴。"

"我相信，那笔款原本是八千英镑，买的统一公债①，对吗？"特拉德尔问。

"没错！"我姨奶奶回答。

"但是我反复核算，都不超过五——"特拉德尔说着，显得困惑不已。

"你是说，五千英镑？"我姨奶奶镇定自若地问，"还是五英镑？"

"五千英镑。"特拉德尔说。

"应该就这么多了，"我姨奶奶回答说，"我自己卖掉了三千英镑。其中一千英镑，我拿来给你交了法律的学徒费用，特洛，亲爱的；而另外的两千，我留在了身边。当那五千英镑都失去后，我想这两千英镑最好不要提及，暗中留着，以备不时之需。我是想看看，你能不能应对艰难的生活，特洛。结果你做得很棒，坚韧不屈，自力更生，勤俭持家！狄克也不错。你们先别对我说话，因为我觉得我的神经有些紧张！"

只见她双臂交叉抱在胸前，腰板挺得直直地端坐在那儿，没人会料到她会紧张。当然，她的自制力的确很强的。

"如此看来，我便可以高兴地宣布，"特拉德尔欢欣鼓舞地大声说，"我们已经把所有的钱都追讨回来了！"

"先别向我道贺，谁都不要这么做！"我姨奶奶大声说，"是怎么追讨回来的呢，先生？"

"你是不是以为，这笔钱都被威克费尔德先生滥用了？"特拉德尔说。

"我当然这么认为，"我姨奶奶说，"所以我一直只字未提，藏

---

① 统一公债，是一种没有到期日，定期发放固定债息的一种特殊债券。这里所指的英国统一公债是英格兰银行在十八世纪发行的，英格兰银行保证对该公债的投资者永久期地支付固定的利息。

在心底。艾妮丝，你什么都不用说了！”

"事实上，你的公债的确被卖掉了，"特拉德尔说，"因为他取得了你的处置授权。不过，到底是谁卖掉的，实际上是谁签的字，我就不必多说了。等卖掉公债后，那个恶棍欺骗威克费尔德先生，而且还用数字证明给他看，他把这笔钱拿到手上，而且居然宣称，这是事务所的总的安排。他用这笔钱填补了其他亏空和欠款，免得阴谋露了馅。威克费尔德先生由于受到尤利亚的掌控，无力抗争。虽然他明明知道那笔钱已经不复存在，可是却身不由己，后来还假装依照本金，给你支付了几次利息。如此一来，他就不幸成了这桩骗局的合谋者。"

"到了最后，他把所有的罪责都揽到了自己头上，"我姨奶奶补充说，"给我写了一封信，信中全是疯言疯语，他指控自己的强盗行径，还给自己加了一堆前所未闻的罪名。我收到那封信后，便在一天清早前去拜访他，向他要来一支蜡烛，当着他的面把那封信烧掉了。我还告诉他说，如果他能为我和他自己挽回损失，那就去努力挽回；如果做不到，那就为了他女儿的缘故，对这事守口如瓶。——如果有谁想要对我说什么，我就离开这所房子！"

我们谁也没有吭声，艾妮丝捂住了自己的脸。

"哦，我亲爱的朋友，"我姨奶奶沉默了一会儿，接着说，"你真的已经从他那里追讨回这笔钱的？"

"哎呀，事实是，"特拉德尔说，"米考博先生对他步步紧逼，如果一个办法不奏效，他便换个办法来治他。他的办法多着呢，结果希浦无法可逃。还有一件事让人诧异，也完全出乎我的意料，他如此绞尽脑汁地侵吞这笔钱，与其说是满足他那贪得无厌的欲望，还不如说是出于他对科波菲尔的深仇大恨。他直截了当告诉我，他甚至愿意不惜更大的代价，给科波菲尔制造麻烦，让科波菲尔倒霉。"

"唉！"姨奶奶若有所思地皱着眉头，看了看艾妮丝，说，"他现在情况怎么样？"

"我不知道，"特拉德尔说，"他带着他的母亲离开了这里，他的母亲一个劲儿地叫嚷，又是哀求，又是坦白，直到启程出发。他们搭乘了去伦敦的夜班公共马车，后面的情况我就不知道了。我还知道一点，就是在他离开时，赤裸裸地表达对我怀恨在心。从他的态度可以看出来，他认为我对他的迫害，不亚于米考博先生。我认为，这实在是对我的恭维，而且我也当面对他这样说的。"

"你觉得他现在还有钱吗，特拉德尔？"我问。

"哦，有钱，我觉得他有钱，"他严肃地摇了摇头回答说，"我敢说，他通过各种手段，侵吞了不少钱。不过我相信，科波菲尔，如果你有机会观察他的经历，你会发现，这家伙不管挣了多少钱，照样会作恶多端。他天生就是个骗子，不管阴谋是否得逞，永远只会走歪门邪道。他表面上卑贱拘谨，实则是狼子野心。他总是趴在地面上，追求着这个或那个微不足道的目标，前进道路上遇到的一切障碍，他都会杯弓蛇影当作强劲敌人来对待，其结果是，如果谁妨碍了他的阴谋诡计，他都会捕风捉影，睚眦必报。因此，他的歪门邪道随时都可能走火入魔，只要回想他在这里的历史，"特拉德尔说，"就一清二楚。"

"一个卑鄙无耻的魔鬼！"我姨奶奶说。

"很多人，只要存心卑鄙无耻，是不是最后就会变得卑鄙无耻。关于这一点，我真的不明白。"特拉德尔若有所思地说。

"好了，现在说说米考博先生吧。"我姨奶奶说。

"啊，"特拉德尔高兴地说，"我得把米考博先生再次大大赞誉一番。如果没有他长时间的忍耐细心，坚持不懈，我们永远别指望事情有什么进展。我觉得，我们应该想一想，米考博先生是如何伸张正义的。其实，对待尤利亚·希浦的罪恶行径，他完全也可以选择沉默妥协。"

"我也这么认为。"我说。

"好呀，你觉得该怎么酬谢他呢？"我姨奶奶问。

"哦，在谈到这个问题之前，"特拉德尔说着，显得有些不安，"虽然我不能把问题的方方面面都提到，但恐怕有两点，我觉得非提不可。我们在处理这件事情上，都是使用的非法律的手段，而且从头到尾都是非法律的手段，但是，我要说的这两点需要考虑合法问题。第一点，米考博先生为了生活向尤利亚预支了一些薪水，他留下了借据一类的东西——"

"哦！那借款是必须偿还的。"我姨奶奶说。

"是的，可我不知道，尤利亚什么时候会拿这些借据来起诉他，也不知道这些借据目前在哪里，"特拉德尔睁大眼睛说，"我猜测，米考博先生从现在到他启程去海外之前，他随时会被逮捕，或者被拘留。"

"那么他应该及时得到释放，或者解除拘留，"我姨奶奶说，"如果要这样，一共该偿还多少钱？"

"哦，米考博先生把这些交易——他把这些财务往来称作交易——都郑重其事地记在一个记事本里，"特拉德尔微笑着回答说，"他记下的这些款项，总数是一百零三英镑五先令。"

"那么，包括这些款项在内，我们得给他多少钱呢？"我姨奶奶说，"艾妮丝，我亲爱的，我们之间如何分担这笔费用，以后再说。我们现在谈谈，该给他多少钱？五百英镑？"

听她这么说，我和特拉德尔立刻搭话了。我们俩一致认为，给他一笔小额的现金，另外，欠尤利亚的钱，他每次来讨要，我们就替他垫付，但不必提前与米考博先生商定。我们建议，除了承担米考博先生一家的旅费和装备费用，另外再给他一百英镑现金。对于这笔垫付的款项，应该郑重其事地和米考博先生签订契约，让他根据安排偿还给我们，这样会让他有种责任感，有益于他。我又补充建议说，应该找到辟果提先生，由我把米考博先生的性格和历史向他说明清楚，我知道辟果提先生是可靠的人，可以另外拿出一百英镑，暗中托付给他，由他酌情转借给米考博先生。我进一步建议说，为了促成他们二人的关系，我应该把辟果提先生的经历，挑选那些可以说的，或者值得说的内容，讲给米考博先生听，以让他对辟果提先生产生极大兴趣，尽量让他们为了共同利益而相互照应。我的建议，得到了大家的点头称赞。在这里顺便提提，我所提到的这两位当事人，没过多久就达到了我的目标，相处友好，和睦相处。

我这时看到，特拉德尔又焦急地看了我姨奶奶一眼，便提醒他说说，他刚才说到的第二点，也就是最后一点是什么。

"科波菲尔，如果我涉及了一个令人痛苦的话题，我希望你和你姨奶奶得原谅我，因为我担心提到这个话题，"特拉德尔迟疑不定地说，"不过我觉得，很有必要提醒你们回忆一下。就在米考博先生揭露真相的那一天，在那个令人难忘的日子，尤利亚·希浦曾恫吓过我们，他提到你姨奶奶的——丈夫。"

姨奶奶依旧保持着端坐姿势，神情依旧很镇静，她点了点头，表示记得那事。

"也许，"特拉德尔说，"那会不会只是毫无根据地瞎说？"

"不是。"我姨奶奶回答说。

"请原谅我，难道说，真的有那么一个人，而且完全受尤利亚的操纵？"

"是的，我的好朋友。"我姨奶奶说。

特拉德尔明显拉长了脸，向我们解释说，他没能很好地处理这个问题，因为这并不在他对尤利亚提出的条件之内，其结果就和米考博先生的预支债务一样，都会带来麻烦。我们现在已经无权再控制尤利亚·希浦了；只要他有能力骚扰或伤害我们或我们中的任何人，毫无疑问，他一定会处心积虑不择手段。

我姨奶奶默不作声，过了一阵子，又有几颗豆大的泪珠流过她的双颊。

"你说得很对，"她说，"你考虑得很周到。"

"是否需要我——或科波菲尔——帮着做些什么？"特拉德尔温柔地说。

"不需要，"我姨奶奶说，"我对你们感激不尽。特洛，我亲爱的，他的恫吓毫无用处！我们还是请米考博先生和米考博太太回来吧。你们谁也不要对我说什么了！"她说完这番话，抚平了衣服，笔挺地坐着，双眼直直地看着门口。

"哦，米考博先生，米考博太太！"当他们进来后，我姨奶奶说，"我们刚才讨论了你们移居海外的事情，让你们在外面等了这么久，非常抱歉。现在我把我们的建议和打算，都告诉给你们。"

姨奶奶把我们的打算和盘托出，他们全家人都在这里，包括所有的孩子，他们听了后，全都欢呼雀跃。米考博先生凡是签署什么期票，从一开始就严格守时，现在他的这一习惯又被激发出来，于是不顾劝阻，立刻兴高采烈地出门去，准备购买贴在期票上的印花。但是，他兴高采烈的心情受到了猛然重击。因为没过五分钟，他就被一个法警押送了回来。他痛哭流涕，告诉我们说，一切都完蛋了。原来是尤利亚·希浦控诉他，不过我们早已有所准备，于是当场为他支付了欠债。过了五分钟，米考博先生便又兴高采烈地坐在桌边，在贴有印花的期票上填写起来。那副得意神情，只有在做这种愉快的活儿，或者调制潘趣酒时，才会在他那容光焕发的脸上显现出来。他带着艺术家的品位，如同绘画一般在印花上描绘着，横着竖着看了又看，然后拿出自己的记事本，郑重其事地记下日期和金额。写完以后，他又反复打量着期票，深层感受着其中的可贵价值。他的这番举动，真是难得一见的赏心事。

"哦，米考博先生，如果你愿意听我一句忠告，"姨奶奶默默地观察了他一阵子，然后对他说，"你最好从此以后，发誓不再做这种事情了。"

"小姐，"米考博先生回答说，"我准备在未来生活的扉页上，写下这样一句誓言。米考博太太可以做证。我相信，"米考博先生庄严地说，"我的儿子威尔金斯将永远铭记，他宁可让自己的手放在火里烧，也绝不会摆弄那些毒蛇般的期票，因为它已经毒害了他那不幸的父亲的血液！"刚刚还激动不已的米考博先生，现在立刻又变成了一副悲观绝望的样子。他阴郁恐怖地看着这些"毒蛇"，目光中，刚才对它们升起的喜爱还没有彻底消退。他把它们折好，放进了衣服口袋里。

那天晚上的活动，就这样结束了。我们无比忧愁，也无比劳累，弄得心力交瘁，于是我和姨奶奶决定，明天再回伦敦去。根据我们的商议，米考博先生把他的家具器物交给经纪人卖出后，跟我们一起去伦敦；而威克费尔德先生的各项事务，在特拉德尔的主持下，以适当的速度得以清理。艾妮丝不等清理结束，便也去了伦敦。那一晚，我们在那座老房子里度过，希浦一家已经没了踪影，这座老屋终于清除了一场瘟疫。我睡在昔日的那个房间里，就像是一个遭遇沉船灾难的流浪者一样，终于回到自己的家园，心中无限感慨。

第二天，我们回到伦敦姨奶奶的小房子里，并没有回我自己的家。睡觉之前，我和她像往日一样，单独坐在了一起，姨奶奶这时候说：

"特洛，你想知道我最近的心事吗？"

"我很想知道！姨奶奶。如果你感到悲伤和忧愁，我却无法为你分担，我会多么难过啊，尤其是眼下这个节骨眼儿上。"

"孩子，"我姨奶奶无比慈祥地说，"没有我这些微不足道的烦恼，仅仅是你自己的烦恼，已经够你难受的了，特洛，正是如此，我才向你隐瞒了我的事。"

“我理解你的良苦用心，”我说，“不过，现在还是请你告诉我吧。”

“明天上午，你愿意陪我乘车出去走走吗？”我姨奶奶问。

“当然愿意。”

“九点钟，”她说，“到时候我再告诉你，我亲爱的。”

第二天九点钟，我们准时坐上了一辆轻便马车，启程前往伦敦去了。我们驶过长长的街道，最后来到一所大医院前。在医院大楼的附近，停着一辆肃穆的灵车。灵车的车夫认出了我姨奶奶，看到我姨奶奶在窗口的手势，便缓缓地赶着车，我们跟随在了其后。

“你现在明白了吧，特洛，”姨奶奶说，“他已经去世了！”

“他是在这个医院去世的吗？”

“是的。”

她坐在我身边，身子纹丝不动。不过，我又看到，几颗豆大的泪珠流过她的双颊。

“他过去曾经在那儿住过一次院，”姨奶奶继续说，“很久以来，他一直疾病缠身——这么多年来，他身子一直虚弱不堪。最后这次发病，他知道自己好不了了，便请求医院派人来找我。我们和好了。他告诉我，他感到非常悔恨愧疚。”

“我知道，你去看他了，姨奶奶。”

“我去看他了。后来，我和他在一起待了很长时间。”

“他是在我们去坎特伯雷的前一天晚上去世的吧？”我问。

姨奶奶点了点头。“现在谁也不能伤害他了，”她说，“那种恫吓是没有用的。”

我们乘车出了城，来到了霍恩西①墓地。“在这里长眠，比在街上好多了，”我姨奶奶说，“他就是在这里出生的。”

---

① 霍恩西：在伦敦北部。

我们下了车，跟随着那具简朴的棺木，来到墓地的一个角落，在那里举行了葬礼。那个地点我至今记忆犹新。

"三十六年前的今天，我亲爱的，"当我们回头走向马车时，我姨奶奶说，"就是这个日子，我结婚了。愿上帝饶恕我们所有的人！"

我们沉默不语，上车坐了下来。她就这样坐在我的身边，紧紧攥着我的手，久久没有放开。后来，她突然痛哭起来，说：

"我和他结婚时，他的相貌是多么英俊啊，特洛，可是到后来，他完全走了形，这多么让人伤心！"

不过，她哭了一会儿，便平静下来，甚至心情也畅快了许多。她说，她的神经有点衰弱，否则她不会如此失控的。愿上帝饶恕我们所有的人！

于是，我们就这样坐车，回到了海盖特她的小房子。在那里，我们看到了米考博先生写来的一封信，是由早班邮车送来的，这是一封短短的信，内容如下：

亲爱的特洛伍德小姐和科波菲尔：

近日刚现于地平线上之希望国度，今又为浓雾所围，无力穿透，我乃命中注定流浪之可怜人，将永远无法再睹其真容矣！

另一桩希浦诉米考博法案，已由威斯敏斯特国王高等法院名义发出传票，该案之被告，已由该辖区具有司法管辖权的执法长官所捕获矣。

时机已到，决战就在眼前，

前线战况，形势无比凶险，

看那骄横的爱德华在进犯——

那是奴役和锁链！①

　　此为我置身之所，且委身于迅疾来临之结局中。盖因精神之痛苦，若超于限度将必不能忍，我自认本人已达到该限度矣。我已穷途末路。上帝保佑你们！上帝保佑你们！未来之游人，若出于好奇（然则我亦唯愿，能出于同情），前来访问本城债务人拘留之所，当其行游且细看此地墙壁，或许会（我坚信必定会）生出无限遐想，盖因他们将看到用锈钉在墙壁上刻下的模糊姓名缩写：

威·米
星期五于坎特伯雷

　　又及：我重启此信，我等共同之好友托马斯·特拉德尔先生（他尚未离开我们，且身心俱安），已用特洛伍德小姐之贵名，付清了涉案之全部债务与讼费。我本人与阖家大小，现又处于尘世之幸福巅峰矣。

---

　　①　引自诗人彭斯《苏格兰人》，第二段。描述苏格兰国王布鲁斯（1274—1329）于1314年的班诺克本一役之前，为痛击英格兰侵略军而向部队所作之临战鼓动。此为晚枫之译本。

第55章　暴风骤雨

我现在要在这个章节写到我生平遇见的一件大事件。这件事令人难以忘怀，让人胆战心寒，而且与前面的叙述有着千丝万缕的联系；因此，从写作的开始，我就看到它像平原上的一座高塔，随着写作的深入，它就变得越来越高大，甚至让我感觉到，它给我童年的众多经历蒙上了种种阴影。

这件事情发生后，许多年里，我仍然会常常梦到它。我被它半夜惊醒，它的情景是那么清晰地呈现在我的眼前，即使是夜深人静，我仍然能够感受到它掀起的惊涛骇浪，在我寂然无声的卧室里肆虐。直到现在，我有时还会梦见它，只不过间隔时间变长了些，而且也不太有规律了。但是只要遇到一点暴风，或者言语上稍稍提及海岸，我便会马上联想到它，完全不逊于我内心所能感受到的任何暴风雨。如同再次目睹当时的情景，我准确原原本本地把它写下来。我不是在回忆它，而是清晰地看到了它，因为它又在我眼前发生了。

移居海外的人们，所搭乘的船即将启程，我那仁慈的老保姆已经来到了伦敦。我们一见面，她便表达了她的难过之情。我总是和她、她的哥哥，还有米考博一家待在一起，而他们之间也总喜欢聚在一起。不过，我从来没有见到过艾米丽。

就在启程前的一天晚上，我单独和辟果提以及她的哥哥在一起。我们谈起了汉姆。辟果提向我们详细描述，汉姆是怎样亲热地和她告别，他的态度是多么稳重和刚毅。她相信，尤其近来他的内心承受着巨大的痛苦。说起这个话题，这个好心人就停不下来。她和汉姆总是在一起，所以她总是津津有味地说着他的一切，我们也和她一样，听得津津有味。

那时候，我和姨奶奶已经搬出了海盖特的那两座小房子，因为我准备去国外，而她准备返回她在多佛的小房子。我们在考文特加登找到一个临时寓所。那天晚上，我们大家聊完以后，我走回那个寓所，一路上都在回忆，我上次去雅茅斯时和汉姆谈过的那些话。我原本有个打算，等去船上同艾米丽的舅舅告别时，托他转交给艾米丽一封信，但现在我有些犹豫了，我觉得最好现在就动笔给她写信。我想，她收到我的信后，也许会愿意通过我，写几句别离的话，转交给她那位不幸的爱人。我应该给她这样一个机会。

因此，我在上床前，坐在房间里给她写信。我告诉她说，我已经见过汉姆了，他要求让我告诉她一些话，那些话我已在本书的合适地方写过了。我原原本本地把话转告给她。即使我有权利添枝加叶，也没有这种必要。他的那番话是那么真挚和善良，完全不需要我或任何人来润色粉饰。我把信放在屋外，以便第二天清早让人送出去。我在信封上写了一行字，是留给辟果提先生的，请他把信转交给艾米丽。等我上床入睡时，天色已经微明。

我疲惫极了，超出了我的料想，等到太阳出来了才睡着，直到第二天已经很晚的时候，我仍然躺在床上，仍然感觉疲乏无力。我姨奶奶悄悄来到我的床前，我才被惊醒。其实，我在睡梦中时，已经隐隐感到她来到我身边，我想，这种感觉，我们大家都曾有过。

"特洛，我亲爱的，"我睁开眼睛，我姨奶奶说，"我正犹豫不决，是不是该叫醒你。辟果提先生来了，要请他上来吗？"

我睁开眼睛，答应说好的，很快，他就上来了。

"大卫少爷，"我们握过手后，他说，"我把你的信交给了艾米丽，先生，这是她写的回信，她让我请你看一看。如果你觉得这样写没什么不妥的，就劳烦你转交给汉姆。"

"你看过了吗？"我问。

他点了点头，显得很伤心。我打开信，信是这么写的：

  我已经收到你捎来的口信。哦，我该怎么写，才能感谢你对我的一片好心和良好祝愿呢？

  你的那些话，我会牢记在心，至死都不会忘记。你的那些话是尖锐的刺，但是也给了我无限的宽慰。我已经为那些话祷告过了，哦，我已经祷告了不知多少次。当我知道你的模样，舅舅的模样，我就能想象得出上帝的模样，我便可以向他哭泣了。

  永别了。哦，我的亲人，我的朋友，今生今世我们要永别了。等到来世，如果我能得到宽恕，我也许会转生成一个孩子，再来找你。对你不尽感激，为你不尽祝福。别了，永别了。

信纸上，浸染着滴滴泪痕。

"我是否可以告诉她，说你觉得没有什么不妥，而且愿意转交给汉姆吗，大卫少爷？"等我看完信后，辟果提先生问。

"没有问题，"我说，"不过，我在想——"

"在想什么呢，大卫少爷？"

"我在想，"我说，"我最好再回雅茅斯一趟。在你们的船起航之前，我走一个来回，时间是足够的。我心里一直挂念着他，他是那么孤独寂寞。这时候，我把她的这封亲笔信送到他的手上，而且你也能在起航时告诉艾米丽，说他已经收到信了，这对他们两个人来说，都是好事。我郑重地接受了汉姆的托付，为了那位亲爱的好人，我会竭尽全力地办好。回去一趟，对我来说也不算什么困难。我心里感到很烦躁，出去走走会更好些。今天晚上我就出发去雅茅斯。"

虽然辟果提先生竭力想劝阻我，但我看得出，他和我的想法是一致的。如果说，即使我原来的想法不够坚定，而现在变得更加坚定。他按照我的请求，到售票处为我买了一张马车车夫旁边的座位票。那天傍晚，我坐上了马车出发了，再次踏上多次沉浮中走过的那条大路。

"你难道不觉得，"当马车驶出伦敦，到了第一个站上，我问马车车夫说，"今天的天色很怪异吗？我从来没有见过这种天色呀。"

"我也从来没有——没有见过这种天色，"他回答说，"起风啦，先生。我猜测，海上很快就要出事了。"

黑云压城，滚滚而来，就像是湿柴堆里冒出的滚滚浓烟。乱云飞渡，翻腾起伏，千奇百怪，让人感觉云层堆得厚极了，超出了从天上到地下最深的峡谷谷底之间的深度。月亮也像发了疯似的，在云堆中慌不择路地乱跑，就像是遭受了可怕的惊扰，吓破了胆，不知何去何从。狂风已经刮了整整一天，这时候风势更猛，发出了从未有过的呼啸声。又过了一个小时，风越来越凌厉，天色越来越昏暗，风势越来越大。

夜色更浓。乌云密布，黑压压地堆满了整个天空。四周漆黑一片，风刮得越来越猛。风势仍在不断加剧，到后来我们的马迎着风几乎寸步难行。时值九月下旬，夜晚时间变得很短了，在夜色最黑暗的时候，领头马好几次被吹得转过身来，或者僵立不动。我们提心吊胆，生怕马车给吹翻了。在那场暴风雨来临之前，一阵阵疾雨，如刀剑般横扫过来。遇到这种情况，我们巴不得停下来，找到大树或者墙壁躲避一会儿，因为实在是难以继续前行了。

破晓时分，风势更加猛烈。过去我在雅茅斯时，曾听水手们说起，大风刮起来就像大炮声音，可是我还从来没有经历过今天这种风暴，连类似的大风也未曾见识过。当我们抵达伊普斯威奇①的时候，已经晚点很多了。因为我们离开伦敦十英里之后，每前进一寸都得搏

---

① 伊普斯威奇：英国东部萨福克郡最大的镇，也是郡府所在地，位于奥尔韦尔河河口。

斗一番。我们发现集市上聚满了人群，他们由于害怕烟囱被吹倒砸着人，深更半夜就起床躲到这里来了。我们在更换马匹时，聚集在旅馆前的一些人过来告诉我们说，教堂塔楼上的铁皮，都被大张大张地掀落下来，掉在后街上，把那条街全给堵上了。还有一些人告诉我们说，有几个附近村子过来的乡下人，亲眼看到一些大树被连根拔起，横倒在地，整堆整堆的草垛被吹散开来，遍布在路上和田地里。风势依旧不减，反而更加猛烈。

我们挣扎着继续前行，离海边越走越近。因为大风是从海上刮往岸边的，风势越来越恐怖。尽管我们还没有望见大海，但是海水的飞沫，已经溅到了我们的嘴唇上，咸咸的，海水刮到我们的身上。海水涌上来，把雅茅斯附近许多英里的平地都给淹没了。坑坑洼洼的水猛烈地拍打着岸边。那小小的浪头，也劈头盖脸地向我们猛打过来。当我们来到看见大海的地方，天际线上涌起阵阵巨浪，从翻滚的浪底高高跃起，就像是在对面海岸上冒出的塔楼和房屋，忽隐忽现，飘忽不定。我们最终抵达了雅茅斯的镇上，人们都到车门口来看我们，他们被吹得东倒西歪，头发凌乱飞舞着。他们都无比诧异，没想到这种夜晚竟然还有邮车赶来。

我来到以前住过的那家旅馆，安顿下来，便去看看海上的情况。我沿着大街踉踉跄跄地走着，到处都是沙子和海草，海水的飞沫四处飞舞。我一路上都小心谨慎，提防着房上的石板或瓦片被掀落下来。每当走到狂风劲吹的拐角处，遇上路人都会去抓着他。当我来到海边，我看到聚集在这里的人不仅仅有渔夫，而且镇上其他人也都赶来了，大家都躲在房屋的后面。有些人顶着狂风暴雨，不时向海上张望着，无奈之下，狂风把他们跌跌撞撞刮了回来！

我来到人群中，看到有些妇人在纵声痛哭，因为她们的丈夫乘坐捕鲱鱼或捞牡蛎的船出海去了，现在仍然毫无踪影。大概他们的船还来不及到达安全港湾，就翻船沉没了。人群中还有些头发花白的老水手，他们望望大海，又望望天空，摇晃着头，相互低声说着什么。船主们紧张不安，孩子们挤在一起，专注地盯着大人的脸色。就连那些健壮的渔夫们，也焦虑不安，心急如焚，他们躲在避风的地方，举着望远镜观察着大海，像是在观察敌情。

阵阵狂风吹得人睁不开眼睛，卷起的飞沙走石漫天飘舞，人群中发出震耳欲聋的喧闹声，我在这样骚乱的场景中慢慢定下神来，得到片刻的时间往大海看过去，顿时被惊心动魄的景象吓得不知所措。高高耸立的水墙一面接着一面地猛扑过来，在飞跃到最高点后，猛然跌落下来，化成飞溅的浪花。似乎最小的一面水墙，也足以把整个镇子吞噬掉。海浪猛然后撤，发出巨大的轰鸣声，仿佛要在海边挖一个深坑，让整个世界顷刻坍塌。一些巨浪长着白色的头顶，轰鸣着猛扑过来，还没有到达岸边就被撞得粉身碎骨，每一个浪花碎片，都充满了原来的无比的愤怒，转瞬间与后一个浪头混在一起，组合成了另一个怪物。起伏的高山跌落成了深谷，起伏的深谷又升腾成了高山，有时候，会有孤零零的小海燕从深谷中飞过。汹涌的巨浪发出的咆哮声，震撼着海滩，每一个海浪怒吼着冲过来，变成了自己独有的模样，但刚一成形，迅疾地又变换了自己的模样和位置，打碎另一个海浪的形状，占据了它的位置。天际线上，仿佛对面海岸上冒出的塔楼和房屋起起落落。又浓又厚的乌云迅速地压下来。我似乎看到，整个大自然都在分崩离析，天地翻滚，已经混沌成一片。

直到现在，当地的人们仍然记得这场暴风，认为那是在当地刮过最大的一场暴风。但是，在这群暴风召集而来的人群中，我并没有看到汉姆，于是我便往他家走去。他家的房门紧闭，敲门也没有人答应。于是我就顺着后街小巷，找到他工作的船厂。我在那里打听到，他已经到洛斯托夫特去了，因为那儿有些需要紧急修理的船，需要他那样的技术人员才解决得了，不过他明天早晨就能按时回来了。

我回到旅馆。洗漱完后，更换了衣服，想睡一会儿，但是睡不着，现在已经是下午五点钟了。我在咖啡室的火炉边坐了还不到五分钟，茶房主便过来了，借着通火名义找我聊天，他告诉我说，有两条运煤船，在几英里之外的海上，连同所有的船员都沉入了海底。还有一些船仍在停泊处奋力挣扎着，想艰难地避免撞向海岸。他说，如果再来一个像昨天那样的晚上，我们就只能祈求上帝保佑那些船，保佑所有可怜的水手们！

我烦躁苦闷，孤独寂寞，由于找不到汉姆，我更是惶恐不安。近来发生了这多么的变故，对我影响很大，但影响到底有多严重，我也说不清楚。而且我遭受了这么长时间的暴风吹打，让我有些晕头转向。我的思维和记忆都变成了一团乱麻，让我自己都分不清时间先后和距离远近了。因此，假如我到镇上去，遇上一个我明知此时应该在伦敦的人，我想自己也不会有丝毫惊诧的。换句话说，在这些方面，我的思维麻木涣散，这是一种很奇特的感觉。可是我的思维又非常忙乱，这里的一切事物都自然而然唤起我的种种记忆，鲜明生动，历历在目。

在这种感受下，当听到茶房主说起那些沉船的悲惨消息，我便不由自主地联想起汉姆的安危，这样的思维完全不受意识的掌控。我一直放心不下，害怕他会从洛斯托夫特坐船回来，在海上出事。我越来越恐慌，于是打定主意，在吃晚饭前再去一趟他工作的船厂，向船匠们打听打听，看他是否有可能坐船回来。如果船匠们认为汉姆有可能会坐船回来，那我就去一趟洛斯托夫特，亲自把他接回来，免得他坐船。

我匆匆在旅馆订下晚饭，便赶到船厂去了。我来得正是时候，因为一个船匠正手提灯笼，锁上船厂的大门。我向他说出我的担忧，他听了后大笑起来，说我根本不用害怕。不论是头脑清醒的人，还是糊涂的人，都不会顶着这种暴风雨开船出去，更何况汉姆·辟果提从小就出海，更不会干这种傻事。

我原本就料到会是这样，可是我仍然忍不住跑去问，经他这样一说，我觉得有点儿难为情。于是我又回到了旅馆。我觉得风势大得不能再大了，但是它依然风势强劲，风力不减。狂风怒吼，门窗发出叮当的碰撞声，烟囱呜呜作响，我栖身的那座房子，明显在摆动，海水翻滚喧腾，比上午的情形更加恐怖。不仅如此，天色漆黑，让暴风雨变得更加恐怖，这种恐怖既真实又虚幻。

我根本没有食欲，坐立不安，做什么事都无法静下心来。我心里似乎有一件事，隐隐约约地与屋外的暴风雨呼应着，触及了藏在心底的记忆，搅动翻腾起来，乱成一锅粥。不过，尽管我心里翻江倒海，与轰鸣的大海一样疯狂，但是对暴风雨的恐惧和对汉姆的担忧，总是位居第一。

我的晚饭几乎一口没吃，便撤了下去。我喝了一两杯酒，想提提神，却毫无作用。我坐在壁炉前，迷迷糊糊地陷入昏睡，但又没有失去意识，不仅能听到屋外的喧闹声，也明白自己身在何处。但是，心里突然涌出一种无法形容的全新恐怖，那两种感受都掩盖起来了。当我清醒过来，或者更恰当地说法是，当我挣脱了昏睡的状态，从囚禁我的椅子上站起来时，我感受到了一阵难以名状的恐怖，也不知道是为什么，整个身体都簌簌发抖。

我在屋里走来走去，试着翻看一本旧杂志，倾听着令人恐惧的声音，看着炉火中变幻出来的面孔、景物和形象。墙上的那只挂钟依旧没受到惊扰，发出泰然自若的嘀嗒声，最后，我被那个声音折磨得无法忍受，便决定上床睡觉去。

在这样的夜晚，我听说旅馆的几个伙计愿意守夜到早晨，心里便安心了些。我倦怠无力，头昏脑涨，于是就躺到了床上；可是刚一躺下，所有的倦怠立马烟消云散，就仿佛被施了魔法，头脑豁然清醒过来，所有的感官都变得异常灵敏。

我这样在床上躺了好几个小时，倾听着风声和海浪声。我仿佛时而听到海上的惨叫声，时而清晰地听到放信号枪的声音，时而又似乎听到镇上房屋坍塌的声音。我好几次都起身，朝屋外张望，可是什么也没有看到，只看到窗户玻璃上映着屋里昏暗的烛光，和我那张憔悴的面容，仿佛是从黑黢黢的屋外看着我。

到最后，我心烦意乱到了极点，于是匆匆穿上衣服，下楼去了。在宽敞的厨房里，我模糊地看到一块块腊肉和一串串洋葱挂在房梁上，守夜的人们都围坐在一张桌子周围，姿态各异，他们特意把桌子搬到远离大烟囱的地方，而放在了靠近门口位置。有个漂亮的侍女，用围裙捂着耳朵，眼睛盯着门口，当她看到我出现时，厉声尖叫起来，她把我当成了一个鬼魂。不过其他人显得很镇静，再增加一个守夜的伙伴，何乐而不为呢。有个伙计说，他们刚才正在讨论，那些运煤船上被淹死的船员灵魂，是否会在暴风雨中四处游荡，他问我，我对这个问题怎么看。

我在那里估计待了两个小时。在中途有一次，我打开了旅馆院子的大门，往外面街道探头看了看，到处都是空荡荡的。沙子、海草和一团团的海水飞沫肆虐横行，迎面撞来。我怎么也关不上大门，只得请人来帮忙，迎着狂风，使出浑身力气把门紧闭。

最终，我又回到了我的房间，那里冷清寂寞，漆黑一片。不过我这时太倦怠了，于是再次上了床，接着就坠入了深邃的梦境，就像是从高塔上坠落下来，贴着悬崖落入了深渊。在很长一段时间里，我虽然梦见自己身处异境，看到了别样的景致，但是我始终有个印象，不管在哪里都是狂风肆掠。最后，我对现实那点微弱的感受，完全失去了把握，于是就梦见，到处炮声轰鸣，我和两个亲密的朋友正在攻打一个城镇，不过那两个人到底是谁，我根本不知道。

炮声隆隆，不绝于耳，我似乎很想听清什么东西，但是怎么也听不见。我便努力挣扎着，从梦中醒了过来。天色已经大亮，早上八九点钟了，梦中隆隆的炮声，被现在隆隆的暴风雨替代了。这时候有人在敲我的门，边敲边叫喊着。

"什么事？"我大声问。

"有条船快沉啦！就在附近！"

我猛然从床上跳起来，问出事的是什么船。

"是一只帆船，从西班牙或是葡萄牙过来的，装满了水果和酒。如果你想看看，先生，那就快点！据海边的人估计，那条船随时会被击成碎片！"

我听见那紧张的声音沿着楼梯很快远去了，于是飞快地穿上衣服，跑到街上去了。

在我的前面，已经有很多人朝着海滩奔跑。我也朝着那个方向跑去，并赶在了前面。没过多久，我便看到了那汹涌怒吼的大海了。

这时候，风势似乎小了一点，但并不明显，就像是我梦中的炮声，几百门大炮中只有几门停了下来，那减小的声音是不太容易察觉出来的。但是，大海经过整整一夜的翻腾，比我昨天见到的景象，更加恐怖狰狞。那巨浪呈现出来的每一个模样，都显示出它高亢膨胀的气势。浪头一个接一个地高高涌起，一个高过一个，一个压倒一个，排山倒海，连绵不绝，令人畏惧。

风浪的咆哮，盖过了其他一切声音；人群惊慌失措；我竭力抵挡着恶劣的天气，让我头昏脑涨，几乎窒息。我努力在海里搜寻着出事的船，可是视野所及的，只有一个又一个的滔天巨浪，喷着白色的飞沫。我身旁站着一个水手，打着赤膊，伸出光光的胳膊，指着左边让我看。他的胳膊上文着一个箭头，现在那个箭头也跟着指向同一个方向。于是，我的天啊，我看到了那只船，它就在我们不远处！

船上有一根桅杆，在离甲板六英尺或八英尺的地方折断了，倒在船的一边，与帆布和绳索缠绕在一起，随着船的颠簸而摇晃，所有这堆乱糟糟的东西，猛地撞击着船舷，似乎要把它撞瘪下去。船没有片刻的安静，颠簸起伏，剧烈晃动。即使在那种危机情形下，船上依然有人正试着把这一部分损坏的东西砍断。因为那时候，船已经倾斜了，当它在颠动中侧倾向我们时，我清楚地看到，船上的人纷纷挥动着斧子用力砍着，其中一个留着长鬈发的人特别活跃，在那帮人中引人注目。就在这时候，岸上发出了一阵惊叫，声音压过风浪的轰鸣，原来海上掀起一个巨浪，掀打在颠簸的破船上，把甲板上的人们、桅杆、酒桶、船板和船舷，全都像一堆玩具，统统卷进翻滚的海浪中。

船上的第二根桅杆依然矗立着，破烂的帆布和断成一团乱麻的绳索挂在上面，使劲地晃来晃去。站在我身边的那位赤膊水手，哑着嗓子凑在我耳边说，那只船已经撞过一次礁，冒上来，又撞了一次。我听他又补充说，那只船很快就要被拦腰折断了。我明白，颠簸和冲撞那么猛烈，任何人造的东西都不堪一击。他正说着这话时，岸上又发出同情的惊呼声，随着那只破船从海里浮出来，船上只剩下四个人，他们紧紧地握着尚未折断的桅杆上的绳索。桅杆的最高处，便是那位留着长鬈发的活跃身影。

这只船在海里翻滚着，就像一头被逼疯了的野兽，时而船身朝着岸边倾斜过来，全部甲板一览无余，时而又疯狂地高高跃起，向着大海那边倾斜过去，只露出底部的龙骨。船上有口钟，随着船的颠簸冲撞，那口钟就当当直响，像是为那些不幸的人们敲响了丧钟，钟声顺着风飘到我们这里来。一会儿那只船消失不见了，一会儿又冒了出来。又有两个人消失了。岸上的人忧心如焚。男人们攥紧了拳头，悲伤地呻吟着；女人们发出阵阵尖叫，把脸转到一边去。有些人在海滩上发疯地来回跑着，哀求人们施以援手，可是大家却无能为力。我和他们疯狂地哀求着一群认识的水手，请求他们想想办法，别让我们眼睁睁地看着另外两个遭难的人葬送了性命。

他们异常激动，向我解释了一番。我如热锅上的蚂蚁，急得团团转，连听进耳朵的只言片语也没搞明白，但不知道为什么，我却听懂了他们的话。他们解释道，早在一个小时前，救生船上就配备好了最勇敢的水手，可是依旧束手无策，船根本无法出海。而且，没有人敢冒着生命危险，带着绳索游过去，让那只船和岸上取得联系。除此之外，就再没有别的方法可试了。正在这时，我注意到人群又骚动起来，接着看到他们自动往两边让开，汉姆穿过人群，来到了前面。

我向他奔去，我心里原本想着，请他去救援那两个人。但是，尽管我被海上的险情吓得惊慌失措，可当我看到他脸上那坚定的神情和望着大海的眼神，我猛地一下清醒过来，使我意识到他将面临巨大危险。他的这副神情，和艾米丽离家出走后那天早上的神情毫无区别。我伸出双臂紧紧抱住他，不放他往前走，并哀求刚才和我说话的那些水手们，求他们别听他的话，别让他去送死，别让他离开海滩！

岸上又发出一阵惊叫。我们朝那破船看过去，只见那片残忍的破帆布，疯狂地抽打着那两个人，抱着桅杆的那个人被打落掉入海里。帆布得意扬扬地卷上来，围在仅剩的那个活跃人物四周，使劲拍打着。

看着这样的景象，看着这个沉稳坚毅、视死如归的人，他目光是那么坚定，在场的一半人都听从了他的指挥，我的恳求一点儿也不起作用，只好心里暗自祈祷着风势小一点。"大卫少爷，"他紧紧握着我的双手，神采奕奕地说，"如果我的时辰到了，那就让它来吧；如果还没到，我就再等着。上帝保佑你，保佑所有的人！伙计们，帮我做好准备！我要去啦！"

我被推到一边，有些人出于一番好意，拦住了我，不让我过去。恍惚之间，我听见有人在劝我，说不管有没有帮助，汉姆都去意已决，而且，如果我妨碍了那些为他做安全准备的人，那就有可能危及他的生命安全。我不记得我是怎么回答的，也不记得他们又说了些什么，我只看到海滩上一阵忙乱，有人拉着绞盘上的绳子往前跑过去，钻进围成圈的人群中，那些人挡住了我，所以我看不见汉姆了。后来，我看到他穿着水手衣裤，独自站在海边，手里握着一条绳索，也许是拴在他手腕上的；另外还有一条绳索，一头拴在他的腰上，另一头被几个远远站定的壮实汉子拉着，他把这根长长的绳索盘起来，松松地放在脚边的海滩上。

即使我这个毫无经验的人也能意识到，这只破船即将断裂开来。我看见它正拦腰折断成两半，桅杆上那个仅存的人，性命岌岌可危。他仍旧紧紧抱着桅杆不放。他头戴着一顶怪异的红色便帽，不像是水手帽，颜色要更鲜艳些。他赖以生存的几块木板，已经松动翻转，帆船即将解体，预示着他死亡的丧钟即将响着，大家都看到他在挥动那顶红色便帽。在那个时刻，我看到他的这个动作，我觉得自己快疯了，因为他的那个动作，让我回忆起了那位曾经和我亲密无间的朋友。

汉姆独自站在海滩上，凝望着大海，他身后是一片死寂，前面则是狂风巨浪的轰鸣。他趁着一个巨浪消退回去时，回头看了一眼那些拉着拴在他腰间绳索的那些人，便跟在那个浪头后面冲进海里，眨眼间便和海浪搏斗起来，时而跟着高山翻腾，时而狠狠跌落谷底，时而被海浪的白沫包裹，最后，他又被冲回到了水边。人们急忙拉着绳索把他拖了过来。

他受伤了。我从站立的地方看过去，发现他脸上淌着血，可是他毫不在意。他似乎匆匆地给那些人提要求，让他们把绳索再放松一些，给他留些活动余地——或者说，我只是从他胳膊的动作，做出了这样的推测——然后他又像刚才那样，冲进了海里。

这一次，他拼命向破船游过去。他时而随着高山飞跃，时而随着深谷坠落，时而沉入翻滚的白沫，时而飘向海岸，时而飘向破船方向。他百折不挠、坚强不屈、艰难搏斗着。那段距离并不算长，但是面对着风浪的巨大威力，使得这段距离变成了生死较量。最后，他终于靠近了那条破船。他离它是那么近，只需要用力游一下，便可以抓住它了。但是，就在此时，一个如同绿色高山的巨浪，从船的另一侧，往海岸边猛扑过来，汉姆纵身一跃，跳进巨浪里，而那只破船再也没有了踪影！

他们使劲往回拉着绳索，我向他们冲了过去。只见海面上浮着一些打着旋儿的碎木片，仿佛打碎的只是一只酒桶。每个人的脸上都露出凄惶的神色。他们把汉姆拉了起来，拖到我脚前——他已经没有了知觉——他死了。人们把他抬到最近的一座房子里，现在，再也没有人拦着我了，我便留在他的身边，用尽一切办法抢救着。可是，他已经被巨浪打死了，他那颗仁厚的心，永远停止了跳动。

我只得在床边坐了下来，一切的办法都用尽了，回天乏术，我失去了希望。这时候，一个渔夫来到门口，当我和艾米丽还是小孩子时，他就认识我了，他低声呼唤着我的名字。

"先生，"他说，他那饱经风霜的脸上流淌着眼泪，嘴唇颤抖着，脸色苍白，"你愿意去那边一下吗？"

对于那位昔日的朋友，我刚才产生了关于他的回忆。而现在从这个渔夫的脸上，我读出来了其中的含义。我惊慌失措，他伸手过来扶着我，我便依靠在他的胳膊上，问他：

"有具尸体冲上岸了吗？"

他说："是的。"

"是我认识的人吗？"我问他。

他沉默不语。

不过，他把我领到了海边。就在当年我和艾米丽寻找贝壳的地方——就在那只旧船屋被昨夜的狂风吹倒，碎片散落一地的地方——就在被他伤害很深的那个家的废墟之中，我看见了他，他头枕着胳膊，躺在那里，就像我们过去上学的时候，我总是看见他这个样子仰躺着。

第56章　旧痛新伤

　　啊，斯蒂夫呀，我万万没想到，我们最后一次谈心，竟成了我们的永别——你当时本不该说"你一定要记着我的好！"你可知道，我一向都是那样做的啊；如今，看到眼前这一切，我还能有所改变吗？

　　他们抬来一副担架，把他放在上面，给他盖上一面旗子，然后抬着他，朝有人家的地方走去。所有抬他的人都和他认识，都曾和他一起出过海，都曾见识过他的勇敢无畏、乐观快活。他们顶着怒号的狂风，寂静无声地走着，走向那座死神降临的小房子。

　　可是，当他们把担架放到门前时，你看看我，我看看你，迟疑不决，随后，他们又看了看我，小声地交头接耳起来。我知道他们的心思，他们认为，把他和汉姆放在同一间肃穆的房间似乎不大合适。

　　于是，我们一起到了镇上，把他抬进旅馆里。等我缓过劲来，我立马派人请来约拉，求他为我雇一辆车，好连夜把遗体运回伦敦。我知道，运送遗体，以及把这一噩耗告诉他母亲，任务艰巨，只有落在我的肩上。我也希望尽心竭力安顿好这一切。

　　为了尽可能地不惊动镇上的居民，我决定晚上动身。当我乘上一辆轻便马车，后面跟着负责运送遗体的车，驶出旅馆大门时，尽管已经夜深人静，仍然有许多人站在路两旁守候。当我们走出小镇，走在郊外的大路上时，我还时不时看见一些人赶来。不过，到了最后，就只剩下荒凉凄清的黑夜和空旷寂寥的田野，陪伴着我和我童年好友的遗体。

　　中午时分，我到达了海盖特。此时正值晚秋时节，秋意正浓，地面落叶缤纷，散发着淡淡的芳香。还有更多的树叶，挂在树梢上，或红，或黄，或紫，在阳光的照耀下，绚丽多姿，光彩夺目。最后那一英里，我是步行的，我一边走，一边思考，我将怎么来完成这一艰巨的任务。我让跟了我一夜的那辆车子停下来，等候通知，再继续前行。

我走到那房屋跟前，发现它一点儿也没变化。所有的百叶窗全都关得严严实实。那铺着石子的院子，那通往大门的长廊一片沉寂，了无生机。那道大门已经多时未曾打开！这时，风已经完全停下来，万物寂寥无声。

一开始，我实在不敢去拉门铃，最终，我还是鼓足勇气拉响了它，就像是在履行神圣的使命，责无旁贷，无法逃避。年轻的女仆拿着钥匙走了出来，她开门的时候，看了看我，关切地问道：

"对不起，先生，你生病了吗？"

"我心里很乱，也很累。"

"出了什么事吗，先生？是詹姆斯先生——"

"小声点！"我说，"是的，出了点事。我必须把这事告诉斯蒂夫太太。她在家吗？"

那女仆连忙说，她的主人现在很少出门，即便有马车也很少出去。她总是喜欢一个人待在卧室，也不愿意出来见客人，不过，她倒是愿意见我。她说，她的主人已经起床了，现在达特尔小姐正陪着她。她问我，上楼怎样向她通报呢？

我便认真嘱咐她，不要流露出不安的神色，只需把我的名片送上去，告诉她说，我在下面等着她。我跟随着走进客厅，在客厅坐下，等她下楼。客厅里先前那种欢乐的气氛已荡然无存，百叶窗紧紧关闭着，竖琴已多年不弹。他小时候的画像还摆放在那儿，他母亲珍藏着他书信的盒子也在那儿。不知她现在还读不读这些信，她将来还会不会阅读这些书信！

屋子里是这么沉寂，就连那女仆上楼时轻微的脚步声，我也听得清清楚楚。她回来时，告诉我说，斯蒂夫太太生病了，不能下楼来，如果我不介意，就到她房间去，她很乐意见我一面。过了一会儿，我就站在她面前。

她并没有在她的房间里，而是在她儿子的房间里。我想，她住在这个房间，一定是因为她深深地思念着自己的儿子。而且，为了寄托相思之苦，他曾经在运动项目和才艺方面所取得的成果，仍然像他在世的时候那样摆放在那儿，围在她的周围。不过，她在接见我时，她低声解释道，她不住在自己的房间，是因为她已经年老多病，那间屋子朝向不利于她养病。她说这话的时候，威严庄重，义正词严，不容别人对她的说法有丝毫怀疑。

达特尔小姐和往常一样，仍然坐在她的椅子旁边。从她那双黑眼睛往我身上一扫的一刹那，我便知道，她已看出我是来报告坏消息的，她嘴唇上的那道伤疤立刻凸显出来。她朝椅子后面退了一步，免得斯蒂夫太太看见她脸上的表情。她那锋利的目光注视着我，毫不躲闪，毫不畏惧。

"看见你穿着丧服，我很难过，先生。"斯蒂夫太太说。

"很不幸，我的太太去世了。"我说。

"你这么年轻，就遭遇这么大的不幸，"她继续说道，"我听了这一消息，感到特别悲痛。希望时间能治愈你的伤痛。"

"我希望时间，"我看着她说，"时间能治愈一切。亲爱的斯蒂夫太太，我们在遭遇不幸的时候，都应该相信这一点。"

我的态度极其诚恳，眼里含着泪花，她看了极其惊讶。她的整个思绪似乎都被打断了，停止了。

我极力控制住自己，轻轻地说出他的名字，可是我的声音却颤抖了。她喃喃自语地把他的名字重复三两遍，然后，她故作镇定地说：

"我儿子病了？"

"病情严重。"

"你见过他吗？"

"我见过了。"

"你们和好了？"

我不能说是，也不能说不是。她稍微扭了扭头，朝萝莎·达特尔刚才站在她身旁的地方看了看。就在那一刹那，我动了动嘴唇，对萝莎轻声低语道："死了！"

为了不让斯蒂夫太太回头看，我赶紧迎上她投来的目光。很显然，她还没有作好思想准备。可是我却看见萝莎·达特尔一脸的恐惧与绝望，双手伸向空中，然后猛地一下捂住了脸。

那位仪态端庄的太太——多么像他，哦，多么像他！——目光呆滞地看着我，用一只手支住了前额。我请求她保持镇静，做好了心理准备，我还有事情告诉她。其实，我这时应该劝说她放声痛哭一场，因为她一动不动地坐在那儿，就像一尊石像。

"我上次来这儿时，"我犹犹豫豫地说，"达特尔小姐告诉我，说他驾驶着船四处航行。前天晚上，海上波涛汹涌，险象丛生。听说那天晚上，他正好在海上，而且临近一片危险的海岸，如果正如大家所言，大家看见的那条船正是他的，那么——"

"萝莎！"斯蒂夫太太叫道，"到我这儿来！"

萝莎走了过来，可是却没有丝毫同情和关切之心。当她与斯蒂夫太太四目相对时，她的眼睛里喷射出两团怒火，突然，她仰天大笑起来，那笑声让人毛骨悚然。

"唉，"她说，"你一向那么骄傲，这下该满足了吧，你这个疯婆子？现在，他向你悔过了——命丧黄泉！你听见了吗？命丧黄泉！"

斯蒂夫太太身子往后一靠，直挺挺地躺在椅子上，她睁大眼睛看着达特尔小姐，一脸的茫然，痛苦地发出了呻吟。

"天哪！"萝莎拼命地捶打着胸膛，激动地嚷嚷，"你看看我！你就呻吟吧！你看看我！你看看我这儿！"她说着拍打着自己的伤疤，"看看你那死去的儿子留下的杰作！"

那位母亲的阵阵呻吟穿透我的心。那呻吟，总是一种不变的腔调，含混不清，极其压抑。她每次呻吟的时候，头都微微地仰一下，脸上却一点儿没有表情。那一声声叹息，像是费了好多的劲儿，从紧闭的双唇间挤出来的，仿佛下巴已经僵化，面部表情已经麻木。

"你还记得这是他什么时候干的？"萝莎继续咆哮道，"你还记得吗？正是由于他继承你的臭脾气，正是由于你一再娇惯他，纵容他，他才胆敢干出这种伤天害理的事，害得我毁了容颜。你看看我，我到死都要带上这道伤疤，这就是他一怒之下干的好事！是你，白白葬送了他的性命！你就呻吟吧！"

"达特尔小姐，"我好言相劝道，"看在上帝的分上——"

"我就要说！"她说着，她那两道犀利的目光直视着我，"你，给我住嘴！你，看着我，你这个狂妄自大的母亲，养出了一个自以为是、虚伪透顶的儿子！是你，毁了他一生！现在，你葬送了他的命，你就哭泣吧！现在，我彻底失去了他，你就哭泣吧！"

她紧握拳头，瘦削的身子战栗不已，她那一腔怒火排山倒海而来，仿佛要将她置之死地。

"你，纵容他肆意妄为！"她怒不可遏地咆哮道，"你，纵容他自高自大！你直到头发花白，才知道后悔！你，当他还在摇篮时，便开始娇生惯养，让他成为今天这个样儿！你本该好好培养他，严格要求他！这么多年付出的心血，现在，你终于有了回报！"

"哦，达特尔小姐，太放肆了！哦，太无情了！"我说。

"我要告诉你，"她抢白道，"我偏偏要对她这么讲。我现在站在这儿说话，这世界上没有什么力量可以阻拦我！这么多年了，我一直沉默不语，难道现在还不让我说话吗？我深爱着他，这份爱远远胜过你对他的爱！"她疾言厉色地冲着我说，"我可以全身心地爱着他，不求任何回报。如果我成了他的妻子，我心甘情愿成为他的奴仆任他使唤，只需他一年半载给我说上一句甜言蜜语！我本来可以成为他的妻子，还有谁比我更清楚呢？你，尖酸刻薄，骄傲自满，刚愎自用，自私自利，而我对他的爱忠贞不渝，亘古不变——可以将你那一文不值的呻吟踩在脚下！"

她气势汹汹，咄咄逼人，使劲在地上跺了跺脚，好像她真的要把斯蒂夫太太踩在脚下。

"你看看这儿！"她疯狂地拍打着自己的那道伤痕，"等他长大了，渐渐明白了一些事理，他就后悔不该这么做了！我对他唱歌，陪他聊天，无论他做什么，我都抱以极大的热情，无论他爱好什么，我都努力去追随，因而他对我产生了好感。在他最青春年少的时候，最纯真无邪的时候，他爱的是我！是的，他的确爱过我！有好多次，他极不耐烦地将你打发走，而和我待在一起，他的心里装的全是我！"

她歇斯底里地诉说着，几近疯狂。她脸上带着一种不可理喻的高傲，她沉浸在了对往事的热切回忆中，那回忆里，昔日的缱绻柔情，重又漫上心头。

"我沦落成了一个被人玩弄的对象——如果不是他那孩子气的追求让我深深着迷，我也许早就会料到这一结果——成为一个玩物，供他消遣，他高兴的时候，便拿来玩一玩，不高兴的时候，就随手扔在一边。渐渐地，他玩腻了，我也烦了。他那一时兴起的爱火熄灭了，我也不想再取悦他。他不能娶我，我也不想强迫他，非要他和我结婚。我们俩就这样渐行渐远。也许你早已看出来，但你并不感到惋惜。从那以后，在你们两人眼里，我就成了一件残损之物——没有眼睛，没有耳朵，没有情感，没有记忆！你呻吟？他今天这个结局，是你一手造成的，你绝不是爱他，你为你种下的恶果叹息吧！我告诉你，我对他的爱远远胜过你对他的爱！"

她站在那儿，对着斯蒂夫太太怒目而视。而斯蒂夫太太，目光呆滞，面无表情，只是时不时发出一声声呻吟。不过，她仿佛面对的是一幅面像，无动于衷，铁石心肠。

"达特尔小姐，"我说，"如果你真是那么残酷无情，不肯同情一下这位伤心欲绝的母亲——"

　　"谁同情我呢？"她尖酸刻薄地反问道，"是她自己种下的苦果，就让她好好去品尝吧！就让她为今天的收获呻吟吧！"

　　"如果由于他的过失——"我开始说。

　　"过失！"她放声痛哭起来，"谁敢诋毁他？他的灵魂，比他屈尊结交的朋友，要高贵千万倍！"

　　"没有人比我更爱他，没有人比我更想念他，"我回答说，"我的意思是，如果你不同情他的母亲，如果由于他的过失——让你深受其害——"

　　"那根本就不可能是真的，"她一边揪着她的黑头发，一边嚷道，"我有多么爱他啊！"

　　"如果由于他的过失，"我继续说，"让你还一直耿耿于怀，那就请你看看这位老人吧，即便你们素不相识，你也该出手来帮她一把啊！"

　　在这段时间里，斯蒂夫太太的模样始终没有一点儿变化，似乎也不可能有什么变化。她纹丝不动，身子僵直，目光呆滞，空洞无神，嘴里不时发出一声声呻吟，低沉嘶哑，与此同时，脑袋则无可奈何地晃动一下。除此以外，没有别的生命迹象。突然，达特尔小姐"扑通"一声跪在她跟前，为她解开衣服。

　　"你这个扫帚星！"她扭头看了我一眼，悲愤交加地骂道，"你到这儿来，我们就跟着遭殃。你这个扫帚星！快滚！"

　　刚刚走出这个房间，我立马又返回来，拉了拉铃，好让仆人及时赶来。她依旧跪在地上，把那毫无动弹的老太太搂在怀里，她俯在老太太身上，哭着，喊着，亲吻着，像摇晃一个婴儿似的，轻轻地把她来回摇晃着，轻声细语地呼唤着，想方设法唤醒毫无知觉的老太太。见此情景，我便放心下来，悄悄地转身离开。待我走出房屋时，所有的仆人都赶来了。

傍晚时分，我又回到了那儿。我们把他放在他母亲的卧室里。他们告诉我，他母亲还是老样子，达特尔小姐一直守候在身边，未曾离开半步；有几位医生为她看病，尝试了各种办法，而她仍然像一尊石像一样，一动不动地躺在那儿，只是偶尔发出一声呻吟，气如游丝。

我在这座阴森森的屋子里走着，走遍了每一个角落，把所有的窗户全都关上了。最后，我来到他躺着的那间卧室，轻轻地关上了窗户。我拉着他那只如铅块般沉重的手，将它紧贴在我的胸口。此时此刻，整个世界一片死寂，只有他母亲的呻吟声，悄然打破这死一般的寂静。

第57章　移居海外

　　我遭遇了一连串的打击，还没来得及抚平这些创伤，便不得不腾出时间去处理另外一件事。那就是我必须把已发生的不幸遭遇隐瞒起来，不让他们知晓。因为他们即将启程去海外，如果他们不知道这一切，就会了无牵挂，高高兴兴出发。这个事情迫在眉睫，必须马上办理。

　　就在当天晚上，我把米考博先生拉到一边，叮嘱他千万不要让辟果提先生知道这场灾祸。他极其痛快地答应下来，说一定要竭尽全力，把所有可能走漏风声的报纸全部截留。

　　"消息要想传进他的耳朵，先生，"米考博先生拍了拍胸膛说，"那它首先得从我身上穿过去。"

　　我在这儿得说明一下，为了适应新的生存环境，米考博先生已经拥有了海盗所特有的那种无所畏惧的气概。当然，他这绝不是藐视法律，而纯属自我保护，行动果断迅捷。也许人们会以为他是一个野人，早已过惯了不文明的野蛮生活，现在又要回到荒郊野岭去了。

　　米考博先生还为自己准备一些随身物品，其中有一套油布衣服，一顶矮顶草帽，外面涂有沥青。他穿上这一身粗布衣服，腋下夹着一副普通水手用的望远镜，摆出一副行家里手的架势，不时抬头观测着天上的风云变化。他这副派头，远比辟果提先生更像一名水手。其实，他们一家人全都准备停当，只等着启程。只见米考博太太戴上了一顶十分紧的帽子，并把帽绳紧紧地系在下巴处，身上披着一条大披肩，把自己裹得严严实实，就像当年我姨奶奶收留我时裹的那样，在腰后牢牢地打了一个结。米考博小姐也全副武装，做好了迎接暴风雨的准备，全身上下没有一点儿多余的修饰。米考博少爷穿着一件紧身羊毛衫，外面裹着一件我生平第一次见过的毛茸茸的水手服，几乎看不清他本人。其他几个小孩子，也都裹得严严实实，就像是要封存起来似的。米考博先生和他的大少爷，把袖子高高地挽起来，时刻准备着向前冲，或振臂一呼"甲板集合！"或齐力吆喝"嗨——哟——嗬！"

黄昏时分，我和特拉德尔看见他们一家人全副武装，集中站在一个当时叫作"亨格福德楼梯"的木台阶上，一起眼望着一条小船载着他们的财产缓缓而去。我已经把那不幸的事故告诉特拉德尔了，他听后非常震惊，但他表示，他一定会守口如瓶，帮我一同渡过难关。就在这时，我把米考博先生拉到我身旁，悄悄告诉了他这件事，同时得到了他的保证。

米考博一家住在一家肮脏破败的小旅馆里。在那时，那旅馆和"亨格福德楼梯"木台阶相隔很近，旅馆的木屋就悬在河上。他们一家人即将移居海外，这激起了亨格福德一带居民的极大兴趣，引来无数人观看，我们只好躲在他们的房间里。他们住在楼上的一间木屋里，河水正好从下面流淌而过。我姨奶奶和艾妮丝都在那儿，忙着为孩子们准备一些衣物，辟果提也在一旁一声不吭地帮着她们。她的面前依然摆着那几件不起眼的东西：针线盒、码尺和蜡烛头，如今，许多人都已离开人世，而它们，却依然还在跟前。

要回答辟果提的问题并非易事。而当米考博先生把辟果提先生带进来时，我悄悄告诉辟果提先生，我已经把信转交给汉姆了，这更不容易。然而，这两件事情，我都圆满完成了，而且还使他们很愉快。如果我流露出一点点的伤感，那也是因为我内心十分痛苦。

"船什么时候开呀，米考博先生？"我姨奶奶问道。

米考博先生觉得，有必要让我姨奶奶和他太太做好分手的准备，于是便说，比昨天预计的要提前一点儿。

"我想，是那条小船通知你了？"我姨奶奶马上问道。

"是的，小姐。"他回答说。

"哦？"我姨奶奶说，"那么开船的时间——"

"小姐，"他回答，"他们通知我，让我们必须在明早七点以前上船。"

"啊！"我姨奶奶惊叫道，"那么早啊。难道这是出海远航的老规矩吗，辟果提先生？"

"是的，小姐。它要顺着潮水往下行呢。如果大卫少爷和我妹妹明天下午在格雷夫森德上船，那他们就可以和我们见最后一面。"

"我们一定那样做，"我说，"一言为定。"

"在这之前，在我们出海远航之前，"米考博先生向我使了个眼色说，"辟果提先生将和我一起看管我们的行李物品。艾玛，我的爱人，"米考博先生说着，清了清嗓子，气宇轩昂地说道，"我的朋友托马斯·特拉德尔先生是那么客气，他悄悄告诉我说，他要给我们送些配料，用点调制成一定数量的饮品，这种饮品能让我们想起老英格兰烤牛肉。我说的是——简而言之，潘趣酒。在一般情况下，我是不敢贸然请特洛伍德和威克费尔德小姐赏光，可是——"

"我只能代表我自己说，"我姨奶奶说，"我一定非常乐意为你米考博先生干一杯，祝你一切幸福如意、马到成功。"

"我也一样！"艾妮丝微笑着说。

米考博先生一听这话，马上跑到楼下的酒吧去。他对酒吧里的一切极其熟悉，过了一会儿，就抱着一只冒着热气的罐子回来了。他拿出一把折叠刀削柠檬皮。那把刀约有一英尺长，好似拓荒者使用的刀具，等削好后，他有些炫耀地拿着它在衣服袖子上擦拭了几下。这时我才注意到，米考博太太和家里两个年龄较大的孩子也同样配有这个器械，让人见了不寒而栗。其他几个小孩子，每人都配有一把木勺，用一根粗绳子系在身上。为了让他们提前做好心理准备，尽快适应海上漂流和丛林拓荒的生活，米考博先生特意选用了一套让人看了倒胃口的小锡罐为他们斟酒，而没有选用酒杯，他本可以轻轻松松地获得酒杯，因为屋里有个架子上放满了酒杯。米考博先生自己用的是一只专用的白铁罐，可以装一品脱酒。那天晚上，喝完酒后，他就把那罐儿兴致勃勃地装进了自己的口袋里，他是那么开心，我还是头一次见着他是那么开心。

"故国的享乐，我们视若草芥，"米考博先生为放弃这些享乐而扬扬自得，"我们是大森林的公民，怎么指望享用自由王国里的文明生活呢？"

这时，一个男侍者走进来，说楼下有人要见米考博先生。

"我有种预感，"米考博太太放下她的锡罐说，"这个人肯定是我的娘家人！"

"如果是的话，我亲爱的，"和往常一样，米考博先生一提到这个话题，立即愤愤不平地说，"既然是你娘家人，不管是男的，还是女的，还是什么东西，已经让我们白白等了那么长时间，那现在也让他等等我好了。"

"米考博，"他的太太低声说，"在现在这种时候——"

"这不是以牙还牙的时候，"米考博先生站起来说，"艾玛，我接受你的批评。"

"受损失的是我娘家人，米考博，"他太太说，"而不是你。如果我娘家人最终意识到他们过去的所作所为是那么不厚道，而现在，他们愿意伸出友好之手，重归于好，我们为什么要将他拒之门外呢？"

"我亲爱的，"他回答说，"那就听你的吧。"

"就算你不顾及他们的情面，米考博，你也应该顾及我的情面啊。"他太太继续好言相劝。

"艾玛，"他马上回答，"在这个时候，这么看待这个问题是无可非议的。不过即便到现在，我也无法向你保证，自己能心平气和地与你娘家人握手言欢，可是，既然你娘家人在楼下等候，我想我也不会让人家坐冷板凳的。"

米考博先生说完就出去了。在这期间，米考博太太一直坐立不安，生怕米考博先生和她娘家人大吵大闹起来。终于，那个男侍者又进来了，递给我一张铅笔写的纸条，这纸条以法律文件格式开头："希浦诉米考博案。"我从这纸条得知米考博先生又被抓起来了，我再次陷入了深深的绝望中。他请求我把他的刀和锡罐交给捎信者带去，因为在他短暂的狱中生活中，这两样东西可以派上用场。他还请求我，看在朋友的分上，帮他把他的家人送到教区的救济院，并且忘掉他的存在。

看了这张纸条，我只好和这男侍者一起下楼去还钱。只见米考博先生蜷缩在一个角落里，愁眉不展地看着那个前来逮捕他的法警。当他获释后，他万分激动地拥抱着我，还把这笔欠账登记在他随身带的小本儿上。我记得，在我说总金额时漏掉的大约半个便士，他也极其认真地记上去了。

这本重要的记事本让他想起了另外一笔欠款。我们返回楼上时，他解释说，他刚才在楼下遇到了一点儿事情需要处理。他从记事本里拿出了一张纸条，只见这张纸条叠了又叠，铺展开来，就是一大串数字。我瞟了一眼，我可从来没有在学校的算术课本上看到这样长的数字。

那些数字似乎是他所说的"本金四十镑十先令十一个便士"根据不同期限计算出来的复利。他认真核算了这笔金额，又对自己的收入情况做了一个精细的估算，最后决定从即日起，再过十五个月零十四天，就整整两年时间，届时他将本金和复利一起归还，他将到期后的这笔金额核算出来，工工整整地写在一张期票上，当场交给特拉德尔，算是结清了他们俩之间的这笔债务，并且他还说了一大堆感激特拉德尔的话。

"我仍然有种预感,"米考博太太心有不甘地摇了摇头说,"我们出发的时候,我的娘家人一定会前来为我们送行的。"

对于此事,米考博先生显然也有他的预感,不过,他并没有吱声,而是把这些话放进他的锡罐里,一股脑儿吞进他的肚子里去了。

"要是你一路上有机会给我们写信,米考博太太,"我姨奶奶说,"你一定要记得给我们写信哟,这你应该清楚的。"

"我亲爱的特洛伍德小姐,"她回答说,"想到有人还盼着我们的来信,我心里别提有多么高兴了。我一定会写信的。科波菲尔先生,你作为我们的老朋友,打我这一对双胞胎还在襁褓里时,我们便相识了,我相信,你一定也很乐意听到我们的消息吧。"

我说,我也一样盼着她的来信,但愿她一有机会就写信给我。

"天遂人意,这样的机会多着呢,"米考博先生说,"大海上到处都是穿梭的船只,我们一定会遇到很多船向我们迎面驶来。因此,我们只不过是摆渡一下,"米考博先生摆弄着他的单片眼镜说道,"只不过是摆渡一下,那距离根本算不了什么。"

我确实有点儿不明白:当米考博先生从伦敦前往坎特伯雷时,他那谈话的语气就像是要浪迹海角天涯;而如今,当他从英国去澳大利亚时,他的语气就像是去英吉利海峡作一次短途旅行。不过,现在仔细想一想,这种前后矛盾的说辞,和他的性格是多么相似啊。

"在航海途中,"米考博先生说,"我会想方设法给他们讲一些故事。我深信,在船上厨房的火炉边,我儿子威尔金斯的美妙歌声一定会受到大家的热烈追捧。而米考博太太,她的两条大腿——我希望这一说法不会有伤大雅——一定会在船上行走自如,一边走一边给他们唱《小塔夫林》。我相信,站在船头,我们可以看见各类海豚自由穿梭,还可以在船舷边观赏各类有趣的东西。简而言之,"米考博先生以他一贯的神气十足的语气说道,"情形大概是这样,我们会发现所有的一切，不管是船上的，还是船下的，都是那么新鲜有趣，那么令人精神振奋，所以当听到主桅瞭望台上的瞭望员一声高呼'快到陆地喽！'我们一定会大为震惊！"

说罢，他极其潇洒地把那锡罐里的酒一饮而尽，仿佛他已航行归来，并且顺利通过最高海军当局的高级考试。

"我亲爱的科波菲尔先生，"米考博太太说，"眼下我最大的心愿，就是我们家族中有一部分成员，将来能荣归故里。别皱眉啊，米考博！我所说的部分成员，并不是指的我的娘家人，而是我们的孩子的孩子。小树虽茂盛，"米考博太太摇摇头说，"不该忘其根，等我们这个家庭的这一支发家致富、显赫富贵时，我说心里话，我愿意我们的财富能源源不断地流进不列颠的国库。"

"我亲爱的，"米考博先生说，"那就要看看不列颠的运气如何了。我不得不说，在我举步维艰的时候，她可从来没有帮我一把，如今，我也不想自作多情，对她投怀送抱。"

"米考博，"米考博太太纠正道，"你这么说就错了。你这次远走他乡，米考博，正是为了进一步巩固你和阿尔比昂①的关系，而不是去削弱这种关系。"

"我必须重申我的观点，我亲爱的，"米考博先生不甘示弱地说，"你所说的那种关系，对我没有半点儿好处。相反，它迫使我去和它建立另外一种截然相反的关系。"

"米考博，"米考博太太辩解道，"我再强调一次，你这么说并无道理。你不知道你有多大的本领，米考博，你眼下所走的这一步，正是加强你和阿尔比昂关系的绝好机会，这也恰恰证明，你有足够强大的本领！"

米考博先生坐在扶手椅里，眉毛一扬，对米考博太太的见解半赞

① 阿尔比昂：英国的古称，源自希腊人和罗马人对该地的称呼。

成半反对，不过，显而易见，他还是觉得这番话是颇有见地的。

"我亲爱的科波菲尔先生，"米考博太太说，"我希望米考博先生能清楚地意识到他的境况。在我看来，米考博先生从一上船起，就应该意识到自己的地位，这一点尤为重要。我亲爱的科波菲尔先生，以你过去对我的了解，你肯定已经看出，我并不像米考博先生那样乐观。我这个人的性格，如果让我自我评价一下的话，是很现实的。我知道，这是一次长途跋涉，这期间会遇到各种艰难险阻，而我决不能对这些困难视而不见。不过，我也很清楚米考博先生有多大的本领。所以，我一直觉得，米考博先生应当清醒地意识到他的地位。"

"我亲爱的，"他说，"或许你能允许我说说，要让我此时此刻能清楚地意识到我的处境，我觉得这是不现实的。"

"我可不这样认为，米考博，"她回答说，"并非如此。我亲爱的科波菲尔先生，米考博先生的情况有点特殊。米考博先生这次漂洋过海，远走他乡，的确是想把他的才能充分施展出来，让世人第一次充分了解他，第一次对他刮目相看。我期待米考博先生能屹立在船头，气壮山河地宣告：'我总有一天会回来征服这片国土！你们有金银财宝吗？你们有高官厚禄吗？你们有位高权重的美差吗？现在统统都拿出来吧！我们要将它们通通收入囊中！'"

米考博先生看了看我们，似乎觉得这一说法挺有道理的。

"但愿我能清楚地表达我的想法，"米考博太太继续不紧不慢地说道，"我希望米考博先生能够成为自己命运的主宰。我亲爱的科波菲尔先生，我觉得这才是他应有的地位。我希望米考博先生在远航之前，能屹立在船头，义正词严地宣告：'浪费光阴够了！灰心丧气够了！贫困潦倒够了！这都是在故土，这都成为过往！而今，我将重新启程，远渡重洋！拿出你的补偿！快快呈送上来！'"

米考博先生抱着双臂，目光坚毅，那神情仿佛正巍然屹立在船头呢。

"要是他果真照办了，渐渐意识到自己的地位，"米考博太太说，"那我刚才说的米考博先生将进一步巩固他和不列颠的关系，而不是削弱这种关系，难道不对吗？要是在那一个半球出现这么一位举足轻重的人物，谁又能说这片土地不会受到他的影响呢？要是米考博先生在澳大利亚大显身手，叱咤风云，我又怎能那么糊涂，认为他在英国是一个不足轻重的小人物呢？我只不过是一个女人，如果我果真那么糊涂，我是决不会原谅我自己的，我爸爸肯定也不会原谅我的。"

米考博太太坚信自己的见解无懈可击，因此她说话铿锵有力，掷地有声，我觉得我还是第一次听她用这种语气说话呢。

"所以，"米考博太太说，"我更希望，有朝一日我们可以重返故里。米考博先生很有可能——我不能无视这种可能性——很有可能名扬四海名垂青史。那时，这个给了他出生权却不给他职位的国家，应该还他一个显要地位！"

"我亲爱的，"米考博先生说，"你的满腔热情着实让我感动，你的英明见解我一直言听计从。未来该怎么样，就怎么样吧！果真有那么一天，咱们的子孙飞黄腾达了，他们爱捐献多少给故土就捐多少，我决不会加以阻拦，也决不会吝啬！"

"说得太好了，"我姨奶奶对辟果提先生点了点头说，"我为你们干杯，祝愿你们吉星高照，事事顺心！"

辟果提先生正在逗两个小家伙玩，这两个小不点分别坐在他的膝盖上，辟果提先生这时把他们放下来，和米考博夫妇一起举起杯来敬大家。他和米考博先生像战友一样亲密地握了握手，他那褐色的脸上绽放着笑容，看上去神采奕奕。我看着他，心想，无论他走到哪儿，都会勇敢地闯出一条生路，获得好名声，深受大家爱戴。

就连那几个孩子也奉命拿着木勺，在米考博先生的锡罐盛了一点儿酒，为我们送上祝福。活动结束后，我姨奶奶和艾妮丝起身站起来，向即将漂洋过海的人们挥手告别，这种场面让人伤感，催人泪下。她们都哭了。孩子们缠着艾妮丝，依依不舍。我们离开的时候，米考博太太悲痛欲绝，她伤心地啜泣着。灯光幽暗，从河面望去，这座房子就像一座灯塔，无比凄清。

第二天早晨，我去为他们送行，结果他们早在五点钟就乘着一条大船离开了。尽管我把他们客居的那破旧不堪的旅馆和木头台阶联系在一起，只是昨天才发生的事，现在他们离去，那旅馆，那木头台阶，一下子冷冷清清，了无生气。离别的愁绪溢满心胸，无以言表。

第二天下午，我和我的老保姆一起前往格雷夫森德。我们又看见了他们乘坐的那条大船，现在正停泊在河中，周围停放着无数小船。此时正好是顺风，起航的信号旗就悬挂在桅顶上。我立即雇了艘小船，穿过乱七八糟停放的小船，朝那条大船划过去。

辟果提先生正在甲板上等着我们。他告诉我，希浦又控告了他，米考博先生刚才又被逮捕了，不过，按照我事先的吩咐，他已经把钱垫上了。我便掏出钱如数还给他。随后，他把我们带进了船舱。我本来一直隐隐不安，生怕他们走漏风声，让辟果提先生知道那桩不幸事故，可是一看见米考博先生从昏暗处走出来，挽住他的胳膊，显得十分友好关切，还对我说，我们从昨天晚上开始，几乎就没分开过，我一颗悬着的心终于落了地。

船舱里黑黢黢的，又闷又窄，我感觉陌生极了，一开始，几乎什么也看不见，渐渐地，我的眼睛适应了这昏暗的光线，终于看清这儿的一切。我仿佛置身于一幅奥斯塔德^①的画中。我看见船里大横梁、货舱、用铆钉铆住的铁圈儿、移民们的床架、行李箱、包裹、木桶，以及五花八门的行李堆，在这些东西中，稀稀拉拉的几盏灯笼透出微

---

① 奥斯塔德：荷兰风俗画家，善于描绘酒店、烟馆以及农舍中的情景，注重利用光线的明暗效果来渲染画面气氛。

微的光，还有几处通风口和船舱透进一些黄色的日光——人们三五成群地聚在一起，有的在结识新朋友，有的在告别老朋友；有的在笑，有的在哭，有的在吃吃喝喝；有的已经抢先占了一个地盘，把一家大小安顿下来，年幼的孩子安置在小凳上，或小扶手椅上；有的还没有找到歇脚处，一脸沮丧地四处走动。从出生还不到两个星期的婴儿，到似乎只能活一两个星期的驼背老头老太婆；从靴子上还沾着一块块英国泥土的农夫，到身上挂着煤炭炭灰的铁匠；男女老少，各行各业，统统都被塞进了那狭窄的船舱。

我环顾四周，突然眼前闪过一个人影，像极了艾米丽。她坐在敞开的舱口，正在照顾米考博家的一个孩子。我注意到这个人影，是因为还有一个身影俯下身来与她吻别，然后，这个身影神态自若，穿过嘈杂的人群静悄悄地离去，我这时才想起来——这身影不就是艾妮丝吗？可是，周围乱哄哄的，我心里乱糟糟的，整个人昏头昏脑，我还没来得及去捕捉那个身影，她便消失不见。我只知道，船要起航了，送行的人得赶快离开。我的保姆坐在我身边的一只箱子上伤心地哭泣着，格米治太太则手忙脚乱地整理辟果提先生的行李，一个年轻的女人，穿着一身黑衣，弯下腰来，热心地帮着忙。

"最后还有什么要交代的吗，大卫少爷？"辟果提先生说，"马上就要分开了，还有什么忘记了的吗？"

"有一件事！"我说，"玛莎！"

辟果提先生轻轻碰了碰我刚才提到的那个年轻女人的肩膀，玛莎立即站在了我的面前。

"天哪！你真是一个大好人！"我惊叹道，"你把她也带上了？"

她潸然泪下。我也几度哽咽，说不出话来。我紧紧地攥着他的手，以此表达我的敬意和爱戴。也许他就是我一生中最敬重的人。

船上送行的人差不多都离开了。而我仍将面临巨大的考验。那个有着高贵灵魂的人儿，在临别前托我一定要将有些话转达给辟果提先生，我最终鼓足勇气把这番话告诉了辟果提先生。他听了十分感动。辟果提先生也托我把他那充满怜爱和痛惜之情的话转达给他，可惜他已听不到了，我不由得感慨万端。

离别在即，我和他紧紧地拥抱了一下，然后我搀扶着痛哭流涕的保姆，匆匆离开了。在甲板上，我向可怜的米考博太太告别。直到那时，她仍满心期盼着她的娘家人出现，神情无比凄惶。她最后告诉我，她决不会抛弃米考博先生。

我们跨过大船，上了小船，然后停在大船附近，眼看着它慢慢起航。时值黄昏时分，夕阳满天辉映，天地间寂静无声。晚霞从大船后面映照过来，它上面的每一根绳索和每一根桅杆都清晰可见。那艘巨大的船只静静地卧在霞光染红的水面上，船上所有的人都聚在船栏边，纷纷摘下帽子，鸦雀无声，一片沉寂。那景象，既壮观，又悲怆，还叫人充满希望，让人过目不忘。

短短的一会儿，万籁俱寂。当船帆迎风升起，船开始缓缓移动时，所有小船上的人突然迸发出三声响彻云霄的欢呼声，紧接着大船上的人也跟着高呼三声作为回应。欢呼声，此起彼伏，一浪高过一浪。听到这欢呼声，我心潮澎湃，激动万分；我看见人们争先恐后地挥舞着帽子和手帕，突然，我看见了她！

突然，我看见了她站在她舅舅身旁，倚靠在她舅舅的肩头，浑身颤抖。他急切地用手指了指我们，于是她看见了我们，向我们挥了挥手作最后告别。哦，艾米丽，美丽而脆弱的艾米丽，把你那颗容易受伤的心毫无保留地托付给他吧，他深深地爱恋着你，在用一生的守候来等着你！

在高高的甲板上，他们俩相拥而立，一片玫瑰色的光辉映照在他们身上。她依偎着他，他搂抱着她，神情庄重肃穆，渐渐消失在了远方。小船载着我们，慢慢划到了岸边。夜色沉沉，笼罩着肯特郡连绵不断的群山，也笼罩在我的心头。

第58章　浪迹天涯

漫漫黑夜向我袭来，多少希望，多少回忆，多少过失，多少悲伤，多少悔恨，伴随着无边夜色，向我席卷而来。

我离开了英国。直到那时，我还没意识到我要承受多大的打击。我抛下所有亲爱的人，走了。我满以为我已经经历了一连串打击，它不会再来光顾。正如一个人在战场上屡遭重创却毫无觉察，当我怀着一颗涉世不深的心独自前行时，对于我将要经受的创伤，还一无所知。

这其中的道理，我并非恍然大悟，而是渐渐才明白。我出国时，有些心灰意冷，孤寂落寞，渐渐地，随着时间的推移，这种感觉蔓延开来。一开始，我沉浸到痛失亲人的悲痛中，感到无比失落。可是，不知不觉，我感到万念俱灰，绝望极了。我开始意识到我失去的一切——爱情、友谊、兴趣；我已毁掉的一切——我最初的信任，我最初的热情，我生活中的一切理想和追求；以及还残存的一切——暗淡无光的前途，一望无垠的废墟，无边无尽的黑暗。

即使我是为自己而悲伤，我也浑然不知。我为我那娃娃妻子悲伤，她是那么年轻，正是风华正茂的时候，就被夺去了生命；我为那个多年前就获得我敬重和爱戴的人悲伤，他原本可以获得更多人的敬重与爱戴；我为那个被伤透心的人悲伤，如今，他终于在狂风暴雨的大海中找到归宿。我为那善良敦厚的一家人悲伤，如今他们中的幸存者已经远走他乡，我童年时候曾在他们家听到海风的呼啸。

重重悲伤挟裹着我，难以自拔。我背负着我的悲伤，漫无目的地四处游荡。这悲伤，如一副沉重的担子，压得我直不起腰，透不过气来。我心想，这副担子恐怕永远也不会减轻了。

我心如死灰，绝望到极点，我甚至想一死了之，以求解脱。有时候，我心想，要死也要死在故乡，于是我就掉头往回走，希望早点儿回到家乡。有时候，我却越走越远，从一座城市走向另一座城市，不知道在寻找什么，也不知道要抛弃什么。

我无法把我精神上所经历的这一切痛苦一一赘述。如果非要我回顾这一段时期，我只能零星地描绘一些片断，就像一些支离破碎的梦境。我就像一个梦游者，漫无目的地游荡在异国他乡的城市、宫殿、教堂、寺院、画廊、城堡、墓地、光怪陆离的大街上；我背负着沉重的包袱，漫游在这些历史与幻想所留下的古老遗迹上，对于这些景致，我却视若无睹。我心如槁木，对一切都毫无兴趣。我那颗未经磨炼的心被黑夜笼罩。让我从黑夜中抬起头，走出那漫长、悲伤、凄惨的梦境，去看一看黎明的曙光吧——感谢上帝，我终于抬起头来！

一连几个月，我的心头乌云密布，四处游荡。我曾打算回家，可是由于一些无以言说的原因——这些原因在我心里翻腾，但是我一时半会儿也说不清——阻止我回家而继续在外漂泊。有时候，我心乱如麻，马不停蹄地从一个地方奔向另一个地方，不做任何停留；有时候，我在一个地方停留很长时间。我就像一个孤魂野鬼，漫无目的游荡着，一副失魂落魄的样儿。

我来到瑞士。我从意大利出发，穿过阿尔卑斯山的一个主要山口，来到这里。在一名向导的陪同下，我在山间小路上漫游着。即使那些令人生畏的寂静群山，对我说过什么知心话，我也毫无察觉。在那雄壮险峻的崇山峻岭中，在那奔腾怒吼的激流中，在那冰雪覆盖的莽莽荒原中，我看到大自然的鬼斧神工，雄伟壮丽，除此之外，别无所获。

一天，太阳快下山了，我往一个山谷走去，准备在那儿歇息。我沿着山坡边的蜿蜒小路下山前行，突然看见远处的山谷沐浴在一片柔和的晚霞中。这时候，一种久违的美好和宁静向我袭来，沉睡已久的柔情被轻轻唤醒，泛起漪涟，荡漾开来。我记得，那时，我突然停下脚步，虽然悲伤仍然如影随形，但我惊喜地发现，这份悲伤，却没有先前那么苦闷，更没有那么绝望。我甚至看到了一丝希望，我可以从阴霾中走出来。

我来到谷底，落日的余晖映照着远处的皑皑雪山，就像白云朵朵，环绕着山谷。山脚下有一道峡谷，小山村就坐落在峡谷里，两边的山坡郁郁葱葱，青翠欲滴。在这矮小的灌木上方，则是苍茫一片的枞树林，它们像楔子一样劈开雪堆，挡住了崩落的雪花。再往上看去，则是悬崖峭壁，层峦叠嶂，灰暗的石头，闪亮的冰凌，这一切都和山顶上的积雪融为一体。山坡上，星星点点，那是点缀其间的小木屋，与高耸入云的群山相比，它们是那么渺小，那么不起眼，就连山谷中那个聚居着众多人户的村落，也是如此。村子旁有一座小桥，溪水从乱石奔流而过，穿过丛间，奔向远方。在寂静的山谷中，牧羊人的歌声从远处飘荡而来，此时正好有一片绚丽的晚霞从半山腰飘来，我几乎认为那歌声是从云彩里传来，而绝非尘世之音。突然间，在一片静谧中，大自然对我说话了，它抚慰着我，让我把疲惫不堪的头枕在草地上，失声痛哭起来——自从朵拉去世后，我还是从来没有这么痛快淋漓地大哭一场。

就在晚饭前，我看到几分钟前寄来的一沓信，于是，我趁他们还在准备晚饭的时候，我赶紧走到村外去看信。我已经好长时间未收到一封信了。自从离开家以后，除了写上一两行，报个平安，或报告一下我的行踪，我始终无法鼓足勇气，静下心来写上一封长信。

我拿起这一沓信。我打开它，发现原来是艾妮丝写来的。

她过得很快乐，做了很多事，而且正如她所希望的那样，事事都很称心。她简明扼要地介绍了一下自己的情况，接下来，她把话题转向了我。

她并没有给我提出任何建议，也没有劝告我要去做什么，而是以她那特有的真诚热情告诉我，她是多么信任我。她说，她知道像我这样性格的人，一定会从苦难中受益匪浅。她相信，痛苦的磨砺，悲痛的考验，一定会让我变得更加坚强。她相信，经历了这一番磨难后，我会更加坚定执着地去追求我的目标，实现崇高理想。她对我的声誉如此引以为傲，并一直期待着我名声大振，她相信，我因此一定会坚持不懈，孜孜以求。她知道，悲哀并不代表我很软弱，而恰恰相反，它将化为源源不断的动力，驱使着我不断前进。既然我童年经历了那么多磨难，最终挺了过来，成就了现在的我，那么，眼下的磨难，她相信，也一定会激励着我继续前行，更进一步。过去的苦难教育了我，而今，我也同样可以去教导别人。她把我托付给了上帝——那个带走我天真可爱的爱人的上帝；她永远像亲姐妹一样关照着我，无论我走到哪儿，都会陪伴我左右。她为我已经取得的成就无比骄傲，她为我将来所取得成绩而无比自豪。

　　我把那封信紧紧地贴在我的胸口，想起一小时之前我的样子！那歌声渐渐远去，那绚丽的晚霞暗淡下来，山谷中的一切也都蒙上了沉沉暮色，山顶上金黄的积雪和灰暗的天空交相辉映，融为一体。而此时，我却觉得，我心中的黑夜渐渐消失，阴霾已经散去。我对她的爱难以名状，从此之后，我觉得她和我是如此亲近，如此心心相印。

　　我一遍又一遍地读着她的来信。临睡前，我给她回了信。我告诉她，我迫切需要她伸出援助之手。如果没有她，我就成不了，而且根本不可能成为她理想中的样子。既然她热情洋溢地鼓励着我，那我一定会努力去做的。

　　我的确努力去做了。自从遭遇不幸以来，再过三个月，就是整整一年了。我打定主意，在这三个月里，不作任何决定，不过，我会按照艾妮丝的意思去做。在这期间，我就待在这山谷及其附近这一带。

　　三个月过去了，我决定再在国外住一些时间，暂时就在瑞士住了下来。一想到那天晚上的情景，我对瑞士就倍感亲切。我又重新拿起我的笔，开始工作。

我虚心接受了艾妮丝的肺腑之言，同时对她充满信任。我亲近大自然，拥抱大自然，并从中获益匪浅。在这之前，我曾一度心如死水，万念俱灰，而如今，我重新点燃了生活的热情。没过多久，我在山谷中结交的朋友几乎就像在雅茅斯的那么多了。入冬前，我去了日内瓦，等到第二年春天回来时，他们热情地向我打招呼，虽然他们说的并不是英语，但我听起来就像乡音一样亲切温暖。

我废寝忘食地写作着，不辞辛劳，奋笔疾书。我以我的亲身经历为素材，创作完成了一部小说，然后寄给特拉德尔，恳请他择机发表。

我从偶尔遇到的游客那里得知，我的名声开始大振。经过一番休整，我又以极大的热情投入到了工作中，迫切想把占据心头的想法表达出来，于是开始酝酿新的作品。在写作中，我文思泉涌、激情澎湃，如痴如醉。这是我的第三部小说。写了还不到一半，我在中途停下来休息，突然产生了回国的强烈愿望。

虽然这段时间我起早贪黑地工作着，但我养成了锻炼身体的良好习惯。我刚出国的时候，身子十分虚弱，现在已经完全恢复过来。我游历了许多国家，见了许多新事物，我希望我的知识积累也会更加丰富。

在国外这个时期，我认为我把值得一提的事全都说了，只有一件事未提及。我现在说出来，并非有意掩饰我的想法。因为，正如我前面所提到的那样，这部小说其实就是我的回忆录。我一直想把我内心最隐秘的东西搁在一边，直到最后再说出来。现在，我认为时机已经成熟了。

事实上，我到现在也无法洞悉我内心的全部隐秘，因此，我并不清楚，我究竟何时产生了这一想法，开始把自己光明的希望寄托在艾妮丝身上。在我一度陷入悲哀绝望的那段时间里，具体什么时间，我已记不清，我第一次意识到，我那时候太懵懂无知，将她那弥足珍贵的爱情抛之一旁。我过去曾觉得我痛失了一些东西，或缺失了一些东西，而这些是永远无法弥补的，我相信，也许就在那时，这个念头就在内心深处轻轻地发出呼唤。可是，当我孤身一人，失魂落魄地在外流浪时，这些念头却改头换面，以新的责难和悔恨纷至沓来。

　　如果在那时，我和她待在一起的时间多一些，我一定会因我自己的孤独无助而把这种念头说出来。我当初离开英国，其中有部分原因就是我担心无法控制自己，一不留神说漏嘴，从而影响到我们兄妹般的感情，让我们俩的关系变得尴尬与生分。我是如此在乎她对我的情谊，哪怕失去一丁点儿，我也无法忍受。

　　我不能忘记，她现在对我的这种感情，是我在可以自由选择、自由发展的情况下产生的。如果说，她曾用另外一种感情爱过我——我有时候想，她也许爱过我——不过，我已经把它抛弃了。现在，这爱情已不复存在。当我们俩还是小孩时，我就觉得我是一个放荡不羁、四处漂泊的人，与她相去甚远。我把我的狂热爱情献给了另外一个姑娘，而我本来应该追求的，却与之失之交臂。我想，正是由于艾妮丝拥有一颗高贵的心，我才会对艾妮丝敬而远之。

　　在我内心刚刚发生变化的时候，在我试图了解我自己，期待自己更加优秀的时候，我曾经想过，希望通过一定的磨炼，能把握住机会，不再像以前那样错过，从而有幸与她结合。可是，随着时间一天天地过去，这一朦朦胧胧的想法也消失不见了。如果她曾爱过我，每当我回想起我对她是那么信赖，而她对我那颗躁动不安的心又是那么了解，为了做我的朋友和姐妹，她不得不做出那么大的牺牲，以及她自己也取得了不小的成功，她在我心目中的形象立马变得更加高尚与圣洁。如果她从来没爱过我，那我又怎能指望她现在会爱上我呢？

　　和她的忠贞不渝、坚毅不屈相比，我总觉得自己太过软弱，现在这种感觉越来越强烈。无论她过去对我怎么样，或者我对她怎么样，即使很早以前我配得上她，可现在已经今非昔比，我已不是过去的我，她也不是过去的她。时机一旦错过，就不会再来。我错过了她，失去了她，是我罪有应得。

我痛苦地回忆着这一切，懊恼不已，追悔莫及。但是，我仍然清醒地意识到，既然在我满怀希望的时候，却轻率地背弃了那可爱的姑娘，如今，在希望凋零的时候，我也应该顾及颜面，不应对她朝思暮想，每当一想起她，我就对自己这么说。而且内心苦苦挣扎着。我爱她，我崇拜她，可是，我也知道，这一切都为时已晚，我们之间长久保持的这种关系不会再有任何变化。

曾经，在那些未经坎坷的日子里，朵拉隐隐约约向我提起，将来可能会发生什么事情，对于这一问题，我也经常思考。我也时常想弄明白，为什么那些从未发生过的事情，就如同发生的一样真实呢。

现在她所说的一切都已经成真，我正在接受惩罚。尽管我们在少不更事的时候就分了手，不过，这是早晚的事，只不过可能会晚一点。我试图利用我和艾妮丝之间的这一关系，让自己变得更加克制，更加坚定，更加了解自己，觉察自己的缺点与错误。因此，经过了一番深思熟虑后，我更加觉得，我们原本可能会有的关系永远不可能发生了。

这些杂乱无章，纷繁复杂的思绪，从我离开故乡到我重返故里，三年来一直缠绕着我。自从移居海外的那些人乘坐的船起航以来，转眼间，三年过去了。如今，又是在日落时分，又是在同一停靠点，我站在回国的邮航甲板上，望着那玫瑰色的水面，当年，我曾在这水面看到过那艘移民船映出的倒影。

三年了。算起来不短，但眨眼间就过去了。在我的眼里，故乡是那么亲切可爱，艾妮丝也是那么亲切可爱——可她并不属于我——

她永远不会属于我。她本来是属于我的，可那已经成为历史。

第59章　回归故里

在一个寒冷的秋日傍晚，我抵达了伦敦。天色阴沉，秋风瑟瑟，浓雾紧锁，污泥堆积，在短短的一分钟所见的雾和泥比我过去一年所见的还要多。我从海关一直走到伦敦大火纪念碑，才终于找到一辆马车。那些房屋，以及房前溢满水的阴沟，虽然就像我多年的老朋友一样熟悉，可我不得不说，他们都是些蓬头垢面的朋友。

过去，我常说——我相信大家都说过——一个人一旦离开一个熟悉的地方，那就意味着这个地方要发生变化。我透过车窗朝外看了看，发现鱼街山①上的一座老房子，似乎一个世纪都从未被漆匠、木匠或瓦匠碰过，却在我出国期间拆除了；附近还有一条街，多年来污秽不堪，极不方便，现在既修了排水沟，又拓宽了路面；这时，我甚至猜想，等会儿发现圣保罗教堂，肯定也会感觉它更古老一些。

我的亲朋好友境况有所变化，我早已有所耳闻。我姨奶奶又回到多佛安居下来；我走后不久，特拉德尔就承接了法院的一些律师事务，他如今在格雷律师学院有了自己的律师事务所。在他近来写给我的几封信里，他告诉我，他即将和那位世界上最可爱的姑娘结婚，对此，他信心满满。

他们估计我在圣诞节前回家，却没想到我会这么快就回来了。其实，我是有意瞒着他们，想给他们一个意外惊喜。可是看着没有人前来迎接我，我独自一人默默穿过浓雾重重的街道，竟然莫名其妙地感到有些失落和沮丧。

---

① 鱼街山：在伦敦大桥北，紧邻伦敦大火纪念碑。

不过，那些颇有名气的商店，灯火通明，温暖亲切，给了我一些安慰。我在格雷律师学院咖啡馆门前下车时，心情已经好多了。置身于这间咖啡馆，我不由自主地想到在金十字旅馆的情景，想到了从那以后所经历的种种变化；不过，这一切都是自然而然发生的。

"你知道特拉德尔先生住在律师学院的什么地方吗？"我在咖啡馆的壁炉边一边烤火，一边问那个侍者。

"霍本院，先生。二号。"

"我想，特拉德尔先生在律师界是不是很有名气？"

"哦，先生，"侍者回答说，"也许是吧，可我并没有听说过。"

这个瘦弱的中年侍者向一个更有权威的侍者领班求助。后者是个老头儿，身材魁梧，长着双下巴，精神矍铄，穿着黑色的裤子和黑色长筒靴。这老头从咖啡馆尽头一个像教堂执事席的地方走过来——那儿有一个钱柜、一本通讯录，还有律师花名册，以及其他一些书本和文件。

"特拉德尔先生，"那个身子瘦削的侍者说，"住在律师学院二号。"

那个神气活现的年老侍者向他挥挥手，示意他走开，然后郑重其事地向我走来。

"我想打听一下，"我说，"住在学院二号的特拉德尔先生在律师界是不是很有名气？"

"我从来没听说过这个人。"那侍者领班用他低沉的声音沙哑地回答道。

听闻此言，我为特拉德尔感到深深地遗憾。

"他一定是个年轻人吧？"那个十分神气的侍者仔细地打量了我一番说，"他到律师学院多长时间了？"

"不到三年。"我说。

我猜想那侍者已经在他那教堂执事的席位里干了四十年左右，因此，他不愿再纠缠于这样一个无关紧要的话题。他问我，晚餐需要点些什么。

我这才真切地感受到我已经回到英国了，而且为特拉德尔感到失望。他似乎再没希望了。我只要了一点鱼和牛排，随后就站在壁炉边，默默地思考着他的默默无闻。

我目送着那侍者领班离去，心里不由自主地想到，培养出像他这样的花朵，那花园准是一个晦气十足的地方，处处弥漫着固执保守、刻板僵化、迂腐守旧的气息。我环顾四周，地板上铺着沙子，毫无疑问，这种铺法和领班在孩提时代的铺法毫无二致——假如那领班有过孩提时代的话；那桌子光亮照人，透过老桃花心木，我可以看见我自己；那些灯，擦洗得干干净净；那些洁净的绿帷帘，挂在纯铜柱旁边，用来遮挡舒适的包厢；那两个大大的壁炉，火光熊熊；那一排排高大的注酒器，它们仿佛知道下面就是一桶桶昂贵的陈年红葡萄酒；看到这一切，我不由联想到，不论是英格兰，还是它的法律，这两样都难以攻克。我走上楼，回到卧室换下我的湿衣服，我记得这房间就位于通向律师学院的拱道上方，那镶着壁板的老式房间宽大空旷，那四柱床的庄严肃穆，那五斗橱的厚实稳重，这一切似乎都联手起来，向特拉德尔这种敢作敢为的青年紧蹙眉头。我又走下楼去，准备吃晚餐。在这儿，饭菜上得不紧不慢，一切都井井有条，周围鸦雀无声——由于长假还没结束，客人并不多——这一切，都足以证明特拉德尔简直就是异想天开，恐怕今后二十年，他的前途依旧一片渺茫。

自从我出国后，我还从未遇到这样的情况，这使得我对朋友的满腔希望化为泡影。侍者领班对我失去了热情，他不再靠近我，而是全心全意地去伺候一位裹着长护腿的年老绅士。他给他上了一品脱特制的红葡萄酒，那酒就像是自己长了腿从酒窖里跑出来似的，因为那绅士并没有点酒。另外那个侍者悄悄告诉我，那位绅士是一位承办产权转让的律师，已经退休了，住在广场附近，手上有一大笔财产，据说，他要把那笔财产留给替他洗衣服的那位妇女的女儿；他还告诉我说，据说他柜子里有一套餐具，因为长年不用都锈迹斑斑了，可是，从来没有人在他家里见过一件多余的刀叉。经他这样一说，我更加觉得，恐怕特拉德尔在这一行永无出头之日了。

不过，由于我迫切地想见到我那亲爱的老朋友，于是我匆匆忙忙地吃着晚餐。我想，我这副慌里慌张的样子，那位侍者领班是不会对我产生好感的。不过，我也顾不上这些了，吃过晚餐便赶紧从后门出来，很快就到了律师学院二号，我从门柱上的住户名单得知，特拉德尔就住在顶楼。我上了楼梯，发现这儿的楼梯破烂不堪，摇摇欲坠，楼道的拐弯处点着一盏粗捻儿小油灯，发出昏暗的光，那油灯被肮脏的玻璃罩子罩着，昏暗欲熄。

我一路上磕磕碰碰，隐隐约约听到一串银铃般的笑声。不过，这笑声既不是法律顾问也不是辩护律师的笑声，也不是法律顾问的文书或辩护律师文书的笑声，而是两三个姑娘快乐的笑声。我情不自禁地停下脚步，却不料一脚踩空，扑通一声摔倒在地。那楼梯年久失修，其中有一道楼梯掉了，格雷律师学院却一直未维修，等我好不容易爬起来时，周围又静悄悄的。

随后，我小心翼翼地摸索着继续上楼。当我来到写着"特拉德尔先生"的房间前，看见房门开着，心里怦怦直跳。我敲了敲门。里面传来很大的声响，却没人回应。于是，我又敲了敲门。

一个看上去挺机敏的小伙子出来了，他又是听差，又是文书。他气喘吁吁，目不转睛地瞅着我，那眼神好像是要我拿出法律证据，来证明我的身份。

"特拉德尔先生在家吗？"我说。

"在的，先生，可他正忙着。"

"我要见见他。"

把我上上下下打量了一番后，那机敏的小伙子决定让我进屋去，便把门又打开了一些，带着我穿过走廊，来到一间不大的会客厅。

在那间会客厅里，我终于看见我的老朋友，他正坐在桌旁，埋头看着文件，也是一副气喘吁吁的样儿。

"天啊！"特拉德尔抬起头，大声惊叫道，"原来是科波菲尔！"他一下扑进我的怀里，我们俩紧紧地拥抱在一起。

"一切都好吧，我亲爱的特拉德尔？"

"一切都好啊，我最亲爱的、亲爱的科波菲尔，全都是好消息呢！"

我们俩高兴得哭了起来。

"我亲爱的朋友，"特拉德尔激动得胡乱挠着头说，他本不该乱抓头发的，因为那头发已经够乱的了，"我最亲爱的科波菲尔，好久不见，一直让我牵肠挂肚的朋友，见到你，我有多么高兴啊！你晒得好黑啊！我实在是太高兴了！我发誓，我还从来没有这么高兴过呢，我亲爱的科波菲尔，从来没有这么高兴过！"

我和他一样，也不知道怎么来形容此时此刻的心情。一开始，我激动得连话都说不出来。

"我亲爱的朋友！"特拉德尔说，"你现在已经声名远扬了！我了不起的科波菲尔！天啊，你什么时候回来的？你从哪儿来的？你这几年一直在干什么啊？"

特拉德尔不容我插上一句话，也不容我回答他的问题，把我按在炉火旁的一把安乐椅上。他一只手急切地拨了拨火，另一只手忙着拽着我的围巾，原来他稀里糊涂地把我的围巾当成外套了。他还没来得及放下火钳，又匆匆地上来拥抱着我。我也搂抱着他。接着我们俩就开怀大笑起来，笑得热泪盈眶，我们抹了抹眼泪坐了下来，隔着炉火把手紧紧地握在了一起。

"真是没想到，"特拉德尔说，"你这么早就回来了，结果还是没赶上参加那个典礼！"

"什么典礼呀，我亲爱的特拉德尔？"

"天啊！"特拉德尔和过去一样把眼睛瞪得大大的，极为惊讶地说道，"你没收到我最后给你写的那封信吗？"

"要是信里提到什么典礼的话，我肯定没收到。"

"嘿，我亲爱的科波菲尔，"特拉德尔用双手抓了抓他的头发，然后又把手放到我膝盖上说，"我结婚了！"

"结婚了？"我高兴地大叫起来。

"是的，结婚啦！"特拉德尔说，"由哈雷斯牧师主持的婚礼——就在德文郡——我和苏菲结婚啦。嘿，我亲爱的朋友，她就躲在窗帘后面呢！你瞧！"

那个世界上最可爱的姑娘立刻从她躲着的地方走了出来，脸蛋红通通的，我见了大吃一惊。我相信她是我见过的这世界上最快活、最温柔、最善良、最幸福、最美丽的新娘。我当时忍不住对她赞不绝口。我像老朋友一样亲吻着她，并衷心祝愿他们小两口美满幸福。

"天啊，"特拉德尔说，"久别重逢，真是喜出望外啊！你变黑了！我亲爱的科波菲尔！天哪，我多么开心啊！"

"我也一样开心。"我说。

"我相信，我也一样开心！"苏菲红着脸，快乐地说道。

"我们大家别提有多么开心了！"特拉德尔说，"就连那些姑娘也多么开心。天哪，你看，我差点儿把她们给忘了！"

"忘了？"我不解地问道。

"那些姑娘们，"特拉德尔说，"是苏菲的姐妹。她们现在住在我们这儿。她们来伦敦见见世面。事实上，就在——在楼梯上摔倒的是你吗，科波菲尔？"

"是呀。"我笑着说。

"那么，就在你在楼梯上摔了一跤的时候，"特拉德尔说，"我正和这几个姑娘一起玩儿呢。实际上，我们在玩'抢椅子'的游戏。

不过，这种游戏决不能在威斯敏斯特大厅①玩，更何况要是让顾客看见了，也会有失体面，所以她们一溜烟全都跑开了。毫无疑问，她们正在听我们聊天呢。"特拉德尔看了看另外一个房间门说。

"真对不起，"我又笑着说，"我的突然出现惊扰了她们。"

"我敢肯定，"特拉德尔十分开心地接着说，"如果你看到她们听到你敲门声，立刻惊慌失措地跑开，中途又跑回来捡起掉在地上的梳子，然后又疯疯癫癫地跑开，你就不会这么说了。我的亲爱的，你可以把那些姑娘领过来吗？"

苏菲脚步轻盈地跑开了。紧接着，我们听到隔壁房间传来一阵欢快的笑声。

"就像音乐一样美妙，是不是，我亲爱的科波菲尔？"特拉德尔说，"多么悦耳动听啊。她们给这些古老的房子增添了许多生气。你知道，这对于一个不幸孤零零生活的单身汉来说，这真是妙不可言，令人陶醉啊。这几个可怜的姑娘，苏菲出嫁了，她们要遭受多大的损失——我敢保证，科波菲尔，苏菲是，而且一向都是，最可爱的姑娘！——看到她们这么快活，我真有说不出的高兴啊。和姑娘们打交道，多么令人愉快，科波菲尔，虽然这样做有点儿不合体统，但的确让人开心极了。"

他显得迟疑不决，我知道，他心地善良，生怕他的这番话惹得我不快，所以我诚心诚意地表示，我十分赞同他的这一说话，他这才放心下来，而且显得更加乐不可支。

"不过，"特拉德尔说，"我们家的布置嘛，说实话，完全不合律师的体统，我亲爱的科波菲尔。就连苏菲住在这儿，也是不合体统的。可是，我们没别的地方可以住呀。我们驾着一艘小船已经出发

---

① 威斯敏斯特大厅：即英国国会威斯敏斯特宫，又称国会大厦，是英国国会上下两院的所在地。作为威斯敏斯特宫一部分的"威斯敏斯特大厅"是现在唯一保留下来的1097年的古建筑物，天花板无一根柱子作为支撑。

了，再大的风浪也得向前冲。我们已经做好了吃苦的准备。苏菲是一个出色的管家！她是怎么安排好那些姑娘住下来的，你听了一定会大为惊讶。说实话，就连我也搞不清她是如何安顿好的。"

"那么多姑娘都住在你们家吗？"我问道。

"年龄最大的，那个美人儿，住在这儿，"特拉德尔压低声音说道，"叫卡罗琳。萨拉也在这儿——你知道，就是我对你说过的那个脊骨有毛病的，她现在好多了！还有两个最小的，苏菲教她们认字的那两个，也住在这儿。还有路易莎，也在这儿。"

"这么多？"我吃惊地问道。

"是啊！"特拉德尔说，"瞧，这一整套——我指的是房间——虽说只有三间，可是苏菲用最奇妙的方法安顿好了那些姑娘，而且她们睡得要多舒服就有多舒服。三个住在那间房，"特拉德尔说着，用手指了指，"两个住在这一间。"

我不禁四下打量着，想看看特拉德尔先生和他太太到底住在哪一间。特拉德尔明白了我的意思。

"嘿！"特拉德尔说，"就像我刚才说的那样，我们做好了吃苦的准备。上个星期，我们就在这儿的地板上临时铺了一张床。不过，楼顶上有一个小房间—— 一个很可爱的小房间，上去看看就知道了——苏菲想给我一个惊喜，她亲手给它糊了墙纸。我们现在就住在那儿。那可是一个别具一格的吉卜赛小屋。从那儿还可以看到好多景致呢！"

"你如愿以偿，终于结婚了，我亲爱的特拉德尔！"我说，"我真心替你高兴啊！"

"谢谢你，我亲爱的科波菲尔，"我们再次握了握手，特拉德尔说，"是啊，我现在真是幸福极了。你看，你的老朋友在这儿，"特拉德尔说着，十分得意地朝那个花盆和花盆架点点头，"还有这张大理石桌面的小桌子！其他一切家具都是简朴实用的，这你看得出啊，至于银餐具啊，天哪，我们连一把银茶匙都没有呢。"

"等挣了钱再买。"我愉快地说。

"没错，"特拉德尔回答道，"等挣了钱再买。当然，我们也有类似茶钥之类的东西，因为我们得搅拌一下泡的茶呀。只不过，都是些不列颠金①制成的。"

"等将来用上银器，就更加光彩夺目了。"我说。

"你说得没错！"特拉德尔说，"你知道，我亲爱的科波菲尔，"他压低声音悄悄说道，"当我在某吉普斯控告某维格齐尔案②的这场官司中，发表了我的看法后，这对我的业务大有好处——我来到了德文郡，私下和哈雷斯牧师进行了一番极其严肃的谈话。我不厌其详地说苏菲——我向你担保，科波菲尔，她是世界上最可爱的姑娘——"

"我相信，她确实是一个可爱的姑娘！"我说。

"那当然，千真万确！"特拉德尔说，"我恐怕跑题了。我刚才提到哈雷斯牧师了吗？"

"你说你不厌其详地说——"

"不错！我不厌其详地说，苏菲和我已经订婚很久了，而且苏菲经她父母同意，也很愿意嫁给我——简而言之，"特拉德尔和从前一样坦率地微笑着说，"在我们目前只用得起不列颠金的情况下，她也十分乐意。这是多么好啊。于是，我向哈雷斯牧师——他是一位十分优秀的牧师，科波菲尔，他做主教也当之无愧；要不，他至少应该生活得更加宽裕一点，不应像现在这么捉襟见肘——我向他提出，如果我时来运转，每年可以挣二百五十英镑，如果我能保证明年挣这么多，甚至更多一些，如果我能够置办这样一间小屋，还能添置些家具，那么，我和苏菲就应该结婚。我壮着胆子说，我们已经等了很多

---

① 不列颠金：一种锡铜铝合金，看上去像银，常用来做餐具。

② 某吉普斯，某维格齐尔：虚拟名，过去法律界常用来代表某人。

很多年；虽然苏菲在家里能独当一面，可是，不应该因为她父母十分疼爱她，就不让她建立自己的小家庭啊——你觉得呢？"

"当然不应该。"我说。

"你也这么看，我听了多么欣慰，科波菲尔，"特拉德尔接着说，"因为，我并不是有意责怪哈雷斯牧师，我相信，做父母的，当兄弟的，等等，有时候在这类事情上是相当自私的。哦！我还特别强调，我愿意以最大的热忱为那个家庭效劳；如果我有朝一日飞黄腾达了，如果他遇到什么事儿——我指的是哈雷斯牧师——"

"我知道。"我说。

"——或是克卢勒太太一旦有什么事儿——我将倾其全力照顾好那些姑娘，这是我毕生的心愿。哈雷斯牧师对我投以赞许的目光，欣然同意去说服克卢勒太太，让她答应这桩婚事。我简直是喜不自胜啊。这一次，他们争得不可开交。从她的腿部升到了她的胸口，然后又冲到她的头顶……"

"什么东西冲到头顶啊？"我好奇地问道。

"她的悲痛呀，"特拉德尔一脸严肃地回答，"她的所有情感。我以前曾对你说过，她是一个十分能干的女人，只可惜那两条腿不管用了。她一碰上烦心事，她的腿就会疼痛不已，可这一次，竟然上升到了胸口，她的胸口也痛如刀绞，冲到了头顶，她头昏目眩，总而言之，以惊人的速度蔓延到了全身。不过，他们还是殷勤耐心地照顾着她，总算是把她抢救过来。到昨天为止，我们结婚整整六个星期了。科波菲尔，当我看到他们一家人悲恸大哭，哭得呼天抢地，一个个晕倒在地时，你简直难以想象，我当时觉得我是多么罪大恶极！直到我离开的时候，克卢勒太太都不肯见我，也不肯饶恕我，因为我夺去了她的孩子——不过她是一个好人，很快就原谅我了。就在今天早上，我还收到她一封亲切友好的信呢！"

"总而言之，我亲爱的朋友，"我说，"你现在幸福得眩晕了？"

"哦！有些言过其实！"特拉德尔大笑起来，"不过，我的确有些招人妒忌。我废寝忘食地工作着，孜孜不倦地攻读法律。每天早晨，我五点就起床，可我一点儿也不觉得苦。白天，我把那些姑娘藏起来，晚上，我就陪着她们一起快快乐乐地玩耍。说实话，我现在有些难过，因为米迦勒节①前一天，也就是星期二，她们就要回家了。你瞧，姑娘们来了！"特拉德尔提高嗓门儿大声说道，"科波菲尔先生，克卢勒小姐——萨拉小姐——路易莎小姐——玛格瑞特和露西！"

　　她们如玫瑰般娇艳美丽，一个个看上去青春焕发，富于朝气，漂亮极了。卡罗琳小姐的确秀色可餐，不过苏菲的容颜更让人过目不忘，她神色愉悦，蕴含着一种端庄贤淑、温暖如春的气质。我由此相信，我朋友的选择绝对正确。我们围着壁炉边坐下，那个机敏的小伙子把桌上的文件收拾起来，我这时才知道，他刚才一定是手忙脚乱地把那文件摆出来，所以才会累得气喘吁吁，紧接着，他在桌上摆上了茶具。随后，他用力关上门，回家休息去了。特拉德尔太太真是名副其实的家庭主妇，她的眼里流露着愉快而柔和的光芒，等沏好茶后，她就静静地坐下来，开始烤面包。

　　她在烤面包时告诉我，她见过艾妮丝了。"汤姆"曾带她去肯特郡做蜜月旅行时，她在那儿见到了我姨奶奶。我姨奶奶和艾妮丝都很好，她们在谈话时，只顾得上谈论我，别的都没谈。她坚信，在我去国外的这几年里，"汤姆"无时无刻不在惦念我。在所有问题上，"汤姆"都是最高权威。显而易见，"汤姆"是她生命中的偶像，无论发生什么，都不能撼动他在她心目中至高无上的地位。无论她今后遇到什么，她都会全心全意地信赖他，永远对他顶礼膜拜。

　　她和德拉特尔对那位美人儿十分尊重，我为此特别满意，我并不

---

　　①　米迦勒节：基督教节日，纪念天使长、天使军最高统帅米迦勒。西方教会定在9月29日，东正教会定在11月8日。

是说，我认为这一做法合情合理，而是认为这样做让大家都很愉快，这一做法本身也是他们性格的真实写照。如果特拉德尔有时产生一种强烈的念头，他必须努力挣钱买回银茶匙，那一定是他把茶递给大美人儿的时候。如果他那位脾气随和的太太对某人的观点提出异议，那也仅仅因为她是大美人的妹妹。我发现大美人身上有些任性和娇宠的小毛病，而在特拉德尔和他太太看来，那是她的天性和与生俱来的权利。如果说，她天生就是蜂王，而他们生来就是一群工蜂，那他们也心甘情愿，心满意足。

他们那种忘我的精神让我着迷。他们打心眼儿为那些姑娘感到骄傲，对她们一些稀奇古怪的想法言听计从，这些细枝末节的小事，再次让我看到他们俩身上所拥有的美好品质。那天晚上，特拉德尔的大姨子、小姨妹们，叽叽喳喳地对他喊着"亲爱的"，叫喊声不绝于耳，一个小时差不多要喊上十二次；一会儿请他把什么东西拿来，一会儿又让他把什么东西拿走，一会儿让他去找什么东西，一会儿又让他去取什么东西。他一听到喊声，便乐滋滋地跑去服务了。同样，如果没有了苏菲，她们好像什么也不做了。如果哪一位姑娘头发散了，只有苏菲可以帮忙梳好。如果哪一位姑娘忘了某一支曲子是怎么唱的，只有苏菲能哼唱出来。如果哪一位姑娘忘了德文郡的某一个地名，只有苏菲能回想起来。如果需要给家里写封信，只有苏菲最可靠，能在早饭前写好。如果哪位姑娘编织活儿出错了，只有苏菲能把织错的地方纠正过来。这些姑娘俨然是这里的女主人，苏菲和特拉德尔就像奴仆一样忠心耿耿地侍候着她们。苏菲曾经照顾过多少孩子，我实在想象不出来，不过，她可是一个唱儿歌的高手，用英语写给儿童的每一首歌曲，她几乎都耳熟能详。大家都知道她有一副好歌喉，歌声婉转动听。于是，姑娘们一首接一首地点，大美人通常轮到最后才开口，苏菲则按着点歌的顺序一首接一首地唱，她唱得是那么动情那么感人。我听得如痴如醉，回味无穷。最可贵的是，尽管那些姐妹们不断地提出各种要求，但她们对苏菲和特拉德尔充满了深深的敬意与爱意。等我起身向他们告辞时，特拉德尔准备出门把我送回咖啡馆，这时，亲吻就像雨点一般落在了特拉德尔的脸上，我从来还没见过一头长着毫不屈服的头发的脑袋，或者是长着别的头发的脑袋，在劈头盖脸的亲吻中晃来晃去，任由摆布呢。

总之，我向特拉德尔道了声晚安，然后回到旅馆，又把刚才的情形细细地回味了一遍。就算我在那破旧的格雷律师学院的屋顶看见一千朵玫瑰竞相绽放，它们给律师学院增添的光彩，与我见过的那场面相比，也大为逊色。想到在那枯燥的法律文件代办所和律师事务所中，有一群德文郡姑娘们置身其中，想到在吸墨粉、羊皮纸、卷尺、糨糊、墨水瓶、便笺、稿纸、法律报告、原告诉讼状、公告、诉讼清单等沉闷乏味的气氛中，还夹杂着茶水、烤面包和童谣，这不禁让人浮想联翩，仿佛看见赫赫有名的苏丹家族加入了律师事务所，把他们那些能说话的鸟儿、会唱歌的树木和金黄色的河水全都带进了格雷律师学院①。不知怎的，我和特拉德尔分手后回到旅馆时，我不再对他感到失望。我开始认为，不管英国的侍者领班怎么看待他，他都会一帆风顺、前途无量。

我拖来一把椅子，靠到咖啡馆厅的壁炉旁边，想静静地想一想特拉德尔的事。渐渐地，我从沉思中走出来，不知不觉地观察起炉火，当我看到那些煤块炸裂、火苗摇曳时，我不禁想起了我这一生跌宕起伏，经历的生死离别。自从三年前离开英国，我还从未见过煤火，可我看到过许多燃烧木柴的炉火，当木柴燃成灰烬与炉底存留的白灰混合在一起时，我也禁不住黯然神伤，就像亲眼看见自己的希望化为灰烬。

现在，我能心平气和地回忆过去，而不再痛苦万分，而且能鼓

---

① 此情节出自《一千零一夜》中三姐妹的故事。

足勇气去憧憬未来。家，对我而言，最为美好的部分，已荡然无存。那个人，我本可以与她亲如一家人，却引导她成为我的姐妹。她会结婚，会有新人来占据她的爱情；而她却永远不知道，我心中已经生长出对她的爱恋。我应该为我的草率情感付出代价，这才公道。我这是自作自受。

我正在沉思，我的心是不是已经经受了足够的磨炼，能够镇定自若地应对这一现实，是否能从容地接受我在她的家庭所占有的地位，就像她过去在我的家庭所占有的一个地位那样——就在这时，我突然看见了一张脸。这张脸好像是从炉火里蹦出来的，他让我想起了我的童年生活。

瘦弱的齐力浦先生，正坐在对面一个昏暗的角落里看报呢。我在本书第一章提到过他，他在我出生的时候，帮了我一个大忙。此时，他看上去年迈体弱，可他平日里一向很温和、谦逊、安静，日子过得波澜不惊，所以我觉得，他现在的样子和当年他坐在我家客厅等我出生时的样子并无多大差别。

大约是六七年前，齐力浦先生离开了布兰德斯屯，从那以后，我就再也没有见过他。他头偏向一边，正悄无声息地看着报纸，身旁放了一杯加热的雪莉尼加斯葡萄酒。他的神态是那么地谦卑温顺，似乎在诚心诚意地向报纸道歉，因为他竟斗胆阅读它。

我走上前去，向他招呼道："你好，齐力浦先生。"

一个陌生人出乎意外的问候，让他深感不安。他像以往那样不紧不慢地回答道："谢谢你，先生，你真是太好了。谢谢你，先生。真心希望你也过得好。"

"你不记得我了吗？"我问。

"哦，先生，"齐力浦先生谦恭地笑了笑，并上下打量着我，然后摇摇头说，"我有一点儿印象，觉得你有一些面熟，先生；不过，我实在想不起你的名字。"

"可是，在我还不知道我的名字的时候，你就早已知道了呢。"我补充道。

"真的吗，先生？"齐力浦先生说，"难道我有幸，先生，为你接——？"

"是的。"我说。

"天哪！"齐力浦先生惊叫起来，"可是，毫无疑问，从那以后，你的模样已经发生了极大的变化，先生？"

"或许如此。"我说。

"哦，先生，"齐力浦先生说，"如果我不得不向你请教你的尊姓大名，我想你会原谅我吗？"

于是，我把我的姓名告诉他，他显得异常激动。他一本正经地和我握了握手——对于他来说，这个举动不同寻常，因为他总是把他那微微有点儿温和、像小鱼夹子一般的手，从大腿边伸出一两寸左右，并且一旦有人握住他的手，他立马会显得惶恐不安。即便是现在，他把手抽出来之后，又赶紧放进衣服口袋，仿佛只有把手安全地撤回来，他的心里才踏实。

"天哪，先生！"齐力浦先生把头歪向一边，仔细地端详着我，然后说，"原来是科波菲尔先生，是吗？哦，先生，我相信，要是我刚才仔细地看了看你，我是可以认出你来的。你长得和你那可怜的父亲一模一样呢，先生。"

"可我没有那个福分，从来没看见过我的父亲。"我说。

"是啊，先生，"齐力浦先生以安慰我的语气说道，"无论如何，这都让人感到非常遗憾。不过，在我们那个地方，先生，"齐力浦先生微微晃了晃他的小脑袋说，"你可是个响当当的人物呢。你这里一定很费神吧，先生，"齐力浦先生用食指敲了敲自己的前额说，"你一定会认为这个工作很辛苦吧，先生？"

"你们住在哪儿呢？"我在离他不远处坐下来，然后问道。

"柏里圣埃德蒙兹一带，先生，我就住在那儿，"齐力浦先生说，"齐力浦太太从她父亲那里继承了一点产业，就在那一带，我就在那里申请了一个行医执照，干起了老本行。我在那里干得不错，你听了一定会很高兴的。我的女儿现在已经长成一个亭亭玉立的大姑娘了，先生，"齐力浦先生又摇晃了他的小脑袋，说，"上个星期，她的母亲刚把她长裙的两个横褶放下来呢。你瞧，先生，时间过得可真快啊！"

这个矮个子老头一面发表着自己的感想，一面情不自禁地把空空如也的酒杯放到嘴边，于是我建议他再斟一杯，我也再来一杯，陪他边喝边聊。"嘿，先生，"他依然用不紧不慢的口气说，"那样我就饮酒过度了；但我不想错过和你聊天的乐趣。你出疹子，我有幸来照顾你，就恍若昨天发生的事呢。先生，没想到你很快就恢复了健康！"

我对他这番恭维表示感谢，然后我点了尼加斯酒，很快酒就送上来了。"实在太客气了！"齐力浦先生一面调着酒一面说，"我实在难以拒绝这么一个难得的机会。你没有再结婚吗，先生？"

我摇了摇头。

"我听说你几年前丧偶了，先生，"齐力浦先生说，"这消息是你继父的姐姐告诉我的。她的性格可真坚定，是吗，先生？"

"啊，是的，"我说，"很坚定，你在哪儿遇见她的，齐力浦先生？"

"你还不知道吗，先生，"齐力浦先生仍极其平静地微笑着说，"你的继父又成了我的邻居。"

"我真不知道。"我说。

"是的，先生！"齐力浦先生说，"他娶了当地一个年轻小姐，那小姐有一笔可观的财产，可怜的人呀。你像现在这么绞尽脑汁写东西，先生，你不觉得累吗？"齐力浦先生像一只知更鸟，以羡慕的眼光看着我说。

我暂时把这一话题搁置一旁，又谈起了谋德斯通一家来。"我听说他又结婚了。你去他们家看过病吗？"我问道。

　　"不常去。他们倒是请过我，"他回答说，"谋德斯通先生和他姐姐的个性太强了，根据颅相学来看，他们身上主宰这方面性格的器官太过发达，先生。"

　　我听得津津有味，齐力浦先生备受鼓舞，再加上尼加斯酒的作用，他轻轻地摇了摇脑袋，然后感慨万端，"啊，天哪，过去的那些日子我们怎么也忘不了，科波菲尔先生！"

　　"那姐弟俩又在故技重演吗？"我说。

　　"哎，先生，"齐力浦先生说，"一个经常在别人家进进出出的医生，除了与他本职相关的工作，其余的事情，他本不应该打听，也不应该插手。不过，我不得不说，他们是太严厉了，不管是对待今生，还是对待来世，概莫能外。"

　　"来世如何，恐怕由不得他们来支配，我相信，"我接着说，"对于今生，他们又干了些什么呢？"

　　齐力浦先生摇了摇头，搅了搅尼加斯酒，然后饮了一小口。

　　"她是个非常讨人喜欢的女人，先生！"他神情悲哀地说。

　　"你是说现在的谋德斯通太太？"

　　"是的，她的确很讨人喜欢，先生，"齐力浦先生说，"她温柔敦厚，待人和蔼可亲！我太太告诉我说，自从谋德斯通太太结婚后，她的精神就垮掉了，如今变得郁郁寡欢，疯疯癫癫。女人哪，"齐力浦先生诚惶诚恐地说，"都是了不起的观察家，她们看问题可准了。"

　　"依我看，他们是不择手段逼她就范，生吞活剥硬把她塞进他们那万恶的模子里。老天救救她吧！"我说，"他们的阴谋已经得逞了。"

　　"不过，先生，老实说，一开始还是闹得不可开交，"齐力浦先生说，"可她现在只剩下一具躯壳了。如果我悄悄告诉你，自从那个姐姐来帮忙后，他们姐弟俩狼狈为奸，把她整得就像一个白痴，你不会觉得我太言过其实了吧？"

我告诉他，我相信他说的都是大实话。

"这里没有外人，先生，"齐力浦先生又饮了一口尼加斯酒，趁机壮着胆子说道，"我毫不隐瞒地说，她母亲就是被他们逼死的。他们的粗暴专横、阴郁沉闷把谋德斯通太太逼成了白痴。结婚以前，她活泼开朗，充满朝气；他们的苛责、专横活活把她毁掉了。现在，他们带着她一起出门，不像是她的丈夫和大姑子，而像是她的看守。这是上个星期齐力浦太太对我说的。我敢担保，先生，女人们都是了不起的观察家。齐力浦太太也当之无愧！"

"他还是那么阴阳怪气地称自己是一个虔诚的基督教徒吗？"我问道，我把他和虔诚的基督教徒这一称谓不得已联系到一起，我感到极其愧疚。

"你说得没错，先生，"齐力浦先生说，由于不习惯喝那么多酒，他的眼皮变得通红，"齐力浦太太说过一句话，一言中的。我太太说，"他不慌不忙极其平静地说道，"'谋德斯通先生把自己塑造成毫无人性的一尊神。'听她这么一说，我感到极为震惊。我敢说，在我太太说这话的时候，你只需用一支鹅毛笔轻轻捅我一下，我立马就会摔倒在地。女人们真是了不起的观察家呀，先生。"

"她们都是天生的观察家。"我附和道，这让他开心极了。

"我的观点能得到你的支持，我太开心了，先生，"他继续说，"我向你保证，我很少发表与医学无关的言论。谋德斯通先生有时候公开发表演说，据——简而言之，先生，据齐力浦太太说——他近来越来越专横霸道，他的主张也越来越残酷无情。"

"我相信齐力浦太太说得一点儿也没错。"我说。

"齐力浦太太甚至说，"这位温和谦逊的老人受了极大的鼓舞，继续说道，"这些人胡说八道，说他们那一套是宗教，其实，他们是打着宗教的幌子，任意发泄自己的怨气和傲气。我必须得说，先生……"

他把头缓缓地歪向一边，继续说，"你知道吗？谋德斯通姐弟俩说的那一套，我在《新约全书》里无据可查啊！"

"我也从没查到。"我说。

"还有，先生，"齐力浦先生说，"大伙儿都十分讨厌他们。因为他们动辄就诅咒那些讨厌的人下地狱，这样一来，我们的左邻右舍差不多都下地狱了！不过，我太太告诉我说，先生，他们也不断受到惩罚；因为他们不得不生活在自己的天地里，靠吃自己的心过活，可自己的心又有什么好吃的吗？哦，先生，如果你不介意的话，我想再谈谈你的脑子。你是不是要让自己的脑子一直处于亢奋状态啊？"

因喝了不少尼加斯酒，齐力浦先生的脑子一直处于亢奋状态，因此，我毫不费劲就把话题转移到有关他自己的事情上来。接下来，他又滔滔不绝地谈起他的事，差不多说了半个小时。我从中了解到，他到格雷律师学院咖啡馆来，是因为他要在一个精神病学委员会上，对一个因饮酒过度导致精神失常的病人，提供相关医学证明。

"说真的，先生，"他说，"在那种场合，我会相当紧张不安。我经受不起别人的威吓，先生。那会让我手足无措。在你出生的那一夜，那位令人望而生畏的小姐的所作所为，吓得我好长时间才缓过劲，你知道吗，科波菲尔先生？"

我告诉他，我明天一早就要去看我的姨奶奶，也就是那天晚上那位吓得他六神无主的女士。我还告诉他，她其实是一个心地善良、非常优秀的女士，如果他多与她见面几次，他就会改变对她的看法。他一听到有可能再见到她，如临大敌，吓得惶恐不安，脸色苍白。他勉为其难地笑了笑，说："她真是那样的人吗，先生？真的吗？"然后，他赶紧要了一支蜡烛，上床睡觉去了，仿佛除了卧室，其余任何地方都危机四伏，极不安全。尽管喝了一些尼加斯酒，他走起路来并没有踉踉跄跄。不过，我却认为他那平缓的小脉搏，一定会比那个重要的夜晚——我姨奶奶气急败坏地用帽子打他以后的那个晚上，每分钟要多跳两三下。

午夜时分，我实在是太疲惫了，也去睡了。第二天，我在去多佛的马车上度过了一天。我顺利抵达，冲进我姨奶奶的那间老客厅，我的姨奶奶正在喝茶，她还戴着一副老花镜。她、狄克先生，还有已经成为这里的管家的辟果提，他们一个个喜极而泣，张开双臂热情欢迎我的归来。等我们平静下来，开始聊天时，我告诉他们我遇着齐力浦先生，他一想起姨奶奶打他的事还心有余悸，姨奶奶听了觉得十分有趣。她和辟果提两人，还谈论起我那可怜的母亲的后夫，以及那个"谋杀犯"的姐姐，对于这个女人，不管我姨奶奶遭受多大的惩罚与凌辱，也决不肯用任何教名，姓氏，或别的什么名字来称呼她。

第60章　见艾妮丝

屋里只剩下姨奶奶和我后，我们俩一直促膝长谈到深夜。我们谈到了那些移居海外的人，每次来信都说生活愉快，充满希望；米考博先生，他像对待人与人之间的正常关系那样，极其认真地寄回一笔笔数额不等的款项，以偿还他当初欠下的债务；珍妮在我姨奶奶回到多佛后，她又来伺候她一段时间，然后"贯彻"她排斥男人的主张，和一个生意兴隆的酒店老板结了婚；我姨奶奶帮了这位新娘一个大忙，亲自出席她的婚礼，并让婚礼大放光彩。凡此种种，我在过去收到的来信中已经了解了一些，现在，终于有机会可以详细听听。当然，我们也谈起了狄克先生。我姨奶奶告诉我，他一直忙着抄写他收集的各种东西，这份看起来还不错的差使，让他把查理一世抛到脑后了。我姨奶奶说，现在，狄克先生过得自由自在，轻松愉快，不再感到苦闷乏味，身子也不见消瘦，她为此感到特别有成就感，特别幸福。她还说，这世界上除了她以外，再也没有人能充分了解他是个什么样的人，这个观点令人耳目一新。

"特洛，你打算什么时候，"我们像原先那样在壁炉前坐下时，姨奶奶拍拍我的手背说，"你什么时候去坎特伯雷呀？"

"我想明天早上骑马去，姨奶奶，除非你也和我一起去。"

"我不去！"我姨奶奶开门见山地说道，"我不想到处跑。"

那我就骑马去，我说，我今天经过坎特伯雷，并没有停一会儿，是因为我迫不及待想回来看看她，而不是别人。

她听了我的话十分开心，不过她笑着说："算了吧，特洛，我这把老骨头，再怎么也等得到明天啊。"她见我心事重重地坐在那里盯着炉火，又轻轻地拍了拍我的手。

我心事重重，是因为我又回来了，如今艾妮丝近在咫尺，悔恨之情再次卷土重来。也许这种悔恨之情不如当初那么强烈，它已经教我学会了在懵懂无知的青春时代没有学会的东西，但悔恨终究是悔恨，怎么也挥之不去。"哦，特洛，"我好像又听到姨奶奶说，"真糊涂，糊涂呀，糊涂。"现在，我是真真切切地领悟到这话了。

我们两都陷入了沉默。当我抬起头来，看见她正目不转睛地看着我，也许，她早已看出我的心思，因为我的心思曾经捉摸不定，现变得明白无误，一眼就可看穿。

"你会看见，她父亲已经是一个白发苍苍的老人，"我姨奶奶说，"不过从各方面来说，他比过去好多了——他改过自新重新振作起来了。你也会看见，他现在不再用他唯一的可怜的动机尺子来衡量人生的喜怒哀乐，荣辱得失了。相信我，孩子，当他拿着那把尺子衡量一切时，所有的东西都会变小呢。"

"是的，一切都会变小。"我说。

"你会看见，"我姨奶奶继续说，"她还是那么善良，那么美丽，那么真诚，那样无私。可惜，我不能想出更好的词来称赞她，特洛，不然，我一定会好好赞美她一番。"

再怎么赞美她也无可非议，再怎么责怪我也毫不过分。噢，我离阳光大道越走越远了。

"如果她能把周围的姑娘调教成像她自己那样，"我姨奶奶噙着泪花，十分真挚诚恳地说，"哦，上帝知道，她这一辈子就没白活！正像她那天说的那样，助人为乐，幸福快乐！既帮助了别人，自己又感到其乐无穷！"

"艾妮丝有没有——"我自言自语道。

"嗯！嗯！有没有什么呀？"我姨奶奶急迫地问道。

"有没有爱人？"我说。

"有二十个呢，"我姨奶奶气冲冲地带着骄傲的神气说，"自从你离开后，亲爱的，她要是想结婚的话，完全可以结二十次呢！"

"这是毫无疑问的，"我说，"这是十分肯定的。可是有没有配得上她的爱人呢？与她不相配的，艾妮丝是绝对看不上的。"

我姨奶奶手托着下巴沉思了一会儿。然后，她慢慢抬起眼睛看着我说：

"我怀疑她有一个心上人，特洛。"

"一个有着远大前程的人？"我说。

"特洛，"我姨奶奶神情严肃地说，"我说不准。其实，我不该告诉你这些，因为她从来没有说过她的心事，这只不过是我妄加猜测罢了。"

她神情专注地看着我，显得那么急切不安，我甚至发现她全身在颤抖。因此，我觉察到，其实她早已看穿了我的心思。许久以来，那些日日夜夜的痛苦挣扎，此时，让我下定了决心。

"如果是那样，"我开始说，"我希望那是——"

"我不知道是不是那样，"我姨奶奶急忙说，"那只是我的猜测，也许，毫无根据可言。你一定要保守这个秘密。不要太放在心上。我本不该说出来的。"

"如果是那样，"我重复道，"到时候艾妮丝一定会告诉我的。姨奶奶，我是那么地信任她，我想，她是不会向我隐瞒实情的。"

这时候，姨奶奶能缓缓地把目光从我身上移开，然后若有所思地用一只手捂住了眼睛，紧接着轻轻地把另一只手放在我的肩头。我们俩就这样坐着，回忆着往事，直到各自回房间睡觉的时候，我们再也没说一句话。

第二天清晨，我骑着马，奔向我从前上学的地方。虽然马上就要见着她了，可是我的心里并不轻松，因此我得下定决心战胜自己。

我很快穿过那些熟悉的道路，来到清幽的街道上，这儿的每一块石头，对我来说，就像儿时读过的一部故事书。我步行来到那古老的住宅前，可是我按捺不住自己的激动与紧张，又退了回来。最后，我终于鼓足勇气回来了。我经过一间圆形的小房子，以前尤利亚·希浦常坐在这里面，后来米考博先生又常坐在里面。透过低矮的窗户往里面一看，发现这个房间已改成一间小客厅，事务所已经没有了。除此以外，那座安静的宅子还是和我首次见着的那样干净整洁。一个新来的女仆迎了上来，我请她禀报威克费尔德小姐，说一位刚从海外归来的朋友前来拜访她。她带我走上那光线幽暗的楼梯，还特别提醒我要小心一点，当心脚下的楼梯，她哪里知道，我对这里的一切是多么地熟悉啊！我们来到了毫无变化的客厅。当年，我和艾妮丝一起念过的书，还原封不动地摆在架子上；我多少个夜晚趴在那儿做功课的书桌，依然紧挨着那张大桌子，摆在原来的老地方！希浦母子俩占用这间屋子时曾带来的一些变化，已经消失不见了，一切恢复了原样！

过去的欢乐时光又回来了！

我站在窗前，看着那古老街道对面的住房，回忆起我刚来的时候，在细雨纷飞的午后，我仔细打量着它们的情景；回忆起我经常揣测那样从窗前经过的人，看着他们从楼梯上跑上跑下，女人们穿着木头鞋，咯噔咯噔地走过人行道，沉闷的阴雨斜落而下，雨水从泄水口溢出来，流到大街上。在阴雨绵绵的傍晚，我常常看见那些无家可归的流浪汉，用棍子的一头担起包裹卷儿，一瘸一拐地穿过街头。当年看见他们时的那般心境，现在，我又重新体会到了。与此同时，伴随而来的是，我闻到了湿润的泥土味道，嗅到了带有水珠的叶子和杂草的味道，与此同时，经过一番长途跋涉，我突然有了一种轻风拂面的感觉。

装着护墙板的墙上那道小门突然打开了，我惊讶地转过身来。她朝我走来，她那美丽明净的眼睛与我相遇。她站住了，用手捂住了胸口。我走上前去，一把把她搂到怀里。

"艾妮丝，我亲爱的姑娘！我的到来，是不是让你感到太突然了！"

"不，不！看到你，我很高兴，特洛伍德！"

"亲爱的艾妮丝，又见到了你，我真开心啊！"

我紧紧地搂住她。有一会儿，我们俩谁都没说话。然后我们肩并肩坐下；她天使般的脸转向了我，满脸的热情欢迎，这正是我这么多年来一直朝思暮想、魂牵梦萦的啊。

她那么真诚，那么美丽，那么善良——我受她的恩惠实在太多了。我觉得她太招人喜爱了，可我竟然不知怎么来形容我的激动之情。

我想为她祝福，我想向她表示道谢，我想告诉她，我受她的影响有多大，就像我曾在信中常说到的那样；可是我所有的努力都是枉然。我的爱慕和幸福，难以开口。

她用她的沉着、冷静与温柔让我激动的心渐渐平静下来，她引导我谈起了别离的场景；她对我说，她曾多次背着我悄悄去看望艾米丽；她跟我深情地谈起了朵拉的坟墓。她凭着她那高贵的心灵和准确无误的直觉，温柔地拨动了我的记忆琴弦，使得所有旋律都那么和谐融洽。我可以心平气和地去聆听那悲怆悠远的音乐，从容应对所唤起的一切感情。既然她本人，我生命中的天使，已经和这音乐融为一体，那我又怎么能躲躲闪闪呢？

"你自己呢，艾妮丝，"我缓缓地说道，"能给我谈谈你自己吗？你几乎还没有给我说过，你这些日子是怎么度过的呢！"

"我有什么可说的呢？"她面带微笑，看上去精神焕发，"父亲的身体十分健康。正如你看到的，我们现在安安静静地生活在我们自己的家里；过去的恩怨也消除了，我们的家又恢复了原样。亲爱的特洛伍德，知道了这些，你就知道了一切。"

"这就是一切吗，艾妮丝？"我说。

她带着一丝不安望着我，显得有些吃惊。

"再没别的什么了，妹妹？"我说。

她脸上的红晕刚刚褪去，现在重又泛起，接着又褪去了。她笑了笑——带着一丝淡淡的哀愁，然后她摇了摇头。

我本想把话题引向我姨奶奶没有明说的那件事情上，虽说听了她的真心话，我一定会感到十分痛苦，但是我需要磨炼我自己，同时我要对她尽一份责任。不过，她看上去有些忐忑不安，我只好暂时把这个话题放下。

"你现在很忙吧，亲爱的艾妮丝？"

"你是问我在学校吗？"她抬起头看着我，脸上又流露出愉快的神色。

"是呀，在学校工作很辛苦吧，是吗？"

"这项工作干起来愉快极了，"她回答说，"如果我嫌它辛苦，那我就太不懂得感恩戴德了。"

"凡是好事，对你来说，都不困难。"我说。

她脸颊上的红晕又漫了上来，接着又消退了。在她低下头时，我又一次看到她那带着淡淡哀愁的微笑。

"你可以等着爸爸回来，"艾妮丝高兴地说，"和我们待一天吧？也许你还想在你自己的卧室睡一觉吧？我们总把那间卧室当作你的卧室。"

这让我有些为难，因为我已答应姨奶奶，当天晚上要回到姨奶奶那儿去。不过，这个白天，我可以高高兴兴地待在这儿。

"我还得当一会儿囚犯，"艾妮丝说，"不过以前那些旧书都在这儿，特洛伍德，还有过去的乐谱呢。"

"就连以前的那些花也还在这里，"我朝四下看了看说，"还是那几种花。"

"你不在的时候，"艾妮丝微笑着说道，"我喜欢把一切都保持成我们孩童时的样子。因为，我觉得那时的我们是多么快活。"

"那时的我们的确是多么快活！"我说。

"任何一件能让我想起我哥哥的小玩意，都是我心爱的伴侣，"艾妮丝用她热忱的目光愉快地看着我说，"你瞧，就连这个，"她指了指依然挂在她腰上的那个装满钥匙的小篮子，告诉我说，"似乎也在叮叮当当地唱着过去的曲调呢！"

她莞尔一笑，从她先前进来的那道门出去了。

我必须像虔诚的宗教徒那样来守护这份兄妹之情。它是我在这世上的唯一，是一件无价之宝。她之所以待我有如亲兄妹，就是因为我们之间存在一种神圣的信任，如果我一旦动摇这一根基，我将失去这份兄妹之情，而且一旦失去便永远也找不回了。这一点我时刻铭记于心。我越爱她，越不敢背离它。

我到街上去散步。我又看见了我的死对头——那个屠夫，他现在成了警官，他的警棍就挂在肉铺里；于是，我信步来到当年和他交战的地方，在那里我不由自主地回想起谢福德小姐和拉金斯大小姐，还有当时那些浅薄无聊的爱情、喜好与厌恶。如今，时过境迁，当年的一切都已烟消云散。只有艾妮丝，她犹如我头顶上的一颗星星，越来越璀璨夺目，越来越神圣崇高。

我回来时，发现威克费尔德先生已经从他的园子回家了。那座园子距离城里大约有两英里的样子，现在，他几乎每天都要去打理他的园子。他的模样果真如我姨奶奶所说的那样。我们和六七个小女孩坐在一起吃晚餐；威克费尔德先生看上去就像是墙上他那幅肖像画的影子。

在我的记忆中，这座宅子是那么宁静，那么惬意，如今，这儿又恢复了往日的安宁与祥和。晚餐后，由于威克费尔德先生已经不再喝酒了，我也没有再喝。我们便来到楼下，艾妮丝陪着她的学生一起唱歌、玩游戏、做功课。等到茶点结束，那些孩子便离开了，就剩下我们三个坐在一起，开始聊起了往事。

"过去，我，"威克费尔德先生摇了摇白发苍苍的脑袋说，"干了一些让我追悔莫及的事，这些事让我后悔终生，特洛伍德，这些你都知道。但是，如果让我把过去那些事一笔勾销，我也决不同意。"

我看了看他的脸，我相信他说的是实话。

"我要是一笔勾销了，就等于把那份忍耐、那份忠诚、那份孝心和那份挚爱一并勾销了。不，即使我忘了我自己，我也不会忘记这一切！"他又说。

"我了解你，先生，"我温和地说，"我对你充满敬意，而且一向如此。"

"可是没人知道，连你也不知道，"他接着说，"她付出了多少心血，经历了多少磨难，吃了多少苦头啊。我亲爱的艾妮丝呀！"

她把手放到他手臂上，恳求他不要再说下去。她的脸色变得苍白。

"好了，好了！"他叹了口气说。我这时看出，他把我姨奶奶告诉我的她经历的种种磨难放在一边了，那些事情过去折磨着她，说不定时至今日还让她备受煎熬呢。"嘿！特洛伍德，我还没给你讲过她母亲的事呢。有谁对你讲过吗？"

"从来没有呢，先生。"

"可讲的并不多，但经历却十分痛苦。她违背了她父亲的意愿和我结了婚，她父亲一气之下就和她断绝了父女关系。在艾妮丝还没出生之前，她恳请她父亲原谅她，可她父亲铁石心肠，而她的母亲早已去世。她父亲死活不肯认她这个女儿，这让她伤透了心。"

艾妮丝依偎在他肩上，温柔地搂着他的脖子。

"她有一颗温柔多情的心，"他说，"这颗心极其脆弱，极易受伤。我非常了解她，她的心是那么娇嫩。如果我不了解她，谁又能了解她呢？她深深地爱着我，而是从未真正感到快乐过。她一直默默地忍受着这份痛苦。她身子原本就很虚弱，在遭到她父亲最后一次拒绝后——那不是第一次，而是有无数次了——她变得日渐憔悴，一蹶不振，最终撒手而去，留下了刚出生才两个星期的艾妮丝，和你第一次见到我时的满头白发。"

他吻了吻艾妮丝的面颊。

"我对我这亲爱的孩子的爱是一种病态的爱，因为我当时的精神状态并不健康。过去的事我就不谈了。我自己的事，我也不想谈，特洛伍德，我只想谈谈她的母亲和她。关于我自己过去的为人，或者说我一直以来的为人，我只需要给你提供一点儿线索，我想你就会一清二楚的。艾妮丝是一个怎样的人，我也不必多说。我总觉得在她的身上可以看见她可怜母亲的一些影子。经过了这翻天覆地的变化后，今晚，我们三个人又重新聚在一起，我才把这些告诉你。我把该说的全都说了。"

他那低垂的脑袋，她那天使般的面容和令人动容的孝心，都比先前让人更加觉得悲怆凄凉。如果我要用什么来纪念这一晚上的久别重逢，那这件事最值得一提了。

艾妮丝从她父亲身旁站起，轻轻地走到钢琴边，弹奏了几支曲子，这些曲子都是我们过去耳熟能详的老曲子。

"你还打算出国吗？"当我站到她身边时，她问道。

"妹妹有什么看法？"

"我希望你不要再走了。"

"那我就不再走了，艾妮丝。"

"既然你问我，特洛伍德，那么，我觉得你不应该再出去了，"她无限温柔地说，"你的声望和成就越来越大，这样一来，你可以贡献自己更大的力量啊。就算我舍得我这个哥哥，"她说着定定地看着我，"恐怕时光也不会放手啊。"

"我能有今天的成就，是你一手造就的。艾妮丝，你应该明白这一点。"

"我造就了你，特洛伍德？"

"是的！艾妮丝，我亲爱的姑娘！"我俯下身来对她说，"今天我们见面时，我一直想告诉你，自从朵拉去世后一直萦绕在我心头的一件事。你还记得吗，艾妮丝，你那时从楼上下来，来到我的小房间里看我，手指着天国？"

"哦，特洛伍德！"她眼里噙着泪水，回答说，"她那么可爱，那么坦诚，那么年轻！我怎么能忘了呢？"

"从那时起，我常常想，我的妹妹，对我来说，一直是当时那个样子：永远手指着天国，指引我走上更加美好的道路，指引我一直向着更高的目标去奋斗！"

她只是摇了摇头，泪眼婆娑。我看到她微微一笑，笑容里夹杂着一丝淡淡的哀愁。

"正因为如此，我对你感激不尽，艾妮丝，我是如此离不开你，我对你的一往情深，难于言表。我多么希望你能明白，却又不知道用什么方式才能让你明白，我要一生一世跟随你，接受你的指导，就像以前在你的指导下走过那些茫茫黑夜一样。今后无论发生了什么，无论你会和谁在一起，无论我们之间会有什么变化，我都会永远依赖你，爱慕你，过去是那样，将来也会如此。你会像以往那样，永远给我安慰，给我帮助，一直到我生命结束。我至亲至爱的妹妹，我要永远看着你站在我面前，手指着天国！"

她把手放在我的手中，对我说，她为我和我说的那番话感到无比骄傲，不过她觉得我对她的赞扬有些夸大其词。紧接着，她又温柔地弹起琴来，不过，她的目光一直落在我的身上。

"艾妮丝，你知道吗？今晚听到那番话时，"我说，"说来奇怪，我产生了一种极其相似的情感，就如第一次见到你时的那种情感，就如我在蠢钝的学生时代坐在你身边时的那种情感。"

"你知道我没有母亲，"她微笑着回答，"所以对我满怀同情之心。"

"不仅仅如此，艾妮丝，我似乎早就知道这一情况似的，我知道你浑身上下洋溢着无法言说的温柔与亲切。这种气质，据我观察，要是搁在别人身上，就可能会引起忧伤，可在你身上，却产生了奇迹。"

她继续温柔地弹着琴，眼睛依旧出神地看着我。

"我这些念头千奇百怪，你不会笑话吧，艾妮丝？"

"不会的！"

"我甚至从那时起就坚信，无论你遇到多大的艰难困苦，你都会百折不挠、矢志不移，生命不息，奋斗不已。我这么说，你会笑话吗？"

"哦，不会的！哦，不会的！"

就在那一刹那，她的脸上掠过一丝忧伤。等我有所察觉时，它已经转瞬消失了。她仍然静静地弹着琴，目光定定地看着我，脸上带着浅浅的微笑。

夜晚，我独自一人骑着马往回走，风从我身边呼呼吹过，就像一场让人惊魂未定的梦境。我想到过去发生的一切，担心她过得并不快乐。我其实也过得不快乐。不过，我已经规规矩矩地把往事尘封起来。她手指着上面的模样再次浮现在我眼前时，我觉得她指的就是我头顶上的这片天空，在那里，在那神秘莫测的未来，我也许能用一种超越世俗的爱来爱她，而且还可以告诉她，我在尘世间爱她时，我的内心经历了多少痛苦挣扎。

第61章　两个忏悔人

在这段时间，我一直居住在多佛我姨奶奶家。无论如何，我得坚持把这本书写完，这需要好几个月时间。我初来乍到那会儿，曾站在窗前眺望海上明月。如今，我则坐在窗前，心无旁骛地写作着。

我持有这样一个主张，只有在我的这部传记中提到我的创作历程时，我才简单谈一谈，除此之外，我很少提及我在创作上有什么抱负、有什么乐趣、有什么烦恼和成就。我已经说过，我把我毕生的精力和热情都已献身于创作，我把我的所有心思都用在了这上面。如果我创作的那几部作品还有一点儿价值，其他方面的东西，我在今后的作品中还可以补充。如果那几部作品一文不值，其他方面，恐怕也不会引起大家的热情与关注。

我也偶尔去伦敦看看，去体验一下繁华热闹的都市生活，或者找特拉德尔商议一些事。我在国外期间，特拉德尔凭着他那睿智的头脑，替我打理一些日常事务，从而使得我的经济收入日渐增长。我渐渐有了一些名气，一些素昧平生的人开始写信给我，其中一些来信言之无物，极难回复，于是，我采纳了特拉德尔的建议，把我的名字写到他的住址上。于是那些尽职尽责的邮差就把不计其数的信投送到这儿来。每隔一段时间，我便上这儿一趟，极其认真地处理这些来信，就像一位日理万机的内务大臣，只不过是不领薪水罢了。

在这些信件中，时不时会收到这些人的来信。这些人总是在博士法院周围转悠，指不定是哪个，他们恳请我说，如果我肯把相关的代诉人资格手续办好的话，他们想借我的名义从事代诉人的业务，到时候所得收益按比例分成。我婉言相拒，因为我知道，这种冒名开业的人实在太多了，而且我还觉得，那个博士法院实在是太糟糕了，我何必再去趟这浑水呢？

当我的名字在特拉德尔的住址上大放光彩时，那些姑娘已经回家了；那个机敏的小伙子似乎压根儿都不知道苏菲的存在似的，因此苏菲整天把自己关在后面一间屋子里，轻松愉快地干着活儿，只是偶尔看看楼下那灰不溜秋的花园和花园里的一台水泵。我经常看见她在里面忙活，神情是那么快乐。在没有陌生人上楼来，她便轻轻地哼着德文郡的故乡民歌。整天待在柜子一般的事务所里的机敏小伙子，听到这优美的歌声，渐渐也变得柔和起来。

我经常看见苏菲在一个练习本上写字，她一看见我，立马就合上书本，把它们赶紧塞进抽屉里。一开始，对于苏菲的这一异样举动，我十分不解，不久便真相大白。有一天，天空飘着雪花，特拉德尔从律师学院赶回家，顺手从书桌里取出一份文件，问我觉得这上面的字写得如何。

"哦，别这样，汤姆！"苏菲正在壁炉前替他烘便鞋，一听这话，突然惊叫道。

"我亲爱的，"汤姆十分愉快地说，"为什么不呢？你认为这字写得怎么样，科波菲尔？"

"字迹工整，笔法遒劲啊，"我说，"我还从未见过写得如此刚劲有力的书法。"

"不像是女人写的吧，是吗？"特拉德尔说。

"女人写的？"我重复道，"糊泥石瓦才更像是该女人干的活儿呢！"

特拉德尔放声大笑起来。他告诉我说，这是苏菲写的；他还告诉我，苏菲断定他用不了多久，就需要一名文书帮忙，她自告奋勇当他的文书。他还说，她对着字帖学会了这一手字，并可以在一小时里抄完，具体多少页我记不住了。特拉德尔把这一切告诉我时，苏菲感到有些难为情，她替自己解围道，等以后汤姆当上法官，他就不会大肆宣扬了。汤姆则不赞成这一说法，他认为，无论何时何地，他都会为此引人为荣呢。

"她真是一位知书达理的太太，令人钦佩啊！我亲爱的特拉德尔！"她笑着走开时，我不由得赞叹道。

"我亲爱的科波菲尔，"特拉德尔说，"你说得一点儿也没错！她机智聪慧，勤俭节约，把家里的一切料理得井井有条，而且她还乐观开朗！"

"的确，你没有理由不夸赞她！"我回答说，"你是一个幸福的人。我深信，你们携手共进，一定会成为世界上最幸福的人。"

"我也深信，我们是世界上最幸福的一对，"特拉德尔又说，"无论如何，我都始终相信这一点。哎呀，天还没亮，我就看见她点着蜡烛起床，开始有条不紊地安排这一天的工作；不管是晴天还是雨天，还没等文书来上班，她就去市场了；她会用最普普通通的食材，做出精美可口的饭菜，其中还有布丁和果子饼；她把家里的一切收拾得整整齐齐；她把自己打扮得漂漂亮亮，光彩照人；不论多晚，她都会陪在我身边；她是那么温柔体贴，善解人意；她还常常给我鼓励，时时处处为我着想。有时候，我简直不敢相信，竟然会有这样的事，科波菲尔！"

他穿上刚刚烤暖和的便鞋，对鞋子流露出爱惜之情，舒舒服服地伸了伸腿，把脚放在了炉栏上。

"有时候，我真不敢相信竟会有这种事，"特拉德尔说，"更何况，我们还会自找乐趣呢！天呀，那些乐趣都不怎么花钱，可是却是无比地甜蜜温馨！晚上，我们就待在家里，把外面的门一关，然后拉上窗帘——这些窗帘都是她亲自做的——还有什么地方比这里更舒服的呢？天气晴朗时，傍晚时分，我们便到外面去散散步，街上有好多有趣的事。我们在璀璨夺目的珠宝店外面转悠，我指着那盘在白缎子衬盒里的蛇形珠宝，用钻石做的眼睛，对苏菲说，等我挣了大钱，我一定把这儿买来送给她；苏菲则指着那镶宝石带盖的双簧齿轮金表，告诉我，如果她买得起，她一定要买只金表送给我；我们还特别留意了一下勺匙、叉子、鱼刀、奶油刀、方糖钳子，挑选出了中意的款式，等我们有钱了，我们就上这儿购买；我们离开时，仿佛这一切都已尽收囊中！紧接着，我们悠闲自在地来到广场和大街上，看见有出租的房屋，有时候会去看看，并问自己，如果我当上法官，住这样的房子行不行，然后我们就开始安排房间——这一间，我们住，那几间，留给那些姑娘住，等等；这房子到底适不适合我们，我们视情况而定；有时候，我们购买半价票，到戏院的后排看戏——依我看，这我花得太值了，光是那里的气味也不值这个价呢——我们坐在那儿，完全陶醉在戏剧里，每一句台词，苏菲都信以为真，我也深信不疑呢。回家的路上，我们有时会到食店里买点吃的，有时会在鱼贩子那里买上一只小龙虾，带回家来，做上一顿奢侈的晚餐，一边享用着晚餐，一边聊着我们的所见所闻。哎，你知道，科波菲尔，如果我是大法官，我们就不能这样做了！"

"不管你做什么，我亲爱的特拉德尔，"我暗自想道，"你都会做些让人快乐讨人喜欢的事。"我接着好奇地问道，"我想，你现在不会再画骷髅了吧？"

"事实上，"特拉德尔大笑起来，红着脸回答说，"我亲爱的科波菲尔，我不能完全否认，说我已经不画了。因为前几天，我坐在国王法院后排座位上时，手里正好拿了一支笔，突然，我心血来潮，忍不住重操旧业，信手就在那张桌子的边上画了一个骷髅呢，而且这个骷髅还戴着假发呢。"

我们俩笑得前仰后合，好不容易才止住笑声。特拉德尔望着炉火，脸上还挂着微笑，用宽宏大量的语气说道："哎，那个老克里克尔呀！"

"我这里有一封那个老——浑蛋的来信，"我说，一想到他当年暴打特拉德尔的情形，我就忍不住怒火中烧，而现在看见特拉德尔竟然如此轻易地宽恕了他，我就越发觉得我决不能轻易饶恕他。

"是克里克尔校长的信？"特拉德尔惊讶地问道，"不会吧！"

"有一些人，见我名声越来越大，事业越来越成功，他们就会慕名而来。"我一边翻看信件一边说，"有一些人，他们声称一直都很关心我，其中免不了这个克里克尔。他现在不当校长了，特拉德尔。他不干那一行了，他现在当上米德塞克斯①的治安法官了。"

我本以为特拉德尔听了会大惊失色，可他却镇定自若。

"你猜他是怎么当上米德塞克斯的治安法官②的吗？"我说。

"哦，天哪！"特拉德尔回答，"这问题实在是太难了。也许他投了某人一票，或把钱借给了某人，或者购买了某人什么东西，或者是要挟某人，或者给某人办了什么事，而这人又认识别的什么人，就让当地官员把这一职务给了他。"

"不管怎样，他还是把这个差使弄到手了，"我说，"他在信里告诉我，他很乐意让我去参观参观，他们监狱正在实施一项唯一正确的惩戒制度———一项无可挑剔的，能让犯人彻底悔过自新的制度，你知道，就是隔离监禁。你觉得怎么样？"

"参观他的那个制度吗？"特拉德尔神情严肃地问道。

"不。我想征询一下你的意见，我要不要接受他的邀请，你愿不愿意和我一起去？"

"我不反对。"特拉德尔说。

"那我就写信答应他。我想，你还记得这个克里克尔先生把儿子赶出了家门，让他妻子女儿惶惶不可终日，更别提他是怎么对待

---

① 米德塞克斯：是英国的一个历史上的郡，位于东南英格兰。现在米德塞克斯的大部分地区和伯克郡、赫特福德郡和萨里郡的部分地区共同组成了大伦敦地区。

② 治安法官：又称"地方法官"、"执法官"。法、英、美等国基层法院法官的职称。

我的了？"

"全都记得清清楚楚。"特拉德尔说。

"虽然我看不出他对任何人有过同情之心，"我说，"可是从他的来信看，他对那些重罪犯人倒是充满了怜悯之情呢。"

特拉德尔耸耸肩，一点儿也不觉得奇怪。我早已料到他会这样，所以我对此也一点儿不惊讶。要不，就是我太孤陋寡闻，对这些具有讽刺意味的事见得太少。我们商定好时间，于是，当晚我便写信告诉了克里克尔先生。

到了约定时间——我想大概是第二天吧，不过哪一天都无所谓——特拉德尔和我来到克里克尔掌管的监狱。那座建筑高大坚固，耗资巨大。我们快到大门口时，我不禁想到，如果有人不识时务，大胆建议，将修建这座建筑所耗费的一半资金用来为年轻人建一所工读学校，或者给孤寡老人建一所养老院，不知会在全国引起多大的轰动呢！

我们来到一间办公室，这里气势恢宏、犹如巴别塔①的最底层。有人把我们带到老校长面前。当时屋里有一群人，其中有两三名治安法官看上去特别繁忙，他们身边还围着一群前来参观的人。他接待我的态度，就像他过去一直是我的思想启蒙者，对我关怀备至。我向他介绍特拉德尔时，克里克尔先生又表现出同样的态度，只不过不像对我那么热情，他声称他一直是特拉德尔的导师、哲学家和朋友。我们这位尊敬的老师苍老了许多，面容却没多大改变，依旧是脸膛红红的，眼睛小小的，只是眼窝陷得更深了。记忆中他那稀疏、潮湿的花白头发，几乎全都掉光了，那光秃秃的脑袋上青筋暴起，看上去还是和过去一样刺眼。

---

① 巴别塔：出自《圣经·旧约·创世记》第11章，当时人类联合起来兴建希望能通往天堂的高塔；为了阻止人类的计划，上帝让人类说不同的语言，使人类相互之间不能沟通，计划因此失败，人类自此各散东西。

我们和这些先生交谈了一会儿，不知不觉间竟然有了这样一个看法：为了给囚犯们谋求安逸享乐，他们可以不惜任何代价，除此之外，这世界上仿佛再也没什么值得关注的；在监狱外的广阔天地，似乎无事可做。接着，我们便开始参观。当时正值开饭时间，我们先走进那宽敞的厨房，在那里，每位囚徒的饭菜，就像钟表一样准确和规律，一份份分别摆好送进囚室。我悄悄对特拉德尔说，看到这些丰盛的饭菜，再想一想士兵、水手、工人和勤劳朴实的劳苦大众——更不要说那些乞丐吃的饭菜，这简直有着天壤之别啊；他们五百人中也不见得有一个吃得有这里的一半好啊。不过，据我了解，这种"制度"需要高标准生活；简而言之，这种"制度"本身就能消除一切怀疑，解决一切不妥。除了这种"制度"，似乎再也没有别的制度可言。

我们穿过高大的走廊，我问克里克尔先生和他的几位同事，这种凌驾于一切之上、无可挑剔的制度，其优势在哪儿呢？我得知，原来它的优势就是把囚犯完全隔开——这样一来，囚犯相互之间都不知道对方的底细，这有利于囚犯恢复精神健康，真正做到洗心革面，重新做人。

接着，我们来到囚室，开始访问一个个囚犯。当我们穿过囚室的走廊，他们向我介绍囚犯们到教堂做礼拜等情况，我便想，囚犯之间很有可能相互认识，并悄悄通风报信。在我写到这段文字时，我相信我这一想法已经得到证实。不过，要是当时我流露出一点儿怀疑，肯定会招来一顿炮轰和斥责。所以我只好竭尽所能去寻找囚犯洗心革面重新做人的先进事迹。

可是，即使在这一点上，我也心存疑虑。我发现囚犯们悔过的形式如出一辙，就如同缝衣店那些橱柜里陈列的上衣和背心一样，全都是同一款式。我还发现，大量的忏悔书大同小异，甚至连措辞都极其相似，这更是让我满腹狐疑。我看见一大群狐狸，由于够不着葡萄而在园子里大肆诽谤诋毁；就算是够得着葡萄的狐狸，也依然骂骂咧咧表示不满。最重要的是，我发现最善于坦白悔过的人，往往最容易引起人们的关注。他们狂妄自大，贪图虚荣，连哄带骗，尔虞我诈，所有这一切都促使他们坦白悔过，并借机好好发泄一通，以此为乐。他们中好些人偷天换日瞒天过海，简直到了丧心病狂的地步，他们的历史昭然若揭。

我们参观途中，人们频频提到二十七号，仿佛他就是监狱里的一颗璀璨的明星，一位模范囚犯。百闻不如一见，我决定暂时对这一判断持保留意见，等见了面再说。我还听说，二十八号也是一个闪亮的星星，只不过因为二十七号光芒万丈，因此，二十八号略显暗淡。他们在我耳边反复念叨，二十七号热忱善意地规劝周围的每一个人，他总是给母亲写信，那信写得情真意切，感人肺腑，仿佛他母亲生活在水深火热中，诸如此类的，听着听着，我竟然迫不及待想一睹真容。

可是我必须得按捺住激动的心情，等上一会儿，因为二十七号是压轴戏。终于我们来到了他的囚室外面。克里克尔先生从门上的一个小孔向里张望了一会儿，接着他以赞赏的语气告诉我们，他正在读《赞美诗》呢。

顿时，人们一拥而上，他们都想看看正在读着《赞美诗》的二十七号呢，那个小孔被七八个脑袋团团包围。为了方便起见，也为了让我们和二十七号楷模面对面交谈一番，克里克尔先生命令把囚室的门打开，请二十七号到走廊上来。门被打开了，二十七号走了出来，我和特拉德尔大吃一惊，这个所谓的改过自新的二十七号，不正是尤利亚·希浦吗？

他一眼就认出了我们。他和往常一样，扭着身子走出了囚室，说道：

"你好，科波菲尔先生！你好，特拉德尔先生！"

他这一问候，引得在场的人交口称赞。我甚至觉得，人们为他竟然肯屈尊向我们打招呼而感到大为惊讶呢。

"喂,二十七号,"克里克尔先生充满关切之情地问候道,"你今天觉得怎么样呀?"

"我是个卑贱的人,先生!"尤利亚·希浦回答。

"你一向都这样呀,二十七号。"克里克尔先生说。

这时,又有一位先生充满怜惜地问道:"你觉得舒服吗?"

"很舒服,谢谢你,先生!"尤利亚·希浦朝那方向看了看说,"我在这里比在外面过得舒服多了。我现在认识到了我犯下的错,先生。这让我舒服多了。"

听了他的话,有几位绅士大为感动,于是又一位先生挤上前来,极为动情地问道:"你觉得这儿的牛肉做得怎么样呢?"

"谢谢你,先生,"尤利亚看着说话的这一方向说,"比起我喜欢的来说,昨天的牛肉老了一些;不过,我得学会忍受。我已经犯了错误,先生,"尤利亚脸上挂着谦卑的笑容往四下看了看说,"所以,我应该毫无怨言地承受这一切。"

人们开始嘀嘀咕咕起来。有些人对二十七号这种高尚境界啧啧称赞,有些人对承包伙食的商人义愤填膺,因为他竟惹得二十七号不高兴,克里克尔先生赶紧把二十七号的抱怨记下来。二十七号站在我们中间,就像是圣贤祠里功德无量的圣贤。为了让我们这些井底之蛙开开眼界,长长见识,二十八号也被放了出来。

刚才的事已经让我大吃一惊,所以当我看见利蒂默先生拿着一本劝善书走出来时,我只能感到无可奈何,迷惑不解。

"二十八号,"一个戴着眼镜,一直未开口说话的先生问道,"我的好朋友,你上个星期抱怨可不好。那现在怎么样?"

"谢谢你,先生,"利蒂默先生说,"已经好些了。不过,恕我直言,先生,我觉得和可可煮在一起的牛奶,喝起来并不纯正;不过,我知道,先生,伦敦的牛奶掺假的实在太多了,要想弄到真正的纯牛奶实在是太难了。"

我仿佛觉得，二十八号就像是这位戴眼镜先生的一张王牌，他被拿来与克里克尔的二十七号王牌做斗争。

"你的心情如何啊，二十八号？"那个戴眼镜的先生又问。

"谢谢你，先生，"利蒂默先生回答道，"我现在已经认识到我的错误。我想到我从前那些伙伴犯下的罪孽，心里极其不安，先生；不过，我相信，他们会得到宽恕的。"

"你过得快乐吗？"发问的人继续问道，而且还点点头以示鼓励。

"万分感激你，先生，"利蒂默先生回答，"我很快乐。"

"你还有什么想说的吗？"发问的人又说。"如果有的话，就说出来吧，二十八号。"

"先生，"利蒂默先生头也不抬地说，"如果我没有认错的话，在场有一位先生，我们俩早就相识了。我想告诉他，先生，我过去犯下的错误，全是由于我在伺候那个年轻人时不动脑子，任由他牵着鼻子走，结果一步一步把我推向罪恶的深渊，我却束手无策无力还击。我把这说出来，或许对他有好处呢。我希望这位先生能引以为戒，不要因为我的直言不讳而大动肝火。这全是为了他好。我已经幡然醒悟，我希望他能意识到他的错误和罪孽，并能做到改邪归正。"

我看到好几位先生听了这话，用手挡在了眼睛上方，好像他们刚从外面走进教堂。

"这番话值得称赞，二十八号，"发问的人接下去说，"我料到你会这么说的，你还有别的想说的吗？"

"先生，"利蒂默先生微微扬了扬眉毛，依然低垂着眼睛说，"从前有一位年轻女子，误入歧途，走向了堕落深渊，我本想拯救她，先生，但是我无能为力。现在我想恳请这位先生，如果他愿意的话，替我转告那位女子，尽管她干了那么多坏事，不过，我已经宽恕她了。同时，我也规劝她好好改过自新吧——要是这位先生肯帮忙的话，请帮我一定转告她。"

"无疑，二十八号，"那个发问者说，"你提到的这位先生，听到你的这番肺腑之言，也会和我们大家一样，深受感动。好啦，请回吧。"

"谢谢你，先生，"利蒂默先生说。"各位先生，我祝你们一路平安，同时也希望你和你们的家人能正视你们的罪恶，做到弃恶从善弃暗投明！"

说到这时，二十八号和尤利亚交换了一下眼神，退回了囚室。我注意到，他们并非素不相识，而且私底下还有一套交流方式。二十八号的门关上后，人群中又引起了一阵小小的骚动，都纷纷称赞二十八号是一个极其体面的人，他的事例极其典型。

"哦，二十七号，"克里克尔先生带着他的人又粉墨登场了，"你有什么需要我们帮助的吧？如果有，就请你说出来吧。"

"我谦卑地恳求，先生，"尤利亚扭动着他那恶毒的脑袋说，"请允许我再给母亲写封信。"

"当然可以。"克里克尔先生说。

"谢谢你，先生！我十分担心我母亲。我担心她不安全。"

有人忍不住好奇地问道，为什么不安全？但马上有人愤慨地小声制止道："别出声！"

"我怕她受到各种威胁啊，先生，"尤利亚朝问话那边扭着身子说，"我真希望我母亲也能达到与我一样的境界。如果我不到这儿来，我永远达不到现在这种境界。我真希望我的妈妈也能到这儿来，不管是谁，只要被抓来送到这儿，他们一定会受益匪浅。"

人们听闻此言，纷纷赞不绝口——我觉得，这比起那天发生的任何事，都让人满意。

"在我来这儿之前，"尤利亚偷偷瞥了我一眼，那眼神十分歹毒，仿佛要说，如果他能做到，他将把外面这个世界彻底摧毁，"我总是犯错，不过，我现在已经意识到自己的错误。外面的世界充满罪恶。我的母亲身上也有许多罪恶。这个世界上，除了这儿是一片净土，到处都充满了罪恶。"

"你已经改过自新了？"克里克尔先生说。

"哦，是的，先生！"这个颇有前途的忏悔者说道。

"要是你出去了，你不会重蹈覆辙吧？"另一个人问道。

"哦，不会了，先生！"

"行啦！"克里克尔先生说，"你的回答让人十分满意。你刚才向科波菲尔先生打过招呼，二十七号，你想对他说点什么吗？"

"在我来这儿之前，我们早就认识了，科波菲尔先生，"尤利亚看着我说，他穷凶极恶，我从未见过他这副表情，"你认识我的时候，我虽然犯过错误，但是我在骄傲的人中是最卑贱的，在粗暴的人中是最谦让的，而你本人，科波菲尔先生，过去就对我极其粗暴，有一次，你在我的脸上狠狠打了一巴掌，这你是知道的。"

大家对他充满了同情。甚至有几个人还怒不可遏地看着我。

"可是，我宽恕你，科波菲尔先生，"尤利亚说。他打着宽宏大量的幌子，借以遮掩他那邪恶歹毒的内心，我实在羞于提及，"我宽恕每个人，心生怨恨，我是不会这么做的。我一向宽宏大量，我宽恕你，希望你今后能控制你的情绪。我希望威克费尔德先生悔过自新，威克费尔德小姐也悔过自新，还有所有那些罪孽深重的人都能悔过自新。你过去经受的苦难，我希望对你大有裨益；不过，你要是能进这儿来就更好了。最好威克费尔德先生也进这里来，威克费尔德小姐也进这里来。你科波菲尔先生，以及在场的各位先生，我送给你们最美好的祝愿，就是祝愿你们都被抓到这儿来。想想我过去所犯的错，想想我现在的境界，我深信，这对你们百利而无一害。那些没有送到这儿来的人，我觉得他们是多么可怜可悲啊！"

在一片赞美声中，他溜回了自己的囚室。他又被关了起来，我和特拉德尔都长长地舒了一口气。

这就是他们悔过自新的风格。我十分好奇，这两人究竟犯了什么错，才被关到这儿来。可是，他们似乎对此讳莫如深。我就和两个看守中的一个聊起来。我觉得，从他们脸上的表情可以看见，他们似乎对刚才上演的这套把戏深谙于心。

"你是否知道，"当我们沿着走廊走时，我问道，"二十七号最后一次犯的是什么罪吗？"

这个看守回答说，是一起银行案。

"是英格兰银行敲诈案吗？"我问道。

"是的，先生。诈骗钱财，伪造文件，密谋串通。他和几个同伙一起。他唆使他的同伙干的。那个计划天衣无缝，想诈骗巨额财产。判的是终生流放。二十七号是那一伙人中最老奸巨猾的，他差一点溜之大吉，可是还是被抓了，银行刚好抓住他的把柄——刚好抓住。"

"你知道二十八号犯的什么罪吗？"

"二十八号，"向我透露信息的看守压低声音说道，我们穿过走廊时，他总是时不时回头张望，生怕我们这样大胆地议论那两个悔过自新的好人，惹怒了克里克尔先生或其他人，"二十八号也是被判处的终生流放。他在一户人家当差，就在他和他的年轻主人出国的前一天晚上，他抢走了主人的二百五十英镑，还把贵重物品洗劫一空。因为是一个矮个子抓住他的，所以我记得特别清楚。"

"一个什么？"

"一个矮个子女人。我忘了她的名字了。"

"不是莫奇吧？"

"正是这个名字！他本来已经逃脱了，戴着淡黄色假发和胡子，乔装打扮成一副仪表堂堂的样子，正准备逃往美国呢。他化装的水平实在是太高了，你几乎难以想象。他正在南安普顿街上走着，被那个矮个子女人碰上了，那个小个子女人的眼睛真够厉害啊，一眼就认出他来，她猛地冲到他的两腿之间，把他拱翻在地，然后死死揪住他不放。"

"莫奇小姐实在是太了不起了！"

"如果你像我一样，看到她站在证人席上的一把椅子上做证，你肯定也会这么说，"我的这位新朋友说，"她抓住他的时候，他把她的脸都抓破了，而且还极其残暴地一个劲儿地打她，可她就是不松手，直到逮捕了他。事实上，她死死地抓住了他一直都不松手，最后警察只好把他俩同时带走了。她做证的时候，大义凛然，赢得了法庭上下一片喝彩。回家的路上，人们一路为她欢呼。她在法庭上宣称，就算他是大力士参孙①，她也要拼尽全力把他逮住，因为她知道他的底细。我相信她一定能说到做到！"

我也相信她会那么做，为此，我向她致以崇高的敬意。

现在，我们把一切可看的都已经看过了。要是对尊敬的克里克尔先生说，二十七号和二十八号本性难移，他们过去什么样儿，现在依旧什么样儿；那两个恶贯满盈的家伙，又在这样的地方上演坑蒙拐骗的把戏；他们和我一样清楚，这种虚伪透顶的忏悔，对于他们的流放将发挥巨大作用；总而言之，他们的行为完全是虚伪奸诈、掩人耳目；要是把这些原原本本告诉克里克尔先生，对我来说，实在是枉费口舌。一切随他去吧，把他们留给他们的制度和克里克尔先生们吧。我们回家时，一路上感慨不已。

"他们为非作歹，也许是件好事，特拉德尔，"我说，"多行不义必自毙，他们这样做，是自掘坟墓自取灭亡。"

"我也希望如此呢。"特拉德尔回答道。

---

① 大力士参孙：见《圣经·旧约·士师记》里的一段著名故事。相传参孙是犹太人，生来力大无比，曾经徒手击毙狮子。

第62章　指路明灯

岁月飞逝，很快便又是圣诞节，我回国已经有两个多月了。这些时日里，我经常能看到艾妮丝。不管大家鼓励我的声音有多么洪亮，也不管这种鼓励是多么强烈地激荡起我的情绪和行动，可是只要一听到艾妮丝的赞美，哪怕她的声音十分微弱，那么，其他任何声音，我都听不进去了。

我经常骑马去看望她，每个星期至少去一次，甚至会更多，在她那儿待到很晚，通常在深夜才骑马回家。由于过去那种不愉快的感觉总是萦绕在我心头——当要和她道别时，那种痛苦的感受更加明显——所以我宁愿起身离开，也不愿意失眠地辗转反侧至天明，或者在痛苦的梦境中回到过去。在许多凄苦的长夜里，我大部分时间都是这样骑在马上消磨时光。我一边在路上走着，一边重温起一些想法，我旅居国外时那些想法便时时萦绕在脑海里。

如果说，我倾听到的是那些想法的回声，或许这样更能表达出真实情况。那些想法是从遥远的地方向我发出召唤。那时我把它们推到了遥远的地方，对于现在这种无法逃脱的境况，我只能自甘认命。每当我把我写的东西读给艾妮丝听时，当我看到她聚精会神的神情，当她被我感动得时而微笑时而流泪时，当我听着她对我幻想世界中的故事发表热情诚挚的感想时，我就会不由自主地想到，我的命运本来应该是什么样子的。不过那仅仅是我的想法，就如同当年和朵拉结婚后，我也曾想过，我的太太本来应该是什么样子的。

艾妮丝以一种独有的感情来爱着我，如果我扰乱了她的这种感情，那我就极度自私、极度卑鄙地玷污了这种感情，而且将永远无法复得这份情感。而且我也意识到，既然我的命运是我一手造成的，我已经获得了一见钟情的那份恋情，那我就无权抱怨，必须承受这一切。我真切感受着我对艾妮丝所肩负的责任，我的认识变得越来越成熟理智。可是，我爱着她。我隐隐约约觉得，在遥远的未来，总有一天，我会毫无顾忌地向她坦白我爱她，到那时候，眼下的这一切都已经过去了，我可以告诉她："艾妮丝，当我回国以后，我就爱着你；现在我已经老了，而从那时起，我就再也没有爱过别人了！"这种想法成了一种慰藉。

而她却从未对我表示，她的感情有什么变化。她对我的态度始终如一。

从我回国的第一个晚上起，我和我姨奶奶之间就出现了一种新的状况，在我与艾妮丝的关系上，我们都只字未提，我不能说这是一种克制，也不能说是刻意回避，而只能说是一种默契。我们都同时想到了这问题，但都没有用语言表达出来。每天夜晚，当我们按照老习惯坐在壁炉前时，我们经常会陷入这样的沉思默想中，此时无声胜有声，那样的情境那么自然，仿佛我们已经开诚布公。我们一直保持着那份沉默，任其延长。我相信，我姨奶奶在第一天晚上就已经看穿了我的心思，或者部分地明白了我的想法，而且她也心知肚明，知道我为什么不愿意明确说出来。

圣诞节即将来临，艾妮丝并没有向我说她的秘密，因此我心里极其不安，我担忧她已经察觉了我的真实想法，她怕让我感到痛苦，所以不愿意坦诚相告。这种担忧压在我的心头。如果真是这样，那我的牺牲就白白浪费了；我对她最基本的责任也没有尽到；而我本不想做的举动，却时时刻刻都在进行着。于是我下定决心，要把这个疑团弄个水落石出。如果我们之间真的存在这样的隔阂，我将立即采取行动，坚决铲除。

那是一个寒冷刺骨的冬日——我有多么坚不可摧的理由，来铭记住这个日子！已经下了几个小时雪了，积雪并不太厚，不过地面已经冻硬了。我从窗子往外眺望着大海，北风呼啸着刮过来。我想，这股北风吹过瑞士茫茫的雪山，那里渺无人烟，一片荒凉，如果拿那些荒凉山地和这片荒凉的大海相比，哪里会更孤寂呢？

"今天准备骑马外出吗，特洛？"我姨奶奶从门口探进头来，问我。

"是的，"我回答说，"我想去坎特伯雷。今天这个天气，正适合骑马呢。"

"我希望你的马也这么想，"我姨奶奶说，"不过，眼下它正奔拉着脑袋，垂下耳朵，站在马厩门口，它似乎觉得待在马厩里更好些呢。"

我顺便说说，我姨奶奶容许我的马走进那片禁地了，但对驴子仍然毫不留情。

"它过一会儿就会有精神的！"我说。

"不管怎么说，出去溜达一圈，对它的主人是有益的，"姨奶奶说着，看了看我桌上的文稿，"唉，孩子，你坐在这里已经忙了很多小时了！我往日看书的时候，从来没有想过，写书是这么费力。"

"有时候，读书也挺费力的，"我回答说，"说到写书，它也有它的迷人之处呢，姨奶奶。"

"哦！我明白了！"我姨奶奶说，"我猜应该是实现愿望，受到称赞，得到认可，还有许多别的好处，对不对？好了，你去吧！"

"关于艾妮丝的爱情这类事，"我站在她面前，平心静气地说，而她拍了拍我的肩头，并且在我的椅子上坐下来，"你还知道些其他的消息吗？"

她抬起头来，盯着我的脸色看了一会儿，然后回答说：

"我想，我还知道一些，特洛。"

"对于你的这些消息，你认为可靠吗？"我问。

"我认为很可靠，特洛。"

她的眼睛一眨不眨地注视着我，她满脸带着怜爱的神色，同时也夹杂着疑虑、同情，也许还有担忧，于是我下了更为坚定的决心，向她流露出我最愉快的神色来。

"另外，特洛——"

"什么？"

"我认为，艾妮丝就要结婚了。"

"愿上帝保佑她！"我高兴地说。

"愿上帝保佑她，"我姨奶奶说，"还要保佑她的丈夫！"

我也随即附和了姨奶奶一句，然后便向她道别，步履轻快地走下楼来，骑上马，纵马疾驰。现在，我比先前有了更充足的理由，去做我决心要做的事。

那次冬日的骑行情景，我直到现在都记忆犹新！草叶上的冰屑被北风刮起来，扑打在我的脸上；马蹄踏在冻僵的地面上，发出"咯噔咯噔"的清脆声调；耕耘过的土地，现在被冻得坚硬；一阵微风吹来，把石灰坑里的雪花又吹动起来，轻轻地打着旋儿；拉着干草料的牲畜，正停在高坡上喘息着，鼻子喷着热气，身上的铃铛被抖得叮当响；这一带连绵起伏的山峦和丘陵，白雪皑皑，在昏暗天空的衬托下，就像是画在一块巨大石板上的风景画！

我发现艾妮丝独自一人在家。那些小女孩现在都已经回自己的家去了，她正静静地坐在炉边看书。她见我进来，便放下书，像往常那样招呼着欢迎我，然后便拿起她的针线盒，在一个古朴的窗前坐了下来。

我挨着她，也在窗前坐下来。我们谈起我正在忙的工作，什么时候能够完工，以及上次来访后的进展情况。艾妮丝兴趣盎然，她笑着预言说，我很快就会声名鹊起，到那时候，她便不能再和我谈论这些话题了。

"所以，你得明白，我要尽量抓紧现在的时光，"艾妮丝说，"趁着我还能和你谈话的时候，多和你谈谈。"

　　当她全神贯注地忙着手上的活儿时，我目不转睛地看着她的脸。她抬起那双温柔明亮的眼睛，发现我正在注视着她。

　　"你今天显得心事重重呢，特洛伍德！"

　　"艾妮丝，我想把我的心思告诉你，好吗？我就是专门为这个来的。"

　　她放下了手里的针线活，全神贯注地倾听着，我们以往认真讨论什么问题时，她都会这样。

　　"我亲爱的艾妮丝，你是否怀疑过，我对你的一片赤诚？"

　　"不怀疑！"她回答说，显得颇为诧异。

　　"你是否怀疑过，我会一如既往地对待你吗？"

　　"不怀疑！"她像刚才一样回答道。

　　"我刚回国的时候，我最亲爱的艾妮丝，我曾努力地告诉过你，我对你感激不尽，我对你的一往情深，难于言表。你还记得吗？"

　　"我记得，"她轻柔地说，"记得很清楚。"

　　"你有个秘密，"我说，"让我也分享吧，艾妮丝。"

　　她垂下了眼帘，颤抖起来。

　　"我听说过，你已经把你那珍贵的芳心，放在了某个人的身上。这句话我不是从你这里听说的，而是从别人那里听说的，这似乎显得有些奇怪。不过，即使我没有听说过这样的话，我也一定会感受到的。这件事与你的幸福如此密切相关，你怎么能瞒着我呢？你曾说过，你信任我，我也知道你信任我，如果真是这样，那么在这件事情上，在其他的事情上，你都应该把我当作你的朋友，当作你的兄弟！"

　　她瞥了我一眼，目光中带着恳求的眼神，甚至是责备的眼神，从窗前站起身来，急匆匆地从房间这一头走到另一头，好像并不清楚自己要到哪里去。她双手捂着脸，伤心地哭了起来，让我的心像针扎了一样。

　　然而，她的哭声却唤醒了我心中的某种东西，让我看到了希望。我不知道为什么，她纷飞的眼泪，让我联想到了她的微笑，在我的记忆深处，她的微笑中带着哀伤。我深深地受之震撼，并不是因为恐惧或悲伤，而是因为希望。

　　"艾妮丝！妹妹！最亲爱的！我什么地方做错了？"

　　"让我出去吧，特洛伍德。我不太舒服，神志不清。让我以后和你说吧，我会慢慢告诉你的，我会写信给你的。可是现在别对我说什么。别说了！别说了！"

　　我回想着过去有一个晚上，我曾对她说话，她表示说，她的爱情是不需要得到回报的，我搜肠刮肚，苦苦地回忆着当时她说的那番话。要回忆起那句话，似乎要寻遍整个世界。

　　"艾妮丝，我不愿意看到你这么难受，想到是我让你这样难受，我心如刀割。我最亲爱的姑娘，在我的生命中，你是最珍贵的，如果你感到不开心，就让我分担你的不开心吧。如果你需要帮助或忠告，就让我帮助你吧。如果你心头压着重担，就让我竭力减轻它吧。如果我现在不是为你而活着，艾妮丝，那我又能为谁活着呢？"

　　"哦，让我出去吧！我很不舒服！以后再说吧！"我当时能听清楚的，就只有这几句话。

　　我说出这样一些话，会不会是我过于自私而犯的错？或者说，突然有了一线希望，天赐良机，这个机会是我以前从来不敢奢望的，会不会是这样？

　　"我的话还没有说完。我不能让你就这样离开我！看在上帝的分上，艾妮丝，经历了这么多年的风雨坎坷，我们之间不能再有什么误会了！有些话我一定要说清楚。如果你仍然带着一些疑虑，担心我得不到你给出的幸福而心怀妒忌；担心我会逼着你，不愿意让你自己去选择一位更亲爱的保护者；担心我不甘心站在远处，看着你过上幸福的日子，那你就扔掉这些疑虑吧。因为我决不会这样做！我吃过的苦，并非一点儿作用也没有，你对我的教导，也并非没有作用。我对你的感情，没有混杂一点自私自利！"

现在，她平静了下来。过了一会儿，她转过来看着我，脸色苍白，断断续续地低声对我说，但说得清清楚楚：

"你的这份纯洁友谊，特洛伍德，我的确毫不怀疑，但凭着现在你对我的这种感情，我得告诉你，你错了。除此之外，我没有其他要说的。如果说，在过去这些年里，我有时需要得到帮助和忠告，我已经得到了。如果说，我有时感到不开心，而这种情绪也已经过去了。如果说，我心头压着重担，而现在也已经减轻了。如果说，我心里有什么秘密——那也并不是新近才有的，而且也不是——你所想象的那个样子。这个秘密我不能说出来，也不能分享给别人。这个秘密很多年来就专属我一个人，而且将来也永远属于我一个人。"

"艾妮丝！你别走！等一会儿！"

她正要离开，我把她拦住了。我伸出胳膊，搂住了她的腰。"在过去这些年里"！"心里有什么秘密，也并不是新近才有的"！新的想法和新的希望在我的脑海里翻腾，我生活中的所有色彩都在发生变化。

"最亲爱的艾妮丝！我最敬重、最爱戴的人——我最衷心爱慕着的人！今天我来这里的时候，心里本来还想着，无论如何都要克制住，不能把这番心里话坦白说出来。我觉得，我会把这句话终生都埋藏在心里，直到我们老了的时候，我再告诉你。但是，艾妮丝，如果我真有一线新的希望，让我有朝一日称呼你的时候，可以用一个比妹妹更亲切的称呼，一个与妹妹完全不同的称呼！——"

她的眼泪簌簌流淌下来，但这和她刚才流的眼泪不一样。因为我从她的眼泪里看出，我的希望正闪烁着光芒。

"艾妮丝！你永远都是我的向导，是我最有力的支撑！我们是在这儿从小一起长大的，如果你那时候就能多关心自己，少为我操心，我相信，我那轻率的幻想就一定会停留在你的身上，永远不会出去乱闯。可是，你胜过我无数倍，因此在我小时候，不管遇到什么事，不管是希望，还是失望，我都离不开你，一切事情都要告诉你，依赖你，这变成了我的第二天性。而我的第一天性是爱你，这本是更重要的天性，却竟然被第二天性取代了！"

她仍然哭个不停，但并不是因为悲哀——而是因为快乐！被我搂在怀中，这是她从未经历过的事，我过去也从未想到会这样！

"我过去爱着朵拉——神魂颠倒地爱着她，艾妮丝，这你是知道的——"

"是的！"她真诚地大声说，"我知道后，感到很高兴。"

"当我爱着她时——即使是那个时候，如果没有你的同情，我的爱情也不会美满的。我得到了你的同情，我的爱情也就美满了。而当我失去她时，艾妮丝，如果没有你，我会变成什么样子呀！"

她偎依在我怀里，紧紧地贴着我，贴着我的心。她双手颤抖着，放在我的肩上，她可爱的双眼含着晶莹的泪光，泪眼婆娑地望着我的眼睛。

"亲爱的艾妮丝，我远渡重洋，是因为我爱你。我滞留他乡，是因为我爱你。我毅然归国，也是因为我爱你！"

因此，我尽可能地告诉她，我内心经历的痛苦挣扎，和我已得出的结论。我尽可能诚恳地、毫无保留地把我的心思告诉她。我尽可能地向她坦承，我曾多么希望能进一步了解自己，也进一步了解她；我是如何根据这些了解，得出了结论，并听命于这个结论做事；甚至直到我来这里的那天，我仍然忠实于这个结论，没有其他杂念。我说，如果她真的爱我，愿意让我成为她的丈夫，那么她这样做的原因，并不是我本该得到她，而是出于我对她的爱情是如此真诚，而且这份爱历经磨炼，才成熟为现在的状态；正因为如此，我才敢表白我的爱情。哦，艾妮丝，就在这个时刻，我从你那真挚的目光里，看到我那娃娃妻子的灵魂正看着我，对我表示赞许，让我回忆起了那朵小花儿，那朵正在盛开时便枯萎凋谢的小花儿！

"我很幸福，特洛伍德——我心里很快乐——不过有件事，我必须说一说。"

"最亲爱的，是什么事？"

她把那双温柔的手放在我肩膀上，平静地打量着我的脸。

"你已经知道是什么事了吗？"

"我不敢猜测是什么事。告诉我吧，亲爱的。"

"我这一生永远都爱你！"

哦，我们多么幸福，我们多么幸福啊！尽管我们历尽艰辛，而且她经历的艰辛比我要多得多，最终我们才走到一起，我们俩热泪盈眶，并不是因为那些艰辛，而是因为现在，为我们永不分离的喜悦而流泪！

在那个冬天的傍晚里，我们一起到田野去散步，我们那幸福而平静的心情，似乎也感染了周围凛冽的空气。我们在野外流连忘返，星星在夜空闪烁，我们仰望着星空，心里感谢上帝，是他的引领让我们来到这种安宁的地方。

夜里，皓月当空，我们一起站在那古朴的窗前，艾妮丝抬起头，静静地看着月亮，我也随她的目光望去。这时，在我的脑海里展现出了一条漫漫长路，我看到一个颠沛流离的男孩，衣衫褴褛，孤苦伶仃，他正在这条路上艰难跋涉。而这样一个孩子，今天他终于能够说，此时正紧贴着他的心跳动的那一颗心，现在终于属于他了。

第二天，将近吃晚餐的时候，我们才回来见我的姨奶奶。辟果提告诉我们说，姨奶奶正在楼上我的书房里，她把我的书房拾掇得井井有条，让我感到十分舒心，她为此而倍感骄傲。我们看见她戴着眼镜，坐在壁炉旁。

"哎呀！"姨奶奶透过昏暗的暮色，努力张望着说，"你把谁带回家了呀？"

"艾妮丝。"我说。

由于我和艾妮丝事先已经约好，一开始什么也别说，这让我姨奶奶丈二和尚摸不着头脑。她听我说"艾妮丝"时，满怀希望地看了我一眼，可是看见我和平日里并没什么区别，便怅然若失地摘下眼镜，用眼镜不停地擦着鼻子。

尽管如此，她仍然很亲热地和艾妮丝打招呼。没过多久，我们便到了楼下，在灯火通明的客厅里坐下吃晚餐。我姨奶奶有两三次把眼镜戴上，一次次地打量我，一次次沮丧地摘下来，用它不停地擦着鼻子。这番举动让狄克先生忐忑不安，因为他知道，这不是个好兆头。

"顺便说一句，姨奶奶，"吃过晚餐，我对她说，"你对我说的那事，我已经告诉艾妮丝了。"

"那你就做得不对啦，特洛，"姨奶奶说着，脸都红了，"你怎么说话不算话呢。"

"我相信，你该不会生气吧，姨奶奶？你如果知道，艾妮丝因为有了意中人而无比快乐，我敢肯定，你就不会生气了。"

"瞎说！"姨奶奶说。

眼看着姨奶奶就要被惹恼了，我觉得，最好就此打住，于是，我搂着艾妮丝，走到她的椅子后面，一起俯靠在她的身上。姨奶奶两手拍了一下，透过眼镜看了我们一眼，接着就歇斯底里地发作起来，我这辈子还是第一次见她如此歇斯底里，也是仅有的一次。

姨奶奶的这番歇斯底里，把辟果提也招引过来了。姨奶奶刚缓过气来，立刻扑到辟果提面前，说她自己是个老傻瓜，并且使出全身的力气搂抱着她。接着，姨奶奶又对狄克先生拥抱了一番，这让狄克先生大为惊讶，也倍感荣幸。在这之后，她把缘由告诉了他们。于是，所有人都喜上眉梢。

上次姨奶奶和我简短交谈时，我弄不明白，她是出于好意故意骗我呢，还是真的误解了我的意思。不过她说，她反正已经告诉我了，说艾妮丝要结婚，有这句话就够了。而我现在比任何人都更清楚，这个消息千真万确。

不到两星期，我们就结婚了。在我们简朴的婚礼上，出席的来宾只有特拉德尔和苏菲，斯特朗博士和他太太。在他们一片衷心祝福声中，我们和他们告别，然后一块儿乘车离开了。紧紧搂在我怀里的，是我此生中一切雄心壮志的源泉；这是我的中轴，是我生命的圆心，是我的一切，是我的妻子，我对她的爱，坚如磐石！

"最亲爱的丈夫！"艾妮丝说，"现在，我可以这样来称呼你了。我还有一件事，需要告诉你。"

"你说吧，我亲爱的。"

"那是朵拉去世那晚的事。是她让你来找我的，是吧？"

"是的。"

"她告诉我，她给我留下了一件东西。你能猜出是什么吗？"

我相信我能猜出。我把爱了我这么久的妻子拉在我身边，搂得更紧些。

"她告诉我，她最后一次向我提出请求，最后一次托我为她办事。"

"那就是——"

"只有我才能填补这个空缺。"

接着，艾妮丝把头靠在我的胸前，泪如泉涌。我也跟着她哭了，不过，我们是多么幸福啊。

第63章　一位来客

　　我准备记述的事，已接近尾声，不过还有一件事，在我的记忆里尤为清晰，每当回想起来，总是让我欢欣鼓舞。如果略过这件事，那么在我编织的这张网中，就有一个线头没有接好。

　　我在名声和财富方面，都喜获丰收。我结婚已经过了十个年头，我的家庭幸福美满。那年春天，有个傍晚，我和艾妮丝正坐在伦敦家中的壁炉边，我们的三个孩子正在屋里玩耍。这时候，听见仆人通报说，有位陌生的客人求见我。

　　仆人曾问过他，是不是有什么事，那人回答说不是的，他说只是想来看看我，而且是从很远很远的地方来的。仆人还说，是位老人，看上去就像个农夫。

　　孩子们听了这番话，感觉很奇怪。艾妮丝平常对他们讲故事，其中他们最爱听的一个故事，开头就像现在这样，来了一个凶恶的老妖怪，身披斗篷，看见谁就憎恨谁。因此孩子们都很惊慌，骚动不安。其中一个男孩子把脑袋靠在他母亲的腿上，认为这样可以避免受伤。我们家最大的孩子是小艾妮丝，她则把布娃娃放到椅子上，用来代替她自己，而她自己却躲到窗帘后面，从窗帘缝隙中探出她那一头金黄色的鬈发，观察着屋里的动静。

　　"让他进来吧！"我说。

　　不一会儿，一个白发苍苍的硬朗老人走了进来。他在光线较暗的门道里停顿了一下。小艾妮丝被他的模样吸引住了，便跑上前去，把他领了进来。还没等我看清他的相貌，我的妻子便跳了起来，用兴奋而激动的声音对我大声叫喊着，这是辟果提先生呀！

这果然是辟果提先生。他现在已经是一个老人了，不过这个老人红光满面，精神矍铄，身体强健。我们一见面，激动万分，他在壁炉前坐下来，把孩子们抱在自己的膝盖上。火光映照在他的脸膛上，我看上去他和过去一样，依然是个精力旺盛、身板结实、相貌英俊的老人。

"大卫少爷，"他说，当我听到他用昔日的嗓音说出昔日的称呼，感到是那么自然，那么顺耳！"大卫少爷，我现在又见到你，见到你这善良贤惠的太太，今天可真是个快活的日子！"

"的确是个快活的日子，老朋友！"我大声说。

"还有这些可爱的孩子们，"辟果提先生说，"瞧瞧这些美丽的小花儿！哎呀，大卫少爷，我当年第一次见到你时，你也不过和这最小的孩子一般高呢！那时候，艾米丽也高不了多少，我们那个可怜的年轻人，也只不过是个毛头小子呢！"

"从那以后，时间给我带来了巨大变化，可是你却没有什么变化，"我说，"不过，先还是打发那些可爱的小淘气们上床睡觉去吧。你既然回到英国来了，就一定要住在这里。快告诉我，让人上哪儿去取回你的行李。我真想知道，那个跟随你长途跋涉的黑色包裹，是否也在你的行李当中呢。然后我们就来一杯雅茅斯的水酒，好好聊聊这十年来的情况吧！"

"就你一个人回来的吗？"艾妮丝问。

"是的，太太，"他说着，吻了她的手，"就我一个人。"

我们请他坐到我和艾妮丝的中间，因为我们都不知道该怎么表达对他的热烈欢迎。我听着他那熟悉的声音，我恍惚觉得，他仍然在艰难跋涉，远渡重洋，寻找着他亲爱的外甥女呢。

"从那儿过来，"辟果提先生说道，"要走很长很长的水路，可也只能住上几个星期。不过我已经习惯了走水路，尤其有咸味的海路。朋友真可贵，千里来相会——这说得像首诗，"辟果提先生觉察到自己这两句话竟然押韵，便惊异地说，"我可并没想过要写诗呢。"

"从几千英里外回来一趟，这么快就要离开？"艾妮丝问。

"是的，太太，"他答道，"我来这儿之前，是答应过艾米丽的。你知道，日子一去不复返，我也不会越活越年轻，如果不趁着现在身子还能走动，那么以后也许就再也回不来了。我心里一直都惦记着，要趁着自己老得动不了身之前，我一定要来看看大卫少爷，看看太太你这鲜花般的甜美容颜，看看你们婚后的幸福生活。"

他一直都看着我们，好像总也看不够。艾妮丝笑着，把他散落下来的几缕灰色鬈发捋到脑后，好让他把我们看得更清楚些。

"现在，快告诉我们，"我说道，"你们这些年过得怎么样啊，请全都说出来吧。"

"我们这些年的生活，大卫少爷，"他说，"没有多少好说的。我们没有遇上什么麻烦事，一切都过得顺顺利利。我们一直都过得很顺利。我们该怎么做，就怎么做；刚开始的那段日子，我们过得可能苦了点，不过我们一直都过得很顺利。不管是养羊，还是养其他牲畜，不管是干这个，还是干那个，我们总是干得一帆风顺，似乎上帝总是在给我们降福似的，"辟果提先生说着，虔敬地低下了头，"我们一直过得很顺利。总而言之，就是这样的。如果昨天过得不好，那今天一定会过得好。如果今天过得不好，那明天一定会过得好。"

"艾米丽怎么样呢？"我和艾妮丝异口同声地问道。

"艾米丽，"他说，"你离开她以后，太太，我们到了澳大利亚的丛林中，安下了家，她每天晚上在帆布帐篷那边做祈祷时，我总能听到她在为你祈祷呢。那天日落的时候，我和她再也没见过大卫少爷。起初她一直无精打采，幸亏大卫少爷心肠好，考虑周全，没把那件事情告诉我们，要是她那时候知道了，我想她一定会垮掉的。船上有些穷人生了病，她就去照顾他们；与我们一起过去的，还有不少孩子，她也忙着照顾他们。她就这样整天忙碌着，一路都做着好事，这对她很有好处。"

"她什么时候才知道了那件事？"我问。

"当我听说那件事以后，"辟果提先生说，"继续瞒着她，差不多又过了一年时间。我们那时候住的位置有些偏僻，不过四周长满了各种漂亮的树木，蔷薇爬满了整个屋顶。有一天，我正在田地里干活，有个人从我们那里过路，是从我们英国老家的诺福克来的，或是从萨福克来的，到底是从哪儿来的，我也记不清楚了。我们盛情邀请他到我们家来，热情款待他。我们整个殖民地那边的人，都是这样的热情好客。那人带着一份旧报纸，还有一些其他的印刷品，上面刊载着那场暴风雨的文章。艾米丽就这样看到了。等我傍晚回家时，发现她已经知道了。"

当他说起这几句话时，声音压得很低，我原来所熟悉的那种严肃神情，又在他的脸上呈现开来。

"当她得知那件事后，变化大不大？"

"唉，有很长一段时间里，她的变化都挺大的，"他摇了摇头说，"直到近年来，才好了一些。不过在我看来，孤孤单单地住在那里对她很有好处。在饲养家禽方面，要做的事情太多，耗费了她大量心思，这样总算熬了过来。如果你现在看到我的艾米丽，大卫少爷，"他若有所思地说，"我不知道你还能不能辨认出她来呢！"

"她的变化真的那么大吗？"我问。

"我也说不清楚。我每天都能看到她，所以看不出明显变化。不过有时候，我的确觉得她变化很大，她身材纤细，"辟果提先生注视着炉火，说，"看起来有点单薄。一双蓝色的眼睛那么温柔，但又带着伤感；小脸儿模样俊秀；漂亮的小脑袋总是微微低着；说话细声细气的，举止文文静静的，几乎是有点畏缩羞怯的样子。这就是艾米丽！"

他一动不动地坐在那里，依旧望着炉火，我们则沉默不语地看着他。

"有的人认为，"他说，"她遇人不淑，爱错了人；有的人认为，她结过婚，死了丈夫；但没有人清楚她这个样子的真正原因。她本来有很多次结婚的机会。'可是，舅舅，'她对我说，'这是永远也不可能的事情了。'和我在一起的时候，她总是高高兴兴的；但只要有外人在，她就会躲起来。凡是需要她帮忙的，不管多远的路她都愿意，她会去教一个小孩，或是照料一个病人，或是帮助一个姑娘筹备婚事，她帮过许多姑娘筹备婚礼，但她却从未参加过一次婚礼；她全心全意地疼爱着她的舅舅；她做事很有耐心；男女老幼都没有不喜欢她的；谁有了困难都愿意找她帮忙。这就是艾米丽！"

他伸手在脸上抹了一把，轻轻地叹了口气，抬起头来，目光离开了炉火。

"玛莎还和你们在一起吗？"我问。

"玛莎，"他回答说，"我们过去第二年就结婚了，大卫少爷。有个年轻人，原来在一个农场干活儿，他赶着主人的大车去赶集——来回一趟都要五百多英里呢——每次都会从我们那儿经过，看到了玛莎，就提出要娶她做太太，在我们那片地方，太太是很稀缺的。于是两人结了婚，到丛林里安家过小日子了。结婚前，玛莎让我把她的真实情况都转告给那个小伙子，我代她转告了。他们两人结了婚。他们住的地方，在四百英里之内，除了他们自己的声音和鸟叫声，就再也没有其他声音了。"

"格米治太太呢？"

这是一个令人快活的话题，因为辟果提先生一听到便猛然大笑起来，双手来来回回地搓着他的双腿，当年在他那只旧船屋中，每当快活起来，便会像这样做。不过那只旧船屋，早已被暴风刮成了废墟。

"我说你会相信吗？"他说，"真的，居然有人向她求婚呢！有个在轮船上当厨师的人，后来改了行，留在那里定居下来，大卫少爷，就是他要娶格米治太太当妻子。这事千真万确，要是我瞎说，我活该被雷劈——我这样说，应该再清楚不过啦！"

我从没见过艾妮丝笑得那么开心。辟果提先生不时爆发出一阵阵大笑，艾妮丝乐不可支，我也跟着开怀大笑；辟果提先生心花怒放，越发卖力地搓着他的双腿。

"格米治太太怎么回复的呢？"当我好不容易忍住笑时，我好奇地问他。

"如果你愿意相信我的话，"辟果提先生回答说，"就听我说。格米治太太并没说，'谢谢你，我非常感激，不过我现在一把年纪了，不想再改变这种生活了。'她反而操起身边的一只水桶，扣到那个轮船厨师的脑袋上，吓得他大呼救命。直到我赶过来，才把他解救出来。"

辟果提先生又笑得前仰后合，我和艾妮丝也跟着他捧腹大笑，根本停不下来。

"不过，我应该为这个好人说几句公道话，"我们笑得全身无力，他在脸上抹了一把，接着说，"她以前曾答应要为我们做什么，出国后完全都做到了，而且还做得更好。像她这样心甘情愿、诚心诚意、任劳任怨的帮人干活的女人，大卫少爷，全世界再也找不到第二个了。我再也没有见过她有任何孤苦伶仃的抱怨，一片刻的抱怨都没有；即使到了那片人生地不熟的殖民地，她也没再抱怨过。我敢向你担保，自从她离开了英国，她就再也没有念叨起她那死去的老头子了。"

"好了，这最后的一位人物，但并非不重要的一位，米考博先生，"我说，"他已经还清了他在这里的一切债务，就连特拉德尔名义下的期票，他也兑付了，我亲爱的艾妮丝，你还记得那期票的事情吧。所以我们自然会觉得，他一定过得不错。不过，有他最近的消息吗？"

辟果提先生眉开眼笑地把手伸进胸前的口袋里，掏出一个折得平整的纸包，然后小心翼翼地打开，拿出一张模样怪异的报纸。

"你要知道，大卫少爷，"他说，"由于我们经济富足了，现在已经不在丛林里居住，而是搬到米德尔贝港附近了，我们现在把那个地方叫作市镇。"

"当你们住在丛林里时，米考博先生离你们不远吧？"我问。

"哦，是呀，"辟果提先生说，"而且尽心尽力地干活。我从没见过哪个有文化的人，能像他那样尽心尽力地干活。我见过他那光秃秃的脑袋在太阳底下晒得直冒汗，大卫少爷，我几乎认为他的那颗脑袋会被晒化的。现在，他当上地方治安法官了。"

"地方治安法官，真的？"我说。

辟果提先生指了指报纸上的一段新闻。那张报纸名叫《米德尔贝时报》。于是我把那段新闻大声朗读出来：

> 昨日，旅馆大厅举行盛大公宴，以欢迎本地声名显赫的殖民地同胞、本地人士、米德尔贝港治安法官威尔金斯·米考博先生。宾客云集，大厅为之水泄不通。据估计，前往赴宴者，不下四十七人，且走廊与楼道之来宾尚未统计在内。米德尔贝之名媛佳丽，名流绅士，俱向如此德厚流光、博学多才、威望素著之人致敬。宴会主持者乃麦尔博士，即米德尔贝殖民地萨伦文法学校校长，这位贵宾便端坐于其右。宴毕，同声齐唱"不要归于我们"①，赞美诗歌声绕梁，天才般的业余歌唱家小威尔金斯·米考博，声如银铃，我们不难辨识。继而遵循成例，数番为效忠爱

---

① 即《圣经·旧约·诗篇》第115章，为感谢诗，通常在宴会上唱，原文为"耶和华阿，荣耀不要归于我们，不要归于我们。要因你的慈爱和诚实归在你的名下。"

国而举杯祝酒①。随后，麦尔博士发表了热情洋溢的演讲，并提议"为我们之贵宾、本镇之荣耀干杯。他若非步步高升，愿其永远不要离开我们，唯愿其在此地成就卓著，令其无须另觅高枝矣！"此番祝酒词，令众人欢呼雀跃，盛况难以描摹。欢呼声如大海波浪，此起彼伏，振聋发聩。待全场寂然，威尔金斯·米考博先生起身致辞。才高八斗之贵宾的答谢词可谓高雅流畅，超凡脱俗，然则鉴于本报当下人才紧缺，无力尽数记载此锦绣文章，只得略述一二，管中窥豹矣。一言以蔽之，此乃出类拔萃之答谢词。其中数段，详尽追溯其成功之路，并告诫年轻后生，若无力偿还，切勿负债，慎之慎之；此番教诲，天地动容，即使最刚强之人，亦涕下沾襟。他随为下列诸位祝酒：麦尔博士，米考博太太（她自立侧门，鞠躬致谢，仪态万方，邻座众位佳丽，攀上座椅观此场景，亦为此场景增色不少），利吉尔·贝格斯太太（即原米考博小姐），麦尔太太，小威尔金斯·米考博先生（少爷戏言说，他不能以言辞答谢，若众人应允，他愿高歌一曲为谢，此言一出，全场掌声雷动），米考博太太之娘家人（他们均为故国之社会名流，在此无须赘述），等等，等等。祝酒礼毕，餐桌如施魔法，转瞬即逝，大厅变为舞池。在忒耳西科瑞②的众多信徒中，小威尔金斯·米考博先生与海伦娜小姐尤其令人注目。海伦娜小姐乃麦尔博士的第四千金，可爱美丽，学识渊博。舞者尽情欢娱，众人欢娱若狂，直至太阳神提醒诸位，方才散场。

　　我又回过头去，仔细看了看麦尔博士的名字，发现他就是在米德塞克斯治安法官克里克尔手下当过穷助教的麦尔先生，他过去穷困潦

---

① 正式宴会上，对国王及王室宗亲遥祝敬酒。

② 忒耳西科瑞（Terpsichore）：希腊神话中的歌舞女神。

倒，而现在竟然过上了好日子，我真为他高兴。这时候，辟果提先生又指着报纸的另外一个地方，我一眼就看到了我自己的名字，于是我读了下去：

致著名作家大卫·科波菲尔先生的一封信

亲爱的先生，

自上次得幸面见先生之容貌，迄今已过数年矣。而如今，文明世界之芸芸众生，皆已熟悉先生之容貌，并极尽想象。

亲爱的先生，由于我无力驾驭周围之情势，故不能与我年轻时代之朋友朝夕相见。尽管分隔两地，然我对先生之龙跃凤鸣，一刻也未曾忘怀。纵然彭斯曾说，"如今大海怒涛，把我们隔开"①，我的心并未离去，并得以享用先生陈列于我们面前之智慧盛宴。

故此，时值我们共同钦佩之人返回故国之际，我亲爱的先生，我不胜冒昧，欲借此良机，代表本人，亦代表米德尔贝港之全体居民，公开表示感谢，以谢先生给予我们之鼎力相助。

奋勇向前，我亲爱的先生！先生在此地，绝非无人识君之大名，绝非无人赏君之才华。我们虽"远离故土"，绝非"断绝亲情"，亦非"黯然神伤"，更非"举步维艰"②。奋勇向前，我亲爱的先生，愿你鹏程万里！米德尔贝港之居民，企盼你鹏程万里，并将欢欣鼓舞，长乐未央，受益匪浅！

在地球的此方水土上，众目仰望着先生，其中将有一双眼睛，直至失明，

这双

---

① 引自英国诗人彭斯《往昔的时光》第五节，原文为："我们曾赤脚蹚过河流，水声笑语里将时间忘。如今大海怒涛，把我们隔开，逝去了往昔的时光！"王佐良译稿。

② 上述词语引自英国作家格尔斯密斯（1730—1774）诗歌《旅行者》。

眼睛

乃是

治安法官

威尔金斯·米考博

　　我把报纸的其他内容也浏览了一遍，发现米考博先生原来是这份报纸的通讯员，他工作勤勉，备受器重。就在这同一份报纸里，还刊登有他另外的一封信，信中大谈桥梁建造的事情；还有他的另外一则广告，宣告他写的这类书信集将近期重新出版，装帧精致，"篇幅较第一版大有增加"。此外，如果我完全没有看错，报纸上的那篇社论，也是他的大作。

　　在那段日子里，辟果提先生和我们朝夕相处，我们在很多个夜晚，谈论起米考博先生的诸多事情。辟果提先生回英国后，一直都住在我家，我想，大约不到一个月的时间。他的妹妹和我姨奶奶，都来伦敦看望了他。他启程返航时，我和艾妮丝一直送他到了船上。今生今世里，我们永远不会再有为他送行的机会了。

　　在他临走之前，他曾和我一起去了雅茅斯一趟，去看看我在教堂墓地为汉姆所立的小小墓碑，墓碑上有份简朴的墓志铭，我应他的请求，把墓志铭抄给他。这时，我看见他弯下腰，从坟墓上拔了一束草，又掬了一捧土。

　　"这要带给艾米丽，"他一边说着，一边把草和土放进胸前的口袋里，"我答应过她，大卫少爷。"

第64章 最后回顾

到这里，我的讲述就要结束了。在放下笔之前，我要再作一次回顾，这是最后一次回顾了。

我和艾妮丝不离不弃，一起走在人生旅途上。我看到我们的孩子们和朋友们伴随在我们周围；我还听到各种喧闹的声音，当在旅途上前进时，我对这些声音并不会充耳不闻。

在这些飞快闪现过的人群中，哪些人的面孔我看得最清晰呢？看哪，是这一些人！当这个念头在脑海中闪现时，这些人的面孔便都转过来看着我了！

这位是我姨奶奶，老花眼镜度数更深了，已经是一位八十多岁的老太太了，可是腰板硬朗笔挺，脚步稳健，即使在寒冬时节，也能一口气走上六英里呢。

总是和她形影不离的，是我那善良的老保姆辟果提。她也戴上了老花眼镜，总喜欢夜里凑着灯光做针线活儿，每次坐下干活儿时，身边带着那块蜡烛头儿，那条放在小房子里的量衣尺，还有针线盒，盒盖上是一幅圣保罗教堂的图画。

在我小的时候，辟果提的双颊和双臂显得那么结实，那么红润，那时候我心里总是很纳闷儿，鸟儿为什么不来啄她，而老是去啄苹果呢。而现在，她的双颊和双臂都干瘪了，皱巴巴的。她的双眼原本乌黑油亮，映得眼睛周围黑黑的，而如今，尽管依旧炯炯有神，却暗淡下去了。不过她那粗糙的食指，毫无改变，过去曾让我联想起小巧的磨小豆蔻的擦子。每当我看到我那最年幼的孩子，摇摇晃晃从我姨奶奶这边向她走过去，并抓住她的那根食指时，便让我回想起，自己过去在家里的小客厅里蹒跚学步的情景。让我姨奶奶当年倍感失望的事情，现在也得偿所愿了，给一个活生生的贝斯·特洛伍德当了教母。我们的二女儿朵拉说，姨奶奶把贝斯给宠坏了。

辟果提的口袋里鼓鼓囊囊，装着那本鳄鱼故事书。如今，那本书已经破旧不堪，其中一些被撕坏的书页，被缝补起来，不过辟果提总是把它当作一件珍贵的宝贝，展示给孩子们看。我看到自己儿时的那张面孔，从鳄鱼故事书中抬起头来看着我，也让我回想起我的老朋友，谢菲尔德的布鲁克斯，这些让我觉得颇为古怪。

今年暑假里，我在我的孩子们中间，看到了一个老人的身影，他扎了几只大风筝，目不转睛地看着风筝在天上飞舞，开心得无法形容。他兴高采烈地和我打招呼，不停地摇头晃脑，挤眉弄眼，悄悄对我说："特洛伍德，我有件事，你听了一定会很高兴，我眼下没什么别的事要忙了，我快把我那呈文写完了。我还要告诉你，先生，你的姨奶奶是全世界最了不起的女人！"

而这位拄着拐杖的老妇人是谁呢？她佝偻着背，脸上带着复杂的神情看着我，依稀闪现着昔日的美丽与傲慢，但又显示出内心的抱怨、愚钝、烦躁、恍惚和力不从心。她在花园里。身边站着一个女人，那女人身材瘦削，皮肤暗黑，面容憔悴，她的嘴唇上有一道白色的伤疤。让我来听听，她们都在说些什么。

"萝莎，这位先生叫什么名字，我记不清了。"

萝莎弯下身子，在她耳边大声说："这是科波菲尔先生。"

"真高兴能看到你，先生。看到你穿着丧服，我又很难过。我希望时间一长，你便会好起来。"

那位陪侍她的人，极不耐烦地斥责她，并且告诉她，我并没有穿着丧服，让她再仔细看看我，想让她清醒过来。

"你见过我的儿子了，先生，"那年老的女人说，"你们和好如初了吧？"

她愣愣地看着我，一只手放在前额上，呻吟起来。突然，她大叫起来，声音令人恐怖："萝莎，快过来。他死了！"萝莎跪在她的脚下，一会儿柔声宽慰着她，一会儿厉声和她吵架，两种方法交换使用。她一会儿疾言厉色地对她说，"我一直都比你更爱着他！" 一会儿又如同对待一个生病的孩子似的，把她搂在怀里，哄着她睡觉。就这样，我离开了她们；我每次看到她们，都是这个样子；她们年复一年，就这样消磨着时光。

我看到，有一条船从印度航行回来了，那是什么船？船上有一位英国太太，她的丈夫是一个苏格兰老富翁，富翁长着一对招风耳，总是咆哮不停，这个太太是谁？难道是朱莉娅·米尔斯吗？

她真是朱莉娅·米尔斯，她性情古怪，生活讲究，专门有一个黑人，用金盘托着名片和信件呈给她，还有一个棕色皮肤的女子，头上扎着鲜艳的头巾，身上穿着细麻布衣服，在她的梳妆房间里侍候着她吃饭。不过，现在的朱莉娅已经不再写日记了，也不再唱那首《爱情的挽歌》了，而是无休无止地和苏格兰老富翁吵架，那富翁就像是一只皮毛被晒成了黑色的黄熊。朱莉娅已经淹没在钱堆里，钱都堆到脖子上了，她的言谈和思想，无一不与金钱相关。我回想起过去她总是讲"爱情的绿洲变成撒哈拉沙漠"，我更喜欢那个时候的她。

也许这里才是爱情的撒哈拉沙漠！尽管朱莉娅住着金碧辉煌的奢华宅邸，天天门庭若市，高朋满座，日日馔玉炊珠，美味佳肴，可是，我在她身边看不到任何郁郁葱葱的植物，没有任何能够开花结果的东西。我也看到了朱莉娅所说的"社交界"，在那个群体中，便有来自专利局的杰克·麦尔登先生。他总是嘲讽那位替他谋到这份差使的人，和我谈话的时候，把斯特朗博士称作"挺有趣的老古董"。不过，朱莉娅，如果社交界中都是些不学无术的男男女女，如果社交界教化出来的这些人物，公然宣称对任何有利或有碍人类发展的事物都漠不关心，那我认为，我们一定是在这个撒哈拉沙漠中迷了路，最好还是早点找到出路吧。

看吧，那位便是斯特朗博士，他永远是我们的好朋友。他仍在废寝忘食地编写着他的词典，好像编到D部了。他和他的太太过着幸福的生活。还有那个老将，现在威风大减，影响力也大不如前了。

不久前，我去看望我亲爱的老朋友特拉德尔。他正在律师学院自己的事务所里忙个不停。他的脑袋尚未完全秃顶，剩下的那片头发，由于总是戴律师假发的缘故，不断摩擦着，比以前更加不服管教了。他的桌上堆满了一摞又一摞厚厚的文件。我四下看了看房间，对他说：

"如果让苏菲给你当文书，特拉德尔，那么她一定会累坏的！"

"你可以这么说，我亲爱的科波菲尔！不过在霍本区城堡街的那些日子，那是多么美妙啊！对吧？"

"那时候，苏菲说你将来一定会成为法官的，对吗？不过那时候，当法官的事情还不是众人热议的话题呢！"

"无论怎样，"特拉德尔说道，"如果有朝一日我当了法官——"

"哎呀，你一定会当上的，这你知道。"

"好了，我亲爱的科波菲尔，如果我真的当了法官，我就要把过去的这段经历讲出来，我以前就这样说过。"

我们两手挽手走出来。我要和特拉德尔去他家赴宴。这天是苏菲的生日。特拉德尔一路上对我兴味索然地谈着他的幸福生活。

"我亲爱的科波菲尔，凡是我最挂在心里的事情，我真的都办成了。哈雷斯牧师的薪水已经提高了，每年能拿到四百五十英镑。我们家的两个男孩子，接受的是最好的教育，而且品学兼优，表现出色。牧师家的那些姑娘们，有三个都嫁出去了，生活得很美满；还有三个和我们住在一起；另外的三个留在哈雷斯牧师家里，自从克卢勒太太去世后，就学会了料理家务；她们过得都很快乐。"

"除了——"我暗示说。

"除了那个美人儿不快乐，"特拉德尔说，"是的，她竟然嫁给了那么一个无赖，真够不幸的。但那人当年相貌英俊，风度翩翩，的确让她神魂颠倒。不管怎样，我们已把她接到我们家，摆脱了那个人，过上了安稳日子。我们一定要让她再振作起来。"

特拉德尔现在的住宅就是——当年他和苏菲晚上出去散步时，时常憧憬着并计划着如何分配的那些房子之一，这也许是他们很容易就能拥有的。这是一座大房子，可是特拉德尔把他的文件都堆放在更衣室里，和他的靴子挤在一起；他和苏菲住在楼上狭窄的房间，他们把最好的房间都留给大美人儿和那些姑娘们住了。家里再也没有宽裕的房间了。因为这些"姑娘们"，多得我总也数不清，总有这样或那样的意外状况，便住进了这儿，而且就不再离开了。当我们进门时，她们成群结队地拥到门口，把特拉德尔转来转去地挨个亲吻，吻得他都透不过气来。可怜的大美人儿，独身带着一个小女孩，已经在这里安居下来了。来参加苏菲生日宴会的，有三个已经嫁出去的姑娘，她们带来了各自的丈夫，其中一个丈夫还带来了一个兄弟，另一个丈夫带来了一个表弟，还有一个丈夫带来了一个妹妹，看起来这个妹妹已经和那个表弟订了婚。特拉德尔仍然和过去一样，简单朴实，真挚坦诚，他这时候像个家长似的，坐在大餐桌的下首；而苏菲坐在他对面的上首主位上，怡然自得地对他微笑，两旁的人都兴高采烈，摆放在他们两人中间那些亮闪闪的餐具，当然肯定不再是不列颠金材质的了。

现在，当我克制住继续写下去的欲望，结束我的工作时，那些面孔都烟消云散了。但是还有一张面孔，如同天国的光芒，照耀在我的身上，让我能够看清这世间万物，这张面孔高过所有的面孔，也超越了所有的面孔，而且如影随形，不离不弃。

我转过头去，看到了这张美丽而安详的面孔，现在就在我的身边。灯光渐渐暗淡，我已经写到深夜，但是这张亲爱的面孔，仍陪伴着我，如果没有她，就没有我的一切。

哦，艾妮丝，我的灵魂啊。但愿当我走向人生的终点时，你依然守在我的身边。我希望，就如同那些面孔在我眼前消逝一样，当现实中的一切在我眼前化为幻影时，我仍能看到你守在我的身边，手指向天国！